협주명현십초시

저자 고려(高麗) 승(僧) 자산(子山)
역해 김수희 · 김지현 · 김하늬
서용준 · 이욱진 · 이지운
임도현 · 정세진 · 주기평

···고려의 위대한 유학자가 당나라 현인들의 유명한 시 각 10수씩 모두 300수를 가려 만든 시집···

협주명현십초시

저자 고려(高麗) 승(僧) 자산(子山)

역해 김수희 · 김지현 · 김하늬
서용준 · 이욱진 · 이지운
임도현 · 정세진 · 주기평

夾注名賢十抄詩

≪명현십초시(名賢十抄詩)≫는 중만당과 오대시기의 중국시인 26인과 당나라에서 유학한 신라인 4인의 칠언율시를 각각 10수씩 모아 총 300수를 수록한 시선집이다. ≪십초시≫에는 ≪전당시≫ 등에 수록되지 않아 지금까지 알려지지 않은 시가 100수 정도 실려 있어 학계의 많은 관심을 받았다. 일시의 정확한 수량에 대해서는 약간의 이견이 존재한다. 여러 판본과의 글자의 차이정도와 기존 잔구의 인정여부에 따라 98수에서 106수까지의 견해 차이를 보이고 있다. 중만당시기로의 선시 경향과 일시의 존재양상 등을 고려하여 편찬 시기는 대략 고려 초기인 10세기 후반으로 추정하고 있으며, 고려인이 편찬한 것으로 알려져 있다. 이후 ≪십초시≫에 고려스님인 자산(子山)이 협주를 하여 ≪협주명현십초시(夾注名賢十抄詩)≫를 편찬하였다. 편찬 시기는 정확히 알 수 없지만, 협주와 서문의 내용을 근거로 대략 1300년 근처로 보고 있다. 임형택은 1333년 혹은 1321년으로 보고 있으며, 중국의 차핑치우(査屏球)는 1291년으로 판단하면서도 그 이전일 가능성도 열어놓고 있으며, 일본의 요시무라 히로미치(芳村弘道)는 1200년대 말에서 1300년대 초로 보고 있다. 이후 후지원(後至元) 3년(1337)에 안동부에서 목판본으로 간행되었으며, 이를 공민왕 때 문인인 권사복(權思復)이 1346년 진사가 되었을 때 적어 놓은 것을 저본으로 하고 권람(權擥)의 교정을 거쳐 1452년에 밀양부사인 이백상(李伯常)과 이긴(李緊)에 의해 중간되었다. ≪(협주)십초시≫는 새로 발견된 시와 문장의 발굴에 그 가치가 있을 뿐만 아니라, 당시 고려 및 조선 초기 문인들이 가지고 있던 중국 시문학 나아가 전반적인 시문학에 관한 문학비평적 관점과 시문학 교육 및 향유 방식에 대한 이해를 증진시키는 데도 그 가치가 있다

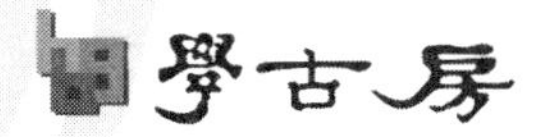

역자 서문

'문학작품'은 한 시대의 고유한 사회문화적 특성과 사상사유의 경향을 창작의 배경으로 하여 작가의 문학적 상상력과 예술적 구사(構思)를 고유의 언어적 미감으로 표현해 낸 것이다. 이는 곧 문학작품을 올바로 이해하고 충분한 감동과 감흥을 경험하기 위해서는 그 사회문화적인 배경뿐만 아니라 언어표현에 바탕을 둔 미학 개념에 대한 이해 또한 필수적임을 의미하는 것이라 할 수 있다. 이에 비추어 보았을 때, '외국의 문학작품'을 우리말로 옮긴다는 것은 어느 면에서는 참으로 무모한 작업이라 할 수 있으며 그 번역의 결과물 또한 결코 만족스러울 수가 없는 것이다. 더구나 그 대상이 현대어가 아닌 고전어이며 게다가 그 양식이 '시'이기까지 한 경우, 이와 같은 문제는 더욱 난감함으로 직면하게 되는 고민이 아닐 수 없다.

사실 고전어로서의 언어적 제약은 차치하고서라도, 한시(漢詩) 또한 직설적인 표현보다는 은유와 함축, 상징과 비유를 주된 미적 장치로 삼고 있는 '시'인 까닭에, 다만 그 의미뿐 아니라 미적 감흥까지 함께 전달해야 한다는 이중의 부담에서 번역자는 결코 자유로울 수가 없다. 따라서 '고전어로 된 시'인 '한시(漢詩)'의 번역은 이러한 면에 있어 항상 번역자를 자신 없게 만들며 비록 자신의 역량을 모두 경주하였어도 늘 부족함을 느끼게 할 뿐이다. 그럼에도 불구하고 번역에 대한 시도와 노력은 계속되어야만 하니, 이는 그 자체로서의 완결보다는 진행형으로서 이후 보다 나은 번역이 이루어질 수 있는 또 하나의 토대가 될 수 있기 때문인 것이다.

현재 우리 사회 전반에 걸쳐 인문학, 특히 고전문학에 대한 관심이 그다지 높지 않다고 하는 사실을 안타깝지만 인정하지 않을 수 없다. 이러한 현상이 반영된 것이라 확언할 수는 없지만 대학에서 고전문학을 연구하는 전공자들 또한 전반적으로 줄어드는 추세를 보이고 있으며, 이는 한시(漢詩), 즉 중국고전시가(中國古典詩歌) 전공에서도 예외는 아니다. 현재 서울대학교 중어중문학과에는 석박사과정생과 수료자 및 박사학위자를 포함하여 총10여명의 전공자가 중국고전시가를 연구하고 있다. 이는 그나마 다른 전공분야에 비해서는 비교적 많은 편에 속하는 것이다. 이에 중국고전시가 연구자들은 상대적으로 다수인 전공자들의 연구역량을 모아 보다 의미 있는 공동의 연구성과물을 내어 놓을 필요성을 절감하게 되었다.

공동 연구의 대상으로는 아무래도 개인적으로 연구하기에는 다소 버거운 원전류의 번역이 합당할 듯하며, 아울러 학술적 가치가 있으면서도 우리의 국문학 연구에도 도움이 될 수 있는 원전을 우선적으로 선정하는 것이 좋겠다는 것으로 의견이 모아졌다. 본 번역의 대상이 된 ≪협주명현십초시(夾注明賢十抄詩)≫는 이러한 공통의 인식 하에 선정된 것이다. 이 책은 고려조 우리 선조들에 의해 선시되고 주석이 달려 국내에서 간행된 당시선집(唐詩選集)이라는 표면적 의의뿐만 아니라, 한국에서의 당시 수용의 양상과 영향 관계를 보여주며 아울러 현재 중국에서는 전하지 않는 많은 일시(逸詩)들이 온전한 형태로 남아 있는 등 그 학술적 가치 매우 높다. 따라서 이를 대상으로 한 많은 관련 연구들이 이루어지고 그 성과물 또한 적지 않게 축적되어 있는 상황이지만, 정작 원전 자체에 대한 번역은 이루어져 있지 않은 상태이다. 이에 우리들은 지난 2년여 간에 걸쳐 한국학중앙연구원에 소장된 ≪협주명현십초시(夾注明賢十抄詩)≫를 저본으로 삼아 완역을 시도하였으며, 이 과정에서 다만 원전의 원문과 주석에 대한 번역뿐 아니라 원전에서 미진한 작자소개 및 보충주석, 각각의 작품에 대한 해설을 덧붙여 마침내 ≪협주명현십초시(夾注明賢十抄詩)≫ 역해서를 세상에 내어놓게 되었다.

본 역해서는 우리의 최초의 공동 연구성과물로서, 비록 번역의 방식은 시인별로 나누어 각자 분량을 분담하는 책임번역의 방식을 취하였지만, 모든 번역과 주석 및 해설들은 공동의 검토와 논의를 거쳐 수정 보완하였다. 따라서 혹 이에 대한 오류나 잘못이 있다고 한다면 이는 전적으로 역해작업에 참여한 모두의 공동 책임임을 밝힌다.

본 번역에서는 다음과 같은 원칙에 따라 번역과 주해를 진행하였다.

첫째, 시인별로 한 사람의 역해자가 책임번역과 주해를 하고, 시인 소개 아래에 역해자의 이름을 밝혔다. 각 역해자별 담당 시인은 다음과 같다.

김수희 : 05 장효표, 10 장호, 25 나업
김지현 : 07 이원, 09 옹도, 28 가도
김하늬 : 15 최치원, 26 진도옥, 27 나은
서용준 : 02 백거이, 12 마대, 13 위섬
이욱진 : 05 두목, 20 이옹, 23 최승우

이지운 : 01 유우석, 19 방간, 21 오인벽
임도현 : 03 온정균, 08 허혼, 22 한종, 30 이군옥
정세진 : 16 박인범, 17 두순학, 24 최광유, 29 이산보
주기평 : 04 장적, 11 조하, 14 피일휴, 18 조당

둘째, 작자소개와 시 본문, 주석 등 원전의 모든 내용을 번역하되, 원전의 작자소개 아래에 별도의 작자소개를 추가하고, 원주 이외에 보충주석을 추가하여 원전의 미진함을 보충하였다. 아울러 매 작품마다 구절의 분석을 위주로 한 해설을 추가하여 작품에 대한 이해를 도왔다.

셋째, 시 원문은 ≪전당시(全唐詩)≫와 비교하여 제목이나 자구(字句)의 출입이 있을 시 주석에서 이를 밝히고 해당 제목과 자구에 따른 의미 또한 부기하였으며, ≪전당시(全唐詩)≫에 미수록된 일시(逸詩)일 경우 제목 아래 주석에서 이를 밝혔다. ≪전당시≫ 이외 다른 판본과의 차이는 자구만을 제시하였다.

넷째, 원주에서 인용하고 있는 원전의 내용은 해당 원전을 찾아 원주와 대조하여, 원주에서 잘못 인용된 글자나 빠진 내용들은 수정 보충하고 각주를 통해 밝혔다. 아울러 인용시의 경우 그 제목을 찾아 각주에서 밝혔으며, 필요한 경우 인용시 전문과 번역문을 함께 수록하였다. 원주에서 앞에 설명한 것이라며 생략한 부분은 모두 해당 부분의 시를 찾아 밝힘으로써 검색에 편리하도록 하였으며, 원주 내에의 용어나 표현에 대한 설명이 필요한 경우 각주에서 이를 보충하였다.

넷째, 본문의 표기는 국문을 우선으로 하되, 주석의 표제자 및 원주의 자구 수정을 위한 각주표기는 한자표기를 우선으로 하였다.

사실 이번 역해작업은 초기에 서울대학교 중어중문학과 소속의 중국고전시가 연구자 거의 전원이 참여하였으나 최종적으로 총9인의 연구자가 책임을 맡게 되었다. 개인적인 사정으로 끝까지 참여하지 못한 김지영 선생, 이주현 선생, 서연주 선생, 강영 선생의 도움이 없었다면 이 작업이 완료되는데 더욱 많은 시간이 소요되었을 것이다. 이 자리를 통해 감사의 말씀을 드린다. 아울러 검토회에 참석하여 많은 도움을 준 김현녀 선생에게도 다음 작업에는 함께 할 수 있을 것이라는 기대와 함께 감사의 말씀을 드린다.

책이 출간된 지금 번역이나 주석에서 역해자들이 미처 확인하지 못한 오류는 없는지, 또한 역주뿐 아니라 각 작품에 대한 해설까지 부기한 것이 혹 역해자 개인의 관점을 강요한 것은 아닌지 걱정이 앞서는 것도 사실이다. 이 점에 대해서는 추후 지속적으로

수정 보완할 것을 다짐하며, 앞으로도 계속 이어질 우리의 후속 연구에 대해 독자들의 많은 관심과 애정 어린 질정을 기다린다.

2014. 9.

역해자를 대표하여

주기평 삼가 씀

≪(협주)명현십초시≫의 간행목적과 유전양상

1. ≪(협주)명현십초시≫의 개요

≪명현십초시(名賢十抄詩)≫는 중만당과 오대시기의 중국시인 26인과 당나라에서 유학한 신라인 4인의 칠언율시를 각각 10수씩 모아 총 300수를 수록한 시선집이다. ≪십초시≫에는 ≪전당시≫ 등에 수록되지 않아 지금까지 알려지지 않은 시가 100수 정도 실려 있어 학계의 많은 관심을 받았다. 일시의 정확한 수량에 대해서는 약간의 이견이 존재한다. 여러 판본과의 글자의 차이정도와 기존 잔구의 인정여부에 따라 98수에서 106수까지의 견해 차이를 보이고 있다. 중만당시기로의 선시 경향과 일시의 존재양상 등을 고려하여 편찬 시기는 대략 고려 초기인 10세기 후반으로 추정하고 있으며, 고려인이 편찬한 것으로 알려져 있다.

이후 ≪십초시≫에 고려스님인 자산(子山)이 협주를 하여 ≪협주명현십초시(夾注名賢十抄詩)≫를 편찬하였다. 편찬 시기는 정확히 알 수 없지만, 협주와 서문의 내용을 근거로 대략 1300년 근처로 보고 있다. 임형택은 1333년 혹은 1321년으로 보고 있으며, 중국의 차핑치우(査屛球)는 1291년으로 판단하면서도 그 이전일 가능성도 열어놓고 있으며, 일본의 요시무라 히로미치(芳村弘道)는 1200년대 말에서 1300년대 초로 보고 있다. 이후 후지원(後至元) 3년(1337)에 안동부에서 목판본으로 간행되었으며, 이를 공민왕 때 문인인 권사복(權思復)이 1346년 진사가 되었을 때 적어 놓은 것을 저본으로 하고 권람(權擥)의 교정을 거쳐 1452년에 밀양부사인 이백상(李伯常)과 이긴(李緊)에 의해 중간되었다.

≪(협주)십초시≫는 새로 발견된 시와 문장의 발굴에 그 가치가 있을 뿐만 아니라, 당시 고려 및 조선 초기 문인들이 가지고 있던 중국 시문학 나아가 전반적인 시문학에 관한 문학비평적 관점과 시문학 교육 및 향유 방식에 대한 이해를 증진시키는 데도 그 가치가 있다.

2. ≪십초시≫의 간행

≪십초시≫의 간행과 관련된 기록은 ≪협주십초시≫의 서문에 있는 "본조의 앞선 위대한 유학자가 당나라 현인들의 전집에 의거해 유명한 시 각각 10수씩을 가렸다(本朝前輩鉅儒據唐室群賢全集, 各選名詩十首)"는 문구밖에 없기 때문에 그 간행시기와 간행목적을 정확히 파악할 수 없다. 하지만 선행연구에서 고려 초기인 10세기 후반 무렵에 간행되었다고 밝혔다. 그리고 간행목적은 당시의 사회적 배경과 문학양상 및 ≪십초시≫의 내용을 통해 간접적으로 판단할 수밖에 없다.

신라는 당나라와 교류가 많았으며, 상당히 많은 수의 신라인들이 당나라에 유학을 가서 공부를 하였는데 많을 때는 한 해에 백 명이 넘기도 하였다. 그 중에는 외국인이 응시하는 빈공과에 급제하여 당나라의 관직에 진출한 이도 있었으며, 과거공부를 하거나 관직생활을 하면서 당나라의 문인들과 직접적인 교유도 많이 하였다. 그 중 특히 최치원은 중국문인들로부터 문학적 재능을 인정받았다. 하지만 당말과 오대의 혼란 속에서 많은 유학생들은 귀국하였으며, 이들은 고려가 개국하자 대외문서를 담당하는 직책을 맡거나 자신들의 문학적 성취를 계승할 후속세대를 양성하는 교육사업을 담당하였다. 이로 인해 이들은 신라 말과 고려 초기의 문단에 큰 영향을 주게 되었는데, 변려문과 만당시풍 등 중국의 최신 문학사조를 전래하면서 당시 문인들의 문풍을 유도하였다. 또한 송대에 이르러서는 오대시기의 혼란한 시국 속에서 많은 서적이 사라진 반면에, 고려는 송나라보다 신속하게 문물제도를 정비하고 그동안의 문화교류를 통해 확보한 다량의 중국서적을 보유하고 있었는데, 이로 인해 송나라 국왕은 고려에 서적을 요청하기도 하였다. 따라서 고려 초기에는 문화적 문학적 역량에 있어서 송나라에 비견되는 자부심을 가지고 있었다고 할 수 있다.

이러한 현상은 ≪십초시≫의 시인 및 시가 선정양상에 영향을 미쳤다. 우선, ≪십초시≫에서는 중국의 시인 26명 이외에 당나라로 유학 간 신라인 4명을 함께 선정하였다. 또한 시인의 배열순서에 있어서도, 신라인 4명을 마지막에 배열하기보다는 15, 16, 23, 24번째 배열함으로써 중국시인들과 병렬적인 지위를 보여주고 있다. 그리고 선정한 시의 수도 각 10수씩 동일한 수량의 시를 수록하였다. 이렇듯 형식적인 측면에서 신라인 시인과 당나라 시인들에게 수평적으로 대등한 지위를 부여하고 있다는 것을 알 수 있다.

선정한 시의 형식적인 측면에 있어서도 다양한 형식의 시가를 선정하기보다는 칠언율시만을 선택함으로써 여러 시가 형식에서 나타나는 상대적인 우열적 요소를 배제했다. 이렇듯 신라인의 작품과 중국인의 작품을 거의 동일한 조건에서 선정하였는데, 이를 통해 신라인과 당대인의 차별성을 최대한 배제하려는 의도를 엿볼 수 있다.

또한 300수를 수록했다는 것에서 다분히 ≪시경(詩經)≫을 연상하게 하는데, ≪시경≫이 중국문학의 조종임을 고려하고, ≪십초시≫에 신라인의 시를 중국인들의 작품과 병렬적으로 선정했다는 것을 감안한다면, ≪십초시≫를 엮은 편찬자가 느낀 신라인의 문학적 성취에 대한 자긍심이 얼마나 대단한지를 짐작할 수 있다.

당시의 중국 및 고려의 문헌이 많이 전해지지 않고 있기 때문에 ≪십초시≫를 편찬할 때 편찬자가 중국인의 시선집을 참조했는지에 대해서 단정적으로 말하기는 어렵다. 당대에 편찬된 당시선집으로는 현재 10여 종이 남아있다. 초당시기의 시로 편자미상의 ≪수옥소집(搜玉小集)≫, 744년의 ≪국수집(國秀集)≫, 753년의 ≪하악영령집(河嶽英靈集)≫, 성당시인의 시를 엮은 ≪협중집(篋中集)≫, 지덕(至德) 연간의 시를 엮은 ≪중흥간기집(中興間氣集)≫, 대력(大曆) 연간의 시를 위주로 한 ≪어람집(御覽詩)≫, 성당 대력 시인의 시를 엮은 요합(姚合)의 ≪극현집(極玄集)≫, 성중만당의 시를 엮은 위장(韋莊)의 ≪우현집(又玄集)≫, 오대시기에 엮은 ≪재조집(才調集)≫ 등이 있다. 송초에 엮어진 것으로는 이방(李昉)의 ≪문원영화(文苑英華)≫와 왕안석(王安石)의 ≪당백가시선(唐百家詩選)≫이 있다. ≪협주십초시≫에서 이미 ≪당백가시선≫을 인용하고 있으므로, ≪십초시≫ 편찬시 중국에 존재한 시선집의 하한선은 ≪문원영화≫가 될 것이다. 하지만 수록된 시의 상당량이 현존하는 당시의 시선집에 수록되어 있지 않다는 사실은 ≪십초시≫ 편찬자가 당시 중국에서 발행된 시선집을 참고하지 않았으며, 중국문인들과 신라문인들의 전집을 토대로 고려인의 안목에 의해 독자적으로 시를 선정하였음을 시사하고 있다. 또한 칠언율시만을 선정하는 독특한 방식은 금나라의 원호문(元好問, 1190～1257)의 ≪당시고취(唐詩鼓吹)≫에서야 비로소 처음 보이는데, 이 역시 고려인의 독자적인 선시취향을 나타내는 것이며, 중국의 여타 시선집을 모방하지 않았으리라는 증거가 된다. 이로 미루어보아 고려인은 자신의 시가 감식능력과 선시능력에 대해 자신감을 가지고 있었으며, 이는 또한 당시 신라 말에서부터 그 뿌리를 두고 있는 고려문인의 문학적 자부심과 연결되어 있다고 할 수 있다. 그리고 이러한 자부심의 일환으로 ≪십초시≫가 편찬되었다고 할 수 있다.

한편, ≪십초시≫의 편찬에는 현실적인 목적도 있었을 것이다. 고려 광종(光宗) 9년(958)에 시와 부를 위주로 한 과거제가 실시되면서부터 왕을 비롯한 문인들 모두 시가 창작에 관심을 기울이게 되었다. 이러한 경향은 고려조 내내 유지되었는데, 예를 들면 각 문신들에게 매달 시를 짓게 한 월과시(月課詩)가 성종(成宗) 14년(995)에 실시되었다. 고려의 문학중시 정책은 폐단을 낳을 정도였는데, 이러한 폐단과 이에 대한 비판에도 불구하고 대체적으로 고려조 전체에 걸쳐 이러한 시가중시현상은 지속되었다. 이는 과거시험에서 시부와 십운시(十韻詩) 과목이 지속적으로 유지되었으며 때로는 가장 중시된 것에서도 알 수 있다. 시가창작 중심의 문학적 분위기가 팽배함에 따라 당시 문인들은 시가창작에 대한 교육의 필요성을 절실하게 느꼈을 것이다. 당시에도 여러 문인의 전집이나 시선집이 고려에 유통되었겠지만, 모범적인 시가를 간단하게 보고 배울 수 있는 시선집에 대한 요구 역시 높았을 것이며, 이러한 요구 속에서 당시 유행했던 만당시기 시가를 중심으로 시가 창작의 교육적 효과가 두드러지는 칠언율시를 수록한 ≪십초시≫가 편찬되었다.

칠언율시는 근체시의 일종으로 당대에 들어와 그 형태가 제대로 갖추어졌다. 칠언율시는 일곱 자의 여덟 구로 이루어지는데, 중국의 고전시가 중에서 가장 형식적으로 우수하여 최고의 시가형식으로 사랑받아왔다. 이러한 칠언율시는 두보에 의해 그 격률이 확립되었고 중당과 만당을 거치면서 여러 문인들이 많이 지음에 따라 그 예술적 성취가 더욱 깊어졌다. 특히 연회나 대인활동에서 짓는 시에서는 칠언율시가 거의 절반을 차지할 정도로 가장 보편적인 시가형식으로 자리매김 되었다. 또한 칠언율시는 율시의 정제함을 잘 드러내고 있는데, 율시가 갖추어야 할 요건인 압운, 평측, 대장에 있어서 예술성을 가장 잘 발휘할 수 있는 형식이어서, 시가 창작을 학습하는 데 있어서 가장 기본이 되며 가장 효율적이라고 할 수 있다. 따라서 ≪십초시≫가 칠언율시만을 선정했다는 사실은 이 시선집이 시가 창작 학습용이라는 목적을 가지고 있었음을 나타낸다. 당나라시기에 출판된 당시선집이 대부분 고체시와 근체시를 두루 뽑은 것에 반해, ≪십초시≫에서는 칠언율시만을 선정하였으므로 그 목적성은 더욱 두드러진다.

시인이나 시가의 선정에서도 그 교육적 목적이 드러난다. 만당시기의 시가 주제적으로 여러 가지 특징을 가지고 있지만, 그 중에서도 염정성, 풍유성, 우국성이 중요한 특징으로 거론된다. 하지만 ≪십초시≫에서는 이러한 내용의 시가는 거의 선정되지 않았다. 예를 들면 염정시로 유명한 이상은(李商隱, 812~858)과 위장(韋莊, 836~910)은 시인 선정에서 배제되었으며, 역시 염려(艶麗)한 시풍을 가진 두목이나 온정균이 선정은 되었지만 그들의 시 중에서 염려한 시는 배제되고 경물시, 회고시, 증답시 등만이 수록되었다. 또한 ≪십초시≫에는 백거이, 장적, 피일휴, 나은 등의 풍유시도 전혀 실려 있지 않다.

3. ≪협주십초시≫의 간행

≪협주십초시≫는 고려의 스님인 자산이 ≪십초시≫에 작가에 대한 간략한 소개글을 추가하고, 인물, 지리, 사건 등에 대해서 여러 서적의 관련 내용을 인용하는 방식으로 협주(夾注)를 가한 것으로 약 1300년 전후로 간행되었다. 그 간행목적은 협주자인 자산의

서문을 통해 짐작할 수 있다.

> "빈도가 잠시 경주의 영묘사에 머물렀는데, 불공을 드리는 여가에 우연히 본조(고려)의 앞선 위대한 유학자가 당나라 현인들의 전집에 의거해 유명한 시를 각 10수씩 모두 300수를 가려서 이름을 ≪십초시≫라고 한 것을 보았다. 우리나라에서 전해진 것이 유래가 오래되었고, 체식과 격조가 모범적이고 단아하여, 후진 학자들에게 도움이 되는 것이다(貧道暫寓東都靈妙寺, 祝聖餘閑, 偶見本朝前輩鉅儒據唐室群賢全集, 各選名詩十首, 凡三百篇, 名題爲十抄詩. 傳於東海, 其來尙矣, 體格典雅, 有益於後進學者)"

여기서 나타난 가장 큰 목적은 후진 학자들에게 도움을 주려는 것이다. 후진 학자는 시문을 배워서 관직에 나아가려는 자들을 뜻한다. 시가 창작을 학습함에 있어서 이전 시기의 모범적인 시를 잘 이해하는 것이 선행되어야 하는데, 협주의 목적은 그 이해과정을 돕기 위해 시에 나타나는 인명이나 지명 혹은 사물명 그리고 전고와 관련된 여러 사항들을 각종 서적의 해당내용을 인용하는 방식으로 설명하는 것이다. 이러한 목적은 애초 ≪십초시≫가 가지고 있었던 교육적 목적을 보다 잘 실현하기 위한 것이라고 할 수 있다.

고려시기 교육기관으로는 국립학교인 국학과 사립교육기관인 사학이 있었다. 국학에서는 수학인원이 100명으로 제한되어 있어서 많은 사람들이 이용하는 데는 제약이 있었다. 따라서 많은 사람들은 사학기관을 이용했다. 예컨대 문종(文宗, 1047~1083재위) 때에 태사중서령(太師中書令) 최충(崔沖)이 학생들을 모아 교육을 시켰는데 선비와 평민의 자제가 그의 집과 마을에 차고 넘치게 될 정도였으며 양반의 자제로서 과거에 응시하려는 자는 반드시 먼저 이 학교에 입학하여 공부하였다. 이러한 사립학교는 점차 많아져서 전국에 12개소나 되었다. 해마다 여름철에는 사찰을 얻어서 하기학습(夏期學習)을 조직하였고, 이미 과거에 급제한 선배가 와서 촛대에 금을 그어 정해진 시간 내에 시짓기를 시키기도 하였다. 또, 동당감시(東堂監試)가 있은 후에는 국자감에서 모든 사립학교의 유생들을 모아서 50일 동안 학습시킨 다음 해산시켰는데, 이 모임에 참석하기 위해서는 그 이전에 사찰에 모여서 30일 동안 학습하고 사시(私試)에서 시 15수 이상을 지어야 하며 이것이 심사에 통과해야 가능했다. 비록 시가 창작이 정규교과과목에 포함되지는 않았지만 과거시험의 중요한 내용이었기 때문에 학생들은 시가 창작을 중시하고 열심히 할 수밖에 없었다. 당시 과거시험과목은 오언배율인 십운시 위주였기 때문에 칠언율시는 직접적인 교육효과는 없었겠지만 일상적인 생활에서 짓는 시에서 칠언율시가 차지하는 비율은 상대적으로 크며, 칠언율시를 통해 배율을 짓는 기본 율격인 평측, 압운, 대장 등을 자연스럽게 학습할 수 있기 때문에, 배율을 배우기에 가장 중요한 시체가 바로 칠언율시이다. 따라서 비록 과거시험과목이 오언배율이지만, 학생들은 기본적으로는 칠언율시를 바탕으로 시가 창작을 학습하였을 것이다.

그들이 여름마다 공부한 장소가 사원이라는 것과 ≪십초시≫를 협주한 사람이 스님이라는 것도 연관이 있을 것이다. 무신의 난 이후로 문인들이 그다지 대우를 받지 못했기 때문에 많은 문인들은 절로 들어가 스님이 되었다. 따라서 당시의 스님들의 문학적 소양은 대단했을 것으로 판단되며, ≪십초시≫에 협주를 할 수 있는 능력이 있었을 것이다. 아마도 자산도 사찰에서 학생들을 상대로 시가를 가르쳤을 것이며 ≪협주십초시≫가 그러한 교육의 일환으로 제작되었을 가능성도 있다.

당시의 문학적 경향을 살펴보면 나말려초에 만당을 배우던 분위기는 사라지고, 고려 중기 이후 조선 중기까지 소식과 강서시파를 위주로 한 송시풍이 형성된다. 따라서 ≪십초시≫가 편찬될 때만큼 만당시에 대한 선호도가 떨어진 상태여서 ≪십초시≫에 대한 독자들의 관심은 예전만 못했겠지만, 여전히 교육적 목적에서는 "체식과 격조가 모범적이고 단아한" 칠언율시가 여전히 중요하였으며, 칠언율시의 최고봉이라 할 수 있는 만당시기 작품이 교육적 목적에 적합하여 ≪협주십초시≫의 간행은 그 의미를 가지고 있다고 할 수 있다.

한편, ≪협주십초시≫가 간행된 1300년대 전후는 이미 송나라가 멸망하고 몽고족인 원나라가 중원을 지배하고 고려까지 속국으로 만든 시기였다. 고려인은 비록 정치적으로는 원나라에 종속되어 있었지만, 문학적 자질만큼은 몽고족보다 우위에 있다는 자부심을 가지고 있었다. 이러한 것은 당시 고려인의 시문선집의 편찬과정에서 잘 드러난다. 1315년 전후로 김태현(金台鉉)이 편찬한 ≪동국문감(東國文鑑)≫은 나말려초 문인의 시문을 선정한 것으로 중국의 시문선집인 ≪문선(文選)≫과 ≪당문수(唐文粹)≫에 견주고자 하였다. 또한 1336년경 최해(崔瀣) 역시 최치원부터 고려 중기까지의 시문을 선정하여 ≪동인지문(東人之文)≫을 엮었는데, 그 서문에서 "오히려 일심의 묘에 의지하여 천지사방을 통하게 되면 털끝만큼의 차이도 없으니, 그 득의한 작품에 이르러서는 저들에게 많이 양보해야겠는가?(尙賴一心之妙, 通乎天地四方, 無有毫末之差, 至其得意, 而多讓乎彼哉?)"라고 하여 나말려초의 문학작품이 중국에 비해 뒤떨어지지 않는다는 자긍심을 가지고 있었다. 이러한 자긍심은 ≪협주십초시≫의 서문에서도 그 편린을 발견할 수 있다. 서문에서 "우리나라에서 전해진 것이 유래가 오래되었고, 체식과 격조가 모범적이고 단아하다"라고 하여, 당나라 시인의 시 뿐만 아니라 신라인들의 시도 역시 같은 수준에서 평가되고 있음을 알 수 있다. 당시 전반적인 문학기풍이 만당시풍에서 송시풍으로 변했음을 감안한다면 만당에 대한 이러한 평가는 상당히 호의적이라 할 수 있다. 또 신라인을 따로 지목하지 않고 전체적인 평을 함으로써 중국의 "모범적이고 단아한" 시와 동일하게 뛰어난 평가를 하고 있는 것은 신라인들의 문학적 성취와 그 성취를 이어받은 고려인의 문학적 자긍심을 드러냈다고 할 수 있다. 더구나 각 작가들에 대한 간략한 전기를 협주의 형식으로 넣으면서 신라문인의 약전에는 ≪삼국유사(三國遺事)≫나 ≪삼국사(三國史)≫ 등 고려서적을 인용하고 또 신라인임을 확실히 설명한 것 역시 이러한 효과를 가지고 있다고 할 수 있다.

이상과 같이, ≪협주십초시≫의 간행목적은 시가 창작 교육용과 자국의 문학적 자부심의 표현이라는 ≪십초시≫의 간행목적과 기본적으로는 일치하고 있지만, 교육용이라는 목적이 보다 뚜렷하게 드러나고 있으며, 협주를 한 행위 자체는 그 목적을 보다 대중적으로 실현시키기 위한 것이라고 할 수 있다.

4. 조선 초기의 중간

조선이 개국하는 과정에서 인재의 양성이 체계적으로 이루어지지 않았고, 또 문학방면에서도 고려에서 넘겨받은 인재 이외에는 뛰어난 문인을 거의 배출하지 못했다. 따라서 세종 때에는 강력한 문학 진흥정책의 일환으로 집현전을 설치하고 수많은 서적편찬 작업이 이루어졌으며, 이와 함께 중국시문집이 광범위하게 간행되었다. 두보, 이백, 한유, 유종원, 위응물, 백거이, 두목, 매요신, 왕안석 등 걸출한 문인들의 시문집이 간행되었으며, 안평대군의 주도하에 당송의 대가들(이백, 두보, 위응물, 유종원, 구양수, 왕안석, 소식, 황정견)의 시를 선정한 ≪팔가시선(八家詩選)≫이 편찬되었고 중국에서 편찬한 시선집도 간행되었다.

이러한 다양한 간행사업이 진행되던 시기인 1452년에 ≪협주십초시≫가 중간되는데, 당시의 간행 목적은 이 책을 교정한 권람의 발문에 인용된 이백상의 언급에 자세히 나타나있다.

> "이백상 부사가 말하기를 '이 시를 뽑은 이도 우리나라의 어진 인물이고, 주를 단 이도 우리나라 승려인데, 세상에서 공부를 하는 이들은 대개 이 책을 통해 진경으로 들어가니, 우리나라의 귀한 보물이다. 하지만 판본이 매우 드물었다. 또 지금 다시 진사과를 설치하여 시부로 시험을 보니, 배우는 자들은 진정 이를 알지 않으면 안 된다. 사라질 것을 염려하여 두루 구하다가 겨우 한 권을 얻어서, 중간하려는 뜻이 있어 감사 전성 이숭지(李崇之)에게 아뢰니, 이공이 흔쾌히 따르면서 목판에 새기도록 명하였다. 그대가 마침 이곳에 와서 진실로 다행이니, 그대가 나를 위해 틀린 곳을 바로잡아 후학들에게 은혜를 베푸시오'라고 하였다(侯之言曰, 是詩抄者東賢也, 注者亦東僧也, 而世之啓蒙者, 率由是入眞, 吾東方之靑氈也. 然板本甚鮮. 且今更設進士科, 用詩賦, 則學者固不可不知也. 惜其煙沒, 旁求僅得一本, 竊有重刊之志, 告於監司相國全城李公, 公欣然樂從, 卽命鋟梓, 而子行適至, 誠幸也, 將子爲我刊誤, 以惠來學)"

간행목적으로 가장 두드러지게 나타난 것은 후학에 대한 교육의 목적이다. 다시금 진사과가 설치되었고 시부가 시험과목이었기 때문에, 시가 창작에 대한 교육이 강조되었으며, ≪협주십초시≫가 이러한 목적에 아주 부합되는 서적이라는 평가이다. 이는 ≪협주십초시≫ 장서각본에 있는 이운준의 발문에서 "부사 양성 이백상은 시부로 선비를 취하는 때에 있어서 학문을 흥성시키려는 뜻을 내심 가지고 있었는데, ≪십초시≫ 한 권을 얻어 목판에 새겨 널리 보급하려 하였다(府使陽城李伯常, 當詩賦取士之時, 竊有興學之志, 得十抄詩一本, 欲鋟梓廣施)"라고 한 것에서도 확인할 수 있다.

조선시대의 과거제도를 살펴보면, 세종 17년(1435)에 시학을 진작시키기 위해 진사시를 부활하고 십운시를 시험과목으로 채택하였다. 하지만 십운시의 시험에서 부정행위가 속출하고 시의 수준이 떨어지는 경향이 있어 세종 26년(1444)에 진사시가 철폐되었다가, 문종 2년(1452)에 진사시가 다시 부활되었다. 하지만 예전에 문제가 되었던 십운시는 실시하지 않고, 대신 고부(古賦) 한 편과 고시(10운 이상) 및 율시(6운 이상) 중 한 편을 선택하여 모두 두 편으로 시험을 보게 하였다. 또한 시관의 결정에 따라서 오언과 칠언을 결정하도록 하였다. 이와 같이 조선 초기 조정의 정책은 시학을 융성시켜야 한다는 것이었고, 이는 과거제도에 반영시키는 것으로 현실화되었다. 다만 시행과정에서 문제점이 있었기 때문에 시로만 시험보지 않고 부를 추가시킨 것을 알 수 있다. 게다가 당시 과거수험생들의 시작능력은 상당히 떨어진 것으로 보인다. 기존의 시험에서 대리시험 등의 부정행위가 발생한 것이나 수험생들의 시권의 품격이 떨어진다는 사실이 ≪조선왕조실록≫에 종종 보인다. 또 십운시의 경우 20구를 완성해야 하지만, 시간부족 등의 이유로 다 완성하지 못하는 경우가 상당수였으며, 공식적으로도 18구정도만 완성해도 되는 것으로 되었다. 이런 상황에서 시작에 대한 교육의 강조는 어느 때보다 더 절실했을 것으로 생각된다. 이러한 당시 배경 하에서 시가 창작 교육의 목적이 보다 부각되었을 것이며, ≪협주십초시≫와 같은 시선집이 관심을 끌었을 것이다. ≪협주십초시≫는 작시의 기본이자 핵심이 되는 칠언율시를 위주로 선정하였기 때문에 교육용으로 가장 적합했을 것이다. 권람의 발문에 나오는 "世之啓蒙者", "學者", "初學"이라는 단어는 모두 학문의 단계가 낮은 사람을 일컫는 것이라서, ≪협주십초시≫가 비교적 수준이 낮은 사람을 위한 초급단계의 시가 창작 교육용 서적이었음을 알 수 있다. 더구나 아직 당시에는 ≪영규율수(瀛奎律髓)≫나 ≪연주시격(聯珠詩格)≫과 같은 서적이 널리 간행되기 전이었기 때문에 이러한 서적의 필요성은 더욱 컸을 것이다.

한편, ≪협주십초시≫의 권람의 발문에 나오는 이백상의 언급에서 "이 시를 뽑은 이도 우리나라의 어진 인물이고, 주를 단 이도 우리나라 승려이다"라는 구절도 그 의의를 되새겨봐야 한다. 이러한 언급 자체가 중국시선집이 우리나라 사람에 의해 편찬되고 주석작업이 이루어졌다는 것에 대해 긍정적인 평가를 한 것이다. 당시에 간행되던 중국시선집은 모두 중국사람의 안목으로 선정한 것이었는데, 이에 반해 ≪(협주)십초시≫는 우리나라 사람의 안목으로 중국시를 선정하고 우리나라 사람의 학식으로 주석을 단 것이기 때문에 조선인의 처지를 보다 잘 고려하고 있다는 언급이기도 하다. 그리고 "세상에서 공부를 하는 이들은 대개 이 책을 통해 진경으로 들어가니, 우리나라의 귀한 보물이다"라고 하면서 중국시선집과 대등하거나 오히려 그 이상의 평가를 하였다. 주체적인 시각으로 시를 선정하고 주석을 다는 능력에 대해 높이 평가하면서, 후학들 역시 이러한 책을 반드시 공부해서 진정한 시의 경지로 들어가야 한다고 역설하였다. 최숙정(崔淑精, 1433~1480)이 서거정의 ≪동인시화≫에 쓴 〈후서(後序)〉에서 "우리 동방의 시학은 삼국에서 시작되었고 고려에서 성했으며, 성조(조선)에 들어와서 극에 이르렀다(吾東方詩學, 如於三國, 盛於高麗, 極於聖朝)"고 하여, 당시 조선 초의 시학이 가장 왕성했으며, 그 뿌리는 신라와 고려에 토대를 두고 있다고 하였다. 이를 통해 당시 조선의 문인들이 시학에 대한 자부심과 그 근원에 대한 주체성을 확실히 가지고 있었음을 알 수 있다. ≪협주십초시≫의 중간 역시 이러한 연장선상에서 그 의미를 찾아볼 수 있다.

조선 초기 ≪협주십초시≫의 중간목적은 다분히 과거시험을 준비하기 위한 초급수준의 시작학습용의 목적이 컸으며, 하지만 그 이면에는 역시 옛 선조들의 문학적 성취를 드러내기 위한 목적도 있었다는 것을 확인할 수 있다.

이상 각 시기별 ≪(협주)십초시≫의 간행목적을 고려 및 조선의 학문적 자부심을 고양하려는 목적과 후학의 시작교육용이라는 두 가지 측면에서 살펴보았으며, 특히 이 서적의 독특한 선시양상과 해당 시기별 사회문화적 배경에 대한 고찰을 통해 이 두 가지 측면이 유전양상에 미친 영향에 대해 살펴보았다. 고려 초기에 송나라보다 먼저 사회문물을 정비하였으며, 재당유학생들의 귀국을 통해 상당한 문학적 성취를 이룬 나말려초의 문인들은 나름대로 자부심을 가지고 있었으며, 이러한 상황은 고려 중후기까지 이어지면서 지속적으로 유지되었다. 또한 조선 초기에는 문학 진흥 정책의 일환으로 많은 시문선집이 간행되는 가운데 고려인에 의해 선정되고 협주된 ≪협주십초시≫에 높은 가치를 두기도 하였다. 일차적으로는 칠언율시만을 선정함으로써 과거시험에 대비하기 위한 시작교육용이라는 목적이 있었지만, 그 이면에는 고려인과 조선인의 문학적 성취의 자부심을 고취시키려는 목적도 있었다.

≪협주명현십초시≫ 서문

貧道暫寓東都靈妙寺, 祝聖餘閑, 偶見本朝前輩鉅儒據唐室群賢全集, 各選名詩十首, 凡三百篇, 命題爲十抄詩. 傳於東海, 其來尙矣, 體格典雅, 有益於後進學者. 不揆短聞淺見, 逐句夾注, 分爲三卷, 其所未考者, 以俟稽博君子, 見其違闕, 補注雌黃. 時作噩玄月旣望, 月岩山人神印宗老僧子山略序.

빈도가 잠시 경주의 영묘사에 머물렀는데, 불공을 드리는 여가에 우연히 본조(고려)의 앞선 위대한 유학자가 당나라 현인들의 전집에 의거해 유명한 시를 각 10수씩 모두 300수를 가려서 제목을 ≪십초시≫라고 한 것을 보았다. (수록된 시들은) 우리나라에 전해진 것이 유래가 오래되었고, 체식과 격조가 모범적이고 단아하여 후진 학자들에게 도움이 되는 것이다. 내 견문이 얕음에도 불구하고 구절에 따라 주석을 삽입하고 3권으로 나누었으니, 내가 미처 고찰하지 못한 것은 이후 박식한 군자가 나의 잘못되고 빠진 것을 보아 보충하고 수정해주기를 기다린다. 작악(酉年) 9월 16일, 신인종(神印宗)의 노승 월암산인(月岩山人) 자산(子山)이 간략히 서문을 쓰다.

〈이운준의 발문(李云俊跋)〉

府使陽城李侯伯常, 當詩賦取士之時, 竊有興學之志, 得十抄詩一本, 欲鋟梓廣施. 字頗舛錯, 囑諸校理權君擎校正, 然後使儒生朴學問書寫, 而募游手者. 始事於壬申五月, 工未半而見代. 今府使李侯緊仍督其事, 甫及數月, 功乃告訖. 噫, 二君子成始成終於斯文, 豈曰偶然哉? 因書始末, 以傳不朽云耳. 通善郎密陽儒學教授官月城李云俊跋.

부사 양성(陽城)사람 이백상(李伯常)은 시부로 선비를 선발하는 때에 있어서 학문을 흥성시키려는 뜻을 내심 가지고 있었는데, ≪십초시≫ 한 권을 얻어 목판에 새겨 널리 보급하려 하였다. 글자가 자못 어지러이 섞여있어서, 교리 권람(權擥)에게 교정을 부탁하고 그 후에 유생 박학문(朴學問)에게 쓰도록 하였고, (판각할) 사람을 모집하였다. 이 일을 시작한 것은 임신년(1452) 5월이었는데, 일이 반도 되지 않았는데 관직을 교대하게 되었다. 지금 이긴(李緊) 부사가 그 일을 계속 맡아서 한 지 수개월 만에 그 일이 끝나게 되었다. 아! 이 두 군자가 이 책의 간행을 시작하고 종결지은 것이 어찌 우연이라 할 수 있겠는가? 그래서 내가 그 자초지종을 써서 영원히 전하고자 할 따름이다. 통선랑(通善郎) 밀양 유학교수관 월성(月城)사람 이운준(李云俊)이 쓰다.

〈권람의 발문(權擥跋)〉

余來浴東萊路, 出密陽. 適見重刊夾注十抄詩. 取看一兩板, 注多魚魯, 持以告府伯李侯. 侯之言曰, '是詩抄者東賢也, 注者亦東僧也, 而世之啓蒙者, 率由是入眞, 吾東方之靑氈也. 然板本甚鮮. 且今更設進士科, 用詩賦, 則學者固不可不知也. 惜其煙沒, 旁求僅得一本, 竊有重刊之志, 告於監司相國全城李公, 公欣然樂從, 卽命鋟梓. 而子行適至, 誠幸也, 將子爲我刊誤, 以惠來學.' 重違雅命, 就校之, 然學未精博, 旁無書籍, 故以所記憶者, 改正之. 凡四百單五字, 雖有所疑誤, 不敢的記爲某字, 仍留以候博聞者. 噫! 是本迺後至元三年丁丑歲, 今安東府所刊而福城君愼村權先生諱思復爲進士時所寫也. 距今纔百有六年, 世已無藏者, 誠可惜也. 侯旣工於詩, 精於三尺, 深味是詩有切於初學, 故拳拳若是, 而監司李公樂與爲善之意, 亦至矣! 噫! 繼自今如二君子之用心, 使不泯以傳者, 有幾人乎? 侯, 陽城世家也, 名伯常. 時景泰三年壬申仲夏初吉, 奉訓郎校書校理知制敎權擥敬跋.

내가 동래에 목욕 갔다가 밀양으로 나섰는데, 마침 ≪협주십초시≫를 중간하는 것을 보았다. 한두 판목을 살펴보니 주에 잘못된 글자들이 많아, 그걸 가지고 이백상(李伯常) 부사에게 아뢰었다. 이백상 부사가 말하기를 "이 시를 뽑은 이도 우리나라의 어진 인물이고, 주를 단 이도 우리나라 승려인데, 세상에서 공부를 하는 이들은 대개 이 책을 통해 진경으로 들어가니, 우리나라의 귀한 보물이다. 하지만 판본이 매우 드물었다. 또 지금 다시 진사과를 설치하여 시부로 시험을 보니, 배우는 자들은 진정 이를 알지 않으면 안 된다. 사라질 것을 염려하여 두루 구하다가 겨우 한 권을 얻어서, 중간하려는 뜻이 있어 감사 전성 이숭지(李崇之)에게 아뢰니, 이공이 흔쾌히 따르면서 목판에 새기도록 명하였다. 그대가 마침 이곳에 와서 진실로 다행이니, 그대가 나를 위해 틀린 곳을 바로잡아 후학들에게 은혜를 베푸시오."라 하였다. 이에 거듭 명을 어기면서 교정을 보게 되었는데, 하지만 학문이 정밀하고 넓지 못하며 곁에 서적이 없어서 우선 기억하고 있는 것만 가지고 바로잡았는데, 모두 405자였다. 비록 잘못된 것이라 의심되는 것이 있기는 하지만, 감히 어떤 글자라고 확실히 적지 못하고 남겨두어 널리 아는 이를 기다린다. 아아! 이 책은 곧 후지원(後至元) 3년 정축년(1337)에 지금 안동부가 간행한 것으로, 복성군(福城君) 신촌(愼村)사람 권사복(權思復)이 진사가 되었을 때 써놓은 것이다. 지금으로부터 겨우 106년 전인데, 세상에 이미 소장한 이가 없으니 진실로 애석하다. 이백상 부사는 시에 능하고 거문고에 정밀한데, 이 시들이 초학자들에게 적절한 바가 있음을 깊이 느꼈던 까닭에 아끼고 살핀 것이 이와 같았으며, 감사 이공은 기꺼이 함께 선을 행하고자 했던 뜻이 또한 지극하였다! 아아! 지금 이 두 군자의 마음 씀을 계승하여 사라지지 않게 전할 자가 몇이나 되겠는가? 부사는 밀양의 세가이며 이름은 백상이다. 때는 경태(景泰) 3년 임신년(1452) 5월 1일, 봉훈랑 교서 교리 지제교 권람(權擥)이 받들어 쓰다.

목 차

협주명현십초시 권상
(夾注名賢十抄詩 卷上)

01 유우석 劉禹錫

유원외시(劉員外詩)

[원주] ≪신당서≫에 다음과 같이 기재되어 있다. "유우석의 자는 몽득이다. 정원 원년(785)에 진사로 발탁되었는데, 문장을 잘하였다. 당시 왕숙문은 태자에게 총애를 받고 있었는데, 유우석의 명성이 한 시대를 풍미하자 그와 교우관계를 맺으며, 왕숙문은 매번 그에게 재상의 재목이 있다고 여겼다. 태자가 즉위하자 조정의 중요한 논의와 비책은 왕숙문에게서 나오는 경우가 많았다. 왕숙문은 유우석을 불러 궁중의 일을 의론하여 그가 말한 것은 반드시 따랐다. 유우석은 둔전원외랑에 발탁되었다. 헌종이 즉위하고 왕숙문 등이 실각하자 유우석도 연주자사로 폄적되었는데, 도착하기도 전에 낭주사마로 내쳐졌다. 소환된 후 〈현도관에서 꽃을 보는 군자〉 시를 지었는데 분한 마음을 담고 있어 집권자가 이를 좋아하지 않아서 파주자사로 나가게 되었다 다시 연주자사가 되었으며, 기주자사로 옮겨졌다. 화주자사에서 내직으로 들어와 주객낭중이 되었는데, 다시 〈현도관을 노닐며〉 시를 지어 다음과 같이 말하였다. '귀양간지 10년 만에 수도로 돌아왔는데 도사가 심어놓은 복숭아나무는 성대한 모양이 노을과 같았네. 또 14년이 흘렀는데 하나도 남아있지 않고 다만 토규와 연맥이 봄바람에 흔들거리는 황량한 모습만 있을 뿐이네.' 이것으로 권신과 근신을 비판하였으니, 이를 듣는 자는 더욱 그의 행동을 싫어하게 되어 얼마 후 그는 동도분사가 되었다. 재상 배도는 집현전대학사를 겸하고 있었는데, 유우석을 잘 인정하여 그를 예부낭중이자 집현직학사로 천거하였다. 회창 연간(841~846)에 검교예부상서의 직책을 더하였다. 나이 72세에 죽었고 호부상서가 추증되었다.(新唐書, 劉禹錫, 字夢得. 貞元元年擢進士第, 工文章. 時王叔文得幸太子. 禹錫以名重一時, 與之交, 叔文每稱有宰相器. 太子卽位, 朝廷大議秘策多出叔文. 引禹錫與議禁中, 所言必從. 擢屯田員外郞. 憲宗卽位, 叔文等敗, 禹錫貶連州刺史, 未至, 斥朗州司馬. 召還, 作玄都觀看花君子詩, 語忿, 當路者不喜, 出爲播州刺史, 乃易連州刺史, 又徙夔州刺史云. 由和州刺史入爲主客郞中, 復作遊玄都詩, 且言, 始謫十年還京師, 道士種桃, 其盛若霞. 又十四年過之, 無復一存, 唯兎葵燕麥動搖春風耳. 以詆權近, 聞者益薄其行, 俄分司東都. 宰相裴度兼集賢殿大學士, 雅知禹錫, 薦爲禮部郞中, 集賢直學士. 會昌時, 加檢校禮部尙書. 卒, 年七十二, 贈户部尙書)

유우석(劉禹錫, 772~842)

유우석은 팽성(彭省, 지금의 강소성(江蘇省) 서주(徐州)) 사람으로 자(字)가 몽득(夢得)이며 시호(詩豪), 또는 유빈객(劉賓客)이라고 불렸다. 정원(貞元) 9년(793)에 유종원(柳宗元)과 함께 진사에 급제하고 회남절도사(淮南節度使) 두우(杜佑)의 막료를 거쳐 감찰어사(監察御使)가 되었다. 이후 유종원(柳宗元)과 함께 왕숙문(王叔文)의 정치개혁에 동참했는데 그것이 실패하여 영정(永貞) 원년(805)에 왕숙문이 실각하자 낭주(朗州, 지금의 호남성(湖南省) 상덕시(常德市)) 사마(司馬)로 좌천되었다. 10년 후 다시 중앙으로 소환되었으나 그 때 지은 시가 비판의 대상이 되어 다시 연주(連州, 지금의 광동성(廣東省) 연현(連縣)) 자사(刺史)로 전직되고 이후 기주(夔州, 지금의 사천성(四川省) 봉절현(奉節縣))·화주(和州, 지금의 안휘성(安徽省) 화현(和縣))·소주(蘇州) 등지에서 자사(刺史)를 역임했다. 만년에는 검교예부상서(檢校禮部尙書) 겸 태자빈객(太子賓客)을 지냈고 사후에 호부상서(戶部尙書)로 추대되었다.

청년시절에는 유종원과 절친하게 지냈으며, 낙양(洛陽)에서 보낸 노년시절에는 백거이(白居易)와 교유하며 〈억강남(憶江南)〉 사패를 만들었다. 특히, 백거이는 그의 풍모를 흠모하여 '시호(詩豪)'라고 칭송했다. 그의 작품에는 중당의 사회현실이 반영되어 환관의 횡포, 번진 세력의 할거, 정치권력에 대한 풍자와 비판을 아끼지 않았다. 또한 당시의 민가(民歌)에 심취하여 〈죽지사(竹枝詞)〉·〈양류지(楊柳枝)〉·〈낭도사(浪淘沙)〉 등에서 탁월한 성취를 이루기도 했다. 현존하는 그의 시는 모두 800여 수이고 사(詞)는 40여 수이다. 시문집으로 ≪유몽득문집(劉夢得文集)≫ 30권과 ≪외집(外集)≫ 10권이 있다.

(이지운)

春日書懷寄東洛白二十二楊八二庶子[1]

봄날 회포를 써 낙양의 백이십이와
양팔 두 서자에게 부침

曾向空門學坐禪,2	예전에 불가에서 좌선을 배운 적이 있는데
如今萬事盡忘筌.3	지금은 만사가 모두 통발을 잊어버린 격이 되었네.
眼前名利同春夢,4	눈앞의 명예와 이익은 봄날의 꿈과 같지만
醉裏風情敵少年.5	취기 속에 풍류스런 마음은 젊은이 못지않네.
野草芳菲紅錦地,6	들풀은 무성한데 붉은 비단 같은 땅,
遊絲掩亂碧羅天.7	거미줄은 어지러운데 푸른 비단 같은 하늘일세.
心知洛下閑才子,8	마음으로 낙양의 한가롭고 재주 있는 이를 아나니
不入詩魔卽酒顚.9	시마에 사로잡히지 않으면 주정을 부리겠지.

【주석】

1 東洛(동락) : 동도(東都) 낙양(洛陽)을 이른다.
白二十二(백이십이) : 백거이(白居易)를 이른다.
楊八(양팔) : 양귀후(楊歸厚)를 이른다. 양귀후는 유우석의 큰 아들의 장인으로, 유우석은 백거이, 양귀후와 함께 장안에서 벼슬을 한 적이 있다.
庶子(서자) : 태자가 거처하는 동궁(東宮)에 있는 관직 이름이다. 정4품에 해당하며 시종을 관장하고 계주(啓奏)를 교정하는 일을 한다.

2 [원주] ≪지도론≫[1]에 "열반에는 세 문이 있는데, 첫째 공문, 둘째 상문, 셋째 무작문이다. 무엇인가? 공문은 법을 이르며 무아무소한 것을 공문이라 이름 한다."라 하였다. ≪아비담론≫에 "무엇을 선이라 이릅니까? 답하기를, '맺힌 것을 끊어 바로 보는 것을 선이라 한다.'고 하였다."라 하였다.(智度論, 涅槃有三門, 一空門, 二相門, 三無作門. 何者. 空門謂法, 無我無所, 是名空門. 阿毘曇論, 何名禪, 答謂, 以斷結正觀名禪)

1) 지도론(智度論) : ≪대지도론(大智度論)≫을 줄여서 부른 말이다. 인도의 대승불교(大乘佛教) 초기의 고승인 용수(龍樹)가 저술한 ≪대품반야경(大品般若經)≫의 주석서.

空門(공문) : 불교에서 '제법개공(諸法皆空)'의 진리를 푸는 불교의 법문(法門). 삼론종(三論宗) 또는 선종(禪宗)의 다른 칭호. 보통 불문(佛門), 불가(佛家)의 의미로 쓰인다.

3 [원주] ≪장자≫에 "통발이라는 것은 고기를 잡기 위한 것이어서 고기를 잡고나면 통발을 잊게 된다."라 하였다. (莊子, 筌者, 所以在魚, 得魚而忘筌)

忘筌(망전) : 득어망전(得魚忘筌)을 이른다. 물고기를 잡고나면 통발을 잊듯이 목적을 달성하고 나서 그 수단을 잊는다는 뜻이다.

4 [원주] ≪전국책≫에 "조정에서는 명예를 다투고 저자에서는 이익을 다툰다."라 하였다.(戰國策, 爭名於朝, 爭利於市)

春夢(춘몽) : 봄날의 꿈. 어떤 것이 빠르고 쉽게 가버림을 비유한다.

5 [원주] 〈북산이문〉[2]에 "그의 풍류스런 마음은 햇살처럼 널리 퍼지고 서릿발 같은 기상은 가을하늘을 가로질렀다."라 하였다.(北山移文, 風情張日, 霜氣橫秋)

6 紅錦(홍금) : 붉은 비단.

7 [원주] 심약의 시에[3] "거미줄은 하늘을 덮어 펄럭이네."라 하였다. 두보시 주에 "유사는 거미줄이 어지러이 있는 것이다."라 하였다.(沈約詩, 遊絲映空轉. 詩史注, 遊絲, 蛛絲之遊散)

掩亂(엄란) : 어지러이 걸려 있다. ≪전당시(全唐詩)≫에는 '요란(撩亂)'으로 되어 있으며, 뜻은 같다.

碧羅(벽라) : 푸른 비단. 가는 비단실로 성기게 짠 비단이다.

8 [원주] 반악의 〈서정부〉에 "가생은 낙양의 재주 있는 자이다."라 하였다. ≪세설신어≫에 "사안은 낙하서생영[4]을 지었다."라 하였다.(潘岳西征賦, 玨賈生, 洛陽之才子. 世說, 謝安作洛下書生詠)

才子(재자) : 재주 있는 이. 여기서는 백거이와 양귀후를 이른다.

9 [원주] ≪신선본기≫에 "온박은 젊어서 오언시를 잘 썼다. 7월 19일 낙산을 노니는데 한 귀신이 온박에게 이르기를 '그대의 시구를 듣고 싶소.'라 하였다. 온박은 '산 높아 지는 해를 떠받들고 구름 거두어지니 맑은 하늘 드러나네.'라 하였다. 귀신은 무릎을 꿇고 눈물을 흘리며 이르기를 '나는 시마인데 그대보다 뛰어날 수는 없겠습니다.'라 하고는 늙은 여우가 되어 떠나갔다."라 하였다. 백거이 시[5]에 "오직 시마에게 질 수밖에 없어서 매번 좋은 풍경을 만날 때마다 한가로이 읊네."라 하였다. 두보의 시[6]에 "여전히 뛰어난 시구를 아끼지만 도리어 술 때문에 발광한 것만 떠오르네."라 하였다.(神仙本紀, 溫博, 少善五言詩. 七月十九日遊洛山, 有一鬼謂溫曰, 願聞君詩句. 溫曰, 山高擎落日, 雲斂露淸天. 鬼屈膝而泣曰, 吾是詩魔也, 不得冠乎君子. 遂化老狸而去. 白樂天詩, 唯有詩魔降未得, 每逢風月一閑吟. 詩史, 尙憐詩警策, 猶憶酒顚狂)

入(입) : 들다, 사로잡히다. ≪전당시≫에는 '작(作)'으로 되어 있고 '되다'라는 뜻이다.

詩魔(시마) : 시를 짓고자 하는 생각을 일으키는 일종의 마력(魔力). 신이 들린 듯 시를 짓기 때문에 붙여진 이름이다.

---

2) 이 글은 남제(南齊) 공치규(孔稚珪)가 지었는데, 지식인의 위선을 풍자하였다.
3) 이 시의 제목은 〈3월 3일 갑자기 시를 완성하여(三月三日率爾成章詩)〉이다.
4) 낙하서생영(洛下書生詠) : '낙하음(洛下吟)'이라고도 한다. 동진의 사안(謝安)은 비염이 있어 시를 읊을 때면 콧소리가 강하게 났다고 한다. 당시 선비들이 그의 소리를 모방하여 코를 막고는 음송하였다고 하는데, 이러한 독법을 낙하서생, 낙하서생영이라 한다.
5) 이 시의 제목은 〈한가로이 읊어(閑吟)〉이다.
6) 이 시의 제목은 〈장난삼아 지어 한중왕께 보내 드림(戲題寄上漢中王)〉이다.

酒顚(주전) : 술에 잔뜩 취하여 미친 듯이 부리는 주정(酒酊).

【해설】

이 시는 보력(寶曆) 원년(825) 봄에 유우석이 화주(和州)에 있을 때 백거이와 양귀후에게 부친 것으로, 명예와 이익의 다툼에서 벗어나 풍류스러운 삶을 살고자 하는 작가가 벗을 그리는 심정을 담고 있다.

전반 4구에서는 제목에서의 봄날 회포에 대해 쓰고 있다. 이리저리 폄적되어 다니면서 세상의 욕심에서 멀어져 한가로이 생활하는 시인의 모습을 그려내고 있는데, 제1~2구에서는 낭주(朗州)에 폄적된 후 심취했던 불가에 기대지 않아도 마음이 한갓지게 되었음을 말하고 있다. 이어 제3~4구에서는 예전에 추구했던 모든 것들이 봄날의 꿈처럼 멀어져 지금은 술을 벗해 풍류를 즐기고 있음을 드러내었다. 후반 4구에서는 제목에서의 낙양과 그곳에 있는 두 벗을 상상하였다. 제5~6구에서는 낙양의 아름다운 자연경관을 묘사하였는데, 색채 대비가 선명하면서도 풍취가 느껴지고 섬세한 수사기교가 두드러진다. 양신(楊愼)은 ≪승암시화전증(升庵詩話箋證)≫에서 이 구절에 대하여 "육조(六朝)의 풍취가 완연하여 특히 좋아한다(宛有六朝風致, 尤可喜也)"고 하였다. 제7~8구에서는 이 낙양에서 재주로 이름을 떨치는 두 벗을 떠올리고 있는데, 그들이 시를 쓰지 않으면 술에 취할 것이라는 것을 상상하는 작자의 모습을 통해 작자가 얼마나 그들을 그리워하는지 짐작할 수 있다.

白舍人寄新詩, 有歎早白無兒, 因以贈之1

중서사인 백거이가 새로 지은 시를 보냈는데 일찍 머리가 세고
자식이 없는 것을 탄식하므로 내가 이 시를 줌

莫嗟華髮與無兒,2	머리 세고 자식 없다고 탄식하지 말게나.
却是人間久遠期.	도리어 우리 세상은 길고 오랜 시간이라네.
雪裏高山頭白早,3	눈 속의 높은 산은 정상부터 먼저 희어지고
海中仙菓子生遲.4	바다 속의 선과는 그 열매 더디 열린다네.
于公必有高門慶,5	우공처럼 필시 높은 문에 걸맞은 경사가 있을 것인데
謝守何煩曉鏡悲.6	사령운처럼 어찌 괴로워하며 아침 거울을 보며 슬퍼하는가.
幸免如新分非淺,7	다행스럽게도 새로 안 사이는 아니어서 정이 얕지 않으니
祝君長詠夢熊詩.8	그대가 곰 꿈 꾸는 시를 길게 읊조리길 바라네.

【주석】

1 이 시는 ≪전당시≫에 〈소주의 중서사인 백거이가 새로 지은 시를 보냈는데 일찍 머리가 세고 자식이 없는 것을 탄식하므로 내가 이 시를 줌(蘇州白舍人寄新詩, 有歎早白無兒之句, 因以贈之)〉라는 제목으로 실려 있다.
白舍人(백사인) : 백거이(白居易). 원화(元和) 연간(805~820) 말에 중서사인(中書舍人)을 지냈고, 보력(寶曆) 원년(825) 5월에 소주자사(蘇州刺史)가 되었다. 그는 부임한 후에 〈스스로 읊다(自咏)〉를 지어 "다만 자식이 없고 머리 일찍 세니 하늘이 고난을 주어 딱 고르게 하였네.(唯是無兒頭早白, 被天磨折恰平均)"라 하였고, 또 〈이전 시를 읊으며 원진에게 부쳐(吟前篇, 寄微之)〉에서는 "어떻게 그대를 또 나와 같게 하였는가. 머리가 일찍 세고 또 자식도 없구나.(何事遣君還似我, 髭須早白亦無兒)"라 하였다. 이것이 유우석에게 보낸 새로 지은 시일 것이다.

2 [원주] ≪후한서≫에 "변양의 〈초화부〉에 '희게 센 머리와 옛 은덕은 모두 큰 거북이 된다.'라고 하였다."라 하였다. ≪진서≫에 "등유는 자가 백도인데, 자식이 없었다. 사람들이 이치를 따지며 그것을 슬퍼하였는데 이를 위해 '천도도 무지하시지, 등유에게 자식을 없게 하다니.'라 말하였다."라 하였다.(後漢邊讓草華賦, 華髮舊德, 並爲元龜7). 晉書, 鄧攸, 字伯道, 卒無嗣, 人義而哀之, 爲之語之曰, 天道無知, 使伯道無兒)

華髮(화발) : 하얗게 센 머리카락.

3 高山頭白(고산두백) : 높은 산 정상이 희다. 산 정상에 눈이 쌓여 녹지 않았음을 말한다.

4 [원주] ≪수경≫에 "동해에는 산이 있는데 탁삭이라 한다. 위로 큰 복숭아나무가 있어 삼천리나 뻗어있는데 이를 반도라 한다."고 하였다. ≪한무고사≫에는 다음과 같이 되어 있다. "동해에서 난쟁이를 바치자 동방삭을 불렀다. 동방삭이 이르자 난쟁이는 그를 가리키며 임금에게 이르기를 '서왕모가 복숭아나무를 심었는데 이천년에 한번 복숭아가 열립니다. 이 동방삭은 불량하여 세 번이나 지나면서 그것을 훔쳤습니다.'라 하였다. 나중에 서왕모가 내려와 복숭아를 일곱 개를 주었는데 서왕모가 두 개를 갖고 다섯 개를 무제에게 주자 무제는 씨를 남겨 앞에 두었다. 서왕모가 '이것으로 무엇을 하려 하십니까?'라 묻자, 무제는 '이 복숭아를 심으려 합니다.'라 하였다. 서왕모는 웃으면서 '이 복숭아는 삼천년에 복숭아 하나가 열리고 인간세상의 땅에 심으면 안 됩니다.'라 말하였다. ≪구당서・유우석전≫에는 "백거이가 이르기를 '유우석의 문장은 신묘하고 법도가 있으니 내가 어찌 감히 유우석과 같아지리오? '눈 속의 높은 산은 정상부터 먼저 희어지지만 바다 속의 선과는 그 열매 더디 열린다네.', '가라앉은 배 옆으로는 수많은 돛단배가 지나가고, 병든 나무 앞에는 온갖 나무 봄빛 한창이네.'[8]와 같은 것은 진실로 신묘하다고 이르겠으니, 곳곳에 영물이 간직되어 있다.'라고 하였다."라 하였다.(水經, 東海中有山, 名度索, 上有大桃樹, 屈盤三千里, 曰蟠桃. 漢武故事, 東海獻短人. 呼東方朔, 朔至, 因指朔謂上曰, 西王母種桃二千歲一爲子, 此兒不良也, 已三過偸之矣. 後西王母下, 出桃七枚, 母自取二, 以五枚與帝, 帝留核着前, 母問, 用此何. 上曰, 此桃欲種之. 母笑曰, 此桃三千年一着子, 非下土所植也. 舊唐書劉禹錫傳, 白樂天, 夢得文之神妙與神則, 吾豈敢如夢得. 雪裏高山頭白早, 海中仙菓子生遲, 沉舟側畔千帆過, 病樹前頭萬木春之類, 眞謂神妙矣, 在在處處, 應有靈物護持)

5 [원주] ≪한서≫에 다음과 같이 되어 있다. "우정국의 자는 만천이고 동해 사람이다. 그의 부친은 우공인데, 마을의 문이 부수어지자 마을의 노인들이 나서서 수리를 하였다. 우공이 이르기를, '반드시 그 마을 문을 높고 크게 해서 말 네 마리가 끄는 높은 덮개가 있는 큰 수레가 지나갈 수 있게 하십시오. 내가 감옥을 다스리면서 음덕을 많이 쌓아 일찍이 원망을 들은 적이 없어서 자손들 가운데 반드시 흥하는 이가 있을 것입니다.'라 하였다. 과연 우정국은 승상이 되었고 그의 아들은 어사대부가 되어 우공의 사당을 세웠다."(漢書, 于定國, 字曼倩, 東海人也. 父于公, 其閭門壞, 父老方共理之, 于公曰, 必高大其閭門, 令容駟馬高蓋. 我理獄多陰德, 未嘗有所冤, 子孫必有興者. 至定國爲丞相, 國子爲御史大夫, 生立于公祠)

6 [원주] ≪남사≫에 "사령운은 영가태수를 지냈다. 〈영가군의 사당[9]시〉에 '거울을 어루만지니 검은 귀밑머리 희게 세었네.'라고 하였다."라 하였다. 또 사조는 선성태수를 지냈다.(南史, 謝靈運爲永嘉太守. 永嘉郡射堂詩云, 撫鏡華緇鬢. 又, 謝朓爲宣城太守)

謝守(사수) : 사령운(謝靈運)을 이르나, 여기서는 백거이를 가리킨다.

7 [원주] ≪사기・추양열전≫에 이르기를 "백발이 되어도 새로 사귄 것 같고 수레를 잠시 멈추고

7) 元龜(원귀) : 큰 거북. 옛날에 천자가 즉위할 때 큰 거북으로 점을 쳤다 한다. 여기서는 나라의 좋은 징조의 뜻인 듯하다.

8) 이 시의 제목은 〈백거이가 양주에서 처음으로 만난 자리에서 나에게 써준 시에 대해 수창하여(酬樂天揚州初逢席上見贈)〉이다.

9) 사당(射堂) : 활쏘기를 익히는 곳을 이른다.

이야기해도 오래 사귄듯하니, 어찌 그러한가? 서로를 아느냐와 모르느냐의 차이이다."[10]라 하였다.(史記, 鄒陽傳曰, 白頭如新, 傾蓋如故, 何則, 知與不知也)

幸免(행면) : 다행히도 ~를 면하였다.

8 [원주] ≪시경≫[11]에 이르기를 "좋은 꿈은 무엇인가? 검은 곰, 큰 곰일세. 검은 곰, 큰 곰은 아들 낳을 징조일세."라 하였다.(詩, 吉夢維何, 維熊維羆. 維熊維羆, 男子之祥)

【해설】

이 시는 보력(寶曆) 원년(825) 가을 화주(和州)에서 지은 작품으로, 백거이가 시에서 머리가 센 것과 자식 없음을 한탄하자, 그에 대하여 위로하는 내용을 담고 있다.

구조는 상당히 단순하다. 전체 6구에서는 백거이 시에 대해 언급하면서 위로의 말을 전하였고, 마지막 두 구에서는 깊은 우정을 들어 백거이를 축복하고 있다. 제1~2구에서는 백거이의 시를 언급하며 인생이 길기 때문에 미리 걱정하지 말라고 하였다. 다음 두 연은 제1구에서의 머리 세는 것과 자식이 없는 것에 대해 교차하며 부연묘사하고 있는데, 제3구와 제6구는 흰머리를, 제4구와 제5구 무자식에 대해 언급하였다. 특히 백거이와 관련된 시어인 '높은 산', '선과'는 그의 재주가 매우 뛰어남을 나타내고 있어 증시(贈詩)로서의 덕목을 잘 구현하고 있다. 제7~8구에서는 자신과 백거이의 도타운 우정을 언급하며 친구에게 자식이 있기를 바라면서 끝맺었다.

이 시에서는 백발과 무자식이라는 내용이 반복적으로 등장하고 있으나, 시인은 자연형상이나 신선전설, 옛 고사 등을 빌어 다채롭게 표현하여 중복이 주는 지루함을 피하고 있다. 백거이는 이것을 두고 그 솜씨가 신묘(神妙)하다고 추켜세웠던 듯하다. 그러나 위태(魏泰)는 ≪임한은거시화(臨漢隱居詩話)≫에서 백거이가 시 평가를 잘하지 못한 것이라 하면서 이런 시어는 "일상적인 말(常語)"이라 하였고, 왕세정(王世貞)도 ≪전당시설(全唐詩說)≫에서 백거이의 평가에 대해 "이는 학식이 모자란 자의 소치(此不過學究之少有致者)"라며 일축하였다.

---

10) 이 이야기는 ≪사기(史記)≫의 〈추양열전(鄒陽列傳)〉에 나오는 말이다. 전한(前漢) 초기에 추양이라는 사람이 있었다. 그는 양(梁)나라에서 무고하게 사형선고를 받고 왕에게 자신의 억울함을 호소하는 글을 올렸다. 주된 내용은 사람이 사람을 아는 것이 쉽지 않다는 것이었다. 양나라 왕은 추양의 글에 감동받아 그를 석방하였을 뿐만 아니라 융숭하게 대접하였다. 추양은 아래와 같은 예를 들었다. 연(燕)나라 태자 단(丹)을 존경한 형가(荊軻)는 단을 위해 진(秦) 시황제를 암살하러 갔지만 단도 형가를 의심하였고, 초(楚)나라 왕에게 보석을 바친 변화(卞和)도 왕을 기만한 자라고 발이 잘리는 형벌에 처해졌다. 또한 진(秦)나라를 위해 헌신한 재상 이사(李斯)도 결국 2세 황제에 의해 저잣거리에서 처형되었다. 아무리 오래 사귀어도 서로를 알지 못하면 헛수고한 것과 마찬가지이다. 반대말로 처음 잠깐 만났는데도 매우 친숙하다는 뜻의 경개여고(傾蓋如故) 또는 경개여구(傾蓋如舊)가 있다. 경개(傾蓋)는 원래 수레를 잠시 멈추고 정답게 이야기를 나누는 것을 이른다.

11) 여기서는 〈소아(小雅)·사간(斯干)〉 시를 말한다.

003

上淮南令狐楚相公[1]

회남절도사 상공 영호초에게 올려

新詩轉詠忽紛紛,[2]	새로운 시를 전해 읊었는데 홀연 어지러이 퍼져서
楚老吳娃遍耳聞.[3]	초땅의 노인이나 오땅의 미인도 두루 들을 수 있었네.
盡道呼爲好才子,[4]	모두들 재주 있는 이라고 부르면서도
不知官是大將軍.[5]	벼슬이 대장군인줄 알지 못하네.
詞人命薄多無位,[6]	시인은 박명하고 지위 없는 이가 많고
戰將功高少有文.[7]	전장의 장수는 공은 높으나 문재가 있는 이 적다네.
謝朓篇章韓信鉞,[8]	사조의 작품도, 한신의 부월도
一生雙美不如君.[9]	평생 둘 다 뛰어남은 그대보다는 못하리.

【주석】

1 이 시는 ≪전당시≫에 〈선무군절도사인 상공 영호초께서 주신 시가 오 지역에 전파되자 짧은 작품을 받들어서 감사의 마음을 펴내다(宣武令狐相公, 以詩寄贈傳播吳中, 聊奉短草[12], 用申酬謝)〉라는 제목으로 실려 있다. 또한 작자도 백거이(白居易)로 되어 있다.

[원주] ≪구역지·양주≫의 주석에 이르기를 "광릉군은 회남절도사이다."라 하였다.(九域志揚州注, 廣陵郡, 淮南節度使)

相公(상공) : 재상에 대한 존칭.

令狐楚(영호초) : 영호초(766?~837)는 당나라 의주(宜州) 화원(華原, 지금의 섬서성(陝西省) 요현(耀縣)) 사람으로, 자는 각사(殼士)이다. 정원(貞元) 7년(791)에 진사가 되었고, 헌종(憲宗) 때 직방원외랑(職方員外郎)에 발탁되어 지제고(知制誥)를 지냈다. 화주자사(華州刺史)로 외직에 나가 하양회절도사(河陽懷節度使)를 역임하였고, 내직으로 들어와 중서시랑(中書侍郎), 동평장사(同平章事) 등을 역임하였다. 시호는 문(文)이다.

2 轉詠(전영) : 전해 읊다. ≪전당시≫에는 '전영(傳詠)'으로 되어 있으며, 뜻은 같다.

12) 다른 판본에는 '聊奉(요봉)'이 '聊用(요용)'으로, '短草(단초)'가 '短章(단장)', 혹은 '短篇(단편)'이라 되어 있다.

[원주] 〈금부〉[13]에 이르기를 "맑은 강에 임해 새 시를 짓네."라 하였다.(琴賦, 臨淸流賦新詩)

3 遍耳(편이) : 두루 귀로. ≪전당시≫에는 '이편(耳遍)'으로 되어 있고 '귀로 두루'라는 뜻이다.
[원주] 〈오도부〉[14]에 대한 유연림의 주석에 "오 지역 풍속에 미인을 '왜(娃)'라고 하였다"라 하였다.(劉燕林注[15]吳都賦注, 吳俗謂妙女爲娃)

4 盡道(진도) : 모두 말하다. ≪전당시≫에는 '진해(盡解)'로 되어 있으며 '모두들 안다'는 뜻이다.

5 大將軍(대장군) : 대장군. ≪전당시≫에는 '상장군(上將軍)'으로 되어 있다.

6 [원주] 백거이의 〈원진에게 주는 편지〉[16]에서 "옛 사람이 이르기를 '명성이라는 것은 공기(公器)[17]로, 많이 취할 수 없다.'고 하였다. 나는 어떠한가? 한 때의 명성을 훔치고 또 한 때의 부귀를 훔치고자 하여 내가 조물주의 책망을 받게 되니 이것을 겸할 수 있겠는가? 더구나 시인은 곤궁함이 더 심하다. 예를 들어 진자앙, 두보는 각각 습유에 제수되었지만, 어려움 속에 쇠하여 죽었다."라 하였다.(白樂天與元稹書曰, 古人云名者, 公器, 不可多取. 僕是何者. 竊時之名, 又欲竊時之富貴, 使己爲造物者責, 兼與之乎. 況詩人多蹇, 如陳子昂杜甫各授一拾遺而龜剝至死)
詞人(사인) : 시인. ≪전당시≫에는 '사인(辭人)'으로 되어 있으며 뜻은 같다.

7 [원주] ≪한서 · 주발전≫에 이르기를 "주발[18]의 됨됨이는 소박하고 강직하며 인정이 두터웠다. 고제는 그에게 대사를 맡길만하다고 여겼다. 주발은 문학[19]을 좋아하지 않아서 매번 유생 유세객을 부를 때마다 동쪽으로 향해 앉아서[20] 책망하기를 '나에게 빨리 말하시오.'라 하였다. 그의 예절을 따지지 않음이 이와 같았다."라 하였다.(漢書周勃傳, 勃爲人木强敦厚. 高帝以爲可屬大事. 勃不好文學, 每招諸生說事,[21] 東向坐, 責之, 趣爲我語, 其惟少文如此)

8 [원주] ≪남사≫에 이르기를 "사조의 자는 현휘이며 훌륭한 명성이 있었다. 문장은 청려하였고 관직을 이부랑으로 옮겼다. 초서와 예서를 잘 썼고 5언시에 뛰어났다. 심약은 그를 두고 항상 '이백년 이래로 이런 시는 없다.'라고 하였다."라 하였다. ≪한서≫에서는 "한왕이 택일하여 재계하고 단을 설치하여 한신을 대장으로 삼았다."라 하였다. ≪춘추원명포≫에서 "호분[22]을 하사받아 전쟁의 전권을 얻고 부월[23]을 하사받아 주살의 권한을 얻는다."라 하였다.(南史, 謝朓, 字玄暉, 有美名. 文章淸麗, 遷吏部郎. 善草隸, 長五言詩. 沈約常云, 二百年來無此詩也. 漢書, 漢王擇日齋戒設壇, 拜韓

---

13) 금부(琴賦) : 이 작품의 작자는 혜강(嵇康)이다.
14) 오도부(吳都賦) : 이 작품의 작자는 좌사(左思)이다.
15) 劉燕林注(유연림주) : 원주에는 '劉淵州林(유연주림)'으로 되어 있으나 오류로 추정되어 수정하였다. 유연림은 유규(劉逵)로, 연림은 그의 자이다. ≪진서(晋書) · 좌사전(左思傳)≫에 "부가 완성되자,…… 장재위가 〈위도부〉에 주석을 하였고, 유규가 〈오도부〉, 〈촉도부〉에 주석을 달았다.(及賦成, ……張載爲注魏都, 劉逵注吳蜀)"라 하였는데, ≪문선(文選)≫에 주를 단 이선(李善)은 〈삼도부〉 주석을 달면서 유규의 주석을 많이 인용하였고 그의 자를 병기하였다.
16) 이 문장의 본래 제목은 〈원구에게 주는 편지(與元九書)〉이다.
17) 공기(公器) : 관직(官職) 따위를 개인(個人)의 것이 아니라는 뜻으로 일컫는 말로, 사회 일반에게 공동(共同)으로 쓰이는 기구(器具)를 이른다.
18) 주발(周勃) : 한(漢) 나라 고조(高祖) 때 사람으로 유방(劉邦)의 공신(功臣)이다. 고조를 도와 천하를 평정하였고, 여씨(呂氏) 일가를 죽이고 한실(漢室)을 편안하게 하여, 벼슬이 승상(承相)에까지 올랐다.
19) 문학 : 여기서의 문학은 문사와 예절을 의미한다.
20) 동쪽을 향해 앉다 : 상석을 의미한다.
21) 說事(설사) : 다른 판본에는 '說事(설사)'가 '說士(세사)'로 되어 있는데, 후자가 더 매끄러운 듯하여 후자의 뜻으로 해석하였다.
22) 호분(虎賁) : 중국에서 천자가 특히 공로가 큰 제후와 대신에게 하사하던 물품의 하나.
23) 부월(鈇鉞) : 임금의 권위를 상징하는 작은 도끼와 큰 도끼를 아울러 이르는 말로, 출정하는 대장이나 큰 임무를 띤 군직(軍職)의 관리에게 임금이 정벌(征伐)과 중형(重刑)의 뜻으로 준다.

信爲大將. 春秋元命苞, 賜虎賁, 得專征, 賜鈇鉞, 得誅也)

篇章(편장) : 시문의 편(篇)과 장(章).

韓信(한신) : 한신(?~B.C.196)은 한나라 회음(淮陰, 지금의 강소성(江蘇省)) 사람이다. 진(秦)나라 말 난세에 처음에는 초(楚)나라의 항량(項梁)과 항우(項羽)를 섬겼으나 중용되지 않아 한왕(漢王)의 군에 참가하였다. 승상 소하(蕭何)에게 인정을 받아 해하(垓下)의 싸움에 이르기까지 한군을 지휘하여 제국(諸國) 군세를 격파, 군사 면에서 크게 공을 세움으로써 제왕(齊王), 이어 초왕(楚王)이 되었다. 그러나 한제국(漢帝國)의 권력이 확립되자 유씨(劉氏) 외의 다른 제왕(諸王)과 함께 차차 권력에서 밀려나, B.C.201년 회음후(淮陰侯)로 격하되었다. 한신은 한고조를 원망하며 토사구팽(兎死狗烹)이라는 말을 남겼다. B.C.196년 진희(陳豨)의 난에 가담하였다가 탄로 나자 여후(呂后)의 부하에게 참살당하였다.

9 雙美(쌍미) : 둘 다 뛰어남. ≪전당시≫에는 '쌍득(雙得)'으로 되어 있으며 '둘 다 얻음'이라는 뜻이다.

【해설】

이 시는 ≪전당시≫에 백거이의 작품으로 수록되어 있으며 보력(寶曆) 원년(825) 소주(蘇州)에서 지어졌다고 되어 있다. 따라서 이 시에 관련된 유우석의 사적은 찾기 어려운 실정이다.

이 시는 영호초가 작자에게 시를 준 적이 있는데, 이것이 당시에 유행이 되자 이를 찬상하며 감사하는 내용을 담고 있다. 제1~2구에서는 영호초의 시가 상당히 유행하였음을 말하였고, 제3~4구에서는 그 시의 작자가 무공이 있는 장군임을 밝혔다. 제5~6구에서는 영호초를 찬미하고 있는데, 그의 지위나 재능은 그 어떤 박명한 시인이나 무공만 높은 무인과도 다른 것임을 드러내었다. 제7~8구에서는 위 연을 이어 영호초를 한껏 치켜세우고 있다. 문학적 재능이 뛰어났던 사조와 무공이 혁혁하여 임금의 인정을 받았던 한신과 대조하면서 그들의 장점을 한 몸에 지니고 있으며, 그리하여 그들보다 훨씬 뛰어나다고 평가하였다.

酬白樂天[1]

백거이에게 수창하여

巴山楚水淒涼地,[2]	파 땅과 초 땅의 산천 처량한 곳에
二十三年棄置身.[3]	23년 동안 버려진 몸이었지.
懷舊空吟聞笛賦,[4]	옛 벗 그리움에 피리소리 들으며 지었던 부를 공연히 읊조리는데
到鄕翻似爛柯人.[5]	고향에 와보니 도끼자루 썩는 줄 몰랐던 이 같구나.
沉舟側畔千帆過,	가라앉은 배 옆으로는 수많은 돛단배가 지나가고
病樹前頭萬木春.	병든 나무 앞에는 온갖 나무 봄빛이 한창이네.
今日聽君歌一曲,[6]	지금 그대가 부른 노래 한 곡 들으며
暫憑杯酒暢精神.[7]	잠시 술잔에 의지하니 마음이 후련해지네.

【주석】

1 이 시는 ≪전당시≫에 〈백거이가 양주에서 처음으로 만난 자리에서 나에게 써준 시에 대해 수창하여(酬白樂天揚州初逢席上見贈)〉라는 제목으로 실려 있다.

2 巴山楚水(파산초수) : 파 지역의 산과 초 지역의 강. 여기서는 작자가 폄적되었던 곳을 가리킨다. 낭주(朗州)와 연주(連州), 화주(和州)는 옛날에 초 땅이었고, 기주(夔州)는 옛날에 파국(巴國)의 땅이었다.

3 [원주] 위의 '유원외' 밑에 달린 주에 보인다.(見上劉員外下注)

二十三年(이십삼년) : 순종(順宗) 영정(永貞) 원년(805) 영정혁신(永貞革新)이 실패한 후 유우석은 연주자사(連州刺史)로 폄적되어 이 시를 쓸 때까지 모두 22년이 걸렸다. 여기서 23년이라 한 것에 대해서 어떤 이는 그 다음 해에야 장안으로 돌아올 수 있었으므로 23년이 맞다고 하였고, 어떤 이는 평측 때문에 측성인 '이(二)' 대신에 평성인 '삼(三)'을 쓴 것이라 하였다.

棄置(기치) : 버려지다.

4 [원주] ≪진서≫에 "상수의 자는 자기이고, 깨달음에 깊은 견식이 있었다. 혜강은 단련을 잘하였고, 상수는 그를 도우며 서로 즐거이 대하였다. 나중에 혜강이 주살되자 상수는 〈사구부〉를 지었다. 서문에 '이웃 사람 중에 피리를 부는 자가 있었는데 그 소리가 쓸쓸하면서도 맑아서 옛날 함께

노닐었던 좋았던 때를 추억하게 한다.'라고 하였다. 그 내용은 다음과 같다."라 하였다.(晉書, 向秀, 字子期, 淸悟有遠識. 嵇康善鍛, 秀爲之佐, 相對欣然. 後康被誅, 秀乃作思舊賦, 序云, 鄰人有吹笛者, 發聲寥亮, 追想曩昔遊宴之好. 其辭云云)

聞笛賦(문적부) : 피리 부는 소리를 듣고 지은 부. ≪전당시≫에는 '문적부(聞篴[24]賦)'라 되어 있고 뜻은 동일하다. 여기서는 상수(向秀)의 〈사구부(思舊賦)〉를 가리킨다. 서문에서 상수가 혜강을 떠올리며 이 부를 지어 그를 추모한다고 하였다. 순종(順宗, 761~806)은 영정(永貞) 원년(805)에 환관 세력을 타파하기 위하여 관료를 이용한 개혁을 단행하였다. 왕숙문(王叔文)을 비롯하여 유종원(柳宗元), 유우석 등은 혁신파를 결성하여 환관 세력에게 충격을 주었다. 그러나 결국 이 시도는 실패하여 왕숙문은 폄적되어 죽었고, 유종원과 유우석 및 다른 다섯 명도 외지로 폄적되었다. 이 시에서 유우석은 이 전고를 빌어 벗이었던 죽은 왕숙문과 유종원을 그리워한 것이다.

5 [원주] ≪술이기≫에 "신안산에 돌로 된 집이 있었는데, 왕질이 그 집에 들어가서 두 아이가 바둑을 두고 있는 것을 보았다. 대국 구경이 끝나지 않았는데 자신이 들고 있던 도끼자루가 이미 썩어 있었다. 급히 되돌아갔지만 고향은 이미 옛 모습이 아니었다."라 하였다.(述異記, 信安山有石室, 王質入其室, 見二童子對棋, 看局未終, 視其所執伐薪柯已朽爛, 遽歸, 卽鄕里已非)

翻似(번사) : 도리어 ~와 같다.

爛柯人(난가인) : 썩은 도끼자루를 들고 있는 이. 여기서는 왕질에 스스로를 빗대어 20여 년간의 폄적생활 때문에 고향에 돌아오니 모든 것이 낯설어 마치 몇 세대나 지난 것 같은 느낌이 드는 것을 이른다.

6 [원주] 이백의 〈술을 권하며〉에 "그대를 위해 노래 한 곡 하리니, 청컨대 그대는 귀를 씻고 나를 위해 들어주시게나."라 하였다.(李白將進酒, 與君歌一曲, 請君洗耳爲我聽[25])

歌一曲(가일곡) : 노래 한 곡을 부르다. 여기서는 백거이가 지은 〈취하여 유우석에게 주어(醉贈劉二十八使君)〉[26]를 가리킨다.

7 暢精神(창정신) : 정신이 후련해지다. ≪전당시≫에는 '장정신(長精神)'이라 되어 있는데 이는 '정신이 번쩍 들게 하다'라는 뜻이다.

【해설】

보력(寶曆) 2년(826), 유우석이 화주자사(和州刺史)를 그만 두고 낙양으로 돌아갈 때에 마침 백거이가 소주(蘇州)에서 낙양으로 돌아가고 있었다. 이 둘은 양주(揚州)에서 만났는데, 백거이가 술자리에서 〈취하여 유우석에게 주어(醉贈劉二十八使君)〉라는 시를 써서 유우석에게 주자, 유우석은 이 시로

24) 篴(적) : 피리.

25) 請君(청군) 구 : 청컨대 그대 귀를 씻고 나를 위해 들어주게. 원주에는 이 구에 '洗耳(세이)' 두 글자가 빠져있으나 보충하였다. 판본에 따라서는 '請君爲我傾耳聽(청군위아경이)' 혹은 '請君爲我側耳聽(청군위아측이청)'으로 되어 있기도 하며, 이 경우에는 '청컨대 그대는 나를 위해 귀를 기울여 들어주시게'라는 뜻이다.

26) 그 원문은 다음과 같다. "그대 날 위해 술잔을 가져다 술을 따라주며 마시고 나는 그대와 함께 젓가락으로 상 두드리며 노래 부르네. 시로 나라 안의 최고라는 칭송도 그대에게는 헛된 것이니 운명이 사람의 머리 짓눌러도 어찔 수가 없구나. 눈을 들어 경치 바라보면 적막하기만 한데 조정에는 관직 넘쳐나건만 오직 그대와는 어긋나네. 재주와 명성이 꺾이는 것 알았지만 그래도 23년간의 좌절은 너무 했네.(爲我引杯添酒飮, 與君把箸擊盤歌. 詩稱國手徒爲爾, 命壓人頭不奈何. 擧眼風光長寂寞, 滿朝官職獨蹉跎. 亦知合被才名折, 二十三年折太多)" (≪백거이집(白居易集)≫ 권25)

화답하였다. 유우석과 백거이는 창화를 많이 했지만 실제로 만난 것은 그때가 처음이었다.
이 시에서 유우석은 자신의 감정을 펴내는 데 주력하고 있다. 제1~2구에서는 백거이 시의 마지막 구에서 23년이라 언급한 것을 이어 그 기간 동안 폄적된 신세였음을 말하였고, 제3~4구에서는 긴 폄적기간 때문에 벗들이 예전과 같지 않고, 고향도 생소하게 느껴지는 감정을 전고를 통해 드러내었다. 벗도 많이 사라지고 세태가 많이 변하였는데, 그에 적응하지 못한 자신을 발견하고는 더욱 슬픔에 잠겨 있다. 제5~6구에서는 또 다른 차원의 억울함과 슬픔을 쏟아놓는다. 황량한 곳에서 적막하게 젊은 시절 다 보내고 나니 다른 사람들은 저만큼 앞서있고 환하게 봄을 맞고 있는데, 자신만은 가라앉은 배와 병든 나무처럼 아무것도 한 것 없이 무력한 슬픔 속에 빠져 있다고 하였다. 그러나 마지막에서는 술자리답게 처진 분위기를 진작시키고 있다. 제7~8구에서는 백거이의 위로와 격려를 받아들이며 친구가 주는 술에 의지해 침통함을 거두고 호방한 기운을 되찾고자 하였다. 전체적으로 감정이 진지하고 침울한 가운데에서도 호방함을 엿볼 수 있어 하작(何焯)은 ≪유우석시하작비어고정(劉禹錫詩何焯批語考訂)≫에서 이 시에 대해 "울음과 눈물이 함께 흐른다.(聲淚俱下)"라고 하였다.

005

王少尹宅宴張常侍二十六兄白舍人大監, 兼呈盧郎中李員外二副使[1]

왕소윤의 댁에서 상시 장고 형과 중서사인 백거이 대감과 술자리가 있었고 노낭중과 이원외 두 부사에게 겸하여 드리다

將星夜落使星來,[2]　밤중에 장군별이 지자 사자별이 왔는데
三省淸臣到外臺.[3]　삼성의 청신이 외대에 이르렀네.
事重各御天子詔,[4]　일이 중대하여 각각 천자의 조서를 드리고
禮成同把故人杯.[5]　예가 끝나고 함께 친구의 잔을 잡네.
卷簾松竹雪初霽,[6]　주렴을 걷자 송죽에 내렸던 눈 막 개어
滿院池塘春欲回.　정원 가득 못가에 봄이 온 듯하네.
第一林亭迎好客,　제일 좋은 정자에서 좋은 객을 맞이하니
殷勤莫惜玉山頹.[7]　돈독한 정으로 옥산이 무너질까 걱정 말게.

【주석】

1 이 시는 ≪전당시≫에 〈하남 왕소윤의 댁에서 상시 장고 형과 중서사인 백거이 대감과 술자리가 있었고 노낭중과 이원외 두 부사에게 겸하여 드리다(河南王少尹宅宴張常侍二十六兄白舍人大監, 兼呈盧郎中李員外二副使)〉라는 제목으로 실려 있다.
[원주] 본주에 "이때는 조책오사도사를 담당했을 때이다."라 하였다.(本注時充弔冊烏司徒使)[27)]
少尹(소윤) : 당대(唐代)에는 주(州)가 부(府)로 승격되어 그 자사(刺史)를 부윤(府尹)이라 칭하였다. 부윤 아래에는 소윤 두 사람이 있어 부윤의 부관이 되었다. 부윤은 종3품이고 소윤은 종4품이다. 여기서는 하남부(河南府)의 부장관(副長官)을 이른다. 제목에서 언급한 왕소윤이 누구인지는 알

27) ≪문원영화(文苑英華)≫ 권258에 이 시를 수록하면서 제목 밑에 이와 동일한 주석을 달아놓았는데, "낙양에 이르다(至洛中)"는 구절이 덧붙여져 있다. 오사도(烏司徒)는 오중윤(烏重胤, 761~826)을 가리킨다. 그는 당나라 때 절도사(節度使)로 자는 보군(保君)이며 장액(張掖, 지금의 감숙성(甘肅省)) 사람이다. 젊어서 노주아장(潞州牙將)을 지내면서 좌사마(左司馬)를 겸하였다. 나중에 소의절도사(昭儀節度使) 노종사(盧從史)에게 속하여 도지병마사(都知兵馬使)를 지냈다. 원화(元和) 5년(810)에 노종사가 반란을 일으키자 그는 공을 세웠고 그 공을 인정받아 하양절도사(河陽節度使)가 되었으며 장액군공(張掖郡公)에 봉해졌다. 횡해(橫海)・천평(天平) 등에서 절도사를 지냈고 빈국공(邠國公)이 되었다. 그는 대화 원년(827) 11월에 죽었는데, 이때는 유우석이 주객낭중(主客郎中)으로 동도(東都)에 분사(分司)되어 있을 때이다.

수 없다.

張常侍(장상시) : 장고(張賈). 대화(大和) 원년과 2년(827~828)에 좌산기상시(左散騎常侍)를 지냈다.

白舍人(백사인) : 백거이(白居易). 백거이는 중서사인(中書舍人)을 지낸 적이 있다.

盧郎中(노낭중) : 누구인지 알 수 없다.

李員外(이원외) : 누구인지 알 수 없다.

2 [원주] ≪사기·천관서≫에 "낭위 옆에 큰 별이 장위이다."라 하였다. ≪진양추≫에 "붉고 끝이 뾰족한 별이 북동쪽에서 남서쪽으로 흘러 제갈량의 진영에 떨어졌다. 세 번 떨어지고 두 번 되돌아갔고 큰 것이 갔다가 작은 것이 돌아왔는데 갑자기 제갈량이 죽었다."라 하였다. ≪신당서≫에 "오중윤의 자는 보군이고 하양절도사에 발탁되었다. 황제가 회채를 정벌할 때 오중윤에게 조서를 내려 병사를 데리고 적의 변경을 제압하도록 하였다. 장경 연간 말에 검교사도로 동중서문하평장사가 되었다. 문종 초에 실제로 사도에 제수되었고, 오중윤은 기장과 창경절도사를 겸하였다. 얼마 후에 죽었는데 향년 67세였고, 태위가 추증되었다."라 하였다. ≪후한서≫에 "화제가 사자 두 사람을 보내어 각각 주군에 이르게 하여 노래를 살펴 채집하게 하였다. 두 사람이 익부에 이르러 여관의 아전인 이태의 집에 투숙하였다. 이태가 이르기를 '두 분께서 수도를 출발할 때 이미 저는 조정에서 두 사신을 보낼 것을 알고 있었다.'고 하자, 사신이 어떻게 그것을 알았냐고 물었다. 이태가 이르기를 '전에 두 별이 익주의 분야[28]를 향하고 있었거든요.'라 대답하였다."라 하였다.(史記天官書, 郎位傍一大星, 將位也. 晉陽秋, 有星赤而芒角, 自東北西南流, 投於亮營. 三投再還, 往大還小, 俄而亮卒. 新唐書, 烏重胤, 字保君, 擢河陽節度使. 帝討淮蔡, 詔重胤以兵壓賊境. 長慶末, 以檢校司徒同中書門下平章事. 文宗初, 眞拜司徒, 以重胤耆將, 兼節度滄景. 未幾卒, 年六十七, 贈太[29]尉. 後漢書, 和帝分遣使者二[30]人, 各至州郡, 觀采風謠. 二人當到益部, 投館吏李郃舍. 郃曰, 二君發京師時, 知朝廷遣二使. 使問, 何以知之. 郃曰, 前有二星向益州分野)

將星(장성) : 장군별. 여기서는 장군을 의미한다.

使星(사성) : 사자별. 여기서는 사자(使者)를 의미한다.

3 [원주] ≪신당서≫에 "당나라는 수나라의 제도를 따랐기 때문에 삼성의 우두머리인 중서령, 시중, 상서령이 모두 국정을 논의하였다."라 하였다. ≪당서·직관지≫에 "한무제 원광 5년(B.C.130)에 천하를 나누어 13주를 설치하고 여러 군을 나누어 다스렸는데, 주마다 사자 1명을 보내어 관리의 청렴함 여부를 감독하고 살피게 하였으니, 이들을 일러 13주자사라 하였다. 후한때 신하를 자사라 이름 붙이고 주군을 다스리는 일만 하였는데, 여전히 별가[31], 치중[32], 여러 조연[33] 등을 두었으니, 이들을 일러 외대라 하였다."라 하였다. ≪진서≫에 "자사의 함명[34]은 나라의 외대이다."라 하였다.(新唐書, 唐因隋制, 以三省之長中書令侍中尙書令共議國政. 唐書職官志, 漢武元光五年, 分天下置十三州, 分統諸郡, 每州遣使者一人, 督察官吏淸濁, 謂之十三州刺史. 後漢遂以名臣爲刺史, 專州郡之政, 仍置別駕治中諸曹掾屬, 號曰外臺. 晉書, 刺史銜[35]名, 國之外臺)

---

28) 분야(分野) : 중국을 중심으로 한 지상(地上)의 영역을 하늘의 이십팔수(二十八宿)에 배당하여 나눈 칭호.
29) 太(태) : 원주에는 '大(대)'라 되어 있으나 '太(태)'가 맞으므로 정정하였다.
30) 二(이) : 원주에는 '一(일)'이라 되어 있으나 '二(이)'가 맞으므로 정정하였다.
31) 별가(別駕) : 별가종사사(別駕從事史), 혹은 별가종사(別駕從事)라고도 하는데, 자사의 보좌관이다.
32) 치중(治中) : 치중종사사(治中從事史)라고 하며 자사를 돕는 일을 한다.
33) 조연(曹掾) : 분조(分曹)에서 일을 처리하는 관리나 서리.
34) 함명(銜名) : 관직 명칭을 이른다.

三省(삼성) : 중서성(中書省), 문하성(門下省), 상서성(尙書省)을 가리킨다. 좌산기상시는 문하성에, 사인은 중서성에, 원외랑과 낭중은 상서성에 속한다.
淸臣(청신) : 청자관(淸資官). 청관(淸官) 혹은 청직(淸職)이라고도 한다. 황제 측근에서 요직을 맡은 이를 청관이라 한다. 당대에는 3품 이상의 관직을 청망관(淸望官)이라 하였는데, 중서사인, 상서성의 낭중, 원외랑 등이 청자관이었다.
外臺(외대) : 자사(刺史)와 그의 부관을 이른다. 여기서는 오중윤을 가리킨다.

4 [원주] 채옹의 〈독단〉에서 이르기를 "황제의 칙령이란 황제가 말한 것이 반드시 법으로 제정되는 것이다. 조(詔)는 고한다는 뜻이다."라 하였다.(蔡邕獨斷, 制詔者, 王之言必爲法制也. 詔, 猶誥也)

5 [원주] ≪좌전≫에 "술로써 예를 행하되 지나치게 이어나가지 않는 것이 의이다."라 하였다. 사조의 시[36]에서는 "산천이 꿈꾸어지지 않는데, 친구와 잔을 기울이는 꿈을 꾸네."라 하였다.(左傳, 酒以禮, 不繼以淫, 義也. 謝脁詩, 山川不可夢, 夢乃故人盃[37])
禮成(예성) : 예가 이루어지다. 여기서는 조제(弔祭), 즉 죽은 이의 영혼(靈魂)을 조상(弔喪)하여 지내는 제사(祭祀)가 이루어졌다는 의미이다.

6 霽(제) : 개다, 그치다.

7 [원주] ≪진서≫에 "혜강의 자는 숙야이다. 산도(山濤)가 이르기를 '혜강의 사람됨은 우뚝 솟은 외로운 소나무가 서있는 듯한데, 그가 취하면 높은 옥산 같은 그가 무너지려는 것 같다.'고 하였다."라 하였다.(晉書, 嵇康, 字叔夜. 山公曰, 叔夜之爲人, 岩岩若孤松之獨立, 其醉也, 傀俄若玉山之將頹)
殷勤(은근) : 은근하다. 정성스럽다. 따스하고 빈틈없다.

【해설】

이 시는 대화(大和) 원년(827) 겨울 낙양에서 지은 것으로, 작자가 명을 받아 오중윤의 제사에 참여하러 왔다가 제사가 끝난 후 왕소윤의 저택에서 술자리가 벌어진 것을 내용으로 하고 있다.
시의 제목에서는 오중윤의 제사와 관련된 내용이 없지만, 시 본문의 내용은 전반부에서는 오중윤의 제사에 관한 것, 후반부에서는 술자리에 관한 것을 담고 있다. 제1~2구에서는 장군인 오중윤이 죽자 조정에서 보낸 사자들이 제사에 참여하기 위해 온 것을 말하였고, 제3~4구에서는 조정에서 보낸 사자답게 예를 잘 갖추어 행사를 끝내고는 그냥 헤어지기 아쉬운 친구들과 술자리를 잡는다고 하였다. 제5~6구는 술자리에서 바라본 경물로, 봄을 시샘하듯 눈이 내렸지만, 곧 봄이 올 듯 못가에는 봄기운이 완연하다. 이 경치는 친구들과 나누는 따스하고 돈독한 정과도 연결이 된다. 그리하여 마지막 두 구에서는 친구들과 즐거운 시간을 보내니 취할까 걱정하지 말고 마음껏 회포를 풀기를 바라였다.

35) 銜(함) : 원주에는 '御(어)'로 되어 있지만, ≪진서≫권71에 의거하여 바로 잡았다.
36) 이 시의 제목은 〈이별하는 밤(離夜)〉이다.
37) 夢乃(몽내) 구 : 원래 시에서는 "친구와 잔을 기울이는 꿈을 꾸네(夢乃故人盃)"가 "하물며 친구와 잔을 기울이는 것에 있어서랴(況及故人杯)"로 되어 있다.

006

和令狐相公題竹1

영호상공께서 대나무에 제하신 것에 화답하여

新竹翛翛韻曉風,2	새로 심은 대나무 쇄쇄 아침 바람에 어울리고
隔窗依砌尙蒙籠.3	창 너머 섬돌 가에 늘 울창하게 우거져 있네.
數間素壁初開後,4	몇 칸의 흰 벽을 막 헐자
一段淸光入座中.	한 무더기 맑은 빛 자리로 들어오네.
攲枕閑看知自適,5	베개 비스듬히 하고 한가로이 보면서 유유자적함을 아는데
含毫朗詠與誰同.6	붓을 들고 높이 읊조리니 뉘와 더불어 함께 할꼬.
此君若欲長相見,7	이 분을 만약 오래도록 보고자 한다면
政事堂東有舊叢.8	정사당 동쪽에 오래된 숲이 있네.

【주석】

1 이 시는 ≪전당시≫에 〈선무 영호상공의 관사에서 새로 심은 대나무를 대하고 지은 시에 화답하여(和宣武令狐相公郡齋[38]對新竹)〉라는 제목으로 실려 있다.
令狐相公(영호상공) : 영호초(令狐楚). 상공(相公)은 재상을 높여 부르는 말이다.

2 [원주] 이백의 시[39]에 "어디서 가을 소리 들리는가. 북창의 대나무에 쇄쇄 바람 소리라네."라 하였다.(李白詩, 何處聞秋聲, 翛翛[40]北窗竹)
翛翛(소소) : 나뭇잎에 바람이 부는 소리.

3 [원주] 〈촉도부〉[41]의 "풀이 무성한 곳을 거니네."에 대한 주석에 "몽롱은 나무와 풀이 무성한 것을 이른다."라 하였다.(蜀都賦, 躄蹈蒙籠注, 蒙籠, 草樹茂盛)
砌(체) : 섬돌, 계단.

38) 郡齋(군재) : 군수가 기거하는 곳, 관사.
39) 이 시의 제목은 〈심양자극궁에서 가을을 느껴(潯陽紫極宮感秋)〉이다.
40) 翛翛(소소) : 원본에는 '修修(수수)'라 되어 있으나, '翛翛(소소)'에 대한 주석이기도 하고 다른 이백의 시집에는 '翛翛(소소)'라 되어 있어 수정하였다.
41) 이 글은 서진(西晋)의 좌사(左思)가 지었다.

4 素壁(소벽) : 흰 벽. 이 구절은 영호초의 원래 시[42]에 나온 구절인 '흰 벽이 새로 헐리니 선명한 푸른빛이 비치네.(素壁新開映碧鮮)'를 언급한 것이다.

5 [원주] ≪장자≫ 주석에 이르기를 "그 뜻을 여유롭게 하고 즐기면서 지낸다."라 하였다.(莊子注, 自適其志)

欹(의) : 비스듬하다.

6 [원주] 〈문부〉[43]에 "혹 붓을 무니 아득하기만 하다."라 하였고, 〈유천태산부(游天台山賦)〉의 "긴 시냇물을 높이 읊조린다."는 구절에 이선은 "낭은 맑다는 의미이다."라 주하였고, 오신은 "낭은 높다는 의미이다."라 주하였다.(文賦, 或含毫而邈然. 天台賦[44], 朗詠長川. 李善注, 朗, 猶淸澈也. 五臣注, 朗, 高也)

含毫(함호) : 입으로 붓이 풀리도록 축이다. 붓을 들어 글을 쓰는 것을 의미한다.

朗詠(낭영) : 소리 높여 읊다.

7 [원주] ≪진서≫에 "왕휘지의 자는 자유이다. 늘 빈 집에 기거하며 한쪽에 대나무를 심게 하고는 그 소리를 들으며 읊조렸다. 대나무를 가리키며 '하루도 이 분 없이는 안 되겠네.'라 하였다."라고 하였다.(晉書, 王徽之, 字子猷. 常寄空宅中, 偏令種竹, 聞其聲嘯詠, 指竹曰, 不可一日無此君)

此君(차군) : 이 사람, 이 분. 왕휘지의 고사로 대나무를 가리키게 되었다.

8 [원주] ≪직림≫에 이르기를 "옛 체제에 재상이 일찍이 문하성에서 국사를 의논하여서 이곳을 정사당이라 불렀다. 개원 10년(722) 장열이 정사당을 중서문하성으로 바꾸었다."고 하였다. 당나라 장환[45]의 〈서시랑[46]이 중서성에서 대나무 숲을 읊은 시에 화답하여〉에서 "궁궐에 저녁이 낮게 드리우고 그윽한 대나무는 달리 숲을 이루었네. 자태는 가까운 계수[47]에 이어져 있고, 그림자는 깊은 봉지[48]에 지네. 서릿발 같은 절개를 중히 여겨 사물에 순응하는 마음 비울 수 있었네. 해마다 은혜를 받아 오래토록 궁정에 있으면서 대숲의 그늘을 대하리라."라 하였다.(職林, 舊制, 宰相嘗於門下省議事, 謂之政事堂. 開元十年, 張說改政事堂爲中書門下. 唐蔣渙, 和徐侍郎中書叢篠詠, 中禁夕沉沉, 幽篁別作林. 色連雞樹近, 影落鳳池深. 爲重淩霜節, 能虛應物心. 年年承雨露, 長對紫庭陰)

---

42) 이 시의 제목은 〈관사의 왼쪽 편에 대나무 백여 그루가 심어져 있는데 더위와 추위 이미 지났어도 푸름이 변하지 않았다. 담 때문에 가려져 애상하는 데 방해가 되어 한가한 날에 군재의 동쪽 담을 헐라고 명하였다. 이로부터 섬돌에 설 때마다 문에 친 휘장에 낮게 비쳐 밤낮으로 대하게 되었으니 초탈한 정취가 매우 있게 되었다.(郡齋左偏栽竹百餘竿, 炎涼已周靑翠不改. 而爲牆垣所蔽有乖愛賞, 假日命去齋居之東牆. 由是俯臨軒階, 低映帷戶, 日夕相對, 頗有翛然之趣)〉이고 원문은 다음과 같다. "관사의 북쪽 창가에 대나무 심어져 있는데 흰 벽이 새로 헐리니 선명한 푸른빛이 비치네. 푸르고 무성한 것은 약을 만드는 곳에 가깝고 녹음은 깊어 자리의 휘장 앞까지 이르네. 아침 무렵 잎새를 바람이 놀라게 하면 빗소리를 듣는듯하고 봄 가지에 달 지나가면 안개를 품은 듯하네. 노자가 산을 생각하자 마음 점점 느긋해졌고 물러난 공은 한가로이 앉아 예쁜 것을 대하리.(齋居栽竹北窗邊, 素壁新開映碧鮮. 靑藹近當行藥處, 綠陰深到臥帷前. 風驚曉葉如聞雨, 月過春枝似帶煙. 老子憶山心暫緩, 退公閑坐對嬋娟)"

43) 이 글은 서진(西晉)의 육기(陸機)가 지었다.

44) 天台賦(천태부) : 손작(孫綽)의 〈유천태산부(游天台山賦)〉이다.

45) 장환(蔣渙, ?~795?) : 당나라 상주(常州) 의흥(義興, 지금의 강소성(江蘇省) 의흥(宜興)) 사람이다. 장렬(蔣冽)의 동생이다. 급사중(給事中)을 비롯하여 공부시랑(工部侍郎), 예부상서(禮部尙書) 등을 역임하였다. ≪전당시≫에 시 5수가 보존되어 있다.

46) 서시랑(徐侍郎) : 아마도 서안정(徐安貞)인 듯하다. 개원 연간에 중서사인(中書舍人), 집현학사(集賢學士)를 지냈고, 여러 벼슬을 거쳐 중서시랑(中書侍郎)를 역임하였다. 5언시를 잘 썼다.

47) 계수(雞樹) : 중서성을 가리킨다.

48) 봉지(鳳池) : 중서성을 가리킨다. 금중봉황지(禁中鳳凰池)의 줄임말이다.

政事堂(정사당) : 재상이 국사를 의논하는 곳.

【해설】

이 시는 대화(大和) 2년(828) 여름 장안에서 영호초의 작품에 화답한 작품이다. 내용상 앞의 3연은 영호초가 쓴 시의 내용을 다루었고, 마지막 연에서는 영호초가 재상직에 오래 있기를 바라는 것을 담아 윗사람에게 올리는 화답시로서의 특징이 두드러진다.

제1~2구에서는 영호초의 관사 북쪽 창가에 대나무가 우거져 바람에 소리를 내며 흔들리는 모습을 썼고, 제3~4구에서는 영호초가 대나무를 감상하기 위해 담을 헌 것을 썼다. 제5~6구에서는 영호초가 대나무를 감상하며 유유자적한 심정을 가짐에 대해 말하였고, 제7~8구에서는 이러한 대나무를 오래 보려면 궁궐에서 오래 있어야 한다고 하여 영호초의 재상직이 오래 지속될 것을 바라였다.

闕下待傳點呈諸同舍1

대궐에서 종을 치는 것을 기다리며
여러 동료에게 보내어

禁漏晨鐘聲欲絶,2	궁궐 물시계 새벽 종소리 끊어지려 하고
旌旗組綬影相交.3	깃발과 인끈 그림자 서로 어우러지네.
殿含佳氣當龍首,4	전각은 좋은 기를 품고 용수산을 대하고 있고
閣倚晴天見鳳巢.5	누각은 갠 하늘에 기대어 높으니 봉황의 둥지 드러나네.
山色葱蘢丹檻外,6	붉은 난간 밖으로 산색은 푸르름이 한창인데
霞光泛灩翠松梢.7	푸른 소나무 가지 끝으로 노을빛은 반짝거리네.
多慚再入金閨籍,8	금규적에 다시 들어간 것 매우 부끄럽지만
不敢爲文學解嘲.9	감히 〈조롱에 대해 해명하여〉를 본떠 문장을 짓지 않겠네.

【주석】

1 [원주] ≪신당서・무원형전≫에 이르기를 "조서에 인루의 상 2각에 전점하도록 한다."라 하였다. ≪한관지≫에 "누각박사[49]는 누각[50]을 관장하는데, 항아리에 구멍을 내어 물을 흐르게 하고 잣대를 띄워 시각을 알려주게 하여 별의 밝기에 맞추었다. 경은 북을 쳐서 나는 박자로 하였고, 점은 종을 쳐서 나는 박자로 표시하였다."라 하였다. ≪사기≫에 "직불의[51]는 남양 사람으로, 낭관(郎官)으로 문제를 섬겼다. 동료 낭관이 집에 돌아간다고 하면서 동료 낭관의 금을 잘못 가지고 갔었다."라 하였다.(新唐書, 武元衡傳, 詔, 寅漏上二刻, 乃傳點. 漢官志, 漏刻博士掌知漏刻, 凡孔壺爲漏, 浮箭爲刻, 以考中星昏明. 更以擊鼓爲節, 點以擊鐘爲節. 史記, 雋不疑[52], 南陽人, 爲郎事文帝. 同舍郎告歸, 誤持

49) 누각박사(漏刻博士) : 관직명. 주로 천문, 역법, 산술 등에 능통하여 이를 관장하는 일을 한다.
50) 누각(漏刻) : 물을 넣은 항아리[壺]의 한쪽에 구멍을 뚫어 물이 흘러나오게 하고, 그것을 받는 그릇에 시각을 새겨 넣은 잣대[箭]를 띄워 그 잣대가 떠오르는 것으로써 시각을 알려주는 물시계.
51) 직불의(直不疑) : 한(漢)나라 경제(景帝) 때 사람이다. 낭관(郎官)으로 있을 때에, 함께 근무하는 사람이 휴가를 가면서 같이 있는 사람의 금을 자기 것으로 잘못 알고 가져갔는데, 금을 잃은 사람이 직불의가 가져간 것으로 오해하였다. 직불의는 변명하지 않고 그것을 보상해 주었는데, 휴가 갔던 사람이 돌아와서 금을 돌려주자 직불의를 의심했던 사람은 사과하며 매우 부끄러워하였다.

同舍郎金)

闕下(궐하) : 대궐. 장안(長安)의 대명궁(大明宮)은 황제가 조회를 하던 장소인데, 궁 앞에 서봉(棲鳳), 상란(翔鸞) 두 궐이 있다.

傳點(전점) : 종을 쳐서 문무백관을 조회하도록 소집하다.

同舍(동사) : 동료. 함께 상서성(尙書省)에 재직 중인 낭관(郎官)을 가리킨다.

2 禁漏(금루) : 궁궐에 있는 야간용 물시계.

3 [원주] ≪석명≫에 이르기를 "정(旌)은 정기이다. 빛이 난다. 기(旗)는 기약이다. 많은 사람과 그 아래에서 기약하는 것을 말한다."라 하였다. ≪열자≫에 따르면 "황제와 염제가 싸움을 하였는데, 수리새와 할단새, 송골매와 솔개 그림을 기치로 삼았다. 이것이 깃발의 시초이다."라 하였다. ≪왕제≫에 이르기를 "대부는 수창옥[53]을 차고 비단 인끈을 드리운다."[54]라 하였다.(釋名, 旌, 精也. 有精光也. 旗, 期也. 言與衆期於下也. 按列子, 黃帝與炎帝戰, 以鵰鶡鷹鳶爲旗幟, 蓋旌旗之始也. 王制曰, 大夫佩水蒼玉而純組綬[55])

4 [원주] ≪후한서 · 광무제기론(光武帝紀論)≫에 이르기를 "나중에 기를 살피는 자 소백아가 왕망의 사신이 되었는데, 용릉곽을 멀리서 보고 이르기를 '기가 좋도다! 기세가 흥성하고 아름다운 것이.'라 하였다."고 하였다. ≪서경잡기≫에서는 "한 고조 7년에 소상국이 미앙궁을 지었는데, 용수산 때문에 전전을 지었다."고 하였다. 장형(張衡)의 〈서경부〉에서 "용수산에 올라 전각을 건너네."구절에 대한 주석에 "용수는 산 이름이다."라 하였다.(後漢光武紀論, 後望氣者蘇伯阿爲王莽使, 遙望春陵郭曰, 氣佳哉, 鬱鬱葱葱然. 西京雜記, 漢高帝七年, 蕭相國營未央宮, 因龍首山製前殿. 張平子, 西京賦, 躋龍首以杭殿. 注, 龍首, 山名)

5 [원주] ≪제왕세기≫에 이르기를 "황제 때 봉황이 아각에 둥지를 틀었다."고 하였다.(帝王世記, 黃帝時, 鳳皇巢阿閣)

見鳳巢(견봉소) : 봉황의 둥지를 드러낸다. 이는 천하가 태평함을 의미한다.

6 [원주] 〈강부〉[56]의 "물이 성하고 풀이 성하네." 구절에 대한 주석에 "총롱은 푸른 것이 성한 모양이다."라 하였다. (江賦, 潛薈葱蘢. 注, 葱蘢, 青盛貌)

山色(산색) : 산 빛깔. 여기서는 종남산(終南山)의 산색을 이른다.

葱蘢(총롱) : 한창 푸르다. ≪전당시≫에는 '총롱(葱籠)'이라 되어 있고 같은 뜻이다.

丹檻(단함) : 궁정의 붉은 난간.

7 [원주] 강엄의 〈혜휴를 본뜬 시〉[57]에 "이슬빛이 반짝반짝 빛나자 달은 비로소 배회하네."라 하였다.(江

52) 雋不疑(준불의) : 원본에는 '준불이'라 되어 있는데, 남양사람이고 금을 훔친 걸로 오해받은 이는 '직불이'가 맞고 사병구(査屛球) 본에는 직불이로 되어 있기 때문에 '직불이'로 수정하여 번역하였다. 준불이는 전한 발해(渤海) 사람으로 자는 만천(曼倩)이다. ≪춘추≫를 연구하여 군문학(郡文學)이 되었다. 무제(武帝) 말에 청주자사(青州刺史)가 되었다. 소제(昭帝) 초에 경조윤(京兆尹)에 발탁되었는데, 항상 유가경술(儒家經術)로 일을 처리했다. 시원(始元) 5년(기원전 82) 어떤 남자가 위태자(衛太子)를 모칭(冒稱)한 것을 승상어사(丞相御史)도 판별하지 못했는데, 그가 ≪춘추≫에 근거해 관리를 질책하여 체포하고 투옥시켰다. 황제가 듣고 가상하게 여겼는데, 이때부터 명망(名望)이 조정에 떨치게 되었다.

53) 수창옥(水蒼玉) : 옥 이름. 패옥으로 쓰였다. '수창'이라고도 부른다.

54) 이 내용은 ≪예기(禮記) · 왕조(玉藻)≫에 나온다. ≪왕제≫가 어떤 책인지는 분명하지 않다.

55) 組綬(조수) : 패옥이나 옥을 달아맬 때 쓰는 인끈이다. 관작을 지칭하는 의미로도 쓰인다.

56) 이 글의 작자는 동진(東晋)의 곽박(郭璞)이다.

淹, 擬惠休詩, 露彩方泛艶, 月華始徘徊)

泛艶(범염) : 범염(泛灩)이라고도 한다. 빛이 반짝이는 모양이다.

8 [원주] 사조(謝朓)의 시[58] "이미 금규에 걸린 명패 통과하여 다시 경연의 술을 따르네." 구절에 대한 주에 "금규는 금문이다"라 하였다. ≪고금주≫에 "적이란 2척의 대나무로 된 판자로, 사람의 이름과 자, 모습 등이 기재되어 있다. 문 위에 걸려 있는데 살펴서 서로 맞아야 들어갈 수 있다."라 하였다. (謝玄暉詩, 旣通金閨籍, 復酌瓊筵醴. 注, 金閨, 金門也. 崔豹, 古今注, 籍者, 二尺[59]竹牒, 記人名字物色, 懸之於門, 案省相應, 乃得入)

金閨籍(금규적) : 금문에 걸어둔 명패. 명패 위에 쓰인 이름과 맞아야 궁궐 안으로 들어갈 수 있다. 나중에는 조정의 벼슬아치를 가리키는 말로 쓰였다. ≪전당시≫에는 '금문적(金門籍)'이라 되어 있고 같은 뜻이다.

9 [원주] 양웅(揚雄)의 〈조롱에 대해 해명하여 · 서〉에 이르기를 "양웅이 ≪태현경(太玄經)≫을 저술하면서 스스로를 담담하게 지키고 있었다. 사람들이 양웅을 조롱하며 검은 것이 아직도 희다고 하자 양웅은 이에 대해 해명하는 글을 써 〈조롱에 대해 해명하며〉라고 불렀다."라 하였다.(揚子雲, 解嘲序, 雄方草創太玄, 有以自守泊如也. 人有嘲雄以玄尙白, 雄解之, 號曰解嘲)

解嘲(해조) : 양웅이 지은 글이다. 애제(哀帝) 때 아부하는 무리들이 벼슬을 하고 녹봉을 받는 일이 있자 양웅은 ≪태현경≫을 지으며 묵묵히 담담함을 지키고 있었다. 사람들이 그를 조롱하며 검은 것[玄]을 좇으면 검어야 하는데, 여전히 하얗기만 하다며 관직을 얻지 못해 녹봉과 지위가 초라함을 비꼬았다. 이에 양웅은 이 글을 써서 자신은 뜻을 자유롭게 하여 현실을 초탈하고자 하는 뜻이 있음을 설파하였다. 이후에 '상백(尙白)' 즉 '여전히 희다'라는 말은 공명에 성과가 없음을 비유하는 말로 쓰였다.

【해설】

이 시는 대화(大和) 2년(828) 시인의 나이 57세 때 장안에서 지은 것으로, 궁궐로 들어가기 위해 종치는 것을 기다리며 궁궐의 모습과 상서성 동료에게 주는 말을 담고 있다. 유우석은 그 전 해에 주객낭중(主客郎中)으로 동도(東都)에 분사(分司)되었다가 이 해 정월에 주객낭중 · 집현직학사(集賢直學士)에 제수되어 귀경하였다. 오랫동안 외지로 떠돌다 한참 만에 궁궐로 돌아왔기 때문에 남다른 감회가 있었지만, 구구하게 변명하거나 해명하지 않겠다고 하여 시인의 고집이 엿보인다. 제1~2구에서는 다른 동료들과 함께 새벽에 궁궐 앞에서 조회를 알리는 종소리를 기다리는 모습을 썼고, 제3~4구에서는 궁 안의 전각 모습을 담았는데, 좋은 기운과 봉황의 둥지를 언급하여 지금이 태평성대임을 드러내었다. 제5~6구에서는 궁궐 안에서 본 풍경으로 산이 푸르고 노을빛 반짝이는 아름다운 모습을 그렸고, 제7~8구에서는 다시 궁궐로 들어오게 된 것이 부끄럽다고 하면서 양웅처럼 문장을 지어 그 이유에 대해 변명하지 않겠다고 하면서 그간의 여러 사정에 대해서 구구한 이야기는 하지 않겠다는 의지를 동료에게 드러내었다.

57) 원래 제목은 〈휴상인이 이별을 원망하여(休上人怨別)〉이다. 혜휴(惠休)가 곧 휴상인(休上人)으로, 남조 송(宋)나라 때의 승려이다.

58) 이 시의 제목은 〈비로소 상서성을 나서다(始出尙書省)〉이다.

59) 尺(척) : 원문에는 '寸(촌)'이라 되어 있으나 의미상으로 맞지 않아 ≪고금주≫에 의거하여 '尺(척)'으로 수정하였다.

008

題集賢閣[1]

집현각에 쓰다

鳳池西畔圖書府,[2]	봉지의 서쪽에 있는 도서부
玉樹玲瓏景氣閑.[3]	옥수 영롱하고 경치는 한가롭네.
長聽餘風送天樂,[4]	넉넉한 바람이 전해주는 천상의 음악을 오랫동안 듣고
時登高閣望人寰.[5]	때때로 높은 누각에 올라 인간세상을 내려다보네.
靑山雪繞欄干外,[6]	난간 밖으로 푸른 산에는 눈이 감겨 있고
紫殿香來步武間.[7]	자전의 향기가 가까운 곳에서 전해오네.
曾是先賢翔集地,[8]	일찍이 선현들이 날다가 내려앉은 이 곳,
每看壁記一慚顔.[9]	벽에 쓰인 것을 볼 때마다 창피함에 얼굴이 화끈거리네.

【주석】

1 [원주] ≪당육전≫ '집현전서원' 주에 "개원 13년(725)에 두었다. 지금 임금께서 즉위하여 많은 책을 널리 수집하여 유술을 확장하셨다. 개원 5년(717)부터 건원전 동쪽 회랑 아래에 사부의 책을 베껴서 내고에 채우도록 하였고, 13년에는 학사 장열 등을 불러 집선전에서 연회를 가진 후 이곳의 이름을 집현전이라 바꾸어 서적을 편찬하는 곳을 집현전서원으로 하였다."라 하였다.(唐六典, 集賢殿書院注, 開元十三年所置. 今上卽位, 大收羣書, 以廣儒術. 洎開元五年, 於乾元殿東廊下, 寫四部書以充內庫. 十三年, 召學士張說等宴於集仙殿, 於是改名集賢殿, 以[60]修書所爲集賢殿書院)

集賢閣(집현각) : 당나라 장안(長安)의 대명궁(大明宮) 집현원(集賢院) 안에 있는 사부서각(四部書閣).

2 [원주] ≪진서·순욱전≫에 이르기를 "순욱이 상서령일 때 중서성에 오래 있으면서 중요한 일을 혼자서 처리하였다. 그 일에서 물러나게 되자 그는 매우 슬퍼하였다. 혹 그것을 축하하는 이가 있으면, 순욱은 '내가 봉황지를 빼앗겼는데 그대들은 어찌 나를 축하하는가!'라 하였다."라고 하였다. ≪역경≫에 "황하에서는 〈하도〉가 나오고, 낙수에서는 〈낙서〉가 나오네."라 하였다. ≪서경잡기≫에서는 "송각의 도서는 모두 상아 책갈피로 표시를 하고, 비단으로 감싼다."라 하였다. (晉書荀勖傳,

60) 以(이) : 원문에는 이 글자가 없으나 사병구(査屛球) 본에 의거해 첨가하였다.

以勖守尙書令, 勖久在中書, 專管機事. 及失之, 甚悃悃悵悵. 或有賀之者, 勖曰, 奪我鳳凰池, 諸君賀我耶. 易, 河出圖, 洛出書. 西京雜記, 松閣圖書皆表以牙籤, 覆以錦帛)

鳳池(봉지) : 중서성(中書省)을 가리킨다. 대명궁의 월화문(月華門) 바깥에 중서성이 있었고, 중서성 북쪽에는 전중외원(殿中外院)과 전중내원(殿中內院)이 있으며, 원(院) 서쪽은 명부원(命婦院)인데, 나중에 집현전서원으로 바뀌었다.

景氣(경기) : 경치, 경상.

3 [원주] 〈감천궁부〉[61]의 "비취 옥수가 푸릇푸릇하네." 구절에 대한 주석에 "〈한무고사〉에 이르기를 '임금께서 신선의 집을 지으시고 뜰 앞에 옥수를 심었는데, 산호가 가지이고 벽옥이 잎이었다.'라고 하였다."라 하였다.(甘泉宮賦, 翠玉樹之靑葱. 李善云, 漢武故事, 上起神屋, 庭前植玉樹, 珊瑚爲枝, 碧玉爲葉)

4 [원주] ≪산해경≫의 "하후개가 세 번 하늘에 올라가 천제의 손님이 되었다."에 대한 주석에 "아름다운 이를 천제에게 올려 보내 천상의 음악을 얻어 내려왔다."라 하였다.(山海經, 夏后開三[62]嬪於天. 注, 上美人於天帝, 得天樂以下也)

天樂(천악) : 하늘의 음악.

5 [원주] 〈무학부〉[63]에 "적막한 황성을 떠나 시끌벅적한 인간세상으로 돌아오네."라 하였다.(舞鶴賦, 去帝鄕之岑寂, 歸人寰之喧卑)

人寰(인환) : 인간세상.

6 [원주] 〈서도부〉[64]의 "난간은 겹겹이고 섬돌은 층층이네."에 대한 주에 "중헌은 겹겹의 난간이다."[65]라 하였다.(西都賦, 重軒三階. 注, 重軒, 爲欄干)

雪繞(설요) : 눈이 감겨 있다. ≪전당시≫에는 '운요(雲繞)'로 되어 있고 '구름이 감겨 있다'는 뜻이다.

繞(요) : 두르다, 감다.

7 [원주] ≪한서·성제본기≫에 "신령한 빛이 자전에 내려와 모였다."라 하였다. 〈오계중서〉에 "보무지간"에 대해 ≪주어≫[66]주에서 "6척을 보라 하고, 반보를 무라 한다."라고 하였다.(漢書成紀, 神光降集紫殿. 吳季重書, 步武之間. 周語注, 六尺爲步, 半步爲武)

紫殿(자전) : 황성의 궁전으로 황제가 머무는 곳을 가리킨다.

步武間(보무간) : 무는 석 자, 보는 여섯 자에 해당하는 길이로, 얼마 안 되는 길이를 일컬음.

8 [원주] ≪논어≫에 "날아서 빙빙 돌며 관찰한 다음에 내려앉는다."[67]라 하였다.(語, 翔而後集)

先賢(선현) : 여기서는 개원(開元) 연간의 재상이었던 장열(張說), 장구령(張九齡) 등과 저명한 문인이었던 서견(徐堅), 위술(韋述), 왕만(王灣) 등 함께 집현원에 근무했던 이를 가리킨다.

---

61) 이는 양웅(揚雄)의 작품이다.

62) 三(삼) : 원문에는 '上(상)'으로 되어 있지만 ≪산해경≫주의 원본에 따라 '三(삼)'으로 고쳤다.

63) 이는 포조(鮑照)의 작품이다.

64) 이는 반고(班固)의 작품이다.

65) 이 주는 ≪문선≫ 오신(五臣)주의 여연제(呂延濟)의 주인데, ≪문선≫ 원문에는 '위중난간(爲重欄干)'이라 되어 있고, 문맥상 원문의 표현이 더 옳기 때문에 해석에서는 '중(重)'자를 넣어 해석하였다.

66) 이는 ≪국어(國語)·주어하(周語下)≫를 가리킨다.

67) 이 구절은 새가 사람의 안색이 좋지 않은 것을 보면 날아가서 빙빙 돌며 살펴 본 다음에 아래로 내려와 앉듯이 사람도 기미를 보고 일어나서 거처할 곳을 잘 선택함에 있어 마땅히 이와 같아야 함을 이른 것이다.

9 [원주] 위의 '유원외' 밑에 붙어있는 주석에 보인다.(見上劉員外下注)
壁記(벽기) : 관서의 연혁이나 관원의 이름 등을 관청의 벽에 기재한 것을 이른다.

【해설】

이 시는 대화(大和) 2년(828) 시인이 장안에서 지은 것으로 집현전의 모습과 그에 대한 자신의 정회를 담고 있다. 제1~6구는 집현전이 있는 곳의 경관을 묘사하였다. 제1~2구는 집현전의 위치와 신선 세계와 같이 고요하고 한가로운 곳임을 말하였다. 다음 두 연은 그에 대한 구체적인 묘사이다. 제3~4구에서는 천상의 음악을 들으며 누각에 올라 인간 세상을 내려다본다고 하였고, 제5~6구에서는 눈 덮인 푸른 산을 바라보고 자전의 향기를 맡을 수 있다고 하였다. 경관 묘사에 다양한 감각을 동원하였는데, 영롱한 옥수와 눈 덮인 청산은 시각, 바람이 전해주는 음악은 청각, 전각에서 풍기는 향기는 후각을 자극하며 집현전의 모습을 입체적으로 드러내고 있다. 제7~8구에서는 이곳이 훌륭한 옛 선현이 거쳐 갔던 곳임을 떠올리면서 그에 부끄럽지 않도록 행동할 것을 다짐하였다.

和令狐相公初歸京國賦詩言懷1

영호상공이 수도로 막 돌아와 시를 써
회포를 말한 것에 화답하여

淩雲羽翮掞天才,2	구름을 뚫을 듯한 깃털로 타고난 재주를 펼쳐서
揚歷中樞與外臺.3	등용되어 중추와 외대에서 관직을 지냈네.
相印昔辭東閣去,4	재상을 지내다 옛날에 동각에서 사직하고 떠났다가
將星還拱北辰來.5	장성으로 다시 북두성을 모시러 왔네.
殿庭捧日影纓入,6	궁전의 뜰에서 해를 받들며 갓끈 치렁거리며 들어가고
閣道看山曳履迴.7	복도에서 산을 바라보며 신발을 끌며 돌아가네.
口不言功心自適,	입으로는 공을 말하지 않으면 마음이 유유자적하리니
吟詩釀酒待花開.8	시를 읊고 술을 빚으며 꽃이 피길 기다리소서.

【주석】

1 令狐相公(영호상공) : 영호초(令狐楚).

2 [원주] 반고의 〈의련주〉에서 이르기를 “신이 듣기에 난새와 봉새는 큰 깃촉을 길러 구름을 뚫을 정도로 높이 난다고 합니다.”라 하였다. 〈상학경〉에 이르기를, “학은 2년이 되면 솜털이 빠지고 검은 점으로 바뀐다. 3년이 되면 머리가 붉게 되고, 다시 5년이 지나면 깃털이 갖추어지고, 다시 7년이 지나면 가벼이 은하수까지 날 수 있다.”고 하였다. 〈촉도부〉[68]의 “화려한 문장은 천자의 정원에 펼쳐졌네.” 구절에 대한 주에 “섬(掞)은 덮는다는 뜻으로 상과 염의 반절이다.”라 하였다.(班固擬連珠, 臣聞鸞鳳養大翮以淩雲. 相鶴經, 鶴二年落子毛, 易黑點. 三年産伏, 復五年, 羽翮具, 復七年, 飛薄雲漢. 蜀都賦, 摛藻掞天庭. 注, 掞, 猶蓋也, 傷豔切)

淩雲(능운) : 구름까지 올라간다는 뜻으로, 지향하는 바가 고매함을 비유적으로 이르는 말.

羽翮(우핵) : 새의 깃털, 날개. 조류를 의미하나 역량을 비유하는 말로 쓰인다. 핵(翮)은 깃촉으로 새의 깃대 밑쪽의 단단한 부분을 가리킨다.

掞(섬) : 펴다.

68) 이 글은 좌사(左思)가 지었다.

3 [원주] 위나라 왕기가 관녕을 천거하며 이르기를, "현명함을 중시하여 그 재능을 시험한다."라 하였다. 이에 대한 주에 "그가 능한 바를 드러내려 누차 시험한다."라 하였다. ≪후한서・이고전≫에 이르기를, "폐하에게 상서가 있는 것은 천하에 북두가 있는 것과 같다. 북두는 하늘의 목구멍과 혀요, 상서 역시 폐하의 목구멍과 혀니, 만물의 근본이 되는 기운을 짐작하여 사시를 평안하게 운행하도록 한다."고 하였다. ≪진서・천문지≫에 이르기를, "북두괴의 첫 번째 별을 천추라 한다."고 하였고, 또 "첫 번째에서 네 번째 별은 괴, 다섯 번째에서 일곱 번째 별은 표이다."라 하였다. '외대(外臺)'에 대해서는 앞에서 '삼성의 청신이 외대에 이르렀네.'에 붙인 주석에 보인다.[69](魏王基擧管寧曰, 優賢揚歷. 注, 揚其所能而歷試. 後漢書李固傳, 陛下之有尙書, 猶天下之有北斗也. 斗爲天喉舌, 尙書亦爲陛下喉舌, 斟酌元氣, 運平四時. 晉書天文志, 北斗魁第一星曰天樞. 又云, 一至四爲魁, 五至七爲杓. 外臺見上三省淸臣到外臺注)

揚歷(양력) : 사람을 등용(登用)하여 그 재능(才能)을 시험해 봄.

中樞(중추) : 중서성(中書省) 등 중앙의 정무기관을 가리킴.

外臺(외대) : 절도사(節度使)나 관찰사(觀察使) 등의 지방장관.

4 [원주] ≪사기≫에 이르기를 "소진이 육국의 재상일 때 육국의 재상의 도장을 찼다."라 하였다. ≪한서≫에 이르기를, "공손홍[70]이 승상일 때 객을 위한 객사를 짓고 동각을 열어 현명한 선비를 초청하였다."라 하였다.(史記, 蘇秦相六國, 佩六國相印. 漢書云, 公孫弘爲丞相, 起客館, 開東閣, 招請賢士)

相印(상인) : 재상의 도장.

東閣(동각) : 재상이 빈객을 초빙하고 대우하는 장소. 이 시에서는 영호초가 재상에서 물러난 뒤 선흡관찰사(宣歙觀察使)가 된 일을 이른 것이다.

5 [원주] '장성(將星)'은 위의 주에 보인다.[71] ≪논어≫[72]에 이르기를, "비유컨대 북극성과 같아서 일정한 위치에 있으면 뭇별들이 그를 모신다."라 하였다. ≪춘추합성도≫에 이르기를, "북진은 그 별이 일곱이며 자미원[73] 안에 있다."라 하였다.(將星見上注. 語, 比如北辰, 居其所, 而衆星拱之. 春秋合誠圖, 北辰, 其星七, 在紫微中)

將星(장성) : 장군별.

拱(공) : 마주잡다, 껴안다.

北辰(북진) : 북극성. 황제를 대신하는 말로 쓰인다. 여기서는 영호초가 선무절도사(宣武節度使)에서 조정으로 들어가는 것을 가리킨다.

6 [원주] ≪위지≫에 이르기를, "정립이 꿈에 태산에 올라 해를 받들었는데, 정립이 이 일을 태조에게

69) 유우석의 시 005. 〈왕소윤의 댁에서 상시 장고 형과 중서사인 백거이 대감과 술자리가 있었고 노낭중과 이원외 두 부사에게 겸하여 드리다(王少尹宅宴張常侍二十六兄白舍人大監, 兼呈盧郎中李員外二副使)〉에 보인다.

70) 공손홍(公孫弘, B.C.200~B.C.121) : 전한(前漢)의 학자이자 정치가로, 자는 계(季), 혹은 차경(次卿)이다. 무제 때 현량으로 추천되어 승상에 오르고, 평진후에 봉해졌다.

71) 유우석의 시 005. 〈왕소윤의 댁에서 상시 장고 형과 중서사인 백거이 대감과 술자리가 있었고 노낭중과 이원외 두 부사에게 겸하여 드리다(王少尹宅宴張常侍二十六兄白舍人大監, 兼呈盧郎中李員外二副使)〉에 보인다.

72) 이 글은 ≪논어・위정(爲政)≫에 실려 있다.

73) 자미원(紫微垣) : 동아시아의 별자리인 삼원의 하나이다. 삼원은 태미원(太微垣), 자미원(紫微垣), 천시원(天市垣)을 이르는데, 자미원은 삼원 중 두 번째에 해당되며, 천구의 북극을 포함한다.

말하였다. 태조는 이에 일(日)자를 입(立)자 위에 더하여 이름을 욱(昱)으로 고쳐주었다."라 하였다. 포조(鮑照)의 시[74]에 "벼슬아치 화려한 갓끈 휘날리네."라 하였다.(魏志, 程立夢登泰山捧日, 立以白太祖. 太祖遂加日於立上, 因改名昱. 鮑明遠詩, 仕子彯華纓)

捧日(봉일) : 해를 받들다. 황제를 보좌한다는 의미이다.

彯(표) : 끈이 치렁거리는 모양.

纓(영) : 갓끈.

7 [원주] ≪사기≫에 이르기를, "진시황이 아방궁을 만들었는데 사방으로 통하게 하여 복도를 만들었다."라 하였다. ≪한서≫에 이르기를, "정숭은 상서복야였다. 몇 차례 왕을 알현하기를 구하여 간언을 하였는데, 왕은 애초에 그의 간언을 들어주었다. 그는 만날 때마다 가죽신을 끌고 왔는데 임금은 웃으며 '정상서의 신발소리인줄 알겠다.'라 하였다."[75]라고 하였다.(史記, 秦始皇作阿房宮, 周馳爲閣道. 漢書, 鄭崇爲尙書僕射. 數求見, 諫諍, 上初納用之. 每見, 曳革履, 上笑曰, 識鄭尙書履聲)

閣道(각도) : 일종의 고가도로, 복도.

曳履(예리) : 신발을 끌다. 여기서는 영호초가 호부상서(戶部尙書)가 된 일을 가리킨다.

8 釀(양) : 술을 빚다.

【해설】

이 시는 대화(大和) 2년(828) 겨울 시인이 57세에 장안에서 지은 것이다. 영호초의 시에 화답한 작품인데 영호초의 시는 일실되어 전하지 않는다. 영호초의 시는 지방 관찰사로 지내다가 중앙관직으로 옮기는 중에 쓴 시이므로 그에 대한 소회와 각오가 담겨 있을 것으로 추측된다. 유우석은 이에 대해 영호초의 재주를 찬양하고 영전을 축하하며 조정에서 임무를 잘 수행할 것을 당부하는 시로 화답을 하였다. 특히 상대의 지위를 감안하여 다양한 전고를 사용하여 표현한 것이 두드러진다. 제1~2구는 영호초가 가진 뛰어난 재주와 그간의 관직 경력을 말하였고, 제3~4구는 지방 관찰사로 나갔다 다시 황제를 모시는 직책에 기용되었음을 말하였으며, 제5~6구는 아침에 갓끈 치렁거리며 조정으로 출근했다 저녁에 신발 끌며 돌아오는 모습을 상상하여 궁전에 들어가 황제를 잘 보필하며 현신을 우대하고 바른 정치를 펼 것을 기대하였다. 마지막 제7~8구는 영호초의 원래 시에서 언급한 내용을 다시 다룬 것인지, 아니면 유우석 자신의 이야기인지 영호초의 시가 일실되어 확인할 수 없기 때문에 불분명하다. 여기서는 전자로 보고 번역하였는데, 그렇다면 이 두 구는 영호초가 호부상서라는 높은 지위에 있으면서도 공에 연연하기 보다는 여유 있는 마음이 있기를 당부한 내용일 것이다. 만약 후자로 본다면 영호초는 영전이 되어 조정으로 들어가나 미천한 지위의 자신은 지위에 연연하지 않고 그저 마음 편히 가지면서 시 읊고 술 담그며 꽃 피는 것을 기다리겠다고 볼 수 있겠다.

74) 이 시의 제목은 〈영사시(詠史詩)〉이다.

75) 이 고사로 후세에 '정리(鄭履)'는 청렴하고 바른 관리, 간언을 하는 사람을 칭하게 되었다.

010

送令狐相公赴東都留守[1]

동도유수로 가는 영호상공을 전송하며

尙書劍履出明光,[2]	상서로 검을 차고 신을 신고 있다 명광전에서 나와
居守旌旗赴洛陽.[3]	유수의 깃발 들고 낙양으로 향하네.
世上功名兼將相,[4]	세상의 공명은 장상으로 쌓고
人間聲價是文章.[5]	속세의 명성은 문장으로 얻었네.
衙門曉闢分天仗,[6]	관아의 문 아침에 열어 천자의 의장을 나누어 받고
賓幕初開辟省郞.[7]	유수의 막부를 막 열면 상서성 낭관을 불러들이리.
從發坡頭向東望,[8]	언덕에서 출발하여 동쪽을 향해 바라보니
春風處處有甘棠.[9]	봄바람 부는 곳곳에 팥배나무 있구나.

【주석】

1 이 시는 ≪전당시≫에 〈동도유수로 가는 영호상공을 백거이와 함께 전송하며(同樂天送令狐相公赴東都留守)〉라는 제목으로 실려 있다.
[원주] 본주에 "호부상서를 배수 받은 뒤(自戶部尙書拜)"라 하였다.(本注自戶部尙書拜)
令狐相公(영호상공) : 영호초(令狐楚).
留守(유수) : 왕을 대신하여 머물러 지킨다는 뜻으로, 수도 이외의 요긴한 곳을 맡아 다스리던 특수한 외관직(外官職).

2 [원주] ≪한서≫에 "임금께서 소하[76]에게 검을 차고 신발을 신고 어전에 오르는 특권을 하사하셨다."라 하였다. ≪삼보고사≫에 이르기를, "계궁 안에 명광전이 있다."라 하였다.(漢書, 上賜蕭何帶劍履上殿. 三輔故事, 桂宮內有明光殿)
明光(명광) : 한나라 때 궁전의 이름으로 무제(武帝)가 건축하였다. 여기서는 조정을 가리킨다.

76) 소하(蕭何, B.C.252~B.C.193) : 패풍읍(沛豐邑, 지금의 강소성(江蘇省) 패현(沛縣)) 출신으로, 한나라 고조(高祖) 때의 명재상(名宰相)이다. 장양(張良)·한신(韓信)·조참(曹參)과 함께 고조의 공신(功臣) 중의 한 사람이었다. 재상(宰相) 때에 진(秦)의 법률(法律)을 버리고 ≪구장율(九章律)≫을 만들었다.

3 [원주] ≪속사시≫에 "후한의 세조가 매번 정벌할 때마다 임금이 이통에게 수도에 머물며 지키게 하였다."라 하였다. ≪후한서≫에 이르기를 "문제가 남쪽을 정벌함에 태위 원지를 경사에 머물며 지키도록 하였는데, 여기서 유수라는 명칭이 생기게 되었다."라 하였다. ≪십도지≫에 "낙주에 낙양이 있는데 일명 성주라고도 하며, 하도, 동주, 주남, 낙양이라고도 한다."라 하였다.(續事始, 後漢世祖每征討, 上令李通居守. 後漢, 文帝南伐, 以大尉元至留守京師, 乃有留守之名. 十道志, 洛州有洛陽, 一名成周, 二下都, 三東州, 四周南, 五洛陽)

居守(거수) : 관직명으로 유수(留守)의 별칭.

4 [원주] ≪전한서・소망지전≫의 찬에 이르기를 "소망지[77]는 장상의 벼슬을 하였는데, 보좌하는 능력이 있어서 옛날의 사직의 신하에 가까웠다."라 하였다.(前漢書蕭望之傳贊, 蕭望之歷位將相, 有輔佐之能, 近古社稷臣也)

5 [원주] ≪풍속통≫에 "장백좌는 소문과 평판을 만들어내었다."라 하였다.(風俗通, 張伯坐養聲價)

聲價(성가) : 일정한 사람이나 물건 따위에 대한 세상의 좋은 소문이나 평판. 이름값

6 [원주] ≪당서≫에 이르기를 "천자의 문을 아(衙)라 한다."라고 하였다. ≪한공연보≫에 이르기를, "낙양은 당나라에서 동도였기 때문에 유수라는 벼슬은 황궁에 거하였다. 1년 중 때때로 깃발을 내어 유사[78]의 차례를 정하였고, 문무백관은 궁성 문 바깥의 서쪽에서 그들을 만났다."라 하였다. 한유(韓愈)의 시[79]에 "발탁되어 배수 받아 천자의 의장을 아네."라 하였다.(唐書, 天子之門曰衙. 韓公年譜, 洛陽在唐爲東都, 故留守之官居禁省中. 歲時出旌旗敍留司, 文武百官於宮城門外西衙之. 韓公詩, 擢拜識天仗)

衙門(아문) : 관서의 문이다. 고대의 관서 문 앞에 아기(牙旗)를 꽂아두어 이렇게 이르게 되었다.

天仗(천장) : 천자의 의장. 유수는 황제의 의장의 반에 해당한다.

7 [원주] ≪진서≫에 이르기를 "사안과 왕탄이 환온을 찾아 이야기 하였는데 환온이 치초[80]로 하여금 휘장 안에 앉아있게 하였다. 바람이 불어 휘장이 열리자 사안이 웃으면서 '치초는 장막에 들어온 손님이라 할 만하오.'라 하였다."라고 하였다. 이선의 ≪문선≫주에 "벽은 부르다는 뜻이다."라 하였다.(晉書, 謝安王坦之語桓溫, 令郗超坐帷帳中, 風動帳開, 安笑曰, 郗生可謂入幕之賓. 李善文選注, 辟, 召也)

賓幕(빈막) : 유수의 막부.

省郎(성랑) : 상서성(尙書省) 낭관(郎官). 이 구절은 영호초의 막부에서 예전의 낭관을 불러 막료로 삼는다는 뜻이다.

8 發坡(발파) : 출발하는 언덕. 아마도 장락파(長樂坡)를 가리키는 듯한데, 장락파는 장안 동쪽에

77) 소망지(蕭望之, B.C.106~B.C.47) : 한(漢)나라 난릉(蘭陵) 사람으로 자가 장청(長倩)이다. 농민 출신이나, 추거(推擧)되어 장안(長安)에서 학업을 닦아 유명해졌다. 당시의 실력자 곽광(霍光)에게 압박을 받았으나 곽씨가 몰락한 후에는 선제(宣帝)에게 신임을 얻어 지방장관・법무장관・황태자 교육관 등을 역임하였다. 곡물 납입에 의한 속죄제(贖罪制)에 반대하는 등 도덕주의적 입장에 서서 홍공(弘恭), 석현(石顯) 등 환관의 전횡을 막아 제도를 개혁하려 했으나 반대로 모함에 빠져 벌을 받게 되자 자살하였다.

78) 유사(留司) : 당나라 때 동도 낙양에 분사(分司), 즉 파견된 사람을 이르는 말이다.

79) 이 시의 제목은 〈악양루에서 두사직과 이별하며(岳陽樓別竇司直)〉이다.

80) 치초(郗超) : 진(晉)나라 고평(高平) 사람으로, 자는 가빈(嘉賓)이다. 아버지는 치음(郗愔)이고 할아버지는 치감(郗鑒)이다. 어려서부터 담론(談論)을 잘하여 환온(桓溫)의 부름으로 참군(參軍)에 발탁되었으나, 임금을 폐립하는 일을 사주하는 등의 잘못을 저질렀다.

있으며 송별의 장소였다.

9 [원주] ≪시경≫[81]에 이르기를, "무성한 팥배나무 자르고 베지 말라. 소백님 머물렀던 곳이네."라 하였다.(詩, 蔽芾甘棠, 勿翦勿伐, 召伯所茇)

甘棠(감당) : 팥배나무. ≪시경(詩經) · 소남(召南)≫편에 〈감당(甘棠)〉이라는 시가 있는데, 이 시에서는 주(周)나라 성왕(成王) 때의 소공(召公)을 칭송하고 있다. 소공이 남쪽 지방을 돌아다니면서 마을을 살펴보던 중 어려운 일들을 해결해주어 백성들에게 신망을 얻었다. 그 뒤 주나라 제12대 왕인 유왕(幽王)이 왕위에 올라 포악한 정치를 하자 백성들은 옛 소공을 그리워하며 소공이 남쪽 지방을 순시할 때 쉬어간 팥배나무를 보호하고 소공을 그리워하며 이 시를 불렀다고 한다.

春風(춘풍) 구 : ≪유우석전집(劉禹錫全集)≫에는 이 구에 자주(自註)가 달려 있는데, "화주, 섬주에서 하남에 이르기까지 모두 예전에 다스렸던 곳이다.(自華陝至河南, 皆故治也)"라 하였다. 이는 영호초가 일찍이 화주자사(華州刺史), 섬괵관찰사(陝虢觀察使), 하양회절도사(河陽懷節度使), 하남윤(河南尹)을 지냈는데, 부임지가 모두 장안에서 낙양으로 가는 중에 반드시 거쳐야 하는 곳임을 이른 것이다. 이 구절은 ≪시경≫을 인용하여 그가 선정을 베풀었음을 칭송한 것이다.

【해설】

이 시는 영호초가 동도유수로 떠나게 되자 그를 전송하며 지은 것이다. 재상, 유수 등 높은 벼슬을 하고 있는 대상을 염두에 두고 지은 것이라 그를 찬미하는 내용이 주를 이루고 있다.

제1~2구에서는 조정에서 신임 받는 재상으로 있다 낙양의 유수로 발령 받아 가는 것을 말하였고, 제3~4구에서는 문무를 겸비하여 장상으로 일을 잘하였고 문장도 뛰어나 공명과 명성을 아우르고 있음을 칭송하였다. 제5~6구에서 아침에 유수의 의장을 갖추어 조정을 나섰고, 낙양에 가서는 조정의 인재를 기용할 것임을 말해 동도유수로서 그의 능력을 잘 발휘할 것을 기대하였다. 제7~8구에서는 장안 동쪽에서 헤어지며 앞으로의 여정에 영호초의 옛 부임지가 있음을 알고 그곳에서 치적이 매우 뛰어났음을 전고를 사용하여 칭송한 뒤, 앞으로도 소공과 같이 백성들이 추앙하는 훌륭한 정치를 할 것임을 암시하였다.

81) 여기서는 〈소남(召南) · 감당(甘棠)〉 시를 말한다.

02 백거이 白居易

백사인시(白舍人詩)

[원주] ≪신당서≫에 "백거이는 자가 낙천이다. 강주사마로 폄적되었다가 충주자사로 옮겼고 중서사인으로 바뀌었다가 밖으로 항주자사로 옮겼다. 태자좌서자로 동도에 분사*가 되었다가 다시 소주자사를 배수하였다. 형부상서로 관직을 그만두었는데 죽은 해는 75세였고, 상서좌복야를 추증 받았다. 선종은 시로써 그를 애도하였다."라 하였다.(新唐書, 白居易, 字樂天. 貶江州司馬, 徙忠州刺史, 轉中書舍人, 外遷杭州刺史. 以太子左庶子**分司東都, 復拜蘇州刺史. 以刑部尙書致仕, 卒年七十五, 贈尙書左僕射. 宣宗以詩弔之)

백거이(白居易, 772~846)

백거이의 조상은 산서성(山西省) 태원(太原) 출신인데 백거이 자신은 772년, 낙양(洛陽) 부근 동곽택(东郭宅, 현재의 신정시(新鄭市) 부근)에서 태어났다. 덕종(德宗) 정원(貞元) 16년(800) 29세의 나이로 진사에 급제하였고 비서성교서랑(秘書省校書郞), 한림학사(翰林學士), 좌습유(左拾遺) 등의 관직을 거쳤다. 헌종(憲宗) 원화(元和) 6년(811), 그의 나이 40세에 어머니가 돌아가시자 삼년상을 치르고 814년 좌찬선대부(左贊善大夫)가 되었다가 정치적 문제로 다음해 강주사마(江州司馬)로 폄적되었다. 그의 나이 44세인 원화 10년(815), 이 시기를 그의 문학 경향이 변하는 지점으로 평하기도 한다.
원화 13년(818)에 충주자사(忠州刺史)가 되었다가 헌종이 세상을 떠난 원화 15년(820)에 목종(穆宗)의 부름을 받고 장안으로 돌아와 사문원외랑(司門員外郞), 주객랑중지제고(主客郞中知制誥), 중서사인(中書舍人) 등을 맡았다. 목종 장경(長慶) 2년(822) 스스로 외직을 요청하여 항주자사(杭州刺史)가 되었다가 장경 4년(824) 태자우서자로 임명되었으나 스스로 요청하여 태자좌서자가 되어 동도분사가 되었다. 경종(敬宗) 원년(825) 소주자사(蘇州刺史)로 제수되었는데 다음 해 병으로 물러났다. 그 후, 문종(文宗) 태화(太和) 원년(827)에 비서감(秘書監)으로 임명되어 장안으로 돌아온 뒤 형부시랑(刑部侍郞)이 되었다. 당쟁 등의 영향으로 인하여 태화 3년(829)에 병을 핑계로 낙양으로 돌아가 태자빈객(太子賓客)이 되었다. 태화 4년(830) 하남윤(河南尹)으로 제수되었으나 태화 7년(833)에 병을 핑계로 그만두고 다시 태자빈객이 되었다. 태화 9년(835), 동주자사(同州刺史)를 제수하였으나 나이를 핑계로 거절하자 태자소부(太子少傅)로 명하여 낙양에 있도록 하였다. 문종 개성(開成) 4년(839), 그의 나이 71세에 병을 이유로 태자소부 자리에서 물러나 형부상서(刑部尙書)로서 관리직을 끝냈다.
백거이는 중당(中唐) 시기에 가장 큰 영향을 끼쳤던 시인이다. 시가와 시가창작에 대한 그의 주장은 크게 전반기와 후반기로 나뉜다. 전반기에 주로 주장했던 시가의 사회적 기능에 대한 추구는 그의 시의 통속성과 사실성으로 발현되었으며, 그의 시는 주로 풍유시(諷諭詩)의 성격을 가지게 되었다. 그는 그의 시를 통해 시대와 정치를 살피고 세상을 바로 세우기를 원하는 자신의 뜻을 밝혔다.
관직생활에서 정치적인 좌절을 경험함에 따라, 인생의 후반기에 그가 가졌던 삶의 태도에도 변화가 온 것으로 보이는데, 그는 더 이상의 정치 투쟁이나 사회 참여에 대한 것보다는 자신의 일을 무사히 수행하면서 인생을 여유롭게 즐기는 것에 더 큰 관심을 보였다. 또한 후반기의 그의 관직생활은 전반기에 비해 자기 위안적이었다. 이에 따라 후반기의 백거이 시에는 한적시(閑寂詩)나 감상시(感傷詩) 종류의 시들이 대다수를 차지하게 되었다. 그가 주장했던 통속성이나 사실성에 대한 추구는 보기 힘들어졌고 시의 분위기는 소탈하거나, 반대로 유려하였다. 그러나 시대 현실에 대한 백거이의 날카롭던 관찰력은 그의 한적시나 감상시에도 여전히 남아있어 백거이 한시의 치밀하면서도 견고한 성격을 형성하였다.

(서용준)

* 분사(分司) : 당(唐)의 제도로 중앙의 관리가 동도(東都), 즉 낙양의 관리를 겸하는 것이다. 대부분 실권이 없었기 때문에 일이 없는 관리를 우대하는 역할을 하였다.
** 庶子(서자) : 원주에는 빠져 있는데 ≪신당서≫에 의거하여 추가하였다.

011

西省對花憶忠州東坡雜樹因寄題東樓[1]

서성에서 꽃을 대하니 충주 동파의 여러 나무들이
기억나 동루에 써서 부침

每看闕下丹青樹,2	매번 궁궐 옆 울긋불긋한 나무를 볼 때 마다
不忘天邊錦繡林.3	하늘가 비단 수놓인 숲을 잊은 적 없다.
西掖垣中今日眼,4	오늘 중서성 서쪽 담 안 풍경 보노라니
南賓樓上去年心.5	옛날 남빈의 누대 위의 일 마음에 떠오른다.
花含春意無分別,	꽃이 봄 정취를 머금은 것은 서로 다를 바 없지만
物感人情有淺深.	사물이 사람 마음을 감동시키는 것엔 얕고 깊음이 있다.
最憶東坡紅爛熳,6	가장 기억나는 건 동쪽 언덕에 빨갛게 흐드러졌던
野桃山杏水林檎.7	들의 복숭아꽃 산의 살구꽃 그리고 물가의 능금꽃이라네.

【주석】

1 이 시는 ≪전당시≫에 〈서성에서 꽃을 대하니 충주 동파의 새로 심은 꽃과 나무가 기억나 동루에 제하여 부친다(西省對花憶忠州東坡新花樹因寄題東樓)〉라는 제목으로 실려 있다.
[원주] 하법성의 ≪진중흥서≫에 "범영은 중서시랑이 되어 서성을 장악하였다."라 하였다.(何法盛, 晉中興書, 范甯爲中書侍郎, 專掌西省)
西省(서성) : 중서성(中書省)의 별칭.
忠州(충주) : 현재의 중경시(重慶市) 충주현(忠州縣). 백거이는 충주자사(忠州刺史)를 역임하였다.
東坡(동파) : 충주성(忠州城)의 동쪽에 있던 산비탈. 백거이는 자신이 충주(忠州)에서 임기를 채울 것이라 생각하고 이곳에 다량의 과실수를 심었다.
雜樹(잡수) : 여러 종류의 나무.
東樓(동루) : 충주성(忠州城)의 동쪽에 있던 누대. 백거이는 처음 부임하였을 때부터 이곳을 자주 찾아 꽃을 감상하고 술에 취하여 손님들과 어울렸다.

2 [원주] 두보의 시[1]의 "단풍 숲과 귤나무는 울긋불긋 어우러지고"의 주에 "≪서경잡기≫에서 '종남산에 나무가 있는데 위로 곧장 백 장이나 되고 중간에는 가지가 없는데 위에는 가지가 모인 것이 수레

덮개 우산과 같다. 잎은 파랗기도 하고 빨갛기도 한데 멀리서 보면 알록달록 화려하기가 수놓은 비단과 같아서 장안에서는 그것을 일러 단청수라고 한다.'라고 하였다."라 하였다.(詩史, 楓林橘樹丹青合, 注, 西京雜記, 中南山[2]有樹, 直上百丈, 無枝, 上結叢條如車蓋. 葉一靑一赤, 望之斑駁如錦繡, 長安謂之丹青樹)

丹青樹(단청수) : 울긋불긋한 나무. 나무 이름으로 볼 경우, 두영(杜英), 산감람(山橄欖), 산동도(山冬桃), 홍록엽(紅綠葉) 등으로도 불리는 키가 크고 곧은 교목을 가리키는 것으로 볼 수 있는데, 빨갛고 파란 잎의 빛이 선명하고 열매는 감람(橄欖)과 비슷하다. 그러나 여기에서는 특정한 나무의 종류가 아니라 나무의 색을 표현한 것으로 보았다.

3 天邊(천변) : 하늘가, 매우 먼 곳. 백거이는 충주(忠州)가 장안으로부터 멀리 떨어져 있기 때문에 〈동쪽 누각에서 취해서(東樓醉)〉에서 "하늘가 깊은 산 사람 없는 곳(天涯深峽無人地)"이라고 읊으면서 충주를 천변(天邊)과 비슷한 의미인 '천애(天涯)'로 부른 적이 있다.

錦繡林(금수림) : 비단 수를 놓은 듯한 숲. 동파(東坡)에 꽃나무가 화려하게 핀 모습이다.

4 [원주] 응소의 ≪한관의≫에서 "좌우의 관리들이 상서의 일을 받는데 전대의 문사들은 중서를 오른쪽에 두었기에 중서를 우조라 하였고 또 서액이라고 불렀다."라 하였다.(應劭, 漢官儀, 左右曹[3]受尙書事, 前世文士以中書在右, 因謂中書爲右曹, 又稱西掖)

西掖(서액) : 중서성의 별칭. 궁궐의 서쪽에 있어서 서원(西垣)이라고도 하였다.

5 [원주] ≪통전≫에 "남빈군은 지금의 충주다."라 하였다.(通典, 南賓郡今忠州)

南賓樓(남빈루) : 충주의 누대. 남빈의 누대는 충주에서 백거이가 자주 오르던 동루(東樓)를 가리키는 것으로 보인다. 백거이는 스스로를 남빈태수(南賓太守)라 칭하였다.

6 爛熳(난만) : 꽃이 활짝 피어 화려한 모습. 광채가 강하고 선명한 모습.

7 [원주] 〈촉도부〉에서 "그 동산에는 능금이 있고"라 하였다. ≪광지≫에서 "능금은 붉은 사과와 비슷하다."라 하였다.(蜀都賦, 其園則有林檎, 廣志, 林檎似赤奈)

林檎(임금) : 야생 능금. 능금.

【해설】

이 시는 백거이가 충주자사를 그만 두고 회조하여 중서사인의 직을 맡았던 820년에서 822년 사이에 지은 작품으로 보인다. 백거이는 중서사인을 맡았던 시절, 본인의 의도와는 다르게 진행되던 정치상황으로 인해 실의에 빠졌다고 한다. 그러므로 당시의 그가 궁궐에서 보는 봄의 경치는 얼마 전에 충주에서 마음껏 즐기던 동파의 봄꽃들과는 전혀 다른 느낌을 그에게 주었을 것이다. 백거이는 궁궐의 봄꽃을 보면서 도리어 지방관 시절의 즐겁고 아름다웠던 봄을 그리워한다.

제1~2구에서 시인은 조정의 봄 경치와 충주의 봄 경치를 직접적이면서도 역설적으로 비교한다. 자신은 보는 조정의 봄 경치 또한 충분히 아름답지만, 도리어 잊지 못하는 것은 충주의 봄 경치이다.

1) 이 시의 제목은 〈기주의 노래(夔州歌十絶句)〉로, 이 작품은 〈기주의 노래(夔州歌十絶句)〉 중 4번째 수다.

2) 中南山(중남산) : 종남산(終南山). ≪서경잡기≫ 원문에는 '終南山(종남산)'이라고 되어있으나 종남산은 중남산이라고도 불렸다.

3) 曹(조) : 원주에는 '曾(증)'으로 되어있는데 ≪태평어람(太平御覽)≫에 실린 ≪한관의≫에 의거하여 바로 잡았다. 현재 ≪한관의≫ 본서는 전해지지 않는다.

시인 자신은 천자(天子)와 가까이 있지만 그리워하는 것은 저 멀리 하늘가(天邊)이다.
제3~4구에서 시인은 다시 봄 경치의 크기 차이를 밝힌다. 시인이 조정에서 느낄 수 있는 봄의 모습은 궁궐안에서 볼 수 있는 것에만 한정된다. 이와 달리 충주에서는 높은 곳에 올라 그지없이 멀리 바랄 수 있었다. 가장 높은 하늘이 있는 조정에서 그는 도리어 높은 곳에 오르지 못하고 멀리 볼 수 없다. 그러나 충주에서는 높이 올라 멀리 바랄 수 있었다.
제5~6구에서 시인은 자신이 거듭 충주가 생각나고 그립다고 주장한 이유를 설명한다. 그는 두곳의 경치에는 사람의 마음을 감동시키는 힘이 다르게 담겨있다고 주장한다. 그런데 백거이 스스로도 봄의 정취는 어느 곳이나 같다고 인정한다. 결국 사람의 마음을 감동시키는 힘은 경치에 담겨있는 것이 아니라 백거이 스스로가 부여한 것이다.
제7~8구에서 백거이가 가장 감동적으로 기억한, 복숭아꽃, 앵도꽃, 능금꽃은 시골에서라면 봄에 흔히 볼 수 있는 풍경물들이다. 백거이의 기억처럼 분명 화려하고 선명한 경치이지만, 화려하고 장엄한 조정의 봄 풍경과 비교하면 도리어 소박하고 유치할 것이다. 그럼에도 그는 그러한 모습이 그립다. 그곳에서는 꽃만 보이고 그래서 꽃만 보면 되기 때문일 것이다.

012

錢塘春日卽事[1]

전당에서 봄날 느낀 바를 적다

望海樓明映晚霞,2	바다를 바라는 누대에는 환하게 저녁놀이 비치고
護江堤白踏晴沙.3	강을 감싸는 하얀 강둑은 맑은 모래를 디딘다.
濤聲夜入伍員廟,4	파도 소리는 밤중에 오자서의 사당으로 들어가고
柳色春藏蘇少家.5	버들 빛깔은 봄날에 소소소의 집에 숨었다.
紅袖織綾誇柿蔕,6	붉은 소매 여인 비단을 짜며 감꼭지 무늬를 자랑하고
青旗沽酒趁梨花.7	푸른 깃발 배꽃 필 때를 좇아 술을 판다네.
誰開湖寺西南路,8	누가 호수 안 절의 서남쪽 길을 열었을까
草綠裙褄一道斜.9	초록색 치마끈이 한 길로 기울었다.

【주석】

1 이 시는 ≪전당시≫에 〈항주에서 봄에 바라보다(杭州春望)〉라는 제목으로 실려 있다.

[원주] ≪후한서≫에서 주준이 전당후에 봉해진 것[4]에 대한 주석에 "전당은 지금의 항주현이다. ≪전당기≫에 이르길 '예전에 군의 의조였던 화신이 이 제방을 쌓아서 해수를 막으려 꾀하였다. 처음에 공개모집을 하면서, 흙과 돌 1곡을 가져올 수 있으면 1천전의 돈을 준다고 하자, 10일 사이에 지원자가 구름처럼 모였다. 제방이 아직 완성이 안됐는데 더 이상 모집하지 않는다고 거짓말을 하자 모두 흙과 돌을 버리고 떠났고 제방은 그 흙과 돌들로 완성되었다.'라 하였다."라고 하였다. 심약의 〈종산시〉[5]에 "눈앞의 사물들은 얼마나 아름다운가."라 했는데 이선의 주에서 "눈앞의 사물들이란 이 산 속의 사물들이다. ≪열자≫에서 말하기를 '주의 윤씨는 늙은 일꾼이 있는데 낮에는 신음을 하며 일을 하고 밤에는 정신없이 지저분하게 흠뻑 잔다.'고 하였다."라 하였다.(後漢, 朱雋封錢塘侯, 注, 錢塘今杭州縣也. 錢塘記云, 昔郡議曹華信義[6]立此塘, 以防海水. 始開募, 有能致土石一斛, 與錢一

4) 이 내용은 ≪후한서・황보숭주준열전(皇甫嵩朱儁列傳)≫에 보인다.
5) 이 시의 제목은 〈종산시로 서양왕 교에게 응하다(鍾山詩應西陽王教)〉이다.
6) 議(의) : 원주에는 '議(의)'로 되어 있는데 당(唐) 장회태자(章懷太子) 이현(李賢)의 ≪후한서≫ 주석에는 본래 '義(의)'로 되어있다. 그러므로 비록 근대의 교감에서 '議(의)'가 옳다고 수정하였지만, 원주가 작성될 때에는 '義(의)'가 더 맞을

千, 旬日之間來者雲集, 塘未成而譎不復取, 皆遂棄土石而去, 塘以之成. 沈約種山詩, 卽事[7]旣多美, 李善注, 卽事卽此山中之事, 列子曰, 周之尹氏, 有老役夫, 晝則吟呻卽事, 夜則昏穢熟)

錢塘(전당) : 중국 절강성(浙江省) 항주시(杭州市).

卽事(즉사) : 눈앞의 사물을 대하다. 눈앞의 사물을 보고 느낀 것을 제재로 쓴 시.

2 [원주] 본집[8]의 주에 "전당에 망해루가 있다."라 하였다.(本集注, 錢塘有望海樓)

望海樓(망해루) : 동루(東樓)라고도 하며 항주시 봉황산(鳳凰山)에 있다. 봉황산은 서호(西湖)의 동남쪽에 있다.

映晩霞(영만하) : 저녁놀이 비치다. ≪전당시≫에는 '조서하(照曙霞)'로 되어있으며, '새벽놀이 비치다'의 뜻이다.

3 [원주] 본집의 〈전당호에서 봄나들이하다〉 시에 "호수의 동쪽 가장 좋아해서 아무리 행차해도 부족하니, 녹색 버들잎 그늘 속에 하얀 모래 둑이 있구나."라 하였다.(本集錢塘湖春行詩, 最愛湖東行不足, 綠楊陰裏白沙堤)

護江堤(호강제) : 강을 보호하는 제방. 여기서는 항주시 동남쪽 전당강가에 만들어 해조(海潮)의 유입을 막는 긴 제방. 서호는 전당강의 물 일부가 북쪽으로 흘러들어 만든 호수이다.

踏(답) : ≪전당시≫에는 '답(踏)'이 '답(蹋)'으로 되어있는데 뜻은 같다.

4 [원주] ≪박물지≫에 "오나라 재상 오자서는 부차에게 살해당하여 그 몸을 강에 띄우니 그 귀신이 파도를 만들었다."라 하였다. 동람의 ≪오지기≫에 "부차가 즉위하고 오자서는 충성과 정직함 때문에 죽임을 당하였다. 마침내 죽음을 하사하자 시체를 강에 띄워버리니 부차가 그것을 후회하여 군신들과 강가에서 제기를 늘어놓고 단을 설치하였고 나라 사람들이 그것을 따라 오자서를 위해 사당을 만들었다."라 하였다. ≪사기≫에 "오자서는 초나라 사람으로 이름이 원이다."라고 하였다.(博物志, 吳相吳子胥爲吳王夫差所殺, 浮之於江, 其神爲濤. 董[9]覽吳地記, 夫差立, 子胥以忠謇見亡[10], 遂賜死, 浮屍於江, 夫差悔[11]焉, 與群臣於江設祭置壇, 國人因爲立廟. 史記, 伍子胥, 楚人, 名員)

伍員廟(오원묘) : 춘추시대 오나라의 장수 오자서(伍子胥)에 제사를 지내는 사당. 항주시 오산(吳山) 위에 있다. 오공묘(伍公廟)라고도 한다. 오산은 서호의 동쪽에 있다.

5 [원주] 본집의 주[12]에 "소소는 본래 전당의 기녀이다."라 하였다.(本集注, 蘇少[13], 本錢塘妓人也)

蘇少(소소) : 남제(南齊) 때의 전당의 기녀, 소소소(蘇小小)를 말한다. 소소(蘇小)라고도 불린다. 절세의 용모에 재주도 뛰어났다고 한다. 항주시에는 그녀의 무덤이라는 소소소묘(蘇小小墓)도 있다. ≪전당시≫에는 '소소(蘇小)'라 되어있는데 백거이의 다른 시에서도 소소(蘇少)라고 부른 적은 없다.

수 있다. 그러나 원주 작성자의 견해(피하다)를 인정하는 의미에서 수정하지 않았다.

7) 卽事(즉사) : ≪열자≫에서의 '卽事(즉사)'는 "일을 하다"는 뜻으로, 시제의 '즉사(눈앞의 사물을 보고 느낀 것을 바로 썼다는 의미)'와는 다른 용례이다.

8) 본집은 ≪백씨장경집(白氏長慶集)≫을 가리키는 것으로 보인다.

9) 董(동) : 원주에는 빠져 있는데 ≪오지기≫에 의거하여 추가하였다.

10) 亡(망) : 원주에는 '立(입)'으로 되어있는데 ≪초학기≫에서 인용한 ≪오지기≫에 의거하여 바로 잡았다. 동람의 ≪오지기≫는 현재 본서가 전하지 않는다. 이 내용은 ≪태평어람≫에도 나오나 글자가 많이 다르다.

11) 悔(회) : 원주에는 빠져 있는데 ≪오지기≫에 의거하여 추가하였다.

12) 백거이의 시 〈여항형승(餘杭形勝)〉의 주를 가리킨다.

13) 少(소) : ≪백씨장경집≫에는 '小(소)'로 되어있는데, 원주와 맞추기 위해 바로 잡지 않았다.

蘇少家(소소가) : 소소소(蘇小小)의 집. 기녀가 사는 집이라는 의미로도 사용되어 기원이나 연회장등을 가리키기도 한다.

6 [원주] 본집의 주에 "항주에서 감꽃이라는 것이 나는데 더욱 아름답다."라 하였다. ≪백씨육첩≫에서 "대나무 뿌리, 감꼭지, 말의 눈, 뱀 껍질, 이상의 네 종류는 오늘날 무늬 비단의 이름이다."라 하였다.(本集注, 杭州出柿花[14]者, 尤佳. 白氏六帖, 竹根, 柿蔕, 馬眼, 蛇皮, 已上四種, 今時綾名)

紅袖(홍수) : 여인의 붉은 소매. 여기서는 비단을 짜는 붉은 소매의 여인 그 자체를 가리킨다.

柿蔕(시체) : 꽃무늬가 있는 비단의 일종.

7 [원주] ≪주보≫에서 "한비자가 말하길 송나라 사람이 술을 파는데 깃발을 걸어놓은 것이 매우 높았다고 하였다. 술집에 깃발이 있는 것이 여기에서 처음으로 보이니 혹은 그것을 술집포렴이라고 부른다."라 하였다. 본집의 주[15]에 "그 곳 풍속에 술을 빚어 배꽃이 필 때 잔에 따라서 배꽃술이라 불렀다"라 하였다.(酒譜, 韓非子云, 宋人沽酒, 懸幟甚高. 酒市有旗, 始見於此, 或謂之帘. 本集注, 其俗釀酒盃梨花時, 號梨花酒)

青旗(청기) : 술집에 걸린 깃발. 주기(酒旗)

趁梨花(진이화) : 진(趁)은 '뒤쫓다'의 뜻으로 '시간이 되다', '놓치지 않다' 등으로 해석할 수 있다. 이화(梨花)는 여기에서 배꽃, 또는 배꽃술(梨花春)이라는 두 가지 의미를 가질 수 있다.

8 [원주] 본집의 주에 "고산사가 호수 속에 있는데 풀이 초록색이 될 때에 멀리서 보면 치마 허리끈 같다."라 하였다.(本集注, 孤山寺[16]在湖中, 草綠, 望如裙腰)

湖寺(호사) : 호수 속의 절. 항주의 서호(西湖) 안에는 고산(孤山)이 있고 그 위에 고산사(孤山寺)가 있다. 고산의 길은 동북쪽으로 백제(白堤)를 통해 단교(斷橋)와 연결되고 서북쪽으로 서림교(西林橋)로 연결되어서 고산의 북쪽은 이호(裏湖)가 된다.

西南路(서남로) : 단교에서 시작해서 백제를 통해 고산사를 지나 서림교 쪽으로 난 길은 고산사에서 보았을 때 서남쪽으로 나가므로 서남로라고 한 것이다.

9 裙褄(군요) : 치마끈. 치마 윗부분을 허리에 동여매는 끈. ≪전당시≫에는 '군요(裙腰)'로 되어있는데 뜻은 같다.

【해설】

이 시는 백거이가 항주자사(杭州刺史)를 지냈던 장경(長慶) 2년에서 4년(822~824) 사이에 지은 것으로 보인다. 백거이는 항주에서 경치를 노래한 여러 시작을 남겼는데 이 작품 역시 그 중 유명한 시이다. 이 시의 제목은 일반적으로 〈항주에서 봄에 바라보다(杭州春望)〉로 알려졌는데, ≪십초시≫의 〈전당춘일즉사(錢塘春日卽事)〉 역시 거의 같은 의미로 이해할 수 있다.

이 시의 제목에서 전당(錢塘)은 일반 한시에서 항주(杭州), 전당강(錢塘江), 전당호(錢塘湖)-즉 서호(西湖)-의 의미로 사용되는데, ≪십초시≫의 원주는 '항주'의 의미로 이해하였다. '춘일즉사'는 '봄에 보고 느낀 감정을 쓴 시' 정도의 의미인데, '춘망'이라는 단어에서 알 수 있듯이 경치를 보고 느낀

14) 柿花(시화) : 감꽃. ≪백씨장경집≫의 주석에는 '감꼭지꽃(柿蔕花)'로 되어있다.

15) ≪백씨장경집≫의 주석에는 "그 곳 풍속에 술을 빚어 배꽃이 필 때에 익기 때문에 이화춘이라고 불렀다.(其俗釀酒趁梨花時熟, 號梨花春)"라고 되어있다.

16) 孤山寺(고산사) : 서호(西湖)의 고산(孤山) 위에 있는 절. ≪백씨장경집≫의 주석에는 '고산사길(孤山寺路)'이라고 되어있다.

점을 노래한 시이다. 이 시는 항주의 봄 경치를 비교적 먼 거리에서 바라보고 노래한 것이다. 이 시는 전체 내용이 모두 경치를 노래한 것인데, 제1구에서 6구까지는 각 구마다 한 가지 경치를 노래하였고 마지막 7~8구에서는 2구에 걸쳐 한 가지 경치를 노래하였다. 그 중 시의 시작인 제1구는 백거이가 어느 곳에서 '춘망'을 하며 시를 지었는가를 알려준다. 백거이는 서호의 남동쪽, 전당강의 북쪽에 있는 망해루에 올라 항주의 봄 경치를 두루 둘러보았다. 그리고 시인은 자신이 시를 쓰는 시점 또한 알려주는데 저녁 무렵 또는 해질녘이다.

제2구의 호강제는 특정한 고유명사가 아니다. 강을 감싸는 강둑이 맑은 모래를 하얗게 디딘다는 것은 멀리서 바라보니 하얀 빛의 방죽이 맑은 강물 속의 모래 바닥 위를 가로지른다는 뜻이다. 백거이는 동쪽으로 전당강의 호강제를 바라본 다음 시선을 북쪽으로 옮겼다.

제3구의 오원의 묘는 항주성(杭州城) 안에 있다. 제3구와 4구는 백거이가 바라본 성 안 방향의 저녁 경치이다. 파도 소리가 '밤 중'에 들어가는 것은 제1구의 시간인 저녁과 호응한다. 역사적인 비장미를 가진 오자서의 이야기는 파도소리라는 현재의 상황을 전설처럼 만들었다. 제4구는 수백 년 전 유명했던 항주의 기녀 소소소의 집이 저녁이 되어 버드나무 그늘 속에서 어두워졌다는 내용이다. 실제로 소소소의 집이 있다기보다는 화려한 기루가 역대로 이어졌던 항주의 영화를 시간과 함께 알려준 것이다.

제5~6구의 경치 역시 항주성 부근의 것들이다. 아름다운 비단을 짜는 여인의 모습 또한 화려하고, 따뜻한 봄 배꽃이 필 때에는 넉넉하게 봄 술이 있어야 한다. 항주의 아름답고 풍요로운 봄의 모습을 비교적 세밀하게 그리고 있다.

제7~8구에서 시인은 시선을 서호로 돌린다. 서호 안의 고산과 고산사의 먼 경치를 초록색 치마끈이라는 산뜻하면서도 감각적인 표현으로 노래함으로써 말끔하게 시를 마무리 지었다.

013

鸚鵡1

앵무새

隴西鸚鵡到江東,2	서역 출신의 앵무새가 강남으로 와서
養得經年觜漸紅.3	여러 해를 키우니 머리 깃 차츰 붉어졌다.
常恐思歸先剪翅,4	돌아가길 그리워할까 늘 걱정해서 먼저 날개를 자르고
每因餧食暫開籠.5	매번 모이 먹이러 잠깐씩 새장을 연다.
人憐巧語情雖重,	사람들은 고운 말을 어여삐 여겨 정이 비록 두텁지만
鳥憶高飛意不同.	새는 높이 날기를 생각하니 뜻이 서로 다르구나.
應似貴門歌舞妓,6	분명히 귀한 집의 노래하고 춤추는 기녀와 비슷하리니
深藏牢閉後房中.7	뒷방에 깊이 감추고 문 걸어 가뒀구나.

【주석】

1 [원주] ≪산해경≫에 "황산에는 새가 있는데 그 모습이 부엉이와 같고 깃털은 푸르며 부리는 빨갛고 사람의 혀처럼 능히 말을 할 수 있으니 앵무새다."라 하였다. 그 주에서는 "혀는 어린 아이의 혀와 같고 발가락은 앞뒤로 각각 두 개다."라 하였다.(山海經, 黃山有鳥, 其狀如鴞, 靑羽赤喙, 人舌能言, 鸚鵡也. 注, 舌似小兒舌, 脚指前後各兩也)

2 [원주] 예형의 부[17]에서, "서역에서 온 영험한 새여."라 하였다. 이선이 주를 하길, "서역은 농산을 말하며 이 새가 나온다."라고 하였다. ≪전한서・무제기(武帝紀)≫에 "(남월에서 바친) 말할 수 있는 새"가 나오는데 안사고가 주를 하길, "앵무새로, 지금은 농서와 남해에 모두 그 새가 있다."라 하였다.(禰衡賦, 惟西域之靈鳥. 李善云, 西域謂隴坻[18], 出此鳥也. 漢武帝紀[19], 能言鳥. 師古曰, 鸚鵡也, 今隴西及南海並有之)

隴西(농서) : 농산(隴山)의 서쪽이란 뜻으로 대체로 현재의 감숙성(甘肅省)과 그 서쪽을 가리킨다.

17) 이 부의 제목은 〈앵무부(鸚鵡賦)〉이다.

18) 隴坻(농지) : 원주에는 '域外(역외)'로 되어있는데 이선의 원래 주석에 근거하여 바로 잡았다. 필사의 오류로 보인다. 隴坻(농지)는 隴山(농산)의 다른 이름이다.

19) 紀(기) : 원주에는 '記(기)'로 되어있는데 ≪전한서≫에 의거하여 바로 잡았다.

감숙성은 그 지세가 험하고 기후가 농경에 이상적이지 않아서 그 주민이 피폐한 경우가 많았다. 전하는 말에 따르면 당대(唐代)에는 앵무새가 주로 농산의 특산으로 권세가나 부자들의 애완용으로 인기가 있어서 그 지역 주민들이 죽음의 위험을 무릅쓰고 높은 곳으로 앵무새를 잡으러 다녔다 한다.

江東(강동) : 장강(長江)의 동쪽이란 뜻으로 특별히 남경(南京)을 가리키는 경우를 제외하곤 일반적으로 장강 이남을 통칭한다. 이 시에서는 정확히 어디를 가리키는지 알 수 없다.

3 觜(자) : 머리 깃. 부리. 이 글자의 사전적인 의미는 '부엉이 털 뿔'이지만, '부리'를 뜻하는 '취(嘴)' 자와 같은 의미로도 자주 사용된다. 그리하여 이 시에서 또한 '털 뿔'로 이해할 수도 있고 '부리'로 이해할 수도 있다. '털 뿔(머리깃)'이 붉어지는 것이나 '부리'가 붉어지는 것 모두 '예뻐지고 성숙해졌다'는 뜻이다.

4 [원주] 예형의 부[20]에서 "화려한 새장에 가두고는 그 날개깃을 잘랐다."라 하였다.(禰衡賦, 閉以雕籠, 剪其翅羽)

翅(시) : 날개.

5 [원주] ≪금조≫의 왕소군의 노래[21]에서 "산에 사는 새가 뽕나무 밑동에 모였다. 비록 먹을 것은 얻었지만 배회하고 방황하는 마음이 있다."라 하였다. ≪전한서≫에서 "고기로 호랑이를 먹이는 것과 같으니 무슨 도움이 되겠는가?"라 하였다. 안사고의 주에서 "'위'는 '먹이다'이며 음은 '어'와 '위'의 반절이다."라 하였다.(琴操王昭君歌, 有鳥處山, 集于苞桑[22]. 雖得餧食, 心有徊徨. 前漢書, 如以肉餧虎, 何益. 師古曰, 餧, 食[23]也, 音於委切)

餧(위) : 먹이다.

6 貴門(귀문) : 귀하고 권세 있는 집안. ≪전당시≫에는 '주문(朱門)'으로 되어있으며 뜻은 같다.

7 [원주] ≪한서≫에 "전분[24]의 뒤쪽 방안에는 부녀자를 백 단위로 헤아린다."고 하였다.(漢書, 田蚡後房婦女以百數.)

後房(후방) : 뒤쪽의 방. 고대에는 희첩들이 거주하는 곳을 자주 가리켰다. 희첩의 대칭으로도 쓰인다.

牢閉(뇌폐) : 옥에 잡아 가두다.

【해설】

이 시는 언제 지어졌는지 참고할 만한 자료가 없다. 백거이가 소주자사를 하던 826년 즈음에 지은 것으로 추측하기도 하지만 정확히는 알 수 없다.

20) 이 또한 〈앵무부(鸚鵡賦)〉를 가리킨다.

21) 현재 ≪금조≫는 원본이 없으며 청나라 시기의 편집본만이 남아있다. ≪금조≫에 실린 왕소군의 노래는 〈원광사유가(怨曠思惟歌)〉인데 ≪악부시집≫에 실린 〈소군원(昭君怨)〉과 동일하다.

22) 苞桑(포상) : 뽕나무의 뿌리. 단단한 근거. 비가 오기 전에 새가 뽕나무 밑동에 둥지를 잡아맨다고 한다. 위기의 방비를 뜻할 때도 사용된다. 식물의 종류로는 무리지어 자라는 뽕나무의 일종이다.

23) 食(사) : 먹이다. 안사고의 주석에는 '飤(사)'로 되어있는데, 발음과 뜻이 같다.

24) 전분(田蚡, ?~BC 131) : 한나라 때의 인물로, 내사(內史) 장릉(長陵, 지금의 섬서성(陝西省) 함양현(咸陽縣)) 출신이다. 외척의 신분으로 승상의 자리에까지 올라 부귀와 권력을 누렸다. 중국 역사에는 부귀를 누린 인물이 여럿 있지만 그 중 특히 전분이 유명하여 '전분의 뒷방(田蚡後房)'이라는 성어가 생겼다.

일반적으로 이 시는 철학적이거나 정치적인 우의가 내포되어 있는 것으로 많이 이해한다. 예형의 원래 〈앵무부〉를 참조한 것으로 이해하는 것이다. 제1~2구에서 말을 교묘하게 잘 하는 예쁜 앵무새가 서역(농산)에서 왔다는 것은 상투적인 표현이긴 하지만 그만큼 진귀하다는 뜻이다. 제3~4구에서 앵무새는 자유를 잃고 날개깃이 잘린 채 새장에 갇혔다. 비록 빨갛고 예쁘게 길러준다지만 앵무새가 원한 삶과는 다를 것이다. 그러므로 제5~6구에서 주인은 변함없이 말 잘하는 앵무새를 깊히 사랑하며 앵무새는 또한 주인이 듣기 좋아하는 고운 말만을 한다. 그러나 백거이가 판단하기에 그 소리는 다른 사람(주인, 권력자)이 맘에 들어 한 것과 달리 자유를 갈망하고 벗어나길 희망하는 거의 신음소리이다. 그런 앵무새의 소리가 즐거울 수가 없다.
제7~8구에서 백거이는 이런 앵무새의 신세를 자유를 잃은 예쁜 기녀에 비유하였다. 아마도 백거이가 가장 잘 아는 분야였기 때문일 것이다. 백거이는 스스로 자신의 집에서 기녀를 길렀고, 또 남의 집 기녀를 부러워하는 시를 쓰기도 했던 사람이다. 백거이는 기녀들이 나이가 들면 어린 기녀로 몇 차례 바꾸기도 하였고, 또 자신이 나이가 많이 든 다음에는 자신의 기녀들을 풀어줬다고 한다.

014

庾順之以紫霞綺遠贈以詩答之1

유순지가 멀리서 자줏빛 고운 비단을 보내줘서
시로써 그에게 답하다

千里故人心鄭重,2	천 리 멀리 친구의 마음은 정이 깊어서
一端香綺紫氛氳.3	반 필 향기로운 비단에는 자줏빛이 잔뜩이다.
開緘日映晩霞色,4	끈을 푸니 햇빛이 비쳐 저녁노을 색을 띄고
滿幅風生秋水紋.	비단 폭을 가득 채우며 바람은 가을 물결무늬를 일으킨다.
爲褥欲裁憐葉破,	요를 만들려고 마름질하려니 잎이 찢길 것 불쌍하고
製裘將剪惜花分.	갖옷 만들고자 잘라내려니 꽃이 나뉠 것 가엾구나.
不如縫作合歡被,5	차라리 합환피 이불로 꿰매 만드는 것만 못하리니
寤寐相思似對君.6	자나 깨나 그대 그리워하는 것이 그대 대하는 것 같으리라.

【주석】

1 庾順之(유순지) : 백거이의 막역한 친구로 판단되나 누구인지 알 수 없다. 백거이의 〈유시랑에게 보내다(寄庾侍郞)〉 시에는 "그립구나, 유순지여.(懷哉庾順之)"라는 구절이 있다.
紫霞綺(자하기) : 자줏빛 붉은 노을을 펼쳐놓은 듯한 색깔의 아름다운 비단.

2 [원주] ≪광운≫에서 "'정중(鄭重)'은 은근(殷勤)이다."라 하였다.(廣韻, 鄭重, 殷勤也)
鄭重(정중) : 정이 깊고 지극하다.

3 [원주] ≪초학기≫에서 "진의 옛 제작 방식으로는, 민간에서 짠 직물류는 모두 폭의 넓이가 2척 2촌이고 길이가 40척인 것을 1단으로 한다."라 하였다.(初學記, 晉舊製, 人間所織絹布等, 皆幅廣二尺二寸, 長四十尺爲一端)
端(단) : 포백(布帛) 길이의 단위. 대체로 고대의 비단 1필(匹)은 2단(端)이고 1단(端)은 2장(丈)으로 이해하지만 고정적이지 않다.
氛氳(분온) : 성한 모습. 짙은 연기나 향기.

4 開緘(개함) : (편지나 우편물 등) 봉한 것을 열다. '함(緘)'은 '봉하다', '봉함'의 뜻이다.

5 合歡被(합환피) : 대칭이 되는 도안이나 꽃무늬가 수놓아진 넓은 이불. 남녀가 같이 잘 때 덮는

이불로 고대에선 남녀 간의 애정을 상징하였다.

6 [원주] ≪문선・고시[25]≫에서 "손님이 멀리서 오셔서 나에게 비단 반 필을 주셨네. 서로 떨어진 거리는 만여 리나 되지만, 내 님의 마음은 여전하구나. 무늬와 채색은 한 쌍의 원앙새, 마름질해서 합환피 이불을 만들었다네. 기나긴 그리움으로 속을 채웠고, 가장자리를 풀리지 않는 매듭으로 꾸몄다네. 아교를 옻칠에다 섞어버렸으니 누가 이들을 떼어낼 수 있으리오."라 하였다.(選,古詩, 客從遠方來, 遺我一端綺. 相去萬餘里, 故人心尙爾. 紋彩雙鴛鴦, 裁爲合歡被. 著[26]以長相思,[27] 緣[28]以結不解.[29] 以膠投漆中, 誰能別離此)"

似對君(사대군) : 그대를 대하는 것과 같다. ≪전당시≫에는 '사(似)'가 '여(如)'로 되어있으며 뜻은 같다.

【해설】

이 시는 백거이가 친구에 대한 그리움을 노래하기 위하여 고악부(古樂府) 〈고시십구수(古詩十九首)〉의 제 18수의 내용과 구조를 차용하여 지은 작품이다. 이 시와 〈고시십구수〉를 비교한다면 이 시의 고인(故人)은 친구이고 〈고시십구수〉의 고인은 남편이라는 점에서 차이를 보인다.

제1~2구는 〈고시십구수〉의 제 1구에서 4구까지의 내용을 압축시켰다. 멀리에서도 백거이를 잊지 않고 귀한 비단을 보내준 친구의 마음은 비단 자체의 자주색 분위기와 어울린다. 제3~4구는 〈고시십구수〉에는 없는 부분으로 자하기의 아름다움을 조화롭고 신령한 수준이라고 찬미하였다. 그리하여 제5~6구에서 시인은 이 비단을 보통의 범상한 물건을 만들기 위해 손상시킬 수 없다고 주장하며 친구를 생각하는 그리움과 따로 분리시킬 수 없다고 고백하였다. 마지막 제7~8구에서 백거이는 〈고시십구수〉의 고전적인 해결책 합환피(合歡被)가 남녀 사이의 사랑의 상징이었음을 분명히 인지하면서도, 친구 사이의 우정까지 상징하는 것으로 그 의미의 범위를 확대시켰다.

"자나 깨나 그대 그리워하는 것이 그대 대하는 것 같으리라.(寤寐相思似對君)'의 시구는 역대로 유명한 구절이었다. 합환피의 문양이 대칭을 이루며 서로 마주하는 것을 보면서 마치 그대를 대하는 것 같은 느낌을 받을 것이라는 절묘한 묘사이다.

---

25) 〈고시십구수(古詩十九首)〉를 가리킨다. 이 시는 그 가운데에서 18번째 시이다.
26) 著(저) : 여기에서 '著(저)'는 '褚(저)'와 통하여 옷이나 이불 종류 속에 솜 등을 채우는 것을 말한다.
27) 長相思(장상사) : '기나긴 그리움'은 '綿絲(면사)', 즉 솜을 의미한다. '長(장)'은 의미상 '綿綿(면면)', 즉 '이어지는 것'으로 이해되고 '思(사)'는 '絲(사)'와 발음이 같기 때문이다.
28) 緣(연) : 가선, 즉 옷 등의 가장자리. 또는 가장자리를 꾸미다.
29) 結不解(결불해) : 풀어지지 않는 묶음. 매듭. 앞 구절의 '長相思(장상사)'와 이 '結不解(결불해)'는 남녀 사이의 사랑의 마음과 이불에 대한 묘사의 두 가지 의미를 가진다.

015

漁父[1]

어부

雪鬢漁翁駐浦間,[2]	하얀 귀밑머리 어부 할아버지 나룻사이에 사시는데
自言居水勝居山.	스스로 말씀하시길 물에 사는 게 산에 사는 것보다 낫다네.
青菰葉上涼風起,[3]	푸른 줄풀 잎 위로 서늘한 바람이 일어나고
紅蓼花邊白鷺閑.[4]	붉은 여뀌 꽃 옆에선 하얀 해오라기 한가하다네.
盡日泛舟烟裏去,	하루 종일 배를 타고 안개 속으로 떠나갔다가
有時搖棹月中還.	때로는 노를 흔들며 달빛 속에서 돌아오신다네.
濯纓歌罷汀洲靜,[5]	〈어부가〉 노래 소리 그치자 물가 작은 섬 고요한데
竹徑柴門猶未關.[6]	대숲 속 작은 길 가난한 집 문 여전히 아직 닫히지 않았네.

【주석】

1 이 시는 ≪전당시≫에 수록되어 있지 않다. 조선시대에 편찬된 것으로 추정되는 ≪백련초해(百聯抄解)≫에 이 시의 3, 4구가 실려 있고, 조선시대 이현보(李賢輔)가 편집한 〈어부사(漁父詞)〉의 장가에도 이 시의 1~4구가 포함되어 있다.

2 雪鬢(설빈) : 눈처럼 하얀 귀밑머리. 나이가 많이 들었다는 의미이다.
駐浦間(주포간) : 나루터 사이에 살다. 즉 물가에 살다. 주(駐)는 본래 '거마(車馬)를 세운다'는 뜻이지만, '머물다', '체류하다', '살다'의 뜻도 있다. 이현보의 〈어부사〉에는 '주(駐)'가 '주(住)'로 되어 있으며, 가사나 국악 연구자들은 공히 이 구절을 '갯가, 강가, 물가에 산다'로 해석한다.

3 青菰(청고) : 푸른 줄풀. 줄풀은 '고장초' 등으로도 불리며, 물가, 개울가, 논도랑 등에서 자란다. 뿌리는 약재로, 잎은 채소로, 열매는 쌀 대신 먹을 수 있다.

4 紅蓼(홍료) : 붉은 여뀌. 주로 물가에서 자라는 여뀌는 6~9월에 끝에 붉은 빛이 조금 있는 꽃이 피나 사실 꽃받침만 있고 꽃잎은 없다. 여뀌의 잎은 음식의 향신료나 지혈, 항균의 여성용 약재로 사용된다.

5 [원주] ≪초사・어부편≫에서 "창랑의 물이 맑다면요, 내 갓끈을 씻을 것이고요."라 하였다.(楚辭漁父

篇, 滄浪之水清兮, 可以濯我纓)

濯纓歌(탁영가) : 직역하면 '갓끈을 씻는 노래'. 이 시에서는 굴원(屈原)의 〈어부가(漁父歌)〉를 의미한다.

汀洲(정주) : 물속의 작은 모래섬.

6 竹徑(죽경) : 대나무 숲 속에 난 작은 길.

柴門(시문) : 잡목으로 만든 문. 가난한 집을 가리키기도 한다.

【해설】

이 시는 고려와 조선에서는 많이 알려졌지만 중국에는 거의 알려지지 않은 작품이다. 시의 내용에 지역적 특색이나 시인 고유의 흔적은 보이지 않는다. 다만 시의 배경 시간이 가을 저녁이고, 시의 주제 인물이 은거자와 동등한 어부라는 점에서 이것이 만일 백거이의 시라면 이와 유사한 풍격의 전원시 등을 창작하던 중만년 이후의 작품일 것이라 추측할 수 있다.

이 시는 은거하거나 또는 속세에서 벗어나 사는 등장인물의 입을 빌려 자연의 정취와 은거의 즐거움에 대해 서술한 시이다. 시인이 등장인물인 어부할아버지에게 들은 걸 대신 전하는 방식으로 시가 전개되기 때문에 시인과 어부할아버지의 공감대 형성 여부가 시의 완성도에서 중요한 역할을 한다. 수십 년 어부 생활을 하며 물가에서 사셨을 할아버지가 제1구에서 등장하여 제2구에서 시인에게 물에 사는 것이 산에 사는 것보다 나음을 이야기해주면, 시인은 다시 그 은거의 진리를 독자들에게 이야기해준다. 제3~4구와 제5~6구는 제2구의 물에 은거하는 것의 뛰어남에 대한 해설이며 역시 할아버지의 말을 시인이 옮긴 것이다.

제3~4구의 서늘한 바람, 붉은 꽃, 한가로운 새, 제5~6구의 종일의 소요, 안개, 달빛 속의 귀환 등은, 물과 산의 장소의 차이만 있을 뿐, 사실 은거자를 노래한 시에서 보기 힘든 소재나 내용은 아니다. 그러나 역시 물에서만 볼 수 있는 풍경과 소재들을 마치 눈앞에서 보고 있는 것처럼 자연스러우면서도 선명한 이미지로 묘사하였기 때문에, 시인 스스로도 할아버지에게 듣기만 했지 직접 본 것이 아니라는 것을 읽는 사람이 전혀 느끼지 못할 정도이다. 시인은 할아버지의 말에 충분히 공감하여 할아버지의 말을 마치 자기의 말처럼 이야기하였다.

제7구의 굴원의 〈어부가〉는 제2~5구까지의 할아버지가 한 이야기를 의미한다. 마치 굴원에게 인생의 진리를 알려준 신비의 어부처럼 할아버지는 수상 은거의 즐거움에 대해 알려주고 떠나버렸다. 물가의 작은 섬은 할아버지가 사는 곳이고 제8구는 떠나버린 할아버지가 아직 돌아오지 않았다는 뜻이다. 백거이는 이미 충분히 할아버지의 세계를 경험했고 진실로 동경하기 때문에 떠나간 할아버지가 아직 돌아오지 않았음에도 여전히 할아버지를 기다리고 있다.

016

水精念珠[1]

수정염주

磨琢春氷一様成,2	봄의 얼음을 다듬고 갈아 똑같이 만들어서
更將紅縷貫珠纓.	다시 붉은 실 끈으로 구슬을 꿰었다.
似搖秋露連連滴,3	마치 가을 이슬을 흔든 듯 방울방울 이어져서
不濕禪衣點點淸.	승복을 적시지 않으면서도 알알이 청량하구나.
攲枕乍看簷外雨,4	베개에 기대어 문득 처마 밖에서 떨어지는 비를 보게 되니
隔羅如掛霧中星.5	비단 너머에 안개 속의 별을 걸어놓은 것 같구나.
欲知奉福明王處,6	복을 베푸시는 명왕의 거처를 알고 싶어서
長念觀音水月名.7	수월관음의 이름을 오래도록 외고 있다.

【주석】

1 이 시는 ≪전당시≫에 수록되어 있지 않다.
水精(수정) : 수정(水晶)과 같다. 석영으로 된 가장 투명한 유리이다.
念珠(염주) : 대승불교(大乘佛敎)에서 많이 사용하는 예배 도구.

2 [원주] ≪시경≫[30]에서 "다듬고 간 것 같구나."라 하였다.(詩, 如琢如磨)
磨琢(마탁) : 탁마(琢磨)와 같다. 다듬고 간다는 뜻이다.
春氷(춘빙) : 봄에 어는 얼음. 귀한 것이나 위험한 상태에 있는 것을 가리키는 경우가 많다.

3 秋露(추로) : 가을 이슬. 밝은 구슬을 가리키는 말로 널리 쓰인다. 남조(南朝) 양(梁)나라의 강엄(江淹)이 〈별부(別賦)〉에서 "가을 이슬은 구슬과 같으니(秋露如珠)"라고 한 뒤로 '추로'는 명주를 비유하였다.
連連(연련) : 끊이지 않고 계속되는 모습.

4 攲(의) : '기대다'의 뜻으로 의(倚)와 통한다.
簷雨(첨우) : 처마를 따라 방울방울 떨어지는 비.

30) 여기서는 〈위풍(衛風)·기오(淇奧)〉 시를 말한다.

5 隔羅(격라) : 비단 너머.
霧中星(무중성) : 안개 속의 별. 밤에 구름과 안개가 자욱한 속에 보이는 별로, 보기도 힘들고 다가가기도 어려운 환상적인 존재를 말한다.

6 奉福(봉복) : 복을 베풀다. 여기서 봉(奉)은 '주다'의 뜻이다.
明王(명왕) : 악마(惡魔)를 항복(降伏)시키고 불법(佛法)을 수호(守護)한다고 하는 무서운 얼굴을 한 신장.

7 觀音水月(관음수월) : 수월관음(水月觀音). 33 관음의 하나. 수월이란 하늘에 뜬 달이 물속에 비친 달이라는 뜻으로, 인생의 허무에서 발생한 고난을 구제하여 달관케 하는 사색적인 보살이다.

【해설】

이 시는 밤에 창문 밖으로 비가 내리는 소리를 듣고 창밖으로 아련하게 보이는 것 같은 빗방울에서 염주를 연상하여 쓴 작품이다. 염주는 일반적으로 염불을 할 때 손으로 돌려 그 개수를 세는 도구이다. 그러므로 이 시는 마지막 제7~8구에서 염주의 가장 일반적인 용도에 대해 말한 것인데, 그 일반적인 심상을 떠올리기 위해서 시상을 감각적으로 전개하였다. 물의 정수인 수정(水精)에서 유리 수정(水晶)으로 연결된 시의 제목이 이 시의 시상이 내리는 비에서 염불로 연결되고 있다는 것을 미리 알려준다. 제1구에서 '봄의 얼음'이라고 하여서 제3~4구에서 방울져 떨어지는 것을 예비하였다. 제3구에서 '가을 이슬'이라고 한 것과 함께 이 시의 계절적 시간을 알려주지는 않는다. 이 시는 '물'의 심상에서 출발하여 곧장 염주로 변화하지만 제3~4구에서는 승려와 물이 함께 등장을 하고 제5~6구에서는 다시 빗물과 별빛으로 수정염주를 묘사한다. 닿거나 만지려 해도 불가능한 안개 속의 별빛은 마지막 제7~8구에서 다시 명왕과 관세음보살을 염하는 숭고한 기원으로 마무리되었다.

017

餘杭形勝1

여항의 아름다운 풍광

餘杭形勝四方無,	항주는 형세가 빼어난 것이 사방에 비할 바 없으니
州傍青山縣枕湖.2	주는 푸른 산을 곁에 두었고 현은 호수를 베고 있다.
遶郭荷花三十里,3	성곽을 둘러싼 연꽃은 삼십 리에 이어지고
拂城松樹幾千株.4	성을 스치는 소나무는 몇 천 그루나 된다.
題詩舊壁傳名謝,5	시가 제해진 옛 벽에는 사령운의 이름이 전해지고
教舞新樓道姓蘇.6	춤 가르치는 새 누대에는 소소소의 성이 말해진다.
獨有使君年最老,7	오직 자사만이 나이가 가장 늙었으니
風光不染白髭鬚.8	경치도 하얀 수염을 검게 물들여 주지는 않는다.

【주석】

1 [원주] ≪통전(通典)≫에서 "항주는 여항군이라고도 한다."라 하였다.[31] ≪십도지≫에서 "하나라 우임금이 여기에 도착하여 방주(부교)를 버려두고 육지에 올랐기 때문에 그렇게 이름을 불렀다."라 하였다. (通典, 杭州或爲餘杭郡. 十道志, 夏禹至此餘杭登陸, 因名)
餘杭(여항) : 역사적으로 그 지역 범위에 차이가 있기도 하였으나, 기본적으로 여항은 항주(杭州)를 가리킨다.
形勝(형승) : 웅장하고 아름다운 산천의 경치. 또는 그 장소.

2 [원주] 방(傍)은 대(對)라고 한 곳도 있다. ≪십도지≫의 〈항주〉에 대한 주에 "개황 9년(589)에 (수 문제가) 진나라를 평정하고 전당, 염관, 여항 등의 네 현으로 나누어 주를 세웠다."라 하였다.(一作對. 十道志, 杭州注, 開皇九年, 平陳, 割錢塘鹽官餘杭等四縣爲州)
州傍青山(주방천산) : 주는 푸른 산을 곁에 두었다. 여기서 주는 항주(杭州)를 말한다. '주대청산(州對青山)'이라고 하면 '주는 청산을 마주하고'가 된다.

---

31) ≪통전≫의 원문에는 "대당에서는 항주라고 하거나 여항군이라고 하였는데 거느린 현이 아홉이었다.(大唐爲杭州, 或爲餘杭郡, 領縣九)"라고 되어 있다.

縣枕湖(현침호) : 현은 호수를 베다. 여기서 현은 여항현이며, 호수는 서호(西湖)를 말한다.

3 遶郭荷花(요곽하화) : 성곽을 둘러싼 연꽃. 곽(郭)은 항주성의 외성(外城)을 가리킨다. 성곽을 둘러싼 연꽃이란 항주성의 외성을 둘러싼 연못에 자란 연꽃이다. 서호(西湖)의 연꽃이라는 해석도 있는데 이쪽이 더 좋은 것 같다. '요(遶)'는 ≪전당시≫에 '요(繞)'라고 되어 있는데 모두 '두르다'의 뜻이다.

4 拂城松樹(불성송수) : 성을 스치는 소나무. 여기서 성(城)은 곽(郭)과 마찬가지로 항주성의 외성이다. 성을 스치는 소나무는 서호의 동남쪽에 있는 만송령(萬松嶺)에 자란 소나무이다. 만송령은 서호에서 시작해서 항주 성벽 바로 앞을 지나가 전당강(錢塘江)으로 이어지는 구릉으로 성벽의 붉은 색과 소나무 숲의 푸른색이 대비를 이룬 것으로 유명하였다고 한다.

5 舊壁(구벽) : 옛 벽. 여기에서는 몽사정(夢謝亭)의 벽.

6 [원주] 본집에서는 "아이를 꿈 꾼 정자는 예로부터 사령운의 이름이 전해지고, 기녀를 가르치는 누대는 새로이 소소소의 성이 말해진다."라고도 한다. 주에서 말하길, "항주 서쪽의 영은산 위에 몽사정이 있는데 이것은 두명포[32]가 사령운을 꿈꾼 곳이니 그리하여 이름을 객아로 지었다."라 하였다. 종영의 ≪시품(詩品)≫에 "전당의 두명사는 꿈에 동남쪽에서 신인이 와서 들어와 하는 말이 '아버지'였는데 바로 사령운이 회계에서 태어났다. 열흘 뒤에 사현이 그 송나라 땅으로 가서, 자손을 얻기 힘들다 여겨, 사령운을 두명사의 도량으로 보냈으니 그곳에서 그를 길렀다. 원가 10년(433) 나이 열다섯에 비로소 도성으로 돌아갔으니 그리하여 객아라고 이름 하였다."라 하였다. 소소는 위의 주석에 보인다.[33] 고악부 〈유생〉시에 '좌경은 자가 맹이라고 하고, 호웅은 성이 유라고 말한다.'라 하였다.(本集一作, 夢兒亭古傳名謝, 敎妓樓新道姓蘇. 注云, 州西靈隱山, 上有夢謝亭, 卽是杜明浦夢謝靈運之所, 因名客兒也. 鍾嶸詩評, 錢塘杜明師夢東南神人當來, 入語是父,[34] 卽謝靈運生於會稽. 旬日而謝玄至其宋,[35] 以子孫難得, 送靈運寄杜理, 館養之. 元嘉十年, 年十五, 方還京師, 故名客兒. 蘇少見上注. 古樂府劉生詩, 座[36]驚稱字孟, 豪雄道姓劉)

姓蘇(성소) : 성이 소씨이다. 남제(南齊) 때의 전당의 유명한 기생 소소소(蘇小小)를 가리킨다.

7 使君(사군) : 자사(刺史)를 부르는 말. 이 시에서는 백거이를 가리킨다.

最老(최로) : 가장 늙었다. ≪전당시≫에는 '태로(太老)'로 되어있으며, '너무 늙었다'의 뜻이다.

---

32) 두명포(杜明浦) : ≪백씨장경집≫의 주석에도 '두명포'로 되어 있으나, 원주의 ≪시품≫의 내용과 마찬가지로 일반적으로는 '두명사(杜名師)'로 알려져 있다. 그러므로 ≪백씨장경집≫의 '두명포'는 '두명사'의 오기로 보인다. '명사'는 스승을 높이 부르는 말이다. 인용한 본래 출처의 내용이 틀린 셈이다.

33) 백거이의 시 012. 〈전당에서 봄날 느낀 바를 적다(錢塘春日卽事)〉에 보인다.

34) 入語是父(입어시부) : 이 구절은 현재 전하는 ≪시품≫에도 없고 두명사와 사령운의 이야기가 실린 다른 서책들에도 찾기 어렵다. 어디에서 처음 이야기한 말인지 알 수 없다.

35) 謝玄至其宋(사현지기송) : 현재 전하는 ≪시품≫에는 '사현이 죽자 집안에서 ~라 여겨서(謝玄亡, 其家以…)'로 되어있다. 그러므로 '亡其家(망기가)'를 '之其宋(지기송)'으로 착각해서 잘못 썼을 가능성이 크다. 그러나 ≪시품≫의 이 구절은 자체적으로 오류가 있는데, 할아버지인 사현은 손자인 사령운이 태어난 지 3년 뒤에 죽었다. 사령운이 태어난 해에 죽은 사람에는 사현의 아저씨인 사안(謝安)이 있고, 또 사령운의 아버지 사환(謝瑍)이 죽은 것으로 추정된다. 그래서 차주환과 이휘교는 '사현이 죽고'가 아니라 '사환이 죽고'가 맞다고 보았다.(≪시품휘주(詩品彙註) : 이휘교 저, 영남대학교출판부, 1983≫ 참조) 사령운이 태어난 해인 385년은 사안과 사현이 383년 겨울에 비수의 싸움(淝水之戰)을 승리한 다음으로, 사현은 승리 후에 북쪽으로 다시 진격하여 전진(前秦)의 영역을 뺏는 도중이었다고 한다. 그러므로 어쩌면 ≪시품≫의 오류를 인식했기 때문에 원주에서 '亡其家(망기가)'로 보지 않고 '之其宋(지기송)'으로 보아서 '그 싸움터인 송으로 갔고'로 이해했을 수 있다.

36) 座(좌) : 원주에는 '坐(좌)'로 되어있는데 ≪악부시집(樂府詩集)≫에 의거하여 바로 잡았다.

8 [원주] 염(染)은 칭(稱)으로 된 곳도 있다.[37] ≪전한서·왕망전≫에 '왕망은 스스로 안정적이라는 것을 밖으로 보이고자 하여 그의 수염을 검게 염색하였다.'라 하였다.(一作稱. 漢書王莽傳, 莽欲外視自安,[38] 迺染其髭鬚)
髭鬚(자수) : 수염. 입술 위가 '자(髭)', 입술 아래가 '수(鬚)'다.

【해설】
이 시는 백거이가 항주자사를 지냈던 장경(長慶) 2년에서 4년(822~824) 사이에 지은 시이다. 시의 전체 내용도 항주의 풍경이고 제7구에서 자신을 '사군'이라고 부른 것 역시 그 증거이다.
백거이는 제5구에 나오는 '몽사정'이 있는 영은산 위에서 시를 지은 것 같다. 서호의 서쪽에 있는 이 산에서 바라본 항주는 서호가 앞에 있고 전당강은 남쪽과 뒤쪽(동쪽)에 있는 형세이다. 이곳에서 백거이는 서호도 보고 망송령도 보면서 여름 경치를 즐긴다. 제2구에서 푸른 산은 망송령을 가리키는 제4구로, 호수는 서호를 가리키는 제3구의 삼십 리 연꽃으로 연결된다.
백거이가 보기에 그 오래 전 살았던 사령운은 도리어 여전히 이름이 전해지고, 기생을 가르치는 새로 만든 누대에는 항주의 역사적 기생의 이름인 소소소의 이름이 전해진다. 오랜 역사 속에서 옛 이름이 여전히 새로운 생명력을 지니고 있는 것이다. 항주의 아름답고도 유서 깊은 풍경과 역사적 전통과 정취는 여전히 새로운 일과 마찬가지인 것이다.
이처럼 오랜 전통으로부터 새로운 활력이 생겨나는 항주의 모습 속에서, 유독 시인만이 너무 늙어버려 다시 젊어지지 못한다. 백거이는 자신이 회복불가능하게 늙었기 때문에 밝거나 가볍거나 즐거운 주위 모습들과 어울리지 못한다는 고백을 중국의 옛 시인 가운데에서도 비교적 많이 한 편이다. 다만 다른 시인들의 비극적인 모습과 달리, 백거이는 자신이 어울리지 않다고 씁씁한 고백을 하는 동시에 늘 그들과 어울리려 하고 있다. 그래서 백거이 스스로 자신을 어떻게 생각했을지 궁금해지는 부분이다.

37) 이 경우는 '경치도 하얀 수염과 어울리지 않다.'가 된다. '稱(칭)'을 거성(去聲)으로 읽으면 '부합하다'의 뜻이다.
38) 安(안) : 원주에는 빠져 있는데 ≪전한서≫에 의거하여 추가하였다.

018

江樓晚眺吟翫成篇寄水部張員外1

강가의 누대에서 저녁에 바라보며 읊조리고 즐기다
시를 완성하여 수부의 장원외에게 부침

淡煙踈雨間斜陽,	가벼운 물안개 성긴 빗줄기 사이로 석양이 비끼니
江色鮮明海氣涼.2	강물 색은 선명하고 바다의 기운은 서늘하다.
蜃散雲收碎樓閣,3	신기루 흩어지니 구름이 부서진 누각을 거두었고
虹殘水炤斷橋梁.4	무지개 사그라지니 물에는 잘라진 다리가 비친다.
風翻白浪花千片,	바람은 흰 파도에 꽃 수천 송이를 일으키고
鴈點青天字一行.5	기러기는 푸른 하늘에 글자를 한 줄로 찍어낸다.
好著丹青圖畫取,6	물감을 잘 쓴 그림을 그려서는
題詩寄與水曹郎.7	시를 제하여 수조랑에게 보내 드린다.

【주석】

1 이 시는 ≪전당시≫에 〈강가의 누대에서 저녁에 바라보니 경물이 곱고도 빼어나 읊조리며 즐기다 시를 지어 수부의 장원외에게 보낸다(江樓晚眺景物鮮奇吟玩成篇寄水部張員外)〉라는 제목으로 실려 있다.

[원주] ≪당서≫에 "장적은 수부원외랑을 역임하였다."라 하였다.(唐書, 張籍歷水部員外郎)

2 海氣(해기) : 바다나 강 위에 펼쳐진 안개 기운.

3 [원주] ≪전한서≫에 "바닷가의 신기가 모여서 누대를 이룬다."라 하였다.(前漢書, 海邊蜃氣衆樓臺[39])

蜃氣(신기) : 대합의 입김. 신기루. '신(蜃)'은 대합의 일종인데, 고대 중국인은 바다의 큰 대합이 토해내는 입김이 신기루를 만든다고 여겼다.

4 [원주] 주처의 ≪풍토기≫에서 "양선현 앞에는 큰 다리가 있는데 남북으로 72장이다. 다리가 높이 솟아서 무지개를 닮은 형상이었다."라 하였다.(周處, 風土記, 陽羨[40]縣前有大橋, 南北七十二丈. 橋高

39) 海邊(해변) 구 : ≪전한서 · 천문지(天文志)≫에는 이 구절이 "바다 부근의 신기루는 누대를 닮았다(海旁蜃氣象樓臺)"로 되어 있다.

40) 羨(선) : 원주에는 '美(미)'라고 되어있는데 ≪태평어람≫에 의거하여 바로 잡았다. 주처의 ≪풍토기≫는 본래의 책이 전해지지 않고 일부 내용만이 다른 책에 실려서 전해진다.

起, 有似虹形)

炤(소) : 비추다. ≪전당시≫에는 '조(照)'로 되어 있다. 이 경우 같은 글자(同字)로 이해한다.

5 鴈(안) : 기러기. ≪전당시≫에는 '안(雁)'으로 되어 있으며 같은 글자이다.

6 丹靑(단청) : 물감. 안료.

7 水曹郎(수조랑) : 수조의 벼슬아치. 수조(水曹)는 수부(水部)의 별칭이며 수도(水道)와 관련된 일을 하였다. 여기서는 장적(張籍)을 가리킨다.

【해설】

이 시는 백거이가 항주자사를 지냈던 장경(長慶) 2년에서 4년(서기 822년에서 824년) 사이에 지은 것으로 보인다. 이 시를 받은 장적은 답시로 〈항주자사 백거이가 군루에 올라 바라보고 그림을 보내 준 것에 답하다(答白杭州郡樓登望畵圖見寄)〉라는 시를 지었다. 장적은 821년에 수부원외랑이 되었다.

이 시는 저녁 무렵 비가 갠 강과 바다의 풍경을 시인이 올려 보았다가 다시 내려 본 다음 마치 그림처럼 써낸 작품이다. 마지막 제 8구에서 그림에 시를 제를 하였다고 하였으니 제1구에서 제6구까지의 내용은 그 그림의 내용이라고 할 수 있다.

제1~2구는 이 시를 쓴 시점이기도 하고 이 시를 제한 그림의 배경이기도 하다. 비가 막 개인 저녁 강가와 바닷가이다. 제3~4구는 실경과 허경이 교차하는 경치의 묘사로 제3구의 부서진 누대나 제4구의 잘라진 다리는 구름과 신기루와 어울리며 환상과 실제, 원경과 근경을 조합하였다. 제5~6구 또한 근경과 원경이 어우러졌는데 하얀 꽃처럼 부스러지는 파도와 그 파도를 일으키는 바람 속에서 멀리 기러기가 날아가며 만드는 글자는 멀리 떨어져있는 벗을 향한 그리움의 편지를 연상케 한다. 마지막 제7~8구에서는 바로 이러한 경관을 그림 그리고 그것에 이 시를 제하여 보내게 되었음을 말하며 작품을 마무리하였다.

019

眼昏[1]

눈이 어두워서

早年勤倦看書苦,[2]	젊어서 일에서 물러나 책을 심하게 보았고
晩歲悲傷出淚多.	늙은 나이에 슬프고 마음 상하여 눈물 많이 흘린다.
眼損不知都自取,	눈을 해친 것 알지 못했으니 모두 스스로 얻은 일이라
病成方悟欲如何.	병이 나서 비로소 알았지만 어찌 해야 하겠는가.
夜昏乍似燈將滅,	밤에 침침하니 문득 등불이 꺼질 것만 같고
朝暗長疑鏡未磨.[3]	아침에 어두우니 거울을 닦지 않았나 늘 생각한다.
千藥萬方治不得,[4]	천 가지 약 만 가지 처방도 고칠 수 없으니
唯應閉目學頭陁.[5]	그저 마땅히 눈을 감고 번뇌를 없애는 일이나 배워야겠다.

【주석】

1 이 시는 ≪전당시≫에 〈눈이 어두워서(眼暗)〉라는 제목으로 실려 있다.

2 勤倦(근권) : 황제가 정사에 게으르거나 고위직의 관리가 관직에서 물러나는 것.

3 暗(암) : 어둡다. ≪전당시≫에는 '암(闇)'으로 되어있으며 뜻은 같다.

4 [원주] ≪유편≫에서 "'치'는 '징'과 '지'의 반절로 다스린다는 뜻이다."라 하였다.(類篇, 治, 證之切, 理也)

5 [원주] ≪석씨요람≫에 "범어의 두다는 한어의 두수[41]이다. 삼독[42]은 먼지와 같아서 능히 진실한 마음에 붙어서 더럽힐 수 있으나 여기 사람은 떨어서 제거를 하니 지금은 두타라고 잘못 부른다."라고 하였다.(釋氏要覽, 梵語杜多, 漢語抖擻. 謂三毒如塵, 能坌汙眞心, 此人振掉除去, 故今訛稱頭陀.)
頭陁(두타) : 범어의 음역으로 '번뇌의 티끌을 떨어 없애 의식주에 탐착하지 않으며 청정하게 불도를 닦는 일'을 의미한다. 뒤에 승려를 가리키는 말로 바뀌었고, 주로 걸식을 하고 돌아다니는 승려를 '두타'라고 부른다. 탁발승과 비슷한 의미이다. ≪전당시≫에는 '두타(頭陀)'로 되어 있다.

41) 두수(抖擻) : 손을 흔들어 떨어버리다.
42) 삼독(三毒) : 불교에서는 욕심, 성냄, 어리석음을 세 가지 독이라고 한다.

【해설】

이 시는 그 작성 연대를 알 수 없으나 시의 내용으로 보아 백거이가 만년에 지은 것으로 추정된다. 백거이는 젊어서부터 눈이 좋지 않아서 자신의 눈병에 대해서 40 여 수의 시를 남겼는데 이러한 백거이의 눈병에 대한 시는 의학적인 면에서도 주요한 자료가 되고 있다. 이 시는 병의 원인과 결과에 대해 모두 기록하였다는 점에서 평가를 받는다.

제1~2구는 백거이의 눈이 어두워진 것에 대한 이유를 적었다. 그의 눈병은 젊어서는 책을 너무 많이 보았고 늙어서는 너무 많이 울었기 때문이다. 그런데 그 이유의 사이에 일찍부터 일에서 물러났다는 말을 끼워 넣었는데, 젊어서 책을 많이 본 것도 늙어서 너무 많이 운 것도 정치적 이유 때문인 것처럼 보인다. 제3~4구는 눈에 문제가 생기기 전에 미리 조치를 취하지 못하였기 때문에 병이 난 뒤로는 방법이 없다는 내용이다. 제5~6구에서는 현재 눈병의 증상에 대해 설명한다. 밤이나 낮에는 눈이 침침하고 빛을 분간하기 어렵다. 이러한 병의 증세는 교묘하게 의미심장하다. 백거이의 어둠을 밝혀주기에는 등불과 거울은 미약하다. 제7~8구는 눈병을 치료할 약이나 방도가 없어서 그저 마음을 비울 뿐이라는 내용이다. 제8구의 마지막 처방 역시 특이한데 눈이 피로하거나 또는 잘 안보일 때 눈을 감고 쉬는 것은 일반적인 방법이지만 임시방편적일 뿐이다. 그런데 백거이는 여기에 더해 세상일과 번뇌를 잊는 법을 배우겠다고 말한다. 세상에 대한 번뇌로부터 시작한 질병을 치유하려면 마땅히 세상에 대한 번뇌를 잊어야 하기 때문이다.

020

江樓夕望招客[1]

강가 누각에서 저녁 경치를 바라보다가
손님을 초대하다

海山東望夕茫茫,2	바다와 산을 동쪽으로 바라보니 저녁 무렵 아득하여
山勢川形闊復長.	산의 형세와 강의 모습이 넓고도 기다랗다.
燈火萬家城四畔,3	수많은 집 등불이 항주성 사방 둘레에 가득하고
星河一道水中央.4	한 줄기 은하수는 물의 한 가운데를 지나간다.
風吹枯木晴天雨,5	바람이 마른 나무에 불어오니 맑은 하늘에서 비 내리는 듯
月照平沙夏夜霜.6	달이 넓은 모래사장을 비추니 여름밤에 서리가 내리는 듯.
能向江樓銷暑否,7	강가 정자에 가면 무더위를 사라지게 할 수 있겠냐고 하는데
比君茅舍校清涼.8	그대의 초가집 보다는 훨씬 맑고 시원하다네.

【주석】

1 이 시는 백거이가 항주자사(杭州刺史)를 지내던 장경년간(長慶年間)(822~824)에 지은 것으로 판단된다. 여름의 경치인 것에 근거한다면 823년에 지은 시이다.

2 海山(해산) : 바다와 산. ≪전당시≫에는 '해천(海天)'으로 되어 있으며 '바다와 하늘'이라는 의미다. 여기서는 제2구의 '산(山)'과 '천(川)'에 호응시켜서 '해산(海山)'으로 쓴 것으로 보인다.
茫茫(망망) : 넓고 크고 먼 모습. 또는 모호하고 아득한 모습.

3 四畔(사반) : 네 둘레. 반(畔)은 '경계', '주위'의 뜻이다.

4 星河(성하) : 은하수를 가리킨다. 이 시에서는 '전당강(錢塘江)에 떠있는 배들의 불빛'으로 보기도 한다.

5 枯木(고목) : 마른 나무. ≪전당시≫에는 '고목(古木)'으로 되어 있다. '늙은' 나무라는 점에서는 의미가 통한다.

6 平沙(평사) : 넓게 펼쳐진 모래벌판.

7 向(향) : 가다. ≪전당시≫에는 '취(就)'로 되어 있으며 '높은 곳에 오르다'의 뜻이다.

8 校(교) : 확실히. 분명히. 비교적. ≪전당시≫에는 '교(較)'로 되어 있으며 뜻은 같다.

【해설】

이 시는 백거이가 저녁에 항주의 전당강(錢塘江) 부근의 정자에 올라 경치를 감상하고 쓴 시이다. 백거이의 시 가운데에서 그 표현과 묘사가 뛰어난 작품으로 유명하였으며 많은 찬사를 받았다. 백거이는 제1~2구에서 누각에 올라서 바라보는 원경(遠景)을 묘사하였다. 해 저물 무렵 아득하게 멀리 보이는 바다와 그 바닷가로 이어지는 산을 먼저 이야기하고 다시 그 바다로 이어지는 강과 주변 풍경의 거대한 모습을 이야기한다. 같은 원경이지만 제1구에서 2구로 이어지면서 거리가 조금씩 가까워지고 있다. 제3~4구는 처음보다는 비교적 가까운 거리의 경치이다. 저녁에서 밤으로 넘어가는 시간에, 저 멀리 수많은 인가의 불빛이 아름답게 보이고, 강에는 하늘에 뜬 은하수의 별빛이 거꾸로 비치고 있다. 제7~8구로 미루어 보았을 때 아마도 백거이는 더운 여름의 저녁에 더위를 피하고자 정자에 올랐을 것이다. 그러한 그는 높은 곳에 오르자 자연스럽게 가장 먼 경치를 바라보았고 그 다음 점점 가까운 곳으로 시선을 옮겼다. 저녁에서 밤으로 넘어가는 시간에 정자에서 바라본 원경들은 웅대하고도 환상적이어서 더위를 잠시 잊게 만들기에 충분하였다. 제5~6구에서 백거이는 아주 가까운 거리의 풍경으로 다시 시선을 옮긴다. 그리고 이 시의 계절적 배경을 환기시킨다. 불어오는 바람은 그를 시원하게 해줬고, 동시에 나무에도 불어와 마치 비가 오는 것 같은 소리를 만들었다. 온 세상을 하얗게 비춰주는 달빛은 모래사장 또한 하얗게 비추었고, 그것은 마치 하얗게 서리가 내린 것 같다. 마지막 제7~8구에서 백거이는 친구가 묻는 말에 대답을 해주는 방식으로 이 강가 누각에서 맛볼 수 있는 풍경의 뛰어남에 대해 재미있게 마무리를 하였다.

03 온정균 溫庭筠

온박사시(溫博士詩)

[원주] ≪신당서≫에 “온정균은 자가 비경이다. 어려서 영민하고 깨우쳤으며, 문장에 능했다. 이상은과 더불어 명성이 있어서 ‘온이’로 불렸다. 측은한 가사와 염려한 곡을 많이 지었다. 여러 번 진사에 응시했으나 급제하지는 못하였다.”라고 되어있다.(新唐書, 溫庭筠, 字飛卿, 少敏悟, 工為辭章, 與商隱皆有名, 號溫李, 多作惻辭豔曲, 數舉進士不中第)

온정균(溫庭筠, 812?~870)

자는 비경(飛卿)이고, 본명은 기(岐)이며, 병주(幷州, 산서성(山西省) 태원(太原))사람이다. 어려서부터 거문고와 피리를 잘 다루었고, 영민하고 글재주가 뛰어났다. 온정균이 과거시험장에서 여덟 번 팔짱을 끼었다 풀자 팔운시(八韻詩)가 완성되었다 하여 ‘온팔차(溫八叉)’ 혹은 ‘온팔음(溫八吟)’이라 불렸다. 재주가 뛰어났지만 과거시험에는 누차 낙방하였다. 수현위(隋縣尉)를 지내다가 함통 6년(865)에 국자조교(國子助教)에 임명되어 국자감시(國子監試)를 관장하였다. 평소 품행이 방탕하고 인품에 대한 평판이 좋지 않았으며, 권세가와 귀족의 불만을 샀다. 또한 그가 시정을 비판하고 부패한 자를 폭로한 시문을 지은 것이 재상 영호도(令狐綯)의 분노를 사서 결국 방성위(方城尉)로 폄적되어 우울한 생활을 하다가 죽었다. ≪협주명현십초시≫에서는 온박사(溫博士)로 칭하고 있어 관직이 국자감 박사까지 오른 것으로 되어 있으나, 일반적으로는 국자조교까지만 지낸 것으로 알려져 있다. 남당(南唐)의 유숭원(劉崇遠)이 지은 ≪금화자잡편(金華子雜編)≫에 “박사 온정균이 폄적당해 수현위가 되었다.(溫博士庭筠方謫尉隨縣)”는 기록이 있으나, 무엇에 근거했는지는 고찰할 수 없다. 또한 그의 관직 수행 시기에 관해서도 이견이 존재한다.

온정균은 시와 사에서 모두 뛰어나, 시에 있어서는 이상은(李商隱)과 명성을 견주어 ‘온이(溫李)’라고 병칭되었고, 사에 있어서는 위장(韋莊)과 이름을 나란히 하여 ‘온위(溫韋)’라고 병칭되었다. 그의 시와 사는 대상을 세밀하게 묘사하였으며, 색채미와 음률미가 있었다. 시는 개인의 조우, 시정에 대한 생각, 행려 중에 느낀 감회 등을 담고 있고, 사는 여인의 규정을 담아 섬세하고 정교한 작품이 많다.

화간사파의 주요작가로서 사를 서정시의 위치로 끌어올리는데 많은 공적을 남겼으며, 또한 악부(樂府)에 뛰어나 화려한 표현으로 스러져가는 육조 문화에 대한 동경과 지나가는 봄에 대한 아쉬움 등을 노래하였다. ≪신당서·예문지≫에 따르면 사집 ≪악란집(握兰集)≫3권, ≪금전집(金荃集)≫10권, 시집 5권이 있다고 하지만 이미 산실되었고, 후인들이 엮은 ≪온비경시집(溫飛卿詩集)≫7권이 있다. 그 외에 전기소설집인 ≪건손자(乾巽子)≫, ≪채다록(採茶錄)≫이 있었지만, 이 역시 산실되고 ≪태평광기≫에 그 내용이 많이 수록되어있다.

(임도현)

021

過新豐[1]

신풍을 지나며

一劍乘時帝業成,2	검 하나로 때를 타서 황제의 공업을 이루고서
沛中鄉里到咸京.3	패땅의 고향을 함양성으로 옮겼네.
寰區已作皇居貴,4	천하에 이미 황궁의 귀함을 이루었지만
風月猶含白社情.5	바람과 달은 여전히 흰 느릅나무 사당의 마음을 머금어서라네.
泗水舊亭春草遍,6	사수의 옛 정(亭)에는 온통 봄풀이겠지만
千門遺瓦古苔生.7	수많은 대문의 낡은 기와에는 오래된 이끼가 자랐네.
至今留得離家恨,	지금까지 고향 떠난 안타까움이 남아있는데
雞犬相望落照明.8	닭과 개가 서로 보이고 낙조가 밝구나.

【주석】

1 [원주] ≪통전≫에 "옹주는 지금 장안을 다스리는 곳이다. 진 효공이 함양이라 하고는 궁궐을 짓고서 옮겨와 수도로 삼고서 진천이라고 불렀으며 관중이라고도 한다."라 하였다. ≪한서≫ 주석에서 문영이 말하기를 "함양은 지금의 위성이니 바로 이곳이다."라고 하였다. ≪삼보구사≫에 "태상황이 관중을 좋아하지 않고 고향을 사모하자, 고조가 풍땅과 패땅의 백정, 술장수, 떡장수, 상인을 옮겨와서 신풍현을 세웠다."고 되어있다. ≪서경잡기≫에 "고조가 이미 신풍현을 만들고 서, 아울러 옛 사당을 옮기고 개, 양, 오리를 길에다 풀어놓으니, 본래 그 고향다움을 알 수 있게 되었다."고 하였다.(通典, 雍州今理長安. 秦孝公作爲咸陽, 而築冀闕, 徙都之, 謂之秦川, 亦曰關中. 漢書注, 文穎曰, 咸陽今渭城, 是也. 三輔舊事曰, 太上皇不樂關中, 思慕鄉里, 高祖徙豐沛屠兒沽酒煮餠商人, 立爲新豐. 西京雜記, 高祖既作新豐, 并徙舊社, 放犬羊鷄鴨於通塗, 本能識其家)

2 [원주] 반고의 ≪한서≫에 말하기를 "한나라에 한 척의 땅도 없었는데, 검 하나에 의지하여, 5년 만에 제업을 이루었다."라 하였다.(班固, 漢書贊, 漢無尺土之階, 轉一劍之任, 五載而成帝業)

3 [원주] 제목 아래의 주석에 보인다.(見題下注)
沛中(패중) : 패땅. 한고조 유방의 고향으로, 지금의 강소성 패현이다.

4 [원주] 공융의 〈예형을 천거하는 글〉에 "황제의 궁실에는 반드시 진귀한 보배들을 모아놓아야 합니다."라고 하였다.(孔融[1], 薦禰衡表, 帝室皇居必蓄非常之寶)

寰區(환구) : 천하를 가리킨다.

5 [원주] 〈서경부〉의 "어찌 느릅나무 있는 곳으로 돌아갈 것을 그리워하지 않겠는가?"의 이선의 주석에 "분유와 풍사는 고조가 일어난 곳이다. 돌아가서 느릅나무 제당이 있는 곳에 거처할 것을 생각하지 않고서 낙읍에 수도를 정한 것이다. ≪한서≫에 '고조가 풍땅의 느릅나무 사당에서 기도를 올렸다.'라 하였고, 장안이 말하기를 '분은 흰 느릅나무이다. 제당은 풍땅 동쪽 15리에 있다.'라 하였다."라고 되어있다.(西京賦, 豈伊不懷, 歸于[2]枌楡. 李善注, 枌楡 豐社, 高祖所起也. 惟不思歸, 處枌楡杜之域, 都於洛邑也. 漢書曰, 高祖禱豐枌楡社. 張晏[3]曰, 枌, 白楡也. 社在豐東北一十五里)

白社(백사) : 흰 느릅나무가 있는 사당. 여기서는 고조의 고향을 가리킨다.

6 [원주] ≪한서・본기≫에 "고조는 사수의 정장이었다."라고 하였다.(漢書, 本紀, 高祖爲泗水亭長)

泗水(사수) : 산동성 중남부를 흐르는 강의 이름.

亭長(정장) : 전국시대에 적군을 방어하기 위해 변경에 정(亭)을 설치하고 정장을 두었다. 진한 때는 향촌의 10리마다 정을 설치하고 정장을 두었다. 이들은 치안을 담당하고 도적을 잡고 백성들의 일을 처리하였으며 아울러 여행객들이 머무는 것을 관리했다. 대부분 병역을 마친 사람에게 그 일을 맡겼다.

7 [원주] 〈영광전부〉의 "천문과 만호가 하나 같이 비슷하다."의 주석에 "천문과 만호는 많음을 말한다."라고 되어있다. 황거와 백사, 사수와 천문은 모두 차대다.(靈光殿賦 千門相似, 萬戶如一. 注, 千門萬戶, 言多也. 皇居, 白社, 泗水, 千門皆假對[4]也)

8 [원주] ≪장자≫에 "도시와 마을들이 서로 바라보니, 닭과 개 울음소리가 서로 들린다."라 하였다(莊子, 都邑相望, 雞犬之音相聞)

相望(상망) : 서로 바라보다. ≪전당시≫에는 '상문(相聞)'으로 되어있으며, '서로 들린다'는 뜻이다.

【해설】

이 시는 온정균이 장안부근에 있는 신풍현을 지나면서 자신의 고향을 그리워하는 마음을 표현한 것이다. 제1~2구에서는 신풍현이 생기게 된 유래에 대해서 설명하였는데, 한고조 유방이 천하를 통일하고서 함양에 도읍을 정했지만 고향을 잊지 못해 고향의 모습을 함양성 부근의 신풍현에 다시 재현한 것을 말했으며, 제3~4구에서는 신풍현을 만들게 된 이유를 말했는데, 천하를 제패한 황제에게도 여전히 마음 한 구석에는 고향을 그리는 마음이 있어서라고 밝혔다. 제5~6구에서는 한고조의 원래 고향인 사수의 풍경을 상상하고 또 옮겨온 고향인 신풍현의 풍경을 보면서, 고향에 대한 그리움을 봄풀과 오래된 이끼를 통해 드러내었다. 제7~8구에서는 그래도 아직까지 남아있는 고향의 자취를 신풍현의 개, 닭소리와 낙조를 통해 다시금 느끼면서 고향에 대한 향수를 달래고자하는 마음을 표현하였다.

1) 孔融(공융) : 원주에는 '馬融(마융)'으로 되어있는데 바로 잡았다.
2) 于(우) : 원주에 '子(자)'로 되어있는데, 〈서경부〉에 따라 바로 잡았다.
3) 張晏(장안) : 원주에 '張安(장안)'으로 되어있는데 바로 잡았다.
4) 假對(가대) : 여기서는 발음의 유사함을 이용한 차대(借對)를 말한다. '皇(황)'은 '黃(황)'과 발음이 같아서 색을 나타내는 '白(백)'과 차대가 되고, '泗(사)'는 '四(사)'와 발음이 같아서 숫자를 나타내는 '千(천)'과 차대가 된다.

022

題懷眞林亭感舊遊[1]

진림정에서 예전 노닐던 것에
느낀 바를 쓰다

皎鏡方塘菡萏秋,2	맑은 거울 같은 네모진 연못에 연꽃이 있는 가을
此來重見採蓮舟.3	여기 와서 연밥 따는 배를 다시 보게 되었네.
誰能不逐當年樂,4	누가 당시의 즐거움을 좇지 않을 수 있었으랴?
還恐添爲異日愁.5	도리어 훗날의 근심으로 더해질까 두렵다네.
紅艷影多風嫋嫋,6	붉은 꽃 그림자 많고 바람은 산들산들 불며
碧空雲斷水悠悠.7	푸른 하늘엔 조각구름 떠있고 물은 유유히 흐르네.
簷前依舊靑山色,8	처마 앞에는 예전처럼 산빛이 푸른데
盡日無人獨上樓.9	날이 다하도록 아무도 없어 홀로 누대에 오르네.

【주석】

1 이 시는 ≪전당시≫에 〈최공의 연못 정자에서 예전에 노닐었던 일을 쓰다(題崔公池亭舊遊)〉라는 제목으로 실려 있고, ≪온비경시집(溫飛卿詩集)≫에는 〈정정에서 예전에 노닐었던 것을 생각하고 쓰다(題懷貞亭舊遊)〉라는 제목으로 수록되어 있다.

2 [원주] 심약(沈約) 시[5]의 "골짜기 맑아서 깊고 얕은 곳을 가노라니, 맑은 거울이 겨울과 봄이 따로 없네."의 주석에 "맑은 것이 거울과 같다."고 하였다. 유정(劉楨)의 시[6]에 "네모난 연못은 맑은 물을 머금고, 그 가운데 물오리와 기러기가 있네."라고 하였다. ≪이아≫에 "'연[荷]'은 그 꽃이 함담(菡萏)이다."라고 하였다.(沈休文詩, 洞澈隨深淺, 皎鏡無冬春, 注, 淸明如鏡. 劉公幹詩, 方塘含白水, 中有鳧與鴈. 爾雅, 荷, 其花菡萏)

3 [원주] ≪고악부해제≫의 〈강남곡〉에 "강남은 연밥을 따기 좋으니, 연잎이 얼마나 무성한가?"라고 하였다.(古樂府解題江南曲, 江南可採蓮, 蓮葉何田田)

5) 이 시의 제목은 〈신안강의 물이 아주 맑아서 얕은 곳이나 깊은 곳이 바닥까지 보이기에 수도에서 같이 노닐던 이에게 주다(新安江水至淸淺深見底貽京邑遊好)〉이다.

6) 이 시의 제목은 〈잡시(雜詩)〉이다.

4 [원주] ≪열자≫에 "일생의 완상을 다하고 한창일 때의 즐거움을 다하고자 하네."라고 하였다.(列子, 欲盡一生之觀[7), 窮當年之樂)

當年(당년) : 당시. 예전에 이곳에 와서 노닐던 때를 말한다.

5 異日(이일) : 미래의 어느 날. 여기서는 과거 처음 이곳을 노닐 때를 기점으로 미래를 나타내며, 현재 노니는 시점을 포함한다.

6 [원주] 굴원의 〈구가〉에 "산들산들 가을바람."이라고 하였고, 주석에 "'요뇨(嫋嫋)'는 가을바람이 나무를 흔드는 모양이다."라 하였다.(屈原, 九歌, 嫋嫋兮秋風. 注, 嫋嫋, 秋風搖木貌)

紅艶(홍염) : 붉은 꽃. 연못에 핀 연꽃을 가리킨다.

7 碧空(벽공) : 푸른 하늘.

雲斷(운단) : 조각구름.

8 依舊(의구) : 예전처럼. 여전히.

9 盡日(진일) : 날이 다하다. 하루가 다 지나가다.

【해설】

이 시는 온정균이 예전에 노닐던 못가 정자를 다시 찾아서 느낀 감회를 적은 것이다. 제1~2구에서는 가을날 연꽃이 핀 맑은 연못을 다시 찾게 된 상황을 서술하면서 서두를 열었다. 제3구에서는 예전에 여기서 노닐 때의 생각을 지금 회상하는 것으로, 즐거움을 좇는 것은 인지상정이라는 뜻을 나타내었고, 제4구에서는 그러한 즐거움을 다시는 가지지 못하는 것이 근심이 된다는 뜻을 드러내어서 후반부의 내용을 이끌어 내고 있다. 제5~6구에서는 이곳의 경치가 예전이나 지금이나 다름없이 아름답다는 것을 선명한 색채와 화려하고 섬세한 풍경묘사를 통해 나타내었다. 제7~8구에서는 위의 내용을 받아서 여전히 풍경은 아름답다고 하지만, 그 아름다움을 함께 할 이가 없어서 지금은 홀로 쓸쓸히 있을 뿐이라고 하면서 예전에 노닐었던 것에 대한 그리움을 드러냄과 동시에 현재의 외로움을 더욱 부각시켰다.

7) 觀(관) : 원주에는 이 글자가 빠져있는데, 원문에 의거해 삽입하였다.

023

題裵晉公林池1

진국공 배도의 수풀 연못에 쓰다

謝傅林塘暑氣微,2	사안의 수풀과 연못에 더운 기운 적은데
山丘零落閟音徽.3	산과 언덕은 쇠락하였고 아름다운 소리는 멎었구나.
東山終爲蒼生起,4	동산에서 마침내 백성들을 위하여 일어났다가
南浦虛言白首歸.5	남포에서 흰 머리 되어 돌아오겠다는 것은 헛된 말이 되었구나.
池鳳已傳春水浴,6	못의 봉황은 이미 봄물을 전하며 목욕하고
渚禽猶帶夕陽飛.	물가의 새들은 여전히 석양을 끼고 날아가네.
悠然自到忘情地,7	한적하니 세속의 감정 잊을 수 있는 곳에 스스로 이르니
一日何妨有萬機.8	하루에 만 가지 기미 있음을 어찌 꺼렸겠는가.

【주석】

1 이 시는 ≪전당시≫에 〈진국공 배도의 수풀 정자에 쓰다(題裵晉公林亭)〉라는 제목으로 실려 있다. [원주] ≪당서≫에 "배도의 자는 중립이고 원화 13년(818)에 조서를 내려 홍문관 대학사와 진국공을 더했다. 배도가 죽었을 때 나이가 76세였는데, 황제가 이를 듣고는 몹시 슬퍼하였으며, 태부 벼슬을 추증하였다."라고 되어있다. ≪직림≫의 '녹야당'에 대한 주석에 "이훈 등이 주살당한 이후로 환관들이 권력을 잡자 사대부들이 숨어버렸다. 배도는 나이가 많음을 핑계로 관직을 그만두었으며, 천자의 다스림이 난국에 이르자 다시는 관직에 뜻을 두지 않았다. 낙양으로 가서 집현리에 집을 짓고 산을 쌓고 연못을 파고는 대나무와 꽃을 심었으며, 정자, 물가전각, 무지개다리, 누각, 섬을 만들어서 돌아가며 도싱의 절경을 다하였다. 또 우교에 별장을 만들고, 꽃과 나무 만 그루를 심고 가운데 더위를 피할 수 있는 서늘한 누대를 짓고는 녹야당이라 하였다. 맑은 물을 끌어다가 그 가운데를 관통시켰는데, 배도는 일의 한가한 틈을 보아서, 시인 백거이와 유우석과 함께 종일 연회를 열어 높이 읊조리고 터놓고 말하며, 시와 술, 금과 글로써 스스로 즐겼는데, 당시 많은 명사들이 이들을 따라 놀았다. 매번 어떤 선비가 동도에서 장안으로 돌아오면 문종은 반드시 '그대는 배도를 보았는가?' 라고 물었다."라 하였다.(唐書, 裵度, 字中立, 元和十三年, 詔加弘文館大學士晉國公, 度薨, 年七十六,

帝聞震悼, 冊贈太傅. 職林, 綠野堂注, 自李訓等誅後[8], 中官用事, 衣冠道, 裴度引年懸車, 及王綱版蕩, 不復以出處爲意. 東都立第於集賢里, 築山穿池, 竹木叢華, 有風亭, 水榭, 梯橋, 架閣, 島嶼, 廻環極都城之勝概, 又於午橋創別墅, 花木萬株, 中起涼臺暑館, 名曰綠野堂, 引甘水貫其中, 度視事之隙, 與詩人白居易劉禹錫, 甘宴終日, 高歌放言, 以詩酒琴書自樂, 當時名士, 多從之遊. 每有一士人自都還京, 文宗必先問之曰, 卿見裴度否)

裵晉公(배진공) : 배도(裵度, 765~839). 하동(河東) 문희(聞喜, 지금의 산서성(山西省) 문희현(聞喜縣)) 사람으로 자는 중립(中立)이다. 덕종(德宗) 정원(貞元) 5년(789)에 진사가 되었다. 헌종(憲宗) 원화 연간(806~820)에 원외랑, 중서사인, 어사중승 등을 역임하면서 번진을 다스리는데 힘을 기울였다. 조정으로 돌아와서는 중서시랑 동중서문하평장사(中書侍郎 同中書門下平章事)가 되었다. 817년 오원제가 일으킨 회서의 반란을 진압하여 하북의 번진을 평정하고서 진국공(晉國公)에 봉해졌다. 목종 때 환관의 횡포가 심해지자 병을 이유로 산남동도절도사를 그만두고 낙양으로 돌아가서는 녹야당을 짓고 여러 문인들과 교유하였다. 관직은 중서령까지 이르렀고, 휘호는 문충(文忠)이다.

2 [원주] ≪진서≫에 "사안의 자는 안석이다. 비록 제멋대로 은일하였지만, 매번 노닐 때에는 반드시 기녀를 데리고 다녔다. 이미 여러 차례 명을 피하여 관직에 나서지 않았는데, 간문제 때 재상으로 삼으면서 말하기를 '사안은 이미 다른 사람들과 함께 즐겼으므로 반드시 다른 사람들과 근심을 함께 하지 않을 수 없을 것이다. 그를 부르면 반드시 올 것이다'라고 하였다. 나이가 이미 마흔을 넘겼을 때, 대장군 환온이 사안을 사마로 삼기를 청하여 새로 지은 정자를 장차 떠나게 되었는데, 그곳 관리들이 모두 전송하였다. 중승인 고숭이 놀리며 말하기를 '그대는 여러 차례 조정의 명령을 어기면서 동산에서 높이 누우니, 여러 사람들이 매번 서로 말하기를 「사안이 관직에 나가려 하지 않으니 장차 백성들을 어찌할 것인가?」라고 하였는데, 백성들이 지금은 또 장차 그대를 어찌할 것인가?'라고 하였다. 총괄감독하는 공이 있어 태보로 승진하였다. 죽었을 때 태부로 추증되었다."라고 되어있다.(晉書, 謝安, 字安石. 雖放情丘壑, 然每游賞必以妓女從, 旣累辟不就, 簡文帝時爲相曰, 安石旣與人同樂, 必不得不與人同憂[9], 召之必至. 時年已四十餘矣, 大將軍桓溫請爲司馬, 將發新亭, 朝士咸送. 中丞高崧戲之曰, 卿累違朝旨, 高臥東山, 諸人每相與言, 安石不出, 將如蒼生何, 蒼生今亦將如卿何. 以總統功進封太保, 薨, 贈太傅)

謝傅(사부) : 동진의 사안(謝安, 320~385). 그는 관직에 뜻을 두지 않고 왕희지, 지둔 등과 동산에서 노닐다가 40세가 넘어서야 환온의 청을 받아 관직에 나아갔다. 태원(太元) 8년(383) 전진(前秦)의 대군이 남하하자 그는 이들을 물리치고 대승을 거두었고 낙양까지 영토를 회복하였다. 이후 그는 당시 권력을 장악한 회계왕 사마도자(司馬道子)의 배척을 받아 광릉(廣陵)으로 물러났으며, 이후 병으로 죽었다. 죽은 후에 태부 벼슬을 추증 받았기에 이 시에서 '사부'라고 한 것이다.

사안과 배도 모두 죽은 후에 태부 벼슬을 추증 받았고, 백성들을 위해 공을 세웠지만 반대세력의 배척을 받아 관직에서 물러난 점이 유사하므로, 여기서 사안은 배도를 비유한다.

林塘(임당) : 수풀과 연못. ≪전당시≫에는 '임정(林亭)'으로 되어있으며, '수풀과 정자'라는 뜻이다.

3 [원주] ≪진서 · 사안전≫에 "양담은 사안이 중히 여긴 자였는데, 사안이 죽고 나서는 여러 해 동안 풍류를 그만두고 서주의 길로는 가지 않았다. 일찍이 석두(지금의 강서성 남창시 북쪽)에서 크게

8) 원주에는 이 구절 앞에 '裵度(배도)'가 더 있는데, 연문으로 여겨 삭제했다.
9) 不得不(부득불) : 원주에는 '不得(부득)'으로 되어있는데, 문맥상 바로 잡았다.

취하고는 부축을 받으며 길에서 노래를 불렀는데, 서주의 문에 도착한 줄을 몰랐다. 주위 사람들이 '여기는 서주의 문입니다'라고 하니, 양담은 하염없이 슬퍼하면서 말채찍으로 사립문을 두드리고는, 조식(曹植)의 시[10] '살아서는 화려한 집에 있었는데, 죽어서는 무덤으로 돌아갔구나'를 읊고서 통곡을 하며 돌아갔다."라 하였으며, 주석에 "'영락(零落)'은 죽는 것이다."라고 되어있다. ≪시경≫[11]에 "태사가 아름다운 음성과 자태를 잇다."라고 하였다. 육기(陸機)의 시[12] "그대의 아름다운 덕망과 음성을 그리워하네"의 주석에 "'휘(徽)'는 아름다움이다. 아름다운 덕망과 음성이다."라고 되어있다. 〈저연의 비문〉[13]에 "음성과 자태가 봄날 구름같이 윤이 나는구나."라고 하였다.(晉書, 謝安傳, 羊曇爲安所重, 安薨後, 輟樂彌年, 行不由西州路, 嘗因石頭大醉, 扶路唱樂, 不覺至州門, 左右白曰, 此西州門. 曇悲感不已, 以馬策扣扉, 頌曹子建[14]詩曰, 生存華屋處, 零落歸山丘, 因慟哭而去. 注, 零落, 亡沒也. 詩, 大姒嗣徽音. 陸士衡詩, 思君徽與音, 注, 徽, 美也, 美德與音信. 褚淵碑文, 音徽與春雲等潤)

山丘零落(산구영락) : 배도의 녹야당에 있는 산과 언덕이 주인을 잃어서 쇠락하다. 또는 '산구'가 무덤을 의미하고 '영락'이 죽음을 의미하여 배도가 죽어서 무덤에 묻혔다는 뜻으로도 해석된다.

閟(비) : 멎다. 그치다.

音徽(음휘) : 음성과 모습. 여기서는 예전에 배도가 백거이 등과 더불어 노닐면서 읊었던 시와 연주한 노래를 가리킨다.

4 [원주] 위의 주석에 보인다.[15](見上注)

≪구당서≫에 따르면, 배도가 낙양으로 물러나 녹야당에서 지내고 있었는데, 837년에 문제가 그를 하동절도사에 임명하여 북쪽 지역을 지키도록 명을 내리니, 병이 있음에도 불구하고 부임하여 공을 세웠다. 이 구절은 사안이 동산에서 노닐다가 백성을 위해 일어선 것처럼 배도도 녹야당에서 노닐다가 백성들을 위해 다시 나선 것을 말한다.

5 [원주] ≪초사≫[16]에 "아름다운 이를 남포에서 보내네."라 하였다. ≪문선≫의 〈금곡집〉에 있는 반악이 석숭에게 띄우는 시[17]에 "의기투합했던 친구 석숭에게 흰머리 되어 함께 돌아가자고 띄우네."라 하였다. 중권에 나오는 마대의 시 〈하곡에서〉[18]에 "남쪽 포구는 어둠 속에 황금빛 계곡물과 통하네."라고 하였다. 석숭의 〈금곡시 서문〉에 "별장이 하남현의 경계에 있는 금곡의 물가에 있었다."라고 되어있다.(楚辭, 送美人兮南浦. 選, 金谷集, 潘岳寄石崇詩, 投分[19]寄石友, 白首同所歸. 中卷馬戴, 河曲詩, 南浦暗通金澗水. 石崇, 金谷詩序, 有別廬在河南縣界金谷澗)

南浦(남포) : 지명. 지금의 강서성 남창시 남서쪽. 대개는 이별장소를 가리키는데, 여기서는 배도가 녹야당을 떠나가는 것을 가리킨다.

≪구당서≫에 따르면, 배도가 하동절도사로 있다가 838년에 병이 심해져 낙양으로 내려가서 치료하고

10) 이 시의 제목은 〈공후인(箜篌引)〉이다.
11) 여기서는 〈대아(大雅)·문왕지십(文王之什)·사제(思齊)〉 시를 말한다.
12) 이 시의 제목은 〈태양이 남동쪽 모퉁이에서 떠오르네(日出東南隅行)〉이다.
13) 이 비문은 왕검(王儉, 452~489)이 쓴 것이다.
14) 曹子建(조자건) : 원주에는 '조자립(曹子立)'으로 되어있는데, 바로 잡았다.
15) 앞의 2번 주석에 보인다.
16) 이 시의 제목은 〈구가(九歌)·하백(河伯)〉이다.
17) 이 시의 제목은 따로 달려있지 않다.
18) 마대의 시 113. 〈하곡에서(河曲)〉를 말한다.
19) 分(분) : 원주에는 이 글자가 빠져 있는데, 원문에 의거하여 추가하였다.

자 하였으나, 문제는 그를 장안으로 불러들어 중서령에 임명하였으며, 이듬해 병이 깊어서 죽고 말았다. 이 구절은 그가 결국 낙양의 녹야당으로 돌아가지 못했다는 것을 뜻한다.

6 [원주] 위의 '봉지'에 관한 주석에 보인다.[20](見上鳳池注)

池鳳(지봉) : 연못의 봉황. 여기서는 연못에서 노니는 새들을 가리킨다. 또는 중서성을 가리키는데, 이는 배도가 중서성에서 근무했던 것을 의미한다.

7 悠然(유연) : 한적하게. 한가롭게.

自到(자도) : 스스로 이르다. ≪전당서≫에는 '도차(到此)'로 되어있으며, '이곳에 이르다'는 뜻이다.

忘情地(망정지) : 세속의 감정을 잊을 수 있는 곳. 근심걱정이 없는 곳. ≪전당서≫에는 '망정처(忘情處)'로 되어있으며, 뜻은 같다.

8 [원주] ≪상서≫에 "삼가고 두려워하소서, 하루 이틀에도 만 가지 기미가 생기나이다."라고 하였다. 〈동경부〉의 "만 가지 기미를 물어 보시네"의 주석에 "기미의 일이 만 가지나 있다"라고 하였다.(書, 兢兢業業一日二日萬幾. 東京賦, 訪萬機, 注, 機微之事有萬種)

何妨(하방) : 어찌 구애됨이 있으랴?

萬機(만기) : 만 가지 기미. 관직에 있으면서 해결해야 하는 많은 업무와 걱정.

【해설】

이 시는 온정균이 배도의 녹야당에 들러서 느낀 감회를 그렸다. 제1~2구에서는 사안의 정원과 같이 시원함을 주는 녹야당에 왔지만 예전 모습을 잃어 퇴색하였고 배도가 여러 시인들과 읊조리던 음성도 멈추었다고 하며 변화된 녹야당의 모습에 안타까워하였다. 제3~4구에서는 배도가 사안처럼 백성을 구제하기 위해 사안이 동산을 떠난 것처럼 배도도 여길 떠났지만, 결국 다시 돌아오지 못하고 말았다는 것을 말하였다. 제5~6구에서는 그럼에도 불구하고 이곳에 여러 새들이 물가에서 노닐고 날아다니는 모습이 여전히 남아있어 예전의 정취를 느낄 수 있지만, 다른 한편으로는 석양빛에 날아가는 새라는 이미지 속에는 배도의 죽음을 슬퍼하는 애잔함도 녹아있음을 말하였다. 제7~8구에서는 한적하여 이곳을 찾으면 근심걱정을 잊게 되니, 아무리 많은 일을 처리해야 하더라도 구애받을 바가 없다고 하여 녹야당을 아끼는 마음을 그렸는데, 온정균이 이곳을 방문하여 느낀 감정이기도 하지만, 배도가 당시 녹야당을 노닐 때의 마음이기도 하다.

20) 유우석의 시 008. 〈집현각에 쓰다(題集賢閣)〉에 보인다.

024

寄先生子修[1]

선생 자수께 부침

往年江海別元卿,[2]	왕년에 은거하신 곳에서 장후 같은 그대와 이별할 때
家近山陽古郡城.[3]	사셨던 집이 산양현 옛 성에 가까웠었죠.
蓮浦香中離席散,[4]	연꽃 핀 물가의 향기 속에서 이별자리는 흩어졌고
柳堤風裏釣船橫.[5]	버들 제방의 바람 속에 낚싯배가 가로놓였었죠.
星霜荏苒無言信,[6]	세월이 점차 지나가도록 소식이 없으시니
煙水微茫變姓名.[7]	안개 낀 물가 아득한 곳에서 이름을 바꾸셨나 봅니다.
菰葉正肥魚正美,[8]	줄이 마침 기름지고 물고기가 한창 맛있겠지만
五侯門下負平生.[9]	저는 오후의 문하에서 평소의 말을 저버리고 있습니다.

【주석】

1 이 시는 ≪전당시≫에 〈최 선생에게 부침(寄崔先生)〉이라는 제목으로 실려있다. 최선생에 대해서는 알려져 있지 않은데, 이 시의 제목과 연관시키면 최선생의 자나 이름이 자수일 가능성이 높다.

2 [원주] ≪삼보사≫에 "장후의 자는 원경인데, 집 안에 있는 대나무 숲 아래로 길을 세 갈래 만들고 오직 양중, 구중과 노닐었다"라 하였다.(三輔史[21], 蔣詡, 字元卿, 舍中竹下開三徑, 與羊仲求仲遊)
江海(강해) : 강과 바다. 주로 은거한 곳을 의미한다.

3 [원주] ≪위씨춘추≫에 "혜강의 집이 하내의 산양현에 있었다."라 하였다.(魏氏春秋, 嵇康寓居河內之山陽縣)
山陽(산양) : 옛 성이 지금의 하남성 수무현(修武縣)에 있다. 위진 시기에 혜강(嵇康)이나 상수(向秀) 등 죽림칠현이 이곳에서 노닐었기 때문에 후에 고아한 인사들이 모이는 곳을 가리키게 되었다.

4 [원주] ≪세설신어≫에 "원소가 정현을 신하로 삼았다가, 떠날 때에 성 동쪽에서 전별하였는데, 모인 사람이 300여명이었다. 이별석상에서 술을 마셨는데, 새벽부터 해질 때까지 정현이 300여 잔을 마셨지만 평온한 모습이었으며 종일토록 흐트러지지 않았다."라 하였다.(世說, 袁紹辟鄭玄,

21) 三輔史(삼보사) : 이 책에 대해서는 고찰할 수 없으며, 인용된 내용은 ≪삼보결록(三輔決錄)≫에 보인다.

及去, 餞之城東, 會者三百人, 離席奉觴, 自旦及暮, 玄飮三百餘杯, 溫克之容, 終日無怠)

5 橫(횡) : 가로놓여있다. 아무렇게나 흔들리다.

6 [원주] 두보의 시[22]에 "세월 속에 제비가 변하였네."라 하였다. 장화(張華)의 시[23] "해여 달이여, 점차 나아가며 사물은 변해가는구나."라는 구절의 주석에 "'임염(荏苒)'은 점차 나아간다는 뜻이다"라고 하였다.(詩史, 星霜玄鳥變. 張茂先詩, 日歟月歟, 荏苒代謝, 注, 荏苒, 漸進也)

星霜(성상) : 세월.

無言信(무언신) : 소식이 없다. ≪전당시≫에는 '무음신(無音信)'으로 되어있으며, 뜻은 같다.

7 [원주] ≪사기≫에 "범려가 월왕 구천을 섬기다가 결국 오나라를 멸망시키고서는, 배를 타고 호수를 떠다니다가 제나라로 들어가서는 이름을 바꾸고 스스로 치이자피라고 불렀다"라고 하였다.(史記, 范蠡事越王句踐, 竟滅吳, 乃乘舟浮海出齊, 變姓名, 自號鴟夷子皮).

微茫(미망) : 아득한 모습.

變姓名(변성명) : 이름을 바꾸다. 여기서는 범려가 관직을 버리고 세상을 떠돌다가 이름을 바꾼 전고를 사용하여, 자수 선생 역시 멀리 떠돌며 은일한 것이 아닌가라는 추측을 하였다는 뜻으로 사용하였다.

8 [원주] ≪세설신어≫에 "장한의 자는 계응인데 제나라 왕 사마경(司馬冏)의 동조연(東曹掾)이 되었다. 낙수에서 가을바람이 이는 것을 보고는 오 땅의 줄, 순채국, 농어회 생각이 간절해져 이에 수레를 몰아 돌아갈 것을 명령하였다"라고 하였다.(世說, 張翰, 字季鷹, 爲齊王冏掾, 在洛見秋風起, 因思吳中菰葉蓴羹鱸魚膾, 遂命駕歸)

菰葉(고엽) : 벼과 식물인 줄. ≪전당시≫에는 '고서(菰黍)'로 되어있으며, 뜻은 대동소이하다.

肥(비) : 기름지다. 쌀이나 줄과 같은 곡식의 윤기가 흐르는 것을 가리킨다.

美(미) : 맛있다.

고엽(菰葉)

9 [원주] ≪전한서≫에 "누호의 자는 군경이며 경조의 관리가 되었을 때 명성이 높았다. 당시 왕씨의 세력이 성대해서 빈객이 문에 가득했다. 오후가 명성을 다투어서 그 빈객들은 각자 후한 대접을 받았지만 오후의 좌우에서 보좌할 정도는 아니었는데, 오직 누호만이 그들의 문하에 다 들어가서 그들 모두의 환심을 얻었다. 곡영과 함께 오후의 으뜸 빈객이 되었다. 장안에서는 '곡영은 편지 쓰는 붓이고 누호는 말하는 혀이다'라고 하였으니 그가 신용을 얻은 것을 말한 것이다."라 하였고, 또 "성제가 외삼촌인 왕담, 왕립, 왕근, 왕건, 왕상을 모두 열후에 봉했는데, 다섯 사람이 같은 날에 봉해졌으므로 세상 사람들은 이들을 '오후'라고 불렀다"라 하였다. ≪논어≫에 "오래된 약속이라도 평소에 한 말을 잊어서는 안 된다."라 하였다.(前漢書, 婁護, 字君卿, 爲京兆吏, 甚得名譽. 是時王氏方盛, 賓客滿門. 五侯爭名, 其客各有所厚, 不得左右, 唯護盡入其門, 咸得其歡心. 與谷永俱爲五侯上客. 長安號, 谷子雲筆札, 婁君卿脣舌, 言其信用也. 又, 成帝悉封舅王譚王立王根王建王商爲列侯, 五人同日封, 故世謂之五侯. 語, 久要, 不忘平生之言)

22) 이 시의 제목은 〈가을날 형남에서 감회를 적은 30운(秋日荊南述懷三十韻)〉이다.
23) 이 시의 제목은 〈마음을 다지다(勵志)〉이다.

【해설】

이 시는 은거하고 있는 지인에게 띄우는 시이다. 전반부는 그가 은거하던 곳을 방문하였다가 이별할 때의 상황을 묘사하였다. 제1~2구에서는 그 분의 풍모가 장후와 같고 사는 곳이 옛날 은자들이 많이 있었던 강남의 산양현 근처라는 것을 지적하여 그의 은자다운 모습을 묘사하였고, 제3~4구에서는 전별할 때의 분위기를 묘사하였는데, 연꽃의 향기와 버들 속의 낚싯배를 통해 이 은자의 생활방식과 풍격의 일단을 엿볼 수 있다. 후반부에서는 이별 한 이후의 상황을 묘사하였는데, 제5~6구에서는 그동안 소식이 없어서 은자가 범려처럼 세속에 미련을 두지 않고 훌쩍 떠나버리신 게 아닌가라는 생각을 한다고 말하면서 다시 한 번 그 은자의 정신세계를 찬미하였으며, 제7~8구에서는 그에 반해 자신은 여전히 관직생활에 연연해하고 있어서 평소 떠나 은일하겠다는 지향을 저버리고 있는 상황을 아쉬워하는 것으로 시를 마무리 지었다. 멀리 있는 은자에게 편지를 쓰면서 그의 은일생활 속에 나타나는 고고한 성품을 찬미하는 한편, 당시 전횡을 일삼는 권력자들에게 간알하며 관직을 구하고 있는 자신의 모습을 안타까워하였는데, 이를 통해 은일하고자하는 온정균의 마음을 잘 읽을 수 있다.

O25

休澣日西掖謁所知[1]

쉬는 날 중서성에서 아는 분을 찾아뵙고

赤墀高閣自從容,2	붉은 계단과 높은 누각은 절로 한가로운데
玉女窗扉報曙鐘.3	궁녀들이 있는 창문에 새벽 종소리가 울리네.
日麗九華靑瑣闥,4	태양은 구화전의 푸른 무늬 새긴 문에 빛나고
雨餘雙闕翠微峰.5	빗방울은 쌍궐의 푸르스름한 봉우리에 남아있네.
毫端蕙露滋仙草,6	붓 끝의 향기로운 이슬은 신선초에 맺히고
琴上薰風入禁松.7	금琴 위의 온화한 바람은 궁궐 소나무로 불어오네.
荀令鳳池春婉娩,8	순욱荀勗 같으신 분이 중서성에 계셔서 봄은 화사한데
好將餘潤化魚龍.9	넘치는 은택으로 용으로 변하면 좋겠네요.

【주석】

1 [원주] 포조(鮑照)의 시[24]에 "쉬는 것은 공무가 끝난 날부터 한다"라는 구절이 있고, 주석에 "공무를 쉬는 날이다. '한(澣)'은 자신의 마음을 깨끗이 씻는 것이다"라 하였다. "서액(西掖)"은 위의 주석에 보인다.[25](鮑明遠詩, 休澣自公日, 注, 休息公務之日. 澣, 謂澣濯神思. 西掖, 見上注)

休澣日(휴한일) : 업무를 쉬는 날. 당나라 때 관리들은 매 10일마다 한차례씩 쉬면서 목욕하는 휴가를 얻었다.

西掖(서액) : 중서성(中書省)을 가리킨다.

所知(소지) : 아는 사람. 여기서는 특별히 자신의 재능을 알아봐주고 인정해주는 사람을 가리킨다. 시의 내용으로 보아서는 당시 중서령인 서상(徐尙)을 가리키는 것으로 보인다.

2 [원주] ≪한서・매복전≫에 "붉은 계단길을 걷네"라고 하였다. 〈추흥부〉에 "높은 누각이 구름에 잇닿아있네"라고 하였다. ≪서경≫에 "한가로움과 느긋함으로 화합하라"라고 하였다.(漢書, 梅福傳, 涉赤墀之塗. 秋興賦, 高閣連雲. 書, 從容以和)

24) 이 시의 제목은 〈성 서문 관아에서 달을 감상하다(玩月城西門廨中)〉이다.

25) 백거이의 시 011. 〈서성에서 꽃을 대하니 충주 동파의 여러 나무들이 기억나 동루에 써서 부침(西省對花憶忠州東坡雜樹因寄題東樓)〉에 보인다.

赤墀(적지) : 붉은 흙을 깔아 놓은 계단. 궁궐의 계단을 의미한다.

從容(종용) : 한가롭고 느긋하다.

3) [원주] 〈영광전부〉에 "궁녀가 창으로 아래를 엿보네."라 하였다.(靈光殿賦, 玉女窺窓而下視)

玉女(옥녀) : 궁녀.

窗扉(창비) : 창과 문. 여기서는 궁녀가 거처하는 곳을 가리킨다.

曙鐘(서종) : 새벽 시각을 알리는 종소리.

4 [원주] ≪서경잡기≫에 "한나라 내궁에 구화전이 있다."라고 하였다. ≪한궁의≫에 "황문령이 해가 지면 들어와 청쇄문을 마주보고 절을 하였으므로 석랑(夕郎)이라고 불렀다."라고 되어 있다. 범운이 중서감(中書監) 왕융(王融)에게 주는 시[26]에 "청쇄문에서 임시로 관직을 맡네."라고 하였다. ≪후한서・양기전≫에 "창문에는 모두 비단무늬와 푸른 연쇄무늬가 있다."라고 하였고 그 주석에 "연쇄무늬를 조각해서 푸른색으로 장식한 것이다."라고 하였다.(西京雜記, 漢掖庭[27]有九華殿. 漢宮儀[28], 黃門令日暮入對靑鏁闥拜, 名夕郎. 范雲, 與王中書詩, 攝官[29]靑瑣闥. 後漢, 梁冀傳, 窗牖皆有綺踈靑鎖. 謂刻[30]爲鎖文而以靑飾之)

九華(구화) : 한나라 비빈들이 거주하던 구화전. 일반적으로 궁궐을 가리킨다. ≪전당시≫에는 '구문(九門)'으로 되어있으며, 대체로 궁궐의 문을 뜻한다.

靑鎖闥(청쇄달) : 청쇄달(靑瑣闥), 혹은 청쇄문(靑瑣門)이라고도 한다. 기하학적 문양을 연속으로 새겨서 푸른색으로 장식한 문으로, 궁궐을 상징한다.

5 [원주] 〈젊은이들이 모인 장소에서 협객과 교제를 맺다〉[31]에 "쌍궐에는 마치 구름이 떠있는 듯하네."라고 하였다. 〈촉도부〉의 "울창한 기운 왕성하여 푸르스름하네."라는 구절에 유연림이 말하기를 "'미취(翠微)'는 산기운이 가볍고 푸른 것이다."라고 하였다.(結客少年場行, 雙闕似雲浮. 蜀都賦, 鬱葢蒀以翠微, 劉淵林云, 翠微, 山氣之輕縹也)

雨餘(우여) : 비가 긋다. 비가 막 그치려고 하는 순간의 상쾌함을 묘사한 것이다. ≪전당시≫에는 '우청(雨晴)'으로 되어 있으며, 뜻은 동일하다.

雙闕(쌍궐) : 궁궐, 사당, 묘지 등의 입구에 양쪽으로 높이 세운 누각. 주로 궁궐을 상징한다.

翠微(취미) : 푸르스름하다.

峰(봉) : 봉우리. 쌍궐의 높은 모습을 비유하였다.

6 [원주] ≪백씨육첩≫에 "붓 끝에서 이슬을 드리운 듯한 글씨체를 맘껏 즐기네."라고 하였다. ≪제왕세기≫에 "요임금 때 어떤 풀이 있었는데, 매월 초하룻날에 잎이 하나가 났고, 보름이 되면 15개의 잎이 났으며, 열엿새가 지나면 매일 잎이 하나씩 떨어져서 그믐이 되면 다 떨어졌기 때문에 매우 상서롭게 여겼다. 그 풀의 이름은 명협이라고도 하고 선묘라고도 한다."라고 되어있다.(白氏六帖, 湛垂露[32]於毫端. 帝王世紀[33], 堯時有草, 每月朔生一莢, 至望生十五莢, 十六日後, 日落一莢, 至晦而盡,

26) 이 시의 제목은 〈옛 뜻을 적어 왕융 중서감에게 주는 시(古意贈王中書詩)〉이다.

27) 掖庭(액정) : 궁중에서 비빈(妃嬪)들이 거주하는 곳.

28) 漢宮儀(한궁의) : 동한 말년에 응소(應劭)가 동한 홍성시기의 전장제도를 10권으로 정리하여 편찬한 책.

29) 攝官(섭관) : 원주에는 '榻官(탑관)'으로 되어 있는데, 바로잡았다. '섭관'은 잠시 동안 임시로 관직을 맡는 것을 의미한다.

30) 刻(각) : 원주에는 '列(열)'로 되어 있는데 바로잡았다.

31) 이 시는 포조(鮑照, 415~466)가 지은 것이다.

32) 垂露(수로) : 한나라의 조희(曹喜)가 만든 서체로, 풀잎에 이슬이 맺힌 것을 본떠 만들었다고 한다.

以爲克瑞. 名蓂莢, 亦名仙茆)

毫端(호단) : 붓의 끝. 중서성 지인의 붓글씨를 가리킨다.

蕙露(혜로) : 향기로운 이슬. 붓글씨의 아름다움을 비유한다.

滋(자) : 생겨나다. 많아지다.

仙草(선초) : 신선들이 먹는 약초. 여기서는 궁중에서 자라는 기이한 풀을 가리킨다.

이 구절은 중서성 지인의 붓글씨를 찬미한 것으로, 붓으로 쓰는 이슬은 글씨체를 의미하는 동시에, 그 이슬이 또한 신선초에 생겨난다고 하여 글씨의 아름다움을 공감각적으로 형상화하였다.

7 [원주] ≪제왕세기≫에 "순임금이 다섯 줄 금을 연주하며 노래하기를 '남풍의 온화함이여, 우리 백성들의 원망을 풀 수 있겠네.'라고 하였다."라고 되어있다. ≪금력≫에 "금으로 연주하는 곡에 〈풍입송〉이 있다."라 하였다.(帝王世記, 舜彈五玄琴, 歌, 南風之薰兮, 可以解吾民之慍兮. 琴歷曰, 琴曲有風入松)

薰風(훈풍) : 온화한 바람. 중서성의 지인이 연주하는 금 소리의 후덕함을 비유한다.

禁松(금송) : 궁궐 안의 소나무.

이 구절에서 훈풍이 궁궐의 소나무에 든다는 표현은 금곡의 이름인 〈바람이 소나무에 들다(風入松)〉를 언급함과 동시에, 그의 금 연주 소리가 궁궐의 소나무에 울려 퍼진다는 뜻을 담고 있다.

8 [원주] '봉지'는 위의 주석에 보인다.[34] ≪용감수경(龍龕手鏡)≫에 "'완(婉)'은 '어'와 '원'의 반절이고 아름답다는 뜻이다. '만(娩)'의 음은 '만'이다. '완만(婉娩)'은 풍치가 아름답다는 뜻이다."라 하였다.(鳳池, 見上注. 手鏡, 婉, 於遠反, 美也. 娩音晚, 婉娩, 媚也)

荀令(순령) : 서진(西晉)의 재상이었던 순욱(荀勗, ?~289). 그는 중서감(中書監)을 역임하였다.

鳳池(봉지) : 중서성을 가리킨다.

婉娩(완만) : 날씨가 온화하다. 여기서는 날씨를 가리킬 뿐만 아니라, 정치가 잘되어서 천자의 은택이 온 세상에 퍼지는 것을 비유한다.

9 餘潤(여윤) : 넘치는 은택. 천자의 은택을 가리킨다.

化魚龍(화어룡) : 물고기가 용으로 변하다. 중국의 하진(河津)에 용문(龍門)이란 곳이 있는데, 이곳을 물고기가 거슬러 올라가면 용이 된다고 한다. 이후로 물고기가 용이 되는 것은 높은 관직에 오르는 것을 비유하게 되었다. ≪전당시≫에는 '변어룡(變魚龍)'으로 되어 있으며 뜻은 같다.

【해설】

이 시는 함통(咸通) 7년(866) 온정균이 국자감 조교로 있을 때 중서령인 서상을 뵙고 쓴 것으로 그의 인품을 찬미함과 동시에 자신을 높은 관직으로 이끌어주기를 바라는 간알시이다. 제1~4구에서는 궁중의 모습을 묘사하였는데, 궁궐의 화려함을 드러내는 각종 건물들을 언급하면서 평온한 분위기를 전달하였다. 제5~6구에서는 서상의 붓글씨와 악기 연주에서도 향기로움과 온화함이 있다고 하며 그의 인품과 학식을 찬미하였고, 제7~8구에서는 그가 중서성 책임자로서 훌륭하게 업무를 수행하며 천자를 잘 보좌하여 그 은택이 세상에 널리 퍼져 있으니, 그 은택이 자신에게도 나눠져서 높은 관직에 오르기를 바라는 마음을 표현하였다.

33) 帝王世紀(제왕세기) : 원주에는 '帝王代記(제왕대기)'로 되어있는데, 당 태종인 이세민(李世民)의 피휘로 인한 것으로 보인다.

34) 유우석의 시 006. 〈영호상공께서 대나무에 제하신 것에 화답하여(和令狐相公題竹)〉에 보인다.

026

投中書李舍人1

이중서사인에게 띄움

人間鴛鷺杳難從,2	인간세상의 원추와 백로가 아득하여 따르기 어려운데
獨恨金扉直九重.3	구중궁궐 금빛 문에 계심을 유독 한탄합니다.
萬象曉歸仁壽鏡,4	만물은 새벽에 인수전의 거울에 비치고
百花春隔景陽鐘.5	온갖 꽃은 봄에 경양루의 종각에 만발하였습니다.
紫微星動詞新出,6	자미의 별빛이 움직이자 좋은 문장이 새로 나오고
紅蠟香殘詔未封.7	붉은 초의 향기가 다하도록 조서는 봉인되지 않았습니다.
每過朱門愛庭樹,8	매번 붉은 대문 지나가며 정원의 나무를 좋아했는데
一枝何日許相容.9	언제나 한 가지를 허락하여 받아주시려는지요.

【주석】

1 이 시는 ≪전당시≫에 〈한림학사 소 중서사인에게 올림(上翰林蕭舍人)〉이라는 제목으로 실려 있다. 中書李舍人(중서이사인) : 이 중서사인. 중서사인은 천자의 명령을 반포하는 글을 작성하는 관리이며, 정오품상(正五品上)에 해당한다. 제목에 나오는 이씨에 대해서는 알려진 바가 없다. ≪전당시≫의 제목에 나오는 소 중서사인은 소업(蕭鄴) 혹은 소치(蕭寘)일 가능성이 높다.

2 [원주] ≪양서·복정전≫에 "이 맑은대쑥과 여라를 버리고 나가서 원추와 백로를 좇다."라 하였다. ≪직림≫에 "문관들은 원추와 백로가 늘어선 것 같고, 무관들은 호랑이와 표범이 늘어선 것 같네."라고 하였다. 두보 시[35]의 "외람되어 원추와 백로처럼 구름 누각에 있었습니다."라는 구절의 주석에 "〈고시〉의 '원추와 백로의 행렬에 몸을 두다'는 황제를 보필하는 대열에 들어갔음을 말한다."라고 하였다.(梁書, 伏挺傳, 捐此薜蘿[36], 出從鴛鷺. 職林, 文如鴛鷺之行, 武如虎豹之行, 詩史, 鴛鷺叨雲閣, 注, 古詩, 厠跡[37]鴛鷺行, 謂侍從列也)

35) 이 시의 제목은 〈이 비서에게 드려 이별하며 지은 30운(贈李八秘書別三十韻)〉이다.
36) 薜蘿(설라) : 맑은대쑥과 여라. 은자들이 이것으로 옷을 해 입었기 때문에 은자의 생활을 가리킨다.
37) 厠跡(측적) : 몸을 두다.

鴛鷺(원로) : 원추와 백로. ≪전당시≫에는 '원로(鵷鷺)'로 되어있으며, 뜻은 같다. 원추와 백로는 줄을 맞추어 날아가는데 그 모습이 조정에 대신들이 늘어선 것과 같다고 하여 조정에서 관직을 하는 것을 비유한다. 여기서는 이 중서사인을 가리키는 말이다.

3 [원주] ≪양서・주이전≫에 "자줏빛 하늘의 붉은 땅에 올라 옥궁궐의 금빛 문을 밀치네."라고 하였고, ≪초사≫에 "임금의 문은 아홉 겹이다."라고 하였다.(梁書, 朱异傳, 升紫霄之丹地, 排玉殿之金扉. 楚辭, 君之門九重)

金扉(금비) : 금빛 대문. 궁궐문을 가리킨다.

4 [원주] 육기의 〈동생 육운에게 주는 편지〉에서 "인수전 앞에 큰 네모난 동거울이 있는데, 높이는 5척 남짓이며 폭은 3척2촌인데, 어둠이 뜰에 깔려도 거울을 바라보면 사람의 형체가 그려졌다."라고 하였다.(陸機, 與雲書, 仁壽殿前有大方銅鏡, 高五尺餘, 廣三尺二寸, 暗著庭中, 向之, 便寫人形體)

曉歸(효귀) : 새벽에 돌아가다. ≪전당시≫에는 '만귀(晚歸)'로 되어있으며, '저녁에 돌아가다'는 뜻이다.

5 원주] ≪남사≫에 "제나라 무제가 정원을 자주 노닐었는데, 궁인과 병사들을 데리고 안쪽 깊은 곳에 있으면 단문의 북소리와 물시계소리를 듣지 못했다. 경양루 위에 종을 설치하고는 오경과 삼경에 맞추어 종을 울리니 궁인들이 종소리를 듣고 일찍 일어나 치장하였다. 수레가 낭야성에 자주 행차하였는데 궁인들이 늘 따라다녔으며, 아침에 출발하여 호수 북쪽에 도착하면 제방의 닭이 비로소 울었기 때문에 '계명태'라고 불렀다."라 하였다.(南史, 齊武帝數遊幸諸苑囿, 載宮人從軍, 置內深隱, 不聞端門鼓漏聲[38], 置鐘景陽樓上, 應五鼓及三鼓, 宮人聞鐘聲, 早起粧飾. 車駕數幸琅琊城, 宮人常從, 早發至湖北, 埭鷄始鳴, 故呼鷄鳴埭)

6 [원주] ≪진서・천문지≫에 "자궁원에 15개의 별이 있는데, 서쪽으로 7개가 둘러치고 동쪽으로 8개가 둘러쳐 있으며 북두의 북쪽에 있다. 또는 자미라고 부르기도 하는데 황제의 자리로서 천자가 늘 거주하는 곳이다."라 하였다. 또한 위의 '북진'에 관한 주석에도 보인다.[39] 육기의 〈장연에게 답하는 시〉에 "가서 이국의 조정을 밟고, 와서는 자미궁을 다니네."라고 하였는데, 주석에 "여향이 말하기를 '들어와서 상서령이 되었으므로「와서는 자미궁을 다니네.」라고 하였다. 자미는 천자의 관직이다.'라 하였다."라고 되어있다. 유풍의 ≪속사시≫에 "위나라 때 통사랑을 두어 천자의 명령을 알리는 일을 맡았고, 진나라 때는 중서통사사인을 두었으며 북제 때는 중서사인으로 고쳐 불렀고, 수나라 때는 내사사인이라고 불렀다. 당나라 초기에는 이를 따르다가 용삭 연간(661~663)에 봉각사인으로 바꾸었다가 개원 연간(713~741)에 자미사인으로 바꾸었다."라 하였다.(晉書, 天文志, 紫宮垣十五星, 其西藩七, 東藩八, 在北斗北. 一曰紫微, 大帝之座也, 天子之常居也. 又見上北辰注. 陸士衡, 答張湍詩, 往踐蕃朝[40], 來步紫微, 注, 呂向曰, 入爲尙書郎, 故云來步紫微. 紫微, 天子官也. 劉馮, 續事始, 魏置通事郎, 掌誥命. 晉置中書通事舍人, 北齊改爲中西舍人, 隋號內史舍人. 唐初因之, 龍朔中改爲鳳閣舍人. 開元中, 改爲紫微舍人)

紫微(자미) : 하늘의 별자리인 자미원으로 보면 천자를 상징하며, 관직인 자미사인으로 보면 중서사인을 가리킨다. 따라서 이 구절은 천자가 한번 명령을 내리면 중서사인이 새로운 조서를 쓴다는

38) 端門(단문) : 궁궐의 남쪽 가운데 문.
39) 유우석의 시 009. 〈영호상공이 수도로 막 돌아와 시를 써 회포를 말한 것에 화답하여(和令狐相公初歸京國賦詩言懷)〉에 보인다.
40) 蕃朝(번조) : 원주에는 '藩朝(번조)'라고 되어있는데, 바로잡았다. 이국의 조정이란 뜻으로 여기서는 오나라를 가리킨다.

뜻도 되고, 이 중서사인이 한번 활동하여 빛을 내면 새로운 조서가 나온다는 뜻도 된다.
星動(성동) : 별빛이 움직이다. ≪전당시≫에는 '망동(芒動)'으로 되어있으며, 사방으로 밝게 빛난다는 뜻이다.
新出(신출) : 새로 나오다. ≪전당시≫에는 '초출(初出)'로 되어있으며, 뜻은 같다.

7 [원주] ≪위서≫에 "세조가 남쪽을 정벌하자 유의가 밀랍으로 만든 초를 공손히 바쳤다."라고 하였다. (魏書, 世祖南伐, 劉義恭獻蠟燭)
紅蠟(홍랍) : 붉은 초. ≪전당시≫에는 '홍촉(紅燭)'으로 되어있으며, 뜻은 같다.
詔(조) : 조서. ≪전당시≫에는 '고(誥)'로 되어있으며, 뜻은 같다.
이 구절은 새벽녘까지 조서를 쓰는 일이 계속 이어졌음을 의미한다.

8 [원주] 곽박(郭璞)의 시[41]에 "붉은 문은 얼마나 아름다운가?"라 하였다.(郭景純詩, 朱門何足榮)
朱門(주문) : 붉은 문. 궁궐을 가리킨다.

9 [원주] ≪장자≫에 "메추라기가 깊은 숲 속에 둥지를 틀어도, 나뭇가지 하나일 뿐이다."라 하였다.(莊子, 鷦鷯巢於深林, 不過一枝)
一枝(일지) : 나뭇가지 하나. 새가 나무에 둥지를 틀 수 있는 곳을 의미하며, 여기서는 온정균 자신에게 내려주기를 바라는 관직을 비유한다.

【해설】

이 시는 온정균이 이 중서사인에게 보내는 것으로, 밤새도록 일하고 있는 이 중서사인을 칭송하며 자신의 관직을 부탁하는 간알시이다. 제1~2구에서 이 중서사인은 온정균이 차마 따를 수 없는 풍격과 능력을 갖고 계시고 궁중에 있어 만나 뵙기 어렵다는 뜻을 전하였고, 제3~4구에서는 새벽이 되도록 일하고 있는 중서성 부근의 경물들을 고아한 흥취로 그려 상대방의 기풍에 맞는 분위기를 연출하였다. 제5~6구에 역시 중서사인으로서 직책을 충실히 수행하면서 그 일이 새벽녘까지 이어지는 노고를 칭송하였으며, 제7~8구에서는 항상 이 중서사인을 흠모하고 있었지만 가까이서 모시지 못하는 안타까움을 드러내 자신에게 관직을 내려주기를 바라는 마음을 표현하였다.

41) 이 시의 제목은 〈유선시(游仙詩)〉이다.

027

題友生池亭[1]

친구의 연못 정자에 쓰다

月榭風亭繞曲池,[2]	달빛 비치고 바람 드는 정자에 굽은 연못이 휘돌며
粉垣廻互水參差.[3]	채색한 담장은 굽어 돌고 물길은 들쑥날쑥하네.
侵簾片白搖翻影,[4]	주렴을 스미는 조각달에 그림자가 요동치고
落鏡愁紅瀉倒時.[5]	거울에 떨어지는 근심스런 붉은 꽃잎이 거꾸로 쏟아지네.
鸂鶒刷毛花蕩漾,[6]	자원앙이 깃털을 씻으니 꽃이 물결에 일렁이고
鷺鷥拳足雪𧝓褷.[7]	백로가 발을 오므리니 깃털이 눈처럼 보송보송하네.
山公醉後如相憶,[8]	산공이 취한 후에 그리워하는 것이 있다면
羽扇淸樽我自知.[9]	깃부채와 맑은 술잔임을 내 절로 알겠네.

【주석】

1 이 시는 ≪전당시≫에 〈친구의 연못 정자에 쓰다(題友生池亭)〉라는 제목으로 실려 있으며, 〈숲속 정자에 우연히 쓰다(偶題林亭)〉라는 제목으로 되어 있는 판본도 있다고 하였다.
友生(우생) : 친구. 이 시에서 말하는 친구가 누구인지에 대해서는 알려진 바가 없다.

2 [원주] ≪이아주≫에 "'사(榭)'는 돈대 위에 지붕을 세운 것이다."라고 하였다. 환담(桓譚)의 ≪신론≫에서는 "굽은 연못에 이미 물이 가득하네."라고 하였다.(爾雅注, 榭, 臺上起屋也. 桓子, 新論, 曲池既已平)

3 [원주] 〈해부〉의 "만 리를 굽어 도네."라는 구절의 주석에 "'회호(廻互)'는 돈다는 뜻이다."라 하였다.(海賦, 廻互萬里, 注, 廻互, 廻轉也)
粉垣(분원) : 채색된 담.
水(수) : 물길. ≪전당시≫에는 '와(瓦)'로 되어있으며, '기왓장'이란 뜻이다.

4 [원주] 노동의 〈월식시〉에 "광채가 아직 살아나지도 않았으니 한 조각 흰 달이 참담하구나."라고 하였다.(盧仝, 月蝕詩, 光彩未蘇來, 落淡一片白)

5 鏡(경) : 거울. 여기서는 맑은 못의 수면을 비유하였다.
愁紅(수홍) : 근심스런 붉은 꽃. 꽃이 떨어지므로 꽃잎이 근심스러울 것이라는 뜻이다.
瀉倒(사도) : 거꾸로 쏟아지다. 꽃잎이 떨어지는 것이 연못에 비친 것을 묘사한 것이다.

時(시) : 때. ≪전당시≫에는 '지(枝)'로 되어있으며, '나뭇가지'라는 뜻이다.

6 [원주] 〈오도부〉의 이선 주석에 "자원앙[계칙(鸂鶒)]은 물새인데 황적색이며 반점이 있고 물에서 산다."라고 하였다.(五都賦, 李善注, 鸂鶒, 水鳥, 色黃赤, 有斑文, 在水中)

花(화) : 연못에 떨어진 꽃잎. 혹은 자원앙 자체를 꽃에 비유한 것일 수도 있다.

蕩漾(탕양) : 일렁이다.

7 [원주] ≪문선 · 해부≫에 "물오리 새끼의 털이 보송보송하네."라 하였다. '시(褷)'는 '소'와 '의'의 반절이며 깃털이 막 생겨난 모습이다. '시(褷)'는 '시(襹)'와 같다.(選, 海賦, 鳧雛離褷. 褷, 所宜切, 羽初生貌. 褷與襹同)

離褷(이시) : 보송보송한 모습. ≪전당시≫에는 '이피(離披)'로 되어있으며, 펄펄 날리는 모습을 뜻한다.

8 [원주] ≪진서≫에 "산간의 자는 계윤이고 나가서 양양을 다스렸는데 오로지 술에만 매우 탐닉했다. 여러 습씨가 형주의 토호귀족이었는데 아름다운 정원과 연못을 가지고 있었다. 산간이 매번 즐겁게 노닐었는데, 여러 차례 연못가에다가 술을 차려두고는 번번이 취했으며 고양지라고 불렀다."라 하였다.(晉書, 山簡, 字季倫, 出鎭襄陽, 唯酒是耽. 諸習氏, 荊土豪族, 有佳園池. 簡每嬉遊, 多之池上, 置酒輒醉, 名之曰高陽池云云)

山公(산공) : 산간(山簡). ≪전당시≫에는 '산옹(山翁)'으로 되어있으며, 뜻은 같다.

9 [원주] ≪어림≫에 "제갈무후가 흰 깃부채를 들고서 삼군을 지휘했다."라고 하였다.(語林, 諸葛武侯持白羽扇, 指揮三軍)

羽扇淸樽(우선청준) : 깃부채와 맑은 술잔. 친구의 고아한 풍취를 상징한다.

【해설】

이 시는 온정균이 친구의 못가 정자를 보고 그 경물과 생각을 쓴 것이다. 제1~6구는 모두 연못과 정자의 경관을 묘사하였는데, 제1~2구에서는 정자와 연못의 전체적인 배치와 모습을 그려내었고, 제3~4구에서는 연못에 조각달이 비치는 모습과 연못에 꽃잎이 떨어지는 모습을 생동감 있게 묘사하였으며, 제5~6구에서는 연못에서 놀고 있는 자원앙과 백로의 모습을 아름답게 표현하였다. 제7~8구에서 비로소 친구를 언급하였는데, 산간이 자주 노닐었던 습가지에 친구의 연못을 비유하면서 그 연못의 주인이 고아한 풍취를 가진 이라고 하였다.

028

河中陪節度使遊河亭1

하중에서 절도사를 모시고
강 위 정자에서 노닐며

倚欄愁立獨徘徊,	난간에 기대어 근심스레 섰다가 홀로 서성이니
欲賦慚非宋玉才.2	시를 읊고자 하여도 송옥의 재주가 없음이 부끄러워서라네.
滿座山光搖劍戟,3	자리 가득히 산빛은 칼과 창에 일렁이고
繞城波色動樓臺.	성을 휘도는 물빛은 누대에 흔들리네.
鳥飛天外殘陽盡,4	새들은 하늘 밖으로 날아가고 남은 석양은 다하는데
人到橋心倒影來.5	사람이 다리 중간으로 가면 물에 비친 그림자가 따라오네.
添得五湖多少恨,6	오호를 그리워하는 한스러움이 더해지니
柳花飄蕩似寒梅.7	버들솜 흩날리는 것이 고향의 매화 꽃잎 같아서라네.

【주석】

1 이 시는 ≪전당시≫에 〈하중에서 절도사를 모시고 정자에서 노닐다(河中陪帥遊亭)〉라는 제목으로 실려 있으며, 〈하중절도사를 모시고 강가 정자에서 노닐다(陪河中節度使遊河亭)〉라는 제목으로 되어 있는 판본도 있다고 하였다.

[원주] ≪통전≫에 "포주(지금의 산서성 영제현(永濟縣))는 지금 하동군을 다스리는 곳이다. 당나라 초기에 하중부로 고쳤다."라고 하였다.(通典, 蒲州[42], 今理河東郡. 大唐初, 改爲河中府[43])

河亭(하정) : 당시 황하 가운데 부교(浮橋)에 세운 정자.

2 [원주] ≪사기≫에 "초나라에 송옥과 경차의 무리가 있는데 모두 글을 좋아했고 부로써 알려졌다."라고 되어 있다.(史記, 楚有宋玉景差之徒, 皆好辭而以賦見之)

宋玉(송옥) : 초나라의 유명한 작가로 양왕(襄王)을 따라 노닐면서 많은 작품을 지었으며 〈고당부(高唐賦)〉가 유명하다.

---

42) 蒲州(포주) : 원주에는 '潢州(황주)'로 되어있는데, 바로 잡았다.

43) ≪통전≫에는 이 구절이 "당나라 초기에 포주라고 하였고, 개원 9년(722) 5월에 중도를 두었다가 하중부로 고쳤다.(大唐初爲蒲州, 開元九年五月置中都, 改爲河中府)"라고 되어있다.

3 劍戟(검극) : 칼과 창. 절도사의 의장(儀仗)이다.
4 殘陽(잔양) : 석양. ≪전당시≫에는 '사양(斜陽)'으로 되어있으며, 뜻은 같다.
5 到(도) : 도달하다. ≪전당시≫에는 '과(過)'로 되어있으며, 뜻은 같다.
橋心(교심) : 다리 가운데. 정자가 있는 곳이다.
倒影(도영) : 뒤집힌 그림자. 물에 비친 그림자.
6 [원주] ≪오록≫에 "오호는 태호의 별칭이다. 그 둘레가 오백여 리가 되어서 오호라고 하였다."라 하였다.(吳錄, 五湖者, 太湖之別名也. 以其周廻五百餘里, 故名五湖)
多少(다소) : 많다.
五湖(오호) : 온정균의 고향이 태호 옆 송강(松江) 일대이다.
7 寒梅(한매) : 매화. 온정균의 고향이 있는 오 지방이 매화로 유명하다.

【해설】

이 시는 온정균이 하중절도사를 모시고 황하의 부교 위에 세워진 정자를 노닐면서 느낀 감회를 적은 것으로 대략 854년 무렵에 지은 것으로 추정된다. 제1~2구에서는 절도사를 모시며 이곳을 노니는 즐거움을 표현하고자 하지만 자신에게 송옥과 같은 재주가 없음을 한탄하였는데 은근히 자신을 송옥에 견주고 있다. 제3~6구에서는 정자에서 보이는 경물을 묘사하였는데, 제3구에서는 절도사의 의장을 통해 그 위엄을 표현하였고, 제4구에서는 물 위에 세워진 정자를 표현하였다. 제5구에서는 석양 속에 날아가는 새를 묘사하였으며, 제6구에서는 부교에 비친 그림자를 묘사하였다. 제5구와 제6구는 하늘 위 원경과 물 위 근경을 묘사한 것으로, 석양 속의 새를 통해 고향을 그리워하는 마음을 연상시켰으며, 다리 위를 서성이는 작자의 곁에는 물에 비친 그림자 밖에 없음을 통해 홀로 있는 외로움을 부각시켰다. 제7~8구에서는 본격적으로 자신의 고향이 있는 오호와 그곳의 명물인 매화를 끌어들여 고향으로 돌아가고자 하는 마음을 표현하였다. 이곳의 멋진 풍경 속의 물과 버들솜은 모두 온정균에게는 자신의 고향인 오호와 매화를 연상시켜 안타까움을 자아내게 하는 매개물일 따름이다. 이 시는 비록 절도사의 연회 자리에서 쓴 시이지만, 절도사를 찬미하는 내용은 제3구 이외에는 찾아 볼 수 없으며, 오히려 연회와 분위기가 맞지 않게 객지에서 고향을 그리워하는 외로움을 서술한 것이 특징이다.

029

題清涼寺[1]

청량사에 쓰다

黃花紅樹謝芳蹊,[2]	누런 꽃과 붉은 나무가 향기로운 길에 시들었고
樓殿參差黛巘西.[3]	높은 누대가 삐죽삐죽하고 검푸른 높은 산 서쪽에 있네.
詩閣曉窗藏雪嶺,[4]	시가 쓰인 누각의 새벽 창에는 눈 쌓인 고개가 담겨있고
畫堂秋水接藍溪.[5]	불화가 그려진 법당의 가을 물에는 푸른 계곡이 이어져있네.
松飄晚吹摐金鐸,[6]	소나무에 불던 저녁 바람은 풍경을 두드리고
竹蔭寒苔上石梯.	대나무 그늘의 늦가을 이끼는 돌계단에 올라와있네.
妙迹奇名竟何往,[7]	오묘한 종적과 기이한 명성은 결국 어디로 가버렸나?
下方煙暝草萋萋.[8]	인간 세상에는 안개가 어둑하고 풀만 무성하다네.

【주석】

1 ≪전당시≫에는 〈청량사(淸涼寺)〉라는 제목으로 실려 있다.

[원주] ≪화엄경 소≫에 "청량산은 대주(지금의 산서성 흔주시(忻州市) 대현(代縣)) 안문군 오대산이다. 그 안에 보면 청량사가 있는데, 세월이 쌓일수록 얼음이 두꺼워져 여름에도 눈이 날리고 일찍이 무더운 여름이 없었기 때문에 청량이라고 불렀다. 오대산은 정상이 우뚝 솟아있고 나무가 없어서 마치 흙을 쌓아놓은 누대 같다고 하여 오대산이라고 하였다. 문수사리[44]가 떠돌다가 이곳에 머무르면서 여러 보살들을 위해 설법하였다."라고 하였다.(華嚴疏, 淸涼山卽代州雁門郡五臺山也. 於中見有淸涼寺, 以歲積堅冰, 夏仍飛雪, 曾無炎夏, 故曰淸涼. 五臺, 聳出頂, 無林木, 有如累土之臺, 故曰五臺.[45] 文殊師利遊行居住, 爲諸菩薩衆說法)

44) 문수사리(文殊師利) : 문수보살(文殊菩薩)이라고도 하며, 대승(大乘)불교에서 최고의 지혜를 상징하는 보살이다.

45) ≪화엄경 소≫에 있는 오대산에 관한 설명은 원래 다음과 같이 되어 있다. "산 왼쪽으로는 항산과 인접하고 오른쪽으로 천지와 접해 있으며, 아래 둘레가 오백여 리나 된다. 다섯 봉우리가 구름 바깥까지 높이 솟아 있으며, 산 정상에는 수풀이 없어 마치 흙을 쌓아놓은 누대와 같아서 오대산이라고 하였다.(山左鄰恒山, 右接天池, 環基五百餘里, 五峯聳立, 高出雲表. 頂無林木, 有如壘土之臺, 其名五臺)"

淸涼寺(청량사) : ≪온정균전집교주(溫庭筠全集校注)≫에서는 시의 내용으로 보아 지금의 섬서성 남전현(藍田縣)에 있는 청원사(淸源寺)의 잘못으로 보고 있다. 왕유가 망천(輞川)에 별장을 지었는데, 만년에 표(表)를 올려 절로 삼게 하고는 청원사라고 이름 붙였다. 이곳에는 왕유가 시를 짓던 누각이 있으며, 망천 별장 주위에 있는 20곳의 경치를 그린 〈망천도(輞川圖)〉가 있다.

2 黃花(황화) : 국화꽃.
紅樹(홍수) : 단풍이 붉게 든 나무.
謝(사) : 시들다.
芳蹊(방혜) : 향기 나는 좁은 길.

3 樓殿(누전) : 높은 궁전. ≪전당시≫에는 '궁전(宮殿)'으로 되어 있다. 여기서는 사찰의 대웅전과 같은 건물을 가리킬 것이다. ≪온정균전집교주≫에서는 장안의 궁궐로 보고 있다.
參差(참치) : 건물의 지붕이 삐죽삐죽 솟아있는 모습.
黛巘(대헌) : 검푸른 높은 산.

4 [원주] 제목 아래의 주석에 보인다.(見題下注)
詩閣(시각) : 시를 쓰거나 시를 써서 붙여 놓은 전각. ≪전당시≫에는 '시합(詩閤)'으로 되어 있으며 뜻은 같다.
雪嶺(설령) : 눈 덮인 고개. 청량산에 항상 쌓여있는 얼음을 묘사한 것이다.

5 畫堂(화당) : 불화가 그려진 법당. ≪온정균전집교주≫에서는 왕유가 그린 〈망천도〉가 있는 건물을 뜻한다고 하였다.
藍溪(남계) : 푸른 계곡. ≪온정균전집교주≫에서는 망천에 있는 남곡수(藍谷水)로 보았다.

6 [원주] '창(摐)'은 '초'와 '강'의 반절이다. 종과 북을 친다는 뜻이다.(摐, 初江切, 打鐘鼓也)
金鐸(금탁) : 절의 건물이나 탑 사방에 달아놓은 풍경.

7 [원주] 제목 아래의 주석에 보인다.(見題下注)
妙迹奇名(묘적기명) : 오묘한 종적과 기이한 명성. 이곳에서 설법한 문수보살의 종적과 명성을 말한다. ≪온정균전집교주≫에서는 왕유의 종적으로 보았다.
往(왕) : 가다. ≪전당시≫에는 '재(在)'로 되어있으며, '있다'라는 뜻이다.

8 [원주] 유안의 〈은사를 부르며〉에서 "봄풀이 자랐는데 무성하구나."라 하였다.(劉安, 招隱士, 春草生兮萋萋)
下方(하방) : 극락세계와 대비되는 인간세계.

【해설】

이 시는 온정균이 청량사라는 절에 가서 느낀 감회를 적은 것이다. 제1~2구에서는 청량사로 찾아가는 길의 풍경과 멀리서 본 청량사의 모습을 표현하였는데, 깊은 산 속에 있는 사찰은 그 위엄을 드러내고 있지만 그곳으로 가는 곳의 국화와 단풍은 이미 시들어져 있어서 고금 변화의 감회를 암시하고 있다. 제3~4구에서는 청량사에 있는 건물들을 묘사하였는데, 시가 있는 누각과 불화가 있는 법당이 눈 덮인 청량산과 가을 물이 흐르는 계곡을 배경으로 하고 있음을 말함으로써 사찰의 고아한 정취를 느끼게 한다. 제5~6구에서는 시선을 보다 더 조그만 사물들로 옮겨 청각적 이미지와 시각적 이미지를 사용하여 사찰의 모습을 묘사하였는데, 소나무에 불던 저녁 바람에 풍경소리가 들리는 것에서 저녁 사찰의 고즈넉함을 느낄 수 있고, 대나무 그늘에 있던 이끼가 돌계단에 있는 것에서 늦가을 저녁 사찰의 애잔한 분위기를 느낄 수 있다. 제7~8구에서는 예전에 청량사에서 불법을 설파하고 대중들을 이끌어주던 문수보살이 계시지 않아, 이제는 세상의 진리를 제대로 분간할 수 없는 상태가 되어 버린 채 황량해져 가는 인간세상을 안타까워하는 작가의 마음을 표현하였다. 아마도 작가는 힘든 세상사를 피해 안식을 구하기 위해 청량사를 찾아왔지만 이곳에서도 완전히 해결하지 못하고 돌아갔을 것이다.

030

寄岳州李員外1

악주자사 이원외에게 부침

含嚬不語坐支頤,2	얼굴 찌푸리고 아무 말 없이 턱을 괴고 앉아서
天近樓高謝守悲.3	하늘 가까운 높은 누대에서 사 태수처럼 슬퍼하겠지.
湖上殘棋人散後,	사람들 흩어진 후 호숫가에는 바둑판만 남아있고
岳陽微雨鳥來遲.	악양에 이슬비 내리니 새는 천천히 날아오겠지.
早梅猶得回歌扇,4	이른 매화에 여전히 노래 부채를 흔들고
春水還應理釣絲.5	봄물에 다시 낚싯줄을 손질하겠지.
獨有袁宏正憔悴,6	유독 나만 원굉처럼 그렇게 초췌하게 있으며
一樽惆悵落花時.	꽃잎 떨어지는 때에 쓸쓸히 한 동이 술을 비우네.

【주석】

1 ≪전당시≫에는 〈악주자사 이원 원외랑에게 부침(寄岳州李外郎遠)〉이라는 제목으로 실려 있다. [원주] ≪십도지・강남도≫의 '악주(지금의 호남성 악양시(岳陽市))'의 주석에 "개황 9년(589) 파릉군을 고쳐 악주라고 하였다."라 하였다.(十道志, 江南道, 岳州, 注, 開皇九年, 改巴陵郡爲岳州)

2 [원주] ≪장자≫에 "서시가 가슴이 아파 얼굴을 찡그렸다."라 하였다.(莊子, 西施病心而嚬)
含嚬(함빈) : 얼굴을 찌푸리다.
支頤(지이) : 손으로 턱을 괴다. ≪전당시≫에는 '지이(持頤)'로 되어있으며 뜻은 같다.

3 [원주] '사수'에 관해서는 위의 주석에 보인다.[46](謝守, 見上注)
近(근) : ≪전당시≫에는 '원(遠)'으로 되어있으며 '근'으로 된 판본도 있다고 하였다.
謝守(사수) : ≪전당시≫에는 '송옥(宋玉)'으로 되어있다. '사수'는 사씨 성을 가진 태수인데, 원주에 따르면 오홍태수를 지낸 사안을 가리키는 듯하다. 사안은 동산에 은거하다가 위기에 처한 나라를 구하고 관직이 재상까지 올랐지만, 사마도자의 참언으로 광릉(廣陵)으로 물러났다가 병으로 죽었다.

46) 유우석의 시 002. 〈중서사인 백거이가 새로 지은 시를 보냈는데 일찍 머리가 세고 자식이 없는 것을 탄식하므로 내가 이 시를 줌(白舍人寄新詩, 有歎早白無兒, 因以贈之)〉에 보인다.

여기서는 아마도 이원이 중앙 관직에 있다가 지방 관리로 물러난 것을 사안에 비유한 것으로 보인다.

4 [원주] 서릉의 〈잡곡〉에 "노래 부채가 창을 대하니 마치 가을 달과 같네."라고 하였고, 두보의 시에 대한 주석[47]에 "부채로 자신의 얼굴을 가리고 노래하였기 때문에 이를 노래 부채라고 한다."라 하였다.(徐陵, 雜曲, 歌扇當窓似秋月. 詩史, 注, 以扇自障而歌, 故謂之歌扇)

5 [원주] 두보의 시[48]에 "억지로라도 날씨가 맑으면 낚싯줄을 손본다네."라고 하였다.(詩史, 强擬晴天理釣絲)

理(리) : 정리하다. 손질하다.

6 [원주] ≪진서≫에 "원굉은 자가 언백이다. 재주가 뛰어났고 문장이 매우 아름다웠다. 어려서 아버지를 여의고 집안이 가난하여 세금을 운반해주면서 생계를 도모하였다."라 하였다. ≪초사≫에 "안색이 초췌하다."는 구절이 있다.(晉書, 袁宏, 字彦伯, 有逸才, 文章絶美, 少孤貧, 以運租[49]自業. 楚辭, 顔色憔悴)

袁宏(원굉) : 그가 세금을 운반하다가, 어느 날 우저(牛渚)에서 〈영사(詠史)〉시 다섯 수를 맑은 목소리로 읊조리니 그곳에 진주하던 진서장군(鎭西將軍) 사상(謝尙)이 이를 듣고는 그의 재능을 인정하고 밤새 담소를 나누었으며, 이로 인해 명성이 널리 알려졌다. 여기서는 원굉이 사상의 인정을 받기 전에 힘든 나날을 보낼 때를 말한 것으로, 온정균 자신의 신세를 비유한다.

【해설】

이 시는 온정균이 원외랑의 관직으로 악주자사로 나가있는 이원을 그리워하며 그에게 부치는 시이다. 제1~6구는 악주의 지방장관으로 물러나서 우울한 가운데서도 자신의 흥취를 잊지 않는 이원의 모습을 상상하며 쓴 것이다. 제1~2구에서는 악양루 높은 누대에 홀로 올라가서 외로움을 삭히고 있는 이원의 모습을 그렸다. 하지만 제3~6구에서는 이원이 좋아하는 바둑과 낚시를 통해 그 외로움을 달래기도 하고 노래를 부르며 한가롭고 여유 있는 생활을 하는 모습을 상상하였다. 제7~8구에서는 온정균 자신의 모습을 그렸는데, 관직에 나아가지 못하고 실의한 채 꽃잎 떨어지는 봄에 술을 마시며 쓸쓸히 지내는 자신의 신세를 묘사하여 이원의 모습과는 대조적으로 표현하였다. 원굉이 〈영사〉시를 노래해 사상에게 인정을 받은 것처럼, 아마도 온정균 또한 이 시를 노래해 사안에 비유한 이원의 인정을 받고 싶었을 것이다.

47) 〈성 서쪽 연못에서 배를 띄우다(城西陂泛舟)〉의 "물고기가 미세한 파문을 일렁일 때 노래 부채를 흔드네(魚吹細浪搖歌扇)"라는 구절에 대한 왕수(王洙, 997~1057)의 주석이다.

48) 이 시는 〈중승 엄우께서 비가 오는 가운데 날 생각해주는 절구 한 수를 보내왔기에 받들어 답한 절구 2수(中丞嚴公雨中垂寄見憶一絶奉答二絶)〉 중 제1수이다.

49) 租(조) : 원주에는 '祖(조)'라고 되어있는데, 바로 잡았다.

04 장적 張籍

장낭중시(張郎中詩)

[원주] ≪당서≫에 "장적의 자는 문창이며, 진사에 급제하여 비서랑으로 옮기었고, 한유의 추천으로 국자박사가 되었다. 수부원외랑, 주객낭중을 지냈다. 장적은 악부시에 뛰어나 짧고 예리한 구가 많았으며, 국자사업으로 관직을 마쳤다."라 하였다.(唐書, 張籍, 字文昌, 第進士, 遷秘書郎, 韓愈薦爲國子博士. 歷水部員外郎, 主客郎中. 籍爲詩長於樂府, 多警句. 仕終國子司業)

장적(張籍, 768?~830?)

장적의 본적은 소주(蘇州, 지금의 강소성 소주시(蘇州市))이나 이후 화주(和州, 지금의 안휘성 화현(和縣))로 옮겼다. 정원(貞元) 15년(799)에 진사에 급제한 뒤 태상시태축(太常寺太祝), 국자감조교(國子監助教), 국자박사(國子博士)를 지냈다. 이후 수부원외랑(水部員外郎), 주객낭중(主客郎中), 국자사업(國子司業) 등을 역임하여 세칭 '장수부(張水部)', '장사업(張司業)'이라 불렸다.

장적은 두보의 사회시를 계승하고 백거이(白居易), 원진(元稹) 등과 함께 신악부운동(新樂府運動)에 적극 참여하였다. 또한 악부민가의 형식을 통해 중당(中唐) 사회의 부조리와 민생의 고통을 반영하였으니, 왕건(王建)과 더불어 이른바 '장왕악부(張王樂府)'라 칭송되었다. 그는 악부시 뿐만 아니라 율시에도 뛰어난 성취를 나타내었는데, 특히 오언율시의 경우 화려한 조탁을 일삼지 않고 쉽고 평이한 표현 속에 깊은 함축을 담고 있어 만당(晚唐)의 오언율시에 많은 영향을 준 것으로 평가된다. 저서로 ≪장사업집(張司業集)≫ 8권이 있다.

(주기평)

031

贈孔尚書1

공상서에게 드림

能將直道歷榮班,2	능히 직언할 수 있었고 영화로운 직책을 지내시니
事著元和實錄間.3	사적은 원화 연간의 실록에 드러나셨도다.
三表自陳辭北闕,4	세 번 상소하여 스스로 아뢰어 궁궐을 떠나
一家相逐入南山.5	온 가족과 함께 종남산으로 들어가셨네.
買來侍女教人嫁,6	사서 데려온 시녀는 다른 집으로 시집보내고
賜得朝衣在篋閑.7	하사받은 관복은 궤짝 속에서 한가롭다네.
宅近靑門高靜處,8	집은 청문 가까이 고요한 곳,
時歸林下暫開關.9	이따금 숲으로 돌아갈 때에만 잠시 열렸다 닫힌다네.

【주석】

1 [원주] 한유의 〈공공묘지〉에 "공자의 38세손으로 자는 군엄이며, 당을 섬겨 상서좌승이 되었다. 향년 73세이며, 글을 올려 관직에서 물러나니 천자께서 예부상서로 종신토록 녹봉하였다."라 하였다. (韓公, 孔公墓誌, 孔子三十八世孫, 字君嚴, 事唐爲尚書左丞. 年七十三, 上書去官, 天子以禮部尚書祿之終身)

孔尙書(공상서) : 공규(孔戣)를 가리킨다. 공잠부(孔岑父)의 아들로, 당 현종(玄宗) 천보(天寶) 12년(753)에 태어나 경종(敬宗) 보력(寶曆) 원년(825)에 죽었다. 향년 73세이다. 진사과에 급제하여 헌종(憲宗) 초부터 목종(穆宗) 연간에 국자좨주(國子祭酒), 이부시랑(吏部侍郎)에 임명되었으며, 산기상시(散騎常侍), 상서좌승(尙書左丞), 영남절도사(嶺南節度使) 등을 지냈다. 직언을 잘하여 헌종(憲宗) 원화(元和) 원년(806)에 간의대부(諫議大夫)를 맡고 있을 때, 당시의 폐해 네 가지를 지적하며 상소하기도 하였다. 목종(穆宗) 장경(長慶) 2년(822)에 상서좌승으로 옮겼으나 오래지 않아 연로함을 이유로 면직을 청하였다. 당시 절친한 친구였던 한유가 상소하여 이를 적극 만류하였으나, 다시 논리적으로 설득하여 예부상서로 높여 면직을 허락받았다. 사후에 병부상서(兵部尙書)로 추증되었으며, 시호는 '정(貞)'이다.

2 將(장) : 지니다. '지(持)'의 뜻.
榮班(영반) : 영화로운 반열. 즉 높은 지위를 가리킨다.

3 [원주] 원화는 헌종의 연호이다. ≪위지≫에 "왕숙이 명제에게 아뢰기를, '사마천은 사실을 기록함에 있어 헛되이 미화시키지도 않고 악함을 숨기지도 않았습니다. 유향과 양웅은 그 사실을 서술함에 훌륭한 사관의 자질이 있음을 탄복하며 이를 사실의 기록[實錄]이라 하였습니다.'라고 하였다."라 하였다.(元和, 憲宗年號. 魏志, 王肅對明帝曰, 司馬遷記事不虛美, 不隱惡. 劉向揚雄服其敍事有良史之才, 謂之實錄)

4 [원주] 세 번 상소한 것은 위의 주석에 보인다.[1](三表, 見上注)
北闕(북궐) : 황제가 거처하는 궁궐. 정궁(正宮)을 의미한다.

5 [원주] ≪십도지≫에 "옹주의 종남산이다."라 하였다.(十道志, 雍州終南山)
逐(축) : 쫓아가다. ≪전당시≫에는 '송(送)'으로 되어 있으며 '보내다'는 뜻이다.

6 敎人嫁(교인가) : 다른 사람에게 시집보내다. '교(敎)'는 사역형이다.
이 구절은 부유하고 안락한 생활을 누리지 않고 일반 사람들과 같이 소박하고 평범한 삶을 살았음을 말한 것이다.

7 朝衣(조의) : 조정에서 입는 관복, 즉 조복(朝服)을 말한다.
篋(협) : 옷상자, 궤짝.
閑(한) : 한가하고 일이 없다. 관복을 찾아 입을 일이 없음을 말한 것으로, 앞 구에 이어 관직과 명예에 대해서도 미련이 없었음을 칭송한 것이다.

8 [원주] ≪십도지≫의 "옹주에 오이 밭이 있다" 주에 "동릉후 소평이 진나라가 망하자 포의를 입고 청기문 밖에 오이를 심었다."라 하였다. 완적의 시[2]에 "옛날에 동릉후의 오이가 청문 밖 가까이에 있다 들었네."라 하였다.(十道志, 雍州有瓜園, 注, 東陵侯邵平, 秦破, 爲布衣, 種瓜靑綺門外. 阮籍詩, 昔聞東陵瓜, 近在靑門外)
靑門(청문) : 장안성(長安城) 동쪽 문을 가리킨다. '청산(靑山)'으로 되어 있는 판본도 있다.

9 暫開關(잠개관) : 잠시 열렸다가 닫히다. 공상서의 주관적인 의지를 강조하여 '잠시 열었다 닫는다.'로 풀이해도 좋을 듯하다.

【해설】

이 시는 장적이 장경(長慶) 3년(823) 장안에서 수부원외랑을 맡고 있을 때 쓴 것으로, 상서좌승을 지내다 스스로 면직을 청하여 낙향한 공규(孔戣)에게 쓴 것이다. 시에서는 그의 강직한 성품과 뛰어난 업적을 칭송하며 낙향 후에 자연과 더불어 청빈무욕(淸貧無慾)한 삶을 살아가고 있는 것에 대해 경의를 나타내고 있다.

전반 4구에서는 공규의 관직생활에 대한 평가와 낙향하게 된 상황이 나타나 있는데, 제1~2구에서 그의 직언(直言)과 높은 관직을 함께 언급함으로써 그 직위가 타당하고 합당한 것이었으며 아울러 그러한 이유 때문에 실록에 정당하게 이름을 올릴 수 있었음을 말하고 있다. 이어 제3~4구에서는 면직을 청하며 세 번이나 상소하였고 온 가족을 인솔하여 낙향하였음을 말함으로써 '직언(直言)'을

1) 제목 아래 원주에 관련 내용이 있다.
2) 이 시의 제목은 〈영회(詠懷)〉로, 총82수 중 제6수이다.

서슴지 않았던 그의 강직한 성품을 보다 사실적으로 나타내고 있다. 후반 4구에서는 낙향 후의 생활을 묘사하고 있다. 제5~6구에서는 데리고 있던 시녀도 출가시키고 관복도 꺼내보지 않는 행동을 통해 소박하고 초탈한 삶을 살고자 하는 그의 의지를 보이고, 마지막 제7~8구에서는 동릉후(東陵侯) 소평(邵平)의 고사와 숲으로 향할 때만 열리는 문을 통해 전원생활에 대한 추구와 인간 세상과의 절연을 상징적으로 나타내고 있다.

032

寄和州劉使君1

화주의 유사군에게 부침

離朝已久猶爲郡,2	조정 떠난 지 오래건만 아직도 지방에 계시면서
閑向春風倒酒瓶.	여유롭게 봄바람 향해 술병 기울이고 있겠구려.
送客時過沙口堰,3	객을 전송하며 때로 강어귀 둑을 지나고
看花多上水心亭.4	꽃을 보며 물 가운데 정자에도 자주 오르시겠죠.
曉來江氣連城白,5	새벽 되어 강 기운은 성에 이어져 하얗고
晴後山光滿郭靑.6	비 개인 후 산 빛은 성곽 가득 푸르겠죠.
到此詩情應更遠,	이곳에 이르러 시의 정감은 더욱 심원해지실터이나
醉中高詠有誰聽.	취하여 높이 읊조리는 소리, 누가 있어 들어주리.

【주석】

1 [원주] ≪십도지≫에 "회남도에 화주가 있다."라 하였다.(十道志, 淮南道有和州)
使君(사군) : 한대(漢代)에는 태수(太守)나 자사(刺史)를 칭하는 말이었으나, 후에 지방 주군(州郡)의 장관을 존칭하는 말로 사용되었다.
劉使君(유사군) : 유우석(劉禹錫)을 가리킨다. 당시 화주자사(和州刺史)로 있었기 때문에 이와 같이 불렀다.

2 離朝(이조) : 조정을 떠나다. ≪전당시≫에는 '별리(別離)'로 되어 있으며 '이별하다'는 뜻이다.

3 [원주] 심약(沈約) 시[3] "동으로 천금의 제방이 뻗어있다"의 이선의 주에 "≪광아≫에 '언(堰)은 물속에 잠겨있는 제방이다'라 하였으니, 물속에 흙을 쌓아 물을 막은 것이다. '언'의 음은 '일(一)'과 '종(種)'의 반절이다."라 하였다.(沈休文詩, 東出千金堰. 李善注, 廣雅曰, 堰, 潛堰也. 謂潛築土而壅水也. 堰, 一種反)
時(시) : 때때로, 이따금. '장(將)', 또는 '특(特)'으로 되어 있는 판본도 있다.

3) 이 시의 제목은 〈3월 3일에 문득 시를 쓰다(三月三日率爾成篇)〉이다.

沙口堰(사구언) : 강의 하구에 일정한 수량을 확보하기 위해 가로질러 쌓은 낮은 제방.

4 水心亭(수심정) : 풍경을 감상하기 위해 호수나 강의 한 가운데 세운 정자.

5 江氣(강기) : 강의 기운, 즉 강에서 피어나는 물안개를 가리킨다.

6 晴後(청후) : 비 개인 후. ≪전당시≫에는 '우후(雨後)'로 되어 있으며 뜻은 같다.

【해설】

유우석은 〈현도관에서 꽃을 보며(玄都觀看花)〉 시로 탄핵을 받아 연주자사(連州刺使)로 좌천되었고, 이후 기주(夔州)를 거쳐 다시 화주자사(和州刺史)로 부임하였다. 이 시는 당시 화주자사로 있던 유우석에게 쓴 것으로, 자칫 오랜 지방관 생활로 지쳐있을 친구에게 따뜻한 위안과 격려를 전하고 자신의 그리움과 우정을 함께 드러내고 있다.

제1~2구에서는 끝을 기약할 수 없는 친구의 고달픈 지방관 생활을 오히려 여유와 풍류를 즐길 수 있는 긍정적인 상황으로 전환시켜 말함으로써 친구를 위로하고 있으며, 다음 제3~4구에서는 멀리서 찾아 온 지인들과 교유하며 꽃을 즐기는 친구의 생활을 상상하고 있다. 이어 제5~6구에서는 화주의 자연풍광을 시간과 날씨에 따라 아름답고 섬세하게 묘사하고, 마지막 제7~8구에서는 여유로운 생활과 아름다운 자연 속에서 시의 정감은 한층 더 깊어지지만 이를 들어줄 이 없이 홀로 있을 친구를 안타까워하고 있다. 그러나 이 같은 안타까움 또한 친구를 걱정하고 그리워하는 자신의 존재를 확인시켜 주는 것으로, 변치 않는 굳건한 우정을 통해 친구를 위안하고 있는 것이라 할 수 있다.

033

題王秘書幽居[1]

왕비서의 유거지에 쓰다

不曾浪出見公侯,[2]	기를 쓰고 권력자를 찾아다니지도 않고
唯向花間水畔遊.	오로지 꽃 사이를 누비고 물가에서 노니네.
每著新衣看藥竈,[3]	항상 새 옷 입고 단약 달이는 아궁이를 살피며
多收古器在書樓.	옛 기물들 많이 모아 서재에 두었다네.
有官祇作山人老,	관직에 있으면서도 다만 산사람처럼 늙어가니
平地能開洞穴幽.[4]	평지에서도 동굴을 만들어 세상과 멀리 할 수 있구나.
自領閑司無別事,[5]	한직이라 별다른 일 없음을 내 스스로도 아나니
得來君處喜相留.	그대의 거처에 와서 기뻐하며 머문다네.

【주석】

1 이 시는 ≪전당시≫에 〈왕비서에게 드림(贈王秘書)〉이라는 제목으로 실려 있다.
王秘書(왕비서) : 왕건(王建)을 가리킨다. 자는 중초(仲初)이며, 영천(潁川, 지금의 하남성 허창시(許昌市)) 사람이다. 대력(大曆) 10년(775) 진사에 급제하였다. 정원(貞元) 13년(797)에 종군하여 유주(幽州)와 연주(燕州) 일대에서 10여 년간을 지냈으며, 이 기간 동안 종군의 경험과 변방의 풍경 등을 소재로 한 많은 변새시를 썼다. 원화(元和) 8년(813)을 전후로 하여 소응현승(昭應縣丞)을 지냈으며, 장경(長慶) 원년(821) 장안으로 들어와 태부시승(太府寺丞)과 비서랑(秘書郎)을 역임하였다. 장안에 있으면서 장적(張籍), 한유(韓愈), 백거이(白居易), 유우석(劉禹錫), 양거원(楊巨源) 등과 자주 교류하였다. 대화(大和) 3년(829) 초에 섬서사마(陝西司馬)로 나가, 왕사마(王司馬)라고도 부른다. 대화(大和) 5년(831) 광주자사(光州刺史)로 있으면서 가도(賈島)와 교류하였으며, 이후의 행적은 분명하지 않다. 시문집으로는 ≪왕사마집(王司馬集)≫ 8권이 있다.

2 浪出(낭출) : 물결처럼 일어나다. 기세가 성한 모습을 비유한다.
見(현) : 찾아뵙다, 알현하다. ≪전당시≫에는 '알(謁)'로 되어 있으며 뜻은 같다.
公侯(공후) : 권세가. 당시의 정치적 유력자를 가리킨다.

3 每著新衣(매착신의) : 항상 새 옷을 입다. '매작신천(每酌新泉)'으로 되어 있는 판본도 있는데, 이 경우에는 '항상 새 샘물을 따르다'로 해석된다.
4 洞穴(동혈) : 산골짝의 동굴.
幽(유) : 유거(幽居)하다. 세상과 섞이지 않고 따로 떨어져 살다.
5 自領(자령) : 스스로 깨닫다. '영(領)'을 '거느리다, 다스리다'의 의미로 보아 '한직을 맡아 별다른 일이 없다'로 풀이할 수도 있다.
無別事(무별사) : 별다른 일이 없다. ≪전당시≫에는 '요무사(了無事)'로 되어 있으며, '전혀 일이 없다'는 뜻이다.

【해설】

이 시는 10여년간의 종군생활을 마치고 장안(長安)에서 비서랑(秘書郎)을 지내고 있던 왕건(王建)에게 쓴 것으로, 도성에서의 관직생활에도 불구하고 은자의 풍모를 간직하고 탈속한 삶을 살아가고 있는 왕건을 칭송하며 흠모의 뜻을 나타내고 있다.

제1~2구에서는 세인(世人)들과는 달리 권력을 추종하기보다는 자연과 벗 삼아 즐기기를 좋아하는 왕건의 성품을 묘사하고 있으며, 제3~4구에서는 도학(道學)을 연마하고 단약(丹藥)을 제련하는 그의 일상생활과 옛 기물을 애호하는 고상한 취향을 말하고 있다. 다음 제5~6구에서는 그의 삶의 방식으로 인해 그의 거처 또한 비록 세상 가운데 있으면서도 세상과 멀어져 있을 수 있음을 말하고 있다. 이는 마음먹고 생활하기에 따라 현실의 공간 또한 이상적인 공간으로 변화될 수 있음을 말한 것으로, 도잠(陶潛)의 〈음주(飮酒)〉 시의 "마음이 멀어지면 땅은 절로 치우게 된다.(心遠地自偏)"는 경지를 표현한 것이라 할 수 있다. 앞서 제1~4구에 나타난, 왕건이 세상 속에서 관직생활을 하며 추구하는 은자적 삶의 방식은 이와 같은 인식이 있을 때에야 비로소 의미를 가질 수 있게 된다. 마지막 제7~8구에서는 장적 자신 또한 이곳에 와서 왕건과 같은 삶을 살고 싶다는 바람을 나타내고 있다.

034

送桂州李中丞1

계주로 이 중승을 전송하며

東山强起就官榮,2	동산에서 떨쳐 일어나 영화로운 관직에 나아가니
欲進良籌佐太平.3	뛰어난 계책을 아뢰어 태평성대를 보좌하고자 하였네.
新史盡應書直事,4	새 역사에 모두 응대하며 곧은 사실을 기록하니
當時無不說淸名.	당시에 그 맑은 이름을 말하지 않음이 없었네.
玉階久近螭頭立,5	오래도록 궁궐 가까이하며 사인(舍人)으로 있더니
桂嶺遙將豹尾行.6	멀리 계령을 향해 아름다운 행차 떠나가네.
惆悵都門送客後,7	서글피 도문에서 그대 보내고 난 뒤
貧居春草滿庭生.	오두막집에 봄풀은 뜰 가득 자라는구나.

【주석】

1 이 시는 ≪전당시≫에 수록되어 있지 않다.
[원주] ≪십도지≫에 "영남도에 계주가 있다."라 하였다.(十道志, 嶺南道[4]有桂州)
桂州(계주) : 지금의 광서장족자치구(廣西壯族自治區) 계림시(桂林市)이다.
李中丞(이중승) : 이고(李翺)를 가리키는 듯하다. 이고는 중당대의 문인으로, 자는 습지(習之)이다. 진사에 급제한 후 처음에 교서랑(校書郞)에 임명되었으며, 국자박사(國子博士) 사관수찬(史館修撰) 등을 지냈다. 성격이 강직하고 직언을 서슴지 않아 오래도록 중임되지 못하다가 후에 고공원외랑(考功員外郞)에 제수되었고 중서사인(中書舍人), 정주자사(鄭州刺史), 계주자사(桂州刺史), 산남도절도사(山南道節度使)를 역임하였다.

2 [원주] '동산'은 앞의 '사부' 주에 보인다.[5](東山, 見上謝傅注)
東山(동산) : 은거지를 상징한다.

4) 嶺南道(영남도) : 원주에는 '南道(남도)'로 되어 있는데, 문의에 따라 바로 잡았다.
5) 온정균의 시 023. 〈진국공 배도의 수풀 연못에 쓰다(題裴晉公林池)〉에 보인다.

3 良籌(양주) : 뛰어난 책략이나 의론.

4 書直事(서직사) : 올바른 사실을 기록하다. 사관수찬으로 있으며 직필하였던 것을 가리킨다.

5 [원주] 〈서도부〉에 "옥 계단과 붉은 뜰"이라 하였다. ≪신당서・백관지≫에 "기거사인은 좌우로 나누어 서 있다가 촛불을 들고 재상을 따라 궁궐로 들어간다. 의장행렬이 궁의 내전으로 들어가면 향을 궁궐에 배치하고 두 번째 계단에서 머물며 먹을 갈아 붓에 적셔놓고 대기처로 나아가니, 당시에 '이두'라 불렀다."라 하였다.(西都賦, 玉階彤庭. 新唐書百官志, 起居舍人分侍左右, 秉燭隨宰相入殿. 若仗入紫宸內閣, 夾香按分殿下, 直第二螭首, 和墨濡筆, 皆卽坳處,[6] 時號螭頭)

玉階(옥계) : 궁궐의 옥 계단. 여기서는 궁궐을 통칭한다.

螭頭(이두) : 본래는 궁궐의 난간이나 계단에 장식한 용머리 모양의 돌을 의미하나, 여기서는 기거사인의 직책을 가리키는 말로 사용되었다. 당대에는 중서성 아래에 기거랑(起居郞)과 기거사인(起居舍人)이 있어 각각 황제의 행동과 말을 기록하는 임무를 담당하였다.

6 [원주] ≪십도지≫ "연주의 계양에 계령이 있다."의 주에 "산마루에 계수나무가 있어 계령이라 이름붙인 것이다."라 하였다. ≪고금주≫에 "주공이 표범꼬리로 장식한 수레를 만들었으니, 대부에게 표범의 털이 변하는 것 같은 뜻이 있음을 상징하였다. 옛날 군대에서 이것을 달았으니, 수레와 가마에 다는 것은 요즘이다."라 하였다.(十道志, 連州桂陽有桂嶺, 注, 嶺有桂, 因名之. 古今注, 周公作豹尾車, 象大夫有豹變之志. 古軍正[7]立之, 乘輿得立今)

遙將(요장) : 아득히 멀리 나아가다.

豹眉(표미) : 표미거(豹尾車). 표범의 꼬리를 달아 장식한 수레.

7 [원주] ≪초사≫[8]에 "슬프도다, 몰래 스스로를 가련히 여긴다네."라 하였고, ≪전한서음의≫에 "장안 동곽의 성 북쪽 첫 번째 문"이라 하였다.(楚辭, 惆悵兮私自憐. 前漢書音義, 長安東郭城北頭第一門)

惆悵(추창) : 슬퍼 탄식하는 모양.

【해설】

이 시는 정주자사(鄭州刺史)로 있다가 계주자사(桂州刺史)로 이임하는 이고(李翺)를 전송하며 쓴 것으로, ≪구당서(舊唐書)・이고전(李翺傳)≫의 기록에 근거하면 대략 대화(大和) 5년(831) 경에 쓴 것으로 여겨진다.

시에서는 크게 두 부분으로 나누어 그의 품성에 대한 칭송과 이별의 아쉬움을 나타내고 있다. 먼저 제1~2구에서는 이고가 은거생활에서 벗어나 관직생활을 시작하게 된 이유가 개인의 영화나 영달의 추구가 아닌, 뛰어난 계책을 통해 국가에 봉사하기 위해서였음을 말하고 있다. 다음 제3~4구에서는 관직생활을 하며 직언과 직필을 서슴지 않았던 그의 강직한 품성을 언급하며, 주변 사람들의 칭송의 말로 자신의 추숭을 대신하고 있다. 다음 제5~6구에서는 이고가 계주로 떠나가는 상황을 직접적으로 묘사하고 있다. 마지막 제7~8구에서는 '오두막집[貧居]'을 통해 홀로 남은 자신의 초라하고 쓸쓸한 모습을 비유적으로 나타내고, 아울러 뜰 가득 자라는 '봄풀[春草]'을 통해 갈수록 커져만 가는 자신의 그리움을 형상화하고 있다.

6) 坳處(요처) : 원주에는 '動處(동처)'로 되어 있는데, ≪신당서≫에 의거하여 바로 잡았다.
7) 古軍正(고군정) : 원주에는 '右軍賦(우군부)'로 되어 있는데, ≪유설(類說)≫에 의거하여 바로 잡았다.
8) 여기서는 ≪초사≫ 가운데 송옥(宋玉)의 〈구변(九辯)〉을 가리킨다.

035

寒食內宴詩二首[1]

한식날 궁궐 연회시 두 수 1

朝光瑞氣滿宮樓,	아침 햇빛에 상서로운 기운은 궁궐 누각에 가득하고
彩仗魚龍四面稠.[2]	어룡 그려진 화려한 깃발은 사면 가득 빽빽하네.
廊下御廚分冷食,[3]	행랑 아래로 궁궐 주방에선 차가운 음식 내어오고
殿前香騎逐飛毬.[4]	어전 앞 궁녀의 말은 나는 공을 쫓아가네.
千官盡醉猶教坐,	백관들 모두 취했으나 여전히 자리에 앉게 하고
百戲皆呈亦未休.[5]	온갖 놀이들 다 나왔어도 끝날 줄을 모른다네.
共起拜恩侵夜出,[6]	모두 일어나 황제의 은혜에 감사하고 한밤중에 나오니
金吾不敢問行由.[7]	금위병도 감히 오가는 이유를 묻지 못한다네.

【주석】

1 이 시는 ≪전당시≫에 〈한식날 궁궐 연회 두 수(寒食內宴二首)〉라는 제목으로 실려 있다.
[원주] ≪형초세시기≫에 "동지에서 105일째 되는 날은 바람이 거세고 비가 많이 내리니, 한식이라 이른다."라 하였다.(荊楚歲時記, 去冬節一百五日卽有疾風甚雨, 謂之寒食)

2 [원주] 포조의 〈무성부〉 "어룡과 작마[9]의 놀이"의 주에 "어룡과 작마에 모두 장식을 하여 놀이로 삼았다"라 하였다.(鮑明遠, 蕪城賦, 魚龍爵馬之玩. 注, 魚龍爵馬皆假爲飾, 以爲玩樂)
彩仗(채장) : 화려하게 장식된 깃발. ≪전당시≫에는 '채독(彩纛)'으로 되어 있으며 뜻은 같다. '독(纛)'은 털로 장식한 장식물, 또는 군대용이나 의장용으로 사용되는 큰 깃발을 말한다.

어룡(魚龍) 문양의 연적

9) 작마(爵馬) : '작마(雀馬)'와 통하며, 어룡(魚龍)과 마찬가지로 고대의 잡희에 사용되었던 도구이다.

魚龍(어룡) : 물고기와 용으로 변할 수 있는 스라소니[猞猁] 모양의 모형. 고대의 잡희(雜戱)에 사용되었던 도구로, 잡희의 이름을 가리키는 말로도 사용된다.

稠(조) : 빽빽하다. 깃발이 사면 가득 꽂혀 있는 것을 말한 것이다.

3 [원주] 육홰의 〈업중기〉에 "병주의 풍속에 동지 후 105일째에 개자추를 위해 화식을 끊고 사흘간 차가운 음식을 먹으며 말린 쌀가루 죽을 만드는데, 지금의 미숫가루이다."라 하였다.(陸翽, 鄴中記, 幷州俗, 冬至後一百五日爲介子推斷火, 冷食三日, 作乾粥, 卽今之糗也)

4 [원주] ≪초학기≫의 "한식날 공을 치다" 주에 보인다.(見初學記, 寒食打球注)

香騎(향기) : 향기로운 말. 즉 궁녀가 타고 있는 말을 가리킨다.

〈당명황타구도(唐明皇打球圖)〉
– 송대(宋代), 중국역사박물관 소장

逐飛毬(축비구) : 날아다니는 공을 쫓아가다. 궁궐 뜰에서 타구놀이를 하는 것을 말한다. 타구(打球)는 본래 군영(軍營)에서 유래한 것으로, 두 패로 나누어 말을 타고 끝이 반월형으로 된 수 척의 긴 장대를 들고 공을 쳐 상대의 문으로 넣는 경기이다. 오늘날 서양의 폴로(polo)와 유사하다.

5 [원주] '미방휴'라 하기도 한다. ≪수서·예의지≫에 "처음에 북제 무평(570~576) 연간에 어룡, 크고 긴 짐승, 배우, 난쟁이, 산 수레, 큰 코끼리, 우물파기, 오이심기, 말죽이기, 나귀 벗기기 등 기이하고 이상한 것들이 있었는데, 온갖 사물들이 있는 까닭에 '백희'라고 이름 불렀다."라 하였다.(一作未放休. 隋書禮儀志, 始, 齊武平中, 有魚龍[10], 漫衍,[11] 俳優, 侏儒, 山車,[12] 巨象, 拔井,[13] 種瓜,[14] 殺馬,

10) 魚龍(어룡) : ≪한서(漢書)·서역전찬(西域傳贊)≫의 안사고(顔師古) 주에 "어룡은 스라소니 짐승이다. 먼저 뜰에서 공연을 하는데, 끝나면 이내 궁전 앞 연못에 들어가 비목어로 변하고, 튀어 오르며 물을 뿜어 안개를 만들어 해를 가린다. 끝나면 8장의 누런 용으로 변화하여 물에서 나와 뜰에서 공연을 하는데, 햇빛에 비쳐 번쩍인다.(魚龍者, 爲舍利之獸, 先戱於庭極, 畢乃入殿前激水, 化成比目魚, 跳躍漱水, 作霧障日. 畢, 化成黃龍八丈, 出水敖戱於庭, 炫燿日光)"라 하였으니, 어룡은 마술과 같은 공연을 하기 위해 기예인이 만든 도구임을 알 수 있다.

11) 漫衍(만연) : ≪한서(漢書)·서역전찬(西域傳贊)≫의 안사고(顔師古) 주에 "만연(漫衍)은 즉 장형의 〈서경부〉에서 말한 '커다란 짐승이 80장이다'는 것으로, 만연(漫延)이라고 한다.(漫衍者, 卽張衡西京賦所云, 巨獸百尋, 是爲漫延者也)"라 하였으니, 커다란 용이나 뱀 모양의 도구를 통해 마술을 연출하는 것을 말한다.

12) 山車(산거) : 고대 전설에 제왕에게 덕이 있고 천하가 태평하면 나타난다고 하는 상서로운 수레. ≪태평어람(太平御覽)≫ 권773에 인용된 ≪효경원신계(孝經援神契)≫에 "순임금의 덕이 산릉에 가득하니, 산 수레가 나왔다.(虞舜德盛於山陵, 故山車出)"라는 말이 있다.

13) 拔井(발정) : 원주에는 '祓井(불정)'으로 되어 있는데, ≪수서(隋書)≫, ≪악서(樂書)≫, ≪통전(通典)≫, ≪문헌통고(文獻通

剝驢等奇怪異端. 百有餘物, 謂名爲百戲)

亦未休(역미휴) : 또한 그치지 않다. 연회가 끝나지 않은 것을 말한다. ≪전당시≫에는 '미방휴(未放休)'로 되어 있으며, '아직 그치지 않다'의 뜻이다.

6 拜恩(배은) : 황제의 은혜에 감사하여 절하다. '사은숙배(謝恩肅拜)'의 뜻이다.

侵夜(침야) : 깊은 밤. '심야(深夜)'와 같다.

7 [원주] ≪통전≫ "진나라에 중위가 있어 도성의 순찰을 관장하였다."의 주에 "여순이 말하기를, 이른바 '돌아다니며 순찰한다[遊徼]'는 것은 샅샅이 순찰하며 길의 통행을 금지하는 것이니 도적을 막기 위함인 것이다."라 하였다. 안사고(顔師古)는 말하기를, "순찰한다는 것은 빙 둘러서 막는 것을 말하며, 음은 '공(工)'과 '조(釣)'의 반절이다."라 하였다. 또한 "한 무제 태초 원년(기원전 104)에 집금오로 이름을 바꾸었다"의 주에 "응소(應劭)가 말하기를, '집'은 막는다는 것으로, 무장을 하고 비상시를 방어한다는 것이다."라 하였다. 안사고는 "금오는 새의 이름으로, 불길함을 막는다. 천자가 길을 나설 때 앞에서 인도하면서 비상시를 대비하므로 이 새의 모양을 들고 있으며 이 때문에 관직명이 되었다."라 하였다. 최표의 ≪고금주≫에 "금오는 수레바퀴의 축이다. 한대 '집금오'의 금오 또한 몽둥이로, 구리로 만들어 양 끝을 황금으로 칠하였으니 이것을 금오라 불렀다. 어사대부와 사예교위들도 이것을 들었다"라 하였고, ≪서청시화≫에 "장적의 〈한식날 궁궐 연회〉 시에서 …라 하였으니, 당대 청명절에도 백관들에게 잔치를 베풀었고 모두 차가운 음식을 먹었음을 알 수 있다. 또한 잔치가 벌어지면 밤이 되어서야 끝난 것이 보인다. 당인들은 대부분 영화로웠던 옛 일을 말하기 좋아하였으니, 이 시가 그것이다."라 하였다.(通典, 秦有中尉, 掌徼循京師. 注, 如淳曰, 所謂遊徼, 徼淸循禁,[15] 備盜賊也. 師古曰, 徼謂遮繞, 音工釣切. 漢武帝太初元年, 改名執金吾. 注, 應邵曰, 執者, 禦也, 掌執金革以禦非常. 師古曰, 金吾, 鳥名也, 主辟不祥. 天子出, 職主先導以備非常, 故執此鳥之象, 因以名官. 崔豹古今注, 金吾, 車輻棒也. 漢朝執金吾, 金吾亦棒也, 以銅爲之, 黃金塗兩頭, 謂之金吾. 御史大夫, 司隷校尉亦執焉. 西淸詩話, 張籍寒食內宴詩云云. 乃知唐淸明亦宴百官, 皆冷食. 又見宴設有至夜而罷者. 唐人多喜言榮遇古事, 此詩是已)

金吾(금오) : 집금오(執金吾)의 뜻으로, 궁궐의 경비와 호위를 맡았다.

行由(행유) : 돌아다니는 이유. '행래(行來)'로 되어 있는 판본도 있는데, 이 경우에는 '오고 가다'는 뜻이다.

【해설】

이 시는 한식날 황제가 베푸는 궁궐 연회에 참가하여 쓴 것으로, 총2수 중 첫 번째 수이다. 각 구는 연회가 진행되는 시간적인 순서에 따라 서술되고 있는데, 제1~2구에서는 연회가 벌어지는 시간과 장소를 제시하고 상서로운 기운과 화려한 깃발 등을 통해 황제의 권위를 높이고 있다. 다음 4구에서는 연회의 상황을 구체적으로 묘사하고 있는데, 제3~4구에서는 차가운 음식과 타구놀이

考)≫ 등 다른 판본에 의거하여 바로 잡았다. ≪안씨가훈(顔氏家訓)·귀심(歸心)≫에 "세상에 마술사와 여러 마술들이 있어, 불을 밟고 칼날 위를 걸을 수 있으며 오이를 심고 우물을 옮기는데 순식간에 여러 가지로 변화한다.(世有祝師及諸幻術, 猶能履火蹈刃, 種瓜移井, 倏忽之間, 十變五化)"라 하였으니, 우물을 사라지거나 나타나게 하는 마술의 일종이었던 것으로 여겨진다.

14) 種瓜(종과) : 오이씨를 심어 그 자리에서 싹이 나고 잎이 나서 열매를 맺게 하는 마술의 일종이다.

15) 循禁(순금) : 원주에는 '循(순)'자가 빠져 있는데, ≪통전(通典)≫에 의거하여 보충하였다.

를 통해 한식날과 궁궐의 연회를 특징적으로 나타내고, 제5~6구에서는 모두가 취하고 모든 놀이가 다하도록 끝이 나지 않는 상황으로써 연회의 성대함을 나타내고 있다. 마지막 제7~8구에서는 깊은 밤이 되어서야 연회가 파하고 궁궐을 나서는 모습이 나타나 있는데, 황제의 은혜에 대해 감사를 표시하고 궁궐의 금위병조차 감히 자신에게 어찌하지 못하는 모습을 통해 자신에 대한 황제의 총애를 은근히 과시하고 있다.

036

其二

한식날 궁궐 연회시 두 수 2

城闕沉沉向曉寒,1	깊은 궁궐은 새벽이 되어 차가운데
恩當冷節賜餘歡.2	성은은 한식을 맞아 넉넉한 즐거움을 하사하셨네.
瑞雲深處開三殿,3	상서로운 구름 깊은 곳에 삼전(三殿)을 열어
春雨微時引百官.	봄비 흩날릴 때 백관을 들이셨네.
寶樹樓前分繡幕,4	누각 앞 진귀한 나무는 수놓은 휘장을 나누고
彩花廊下映朱欄.5	행랑 아래 화려한 꽃은 붉은 난간을 비추네.
宮筵戲樂年年別,	궁궐 연회의 즐거움은 해마다 다르니
已得三回對御看.6	이미 세 차례나 황제를 뵈었다네.

【주석】

1 [원주] ≪전한서・진승전≫ 주에 "'침침'은 궁궐이 깊고 아득한 모양이다."라 하였다.(前漢書陳勝傳, 注, 沉沉, 宮闕深邃之貌)
向曉(향효) : 새벽을 향하다. 새벽이 밝아오는 것을 말한다.

2 [원주] 두보의 시[16] "몇 년이나 숙식을 만났던가?"의 보주에 "숙식이라는 것은 즉 한식절을 말한다. 진나라 사람들은 한식날을 숙식날이라 하였으니, 연기와 불을 내지 않고 미숫가루로 익힌 음식을 만들어 이 날을 지내는 것을 말한 것이다. 제나라 사람들은 '냉절'이라 하고 또 '금연'이라고도 한다."라 하였다.(詩史, 幾年逢熟食, 補注, 曰熟食, 卽曰寒食節也. 秦人以寒食日爲熟食日, 言其不動烟火, 糗辨熟食物過節也. 齊人呼冷節, 又云禁烟)

當(당) : ~할 때를 만나다.
冷節(냉절) : 차가운 절기, 즉 한식날을 가리킨다. ≪전당시≫에는 '영절(令節)'로 되어 있으며, '좋은 명절'이라는 뜻이다.

16) 이 시의 제목은 〈숙식일에 종문과 종무에게 보이다(熟食日示宗文宗武)〉이다.

餘歡(여환) : 넉넉한 즐거움. 황제가 연회를 베풀어 준 것을 가리킨다.

대명궁(大明宮) 인덕전(麟德殿)

3 [원주] 두보의 시[17] "조서가 삼전에서 나왔네."의 조주에 "인덕전, 서랑, 동랑을 삼전이라 한다."라 하였다.(詩史, 詔從三殿出. 趙注云, 麟德, 西廊, 東廊謂之三殿)
瑞雲(서운) : 상서로운 구름. ≪전당시≫에는 '서연(瑞煙)'으로 되어 있으며, '상서로운 연기'라는 뜻이다. 한식날은 동지(冬至)가 지나 105일째 되는 날로, 주로 청명절과 같은 날이거나 다음날이 된다. 고대 중국에서는 청명절 이삼일 전부터 한식날까지 사흘간 화식(火食)을 금하고, 청명절에 버드나무와 느릅나무에 새로 불을 지펴 사용하였다. 다음 구의 '춘우(春雨)'가 비가 많이 내리는 청명절의 특징을 나타낸 것으로 본다면, 불을 피우는 연기를 의미하는 '서연(瑞煙)'으로 보는 것도 좋을 듯하다.
深處(심처) : 깊은 곳. '입처(入處)'로 되어 있는 판본도 있는데, 이를 따르면 '들어가는 곳'으로 해석된다.
三殿(삼전) : 인덕전(麟德殿)을 가리킨다. 당의 궁궐인 대명궁(大明宮)의 가장 대표적인 전각으로, 황제가 주관하는 각종 행사와 의례가 치러졌던 곳이다. '삼전'이라는 명칭은 원주에서 말한 것처럼 인덕전에 동서의 회랑이 연결되어 있어 유래한 것이라 하기도 하고, 인덕전 자체가 전전(前殿), 중전(中殿), 후전(後殿)의 세 전각이 하나로 연결되어 이루어졌기 때문이라고도 한다.
4 繡幕(수막) : 수놓은 휘장. '취막(翠幙)'으로 되어 있는 판본도 있는데, 이를 따르면 '비취색 휘장'으로 해석된다.
5 朱欄(주란) : 붉은 난간. ≪전당시≫에는 '화란(華欄)'으로 되어 있으며, '화려한 난간'이라는 뜻이다.
6 回(회) : 횟수, 차례. '회(迴)'로 되어 있는 판본도 있는데 뜻은 같다.
對御看(대어간) : 황제를 대하여 뵙다. 자신이 한식날 궁궐 연회에 세 차례 참가했음을 말한 것이다.

【해설】

앞 시에 이어 한식날 황제가 베푸는 궁궐 연회에 참가하여 쓴 것으로, 총2수 중 두 번째 수이다. 앞 시에서는 주로 연회의 상황과 광경의 묘사가 중심이 되었던 것에 비해, 이 시에서는 연회가 열리게 된 과정과 이에 대한 자신의 감회가 나타나 있다. 제1~2구에서는 새벽의 차가운 날씨에 황제의 따뜻한 성은이 내렸음을 말하고, 이어 제3~4구에서 궁궐로 신하들을 불러 연회를 베푼 것으로 성은의 구체적인 내용을 밝히고 있다. 아울러 봄비가 내리는 상황을 배경으로 제시하며 비가 자주 오는 한식날의 특징을 사실적으로 나타내고 있다. 다음 제5~6구에서는 아름다운 휘장이 드리워진 누각 앞에 심어진 진귀한 나무들과 붉은 난간 아래에 피어 있는 화사한 화초를 묘사하며 궁궐의 위엄과 아름다움을 함께 부각시키고 있다. 마지막 제7~8구에서는 비록 한식날마다 열리는 궁궐 연회이지만 매년마다 다르고 특별함을 이야기하고, 이어 이러한 연회에 이미 세 번이나 참석했다는 말을 함으로써 자신이 오랫동안 황제의 총애를 받고 있음을 과시하고 있다.

17) 이 시의 제목은 〈비문을 새기려 남해로 떠나는 한림의 장사마를 전송하며(送翰林張司馬南海勒碑)〉이다.

037

送江西院劇侍御[1]

강서로 원극시어를 전송하며

共許當年有才略,[2]	당시에 서로 재략이 있다 인정하였으니
從前徵檄已紛紛.[3]	예전에 병사를 모으는 격문이 분분했었지.
軍功早向山東見,[4]	군대에서의 공적은 일찍부터 산동에 드러나고
吏事多爲闕下聞.[5]	관직에서의 업적은 대궐에까지 들렸다네.
秋夜楚江船上月,	가을 밤 초강의 배 위로 달 떠오르고
晴天廬岳寺中雲.[6]	맑은 날 여산의 절 사이로 구름 피어나리.
舊來此處經過熟,	옛날에 이곳으로 오며 지나갔던 길 익숙하니
今日南行更羡君.	오늘의 남행길에 더욱 그대를 부러워한다네.

【주석】

1 이 시는 ≪전당시≫에 수록되어 있지 않다.
[원주] ≪천하주부도≫에 "강남서로에 홍주가 있다."라 하였다.(天下州府圖, 江南西路有洪州)
院劇侍御(원극시어) : 누구인지 분명하지 않다.

2 共許(공허) : 함께 허락하다. 재략을 서로 인정하였음을 말한다.

3 [원주] ≪동관한기≫에 "모의는 어려서 집안이 가난하였는데 효행으로 이름이 높았다. 남양의 장봉이 그 명성을 흠모하여 찾아가 그를 만났다. 자리에 앉았을 때 마침 부에서 격문이 도착했는데, 모의를 여강현령으로 삼는 것이었다. 모의는 격문을 받들어 집으로 들어갔는데, 기쁨이 얼굴에 가득하였다. 장봉이 이를 보고 천박하다 여기고는 곧바로 작별하고 떠나가 버렸다. 후에 모친이 죽자 모의는 관직에서 물러나 상을 치렀으며, 여러 번 현령직에 임명되었으나 현자를 추천하고 나아가지 않았다. 공무로 그를 여러 번 불렀으나 모두 응하지 않았으니, 장봉이 이를 듣고는 탄식하며 말하기를, '현자로다! 지난날 기뻐하였던 것이 부모 때문에 몸을 굽혀 관직에 들어간 것이었음을 헤아리지 못하였구나.'라고 하였다."라 하였다. ≪전한서·고제기≫ "나는 깃털 단 격문으로 천하의 병사를 모았다."의 주에 "격문은 목간에 글을 쓴 것으로, 길이는 1척 2촌이며 병사를 불러 모으는데 사용한다."

라 하였다.(東觀漢記, 毛義少時家貧, 以孝行得稱. 南陽張奉慕其名, 往候之. 坐定而府中檄適至, 以義盧江令, 義奉檄而入舍, 喜動顔色. 張奉見而薄之, 固辭去. 後母喪, 去官行服, 數辟縣令, 擧賢乃止. 公事數徵之, 皆不應, 奉聞之歎曰, 賢者, 不測往日之喜乃爲親屈居祿. 前漢高紀, 吾以羽檄徵天下兵, 注, 檄者, 以木簡爲書, 長尺二寸, 用徵召也)

徵檄(징격) : 군사를 불러 모으는 격문.

4 [원주] ≪한서・이광전≫에 "군공으로 제후가 된 자가 수십 명이었다."라 하였다.(漢書李廣傳, 以軍功取侯者數十人)

5 [원주] ≪전한서・소하전≫에 "고조가 포의로 있을 때, 여러 해 동안 이사로서 고조를 보좌하였다."라 하였다.(前漢蕭何傳, 高祖爲布衣時, 數年以吏事護高祖)

6 [원주] ≪십도지≫에 "강주의 여산은 일명 광산이라 한다. 주 무왕 때 광속선생이 있었는데, 자는 '계'였다. 형제 일곱 명이 도술을 할 수 있었는데, 이 산에 오두막을 짓고 살았다. 신선이 되어 떠난 후에 빈집이 여전히 남아 있어 이와 같이 이름을 붙였다."라 하였다.(十道志云, 江州廬山, 一名匡山. 周武王時有匡俗先生, 字季, 兄弟七人有道術, 結廬於此山, 仙去後, 空廬尙存, 故名之)

【해설】

이 시는 강서(江西)로 부임하는 원극시어(院劇侍御)를 전송하며 쓴 것이다.

시에서는 시간과 공간을 넘나들며 원극시어와의 교유상황과 그의 뛰어난 능력에 대해 말하고, 떠나가는 길에 대한 상상과 자신의 감회를 서술하고 있다. 먼저 제1~2구에서는 원극시어와 교유했던 과거를 회상하며, 서로가 뛰어난 재략을 지니고서 병란이 그치지 않던 당시의 현실에 적극적으로 참여했었음을 말하고, 이어 제3~4구에서는 문관과 무관의 양방면에 걸친 그의 공적과 업적을 칭송하고 있다. 다음 제5~6구는 원극시어가 떠나갈 강서길을 상상한 것으로, 낮과 밤, 강과 산, 하늘과 땅의 대비를 통해 강서의 아름다운 자연경관을 세밀하고 특징적으로 묘사하고 있다. 마지막 제7~8구에서는 자신 또한 강서의 경관에 친숙함을 이야기하며, 곧 그곳에 이르게 될 원극시어를 부러워하고 있다.

원극시어의 사적을 알 수 없는 까닭에 시에서 나타난 그의 강서행이 어떠한 성격인지 분명하지 않다. 이는 이것의 성격에 따라 시의 의미가 다르게 해석될 수 있다는 것으로, 만약 이것이 황제의 특임이나 영전의 성격이라 한다면, 시의 표면에 드러나 있는 것처럼 그에 대한 축원과 흠모를 나타낸 것이라 볼 수 있다. 그러나 만약 이것이 좌천의 성격이라 한다면, 떠나는 곳이 비록 먼 외지이지만 아름다운 풍광이 있으며, 친구인 자신에게도 친숙한 지역이라는 긍정적인 면을 부각시킴으로써 위안의 뜻을 나타낸 것이라 볼 수 있다.

038

寄蘇州白使君[1]

소주의 백사군에게 부침

三朝出入紫微臣,2	세 조대를 드나들던 중서성의 신하였건만
頭白金章未在身.3	머리 세도록 재상의 지위에 오르지 못하였네.
登第早年同座主,4	과거에 급제하던 옛날에는 시험관이 같더니
題書今日是州人.5	편지를 쓰는 지금은 이 고을 사람이 되었구려.
昌門柳色煙中遠,6	창문(昌門)의 버들색이 안개 속에 아득할 때
茂苑鶯聲雨後新.7	무원(茂苑)의 꾀꼬리 소리는 비 온 후에 새롭다네.
此處吟詩向山寺,8	나는 이곳에서 시 읊조리며 한산사를 향하는데
知君忘卻曲江春.9	그대는 곡강지의 봄을 잊어버렸음을 알겠구려.

【주석】

1 이 시는 ≪전당시≫에 〈소주자사 백 이십이에게 부침(寄蘇州白二十二使君)〉이라는 제목으로 실려 있다.

[원주] 위의 '백사인' 주에 보인다.[18](見上白舍人注)

白使君(백사군) : 백거이(白居易)를 가리킨다. '사군(使君)'은 지방장관의 존칭으로, 당시 백거이가 소주자사(蘇州刺史)로 있었기 때문에 이와 같이 불렀다.

2 [원주] 위의 '자미성동' 주에 보인다.[19](見上紫微星動注)

三朝(삼조) : 세 조대. 백거이는 헌종(憲宗), 목종(穆宗), 경종(敬宗)의 세 조대를 섬겼다.

紫微臣(자미신) : 중서성의 관원을 통칭한다. 당 개원(開元) 원년에 하늘의 자미원(紫微垣)을 본떠 중서성(中書省)을 자미성(紫微省)으로 바꾸고 중서령(中書令)을 자미령(紫微令)으로, 중서사인(中書舍人)을 자미사인(紫微舍人)으로 바꾸었다. 백거이는 헌종 원화(元和) 연간에 중서사인(中書舍人)

18) 유우석의 시 002. 〈중서사인 백거이가 새로 지은 시를 보냈는데 일찍 머리가 세고 자식이 없는 것을 탄식하므로 내가 이 시를 줌(白舍人寄新詩, 有歎早白無兒, 因以贈之)〉에 보인다.

19) 온정균의 시 026. 〈이중서사인에게 띄움(投中書李舍人)〉에 보인다.

을 지냈다.

3 [원주] ≪수서·예의지≫에 "이품 이상은 모두 금도장과 자색 인끈이며, 삼품은 은도장과 청색 인끈이다."라 하였다.(隋書禮儀志, 二品已上並金章紫綬, 三品銀章靑綬)

金章(금장) : 재상이나 장군이 차는 인장. 여기서는 재상의 지위를 가리킨다.

未在身(미재신) : (금도장이) 몸에 있지 않다. 재상의 지위에 오르지 못한 것을 의미한다.

4 [원주] ≪당휘행록≫에 "장적은 정원 15년(799)에 진사에 뽑혔다."라 하였다. ≪당서·백거이전≫에 "정원 14년(798)에 처음으로 진사과에 응시하였으며, 예부시랑 고영이 갑과로 발탁하였다."라 하였다. ≪당척언≫에 "담당 관원을 좌주라 부른다."라 하였다.(唐諱行錄, 籍貞元十五年擢進士第也. 唐書白居易傳, 貞元十四年, 始以進士就試. 禮部侍郞高郢下擢升甲科. 摭言, 有司之謂座主)

同座主(동좌주) : 시험관을 같이 하다. 장적과 백거이 모두 고영(高郢)이 예부시랑으로 있을 때 진사과를 통해 발탁된 사람이었다.

5 [원주] 한유는 "오군의 장적"이라 하였고, ≪통전≫에 "오군은 지금의 소주이다."라 하였다.(韓公云, 吳郡張籍. 通典, 吳郡, 今蘇州)

題書(제서) : 편지를 쓰다. ≪전당시≫에는 '제시(題詩)'로 되어 있으며 '시를 쓰다'라는 뜻이다.

是州人(시주인) : 이 고을 사람. 즉 소주(蘇州)를 가리킨다. 당시 백거이가 소주자사로 있었기 때문이기도 하지만, 장적이 또한 소주 사람이었던 까닭에 이와 같이 표현한 것으로 여겨진다. '시(是)'가 '이(異)'로 되어 있는 판본도 있는데, 이 경우 '서로 헤어져 다른 곳에 있다'는 뜻으로 해석된다.

6 [원주] 〈오추행〉[20] "오 땅에 기원이 있나니, 창문으로 나가보세."의 주에 "오왕 합려가 창문을 세웠는데, 하늘의 창합문을 본떴다."라 하였다.(吳趨行, 吳趨自有始,[21] 請從昌門起. 注, 吳王闔廬立昌門, 象天閶闔門)

昌門(창문) : 지금의 소주고성(蘇州古城)의 서문으로, 호구 쪽으로 통해있다. ≪전당시≫에는 '창문(閶門)'으로 되어 있다.

7 [원주] ≪십도지·회남도양주≫ "무원"의 주에 "오왕이 만들었다."라 하였다. 〈오도부〉[22]에 "기다란 모래톱이 있는 무원을 차고 있네."라 하였다.(十道志淮南道揚州,[23] 茂苑, 注, 吳王所作. 吳都賦, 佩長洲之茂苑)

茂苑(무원) : 원주에서는 소주에 있는 무원, 즉 장주원(長洲苑)으로 설명하고 있으나, 소주와 장안을 비교한 것으로 보아 한 무제의 능인 무릉(茂陵)을 가리키는 것으로 보는 것이 좋을 듯하다. 무릉은 장안 서북쪽 흥평현(興平縣)에 있다.

8 此處(차처) : 이 곳. 장적이 있는 장안을 가리킨다.

山寺(산사) : 한산사(寒山寺)를 뜻하며, 백거이가 있는 소주를 가리킨다.

9 [원주] ≪서경잡기≫에 "주작가 동쪽 제5가, 황성의 제3가에 있는 승도방의 용화니사 남쪽에 굽이져

20) 오추행(吳趨行) : 서진(西晉) 육기(陸機)의 악부시로, 오 땅의 풍광과 역사를 노래한 것이다. '오추(吳趨)'는 '오지(吳地)'의 뜻이다.

21) 有始(유시) : '有史(유사)'로 되어 있는 판본도 있다.

22) 오도부(吳都賦) : 서진(西晉) 좌사(左思)의 부로, 중간에 "높다란 고소대를 만드니, 멀리 사면을 바라보며 우뚝 솟아 있도다. 아침저녁으로 바뀌는 준지를 두르고, 기다란 모래톱이 있는 무원을 차고 있네.(造姑蘇之高臺, 臨四遠而特建. 帶朝夕之濬池, 佩長洲之茂苑)"라는 말이 있다.

23) 揚州(양주) : 원주에는 '楊州(양주)'로 되어 있어 바로 잡았다.

흐르는 물이 있는데 이를 곡강이라 부른다."라 하였다. ≪송창록≫에 "곡강지는 본디 진나라 때의 기주로, 당 개원 연간에 파서 물을 끌어들여 빼어난 경관을 만들었다. 남쪽에는 자운루와 부용원이 있으며, 북쪽에는 행원과 자은사가 있다. 꽃과 초목이 주위에 둘러 있고 안개에 싸인 물이 밝고 아름다워 도성 사람들이 즐기고 감상하는 것이 중화 연간에 가장 성행하였다. 상사절에는 황제가 산의 정자에 신료들을 모아 잔치를 베풀고 태상과 교방의 음악을 내려주었다. 연못에는 화려한 배가 준비되어 있었고 오직 재상과 삼사, 북성관, 한림학사만이 탈 수 있었으니, 온 도성 사람들이 대단한 볼거리로 삼았다."라 하였다.(西京雜記, 朱雀街, 東第五街, 皇城之第三街, 昇道坊, 龍華尼寺[24] 南有流水屈曲, 謂之曲江. 松窗錄, 曲江池[25]本秦時隑洲, 唐開元中疏鑿爲勝境. 南則紫雲樓芙蓉苑,[26] 北則杏園慈恩寺. 花卉周環, 煙水明媚, 都人遊賞盛於中和. 上巳節, 卽賜宴臣寮會于山亭, 賜太常敎坊樂. 池備彩舟, 唯宰相, 三使,[27] 北省官, 翰林學士登焉, 傾動皇州, 以爲盛觀)

曲江(곡강) : 곡강지(曲江池)를 뜻하며, 장적이 있는 장안을 가리킨다.

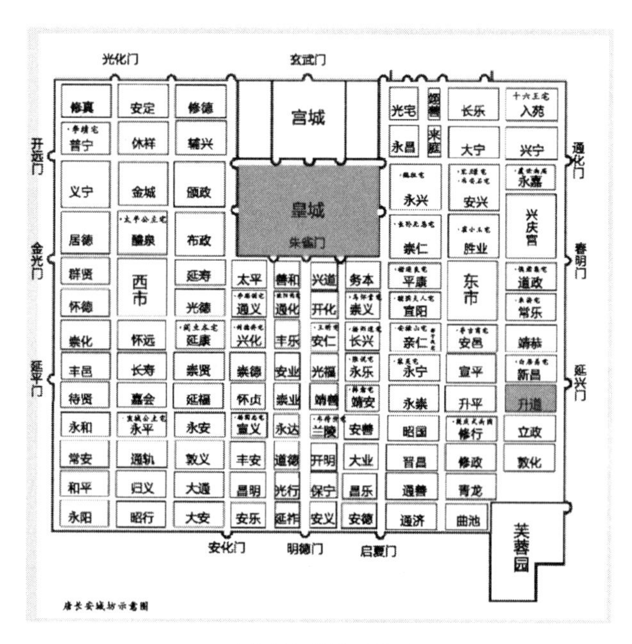

당대장안도(唐代長安圖)

【해설】

이 시는 경종(敬宗) 보력(寶曆) 2년(826), 장적이 장안에서 주객낭중(主客郎中)을 맡고 있을 때 소주자사로 나가 있는 백거이에게 부친 것으로, 헤어져 있는 친구에 대한 그리움과 함께 그의 무심함에

24) 龍華尼寺(용화니사) : 원주에는 '龍華泥寺(용화니사)'로 되어 있는데, ≪서경잡기≫에 의거하여 바로 잡았다.
25) 曲江池(곡강지) : 원주에는 '曲江地(곡강지)'로 되어 있는데, ≪서경잡기≫에 의거하여 바로 잡았다.
26) 芙蓉苑(부용원) : 원주에는 '苑(원)'자가 빠져 있는데, ≪서경잡기≫에 의거하여 추가하였다.
27) 三使(삼사) : 원주에는 '三事(삼사)'로 되어 있는데, ≪서경잡기≫에 의거하여 바로 잡았다.

대한 아쉬움을 나타내고 있다.

시에서는 전반과 후반으로 나누어 시간적 대비와 공간적 대비의 수법을 활용하고 있는데, 이 또한 각 구별로 과거와 현재, 장안과 소주를 각각 교차하여 묘사함으로써 다양한 변화를 주고 있다. 먼저 제1~2구에서는 과거 세 조대를 거치며 조정의 중요한 직책을 맡았지만 정작 재상의 지위에는 오르지 못한 백거이의 현실을 대비시키며 그의 불우한 관직역정에 안타까움을 나타내고 있다. 다음 제3~4구에서는 과거에는 같은 시험관 아래에서 함께 진사가 되었고 현재는 자신의 고향에 수령으로 나가 있는 친구의 상황을 이야기하며 자신과 백거이가 특별한 인연이 있음을 말하고 있다. 다음 제5~6구에서는 각각 소주와 장안의 봄 경관을 구분하여 묘사하면서 버들과 새, 안개와 비와 같이 상호 연관성이 높은 소재들을 나누어 사용함으로써 두 풍경의 일체화를 꾀하고 있으며, 이를 통해 공간적인 단절을 극복하고 있다. 마지막 제7~8구에서는 소주를 향해 시를 읊고 있는 자신의 모습으로 백거이에 대한 그리움을 직접적으로 나타내며, 장안의 기억은 잊은 채 연락도 없는 친구의 무심함에 아쉬움을 드러내고 있다.

039

和度支胡尚書言懷寄楊少尹[1]

호탁지상서가 감회를 적어 양거원에게
부친 것에 화운하여

早年聲價滿關東,[2]	일찍부터 명성은 관동 지역에 자자했고
科藝傳家得素風.[3]	서화의 가풍에서 소박한 기풍을 얻었다네.
正色曾持天憲重,[4]	바른 모습으로 일찍이 황제의 명을 엄히 보존하고
公材更領地官雄.[5]	재상의 자질로 다시 지방 관원들을 훌륭히 이끌었도다.
性懷每寄榮名外,[6]	마음속의 생각은 항상 영화로운 공명 밖에 기탁하더니
居處還移靜里中.[7]	머물러 사는 곳 또한 고요한 마을 속으로 옮기었다네.
猶憶舊山雲水好,[8]	아직도 고향 산의 구름과 물 좋았음을 생각하시니
請歸期與故人同.[9]	돌아가 반드시 친구와 함께 하시기를.

【주석】

1 이 시는 ≪전당시≫에 수록되어 있지 않다.

[원주] ≪당육전≫에 "탁지낭중과 탁지원외랑은 국가의 씀씀이를 헤아리고 조세의 많고 적은 수와 물산을 적절히 늘리고 줄이는 것, 수로와 육로를 편리하게 하는 일을 담당하며, 해마다 그 나갈 바를 헤아리고 필요한 곳에 지출한다."라 하였다.(唐六典, 度支郎中, 員外郎掌支度國用, 租稅多少之數, 物産豐約之宜, 水陸道路之利, 每歲計其所出, 支其所用)

胡尚書(호상서) : 호증(胡證, 758~828)을 가리킨다. 자는 계중(啓中)이며, 하중(河中, 지금의 산서성 영제현(永濟縣)) 사람이다. 진사과에 급제하여 보력(寶曆) 원년(825)에 영남절도사(嶺南節度使)를 지냈다. 서예로 명성이 있었으며, 특히 전서(篆書)에 뛰어났다.

楊少尹(양소윤) : 양거원(楊巨源, 755?~?)을 가리킨다. 자는 경산(景山)이며, 하중(河中, 지금의 산서성 영제현(永濟縣)) 사람이다. 정원(貞元) 5년(789)에 진사가 되었으며, 비서랑(秘書郎), 태상박사(太常博士)를 거쳐 우부원외랑(虞部員外郎)을 지냈다. 봉상소윤(鳳翔少尹)이 되어 나갔다가 돌아와 국자사업(國子司業)에 임명되었으며, 관직에서 물러나 하중소윤(河中少尹)으로 종신토록 녹봉되었다.

2 關東(관동) : 함곡관(函谷關) 동쪽 지역을 가리키는 말로, 지금의 섬서성(陝西省) 동쪽 지역이다.

3 [원주] 부량(傅亮)의 〈위송공수초원왕[28]묘교〉에서 말하기를 "소박한 기풍과 도업은 후세의 모범이

되었다네."라 하였다.(傅季友,[29] 爲宋公修楚元王墓敎, 曰, 素風道業, 作範後昆)
科藝(과예) : 그림이나 서예와 같은 기예.
傳家(전가) : 집안에 전하다. 가풍으로 전해온 것을 말한다.

4 [원주] ≪수서≫에 "유욱이 시어사가 되어 조정에서 위엄을 갖추니 백관들이 공경하고 두려워하였다. 황제가 이를 가상히 여겨 이르기를, '유욱은 바르고 곧은 선비이니 나라의 보물이다.'라고 하였다."라 하였다. ≪환자전론≫ "입에 천헌을 물다."의 주에 "천헌은 제왕의 법령을 말한다."라 하였다.(隋, 柳彧爲侍史, 當朝正色敬憚. 上嘉之曰, 柳彧正直之士, 國之龜寶. 宦者傳論,[30] 口含天憲注, 天憲, 謂帝王法令也)
정색(正色) : 낯빛을 바로하다. 위엄을 갖추는 모습이다.

5 [원주] ≪양서≫에 "왕간은 몇 세 남짓에 풍모와 기품이 탁연히 빼어났다. 당시 그의 아버지 왕검이 재상이었던 까닭에 집에 손님이 많았는데 왕간을 보고 말하기를, '삼공의 재목과 삼공의 명망이 또 여기에 있도다.'라고 하였다."라 하였다. ≪주례·지관≫에 "대사도의 직책은 국가의 토지 지도와 그 백성의 수를 확립하여 국왕이 나라를 잘 다스리도록 보좌하는 일을 담당한다."라 하였다.(梁書,[31] 王暕年數歲而風神聳拔. 時父[32]儉作宰相, 賓客盈門, 見暕曰, 公材公望復在此矣. 周禮地官, 大司徒之職, 掌立邦土地之圖與其人民之數, 以佐王安擾邦國)

6 性懷(성회) : 천성적으로 가슴속에 지니는 생각.

7 靜里(정리) : 고요한 마을. 양거원의 고향인 하중(河中)을 가리킨다.

8 舊山(구산) : 고향의 옛 산. 양거원과 호증의 고향이 같았기 때문에 이와 같이 말한 것이다.

9 期(기) : 기필(期必)하다. 반드시 하다.
故人(고인) : 친구. 양거원을 가리킨다.

【해설】

이 시는 관직에서 물러나 고향에 살고 있는 양거원(楊巨源)에게 탁지상서 호증(胡證)이 부친 시를 보고 장적이 화답한 것이다. 장적의 시에 〈봉상으로 부임하는 양소윤을 전송하며(送楊少尹赴鳳翔)〉가 있는 것으로 보아, 이들 모두가 서로 절친한 사이였던 것으로 여겨진다. 이 시의 마지막 두 구의 말에 비추어 볼 때, 본래 호증이 양거원에게 부친 시에서 고향산천에 대한 회상과 그리움이 나타나 있었으리라 여겨지는데, 이 시는 지금 전하지 않는다. 장적이 화답한 이 시 또한 ≪전당시≫에는 수록되어 있지 않다.

이 시는 비록 호증의 시에 화답한 것이지만 호증의 시가 본래 양거원에게 부친 것이었고 장적 또한 양거원과 절친한 사이였던 까닭에, 많은 부분 양거원에 대한 내용으로 이루어져 있으며 호증에게 화답한 내용은 마지막 두 구에 나타나 있다. 전(前) 6구에서는 과거부터 현재에 이르기까지 양거원의 삶을 세 부분으로 나누어 총괄하고 있다. 먼저 제1~2구에서는 과거 일찍부터 시로써 명성을 얻었던 사실과 서화의 가풍에 영향 받아 본디부터 소박한 기풍을 지니고 있었음을 말하고 있다. 장적과

28) 초원왕(楚元王) : 한 고조 유방(劉邦)의 동생 유교(劉交)이다.
29) 傅季友(부계우) : 원주에는 '友(우)'자가 빠져 있어 추가하였다.
30) 宦者傳論(환자전론) : 원주에는 '傳(전)'자가 빠져 있어 추가하였다.
31) 梁書(양서) : 원주에는 '晉書(진서)'로 되어 있어 바로 잡았다.
32) 父(부) : 원주에는 '祖(조)'로 되어 있어 바로 잡았다.

호증이 각각 시와 서에 능했음을 생각하면, 이는 양거원에 대한 평소 서로의 견해를 말한 것이라 여겨진다. 다음 제3~4구에서는 과거 관직생활을 하던 때의 모습을 각각 중앙과 지방에 있었을 때로 구분하여 칭송하고 있으며, 제5~6구에서는 평소 영예나 공명 따위에 마음을 두지 않다가 퇴임한 후에 마침내 고향으로 돌아가 여생을 보내고 있는 현재의 모습을 말하고 있다. 마지막 제7~8구에서 장적은 호증이 양거원에게 부친 시에서 그가 아직도 고향의 아름다움을 잊지 못하고 있는 것을 보고, 반드시 고향으로 돌아가 친구와 함께 할 수 있기를 축원하고 있다.

040

送李司空赴襄陽1

양양으로 부임하는
이사공을 전송하며

中外兼權社稷臣,2	안팎의 관직을 두루 맡으시는 사직신이여,
千官齊出拜行塵.3	모든 관원들 일제히 나와 떠나는 행렬에 절하는구나.
再調公鼎勳庸盛,4	두 번 삼공을 지내니 공업은 크고
三受兵符寵命新.5	세 번 병부를 받으니 자애로운 황명이 새롭도다.
商路雪開旌旆遠,6	상 땅 길에 눈 걷히어 깃발은 멀고
楚堤梅發驛亭春.	초 땅 제방에 매화 피어 역참에는 봄이 한창이겠지.
襄陽風光猶來好,	양양의 풍광 갈수록 좋아질 터,
重與江山作主人.	다시금 강산과 함께 하며 주인이 되시게나.

【주석】

1 이 시는 ≪전당시≫에 〈양양을 다스리려 부임하는 사공 이이간을 전송하며(送李司空赴鎭襄陽)〉라는 제목으로 실려 있다.
[원주] ≪십도지 · 산남도≫ "양주는 위 무제가 양양군을 두었다."의 주에 "한현은 양수의 북쪽에 있다."라 하였다. ≪당서≫에 "이이간이 원화 연간에 금도장과 자주색 인끈을 하사받고 호부시랑으로서 국가의 재무를 관장하였으며, 이어 검교예부상서와 산남도절도사를 지냈다. 정원 연간 초에 강서지역의 병사 500명을 모아 양양을 지켰다."라 하였다.(十道志山南道, 襄州, 魏武置襄陽郡, 注, 漢縣在襄水之陽. 唐書, 李夷簡, 元和時賜金紫, 以戶部侍郎判度支, 俄檢校禮部尚書, 山南都節度使. 初貞元時取江西兵五百戍襄陽)
李司空(이사공) : 이이간(李夷簡)을 가리킨다. 자는 이지(易之)이며 당의 종친으로, 정혜왕(鄭惠王) 이원의(李元懿)의 4세손이다. 일찍이 정현승(鄭縣丞)을 지냈으며, 정원(貞元) 2년(786)에 진사가 되어 여러 번 시어사(侍御史)를 지냈다. 원화 연간에 어사중승(御史中丞)에 임명되었고, 이후 산남도절도사, 어사대부 등을 거쳐 문하시랑동평장사(門下侍郎同平章事)에 이르렀다. 장경(長慶) 3년(823)에 죽었으며 태자태보(太子太保)에 추증되었다

2 [원주] ≪한서≫에 "강후가 당시에 승상이 되었는데, 조회가 끝나고 나감에 효문제가 예를 갖추고

공경히 전송하였다. 원앙이 나아가 아뢰기를 '승상은 어떤 사람입니까'라 하니, 황제가 말하기를 '사직신이다'라 하였다. 원앙이 아뢰기를 '강후는 이른바 공신이지 사직신은 아닙니다. 사직신은 군주가 있을 때는 함께 있으며 정사를 논하고, 군주가 없을 때는 사사로운 명령이 없는 것입니다'라 하고, 또 아뢰기를 '옛날에 사직신이 있었는데, 급암과 같은 경우가 이에 가깝다 할 것입니다'라고 하였다."라 하였다.(漢書, 絳侯時爲丞相, 朝罷趨出, 上禮之, 嘗目送之. 袁盎進曰, 丞相何如人也. 上曰, 社稷臣. 盎曰, 勃所謂功臣, 非社稷臣. 主存與存, 主亡與亡. 又曰, 古有社稷之臣, 至如汲黯, 近之矣)

中外(중외) : 중앙 관직과 지방 관직.

兼權(겸권) : 일을 두루 잘 헤아려 다스리다. 여기서는 중앙 관직뿐 아니라 지방 관직까지 맡은 것을 말한다.

社稷臣(사직신) : 국가의 안위를 책임지는 중신.

3 [원주] ≪진서≫에 "반악은 성품이 경박하고 조급하였으며 세상의 이익을 좇았다. 석숭 등과 함께 가밀을 그릇되게 섬기었으니, 매번 그가 나오기를 기다렸다가는 번번이 수레의 먼지를 바라보며 절하였다."라 하였다.(晉書, 潘岳, 性輕躁, 趨世利. 與石崇等謟事賈謐, 每候其出, 輒望塵而拜)

4 [원주] ≪후한서≫에 "명제 영평 6년, 왕락산에서 세발솥이 나왔다. 조서에서 말하기를 '세발솥은 삼공을 상징하는 것이니, 어찌 공경이 직책을 수행함에 그 마땅함을 얻어서가 아니겠는가?'라고 하였다."라 하였다.(後漢書, 明帝永平六年, 王雒出寶鼎. 詔曰, 鼎象三公, 豈公卿奉職其得理耶)

公鼎(공정) : 삼공(三公)의 직위를 가리킨다. '삼공'은 주대(周代)에는 태사(太師), 태부(太傅), 태보(太保)를, 한대(漢代)에는 대사마(大司馬), 대사공(大司空), 대사도(大司徒)를 의미하였으며, 당송대(唐宋代)에는 태위(太尉), 사공(司空), 사도(司徒)를 지칭하였다.

勳庸(훈용) : 공훈, 공적. '용(庸)'은 '공(功)'의 뜻이다.

5 [원주] ≪사기≫에 "후영이 위공자 무기에게 말하기를 '제가 듣기에 진비장군의 병부가 항상 위왕의 침소 안에 있다 하니, 여희가 침실에 드나들면서 그것을 훔칠 수 있을 것입니다.'라고 하였다."라 하였다.(史記, 侯嬴謂魏公子無忌曰, 嬴聞晉鄙兵符常在魏王臥內, 而如姬出入臥內, 力能竊之)

兵符(병부) : 황제의 위임을 받아 군사를 통제하고 지휘할 수 있는 부절.

6 商(상) : 지명. 전국시대에는 진(秦)에 속하였으며, 당대에는 상락현(商洛縣)으로 산남동도(山南東道) 상주(商州)에 속하였다. 지금의 섬서성 상주시(商州市) 지역이다.

旌旆(정패) : 황제에게 하사받은 깃발.

【해설】

이 시는 산남도절도사로 임명되어 양양으로 부임하는 이이간(李夷簡)을 전송하며 쓴 것으로, 이이간의 품성과 공적을 칭송하고 지방 생활에서의 여유와 풍류를 축원하고 있다.

제1~2구에서는 이이간이 조정을 나서서 임지로 떠나는 광경을 묘사하고 있는데, '안팎의 관직을 두루 맡는다(中外兼權)'는 말과 조정의 관원들이 모두 나와 배웅하는 모습을 통해 그의 지방부임이 좌천이 아니라 국가를 위한 그의 헌신적인 결단에 따른 것이었음을 말하고 있다. 다음 제3~4구에서는 조정에서 보여준 그의 능력과 황제의 총애를 직접적으로 서술하고 있는데, 이를 통해 앞서 그를 대한 조정 관원들의 태도에 타당한 이유를 제시하고 아울러 그가 지방에서도 많은 치적을 이루어 낼 수 있음을 미루어 짐작하게 한다. 제5~6구는 그가 떠나는 길을 상상한 것으로, 장안을 떠나

남으로 내려갈수록 봄의 경관이 더욱 짙어지는 모습을 묘사하고 있다. '상(商)'과 '초(楚)'는 장안(長安)을 떠나 양양(襄陽)으로 가는 길에 거치게 되는 곳으로, '상'은 구체적인 지명이며 '초'는 지역을 통칭해서 일컬은 말이다. 마지막 제7~8구에서는 날로 아름다워지는 양양의 경관 속에서 자연의 정취를 흠뻑 즐길 것을 축원하고 있다. 이이간은 조정으로 들어오기 전에 일찍이 지방에 머물며 정현승(鄭縣丞)을 지낸 적이 있었는데, 여기에서는 또한 이를 염두에 두고 구의 첫머리에서 '다시금[重]'이라는 표현을 사용함으로써 그와 자연과의 친밀성을 강조하고, 나아가 그가 자연과 어울려 쉽게 하나 될 수 있으리라는 것을 짐작하게 한다.

장박사시(章博士詩)

[원주] 장효표는 태화(太和, 827~836) 연간 중에 산남동도(山南東道) 종사(從事)가 되었으며 대리시(大理寺) 평사(評事)에 임용되었다.(孝標, 太和中爲山南東道從事, 試大理評事)

장효표(章孝標, 791~873)

장효표는 자가 도정(道正)으로 장팔원(章八元, 743~829)의 아들이자 시인 장갈(章碣, 836~905)의 부친이다. 부친 장팔원이 절강성(浙江省) 항주(杭州) 부근 동려현(桐廬縣) 사람인 것으로 미루어 볼 때 항주 부근에서 태어나 성장하였고, 그의 나이 18세인 809년부터 10년 동안 장안(長安)에서 과거를 준비하다가 819년 진사(進士)에 급제하였다. 태화(太和) 연간 중에 지방관인 산남도종사(山南道從事)가 되었으며 다시 중앙의 대리평사(大理評事)에 임명되었다가 비서성(秘書省) 정자(正字)로 관직을 마쳤다. 부친 장팔원은 '장재자(章才子)'라고 불릴 정도로 시부(詩賦)에 능하였고 유장경(劉長卿, 709~786?)과 교분이 두터워 많은 화답시를 남긴 시인이다. 이러한 부친의 영향으로 장효표 또한 일찍부터 시를 잘 지어 명성이 있었던 듯하다. 다음 일화를 통해 그의 시적 재능을 살펴볼 수 있다.

이신(李紳, 772~846)이 양주(揚州)에 주둔해 있었을 때 연회자리에서 '봄눈'에 관한 시를 지으라고 하자 장효표는 붓을 대자마자 시를 완성하였는데 그 시는 다음과 같다. "육각형 눈꽃 도처에 흩날리며 창에도 달라붙고 계단에도 떨어지며 싸늘한 가지에도 올라간다. 귀한 집에 날 저물 때까지 한 자도 채우기 어려운 것은 군영의 즐거운 기운에 다 녹았기 때문이다.(六出飛花處處飄, 粘窗著砌上寒條, 朱門到晚難盈尺, 盡是三軍喜氣銷)" 이에 이신은 그를 칭찬하여 상을 준 후 문서를 담당하도록 천거하였다.

또 다른 일화도 전한다. 장효표가 원화(元和) 14년(819), 진사에 급제하여 교서랑(校書郞)에 임명된 후 장안(長安)에서 가경(嘉慶, 지금의 절강성(浙江省) 가흥시(嘉興市))로 돌아오면서 먼저 친구에게 시를 부쳤다. "급제하여 열 명의 군관(軍官)보다 훨씬 나아져서 금성(金城)과 탕지(湯池)를 건너 장안을 떠났다네. 말머리 점차 양주 성곽으로 들어오니 세상 사람들에게 눈 씻고 보라고 알리네.(及第全勝十政官, 金湯渡了出長安. 馬頭漸入楊州郭, 爲報時人洗眼看)"라고 하였는데 이신이 마침 그를 만나 "가짜 금인데 진짜 금으로 도금하니 만약 진짜 금이라면 도금하지 않는다. 십 년 장안 생활에 비로소 급제하였으니 텅 빈 속으로 오만하게 굴 필요 있으랴(假金方用眞金鍍, 若是眞金不鍍金. 十載長安方一第, 何須空腹用高心)"라는 오언절구를 써서 그를 경계하였다. 이에 장효표가 부끄러워하며 감사해하였다 한다.

≪전당시≫권506에 ≪장효표시집(章孝標詩集)≫ 한 권이 전하는데 모두 67수의 시가 수록되어 있다. 당대 위장(韋莊)이 편찬한 ≪우현집(又玄集)≫에도 그의 〈바닷가의 옛집으로 돌아와(歸海上舊居)〉와 〈장안의 봄날(長安春日)〉이라는 시 두 수가 수록되어 있는데 시율(詩律)의 정수를 얻었다고 평해진다. ≪협주명현십초시(夾注名賢十抄詩)≫에는 ≪전당시≫에 수록되지 않은 시 10수가 수록되어 있다.

≪당재자전(唐才子傳)≫참조

(김수희)

041

寄朝士[1]

조정 관리들에게 부침

田地空閑樹木踈,2	경작지 한가하고 나무 듬성한데
野僧江鳥識吾廬.3	시골 스님과 물새는 내 집을 알아본다.
千畦禾氣風生後,4	바람 분 뒤 수천 이랑의 벼는 기운 넘치고
萬片山稜雨過初.5	비 그치자마자 수만 봉우리의 산 솟아오른다.
坡逈易勸遊子騎,6	고개 멀어도 말 탄 나그네에겐 권해주기 쉽지만
徑荒難降貴人車.7	길이 황폐하여 수레 탄 귀한 이는 내려서기 어렵다.
莫嫌園外無滋味,8	정원 밖에 맛있는 것 없다고 싫어들 마시게
教得家童拾野蔬.9	집 아이에게 야채 뜯어 오라고 시키면 되니까.

【주석】

1 이 시는 ≪전당시≫에 수록되어 있지 않다.

2 空閑(공한) : 한가하게 두다. 경작하지 않고 버려 둔 땅을 가리킨다.

3 [원주] 도잠의 시[1]에 "나 또한 우리 오두막을 좋아한다오."라 하였다.(陶潛詩, 吾亦愛吾廬)
野(야) : 촌야(村野). 시골.

4 畦(휴) : 밭두둑. 이랑.

5 山稜(산릉) : 산모서리. 여기서는 비가 그치면서 산의 모습이 다시 선명하게 나타나는 것을 가리킨다.

6 逈(형) : 멀다.

7 [원주] 도잠의 〈귀거래사〉에 "세 갈래 길이 장차 황폐해지려한다."라 하였다.(陶潛歸去來, 三徑[2]就荒)

8 [원주] ≪예기≫에 "음식 맛을 담백하게 하다."라 하였다.(禮記曰, 薄滋味)

9 野蔬(야소) : 산이나 들에서 나는 채소.

1) 이 시의 제목은 〈독산해경(讀山海經)〉으로, 여기서 인용하고 있는 것은 〈독산해경〉 13수 가운데 제1수이다.

2) 三徑(삼경) : 세 갈래 길. 한(漢)나라 장후(張詡)가 뜰에 삼경(三徑)을 만들고 각각 소나무・국화・대나무를 심었던 고사에서 유래한다. 나중에는 은자의 거처를 가리키게 되었다.

【해설】

이 시는 조정 관리들에게 은거의 즐거움을 알리면서 초대의 의사를 전하는 작품이다. 제1~2구는 자신의 은거지가 스님이나 새처럼 자유로운 존재들만 찾아올 수 있는 한적한 곳임을 밝혔다. 제3~4구는 비 오기 전후의 풍경을 묘사한 것으로 서술어는 없지만 비 오기 전에 바람이 불면서 벼가 이리저리 물결치는 모습과 구름 속에 자취를 감추었던 산들이 날이 개면서 한결 선명하게 나타나는 장면을 생동감 있게 그려내었다. 또한 이 두 구는 시련과 고난을 겪고 난 뒤 그 의지가 더욱 강해지는 것을 비유하는데 이는 작자 자신의 경험담일 가능성이 크다. 제5~6구는 은거지에 이르는 길이 멀고 험함을 말하였다. 실제로 길이 멀고 험하기도 하지만 이는 부귀공명을 추구하는 이는 받아들이기 싫다는 견해를 밝힌 것으로, 이것이 바로 조정 관리들에게 전하고자 하는 메시지인 것이다. 마지막 제7~8구는 소박한 음식이라도 차려낼 수 있음을 말하여 초대의 의사를 넌지시 드러내었다.

작자의 생애에 대해 자세하게 알려진 바 없지만 이 시의 내용으로 볼 때 대리시(大理寺) 평사(評事)와 비서성(秘書省) 정자(正字) 등 중앙 관직에 있으면서 모종의 시련과 고난을 겪다가 조정에서 물러나 한적한 시골로 내려가 생활하였음을 짐작해 볼 수 있다. 특히 '귀인(貴人)'을 거부하는 태도에서 권력층에 대한 회의와 불만을 엿볼 수 있다.

042

十五夜翫月遇雲[1]

보름밤 달구경하는데 구름이 끼기에

月滿長安正洗愁,2	달이 차오른 장안은 수심 씻어내기 안성맞춤
踏霜披練立淸秋.	서리 밟고 옷 걸친 채 맑은 가을날 서있다.
無端玉葉連天起,3	까닭 없이 옥색 구름 하늘가에 이어지며
不放金波到曉流. 4	황금 달빛 새벽까지 흐르게 하지 않는구나.
魑魅得權辭古木,5	산귀신이 권세 얻어 오래된 나무 떠나가니
笙歌失意散高樓.	생황 가락 힘을 잃고 높은 누대에 흩어진다.
可憐白兎遭籠閉,6	가련하게도 저 옥토끼가 구름 속에 가려지니
誰上靑冥問事由. 7	누가 푸른 하늘에 올라 그 까닭을 물어보랴.

【주석】

1 이 시는 ≪전당시≫에 수록되어 있지 않다.

2 [원주] 위의 〈신풍〉주에 보인다.[3] ≪역대통기≫에 "수나라 도읍은 장안인데 당나라에서 수나라의 선양을 받았기 때문에 도읍으로 삼았다."라 하였다. 〈서도부〉의 '장안' 주에 "장안의 자제라고 할 만하다."라 하였다.(見上新豐注. 歷代統記, 隋都長安, 唐受隋禪, 因之. 西都賦長安, 注, 可長安子孫也)

3 [원주] 최표의 ≪고금주≫에 "황제가 치우와 탁록산의 들판에서 싸울 때 항상 오색의 구름 기운이 있었는데 황금 가지 벼락과 옥 잎사귀 구름이 황제 위에 머물렀다."라 하였다.(崔豹古今注, 黃帝與蚩尤戰於涿鹿[4]之野, 常有五色雲氣, 金枝玉葉止於帝上)

4 [원주] ≪한서≫에 "달빛 아름다우니 황금에서 흐르는 빛 같다."라 하였다. 양 원제의 부[5]에 "달은 금빛 물결 같아서 막 허공을 비추고 구름은 옥빛 잎사귀처럼 금세 바람을 따른다."라 하였다.(漢書, 月穆穆[6]若金之流波.[7] 梁元帝賦, 月似金波初映空, 雲如玉葉乍[8]從風)

3) 온정균의 시 021. 〈신풍을 지나며(過新豐)〉에 보인다.
4) 涿鹿(탁록) : 탁록산(涿鹿山). 지금의 하북성(河北省) 탁록현(涿鹿縣) 동남쪽에 있다.
5) 이 작품은 양원제(梁元帝) 소역(蕭繹, 508~554)의 〈대촉부(對燭賦)〉이다.
6) 穆穆(목목) : 아름다운 모양을 형용하는 말.

不放(불방) : ~하도록 놓아두지 않다. ~를 하지 못하게 하다.

5 [원주] 두예의 ≪좌전≫주에 "'리'는 산신령이고 '매'는 괴물이다."라 하였다. 두보(杜甫) 〈영월〉의 "산도깨비가 깊은 숲에 많으니 두꺼비가 반달을 움직여서라."의 주에 "달이 밝으면 도깨비들이 달아나고 피하게 되므로 깊은 숲에 많은 것이다."라 하였다.(杜預左傳注, 魑, 山神. 魅, 怪物. 詩史詠月, 魑魅多深樹, 蝦蟆動半輪, 注, 月明則魍魎遁避, 故多深樹)

6 [원주] 부현의 〈천문을 본떠서〉에 "달 속에 무엇이 있는가. 옥토끼가 약을 찧어서 복을 일으키고 복을 내려준다."라 하였다.(傅玄擬天問, 月中何所有, 白兎搗藥, 興福降祉)

白兎(백토) : 옥토끼. 달을 가리킨다.

籠閉(농폐) : 가려지다. 구름에 가려 달이 보이지 않는 것을 가리킨다.

7 [원주] 〈남도부〉의 '청명'에 대한 이선 주에 "많은 색깔이 어두운 것이다."라 하였다. ≪익도기구전≫에 "이에 사연을 물었다."라 하였다.(南都賦青冥, 李善注, 衆色幽昧也. 益都耆舊傳[9], 乃問事由)

青冥(청명) : 푸른 하늘.

【해설】

이 시는 장안(長安)에서의 보름날 밤 달구경한 일을 노래하였는데 작가가 장안에서 과거를 준비하던 시기에 쓰인 것으로 추정된다. 전반부에서는 달구경하러 나섰다가 달이 구름에 가려진 일을 말하였으며 후반부에서는 달빛이 사라지며 생겨난 상황을 하나 둘 열거한 후 그 이유를 물을 길 없음을 안타까워하였다. 제1~2구에서는 장안의 보름달을 보며 자신의 수심을 씻어내고자 달밤에 밖으로 나옴을 말하였고, 제3~4구는 갑자기 구름이 일어서 달빛이 비치지 않음을 서술하였다. 제5~6구는 달이 사라지며 어두워지자 도깨비들의 세상이 되었고 음악 소리도 약해지며 들리지 않게 되었음을 묘사했으며 제7~8구는 달이 구름에 가려진 까닭을 물어볼 길 없는 막막한 심사를 표현하였다. 여기서 달은 작자를 위로해주는 공평무사한 존재인데 이러한 달이 구름에 가리는 일은 바로 도깨비 같은 강자(强者)들이 득세하는 불의(不義)한 세상이 되는 것이라고 할 수 있다. 그런데도 하늘에게 그 까닭을 물어볼 수 없다는 것은 현재의 부조리한 상황을 납득시켜줄 만한 객관적이고 합리적인 존재가 부재함을 의미한다. 〈천문(天問)〉을 써서 자연 현상과 인문 현상에 대한 모든 궁금증을 하늘에게 물어볼 수 있었던 굴원(屈原)과 달리, 밝은 달마저 보이지 않는 작자의 답답하고 막막한 심경이 잘 표현되어 있다.

7) 이는 ≪전한서≫권23의 "달은 아름답게 금빛 물결 발하며(月穆穆以金波)"에 대한 안사고(顔師古)의 주이다.
8) 乍(사) : '반(半)'으로 되어 있는 판본도 있다.
9) 이 책은 서진(西晉)의 진수(陳壽, 233~297)가 지은 것으로 명말(明末) 급고각(汲古閣)에서 간행되었다.

043

及第後歸吳詶孟元翊見寄[1]

급제한 뒤 오 지방으로 돌아와서
맹원익이 나에게 부친 시에 답하여

七年衣化六街塵,[2]	7년 동안 장안의 먼지에 흰옷이 변했다가
昨日雙眉始一伸.[3]	어제서야 비로소 양미간을 확 펴게 되었소.
未有格言垂後輩,[4]	후배에게 남겨 줄 격언이야 아직 없지마는
得無慚色見同人.[5]	동료 보며 드는 부끄러움마저 없을 손가.
每登公宴思來處,[6]	관청 연회에 오를 적마다 떠나온 고향 생각하는데
漸聽鄉音認本身.[7]	점차 사투리 듣게 되니 이곳 출신인 게 인식되오.
更贈芳詞添喜氣,[8]	더구나 향기로운 글 보내 기쁨을 더해주니
孟冬歸發故園春.[9]	초겨울도 돌아가고 고향의 봄이 온 듯하오.

【주석】

1 이 시는 ≪전당시≫에 수록되어 있지 않다. 다만 〈처음에 급제하여 돌아와 맹원익이 나에게 준 시에 화답하여(初及第歸酬孟元翊見贈)〉라는 제목의 작품이 수록되어 있는데 이 작품과 몇몇 구절에서 차이가 난다. 원문은 다음과 같다. "六年衣破帝城塵, 一日天池水脫鱗. 未有片言驚後輩, 不無慚色見同人. 每登公宴思來日, 漸聽鄉音認本身. 何幸致詩相慰賀, 東歸花發杏桃春."

詶(수) : 수화(詶和)하다. 시문(詩文)으로 화답하다.

孟元翊(맹원익) : 오(吳) 지방에 사는 작자의 지인(知人)으로 추정되나 정확하게 알 수 없다.

見寄(견기) : 나에게 보내다.

2 [원주] 육기[10]의 〈부인에게 보내는 시〉에 "낙양에는 바람에 이는 먼지가 많아 흰옷이 검은 옷으로 변한다오."라 하였다. ≪십도지≫[11]에 "장안에는 육거리와 아홉 갈래 길이 있다."라 하였다.(陸士衡贈

10) 육기(陸機, 261~301) : 진대(晉代)의 문학가. ≪육사형문집(陸士衡文集)≫ 10권이 전하는데 부체(賦體)로 문학을 논한 〈문부(文賦)〉가 유명하다.

11) 십도지(十道志) : 당대(唐代)의 지리(地理) 총서로 일찍이 산실되었는데 청대(淸代) 사람이 그나마 세상에 전하는 것을 모아 편찬하였다. 한국의 ≪번천문집협주(樊川文集夾注)≫ 가운데 청대 판본과 다른 일문(佚文)을 찾아볼 수 있는

婦詩, 京洛[12]多風塵, 素化爲緇. 十道志, 長安有六街九陌)

化(화) : 변화되다. 여기서는 먼지 때가 묻어 흰옷이 검은 옷으로 변하는 것을 가리킨다.

3 [원주] ≪전한서・설선전≫에 "나중에 다시 미간을 펼 수 있다."라 하였다.(前漢薛宣傳, 可復伸眉於後)

4 [원주] 반악 〈한거부〉의 "주임의 지극한 말을 받들다."의 주에 "격은 지극함이다."라 하였다.(潘岳閑居賦, 奉周任[13]之格言, 注, 格, 至也)

垂(수): 남겨 전하다. 유전(留傳)의 의미이다.

5 得無(득무) : 어찌~하지 않으랴. 능불(能不)의 의미이다.

同人(동인) : 뜻이 같은 친구나 같은 계통의 일을 하는 동료.

6 公宴(공연) : 관청에서 벌이는 연회 자리.

來處(내처) : 떠나온 고향. 여기서는 장안 생활을 하느라 떠나온 오(吳) 지방을 가리킨다.

7 鄕音(향음) : 사투리. 여기서는 오(吳) 지방 사투리를 가리킨다.

8 贈芳詞(증방사) : 향기로운 글을 보내다. 여기서는 맹원익이 작자에게 시를 부친 일을 가리킨다.

9 [원주] 구의 기세가 한유의 "기쁜 기색이 추운 겨울 물리치고"와 동일하다.(句勢與韓公喜氣排寒冬[14]同)

孟冬(맹동) : 겨울의 첫 번째 달. 음력 10월.

發故園春(발고원춘) : 고향의 봄기운이 발동하다. 고향의 봄이 오다.

【해설】

이 시는 작자가 7년의 오랜 준비 끝에 과거에 급제한 뒤 고향으로 돌아와 맹원익의 축하시를 받고 기뻐하는 내용의 작품이다. 시의 전반부는 과거에 급제한 사실과 그 감회를 서술하였고 후반부는 고향인 오(吳) 지방으로 돌아오게 된 사실을 말하였으며 축하시를 보내준 맹원익에게 고마움을 전하고 있다. 제1~2구는 장안에서 7년 동안 과거를 준비하였고 드디어 어제 합격통보를 받게 되었음을 말했으며, 제3~4구는 오랜 기간 과거를 준비한 데 대한 부끄러움을 드러내었다. 제5~6구는 과거에 급제하여 고향으로 돌아온 사실을 실감하지 못하다가 점차 고향사투리에 익숙해지면서 그 사실을 인식하게 됨을 말하였다. 제7~8구는 자신의 과거급제를 축하해주는 맹원익의 시를 받고 더욱 기뻐짐을 서술하였다. 7년 이라는 오랜 기간 동안 장안에서 객지생활하며 과거를 준비하였으니 합격의 기쁨이 얼마나 큰지 알만하다. 다만 그의 〈급제후기광릉고인(及第後寄廣陵故人)〉 시를 받고 이신(李紳)이 "십 년 장안 생활에 비로소 급제하였으니 텅 빈 속으로 오만하게 굴 필요 있으랴(假金方用眞金鍍, 若是眞金不鍍金. 十載長安方一第, 何須空腹用高心)"라는 경계의 시를 보낸 사실을 고려하면 지나친 감이 없지 않다.

데 이 책의 산실된 부분을 모으는 데 귀중한 자료가 된다.

12) 京洛(경낙) : 낙양(洛陽)의 별칭.

13) 周任(주임) : 주(周)나라 대부(大夫) 이름.

14) 이 시는 한유(韓愈)의 〈낭중 노운부가 반곡자 이원(李愿)을 전송하는 시 두 수를 부쳐 보이기에 노래로 그 시에 화답하다(盧郎中雲夫寄示送盤谷子詩二章歌以和之)〉이다.

044

送韋觀文助教分司東都前秘書省同官[1]

전 비서성 동료 위관문 조교가 낙양으로
임명되어 감을 전송하며

京官兩政幸君同,2	중앙관리로 두 번 정사를 봄에 다행히 그대와 함께했는데
何事分司併向東.3	무슨 일로 낙양에 임명받아 나란히 동쪽을 향하는가.
鉛筆別垂華省露,4	하얀 붓은 비서성의 이슬을 특별히 드리우고
青衿待振素王風.5	푸른 옷깃은 공자님의 풍도를 떨치게 되리라.
秋聲入苑灘橫洛,6	가을소리가 가로질러 흐르는 낙수 동산에 들어오고
黛色臨城雨霽嵩.7	푸른 기색이 비 갠 숭산 낙양성에 임할 때면
應眺樓臺感今昔,	분명 누대에서 바라보며 예와 지금에 대한 감회 느낄 텐데
暮天鴉過上陽宮.8	저녁하늘 까마귀가 저 상양궁을 지나리라.

【주석】

1 이 시는 ≪전당시≫에 수록되어 있지 않다.
分司(분사) : 당송(唐宋) 관제(官制)에서 중앙 관원이 낙양(洛陽)에서 직무를 담당하는 것을 일컫는다.
同官(동관) : 동료. 작자가 비서성 정자(正字)를 역임했으므로 같은 관직의 동료를 가리킨다.

2 京官(경관) : 중앙관원. 수도 장안에서 관직생활을 하는 관원을 가리킨다.
兩政(양정) : 두 번 정사(政事)를 하다. 여기서는 작자가 대리시 평사와 비서성 정자에 임명된 것을 가리킨다.

3 併向東(병향동) : 나란히 동쪽을 향하다. 위관문 조교가 낙양으로 임명받아 가게 되자 헤어지는 곳까지 동행해준 일을 가리킨다.

4 [원주] 범운의 〈표〉[15]에 "집에서는 연필을 품고 있다"의 주에 연은 분필이라고 하였다. 반악의 〈추흥부〉에 "홀로 화성에서 잠 못 이룬다."라고 하였다. 왕음의 ≪문자지≫[16]에 "수로 서체는 □□□ 기세가

15) 이 작품은 임언승(任彦昇)의 〈범시흥을 위하여 태재의 비석 세울 것을 구하는 표를 짓다(爲范始興作求立太宰碑表)〉이다.
16) 이 책은 남조(南朝) 시기 송(宋)나라 왕음(王愔)이 쓴 북조(北朝)의 서법이론(書法理論)에 대한 저작으로 상, 중, 하 세 권인데 당대(唐代)에도 이미 이 책은 전하지 않고 그 서목(書目)인 ≪고금문자지목(古今文字志目)≫만 전하였다고

굳건하지 않아서 마치 '이슬이 드리운다'에서 드리우는 모습과 같으므로 수로라고 이른 것이다"라 하였다.(范雲表, 家懷鉛筆. 鉛, 粉筆也. 潘岳秋興賦, 獨展轉于華省.[17] 王愔文字志, 垂露書, □□□而勢不遒勁, 若垂露之垂, 故謂之垂露)

鉛筆(연필) : 흰 가루를 물에 개어 글씨나 그림을 그리는 데 사용하는 붓.

華省(화성) : 깨끗하고 고상한 이들의 관서(官署). 여기서는 비서성(秘書省)을 가리킨다.

5 [원주] "그대의 옷깃"에 대해 모장은 "푸른 옷깃으로 학자의 옷이다."라고 하였다. ≪좌전≫에 "공자는 소왕으로서 □□□□□□□□□□□ 말하길 공자는 주나라의 쇠퇴기에 태어나 주역의 도를 밝혔으니 □□□□□□□□□□□"라고 하였다.(子衿,[18] 毛萇, 靑領也, 學者之服. 左傳, 仲尼爲素王□□□□□□□□□□□□曰, 孔子生於周衰, 讃明易道, 以爲□□□□□□□□□□□之乎)

6 苑(원) : 낙양원(洛陽苑). 수당(隋唐) 시기 낙양의 내원(內苑)으로 궁성의 서쪽에 있었으므로 서원(西苑)이라고도 한다.

灘橫洛(탄횡낙) : (여울물이) 가로 흐르는 낙수. 낙수의 여울물이 낙양 시내를 가로로 흘러가는 것을 가리킨다.

7 [원주] □□□□□□□□□□낙주에 □□□□□□□□□□가 있다.(□□□□□□□□□□洛州有□□□□□□□□□)

城(성) : 낙양성(洛陽城)을 가리킨다.

雨霽嵩(우제숭) : 비가 갠 숭산(嵩山). 숭산은 낙양의 동남쪽에 위치하는데 수도 개봉(開封)에서 낙양으로 들어가려면 이 산을 지나가게 되어 있다.

8 [원주] □□□□□□□□□도 상양□□□□□□□북쪽 모퉁이, 남쪽으로 낙수에 임하였고 서쪽으로 곡수와 떨어져 있다.(□□□□□□□□□都上陽□□□□□□□北隅, 南臨洛水, 西距穀水)

上陽宮(상양궁) : 당(唐) 고종(高宗) 때 낙양(洛陽)에 세운 궁궐 이름.

【해설】

이 시는 비서성 동료였던 위관문(韋觀文) 조교가 낙양으로 부임해 가는 것을 전송하는 작품이다. 제1~2구는 중앙조정에서 동료로 지냈지만 이제는 낙양으로 임명받아 떠나가는 위관문 조교를 전송함을 서술하였다. 제3~4구는 앞으로 낙양에 가서 위 조교가 비서성 정자의 부드러운 서체(書體)를 구사하며 유가(儒家) 사상을 선양할 것이라 하여 그에 대한 흠모의 정을 표현하였다. 제5~6구는 낙양생활을 미리 상상한 것으로 낙양에서 곧 가을을 맞이하고 비 갠 날이 다가올 것이라고 하였다. 제7~8구는 위 조교가 낙양의 누대에 올라 금석지감에 젖게 되리라는 예상을 서술하였다. 예전에는 동료로서 함께 지냈지만 지금부터는 낙양에서 홀로 쓸쓸히 지내야한다는 짐작을 통해 친구의 외로움을 이해하고 위로해주는 동시에 친구에 대한 자신의 그리움을 표현해내었다.

한다.

17) 展轉(전전) : 원주에는 '轉(전)'으로 되어있으나 ≪문선(文選)≫에 의거하여 바로잡았다.

18) ≪시경 · 정풍(鄭風) · 자금(子衿)≫ 시이다.

045

贈蕭先生[1]

소선생에게 드림

能令姹女不能嬌,[2]	어찌 수은으로 아름답지 않을 수 있겠는가.
別有仙郎亦姓蕭.[3]	특별히 신선 같은 이 있으니 성이 또한 소씨라네.
文武火催龍虎鬪,[4]	강약의 불로 단련하니 용과 호랑이가 싸우는 듯
陰陽氣足鬼神朝.[5]	음양의 기가 충분하니 귀신도 조회 올 듯.
行看鄕曲兒童老,[6]	다니면서 고을의 아이 늙는 모습 지켜보았고
坐使人天歲月遙.[7]	앉아서는 인간과 천상의 세월 유구하게 만들었네.
忍見骨凡飛不起,[8]	평범하여 날지 못하는 저를 어찌 보시겠소
片雲孤鶴在丹霄.[9]	조각구름 속에 외로운 학 타고 저 하늘에 계실 텐데.

【주석】

1 이 시는 ≪전당시≫에 수록되어 있지 않다.
蕭先生(소선생) : 누구인지 정확히 알 수 없다.

2 [원주] 후위 ≪진인참동계≫의 "하상의 차녀는 신령이 동방의 신이 되어 불을 얻게 되면 즉시 날아가서 먼지에 오염되지 않는다."에 대한 주에 "하상은 곧 진홍[19]이다."라 하였다. 또 ≪참동계≫[20]에 "단사가 순수하지 못하면 금을 얻더라도 모두 사라진다."라 하였다. ≪진인대단결≫에 "차녀는 단사 속에 숨어 있다."에 대한 주에 "차녀는 수은이다."라 하였다. 이 두 책을 상고해보면 차녀는 신인이 아니다. 홍은 수은 찌꺼기이다.(後魏眞人參同契, 河上姹女, 靈爲東神, 得火卽飛, 不染塵垢. 注, 河上, 卽是眞汞也. 又參同契, 丹砂未精, 得金乃幷沒. 眞人大丹訣, 姹女隱在丹砂中. 注, 姹女, 汞也. 以二書考之, 則姹女非神人也. 汞, 水銀滓也)

19) 진홍(眞汞) : 도교 용어. 수은은 본래 화학원소로 고대 중국의 방사(方士)들이 단약(丹藥)을 고아 약으로 복용하는 주요 원료 가운데 하나였다.

20) 참동계(參同契) : 서명. ≪주역참동계(周易參同契)≫의 약칭. 동한(東漢) 위백양(魏伯陽, 100?~170)이 지은 3권의 저서로 도교의 내단(內丹)과 기공(氣功)에 중요한 경전이다. 연단(煉丹)에 대해 체계적인 논술을 가한 가장 이른 문헌으로 광범위하게 유전되어 주석가들이 매우 많다. 따라서 '단경(丹經)의 왕'이라고 일컬어진다.

能(능) : 어찌 ~하겠는가.

3 [원주] ≪열선전≫에 "소사와 농옥은 수십 년을 함께 거하면서 퉁소를 불어 봉황소리를 냈는데 봉황이 그 지붕에 와서 거하였으므로 봉대를 지어 부부가 그 위에서 머물렀다. 어느 날 봉황을 따라 모두 날아갔다."라 하였다.(列仙傳, 蕭史弄玉同居數十年, 吹簫作鳳聲, 鳳凰來止其屋, 爲作鳳臺, 夫婦止其上. 一日, 皆隨鳳凰飛去)

4 [원주] ≪동헌잡록≫에 "신선술사들은 단화황백지법을 수양하는데 모두 문무화를 사용하였다."라 하였다.(東軒雜錄, 神仙家養丹化黃白之法, 皆用文武火)

문무화(文武火) : 익히고 굽는 데 사용되는 문화(文火)와 무화(武火). 문화는 화력이 작고 약하며 무화는 화력이 크고 세다.

5 [원주] ≪여선록≫에 "손부인은 삼원법사 장도릉의 처로 함께 용호산에 숨어서 삼원묵조의 도를 수련하였는데 해가 갈수록 누차 기가 하강함을 느끼게 되었다. 장천사가 황제의 용호중단의 술법을 얻어서 단약이 완성되자 이를 복용하니 형체를 분리하고 그림자를 없앨 수 있어서 앉으면 있고 서면 없어지는 경지에 이르렀다. 장천사는 파양에서 숭고산에 들어와 도가 서적 ≪제명지술≫을 얻어 귀신을 부리거나 불러올 수 있었다."라 하였다.(女仙錄, 孫夫人, 三元法師張道陵之妻也, 同隱龍虎山, 修三元默朝之道, 積年累有感降. 天使得黃帝龍虎中丹之術, 丹成, 服之, 能分形散景, 坐在立亡.[21] 天使自鄱陽入嵩高山, 得隱書制命之術, 能策召鬼神)

6 [원주] ≪후한서・계자훈전≫에 "당시 나이가 백세인 늙은이가 있었는데 스스로 '아이 적에 계자훈이 회계의 저자에서 약 파는 모습을 보았는데 얼굴색이 지금과 다름없었다.'라고 말하였다."라 하였다.(後漢薊子訓傳, 時有百歲翁, 自說童兒時, 見子訓賣藥於會稽市. 顏色不異於今)

鄕曲(향곡) : 고을. 마을.

7 人天(인천) : 인간계(人間界)와 천상계(天上界).

8 [원주] ≪신선전≫에 "신선이라는 자들은 혹은 몸을 솟구쳐서 구름 속에 들어가는데 날개 없이도 날아간다. 혹은 용을 타거나 구름에 올라타서 위로 하늘 계단에 이른다."라 하였다. ≪열선전≫에 "왕자교가 구씨산 정상에서 백학을 타고는 손을 들어 당시 사람들에게 인사를 하고는 떠나갔다."라 하였다.(神仙傳, 仙人者或竦身而入雲, 無翅而飛. 或駕龍乘雲, 上造天階. 列仙傳, 王子喬於緱氏山頭乘白鶴, 擧手謝時人而去)

忍見(인견) : 차마 보겠는가. 차마 보지 못하겠다는 의미이다.

9 [원주] 〈왕문헌집서〉의 주에 "단소는 하늘이다."라 하였다.(王文憲集序, 注, 丹霄, 天也)

【해설】

이 시는 신선술(神仙術)을 추종하는 소선생에게 보내는 작품으로 소씨의 기공(氣功) 수련이 뛰어나서 신선 같은 경지에 올랐다고 칭송한 후 자신은 평범하기 때문에 서로 만나지 못하리라고 하였다. 제1~2구는 단약 수련을 인정하고 소씨가 신선 소사(蕭史)의 부류에 속하는 인물임을 나타냈으며 제3~4구는 불의 세기 조절이나 음양의 조화 등을 통해 단약 수련의 과정을 구체적으로 묘사하였다. 제5~6구는 단약 수련의 결과 소씨가 시간을 초월하고 인간세상과 천상을 아우르는 신선 같은

21) 坐在立亡(좌재입망) : 좌탈입망(坐脫立亡). 열반(涅槃)에 들어가는 방식 가운데 하나로 깨달음을 얻어서 죽음을 경험하게 되는 참된 경지를 가리킨다.

존재가 되었음을 말하였고 제7~8구는 소씨에게 보내는 실질적인 메시지로서, 자신이 평범하여 신선 같은 소선생을 만나지 못할 것임을 설명하였다. 신선과 평범한 사람이라는 현격한 차이를 통해 서로 만나지 못하는 이유를 충분히 납득시키고 있다.

046

送俞鳧秀才[1]

수재 유부를 전송하며

鍾陵道路恣登臨,[2] 종릉의 길에서 마음껏 올라 바라보고
靈洞荒碑幾處尋.[3] 영암동 닳은 시비(詩碑) 여기저기 찾아보리.
野意雲生廬嶽頂,[4] 자연의 홍취 여산(廬山) 꼭대기에서 구름처럼 생겨나고
詩情月落漢江心.[5] 시적인 정취 한강 한가운데 달처럼 떨어지겠지.
村橋市鬧開山貨,[6] 마을 다리에는 시장이 시끌벅적 임산물 늘어놓고
溪廟風腥宿水禽. 냇가 사당에는 바람이 비릿하여 물새들이 산다지.
應忌名場醉公館,[7] 분명 명사들의 장소 피해서 관사에서 취할 텐데
鷓鴣聲遠橘花深.[8] 자고새 소리 아득해지고 귤꽃이 우거지겠지.

【주석】

1 이 시는 ≪전당시≫에 수록되어 있지 않다.
[원주] ≪국사보≫에 "진사는 당시 사람들이 숭상한지 오래되었다. 그들이 모이는 곳을 거장이라 하였고 그들을 통칭하여 수재라 불렀다."라 하였다.(國史補, 進士爲時所尙久矣, 其都會謂之擧場, 通稱謂之秀才也)

2 [원주] ≪당서・지리지≫에 "강남도 홍주와 예장의 군내 남창현은 본래 예장군이다. 무덕[22] 연간(618~626)에 □□□에 종릉현을 설치하였다."라 하였다.(唐書地理志, 江南道洪州豫章, 郡內南昌縣, 本豫章. 武德□□置鍾陵縣[23])
鍾陵(종릉) : 지금의 강서성(江西省) 진현현(進賢縣). 당대(唐代) 종릉(鍾陵)을 폐하고 남창(南昌)에 귀속시켰다가 송대(宋代) 진현진(進賢鎭)으로 바꾸었다. 서현산(栖賢山)이 있는데 당대(唐代) 무주자사(撫州刺史) 대숙륜(戴叔倫, 732~789)이 가솔을 이끌고 이 산에 은거하여 그 이름이 붙었다.

22) 무덕(武德) : 당(唐) 고종(高宗)의 첫 번째 연호.
23) ≪신당서≫권41에는 "무덕 5년 종릉현을 나누어 다시 남창현을 두었는데 이 남창현을 손주에 두었다(武德五年, 析置鍾陵縣, 又置南昌縣, 以南昌置孫州)"라고 되어 있다.

3 靈洞(영동) : 강서성(江西省) 영암동(靈巖洞). 영암동은 경운(卿雲), 연화(蓮華), 함허(涵虛), 능허(凌虛), 췌령(萃靈), 경지(琼芝) 등 36개의 석회암 동굴로 이루어져 있으며 동굴 안에 크고 작은 종유석과 석순으로 유명하다. 동굴 내부에 역대 명사들이 남긴 글씨가 수천여 곳에 달한다.

4 [원주] 여악은 이미 위의 주석에 보인다.[24](廬嶽已出上)
野意(야의) : 산야(山野)에 대한 흥취.
廬嶽(여악) : 강서성(江西省) 구강시(九江市) 여산(廬山).

5 [원주] ≪십도지 · 산남도≫에 "양주에 한수가 있다"라 하였다.(十道志山南道, 襄州有漢水)
漢江(한강) : 한수(漢水). 장강의 가장 큰 지류로서 여산(廬山) 북쪽으로 흘러간다.

6 山貨(산화) : 임산물(林産物). 산에서 나는 물산(物産).

7 名場(명장) : 명사(名士)들이 모이는 곳으로 명성(名聲)을 추구하는 곳을 가리킨다.
公館(공관) : 관리들의 임시 거처나 관청에서 지은 관사(館舍).

8 [원주] ≪남월지≫에 "자고새가 비록 동서 방향으로 선회하며 날지만 처음 날개 짓을 할 때는 반드시 먼저 남쪽으로 난다. 새가 울면 스스로 '두박주'라고 운다."라 하였다. 또 ≪본초≫[25]에서는 "스스로 '구주격책'이라고 운다."라 하였다.(南越志, 鷓鴣雖東西回翔, 然開翅之始, 必先南翔, 其鳴自呼杜薄州. 又, 本草, 自呼鉤輈格磔)
鷓鴣聲(자고성) : 자고새 소리가 "가지 마세요[行不得也哥哥]"와 매우 유사하게 들리므로 중국 사람들은 그 소리를 통해 쫓겨난 객과 유배당한 사람의 심정을 표현하였다.
橘花(귤화) : 굴원(屈原)이 ≪초사(楚辭) · 귤송(橘頌)≫에서 귤나무를 통해 굳센 지조와 고결한 품격을 비유하였으니, 유수재 또한 귤나무의 지조와 품격을 추구하리라는 예상을 나타낸다.

【해설】

이 시는 수재(秀才) 유부(俞鳧)를 전송하는 내용인데 유부가 개성(開成) 5년(840) 진사가 된 점으로 미루어볼 때 마땅히 그 이전에 지어진 작품일 것이다. 시의 내용으로 미루어 볼 때 유부가 가는 곳은 강서성(江西省) 여산(廬山) 부근인 것으로 추정되며, 작품 전체는 유수재가 강서성 여산 부근에 가서 경험하거나 느끼게 될 바를 미리 짐작하여 서술하고 있다. 제1~2구는 강서성 여산으로 가는 도중에 종릉의 서현산에 올라 은자처럼 세상을 바라보는 경험을 하거나 영암동에 들러 옛 시인의 시비(詩碑)를 감상할 것이라고 서술하였는데 제3~4구에서 이를 각각 이어받아 제3구는 자연에 대한 흥취가 여산을 보고 생겨남을, 제4구는 시흥(詩興)이 달 지는 물가에서 일어남을 표현하였다. 제5~6구는 여산 부근에 도착하여 보게 될 풍경을 묘사하였는데 제5구는 산촌의 시끌벅적한 시장 모습을 청각을 통해 그려내었고 제6구는 여산 주변의 한수(漢水)와 파양호(鄱陽湖)로 인해 어촌의 분위기 또한 물씬 풍김을 후각을 통해 표현하였다. 제7~8구는 유수재가 부귀공명을 추구하지 않고 관사에서 귤나무의 지조와 품격을 추구하면서 은자처럼 지내리라는 예상을 말하였는데 이는 그에게 당부하고 싶은 말이기도 하다.

24) 장적의 시 037. 〈강서로 원극시어를 전송하며(送江西院劇侍御)〉에 보인다.
25) 본초(本草) : ≪신농본초경(神農本草經)≫의 약칭. 약재에 관한 유명한 고대 서적으로 기록한 약재 가운데 풀 종류가 많기 때문에 본초라 불린다. 이 책의 명칭은 ≪한서 · 평제기(平帝紀)≫에 처음 보이지만 지금은 그 원서가 이미 산실되고 청대(清代) 손성연(孫星衍)의 집본(輯本)만 전한다.

047

送貞寶上人歸餘杭[1]

여항으로 돌아가는
정보상인을 전송하며

天目南端天竺西,[2]	천목산 남단이자 천축사 서쪽으로
浙僧歸老舊招提.[3]	절강 스님 옛 사원으로 돌아가 늙고자하시네.
霜朝縫衲猿偸果,[4]	서리 내린 아침 승복 기울 때 원숭이가 과일 훔쳐갔고
雨夜安禪虎印泥.[5]	비오는 밤 참선할 제 호랑이가 진흙 발 도장 찍었었네.
海上度人香水闊,[6]	바닷가에서 사람을 구제하니 향수해 드넓고
山中說法帳雲低.[7]	산 속에서 불법 설파하니 구름장 드리우네.
不知空性傳何處,[8]	참된 의미가 어디 전해졌는지 내 알지 못하지만
風動芭蕉月照溪.	바람은 파초를 흔들고 달빛은 시냇물 비추네.

【주석】

1 이 시는 ≪전당시≫에 수록되어 있지 않다.

[원주] ≪석씨요람≫[26]의 율 항목에서 "병사왕[27]이 불제자를 상인이라 불렀다."라 하였고 고사(古師)에서 "안으로 지혜와 덕이 있으며 밖으로 뛰어난 행실이 있으면 사람들의 위에 있으므로 상인이라 부른다."라 하였고, "≪반야경≫[28]에 이르길 무엇을 상인이라 부르는가? 부처님 말씀에 보살이 한 마음으로 지극히 작은 것을 행하면 보리심이 흩어져 어지럽지 않으니 이를 상인이라 한다."라 하였다.(釋氏要覽律云,[29] 瓶沙王呼佛弟子爲上人. 古師云, 內有智德, 外有勝行, 在人之上, 名上人.

---

26) 석씨요람(釋氏要覽) : 북송(北宋) 승려 도성(道誠)이 편찬한 백과사전식 불교 저서. 모두 27편의 679항목이 3권으로 나뉘어 수록되어 있다. 책이 편찬된 후 최육림(崔育林)과 수모(隨某)가 대신 서문을 쓰고 천성(天聖) 2년(1024) 간행되었는데 나중에 산실되었다. 일본(日本) 관영(寬永) 10년(1633) 중각본이 유통되다가 지금의 ≪대정대장경(大正大藏經)≫ 제54권 사휘부(事彙部)에 수록되어 전한다.

27) 병사왕(瓶沙王) : 마갈타국의 파보사나왕(琶寶娑羅王, Bimbisāra)을 말한다.

28) 반야경(般若經) : 대승(大乘) 공종(空宗)의 주요 경전으로 일부 경전은 대승불교(大乘佛敎)의 가장 이른 경전이기도 하다. 반야(般若)는 산스크리트어로 '지혜(智慧)'를 의미하는데, 일반적인 의미가 아니라 석가모니가 말한바 세속을 초월하여 피안에 이르는 지혜를 의미한다.

29) 律云(율운) : ≪석씨요람(釋氏要覽)≫에는 '律(율)' 다음에 '云(운)'이 없다.

般若經云, 何名上人. 佛言, 菩薩一心行阿耨,[30] 菩提[31]心不散亂, 是名上人)

2 [원주] ≪십도지≫에 "항주에 천목산이 있다."라 하였다. ≪속고승전[32]・석혜탄전≫의 항주 천축사에 대한 주석에 "영은산에 있으며 숲의 바위가 산봉우리처럼 솟아있어 실제로 신선 세계에 온 듯하다."라 하였다.(十道志, 杭州有天目山. 續高僧傳, 釋慧誕傳, 杭州天竺寺注, 在靈隱山, 林石岑竦, 實來仙聖)

3 [원주] ≪십도지≫에 "항주에 절강이 있는데 지금의 전당강이 합수처(合水處)에서 갈라져 나와 강 중간에 위치하게 되었다."라 하였다. ≪승사략≫[33]에 "북위(北魏) 태무제(太武帝) 시광 원년(424)에 사원을 세우고 초제[34]라고 호칭하였다."라 하였다(十道志, 杭州有浙江, 今錢塘江口折出, 居江中. 僧史略, 後魏武帝始光元年, 創立伽藍[35], 爲招提之號)

4 縫衲(봉납) : 승복을 기우다.

5 [원주] ≪고승전≫[36]에 "승려 혜영이 호랑이를 감화시켜 길들였다."라 하였다.(高僧傳, 僧慧永[37]感虎來馴)

安禪(안선) : 참선하다.

6 [원주] 향수해는 ≪화엄경・화장세계품≫에 보인다.(香水海, 見華嚴經, 花藏世界品)

香水海(향수해) : 향해(香海)라고 약칭하는데 향기로운 물로 가득 찬 큰 바다를 가리킨다. 불교 전설에 의하면 세상에 아홉 개의 산과 여덟 개의 바다가 있는데 그 중앙은 수미산(須彌山)으로 그 주위를 산과 바다가 둘러싸고 있다고 한다. 소금물인 제8의 바다를 제외하고는 모두 공덕수(功德水)로서 맑은 향기를 지니고 있으므로 향수해라 부른다.

7 [원주] ≪화엄경≫에 "일체의 화장엄장운을 머물게 한다."라 하였다.(華嚴經, 住一切華莊嚴帳雲)

30) 阿耨(아누) : 불교 용어로 지극히 작은 것을 의미한다. 지금의 원자(原子)에 해당한다.

31) 菩提(보제) : 불교 용어로 보리, 즉 깨달음, 각성을 의미한다.

32) 속고승전(續高僧傳) : 당대(唐代) 스님 도선(道宣, 596~667)이 편찬한 30권의 불교 서적으로 ≪당고승전(唐高僧傳)≫이라고도 한다. 도선은 일찍이 승려들의 전기(傳記) 저술에 뜻을 두었는데 남조(南朝) 시기 혜교(慧皎, 497~554)의 ≪고승전(高僧傳)≫에 양대(梁代) 승려들을 기록한 부분이 매우 적었으므로 이를 보완하기 위해 해당 자료를 수집하여 ≪속고승전≫ 30권을 완성하였다. 양대(梁代) 초기부터 당대(唐代) 정관(貞觀) 19년(645)에 이르는 144년 동안 생존했던 331명의 승려들의 일대기를 다루고 있다.

33) 승사략(僧史略) : 송대(宋代) 찬녕(贊寧, 919~1001)이 편찬한 ≪대송승사략(大宋僧史略)≫의 약칭으로 3권이 일본의 ≪대정신수대장경(大正新修大藏經)≫ 제54책에 수록되어 있다. 송 태종(太宗) 태평흥국(太平興國) 연간에 조서를 받고 편찬한 것으로, ≪홍명집(弘明集)≫과 ≪고승전(高僧傳)≫등 사전류(史傳類) 불교 저서에 불만을 품고 불교의 교단제도(教團制度), 의례(儀禮), 계율(戒律), 천법(忏法) 등 불교 교단의 역사를 기록한 저서이다.

34) 초제(招提) : 불교 용어. '척두제사(拓鬥提奢)'의 음역으로 척제(拓提)라고도 하는데 나중에 초제(招提)로 잘못 쓰인 것이다. 사방(四方)을 의미하는 말로, 사방에서 온 승려를 초제승(招提僧)이라 하고 사방에서 온 승려의 거처를 초제승방(招提僧坊)이라 한다.

35) 伽藍(가람) : 승가람마(僧伽藍摩)의 약칭으로 승려들이 거하는 사원(寺院)을 가리킨다.

36) 고승전(高僧傳) : 동한(東漢) 영평(永平) 연간부터 양대(梁代) 천감(天監) 연간에 이르기까지 저명한 승려들의 전기를 수록한 불교 서적. 남조(南朝) 양대(梁代) 승려 혜교(慧皎, 497 ~554)가 편찬하여 ≪양고승전(梁高僧傳)≫이라고도 한다. 이 책은 모두 13권으로 승려를 역경(譯經), 의해(義解), 신이(神異), 습선(習禪), 명률(明律), 망신(忘身), 송경(誦經), 흥복(興福), 경사(經師), 창도(唱導) 등의 열 부류로 나누어 기록하였다.

37) 僧慧永(승혜영) : ≪고승전(高僧傳)・권육(卷六)≫에는 '釋慧永(석혜영)'으로 되어 있으며, "또 별도로 산 위에 초가집을 세워 매번 좌선하고자 하면 으레 거기에 가서 거하였다. 간혹 그곳에 이르는 자들은 남다른 향기를 맡았다. 혜영의 집에는 항상 호랑이 한 마리가 있었는데 사람들 가운데 두려워하는 자가 으레 몰아서 산으로 돌아가게 하였지만 사람들이 돌아간 뒤에 돌아와서 다시 순종하며 엎드렸다.(又別立一茅室于嶺上, 每欲禪思輒往居焉. 時有至房者, 并聞殊香之氣. 永屋中常有一虎. 人或畏者, 輒驅令上山, 人去後還, 復馴伏)"라고 기록되어 있다.

8 空性(공성) : 불교 용어로 진실, 참됨을 의미한다. 즉 객관적인 현상을 깨달으면서 드러나는 참된 본체를 가리킨다.

【해설】

이 시는 여항(餘杭, 지금의 항주)으로 돌아가는 정보 상인을 전송하면서 불교의 심오한 경지에 오른 그를 칭송하는 작품이다. 제1~2구는 정보 상인이 가려는 곳이 고향인 여항으로 거기에 정착하려는 의도를 지녔음을 분명히 밝히었다. 가운데 네 구는 정보 상인의 불교적 경지를 묘사한 부분으로 제3~4구는 소탈하면서도 참선에 힘쓴 승려 생활을 통해 원숭이나 호랑이 같은 자연물과 소통할 정도에 이르렀음을 표현하였고 제5~6구는 대중 구제와 불법 강론을 통해 불법을 널리 전파하는 정보 상인의 공덕을 칭송하였다. 제7~8구는 정보 상인이 도달한 불법의 오묘한 경지를 자연 경물을 통해 묘사한 구절로서 바람이나 달빛처럼 형체는 없지만 만물에 두루 영향을 미치는 그의 불교적 경지를 형상화하였다.

048

送內作陸判官歸洞庭舊隱1

동정호의 옛 은거지로 돌아가는
내작사의 육판관을 전송하며

本辭仙侶下人群,	본래 선계를 떠나 사람들에게 내려가서
擬展長才翊聖君.	뛰어난 재주를 펼쳐 임금을 도우려 하였네.
馬力暫驕沙苑草,2	잠시 말처럼 사원의 풀밭에서 힘자랑하였지만
鶴心終戀洞庭雲.3	결국 학처럼 동정호의 구름을 그리는 마음 가졌네.
千株橘熟憐霜落,4	천 그루의 귤나무 익으면 서리 내릴까 걱정하고
九轉丹成笑日曛.5	아홉 번 굴린 단약이 완성되면 저녁 햇무리를 비웃겠네.
莫被世間名利釣,	세상의 명예와 이익에 낚이어
更教移勒北山文.6	다시 〈북산이문〉을 새기게 하지 마시게.

【주석】

1 이 시는 ≪전당시≫에 수록되어 있지 않다.
[원주] ≪십도지≫에 "악주에 동정호가 있다."라 하였다.(十道志, 岳州有洞庭湖)
內作(내작) : 내작사(內作使). 궁궐 안에서 기물(器物)을 제조하는 관청.

2 [원주] ≪십도지·관내도≫에 "동주에 사원이 있다."라 하였다. 두보의 시 〈사원행〉에 보인다.(十道志, 官內道, 同州有沙苑. 見詩史沙苑行)
沙苑(사원) : 섬서성(陝西省) 대려현(大荔縣) 남쪽에 낙수(落水)와 위수(渭水) 사이에 있는 대초원. 동서로 80리에 이르며 남북으로 30리에 달한다 한다. 여기서는 궁궐이 있는 장안(長安) 일대를 가리킨다.

3 [원주] 동정은 위의 주석에 보인다.[38](洞庭見上)

4 [원주] ≪양양기≫[39]에 "이형은 자가 숙평으로 단양태수가 되었다. 이형이 매번 집안을 다스리려고 하였는데 처가 그때마다 말을 듣지 않았다. 나중에 나그네 열 명을 보내어 무릉 용양 사수 가에

38) 동정호에 대한 주석은 이 시의 주석 1)에 보인다.
39) 이는 ≪삼국지(三國志)·오서(吳書)·손휴전(孫休傳)≫의 남조(南朝) 배송지(裵松之)의 이형(李衡)에 대한 주(注)에서 ≪양양기≫를 인용하여 기록한 것이다.

집을 짓게 한 후 감귤나무 천 그루를 심었다. 죽음이 가까워지자 아들에게 타이르며 '너의 어미는 내가 집안 다스리는 것을 싫어하였으므로 이처럼 가난한 것이다. 그러나 나의 물 섬에는 천 명의 나무 노비가 있다.'라고 말하였다."라 하였다. ≪산해경≫에 "동정호의 산에는 귤나무가 많다."라 하였다. '사'는 '거'와 '영'의 반절로서 물가라는 뜻이다.(襄陽記, 李衡, 字叔平, 爲丹陽太守. 衡每欲治家, 妻輒不聽, 後遣客十人於武陵龍陽汜上[40]作宅, 種甘橘千株. 臨死, 勅兒曰, 汝母惡吾治家, 故窮如是, 然吾洲里有千頭木奴.[41] 山海經, 洞庭之山, 其木多橘. 汜[42], 居永反, 水涯也)

5 [원주] ≪태평광기・여선전≫에 "신선의 단약에는 아홉 품계가 있는데 첫째는 태화자연용태례라 하고 둘째는 옥태경액고라 하고 셋째는 비단자화류정이라하고 넷째는 주광운벽지유라 하고 다섯째는 구종홍화신단이라 하고 여섯째는 태청금액화라 하고 일곱째는 구전상설단이라하고 여덟째는 구정운영이라하고 아홉째는 운광석류비단이라 하니 이것이 모두 구전의 차례이다."라 하였다.(廣記, 女仙傳, 丹有九品, 一名大華自然龍胎之醴. 二名玉胎瓊液之膏. 三名飛丹子華流精. 四名朱光雲碧之腴. 五名九種紅華神丹. 六名大淸金液之華. 七名九轉霜雪之丹. 八名九鼎雲英, 九名雲光石流飛丹. 此皆九轉之次第也)[43]

笑日曛(소일훈) : 저녁 햇무리를 비웃다. 여기서는 단약을 복용하여 불사(不死)의 신선이 되면 아침이 오고 저녁이 되는 시간의 흐름에 초연해지는 것을 가리킨다.

6 [원주] ≪제서≫에 "주옹은 자가 언륜이다. 처음에 종산에 은거하였다가 나중에 섬현의 현령이 되어 예전의 초가집을 지나게 되었다. 공치규가 〈북산이문〉을 지었다. 그 문장에 '안개를 역의 도로에 달리게 하고 산림에 이문을 새기게 한다.'라고 하였다"라 하였다.(齊書, 周顒, 字彦倫. 始隱於鍾山, 後爲剡縣令, 經其草堂. 孔稚珪作北山移文. 其詞云 馳煙驛路, 勒移山庭)

北山移文(북산이문) : 남북조(南北朝) 시기 공치규(孔稚珪, 447~501)가 쓴 산문. 거짓으로 은거하여 관직을 구한 문인을 북산의 신령이 다시 오지 못하도록 꾸짖는다는 내용의 글이다.

【해설】

이 시는 동정호의 옛 은거지로 돌아가는 육판관을 전송하는 작품으로, 시 전체는 선계(仙界)에서 인간 세상에 내려왔다가 다시 동정호로 돌아가는 윤판관을 전송한다는 구조를 지닌다. 제1~2구는 선인인 육판관이 임금을 보필하려는 의도로 인간 세상에 내려옴을 말하였으며 제3~4구는 육판관이 인간 세상에서 그의 재주를 자랑하였지만 결국에는 돌아가고 싶은 마음을 지니게 되었음을 말하였다. 제5~6구는 그가 동정호의 옛 은거지로 돌아가면 하게 될 일을 미리 서술한 부분으로 귤나무를 관리하고 단약 수련에 정진하는 육판관의 선인으로서의 면모를 부각시켰다. 제7~8구는 세상의 명예와 이익을 좇지 말고 북산에서 참된 은거를 이루기를 축원하였는데 떠나는 육판관에게 당부하고 싶은 말이라고 할 수 있다.

---

40) 汜上(사상) : 사수(汜水) 가. 원주에는 사주(汜洲)로 되어 있는데 ≪삼국지・손휴전≫에 인용된 ≪양양기≫에 의거하여 수정하였다.

41) ≪양양기≫ 원문에는 이 구절 뒤에 세 구절이 더 있다. "너에게 옷과 밥을 요구하지 않고 해마다 비단 한 필을 올릴 것이니 또한 충족하게 쓸 만하다(不責汝衣食, 歲上一匹絹, 亦可足用耳)"

42) 이는 ≪초사(楚辭)・천문(天問)≫의 "탕곡에서 나와 몽수 가에서 머무른다(出自湯谷, 次于濛汜)"에 대한 왕일(王逸)의 주 "사는 물가이다.(汜, 水涯也)"에서 연유한 것으로 추정된다.

43) 이 주석의 문장은 명가정담각본(明嘉靖談刻本) ≪태평광기(太平廣記)≫에 의거하여 빠진 글자를 보충하고 끊기를 바로잡은 것이다.

049

上汴州韓司空[1]

변주의 한사공에게 올리다

弟兄龍虎別無雙,2	형제가 용과 호랑이 같아 달리 대적할 이 없으니
帝拔嵩衡壓大邦.3	황제께서 숭산과 형산에서 발탁하여 변주를 제압케 하셨네.
兎苑雪晴吹畵角,4	토원에 눈이 갤 즈음 채색 뿔피리를 불었는데
雁池風暖駐油幢.5	안지에 바람 따뜻할 때 기름장막 수레를 주둔하셨네.
閭閻再活煙生棟,6	마을이 다시 활기차져 연기가 기둥에 피어나고
士卒閑眠月過窓.	병사들이 한가로이 잠드니 달이 창을 지나가네.
昨日路傍歌靜化,	어제 길가에서 안정된 변화를 노래하는데
汴河渾水變澄江.7	변하의 탁한 물이 맑은 강으로 변하였다 하네.

【주석】

1 이 시는 ≪전당시≫에 수록되어 있지 않다.
[원주] ≪십도지≫의 변주에 대한 주에 "전국 시기 위나라의 수도가 되었다. 한나라에서 황자 무를 봉하여 양왕으로 삼았는데 대량에 도읍을 두었다."라 하였다.(十道志, 汴州注, 戰國時爲魏都, 漢封皇子武爲梁王, 都大梁)
汴州(변주) : 지금의 하남성(河南省) 개봉시(開封市).
韓司空(한사공) : 한홍(韓弘, 765~823). 하남(河南) 활주(滑州) 광성(匡城) 사람으로 당대(唐代) 번진이 할거할 시기 선무군절도사(宣武軍節度使)를 지냈으며 후에 사공(司空)이 되었다.

2 [원주] ≪당서・영호초전≫에 "변주의 군대가 교만하였기 때문에 한홍 형제는 엄한 법으로 바로잡아 다스리고자 힘썼다."라 하였다. 또 ≪당서・한홍전≫에 "변주는 유사녕 이래로 군대가 더욱 교만해져서 육장원을 죽이기에 이르렀으나 수장(首長)의 위세가 약하여 제압할 수 없었다. 한홍은 군중에서 평소 제멋대로 횡행하는 유악 등 3백 명을 감찰하여 하루 만에 그 죄를 따져 군문(軍門)에서 참수하니 흐르는 피가 길을 붉게 만들었다. 한홍은 대체로 말하고 웃는 모습이 자연스러웠다. 이로부터 한홍이 떠날 때까지 한 사람도 감히 방자하게 구는 이가 없었다."라 하였다. ≪사기・이광전≫에 "이광은 재주와 기세가 천하에 대적할 만한 이가 없었다."라 하였다.(唐書, 令狐楚傳, 汴軍以驕故,

韓弘兄弟務以峻法繩治. 又, 本傳[44], 汴自劉士寧已來, 軍益驕, 及殺陸長源, 主帥勢輕不可制. 弘察軍中素姿橫者劉鍔等三百人, 一日數其罪, 斬之牙門, 流血丹道, 弘大言笑自如. 自是訖弘去, 無一敢肆者. 史記, 李廣傳, 李廣才氣天下無雙)

3 [원주] 숭산과 형산이다.(嵩山, 衡山)

大邦(대방) : 큰 도시. 여기서는 변주(汴州)를 가리킨다.

4 [원주] ≪서경잡기≫에 "양 효왕은 궁전과 동산이 주는 즐거움을 좋아하여 요화궁을 만들고 토원을 지었다."라 하였다. ≪송서≫에 "각은 서적에 기록되어 있지 않는데, 혹자는 오랑캐 지역에서 나왔기 때문에 중원의 말을 놀라게 하였다고 하고 혹자는 오월 지역에서 나왔다고 한다."라 하였다. 자곡자가 말하길 "황제가 탁록에서 치우와 싸울 때 처음으로 대각을 만들었는데 소뿔의 모양과 같았고 코끼리와 용의 소리를 내었다."라 하였다.(西京雜記, 梁孝王好宮室苑囿之樂, 作曜華宮, 築兎苑. 宋書, 角, 書記所不載, 或云出羌胡, 以驚中國馬也. 或云出吳越. 炙轂子曰[45], 黃帝戰蚩尤涿鹿, 始造大角, 如牛角之形, 吹象龍吟)

5 [원주] ≪서경잡기≫에 "토원 안에 안지가 있다."라 하였다. ≪수서・예의지≫에 "군수와 사품 이상 및 제후들은 모두 초거, 가우, 엎드린 토끼 모양 상자, 푸른 기름 장막 수레, 붉은색 끈, 검은색 옻칠 수레바퀴를 준다.…"라 하였다.(西京雜記, 兎苑中有雁池. 隋書, 禮儀志, 二千石四品已上及列侯皆給軺車,[46] 駕牛, 伏兎箱, 靑油幢, 朱絲絡, 轂輞皆黑漆云云)

油幢(유당) : 기름칠한 천으로 만든 깃발을 단 수레.

6 閭閻(여염) : 마을. 민간.

煙生棟(연생동) : 연기가 기둥에서 피어나다. 밥 짓는 연기가 집집마다 피어나는 것을 가리킨다.

7 [원주] ≪통전≫[47]에 "수양제가 황하의 강물을 끌어들여 장강과 회수의 수로에 통하게 하고 아울러 변수도 끌어들이니 곧 낭탕거이다."라 하였다.(通典, 隋煬帝開引黃河水以通江淮漕運, 兼引汴水, 卽浪蕩渠也)

渾水(혼수) : 혼탁하여 깨끗하지 못한 물.

【해설】

이 시는 변주의 한홍(韓弘) 사공에게 올리는 것으로 그의 치적을 칭송하는 작품이다. 제1~2구는 한홍 형제가 용맹하기에 황제에게 발탁되어 변주에 주둔하게 되었음을 말하였다. 제3~4구는 변주에서의 승전 과정을 그려내었다. 겨울에 토원에서 뿔피리를 불고 나서 얼마 되지 않은 봄에 안지에서 수레를 주둔하게 되었다는 신속한 승전 과정을 통해 한홍의 용맹한 모습을 부각시켰다. 제5~6구는 한홍의 다스림으로 인해 백성들과 군대 모두 평화로운 일상으로 돌아갈 수 있었음을 묘사하였고, 제7~8구는 인간 세상이 평화로워짐에 따라 탁한 물도 맑게 변화하는 등 자연의 변화 또한 잇따르게 되었음을 말하였다. 전체적으로 한홍이라는 한 인물의 발탁과 승전, 치적의 과정을 전기(傳記)식으로 그려내어 간알시로서의 면모를 갖추고 있다.

44) ≪당서(唐書)・한홍전(韓弘傳)≫을 가리킨다.
45) 炙轂子曰(자곡자왈) : 자곡자가 말한 부분은 그 출전을 정확히 알 수 없다.
46) 軺車(초거) : 한 필의 말이 끄는 가벼운 수레.
47) 통전(通典) : 당대(唐代) 두우(杜佑)가 편찬한 2백 권의 책. 중국 역사상 처음으로 체계를 갖춘 정치 서적으로 십통(十通) 가운데 하나이다.

050

題杭州天竺靈隱寺[1]

항주 천축산 영은사에 쓰다

煙巖開翅抱香城,[2]　　안개 바위는 날개 펼친 듯 절을 감싸고
松磴排鱗到畵楹.[3]　　소나무 비탈길은 비늘 배열한 듯 채색 기둥에 이르네.
幽殿磬尋靈洞遠,[4]　　깊은 전각에서 경쇠 찾으니 신령스런 골짜기 아득한데
上房簾卷浙江明.[5]　　스님 거처에서 주렴 걷으니 절강이 환히 보이네.
遙泉遞濺雲崖落,[6]　　먼 폭포는 차례로 흩뿌리며 구름 낀 절벽에서 떨어지고
高竹重穿石眼生.[7]　　키 큰 대나무는 다시 돌구멍을 뚫고 자라나네.
客慮暗隨諸境寂,　　나그네 심사 여러 경내를 따르며 남몰래 평온해지는데
更聞童子喚猿聲.[8]　　원숭이 부르는 동자의 목소리 다시금 들려오네.

【주석】

1 이 시는 ≪전당시≫에 수록되어 있지 않다.
[원주] 육우의 〈전당 무림에 있는 산 천축산과 영은산 두 산에 대한 기〉에 "산은 항주 서북쪽에 있는데 전당문 진왕 남선석에서부터 다음으로 원공의 송문을 지나면 두 산사[48]로 들어간다. 수나라 개황 14년(595) 항주자사 원인경이 길 양쪽에 소나무를 심었는데 길가마다 세 줄로 그 거리가 8내지 9척이 되며 그 다음은 합간교이다. 전당 문에서 이 다리에 이르기까지 12리이고 그 다음은 두 절의 바깥문인데 남쪽으로 가면 천축사요, 북쪽으로 가면 영은사이다."라 하였다.(陸羽, 錢塘武林山天竺靈隱二山記, 山在州西北, 自錢塘門[49]秦王纜船石[50], 次袁公松門, 入兩山寺. 隋開皇十四年, 刺史袁仁敬夾道種松, 每畔三行, 相去八九尺, 次合澗橋. 錢門至橋十有二里, 次兩寺外方門, 南去天竺寺, 北去靈隱寺)

2 [원주] ≪예문유취·내전시≫에 "법광은 취령에서 명성이 나고 불경은 영은사에 숨어있네."라 하였다.

48) 천축산에는 천축사가 있고 영은산에는 영은사가 있다.
49) 錢塘門(전당문) : 서호(西湖)에 있는 옛 성문.
50) 秦王纜船石(진왕람선석) : 서호십경(西湖十景) 가운데 하나.

(藝文類聚, 內典詩, 放光[51]聞鷲嶺[52], 金牒秘香城[53])

煙巖(연암) : 안개 낀 바위.

香城(향성): 절. 사찰. 여기서는 영은사를 가리킨다.

3 [원주] ≪목천자전≫에 "천자께서 높은 소나무 돌 비탈길을 오르시네."라 하였다.(穆天子傳, 天子升長松之磴)

松磴(송등) : 길 양쪽에 소나무가 늘어선 돌 비탈길. 여기서는 당대(唐代) 항주자사 원인경(袁仁敬)이 조성한 구리송(九里松) 길을 가리킨다.

4 靈洞(영동) : 신령스러운 골짜기. 영은사 앞의 비래봉은 영취(靈鷲)라고도 하므로 영동은 비래봉을 가리킨다.

5 [원주] '절강'은 위의 주석에 보인다.[54](浙江見上注)

6 遞濺(체천) : 산에서 흘러내리면서 차례대로 물방울을 흩뿌리다.

7 石眼(석안) : 돌에 난 샘물 구멍. 영은사 부근의 바위에는 구멍이 많다.

8 [원주] ≪조정사원≫[55]의 '호원' 항목 아래 영은의 이름 내원을 주석하였다. "연리[56]가 이르러 '이 산은 우리 인도의 영은산 취봉인데 날아와서 이곳에 숨었군요.'라고 말하였다. 사람들이 그 말을 믿지 못하자 연리가 '저 산의 흰 원숭이를 부르면 밝힐 수 있습니다.'라고 말하고 원숭이를 부르니 원숭이가 그 소리를 듣고 나왔다. 지금 영은사 앞에 호원간과 비래봉이 있으므로 그 산을 영은이라 한 것이다."라 하였다.(祖庭事苑, 呼猿下注, 靈隱之名由. 連理至曰, 此[57]吾西竺[58]靈隱鷲峰也, 飛來隱於此地. 人未之信, 理曰, 彼山白猿呼之可驗. 因呼猿, 猿爲之出. 今寺前有呼猿澗飛來峰, 故其山曰靈隱)

【해설】

이 시는 항주의 천축산에 있는 영은사를 읊은 작품으로 절에 이르는 도중의 풍경, 절에서 바라본 풍경, 절 주변의 풍경, 절에서의 감회 등을 순차적으로 노래하였다. 시의 전반부는 영은사에 도착하는 과정을 노래하였다. 제1~2구는 절에 도착하기 전 길가의 바위와 솔 길을 언급하였고 제3~4구는 절에 도착하여 둘러본 전각과 상방을 말하였는데 전각과 상방의 묘사만으로 비래봉이 멀리 보이고 절강이 가까운 영은사의 지형도를 그려내었다. 시의 후반부는 영은사 부근의 풍경과 자신의 감회를 서술하였다. 제5~6구는 영은사 주변의 샘물과 대숲을 묘사하였는데 호포천(虎跑泉)과 서호(西湖)가 가까워서 수량이 풍부하고 구멍 뚫린 바위가 많은 영은사만의 특징을 포착해냈었다. 제7~8구는 영은사에서 느끼는 감회를 서술하였는데 절의 이름에 얽힌 고사를 활용하여 영은사의 신비하고 심오한 분위기를 표현하였다.

51) 放光(방광) : 불법의 신통력으로 빛을 발함.
52) 鷲嶺(취령) : 항주(杭州) 영은사 앞의 비래봉(飛來峰). 비래봉을 영취(靈鷲)라고도 하므로 취령이라 한 것이다.
53) 香城(향성) : 절. 여기서는 영은사를 가리킨다.
54) 장효표의 시 047. 〈여항으로 돌아가는 정보상인을 전송하며(送貞寶上人歸餘杭)〉에 보인다.
55) 조정사원(祖庭事苑) : 이 책은 북송(北宋) 목암선경(睦庵善卿)이 편찬한 불교사전으로 ≪만속장(萬續藏)≫제111책과 ≪신종전서(神宗全書)≫제84책을 수록하고 있다.
56) 연리(連理) : 혜리(慧理).
57) 此(차) : 항주(杭州)의 비래봉(飛來峰)을 가리킨다.
58) 西竺(서축) : 인도.

두자미시(杜紫微詩)

[원주] ≪당서≫에 "두목의 자는 목지로, 글을 잘 지었고 진사에 급제하였다. 심전사가 표문을 올려 강서단련순관이 되었고 또 우승유의 회남절도부에서 장서기를 지냈다. 감찰어사로 발탁되어 동도로 파견되었다. 동생 두의의 병을 핑계로 관직을 버렸다가 다시 선주단련이 되었다. 황주·지주·목주 세 주의 자사를 역임하였고 조정으로 들어가서 사훈원외랑이 되었으며, 이부로 옮겼다가 다시 청하여 호주자사가 되었다. 이듬해에 고공낭중지제고에서 중서사인으로 옮겼다."라 하였다.(唐書, 杜牧, 字牧之, 善屬文, 第進士. 沈傳師表爲江西團練巡官, 又牛僧孺淮南節度府掌書記. 擢監察御史, 分司東都. 以弟顗病棄官, 復爲宣州團練. 官歷黃池睦三州刺史, 入爲司勳員外郎, 改吏部, 復乞爲湖州刺史. 踰年, 以考功郎中知制誥, 遷中書舍人)

두목(杜牧, 803~853)

경조(京兆) 만년(萬年, 지금의 섬서성(陝西省) 서안(西安)) 출신으로 호는 번천거사(樊川居士)이다. 재상(宰相)을 지낸 두우(杜佑)의 손자이며 두종울(杜從鬱)의 아들이다. 당(唐) 문종(文宗) 대화(大和) 2년(828) 진사에 급제하였고, 홍문관교서랑(弘文館校書郎)에 제수되었다. 심전사(沈傳師)를 따라 홍주(洪州) 남창현(南昌縣)으로 가서 강서단련순관(江西團練巡官)·대리평사(大理評事)가 되었고, 우승유(牛僧孺)를 따라 양주(揚州)로 가서 장서기(掌書記)를 맡는 등 막부를 전전하였다. 개성(開成) 4년(839) 장안으로 돌아와 좌보궐(左補闕)·사관수찬(史館修撰)이 되었고 선부원외랑(膳部員外郎)·비부원외랑(比部員外郎)으로 승진하기도 하였으나 치열한 당쟁의 여파로 지방으로 물러나게 된다. 황주(黃州)·지주(池州)·목주(睦州) 자사(刺史) 등의 관직을 맡았다. 만년에 다시 장안에서 이부원외랑(吏部員外郎)을 역임하였다가 스스로 외지에 부임하기를 원하여 호주자사(湖州刺史)가 된다. 1년 만에 장안으로 돌아와 최종 관직이 중서사인(中書舍人)에 이르렀다.

만당(晩唐)의 시인으로서 특히 칠언절구로 유명하여 〈적벽(赤壁)〉·〈산행(山行)〉·〈강남춘절구(江南春絶句)〉 등이 인구에 회자된다. 무병신음하거나 형식만 추구하던 당대 문학의 풍조에 반대하여 실용성을 강조하였다. 사회 현실이나 역사적 사건을 시의 소재로 삼아 우국애민(憂國愛民)의 정서를 표출하여 비장하고 호쾌한 시풍을 이루는 한편, 호사스러운 연회와 가기(歌妓)를 묘사하고 남녀 간의 사랑을 노래한 작품도 보인다. 두보(杜甫)와 구분하여 소두(小杜)라 불린다. 문집으로 ≪번천문집(樊川文集)≫ 20권이 전해진다.

(이욱진)

051

宿長慶寺[1]

장경사에 투숙하다

南行步步遠浮塵,[2]	남쪽으로 가는 걸음걸음 뜬 먼지와는 멀어져
更近青山昨夜鄰.	지난 밤 다시금 푸른 산을 이웃하였네.
高鐸數聲秋撼玉,[3]	딱딱 높이 울리는 목탁소리 가을에 옥 흔들리는 듯,
霽河千里曉橫銀.	천리 뻗은 강에 날 개니 새벽에 은이 가로 놓인 듯.
紅蕖影落前池晚,[4]	붉은 연꽃 그림자 느지막이 앞 연못에 떨어지고
綠稻香來野徑頻.[5]	초록 벼의 향기는 자주 시골길에 퍼지네.
終日官閑無一事,[6]	종일토록 관아가 한가로워 아무 일 없으니
不妨長是靜遊人.[7]	오래도록 고요히 노닐어도 괜찮다네.

【주석】

1 長慶寺(장경사) : 절강성(浙江省) 소흥(紹興) 남쪽 탑자교(塔子橋) 남쪽 끝에 있는 사찰로, 당(唐) 영휘(永徽) 2년(651)에 세워졌다. 소흥의 팔대사원(八大寺院) 중 하나이다.

2 浮塵(부진) : 공중에 떠다니는 먼지.

3 撼(감) : 흔들다.

4 紅蕖(홍거) : 붉은 연꽃.
晚(만) : 때가 늦다. ≪전당시≫에는 '정(淨)'으로 되어 있으며 '깨끗하다'는 뜻이다.

5 野徑(야경) : 시골의 작은 길.

6 官閑(관한) : 관사(官事)가 한가롭다.

7 不妨(불방) : 방해가 되지 않는다. ~해도 괜찮다.
長是(장시) : 늘, 항상. ≪전당시≫에는 '장취(長醉)'로 되어 있으며 '늘 취하다'는 뜻이다.
靜遊人(정유인) : 조용히 노니는 사람. ≪전당시≫에는 '시유인(是遊人)'으로 되어 있으며, '노니는 사람이다'는 뜻이다.

【해설】

이 시는 두목이 소흥에 있는 장경사에 머물면서 주변의 고즈넉하고 아름다운 경치와 자신의 한적한 심사를 읊은 작품이다. 제1~2구에서는 장경사에 투숙하는 과정을 서술하였다. 시인은 속세로부터 멀어져 남쪽에 있는 푸른 산에 도달하였다. 제3~4구는 사찰에서 듣고 본 목탁 소리와 강 풍경을 각각 가을의 맑은 옥 소리와 새벽의 은하수에 비유하였다. 제5~6구에서는 사찰 주변 경물의 한가롭고 정감 있는 모습을 묘사하였다. 붉은색과 초록색의 색채 대비와 함께 시각과 후각 이미지를 교차하여 대구에 변화를 주었다. 마지막 두 구에는 관직을 맡고 있으면서도 한가로이 노니는 당시 시인의 모습이 드러나 있다. 시 전체를 '고요히 노닌다(靜遊)'는 말로 압축함으로써 끝맺었다.

052

齊安秋晚[1]

제안의 늦가을

柳岸風來影漸疎,2	버드나무 물가에 바람 불어 그림자 점점 성글어지니
使君家似野人居.3	사군의 집은 야인의 거처 같네.
雲容水態還堪賞,	구름과 물의 모습 그래도 감상할 만하여
嘯志吟懷亦自如.4	뜻과 마음 읊조리니 또한 예전 그대로구나.
雨暗殘燈碁欲散,5	비 내리는 어스름 희미한 등불에 바둑도 끝나려 하고
酒醒高枕雁來初.6	술 깨어 편안히 누웠는데 기러기가 막 왔네.
可憐赤壁爭雄渡,7	가련하구나! 승리를 다투던 적벽 나루에
唯有蓑翁坐釣魚.8	도롱이 입은 늙은이만 앉아 낚시하고 있으니.

【주석】

1 이 시는 ≪전당시≫에 〈제안군의 늦가을(齊安郡晚秋)〉이라는 제목으로 실려 있다.
[원주] ≪십도지≫에 "제안은 형주의 관할지역이며 초 땅이다. 수나라 개황 3년(583)에 제안을 황주[1])로 삼았다."라 하였다.(十道志, 齊安, 荊州之域, 楚地. 隋開皇三年, 以齊安爲黃州)

2 柳岸(유안) : 버드나무를 심은 강 언덕.

3 使君(사군) : 자사(刺史)의 존칭. 두목 자신을 가리킨다. 두목은 당시 황주자사(黃州刺史)였다.

4 [원주] ≪한서·이광전≫의 "이광은 의기가 여전하였다"의 주에 "'자여'는 '예전과 같다'는 말과 같다."라 하였다.(漢書李廣傳, 廣意氣自如注, 自如, 猶言如舊)
吟懷(음회) : 마음속에 있는 것을 읊다. ≪전당시≫에는 '가회(歌懷)'로 되어 있으며 뜻은 같다.

5 殘燈(잔등) : 꺼지려고 하는 등불.
碁欲散(기욕산) : 바둑판이 끝나려고 하다. ≪전당시≫에는 '기산후(碁散後)'로 되어 있으며 '바둑판이 끝난 뒤'라는 뜻이다. ≪전당시≫를 따르면 다음 구절의 '안래초(雁來初)'와의 대우(對偶)관계가

1) 황주(黃州) : 지금의 호북성(湖北省) 동부에 위치하며, 장강과 인접해 있다.

더욱 긴밀해진다.

6 高枕(고침) : 높은 베개를 베고 편히 눕다. ≪전당시≫에는 '고침(孤枕)'으로 되어 있으며 '홀로 베개 베고 눕다'는 뜻이다.

7 [원주] 성홍지의 ≪형초기≫에 "포기현에서 장강(長江)을 따라 백 리 거리에 있는 남쪽 물가를 적벽이라고 부른다. 주유가 위나라 무제의 군대를 오림[2]과 적벽에서 쳐부쉈다."라 하였다. 이백의 시[3]에 "적벽에서 승리를 다툰 것이 꿈속의 일 같구나."라 하였다.(盛弘之荊楚記, 蒲沂縣, 沿江一百里, 南岸名赤壁. 周瑜破魏武兵於烏林, 赤壁. 李白詩曰, 赤壁爭雄如夢裏)

赤壁(적벽) : 두 지역을 가리키는데, 하나는 한(漢) 헌제(獻帝) 건안(建安) 13년(208), 주유가 이끄는 손권(孫權)·유비(劉備) 연합군이 조조(曹操)의 군대를 격파한 곳으로 포기현(蒲沂縣, 지금의 호북성(湖北省) 적벽시(赤壁市))에 있으며, 다른 하나는 적비기(赤鼻磯)로 황주(黃州, 지금의 호북성 황강시(黃岡市))에 있다. 두목이 이 시를 쓴 곳은 황주이므로 그가 잘못 안 것이다. 송대(宋代) 소식(蘇軾)도 황주의 적비기에서 〈전적벽부(前赤壁賦)〉와 〈후적벽부(後赤壁賦)〉를 지었는데, 평자들은 두목과 소식 모두 이곳을 적벽대전(赤壁大戰)을 치러진 곳으로 오인했다고 본다. 현재는 무적벽(武赤壁)·문적벽(文赤壁)으로 병칭하거나 후자를 동파적벽(東坡赤壁)이라고 따로 부른다.

爭雄(쟁웅) : 승리를 다투다.

8 蓑翁(사옹) : 도롱이를 입은 노인.

【해설】

이 시는 두목이 황주자사로 재임할 때 지은 작품이다. 장안에서 배척되어 지방관으로 전전하던 시기의 외로운 심정을 표현하였다. 제1~2구에서는 시인이 있는 제안의 풍경을 서술했다. 물가의 버드나무에 바람이 불어 이파리 수가 점점 줄어드는 늦가을의 풍경은 쓸쓸한 분위기를 연출한다. 시인은 자사라는 관직을 맡고 있어도 사는 모습은 은거자와 다를 바 없다. 제3~4구에서는 가을에 시를 읊는 뜻을 말하였다. 초목은 볼품없어지는 때지만 구름과 강물은 아직 감상할 만하여 시인은 변함없이 속마음을 읊조리고 있다. 그러나 제5~6구에서 보듯 비가 내리고 어둑해지니 바둑 두던 사람들도 흩어지고, 누우니 벌써 막 도착한 기러기가 겨울을 알린다. 제7~8구에는 제안의 적막함과 더불어 시인의 외로움이 드러나 있다. 이곳은 본래 명장들이 승부를 가린 곳인데 지금은 낚시하는 노인네만 쓸쓸히 앉아 있으니 초라하기 짝이 없다. 당시 시인의 적막한 삶의 모습과 늦가을의 정경이 어우러져 시인의 심사를 효과적으로 표현한 작품이다.

2) 오림(烏林) : 적벽의 맞은 편, 즉 장강의 북안(北岸)에 있다.
3) 이 시의 제목은 〈강하에서 남릉현령 위빙께 드리다(江夏贈韋南陵冰)〉이다.

053

郡齋寒夜卽事懷斛斯處士許秀才[1]

군 청사에서 추운 밤 사물을 마주하여
곡사처사와 허수재를 생각하다

有客誰人肯夜過,2	객의 신세로 어느 누가 밤을 지새우려 하겠냐마는
獨憐風景奈愁何.	유독 풍경을 좋아하니 시름 이는 것을 어찌하겠는가.
邊鴻怨處迷霜久,3	변방 기러기 원망스럽게 머물며 서리 속에 헤맨 지 오래인데
庭樹空來見月多.	뜰 나무에 공연히 와서 달을 보는 때가 많네.
故國杳無千里信,4	고향에서는 천리 먼 곳의 소식 전혀 없지만
綵絃時伴一聲歌.5	현악기 소리 때때로 사람의 노랫소리에 짝하겠지.
馳心只待城烏曉,6	마음을 내달리며 그저 성에 해가 밝아오길 기다리니
幾傍虛簷望白河.7	몇 번이고 높은 처마 가까이하여 은하수를 바라보네.

【주석】

1 이 시는 ≪전당시≫에 〈군 청사에서 가을밤에 사물을 마주하여 곡사 처사와 허 수재에게 보내다(郡齋秋夜卽事寄斛斯處士許秀才)〉라는 제목으로 실려 있다.
[원주] 제안군이다.(齊安郡)
郡齋(군재) : 군수(郡守)가 기거하는 곳. 두목이 황주자사로 재임할 때 머물던 곳이다.

2 肯(긍) : 기꺼이 ~하려 하다.
夜過(야과) : 밤을 지새우다. '과야(過夜)'와 같다.

3 迷霜(미상) : 서리에 빠져서 헤매다.

4 故國(고국) : 고향.
杳無(묘무) : 거의 없다.
信(신) : 소식 혹은 서신(書信).

5 綵絃(채현) : 무늬가 있는 현악기. ≪전당시≫에는 '채현(綵弦)'으로 되어 있으며 뜻은 같다.

6 [원주] ≪좌전≫에 "숙향이 말하기를 '성 위에 까마귀가 있으니 제나라 군대는 도망갈 것이다.'라고 하였다."라 하였다. ≪후한서≫에 "성 위의 까마귀, 꼬리를 흔들흔들."이라 하였다.(左傳, 叔向曰,

城上有烏, 齊師其遁. 後漢, 城上烏, 尾畢逋)

7 [원주] 두보 시[4]에 "수고로이 붉은 문 닫지 않고, 그저 은하수가 가라앉는 것을 기다린다."라 하였다.(詩史, 不勞朱戶閉, 自待白河沉)
傍(방) : 가까이 하다. ≪전당시≫에는 '대(對)'로 되어 있고 '마주하다'는 뜻이다.
虛簷(허첨) : 공중에 높이 솟은 처마.
白河(백하) : 은하수.

【해설】

이 시는 두목이 황주자사로 폄적되어 있을 때 멀리 고향땅에 있는 친구들을 그리워하며 추운 밤의 풍경을 노래한 것이다. 제1~2구에서는 객수(客愁)를 이야기하였다. 객의 신세로 밤을 지새우며 경치를 바라보고 있으니 수심이 일지 않을 수 없는 것이다. 제3~4구에서 시인은 변방 기러기에 자기 자신을 투영하여 외롭고 처량한 심사를 간접적으로 표현했다. 나뭇가지에 앉아 달을 바라보는 기러기의 모습이 폄적되어 외진 곳에 머물며 고향을 그리워하는 자신의 모습과 비슷하다. 제5~6구에서는 고향에 있는 곡사 처사와 허 수재를 상상하였다. 그들의 소식이 천 리 먼 곳에 있는 시인에게는 전해지지 않지만, 현악기를 퉁기며 노래하는 모습을 그림으로써 그리운 마음을 은근히 표현하였다. 제7~8구에는 해가 뜨길 바라는 마음을 담았다. 은하수가 가라앉고 해가 뜨길 바라는 것은 밤을 지새우는 시인이 속히 아침이 되어 시름에서 벗어나길 소망하는 것이며 더 나아가서는 외딴 곳에 나그네로 지내는 현재의 상황이 타개되고 희망찬 미래를 맞이하기를 바라는 것이다.

4) 이 시의 제목은 〈엄 시랑을 전송하며 면주로 가서 두 사군의 강가 누대에 함께 오르다(送嚴侍郞到綿州同登杜使君江樓)〉이다. ≪전당시≫ 권227에 실려 있다.

054

酬許秀才垂覽拙詩見贈之什1

허수재가 나의 시를 읽으시고
보내온 시 열 수에 수답하다

多爲裁詩步竹軒,2	시를 구상하느라 자주 죽헌을 거닐고
有時凝思過朝昏.3	때로는 골똘히 생각하며 아침저녁을 보냅니다.
篇成敢道懷荊璞,4	작품을 이루매 감히 형산의 옥 품었다고 이야기하는데
吟苦唯應似嶺猿.5	읊조림이 괴로워 오직 골짜기의 원숭이 같다고 응수합니다.
遣興每緣花月夕,6	흥을 풀면 매번 꽃과 달 있는 저녁에 매여 있고
寄愁長在別離魂.	수심 부치는 건 언제나 이별해 떠도는 혼에 있네요.
煩君把卷侵寒燭,7	번거롭게도 그대 두루마리 들고 꺼진 등불 켜게 하였으니
麗句仍傳畫戟門.8	아름다운 구절을 현귀한 집안에 거듭 전합니다.

【주석】

1 이 시는 ≪전당시≫에 〈열셋째인 허 수재에게 수답하며 겸하여 보내온 운자에 의거하다(酬許十三秀才兼依來韻)〉라는 제목으로 실려 있다.
垂覽拙詩(수람졸시) : 졸렬한 시를 보아주시다. '수(垂)'자는 동사 앞에 쓰여 상대에 대한 높임을 나타내고, '졸(拙)'자는 자신을 낮추는 겸어(謙語)이다.

2 竹軒(죽헌) : 대나무로 지은 건물.

3 [원주] 〈천태산부〉의 "깊은 바위에서 생각을 모으다." 주석에 "'응'은 '멈추다'라는 뜻이다."라 하였다.(天台山賦, 凝思幽巖注, 凝止5)也)

4 [원주] 조식의 편지6)에 "문장가마다 스스로 형산의 옥을 가지고 있다고 한다."라 하였다.(曹子建7)書, 家家自謂抱荊山之玉)
道(도) : ~라고 여기다, 생각하다.
荊璞(형박) : 형산의 옥. 화씨벽(和氏璧)을 가리키며, 뛰어난 재주를 비유한다. ≪전당시≫에는 '금박

5) 止(지): 원주에는 '上(상)'이라고 되어 있는데, ≪육신주문선(六臣注文選)≫ 권11에 의거하여 바로잡았다.
6) 이 글은 ≪조자건집(曹子建集)≫ 권9에 실려 있는 〈양덕조에게 쓰는 편지(與楊德祖書)〉 중 한 구절이다.
7) 建(건): 원주에는 '立(립)'이라고 잘못 되어 있는데 수정하였다.

(金璞)'으로 되어 있으며 '순수한 아름다움'이라는 뜻이다.

5 [원주] 《의도산천기》에 "골짜기에 원숭이 울음소리가 산골짜기에 맑게 울리는데 끊임없이 청량하게 퍼졌다. 지나가는 이가 '파 땅 동쪽의 삼협에서 원숭이 슬피 우네. 원숭이 세 번 우니 눈물이 옷을 적시네.'라고 노래하였다."라 하였다.(宜都山川記, 峽中猿鳴淸徹山谷, 其響泠泠不絶. 行者歌之曰, 巴東三峽猿鳴哀, 猿鳴三聲淚沾衣)

6 [원주] 육기(陸機)의 〈문부〉 서문 중 "말을 뱉고 글을 부치다."의 주에 "'견'은 '드러내다'라는 뜻이다." 라 하였다.(陸士衡文賦序, 放言遣辭注, 遣, 發也)

緣(연) : 따르다, 좇다. 《전당시》에는 '참(慙)'으로 되어 있으며 '부끄러워하다'라는 뜻이다.

花月(화월) : 꽃과 달. 아름다운 풍경을 가리킨다.

7 煩君(번군) : 그대를 번거롭게 하다, 그대에게 폐를 끼치다. 《전당시》에는 '빙군(憑君)'으로 되어 있고 뜻은 같다.

侵寒燭(침한촉) : 꺼져 식어 있던 촛불에 다시 불을 붙이다.

8 [원주] 두보 시[8]의 "(관직을 받고) 집 나온 지 오년 만에 서릿발 같은 창 늘어놓았다." 주에 "한휴가 아들에게 말하기를 '너희들은 어찌 양 장군을 보지 못하는가? 몇 년 지나지 않아 문에 채색 창을 늘어놓았는데, 하물며 너희들은 당당하게 유독 벌레 먹은 책이나 지키고 잘 꾸민 대우법이나 배우고 있으니 양 장군에 비하면 아직 멀었구나.'라고 하였다."라 하였다.(詩史, 五年起家列霜戟注, 韓休語子曰, 爾輩豈不見楊將軍乎? 不數年門列畫戟, 況爾輩當當然, 獨守蠹簡, 學組繡對偶, 比楊將軍遠矣)

麗句(여구) : 아름다운 구절, 즉 대우(對偶)를 이루는 구절을 뜻한다. '여구(儷句)'와 같다. 칠언율시인 이 시를 가리킨다.

仍(잉) : 거듭. 허 수재가 이미 자신의 시를 본 적이 있으므로 '거듭'이라 하였다. 《전당시》에는 '시(時)'로 되어 있으며 '때때로'라는 뜻이다.

畫戟門(화극문) : 채색한 창을 늘어놓은 문. 당대(唐代)에 삼품(三品) 이상의 관리들은 모두 채색한 창을 늘어놓아 문을 장식하였다. 뒤에는 현귀(顯貴)한 집안을 가리키게 되었다. 이 시에서는 허 수재의 집을 가리킨다.

【해설】

이 시는 허 수재가 자신의 시를 읽고 보내온 시에 화답한 것이다. 제1~2구에서는 평소 시를 구상하는 자신의 모습을 묘사했다. 죽헌을 거닐면서 생각을 정리하고 어떤 때는 시간 가는 줄 모르기도 한다. 제3~4구에서는 시를 짓는 데 있어 뛰어난 재주를 가졌다고 자부하지만 골짜기의 원숭이처럼 가슴 아파서 나오는 읊조림이라고 밝히고 있다. 제5~6구는 상대방의 시에 대한 평이다. 자신의 시가 스스로의 고통을 읊조린 것인 데 반해 허 수재의 시는 아름다운 풍경을 노래하고 자신처럼 떠도는 이를 걱정하는 마음을 담고 있음을 말하였다. 제7~8구에는 이 시를 보내는 뜻을 담았다. 자신의 시를 읽어주고 답시를 보내준 허 수재에게 감사하는 마음으로 거듭 시를 전한다는 의미이다. 시인은 이 시를 통해 자신의 시재(詩才)에 대한 겸허한 태도를 밝히고 아울러 허 수재에게 경모와 감사의 뜻을 전하고 있다.

8) 이 시의 제목은 〈위 장군의 노래(魏將軍歌)〉이다.

055

郡樓晩眺感事懷古[1]

제안군의 누각에서 저녁에 먼 곳을
바라보며 옛 일에 감동하여 회고하다

半晴高樹氣葱蘢,[2]	반쯤 날 개어 높은 나무의 기운 푸르고 무성한데
靜卷疎簾漢水東.[3]	조용히 성긴 발을 말아 올리니 한수의 동쪽이로구나.
雲薄細飛殘照雨,	구름 엷어 석양의 빗발 가늘게 날리고
燕輕斜讓晩樓風.[4]	제비 가벼워 저녁 누각 바람에 비스듬히 몸을 맡기네.
名存故國川波上,	명성은 고향 시내의 물결 위에 남아 있거늘
事逐荒城草露中.[5]	옛 일은 황폐한 성의 풀에 맺힌 이슬 속으로 사라졌네.
欲學含珠何所用,[6]	구슬 품은 일 배우려 하나 어디에 쓰겠는가!
獨凝遙思入煙空.[7]	홀로 먼 곳을 그리워하며 높은 하늘만 바라보네.

【주석】

1 이 시는 ≪전당시≫에 수록되어 있지 않다.
[원주] 제안군이다.(齊安郡)
郡樓(군루) : 제안군에 있는 누각. 제안군은 지금의 호북성(湖北省) 동부, 장강(長江) 중류의 북안에 위치한 황주(黃州)의 옛 명칭이다.
眺(조) : 먼 곳을 바라보다.
感事(감사) : 어떤 일로 인해 흥이 일다.

2 葱蘢(총롱) : 초목이 푸르고 무성함을 형용한다.

3 疎簾(소렴) : 대나무로 짠 성긴 발.
漢水東(한수동) : '한수(漢水)'의 동쪽. 이 구절에서는 황주의 적벽(赤壁) 부근을 가리킨다. 장강은 한수와 합류하여 동쪽으로 흐르며 황주의 적벽 아래를 지나간다.

4 讓(양) : 맡기다, 허용하다.

5 [원주] ≪위지≫에 "손권은 주유・유비 등과 힘을 합쳐 조공[9]을 공격했고, 공의 군대를 적벽에서 크게 격파하였다."라 하였다.(魏志, 孫權與周瑜劉備等併力擊曹公, 大破公軍於赤壁)

荒城(황성) : 황폐한 성. 황주를 가리킨다.
草露(초로) : 풀 위의 이슬.

6 [원주] ≪회남자≫에 "수[10] 제후의 구슬"이라는 구절의 고유 주에, "수의 제후가 길을 가다가 다친 뱀을 보고서 약을 발라 주었다. 후에 뱀이 야광주(夜光珠)를 머금고 와서 보답하였다. 이 때문에 '수후주'라고도 한다."라 하였다. ≪장자≫에 "살아서 은혜를 베풀지도 않았는데 죽어서 구슬을 품어 무엇 하겠는가?"라 하였다.(淮南子, 隋侯之珠, 高誘[11]注, 隋侯行見蛇傷, 以藥傅之. 後蛇含明月珠以報之. 因曰隋侯珠. 莊子, 生不布施, 死何含珠爲)
學(학) : 모방하다. ~을 따라하다.

7 遙思(요사) : 오래 전의 일을 생각하다.
煙空(연공) : 높은 하늘.

【해설】

이 시는 앞의 시와 마찬가지로 두목이 황주자사로 폄적되어 있을 때 지은 것이다. 제목에서 밝힌 바와 같이 이 시는 제안군의 저녁 경치, 적벽대전에 대한 회고, 자기 신세에 대한 한탄으로 구성되어 있다. 제1~2구에는 작시의 계기가 드러나 있다. 비가 완전히 그치지 않고 반쯤 멎었을 때 나무는 더욱 생기 있어 보인다. 이러한 경치는 시인의 관심을 끌어 창밖을 내다보게 만들고 시흥을 일으킨다. 제3~4구에서는 한수 동쪽 지역, 즉 시인이 위치한 누각 부근의 경치를 서술하였다. 가랑비가 촉촉하게 내리는 가운데 제비가 바람을 따라 하늘을 가로지르는 석양 속의 경치는 회고의 계기가 된다. 제5~6구에서는 적벽대전을 떠올리며 세월의 무상함을 이야기하였다. 주요 인물의 명성은 남아 있지만 그 사건은 자취를 감추고 황폐한 성만 덩그러니 있을 뿐이다. 마지막 두 구절에는 좌절한 심정을 담았다. 수의 제후에게 보답하고자 야광주를 품고 온 뱀처럼 자신도 조정에서 인재로 쓰이고 싶지만 현재로서는 그렇지 못해 장안 쪽을 막연히 그리워하는 모습에서 처량함이 느껴진다.

9) 조공(曹公) : 조조(曹操)를 말한다.
10) 수(隋) : 주(周)나라의 제후국(諸侯國) 중 하나.
11) 誘(유) : 원주에는 '談(담)'으로 잘못 되어있는데 수정하였다.

056

題宛陵水閣[1]

완릉의 수각에 대해 쓰다

六朝文物草聯空,[2]	육조의 문물 있던 곳 풀만 하늘에 이어졌는데
天澹雲閑今古同.	하늘빛 엷고 구름 한가로운 건 예나 지금이나 같네.
鳥去鳥來山色裏,	산 경치 안에서 새는 떠나고 돌아오고
人歌人哭水聲中.	물소리 가운데 사람은 노래하고 슬피운다.
深秋簾幕千家雨,[3]	깊은 가을에 염막 친 수많은 집에는 비 내리고
落日樓臺一笛風.[4]	해질 녘의 누대에서는 외로운 피리소리 바람에 실리네.
惆悵無因見范蠡,[5]	서글프게도 범려를 만날 방법이 없으니
參差煙樹五湖東.[6]	오호의 동쪽에 안개 낀 나무만 들쭉날쭉하네.

【주석】

1 이 시는 ≪전당시≫에 〈선주 개원사의 수각에 대해 쓰다. 수각 아래 완계, 협계에 사는 사람(題宣州開元寺水閣, 閣下宛溪夾溪居人)〉이라는 제목으로 실려 있다.
[원주] ≪십도지≫에 "선성은 한대의 완릉현이다."라 하였다.(十道志, 宣城, 漢宛陵縣)
宛陵(완릉) : 지금의 안휘성(安徽省) 선성시(宣城市)의 옛 이름이다.
水閣(수각) : 물가에 지어진 누각.

2 [원주] ≪건강실록≫에 "오・진・송・제・량・진이 모두 금릉(지금의 남경(南京))을 수도로 하였으니 이것이 육조이다."라 하였다. ≪좌전≫에 "문물로써 그것을 기록한다."라 하였다.(建康實錄, 吳晉宋齊梁陳並都金陵, 是爲六朝. 左傳, 文物以記之云)
文物(문물) : 예악제도(禮樂制度). 즉 규범과 문화적 성취를 말한다.
聯(연) : 이어지다. ≪전당시≫에는 '연(連)'으로 되어 있으며 뜻은 같다.

3 簾幕(염막) : 창에 치는 주렴과 장막.

4 一笛(일적) : 한 대의 피리가 내는 소리를 가리킨다.

5 無因(무인) : ~할 길이 없다.

范蠡(범려) : 춘추(春秋)시대 말 초(楚)의 완(宛, 지금의 하남성(河南省) 남양현(南陽縣)) 출신으로, 월(越)의 대부(大夫)가 되어 월왕 구천(句踐)을 섬겼다. 구천을 도와 오(吳)를 멸망시킨 뒤 일엽편주를 타고 오호(五湖)를 유랑하며 숨어 지냈다고 알려져 있다. 이 때문에 공성신퇴(功成身退)의 전형으로 꼽힌다.

6 [원주] "범려"에 대해서는 상권의 "성명을 바꾸다" 구절의 주에 보인다.[12] ≪통전≫에 "오호는 오군·오흥·진릉 세 현에 걸쳐 있다."라 하였다.(范蠡見上變姓名注. 通典, 五湖在吳郡吳興晉陵三縣)

參差(참치) : 들쭉날쭉한 모양.

五湖(오호) : 지금의 강소성(江蘇省)·절강성(浙江省)에 걸쳐 있는 태호(太湖)를 지칭한다. 범려가 정계에서 물러나 숨어 지낸 곳이다.

【해설】

이 시는 두목이 완릉에 있는 수각에서 주변의 경치를 보고 느낀 바를 쓴 작품이다. 제1~2구에서는 시대의 변화와 자연의 불변함을 대비함으로써 서두를 열었다. 완릉은 육조가 거쳐 간 지역이지만 그 제도와 문화는 남아 있지 않고 풀만 무성하게 자랐다. 반면 하늘과 구름 등 자연은 여전하다고 서술함으로써 인간 세상의 무상함이 부각된다. 제3~4구는 앞에서의 대비를 이어 변함없는 자연 경관 속에서 겪는 변화를 이야기하였다. 새가 떠나든 돌아오든 모두 산 풍경 안의 일이고 사람이 즐거워서 소리 내든 슬퍼서 소리 내든지 간에 모두 물소리에 동화되는 것이다. 자연은 모든 역사를 담고 있다는 것을 알 수 있다. 제5~6구에서는 수각과 그 주변의 풍경을 묘사했다. 시내를 낀 채 늘어선 수많은 인가에서는 염막을 쳐서 늦가을 비를 막는다. 하지만 홀로 해 지는 누대에서 피리를 불고 있으니 그 처량한 마음을 알 만하다. 마지막 두 구에서는 범려가 숨어 지냈다는 오호 쪽을 바라보며 자신은 그처럼 공성신퇴를 실천하지 못하고 있음을 안타까워했다. 세월의 무상함과 시인의 쓸쓸한 심정을 담은 시다.

12) 온정균의 시 024. 〈선생 자수께 부침(寄先生子修)〉에 보인다.

057

懷鍾陵舊遊1

예전에 유람했던 종릉을 회상하며

一謁征南最少年,2	정남장군을 처음 알현하는 가장 젊은 청년 있었으니
虞卿雙璧截肪鮮.3	우경의 한 쌍 옥은 잘라 놓은 지방처럼 고왔지.
歌謠千里春長暖,4	천리에 노랫소리 퍼지니 봄은 길이 따뜻하고
絲管高樓月正圓.5	높은 누각에서 나는 악기소리에 달은 막 둥글었네.
玉帳軍籌羅俊彦,6	옥 휘장에서는 군대 일 모의하려고 인재들이 늘어섰고
絳帷環珮立神仙.7	붉은 장막에는 고리 옥을 찬 신선이 서 있었지.
陸公餘德機雲在,8	육공의 남은 덕은 육기와 육운에게 있었으니
如我酬恩合執鞭.9	만약 내가 은혜에 보답하려면 채찍 잡는 것도 합당하리.

【주석】

1 이 시는 ≪전당시≫에 같은 제목의 시 4수 중 제1수로 수록되어 있다.
[원주] 상권 '종릉'의 주에 보인다.13) 본집의 〈이 부군의 묘지명〉14)에 "대화 2년(930) 종릉(지금의 강서성(江西省) 진현현(進賢縣))과 선성(지금의 안휘성(安徽省) 선성시(宣城市))에서 심공을 섬기며 양 부에서 막료가 된 지 오년이었다."라 하였다.(見上鍾陵注. 按本集李府君銘, 大和二年, 事沈公於鍾陵, 宣城, 爲幕吏兩部15)凡五年間)

2 [원주] ≪통전≫에서 "정남장군"의 주에 "한 광무제 건무 2년에 설치하여 풍이를 임명하였다. 또한 잠팽을 대장군으로 삼았다."라 하였다. ≪구당서 · 심전사전≫에 "상서우승으로 조정에 들었다가 홍주자사 · 강남 서도관찰사로 파견되었다. 선주자사로 옮겨졌다가 이부시랑이 되어 조정에 들었다. 아들 추와 순은 모두 진사에 급제하였다."라 하였다. ≪당서 · 두목전≫에 "심전사가 표를 올려

13) 장효표의 시 046. 〈수재 유부를 전송하며(送兪鳧秀才)〉에 보인다.
14) 두목의 문집인 ≪번천집(樊川集)≫ 권6에 실려 있는 〈당의 고인 평로군 절도순관인 농서 이 부군의 묘지명(唐故平盧軍節度巡官隴西李府君墓誌銘)〉을 가리킨다.
15) 兩部(양부) : ≪번천집≫에는 '兩府(양부)'로 되어 있다.

강서단련순관이 되었다."라 하였다. 본집의 〈노 대부께 드리는 편지〉[16]에 "저는 26세 때 교서랑에서 심공의 막부로 옮겨갔습니다."라 하였다.(通典, 征南將軍注, 漢光武建武二年置, 以馮異爲之. 亦以岑彭爲大將軍. 舊唐書沈傳師傳, 尙書右丞[17]出爲洪州刺史, 江南西道觀察使. 轉宣州刺史, 入爲吏部侍郞. 有子樞詢, 皆登進士第. 唐書杜牧傳, 沈傳師表爲江西團練巡官. 本集與盧大夫書, 某年二十六, 由校書郞入沈公幕府)

征南(정남) : 정남대장군(征南大將軍). 여기에서는 두목을 발탁한 심전사(沈傳師)를 가리킨다.

最少年(최소년) : 가장 나이가 젊은 사람. 두목 자신을 가리킨다.

3 [원주] 《사기》에 "우경은 짚신을 신고 우산을 멘 채 조국(趙國)의 성왕에게 유세하였다. 성왕은 그를 한번 만나보고는 황금 백 일과 백옥 한 쌍을 하사하였다."라 하였다. 조비(曹丕)의 〈종요에게 주는 편지〉에 "미옥이 하얘서 마치 잘라놓은 지방 같다."라 하였다. '방'은 음이 '방'이며 돼지기름이다.(史記, 虞卿躡蹻擔簦說趙成王. 成王一見, 賜黃金百鎰, 白璧一雙. 魏文帝與鍾繇書, 美玉白如截肪. 肪, 音方, 豬脂也)

4 [원주] 《한시장구》에 "법도가 있는 곡을 '가'라고 하고, 법도가 없는 곡을 '요'라고 한다."라 하였다.(韓詩章句, 有章曲曰歌, 無章曲曰謠)

5 高樓(고루) : 높은 누대. 《전당시》에는 '고대(高臺)'로 되어 있으며 뜻은 같다.

6 [원주] 두보 시 "옥장"의 주에 "《당서・예문지》에 《옥장경》이 있는데, 아마도 병서일 것이다."라 하였다. 《동파집》 주에 "옥장은 장군이다. 옛날에 《옥장경》이 있었는데 이백과 두보가 모두 그것을 인용하였다."라 하였다. 《서경》에 "사방에서 인재를 구한다."라 하였다.(詩史, 玉帳注, 唐書藝文志有玉帳經, 蓋兵書也. 東坡集注, 玉帳, 將軍也. 古有玉帳經, 而李杜皆用云云. 書, 旁求俊彦)

軍籌(군주) : 군대에서 작전을 짜다. '주(籌)'는 본래 산가지를 가리킨다. 여기에서는 '모의하다'라는 뜻의 동사로 활용되었다.

羅(라) : 초청하다, 불러들이다.

俊彦(준언) : 걸출한 인물, 현재(賢才).

7 [원주] 《후한서》에 "마융은 재능이 뛰어나고 박학하여 통달한 유자(儒者)가 되었다. 교육하는 유생이 항상 수천 명이었고, 건물 안의 기물과 의복에는 호화로운 장식이 많이 있었다. 항상 높은 대청에 앉아 붉은색 깁으로 된 장막을 드리운 채 앞에서 생도를 가르쳤다."라 하였다. 《예기》에 "천자는 백옥을 차고, 공후는 산현옥을 차고, 대부는 수창옥을 찬다."라 하였다. 반소(班昭)는 "옥환패는 패옥에 고리가 있는 것이다."라 하였다. (後漢, 馬融, 才高博洽, 爲達儒. 敎養諸生常有千數. 居宇[18]器服, 多存侈[19]飾. 常坐高堂, 施絳紗帳, 前授生徒. 禮記, 天子佩白玉, 公侯佩山玄玉, 大夫佩水蒼玉. 曹大家曰, 玉環珮. 珮玉有環)

絳帷(강유) : 붉은색 장막.

環珮(환패) : 환옥(環玉), 즉 고리 모양의 옥을 차다. '환패(環佩)'와 같다.

8 [원주] 《진서》에 "육기[20]는 오군(지금의 강소성(江蘇省) 소주(蘇州)) 사람이다. 조부 육손은 오의

16) 《번천집(樊川集)》 권13에 실려 있는 〈절서 노 대부께 드리는 편지(與浙西盧大夫書)〉를 가리킨다.
17) 尙書右丞(상서우승) : 《구당서》 원주에 "상서우승으로서 (조정에) 들었다.(入爲尙書右丞)"라고 되어 있다.
18) 宇(우): 원주에는 '巾(신)'으로 되어 있으나 사고전서본 《후한서》 권90상에 의거하여 바로잡았다.
19) 侈(치): 원주에는 '後(후)'로 되어 있으나 사고전서본 《후한서》 권90상에 의거하여 바로잡았다.

승상이었고, 부친 육항은 오의 대사마였다. 육기가 20세 때 오가 멸망하였다. 태강 말에 이르러 동생 운과 함께 낙양(洛陽)으로 들어갔다."라 하였다.(晉書, 陸機, 吳郡人也. 祖遜, 吳丞相. 父抗, 吳大司馬. 機年二十而吳滅. 至太康末與弟雲俱入洛)

陸公(육공) : 오의 승상이었던 육손(陸遜). 육기(陸機)의 조부이다. 여기에서는 두목의 조부인 두우(杜佑)를 암시한다. 두우는 덕종(德宗)・순종(順宗)・헌종(憲宗) 삼조에 걸쳐 재상(宰相)을 역임한 영향력 있는 정치가였다. 두우가 조카딸을 시집보낼 정도로 심전사를 아끼고 인정한 덕에 심전사의 벼슬길은 순탄했다. 두목이 10세 때 두우는 이미 병으로 사직하고 정계를 떠난 상황이었으므로 두목은 그 덕을 보지 못했으나, 두씨 집안과 교분이 있었던 심전사에 의해 막료로 등용되는 데에 이른다. 오의 명문가 자제로서 진에서 인정받을 수 있었던 육기・육운 형제의 상황을 자신의 상황에 빗댄 것이다.

9 [원주] ≪논어(論語)≫에 "공자께서 말씀하시길, '부유함이 추구할 만한 것이라면 채찍 잡는 사람이라도 나는 하겠다.'라고 하였다."라 하였다. ≪사기≫에 "태사공이 말하기를, '가령 안자가 살아 있다면 나는 그를 위해 채찍을 잡더라도 기쁘게 여길 것이다.'라고 하였다."라 하였다.(語, 子曰, 富而可求也, 雖執鞭之士, 吾亦爲之. 史記, 太史公曰, 假令晏子而在, 余雖爲執鞭, 所欣慕焉)

合(합) : 적합하다, 합당하다.

執鞭(집편) : 채찍을 잡다. 수레를 끄는 일과 같은 미천한 노동을 가리킨다.

【해설】

이 시는 두목이 심전사(沈傳師)의 속관으로서 종릉(鍾陵, 지금의 강서성(江西省) 진현현(進賢縣))에 있을 때를 회상하며 쓴 것이다. 제1~2구에서는 심전사에게 처음 등용될 때의 장면을 떠올렸다. 당시 젊은 청년이었던 두목은, 우경이 성왕에게 인정받아 최상품 옥을 하사받았던 것처럼 심전사의 총애를 받았다. 제3~4구에서는 당시의 연회 경관을 묘사하였다. 태평한 시절이어서 노랫소리가 멀리까지 들렸고 밤에는 연회가 열려 악기소리가 울려 퍼졌다. 봄의 따스함이 지속되고 달이 둥그니 더할 나위 없이 좋은 때이다. 제5~6구에서는 당시 막부의 상황을 기라성 같은 인재들과 심전사의 모습으로 나누어 서술하였다. 군대의 일을 모의하기 위해 많은 인재들을 불러들였고 막부의 수장이었던 심전사는 고고한 자태를 갖추고 있었음을 알 수 있다. 제7~8구에서는 재상을 지낸 조부 두우가 심전사와 맺은 인연 덕분에 자신이 막료로서 그를 위해 일했던 상황을 육기 형제의 일과 견주었다. 선조의 덕이 자신에게까지 미쳤으니, 채찍 잡는 미천한 일을 해서라도 등용해준 은혜에 보답해야 한다는 뜻이다.

20) 육기(陸機, 260~303) : 서진(西晉)의 문인으로 자는 사형(士衡)이다. 그는 오(吳)의 최고 명문가에서 적자로 태어났으나, 오가 진(晉)에 의해 멸망한 이후에 동생과 함께 진으로 들어갔다. 육기는 당시 진의 저명한 학자였던 장화(張華)에게 인정을 받았고, 그 덕분에 성도왕(成都王) 사마영(司馬穎)에 의해 평원내사(平原內史)로 등용되었다. 사마영이 장사왕(長沙王) 사마예(司馬乂)를 토벌할 때 육기를 후장군(後將軍), 하북대도독(河北大都督)으로 임명하여 이십여 만 명을 통솔하게 하였다. 그는 사마예와 녹원(鹿苑)에서 싸웠으나 크게 패하였고, 환관들이 사마영에게 참언하여 끝내 그에게 죽임을 당하였다.

058

其二[1]

예전에 유람했던
종릉을 회상하며 2

控壓平湖十萬家,2	십만 채의 집이 잔잔한 호수를 누르고 있는데
秋來江上鏡新磨.3	강 위에 가을이 오니 거울을 새로 간 듯했지.
城頭晩鼓雷霆後,4	성벽 위에서 저녁 북소리가 벼락 치듯 울린 뒤
橋上遊人笑語多.	다리 위의 노니는 사람 웃고 떠드는 소리 많아졌네.
日落汀痕千里色,5	해 떨어지며 물가에 남긴 흔적 천리 멀리 빛나고
月當樓午一聲歌.6	달이 높이 뜬 누대에서는 노랫소리 울렸네.
昔年行樂穠桃伴,7	지난날 놀고 즐기며 아름다운 복사꽃과 짝하여
醉與龍沙揀蜀羅.8	취한 채로 용사에게 촉 비단을 골라 주었지.

【주석】

1 이 시는 ≪전당시≫에 같은 제목의 시 4수 중 제4수로 수록되어 있다.

2 控壓(공압) : 통제하다, 억제하다.
平湖(평호) : 잔잔한 호수. ≪전당시≫에는 '평강(平江)'으로 되어 있으며, '잔잔한 강'이라는 뜻이다.

3 江上(강상) : 강가. ≪전당시≫에는 '강정(江靜)'으로 되어 있으며, '강이 고요하다'라는 뜻이다.

4 城頭(성두) : 성벽 위를 가리킨다.

5 汀(정) : 물가.

6 午(오) : 달이 하늘 한가운데 뜬 것을 이른다.

7 [원주] ≪한서·양운전≫에 "저 남산을 개간했으나 황폐해지도록 돌보지 않았네. 일 경 땅에 콩을 심었지만 다 떨어지고 콩대만 남았네. 인생은 즐겁게 놀아야 할지니 부귀를 기다려도 어느 때일지?"라 하였다. ≪시경≫[21]에 "어찌 그리도 무성한지, 꽃이 복숭아 자두 같네."라 하였다.(前漢楊惲傳, 田彼南山, 蕪穢不理. 種一頃豆, 落而爲萁. 人生行樂耳, 須富貴何時. 詩, 何彼穠矣, 華如桃李)

21) 여기서는 〈소남(召南)·하피농의(何彼穠矣)〉 시를 말한다.

穠桃(농도) : 아름다운 복사꽃.

伴(반) : 짝하다. ≪전당시≫에는 '반(畔)'으로 되어 있다. 이에 따르면 '농도반(穠桃畔)'은 '복사꽃 핀 물가'라는 뜻이다.

8 [원주] '간(揀)'자는 '간(看)'자가 아닌가 한다. ≪예장기≫에 "용사주는 군의 북쪽에 있는데 용 모양의 강을 띠고 있다. 옛 풍속에 9월 9일 등고하던 곳이다."라 하였다. 본집의 〈비 내리는 강가에서 최갈에게 부치다〉 시에 "봄이 반쯤 지나 평강에 비 내리니 둥근 무늬가 촉의 비단에 퍼진다."라 하였고, 또 〈장호호〉 시에 "용사에서 가을 물결을 바라본다."라 하였다.(揀, 恐作看. 豫章記, 龍沙洲在郡北, 帶江有龍形. 舊俗九月九日登高處. 本集, 江上雨寄崔碣詩, 春半平江雨, 圓紋破蜀羅. 又, 張好好詩, 龍沙看秋浪)

龍沙(용사) : 남경(南京) 사자산(獅子山) 너머 장강 가 사주(沙洲)의 이름.

揀(간) : 고르다. 이 구절에서는 앞의 '여(與)'자와 호응하여 (용사를 의인화하여 용사에게 촉 비단을) '골라준다'는 뜻이다. 이 책에서 석자산은 '간(看)'으로 보아야 한다고 하였으나 그대로 두는 편이 낫다고 본다. 석자산의 주를 따르면 (촉 비단 같은 강물을) '바라본다'로 해석된다.

蜀羅(촉라) : 촉 지방의 아름다운 비단. 원주에 인용된 두목의 시에서 보듯 강물을 비유한다.

【해설】

앞의 시와 마찬가지로 종릉에 있을 때를 회상하며 쓴 시이다. 제1~2구에서는 집들이 많은 종릉의 가을 모습을 서술했다. 수많은 집들이 호수에 비치는데 가을이 되니 그 물이 더욱 맑아 거울을 새로 간 듯하다. 제3~4구에서는 큰 북소리로 저녁을 알린 뒤로 사람들이 다리 위를 거닐며 담소하는 모습을 묘사했다. 벼락이 치듯 쿵쾅거리는 짧은 북소리와 재잘거리며 길게 이어지는 사람들의 웃음소리・말소리가 대비를 이룬다. 제5~6구에서는 석양과 물가, 달과 누대를 등장시켜 시간의 흐름에 따른 변화를 포착했다. 석양은 천리에 퍼지며 아름답게 지고, 달이 뜬 누대에서는 노랫소리가 들린다. 밤이 되도록 행락이 끊이지 않는 것이다. 마지막 두 구절에는 앞의 분위기와 더불어 즐겁게 놀았던 시인의 모습이 드러나 있다. 술에 취해 강물과 접해 있는 용사를 바라보고 있노라니 마치 자신이 촉 비단 같은 아름다운 강물을 용사에게 골라준 것 같다는 상상을 한 것이다. 아름다운 종릉의 자연경관과 어우러져 편안하고 즐겁게 지냈던 시절을 떠올리고 있다.

059

送國棊王逢1

바둑 명수 왕봉을 전송하며

玉子紋楸一路饒,2	바둑판에 옥 바둑돌이 한 집을 남겼으니
最宜簷雨竹蕭蕭.3	처마의 빗물 똑똑 대나무 솨솨 소리 내는 때와 어울리네.
羸形暗去春泉漲,4	파리한 형태로 몰래 가더니만 봄물이 터지고,
猛勢橫來野火燒.5	맹렬한 기세로 가로지르니 들불이 타오르는 듯.
守道還如周柱史,6	길을 지키는 것은 주나라의 주하사 같았고
鏖兵不羡霍嫖姚.7	병사를 무찌르는 일에는 곽 표요가 부럽지 않았네.
得年七十更萬日,8	칠십 세가 되고 또 만 일이 될 때까지
與子期於局上銷.9	판 위에서 그대와 시간 보내기를 기약하네.

【주석】

1 [원주] 한단순의 ≪예경≫에 "바둑판은 가로와 세로가 각기 16개로(路)로 되어 있어 합이 319로이며, 흰색과 검은색 알이 각 150개이다."라 하였다.22) 양웅의 ≪방언≫에 "'위기'는 함곡관(函谷關)·동관(潼關) 동쪽의 제·로 지역에서는 '혁'이라고 불렀다."라 하였다.(邯鄲淳, 藝經, 棊局縱橫, 各十六道, 合三百一十九道, 白黑各百五十枚. 揚雄, 方言, 圍棊, 自關而東齊魯間謂之弈)

國棊(국기) : 나라에서 가장 바둑을 잘 두는 명수(名手).

王逢(왕봉) : 당나라 무종(武宗)·선종(宣宗) 때의 바둑 명수. 두목은 〈재차 왕봉을 전송하는 절구(重送逢絶句)〉에서 "그대 같은 뛰어난 기예는 천하에 적고, 나 같은 한가로운 사람도 세상에 없네. 헤어진 뒤 대창에 눈보라치는 밤에, 밝았다 어두웠다 하는 등불이 오 땅의 그림을 덮겠지.(絶藝如君天下少, 閑人似我世間無. 別後竹窗風雪夜, 一燈明暗覆吳圖)"라고 읊기도 하였다.

2 [원주] 소악(蘇鶚)의 ≪두양잡편(杜陽雜編)≫에 "대중 연간에 일본국의 왕자가 와서 조회하며 진귀한

22) "바둑판은 가로 세로가 각기 17개로로 되어 있어 합이 289로이다.(棊局縱橫, 各十七道, 合二百八十九道)"라고 되어 있는 판본도 있다.

기물과 음악을 헌상하니, 황제께서 온갖 악무와 좋은 음식으로써 예를 갖추셨다. 왕자가 바둑을 잘 두어 대조 고사언더러 맞수를 두도록 명령했다. 왕자는 문추옥 바둑판과 냉난옥 바둑돌을 꺼내며, '저희 나라 동쪽으로 삼만 리 지점에 집진도가 있는데 그 섬에는 응하대가 있고 그 위에 수담지가 있습니다. 그 연못 안에서 옥자가 나옵니다. 이 돌은 다듬지 않아도 자연적으로 흰색과 검은색이 분명합니다. 겨울에는 따뜻하고 여름에는 차갑기 때문에 냉난옥이라고 부릅니다. 또한 문추옥이 생산되는데 모습이 개오동나무와 비슷하여 쪼아서 바둑판으로 만들면 빛나고 깨끗하여 비추어볼 수 있을 정도입니다.'라 하였다."라 하였다. ≪어전기보≫에 "한 집이 많으면 한 집을 이기는 것이다."라 하였다. ≪당송시화≫에 "태종황제는 기품이 1품에 이르렀고 대조 가현은 절격에 이르렀으며 조정의 신하 반신수는 다만 가운데에 머물렀는데, 역시 바둑을 잘 두어 3품에 이르렀다. 내시 진호현은 4품에 이르렀다. 가현부터 아래로는 모두 세 집을 받았는데, 반신수는 네 집을 받고 진호현은 다섯 집을 받았다. 반신수는 일찍이 시를 올려 '지금은 신선의 자취를 얻었다 하더라도 군왕께서 네 집을 남기시는 것은 두렵습니다.'라 하였다."라 하였다.(杜陽編, 大中中, 日本國王子來朝, 獻[23]寶器音樂, 上設百戲珍饌[24]以禮焉. 王子善圍碁, 上敕待詔顧師言對手. 王子出紋楸玉棊局, 冷暖玉碁子云[25], 本國之東三萬里有集眞[26]島, 上有凝霞臺, 臺下有手談池, 池中出玉子, 不由製度, 自然白黑分明焉. 冬溫夏冷, 故謂之冷暖玉. 更産如楸玉, 狀類楸木, 琢之爲碁局, 光潔可鑑. 御前碁譜, 饒一路, 勝一路. 唐宋詩話, 太宗皇帝碁品至第一, 待詔賈玄者臻于絶格, 朝臣潘愼修特居中, 亦善碁至三品. 內侍陳好玄至第四. 自賈玄而下皆受三道, 愼修受四道, 好玄受五道. 愼修嘗獻詩曰, 如今縱得仙翁迹, 也怯君王四路饒)

紋楸(문추) : 바둑판. '추(楸)'는 개오동나무인데, 옛날에는 이 나무로 바둑판을 만들었다.

饒(요) : 남기다. 이 구절에서는 바둑돌을 두는 것을 의미한다.

3 簷雨(첨우) : 처마를 따라 떨어져 내리는 빗물.

蕭蕭(소소) : 솨솨. 나무가 흔들리며 내는 소리를 형용한다.

4 羸形(이형) : 여위고 허약한 모습.

漲(창) : (물이) 불어나다. ≪전당시≫에는 '장(長)'으로 되어 있으며 의미는 같다.

5 猛勢(맹세) : 맹렬한 기세. ≪전당시≫에는 '발세(拔勢)'로 되어 있으며 '뽑을 듯한 기세'라는 뜻이다.

6 [원주] ≪태평광기≫에 "노자는 이름이 중이이다. 주 문왕 때 수장사가 되었고 무왕 때 이르러서 주하사가 되었다."라 하였다. ≪사기≫에 "도와 덕을 닦았고 그의 학문은 자신을 숨겨 이름이 없게 하는 데에 힘썼다."라 하였다.(廣記, 老子, 名重耳. 周文王時, 爲守藏史, 至武王時爲柱下史. 史記, 修道德, 其學以自隱無名爲務)

周柱史(주주사) : 주나라의 주하사(柱下史). 주하사는 궁전의 기둥 아래 서 있는 어사(御史)를 말한다. 노자가 주나라에서 이 직책을 맡은 바 있다.

7 [원주] ≪한서≫ "곽거병은 표요교위가 되었다. 원수 3년, 만 명의 기병을 이끌고 농서를 나와 6일 동안 돌아다니며 싸웠다. 언지산을 넘어 천 여리를 가서 짧은 병기를 든 부대와 교전하여 고란산

23) 獻(헌): 원주에는 빠져있는데, 당(唐) 소악(蘇鶚)의 ≪두양잡편(杜陽雜編)≫권하(卷下)에 의거하여 보충하였다.
24) 饌(찬): 원주에는 '饒(요)'로 되어 있는데, ≪두양잡편(杜陽雜編)≫권하(卷下)에 의거하여 바로잡았다.
25) 云(운): 원주에는 빠져있는데, ≪두양잡편(杜陽雜編)≫권하(卷下)에 의거하여 보충하였다.
26) 眞(진): 원주에는 '直(직)'으로 되어 있는데, ≪두양잡편(杜陽雜編)≫권하(卷下)에 의거하여 바로잡았다.

아래에서 모조리 쳐부쉈다."의 주석에 "'오'는 애써 싸워서 많이 죽였다는 뜻이다. 음은 '의'와 '조'의 반절이다. '고란'은 산 이름이다."라 하였다.(漢書, 霍去病爲嫖姚校尉. 元狩三年, 將萬騎出隴西, 轉戰六日. 過焉支山千有餘里, 合短兵鏖皐蘭下注, 鏖, 苦戰而多殺也. 音意曹切. 皐蘭, 山名)

鏖(오) : 무찌르다. 모조리 죽이다.

霍嫖姚(곽표요) : 표요교위(嫖姚校尉)였던 곽거병(霍去病, BC 140~BC 117)을 가리킨다. 곽거병은 한(漢) 무제(武帝) 때의 장수로 흉노를 토벌하는 데에 큰 공을 세웠다.

8 得年七十(득년칠십) : 70세가 되다. ≪전당시≫에는 '부생칠십(浮生七十)'으로 되어 있는데, '덧없는 인생 70년'으로 해석할 수 있다.

9 銷(소) : 시간을 보내다.

【해설】

이 시는 두목이 나라의 바둑 명수 왕봉과 헤어질 때 지은 것이다. 제1~2구에서는 바둑판에 바둑알을 놓는 장면을 시각적・청각적으로 표현하였다. 바둑돌을 놓고 움직이는 소리가 빗물이 떨어지는 소리, 대나무 숲에 바람 부는 소리와 비슷하다고 말하여 왕봉이 뛰어난 실력을 지녔음을 암시하였다. 제3~4구는 왕봉이 바둑판 위에서 펼치는 기술을 묘사하였다. 봄물이 불어나듯 파리했던 형태가 커지고 들불이 순식간에 밭을 태우듯 맹렬한 기세가 가로놓여 있다. 제5~6구는 각기 노자와 곽거병에 견주어 왕봉의 훌륭한 바둑 솜씨를 칭송하였다. 바둑을 두는 데 있어 지켜야할 상도(常道)를 고수하니 노자에 비견되고, 그러면서도 상대편의 진영을 몰살시키니 흉노를 쳐부쉈던 곽거병에 비견된다. 마지막 두 구에서는 두목 자신이 오래도록 맞수가 되고 싶다고 말함으로써 왕봉과 다시 바둑을 둘 것을 기약하였다. 여기에는 떠나가는 왕봉과 다시 만나 교의를 더욱 돈독히 하고 싶다는 뜻이 담겨 있다.

060

九峰樓寄張祜1

구봉루에서 장호에게 부침

百感中來不自由,2	온갖 생각이 나는 것은 절로 그런 게 아니라
角聲孤起夕陽樓.	석양이 비치는 누각에 뿔피리 소리 외롭게 울리기 때문.
碧山終日思無盡,	푸른 산은 종일토록 그리움이 끝없는데
芳草何年恨卽休.	방초는 언제 한을 그치려나.
睫在眼前長不見,3	속눈썹 눈앞에 있으나 늘 보지 못했고
道非身外更何求.	도는 몸 밖의 일이 아닌데 또 무엇을 구하려 했는지.
誰人得似張公子,4	어느 누가 장공자와 비슷하리.
千首詩欺萬戶侯.5	천수의 시를 지은들 만호후를 업신여길 수 있겠는가.

【주석】

1 이 시는 ≪전당시≫에 〈지주 구봉루에 올라 장호에게 부침(登池州九峰樓寄張祜)〉이라는 제목으로 실려 있다.
[원주] ≪본집≫27)에 "전 지주자사 이방현이 성 남동쪽 귀퉁이에 구봉루를 세웠다."라 하였다.(本集, 池州前刺史李方玄城東南隅樹九峯樓)
九峰樓(구봉루) : 현재의 안휘성 지주시(池州市) 귀지구(貴池區)에 있던 동쪽 성문의 문루.

2 [원주] 위 무제의 〈단가행〉 "근심이 속에서 나와 끊을 수 없다."의 주석에 "'중(中)'은 속마음이다."라고 하였다.(魏武帝, 短歌行, 憂從中來, 不可斷絶28)注, 中謂中心)

3 [원주] '첩(睫)'은 음이 '접'이고 눈가의 털이다.(睫音接, 目傍毛也)

4 [원주] ≪한서・조소의전≫에 "제비야 제비야, 꼬리가 반질반질. 장공자야 때마다 보는구나."라 하였다. ≪박물지≫에 "공자, 왕손은 모두 옛 사람들이 서로 높여 부르던 말이다."라 하였다.(前漢, 趙昭儀

27) 여기서는 ≪번천집(樊川集)≫ 권8 〈당 고 처주자사 이 군 묘지명(唐故處州刺史李君墓誌銘)〉의 서문을 말한다.
28) 絶(절) : 원주에는 빠져있으나 ≪문선≫ 권27에 의거하여 보충하였다.

傳29), 燕燕尾涎涎30), 張公子時相見. 博物志, 公子王孫, 皆古人相推敬之辭也)

5 [원주] ('기(欺)'가) '경(輕)'으로 되어있는 판본도 있다.(一作輕) ≪한서≫에 "장양이 '이제 세 치 혀로 임금의 스승이 되고 만호후에 봉해지고 열후의 자리에 섰으니 이는 포의지사의 극치라 저로서는 만족합니다.'라고 하였다."라 하였고, ≪태평광기≫에 "백거이가 처음 항주자사가 되었을 때 모란꽃을 찾으라고 시켰다. 오직 개원사의 승려 혜징이 도읍에 가까운 곳에서 얻어서 이제 막 정원에 심었는데 울타리에 몹시 빽빽한 것이 근방의 다른 곳에는 아직 없었다. 그때는 봄빛이 막 짙어질 무렵이라 혜징이 기름 장막을 쳐서 그 위에 덮었다. 모란은 그로부터 동월 땅에 나뉘어 심기게 되었다. 마침 서응이 부춘으로부터 왔는데 아직 백거이를 몰라보고 먼저 시를 지어 '이 꽃은 남쪽 땅에서 심기 어렵다고 알고 있는데, 부끄럽게도 스님이 한가로이 마음 써서 심었구나. 바다제비는 어여쁜 줄 알아서 자주 곁눈질하고, 말벌은 알아보지 못하나 거듭 배회한다. 작약은 괜스레 피어 부질없이 질투하고, 매괴는 몹시 부끄러워 감히 피지도 못한다. ('벽매괴'는 꽃 이름이다.) 오직 몇 포기 붉은 두루마리가 있어서 향기 머금은 채 그저 사인 오시길 기다린다.'라 하였다. 백거이가 개원사로 찾아와 꽃을 보고 있었는데, 서응에게 함께 취해서 돌아가자고 했다. 그때 장호가 배를 타고 이르렀는데 몹시 거리낌이 없어보였다. 그러나 서응과 장호 두 서생은 아직 자신을 숨기는 법에 익숙지 않아 각기 자신을 으뜸으로 추천해주길 바랐다. 백거이는 '두 사람은 문장에서 염파와 백기가 쥐구멍을 놓고 싸우는 바와 같으니, 승부는 단판 싸움에 달려있네.'라 하고 마침내 '장검이 하늘 바깥에 기대어있네'라는 부와 '남은 노을 흩어져 비단을 지었네'라는 시로 시험하였다. 시험을 마치고 서응을 장원으로, 장호를 차석으로 뽑아 보냈다. 장호의 시31)에 '지세는 멀리 오악을 높이고, 황하 물결은 비스듬히 관중에게 양보한다.'가 있는데, 많은 문인들이 진 후주의 '일월이 천자의 덕으로 빛나고, 산하가 황제의 거처에서 장대하다.'는 이전의 명성이 헛되이 남아버렸다고 여겼다. 또 장호의 〈금산사에 부치다〉라는 시에서 '나무 그림자는 물살 가운데서 보이고, 종소리는 강 언덕 양쪽에서 들린다.'라 하였는데, 비록 기모잠이 '탑 그림자가 푸른 시냇물에 걸리고, 종소리는 하얀 구름과 어울린다.'라고 했지만 그 구절은 가작이 되지 못하였다. 백거이는 또한 장호의 〈궁사〉 네 구가 모두 몇몇 대구일 뿐이니 무슨 신기할 것이 있겠냐고 여기고 서응이 읊은 '예나 지금이나 길이 하얀 비단처럼 날아서, 한 줄기 물길 푸른 산 빛 깨친다.'만한 것이 없다고 보았다. 장호는 탄식하며 '영욕이 얽힌 것이 또한 어찌 항상 그렇겠나!'라 하고는 마침내 노래를 부르며 떠났다. 서응도 역시 노를 저어 돌아갔다. 이로부터 두 서생은 죽도록 편안히 지내며 향시에 응시하지도 않았다. 이보다 앞서 이임종, 두목이 백거이와 도읍에서 문장을 겨루었는데, 모두 원진, 백거이의 시체가 유난히 잡박하다고 말하여, 청신하고 각고한 문인들에게 비웃음을 당했기에 이로 인해 원한이 있었다. 백거이가 하남윤이 되자 이임종이 하남현령이 되었는데 길에서 마주쳤을 때 하남윤은 말을 타고 하남현령은 어깨에 메는 가마를 타고 있어서 의전 예법에 어긋나는 것 같았다. 이임종은 백거이를 '우물우물 공'이라고 부른 적이 있었는데, 듣는 사람이 다 웃어서 백낙천의 명성이 약간 깎여버렸다. 백거이는 '이직본(임종의 자이다), 우리 난폭한 자식은 창끝을 당해낼 수가 없구만!'이라 하였다. 뒤에 두목이 추포현령을

29) 趙昭儀傳(조소의전) : 청(淸) 건륭무영전각본(乾隆武英殿刻本) ≪한서≫ 권97에는 '孝成趙皇后傳(효성조황후전)'으로 되어있다.

30) 涎涎(전전) : 원주에는 '澱澱(전전)'으로 되어 있으나, ≪한서≫ 권97에 의거하여 바로잡았다.

31) 이 시의 제목은 〈동관으로 들어가며(入潼關)〉이다.

맡게 되어 장호와 시주(詩酒)의 교분을 맺었는데, 장호의 〈궁사〉를 죽어라고 읊어대었다. 또한 전당에 있을 적에 백거이가 장호를 비난하는 평론을 했다는 것을 알고는 늘 불편해했다. 이에 시 두 수를 지어 그를 높였다. '어느 누가 장공자와 비슷할 수 있으랴' 운운하고 또 "고향은 삼천리 길' 어떠하냐? 공연스레 부르는 가사가 황궁에 가득하겠느냐?'라 하였다. 장호가 '고향은 삼천리요 구중궁궐에 이십년이라. 〈하만자〉 한 곡조에 두 줄기 눈물 그대 앞에 떨어진다.'라 한 것이다. 이는 장호가 득의한 시어이다. 이임종과 두목 이래로 장호의 뛰어난 점을 역설한 사람들은 구차하게 백거이와 차별화하고 억지로 장호를 세워주려 하였다. 그래서 두목은 또한 평론을 지어서 '근래에 원진과 백거이란 사람이 있는데, 음란하고 경박한 말을 즐겨 써서 부질없는 소란을 고취하고 선동했다. 나는 한참 낮은 직위에 있으니 법으로 다스릴 수 없는 것이 한스럽다.'라고 하였다. 이 역시 장호를 거든다고 한 말일 따름이다."라 하였다.(漢書, 張良曰, 今以三寸舌爲帝者師, 封萬戶, 位列侯. 此布衣之極, 於良足矣. 廣記, 白居易初爲杭州刺史, 令訪牡丹花. 獨開元寺僧惠澄[32], 近於京師得之. 始植於庭, 欄圈甚密, 他處未之有也. 時春景方深, 惠澄設油幕覆其上, 牡丹自此東越分而種之也. 會徐凝自富春來, 未識白, 先題詩曰, 此花南地知難種, 慙愧僧閑用意栽. 海燕解憐頻睥睨, 胡蜂未識更徘徊. 虛生芍藥徒勞妒, 羞殺玫瑰不敢開. 廣記, 碧玫瑰, 花名也.[33] 唯有數苞紅幅在, 含芳只待舍人來. 白尋到寺看花, 乃命徐同醉而歸. 時張祜榜舟而至, 甚若疎誕. 然徐張二生未之習隱, 各希首薦焉, 白曰, 二君於文若廉白之鬪鼠穴, 勝負在於一戰. 遂試長劍倚天外賦, 餘霞散成綺詩, 試訖解送[34], 以凝爲元, 祜次耳. 張[35]祜詩有地勢遙尊岳, 河流側讓關, 多士以陳後主日月光天德, 山河壯帝居, 此徒有前名矣. 又祜題金山寺詩曰, 樹影中流見, 鍾聲兩岸聞, 雖綦毋潛云, 塔影挂青溪, 鍾聲和白雲, 此句未爲佳也. 白又[36]以祜宮詞四句之中皆數對, 何足奇乎. 然無徐生云, 今古長如白練飛, 一條解[37]破青山色, 祜歎曰, 榮辱糾紛, 亦何常也. 遂行歌而邁, 凝亦鼓枻而歸. 自是二生終身偃仰, 不隨鄕賦矣. 先是, 李林宗, 杜牧與白輩下較文, 具言元白詩體殊[38]雜而爲淸苦者見嗤, 因玆有恨. 白爲河南尹, 李爲河南令, 道上相遇. 尹乃乘馬, 令則肩輿, 似[39]乖趍事之禮. 李嘗謂白爲囁嚅公, 聞者皆笑, 樂天之名稍減矣. 白曰, 李直本[40], 林宗字也, 吾之鄕[41]子也. 其鋒不可當. 後杜牧守秋浦, 與張祜爲詩酒之交. 酷吟祜宮詞, 亦知錢塘之歲白有非祜之論, 嘗不平之. 乃爲詩二首以高之曰, 誰人得似張公子云云. 又云, 如何故國三千里, 虛唱歌詞滿六宮. 張詩曰, 故國三千里, 深宮二十年. 一聲河[42]滿子, 雙泪落君前. 此爲祜得意之語也. 李杜已下, 盛言其美者, 欲以苟異於白, 而曲成[43]於張也. 故牧又著論言, 近有元白者, 喜爲淫言媟語, 鼓扇浮囂. 吾恨方在下

32) 僧惠澄(승혜징) : 원주에는 이 뒤에 '왈(曰)'자가 있었으나 민국(民國) 경명가정담개각본(景明嘉靖談愷刻本) ≪태평광기≫ 권199에 의거하여 삭제하였다.

33) 廣記, 碧玫瑰, 花名也. : ≪태평광기≫에는 이 구절이 없다. 자산 스님이 삽입한 주석인 듯하다.

34) 送(송) : 원주에는 '邃(수)'로 되어있으나 ≪태평광기≫ 권199에 의거하여 바로잡았다.

35) 張(장) : 원주에는 이 글자 다음에 '曰(왈)'자가 있었으나 김장환, 이민숙 외 옮김, ≪태평광기 8≫, 학고방, 서울, 2002, p.672의 교정에 따라 삭제하였다.

36) 又(우) : 원주에는 '父(부)'로 되어있으나, ≪태평광기≫ 권199에 의거하여 바로잡았다.

37) 解(해) : ≪태평광기≫ 권199에는 '界(계)'로 되어있다.

38) 殊(수) : ≪태평광기≫ 권199에는 '舛(천)'으로 되어있다.

39) 似(사) : 원주에는 '仙(선)'으로 되어있으나, 사병구(査屛球)의 정리본에 의거하여 바로잡았다.

40) 本(본) : ≪태평광기≫ 권199에는 '木(목)'으로 되어있다.

41) 鄕(제) : 원주에는 '橘(귤)'로 되어있으나 ≪태평광기≫ 권199에 의거하여 바로잡았다.

42) 河(하) : ≪태평광기≫ 권199에는 '何(하)'로 되어있다.

43) 成(성) : 원주에는 '城(성)'으로 되어있으나 ≪태평광기≫ 권199에 의거하여 바로잡았다.

位, 未能以法治之. 斯亦敷佐於祜耳)

【해설】

이 시는 844년에 임지인 지주에서 지은 작품이다. 두목은 시와 술로 교제한 장호를 높이 평가하여 헤어진 뒤에 느낀 생각을 시 속에 담아내었다. 제1~2구에서는 저녁에 구봉루에 올라 뿔피리 소리를 듣고 그리움의 감정이 촉발된 것을 인과 순서를 뒤집어 서술하였다. 제3~4구에서는 구봉루 근방의 푸른 산과 방초에 감정을 이입하여 그리움과 한이 지속된다고 하였다. 제5~6구에서는 눈과 속눈썹, 도와 몸처럼 서로 붙어있지만 쉽사리 발견되지 않는 소중한 가치에 장호를 비유하여 이전에 함께 친하게 지내던 시절을 추억하였다. 제7~8구에서는 ≪한서 열전≫에 나오는 장공자와 장양으로 장호를 치환하여 시에서는 장호가 천하무적이라고 칭송하며 시상을 마무리하였다.

이원외시(李員外詩)

[원주] ≪당서・예문지≫에 "이원의 시는 한 권이다. 자는 구고이고, 대중 연간에 건주자사를 지냈다"라 하였다.(唐書藝文志, 李遠詩一卷. 字求古, 大中建州刺史)

이원(李遠, ?~?)

이원(李遠)의 자는 구고(求古) 또는 승고(承古)이며, 기주(夔州) 운안(雲安, 오늘날의 사천성(四川省) 운양현(雲陽縣)) 사람이다. 당 문종(文宗) 개성(開成, 836~840) 연간에 복건관찰사(福建观察使) 막부의 빈객이 되었고, 무종(武宗) 회창(會昌, 841~846) 연간에 전중시어사(殿中侍御史), 선종(宣宗) 대중(大中, 847~859) 연간에 충주(忠州)・건주(建州)・강주(江州)・악주(岳州)・항주(杭州) 등에서 자사(刺史)를 지내다가 어사중승(御史中丞)으로 관직을 마쳤다. 특히 무종・선종 때가 주된 활동 시기였으며, 의종(懿宗) 함통(咸通, 860~873) 연간에 생을 마친 것으로 보인다. ≪당재자전(唐才子傳)≫에 이원은 "세속에 초탈하였고, 지은 시에 은일의 기풍이 많으며, 다양한 내용의 글을 지었다(夸邁流俗, 爲詩多逸氣, 五彩成文)"라고 전한다.

오늘날 전하는 이원의 작품 수는 많지 않다. ≪전당시≫에는 모두 35수가 실려 있는데, 그 중 두 수는 다른 작가의 작품과 중복된다. 이원의 시로 이루어진 단행본은 없고 청나라 사람 석계우(席啓寓)의 ≪당시백명가집(唐詩百名家集)≫과 강표(江標)의 ≪당인오십가소집(唐人五十家小集)≫에 그의 시가 수록되어 있다.

(김지현)

061

放鶴[1]

학을 놓아주다

秋風飛卻九皐禽,2	가을 바람에 날아간 학이여
一片閑雲萬里心.3	한 조각 한가로운 구름 만 리를 나는 마음이로다.
碧落有情還悵望,4	벽옥빛 하늘에 정 담아 서글프게 바라보는데
白雲無路可追尋.5	흰 구름 가득한 곳에 자취 찾을 길이 없다.
來時白雲翎猶短,6	왔을 때는 흰 구름 같은 깃털 아직 짧더니
去日丹砂頂漸深.7	떠나갈 때는 단사 같은 정수리 빛깔 더욱 깊어졌다.
華表柱頭留語後,8	화표주에서 말을 남긴 이후로
不聞嘹唳月中音.9	끼룩 하는 달 속 울음소리 듣지 못하였노라.

【주석】

1 이 시는 ≪전당시≫에 〈학을 잃다(失鶴)〉라는 제목으로 실려 있다.

2 [원주] ≪시경≫[1)]에 "학은 높은 언덕에서 운다."라 하였다.(詩, 鶴鳴九皐)
飛卻(비각) : 날아가다. ≪전당시≫에는 '취각(吹卻)'으로 되어 있으며, '불려 날아간'이라는 뜻이다.
九皐禽(구고금) : 높은 언덕에 사는 새. 즉, 학.

3 [원주] 두보의 시[2)]에 "늙은 학은 만 리를 나는 마음이로다."라 하였다.(詩史, 老鶴萬里心)

4 [원주] ≪영보도인경≫[3)] "먼 옛날 태초부터 청천의 벽옥빛 하늘에서 노래한다."의 주에 "하늘이 새파랗게 개어 있어도 잘 살펴보면 벽옥색 놀이 진 것처럼 가장자리는 엷어진다. 그리하여 '벽옥빛 하늘'이라 한 것이다."라 하였다.(靈寶度人經, 昔于始靑天中碧落空歌, 注, 旣天蒼氣, 看則碧霞廓落, 故云碧落)

1) 여기서는 〈소아·홍안지십(鴻鴈之什)〉 시를 말한다.
2) 이 시의 제목은 〈견흥 오수(遣興 五首)〉 기일(其一)이다. 두보는 이 시에서 "칩거하는 용은 삼 년을 동면하고, 늙은 학은 만 리를 나는 마음이로다(蟄龍三冬臥, 老鶴萬里心)"라 하였다.
3) 영보도인경(靈寶度人經) : 북송 초 도교의 한 종파인 영보파(靈寶派)의 경전이다.

碧落(벽락) : 푸른 하늘. 도가(道家)에서 동방(東方) 제일천(第一天)에 푸른빛 안개가 충만해 있는 곳.
還悵望(환창망) : 서글프게 바라보는데. ≪전당시≫에는 '응창망(應悵望)'으로 되어 있으며, '분명히 서글프게 바라볼텐데'라는 뜻이다.

5 [원주] 이백의 〈최시어에게 보내는 시〉[4]에 "요대에 깃든 눈 속의 학"이라 하였다. ≪습유기≫에 "곤륜산 위에 요대 열두 채가 있는데, 각각 넓이가 천 보이고, 모두 오색의 옥으로 이루어져 있으며, 제 9층에는 지전과 혜포가 있다."라 하였다. 〈무학부〉[5]에 "아침에는 지전에서 노닐고 저녁에는 요지에서 마신다."라 하였다.(李白, 寄崔侍御詩, 瑤臺雪中鶴. 拾遺記, 崑崙山上有瑤臺十二, 各廣千步, 皆五色玉, 第九層有芝田蕙圃. 舞鶴賦, 朝戲於芝田, 夕飮乎瑤池)
白雲(백운) : 흰 구름. ≪전당시≫에는 '청천(靑天)'으로 되어 있으며, '푸른 하늘'이라는 뜻이다.

6 [원주] 〈무학부〉 "몸을 경계하며 쑥처럼 모여들고, 날개를 굽히며 눈처럼 날아간다."라는 구절의 주에 ≪상학경≫에 "원래 있던 깃털이 빠지고 무성한 깃털이 새로 나는데 색깔이 새하얗다."라고 되어있다고 하였다.(舞鶴賦, 驚身蓬集, 矯翅雪飛, 注, 相鶴經, 天毛落, 茸毛生, 色聖白)

7 [원주] 〈무학부〉에 "눈동자는 단사를 머금어 별처럼 빛나고, 정수리는 자줏빛이 엉기어 은은하고 곱다"라 하였다. ≪상학경≫에 "학의 으뜸인 모습은 작은 머리, 붉은 정수리, 촉촉한 눈, 검은 눈동자를 하고 있다."라 하였다.(舞鶴賦, 精含丹而星曜, 頂凝紫而煙華. 相鶴經, 鶴之上相, 瘦頭朱頂露眼黑精)

8 [원주] 〈속수신기〉에 "요동 성문의 화표주에 백학이 내려앉았는데 사람이 쏘아 잡으려 하자 학은 하늘에서 이렇게 노래하였다. '새가 있네 새가 있네 정영위[6]라네, 집 떠나 천 년 만에 이제야 막 돌아왔네. 성곽은 그대로이나 사람들은 아니로구나, 어찌 신선술을 배우지 않아 무덤만 빽빽하단 말인가.'"라 하였다.(續搜神記, 遼東城門華表柱, 白鶴來集, 人欲射之, 鶴於空中歌曰, 有鳥有鳥丁令威, 去家千載今始歸. 城郭猶是人民非, 胡不學仙塚纍纍)

9 [원주] 다른 판본에는 "지금에 이르도록 다시는 소식이 없다"라고 되어 있다. ≪팔왕고사≫에 "육기가 '화정의 학 울음을 듣고 싶었으나 듣지 못하였다.'라고 말하였다."라 하였다.(一作, 更無消息到如今. 八王故事, 陸機曰, 欲聞華亭鶴唳, 不可得也)
嘹唳(요려) : 새가 우는 소리.

【해설】

이 시는 시인이 한동안 가까이에서 지켜보던 학을 날려 보냈다는 내용을 담은 작품이다. 제1~2구에서는 하늘 높이 날고 있는 학의 모습을 묘사하였다. 맑고 서늘한 가을바람, 한가롭게 떠가는 조각구름, 만 리를 치닫는 마음 등의 시어가 학의 청정하고 웅대한 기상과 잘 어울린다. 제3~4구는 시인이 애틋한 마음으로 지켜보는 가운데 학이 그의 시야에서 끝내 사라지는 모습을 그렸다. 흰 학이 짙푸른 하늘과 선명한 시각적 대비를 이루며 점점 높고 멀리 날아가다가 결국 흰 구름 속으로 동화되며 자취를 감추었다는 표현에 시인의 절제된 아쉬움이 담겨 있다. 제5~6구는 학의 외양을 묘사하였는데, 이 역시 색채의 대비가 돋보인다. 시인이 처음 보았던 학은 짧고 흰 깃털이 보송보송한

4) 이백의 〈경정산에서 놀다가 최시어에게 보내다(游敬亭寄崔侍御)〉를 가리킨다. 이백의 〈최시어에게 보내다(寄崔侍御)〉, 〈취하여 최시어에게 보내는 두 수(醉後寄崔侍御二首)〉 등과는 별개의 시이다.
5) 무학부(舞鶴賦) : 남조 송(宋)의 포조(鮑照, 414?~466)가 지은 부이다.
6) 정영위(丁令威) : 본디 요동(遼東) 사람으로 영호산(靈虎山)에서 도를 배워 신선이 되었는데 뒤에 학으로 변하였다는 고사가 전한다.

모습이었는데, 이제 그의 곁을 떠날 때의 학은 정수리의 붉은 기가 더욱 짙어져 한층 성숙해진 인상이다. 제7~8구는 시인에게 찾아왔던 학을 먼 옛날 화표주에 내려앉았던 신령스런 학에 비유함으로써 그 학이 여느 평범한 학이 아니라는 것을 암시적으로 드러내는 한편, 아울러 학이 날아간 후 그 부재로 인한 쓸쓸함을 나타내었다.

062

劉二十一報道明師亡敍昔時寄友1

유이십일이 도명스님의 입적을 알려오매
옛 일을 써서 벗에게 부침

蕭寺曾過最上房,2	소사에서 일찍이 최상방에 들렀을 제
碧梧濃葉覆虛廊.3	푸른 오동 짙은 잎이 빈 회랑을 뒤덮고 있었네.
遊人縹緲紅衣亂,4	놀러온 이들이 붉은 옷자락 어지럽게 어른거려도
坐客從容白日長.	좌선하는 객승은 밝은 해 다 지도록 침묵하셨네.
別後旋成莊叟夢,5	헤어진 후 휘돌아 장주의 꿈 꾸고 있는데
書來忽報惠休亡.6	갑자기 혜휴 스님의 입적을 알리는 편지가 왔네.
從今若更相隨去,7	이제부터 혹여 다시 그 분을 따른다 해도
只是含酸對影堂.8	다만 괴로움 머금고 불당을 마주할 뿐이라네.

【주석】

1 이 시는 ≪전당시≫에 〈명상인이 돌아가셨다는 소식을 듣고 벗에게 부침(聞明上人逝寄友人)〉7)이라는 제목으로 실려 있다.
劉二十一(유이십일) : 누구인지 분명하지 않다.

2 [원주] ≪석씨요람≫에 "지금 스님이 거처하는 곳을 소사라고 칭하는 것은 분명히 양무제8)가 절을 지었기 때문에 그 성을 따 붙인 것이다."라 하였다.(釋氏要覽, 今稱僧居蕭寺者, 必因梁武帝造寺, 以姓爲題)
蕭寺(소사) : 절의 또 다른 표현.
最上房(최상방) : 절 경내 가장 깊숙하고 높은 곳에 위치한 건물. 즉 대웅전을 일컫는다. ≪전당시≫에는 '최상방(最上方)'으로 되어 있으며, '가장 위쪽'이라는 뜻이다.

3 虛廊(허랑) : 빈 회랑. ≪전당시≫에는 '서랑(西廊)'으로 되어 있으며, '서쪽 회랑'이라는 뜻이다.

7) 혹은 〈명도상인이 돌아가셨다는 소식을 듣고 벗에게 부치다(聞明道上人逝寄友人)〉라는 제목으로도 전한다. '상인(上人)'은 스님의 높임말이다. 도명사, 명상인, 명도상인이 구체적으로 어느 스님을 가리키는지는 분명하지 않다.
8) 양무제(梁武帝) : 본명은 소연(蕭衍, 464~549)이며, 중국 남조 양나라의 초대 황제로 502년부터 549년까지 재위하였다.

4 縹緲(표묘) : 끝없이 넓거나 멀어서 있는지 없는지 알 수 없을 만큼 어렴풋한 모양.

5 [원주] ≪장자≫에 "옛날에 장주가 나비가 되는 꿈을 꾸었는데 자신이 꿈에서 나비가 된 것인지 나비가 꿈에서 자신이 된 것인지 몰랐다."라 하였다.(莊子, 昔莊周夢爲蝴蝶, 不知周之夢爲蝴蝶歟, 蝴蝶之夢爲周歟)
莊叟夢(장수몽) : 장노인, 즉 장주의 꿈. 여기서는 종교적 이상(理想)과는 상반되는 세간의 허망한 명성을 좇은 행위를 상징한다.

6 [원주] ≪남사・서담지전≫에 "이 때 불가에 혜휴 스님[9]이라는 분이 계셨는데, 글을 잘 지었다. 서담이 그 스님과 잘 어울려 지내자 효 무제가 서담을 시켜 스님을 환속하도록 하였다. 그는 본디 탕씨였으며 직위는 양주종사에 이르렀다."라 하였다.(南史徐湛之傳, 時有沙門釋惠休善屬文, 湛之與之甚厚, 孝武使還俗. 本姓湯, 位至揚州從事)

7 從今(종금) : 이제부터. ≪전당시≫에는 '타시(他時)'로 되어 있으며, '훗날'이라는 뜻이다.

8 [원주] 〈한부〉[10]에 "괴로움을 머금고 탄식을 삼킨다."라 하였다. '영'은 ≪여산집≫[11]의 〈불영명〉에 보인다.(恨賦, 含酸茹歎, 影見廬山集佛影銘)
含酸(함신) : 신산함을 머금다. 즉, 괴로움을 참다.
影堂(영당) : 불영(佛影)을 모신 곳. 불당.

【해설】

이 작품은 시인이 평소 우러르던 큰스님의 입적 소식을 듣고서 그에 대한 회고와 안타까움을 담은 시이다. 시의 전반부는 과거를, 후반부는 현재 및 미래의 일을 다루었다. 제1~2구에서는 시인이 과거에 큰스님을 뵈었던 장소와 시간을 회고하였다. 초가을에 큰 오동나무와 그 짙푸른 잎에 둘러싸인 사찰 대웅전의 분위기가 고즈넉한 분위기를 자아낸다. 제3~4구에서는 큰스님이 유람객들로 인해 사찰이 어수선해진 것에도 아랑곳 않고 일관되게 묵언수행에 정진하였던 모습을 묘사함으로써 스님의 높은 법력을 나타내었다. 제5~6구에서는 시인이 이제 막 큰스님의 입적 소식을 접하게 된 일을 말하였다. 그 부음은 시인이 큰스님께서 전하셨던 불가의 가르침은 잊은 채 세간의 허망한 명성을 좇으며 지내던 중에 갑작스레 듣게 된 것이라 충격이 한층 컸을 법하다. 제7~8구에서는 앞으로 큰스님을 다시 뵙지 못할 시인의 괴로움을 서술하였다. 이승을 떠난 큰스님의 자취라도 따르고 싶어 시인은 불당을 마주해보지만, 그는 더 이상 아무런 법언도 전해 듣지 못한 채 그저 큰스님을 향한 그리움과 괴로움만 곱씹을 뿐이다.

9) 탕혜휴(湯惠休) : 남조 송(宋)의 시인으로, 자는 무원(茂遠)이다. 생졸년은 미상이다. 젊은 시절 승려였기 때문에 사람들이 '혜휴 상인(上人)'이라 불렀다. 종영(鍾嶸)의 ≪시품(詩品)≫에 "제나라 혜휴 상인(齊惠休上人)"이라 실려 있는 것으로 보아, 남제(南齊) 초기에 생을 마친 듯하다.
10) 한부(恨賦) : 남조 양(梁)의 문인 강엄(江淹, 444~505)이 지은 부(賦).
11) 여산집(廬山集) : 남조 동진(東晉)의 승려 혜원(慧遠, 334~416)이 남긴 불교 저서.

063

李司馬貌御眞容因寄之[1]

이사마가 천자의 초상화를 그리니 이에 부침

玉座煙霄硯水淸,[2]	옥좌에 연무 일렁이고 벼루 물은 맑으며
龍顔不動彩毫輕.[3]	용안에 움직임 없고 채색하는 붓놀림은 경쾌하다.
漸分隆準山河秀,[4]	높은 콧마루를 점차 분명히 하니 산하처럼 수려하고
初點重瞳日月明.[5]	겹눈동자를 갓 그리니 일월처럼 밝도다.
宮女卷簾皆暗認,	궁녀들은 주렴 걷으며 다 암암리 인정하고
侍臣開殿盡遙驚.	신하들은 전각 열며 모두 멀리서 놀란다.
四朝天下無人敵,[6]	네 조대 천하에 대적할 이 없으니
始覺僧繇浪得名.[7]	장승요가 헛되이 명성 얻었음을 비로소 깨닫노라.

【주석】

1 이 시는 ≪전당시≫에 〈어용을 그린 이장사에게 드림(贈寫御容李長史)〉이라는 제목으로 실려 있다.
李司馬(이사마) : 이사마 또는 이장사(李長史)가 구체적으로 누구인지는 알 수 없다.

2 [원주] 사조(謝朓) 시 "옥좌는 줄곧 고요하고"의 주에 "옥좌는 왕상이다."라 하였다.(謝玄暉詩, 玉座猶寂寞, 注, 玉座, 王床也)
煙霄(연소) : 신비로운 운기가 일렁이는 모양. ≪전당시≫에는 '진소(塵消)'로 되어 있으며, '먼지구름 사라지고'라는 뜻이다.

3 [원주] ('안(顔)'은) 다른 판본에는 '수(鬚)'로 되어 있다.(一作鬚)

4 [원주] ('점(漸)'은) 다른 판본에는 '사(乍)'로 되어 있다.(一作乍)
漸分(점분) : 점차 분명해지도록 그리다. ≪전당시≫에는 '초분(初分)'으로 되어 있으며, '갓 분명히 하니'라는 뜻이다.
準(절) : 콧마루, 코뼈.

5 [원주] ≪효경≫에 "순임금은 용의 관상이었으며 겹눈동자였다."라 하였다. ≪사기≫에 "고조는 높은 콧마루에 용의 관상이었다."라 하였다.(孝經, 虞舜, 龍顔重瞳, 史記, 高祖, 隆準龍顔)

初點(초점) : 갓 점을 그려 넣다. ≪전당시≫에는 '사점(乍點)'으로 되어 있으며, '문득 점을 그리니'라는 뜻이다.

6 四朝天下(사조천하) : 네 조대에 걸친 천하. ≪전당시≫에는 '삼조공봉(三朝供奉)'으로 되어 있으며, '세 조대가 함께 받들어 모시며'라는 뜻이다.

7 [원주] ≪궁전고사≫에 전한다. "장승요가 후경[12]의 난을 피해 상동으로 도망치니 황제가 우장군에 임명하였다. 그는 그림 솜씨가 뛰어나 그 고장에서 으뜸으로 꼽히게 되었다. 일찍이 천황사 백당에 노사나불상을 그렸는데 밤이 되자 기이한 불빛이 있었으니 건물 벽에서 나오는 것이었다. 또한 절 안에 공자 등의 열 현인을 그렸는데 그것을 알아본 자가 장승요는 절필하라고 말하였다. 상동의 포윤악이 말하였다. '불가의 문 안에 공자의 얼굴을 그리셨는데 비록 신이함에 정해진 격식은 없다지만 어찌 이민족과 중원사람을 함께 두실 수 있습니까?' 장승요가 웃으면서 말하였다. '나는 정말로 우연히 그리 된 것이다, 후세에 이롭지 않을지 어찌 알겠는가?' 듣는 이는 아무도 그 뜻을 알지 못하였다. 후주가 이교[13]를 탄압하고 양은 속국이 되니 형초 땅의 사찰은 훼손되지 않은 것이 없었는데 오직 천황사는 선니[14]의 초상이 있었던 덕에 나라 관할의 교육장이 되었다. 당시 사람들이 제사를 지내면서 그 선견지명에 감탄하였다. 장승요가 일찍이 이 절에 용을 그렸는데 눈동자를 제 때 그리지 않자 출가한 사람들과 속세의 사람들이 그에게 청하여 준 돈이 수만이었다. 붓을 대자 우레와 비가 어두컴컴하게 쏟아졌는데 갑자기 용의 자취가 사라져 어디에 있는지 알 수 없었다. 당의 염립본은 그림 잘 그리기로 견줄 자가 없었다. 일찍이 그가 형주에 이르러 장승요의 옛 작품을 보더니 '그저 헛되이 얻은 명성일 뿐이다.'라고 하였다. 다음 날 다시 가서 그것을 보더니 '근래의 빼어난 솜씨인 듯하다.'라고 하였다. 다음 날 또 가더니 '명성에 허황됨이 없다.'라고 하였다. 앉아서도 보고 누워서도 보며 그 아래에서 숙박을 했는데 십여 일이 지나도 떠나지 못했다."(宮殿故事, 張僧繇避侯景之亂, 來奔湘東, 承制拜右將軍. 僧繇工畵, 爲郡之冠. 嘗於天皇寺栢堂圖盧舍那佛像. 夜有奇光, 發自屋壁. 又於堂內圖孔子十哲, 有識者謂右軍絶筆. 湘東鮑潤岳謂曰, 釋門之內寫素王之容, 雖由神異無方, 豈可夷夏同貫? 僧繇笑曰, 吾誠偶然, 安知不利於後, 聞者莫知其旨. 及後周滅二敎, 梁爲附庸, 荊楚宇莫不毁撤, 唯天皇寺有宣尼像, 遂爲國庠. 時人祠, 歎其先覺. 嘗於此寺畵龍, 不時點睛, 道俗請之舍錢數萬. 落筆之後, 雷雨晦冥, 忽失龍, 不知所在. 唐朝閻立本工畵無對, 立本嘗至荊州視僧繇舊迹, 曰, 定虛得名耳, 明日, 又往觀之, 曰, 猶是近代佳手[15]. 明日, 又往, 曰, 名下無虛事, 坐臥看之, 留宿其下, 十餘日不能去)

僧繇(승요) : 양(梁)의 궁정화가 장승요(張僧繇). 우군장군(右軍將軍)・오흥태수(吳興太守)를 역임했다. 주로 양 무제(武帝 : 502~549) 때 예술 활동에 종사했는데, 초상화・인물고사화・종교화에 특히 능하였고, 서양화법의 영향을 받은 요철화(凹凸畵)를 창시하였다. 불교를 숭상했던 양 무제는 불교사원을 크게 건축할 때마다 늘 장승요에게 벽화를 그리도록 하였다.

12) 후경(侯景, 503~552) : 남조 양(梁)의 장군. 자는 만경(萬景). 본디 북위(北魏)의 장군이었으나 양 무제(武帝)에게 투항하였으며, 이후 반역하여 스스로 한제(漢帝)라고 칭하다가 왕승변(王僧辯)에게 패하였다.

13) 이교(二敎) : 불교를 가르침의 내용, 설법, 형식 등에 따라 두 종류로 구분한 것. 소승교(小乘敎)와 대승교(大乘敎), 돈교(頓敎)와 점교(漸敎), 현교(顯敎)와 밀교(密敎), 화교(化敎)와 제교(制敎), 성도교(性道敎)와 정토교(淨土敎) 등.

14) 선니(宣尼) : 공자(孔子). 한(漢) 평제(平帝) 원시(元始, 1~5) 원년에 공자에게 포성선니공(褒成宣尼公)이라는 시호가 추증된 것에 기인하여, 이후 선니는 공자를 칭하는 말이 되었다.

15) 手(수) : 원주에는 빠져 있는데 ≪수당가화(隋唐嘉話)≫에 의거하여 추가하였다.

【해설】

이 시는 이사마, 혹은 이장사라는 궁정화가가 천자의 초상화를 그린 것을 기리고 있다. 제1~2구에서는 초상화를 그리는 현장을 묘사하였는데, 신묘한 기운이 서린 왕좌를 배경으로 한 천자의 위엄 있는 모습과 그것을 그리는 데 사용된 품질 좋은 화구를 주요 묘사 대상으로 하였다. 뿌연 연무와 맑은 벼룻물, 정적인 용안과 동적인 붓놀림 등이 대조를 이루어 시각적 효과가 높다. 제3~4구에서는 점차 완성되어가는 그림의 모습을 형용하였다. 화가가 천자의 우뚝 솟은 콧마루를 중심으로 음영을 넣어 그림의 입체감을 높였고 눈에는 길상을 상징하는 겹눈동자를 그려 넣어 온 천하를 밝게 비추는 천자의 덕을 표현하였음을 묘사하였다. 제5~6구에서는 완성된 그림에 대한 궁궐 사람들의 반응을 다루었는데, 실제 인물과 그림 속 모습이 매우 비슷함을 모두들 인정하거나 심지어 실제 인물인 줄로 착각하여 깜짝 놀랄 정도라고 하였다. 제7~8구에서는 역대 최고로 손꼽히는 궁정화가이자 초상화의 대가인 장승요의 명성조차 이사마 앞에서는 보잘 것 없다는 표현을 함으로써 이사마의 그림 솜씨에 대한 극찬으로 시를 마무리하였다.

064

吳越古事[1]

오월 고사

吳越千年奈怨何,	오나라 월나라의 천 년 한을 어이하나
兩宮淸吹作樵歌.	두 궁에 맑게 나부끼던 바람이 나무꾼 노래 되었네.
姑蘇一敗雲無色,[2]	고소성이 일거에 몰락한 뒤로 구름은 빛 바랬고
范蠡長游水自波.[3]	범려가 먼 곳으로 떠난 후 물결은 홀로 철썩이네.
霞拂故城疑轉旆,[4]	노을이 옛 성 물들이니 나부끼는 깃발인가 싶고
月依荒榭想嚬娥.[5]	달이 황폐한 정자에 기대니 찡그린 미녀가 생각나네.
行人欲問西施館,[6]	지나는 이가 서시관을 묻고자 하건만
江鳥閑飛碧草多.[7]	강가에 새 한가로이 날고 파란 풀이 무성하네.

【주석】

1 이 시는 ≪전당시≫에 〈오월회고(吳越懷古)〉라는 제목으로 실려 있다.

2 [원주] ≪후한서≫에 다음과 같이 전한다. "오왕 부차가 월을 패배시키자 월은 이내 서시를 바치며 병력 철수를 청하니, 오왕은 그것을 허하였다. 서시를 얻자 오왕은 그녀를 매우 총애하여 고소대를 짓고 주옥으로 그 대를 장식하였다. 애초에 오왕은 오자서를 기용하여 천하의 패권을 잡았으나, 이후 서시를 얻고서는 자주 고소대로 가 놀며 연회를 즐길 뿐 자서는 거의 만나지 않았다. 자서가 '신은 고소성이 머지않아 사슴떼의 놀이터가 될 것이 두렵습니다.'라고 간언하였으나 왕은 듣지 않고 결국 자서를 죽게 하였다. 월왕은 과연 범려와 함께 장병 삼천을 끌고 하룻밤에 서쪽으로 강을 건너가서는 오의 군대에 마주하여 진영을 펼쳤으며, 오왕을 크게 패퇴시켰으니, 생각지 못하게 오나라는 결국 멸망하였다."(後漢書, 吳王夫差敗越, 越乃進西施, 請退兵, 吳王許之. 旣得西施, 吳王甚寵之, 爲築姑蘇臺, 臺以珠玉飾之. 初, 吳王用子胥而覇天下, 後得西施, 多遊姑蘇臺樂宴, 少見子胥. 子胥諫曰, 臣恐姑蘇不久爲麋鹿之遊. 王不聽, 遂賜子胥死. 越王果與范蠡將兵三千一夜西渡, 至明, 當吳中軍下營列陣, 吳王大敗之, 不意吳國遂滅)

3 [원주] '범려'는 위의 시 〈선생 자수께 부침〉 중 "이름을 바꾸셨나 봅니다."의 주석에 보인다.[16)]

≪후한서·일민전≫ "멀리 떠나간 바퀴자국이 가지런하지 않다"의 주에 "≪한시외전≫에 '산림의 선비는 떠나가서 돌아오지 않는다'라고 한다."라 하였다.(范蠡, 見上寄子修詩, 變姓名注. 後漢逸民傳, 長往之軌不修, 注, 韓詩外傳, 山林之士, 往而不返)

長游(장유) : 먼 곳으로 떠나다. 범려는 월왕 구천이 오나라를 격파하도록 도왔으나 논공행상을 기대하지 않은 채 조각배에 올라타고 월나라를 떠났다.

4 [원주] ≪석명≫에 "여러 색으로 된 것을 '물' 깃발이라 한다.[17] 일명 '패' 깃발이라고도 하는데, 여러 색으로 그 가장자리를 꿰매며, 제비 꼬리 모양으로 만든다. 장수 □가 만든 것이다."라 하였다.(釋名, 雜色爲物. 一作旆, 以雜色綴其邊, 爲燕尾, 將帥□所建)

轉(전) : 나부끼다.

旆(패) : 깃발의 한 종류.

5 荒榭想嚬娥(황사상빈아) : ≪전당시≫에는 '황사(荒榭)'를 '황수(荒樹)'라 하였으며, '황폐한 나무'라는 뜻이다. 또한 '빈아(嚬娥)'를 '빈아(嚬蛾)'라 하였으며, 뜻은 같다.

榭(사) : 정자.

嚬娥(빈아) : 얼굴을 찡그린 미녀. 여기서는 월나라가 오나라에 바친 미녀 서시를 말한다. 서시는 선천적으로 흉부에 지병이 있어 통증이 올 때마다 얼굴을 찡그렸는데 그 때의 얼굴은 더욱 아름다웠다고 전한다.

6 [원주] ≪술이기≫에 "오왕 부차는 고소대를 짓고 또 큰 연못도 만들었다. 연못에는 용 장식 배를 두어, 배에 기녀들을 늘어앉히고 매일 서시와 함께 물가로 가 놀았다. 궁궐 안에 해령관과 관왜각을 지었다."라 하였다.(述異記, 吳王夫差築姑蘇臺, 又作大池, 池中造龍舟, 舟中陳妓, 日與西施爲水嬉之, 於宮中作海靈館、館娃閣也)

7 閑飛(한비) : ≪전당시≫에는 '한비(閑飛)'를 '한비(寒飛)'라 하였으며, '추위 속에 날고'라는 뜻이다.

【해설】

오나라와 월나라의 옛 터를 둘러보며 든 감회를 쓴 회고시이다. 제1~2구에서는 오나라와 월나라는 한때 서로 번성을 다투었으나 이제는 세월이 훌쩍 지나 그 두 나라의 궁성이 모두 나무가 우거진 폐허가 되었음을 말하였다. 제3~4구에서는 오나라 고소성의 몰락과 월나라 범려의 떠나감으로 오·월 숙적 관계의 결말을 압축하는 한편, 인생무상감을 표현하였다. 나라가 멸망하자 화려한 궁궐에 감돌던 채색운도 사라져 이제는 흰 구름만 피어 있을 뿐이고, 긴박한 역사 현장의 주요 인물인 범려가 조각배를 타고 떠나갔다는 강물에는 그저 무심하게 물결만 철썩댄다고 하였다. 제5~6구에서는 그 지역에 남아 있는 자연 경물 속에서 당시의 치열했던 전쟁 상황을 연상하고 서시라는 중심인물을 떠올림으로써 더욱 깊은 회고에 잠겼다. 제7~8구에서는 이제 그곳은 인적이 없고 초목조수가 무성해져 옛 궁성의 흔적을 찾을 길 없게 되었다는 무상감으로 시를 마무리하였다.

16) 온정균의 시 024. 〈선생 자수께 부침(寄先生子修)〉에 보인다.
17) 고대에는 깃발을 그 양식·도안·색 등에 따라 상(常), 기(旂), 전(旜), 물(物), 기(旗), 여(旟), 조(旐), 수(旞), 정(旌)의 아홉 가지로 나누었다.

065

轉變人1

변문 공연하는 이

綺城春雨灑輕埃,	화려한 성 안에 봄비 내려 엷은 먼지 씻어낸 즈음
同看蕭娘抱變來.2	변문 안고 나타난 여인을 다함께 구경하네.
時世險妝偏窈窕,3	유행 따른 화장법이 특히 어여쁜데
風流新畵獨徘徊.	풍류 가득한 새 그림을 들고 홀로 맴도네.
場邊公子車輿合,	공연장 주변에 귀공자 수레 모여드니
帳裏明妃錦繡開.4	장막 안 명비가 비단 수놓은 휘장을 여네.
休向巫山覓雲雨,5	무산 쪽 향해 운우를 찾지 말지어다
石幢陂下是陽臺.6	석당 비탈 아래가 곧 양대이러니.

【주석】

1 이 시는 ≪전당시≫에 수록되어 있지 않다.
轉變人(전변인) : 당대(唐代)의 민간설창예술을 공연하는 사람이다. '전(轉)'은 '이야기하고 노래부르다'의 뜻이며 '변(變)'은 기이한 것을 가리킨다. 당대의 민간설창예술 '전변'은 역사적 전설・민간 전래 이야기・종교적 고사 등의 내용을 말과 노래로 풀어내는 형식이었으며 공연의 보조 자료로 그림을 활용하기도 하였다. 전변의 저본인 변문은 후대의 화본, 고사, 탄사 등과 관련이 깊은데, 청대 광서(光緖) 연간에 돈황 석실에서 다수 발굴된 바 있다.

2 蕭娘(소낭) : 본디 소씨 성을 가진 여자를 지칭하였으나, 점차 여자의 범칭으로 쓰이게 되었다. 여기서는 변문을 공연하는 사람, 혹은 그 무리의 일원으로 보인다.

3 [원주] ≪인화록≫에 "최 부인은 집안을 정숙하게 다스려, 여인들에게 당시 유행하는 화장을 전부 불허하였다."라 하였다. ≪시경≫[18]에 "어여쁜 숙녀"라 하였다.(因話錄, 崔夫人治家正肅, 婦妾皆不許時世妝. 詩, 窈窕淑女)

18) 여기서는 〈주남(周南)・관저(關雎)〉 시를 말한다.

險妝(험장) : 그 시대에 유행하는 화장.

4 明妃(명비) : 한대(漢代) 원제(元帝)의 궁녀였던 왕소군(王昭君)을 가리킨다. 진대(晋代) 문제(文帝)가 사마소(司馬昭)였으므로 이를 피휘하여 '소군'을 '명군(明君)'으로 칭하다가 후인들이 다시 '명비(明妃)'라 바꾸어 부르게 되었다.

5 雲雨(운우) : 남녀 간의 정을 뜻한다. 구름과 비를 관장하는 무산(巫山) 신녀가 초왕(楚王)의 꿈속에 나타나 남녀 간의 정을 맺었다는 고사에서 유래하였다.

6 [원주] ≪문선≫의 〈고당부〉에 "첩은 무산 남쪽에서 이른 무렵에는 아침 구름이 되고 해 저물 무렵에는 내리는 비가 되겠사오니 아침에도 저녁에도 양대 아래에 있겠나이다."라 하였다.(選, 高唐賦, 妾在巫山之陽, 旦爲朝雲, 暮爲行雨, 朝朝暮暮, 陽臺之下)

石幢(석당) : 고대에 사당이나 묘에 설치하였던 큰 돌기둥이다. 받침과 덮개를 두어 탑과 비슷한 모양을 띠기도 한다. 경문(經文)·그림·제명(題名) 등으로 장식하곤 하였다.

【해설】

당대(唐代)의 민간설창예술 공연에 대해 쓴 시이다. 제1~2구는 공연의 공간적·시간적 배경을 소개하고, 시중의 이목이 집중되는 상황을 묘사하였다. 공간적 배경은 번화한 성 안으로, 많은 사람이 모여드는 곳이라는 점에서 무대를 설치하기에 가장 적합한 장소이다. 시간적 배경은 봄비가 그쳐 번화가의 화려한 빛깔이 한층 선명해진 봄이다. 야외 무대공연을 관람하기 좋은 이 무렵에 여성공연자가 변문을 들고 나타나니, 사람들이 구경하러 모여들었다. 제3~4구는 공연 전의 모습을 묘사하였다. 여염집 여인들과는 다른 최신 유행 화장으로 치장한 여성이 풍류 가득한 그림을 들고 공연장 주위를 맴돌면서 공연을 홍보하는 장면이 이채롭다. 제5~6구는 공연이 본격적으로 시작한 상황을 묘사하였다. 귀공자들도 속속 도착하여 관객석에 자리를 잡으니, 드디어 무대의 막이 열리면서 이번 공연의 주인공 여인이 등장하였다. 제7~8구는 유명한 애정고사인 초왕과 무산신녀의 이야기를 언급하며, 그 배경지인 양대를 찾아 멀리 무산까지 가지 않아도 바로 이 공연을 통해 그 절절한 사랑 이야기를 감상할 수 있다고 하였다.

이 시에서는 공연자로 여성이 묘사되었는데, 당대에 실제로 여성이 그 역할을 담당하였는지 아니면 여장 남성이 그 역할을 맡았던 것인지는 확실하지 않다.

066

送友人之興州兼寄員外使君[1]

흥주로 가는 벗을 전송하고 겸하여
원외사군에게 부침

擬唱離歌自斷腸,[2]	이별 노래 부르려는데 절로 애간장 끊어지나니
爲傳心事向星郎.[3]	이런 심사 전하고자 성랑을 향하노라.
久居蝸舍衫猶白,[4]	오랫동안 고둥집에 살아 적삼 여전히 희고
閑弄漁竿鬢欲蒼.[5]	한가롭게 낚싯대 까닥인 동안 귀밑머리 세려 하네.
陳榻話言應有便,[6]	진번의 걸상에서 이야기할 일 분명 있을 것이요
庾樓登眺莫相忘.[7]	유량의 누각에 올라 조망하기를 잊지 마시게.
若終秦嶺時回首,[8]	만약 진령 다 지날 무렵 때때로 고개 돌리시면
碧樹千重雁數行.	푸른 나무 천 겹 위로 기러기 몇 줄 날아가리라.

【주석】

1 이 시는 ≪전당시≫에 수록되어 있지 않다.
[원주] ≪십도지≫에 "산남도에 흥주가 있다."라 하였다.(十道志, 山南道有興州)
興州(흥주) : 오늘날 섬서성(陝西省) 서남부의 약양현(略陽縣)에 해당한다. 진령(秦嶺)의 남쪽 기슭에 있다.

2 擬唱(의창) : 노래 부르려 하다. '의(擬)'는 '~하려 하다'의 의미이다.

3 [원주] ≪후한서≫에 "명제가 여러 신하에게 '낭관은 위로는 하늘의 별에 응하니 그 적임자가 아니면 백성이 재앙을 당한다'라고 말했다."라 하였다.[19](後漢書, 明帝謂群臣曰, 郎官上應列宿, 非其人, 則民受殃)

19) ≪후한서・명제기≫에는 위의 원주 인용문에 해당하는 부분이 다음과 같이 실려 있다. "관도공주가 아들을 위해 낭관직을 요구했으나 명제는 윤허하지 않으시고 대신 천만금을 내려주었다. 여러 신하들에게 말하기를 '낭관은 위로는 하늘의 별에 응하고 나아가서는 백 리를 주재하므로, 진실로 그 적임자가 아니면 백성이 재앙을 입는다. 그래서 이것을 어렵게 여기는 것이다.'라 하였다.(後漢書明帝紀, 館陶公主爲子求郎, 不許, 而賜錢千万. 謂群臣曰, 郎官上應列宿, 出宰百里, 苟非其人, 則民受殃, 是以難之)" 이것을 계기로 이후에 낭관을 성랑이라고 부르게 되었다.

星郞(성낭) : 시랑(侍郞)·낭중(郞中)·원외랑(員外郞) 등의 낭관직을 가리킨다.

4 [원주] 《위략》에 "초광이 스스로 고둥집을 한 채 지어 그 안을 깨끗이 쓸고는 시를 읊조리며 혼자 살았다."라 하였다.(魏略, 焦光自作一蝸舍, 淨掃其中, 呻吟獨處)

蝸舍(와사) : 고둥이나 달팽이처럼 작은 집, 즉 소박한 집을 말한다. 여기서는 홍주로 가는 벗이 늘 청렴한 생활을 하였음을 보여주는 소재로 쓰였다.

5 [원주] 두보의 시[20]에 "젊고 건장한 시절 얼마나 되리, 귀밑머리 저마다 이미 세었다."라 하였다.(少壯能幾時, 鬢髮各已蒼)

6 [원주] 《동관한기》에 "진번[21]은 자가 중거이며 예장 태수를 지냈다. 빈객을 맞아들이지 않았는데 오직 서치[22]에게만은 특별히 걸상 하나를 마련해주었다. 그가 떠나면 걸상은 벽에 걸어두고 서치가 아니면 맞아들이지 아니하였다."라 하였다.(東觀漢記, 陳蕃, 字仲擧, 爲豫章太守. 不接賓客, 唯徐穉特設一榻, 去則懸之, 非徐不接)

7 [원주] 《진서》에 "유량이 무창에 있을 때였다. 수하 관리 은호[23]의 무리가 가을밤에 다 같이 남루에 올랐는데 잠시 동안 유량이 온 줄 모르고 있다가 여러 사람들이 일어나 그를 피하려 하였다. 유량은 온화하게 말하기를 '제군들은 머물러도 좋다, 늙은이가 이곳에 있어도 흥취는 다시 옅어지지 않으리라.'라고 하였다. 그리고는 접이식 간이 의자에 기대어 은호 등과 이야기를 나누며 밤을 지새웠으니, 그의 너그럽고 진솔함에는 이 비슷한 것이 많다."라 하였다.(晉書, 庾亮在武昌, 諸佐吏殷浩之徒乘秋夜共登南樓. 俄而, 不覺亮至, 諸人將起避之. 亮徐曰, 諸君可住, 老子於此處興復不淺. 便據胡床, 與浩等談詠竟夕, 其坦率多此類也)

8 [원주] 《삼진기》에 "장안의 정남을 진령이라 부른다. 진령 아래의 물줄기가 북쪽으로 흘러 진천이 되는데, 일명 번천이라고도 한다."라 하였다.(三秦記, 長安正南曰秦嶺, 嶺下水北流爲秦川, 一名樊川)

【해설】

먼 곳으로 떠나는 벗을 전송하는 마음을 담은 시이다. 제1~2구에는 이 시를 짓게 된 동기가 드러나 있다. 시인은 벗과의 헤어짐을 앞두고 이별 노래를 부르려 하는 것만으로도 슬퍼진다고 토로하며, 이러한 마음을 전하고자 이 시를 썼다는 작시 동기를 밝혔다. 제3~4구는 벗이 그동안 영위하였던 청빈하고 조용한 삶을 압축적으로 묘사하였다. 간소한 집에서 평복 차림으로 지내며 취미로는 낚시를 즐기던 소탈한 벗은 이제 머리카락 희어지는 지긋한 나이가 되었다. 젊어서부터 알고 지낸 벗이 점차로 늙어가는 모습을 보는 일은 얼마나 서글픈가. 더구나 그 벗은 이제 먼 곳으로 떠나야 한다. 그러나 시인은 슬픔에 빠져있기보다는 가급적 밝은 어조로 제5~6구에서 벗의 미래를 축원하였다. 진번이 서치와 환담을 나눈 고사 및 유량이 높은 곳에서 은호와 경치를 즐긴 고사는 이후 벗이 타지에서 맞이하게 될 반가운 만남을 상징한다. 제목을 근거로 미루어보건대 이 만남의 대상은 바로 원외사군이다. 즉, 벗은 비록 낯선 홍주로 가지만 원외사군의 환대 속에서 외롭지 않게 잘

20) 이 시의 제목은 〈위팔 처사께 드리다(贈衛八處士)〉이다.
21) 진번(陳蕃, ?~168) : 동한 말의 대신. 자는 중거(仲擧)이며, 여남(汝南) 평여(平輿) 사람이다.
22) 서치(徐穉, 97~168) : 동한 말의 경학가. 자는 유자(孺子)이며, 예장(豫章) 남창(南昌) 사람이다.
23) 은호(殷浩, 303~356) : 동진 시대의 대신. 자는 연원(淵源)이며, 진군(陳郡) 장평(長平) 사람이다. 유량의 휘하에서 기실참군(記室參軍) 등을 지냈다.

지낼 것이라는 축원을 담은 것이다. 제7~8구는 떠나간 벗이 이따금 시인 자신을 떠올려주기를 바라는 마음을 기탁하였다. 나무가 천 겹으로 무성하게 우거진 숲은 곧 시인과 떠나간 벗 간의 막막한 거리감을 나타내는데, 시인은 그 숲 위로 먼 길을 오가는 기러기떼에 서로를 그리워하는 정을 실어 교감하기를 소망한 듯하다.

067

閩中書懷寄孫秀才[1]

민중에서 감회를 써 손수재에게 부침

滄海西頭石萬灘,	푸른 바다 서편 돌투성이 해변
謝公曾重遠相看.2	사령운은 일찍이 중히 여겨 멀리도 보았구나.
荔枝顏色應難比,3	여지 빛깔은 응당 견주기 어렵겠고
梅蘂芳菲又已闌.	매화 향기 또 이미 다해버렸다.
閩國城邊經歲暮,4	민국 성곽 기슭에서 연말을 지냈고
越王臺下度春寒.5	월왕 누대 아래에서 봄추위 보냈다.
誰知卻見毗陵伴,6	누가 알리오, 돌아가 비릉의 벗 만나서
一夜挑燈話舊難.	밤새 등불심지 돋우며 옛 어려움 이야기하리라는 것을.

【주석】

1 이 시는 ≪전당시≫에 수록되어 있지 않다.
[원주] ≪한서≫의 주에 "민중은 동월의 다른 이름이다"라 하였다.(漢書, 注, 閩中, 東越之別名)
閩中(민중) : 옛날에 민족(閩族)이 살았던 지역으로, 오늘날 절강성 남부와 복건성 일대에 해당한다.
孫秀才(손수재) : 구체적으로 누구인지는 확인할 수 없다.

2 [원주] ≪남사≫에 "사령운은 고산준령을 찾아 오르곤 하였다. 반드시 깊은 산골 험준한 봉우리가 수십 겹인 곳으로 갔는데, 갖추지 않은 장비 없이 산에 올랐다. 일찍이 시녕 남산에서부터 나무를 베고 길을 내서 곧장 임해에 이르렀는데, 시종이 수백 명이었다. 임해 태수 왕수가 깜짝 놀라 산적으로 여겼다가 나중에 사령운인 줄 알고서 비로소 안도하였다. 사령운이 왕수에게 더 가자고 하였으나 왕수가 내켜하지 않자 사령운은 왕수에게 '이곳의 군수는 지세의 험준함을 힘겨워하고, 방랑하는 나그네는 산에 오름을 쉽게 여기노라.'라는 시를 지어 주었다. 회계에서도 역시 시종의 무리가 많아서 그 현읍을 깜짝 놀라게 하였다."라고 전한다. 그리고 "사령운은 부친과 조부가 다 시녕현에 묻혔고 고택과 별장도 그곳에 있었는데, 후에 회계로 적을 옮겨 가업을 이어갔다. 산과 강을 끼고서 은거의 즐거움을 다하였다. 은사 왕홍지・공순지 등과 마음껏 호탕하게 즐겼으며 그곳에서 생을

마치려는 뜻을 가졌다."라고 전한다.(南史, 謝靈運尋山陟嶺. 必造幽峻巖嶂數十重, 莫不備盡登躡. 嘗自始寧南山伐木開徑, 直至臨海, 從者數百. 臨海太守王琇驚駭, 謂爲山賊, 末知靈運, 乃安. 又要琇更進, 琇不肯, 靈運贈琇詩, 邦君難地險, 旅客易山行. 在會稽亦多從衆, 驚動縣邑. 又曰, 謝靈運父祖並葬始寧縣, 並有故宅及墅, 遂移籍會稽, 修營舊業, 傍山帶江, 盡幽居之美. 與隱士王弘之、孔淳之等放蕩爲娛, 有終焉之志)

曾重(증중) : 일찍이 중히 여기다. 전(轉)하여, 일찍이 좋아하였다. 이 작품은 측기식(仄起式) 율시로서, 평측 규율상 제2구의 네 번째 글자는 측성이다. 따라서 '중(重)'은 '거듭'(평성)이 아니라 '중시하다'(측성)의 의미로 쓰였다.

3 [원주] ≪본초≫에 "여지 열매는 영남과 파중에서 열리며 광동과 광서에도 두루 있다. 5, 6월에 익는데 이 때 이 지역에서는 모두 그 아래에서 연회를 열어 그것을 즐긴다. 오늘날 민중 네 군에서 나는 여지는 특출하니, 과육이 매우 두텁고 달콤한 향기에 환한 흰 색을 띠고 있어 광주나 촉주의 것에 비할 바가 아니다."라 하였다. 또한 백거이의 〈여지보〉에도 보인다.(本草, 荔枝子, 生嶺南及巴中, 二廣州郡皆有之. 五六月盛熟, 時彼方皆燕會其下以賞之. 今閩中四郡所出特奇, 而肌肉甚厚, 甘香瑩白, 非廣蜀之比也. 亦見樂天荔枝譜)

4 [원주] ≪십도지≫ "건안" 주에 "≪오지≫에 이르기를 '영안[24] 3년에 회계의 남쪽 군을 건안군이라 하였으니 바로 옛 진안 땅이다. 민의 월나라 왕이 도읍으로 삼았던 곳으로, 월나라는 후에 두 군으로 나누었다.'라고 하였다."라 하였다.(十道志, 建安注, 吳志曰, 永安三年, 以會稽南部爲建安郡, 卽古晉安, 閩越王所都之處, 越後分爲二郡)

5 [원주] ≪술이기≫에 "오나라는 월나라를 멸한 뒤 월왕 구천을 회계 지역에 살게 하였는데, 영지가 사방 천 리였다. 구천은 범려의 모책을 얻어 백성에게 농사짓고 뽕 기르는 법을 알려주었으며, 사방의 선비를 맞아들여 외곽에 누대를 짓고 어진 선비를 머물게 하였다. 오늘날 회계 지역에 월왕대가 있다."라 하였다.(述異記, 吳旣滅越, 棲句踐於會稽之上, 地方千里. 句踐得范蠡之謀, 示民以農桑, 迎四方之士, 作臺於外而館賢士. 今會稽之上有越王臺, 云)

6 [원주] ≪통전≫에 "윤주[25]는 오늘날 단양현을 관할한다. 진나라가 오나라를 평정하고서 비릉군과 단양군으로 만들어 그 지역을 모두 양주 아래에 두었다."라 하였다.(通典, 潤州今理丹陽縣, 晉平吳, 爲毗陵、丹陽二郡, 地兼置揚州)

【해설】

이원은 당 문종(文宗) 개성(開成, 836~840) 연간에 복건관찰사(福建觀察使) 막부의 빈객을 지냈는데, 이 작품은 이 시기에 지어진 것으로 보인다. 제목의 '민중'은 오늘날 절강성 남부와 복건성 일대에 해당하는 지역이다. 제1~2구는 민중의 지리적 특징과 문학사적 일화를 읊었다. 이곳은 중국대륙의 최남동 지역으로 남중국해에 면해 있는데, 일찍이 사령운이 절강성 임해까지 약 200여명의 시종단을 거느리고 여행을 왔다는 일화가 전한다. 제3~4구는 민중이 장안 등의 내륙에서 매우 멀고 낯선 곳임을 식물의 생장 양상을 통해 나타내었다. 남방의 무더운 기후 탓에 여지는 유달리 빛깔 곱게 익지만, 매화는 일찍 지고 마는 것이다. 제5~6구는 시인이 지난 겨울 이래로

24) 영안(永安) : 오(吳) 경제(景帝)의 연호로, 258년부터 263년까지이다.
25) 윤주(潤州) : 오늘날 강소성(江蘇省) 진강시(鎭江市)・단양시(丹陽市) 일대에 해당하는 지역이다.

민중의 역사적 유적지가 산재한 곳에서 지내고 있음을 말하였다. 제7~8구는 시인이 훗날 오랜 친구와 재회하여 민중에서 어렵게 지내는 이 시절을 화제로 밤새 이야기 나눌 수 있기를 바라는 마음을 담았다. 제7구에 쓰인 '비릉의 벗'은 시인이 과거에 비릉에서 사귀었던, 혹은 비릉 출신의 옛 친구를 말하는데, 그는 바로 제목의 '손수재'일 가능성이 높다.

068

過常州書懷寄吳處士因呈操上人1

상주를 지나며 감회를 써서
오처사에게 부치고 이어 조상인께 바침

憶昔圍棋蕭寺中,2	옛적에 절에서 바둑 두던 추억 그립군요
數人同看定雌雄.3	승부 겨루기를 여러 사람 다같이 지켜보았지요.
星光亂點侵銀漢,	빛나는 별 어지러이 점멸하며 은하수를 파고들었고
雁勢斜飛度碧空.4	힘찬 기러기 비끼어 날며 푸른 하늘을 건넜지요.
竟日支頤心未決,5	날 다하도록 턱 괴며 마음 정하지 못했고
有時搖膝思無窮.	때로는 무릎 흔들며 생각에 끝이 없었지요.
今來不得重觀妙,6	요즘 다시금 고수를 보지 못했나니
留與殷勤向遠公.7	간직해온 깊은 마음을 원공께 바칩니다.

【주석】

1 이 시는 ≪전당시≫에 수록되어 있지 않다.
[원주] ≪십도지≫에 "강남도에 상주가 있다."라 하였다.(十道志, 江南道有常州)
常州(상주) : 오늘날 강소성(江蘇省) 남부의 상주시(常州市) 일대이다.
吳處士(오처사) : 구체적으로 누구인지 확인할 수 없다.
操上人(조상인) : 구체적으로 누구인지 확인할 수 없다. '상인(上人)'은 스님을 높여 부른 말이다.

2 [원주] ≪위지≫에 "왕찬은 자가 중선이다. 사람들이 바둑 두는 것을 구경하다가 대국이 헝클어지면 왕찬이 그것을 되돌렸는데, 한 점도 틀리지 않았다."라 하였다. '소사'는 위의 주석에 보인다.[26](魏志, 王粲, 字仲宣. 觀人圍棋, 局壞, 粲爲覆之云云, 不誤一道. 蕭寺見上注)
圍棋(위기) : 바둑. '박혁(博弈)'과 같은 뜻이다.
蕭寺(소사) : 절, 사찰의 다른 표현이다.

26) 이원의 시 062. 〈유이십일이 도명스님의 입적을 알려오매 옛 일을 써서 벗에게 부침(劉二十一報道明師亡敍昔時寄友)〉에 보인다.

3 [원주] ≪박혁론≫에 “요즘 사람들은 바둑 익히기를 좋아한다. 대국에 임하여 서로 겨루는데 승부는 미리 가려지지 않는다.”라 하였다.(博弈論, 今世之人好習博弈, 臨局交爭, 雌雄未決)

雌雄(자웅) : 강함과 약함. 여기서는 바둑의 승부.

4 度(도) : ‘도(渡)’와 통하며, ‘건너다, 지나가다’의 뜻이다.

5 支頤(지이) : 턱을 괴다, 손으로 턱을 받치다.

6 重(중) : 율시의 평측상 평성자이므로, ‘다시, 거듭’의 뜻이다.

妙(묘) : 묘수, 고수. ‘재주나 기예가 빼어난 사람’을 뜻한다.

7 [원주] ≪여산기≫에 “원공은 18명의 현자와 함께 백련사에서 정토세계를 수양하였다.”라 하였다.(廬山記, 遠公與十八賢同修淨土於白蓮社)

留與(유여) : 소중히 간직해 두었다가 드리다. ‘여(與)’는 율시의 평측상 측성자이므로, ‘주다, 드리다’의 뜻이다.

殷勤(은근) : 깊은 정과 두터운 마음. 진실한 충정. 여기서는 상대를 깊이 그리워하는 마음을 뜻한다.

遠公(원공) : 진(晉)의 고승 혜원(慧遠)을 말한다. 여산(廬山) 동림사(東林寺) 등에 거처하였는데, 사람들이 그를 기려 ‘원공’이라는 존칭을 썼다. 여기서는 제목의 조상인을 고승 혜원에 빗대어 높여 말한 것이다.

【해설】

바둑을 매개로 하여 지인에 대한 그리움을 쓴 시이다. 제1~2구에서 시인은 지난 날 어느 절에서 바둑을 두었던 일에 대한 회상에 잠겼다. 제3~4구에서는 바둑판 위의 장면을 비유적으로 묘사하였다. 반상 위에 얽혀드는 흑백의 바둑돌은 은하수에 깜빡이는 별빛에 비유하였고, 손끝 따라 공중의 포물선을 그리며 판에 놓이는 바둑돌은 힘찬 기세로 날아드는 기러기에 빗대었다. 제5~6구에서는 바둑을 두는 두 사람이 승부로 이어질 묘수를 끌어내기 위해 저마다 생각에 골똘히 잠긴 모습을 그렸다. 제7~8구에서는 큰스님 조상인을 그리워하며 시를 마무리하였는데 제7구의 내용으로 미루어 보아 조상인은 그 당시 보기 드문 바둑 고수라 할 정도로 바둑에 조예가 깊었던 듯하다.

069

代友人去姬[1]

친구가 버린 여인을 대신하여

永將心會合歡籠,[2]	영원토록 합환롱에 마음 함께하려 했는데
豈料人生事役終.	어찌 사람 삶의 맡은 역 끝날 줄 짐작했겠나요.
兩意不成連理樹,[3]	둘의 마음이 연리수가 되지 못했나니
一身翻作斷根蓬.[4]	이 한 몸은 도리어 뿌리 잘린 쑥 신세 되었지요.
恩波日去難收水,[5]	은애의 파도가 하루아침 물러가니 그 물 모아 담기 어렵고
團扇秋來已厭風.[6]	둥근 부채는 가을 되니 벌써 그 바람 싫다 하시는군요.
棄我別君那足恨,	나를 내치시어 그대와 이별하는 것만 어찌 한스러우리까
恨緣留在小兒童.	한스러운 인연은 어린 아이에게도 남아있나이다.

【주석】

1 이 시는 ≪전당시≫에 수록되어 있지 않다.

2 [원주] '합환'은 위의 주석에 보인다.[27](合歡, 見上注)

將(장) : ~을.

合歡(합환) : 사랑하는 남녀가 즐거움을 함께 한다는 의미로서, 동사로 쓰이기도 하고 물건 이름 앞에 붙기도 한다. 예를 들어 등롱을 가리키는 '합환롱(合歡籠)' 외에도, 이불로는 '합환피(合歡被)', 술로는 '합환주(合歡酒)', 부채로는 '합환선(合歡扇)' 등을 중국문학 작품에서 찾아볼 수 있다.

3 [원주] 지우[28]의 〈연리송〉에 "조정 정덕궁 경내 승화문의 홰나무는 두 가지가 하나로 이어진 채 두 그루로 살게 되었는데, 중심부를 함께 하며 뿌리를 무성히 얽어갔다."라 하였다.(摯虞, 連理頌, 朝宮正德之內, 承華之槐樹, 二枝連理而生二幹, 同心以蕃本根)

連理樹(연리수) : 본래는 각각 따로였던 나무 두 그루가 하나의 나뭇가지로 이어진 것으로, 남녀간의 굳건한 사랑에 대한 비유로 쓰인다.

---

27) 백거이의 시 014. 〈유순지가 멀리서 자줏빛 고운 비단을 보내줘서 시로써 그에게 답하다(庾順之以紫霞綺遠贈以詩答之)〉에 보인다.

28) 지우(摯虞, ?~311) : 진(晉)의 문인. 자는 중흡(仲洽)이고, 경조(京兆) 장안(長安) 사람이다.

4 [원주] 조식[29]의 시[30]에 "나부끼는 쑥가지가 본 뿌리에서 떨어져, 펄럭펄럭 거센 바람 따라 떠돈다. 이 나그네와 꼭 닮았구나, 몸 바쳐 멀리 변방을 좇노라."라 하였다.(曹子建詩, 轉蓬離本根, 飄颻隨長風. 類此遊客子, 捐軀遠從戎)

5 [원주] 구지[31]의 시[32]에 "들쭉날쭉한 이별의 상념이 일어나도, 엄숙하고 화목한 은애의 파도에 덮이네."라 하였다. ≪집류≫에 "태공은 자가 자아이며, 80살 나이에 마씨를 아내로 두었다. 책 읽기를 좋아하고 생업은 돌보지 않은 탓에 몹시 가난해져 남의 집에 더부살이를 하게 되었다. 마씨가 '나는 그대에게 아내 노릇을 할 수 없소이다.'라 말하고는 그를 버리고 떠나갔다. 후에 무왕이 태공을 제동의 군주로 책봉하였다. 나라로 돌아와 취임하였는데, 한 여인이 길에서 통곡하는 것을 보고는 태공이 '어찌 슬퍼하오?'라 물으니 '제가 듣기로 전남편이 제나라 군주에 책봉되었다고 합니다, 그래서 후회스럽게 여깁니다.'라 대답하였다. 태공이 성명을 묻고는 '바로 나일세.'라 하였다. 여인이 기뻐하며 다시 합치기를 청하였다. 태공은 물 한 잔을 가져오라 시키더니 물을 땅에 쏟아 붓고는 여인에게 주워 담으라 하였다. 여인이 '할 수 없습니다.'라 하니 태공이 '은애에 달라짐이 있는데, 어찌 모름지기 다시 합치겠소?'라 하였다. 여인은 한스러움을 머금고 물러났다."라 하였다.(丘希範詩, 參差別念擧, 肅穆恩波被. 集類, 太公, 字子牙, 年八十, 娶馬氏以妻. 好讀書, 不事産業, 至貧窮寄他舍. 馬氏曰, 我不能與君作婦. 遂舍去. 後武王封太公於齊東, 歸就國, 見一婦人哭於路, 太公問, 何悲. 對曰, 妾聞前夫封爲齊君, 是以悔之. 公問姓名, 曰, 我是也. 婦喜, 求更合. 公令取盃水瀉地上, 令婦收, 婦曰, 不可得也. 公曰, 恩愛有別, 何須更合. 婦含恨而去)

6 [원주] 반첩여의 〈원가행〉에 "제나라 흰 비단을 새로 짰는데, 선명함과 깨끗함이 서리와 눈 같구나. 재단하여 합환선을 만드니, 둥글둥글 마치 가을달을 닮았네. 임의 품속과 소매를 들락거리고, 흔들흔들 움직이면 미풍이 일어나네. 가을이 오는 것 늘 두렵나니, 서늘한 바람이 더운 기운 앗아가겠지. 상자 속에 버려질 것이요, 은혜와 애정은 중도에 끊어지리라."라 하였다.(班婕妤, 怨歌行, 新製齊紈素, 鮮潔如霜雪. 裁爲合歡扇, 團團似秋月. 出入君懷袖, 動搖微風發. 常恐秋節至, 涼飇奪炎熱. 棄捐篋笥中, 恩情中道絶)

【해설】

남자로부터 버림받은 여인의 비통한 심경을 시인이 대변하여 쓴 작품이다. 제1~2구는 영원한 사랑을 지켜가기를 꿈꾸던 여인이 뜻밖의 파경에 직면하여 느끼게 된 절망감을 썼다. 제3~4구는 여인의 소망과 현실을 각각 연리수와 뿌리 잘린 쑥으로 비유하여 대조시킴으로써, 여인이 결국 굳건한 사랑을 이루지 못한 채 사랑에 실패하고 말았다는 비참함을 표현하였다. 제5~6구는 돌아선 남자의 마음은 마치 엎질러진 물과 같아서 다시 되돌릴 수 없으며 여인은 이미 가을철의 부채처럼 사랑받을 수 없는 신세가 되었다는 사실을 곱씹음으로써 비통한 감정을 더하였다. 제7~8구는 여인에게 있어 임과의 이별 그 자체도 더없이 한스럽지만 이러한 한스러운 인연은 두 사람 사이의 어린아이에게로 이어진다는 표현을 함으로써, 자식까지 둔 뒤 남자에게 버림받는 여인의 애끊는 고통을 토로하였다.

29) 조식(曹植, 192~232) : 위무제(魏武帝) 조조(曹操)의 아들이자 조비(曹丕)의 아우. 자는 자건(子建).
30) 이 시의 제목은 〈잡시(雜詩)〉이다. 여기서 인용된 4구는 〈잡시(雜詩) 기이(其二)〉에 수록된 것이다.
31) 구지(丘遲, 464~508) : 남조시대의 문인. 자는 희범(希範)이며, 오흥(吳興) 오정(烏程) 사람이다.
32) 이 시의 제목은 〈낙유원 연회에서 시중들고 장서주를 전송하며 명을 받들어 지은 시(侍宴樂游苑送張徐州應詔詩)〉이다.

070

送供奉貴威儀歸蜀1

촉으로 돌아가는
공봉 귀위의를 전송하며

皇恩許遂浩然情,2	황제의 은혜는 호연히 품은 뜻 이루기를 허락하시어
金殿親傳秘籙成.3	금빛 어전에서 비전의 기록 엮은 것을 친히 전하셨다.
雲出帝鄕歸萬里,4	구름은 천제 계신 곳에서 피어올라 만 리 너머로 돌아가고
鶴辭仙闕下三淸.5	학은 선계의 대궐을 떠나 하늘을 내려온다.
蜀門日晩山橫翠,6	촉 땅 관문에 해 저물 제 산 비스듬히 비취색 물들고
巴路天寒水有聲.7	파 땅 길은 날씨 춥고 물살 소리 요란하리라.
到夕禁香儼簪帔,8	저녁 되어 금향 사르며 비녀와 치마를 바로 하는데
峨眉新月舊窗明.9	아미산에 새 달 뜰 때 옛 집 창가 휘영청 밝겠구나.

【주석】

1 이 시는 ≪전당시≫에 수록되어 있지 않다.
[원주] ≪당육전≫에 "도사에게는 세 가지 부르는 이름이 있으니, 첫째, 법사라 하고, 둘째, 위의사라 하며, 셋째, 율사라 한다. 그 덕이 높고 생각이 깊은 자는 일컬어 연사라고 한다."라 하였다.(唐六典, 道士有三號, 一曰法師, 二曰威儀師, 三曰律師, 其德高而思精, 謂之鍊師)
供奉(공봉) : 관직 이름. 당대(唐代)에는 시어사내공봉(侍御史內供奉), 전중시어사내공봉(殿中侍御史內供奉), 한림공봉(翰林供奉) 등이 있었다.
貴威儀(귀위의) : 귀씨 성을 가진 위의사로, 구체적으로 누구인지는 확인할 수 없다. 위의사는 도교 도사를 말한다.

2 [원주] ≪맹자≫에 "호연히 돌아갈 뜻을 품었다."라 하였다.(孟子, 浩然有歸志)
호연정(浩然情) : 호연히 품은 뜻, 크고 굳세게 품은 마음. 여기서는 원래 있던 곳으로 돌아가고자 하는 바람을 뜻한다. ≪맹자・공손추하(孟子・公孫丑下)≫의 "주 땅을 나가는데도 왕이 나를 좇아오지 않으셨으니 나는 그런 뒤에야 호연히 돌아갈 뜻을 품었다.(夫出晝而王不予追也, 予然後浩然有歸志)" 구에서 비롯되었다.

3 秘籙(비록) : 비밀리에 전해지는 기록. 여기서는 비전의 도가 관련 기록을 말한다.

4 [원주] ≪장자≫에 "저 흰 구름을 타고 천제가 계신 곳에 이른다."라 하였다.(莊子, 乘彼白雲至於帝鄉)
5 [원주] 〈무학부〉에 "빼어난 태가 자라 선계의 새가 되었다."라 하였다. ≪영보도인경≫ "공덕이 가득해지면 상청으로 날아오른다." 구절의 주에 "≪용교경≫에 따르면 사범[33]을 오르고 나면 다음에 삼청이 있다고 하였다. 태청 십이천은 아홉 신선이 사는 곳이다. 다음으로 상청 십이천은 아홉 진인이 사는 곳이다. 옥청 십이천은 아홉 성인이 사는 곳이다. 이 서른여섯 천은 결코 무너지지 않는 세계이다."라 하였다.(舞鶴賦, 偉胎化之仙禽. 靈寶度人經, 功德滿就飛升上淸, 注, 按龍蹻經, 四梵已上, 次有三淸. 太淸十二天, 九仙所居, 次上淸十二天, 九眞所居, 玉淸十二天, 九聖所居. 三十六並不壞之境)
三淸(삼청) : 하늘을 뜻하는 도가의 용어. 도가에서는 하늘을 태청(太淸)·상청(上淸)·옥청(玉淸)의 세 단계로 나누어 이를 삼청이라 하였다.
6 [원주] 장맹양[34]의 〈검각명〉에 "촉의 관문에 고와 진[35]을 만들었으니, 이것을 검각이라 하였는데, 벽이 천 길 높이로 솟아 있다."라 하였다.(張孟陽, 劍閣銘, 惟蜀之門, 作固作鎭, 是曰劍閣, 壁立千仞)
7 [원주] ≪옥당한화≫에 "흥원의 남쪽에 길이 있는데 대파로와 소파로라 한다. 높은 봉우리와 깊은 계곡은 원숭이가 다니는 길이요 새가 다니는 길이다. 인적은 두절되고, 맹금과 짐승이 우글우글하다."라 하였다.(玉堂閒話, 興元之南有路, 曰大巴路小巴路, 危峰瀋壑, 猿徑鳥道, 杜絶人煙, 鷙獸成群)
8 [원주] ≪유편≫에 "'피'는 '피'와 '의'의 반절이다."라 하였다. ≪방언≫에 "'군'은 진·위 지역에서는 '피'라 일컫는다."라 하였다. '군'은 ≪설문≫에서 "치마이다."라 하였다.(類篇, 帔, 披義切. 方言, 裙[36], 陳魏之間謂之帔[37]. 裙, 說文云, 下裳也)
禁香(금향) : 궁궐에서 쓰는 향이다. 여기서는 황제께 하사받은 향을 말한다. '금(禁)'은 본디 황제의 궁궐을 가리킨다.
9 [원주] ≪십도지·검남도≫에 "가주에 아미산이 있다."라 하였다.(十道志, 劍南道, 嘉州有峨嵋山)

【해설】

장안 황궁에서 촉 땅의 고향으로 돌아가는 도교 도사를 전송하는 시이다. 제1~2구는 황궁에서 지내던 귀 위의사가 귀향의 뜻을 품자 황제가 그것을 허락하였고, 비전의 도교 관련 기록의 전수가 있었다고 씀으로써, 귀 위의사가 황제에게 존중받은 귀한 인물임을 말하였다. 제3~4구는 궁궐을 떠나 고향으로 돌아가는 귀 위의사를 하늘에서 이동하는 신비로운 구름과 신령스런 학에 비유하여, 그가 도교적으로 뛰어난 인물임을 상징적으로 표현하였다. 제5~6구는 귀 위의사가 파촉 지역으로 돌아가는 길에 거치게 될 여정을 묘사하였다. 제7~8구는 귀 위의사가 여정을 잘 마치고 단정한 차림새로 저녁 제를 올리는 장면을 상상하는 한편, 고향집 창에 밝은 달이 뜨리라는 말로 이후 그곳에서의 생활이 순조로울 것이라는 축원을 담았다.

33) 사범(四梵) : 본디 불교 용어로, 색계(色界)의 하늘을 다스리는 왕이다. 여기서는 도교의 신선계로 올라가기 전 바로 아래 단계의 하늘을 가리키는 뜻으로 쓰였다.
34) 장맹양(張孟陽) : 서진(西晉)의 문학가 장재(張載). 하북성(河北省) 안평현(安平縣) 출신으로, 맹양(孟陽)은 그의 자이다. 무제(武帝) 때 중서시랑(中書侍郎)의 벼슬을 지냈다.
35) '고(固)'와 '진(鎭)'은 모두 관문에 세우는 견고한 방어 진지 시설의 일종이다.
36) 裙(군) : 원주에는 '裠(군)'이라고 되어 있는데, ≪방언≫에 의거하여 바로잡았다.
37) 帔(피) : 원주에는 '陂(피)'라고 되어 있는데, ≪방언≫에 의거하여 바로잡았다.

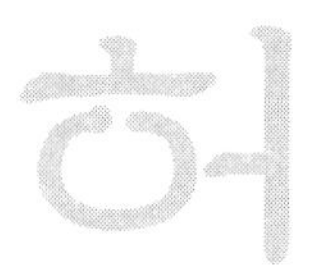

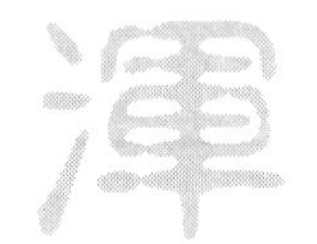

허원외시(許員外詩)

[원주] 이름은 혼이다. 왕안석의 ≪당백가시선(唐百家詩選)≫에 "대중(847~860) 말에 영주자사가 되었다."라 하였다.(名渾. 王公百家詩選, 大中末, 爲郢州*刺史)

허혼(許渾, 791?~858?)

허혼의 자는 용회(用晦)이며 윤주(潤州) 단양(丹陽, 지금의 강소성 단양시) 사람이다. 문종(文宗) 대화(大和) 6년(832)에 진사급제 하였으며, 당도현령(當塗縣令)과 태평현령(太平縣令)을 지내다가 회창(會昌) 원년(841)에 감찰어사(監察御史)가 되었다. 3년 후에 윤주사마(潤州司馬)가 되어 고향으로 내려가서 한가로운 생활을 하다가 대중 3년(849)에 또 감찰어사가 되었지만 병을 핑계로 사직하고 다시 고향으로 돌아왔다. 대중 6년(852)에 우부원외랑(虞部員外郎)으로 있다가 목주자사(睦州刺史)와 영주자사(郢州刺史)를 지냈으며 얼마 있지 않아 사임하고 고향인 단양현 정묘교(丁卯橋)가 있는 곳으로 돌아와 은거하였다. 당시 자신의 시를 엮어서 ≪정묘집(丁卯集)≫을 펴냈다. 허혼은 당시 혼란한 정국 속에서 정치에 대한 환멸을 느끼고 은일하려는 생각을 많이 가지고 있었으며, 실제로 관직에 나아가기를 꺼려하는 내용의 시를 짓기도 하였다.

현재 남아있는 그의 시는 542수인데, 모두 근체시이며 특히 율시에 능했다. 구법이 원숙하고 빼어났으며 특히 자신만의 격률을 만들었는데 이를 '정묘체(丁卯體)'**라고 한다. 전문(田雯, 1635~1704)은 ≪고환당집(古歡堂集)≫에서 "성율의 원숙함은 허혼만한 이가 없다.(聲律之熟, 無如渾者)"는 평가를 할 정도였지만, 방회(方回, 1227~1305)는 ≪영규율수(瀛奎律髓)≫에서 "대장에 너무 치우쳐서 그 기교는 넘치지만 시의 맛은 부족하다.(專對偶, 工有餘而味不足)"는 평가를 하기도 하였다. 그의 시에는 옛 유적지를 방문하며 옛일을 회고한 것이 많은데, 주로 당시 혼란스런 정치상황에서 자신의 감회를 표현하였다. 특히 '수(水)'자를 많이 사용하여 "허혼의 시 천 수가 축축하다.(許渾千首濕)"는 평가를 받기도 하였다.

(임도현)

* 郢州(영주) : 원주에는 '鄧州(등주)'로 되어 있는데, 바로 잡았다.

** 정묘체(丁卯體) : 허혼이 칠언율시에서 많이 사용한 율격. 대구와 출구에서 제3자와 제5자의 평측을 바꾸어 제6자를 각각 고평(孤平)과 고측(孤仄)으로 하였다.

071

送張尊師歸洞庭[1]

동정산으로 돌아가는 장존사를 전송하며

能琴道士洞庭西,	금에 능한 도사가 동정산 서쪽으로 가는데
風滿歸帆路不迷.	돌아가는 배에 바람은 가득하고 길은 분명하다네.
對岸水花霜後淺,[2]	강둑을 마주한 연꽃은 서리 후에 줄어들었고
傍簷山菓雨來低.	처마 옆의 산 과실은 비가 오자 처졌네.
杉松近晩移茶竈,[3]	삼나무와 소나무에 저녁이 오면 차 끓이는 화로를 옮기고
巖谷初寒蓋藥畦.	바위 계곡에 겨울이 올 때쯤 약초밭을 덮겠지.
他日相思一行字,[4]	이후 그대가 그리우면 편지를 쓸 터인데
誰人知處武陵溪.[5]	누가 무릉의 시냇물에 살고 있음을 알리오?

【주석】

1 尊師(존사) : 도사(道士).
 洞庭(동정) : 지금의 강소성과 절강성에 걸쳐 있는 태호(太湖) 안에 있는 산으로 동정동산(洞庭東山), 또는 동산(東山)이라고도 한다.

2 [원주] 최표의 ≪고금주≫에 "연꽃을 수단, 수지, 수화라고도 한다."라 하였다.(崔豹, 古今注, 蓮花, 一名水旦, 一名水芝, 一名水花)
 淺(천) : 줄어들다.

3 茶竈(다조) : 찻물을 끓이는 작은 화로.

4 [원주] 〈고시〉[1]에 "나그네가 먼 곳에서 와서 내게 편지를 전해주었는데, 위에는 늘 그리워한다고 하였고 아래에는 오랫동안 이별했다고 적었네. 편지를 소매에 넣어두고서 삼년동안 보아도 글자가 닳지 않았네."라 하였다.(古詩, 客從遠方來, 遺我一書札. 上言長相思, 下言久離別. 置書懷袖中, 三歲字不滅)

1) 이 시는 〈고시 19수〉 중 제17수이다.

一行字(일항자) : 기러기 편에 부치는 편지. ≪전당시≫에는 '양항자(兩行字)'로 되어있는데, 뜻은 같다. 기러기가 일렬로 혹은 '팔八'자 모양의 두 줄로 날아가기 때문에 이렇게 부른다.

5 [원주] 도잠의 〈도원기〉에 "진나라 태원 연간(376~396)에 무릉 사람 황진이 고기잡이로 직업을 삼았다. 계곡을 따라 가다가 얼마나 멀리 갔는지도 몰랐다. 홀연 복숭아나무 숲을 만났는데, 꽃이 매우 아름다웠고 떨어진 꽃잎이 펄펄 날리고 있었다. 숲이 다하자 산이 하나 나왔고, 조그만 동굴이 있어 들어가니 처음에는 매우 좁았지만 수십 걸음 걸어가자 탁 트이고 밝아졌다. 집들은 정연하고 닭과 개소리가 들리며 남녀의 복장은 모두 외지인 같았다. 어부를 보더니 놀라고는 그에게 술과 음식을 차려주고 '선조들이 진나라의 난리를 피해 처자식을 데리고 들어 왔소.'라고 하였다. 지금이 어느 때이냐고 물어보는데, 한나라도 모르니 위나라나 진나라는 말할 것도 없었다. 밖으로 나와서 태수에게 고하니 그 말이 이와 같았다. 태수가 사람을 보내 찾게 했으나 길을 헤매다가 다시는 들어가는 길을 찾지 못했다."라 하였다.(陶潛, 桃源記, 晉太元[2]中, 武陵人黃眞[3]捕魚爲業. 沿溪行, 忘路之遠近. 忽逢桃花林, 芳華鮮美, 落英繽紛. 林盡得一山, 小口, 入, 初極狹, 行數十步, 豁然開明. 屋舍儼然, 雞犬相聞, 男女衣着悉如外人. 見漁父, 大驚, 爲設酒食. 云, 先世避秦亂, 率妻子來. 問今是何世, 不知有漢, 無論魏晉. 旣出, 詣太守, 說如此. 太守遣人往, 尋迷, 不得復路)

誰人(수인) : 누가. ≪전당시≫에는 '무인(無人)'으로 되어있으며, '그런 사람이 아무도 없다'는 뜻으로 의미는 같다.

武陵溪(무릉계) : 무릉도원으로 가는 시냇물을 가리키며, 여기서는 장 존사가 머무는 곳을 무릉도원에 비유하였다.

【해설】

이 시는 동정산으로 가는 장 도사를 보내면서 지은 것이다. 제1~2구에서는 그가 동정산으로 가는 여정이 순탄하리라고 말하였고, 제3~4구는 이별하는 곳의 경치를 묘사한 것으로 연꽃이 줄어들고 과실나무가 처지는 비오는 가을 경치를 통해 이별의 정감을 표현하였다. 제5~6구에서는 장 도사가 동정산에서 차 끓이고 약초 재배하는 모습을 상상하여 그렸는데, 소나무와 삼나무는 그가 세속과 절연한 절개를 상징하며 차 끓이고 약초 재배하는 것으로 고아한 정취와 신선술에 전념하는 태도를 나타냈다. 제7~8구에서는 이후 그를 그리워하여 편지를 쓰고자 하는데 그가 있는 곳은 무릉도원과 같은 곳이라고 하여 그의 신선다운 풍모를 찬미하였다.

2) 太元(태원) : 원주에는 '太康(태강)'으로 되어있는데, 바로 잡았다.

3) 黃眞(황진) : 이러한 이름은 도잠이 지은 〈도화원기〉에는 나오지 않으며, 오대 혹은 송대에 천태산(天台山) 도사 왕송년(王松年)이 편찬한 ≪선원편주(仙苑編珠)≫에 나오는데, "전해지는 바에 말하기를 어부인 황도진은 무릉 사람인데 어선을 타고 가다가 갑자기 도화동에 들어가서 신선을 만났다.(傳云, 漁人黃道眞, 武陵人, 棹漁舟, 忽入桃源洞, 遇仙)"라고 되어있다. 이 책은 ≪몽구≫의 체제를 따랐으며 삼백 명 이상의 신선관련 고사들을 엮은 것으로 남송 이래로 상당히 유행하였다. 고려시대 이제현(1287~1367)의 ≪익재난고(益齋亂藁)≫에 〈황진의 도원(黃眞桃源)〉이라는 시가 있다.

072

偶題蘇州虎丘寺僧院1

우연히 소주 호구사 승원에 쓰다

暫引寒泉濯遠塵,2	잠시 차가운 샘물 끌어다가 먼 속세의 먼지를 씻는데
此生多是異鄉人.	이 생애 대부분을 타향사람으로 보냈네.
荊溪夜雨花飛疾,3	형계의 밤비에 꽃은 금세 날아가 버리고
吳苑秋風月滿頻.4	오원의 가을바람에 달이 자주 둥그네.
萬里高低門外路,5	만 리 타향의 높고 낮은 문 밖의 길을 떠돌았고
百年榮辱夢中身.	백 년 인생의 영화와 욕됨을 꿈속에서 헤맸네.
世間誰似西林客,6	세상에 누가 서림의 나그네와 같아서
一臥烟霞四十春.7	안개 노을에 누워서 사십년을 보낼까?

【주석】

1 이 시는 ≪전당시≫에 〈소주 호구사 승원에 쓰다(題蘇州虎丘寺僧院)〉라는 제목으로 실려 있다. [원주] ≪십도지≫의 '소주의 호구산'에 대한 주석에 "해용산이다. ≪오월춘추≫에서 말하기를 '합려를 수도 서쪽에 장사지내면서, 다섯 도시의 남자 십만 명을 선발하여 무덤을 만들었는데, 동으로 만든 관을 세 겹으로 만들었으며 수은으로 연못을 만들고 금과 옥으로 물오리와 기러기를 만들고서 편저의 검 삼천 자루, 방원의 칼 삼천 자루, 반영검과 어장검을 그곳에 두었다. 장사를 지낸 지 3일 후에 쇠의 정기가 위로 솟아나와 흰 호랑이가 되었는데, 그 무덤 위에 웅크리고 있어서 호구라고 불렀다.'라 하였다. 즉[4] 왕순과 왕민 형제의 별장인데 동쪽은 왕순의 집이었고 서쪽은 왕민의 집이었다. 진나라 함화 2년(327)에 그 집을 절로 삼고는 검지를 동서로 나누어 두 개의 절로 만들었다. 연못가에 평평한 돌이 있었는데 천인좌라고 불렀으며 고승인 축도생[5]이 설법을 강의했던 바위이다. 그는

4) 이 이하의 내용은 다른 책에서 인용했을 것인데 고찰할 수 없으며, 다만 송나라 주장문(朱長文)의 ≪오군도경속기(吳郡圖經續記)≫에 유사한 내용이 보인다.

5) 축도생(竺道生, 355~434) : 동진의 유명한 승려로 구마라습의 경전을 번역하였으며, 소주 호구사에서 돌을 세워놓고 열반경을 강설하였는데 돌이 고개를 끄덕였다고 한다.

조각난 돌을 세워서 설법을 듣는 신도를 대신하였고 소나무 가지를 꺾어서 설법 지팡이로 삼았으며 옆에는 축도생의 선실이 있었다고 한다."라 하였다.(十道志, 蘇州虎丘山, 注云, 海湧山,[6] 吳越春秋曰,[7] 闔閭, 葬國西, 發五都之士十萬人作冢,[8] 銅棺三重, 水銀爲池, 金玉爲鳧鴈. 扁諸之劍[9]三千, 方員之口[10]三千, 盤郢魚腸之劍[11]在焉. 葬後三日, 金精之氣上揚, 化爲白虎, 踞其墳, 故號虎丘. 卽王珣珉兄弟之館, 東, 珣宅, 西, 珉第. 晉咸和二年, 捨爲精舍. 於劍池分爲東西二寺, 池旁平石, 謂之千人座, 云是高僧竺道生講石, 卽立片石以作聽徒, 折松枝爲談柄, 旁有生公禪室)

2 濯(탁) : 씻다. ≪전당시≫에는 '灌(관)'으로 되어있으며, 뜻은 같다.
遠塵(원진) : 먼 세속의 먼지.

3 [원주] ≪십도지≫ '상주의 형계'의 주석에 "양선택이라고도 한다."라 하였다.(十道志, 常州荊溪, 注, 一名陽羨澤)
荊溪(형계) : 지금의 강소성 의흥시(宜興市)에 있는 시내 이름. 양선(陽羨)의 옛 성이 형계의 남쪽에 있으며 소주의 서쪽 100리쯤에 있다.

4 [원주] ≪십도지≫ "상주[12]에 장주원이 있다."의 주석에 "장주원에 고소대가 있는데 오왕이 세운 것이다."라 하였다.(十道志[13], 常州有長洲苑, 注, 苑有姑蘇臺, 吳王所立)

5 門(문) : 문. '운(雲)'으로 된 판본도 있으며, '구름'이라는 뜻이다.

6 [원주] ≪고승전≫에 "혜영 스님이 서림사에 머물렀다."라 하였다.(高僧傳, 沙門慧永[14]居在西林)
西林客(서림객) : '서림'은 지금의 강서성 여산(廬山)에 있는 절로서, 동진시기 자사인 도범(陶范)이 태원(太元) 2년(376)에 자신이 살던 곳을 절로 만들고는 승려 혜영(332~414)에게 머물도록 요청하였으며, 그는 죽을 때까지 약 40년 동안 이곳에서 참선하였다. 그가 머문 곳에는 항상 향기가 났다고 하며 호랑이 한 마리가 계속 그와 머물렀는데 중생들이 오면 몸을 숨겼다고 한다.

7 烟霞(연하) : 안개와 노을. 주로 산림을 가리키며 여기서는 서림사나 호구사와 같이 한적한 사찰을 의미한다.
四十春(사십춘) : 40년. 혜영이 서림사에 머문 기간이 약 40년이다.

【해설】

이 시는 호구사의 승방에 쓴 것으로 평생 떠돌아다닌 자신의 신세를 한탄하는 내용을 적었다. 제1~2구에서는 평생 타향을 떠돌아다니다가 호구사에 들러 세속의 먼지를 씻고자 하는 마음을

---

6) 海湧山(해용산) : 원주에는 '湧山(용산)'으로 되어있는데 바로 잡았다.
7) ≪십도지≫에서 인용한 ≪오월춘추≫의 내용은 현재 전하지 않으며 ≪사기집해(史記集解)≫의 주석에 비슷한 내용을 가진 ≪월절서(越絶書)≫의 단락이 남아있다.
8) 作冢(작총) : 원주에는 '依冢(의가)'로 되어있는데 바로 잡았다.
9) 扁諸之劍(편저지검) : 합려가 우수산(牛首山)에 야성(冶城)을 쌓을 때 칼을 수천 자루 주조했는데 이를 편저검이라고 하였다.
10) 方員之口(방원지구) : 아마도 칼날의 손잡이가 사각형이고 끝에 둥근 모양의 장식이 있는 칼일 것이다.
11) 盤郢魚腸之劍(반영어장지검) : 고대의 장인인 구야자(歐冶子)가 월 왕을 위해 만들어준 보검으로 반영검은 큰 칼이고 어장검은 작은 칼이다.
12) 상주(常州) : 지금의 강소성 상주시.
13) 志(지) : 원주에는 이 글자가 빠져 있는데 추가하였다.
14) 慧永(혜영) : 원주에는 '惠永(혜영)'으로 되어있는데 바로 잡았다.

적었는데 이것이 시 전체의 주지라고 할 수 있다. 제3~4구에서는 제1구의 내용을 이어받아서 호구사 주위에 있는 형계와 오원의 경물을 묘사하였는데, 밤비에 떨어진 꽃잎과 가을바람 속에 둥글어진 달을 통해 빠르게 흘러가는 세월을 표현함으로써 청춘이 가고 늙음이 기다리고 있는 자신의 신세를 말하였다. 제5~6구에서는 제2구의 내용을 이어받아서 자신의 인생을 간략하게 묘사하였는데 그동안 타향에서 떠돌아다니며 겪은 희로애락이 모두 꿈속의 일처럼 헛된 것이며 지금 자신에게는 아무것도 남아있지 않음을 표현하여 지난 세월동안의 헛된 인생이 자신을 더욱 서글프게 만들었음을 드러내었다. 제7~8구에서는 서림사에서 평생 참선하며 지낸 혜영 스님을 상기하고는 자신도 이곳 호구사에서 그렇게 여생을 조용하게 보내고자 하는 마음을 표현하였다. 하지만 시의 첫 머리에 '잠(暫)'자를 사용하여 이곳 호구사에 오래 머물 수 없는 상황임을 드러내었는데, 이를 통해서도 허혼이 호구사에서의 경험을 아끼면서도 아쉬워하는 마음을 알 수 있다.

073

重遊蘇州玉芝觀[1]

소주의 옥지관을 다시 노닐며

高梧一葉下秋初,2	높은 오동나무 이파리 하나 떨어지는 가을 초입
迢遞重廊舊寄居.3	아득히 먼 겹겹의 회랑은 예전에 머물던 곳이라네.
月過碧窗今夜酒,	달이 지나는 푸른 창에서 오늘 밤은 술을 마시는데
雨昏紅壁去年書.	비가 어둑한 붉은 벽에서 지난 날엔 책을 읽었지.
玉池露冷芙蓉淺,4	옥 같은 연못에 이슬이 차가워져 연꽃은 줄었고
金井煙分薜荔疎.5	금 장식 우물에 안개가 걷히는데 줄사철나무가 성기네.
從此扁舟更東去,6	이제 조각배를 타고 또 동쪽으로 떠나간다면
仙翁應笑爲鱸魚.7	신선이 응당 농어 때문이라고 비웃으리라.

【주석】

1 이 시는 ≪전당시≫에 〈고소성 옥지관을 다시 노닐다(再遊姑蘇玉芝觀)〉라는 제목으로 실려 있다.
玉芝觀(옥지관) : 도관으로 그 위치는 자세히 알 수 없다. ≪구당서≫에 따르면 현종이 천보 연간에 장안과 낙양 및 각 도의 큰 군에 모두 진부옥지관(眞符玉芝觀)을 설치했다고 한다.

2 [원주] ≪회남자≫에 "이파리 하나 떨어지자 천하가 가을임을 알겠다."라 하였다.(淮南子, 一葉落而天下知秋)

3 迢遞(초체) : 아득히 먼 모습.
重廊(중랑) : 겹겹의 회랑. '중래(重來)'라고 된 판본도 있는데 이는 '다시 오다'라는 뜻이다.

4 [원주] 장화의 〈연꽃시〉에 "햇빛이 이 금빛 제방에 불타고 마름이 그대의 옥 같은 연못에 빛나네."라 하였고, ≪이아주≫에 "강동에서는 연꽃을 부용이라고 한다."라 하였다.(張華, 荷詩, 照灼此金塘, 藻曜君玉池. 爾雅注, 江東呼荷花爲芙蓉)
淺(천) : 적다.

5 [원주] 대연지[15]의 ≪서정기≫에 "태극전 위에 금으로 장식한 우물 난간, 금으로 만든 박산[16], 금으로 만든 도르레가 있었는데 우물 위에는 교룡이 산을 이고 있었고 또 금으로 만든 사자가 용 아래에

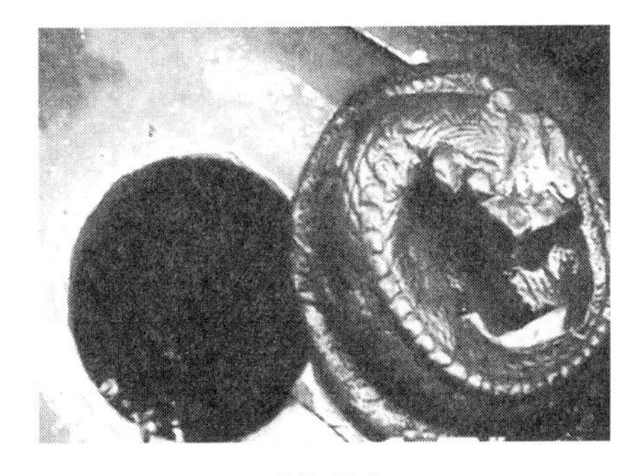
우물 덮개

있었다."라고 하였다. 〈이소경〉의 "줄사철나무의 떨어진 꽃잎을 꿰다."는 구의 주석에 "줄사철나무는 향초로 나무줄기를 타고 올라가며 자란다."라 하였다. (戴延之, 西征記, 太極殿上有金井欄, 金博山, 金轆轤, 蛟龍負山於井上, 又有金師子[17]在龍下. 離騷經, 貫辟荔之落蕊, 注, 辟荔, 香草, 緣木而生)

金井煙分(금정연분) : 금 장식 우물에 안개가 걷히다. ≪전당시≫에는 '경수풍고(瓊樹風高)'로 되어 있으며, '경수에 바람이 높이 분다.'는 뜻이다.

薜荔(벽려) : 줄사철나무.

6 從此扁舟(종차편주) : 이 조각배를 따라가다. 또는 여기서 조각배를 타다. ≪전당시≫에는 '명일괘범(明日挂帆)'으로 되어 있으며, '밝은 날에 돛을 달다.'는 뜻이다.

7 [원주] 농어는 위의 "물고기가 정말 맛있다"라는 구절의 주석에 보인다.[18](鱸魚, 見上魚正美注)

仙翁(선옹) : 신선. 옥지관에 머물고 있는 다른 도사들을 가리킨다.

鱸魚(노어) : 오나라 사람 장한(張翰)은 제(齊)나라 왕인 사마경(司馬冏)의 부름을 받아 대사마동조연(大司馬東曹掾)이 되었다. 장한은 가을바람이 일어나는 것을 보고는 이내 고향의 음식인 순채국과 농어회가 생각났는데 "인생에서 내 뜻대로 하는 것을 귀하게 여길 것이지, 어찌하여 수천 리 먼 곳까지 와서 관직에 얽매어 명성과 작위에 연연하겠는가?"라고 하고는 벼슬을 버리고 고향으로 돌아갔다. 얼마 지나지 않아 사마경이 망했는데 사람들은 모두 그에게 조짐을 아는 능력이 있다고 하였다. 이렇게 자신의 뜻대로만 살면서 후세의 명성을 추구하지 않는 장한에게 누군가가 그 이유를 묻자 "나로 하여금 죽은 후의 명예가 있게 함은 지금 당장의 술 한 잔만 못하다.(使我有身後名, 不如卽時一杯酒)"라고 하니 당시 사람들이 그의 호방하고 달관한 기상을 귀하게 여겼다.

【해설】

허혼은 장안에서 감찰어사로 있다가 회창(會昌) 3년(843)에 고향인 윤주(潤州)의 사마(司馬)로 옮겼는데, 이 시는 아마도 당시 윤주사마로 재임하면서 인근 남쪽 지역을 유람하다가 소주의 도관인 옥지관에 들러서 쓴 것으로 보인다. 시의 제목과 내용으로 볼 때 허혼은 이 옥지관을 예전에 한번 와서 머물렀던 적이 있는데 그 때는 관직에 오르기 위해서 공부를 했던 것으로 추측된다. 제1~2구에서는 오동나무 이파리가 하나 떨어지기 시작하는 초가을에 예전에 노닐던 곳에 다시 온 사실을 썼다. "가을"이라는 시간적 배경은 허혼의 시에 상당히 많이 나오는데 이는 저물어 가는 인생의 회한을 느끼게 하는 요소이다. 더구나 이파리가 하나 떨어지는 것을 보고 가을을 느낀다는 것은 그만큼 애상감이 남보다 크다는 것을 말한다. 하지만 현재 허혼은 지긋지긋한 중앙 관직 생활을 벗어나서

15) 대연지(戴延之) : 진(晉)나라와 송나라 때의 인물로 이름은 대조(戴祚)이다. 유유(劉裕)를 따라 서쪽 요진(姚秦, 지금의 섬서성과 감숙성 일대)을 정벌하러 갔는데 이때의 경험을 토대로 ≪서정기(西征記)≫ 2권을 지었다.

16) 박산(博山) : 신선들이 노니는 산의 이름. 아마도 여기서는 우물의 장식으로 박산을 조각한 것을 말한 것일 것이다.

17) 師子(사자) : 사자(獅子)와 통한다.

18) 온정균의 시 024. 〈선생 자수께 부침(寄先生子修)〉에 보인다.

고향으로 내려와 유유자적한 생활을 하고 있는데, 지금의 "가을"은 또 다른 느낌을 주기에 충분하다. 제3구에서 맑은 달밤에 마시는 술이 바로 그러하다. 이 술은 가을의 애달픔을 달래기 위한 술이기도 하면서 고아하고 한적한 정취를 즐기는 술이다. 제4구에서는 예전에 이곳에서 비오는 밤에도 열심히 공부하면서 관직의 꿈을 키웠던 때를 회상한다. 지금 그 꿈은 이루었지만 자신이 품었던 "나라를 안정시키고 백성들을 구제한다.(安社稷, 濟蒼生)"는 포부는 이루지 못하고 다시 고향으로 돌아온 허혼의 마음에는 시원섭섭한 감회가 스치고 있다. 제5~6구에서는 지금 눈앞에 보이는 옥지관의 가을 풍경을 그렸다. 연못에는 가을 이슬에 연꽃이 시들어버렸으며 우물가에 있는 줄사철나무도 이파리가 떨어지고 앙상한 덩굴만 남아있는데, 이러한 장면은 포부를 이루지 못하고 혼란한 조정을 벗어나 관망하면서 늙어가는 자신의 마음을 대변하는 것이다. 제7~8구에서는 장한이 공명보다 지금 눈앞의 술 한 잔과 고향의 음식인 농어를 위해 관직을 그만두고 동쪽으로 간 고사를 인용하여, 관직을 떠나 고향으로 돌아와 유유자적한 생활을 하면서 술 한 잔 마시고 있는 자신의 모습에 장한을 비유하면서 현재의 상황에 만족하는 상황을 보여주고 있다. 이 시는 가을이라는 계절이 주는 일반적인 애상과 허혼이 현재 처한 특수한 유유자적함이 함께 어우러진 작품이라고 할 수 있다.

074

宿望亭館寄蘇州同遊[1]

망정의 여관에 묵으며 소주에서 함께 노닐던 이들에게 부침

候館人稀夜更長,2 객사에 사람은 드물고 밤은 더욱 긴데
姑蘇城遠樹蒼蒼.3 고소성은 멀고 숲은 짙푸르네.
江湖日落高村迥,4 강에 해 떨어지고 높은 곳의 마을은 아득한데
河漢秋歸廣簟凉.5 은하수가 가을에 돌아가자 너른 대자리는 서늘하네.
月轉碧梧移鶴影,6 달이 푸른 오동나무를 돌아가니 학 그림자는 옮겨가고
露低紅草濕螢光.7 이슬이 붉은 풀에 내리니 반디 불빛이 축축하네.
西園詩思應無限,8 서쪽 정원에서의 시심은 응당 끝이 없을 터이겠지만
莫醉笙歌掩畫堂.9 생황 노래 소리에 취해 화려한 집을 닫아 놓지는 말게나.

【주석】

1 이 시는 ≪전당시≫에 〈송강의 역에 머물면서 소주의 몇몇 친구들에게 부치다(宿松江驛却寄蘇州一二同志)〉라는 제목으로 실려 있으며, 〈망정의 역에 머물면서 소주에서 함께 노닐던 이들에게 부치다(宿望亭驛寄蘇州同遊)〉로 된 판본도 있다고 되어 있다. 이 시는 또 ≪전당시보편(全唐詩補編)≫에 〈오강을 건너다(渡吳江)〉라는 제목으로 두목의 시로 수록되어 있지만, 대부분 허혼의 작품으로 인정한다.
[원주] ≪십도지≫에 "상주에 어정이 있다."라고 하였으며 그 주석에 "오나라 왕이 세운 것으로 지금은 망정으로 이름을 바꾸었다."라 하였다.(十道志, 常州有御亭. 注, 吳大帝所立, 今改望亭)
望亭(망정) : 지금의 강소성 상주시에 있는 정자로, 오나라 손권이 지었는데 후에 지명이 되었고, 그곳에 역이 있었다. 소주로부터는 서북쪽으로 80km정도 떨어져있다.

2 [원주] ≪주례≫에 "여관에는 모아놓은 곡식이 많다."라고 하였고 또 "오십 리마다 시장이 있고 시장에는 여관이 있다."라 하였다.(周禮, 候館有積. 又曰, 五十里市, 市有候館也)
候館(후관) : 여관
更(갱) : 더욱. ≪전당시≫에는 '자(自)'로 되어 있으며, '절로'라는 뜻이다.

3 姑蘇城(고소성) : 고소성. ≪전당시≫에는 '고소대(姑蘇臺)'로 되어 있으며 의미는 같다. 소주에 있다.

4 日(일) : 해. ≪전당시≫에는 '조(潮)'로 되어있으며, '조수'라는 뜻이다.

高村迥(고촌형) : 먼 마을이 아득하다. ≪전당시≫에는 '고루형(高樓迥)'로 되어 있으며, '망정이 환히 빛난다'는 뜻이다.

5 河漢秋歸(하한추귀) : 은하수가 가을에 돌아가다. 은하수는 여름에 가장 빛나며 가을이 되면 희미해지는데, 이를 표현한 것이다.

廣簟(광점) : 넓은 대자리. '광전(廣殿)'으로 되어 있는 판본도 있는데, 이는 광한궁(廣寒宮)을 의미하며, 달을 비유한다.

6 鶴(학) : 학. ≪전당시≫에는 '작(鵲)'으로 되어 있으며, 일부 주석에서는 오작교의 까치로 설명하였다.

7 草(초) : 풀. ≪전당시≫에는 '엽(葉)'으로 되어 있으며, '잎'이라는 뜻이다.

8 [원주] 조식(曹植)의 〈공연시〉에 "맑은 밤에 서원을 노니는데 날 듯한 차양의 수레가 따르는구나."라 하였다. 위장은 ≪우현집≫서문에서 "조식 시의 명성은 예로부터 으뜸인데 오직 '맑은 밤'과 같은 작품만 읊조려진다."라 하였다.(曹子建, 公讌詩, 淸夜遊西園, 飛蓋相追隨. 韋莊, 又玄集序, 曹子建詩名冠古, 唯吟淸夜之篇)

西園(서원) : 지금의 하남성 임장현(臨漳縣)에 있는 원림으로 위나라의 조조가 지었다고 한다. 조식의 〈공연(公宴)〉 시에서 "공께서 빈객을 공경하고 사랑하시니 연회가 끝나도 피곤한줄 모르시네. 맑은 밤 서쪽 정원에서 노니는데 날듯한 수레들이 따르네.(公子敬愛客, 終宴不知疲. 淸夜遊西園, 飛蓋相追隨.)"라고 하였는데, 당시 조조는 문인들을 이곳에 초청하여 연회를 베풀며 시문을 즐겼다고 한다. 이로부터 문인들이 연회를 베풀며 글을 짓는 것을 의미하게 되었다.

詩思(시사) : 시심(詩心). ≪전당시≫에는 '시려(詩侶)'로 되어 있으며, '같이 시를 짓는 동료'라는 뜻이다.

無限(무한) : 끝이 없다. ≪전당시≫에는 '다사(多思)'로 되어 있으며, '그리움이 많다'는 뜻이다.

9 掩(엄) : 닫다.

畫堂(화당) : 화려한 집. 소주의 친구들이 노닐던 곳을 가리킨다.

【해설】

이 시는 허혼이 망정의 여관에 묵으면서 예전에 소주에서 같이 노닐던 친구들에게 보내는 편지이다. 제1~6구에서 객사 주위의 경물들을 읊으면서 외로운 느낌을 표현하였다. 특히 해가 지고 달이 옮겨간다는 내용을 통해 저녁부터 밤늦게까지 홀로 바깥을 서성였음을 알 수 있다. 제1~2구에서는 객사에 머무는 사람도 드물어 이 밤이 더욱 외롭고 길어 친구들과 같이 노닐던 소주의 고소성이 더욱 그리워진다는 뜻을 표현하여 시 전체의 주지를 전달하였다. 제3~4구에서는 현재의 시점이 가을 저녁임을 드러내면서 쓸쓸한 정감을 표현하였다. 제5~6구에서는 멀리 바라보던 시선을 객사 주위로 옮겨와서 바라본 경물을 묘사하였는데 학의 그림자가 옮겨간다는 것에서 오랫동안 밖에서 서성였음을 알 수 있다. 오동나무에 달이 옮겨가는 가운데 단풍에 이슬 내리고 반디 불빛이 축축한 모습을 그려, 가을 저녁의 쓸쓸한 모습을 더욱 애절하게 표현하였다. 제7~8구에서는 여전히 모여 놀며 시를 짓고 있을 친구들을 상상하였는데, 그 문을 닫아놓지 말라고 하여 자신의 마음이라도 그곳으로 가서 어울리고 싶은 바람을 표현하였다.

075

寄殷堯藩[1]

은요번에게 부침

十載聞名翰墨林,2	십 년 동안 문장의 숲에서 이름을 떨치면서
爲從知己信浮沈.3	날 알아주는 친구가 되었지만 소식이 없었네.
青山有雪諳松性,4	푸른 산에는 눈이 있어 소나무의 품성을 알겠고
碧落無雲稱鶴心.5	푸른 하늘에 구름이 없으니 학의 마음에 걸맞네.
帶月獨歸蕭寺遠,6	달빛 받으며 먼 무제의 절로 홀로 돌아가고
翫花頻醉庾樓深.7	꽃을 구경하며 깊은 유량의 누대에서 자주 취하겠지.
尋思不見如瓊樹,8	그리워하지만 만날 수 없는 것이 옥 나무와 같은데
空把新詩盡日吟.9	공연히 새로 얻은 시만 붙들고 하루 종일 읊조리네.

【주석】

1 ≪전당시≫에는 제목 뒤에 '선배(先輩)'라는 두 글자가 더 있는데, 이는 만당시기 진사시험 급제 동기생에 대한 경칭이다. 하지만 허혼은 832년에 과거에 급제했고 은요번은 814년에 급제하여서 이 단어는 잘못일 가능성이 높다.
殷堯藩(은요번) : 소주 가흥(嘉興) 사람. 여러 차례 과거에 응시했지만 낙제하다가 원화(元和) 9년(814)에 급제하였다. 이후 절서절도판관(浙西節度判官)과 시어사(侍御使)를 역임하였다. 성품이 소략하고 조용하여 산림에 은거하는 즐거움을 탐닉했다. 허혼과는 과거 급제 전부터 알고 지냈으며 수창한 시가 서너 수 남아있다.

2 [원주] 장협(張協)[19]의 시[20]에 "붓과 먹의 숲에 글을 기탁하네."라고 하였는데, 그 주석[21]에 "'한'은

19) 장협(張協, ?~307) : 서진의 문학가이며 자는 경양(景陽)이다. 벼슬은 비서랑, 중서시랑 등을 역임하였으며, 후에는 정치적 혼란을 피해 병을 핑계로 사직하고 자신의 집에서 생을 마쳤다. 오언시에 뛰어났으며, 대표작으로는 〈잡시(雜詩)〉 10수가 있으며 부로는 〈칠명(七命)〉이 유명하다.
20) 이 시의 제목은 〈잡시(雜詩)〉로, 여기서는 그 중 제9수를 말한다.
21) 이 주석은 ≪문선(文選)≫ 육신주 중 장선(張銑)의 주석이다.

붓이라는 뜻이다. 붓과 먹의 숲에 문사를 기탁함을 말한다. 숲이라고 말한 것은 많음을 말한다."라 하였다.(張景陽詩, 寄辭[22]翰墨林. 注, 翰, 筆也. 謂寄文詞於翰墨之林. 言林者, 謂多也)

聞名(문명) : 명성. ≪전당시≫에는 '공명(功名)'으로 되어 있으며, 의미는 같다.

翰墨(한묵) : 붓과 먹. 문장을 가리킨다.

3 [원주] ≪안자춘추≫에 "선비는 자신을 알아주는 자에게는 나아가 뜻을 펴지만 자신을 알아주지 않는 자에게는 물러나 뜻을 숨긴다."라 하였다.(晏子春秋, 士伸於知己, 屈於不知己)

浮沈(부침) : 뜨거나 가라앉다. 여기서는 편지가 전해지지 않음을 뜻한다. 동진 사람인 은선(殷羨)이 예장태수(豫章太守)로 있다가 떠날 즈음에 그 마을의 사람들이 부쳐달라고 수백 통의 편지를 맡겼다. 석두(石頭)에 이르러서 그 편지를 뜯어보니 대부분이 시시콜콜한 안부를 묻는 것이어서 그 편지를 모두 물에 빠트렸다. 그러고는 "빠질 것은 빠지고 뜰 것은 뜰 것이다. 나는 집배원 따위는 못해먹겠다."라고 하였다. 이로부터 '부침'은 편지가 전해지지 않는 것을 가리키게 되었다.

4 [원주] 순자가 말하기를 "복숭아나무와 자두나무는 일시에 찬란하게 빛났다가 때가 되면 사라진다. 소나무와 측백나무의 경우에는 겨울이 깊어지도록 시들지 않으며 눈서리를 맞아도 변하지 않으니 진실됨을 알겠다고 말할 수 있다."라 하였다.(孫卿子[23], 桃李蒨粲於一時, 時至而後殺. 至於松柏, 經隆冬而不凋, 蒙霜雪而不變, 可謂知其眞矣)

諳(암) : 알다.

5 [원주] '벽락'에 관해서는 앞의 주석에 보인다.[24] ≪상학경≫[25]에 "칠년이 지나면 은하수까지 날아오른다."라고 하였고, 또 "한 번 날면 천리를 가며 아침이 다 지나기 전에 사해를 다 둘러본다."라 하였다.(碧落見上注. 相鶴經, 七年飛薄雲漢, 又曰, 一擧千里, 不崇朝而遍四海者也)

碧落(벽락) : 푸른 하늘.

6 蕭寺(소사) : 양나라 무제가 절을 지었는데, 그의 성씨를 따서 이렇게 불렀다. 일반적으로 절을 가리킨다.

7 [원주] '소사'와 '유루'에 관해서는 위의 주석에 보인다.[26](蕭寺, 庾樓, 見上注)

庾樓(유루) : 진(晉)나라 유량(庾亮)이 노닐던 누대. 그가 무창태수(武昌太守)로 있을 때 은호(殷浩)를 비롯한 여러 관리들이 가을밤을 즐기려고 남쪽 누대에 올랐다. 한참 놀고 있는데 유량이 남쪽 누대에 오자 사람들이 자리를 파하려고 하였다. 유량은 그들을 만류하고 간이의자에 앉아서 같이 스스럼없이 즐겼다.

8 [원주] 이릉의 〈소무에게 주는 시〉에서 "경수의 가지를 얻어서 오랜 갈증과 굶주림을 해결하고자 한다네."라 하였고, 강엄(江淹)의 시[27]에서 "그대의 얼굴 한번 보기를 원하노니 그 어렵기가 경수의

---

22) 寄辭(기사) : 원문에는 '寄思(기사)'로 되어있는데 바로 잡았다.

23) 孫卿子(손경자) : 순자(荀子)를 말한다. 순자의 이름이 경(卿)이고, 한나라 선제(宣帝)의 이름을 피휘하여 성을 '손'으로 바꾸었다. 이 구절은 현재 전하는 ≪순자≫에는 보이지 않으며, 간혹 인용된 문구로 여러 책에 보인다.

24) 이원의 시 061. 〈학을 놓아주다(放鶴)〉에 보인다.

25) 상학경(相鶴經) : 원래 부구공(浮丘公)이 왕자진(王子晉)에게 준 글인데, 최문자(崔文子)가 왕자진에게서 도를 배우다가 그 문장을 숭산의 석실에 숨겨두었다. 이후 회남왕이 약초를 캐다가 이를 발견하고는 세상에 전했다고 한다. 부구공은 왕자진과 숭산에서 노닐다가 학을 타고 하늘로 올라갔다고 하는 전설 속의 인물이다. 이 글은 대체로 학의 신령스러움에 대해 기술하였는데, 인용문의 뒷부분은 현재 전하는 ≪상학경≫에는 보이지 않는다.

26) 각각 이원의 시 062. 〈유이십일이 도명스님의 입적을 알려오매 옛 일을 써서 벗에게 부침(劉二十一報道明師亡敍昔時寄友)〉과 066. 〈홍주로 가는 벗을 전송하고 겸하여 원외사군에게 부침(送友人之興州兼寄員外使君)〉에 보인다.

가지를 보는 것과 다르지 않네."라 하였다.(李陵, 贈蘇武詩, 思得瓊樹枝, 以解長渴饑.[28] 江文通詩, 願一見顔色, 不異瓊樹枝)

尋思不見(심사불견) : 그리워하지만 만나지 못하다. ≪전당시≫에는 '사군일견(思君一見)'으로 되어 있으며, '그대를 그리워하여 한 번 만난다면'이라는 뜻이다.

瓊樹(경수) : 곤륜산에 있는 옥 나무. 보기 힘든 귀한 존재를 비유한다. 또는 아주 고귀한 인품을 가진 사람을 비유하여, 은요번을 가리킬 수도 있다. 그러면 이 구절은 "경수와 같은 그대를 그리워하지만 만나지 못하다."로 해석된다.

9 新詩(신시) : 새로 지은 시. 여기서는 은요번이 최근에 지어서 허혼이 전해 얻은 시를 가리킨다.

盡日(진일) : 날이 다하도록. 하루 종일.

【해설】

이 시는 허혼이 평소 흠모하던 친구인 은요번에게 보내는 것으로, 그의 문학적 재능과 인품을 찬양하고는 그를 그리워하는 마음을 표현하였다. 제1~2구에서는 허혼과 은요번이 문학적 교류를 통해서 지기가 되었지만 근래에 소식이 뜸함을 지적하여, 이 두 사람 사이의 관계와 이 시를 쓰게 된 계기를 적었다. 아울러 그의 문학적 재능이 뛰어남을 말하였는데, 아래에 나오는 내용을 통해 그 뛰어남이 기교적 빼어남이 아니라 세속을 벗어나 산수를 즐기는 유유자적한 품성에서 나온 것임을 알 수 있다. 제3~4구에서 푸른 산의 소나무를 지적하여 그의 고고한 절개를 칭송하였고 푸른 하늘의 학을 언급하여 그의 유유자적한 마음가짐을 칭송하였다. 제5~6구에서는 은요번의 근래 행적에 관해 적었는데, 세속을 벗어나 절에서 참선을 하면서 부귀영화를 멀리하거나 자연 속에서 꽃을 구경하며 벗들과 허심탄회하게 노니는 모습을 표현하였다. 허혼은 이렇게 고아한 인품을 가지고서 한적한 생활을 하는 벗을 사모하여 그를 본받고 싶을 것이다. 하지만 그를 만나고 싶어도 만날 길이 없어 최근에 그가 지은 시를 얻어다가 반복해서 읊조리며 그의 자취나마 상상하는 것으로 나날을 보내고 있다. 아마도 제3~6구에 나오는 내용들은 모두 은요번이 최근에 지은 시에 언급되어 있었을 것이다. 이제 이 시를 받아 본 은요번은 아마도 직접 달려오거나 적어도 허혼만을 위해 특별히 시를 한 수 지어 보낼 것이다.

27) 이 시의 제목은 〈옛 이별(古離別)〉이다.
28) 渴饑(갈기) : 원주에는 '饑胃(기위)'로 되어있는데 바로 잡았다.

076

送元書上人歸蘇州寄張厚[1]

소주로 돌아가는 원서 스님을 보내고
또 장후에게 부침

二年無事客吳鄉,2	이 년 동안 일 없이 오 땅을 떠돌 때
南宅春深碧草長.3	남쪽 집의 봄은 깊어 푸른 풀이 자랐었지.
共醉八門迴畫舸,4	여덟 문에서 함께 취하고 화려한 배를 돌리고는
獨還三徑掩書堂.5	세 길이 있는 거처로 홀로 돌아와 글방 문을 닫았지.
前山雨過池塘滿,	앞산에 비가 지나가자 못의 물은 가득하고
小院秋歸枕席涼.6	조그만 정원에 가을이 돌아오니 자리가 서늘하네.
經歲別離心自苦,7	해 다하도록 헤어져 마음은 절로 쓰라린데
可憐紅葉下清漳.8	붉은 이파리가 맑은 장수에 떨어지니 얼마나 가여운가?

【주석】

1 ≪전당시≫에는 제목에 있는 스님의 이름이 '원주(元晝)'로 되어 있다. 이 시는 두 수로 된 연작시 중 제2수이며, 장후에게 부치는 내용에 해당한다.

2 二(이) : ≪전당시≫에는 '삼(三)'으로 되어있다.

3 [원주] ≪삼국지・오지≫에 "주유가 길 남쪽의 큰 집을 추천하여 손책에게 살게 하고는 그와 벗이 되었다. 손책은 집에 올라 어머니께 절을 하였으며, 모든 것을 함께 사용하였다."라 하였다.(吳志, 周瑜推道南大宅以舍孫策, 與策爲友, 策升堂拜母, 有無通共)

南宅(남택) : 남쪽 집. ≪전당시≫에는 '남맥(南陌)'으로 되어 있으며, '남쪽 밭두둑'이란 뜻이다. 여기서는 허혼이 소주에 있을 때 장후가 허혼에게 제공한 집을 말한다.

春深(춘심) : 깊은 봄. ≪전당시≫에는 '춘원(春園)'으로 되어 있으며, '봄 정원'이란 뜻이다.

4 [원주] 〈오도부〉에 "성으로 통하는 문은 수문과 육문의 열여섯 개이며 물길과 육로가 통하게 되어 있다."라 하였고, 그 주석에 "≪월절서≫에 '오나라 수도의 성곽은 둘레가 68리 60보이고, 외성의 주위는 47리 210보이며, 수문 8개와 육문 8개가 있었다.'고 되어있다."라 하였다.(吳都賦, 通門二八, 水道陸衢. 注, 越絶書曰, 吳郭周匝六十八里六十步, 大城周四十七里二百一十步, 水門八, 陸門八)

八門(팔문) : 오군(吳郡)의 성에 수문 여덟 개와 육문 여덟 개가 있었다고 한다. 오군은 소주를 가리킨다.

畫舸(화가) : 화려한 배. 놀잇배를 가리킨다.

5 [원주] '삼경'은 위의 '원경'에 관한 주석에 보인다.[29](三徑, 見上元卿注.)

三徑(삼경) : ≪삼보결록(三輔決錄)≫에 "장후의 자는 원경인데, 집 안에 있는 대나무 숲 아래로 길을 세 갈래 만들고 오직 양중, 구중과 노닐었다.(蔣詡, 字元卿, 舍中竹下開三徑, 與羊仲求仲遊)"라고 되어있다. 이로부터 은자가 거처하는 곳을 의미하게 되었는데, 여기서는 허혼이 소주에 머물면서 장후와 교유하던 곳을 가리킨다.

掩(엄) : 닫다.

6 枕席(침석) : 베개와 방석. ≪전당시≫에는 '침점(沈簟)'으로 되어 있으며, 뜻은 같다.

7 經歲(경세) : 한 해를 보내다.

8 [원주] 유정(劉楨)[30]의 〈오관중낭장인 조비께 드리다〉라는 시에서 "저는 깊은 고질병이 얽혀 있었기에 청장하 물가에 몸을 감추었지요. 여름부터 겨울이 지나도록, 백 여일이라는 오랜 시간을 지냈습니다." 라 하였는데, 그 주석에 "≪전한서≫의 위군 무시현의 조목에 '장수는 한단에 이르러 장수로 들어간다.' 고 되어있다."라 하였다. ≪산해경≫에 "소산에서 청장수가 나오며 동쪽으로 탁장수로 흘러간다."라 하였고, 또 "형산에서 장수가 나오는데 동남쪽으로 흘러 저수로 들어간다."라 하였다.(劉公幹, 贈五官中郎將, 余嬰沉痼疾, 竄身淸漳濱. 自夏涉玄冬, 彌曠[31]十餘旬. 注, 漢書, 魏郡武始縣, 漳水至邯鄲入漳. 山海經, 少山, 淸漳水出焉, 東流於濁漳之水. 又云, 荊山, 漳水出焉, 東南注于睢)

可憐(가련) : 얼마나 가련한가? ≪전당시≫에는 '하감(何堪)'으로 되어 있으며, '어찌 견딜까?'라는 뜻이다.

紅葉(홍엽) : 붉게 물든 잎. ≪전당시≫에는 '황엽(黃葉)'으로 되어 있으며, '누렇게 변한 잎'이라는 뜻이다.

下(하) : 떨어지다. ≪전당시≫에는 '락(落)'으로 되어 있으며, 뜻은 같다.

淸漳(청장) : 원주에 설명된 바에 따르면 장수는 두 군데 있는데, 여기서는 형산에서 흘러나오는 장수를 가리키며, 허혼이 지금 있는 형양을 의미한다.

【해설】

이 시는 원화(元和) 10년(815) 낙양에 병란이 일어나자 온 가족이 형양(荊襄: 지금의 호북성 형문시(荊門市))으로 옮겼을 때 쓴 것으로, 두 수로 된 연작시 중의 제2수이다. 제1수에서는 소주로 돌아가는 원서 스님을 보내는 아쉬움을 표현하였다. 제2수는 소주에 있는 장후에게 부치는 것으로, 예전에 그와 노닐던 것을 회상하고 그를 그리워하는 마음을 표현하였다. 전반부에서는 예전에 허혼이 소주에 있으면서 장후와 노닐던 것을 기억하며 묘사한 것이다. 제1~2구에서는 당시 허혼이 장후와 노닐 때 봄이 한창이었음을 묘사하였고, 제3~4구에서는 그가 벗들과 함께 노닐던

29) 온정균의 시 024. 〈선생 자수께 부침(寄先生子修)〉에 보인다.

30) 유정(劉楨: ?~217) : 한나라의 문학가로 자는 공간(公幹)이며, 동평(東平) 영양(寧陽: 지금의 산동성 동평)사람이다. 건안칠자의 한 명으로, 어려서부터 재능이 뛰어났으며 조조가 그를 승상의 속관으로 삼았다. 오언시에 특히 능했다.

31) 彌曠(미광) : 원주에는 '彌廣(미광)'으로 되어 있는데, 바로 잡았다.

모습과 한갓진 거처에서 공부하던 모습을 표현하였다. 화려한 배에서 성의 여기저기를 다니며 노닐던 것과, 거처로 돌아와서는 몇몇 사람들과 내왕하면서 공부에 열중하는 모습을 통해, 허혼이 소주에서 장후와 어떠한 교유를 했는지를 짐작할 수 있다. 후반부에서는 자신이 있는 곳의 쓸쓸한 풍경을 그려 벗들과 떨어져 있는 자신의 신세를 한탄하였다. 제5~6구에서는 가을의 모습을 그렸는데 "자리가 서늘하다"는 표현을 통해 같이 지낼 사람이 없는 쓸쓸함을 드러내었다. 이어서 제7~8구에서는 장수에 떨어지는 이파리에 자신을 비유하여 친구들과 헤어진 모습을 더욱 핍진하게 묘사하였다.

전반부에 언급된 봄과 후반부에 나오는 가을은 상징적인 의미를 가지는 것으로, 장후와 같이 노닐던 소주 지방의 따뜻함과 자신이 있는 형양 지방의 쓸쓸함을 대조적으로 표현하여 친구와 헤어져 있는 애달픔과 그쪽으로 가고자 하는 마음을 더욱 부각시켰다.

077

郊園秋日寄洛中親友[1]

교외 동산에서 가을 날 낙양에 있는 벗에게 부침

楚水西來天際流,[2]	초 땅의 물이 서쪽에서 하늘 가로 흘러가는데
感時傷別思悠悠.[3]	시절에 느끼고 이별에 가슴아파하니 그리움이 아득하네.
一樽酒盡青山暮,[4]	한 동이의 술을 다 마시니 푸른 산은 저물고
千里書迴碧樹秋.[5]	천 리의 편지 부치려니 푸른 나무에 가을이 들었네.
日落遠波驚宿鴈,	해가 먼 파도에 떨어지는데 자던 기러기 놀라고
風吹輕浪起眠鷗.	바람에 가벼운 물결이 이는데 졸던 갈매기 일어나네.
嵩陽親友離相念,[6]	숭고산의 벗과 이별하고 그리워하나니
潘岳閑居欲白頭.[7]	반악처럼 한가로이 지내다가 머리 샌 듯하네.

【주석】

1 ≪전당시≫에는 제목의 '친우(親友)'가 '우인(友人)'으로 되어 있다.

2 楚水(초수) : 초 땅의 강물. 또는 지금의 섬서성 상현(商縣) 서유하(西乳河).

3 感時(감시) : 시절에 느끼다. 가을의 우수를 느끼는 것이다.
傷別(상별) : 이별에 가슴 아파하다.
悠悠(유유) : 아득한 모습.

4 暮(모) : 저녁. ≪전당시≫에는 '모(莫)'로 되어 있으며, 뜻은 같다.

5 千里(천리) : ≪전당시≫에는 '만리(萬里)'로 되어 있다.
書迴(서회) : 허혼이 이 시를 친구에게 부치는 것을 말한다.

6 [원주] ≪십도지·하남도≫에 "낙주에 숭고산이 있다."라 하였다.(十道志 河南道, 洛州有嵩高山)
嵩陽(숭양) : 숭산의 남쪽. 숭산은 숭고산이라고도 한다. 여기서는 친구가 있는 낙양을 가리킨다.
離相念(이상념) : 이별하고 그리워하다. ≪전당시≫에는 '여상문(如相問)'으로 되어 있으며, '안부를 묻는 듯하다'라는 뜻이다.

7 [원주] 반악이 〈한거부〉를 지었고 또 〈추흥부〉를 지었는데, 그 서문에서 "내 나이가 32세인데 흰

머리가 보이기 시작했다."라 하였다.(潘岳作閑居賦, 又作秋興賦, 序云, 予春秋三十有二, 始見二毛[32])

【해설】

이 시는 허혼이 아직 출사하지 않고 고향에 머물고 있을 때 지은 것으로, 낙양에 있는 친구를 그리워하는 마음을 전하였다. 강가에서 술을 마시며 가을 경치를 바라보다가 멀리 떨어진 친구를 생각해내고는 그 그리움을 표현하였다. 제1구에 나오는 초 땅의 강은 지금 허혼이 술을 마시고 있는 장소인데, 그것이 서쪽에서 흘러와서 하늘가로 흘러간다고 하여 그 유장함을 표현함으로써 제2구에 나오는 아득한 그리움의 깊이를 표현하였다. 허혼이 지금 애달파하는 것은 두 가지이다. 하나는 가을이고 다른 하나는 친구와 멀리 떨어져 있는 것이다. 가을은 허혼 시에 나오는 전형적인 시간적 배경으로 헛되이 저물어가는 인생에 대한 애상을 표현한다. 이러한 근심을 잊기 위해 허혼은 제3구에서처럼 술을 마시기도 하고 제4구에서처럼 멀리 편지를 보내기도 한다. 그러는 사이에 날은 저물고 가을이 깊어지니, 하염없이 흘러가는 세월이 더 애달프고 홀로 있는 외로움이 더 사무쳐 온다. 제5~6구에 묘사된 경물은 아마도 허혼이 직접 목격한 장면일 것이다. 가을 저녁의 노을과 바람 속에서 기러기와 갈매기가 잠자다가 일어난다. 기러기와 갈매기는 무리를 지어 다니는 새이다. 그들은 항상 무리를 지어 어디든지 날아갈 수 있다. 허혼은 기러기와 갈매기가 무리를 지어 다시 날아가는 모습을 보며, 자신도 친구를 찾아 날아가고 싶다는 생각이 들었을 것이다. 하지만 실제 상황은 그러하지 못하니, 제7~8구에서 말한 것처럼 한가롭게 지내기는 하지만 외롭게 세월만 보내면서 나이 들어가는 자신을 안타까워할 수밖에 없었다.

32) 二毛(이모) : 흰 머리카락이 생겨서 검은 머리카락과 섞여 있는 것이다.

078

潁州從事西湖亭[1]

영주종사의 서쪽 호수 정자

西湖清讌不知廻,[2]	서쪽 호수의 맑은 연회에서 돌아갈 줄 모르고
一曲離歌酒一杯.	이별노래 한 곡에 술 한 잔 마시네.
城帶夕陽聞鼓角,[3]	성에 석양빛 비칠 적에 북소리 뿔피리 소리 들리고
寺臨秋水見樓臺.	절 옆의 가을 물에는 누대가 보이네.
蘭堂客醉蟬猶噪,[4]	향기 그윽한 마루에 객은 취하였지만 매미는 여전히 울고
桂檝人稀鳥自來.[5]	계수나무 노에는 사람 드물어 새가 절로 날아오네.
獨想征帆過鞏洛,[6]	공현과 낙현을 지나갈 배를 홀로 생각하노라니
就中霜菊遶潭開.[7]	그곳에는 서리 맞은 국화가 못 둘레에 피었겠지.

【주석】

1 ≪전당시≫에는 제목 뒤에 '연전(宴餞)'이 더 있는데, '연회를 열어 전송하다'라는 뜻이다.
[원주] ≪십도지・하남도≫에 "영주가 있다."라 하였다.(十道志, 河南道, 有潁州)
潁州(영주) : 그 소재지가 지금의 안휘성 부양현(阜陽縣)이었다.
從事(종사) : 지방 장관의 속관을 가리킨다.

2 清讌(청연) : 연회.

3 鼓角(고각) : 북과 뿔피리. 성에서 시간을 알리는 소리이다.

4 [원주] 〈남도부〉에 "난당에 올라 연회를 여네."라 하였다.(南都賦, 升宴於蘭堂)
蘭堂(난당) : 향기롭고 깨끗한 대청.
醉(취) : 취하다. ≪전당시≫에는 '산(散)'으로 되어 있으며, '흩어지다'라는 뜻이다.

5 [원주] ≪습유기≫에 "계수나무 노와 소나무 배"라 하였다.(拾遺記, 桂檝松舟)

6 [원주] 〈서정부〉에 "공현과 낙현을 돌아보며 머뭇거리네."라고 하였고, 주석에 "'공'과 '낙'은 모두 현의 이름이다."라 하였다.(西征賦, 眷鞏洛而淹滯. 注, 鞏洛, 二縣名也)
帆(범) : 돛. ≪전당시≫에는 '거(車)'로 되어 있으며, '수레'라는 뜻이다.

鞏洛(공락) : 공현(鞏縣)과 낙현(洛縣). 지금의 낙양 일대를 가리킨다.

7 就中(취중) : 그 가운데. ≪전당시≫에는 '차중(此中)'으로 되어 있으며 뜻은 같다.

【해설】

이 시는 허혼이 30세 이전에 영주자사의 속관으로 있을 때 쓴 것으로 낙양으로 가는 이를 서호정에서 전별하는 내용을 담고 있다. 제1~4구에서는 이별연의 전체적인 모습을 묘사하였는데, 파할 줄 모르고 계속해서 술을 마시고 이별 노래를 부르는 모습에서 이별하는 사람들 간의 진한 정감을 느낄 수 있다. 제3~4구에서는 성에서 저녁을 알리는 북소리와 뿔피리 소리가 들리고 가을 물가에 비치는 누대를 바라보는 모습을 묘사함으로써 연회가 막바지로 접어듦에 따라 임박해진 이별을 애달파하는 심정을 드러내었다. 제5~6구는 연회가 끝나갈 즈음에 눈에 비친 주위 경물을 묘사한 것으로, 연회에 참석한 사람들은 취하여 흩어져 있고 그가 타고 갈 배가 덩그러니 놓여있는 것이 보인다. 이러한 이별의 마음을 아는지 모르는지 매미는 아직 울어대고 새도 날아온다. 연회의 떠들썩함 대신에 자연의 고즈넉함이 눈에 들어오지만 그것은 이별을 예상한 적막감과 외로움이다. 제7~8구는 떠나가는 이의 모습을 상상하여 묘사한 것인데, 상대방에 관한 묘사보다는 오히려 제7구의 '독(獨)'자가 돋보여서 홀로 남은 외로움이 더욱 도드라져 보인다.

079

送馬拾遺東歸[1]

동쪽으로 돌아가는 마습유를 전송하며

獨振儒風過盛時,2	홀로 유가의 기풍을 진작시키며 성대한 시기를 지내다가
紫泥初降世人知.3	자줏빛 봉인된 조서가 드디어 내려와 세상에 알려졌었지.
文章報主非無意,4	문장으로 군주에 보답하니 뜻이 없었던 것은 아니었고
書劍還家自有期.5	책과 검을 가지고 집으로 돌아가니 스스로 기약한 바였지.
秋寺臥空移棹晩,6	가을 절에서 하늘에 누웠다가 느지막이 노를 옮기고
暮江乘月落帆遲.	저물녘 강에서 달을 타다가 천천히 돛을 내리겠지.
東歸自是緣情興,7	동쪽으로 돌아가는 것은 절로 흥취로 인한 것이니
莫比高山望紫芝.8	높은 산에서 영지 바라보는 것에는 비교하지 말아야지.

【주석】

1 이 시는 ≪전당시≫에 〈동쪽으로 돌아가는 육 습유를 보내다(送陸拾遺東歸)〉라는 제목으로 실려 있다.

[원주] ≪직림≫에 "보궐과 습유는 무태후 수공 연간(685~688)에 두었는데 두 사람이었으며 왕에게 풍간하는 일을 관장하였다. 개원 연간(713~741) 이래로 특히 사람을 가려 뽑았다."라 하였다.(職林, 補闕拾遺, 武太后垂拱中置, 二人, 以掌供奉諷諫, 自開元已來, 尤爲清選)

馬拾遺(마습유) : 마 습유에 대해서는 자세하지 않으며, ≪전당시≫의 제목에 나오는 육 습유는 육오(陸滂)이다. 그는 장경(長慶) 4년(824)에 대리시(大理寺) 평사(評事)의 습유로 있다가 얼마 안 있어 관직을 그만두고 소주로 내려가 은거하였다.

2 過(과) : 지내다. ≪전당시≫에는 '우(遇)'로 되어 있으며, '만나다'라는 뜻이다.

盛時(성시) : 성대한 시대.

3 [원주] ≪농우기≫에 "무도의 자수에 진흙이 있는데 그 색이 자줏빛이었다. 이를 공물로 바치게 하여 왕의 글을 봉인하는데 사용하였으므로 조서에 자줏빛 진흙의 아름다움이 있게 되었다."라 하였다.(隴右記, 武都紫水有泥, 其色紫, 而貢之, 用封璽書, 故詔誥有紫泥之美)

紫泥(자니) : 자줏빛 진흙으로 봉인된 문서. 대개 천자의 조서를 가리킨다.

4 非無意(비무의) : 뜻이 없는 것이 아니다. 여기서는 관직에 나와 천자를 보필하는 것에 전혀 관심을 두지 않았던 것은 아니라는 뜻이다.

5 [원주] ≪사기≫에 "항적이 젊었을 때 글을 배웠는데 다 이루지 않고 포기하였다. 검을 배웠는데 또 이루지 못하였다. 항량이 화를 내니 항적이 말하기를 '글은 자신의 이름을 쓸 정도만 하면 되고, 검은 한 사람만 대적할 뿐이라 배울 만하지 않으니, 만 사람을 대적할 수 있는 것을 배우고자 합니다.'라고 하였다."라 하였다.(史記, 項籍少時, 學書, 不成, 去, 學劍, 又不成. 項梁怒之, 籍曰, 書, 足以記姓名而已, 劍, 一人敵, 不足學, 學萬人敵)

書劍(서검) : 책과 검. 문인이 평소 수양해야 할 것을 의미한다.

自有期(자유기) : 스스로 기약한 바가 있다. ≪전당시≫에는 '소유기(素有期)'로 되어 있으며 '평소 기약한 바가 있다'라는 뜻이다. 이 구절은 관직을 그만두고 은거하겠다는 생각을 평소에 가지고 있었다는 뜻이다.

6 臥空(와공) : 하늘에 눕다. ≪전당시≫에는 '와운(臥雲)'으로 되어 있으며, '구름에 눕다'라는 뜻이다.

7 情(정) : 흥취. ≪전당시≫에는 '청(淸)'으로 되어 있으며, '맑음'이라는 뜻이다.

8 [원주] 황보밀의 ≪고사전≫에 "상산사호가 진나라의 포악한 정치를 보고는 물러나면서 노래하기를 '아득히 높은 산에 깊은 골짜기가 구불구불하네. 무성하게 빛나는 자줏빛 영지로 굶주림을 면할 수는 있으리라. 요순시대가 멀어졌으니 우리는 장차 어디로 돌아갈까? 네 마리 말이 끌고 높은 덮개가 있는 수레는 그 근심이 매우 크다네. 부귀하면서 다른 사람을 두려워하느니 가난하면서 내 맘대로 살리라.'라고 하였다. 그리고는 함께 상락산으로 들어가서 천하가 평정되기를 기다렸다…"라 하였다.(皇甫謐, 高士傳, 四皓見秦政虐, 於是退而歌曰, 莫莫高山, 深谷逶迤. 曄曄紫芝, 可以療饑. 唐虞世遠, 吾將何歸. 駟馬高蓋, 其憂甚大. 富貴之畏人, 不如貧賤之肆志. 乃共入商洛山, 以待天下之定云云)

高山(고산) : 높은 산. ≪전당시≫에는 '상산(商山)'으로 되어 있으며, 상산사호가 은거한 곳이다.

望(망) : 바라보다. ≪전당시≫에는 '영(詠)'으로 되어 있으며, '읊다'라는 뜻이다.

高山望紫芝(고산망자지) : 높은 산에서 자줏빛 영지를 바라보다. 여기서는 상산사호가 시대적 상황으로 인해 어쩔 수 없이 은거한 것을 가리킨다.

【해설】

이 시는 관직을 그만두고 은거하러 가는 마씨를 송별하며 쓴 것이다. 제1~2구에서는 마씨가 젊은 시절 유가의 기풍을 진작하기 위해 노력하다가 마침내 천자의 조서를 받아 관직에 오르게 된 상황을 설명하였다. 제3~4구에서는 그가 관직에 있으면서 능력을 다해 천자를 보위하였다는 사실과 그 일을 무사히 마치고 원래의 지향을 따라 다시 은거하게 되었다는 사실을 언급하였다. 원래의 지향이 자연 속에 은거하면서 자신을 수양하는 것이지만, 그 수양은 자신만을 위한 것이 아니라 세상을 안정시키고 천자를 보좌하기 위한 것임을 말함으로써, 그가 유가의 이념을 적극적으로 실천하는 인물임을 칭송하였다. 또 다른 한편으로 이는 세속의 부귀영화에 집착하지 않고 자연 속에서의 유유자적함을 지향하는 그의 고아하고 소박한 인품을 칭송한 것이다. 제5~6구에서는 그가 동쪽으로 돌아가 은거하는 모습을 상상하여 묘사한 것으로, 그가 느긋하게 배를 타고 노니는 것을 그렸다. 하지만 그 배는 하늘을 떠다니고 달에 정박하기도 한다. 인간 세상의 한가로운 뱃놀이가 하늘로 확장되면서 그는 자연과 완전히 어우러진 존재가 된다. 제7~8구에서는 이러한 그의 은일이 외부환경에 의한 것이 아니라 그가 원래 가진 흥취에 의한 자연스러운 것임을 다시 한 번 강조하였다.

이 시는 송별시임에도 불구하고 그와 헤어지는 과정이나 이별의 아쉬움에 대한 언급이 없는 것이 특징이다. 대신 그가 떠나갈 수밖에 없는 이유에 대해 긍정적으로 평가하고 이별 후 그의 생활을 칭송하고 부러워하는 마음을 표현함으로써, 자신 역시 이러한 삶을 동경하고 있음을 드러내었다.

080

南鄰樊明府久不還家, 因題林亭[1]

남쪽 이웃인 번명부가 오래도록 집으로
돌아오지 않기에 숲속 정자에 쓰다

湖南官罷不歸來,	호남의 관직 마쳤어도 돌아오지 않으니
高閣經年掩綠苔.[2]	높은 누각은 세월 지나며 푸른 이끼로 덮였네.
魚溢池塘秋雨過,	가을비 지나갈 제 물고기가 연못에 가득하고
鳥還洲島暮潮廻.	저녁 조수가 돌아오는데 새가 모래톱 섬에 돌아오네.
階前石靜碁終局,[3]	계단 앞에는 돌 소리 조용하니 바둑이 끝나서이고
窗外山寒酒滿杯.	창 밖에는 산이 쌀쌀하여 술을 잔에 가득 채우네.
借問先生獨何處,	묻나니 선생은 홀로 어디 계신가?
遶籬踈菊又花開.[4]	울타리 둘레에 성긴 국화가 또 꽃을 피웠는데.

【주석】

1 이 시는 ≪전당시≫에 〈호남 서 명부는 내 남쪽 이웃인데 오래도록 집으로 돌아오지 않기에 숲속 정자에 쓰다(湖南徐明府余之南鄰久不還家因題林館)〉라는 제목으로 실려 있다.
[원주] ≪후한서・장담전≫에 있는 '명부'의 주석에 "군의 장관이 머무는 곳을 '부'라고 하며 명부는 존경의 칭호이다."라고 되어있다. ≪정씨담기≫[33]에 "현령을 명부나 재군이라고 한다."라 하였다.(後漢, 張湛傳, 明府, 注, 郡所居曰府. 明府, 尊高之稱. 鄭氏談綺, 縣令云明府宰君)
시 제목에 보이는 번씨나 서씨에 대해서는 알려진 바가 없다.

2 [원주] ≪문선≫의 〈월부〉에 "이끼가 누각에 생겼네."라 하였다.(選, 月賦, 苔生閣)
經年(경년) : 해를 보내다.

3 石靜(석정) : 바둑돌 소리가 조용하다. ≪전당시≫에는 '석은(石隱)'이라고 되어 있으며, '바둑돌이 숨어있다'는 뜻이다.

4 遶籬(요리) : 울타리를 둘러싸다. ≪전당시≫에는 '일리(一籬)'라고 되어 있으며, '온 울타리'라는

33) 정씨담기(鄭氏談綺) : 당나라 정여경(鄭餘慶, 748~820)이 쓴 책으로, 일실되었고 관직명에 관한 기록이 몇몇 남아 있을 뿐이다.

뜻이다.

【해설】

이 시는 이웃의 번 명부가 오래도록 돌아오지 않아 그를 그리워하며 쓴 것이다. 제1~2구에서는 누각에 이끼가 꼈다고 하여 그가 오래도록 돌아오지 않은 상황임을 표현하였다. 아마도 이 누각에서 작자는 번 명부와 자주 노닐었을 터인데 그가 호남의 관직을 맡으러 떠난 이후로 지금까지 아무도 노닐지 않은 모습을 그렸다. 이를 통해 그와의 이별이 매우 길었음을 나타내며 아울러 그를 그리워하는 마음의 깊이를 나타내었다. 제3~4구에서는 주위의 경물을 묘사하였는데, 만물이 풍성해지는 가을에 모든 사물이 자신의 자리로 돌아와 있는 상황을 그렸다. 이로써 번 명부 역시 돌아오기를 바라는 마음을 표현하였다. 제5~6구에서는 현재 누각에서 작자 혼자 있는 모습을 표현하였는데, 번 명부와 같이 두던 바둑판은 빈 채로 있고 술도 혼자 마실 수밖에 없는 쓸쓸한 마음을 묘사하였다. 제7~8구에서는 울타리를 둘러싼 국화가 또 한 해가 지나면서 꽃을 피웠지만 이를 같이 감상할 이가 없어서 그가 어디 있는지 물어보는 상황을 표현하였다. 아마도 허혼은 예전에 그와 같이 이러한 여러 경물들을 감상하면서 바둑과 술을 즐겼을 터이지만, 지금은 홀로 지내며 쓸쓸하게 지내고 있으니, 이러한 상황을 통해 번 명부를 애타게 그리워하는 작자의 마음을 엿볼 수 있다.

09 옹도 雍陶

옹단공시(雍端公詩)

[원주] ≪신당서·예문지≫에 "옹도는 시집 10권이 있다. 자는 국균이며, 대중 8년(854)에 국자모시박사의 직에서 물러나 간주자사가 되었다."라 하였다. ≪직림≫에 "어사의 직분은 네 가지이다. … 휘하 직사 감찰, 인물 추천, 보직 교체 등 어사대 내의 일을 모두 주관하는 자를 일컬어 '대단'이라고 하는데 다른 사람들은 '단공'이라고 불렀다. 잡무를 맡아 보는 이는 '잡단'이라고 하였다."라 하였다.(唐, 藝文志, 雍陶詩集十卷. 字國鈞, 大中八年, 自國子毛詩博士出爲簡州刺史. 職林, 御史之職有四, 云云. 監察以下職事及進名改轉, 臺內之事悉主之, 號爲臺端, 他人稱之端公. 知其雜事者, 謂之雜端)

옹도(雍陶, 805?~?)

옹도(雍陶)의 자는 국균(國鈞)으로, 성도(成都) 출신이다. 어려서 곤궁하게 자라다가 대화(大和) 8년(834)에 진사에 급제하였다. 이 때 가도(賈島)는 〈옹도가 급제하여 부모님을 친견하기 위해 성도로 돌아가는 것을 전송하며(送雍陶及第歸成都寧親)〉, 요합(姚合)은 〈옹도가 급제하여 부모님을 뵙기 위해 돌아가는 것을 전송하며(送雍陶及第歸覲)〉 등의 시를 지어준 바가 있다. 그 외에도 옹도는 백거이(白居易)·왕건(王建)·은요번(殷堯藩)·무가(無可)·서응(徐凝)·장효표(章孝標) 등과도 교유 관계를 맺으며 만당의 문단에서 활동하였다.

옹도는 진사 급제 후 임시어사(任侍御使)에 제수되었고, 태원하동절도사막부종사(太原河東節度使幕府從事), 대동방어사부공직(大同防御使府供職) 등을 지내기도 하였다. 대중(大中) 6년(852)에 중앙관직으로 복귀하여, 국자모시박사(國子毛詩博士)에 제수되었다. 2년 뒤인 대중(大中) 8년(854)에 간주(簡州)자사로 나갔다가 만년에 관직을 사직하고 물러나 아주(雅州) 노산(盧山)에서 은거하였다. ≪옹도시집≫10권이 있었으나 지금은 그 중 1권만 전하며, ≪전당시≫에는 그의 시 총 124수가 수록되어 있다. ≪당시기사(唐詩紀事)≫권56, ≪당재자전(唐才子傳)≫권7 등에 사적이 보인다. 그 중 ≪당재자전≫에는 옹도의 시적 성취와 관련하여 "한 시대의 유명 인사들이 모두 그의 작품을 뛰어나다고 여기었다(一時名輩, 咸伟其作)"라고 전하고 있다.

(김지현)

* 간주(簡州) : 지금의 사천성 간양현(簡陽縣).

** 여기서 어사란 시어사(侍御史)이다. 당대 시어사의 네 가지 직분 중 첫째는 추국(推鞫), 즉 죄인을 심문하는 것이다. 둘째는 탄거(彈擧), 즉 불법을 저지른 관원을 탄핵하는 것이다. 셋째는 지공해사(知公廨事), 즉 어사대 관청 내의 각종 일상적인 사무를 처리하는 것이다. 넷째는 잡사(雜事), 즉 각종 잡무이다.

*** 대단(臺端) : 본 직명은 시어사장관(侍御史掌管)이다. '어사대(臺)'를 '바로잡는다(端)'라는 의미에서 '대단(臺端)'이라는 별칭이 생긴 것이다.

**** 國鈞(국균) : 원주에는 '國狀(국상)'이라고 되어 있는데, ≪신당서·예문지≫와 ≪당재자전(唐才子傳)≫에 의거하여 바로잡았다.

***** 아주(雅州) : 지금의 사천성 아안시(雅安市).

081

塞路初晴

변새의 길에 날씨 막 맑아져

晩虹斜日塞天昏,	저녁 무지개와 석양이 걸린 변방의 하늘 어두워지고
一半山川帶雨痕.	산과 강의 태반이 비 온 흔적 띠고 있네.
新水亂侵靑草路,1	새로 내린 빗물은 파란 풀숲길에 어지러이 파고들었고
殘雲猶傍綠楊村.2	남은 구름은 푸른 버들 마을에 아직도 서려 있네.
胡人羊馬休南牧,3	북방 오랑캐의 양과 말은 남녘 방목을 그쳤고
漢將旌旗在北門.4	한나라 장군의 깃발은 북문에 있다네.
行子喜聞無戰伐,5	나그네는 전쟁 없이 정벌한 소식을 기쁘게 듣고
閑看遊騎獵秋原.6	기마병이 사냥하는 가을 들판을 한가로이 바라보네.

【주석】

1 新水(신수) : 새로 길은 맑은 물. 여기서는 비가 갓 그친 뒤 풀숲에 맺혀 있는 깨끗한 빗방울을 말한다.

2 殘雲(잔운) : 남은 구름. ≪전당시≫에는 '잔연(殘煙)'으로 되어 있으며, '남은 안개'라는 뜻이다.

3 [원주] 심약(沈約) 〈소왕비〉[1]의 "낙타와 말을 감히 남쪽 땅에 놓아기르지 않는다."의 주에 "〈과진론〉에 '북방오랑캐가 감히 남하하여 말을 놓아기르지 않았다.'라고 하였다."라고 되어 있다.(沈休文, 昭王碑, 駝馬不敢南牧, 注, 過秦論, 胡人不敢南下而牧馬)

南牧(남목) : 남쪽으로 내려와 가축을 방목하다. 즉 북방의 이민족이 가축의 방목을 내세워 남쪽으로 당나라의 영토를 침범하는 것을 말한다.

4 [원주] ≪문선≫의 〈곽장군시〉[2]에 "깃발 잡고 한나라의 장군이 되어"라 하였다. '북문'은 ≪문선≫의 〈계 북문으로 출정함〉[3]에 보인다.(選, 霍將軍詩, 擁旄爲漢將. 北門, 見, 選, 出自薊北門行)

1) 이 작품은 심약(沈約)의 〈고인이 되신 제나라 안륙소왕의 비문(齊故安陸昭王碑文)〉을 말한다. 남조 제나라 소면(蕭緬, 455~491)은 명제(明帝) 소란(蕭鸞)의 동생으로, 제나라 건국 후 안륙후(安陸侯)에 봉해졌다. '소(昭)'는 그의 시호이다.

2) 이 시는 남조 양(梁)나라 우희(虞羲, ?~510?)의 〈곽장군의 북벌을 읊다(詠霍將軍北伐)〉이다. 인용된 시구는 그 중 제1구이다.

漢將(한장) : 한나라의 장군. 즉 강력한 병력을 가진 장군이다. 여기서는 곧 당나라의 막강한 군사력을 뜻한다.

旌旗(정기) : 각종 깃발의 총칭. 여기서는 당나라 군대의 깃발을 말한다.

5 無戰伐(무전벌) : 전쟁을 하지 않고서도 정벌하다. 즉 북방의 이민족이 당나라의 강력한 군사력에 압도되어 투항하는 것을 말한다.

6 遊騎(유기) : 기마병, 기병대. 군마를 타고 순찰하거나 돌격하는 등의 임무를 맡는다.

【해설】

시인이 변새 지역의 여로를 떠돌던 중 비가 갓 갠 뒤의 풍경을 보고 쓴 시이다. 제1~2구는 저녁 무렵 비가 그친 뒤에 무지개 걸린 하늘이 점점 어두워지는 아래로, 산과 강변이 바로 전에 내렸던 빗물에 젖은 채 짙푸른 색으로 군데군데 얼룩져 있는 풍경을 묘사하였다. 제3~4구는 촉촉한 습기가 풀숲길과 인근 마을을 싱그럽게 적신 것을 표현하였다. 제1구에서는 시선을 위쪽 하늘로 주었다가 제2구에서는 아래쪽 산하로 옮겼으며, 제3구에서는 길가 풀잎에 맺힌 빗물방울을 근접하여 들여다보았다가 제4구에서는 다시 버드나무 우거진 마을과 그 위에 떠 있는 구름을 원경으로 조망하여, 시선 이동의 역동감이 두드러진다. 제5~6구는 북방의 이민족이 남쪽의 당나라 영토를 침범할 엄두를 내지 못하고 있으니, 이는 한나라 장수로 비유한 당나라의 강한 병력이 북쪽 영토를 굳건하게 지키기 때문이라고 하였다. 제7~8구는 이러한 강한 병력을 기반으로 변방에는 부전승의 낭보가 이어지고 그 덕에 기마대는 치열한 전장으로 내몰리는 것이 아니라 풍성한 가을 들판에서 수렵을 즐기고 있다고 함으로써 변새의 여유롭고 평화로운 분위기를 그렸다.

전체적으로 제1~4구는 변방 지역에 세차게 내리던 비가 갓 그친 후의 자연 경관을 그렸고, 제5~8구는 변방에 주둔한 당의 군영을 묘사하였다. 변방에 내렸던 비가 지나간 풍파를 상징한다면, 비가 그치고 맑게 개는 날씨는 곧 그러한 고난을 이겨내고 새로이 맞이하는 희망의 시대를 상징한다. 시인은 비가 갠 뒤 자연이 품은 싱그러운 생명력과 변새를 장악한 군대가 상징하는 강한 국력을 연계시켜, 시 전체에 희망과 활기가 넘치는 분위기를 연출하였다.

3) 이 시는 남조 송(宋)나라 포조(鮑照, 415~470)의 〈계 북문으로부터 출정함에 대신하여(代出自薊北門行)〉이다. '계(薊)'란 옛 연(燕)의 도성으로, 지금의 북경 일대이다.

082

自左輔書佐授學官始有二毛之歎因示太學諸生[1]

좌풍익 보좌관으로 있다가 학관으로 제수 받았는데
때마침 흰머리를 발견하여 탄식이 쏟아지니
이를 계기로 태학의 여러 학생들에게 보이다

夜沐晨梳小鏡淸,2	밤에 머리 감고 새벽에 머리 빗는데 작은 거울은 맑기도 하구나
白簪烏帽喜頭輕.3	흰 비녀 꽂고 검은 모자 쓰니 머리가 가벼워 기쁘도다.
郗髥新洗塵千點,4	치초 같은 덥수룩한 수염에서 먼지 천 점을 새로 씻어냈고
潘鬢初驚雪一莖.5	반악처럼 무성한 귀밑털 속 눈꽃 핀 한 가닥에 처음으로 놀랐다.
下位枉逢天子聖,6	낮은 자리에서 외람되이 천자의 성은을 맞이하였고
閉門虛値太行平.7	닫힌 문 안에서 허황되이 태항산을 평평하다고 여기었다.
壯心未展顔先變,8	굳게 품은 마음을 아직 펼치지 못했거늘 얼굴이 먼저 변했구나
羞執儒書訓學生.	부끄럽게 유가 서적을 붙들고 학생들을 가르친다.

【주석】

1 이 시는 ≪전당시≫에 수록되어 있지 않다.
[원주] ≪한서≫에 "우부풍과 좌풍익과 경조윤을 일컬어 삼보[4]라고 한다."라 하였다. '흰머리'는 위의 주석에 보인다.[5](漢書, 右扶風, 左馮翊, 京兆尹是爲三輔. 二毛, 見上注)
左輔(좌보) : 한대(漢代)에 장안(長安)의 위성(渭城) 지역을 다스렸던 좌풍익(左馮翊).
書佐(서좌) : 문서 업무를 주로 담당하는 보좌관.
學官(학관) : 교육 업무를 담당하는 관원, 또는 관립 학교의 스승.
二毛之歎(이모지탄) : 본디 검던 머리에 흰 머리카락이 생겨남을 탄식함. 즉, 늙음에 대한 탄식.

2 夜沐(야목) 구 : 백거이의 시 〈아침에 머리를 빗다(早梳頭)〉에 "밤에 머리를 감고 아침에 빗는데, 창 밝아오고 가을 거울이 환해진다.(夜沐早梳頭, 窗明秋鏡曉)"라는 구절이 있다.

3 白簪烏帽(백잠오모) : 흰 비녀와 검은 비단 모자. 모두 남자의 머리를 다듬고 장식하는 도구이다.

4) 삼보(三輔) : 전한(前漢) 무제 때 장안(長安) 부근에 둔 세 개의 행정 구역. 또는 그 곳의 장관을 말한다. 장안 동쪽은 경조(京兆) 또는 장릉(長陵), 장안 북쪽은 좌풍익(左馮翊) 또는 위성(渭城), 장안 서쪽은 우부풍(右扶風)이라 칭하였다.
5) 허혼의 시 077. 〈교외 동산에서 가을 날 낙양에 있는 벗에게 부침(郊園秋日寄洛中親友)〉에 보인다.

4 [원주] ≪세설≫에 "치초는 특출난 재주가 있어서 사마환온의 총애를 받고 기실참군이 되었다. 그는 수염이 덥수룩하여, 형주에서는 그를 수염 참군이라 불렀다."[6]라 하였다.(郗超有奇才, 爲司馬桓溫所眷, 爲記室參軍. 爲人多髯, 荊州謂之髯參軍)

郗髯(치염) : 치초(郗超, 336~377)의 수염. 치초는 동진(東晉)의 개국공신 치감(郗鑒)의 손자로, 훗날 동진의 대신을 지냈다.

5 [원주] 위의 반악의 〈한거부〉 주석에 보인다.[7](見上潘岳閒居注)

潘鬢(반빈) : 반악(潘岳, 247~300)의 귀밑털. 반악은 서진의 문학가로, 자가 안인(安仁)이라 반안(潘安)이라고도 칭해진다. 관직에서 물러나 안분지족하는 즐거움을 쓴 〈한거부(閑居賦)〉는 그의 대표작이다. 한편, 그의 〈추흥부서(秋興賦序)〉에도 흰머리와 관련하여 "나는 나이 서른둘에 머리가 세기 시작했다(余春秋三十有二, 始見二毛)"라는 구절이 있다.

雪一莖(설일경) : 눈꽃 핀 한 줄기의 가느다란 가지. 즉, 하얗게 센 머리카락 한 가닥을 말한다.

6 枉逢(왕봉) : 외람되이 맞이하다. 즉 외람되게도 자신이 감당할 수 없는 큰 직분을 맞이하게 되었다는 뜻으로, 일종의 겸손한 표현이다.

天子聖(천자성) : 천자께서 내려주신 성은. 여기서는 시인이 천자의 명을 받아 좌풍익 보좌관의 직에서 학관의 직으로 옮기게 된 것을 말한다. 시에는 구체적으로 나와 있지 않으나 시인이 대중(大中) 6년(852)에 국자모시박사(國子毛詩博士)가 되었던 일을 가리키는 듯하다.

7 [원주] ≪십도지≫에 "낙주에 태항산이 있다."라 하였다. ≪시자≫[8]에 "태항산은 소가 어려워하는 곳이요, 용문은 물고기가 어려워하는 곳이며, 덕으로 악에 보답함은 사람이 어려워하는 것이다."라 하였다. ≪문선・광절교론[9]≫에 "세상 인정의 험악함이 이 지경에 이르렀으니 태항산과 맹문산을 어찌 험하다고 할 수 있겠습니까?"라 하였다.(十道志, 洛州有太行山. 尸子, 太行, 牛之難, 龍門, 魚之難, 以德報惡, 人之難. 選, 廣絶交論, 世路險巇一至於此, 太行孟門, 豈云巉絶)

値(치) : ~라고 등치시키다, ~라고 치다. 여기서는 '~라고 여기다'의 의미로 보았다.

太行(태항) : 중국 산서 고원과 하북 평원 사이에 있는 태항산. 기암절벽이 많은 것으로 유명하다.

平(평) : 평탄하다, 평평하다. '태항평(太行平)'은 곧 험준한 태항산을 평평하다고 오인하는 우를 범한다는 뜻이다.

8 顔先變(안선변) : 얼굴 모습이 먼저 변하다. 즉, 마음에 품은 굳은 결의를 미처 채 실천하기도 전에 머리가 희게 세는 등 외모가 늙어버렸다는 의미이다.

【해설】

시인이 머리를 감은 뒤 빗질을 하다가 처음으로 흰 머리카락을 발견하게 되면서 느낀 심정을 쓴 시이다. 제1~2구는 머리를 감고 매만지는 과정 등의 일상을 사실적으로 묘사하고 아울러 깨끗하게

---

6) ≪세설신어・총례(世說新語・寵禮)≫편에 보인다.

7) 이 주석은 허혼의 시 077. 〈교외 동산에서 가을 날 낙양에 있는 벗에게 부침(郊園秋日寄洛中親友)〉에 보인다. 〈한거부〉에 흰머리와 관련된 부분으로 "형제들은 이미 머리카락이 희끗희끗하고(昆弟斑白)"라는 구절이 있다.

8) 시자(尸子) : 선진(先秦)시대 잡가(雜家)의 저작물이다. 반고는 ≪한서・예문지≫에서 시자의 이름은 교(佼)이며, 노(魯)나라 출신으로 진(秦)나라 상앙(商鞅)의 사부를 지냈다고 전하고 있다.

9) 광절교론(廣絶交論) : 양(梁)나라 유준(劉峻)이 후한(後漢) 주목(朱穆)의 〈절교론(絶交論)〉을 읽고 그 의미를 확대 설명하면서 부족한 부분을 보충한 글이다.

씻고 난 개운한 기분을 기술하였는데, 미리 공들여 의관의 기초를 정제히 갖추는 모습에서 시인이 새로이 학관의 직책을 임명받은 데 대한 의욕과 기대를 엿볼 수 있다. 제3~4구는 옛 고사 중 수염을 깨끗이 씻었다는 치초와 흰 머리카락을 발견하고 놀랐다는 반악의 이야기를 씀으로써 시인 자신도 그와 유사한 일이 있었음을 비유적으로 나타내었다. 특히 덥수룩한 수염에서 먼지를 한가득 씻어냈다는 구절은 그간의 하급 관직 생활을 청산하고 새로이 학관으로 발령받은 데 대한 쇄신의 의식이었을 듯하다. 그리하여 머리 또한 평소보다 공들여 다듬었던 것인데, 그 과정에서 처음으로 보게 된 흰 머리카락은 이 작품의 직접적인 작시 계기가 되었다. 제5~6구는 시인이 하급 관직에 있다가 천자의 성은을 입어 새롭게 학관의 중책을 맡게 되었으나 아직 세상만사에 통달하지는 못하였음을 겸손하게 표현하였다. 제7~8구는 흰 머리카락을 발견한 탓에 부쩍 늙은 기분이 드는데 실상 자신은 그러한 원숙한 외모에 부합하지 못한 채 여전히 부족한 자질로 학생들에게 유가의 가르침을 전하고 있어 부끄럽다고 한탄하였다.

시인은 자신의 머리카락이 하얗게 센 것을 처음으로 보게 된 것을 계기로 자신의 현재를 되돌아보고 반성하고자 한 듯하다. 시 말미의 부끄럽다는 표현은 겸손함의 표현인 동시에 그 이면에는 이후 더욱 노력하겠다는 함의도 담겨 있을 것이다. 그래서 제목에서 밝혔듯이 이 시를 써서 태학생들에게 보임으로써, 그들과 사제 간의 교감을 나누는 한편 교육자로서 더욱 분발하여 열심히 제자들을 가르치겠다는 결의를 함축적으로 피력하였다.

083

崔拾遺宅看猿[1]

최습유의 집에서 원숭이를 보다

靜愛南猿依北客,[2]	북쪽 나그네에게 제 몸 맡긴 남방의 원숭이를 가만가만 어여뻐 여기노니
野情閑思兩同幽.[3]	고요한 정취와 한적한 심사가 둘 다 매한가지로 깊구나.
一離連臂巴江遠,[4]	줄줄이 맞잡았던 팔을 한 번 놓치어 남녘 파강 멀어지고서는
幾度斷腸秦樹秋.[5]	애간장을 몇 번이나 끊으며 북녘 진의 나무에서 가을을 보냈던가.
頸鏁向風吟似咽,[6]	목에 쇠사슬 차고 바람결 향해 오열하듯 신음하더니
貌禪當月坐如愁.	참선하는 모습으로 달을 마주해 시름겨운 듯 앉았구나.
歸山須待成功後,[7]	산으로 돌아가는 것은 공 이룬 후를 기다려야 할 터
撼菓搖花恣爾遊.[8]	과실도 흔들고 꽃도 흔들며 네 마음껏 놀려무나.

【주석】

1 이 시는 ≪전당시≫에 수록되어 있지 않다.
崔拾遺(최습유) : 최씨 성을 가진 습유로, 이 시에서 구체적으로 누구를 지칭하는지는 밝혀져 있지 않다. 습유는 당대(唐代) 간관(諫官)의 명칭이다. 무측천(武則天) 수공(垂拱) 원년(685)에 문하성(門下省)에 좌습유, 중서성(中書省)에 우습유가 각각 설치되었다.

2 依北客(의북객) : 북쪽의 나그네에게 몸을 맡기다. '의(依)'는 '의탁하다, 귀의하다, 따르다'의 의미이다. '북객(北客)', 즉 '북쪽의 나그네'는 고향을 떠나와 낯선 북쪽 땅을 떠도는 나그네를 말하는데, 제1구의 문맥상 원숭이를 돌보아 기르는 최습유를 가리킬 수도 있고, 최습유의 집에 와서 원숭이를 본 성도(成都) 출신의 옹도 자신을 가리킬 수도 있다.

3 野情(야정) : 세상사와 인간 감정에 구애받지 않는 마음. 바로 뒤에 이어지는 '한사(閑思)'와 상통하는 의미이다.

4 [원주] 양 고조의 〈효사부〉에 "원숭이가 팔을 줄줄이 맞잡고서 내려와 물을 마셨다."라 하였다. ≪십도지≫에 "산남도에 파현이 있다."라 하였는데 그 주에 "물줄기가 '파(巴)'자 모양과 비슷하기 때문이다."라 하였다.(梁高祖, 孝思賦, 猿連臂而下飮. 十道志, 山南道有巴縣, 注, 水如巴字故也)

連臂(연비) : 팔끼리 줄줄이 이어지도록 손을 맞잡다. '비(臂)'는 동물의 앞발이다.

5 [원주] ≪세설신어≫에 "환공이 촉에 들어서 삼협에 이르렀을 때, 부대의 무리 중에 원숭이 새끼를 잡은 자가 있었다. 그 어미가 강둑을 따라 애통하게 울부짖으며 수백여 리를 따라오다가 결국 배에 오르더니 숨이 끊겼다. 뱃속의 장을 살펴보니 모두 마디마디 끊어져 있었다. 환공이 그것을 듣고는 진노하여 그 사람을 내치라고 명하였다."라고 하였다. 삼협은 길이가 백 리에 이르며 양쪽 강둑에 산이 이어지는데 겹겹의 바위와 포개진 산봉우리가 하늘을 가리고 해를 덮으며, 종종 외톨이 원숭이가 긴 휘파람처럼 내는 소리가 맑게 이어져, 어부들이 이와 같은 노래를 부르곤 하였다.(世說, 桓公入蜀, 至三峽中, 部伍[10]中有得猿子者, 其母緣岸哀號, 行數百餘里, 遂上船, 便氣絶. 視其腹膓, 皆寸寸斷. 公聞之, 怒, 命黜其人. 三峽長百里, 兩岸連山, 重岩疊嶂, 隱天蔽日, 常有孤猿長嘯引淸, 漁者歌云云)

6 頸鏁(경쇄) : 목에 쇠사슬을 차다. '쇄(鏁)'는 '쇄(鎖)'와 같은 자이다.

7 [원주] ≪노자≫에 "공업을 달성하고 명예를 성취하고 나면 몸을 물리는 것이 하늘의 이치이다."라 하였다.(老子, 功成, 名遂, 身退, 天之道)

8 撼菓搖花(감과요화) : 과실과 꽃을 흔들다. '감(撼)'과 '요(搖)'는 모두 '흔들다'의 의미이다. 이는 원숭이가 천성대로 마음껏 노는 장면을 묘사한 것이다.

【해설】

시인이 최습유의 집에서 기르는 원숭이를 보고 느낀 감회를 쓴 시이다. 제1~2구에서 시인은 그 원숭이가 제 몸을 맡긴 북쪽 땅의 나그네처럼 고요한 정취와 한적한 심사를 깊이 품고 있어 유달리 마음이 간다고 밝히었다. 제3~4구는 본디 남방의 산에서 무리지어 살던 원숭이가 외따로 떨어져 북방에서 사람에게 잡혀 살며 느꼈을 고통을 측은한 시선으로 바라보았다. 제5~6구는 원숭이가 그러한 고통으로 인해 괴롭게 울부짖기도 하고 마치 달을 향해 참선하듯 수심에 차 앉아있기도 한다고 하여, 모진 현실을 견디고 있는 원숭이의 모습을 묘사하였다. 제7~8구는 노자의 '공성신퇴(功成身退)'의 고사를 사용하여, 주인이 공업을 이루고서 몸을 물리어 고향으로 돌아가면 원숭이 역시 남방의 산으로 돌아가 천성대로 자유롭게 노닐 수 있을 것이라고 위로하였다. 시인이 이토록 원숭이에게 감정이 이입된 까닭은 어쩌면 그 원숭이에게서 인생세간에 속박당하고 타향살이에 괴로워하는 자기 자신의 모습을 보았기 때문이 아닐까.

10) 伍(오) : 원주에는 '佐(좌)'라고 되어 있는데, ≪세설신어≫에 의거하여 바로잡았다.

084

代美人春怨[1]

미인의 봄 원망을 대신하여

桃李花開似綺羅,[2]	복사꽃도 오얏꽃도 고운 비단처럼 피었건만
美人春意惜花多.[3]	미인의 봄 심정은 꽃 많이 핀 것이 안타깝구나.
王孫未買千金笑,[4]	왕손은 천금의 웃음을 사주지 않는데
弟子空傳一曲歌.[5]	가기는 노래 한 곡을 부질없이 전한다.
數點淚痕當素臆,[6]	숱한 얼룩 눈물자국은 일상의 심경이 되고
兩條愁色上青蛾.[7]	두 갈래 시름겨운 기색이 푸른 눈썹에 올라 있다.
佳期寂寞風光晚,[8]	가약은 쓸쓸히 버려진 채 풍광 저물어가니
卻羨雕梁燕有窠.[9]	차라리 단청들보 제비는 둥지 있어 부럽구나.

【주석】

1 이 시는 ≪전당시≫에 수록되어 있지 않다.

2 綺羅(기라) : 무늬가 아름답게 놓인 비단. 여기서는 화려하게 핀 꽃을 비유하는 말로 쓰였다.

3 惜花多(석화다) : 꽃이 많은 것을 안타까워하다. 꽃이 아름답게 가득 피었더라도 그 경치를 사랑하는 임과 함께 즐길 수 없는 외로운 여인에게는 도리어 안타까움만 자아내고 있음을 말하였다.

4 [원주] 포조[11]의 시[12]에 "맞추어 노래하고 음악을 연주하니 노씨 여인의 거문고 솜씨로세, 천금으로 웃음을 사고 꽃다운 시절을 사노라."[13]라 하였다. 최인[14]의 〈칠의〉에 "돌아보니 백만 전이요, 한 번 웃으니 천금이로다."라 하였다.(鮑明遠詩, 齊謳奏吹盧女弦, 千金雇笑買芳年. 崔駰, 七依, 回顧百萬,

11) 포조(鮑照, 421?~465) : 육조시대 송나라의 시인. 자는 명원(明遠)으로, 참군직(參軍職)을 지내서 포참군(鮑參軍)이라고도 불린다.

12) 이 시의 제목은 〈대백저곡이수(代白紵曲二首)〉로, 인용된 구절은 그 두 번째 수의 일부이다.

13) 이 시구에서 '노씨 여인,' 즉 '노녀(盧女)'는 삼국 위무제(魏武帝) 시대의 궁녀로, 거문고를 잘 탔다고 한다. 원문의 '통(統)'과 '부(夫)'는 이 시 원전에 의거하여 각각 '현(弦)'과 '소(笑)'로 고쳐 표기하고 풀이하였다.

14) 최인(崔駰, ?~92) : 동한의 경학자이자 문학가. 자는 정백(亭伯)으로, ≪후한서≫에 〈최인전(崔駰傳)〉이 전한다. 〈달지(達旨)〉 등 시부(詩賦) 총 21편을 지었으나, 그 중 〈칠의(七依)〉는 현재 전하지 않는다.

一笑千金)

王孫(왕손) : 본디 왕실 혹은 지체 높은 집안의 자손이라는 뜻으로, 여기서는 여인이 그리워하는 남자를 높여 칭한 말이다.

未買千金笑(미매천금소) : 천금을 주고 웃음을 사지 않았다. '매천금소(買千金笑)'는 웃음을 파는 여인에게 돈을 주고 그 웃음을 산다는 의미로, 즉 기녀와 노닌다는 뜻이다. '미(未)'는 어떠한 것을 하지 않고 있다는 뜻이다. 전체적으로 이 구절은 남자가 여인에게 정을 주지 않고 있다는 의미로 쓰였다.

5 [원주] 두보의 시[15]에 "홍경궁에 울리던 개원 시대 노래를 당시의 이원제자가 전하고 있네."라 하였다. (詩史, 南內[16]開元曲, 當時弟子傳)

弟子(제자) : 춤추고 노래하는 사람. 백거이의 〈장한가(長恨歌)〉에 "이원의 제자들은 백발이 성성하고, 초방의 궁녀들도 그 젊던 얼굴이 다 늙었네.(梨園弟子白髮新, 椒房阿監靑娥老)"라는 구절이 있다. 음률에 정통했던 당 현종은 궁정가무 교육기구인 이원을 설립하고, 교방악사 300명과 궁녀 수백 명을 선발하여 이원에서 이들을 직접 가르치며 '황제이원제자'라고 불렀다. 후에, 제자는 무희나 기녀 등의 의미로 쓰이게 되었다. 여기서는 '왕손'을 사랑하는 여인을 가리킨다.

6 素臆(소억) : 평소의 마음. 일상의 심경.

7 靑蛾(청아) : 푸른 눈썹먹으로 그린 고운 눈썹.

8 佳期(가기) : 아름다운 기약. 즉, 사랑하는 남녀 간에 맺은 가약(佳約).

9 雕梁(조량) : 조각을 아로새겨 장식한 들보. 여기서는 들보의 미칭으로 쓰였다.

窠(과) : 둥지. 날짐승이나 벌레 등의 보금자리.

【해설】

사랑하는 이를 그리워하는 여인의 심경을 작가가 대변하여 쓴 시이다. 제목과 제2구에서 '미인'으로 칭해진 그 여인은 시의 내용상 기녀의 신분인 듯하다. 가무와 웃음을 파는 기녀라도, 여느 여인의 본성대로 마음 깊은 곳의 순정은 오직 사랑하는 한 남자에게만 내어주고 싶으나, 그 남자의 사랑을 받지 못해 괴로워하는 심정이 잘 나타나 있다. 제1~2구는 아름다운 봄이 오히려 안타까운 계절이 되었다는 의외의 상황을 제시하여 먼저 독자의 주의를 끌었다. 온갖 꽃이 화려하게 핀 봄, 사랑하는 이의 마음을 얻지 못한 외로운 여인은 임과 함께 봄놀이 꽃구경에 나설 수 없어 오히려 꽃이 만발할수록 더욱 짙어지는 안타까움을 호소한다. 제3~4구는 그 상황을 야기한 무정한 남자와 그 남자를 짝사랑하는 여인을 묘사하였다. 돈으로 기녀를 부리는 형태일지언정 여인은 멋진 '왕손'이 돌아봐주기를 간절히 바라건만, 그는 끝내 여인을 외면하고, 여인은 자신의 마음을 담은 절절한 노래 한 곡을 부르지만 그것은 공허하게 울려 퍼지다 사라질 뿐이다. 제5~6구는 여인이 결국 이 짝사랑으로 인해 짙은 수심에 빠짐을 그렸다. 줄곧 나 있는 눈물자국은 곧 그녀의 일상이 되었고, 곱던 눈썹에는 시름만 가득 서리게 된 것이다. 제7~8구는 사랑을 잃은 채 봄도 젊음도 덧없이 흘려보내는 쓸쓸함과 서글픔을 표현하였다. 남녀 간의 사랑의 약속은 끝내 맺지 못했는데, 봄철의 고운 풍광은 야속하게

15) 이 시의 제목은 〈가을날 기부에서 심회를 읊어 정감과 이빈객께 받들어 부친 일백 운(秋日夔府詠懷奉寄鄭監李賓客一百韻)〉이다.

16) 南內(남내) : 당현종(唐玄宗)이 흥경궁(興慶宮)을 부르던 다른 이름이다.

저물어가는 것을 보면서, 여인은 미물에 불과한 제비를 도리어 부러워한다. 제비는 짝을 지어 둥지를 꾸리고 오순도순 함께 살지 않는가. 떠나간 임이 결코 돌아오지 않을 자신보다는 차라리 낫지 않은가. 버림받은 여인의 흐느낌이 애절하게 울리는 듯하다.

085

定安公主還宮[1]

정안공주님이 궁에 돌아오시다

帝子春歸入鳳城,2	황제 따님이 봄날 돌아와 봉성으로 드시니
錦車千兩照花明.3	비단장식 마차 천 량이 화려한 꽃을 눈부시게 비춘다.
幾年馬上烏孫思,4	몇 년을 말 위 오손에서 그리워하셨던가
一日琴中蔡琰情.5	온종일 거문고에 채염의 심정을 실어내셨다.
湯沐別開加舊號,6	탕목읍을 따로 열어 옛 봉호에 더하시고
笙歌重奏變新聲.7	생황 가락을 거듭 연주하여 새로운 소리로 변주하신다.
聖朝永絶和親事,8	성조께서 화친의 정책을 길이 끊으셔도
萬國如今賀虜平.9	만국은 지금처럼 오랑캐가 다스려짐을 경축하리라.

【주석】

1 이 시는 ≪전당시≫에 수록되어 있지 않다.

[원주] ≪당서・제공주열전≫에 "정안공주는 헌종의 영애(令愛)로, 본디 태화공주에 봉하여졌으며, 위구르 숭덕가한에게 시집갔다가 회창 2년(842)에 돌아왔다."라 하였다.(唐書, 諸公主列傳, 定安公主, 憲宗女, 始封太和, 下嫁回鶻崇德可汗, 會昌二年來歸)

定安公主(정안공주) : 당 헌종(憲宗, 778~820, 재위: 806~820)의 20남 18녀 중 제 17녀. 821년에 목종(穆宗)의 명으로 위구르의 왕에게 시집갔다. 이처럼 정략상 화친을 위해 이민족의 왕에게 시집간 공주나 종친의 딸을 일컬어 화친공주(和親公主) 또는 화번공주(和蕃公主)라 한다.

2 [원주] ≪초사≫[17]의 "황제의 따님께서 북저로 내려가시네."라는 구절에 대하여 왕일의 주에 "황제란 요임금을 말한다."라 하였다. 이교[18]의 〈단제시〉 주에 "진 목공의 따님께서 퉁소를 불어 봉황을

17) 여기서는 ≪초사(楚辭)・구가(九歌)≫ 중 〈상부인(湘夫人)〉을 말한다. 인용된 구절은 〈상부인(湘夫人)〉의 첫 구절이다.

18) 이교(李嶠, 644~713) : 당나라의 시인. 자는 거산(巨山)이며, 조주(趙州) 찬황(贊皇) 사람이다. 20세에 진사제(進士第)로 발탁되어 관직을 두루 거쳤다. 왕발(王勃)・양형(楊炯)과 친밀하게 지냈으며, 두심언(杜審言)・최융(崔融)・소미도(蘇味道)와 더불어 '문장사우(文章四友)'라 일컬어졌다.

하늘에서 내려오게 하셨으므로, 따라서 '단봉성'이라 부르게 되었다."라 하였다.(楚詞, 帝子降兮北渚, 王逸注, 帝, 謂堯也. 李嶠, 單題詩, 注, 秦穆公女吹簫下鳳, 因號丹鳳城)

帝子(제자) : 황제의 자손. 여기서는 황제의 딸인 정안공주를 가리킨다.

鳳城(봉성) : 당의 수도 장안(長安). 진(秦) 목공(穆公)의 딸 농옥(弄玉)이 퉁소를 불어 하늘 위의 봉황을 날아 내려오게 하였는데, 봉황이 내려와 앉은 곳이 진의 수도 함양(咸陽)이었으므로 함양을 봉성이라고 불렀다. 이것이 점점 확대되어 후인들은 수도를 가리켜 단봉성이라고 부르게 되었다.

3 [원주] 한풍부인[19]은 비단 장식을 꾸민 수레로 변새로 나가게 하였다. ≪시경≫[20]에 "아가씨 시집가시니 백 량 마차로 맞이하네."라 하였다.(漢馮夫人, 出塞以錦車. 詩, 之子于歸, 百兩御之)

천량(千兩) : 수레나 마차 등의 탈 것 천 량. 천 대. '량(兩)'은 수레를 세는 단위인 '량(輛)'과 같다.

4 [원주] ≪한서≫에 "오손의 국왕이 한나라에 말을 바치고 공주에게 장가들기를 원하였다. 그러자 강도왕[21]에게 넘겨, 그 딸 세군을 오손에게 바치도록 하였다. 훗날 공주가 편지를 올려 '나이가 들수록 아비마마가 그립사오니 해골이라도 돌아가 한나라 땅에서 장사를 지낼 수 있기를 바라옵나이다.'라고 하자 천자는 불쌍히 여기어 그녀를 맞아들였다. 공주는 오손의 남녀 3명과 함께 와서 경도에 이르렀다."라 하였다. 석숭(石崇)의 〈왕소군사서〉에 "공주가 오손으로 시집가는데, 비파를 말 위에서 연주하도록 하여 여정 중의 상념을 위로하였다."라 하였다.(漢書, 烏孫國王獻馬於漢, 願尙公主, 乃遣江都王, 立女細君以與焉. 後, 公主上書曰, 年老思上, 願得歸骸骨葬漢地. 天子憫而迎之. 公主與烏孫男女三人俱來, 至京師. 石季倫, 王昭君詞序, 公主嫁烏孫, 令琵琶馬上作樂, 以慰道路之思)

烏孫思(오손사) : 공주가 오손 지역에서 지내며 했던 생각들. 즉 이역만리에서 고향을 그리워한 마음을 말한다. 오손은 전한(前漢) 시대 투르크계의 유목민족이 할거하였던 서역 지역으로, 천산(天山) 산맥 북쪽의 이르츠그 호수로부터 일리 강 유역의 분지에 이르렀다.

5 [원주] ≪후한서·열녀전≫의 "진류[22] 사람 동사의 처는 같은 고향 사람인 채옹의 여식으로, 이름은 염이요, 자는 문희이다. 박학하고 재주가 많았으며 음률에 뛰어났다."의 주에 "유소의 〈유동전〉에 이러한 이야기가 전한다. 채옹이 밤에 거문고를 타던 중에 현이 끊어졌다. 채염이 '두 번째 현이로군요.' 라고 말하자 채옹은 '우연히 맞힌 것이겠지.'라며 고의로 현 한 줄을 끊고 물어보니 채염은 '네 번째 현이옵니다.'라고 말하였는데, 결코 틀림이 없었다. 채염은 하동의 위중도에게 시집을 갔으나, 남편과 사별하고 아이도 없이 친정으로 돌아왔다. 흥평 연간에 천하에 큰 난[23]이 일어나자 채염은 오랑캐 기마병에게 납치되어 남흉노 좌현왕[24]에게 붙잡혀 살았다. 그곳에서 12년을 살며 아들 한 명을 낳았다. 조조는 평소 채옹과 친분이 도타웠으므로 그에게 후사가 없는 점을 안타깝게

19) 한풍부인(漢馮夫人) : 한나라 원제(元帝)의 소의(昭儀)인 풍원(馮媛). 소의는 후궁 품계 중 하나이다. 풍원과 왕소군 모두 한때 원제의 후궁이었으나, 훗날 풍원은 소의에 올랐고 왕소군은 흉노 호한야선우에게 시집갔다.

20) 여기서는 〈소남(召南) · 작소(鵲巢)〉 시를 말한다.

21) 강도왕(江都王) : 한 무제의 형. 한 무제는 북방 최대의 위협 세력인 흉노를 견제하기 위하여 오손에 장건(張騫)을 파견하여 화친을 맺었는데, 오손이 동맹 관계의 강화를 빌미로 무제의 딸과 혼인을 맺기를 요구하자 무제는 차마 그리 하지 못하고 대신 형 강도왕의 딸인 세군(細君)을 자신의 딸이라 속여 오손의 늙은 왕에게 시집보냈다. 이후 한과 오손의 협공을 견디다 못한 흉노는 한층 더 북방으로 물러났고, 한나라는 서역 50여국을 평정하고 상국으로 군림하게 되었다.

22) 진류(陳留) : 곧 오늘날의 하남성(河南省) 개봉시(開封市) 진류진(陳留鎭)이다.

23) 흥평 2년(195) 동탁의 잔당에 의해 일어난 난을 말한다.

24) 흉노의 좌현왕 유표(劉豹)를 말한다.

여기어 사자를 보내 금은보화를 주고 채염을 데려오도록 하여, 동사에게 재가시켰다. 훗날, 채염은 이 모든 난리를 겪은 것을 매우 슬퍼하며 회한과 비분에 사무쳐 시 2수[25]를 지었으니, 그 시는 이러하다."라 하였다.(後漢, 列女傳, 陳留董祀妻者, 同郡蔡邕女也, 名琰, 字文姬, 博學有才辨, 又妙於音律. 注, 劉昭, 幼童傳, 曰, 邕夜鼓琴絃絶, 琰曰, 第二絃. 邕曰, 偶得之耳. 故斷一絃, 問之, 琰曰, 第四絃, 並不差謬. 適河東衛仲道. 夫亡, 無子, 歸寧於家. 興平中, 天下喪亂, 文姬爲胡騎所獲, 沒於南匈奴左賢王. 在胡中十二年, 生一子. 曹操素與邕善, 痛其無嗣, 乃遣使者以金璧贖之, 而重嫁於祀. 後感傷亂離, 追懷悲憤, 作詩二章, 其詞云云)

蔡琰情(채염정) : 채염이 품었던 절절한 정회. 즉 망향의 정을 말한다. 음악에 밝았던 채염은 서역의 관악기 호가(胡笳)를 반주로 하여 자신의 신세를 한탄하고 고향에 대한 그리움을 노래한 〈호가십팔박(胡笳十八拍)〉을 남겼다.

6 [원주] ≪직림≫에 "등황후[26]가 조정에 군림하며 그 모친을 신야군의 작위에 올리고 일만 호의 가구를 탕목읍으로 내렸다."라 하였다.(職林, 鄧皇后臨朝, 爵其母新野君, 邑湯沐萬戶)

湯沐(탕목) : 공주의 사적 영지인 탕목읍. 탕목읍은 본디 주대(周代)에 천자가 제후에게 숙박・목욕・재계 등의 용도로 경기 이내에 하사하였던 봉읍으로, 이후 황후・비・공주・왕자 등이 하사받아 사적인 용도로 그곳의 조세 수입을 쓸 수 있도록 한 지역이라는 의미가 되었다.

舊號(구호) : 옛 봉호. 정안공주가 위구르로 시집가기 전에 황제로부터 하사받았던 공식 칭호.

7 [원주] 〈금부〉[27] "새로운 소리가 교대로 일어난다."의 이선 주에 "≪한서≫에서 '이연년은 노래를 잘 하여 새로이 변주한 소리를 만들어냈다.'라고 하였다."라 하였다.(琴賦, 新聲代起. 李善注, 漢書, 李延年善歌, 爲新變之聲)

變新聲(변신성) : 새로운 음악소리로 바꾸다. 즉 전에 없던 참신한 음악으로 더욱 발전시킴을 뜻한다.

8 [원주] ≪전한서・누경[28]전≫에 다음과 같이 전한다. "이 때 묵돌선우[29]의 병력이 강하여 수 차례 북방의 변경을 괴롭혔다. 주상께서 그것을 근심하시어 누경에게 물었다. 누경은 이렇게 말하였다. '천하가 이제 겨우 안정되어, 병졸들은 전쟁에 지쳐 있으므로 무력으로 정복시킬 수는 없습니다. 묵돌은 제 아비를 죽여 대신 왕위에 오르고 여러 어미들을 아내로 삼은, 인의로는 말도 꺼낼 수 없는 자입니다. 허나 폐하께서는 부디 장공주님을 선우의 처로 시집보내실 수 있어야 하오니, 공주님은 흉노의 왕비가 되시는 것이요, 아들을 낳으시면 반드시 태자가 되는 것입니다. 묵돌이 재위하는 동안에는 그야말로 사위이고, 그가 죽으면 외손자가 선우가 됩니다. 외손자가 감히 할아버지께 예를 어그러뜨렸다는 것을 들어보신 적이 있으십니까? 전쟁 없이 서서히 신하 나라로 만드는 것입니다.' 주상은 장공주를 시집보낼 수가 없어, 친지의 딸을 공주로 삼아 선우에게 시집보내면서 누경을

25) 채염의 시로는 자신의 파란만장한 일생을 소재로 한 〈비분시(悲憤詩)〉 2수와 〈호가십팔박(胡笳十八拍)〉이 전하는데, 이 중 〈호가십팔박〉은 위작이라는 설도 있다.

26) 등황후(鄧皇后) : 동한의 화희황후(和熹皇后, 81~121)인 등수(鄧綏)이다. 신야(新野) 사람으로, 궁중 암투 끝에 귀인의 신분에서 화제(和帝)의 황후가 되었으며, 화제 붕어 후 슬하에 아들은 없었으나 다른 궁인의 어린 아들을 앞세워 중국 최초로 수렴청정을 하는 등 16년간 조정에 군림하며 권세를 누렸다.

27) 금부(琴賦) : 위(魏)의 문학가 혜강(嵇康, 224~263) 작의 장편 부로, 1900여 자에 달한다.

28) 누경(婁敬) : 생졸년 미상. 한 초에 고조 유방을 도운 주요 모사(謀士) 중의 한 명이다.

29) 묵돌선우(冒頓單于) : 묵돌 혹은 묵특(B.C.209~B.C.174 재위)은 한 초 흉노족의 유명한 선우로, 서역의 여러 나라를 점령하고 북방 유목민족을 하나로 통합하며 한 고조 유방(劉邦)과 팽팽히 대치하기도 하였다. 선우란 흉노족의 왕을 말한다.

보내어 화친을 맺도록 하였다."(前漢, 婁敬傳, 是時冒頓單于兵强, 數苦北邊. 上患之, 問敬. 敬曰, 天下初定, 士卒罷於兵革, 未可以武服也. 冒頓殺父代立, 妻群母, 未可以仁義說也. 陛下誠能以適長公主妻單于, 以爲閼氏,[30] 生子必爲太子. 冒頓在, 固爲子婿, 死則外孫爲單于. 豈聞外孫敢與大父抗禮哉? 可無戰以漸臣也. 上不能遣長公主, 而取家人子爲公主, 以妻單于, 使敬往結和親"

9 虜平(노평) : 오랑캐가 평정되다. 서역국과 외교 분쟁 없이 평화를 유지하다.

【해설】

위구르의 왕에게 시집갔던 정안공주가 당으로 다시 돌아온 것을 칭송한 시이다. 제1~2구는 정안공주가 화려한 행렬을 이끌며 장안으로 입성하는 장면을 묘사하였다. 제3~4구는 정안공주가 정략결혼으로 인해 이역만리에서 겪었던 상심의 고통과 망향의 정을 표현하였다. 역대의 화친공주 관련 고사 중 죽어서라도 고국으로 돌아가기를 염원했던 세군과 거문고를 연주하며 고향을 그리는 마음을 달랬던 채염의 고사를 활용하여, 낯선 타향에서 정안공주가 느꼈던 괴로움을 다층적으로 나타내었다. 제5~6구는 당으로 돌아온 정안공주가 왕실생활에 순조롭게 복귀하는 모습을 그렸다. 넓은 탕읍지와 공주의 공식봉호 회복 등을 언급함으로써 왕족으로서의 위엄을 강조하였고, 또한 그녀가 서역의 음악을 도입하여 당의 음악을 더욱 풍요롭게 발전시킨 공적도 칭송하였다. 제7~8구는 당나라 왕실이 더 이상 화친공주의 정책을 쓰지 않더라도, 당의 강대한 국력이 바탕이 된 서역 외교 일선은 여전히 평화로울 것이라고 찬미하였다.

30) 閼氏(연지) : 흉노 선우의 왕비를 말한다.

086

送姚鵠及第歸西川[1]

급제하여 서천으로 돌아가는
요곡을 전송하며

春遊曾上大羅天,[2]	봄놀이를 하며 일찍이 대라천에 올랐거니와
遊罷榮歸濯錦川.[3]	놀이를 마쳤으니 영예롭게 탁금천으로 돌아가겠구려.
雙淚有恩辭座主,[4]	두 줄기 눈물에 감은 품고 시험관께 사직하고
一盃無恨別同年.[5]	한 잔 술로 여한 없이 동기들과 작별하였소.
曉離孤館星垂棧,[6]	새벽에 쓸쓸한 여관을 떠나매 별은 잔도에 늘어지고
晚渡空江雨滿船.	해질녘 텅 빈 강을 건너매 빗방울이 배에 가득할 테요.
卻到相如題柱處,[7]	사마상여가 기둥 글귀 남겼던 곳에 다다르게 되면
知君心不愧前賢.[8]	그대의 마음이 옛 현인에게 부끄럽지 않을 것을 알리라.

【주석】

1 이 시는 ≪전당시≫에 수록되어 있지 않다.
[원주] ≪척언≫[31]에 "왕기[32]의 문하생으로, 회창 3년에 급제하였다. 자는 거운이다."라 하였다. 촉에는 동천과 서천이 있다.[33](摭言, 王起門下, 會昌三年及第, 字居雲. 蜀有東川西川)
姚鵠(요곡) : 생졸년 미상. 자는 거운(居雲)이며, 촉중(蜀中)[34] 사람이다. 회창(會昌) 3년(843)에 진사에 급제하였고[35], 함통(咸通) 11년(870)에 태주자사(台州刺史)로 부임하였다. ≪전당시≫에 시 33수가 전한다.

31) 척언(摭言) : 일명 ≪당척언(唐摭言)≫. 왕정보(王定保, 870~940)가 펴낸 당대의 필기소설집이다. 전체 15권으로, 앞의 3권은 과거(科擧)에 얽힌 고사를 수록하였으며 나머지 12권은 과거와 관련한 사인들의 언행을 분류하여 기록하였다.
32) 왕기(王起, 760~847) : 자는 거지(擧之)이며, 왕파(王播)의 동생이다. 학문을 좋아하였으며, 상서좌승(尙書左丞)·호부상서(戶部尙書)·병부상서(兵部尙書)를 역임하는 등 비교적 순탄한 관직 생활을 하였다.
33) 동천과 서천의 정식 명칭은 각각 검남동천(劍南東川)과 검남서천(劍南西川)이다. 동천은 오늘날의 섬서성(陝西省) 한중(漢中) 및 그 주변이고, 서천은 사천성(四川省) 일대이다.
34) 촉중(蜀中) : 오늘날의 사천성(四川省) 중부.
35) 옹도는 그로부터 9년 전인 대화(大和) 8년(834)에 급제하였다.

西川(서천) : 당대의 지명으로, 일명 검남서천(劍南西川)이라고도 하였다. 오늘날의 사천성(四川省) 일대이다.

2 [원주] ≪대소은서≫[36]에 "무상대도군의 치소는 오십오중무극대라천 중 옥경에 있다."라 하였다.(大霄隱書, 無上大道君治在五十五重無極大羅天中, 玉京之上)

大羅天(대라천) : 도가의 36 천계(天界) 중 가장 꼭대기에 있는 천계. 도가에서는 대라천의 수도를 '옥경(玉京)', 그 통치자를 '옥황상제(玉皇上帝)'라 하였다. 이 시에서 대라천은 곧 당시의 황제가 과거급제자들에게 베풀어준 성대한 축하연회를 비유한 것이다.

3 [원주] 초주[37]의 ≪익주지≫[38]에 "성도에서 비단을 다 짜면 시냇물에 빨았는데 그 무늬의 또렷함이 처음에 갓 짰을 때보다 더 뛰어났다. 다른 물에 비단을 빨면 그 물만 못하므로, 따라서 금수라고 부르게 되었다."라 하였다.(譙周, 益州志, 成都織錦既成, 濯於江水, 其文分明, 勝於初成, 他水濯之, 不如江水, 故曰錦水)

濯錦川(탁금천) : 요곡의 고향인 서천 지역에 위치한 시내 이름. 즉 요곡이 고향으로 돌아가 시내에서 옷을 빨면서 그간의 노고로 인해 허름해진 기색을 다 씻어낼 것임을 은유적으로 표현하였다.

4 [원주] ≪척언≫에 "관리를 일컬어 좌주라고 한다."라 하였다.(摭言, 有司謂之座主)

座主(좌주) : 당대에 진사 급제자가 과거시험을 주관한 관리를 높여 부르던 말.

5 同年(동년) : 과거 급제 동기생.

6 [원주] ≪한서≫에 "고조가 한중의 왕으로 있을 때, 장량이 사임하고 한으로 돌아가자 한왕은 포중까지 전송하였다. 장량이 이에 한왕에게 '잔도를 태워 없애서 제후들을 대비하십시오.'라고 말하였다."라 하였다. (漢書, 高祖王漢中, 張良辭歸韓, 漢王送至褒中. 良因說漢王燒絕棧道以備諸侯)

棧(잔) : 잔도. 험한 벼랑 등에 긴 선반을 달듯 낸 통행로.

7 相如(상여) : 전한의 문인 사마상여(司馬相如, B.C. 179~B.C.127)로, 촉군(蜀郡), 즉 오늘날의 사천성 남충시(南充市) 출신이다.

8 [원주] ≪화양국지≫[39]에 "촉성에서 십 리 떨어진 곳에 승선교가 있는데, 사마상여가 그 기둥에 '네 마리 말이 끄는 고급 마차를 타지 않고는 이곳을 다시 지나가지 않겠다.'라는 글귀를 써 넣었다."라 하였다.(華陽國志, 蜀城十里有升仙橋, 相如題其柱曰, 不乘高車駟馬, 不復過此)

前賢(전현) : 옛 현인. 여기서는 사마상여를 가리킨다.

【해설】

서천 출신의 요곡이 장안으로 상경하여 과거에 급제한 후 다시 서천으로 금의환향하는 것을 옹도가 전송하며 지은 시이다. 제1~2구에서는 요곡이 과거 급제 후 성대한 축하연을 즐겼으며 곧 영예롭게

36) 대소은서(大霄隱書) : 한대 도교 모산파(茅山派)의 시조인 모영(茅盈)·모고(茅固)·모충(茅衷) 삼형제가 펴낸 도교 문헌.

37) 초주(譙周, 201?~270) : 삼국 시기 촉한의 학자이자 정치가로, 일명 "촉중공자(蜀中孔子)"라고 불리었다. 초주는 제갈량(諸葛亮)에 의해 권학종사(勸學從事)에 임명되었다가, 제갈량 사후 장완(蔣琬)이 익주자사(益州刺史)를 지낼 때에는 전학종사(典學從事)에 임명되어 익주의 학자들을 총괄하였다.

38) 익주지(益州志) : 초주가 펴낸 익주 일대의 지리지.

39) 화양국지(華陽國志) : 동진(東晉) 영화(永和) 11년(355)에 상거(常璩)가 펴낸 지리지. 화양은 당시의 파(巴)·촉(蜀)·한중(漢中) 일대를 일컫는다.

귀향하려 한다는 것을 언급하였다. 제3~4구에서는 요곡이 떠나기에 앞서 이번 과거와 관련된 인물들에게 작별 인사를 고하는 장면을 그렸다. 제5~6구에서는 장안을 출발해 서천에 이르기까지의 험난한 귀향길을 상상하여 묘사하였다. 제7~8구는 요곡이 이러한 역경을 거쳐 고향에 도착하면 같은 고장 출신의 사마상여 못지않은 걸출한 인재가 될 것이라고 축원하였다.

087

送盧肇及第歸袁州1

급제하여 원주로 돌아가는
노조를 전송하며

誰占京華爛熳春,2	장안의 눈부신 봄을 차지한 이 누구인가
盧郎年少美名新.	나이 젊고 멋진 이름 새로운 노조로구나.
無雙日下黃金榜,3	해 아래 둘도 없이 황금빛 방에 올랐나니
第一花前白玉人.4	장원급제 어사화 앞의 흰 옥 같은 이로다.
別馬數聲嘶紫陌,5	떠나는 말은 번화한 거리에서 몇 번 히힝 울고
歸橈千轉入靑蘋.6	고향 돌아가는 노는 천 번 휘돌며 푸른 네가래풀 사이로 들어가리라.
到門定見萍鄕守,7	문 앞에 이르면 분명히 평향 군수를 만나리니
來賀高堂斷織親.8	고당의 베 끊은 부모님께 와서 하례를 드리리라.

【주석】

1 이 시는 ≪전당시≫에 수록되어 있지 않다.
[원주] ≪척언≫에 "노조는 자가 자발로, 원주 의춘 사람이다. 왕기의 문하에서 장원급제하였다."라 하였다.(摭言, 盧肇, 字子發, 袁州宜春人也. 王起門下壯元)
盧肇(노조, 818～882) : 당나라의 문인으로 자는 자발(子發)이며 원주(袁州, 오늘날의 강서성(江西省) 의춘시(宜春市)) 출신이다. 당 무종(武宗) 회창(會昌) 3년(843)에 강서성 출신으로는 최초로 장원급제하였다. 함통(咸通, 860～874)연간에 흡주자사(歙州刺史)에 오르는 등 비교적 순탄한 관직생활을 했으며, 시문뿐만 아니라 그림에도 능하였다.

2 京華(경화) : 수도의 미칭. 즉, 당의 수도인 장안(長安)을 가리킨다.
爛熳(난만) : 눈부시다. 화려하게 빛나다.

3 [원주] ≪설원≫에 "황향[40]은 책을 두루 읽고 잘 기억하여, 장안에서는 '해 아래 둘도 없도다, 강하의

40) 황향(黃香, 18～106) : 동한(東漢) 강하(江夏) 사람으로, 호는 문강(文强). 효심이 지극하였고, 학업에도 열중하여 어려서부터 이름을 날려 "천하에 둘도 없도다, 강하의 황씨 신동이로다(天下無雙, 江夏黃童)"라는 말이 생겼다.

황씨 신동이로다'라고 불렀다."라 하였다. ≪태평광기≫에 이렇게 전한다. "정관(627~649)연간 초, 방을 붙이는 날에 태종은 궁궐 정문으로 몰래 행차하시어 진사들이 방 아래로 줄지어오는 것을 보시고는 기뻐하며 시중드는 신하에게 '천하의 영웅들이 짐의 권역으로 들어오는구나.'라고 말씀하시었다. 진사방의 첫머리 부분에 황색 종이 네 장을 세로로 붙이고 양털 붓에 엷은 먹을 묻혀 '예부공원'이라는 네 글자를 이어서 썼다. 혹자는 문황[41]께서 반드시 비백[42] 서체로 그것을 쓰셨다고 하였다. 또한 명부(冥府)에서 정한 것을 이승에서 받아 쓴 형상과 같다고도 하였다."(說苑, 黃香博覽傳記, 京師號曰, 日下無雙, 江夏黃童. 廣記, 貞觀初, 放榜日, 太宗私幸端門[43], 見進士於榜下綴行而出, 喜謂侍臣曰, 天下英雄, 入吾彀中[44]矣. 進士榜頭竪粘黃紙四張, 以氈筆淡墨衮轉書曰, 禮部貢院[45]四字. 或曰, 文皇須以飛帛書之. 又云, 象陰注陽受之狀)

無雙日下(무쌍일하) : 해 아래 둘도 없을 만큼 독보적으로 뛰어난 존재를 칭송하여 표현한 말. '일하(日下)'는 경도(京都), 즉 나라의 수도를 의미하기도 한다.

黃金榜(황금방) : 당대에 진사 합격자 명단을 써서 붙이던 방. 명단의 앞부분에 황금색 종이를 붙여 장식하였다.

4 [원주] ≪진서≫에 "극선이 '현량과에 천거되어 천하의 첫 번째가 되었지만, 계수나무 숲의 나뭇가지 하나요 곤산의 옥 조각[46]에 불과합니다.'라고 말하였다."라고 하였다. ≪진서≫에 "배숙은 정신이 고매하고 용모가 준수하였으며 여러 책에 두루 통달하였고 의론과 이치에 특히 뛰어나 당시 사람들이 '옥인'이라고 불렀다."라고 하였다.(晉書, 郤詵曰, 擧賢良對策, 爲天下第一, 猶桂林之一枝, 昆山之片玉. 晉書, 裴叔則風神高邁, 容儀俊美, 博涉群書, 特精義理, 時爲玉人)

第一花(제일화) : 과거시험에서 장원급제한 이에게 내려지는 어사화(御賜花).

5 [원주] 한유(韓愈)의 시에 "먼지 가득한 번화한 거리에 봄날이 들고"[47]라 하였다.(韓公詩, 塵埃紫陌春)

紫陌(자맥) : 수도에서 교외로 뻗어가는 화려한 거리.

6 [원주] 송옥의 〈풍부〉에 "바람이 푸른 네가래풀 끝에서 일어난다."라 하였다.(宋玉, 風賦, 風起靑蘋之末)

歸橈(귀요) : 고향으로 돌아가는 배의 노. 요(橈)는 배를 젓는 노이다.

靑蘋(청빈) : 푸른 네가래풀. 즉, 그것이 우거진 물풀 덤불. 네가래풀은 진흙 속에 수염뿌리를 내리고 자라는 다년생 수초이다.

7 [원주] ≪통전≫에 "강남 서도 원주의 부속 현으로 평향이 있다."라 하였다.(通典, 江南西道袁州領縣有萍鄕)

41) 문황(文皇) : 당 태종(太宗) 이세민(李世民)의 별칭.

42) 비백(飛帛) : 특수 서법의 하나. 동한 영제(靈帝) 때 홍도문(鴻都門)을 장식하게 되었는데, 어떤 장인이 흰 가루를 묻힌 빗자루로 글씨를 쓰는 것을 보고 채옹(蔡邕)이 처음으로 창시하였다. 필세는 나는 듯하고 필적은 빗자루로 쓸고 난 자리처럼 보이며 한・위대에는 궁궐에서 제자(題字)할 때 광범위하게 사용되었다.

43) 端門(단문) : 궁궐 남쪽의 문. 궁궐의 정문.

44) 入吾彀中(입오구중) : 활을 쏘면 맞힐 수 있는 사정거리로 들어오다. 즉, 자신이 영향을 행사할 수 있는 권역 내로 들어오다.

45) 禮部貢院(예부공원) : 원주에는 '禮部員院(예부원원)'이라고 되어 있는데, ≪태평광기≫에 의거하여 바로잡았다.

46) '계수나무 숲의 나뭇가지 하나와 곤산의 옥 조각(桂林之一枝, 昆山之片玉)'은 출세한 이가 자신을 겸손하게 칭하는 말이다. 진(晉)의 극선(郤詵)이 현량과(賢良科)에 최우등으로 천거되자, 이는 곧 천자가 계수나무 숲에서 나뭇가지 하나를 얻은 것이요 곤산에서 옥조각 하나를 얻은 것에 불과하다고 말한 데서 유래되었다.

47) 이 시의 제목은 〈현재에서 감회가 일어(縣齋有懷)〉이다.

萍鄕守(평향수) : 평향 지역을 다스리는 군수. 평향은 오늘날 강서성 평향시로, 현재의 의춘시와 바로 인접해 있다. 당대(唐代)의 평향현은 원주부(袁州府)에 속하였다.

8 [원주] ≪논형≫에 "육친이 살아계실 때는 고당에 사시도록 한다."라 하였다. ≪열녀전≫에 "맹가의 어머니는 맹가가 타지에서 공부를 하다 돌아왔을 때 마침 베를 짜고 있었다. 학문이 어디까지 다다랐는지 묻자 맹가는 '가르침을 다 전해 받지는 못하였습니다.'라고 말하였다. 어머니는 칼로 베틀의 베를 끊으며 말하였다. '네가 공부를 그만두는 것은 내가 베를 끊는 것과 같다.' 후에 맹가는 쉬지 않고 공부에 매진하여 결국 천하에 크게 이름을 떨쳤다."라 하였다.(論衡, 親之生也, 生[48]於高堂之上. 烈女傳, 孟軻母者, 因孟子遊學而歸, 母方織, 問學所至, 孟子曰, 未能傳習. 母以刀斷其機織, 曰, 子之廢學, 若我斷織. 後學不息, 遂成天下大名)

斷織親(단직친) : 베를 끊은 부모. 즉, 공부를 그만두는 것은 곧 짜던 베를 끊는 것과 같다고 비유하며 자식이 학업을 지속하도록 독려한 부모. 여기서는 노조의 부모를 가리킨다.

【해설】

과거시험에서 장원급제하고 고향으로 돌아가는 노조를 전송하며 지은 시이다. 제1~2구는 문답식 구성을 통해 시의 초점을 곧바로 노조에 집중시키면서 그가 젊은 나이에 온 장안에 드높은 명성을 떨치게 되었음을 말하였다. 제3~4구는 노조가 그러한 명성을 떨치게 된 이유가 그가 과거시험에 장원급제했기 때문이며, 실제로 그는 옥에 비유될 만큼 빼어난 젊은이라고 다시 한 번 높여주었다. 제5~6구는 노조가 급제 후 고향으로 가는 여정을 육로와 수로로 나누어 서술하였다. 제7~8구는 노조가 고향에 도착한 후 부모님께 자랑스러운 급제 소식을 전하고 고을의 태수로부터 축하받는 장면을 상상하여 묘사하였다.

48) 生(생) : 원주에는 '坐(좌)'라고 되어 있는데, ≪열녀전≫에 의거하여 바로잡았다.

088

秋居病中

가을날 와병 중에

幽居悄悄何人到,1	한적한 거처에서 시름겹게 지내노라니 어떤 이가 찾아오랴
落日涼風滿樹梢.2	석양빛과 찬 바람이 나뭇가지 끝에 가득하다.
新句有時愁裏得,3	새로운 싯귀는 때가 있나니 시름 속에서 빚어지고
古方無效病中拋.4	옛 처방은 효능이 없어 투병 중에 그만 둔다.
荒園晩蝶縈蛛網,5	쇠락한 뜰의 저녁 나비는 거미줄에 얽혀들고
空屋秋螢入燕巢.6	빈 집의 가을 반딧불이는 제비둥지로 들어간다.
誰念壯年名未立,7	한창 나이에 아직 입신양명 못한 이에게 누가 마음 써주리
臥看紅葉掩衡茅.8	붉은 낙엽이 누추한 초가 덮는 모습을 누워서 바라본다.

【주석】

1 [원주] ≪시경≫49)에 "근심 가득한 마음이 참으로 시름겨워"라는 구절이 있다.(詩, 憂心悄悄)
悄悄(초초) : 근심하는 모양. 또는 조용한 모양. 여기서는 원주에 의거하여 시름겹게 근심하는 모양으로 풀이하였다.

2 涼風(양풍) : 찬바람. ≪전당시≫에는 '청량(淸涼)'으로 되어 있으며, 이 때 이 구절은 '석양빛이 맑고 차갑게 나뭇가지 끝에 가득하다.'라는 뜻이 된다.

3 有時(유시) : 제 때가 있어. 또는 이따금. ≪전당시≫에는 '유시(有詩)'로 되어 있으며, 이 때 이 구절은 '새로운 구절의 시가 있나니 시름 속에서 빚어진 것이요'라는 뜻이다.

4 病中拋(병중포) : 투병 중에 포기한다. 즉, 치료를 그만 둔다. ≪전당시≫에는 '병래포(病來拋)'로 되어 있으며, '병 든 이래 포기한다'라는 뜻이다.

5 [원주] ≪논형≫에 "거미는 실가닥을 엮어 날아다니는 곤충을 얽어맨다."라 하였다.(論衡, 蜘蛛結絲以網飛蟲)

49) 여기서는 〈패풍(邶風)·백주(柏舟)〉 시를 말한다.

荒園(황원) : 쇠락한 뜰. ≪전당시≫에는 '황첨(荒簷)'으로 되어 있으며, '쇠락한 처마'라는 뜻이다.
晩蝶(만접) : 저녁 무렵의 나비. ≪전당시≫에는 '수접(數蝶)'으로 되어 있으며, '몇 마리 나비'라는 뜻이다.
縈蛛網(영주망) : 거미줄에 칭칭 휘감겨 얽히다. ≪전당시≫에는 '현주망(懸蛛網)'으로 되어 있으며, '거미줄에 매달렸고'라는 뜻이다.

6 秋螢(추형) : 가을의 반딧불이. ≪전당시≫에는 '고형(孤螢)'으로 되어 있으며, '쓸쓸한 반딧불이'라는 뜻이다.

7 [원주] 일설에는 '남쪽 창에 가을빛이 저물어가는 것을 몰랐는데'라고도 한다.(一作, 不覺南窗秋色晩)
誰念(수념) 구 : ≪전당시≫에는 "독와남창추색만(獨臥南窗秋色晩)"으로 되어 있으며, "가을 빛 저물어가는 남쪽 창에 홀로 누워"라는 뜻이다.
壯年(장년) : 한창 기운이 왕성하고 활동이 활발한 30~40세 안팎의 나이. 또는 그 나이대의 사람.

8 [원주] 도잠의 시[50] "초가집 아래에서 참된 삶을 꾸려가며, 선함으로 스스로 이름나기를 바라노라."의 주에 "'형모'는 초가집이다."라고 하였다.(陶潛詩, 養眞衡茅下, 庶以善自名, 注, 衡茅, 茅屋)
臥看紅葉(와간홍엽) : ≪전당시≫에는 '일정홍엽(一庭紅葉)'으로 되어 있으며, '뜰 가득 홍엽이 물들어'라는 뜻이다.

【해설】

시인이 와병 중에 가을의 감회를 쓴 시이다. 제1~2구는 찾아오는 이 없는 외딴 곳의 쓸쓸한 거처에서 맞이하는 가을의 쌀쌀한 저녁 풍경에 대해 묘사하여, 외로움과 서글픔을 자아내는 공간적・시간적 배경을 제시하였다. 제3~4구는 깊은 수심 탓에 새로 지은 시구는 자꾸만 쌓여가지만 정작 자신에게 절실한 치료 처방은 효과가 없어 투병을 포기하고 만다고 토로함으로써, 병으로 인한 절망감을 한층 깊게 표현하였다. 제5~6구는 거미줄에 얽혀든 나비나 제비둥지로 들어간 반딧불이 등 곧 생명이 끊어질 미약한 곤충을 묘사하였는데, 이는 곧 시인의 투영체로서, 자신의 여명이 얼마 남지 않았음을 예감한 구절이다. 제7~8구는 입신양명을 이루지 못한 이는 결국 곁에 아무도 없이 쓸쓸한 최후를 맞이할 수밖에 없음을 자인하는 한편, 초가집이 붉은 낙엽에 뒤덮이는 풍경을 누워서 바라본다고 하여 그러한 서글픈 소멸의 섭리를 담담히 관조함을 나타냈다. 자신이 병들어 누워 있는 초가집 위에 켜켜이 쌓여가는 낙엽, 어쩌면 그것은 스스로 준비하는 자신의 장의(葬儀)의 서막인 것일까.

50) 이 시의 제목은 〈7월 밤에 강릉으로 가던 중에 짓다(七月夜行江陵途中作)〉이다. 원주에서 인용한 부분은 이 시의 마지막 구절이다.

089

以馬鞭贈送鄆州裴巡官1

말채찍을 드리며 운주의 배순관을 배웅하다

採鞭曾上蜀山遙,2	채찍을 골라들고 일찍이 촉산 멀리 올라가서는
斸斷雲根下石橋.3	구름 뿌리 가르고 돌다리를 내려왔지요.
節畔乍疑珠作顆,4	마디 언저리는 언뜻 진주로 알알이 꾸민 듯싶은데
手中猶訝鐵爲條.5	손 안에 드는 부분은 도리어 무쇠를 뼈대로 삼았나 의아합니다.
執持每願依尼父,6	지니고 있으면서 공자님을 따르기를 매양 바랐었는데
贈別那同自繞朝.7	작별하며 바치나니 요조에서 비롯된 경우와 어찌 같겠습니까.
只得鳴鞘向駑馬,8	그저 노둔한 말을 향해 채찍 끝이나 울릴 뿐
不須驚動紫騮驕.9	자줏빛 준마를 놀래 요동치게 할 필요는 없겠지요.

【주석】

1 이 시는 ≪전당시≫에 수록되어 있지 않다.
[원주] ≪십도지≫에 "하남도에 운주가 있다"라 하였다.(十道志, 河南道有鄆州)
鄆州(운주) : 오늘날 산동성(山東省) 운성현(鄆城縣)에 해당하는 지역으로, 하남성(河南省)과 인접해 있다.
裴巡官(배순관) : 구체적으로 누구인지 확인할 수 없다. '순관'은 관직명이다.

2 採鞭(채편) : 채찍을 골라 손에 들다. 혹은, 과거에 '채(採)'는 '채(采)'와 혼용되었고 이 '채(采)'는 다시 '채(彩)'와 혼용되었다는 점에서 미루어 볼 때, 이는 곧 '채편(彩鞭)' 즉 '화려한 채색 장식을 입힌 채찍'의 의미로 쓰였을 가능성도 있다.
촉산(蜀山) : 사천성(四川省) 아미산(峨嵋山) 부근 일대의 산맥에 대한 총칭.

3 [원주] 두목의 시[51]에 "촉 지역의 말채찍을 바치고"라 하였다. ≪동파후집≫의 주에 "조씨가 이르기를 '산의 구름은 바위에 닿아 피어나므로, 따라서 바위를 일컬어 구름 뿌리라 할 만하다.'라고 하였다"라

51) 이 시의 제목은 〈동쪽으로 길 떠나는 기처사를 낙중에서 배웅하며(洛中送冀處士東游)〉이다.

하였다.(杜牧詩, 贈以蜀馬箠. 東坡後集, 注, 趙云, 嶽之雲觸石而出, 故石可言雲根)

斸斷(촉단) : 베어 끊다, 자르다.

雲根(운근) : 구름이 생겨나는 뿌리에 해당하는 부분. 즉, 깊은 산 속 구름이 피어오르는 곳.

4 顆(과) : 알. 크고 둥근 알 모양의 장식.

5 手中(수중) : 손 안에 드는 부분.

訝(아) : 의심하다, 놀라다. 의아하게 여기다.

6 [원주] 위의 "채찍 잡는 것도 합당하리."의 주석에 보인다.[52](見上合執鞭注)

依(의): 따르다. 의지하여 맡기다.

尼父(니보) : 공자(孔子)를 칭하는 표현으로, 공자의 자가 중니(仲尼)인 데서 유래되었다. '니보(尼甫)'라고도 한다. ≪논어≫의 〈술이(述而)〉 편에 "공자께서 말씀하셨다. '부가 만일 추구하여 이룰 수 있는 것이라면, 말채찍을 잡는 자라도 나는 할 것이다. 그러나 만일 추구하여 이룰 수 없는 것이라면, 내가 좋아하는 바를 따르겠다.(子曰, 富而可求也, 雖執鞭之士, 吾亦爲之, 如不可求, 從吾所好)'"라고 전한다. 여기서 '말채찍을 잡는 자(執鞭之士)'란 윗사람이 외출할 때 채찍을 들고 따라다니며 길을 터서 치우는 사람으로, 미천한 일을 하는 사람을 가리킨다. 공자는 부귀함이 만약 추구하여 이룰 수 있는 것이라면 채찍꾼 노릇이라도 기꺼이 하겠으나 실상 부귀함이란 인간의 힘에 달려 있는 것이 아니므로 그럴 바에는 차라리 자신이 원하는 일을 하겠다고 말한 것이었다. 옹도는 이 구에서 채찍과 관련한 공자의 고사를 활용하여 자신 역시 공자의 그러한 가치관을 따르고 있음을 말하였다.

7 [원주] ≪좌전≫에 "진나라의 백사[53]인 사회가 떠나려 하자 요조가 그에게 채찍을 주면서 말했다. '그대는 진나라에 인재가 없다고 말하지 마시오. 나의 책략이 쓰이지 않았을 뿐이오.'"라 하였다. 두예의 주에 "책(策)은 말채찍이다."라고 하였다. 헤어지면서 말채찍으로 알려준 것이었으니, 책략을 품고 있었다는 사실에 아울러 정을 펼쳐 보였다. 요조는 진나라 대부이다.(左傳, 秦伯使士會行, 繞朝贈之以策, 曰, 子無謂秦無人, 吾謀適不用也. 杜預注, 策, 馬撾. 臨別敎之以馬撾, 並亦所策以展情. 繞朝, 秦大夫)

那(나) : 어찌 ~겠는가. 반문을 나타낸다.

繞朝(요조) : 진(秦)의 대부. 춘추(春秋)시대 진(晋)나라의 사회(士會)가 진(秦)나라로 망명하여 벼슬을 하게 되자, 진(晋)나라에서는 그것을 꺼리어 다시 사회를 불러 기용하고자 하였다. 기원 전 614년, 요조는 진(秦)나라 조정이 사회를 돌려보내서는 안된다고 주장하였으나 결국 사회는 진(晋)나라로 돌아가게 되었다. 이에 요조는 사회에게 송별 선물로 채찍을 주면서 "그대는 진(秦)나라에 인재가 없다고 말하지 마시오. 나의 책략이 쓰이지 아니하였을 뿐이오."라고 말한 것이다.[54] '책(策)'은 말채찍이라는 의미와 더불어 책략·방책·계책 등의 의미도 가진다. 본디 이 역사 고사에서 요조가 사회에게 채찍을 송별 선물로 주었던 것은 사회를 떠나보내서는 안된다는 자신의 책략이 받아들여지지 않은 데 대한 불만의 뜻을 내포하고 있다. 그러나 옹도는 "요조에서 비롯된 경우와 어찌 같겠습니까."라는 반문을 하여, 자신이 채찍을 선물하는 의도는 요조와 같지 않다고 말하였다.

8 [원주] '초[shāo]'는 '소'와 '교'의 반절이다. 채찍의 끝부분이다.(鞘, 所交切. 鞭鞘)

52) 두목의 시 057. 〈예전에 유람했던 종릉을 회상하며(懷鍾陵舊遊)〉에 보인다.

53) 백사(伯使) : 관직명.

54) 후에 진(晋)나라는 요조에 대한 참언을 퍼뜨려, 진(秦) 강공(康公)은 요조를 주살하였다.

鞘(초) : 말채찍의 끝부분.

駑馬(노마) : 둔한 말. 미련한 말.

9 [원주] 고악부 중 양나라 원제의 〈자류마〉에 "장안의 잘 생긴 젊은이가 황금고삐 채운 비단털 연전마를 탔구나. 푸른 실 엮은 말안장이 아름답고 산호로 장식한 채찍이 반짝거리도다."라 하였다.(古樂府, [梁]元帝紫騮馬, 曰, 長安美少年, 金絡[55]綿連錢[56]. 宛轉[57]青絲鞍, 照曜珊瑚鞭)

騮(유) : 월따말. 갈기와 꼬리는 검고 몸통은 붉은 색인 말이다. 준마의 일종이다.

驕(교) : 말이 용맹한 모양.

【해설】

시인이 배순관에게 말채찍을 작별 선물로 주면서 그를 전송한다는 내용의 시이다. 제1~2구는 배순관에게 선물하는 채찍의 옛 이력을 기술하였는데, 장대한 배경과 호쾌한 기세를 씀으로써 이 채찍이 예사로운 물건이 아님을 나타내었다. 제3~4구는 채찍의 화려한 외형과 튼튼한 구조를 묘사하였다. 제5~6구는 채찍과 관련된 옛 이야기 중 공자의 고사와 요조의 고사를 썼다. 제7~8구는 이 채찍은 배순관 소유의 말 중 노둔한 말에나 쓸 법할 뿐 준마에는 어울리지 않는다고 하여, 자신의 선물이 보잘 것 없다는 겸손한 어조로 시를 마무리하였다.

55) 絡(락) : 고삐.
56) 連錢(연전) : 연전마. 털에 돈 모양의 반점이 있는 말.
57) 宛轉(완전) : 아름답고 고운 모양.

090

永樂殷堯藩明府縣池嘉蓮詠1

영락현령 은요번의 영내 연못에 핀 가련을 읊다

青蘋白石匝蓮塘,2	푸른 네가래풀과 흰 돌이 에운 연꽃 연못
水上蓮開帶瑞光.3	그 물 위로 가련이 상서로운 빛을 띠고 피었구나.
露濕紅房雙朵重,4	이슬 젖은 붉은 꽃 두 송이가 묵직한지고
風搖綠蔕一莖長.5	바람에 흔들리는 초록 꽃꼭지 한 줄기가 길게 뻗어 있구나.
同心梔子徒誇艷,6	겹꽃치자는 그저 아리따움을 뽐낼 뿐이요
合穎禾苗豈解香.7	한 포기에 겹갈래 이삭 팬 벼는 어찌 향기로움을 알리오.
不獨豐祥先有應,8	넉넉한 상서로움이 먼저 조짐을 보인 데 그치지 않으리니
更堪宜縣對潘郞.9	또한 의현의 반랑을 마주할 수 있으리라.

【주석】

1 [원주] ≪십도지・하동도≫에 "포주58)에 영락현이 있다."라 하였다. "명부"는 위의 "번 명부" 주석에 보인다.59)(十道志, 河東道, 蒲州有永樂縣. 明府, 見上樊明府注)

殷堯藩(은요번, 780~855) : 당나라 시인으로, 절강(浙江) 가흥(嘉興) 사람이다. 원화(元和) 9년에 진사에 급제하여 영락현령(永樂縣令), 복주종사(福州從事) 등을 지냈고, 훗날 시어사(侍御史)에도 올랐다. 저서로 시집 1권이 있으며, ≪신당서(新唐書)・예문지(藝文志)≫에 기록이 전한다.

明府(명부) : 명부군(明府君)의 약칭으로, 현령(縣令)을 뜻한다.

嘉蓮(가련) : 하나의 꽃대에서 여러 송이가 피는 연꽃. 예로부터 상서로움의 상징으로 여겨졌다.

2 [원주] "푸른 네가래풀"은 위에 보인다.60)(青蘋, 見上)

匝(잡) : 에우다. 사방을 빙 두르다.

58) 포주(蒲州) : 오늘날 산서성(山西省) 영제시(永濟市) 일대로, 관작루(鸛雀樓)와 보구사(普救寺) 등이 유명하다.

59) 허혼의 시 080. 〈남쪽 이웃인 번명부가 오래도록 집으로 돌아오지 않기에 숲속 정자에 쓰다(鄰樊明府久不還家, 因題林亭)〉의 제목 주에 보인다.

60) 옹도의 시 087. 〈급제하여 원주로 돌아가는 노조를 전송하며(送盧肇及第歸袁州)〉에 보인다.

3 水上(수상) : 물 위에. ≪전당시≫에는 '수리(水裏)'로 되어 있으며, '물에서'라는 뜻이다.

4 [원주] 송의 기거주[61]에 "태시[62] 2년(466)에 가련 한 쌍이 피었다. 더불어 꽃을 피우고 나란히 연밥을 맺었는데, 같은 그루요 한 줄기였다."라고 하였다.(宋起居注, 泰始二年, 嘉蓮一雙, 駢花並實, 合樹同莖)

紅房(홍방) : 붉은 꽃. '방(房)'에는 꽃송이라는 의미가 있다. 여기에서 붉은 꽃은 곧 연꽃을 가리킨다. ≪전당시≫에는 '홍방(紅芳)'으로 되어 있으며, 뜻은 같다.

朶(타) : 꽃송이나 꽃가지 등을 세는 단위.

5 [원주] ≪송기≫에 "문제 원가[63] 원년에 연꽃이 건강 송담호에 피었는데 하나의 꽃줄기에 두 송이가 피었다."라 하였다.(宋紀, 文帝元嘉年, 蓮生建康頌擔湖, 一莖兩華)

風搖(풍요) : 바람에 흔들리다. ≪전당시≫에는 '풍표(風飄)'로 되어 있으며, '바람에 나부끼다'라는 뜻이다.

蔕(체) : 꽃꼭지. 꽃을 받치고 있는 꽃받침 및 그것과 연결된 작은 가지.

一莖長(일경장) : 식물 줄기 하나가 길게 뻗다. '경(莖)'은 꽃대를 뜻하거나, 식물의 기둥이나 줄기 등을 세는 단위이다. ≪전당시≫에는 '일지장(一枝長)'으로 되어 있으며, '한 줄기 가지가 길게 뻗었다'라는 뜻이다.

6 [원주] 두보의 시 〈강가에서 읊은 다섯 영물시〉 중 '치자'의 주에 "≪한서≫의 〈치천원〉 주에 '치는 지자이다.'라고 하였다."라 하였다. ≪본초≫에 "지자는 일명 목단[64]이다."라 하였다.(詩史, 江頭五詠, 梔子, 注, 漢書, 梔茜園, 注, 梔, 支子也. 本草, 支子, 一名木丹)

同心梔子(동심치자) : 겹꽃치자. 일반 치자의 꽃은 홑겹 꽃잎이 겹치지 않는 형태인 데 비해, 겹꽃치자 품종의 꽃은 한결 화려하고 향기도 진하다. 그러나 겹꽃치자는 열매가 없어, 일반 치자의 열매가 한약 재료 또는 노란 빛깔의 염료로 쓰이는 것과 대조된다.

7 [원주] ≪서경≫에 "당숙이 벼를 얻었는데 다른 포기에서 난 벼가 합쳐져 겹으로 이삭이 패였다."라 하였다.(書, 唐叔[65]得禾, 異畝同穎[66])

合穎禾苗(합영화묘): 벼 한 포기에서 이삭이 두 갈래로 자라난 것으로, 예로부터 상서로움의 상징으로 여겨졌다. ≪전당시≫에는 '합수가화(合穗嘉禾)'로 되어 있으며, '두 갈래 벼이삭이 한 포기로 합쳐진 벼'라는 뜻이다.

8 應(응) : 조짐. 어떤 일이 일어날 기미.

9 [원주] ≪구역도≫ "고주[67]에 신의현이 있다."의 주에 "옛날에 도사 반무가 여기에서 연단하였다."라 하였고, 또 "도사 반무가 여기에서 신선이 되었다."라 하였다.(九域圖, 高州有信宜縣, 注, 昔有方士潘茂于此煉丹, 又云, 道士潘茂于此昇仙)

61) 기거주(起居注) : 왕의 언행을 적은 궁정 내부의 기록물.

62) 태시(泰始) : 남조송(南朝宋) 태종(太宗) 명황제(明皇帝) 유욱(劉彧)의 연호. 465~471.

63) 원가(元嘉) : 남조송(南朝宋) 문제(文帝) 유의륭(劉義隆)의 연호. 424~453.

64) 목단(木丹)은 목단(牡丹, 일명 모란)과는 다른 꽃이다.

65) 唐叔(당숙) : 원주에는 '康叔(강숙)'이라고 되어 있는데, ≪서경≫에 의거하여 바로잡았다. 당숙은 당숙우(唐叔虞)라고도 하며, 주나라 무왕(武王)의 아들이자, 성왕(成王)의 동생이다.

66) 이 구절은 현재 ≪서경≫에 전하지 않는다. '무(畝)'는 곧 '모(母)'로서, 식물 포기의 모체가 되는 뿌리 부분을 말한다. 주대에 당숙이 얻은 이러한 '다른 포기에서 나와 겹으로 이삭이 패인 벼'는 천하가 화합하는 길상으로 여겨졌다.

67) 고주(高州) : 오늘날 광동성(廣東省) 서남부에 위치한 지역이다. 당대(唐代)에는 반주(潘州)라고 칭해지기도 하였다.

更堪宜縣對潘郎(갱감의현대반랑) : 또한 의현의 반랑을 마주할 수 있다. 의현(宜縣)은 곧 광동성의 신의현(信宜縣)이다. 반랑은 신의현의 도사 반무(潘茂)이다. ≪전당시≫에는 '갱의화현대반랑(更宜花縣對潘郎)'으로 되어 있으며, '또한 의당 화현의 반랑을 마주할 수 있으리라'라는 뜻이다. 화현(花縣)은 옛 하양현(河陽縣)으로, 오늘날 하남성(河南省) 맹주시(孟州市) 맹현(孟縣) 서쪽에 해당한다. 진대(晉代)의 반악(潘岳)이 하양현령을 지낼 때 현에 복사꽃을 가득 심자, 사람들은 "하양현이 온통 꽃이로다(河陽一縣花)"라고 하였다. 이후 화현은 현령의 어진 정치 덕분에 잘 다스려지는 현에 대한 미칭으로 쓰였다.

【해설】

가련(嘉蓮), 즉 하나의 꽃대에서 여러 송이의 연꽃이 피어난 것을 보고 지은 시이다. 제1~2구는 가련이 핀 연못의 모습을 묘사하고 가련에 서려 있는 상서로움에 대해서 언급하였다. 제3~4구는 큼직한 연꽃 두 송이와 그 아래에 길게 뻗어 있는 한 줄기의 꽃꼭지를 자세히 묘사하였다. 제5~6구는 가련과 같이 희귀한 형태의 식물의 예로서 겹치자꽃이나 겹갈래로 이삭 팬 벼가 있으나, 상서로움과 향기로움에 있어서 이것들은 가련을 따라갈 수 없다고 하여 가련의 빼어남을 간접적으로 말하였다. 제7~8구는 영지에 희귀한 가련이 피었으니 이는 곧 은요변 현령에게 좋은 일이 있을 징조라고 축원하였다.

10 장호 張祜

장처사시(張處士詩)

[원주] 왕안석의 ≪당백가시선≫에 "이름은 호, 자는 승길인데 처사로서 소주에 살았다."라고 하였다. ≪당송명현시화(唐宋名賢詩話)≫에는 "장호는 장경(821~824) 연간 영호초(令狐楚, 766?~837)의 인정을 받았는데 영공이 천평절도사(天平節度使)일 때 직접 추천의 표문을 써서 그를 천거하고 근체시와 고시 300편을 올리게 하였다. 장호는 서울에 이르러 원진의 막부에 들어간 뒤 거들먹거리며 조정에 들어갔다. 목종(穆宗)이 이로 인해 (원진을) 불러 장호의 시문 수준을 물었는데, 원진이 '장호의 시문은 벌레 조각하는 하찮은 기교로서 장부가 할 바가 못 됩니다. 혹시 칭찬하는 것이 너무 지나치면 폐하의 풍교를 변하게 할까 두렵습니다.'라고 답하자 황제가 고개를 끄덕였다. 이로 인해 그는 쓸쓸하게 물러나게 되었다. 장호가 시를 써서* '하지장 같은 영공의 칭찬은 헛되이 말한 것이 되었고, 나는 맹호연 같은 신세**가 될 게 더욱 의심할 바 없습니다.'라고 스스로 슬퍼하였다."라 하였다.(王公百家詩選***, 名祜, 字承吉, 以處士居蘇州. 唐宋詩話****, 張祜, 長慶中, 深爲令狐文公所知, 公鎭天*****平日, 自草表薦, 令******以新舊格律詩三百篇進獻. 祜至京, 屬元稹, 偃仰內廷. 上因召問祜之詞藻上下, 稹答曰, 張祜, 雕蟲小巧, 壯夫有所不爲, 或奬激太過, 恐變陛下風教. 上頷之, 由是寂寞而歸. 祜以詩自悼曰, 賀知章口*******徒勞說, 孟浩然身更不疑.)

장호(張祜, 792?~853?)

장호의 자는 승길(承吉)이며 청하(淸河, 지금의 河北省) 사람이다. 집안이 대대로 뛰어나서 사람들은 장공자(張公子)라고 불렀다. 처음에는 고소(姑蘇, 지금의 강소성(江蘇省) 소주(蘇州))에 머물다가 장안으로 들어가서 영호초의 추천을 받았지만 원진의 배척을 받아 회남(淮南, 지금의 안휘성(安徽省))으로 물러났다. 단양(丹陽, 지금의 강소성(江蘇省)) 곡아(曲阿) 지역의 산수를 좋아하여 이곳에서 은거하며 생을 마쳤다. 그는 성격이 호방하고 격식에 얽매이지 않아서 평생 관직에 나아가지 않았다. 그는 일찍이 〈궁사 2수(宮詞二首)〉를 지어 문명을 떨쳤는데 제1수의 "고향 땅 삼 천 리 구중궁궐 이십년. 〈하만자〉 한 가락에 두 줄기 눈물 임금 앞에서 흘리네.(故國三千里, 深宮二十年. 一聲何滿子, 雙淚落君前)" 구절은 당시 크게 유행하였다. ≪전당시≫에 그의 시 349수가 실려 있고 ≪장승길문집(張承吉文集)≫에 469수의 시가 수록되어 있다. 특히 오언율시와 절구를 잘 지었다.

(김수희)

* 이 시의 제목은 〈가슴에 품은 뜻을 기탁하여 유 소주낭중에게 부치다(寓懷寄蘇州劉郎中)〉이다.
** 맹호연은 14세의 나이로 장안에서 지냈는데 당 현종(玄宗)이 그를 불러 시를 외우게 하였다. '현명하지 못한 군주는 버리리라(不才明主棄)'의 시구에 이르자 현종이 "그대 스스로 벼슬을 구하지 않은 것이지 짐은 그대를 버린 적이 없다. 어찌 나를 무함하는가?"라고 하였다. 이로 인해 추방되어 다시 벼슬하지 못하고 녹문산(鹿門山)에 은거하며 시를 지었다. 여기서는 장호 자신도 맹호연처럼 임금에게 추방당하여 다시는 벼슬길에 오르지 못할 것이라는 말이다.
*** 百家詩選(백가시선) : 원래 서명은 ≪당백가시선(唐百家詩選)≫이다. 이 책은 당대(唐代) 유명한 시인 이외에 군소 시인들의 작품을 선록하고 있다.
**** 唐宋詩話(당송시화) : ≪당송명현시화(唐宋名賢詩話)≫20권. ≪명현시화(名賢詩話)≫라고도 한다. 누가 편찬했는지 알려져 있지 않지만 북송(北宋) 시기 편찬된 것으로 비교적 이른 시기의 시화라고 할 수 있다.
***** 天(천) : 원주에는 '大(대)'로 되어 있는데 ≪당척언(唐摭言)≫에 의거하여 바로잡았다.
****** 令(령) : 원주에는 '今(금)'으로 되어 있는데 ≪당척언(唐摭言)≫에 의거하여 바로잡았다.
******* 賀知章口(하지장구) : 하지장의 입. 하지장이 이백(李白)의 시문(詩文)을 높이 평가하여 '적선인(謫仙人)'이라고 칭찬한 것으로, 남을 알아주는 것을 가리킨다.

091

賦得福州白竹扇子[1] 探得輕字

복주의 흰 대나무 부채를 읊게 되어
– '경'자운을 취하다

金泥小扇謾多情,2	금가루 뿌린 작은 부채 공연히 다정해도
未勝江南巧織成.3	강남의 정교한 비단 부채만은 못하다네.
藤縷雪光纏柄滑,4	등나무 줄기의 흰 눈빛이 자루를 매끈히 감싸고
篾鋪銀薄露花輕.5	대나무 부채 살의 은박에 꽃문양 살짝 비치네.
清風坐向羅衫起,6	맑은 바람 비단 웃옷에 일어나고
明月看從玉手生.7	밝은 달은 섬섬옥수 따라 생겨나네.
猶賴早時君不棄,8	아직 이른 탓에 임에게 버림받지 않았지만
每憐初作合歡名.9	애초에 붙인 '합환'의 이름은 매번 가엾다네.

【주석】

1 白竹(백죽) : 운남(雲南) 동북부에서 나는 대나무의 한 종류로 대나무 원통과 댓잎의 표피에 흰 가루가 살짝 덮여있다. 학명은 Fargesia semicoriacea Yi.

2 謾(만) : 헛되이. 공연히. '도(徒)', '공(空)'과 같다.

3 江南(강남) : ≪전당시≫에는 '남공(南工)'으로 되어 있다. 이 경우 '남방 공인의 정교한 비단 부채'로 해석되는데 제목의 복주(福州, 복건성(福建省))와 부합한다.
織成(직성) : 고대의 귀한 비단. 오색실과 금실로 꽃문양을 짠 비단. 한대(漢代) 이래 왕공, 귀족들이 사용하였다. 일설에는 서역(西域)에서 온 것이라고 한다.

4 藤縷(등루) : 실처럼 가는 등나무 줄기. 부채 자루를 감는데 사용된 것으로 추정된다.

5 [원주] ('멸(篾)'의) 음은 '멸'로 대나무 껍질이다.(音滅, 竹皮也)

6 坐起(좌기) : 몸을 일으켜 앉다. 바람이 일어나 옷에 부는 것을 가리킨다.

7 明月(명월) : 밝은 달. 부채의 둥근 모양을 가리킨다.

8 猶賴(유뢰) : 아직은 ~에 힘입다. ~덕분이다.
君不棄(군불기) : 임에게 버림받지 않다. 한대(漢代) 반첩여(班婕妤)의 〈원가행(怨歌行)〉에서 임에게 버림받은 여인을 가을에 쓸모없어진 부채에 비유하였는데, 이로 인해 부채는 버림받은 여인을 비유하게 되었다.

9 [원주] 위의 "둥근 부채 가을되자 벌써 바람이 싫어지네."의 주석에 보인다.[1)](見上團扇秋來已厭風注)
合歡名(합환명) : 합환선(合歡扇)이라는 이름. 합환선은 둥근 부채로, 부채 위에 대칭되는 꽃문양을 그려서 남녀의 합일을 상징하였다. 이 구는 임에게 버림받지 않았어도 그 사랑이 예전 같지 않음을 의미한다.

【해설】

이 시는 복주에서 나는 흰 대나무 부채를 읊은 작품이다. 시의 전반부는 부채의 모습을 묘사하였고 후반부는 그 부채를 든 여인의 처지를 노래하였다. 제1~2구는 백죽선이 금분을 뿌린 부채보다 귀한 물건임을 비교를 통해 단적으로 드러내었다. 제3~4구는 부채 자루와 부채 살을 묘사하였다. 부채 자루에는 등나무 줄기가 감겨 있어 반질반질 윤이 나며, 부채 살의 은박 위로 꽃문양이 살짝 비침을 묘사하였다. 특히 윤기와 은박을 '설(雪)', '은(銀)'으로 표현하여 시원하고 차가운 느낌을 강조하였다. 이 두 구는 부채의 공예사를 논할 때 자주 인용되는 유명한 구절이다. 제5~6구는 부채가 바람을 일으키고 부채의 둥근 모양이 달을 보는듯한 착각을 불러일으킴을 쉬운 구어체로 표현하였다. 부채로 부치니 맑은 바람이 일어나고 둥근 부채를 흔드니 환한 달이 곁에 가까이 있는 듯한 착각이 드는 것이다. 제7~8구는 버림받은 여인이라는 전통적인 부채 이미지를 비틀어 아직 버림받진 않았어도 '합환선(合歡扇)'의 명칭에는 부합하지 못하는 부채의 처지를 안타까워하였다. 이는 부채의 운명이자 그 부채를 든 여인의 운명으로서, 이 시는 부채를 읊는 데서 한 걸음 더 나아가 부채를 든 여인을 읊고 있는 것이다. 전체적으로 부채의 실체(實體)로부터 시작하여 그 은유적 의미로 마무리하는, 영물시의 전형적인 창작방식을 따르고 있다.

1) 이원의 시 069. 〈친구가 버린 여인을 대신하여(代友人去姬)〉에 보인다.

092

將之越州先寄越中親故[1]

장차 월주로 가기에 앞서
월주의 친구에게 부침

三年此路却回頭,	3년 만에 이 길에서 돌이켜 고개 돌려보니
認得湖山是舊遊.[2]	호수와 산이 예전에 노닐던 곳임이 기억나네.
百里鏡中明月夜,[3]	백리 드넓은 거울 호수에 밝은 달 떠있던 밤
千里屛外碧雲秋.[4]	천리 둘러친 병풍 산 너머 푸른 구름 떠가던 가을.
竹林雨過誰家宅,	누군가의 집에서 대숲에 비 지나가고
楊葉風生何處樓.	어딘가의 누대에서 버들잎에 바람 일겠지만
先問故人籬落下,[5]	먼저 친구에게 묻노니 집 울타리 아래
肯容藤蔓繫扁舟.[6]	등나무 넝쿨로 내 배를 매어 둘 수 있냐고.

【주석】

1 [원주] ≪십도지・강남도≫에 "월주가 있다."라고 하였다.(十道志, 江南道, 有越州)
이 시는 ≪전당시보일(全唐詩補逸)≫에 "장차 회계로 가기에 앞서 월주의 친구에게 부치다(將之會稽先寄越中知友)"라는 제목으로 실려 있다.
越州(월주) : 회계(會稽, 지금의 절강성(浙江省) 소흥(紹興)).

2 認得(인득) : 기억하다. 기득(記得).

3 [원주] ≪십도지≫에 "월주에 경호가 있다."라고 하였다.(十道志, 越州有鏡湖)
鏡中(경중) : 거울처럼 맑은 호수 가운데. 월주의 경호(鏡湖)를 가리킨다.

4 [원주] 〈유천태산부〉에 "벽처럼 서있는 푸른 산을 잡네."라고 하였다.(天台山賦[2], 搏[3]壁立之翠屛)
千里(천리) : 천리. ≪전당시보일≫에는 '만중(萬重)'으로 되어 있다. 이 경우 "수없이 겹쳐진"으로 풀이된다.

2) 天台山賦(천태산부) : 동진(東晉) 손작(孫綽)이 지은 작품으로 원제목은 〈유천태산부(遊天台山賦)〉이다. 작자가 장안령(章安令, 지금의 절강성)을 지낼 때 천태산(天台山)을 찾아 그 풍광을 감상한 뒤 이 작품을 지었다.
3) 搏(박) : 원문에는 '榑(부)'로 되어 있는데 ≪문선(文選)≫에 의거하여 바로잡았다.

屛外(병외) : 병풍처럼 둘러친 산 너머. 월주의 회계산(會稽山)을 가리킨다.
5 故人(고인) : 친구. 시 제목 상의 '월중친고(越中親故)'와 동일인물로 추정된다.
籬落(이락) : 대나무나 나뭇가지로 엮은 울타리.
6 肯容(긍용) : 용인할 수 있다. 허용할 수 있다.
繫扁舟(계편주) : 배를 매어두다. 친구 집에 머물겠다는 의미이다.

【해설】

이 시는 월주로 가기에 앞서 그곳에 사는 친구에게 집에 머물 수 있는지를 물어보는 내용의 작품이다. 앞 네 구는 지난 시절 월주에 간 기억을 더듬으며 그곳의 호수와 산이 아름다웠음을 묘사하였다. 뒤 네 구는 월주에서 겪을 일을 미리 상상하면서 먼저 친구네 집에서 묵을 수 있는지 묻고 있다. 제1~2구는 3년간의 여정 중에 월주에 갔던 적이 있음을 기억하였다. 제3~4구는 월주의 수려한 자연환경을 묘사한 부분으로 제2구의 '호산(湖山)'을 이어받고 있다. 즉 월주에는 거울 같은 수면 위로 달이 떠오르던 경호(鏡湖)가 있고 병풍처럼 둘러친 회계산(會稽山)이 있는 것이다. 제5~6구는 앞으로 월주에 가게 되면 겪을 일을 미리 상상하고 있다. 누군지 모르겠지만 어느 집의 대숲에서 비를 피하게 될 때도 있고, 어딘지 모르겠지만 누대 가의 버들가지가 바람에 한들거릴 때도 있을 것이다. 이처럼 알지 못하는 사람들과 모르는 곳에서 월주에 대한 소중한 추억을 만드는 것도 좋겠지만 그래도 친구와 함께 하면 더욱 좋지 않겠는가. 제7~8구는 월주의 친구 집에 머물 수 있는지 솔직하게 물어봄으로써 이러한 속마음을 표현하고 있다.

093

周員外席雙舞柘枝[1]

주원외의 연회에서 둘이서
〈자지무〉를 추기에

待月西樓卷翠羅,	달 맞는 서쪽 누대에서 푸른 비단 휘장 걷고서
玉盃瑤瑟近星河.	옥잔 들고 금슬을 타니 저 은하수가 가깝네.
簾前碧樹窮秋密,[2]	주렴 앞의 푸른 나무 깊은 가을에도 무성하고
窗外青山薄暮多.[3]	창밖의 푸른 산은 저물녘에도 많이 보이네.
鸜鵒未知狂客舞,[4]	방자한 길손이 추는 〈구욕무〉는 아직 모르지만
鷓鴣先讓美人歌.[5]	미인이 부르는 〈자고가〉는 먼저 양보 받았네.
使君莫惜通宵醉,[6]	사군께서는 밤새 취하는 일 애석해 마시라
刀筆初從馬伏波.[7]	도필리가 이제 막 마원 장군을 따르게 됐으니.

【주석】

1 [원주] 〈소주[4] 역 누대에서의 밤 연회(韶州驛樓夜宴)〉라고도 한다. ≪둔재한람≫[5]에 "자지는 후위 탁발씨의 극에서 비롯되었는데 후세 사람들이 그것을 천히 여기어 '탁(拓)'을 '자(柘)'로 바꾸고 '발(拔)'을 '지(枝)'로 바꾸었다."라 하였다.(一作韶州驛樓夜宴. 遯齋閑覽, 柘枝本後魏拓拔氏之戲, 後人鄙之, 易拓爲柘, 易拔爲枝)

雙舞柘枝(쌍무자지) : 여성 둘이 추는 〈자지무〉. 〈자지무〉는 본래 여성 독무(獨舞)로서 아름다운 민족의상과 비단 신을 착용한 채 북소리에 맞춰 등장하여 추는 춤이다. 빠르고 복잡한 춤사위로 인해 허리에 찬 금방울이 낭랑한 소리를 내며, 춤을 마칠 때는 허리를 심하게 낮추는 동작을 취한다. 이 춤이 중국에 광범위하게 전파된 뒤로 이 춤만 전문적으로 추는 자지기(柘枝伎)가 생겨났고

4) 소주(韶州) : 지금의 광동성(廣東省) 소관시(韶關市).

5) 둔재한람(遯齋閑覽) : 송대(宋代) 진정민(陳正敏)이 휘종(徽宗) 숭녕(崇寧, 1102~1106), 대관(大觀, 1107~1110) 연간에 편찬한 저서이다. 진정민은 자호가 둔옹(遯翁)으로 연평(延平, 복건성(福建省)) 사람이다. 이 책은 현재 ≪송사(宋史)·예문지(藝文志)≫ 자류소설(子類小說) 항목에 분류되어 있다. 일실된 지 오래되었지만 원(元) 도종의(陶宗儀)의 ≪설부(說郛)≫ 제32권에 40칙이 수록되어 있다.

여성 독무에서 2인무로 발전하였다. 또 두 명의 여자아이가 연꽃 속에 숨었다가 나중에 나와서 춤을 추는 〈굴자지(屈柘枝)〉도 생겼다.

2 窮秋(궁추) : 깊은 가을.

3 薄暮(박모) : 저물녘.

4 [원주] ≪진서・사상전≫에 "사상은 자가 인조이다. 사도 왕도가 불러 아전으로 삼았다. 부서에 도착하여 통보하여 알현하였다. 왕도가 '듣자하니 그대가 구욕무를 춘다 하여 온 좌중이 바라고 있는데 정녕 이러한 행동이 있었습니까.'라고 말하자, 사상이 '좋습니다.'라고 말하고는 바로 옷과 두건을 착용하고 좌중에게 손뼉치고 박자 맞추라 하였다. 사상이 그 가운데서 올려 보거나 내려 보면서 춤을 추는데 그 곁에 사람이 없는 듯이 보였다."라고 하였다.(晉書, 謝尙, 字仁祖, 司徒王導辟爲掾. 到府通謁, 導謂曰, 聞君作鸜鵒舞, 一座傾想, 寧有此理否. 尙曰, 嘉. 便著衣幘, 令坐者撫掌擊節. 尙俯仰有中, 旁若無人)

鸜鵒(구욕) : 구욕무(鸜鵒舞). 진대(晉代)의 춤으로 춤추는 이가 구관조(九官鳥)의 동작을 흉내 내었기 때문에 구욕무라 하였다. 이 구는 여성 둘이 추는 자지무가 남성 혼자 호기롭게 추는 구욕무만 못하다는 것을 의미한다.

5 [원주] ≪이한림집≫[6]에 "손님 가운데 〈자고〉를 부르는 자가 있었다."라 하였다. 자고는 아마도 악곡의 이름인 듯 하지만 고악부에는 없다.(李翰林集, 客有唱鷓鴣者. 鷓鴣, 蓋樂曲名也, 古樂府闕) 이 구는 여성 둘이 추는 〈자지무〉가 여성 혼자 부르는 노래보다 낫다는 것을 의미한다.

6 使君(사군) : 주군(州郡)의 장관(長官)을 높여 부르는 말. 여기서는 '주원외(周員外)'를 가리킨다.

7 [원주] ≪사기≫에 "소하[7]는 진나라 때 도필리이다."라 하였다. ≪후한서≫에 "마원은 자가 문연으로 복파장군이 되었다."라 하였다.(史記, 蕭何於秦時刀筆吏. 後漢書, 馬援, 字文淵, 爲伏波將軍)

刀筆(도필) : 도필리(刀筆吏). 송장(訟狀)이나 문건을 담당하는 하급관리. 여기서는 진(秦)나라의 도필리였던 소하(蕭何)처럼 현재 미관말직에 있는 작자자신을 가리킨다.

馬伏波(마복파) : 한대(漢代) 마원(馬援). 그는 늙어서도 서쪽과 남쪽 오랑캐를 정벌하는 공을 세웠다. 여기서는 남쪽 광동성(廣東省)까지 내려온 주원외랑을 가리킨다.

이 구는 소하가 도필리 같은 낮은 직책으로 유방(劉邦)을 보필하여 천하를 통일하는 데 일조했듯이, 자신도 마원 장군 같은 주원외랑을 따르며 함께 공을 세우고 싶은 포부를 말한 것이다.

【해설】

이 시는 주원외랑의 연회에서 여성 둘이 추는 〈자지무〉를 보고서 주원외랑을 따르며 공을 세우고 싶다는 포부를 노래한 작품이다. 시의 앞 네 구는 연회가 벌어진 누대의 시공간적 배경을 묘사하였고 뒤 네 구는 노래하고 춤추는 연회 장면과 더불어 주원외랑에게 하고 싶은 말을 서술하였다. 제1~2구는 밤의 누대에서 술을 마시고 음악을 연주하는 등 연회가 열리게 되었음을 말하였다. 제3~4구는

6) 이한림집(李翰林集) : 북송(北宋) 송민구(宋敏求)의 〈이태백문집후서(李太白文集後序)〉에 근거해보면 이 책은 이백 시가 776편을 수록하고 있다. 현재 이 책은 전하지 않는다. 현재 전하는 ≪이한림집(李翰林集)≫은 ≪이한림별집(李翰林別集)≫ 10권이다.

7) 소하(蕭何) : 처음에는 진나라 패현(沛縣)의 옥리(獄吏)를 하였으나 진나라 말기 유방(劉邦)의 기의(起義)를 보좌하였다. 함양(咸陽)이 함락된 뒤 그는 승상부와 어사부에 소장된 율령(律令), 도서(圖書) 등을 접수하여 전국의 산천요새와 군현(郡縣)의 호구를 장악함으로써 한나라의 승리에 중요한 역할을 담당하였다.

누대 주변의 멀고 가까운 풍경을 묘사하였다. 가을에도 나무가 무성하고 해 지는 저녁에도 날이 아직 환한 것은 이곳이 바로 남방(南方)이기에 볼 수 있는 풍경이다. 가을과 저녁이라는 시간적 이미지를 통해 남방이라는 공간적 특성을 드러내어 독특하면서도 뛰어나다. 제5~6구는 여성 둘이 추는 〈자지무〉가 남성 혼자 호기롭게 추는 〈구욕무〉보다는 못하지만, 여성 혼자 부르는 〈자고〉보다는 낫다는 생각을 서술하였다. 〈구욕무〉는 진(晉)나라 사상(謝尙)이 왕도(王導)의 임용을 받고 춘 춤으로, 이를 높이 평가하는 의식 속에는 자신도 그렇게 되기를 바라는 마음이 담겨있다. 제7~8구는 주원외랑에게 당부하는 말이다. 낮은 관직에 있는 자신을, 유방(劉邦)을 보필하여 천하를 통일하는 데 일조한 도필리 소하(蕭何)에 비유하고, 광동성(廣東省)에 오게 된 주원외랑을, 늙어서도 서쪽과 남쪽 오랑캐를 정벌한 마원 장군에 비유함으로써 주원외랑을 보필하여 함께 공을 세우고 싶은 심정을 피력하였다.

094

寄花嚴寺韋秀才院[1]

화엄사의 위수재 정원에 부침

三面樓臺百丈峰,[2]	누대의 삼면은 백 길 높이의 산봉우리
西巖高枕樹重重.	서쪽 바위 높이 누운 곳에 나무가 겹겹인데
晴攀翠竹題詩滑,[3]	갠 날에 푸른 대나무 잡고 시를 쓰면 매끈하고
秋摘黃花釀酒濃.[4]	가을에 노란 국화 따서 술을 빚으면 진하겠소.
山殿日斜喧鳥雀,	산속 누각에 해 지면서 새소리 시끄러워지고
石潭波動戱魚龍.	바위 연못에 물결 일면서 용이 꿈틀댈 텐데
今來城闕遙相憶,[5]	지금 옛 성에 와서 아득히 그곳을 생각하니
月照千山半夜鐘.[6]	달빛 비치는 첩첩산중에 한밤중 종이 울리겠소.

【주석】

1 이 시는 ≪전당시≫에 허혼(許渾)의 작품으로 되어 있으며, 〈화엄사의 위수재 정원을 제하여 부치다(寄題花嚴寺韋秀才院)〉라는 제목으로 실려 있다.
花嚴寺(화엄사) : 화엄사(華嚴寺). 소주(蘇州)에 있다.

2 三面樓臺(삼면누대) 구 : 누대의 삼면이 산으로 둘러싸인 것을 가리킨다.

3 [원주] 두보 시[8)]에 "더욱 시를 써서 푸른 대나무를 채우고자 하였고"라 하였다.(詩史, 更欲題詩滿靑竹)

4 [원주] ≪서경잡기≫에 "한나라 풍속에 (9월) 9일 국화주를 마신다. 그 방법은 국화에 기장쌀을 섞어 술을 빚은 후 방 안에 봉해두었다가 이듬해 중양절이 되면 개봉한다."라 하였다.(西京雜記, 漢俗, 九日飮菊酒. 其法以菊雜黍米釀酒, 封室中, 至來歲重陽日開)

5 城闕(성궐) : 옛 성. 고소성(蘇州城)을 가리킨다. ≪전당시≫에는 '고국(故國)'으로 되어 있으며 허혼(許渾)의 고향인 단도현(지금의 강소성(江蘇省) 단도현(丹徒縣))이나 오중(吳中, 강소성(江蘇省 소주시(蘇州市) 남부) 지역으로 보고 있다.

---

8) 이 시의 제목은 〈정현의 정자에 쓰다(題鄭縣亭子)〉이다.

6 半夜鐘(반야종) : 한밤중에 절에서 치는 종소리. 송대(宋代) 엽몽득(葉夢得)의 ≪석림시화(石林詩話)≫에 "지금 오중 지역의 산사에서는 실제로 한밤중에 종을 친다."라 하였다. 송대 범정민(范正敏)의 ≪둔재한람(遁齋閑覽)≫에 "전에 소주를 지나다 한 절에서 묵은 적이 있었다. 한밤중에 종소리를 듣고 스님에게 물었더니 모두 '한밤중의 종소리가 어찌 이상한가요?'라 하였다. 다른 절에 찾아가 들어보니 모두 그러해서 그제야 비로소 소주에서는 한밤중에 절의 종을 친다는 것을 알게 되었다."라 하였다.

【해설】

이 시는 화엄사 주변의 위 수재 정원을 읊음으로써 위 수재에 대한 우정을 간접적으로 노래한 작품이다. 제1~2구는 누대의 삼면이 산으로 둘러싸여 있고 서쪽 바위 높이 나무가 무성한 깊은 숲속에 자리 잡고 있음을 말하였다. 제3~4구는 그곳에서 위수재가 시도 쓰고 국화주도 마시며 한가롭게 지낼 것이라는 생각을 서술하였다. 제5~6구는 저녁이 되면 새와 용이 제 알아서 움직인다는 묘사를 통해 그곳이 불법(佛法)의 세계 안에 있는 곳임을 암시하였다. 제7~8구는 멀리 위 수재의 정원을 생각해보는 지금, 고요한 밤중에 절의 종소리가 울리겠다는 상상을 그려내었다. 위 수재의 정원을 객관적으로 읊고 있는 듯 하지만 그 속에는 위수재의 인품과 불심(佛心)이 담겨있다. 이 시의 마지막 구는 장계(張繼)의 〈풍교야박(楓橋夜泊)〉의 "고소성 밖의 한산사, 한밤중 종소리가 나그네 배에 이르네(姑蘇城外寒山寺, 夜半鐘聲到客船)"라는 명구처럼 당시 소주에서는 한밤중에 절의 종을 쳤다는 사실을 확인시켜준다.

095

晩自朝臺至韋隱居郊園[1]

저물녘에 조대로부터 위은사의
교외 원림에 이르러

秋來鳧雁下方塘,[2]	가을 되어 오리와 기러기 네모난 연못에 내려앉는데
繫馬朝臺步夕陽.[3]	말을 조대에 매어두고 석양 속을 거닌다.
村徑遶山松葉滑,[4]	산을 에도는 시골길에는 솔잎이 매끈하고
野門臨水稻花香.[5]	강에 가까운 교외에는 벼꽃이 향기롭다.
雲連海氣琴書潤,[6]	구름 깔린 바다 기운은 금과 책을 윤나게 하고
風帶潮聲枕席涼.[7]	바람결의 파도소리는 잠자리를 시원하게 하는구나.
西去磻溪猶萬里,[8]	서쪽으로 반계까지 여전히 만 리나 되지만
可能垂白待文王.[9]	백발 드리운 채 문왕 같은 이를 기대할 수 있으리.

【주석】

1 이 시는 ≪전당시≫에 허혼(許渾)의 작품으로 되어 있으며, 〈저물녘에 조대진으로부터 위 은사의 교외 원림에 이르러(晩自朝臺津至韋隱居郊園)〉라는 제목으로 실려 있다.
朝臺(조대) : 조한대(朝漢臺). 광동성(廣東省) 남해현(南海縣) 동북쪽에 있다. 스스로 남해왕이 된 위타가 한나라의 조서를 받들어 남해왕에 봉해진 곳이다.
韋隱居(위은거) : 위 은사. 누구인지 정확하게 알 수 없다.

2 [원주] 위의 '교경방당' 주석에 보인다.[9](見上皎鏡方塘注)

3 [원주] ≪십도지 · 영남도≫의 '광주' 주에 "남월 지역에 조대가 있는데 운양대라고도 한다. 위타[10]가

9) 온정균의 시 022. 〈진림정에서 예전 노닐던 것에 느낀 바를 쓰다(題懷眞林亭感舊遊)〉에 보인다.

10) 위타(尉佗, B.C.240?~B.C.137) : 진정(眞定, 하남성(河北省) 석가장(石家莊)) 사람이다. B.C.218년 진시황의 명을 받고 영남지역을 정벌하여 남월을 평정했는데 그 공으로 남해군(지금의 광동성(廣東省) 광주(廣州)) 용천(지금의 광동성(廣東省) 용천(龍川)) 현령에 임명되었다. 진나라가 망한 뒤에 광서 지역을 평정하여 스스로 남월왕(南越王)이 되었다. 한(漢) 고조(高祖) 11년(B.C.196) 그의 공적을 인정하여 남월왕(南越王)에 봉하고 대부 육가(陸賈)를 보내 귀의하라고 하였다. 이에 그는 한 고조의 조서를 받들고 한나라의 제후가 되었다.

이곳에 거했는데 여기에서 한나라 정삭(正朔)을 받들어 조회하였다."라 하였다.(十道志嶺南道, 廣州注, 南越之地有朝臺. 一名雲陽臺, 尉佗居此, 以之朝漢朔也)

4 滑(활) : 매끄럽다. 솔잎에 윤기가 나는 것을 가리킨다. ≪전당시≫에는 '암(暗)'으로 되어 있으며 '솔잎이 어둑하고'라는 뜻이다.

5 野門(야문) : 교외. 위 은사가 거하는 원림을 가리킨다.

6 琴書(금서) : 금과 서책. 진(晉) 도잠(陶潛) 〈귀거래사(歸去來辭)〉의 "금과 서책을 즐기면서 근심을 없애노라(樂琴書以消憂)"라는 말로부터 문인들의 고아한 생활을 비유하게 되었다. 여기서는 위 은사의 생활상을 가리킨다.

7 枕席(침석) : 잠자리. ≪전당시≫에는 '침점(枕簟)'으로 되어 있으며 '베개와 삿자리'라는 뜻이다.

8 磻溪(반계) : 안휘성(安徽省) 흡현(歙縣)에 있다. 강태공이 낚시하던 곳으로 유명하다.
萬里(만리) : 약 3, 920km. 조대가 있는 광동성 남해에서 안휘성 흡현의 반계까지 상당히 먼 거리임을 가리킨다.

9 [원주] ≪사기・강태공전≫에 "성은 강씨, 이름은 아, 자는 여망이다. 상나라 주왕의 폭정을 피해 반계에 이르러 낚시를 하였다. 주나라 문왕이 사냥을 나갔다가 그가 낚시를 드리운 모습을 보고 '저 사람은 현인이구나.'라고 말하고서 수레를 함께 타고 돌아갔다."라 하였다.(史記太公傳, 姓姜, 名牙, 字呂望. 避紂[11]難, 至磻溪釣魚. 文王出獵, 見太公垂釣, 謂其賢人, 同車而歸也)
가능(可能) : ~할 수 있다.

【해설】

이 시는 저물녘에 조대로부터 위 은사의 교외 원림에 이르는 과정을 순차적으로 서술한 후 그를 알아줄 사람이 반드시 있을 것이라고 노래한 작품이다. 제1~2구는 가을 저녁에 말을 조대에 매어두고 거기서부터 걷기 시작함을 말했는데 제목상의 '자조대(自朝臺)'에 해당한다. 제3~4구는 산길을 따라 위 은사의 원림이 있는 교외에 이르렀음을 말했는데 제목상의 '지위은거교원(至韋隱居郊園)'에 해당한다. 제5~6구는 위 은사의 거처에서 보고 느낀 바로, 바다의 습한 기운으로 인해 금과 책이 윤기 나고 파도소리로 인해 잠자리가 시원함을 말하였다. 이 구절에 대해 ≪관화당선비당재자시(貫華堂選批唐才子詩)≫권6과 ≪동암초당평정당시고취(東巖草堂評訂唐詩鼓吹)≫에서는 금과 책, 잠자리보다는 바다 기운과 파도소리에 중점이 있다고 평하였다. 즉 바다의 습기가 없다면 금과 책이 윤기날 수 없고 파도소리가 없다면 잠자리가 시원할 수 없다는 것이다. 따라서 이는 광동성 남해현의 특성을 강조한 것으로 볼 수 있다. 제7~8구는 광동성 남해현이 강태공이 문왕을 만난 반계로부터 상당히 먼 거리에 있지만, 그래도 문왕처럼 그의 인품과 덕망을 알아줄 사람이 반드시 있을 것이라는 희망을 말하였다. 이러한 희망은 위 은사뿐만 아니라 시인자신에게 해당되는 말이기도 하다. 이 시는 조대에서 교외 원림까지 걸어가는 과정이 순차적으로 묘사되는 가운데, 그곳의 풍경을 묘사하고 위 은사에 대한 존경심을 표하는 데 있어서 광동성 남해현이라는 지리적 특성을 십분 활용한 뛰어난 작품이라고 할 수 있다.

11) 紂(주) : 원주에는 '付(부)'로 되어 있는데 ≪사기(史記)≫에 의거하여 바로잡았다.

096

送嶺南盧判官歸華陰山居1

화음현의 산중거처로 돌아가는
영남 노판관을 전송하며

曾事劉琨雁塞空,2	일찍이 유곤을 섬겨 안문관이 평정되었지만
十年書劍似飄蓬.3	십년간의 막부 생활은 떠도는 쑥대 같았다.
東堂舊屈移山志,4	조정에서 산을 옮기자던 그 의지는 예전에 꺾였지만
南國新留煮海功.5	영남에서 바닷물로 소금 만드는 업적은 새로 남기었다.
還掛一帆青草上,6	그래도 동정호에 돛 한 폭을 내걸고
更開三徑碧蓮中.7	또 다시 화산의 연화봉에 세 갈래 길 내리라.
關西舊友應相問,8	관서의 옛 친구들이 분명 안부를 물을 텐데
已許滄浪伴釣翁.9	창랑수에서 낚시하는 노인을 짝하기로 벌써 허락받았다 하리라.

【주석】

1 이 시는 ≪전당시≫에 허혼(許渾)의 작품으로 되어 있으며, 〈파직하고 화음현의 산중거처로 돌아가는 영남 노 판관을 전송하며(送嶺南盧判官罷職歸華陰山居)〉라는 제목으로 실려 있다. 허혼이 영남절도사 막부에 있던 시기에 지어졌다고 한다.

[원주] ≪통전≫에 "경기도 화음군은 서악 화산이 거기에 있다."라 하였다. '영현 화음'주에 "진나라 때는 영진이라 하였고 한나라 때는 화음이라 하였는데 태화산이 남쪽에 있다"라 하였다.(通典, 京畿道華陰郡, 西嶽華山在焉. 領縣華陰注, 秦曰寧秦, 漢曰華陰, 太華山在南)

嶺南(영남) : 당나라 때 절도사를 설치한 곳으로 그 치소(治所)가 광주(廣州)에 있었다.

盧判官(노판관) : 성이 노씨로 영남절도사에 소속된 관원이다. 구체적으로 누구인지는 자세히 알 수 없다.

華陰(화음) : 지금의 섬서성(陝西省) 화음현(華陰縣).

2 [원주] ≪진서≫에 "유곤은 자가 월석으로 어려서부터 준수하고 명철하다는 평판을 얻었다. 영가 원년(307) 병주자사가 되었고 진위장군을 더하여 흉노중낭군을 통솔하였다. 안문관에서 오환이 다시 반란을 일으키자 유곤이 직접 정예부대를 이끌고 나가서 그를 제압하였다."라 하였다. ≪진서≫에

"노지의 아들 노심은 부친의 뜻에 따라 북방에서 유곤에게 의지하였다. 유곤이 사공이 되자 그를 주부로 삼았고 종사중랑으로 옮겼다. 유곤의 아내가 곧 노심의 이모였으므로 그를 친애했을 뿐만 아니라 그 재주와 기질을 중히 여겼다."라 하였다.(晉書, 劉琨字越石, 少得雋朗之目. 永嘉元年爲幷州刺史[12], 加振威將軍, 領匈奴中郎將. 雁門烏丸復叛, 琨親率精兵出禦之. 晉書, 盧志子諶, 隨志北投劉琨, 琨爲司空, 以諶爲主簿, 轉從事中郎. 琨妻卽諶之從母, 旣加親愛, 又重其才地)

雁塞(안새) : 안문새(雁門塞)의 약칭으로 안문관(雁門關, 산서성(山西省) 대현(代縣) 북쪽을 가리킨다.

空(공) : 평정되다. 안문관에서 전란이 사라져서 텅 빈듯하다는 의미이다.

이 구는 노 판관이 일찍부터 북방의 군대 막부에 종사했음을 가리킨다.

3 [원주] '서검'은 위의 주석에 보인다.[13](書劍見上注)

書劍(서검) : 책과 검. 문과 무를 배우다. 여기서는 문인으로서 막부에 종사한 일을 가리킨다.

似(사) : 같다. ≪전당시≫에는 '임(任)'으로 되어 있으며 '제멋대로'라는 뜻이다.

4 [원주] ≪열자≫에 "태항산과 왕옥산 두 산은 사방 7백 리이고 높이는 만 길이나 된다. 북쪽 산의 우공이란 자는 나이가 90세에 가까운데 산을 마주보고 살면서 산의 북쪽이 막혀서 먼 길로 출입하는 것을 싫어하였다. 가족들을 모아서 도모하길, '내가 너희들과 힘을 다해 험한 산을 평평하게 함이 가하겠는가?' 하자 모두들 찬성하였다. (중략) 뱀을 부리는 산신(山神)이 이 말을 듣고 그치지 않을까 두려워하여 옥황상제에게 이 일을 고하였다. 상제가 그들의 정성에 감복하여 과아씨의 두 아들에게 산을 지게 하여 한 산은 북방 동쪽에 두게 하고 다른 한 산은 옹주 남쪽에 두게 하였다."라 하였다.(列子, 太行, 王屋二山, 方七百里, 高萬仞. 北山愚公者, 年且九十, 面山而居, 懲山北之塞[14], 出入之迂也. 聚室而謀曰, 吾與汝畢力平險, 可乎. 雜然相許. 操蛇之神聞之, 懼其不已也, 告之於帝. 帝感其誠, 命夸娥氏二子負山, 一厝朔東, 一厝雍[15]南)

東堂(동당) : 황궁이나 관사(官舍). 여기서는 조정을 가리킨다.

移山志(이산지) : 산을 옮기자던 의지. 여기서는 웅대한 포부를 가리킨다.

5 [원주] ≪전한서・오왕유비전≫에 "바닷물을 끓여 소금을 만들기 때문에 부세 없이 국가 비용이 충족되었다."라 하였다.(前漢, 吳王濞傳, 煮海水爲鹽, 以故無賦, 國用饒足)

6 [원주] 성홍지의 ≪형주기≫에 "파릉[16] 남쪽에 청초호가 있는데 그 둘레가 수 백리라서 해와 달이 그 가운데서 떴다 지곤 한다. 호수 남쪽에 청초산이 있기 때문에 청초호라 이름 붙인 것이다."라 하였다.(盛[17]弘之荊州記, 巴陵南有青草湖, 周回數百里, 日月出入其中, 湖南有青草山, 因以爲名)

青草(청초) : 청초호(青草湖), 즉 동정호(洞庭湖)를 말한다.

7 [원주] '세 갈래 길'은 위의 "왕년에 은거하신 곳에서 장후 같은 그대와 이별할 때" 주석에 보인다.[18] ≪초학기≫의 '연봉'에 대한 주에서 "≪화산기≫에 '화산 정상에 꽃잎이 천 겹이나 되는 연꽃이 난다.'라

12) 병주(幷州)는 지금의 산서성(山西省) 태원시(太原市) 일대를 가리킨다.

13) 옹도의 시 079. 〈동쪽으로 돌아가는 마습유를 전송하며(送馬拾遺東歸)〉에 보인다.

14) 塞(새) : 원주에는 '寒(한)'으로 되어 있는데 ≪열자(列子)≫에 의거하여 바로잡았다.

15) 雍(옹) : 원주에는 '漢(한)'으로 되어 있는데 ≪열자≫에 의거하여 바로잡았다. '雍(옹)'은 옹주(雍州)로 지금의 섬서성(陝西省)과 감숙성(甘肅省) 일대를 가리킨다.

16) 파릉(巴陵) : 지금의 호남성(湖南省) 악양시(岳陽市).

17) 盛(성) : 원주에는 '咸(함)'으로 되어 있는데 바로잡았다.

18) 온정균의 시 024. 〈선생 자수께 부침(寄先生子修)〉에 보인다.

하였다."라 하였다. ≪당척언≫에 "주지(796~855)가 화주자사에 임명되었다. 회창 3년(843) 복야 왕기(760~847)가 다시 과거(科擧)를 담당하게 되었다. 주지가 시로써 축하의 뜻을 부치고 겸하여 새로 급제한 진사와 기거들에게 시를 보냈다.… 왕기 주관 하에 선발된 과거급제자 전원 스무 명이 모두 주지의 시에 화답하였다. 이선고의 화답 시 마지막 구에 '어디에서 새 시에 광채를 더할까. 벽련봉 아래 버드나무 사이의 진영이리라.'라고 하였다."라 하였다.(三徑見上往年江海別元卿注. 初學記, 蓮峰注, 華山記曰, 華山頂生千葉蓮花. 摭言, 周墀任華州刺史. 會昌三年, 王起僕射再主文柄. 墀以詩寄賀, 兼呈新及第進士起居詩, 云云. 王起門生一榜二十人皆和周墀詩. 李宣古和詩[19]末句云, 何處新詩添照灼, 碧蓮峰下柳間營)

三徑(삼경) : 세 갈래 길. 진대(晉代) 장후(蔣詡)가 고향에 돌아가 집에 세 갈래 길을 내고 은거하였다는 고사에서 고향에 돌아가 은거하는 일을 가리키게 되었다.

碧蓮(벽련) : 화산(華山)의 연화봉(蓮花峰).

8 關西(관서) : 함곡관(函谷關, 하남성(河南省) 영보시(靈寶市)) 서쪽 지역. 여기서는 노 판관이 가려는 섬서성 화음현을 가리킨다.

9 [원주] ≪십도지·강남도≫의 "낭주에 창랑수가 있다" 주에 이르기를, "굴원이 어부를 만난 곳이다."라 하였다.(十道志, 江南道, 朗州有滄浪水注云, 屈生見漁父處)

釣翁(조옹) : 낚시하는 노인. 은자를 가리킨다.

【해설】

이 시는 영남절도사의 막부에서 지내다 화음현으로 돌아가는 노 판관을 전송하는 작품으로, 시의 전반부는 영남에서의 행적을, 후반부는 화음현으로 돌아가 산중거처에서 은거하려는 모습을 서술하였다. 제1~2구는 노 판관이 유곤 같은 용맹한 장군을 섬기면서 안문관에서 오랑캐를 평정했지만 실제로는 10년 동안 막부를 따라 여기저기 옮겨 다녔음을 서술하였다. 제3~4구는 조정에서 큰일을 하리라는 애초의 웅대한 포부는 사라졌지만 그래도 바닷물로 소금을 만들듯이 영남 백성들에게 도움이 되는 일을 하였음을 말하였다. 이러한 소소한 업적은 영남에서의 그의 삶이 결코 헛되지 않았음을 암시한다. 제5~6구는 이제 동정호를 출발하여 장강을 타고 화산 연화봉의 산중거처에 이르는 여정을 간략하게 제시하였다. '삼경(三徑)'의 시어를 통해 노 판관이 은거하러 돌아가는 길임을 분명히 밝히었다. 제7~8구는 노 판관이 고향에서 친구들과 즐겁게 은거하기를 축복해 주었다.

---

19) 이 시의 제목은 〈화주사왕기(和主司王起)〉이다.

097

秋夜宿簡寂觀陸先輩草堂[1]

가을밤 간적관의 육선배 초당에 묵으며

紫霄峰下草堂仙,[2]	자소봉 아래 초당은 신선의 거처
千載空梁石聲懸.[3]	천 년된 빈 대들보에 석경소리 매달려있는데,
白氣夜生龍在水,[4]	밤의 흰 수증기는 용이 있는 물속에서 생겨나고
碧雲秋斷鶴歸天.[5]	가을의 푸른 구름은 학이 돌아간 저 하늘에 떠있다.
竹廊影過中庭月,	대나무 회랑에 그림자 지나는 것은 정원 가운데 달이요
松檻聲來半壁泉.[6]	소나무 난간에 소리 나는 것은 절벽 중간의 폭포라.
明月又爲浮世恨,	밝은 달은 또 인간세상의 한이 되나니
滿山行迹夢依然.[7]	산에 가득한 그 자취 꿈에서는 여전하리.

【주석】

1 이 시는 ≪전당시보일≫에 〈가을날 간적관의 육 선배 초당에 묵으며(秋日宿簡寂觀陸先輩草堂)〉라는 제목으로 실려 있다.
[원주] ≪구역도≫에 "강주에 간적관과 여산이 있다."라 하였다.(九域圖, 江州有簡寂觀及廬山)
簡寂觀(간적관) : 도교 명승지. 강서성(江西省) 구강시(九江市) 여산(廬山) 남쪽의 금계봉(金鷄峰)아래에 있다. 남조(南朝) 시기 송(宋) 효무제(孝武帝) 대명(大明) 5년(461) 유명한 도사 육수정(陸修靜, 406~477)이 세운 것으로 남조 시기 여산 최대의 도관이었다.

2 [원주] ≪십이진군전≫[20]에 "허 진군(허손)과 오 진군(오맹)이 진나라 관문을 나서서 여강 입구에 이르렀다. 이에 배를 불러 가는데 곧 종릉(지금의 강서성(江西省) 남창(南昌))에 갔다. 이에 배를 솟구쳐 강물을 떠나 허공을 타고 구름 속으로 들어가더니 잠깐 사이에 벌써 여산 금난동 서북쪽에

20) 십이진군전(十二眞君傳) : 당(唐) 고종(高宗) 시기 도사 호혜초(胡慧超, ?~703)가 편찬한 책으로 진대(晉代) 도사 허손(許遜)과 그의 제자 오맹(吳猛), 시하(時荷), 곽박(郭璞), 감전(甘戰), 주광(周廣), 진훈(陳勛), 증형(曾亨), 우열(盱烈), 시잠(施岑), 팽항(彭抗), 황인람(黃仁覽), 종리가(鍾離嘉)에 대한 전기(傳記)를 수록하고 있다.

이르렀으니 자소봉 정상이었다."라 하였다.(十二眞君傳, 許眞君・吳眞君出晉關, 抵廬江口, 因召舟行, 載往鍾陵. 於是騰舟離水, 凌空入雲, 頃刻之間, 已抵廬山金闕洞之西北, 紫霄峰頂也)

3 [원주] ≪서경・우공≫의 '사수 물가의 떠있는 석경'에 대해 공안국이 "사수의 돌은 경쇠를 만들 수 있다."라 말하였다.(書禹貢, 泗濱浮磬. 孔安國曰, 泗水中石可以爲磬也)
石聲(석성) : 석경소리. ≪전당시≫에는 '석경(石磬)'으로 되어 있다.

4 [원주] ≪한고시화≫[21]에 "장호 시의 '흰 수증기는 밤에 생기고…'는 격조가 높고 운치가 빼어나서 정말로 세속에서 벗어난 시어이다."라 하였다.(漢皐詩話, 張祜詩, 白氣夜生云云, 格高韻勝, 眞出塵語也)

5 斷(단) : 단운(斷雲). 긴 구름이 끊어져 조각구름으로 떠있는 것을 의미한다.

6 半壁泉(반벽천) : 절벽 중간에 걸쳐진 폭포.

7 行迹(행적) : 육 선배의 행적. ≪전당시≫에는 '행로(行路)'로 되어 있는데 그 의미는 다르지 않다.

【해설】

이 시는 남조(南朝) 시기 지어진 도교 사원 간적관(簡寂觀)에 묵으면서 거기서 보고 듣고 느낀 바를 쓴 작품이다. 시의 앞부분은 간적관의 풍경과 운치를 노래하였고 뒷부분은 가을달밤에 간적관에서 보고 듣고 느낀 바를 서술하였다. 제1~2구는 간적관의 위치와 현재 상황을 서술하였다. 즉 간적관이 여산의 자소봉 아래 위치하며 현재에는 인적 없이 대들보에 석경만 매달려 있음을 말한 것이다. 제3~4구는 간적관의 밤과 낮 풍경을 묘사하면서 도관이 지니는 신령스런 면모를 부각시켰다. 용과 학이 가까이 있고 밤낮으로 수증기와 구름이 피어오르는 곳은 분명 신선이 살기에 알맞은 곳이다. 제5~6구는 작자가 가을달밤에 회랑을 거닐면서 보게 된 달그림자와 난간에 기대 듣게 된 폭포소리를 서술하였는데, 명사를 시구의 끝에 배치함으로써 함축미를 추구하였다. 제7~8구는 환한 달빛을 바라보며 부질없는 회한에 젖어보지만 그래도 여산에 가득한 육 선배의 자취를 꿈에서나마 느껴볼 수 있음을 서술하였다.

21) 한고시화(漢皐詩話) : 송대 장씨(張氏)가 편찬한 시화(詩話)이다.

098

題揚州法雲寺雙檜[1]

양주 법운사의 두 노송나무에 쓰다

誰家雙檜本南榮,[2]	남쪽 처마에 뿌리 둔 두 노송나무는 뉘 집이었나
樹老人亡地變更.	나무 늙어가면서 사람은 죽고 땅은 바뀌었구나.
朱頂鶴知深蓋偃,[3]	붉은 머리의 학은 우거진 덮개 누운 모습 알아보고
白眉僧見小枝生.	흰 눈썹의 스님은 작은 가지 자라는 것을 지켜본다.
遠無山處秋嵐色,[4]	산속의 가을 안개 빛은 아득히 없지만
長似階前夜雨聲.[5]	계단 앞의 밤비 소리와 항상 같구나.
縱使百年爲上壽,[6]	인간 백세가 최고 수명이라지만
綠陰終借暫時行.	녹음 진 이 나무에게는 결국 잠시일 뿐이로다.

【주석】

1 이 시는 ≪전당시≫에 〈양주 법운사의 두 노송나무(揚州法雲寺雙檜)〉라는 제목으로 실려 있다. [원주] 유우석의 〈사상(謝尙)의 집 법운사의 두 노송나무〉 시[22]에 "두 노송나무 푸릇하고 오래된 모습 기이한데, 연기 머금었다 안개 피워내며 울창하고 무성하네. 오래 되서는 참배객 덕분에 금빛 불전 마주하지만, 애초에는 사상 장군 대하며 채색깃발에 그늘 드리웠지. 불법의 세상에서 우산덮개 되었고, 암키와와 수키와 위로 높은 가지 솟아올랐네. 불전의 등불은 앞 시대의 불빛으로, 일찍이 푸르던 젊은 시절 비추었었지."라 하였다.(劉禹錫, 謝寺雙檜詩, 雙檜蒼然古貌奇, 含烟吐霧鬱參差[23]. 晩依[24]禪客當金殿, 初對將軍映晝旗. 龍象界中成寶蓋[25], 鴛鴦瓦[26]上出高枝. 長明燈[27]是前朝焰, 曾照靑靑年少時)

---

22) 시에 "양주 법운사는 사상의 집으로 거기에 오래된 노송나무가 있다(揚州法雲寺謝鎭西宅, 古檜存焉)"라는 부제가 달려있다.
23) 參差(참치) : 어지럽고 번다한 모습.
24) 依(의) : 원주에는 '衣(의)'로 되어 있는데 유우석(劉禹錫)의 〈사사쌍회(謝寺雙檜)〉에 의거하여 바로잡았다.
25) 寶蓋(보개) : 부처나 황제의 의장용 우산.
26) 鴛鴦瓦(원앙와) : 한 쌍을 이룬 기와. 위로 솟은 기와와 아래로 굽은 기와가 한 쌍의 원앙와(鴛鴦瓦)가 된다.
27) 長明燈(장명등) : 불전에 올리는 등불. 밤낮으로 꺼지지 않고 타므로 장명등이라 칭하였다.

法雲寺(법운사) : 강소성(江蘇省) 양주(揚州)의 절 이름. ≪가경중수일통지(嘉慶重修一統志)·양주부(揚州府)≫에 의하면 강소성(江蘇省) 양주(揚州) 감천현(甘泉縣) 염운사(鹽運司) 앞에 있다고 한다.

2 [원주] 〈상림부〉 "선인이 남쪽 처마에서 햇볕을 쬐었다."의 주에 "'남영'은 집의 남쪽 처마다."라 하였다.(上林賦, 偓佺[28]之倫[29]暴[30]於南榮[31]注, 南榮, 爲屋南檐也)

雙檜(쌍회) : 두 노송나무. ≪전당시≫에 '쌍식(雙植)'으로 되어 있으며 '두 그루 심다'라는 뜻이다.

3 [원주] 주정학은 위에 보인다.[32] ≪포박자·옥책기≫에 "천년 된 소나무는 우산덮개 같다."라 하였다.(朱頂鶴見上. 抱朴子, 玉策記, 千歲松如偃蓋)

蓋偃(개언) : 우산덮개가 누워있다. 여기서는 솔잎이 눕듯이 펼쳐져 있는 것을 가리킨다.

4 이 구는 ≪전당시≫에 '고림월전추운영(高臨月殿秋雲影)'으로 되어 있으며 이를 따를 경우, "우뚝하니 달빛 어린 전각에 가까워서 가을 구름 그림자지고"로 풀이된다.

5 長似階前(장사계전) : ≪전당시≫에 '정입풍첨(靜入風簷)'으로 되어 있으며, "고요히 바람 부는 처마로 들어오니"라는 뜻이다.

6 [원주] ≪장자≫[33]에 "최고 수명이 백세이고 중간 수명은 80세이며 낮은 수명이 60세이다."라 하였다.(莊子, 上壽百, 中壽八十, 下壽六十)

【해설】

이 시는 진대(晉代) 사상(謝尙, 308~356)의 집이었던 양주 법운사에 있는 두 노송나무를 읊은 작품이다. 앞의 네 구는 사상의 집에서 법운사로 바뀐 모습을 서술하였고, 뒤의 네 구는 두 노송나무의 소리와 모습을 서술하였다. 제1~2구는 나무가 늙을 정도로 오랜 시간이 지나면서 사상은 죽어 사라지고 땅의 용도도 바뀌게 되었음을 말하였다. 제3~4구는 법운사로 바뀌면서 학이 노송나무에 깃들고 스님이 나무 자라는 모습을 지켜보게 되었음을 서술하였다. 제5~6구는 노송나무에서 나는 소리가 밤비소리 같아서 안개가 끼고 비가 오지 않아도 늘 빗소리가 나는 것을 말하였다. 제7~8구는 백세가 인간의 최고 수명이라고 하지만 노송나무에게는 짧은 시간에 불과함을 비교하여 서술하였다. '물시인비(物是人非)'의 이치를 말하여 노송나무의 변하지 않는 푸름과 절개를 칭송하였다.

---

28) 偓佺(악전) : 원주에는 '渥佺(악전)'으로 되어 있는데 ≪문선·상림부(上林賦)≫에 의거하여 바로잡았다. 악전은 고대 전설상의 선인 이름이다. ≪신선전(神仙傳)≫에 의하면 소나무 열매를 잘 먹고 몸에 털이 났으며 키는 몇 촌이나 되었고 눈은 각이 졌는데 달리는 말을 날아서 좇을 수 있었다고 한다.

29) 之倫(지륜) : 연문(衍文)인 듯하다.

30) 暴(폭) : '曝(폭)'과 통한다. 햇볕을 쬐다.

31) 榮(영) : 집의 날개가 되는 부분으로 가옥의 처마를 가리킨다.

32) 이원의 시 061. 〈학을 놓아주다(放鶴)〉에 보인다.

33) ≪장자(莊子)·도척(盜跖)≫이다.

099

冬日登越臺懷鄕[1]

겨울날 월대에 올라 고향 생각하며

月沈高樹宿雲開,2	달이 걸린 높은 나무에 지난 밤의 구름 걷혔는데
萬里歸心獨上來.	만 리 먼 고향 돌아가고픈 마음에 홀로 올라왔네.
河畔雪深揚子宅,3	강가에 눈 깊숙한 양웅의 집 같을 텐데
海邊花盛越王臺.4	바닷가에 꽃 무성한 월왕대에 와 있네.
瀧分桂嶺魚難過,5	농수(瀧水) 가르는 계령에선 물고기 지나기 어렵고
瘴近衡峰雁却廻.6	장강(瘴江) 가까운 형봉에선 기러기 오히려 돌아오네.
鄕信漸希人漸老,	고향편지 점차 뜸해지고 사람도 점차 늙어 가지만
只應頻醉北枝梅.7	다만 북쪽 가지 매화에 자주 취해야겠네.

【주석】

1 이 시는 ≪전당시≫에 허혼(許渾)의 작품으로 되어 있으며 시 제목이 〈겨울날 월대에 올라 돌아가길 생각하며(冬日登越臺懷歸)〉로 되어 있다.

2 高樹(고수) : 높은 나무. ≪전당시≫에 '고수(高岫)'로 되어있으며, '높은 산봉우리에'라는 뜻이다.

3 [원주] ≪문선≫의 좌사(左思) 〈영사〉시 주에 "이 시의 의미는 자기를 비유한 것이 많다."라 하였다. "적적하도다 양웅의 집이여, 문에 경과 재상의 수레 없구나."라고 하였는데, '양자택'은 장호 또한 그 집을 자기에게 비유한 것이다.(選, 左太沖, 詠史詩注, 是詩之意多以喩己. 寂寂揚子宅, 門無卿相車. 揚子宅, 張處士亦自比其家也)

雪深(설심) : 눈 깊숙한. ≪전당시≫에 '운심(雲深)'으로 되어있으며 '구름 깊은'이라는 뜻이다.

4 [원주] '월왕대'는 위의 주석에 보인다.[34](越王臺見上注)

월왕대(越王臺) : 절강성(浙江省) 소흥시(紹興) 회계산(會稽山)에 있는 월왕(越王) 구천(勾踐)이 세운 누대.

34) 이원의 시 067. 〈민중에서 감회를 써 손수재에게 부침(閩中書懷寄孫秀才)〉에 보인다.

5 [원주] ≪십도지≫에 "영남 농주에 농수가 있다."라 하였다. '계령'은 위의 〈계주로 어사중승 이고를 보내며〉의 시 주석에 보인다.35) 〈음마장성굴행〉에 "객이 먼 지방에서 와서 나에게 잉어 두 마리를 주었네. 아이를 불러 잉어를 삶으니 그 속에 비단 편지가 들어있었네."라 하였다.(十道志, 嶺南瀧州有瀧水. 桂嶺見上送桂州李中丞詩注. 飮馬長城窟行, 客從遠方來, 遺我雙鯉魚. 呼兒烹鯉魚, 中有尺素書)
桂嶺(계령) : 지금의 광서장족자치구(廣西壯族自治區) 계림(桂林).

6 [원주] ≪십도지·영남도≫에 "용주에 장강이 있다. 봄에는 춘초장이라 부르고 가을에는 황모장이라 부른다."라 하였으며, 또 ≪강남도≫에 "형주에 형산이 있다."라 하였다. 또한 중권의 "형산의 남쪽은 너무 아득하고 농서는 너무 춥다."의 주석에 보인다.36) 백거이가 "남쪽에 기러기 돌아오는 봉우리가 있네."라 하였다.37) ≪한서≫에 "소제 때 흉노와 한나라가 화친하였다. 소무 등을 요구하였는데 흉노에서 거짓으로 이미 죽었다고 하였다. 나중에 사신이 다시 흉노에 이르렀는데 소무가 사자를 만나 흉노에게 '천자께서 상림에서 활을 쏘아 기러기를 잡았다. 그 다리에 비단편지가 매어 있었는데 소무가 아무개 호수 중에 있다 하였다.'라 말하게 하였다. 사자가 선우를 책하니 선우가 놀라 한나라 사신에게 사죄한 후 소무를 돌려보냈다."라 하였다.(十道志, 嶺南道, 容州有瘴江. 春謂之春草瘴, 秋謂之黃茅瘴. 又江南道, 衡州有衡山, 又見中卷衡陽迢遞隴陰寒注. 白樂天曰, 南有回雁之峰. 漢書, 昭帝時, 匈奴與漢和親. 求蘇武等, 匈奴詭言已死, 後漢使復至匈奴, 武見使者, 敎之謂匈奴曰, 天子射上林中, 得雁, 足有係帛書, 言武在某澤中. 使者以讓38)單于, 單于驚謝漢使, 遣武還)
형봉(衡峰) : 호남성(湖南省) 형양(衡陽)의 회안봉(回雁峰). 기러기의 남방한계선으로 기러기가 더 이상 남하하지 않는다 한다.
이 두 구는 소식을 전하기 어렵다는 것을 의미한다.

7 [원주] ≪백씨육첩≫에 "대유령의 매화는 남쪽 가지 매화가 지면 북쪽 가지가 핀다."라 하였다.(白氏六帖, 大庾嶺上梅, 南枝落, 北枝開)

【해설】

이 시는 겨울날 월왕대에 올라 하북성(河北省)에 있는 자신의 고향을 그리워한 작품이다. 제1~2구는 밤 구름이 걷히면서 고향을 바라볼 수 있을 것 같아 홀로 월왕대에 올라왔음을 말하였다. 제3~4구는 겨울이라 고향집에는 눈이 많이 쌓였을 텐데 자신은 겨울에도 꽃이 피는 월왕대에 와있음을 서술하였다. 남방과 북방의 큰 기후차이를 통해 자신과 고향 간의 거리감을 표현하였다. 제5~6구는 고향과 멀리 떨어져 있기에 소식을 전하기가 매우 어려움을 표현하였다. '농(瀧)', '계령(桂嶺)', '장(瘴)', '형봉(衡峰)'의 지명을 통해 먼 남방에 와있음을 더욱 강조하였다. 제7~8구는 공간적 거리로 인해 편지도 뜸해지고 시간이 점차 흐르면서 돌아갈 기약도 점차 없어지지만 그래도 북쪽 가지의 매화를 보며 고향을 잊지 않겠노라고 다짐하고 있다.

35) 장적의 시 034. 〈계주로 이 중승을 전송하며(送桂州李中丞)〉에 보인다.
36) 위섬의 시 120. 〈대부의 작은 못에 외로운 기러기가 내린 것에 화운하여(和大夫小池孤鴈下)〉에 보인다.
37) 그러나 백거이가 말했다는 근거를 찾을 수 없다.
38) 讓(양) : 안사고(顔師古) 주에 '讓(양)'은 '責(책)'이라고 하였다.

登重玄閣[1]

중현각에 올라

飛閣層層茂苑間,[2]	무원 사이에 높이 솟은 층층 누각
夏涼秋晩好登攀.[3]	시원한 여름이 늦가을 같아서 올라가기 좋아라.
萬家前後皆臨水,[4]	가옥 만 채는 앞뒤로 모두 호수에 가깝고
四面高低盡見山.[5]	사방은 위아래로 전부 산만 보이는구나.
何事越王侵敵國,[6]	어째서 월왕은 이 적국을 침략했을까
不妨遼海信人寰.[7]	요동 땅도 한 세상이라고 믿는 데 무방한 것을.
五湖直下須歸去,[8]	오호로 곧바로 내려가 돌아가야 하겠지만
自笑身閑迹未閑.[9]	이 몸 한가해도 신세는 한가하지 못한 것이 우습구나.

【주석】

1 이 시는 ≪전당시보일≫에 〈우연히 소주 중현각에 올라(偶登蘇州重玄閣)〉라는 제목으로 실려 있다.
[원주] ≪문수≫[39]에 "소주에 중현사가 있다."라 하였다. ≪태평광기≫에 "소주 중현사에 누각이 있다."라 하였다.(文粹, 蘇州有重玄寺. 廣記, 蘇州重玄寺有閣)
重玄閣(중현각) : 지금의 소주(蘇州) 중원사(重元寺). 남북조 시기 양무제(梁武帝) 천감(天監) 2년(503)에 세워져서 소주의 한산사(寒山寺), 항주(杭州)의 영암사(靈巖寺)와 더불어 지금까지 남아있다. 청대 강희제(康熙帝)의 피휘로 인해 현(玄)자를 원(元)자로 바꾸었다.

2 [원주] 〈서도부〉에 "긴 길과 높은 누각"이라 하였다. 무원은 이미 위에 나왔다.[40](西都賦, 修塗飛閣. 茂苑已出上)
飛閣(비각) : 높은 누각.

39) 문수(文粹) : ≪당문수(唐文粹)≫ 100권. 송대(宋代) 요현(姚鉉, 967~1020)이 편찬하였다. 이 책은 ≪문원영화(文苑英華)≫ 중의 당인(唐人) 작품을 수록하였는데 고체시(古體詩)를 위주로 하고 사륙문(四六文)과 근체시(近體詩)는 수록하지 않았다. 문(文)과 부(賦) 1104편과 시 961수를 수록하였다.

40) 장적의 시 038. 〈소주의 백사군에게 부침(寄蘇州白使君)〉에 보인다.

茂苑(무원) : 옛 동산의 이름. 장주원(長洲苑)이라고도 한다. 강소성(江蘇省) 오현(吳縣) 서남쪽에 있다. 소주(蘇州)를 가리킨다.

3 夏涼(하량) 구 : 이 구는 높은 누각에 오르면 여름에도 늦가을처럼 시원한 것을 가리킨다.

4 皆臨水(개임수) : 모두 호수에 가깝다. 중현사가 소주의 양징호(陽澄湖)에 둘러싸여 있는 것을 가리킨다.

5 四面(사면) : 사방. ≪전당시보일≫에는 '四檻(사함)'으로 되어 있으며 '난간 사방에는'이라는 뜻이다.

盡見山(진견산) : 모두 산이 보인다. 양징호 북쪽에 있는 상숙산(常熟山)을 가리킨다.

6 [원주] 월왕의 일은 위의 〈오월고사〉 시 주석에 보인다.[41] ≪사기≫에 "한 고조가 한신을 잡으니 한신이 말하길 '높이 나는 새가 다하면 좋은 활은 숨고 적국이 패망하면 도모하는 신하는 사라진다. 천하가 이미 평정됨에 나는 진실로 삶아 죽여야 마땅하다.'라 말하였다."라 하였다.(越王事見上吳越古事詩注. 史記, 漢高祖擒韓信, 信曰, 高鳥盡, 良弓藏. 敵國破, 謀臣亡. 天下已定, 我固當烹)

敵國(적국) : 오(吳)나라. 소주(蘇州)를 가리킨다.

7 [원주] 〈별부〉의 "요수는 끝이 없다."주에 "≪수경≫에 '요수는 현토고려현에 있다. 요수가 나오는 곳이다.'라고 하였다.[42]"라 하였다. 유황(726년 전후)의 ≪설원변≫[43]에 "방순은 요수로부터 동쪽이므로 고려국은 옛 요동 현토군이다. 한나라 도료장군비가 아직도 그 남쪽에 남아있다."라 하였다. '인환'은 위의 주석에 보인다.[44](別賦, 遼水無極注, 水經曰, 遼水在玄菟高麗縣, 遼水所出. 劉貺, 說苑辨, 方笋自遼水而東, 故高麗國昔遼東玄菟郡也. 漢度遼將軍碑尙存其南. 人寰見上注)

不妨(불방) 구 : 이 구는 ≪전당시보일≫에 "遼鶴唁人寰(요학언인환)"으로 되어 있으며, 이 경우 "요 땅의 학이 이 세상을 위로하는 데"로 풀이된다. 그 의미는 신선이 되어 인간세상을 굽어보며 인생무상을 느낀다는 뜻이다.

不妨(불방) : 방해되지 않는다. 무방하다.

遼海(요해) : 요동 지역. 요하(遼河) 유역부터 바다까지의 지역을 가리킨다.

人寰(인환) : 인간. 인간세상.

이상 두 구는 월나라가 오나라를 침략했어도 요동 땅이 사람 사는 세상이라는 점에는 변함이 없음을 의미한다.

8 五湖(오호) : 고대 오월지방에 있는 호수로서 그 설이 분분하다. 오현(吳縣) 남쪽의 호수, 태호(太湖), 태호와 태호 부근의 4개 호수(즉 서호(胥湖), 여호(蠡湖), 조호(洮湖), 격호(滆湖)), 태호 부근의 5개 호수(즉 장탕호(長蕩湖), 태호(太湖), 사호(射湖), 귀호(貴湖), 격호(滆湖)), 태호 부근의 5개 호수(즉 능호(菱湖), 유호(游湖), 막호(莫湖), 공호(貢湖), 서호(胥湖)) 등 다양한 설이 있다.

수귀거(須歸去) : 돌아가야만 한다. 여기서는 오(吳)나라를 멸망시킨 후 오호(五湖)로 돌아가 은거한 범려(范蠡)의 고사를 가리킨다.

9 自笑(자소) 구 : 이 구는 관직에 있지 않아 한가한 몸이지만 여기저기 떠도는 신세라서 한가하지 못하다는 것을 자조(自嘲)적으로 말한 것이다.

41) 이원의 시 064. 〈오월 고사(吳越古事)〉에 보인다.

42) 북위(北魏) 역도원(酈道元)의 ≪수경주(水經注)권14・소료수(小遼水)≫에는 "또 현토고구려현에 요산이 있는데 소요수가 나오는 바이다(又玄菟高句麗縣有遼山, 小遼水所出)"라고 되어 있다.

43) 설원변(說苑辨) : ≪속설원(續說苑)≫10권이다.

44) 유우석의 시 008. 〈집현각에 쓰다(題集賢閣)〉에 보인다.

【해설】

이 시는 소주 중현각에 올라 보고 느낀 바를 노래한 작품이다. 전반부는 중현각의 모습과 중현각에서의 조망을 서술하였고 후반부는 중현각에서 느낀바와 자기한탄을 말하였다. 제1~2구는 숲속에서 높이 솟은 중현각의 모습과 이렇게 높은 중현각에 오르면 여름에도 늦가을처럼 시원함을 서술하였다. 제3~4구는 중현각에서의 조망을 서술하였는데 중현각이 호수와 산으로 둘러싸인 경치 좋은 곳에 위치함을 표현하였다. 제5~6구는 중현각이 있는 소주가 옛 오나라 땅임을 상기하고 오나라를 침략했던 월왕 이야기를 하고 있다. 이러한 오월 간의 오랜 영토분쟁에도 불구하고 중국의 영토가 요동지역까지 이르렀다는 사실에는 큰 변함이 없었다고 말하여 오월간의 분쟁이 허망함을 표현하였다. 제7~8구는 중현각 부근의 호수를 통해 자연으로 돌아가 은거하고 싶지만 그러지 못하는 자신의 상황을 자조적으로 표현하였다.

협주명현십초시 권중
(夾注名賢十抄詩 卷中)

11 조하 趙嘏

조위남시(趙渭南詩)

[원주] 이름은 하(嘏)이다. ≪왕공백가시선≫에 "회창(會昌) 2년(842)에 진사로 뽑혔으며, 위남위로 죽었다."라 하였다. ≪십도지·관내도≫ "옹주에 위남이 있다"의 주에 "본디 한의 신풍현으로, 오호십육국의 진(秦)대에 설치하였다."라 하였다.(名嘏, 王公百家詩選, 會昌二年, 擢進士第. 終渭南尉. 十道志關內道, 雍州有渭南, 注, 本漢新豐縣, 苻姚*置)

조하(趙嘏, 806?~852?)

조하의 자는 승우(承佑)이고 초주(楚州) 산양(山陽, 지금의 강소성 회안시(淮安市)) 사람이다. 생졸년은 분명하지 않으나, 대략 헌종(憲宗) 원화(元和) 원년(806)에 태어난 것으로 여겨진다. 젊어서는 사방을 유람하고 다니다 대화(大和) 7년(833) 예성시진사과(預省試進士科)에 급제하였으며, 이후 오랫동안 장안에 머물며 권세가들에게 간알하였다. 아울러 이 기간 중 멀리 영표(嶺表, 지금의 광동성과 광서성 일대) 지역으로 가 막부생활을 하기도 하였다. 회창(會昌) 2년(842)에 진사에 급제하였고 회창 말, 또는 대중 초에 위남위(渭南尉)로 임명되었으며, 선종(宣宗) 대중(大中) 6, 7년(852, 853) 경에 위남위로 있다가 향년 50여세로 죽었다. 저서로 ≪위남집(渭南集)≫ 3권이 있으며, ≪전당시≫ 권549, 권550에 259수의 시가 전하고 있다.

조하는 생전에 두목(杜牧)과 매우 절친하였으며, 그 외 원진(元稹), 심순(沈詢), 영호도(令狐綯), 배연한(裴延翰), 우승유(牛僧儒), 노간구(盧簡求) 등과도 많은 교유를 하였다. 그의 시는 섬세하고 아름다운 표현으로 명성이 높았으며, 특히 칠언절구와 칠언율시에서 뛰어난 성취를 이룬 것으로 평가된다. ≪당시기사(唐詩紀事)≫ 권56과 ≪당재자전(唐才子傳)≫ 권7에 관련 사적이 실려 있다.

(주기평)

* 苻姚(부요) : 원주에는 '符姚(부요)'로 잘못 되어 있어 바로 잡았다. 부요(苻姚)는 오호십육국(五胡十六國) 시기 전진(前秦)과 후진(後秦)을 세운 부견(苻堅)과 요장(姚萇)을 병칭한 것으로, 진시황의 진(秦)과 구분하여 각각 부진(苻秦)과 요진(姚秦)으로 부른다.

101

長安秋晚[1]

장안의 가을 저녁

雲物凄淸拂曙流,[2]	처연하고 맑은 구름 빛이 새벽에 흐르니
漢家宮闕動高秋.[3]	한의 궁궐에 깊은 가을빛이 살아나네.
殘星幾點雁橫塞,[4]	성긴 별 몇 점 속에 기러기는 변방을 가로지르고
長笛一聲人倚樓.[5]	한 줄기 긴 피리 소리에 사람은 누각에 기대어 있네.
紫豔半開籬菊靜,[6]	자줏빛 자태 반쯤 핀 채 울타리의 국화는 고요하고
紅衣盡落渚蓮愁.[7]	붉은 꽃잎 모두 떨어져 못의 연은 시름겹네.
鱸魚正美不歸去,[8]	농어의 맛 딱 좋을 때이나 돌아가지 못하고
空戴南冠學楚囚.[9]	헛되이 남관을 쓴 채 초나라 죄수를 배우고 있구나.

【주석】

1 ≪전당시≫에는 〈장안의 늦가을(長安晩秋)〉이라는 제목으로 실려 있다. 시의 내용으로 보아 '만추(晩秋)'가 더 옳을 듯하다.

2 雲物(운물) : 구름의 색깔. ≪주례(周禮)·춘관(春官)·보장씨(保章氏)≫에 "다섯 가지 구름의 색깔로 길흉과 가뭄, 풍년과 기근의 조짐을 판별한다.(以五雲之物, 辨吉凶, 水旱降豊荒之祲象)"의 정현 주에 "물(物)은 색깔이다. 해 주위의 구름의 색을 본다.(物, 色也. 視日旁雲氣之色)"라 하였다.
凄淸(처청) : 처연하고 맑음. ≪전당시≫에는 '처량(凄凉)'으로 되어 있으며, 뜻은 '처연하고 서늘하다'이다.
拂曙(불서) : 새벽녘. '불효(拂曉)'와 같은 뜻이다. '류(流)'를 강물을 의미하는 것으로 보아, '새벽 강을 스치다'로 볼 수도 있다.

3 漢家宮闕(한가궁궐) : 한(漢)의 궁궐. 여기서는 당(唐)의 궁궐을 의미하며, 시인이 머물고 있는 장안성을 가리킨다.
動(동) : 요동치다. 살아 움직이다.
高秋(고추) : 깊은 가을. 즉 만추(晩秋)의 경관을 가리킨다.

4 殘星(잔성) : 성긴 별. 새벽녘의 별 빛을 가리킨다.

橫塞(횡새) : 변방을 가로 지르다. 기러기가 변방에서 열 지어 날아오는 것을 말한다.

5 [원주] ≪당척언≫에 "두목이 조하가 쓴 〈장안시〉를 보고는 '「성긴 별 몇 점 속에 기러기는 변방을 가로지르고, 한 줄기 긴 피리 소리에 사람은 누각에 기대어 있네.」는 여운이 다함이 없다.'라 말하고, 인하여 조하를 지목하여 '조의루'라 하였다. 두목은 〈조하에게 기증한 시〉에서 '지금 국풍과 이소가 일어나니 누가 이백과 두보의 단상에 오르리. 두보는 고래가 사는 바다가 일렁이는 것이며, 이백은 학이 나는 하늘이 차가운 것이라네. 오늘 그대를 찾은 것은 생각이 있어서이니, 삼조산의 눈과 얼음을 내게 보여주시게.'라고 하였다."라 하였다.(摭言, 杜紫微覽趙渭南卷長安詩曰, 殘星幾點雁橫塞, 長笛一聲人倚樓. 吟味不已, 因目嘏曰, 趙倚樓. 紫薇贈嘏詩曰, 今代風騷將, 誰登李杜壇. 灞陵鯨海動, 翰苑鶴天寒. 今日訪君還有意, 三條冰雪借予看)

6 [원주] 도잠의 시[1]에 "동쪽 울타리 아래에서 국화를 캐다가 아득히 남산을 바라본다."라 하였다.(陶潛詩, 采菊東籬下, 悠然見南山)
紫豔(자염) : 자줏빛의 아름다움. 국화꽃을 가리킨다.

7 紅衣(홍의) : 붉은 옷. 연꽃을 가리킨다.
盡落(진락) : 모두 지다. ≪전당시≫에는 '낙진(落盡)'으로 되어 있으며 뜻은 같다.

8 [원주] '노어'는 상권의 '어정미' 주에 보인다.[2](鱸魚, 見上卷魚正美注)
鱸魚(노어) : 농어.

9 [원주] ≪좌전≫에 "진 경공(景公)이 군부를 둘러보다 종의를 보고는 남쪽 모자를 쓰고 갇혀 있는 자가 누구인지 물으니, 담당 관리가 정나라에서 바친 초나라 죄수라 대답하였다."라 하였다.(左傳, 晉侯觀於軍府[3], 見鐘儀問曰, 南冠而縶者誰也. 有司對曰, 鄭人所獻楚囚也)
南冠(남관) : 남쪽의 모자. 즉 초나라 사람들이 쓰는 모자를 가리킨다. 자신의 출신이 남쪽 지역임을 말한 것이다.
學楚囚(학초수) : 초나라 죄수를 배우다. 관직을 얻기 위해 타향에 머물러 있어야 하는 자신의 처지가 고향을 떠나 타향에 갇혀 있는 초나라 죄수와 같음을 비유한 것이다. 조하는 초주(楚州) 산양(山陽) 출신으로, 이곳은 춘추전국시기 초(楚)의 영지에 속했다.

【해설】

이 시는 장안의 가을 풍경을 바라보며 자신의 현실에 대한 안타까운 심경을 나타낸 것으로, 대화(大和) 7년(833) 예성시진사과(預省試進士科)에 급제한 후 장안에 있으면서 관직을 간알하던 때에 쓴 것으로 여겨진다.

제1~2구에서는 깊어가는 장안의 가을 풍경을 묘사하고 있는데, '처연하고 맑다[凄淸]'는 어구를 통해 자신의 심적 상태를 투영시키고, 궁궐을 묘사의 대상으로 설정하며 관직에 대한 자신의 지향을 드러내고 있다. 다음 제3~4구에서는 시선을 상하로 이동시키며 성긴 별과 변방에서 날아오는 기러기로 가을 새벽의 쓸쓸한 경관을 묘사하고, 이어 피리 소리 속에 홀로 누각에 기대어 있는 사람의 모습으로 자신의 외로움을 나타내고 있다. 이어 제5~6구에서는 시선을 다시 땅과 물로

1) 이 시의 제목은 〈음주(飮酒)〉 제5수이다.
2) 온정균의 시 024. 〈선생 자수께 부침(寄先生子修)〉에 보인다.
3) 軍府(군부) : 원주에는 '府庫(부고)'로 되어 있는데, ≪좌전≫에 의거하여 바로 잡았다.

이동시키며 이제 막 피려하는 울타리의 국화와 꽃이 다 져버린 못의 연밥을 대비시키고 있다. 이들은 비록 상반된 사물들이지만 모두가 실의한 시인의 처지를 상징하고 있는 것으로 볼 수 있으니, 시인 자신은 아직 능력이 드러나지 않아 인정받지 못하는 국화일 수 있으며 이미 때를 잃고 쇠락해 버린 연밥일 수도 있기 때문이다. 마지막 제7~8구에서는 마음속의 고향을 떠올리며 차마 돌아가지도 못하고 타향에서 유랑생활을 해야만 하는 현실에 안타까워하고 있다.

102

寄潯陽杜校理[1]

심양의 두교리에게 부침

簷下秋江夜影空,2	처마 아래 가을 강에 밤 그림자 휑한데
倚樓人在月明中.3	밝은 달빛 속 누각에 기대어 있는 사람 있다네.
不將行止問朝列,4	관직 구하는 것을 하지도 그만 두지도 못한 채
長脫衣裳與釣翁.5	오래도록 고기잡이 늙은이에게 옷 벗어 주기만 하였네.
幾處別巢悲去鷰,6	여러 곳 빈 둥지에서 떠나간 제비를 슬퍼하였고
十年回首送歸鴻.7	십 년을 고개 돌려 돌아가는 기러기 보내었네.
那應更結廬山社,8	그러니 응당 여산의 모임을 다시 맺어야 할 터인데
見說心閑似遠公.9	듣건대 그대 마음 한가로워 혜원(惠遠)과 같다 하네.

【주석】

1 [원주] ≪십도지・강남도≫에 "강주에 심양이 있다."라 하였다.(十道志江南道, 江州有潯陽)
杜校理(두교리) : 교리인 두씨. ≪전당시≫에는 '조교서(趙校書)'로 되어 있다. 누구인지 분명하지 않다.

2 簷(첨) : 처마. ≪전당시≫에는 '렴(簾)'으로 되어 있으며, '발', '주렴'이라는 뜻이다.
夜影空(야영공) : 밤 그림자가 고요하다. 강 위에 아무 것도 떠 있지 않은 것을 말한다.

3 倚樓人(의루인) : 누각에 기대어 있는 사람. 조하 자신을 가리키는 것으로, 수심에 겨워하는 모습을 나타낸 것이다.

4 [원주] ≪맹자≫에 "행함에 혹 그것을 시키는 사람이 있고, 그침에 혹 그것을 막는 사람이 있으나, 행하고 그치는 것은 사람이 할 수 있는 것이 아니다…"라 하였다.(孟子, 行或使之, 止或泥之, 行止非人所能者[4]云云)
行止(행지) : 행하거나 그만두다.

4) 所能者(소능자) : 원주에는 빠져 있는데 문맥상 추가하였다.

問朝列(문조열) : 조정의 반열을 묻다. 관직을 구하는 것을 의미한다.

5 [원주] 두보의 시[5]에 "옷을 고기 잡는 늙은이에게 주네."라 하였다.(詩史, 衣裳與釣翁)
長(장) : 오래도록. ≪전당시≫에는 '유(唯)'로 되어 있으며, '다만'이라는 뜻이다.
脫衣裳與釣翁(탈의상여조옹) : 옷을 벗어 어옹에게 주다. 권세가들을 따라 연회에 참석한 것을 의미한다.
두보의 시 〈정공을 모시고 가을 저녁에 북쪽 연못에서 바라보며(陪鄭公秋晩北池臨眺)〉에 "잔 술을 나루터 관리들에게 두루 내리고, 옷을 고기 잡는 늙은이에게 주네.(盃酒霑津吏, 衣裳與釣翁)"라는 구가 있는데, 구조오(仇兆鰲)는 주에서 "잔을 나누고 옷을 주는 것은 연회자리에서 사람들에게 은혜를 내리는 것이다. ≪두시억설≫에 '소즙'과 '배주' 두 연은 대관이 연회를 즐기는 기상을 묘사한 것이라 하였다.(分杯授衣, 席前頒惠於人也. 杜臆, 素檝盃酒兩聯, 寫出大官遊宴氣象)"라 하였으니, 이 구는 앞 구와 함께 조하가 관직을 간알하고 다니면서 느꼈던 회의적인 생각과 권세가들을 쫓아 다니며 생활했던 모습을 묘사한 것이다.

6 [원주] ≪좌전≫ "제비는 분기를 담당한다."의 주에 "춘분에 왔다가 추분에 간다."라 하였고, ≪예기≫에 "8월 백로일에 기러기가 오고, 5일 후에 제비가 돌아간다."라 하였다.(左傳, 玄鳥司分, 注, 春分來, 秋分去. 禮曰, 八月白露之日, 鴻雁來, 後五日, 玄鳥歸)
鷰(연) : 제비. '연(燕)'과 같다.

7 [원주] ≪춘추설제사≫에 "기러기가 남북으로 가는 것은 양기가 움직이기 때문이다."라 하였다.(春秋說題辭, 雁之南北以陽動也)

8 那(나) : 지시사. 그러하니, 그런 까닭에.

9 [원주] ≪고승전≫에 "혜원이 심양에 이르러 여산 봉우리가 청정하여 족히 마음을 쉬게 할 수 있음을 보고 용천정사에 살았다. 당시 승 혜영이 서림에 살고 있었는데, 혜원과는 동문으로 오랜 친구였으며, 마침내 혜원에게 함께 살 것을 청하였다. 혜영이 자사 환이에게 아뢰기를, '혜원이 수도를 하여야 하는데, 지금 딸린 사람들이 이미 많고 오는 사람들 또한 많습니다. 제가 거처하는 곳은 협소하여 함께 살기에 부족하니 어찌해야 할까요?'라 하니 환이가 혜원을 위해 산 동쪽에 다시 도량을 세워주었다. 동림이 즉 이것이다."라 하였다. ≪여산기≫에 "혜원이 열여덟 명의 현자들과 함께 백련사를 결성하여 정토종을 수도하였다. 객을 전송하며 호계를 지나는데 호랑이가 갑자기 모여들어 울었다. 도원량, 육수정과 함께 도를 이야기하다 호계를 건너는 것을 깨닫지 못하였으니, 이 때문에 서로 크게 웃었다."라 하였다.(高僧傳, 惠遠屆潯陽. 見廬峰淸淨, 足以息心, 住龍泉精舍. 時有沙門惠永居在西林, 與遠公同門舊好, 遂要遠同止. 永謂刺使桓伊曰, 遠公方當弘道, 今徒屬已廣, 而來者方多. 貧道所棲褊狹, 不足相處, 如何, 桓乃爲遠復於山東更立房殿. 卽東林是也. 廬山記, 遠公與十八賢同修淨土于白蓮社. 送客過虎溪, 虎輒聚鳴. 與陶元亮, 陸修靜談道, 不覺過虎溪, 因相與大笑)
見說(견설) : 듣자하니. '청설(聽說)'과 같은 의미이다. 이백(李白)의 시 〈촉으로 들어가는 친구를 전송하며(送友人入蜀)〉에 "듣기에 촉 땅 길은 험난하여 다니기 쉽지 않다 하네.(見說蠶叢路, 崎嶇不易行)"라 하였다.

5) 이 시의 제목은 〈정공을 모시고 가을 저녁에 북쪽 연못에서 바라보며(陪鄭公秋晩北池臨眺)〉이다.

似(사) : ~인 듯하다. ≪전당시≫에는 '승(勝)'으로 되어 있으며, '~보다 낫다'는 뜻이다.
遠公(원공) : 진(晉)의 승려 혜원(惠遠)을 가리킨다. 혜원은 즉 혜원(慧遠)으로, 회남(雁門) 누번(婁煩, 지금의 산서성 누번현(樓煩縣)) 사람이며 속성은 가씨(賈氏)이다. 21세 때에 석도안(釋道安)에게 수계하였으며, 효무제(孝武帝) 태원(太元) 15년(390)에 여산에 동림정사(東林精舍)를 세우고 종병(宗炳), 유유민(劉遺民) 등과 백련사(白蓮社)를 결성하여 정토종(淨土宗)의 시조가 되었다.

【해설】

이 시는 심양에 있는 두교리(杜校理)에게 쓴 것으로, 시의 내용으로 보아 대화(大和) 7년(833) 예성시진사과(預省試進士科)에 급제한 후 장안에 있으면서 관직을 간알하던 때에 쓴 것으로 여겨진다. 시에서는 고향을 떠나 객지에서 간알하며 살아가고 있는 자신의 처지를 한탄하며 심양에서 한가로운 삶을 살아가고 있는 두교리에 대한 흠모의 뜻을 나타내고 있다.
제1~2구에서는 가을밤 쓸쓸한 강의 풍경을 바라보고 있는 시인의 모습이 나타나 있는데, 휑한 밤 그림자와 홀로 누각에 기대어 있는 모습에서 시인의 고독과 번민이 느껴진다. 다음 제3~4구에서는 이것의 구체적인 내용으로서, 간알하는 생활에 회의를 느끼면서도 차마 그만 두지 못하고 권력자들을 따라다녀야만 하는 현실의 상황을 말하고 있다. 다음 제5~6구에서는 번갈아 왔다 가는 제비와 기러기를 통해 간알하며 떠도는 자신의 모습과 그들처럼 고향을 왕래하지 못하는 자신의 처지를 상징적으로 나타내고 있다. 마지막 제7~8구에서는 두교리가 있는 심양(潯陽)이 옛날 혜원이 백련사를 결성하였던 곳이었음을 생각하며, 자신도 그와 같이 세속을 떠나 정토종을 수련하면서 마음의 평정을 찾고 싶다는 바람을 나타내고 이미 그곳에서 혜원과 같은 삶을 살고 있을 두교리를 부러워하고 있다.

103

早春渭津東望[1]

이른 봄에 위수 나루에서
동쪽을 바라보며

煙水悠悠霽景開,2	안개 낀 강물은 유유히 흐르고 맑은 경관 펼쳐 있는데
俯流東望思難裁.3	물결 굽어보며 동쪽을 바라보니 생각은 가눌 길 없네.
鄉連島樹潮應滿,	고향은 섬의 나무들로 이어져 조수는 차오르고
月在釣船人未回.	달빛 속 고깃배에서 사람은 돌아오지 않았겠지.
帶雪鳥聲先曙動,4	눈과 함께 새 소리는 새벽에 앞서 움직이고
度關春色犯寒來.5	동관 넘어 봄빛은 추위를 침범하며 다가오네.
相逢盡說長安樂,6	서로 만나 장안의 즐거움을 다 이야기하려
夜夜夢歸江上臺.	밤마다 꿈에 강가 누대로 돌아간다네.

【주석】

1 이 시는 ≪전당시≫에 수록되어 있지 않다.
[원주] ≪십도지・관내도≫에 "옹주에 위수가 있다."라 하였다.(十道志關內道, 雍州有渭水)
渭津(위진) : 위수(渭水)의 나루터. 조하가 위남위(渭南尉)로 있었으므로 구체적으로는 위남(渭南, 지금의 섬서성 위남시(渭南市))에 있던 나루터인 것으로 여겨진다. 위수는 감숙성(甘肅省) 위원현(渭源縣)에서 발원하여 섬서(陝西) 지역을 지나 동관(潼關)에서 황하(黃河)로 합류한다. 위하(渭河) 혹은 위천(渭川)이라고도 한다.
東望(동망) : 동쪽을 바라보다. 조하의 고향이 초주(楚州) 산양(山陽, 지금의 강소성 회안시(淮安市))이었던 까닭에 이와 같이 말한 것이다.

2 悠悠(유유) : 물이 느리며 아득히 멀리 흐르는 모양.
霽景(제경) : 눈비나 안개 등이 개어 맑은 경치.

3 俯流(부류) : 강물을 굽어보다.

4 先曙動(선서동) : 새벽보다 앞서 움직이다. 새벽이 밝아오기 전에 새소리가 먼저 들리는 것을 말한다.

5 度(도) : 넘다, 건너다. '도(渡)'와 같다.
關(관) : 동관(潼關)을 가리킨다.

犯寒來(범한래) : 추위를 침범하며 오다. 봄의 기운이 추위를 조금씩 누그러뜨리며 성해지는 것을 말한다.

6 [원주] 환담의 ≪신론≫에 "관동의 속담에 '사람이 장안의 즐거움에 대해 들으면 문을 나서며 서쪽을 향해 웃는다. 사람이 고기 맛이 좋은 것을 알면 도살장 문을 마주하고 입맛을 다신다.'라고 한다."라 하였다.(桓譚新論, 關東里語曰, 人聞長安樂, 出門西向而笑. 人知其肉味美, 卽對屠門而嚼也云云)

【해설】

이 시는 회창 말, 또는 대중 초에 위남위(渭南尉)로 있을 때 쓴 것으로 여겨진다. 시인은 이른 봄 위수의 경관을 바라보며 고향의 봄날 경관을 상상하고 꿈속에서나마 고향으로 돌아가고 싶은 소망을 나타내고 있다.

시에서는 매 연마다 현실과 상상의 교차대비의 수법을 사용하여 작자의 향수를 보다 심화시키고 있다. 제1~2구에서는 물안개에 싸여 동으로 흐르는 위수와 맑게 갠 주변 경관을 바라보며 고향에 대한 그리움에 빠져들고 있는 시인의 모습이 나타나 있다. 제3~4구에서는 고향의 모습을 상상한 것으로, 나무가 무성한 섬으로 이어지고 불어난 조수에 밤늦도록 고기잡이하는 광경을 통해 평화롭고 아늑한 고향 마을의 모습을 나타내고 있다. 다음 제5~6구에서는 다시 현실로 돌아와 이른 새소리와 조금씩 짙어지는 봄기운으로 위수의 이른 봄을 묘사하고 있는데, 새소리가 '새벽에 앞서 움직인다[先曙動]'나 봄 색이 '추위를 침범하여 다가온다[犯寒來]'와 같이 청각의 시각화와 의인화의 수법을 활용함으로써 봄을 보다 사실적이고 생동감 있게 표현하고 있다. 마지막 제7~8구에서는 고향의 지인들을 만나 장안에서의 이야기를 나누고 싶은 마음에 밤마다 꿈속에서 고향의 누대를 찾아가는 시인의 모습이 나타나 있다.

104

漢江秋晚[1]

한강에서의 가을 저녁

覆菊低煙豔晩叢,2	국화 감싸며 드리운 안개에 저녁 꽃무더기는 아름답고
墜階涼葉舞疎紅.3	계단에 떨어져 시든 잎은 성긴 붉은 빛으로 춤추도다.
人歸遠島秋砧外,4	사람은 가을 다듬이 소리 밖 먼 섬으로 돌아가고
雁宿寒塘夜雨中.	기러기는 밤비 내리는 차가운 못에 깃들이네.
幾縱笙歌留醉伴,5	몇 번이고 내키는 대로 피리 불며 술친구 잡아두며
獨將身許向樵翁.6	홀로 장차 나무하는 늙은이로 살고자 하네.
故園何處空回首,7	옛 동산 어디인가, 헛되이 고개 돌리나니
萬里蕭蕭蘆荻風.8	아득히 갈대에 이는 바람만 쓸쓸하구나.

【주석】

1 이 시는 ≪전당시≫에 수록되어 있지 않다.
[원주] ≪통전≫에 "산남도 양양현에 한수가 있다."라 하였다.(通典, 山南道襄陽縣有漢水)
漢江(한강) : 한수(漢水)를 가리킨다. 지금의 섬서성(陝西省) 영강현(寧强縣)에서 발원하여 호북성(湖北省) 양번(襄樊)을 거쳐 호북성 무한(武漢)에 이르러 장강(長江)으로 흘러든다.

2 覆(부) : 덮다. 감싸다. '엎어지다, 뒤집다'의 뜻일 때는 독음이 '복'이다.
低煙(저연) : 땅에 낮게 깔린 안개.
晩叢(만총) : 저녁 꽃무더기. '총(叢)'은 나무나 화초가 무리지어 자라 있는 것을 가리킨다.

3 疎紅(소홍) : 성긴 붉은 빛. 붉은 잎이 드문드문 흩날리는 것을 말한다.

4 砧(침) : 다듬잇돌. 여기서는 다듬이 소리를 의미한다.

5 幾(기) : 여러 번, 자주.
縱(종) : 마음 내키는 대로 하다.

6 將(장) : 장차 ~ 하고자 한다.
身許(신허) : 몸을 허락하다.

樵翁(초옹) : 나무하는 늙은이. 은자를 상징한다.
7 故園(고원) : 옛 동산. 고향을 의미한다.
8 蘆荻(노적) : 갈대와 물억새.

【해설】

이 시는 한수(漢水)의 가을 저녁 경관을 바라보고 향수를 노래한 것으로, 작시 시기는 분명하지 않다.

시에서는 시선의 변화와 색상의 대비를 통해 만추의 강변마을의 정경을 아름답고 섬세하게 묘사하고 있으며, 은거생활에 대한 지향과 고향에 대한 그리움이 잘 나타나 있다. 제1~2구에서는 근경을 묘사하며 '황색[菊]'과 '붉은색[紅]', '무리[叢]'와 '성김[疎]', '지상의 꽃'과 '하늘에서 떨어지는 잎'을 대비시키고 아울러 그 시간적 배경을 저녁으로 설정하여 만추에 이른 계절의 상황을 상징적으로 나타내고 있다. 이어 제3~4구에서는 원경으로써 집으로 돌아가는 사람과 차가운 못에 깃들이는 기러기의 모습을 묘사하고 있는데, '다듬이 소리[砧聲]'와 '밤비[夜雨]'를 배경으로 삼음으로써 적막함과 쓸쓸함의 정서를 아울러 나타내고 있다. 이어 제5~6구에서는 친구와 함께 술로써 자신의 외로움을 달래고 있는 상황과 전원에 살고 싶은 자신의 지향을 말하고, 마지막 제7~8구에서는 쓸쓸한 가을 풍경을 통해 고향에 대한 그리움을 직접적으로 나타내고 있다.

105

宿楚國寺有懷[1]

초국사에 유숙하며 느낀 바 있어

風動衰荷寂寞香,	바람이 시든 연을 흔드니 적막한 향기 나고
淡煙殘日共蒼蒼.[2]	옅은 안개와 지는 해는 함께 어슴푸레 하구나.
寒生晚寺波搖壁,	저녁 사찰에 차가운 기운 일어 담벽에 요동치고
紅墜疎林葉滿床.[3]	휑한 숲에 붉은 잎 떨어져 침상에 가득하네.
起雁似驚南渚棹,[4]	날아오르는 기러기는 남쪽 물가의 노에 놀란 듯,
輕雲欲護北樓霜.[5]	가벼운 구름은 북쪽 누각의 서리를 감싸려 하네.
江邊松菊荒應盡,[6]	고향 강가에 소나무와 국화마저 다 황폐해졌을 터,
八月長安夜正長.[7]	팔월 장안의 밤은 정말 길기만 하구나.

【주석】

1 楚國寺(초국사) : 당 고조(高祖)가 거사 중에 태원(太原)에서 죽은 다섯째 아들 초애왕(楚哀王) 이지운(李智云)을 위해 장안에 지은 사찰. ≪유양잡조(酉陽雜俎)≫ 속집 권6에 "절 안에 초애왕의 등신금동상이 있다.(寺內有楚哀王等身金銅像)"라 하였다.

2 淡煙殘日(담연잔일) : 옅은 안개와 지는 해. ≪전당시≫에는 '단연잔월(斷煙殘月)'로 되어 있으며, '조각구름과 지는 달'이라는 뜻이다.
蒼蒼(창창) : 푸른 모양. 해가 저물며 푸른빛이 어슴푸레 감도는 것을 가리킨다.

3 紅墜(홍추) : 붉은 색이 떨어지다. ≪전당시≫에는 '홍타(紅墮)'로 되어 있으며 뜻은 같다.
疎林(소림) : 휑한 숲. 잎이 져서 숲 안이 들여다보이는 것을 말한다.

4 渚(저) : 물가, 모래톱. ≪전당시≫에는 '포(浦)'로 되어 있으며 뜻은 같다.

5 [원주] 두목의 시[6]에 "서리 감싸던 구름 열리니 바다 위의 하늘이 아득하네."라 하였다.(杜牧詩, 護霜雲破海天遙[7])

6) 이 시의 제목은 〈뿔피리 소리 들으며(聞角)〉이다.

輕雲(경운) : 가벼운 구름. ≪전당시≫에는 '음운(陰雲)'으로 되어 있으며 '검은 구름', 또는 '먹구름'의 뜻이다.

欲護(욕호) : 보호하려 하다. 구름이 서리를 감싸고 있는 것을 가리킨다.

6 [원주] 도잠의 〈귀거래사〉에 "세 갈래 길이 장차 황폐해지려 하나, 소나무와 국화는 여전히 남아 있구나."라 하였다.(陶潛, 歸去來辭, 三徑就荒, 松菊猶存云)

7 正(정) : 바로, 진정. 강조의 뜻이다.

【해설】

이 시는 가을날 초국사에서 유숙하며 계절에 대한 감상과 감회를 노래한 것으로, 대화(大和) 7년(833) 예성시진사과(預省試進士科)에 급제한 후 장안에 있으면서 관직을 간알하던 시기에 쓴 것으로 여겨진다. 시에서는 적막함과 쓸쓸함, 소멸과 쇠락으로 초국사의 가을 경관을 묘사함으로써 객지에서 간알하며 살아가고 있는 자신의 심경과 처지를 상징적으로 나타내고 있다.

제1~6구에서는 초국사의 주변 경관을 색채의 대비와 시선의 변화 등을 통해 섬세하게 묘사하고 있다. 먼저 제1~2구에서는 각각 '시든 연[衰荷]'과 '지는 해[殘日]'를 소재로 하여 쓸쓸하고 적적한 자신의 심경을 투영시키고 있으며, 다음 제3~4구에서도 요동치는 한파와 떨어지는 붉은 잎을 통해 역시 절정을 지나 쇠락의 시기로 접어든 자신의 처지를 상징적으로 나타내고 있다. 특히 제3구와 제4구는 '한파(寒波)'와 '홍엽(紅葉)'을 이분하여 각각 '생(生)'과 '요(搖)', '추(墜)'와 '만(滿)'의 주어로 설정함으로써, 시인의 독특하고 감각적인 표현기교를 느끼게 한다. 이어 제5~6구에서는 기러기 날아오르는 남쪽 못과 구름 피어오르는 북쪽 누각을 통해 세상 가득한 처연한 가을 풍경을 포괄적으로 묘사함으로써 작자의 서글픈 감정을 보다 전면적이고 총체적으로 드러내고 있다. 마지막 제7~8구에서는 도잠의 〈귀거래사(歸去來辭)〉를 인용하여 도잠보다도 오히려 더 오랜 타향생활에 송국(松菊)조차 시들어버렸을 고향의 모습을 상상하며, 자신의 처지에 대한 회한과 안타까움을 나타내고 있다.

7) 海天遙(해천요) : 원주에는 '海山(해산)'으로만 되어 있는데, ≪번천시집(樊川詩集)≫에 의거하여 바로 잡았다.

106

憶山陽[1]

고향 산양을 생각하며

家在枚皐舊宅邊,2	집은 매고의 옛 집 가에 있나니
竹軒晴與楚牆連.3	대나무 집은 환하고 초주의 성벽은 이어져 있다네.
芰荷香繞垂鞭袖,4	연잎들이 향기에 싸일 때 소매는 채찍을 드리웠고
楊柳風橫聞笛船.5	버들들이 바람에 비낄 때 배에서 피리소리 들었다네.
城礙十洲煙鶴路,6	성은 십주의 안개 낀 학의 길을 막고
寺臨千頃夕陽川.	절은 천 구비 석양의 시내에 닿아 있다네.
可憐時節堪歸處,7	가련한 시절에 고향으로 돌아가고픈 마음 견디며
花落猿啼又一年.	지는 꽃, 원숭이 울음에 또 일 년을 보내는구나.

【주석】

1 [원주] ≪한서≫에 “하내군에 산양현이 있다.”라 하였다.(漢書, 河內郡有山陽縣)
山陽(산양) : 지명. 지금의 강소성 회안시(淮安市)로, 조하의 고향이다.

2 [원주] ‘매고의 집’은 어디인지 모른다.(枚皐宅, 未詳)
枚皐(매고) : 서한(西漢)의 부(賦) 작가. 자는 소유(少孺)이며 한부 〈칠발(七發)〉의 작자인 매승(枚乘)의 아들이다.

3 [원주] ≪십도지·회남도≫ ‘초주’의 주에 “양주 지역은 춘추시기에는 오나라에 속했다. 본래 한대(漢代) 사양현 지역은 진대(秦代)에는 구강군이었다가 진대(晉代)에 산양현이 되었으며, 저주 지역에 있다. 당 고조 무덕 4년(621)에 초주로 바꾸었다.”라 하였다.(十道志淮南道, 楚州, 注, 揚州[8]之域, 春秋時屬吳, 本漢射陽縣地, 秦爲九江郡, 晉爲山陽縣, 在滁州之部. 武德四年, 改爲楚州)
竹軒(죽헌) : 대나무로 만든 집.
與(여) : ~과(와). 병렬의 뜻을 나타낸다.

8) 揚州(양주) : 원주에는 ‘楊州(양주)’로 되어 있어 바로 잡았다.

楚牆(초장) : 초주 지역의 성벽. ≪전당시≫에는 '초성(楚城)'으로 되어 있으며, '초주 지역의 성'이라는 뜻이다. '초파(楚坡)'로 되어 있는 판본도 있는데, 이는 '초주 지역의 언덕'이라는 뜻이다.

4 [원주] ≪초사≫[9] "부용꽃이 여러 마름풀과 연꽃 속에서 막 피어났네."의 주에 "'기'는 마름풀이다."라 하였다.(楚詞, 芙蓉始發雜芰荷, 注, 芰, 蔆也)

芰荷(기하) : 마름풀과 연잎.

垂鞭袖(수편수) : 채찍 드리운 소매. 가던 길을 멈추고 풍경을 감상하는 것을 가리킨다.

5 [원주] ≪문선≫의 〈사구부〉에 보인다.(見選思舊賦)

聞笛船(문적선) : 피리 소리 듣는 배. 배를 타고 피리 소리를 들으며 유람하는 것을 가리킨다. ≪전당시≫에는 피리를 분다는 뜻의 '농적선(弄笛船)'으로 되어 있다.

楊柳(양류) : 버들. '양(楊)'은 갯버들이며 '류(柳)'는 수양버들이다.

양(楊)

6 [원주] 동방삭 ≪십주기≫에서 "조주, 영주, 방주, 염주, 장주, 원주, 유주, 강주, 봉린주, 취굴주"라 한 것이 이것이다.(東方朔, 十洲記, 祖洲, 瀛洲, 方洲, 炎洲, 長洲, 元洲, 流洲, 江洲, 鳳麟洲, 聚窟洲, 是也)

礙(애) : 가로 막다.

十洲(십주) : 전설상 신선이 산다고 하는 열 개의 섬. ≪십주기≫에 한(漢) 무제(武帝)가 서왕모(西王母)에게서 팔방 큰 바다에 십주가 있는데, 그곳은 인적이 닿지 않은 곳이라는 말을 듣고는 동방삭을 불러 십주의 기이한 사물들에 대해 물었다는 기록이 있다.

鶴路(학로) : 학이 날아가는 길. ≪전당시≫에는 '도로(島路)'로 되어 있으며, '섬길'이라는 뜻이다.

7 堪歸處(감귀처) : 돌아갈 곳을 견디다. 고향으로 돌아가고픈 마음을 참아내고 있는 것을 말한다. ≪전당시≫에는 '감귀거(堪歸去)'로 되어 있으며, '돌아가는 것을 견디다'라는 뜻이다.

【해설】

이 시는 고향의 모습을 회상하며 향수를 노래한 것으로, 작시 시기는 분명하지 않다.

고향을 떠나 오랜 기간 관직을 구하였으나, 아무런 성과도 얻지 못한 시인은 타향에서 또 한 차례의 봄을 보내면서 고향의 봄의 경관을 회상하며 고향에 대한 그리움과 자신의 처지에 대한 안타까움을 토로하고 있다.

제1구부터 제6구까지는 고향의 모습을 회상한 것으로, 육지에서 강으로 옮겨지고 다시 근경에서 원경으로 이어지는 시선의 변화와 확장을 통해 고향의 아름다운 경관을 사실적이고 생동감 있게 묘사하고 있다. 제1~2구에서는 뭍에 위치한 고향집의 모습을 묘사하고 있는데, 매고(枚皐)의 옛터에 대나무로 지어져 이어진 성벽들이 바라다 보이는 모습에서 고향집의 순박하고 고요한 정취를 느낄 수 있다. 다음 제3~4구에서는 시선을 물가 쪽으로 전환하여 향기로운 꽃과 풀이 가득하고 버들이 바람에 비끼는 고향집 주위의 근경을 묘사하며, 아울러 그 속에서 즐기며 노닐었던 옛날의 추억들을 회상하고 있다. 다음 제5~6구에서는 시선을 다시 물 위로 옮겨 크고 작은 섬이 떠 있고

9) 여기서는 송옥(宋玉)의 〈초혼(招魂)〉을 말한다.

성벽과 절이 잇닿아 있는 넓은 강이 펼쳐져 있는 원경을 묘사하고 있는데, 고향의 섬들을 신선의 거주지인 십주(十洲)에 비유하고, 이어 물가에 자리한 석양의 절을 묘사함으로써 고요하고 탈속적인 고향의 정경을 잘 드러내고 있다. 마지막 제7~8구에서는 현실로 돌아와, 고향으로 돌아가고픈 마음을 견디며 타향에서 또 한 해를 보내고 있는 자신의 처지를 안타까워하고 있다.

107

送裴評事赴夏州幕[1]

하주의 막부로 부임하는
배평사를 전송하며

塞垣從事識兵機,[2]	변경의 종사관 군사 일에 능하여
祗議平戎不議歸.[3]	오랑캐 정벌만을 생각할 뿐 돌아올 생각 않는다네.
入夜笳聲含素髮,[4]	밤 되어 피리소리에 흰 머리칼을 견디고
報秋榆葉落征衣.[5]	가을 알리는 느릅나무 잎은 융복에 떨어지겠구려.
城臨戰壘黃雲晚,[6]	성벽 이어진 보루에 저물녘 누런 구름 피어나고
馬渡寒沙夕照微.	말을 타고 넘는 차가운 사막에 석양빛은 희미하네.
此別不應書斷絶,	지금 이별해도 서신 끊겨서는 안 될지니
滿天霜雪有鴻飛.[7]	서리 눈 가득한 하늘에도 기러기는 날고 있으리.

【주석】

1 이 시는 ≪전당시≫에 〈평사 이배를 전송하며(送李裴評事)〉라는 제목으로 실려 있다.
[원주] ≪직림≫에 "평사는 형벌을 담당하는 관리이다."라 하였다. ≪십도지≫에 "관내도에 하주가 있다."라 하였다.(職林, 評事, 刑官. 十道志, 關內道有夏州)
裴評事(배평사) : 이배(李裴)를 가리키며, 사적은 알려져 있지 않다.
評事(평사) : 대리시(大理寺)의 소속 관원. ≪구당서(舊唐書)·직관(職官)·대리시(大理寺)에 "평사 12명은 종8품 하이며, 사신의 임무와 추고와 핵실의 업무를 관장한다.(評事十二人, 從八品下, 掌出使推覈)"라 하였다.
夏州(하주) : 지명. 지금의 섬서성 정변현(靖邊縣) 지역.

2 [원주] ≪후한서≫에 "경기[10]가 오랑캐를 쫓아 변방을 나갔다가 돌아왔다."라 하였다. 채옹의 〈소〉에서 "진나라가 장성을 쌓고 한나라가 변경의 장벽을 만드니, 안과 밖이 다르고 풍속이 달라지게 된

10) 경기(耿夔, ?~?) : 동한의 명신 경국(耿國)의 아들로, 영원(永元) 3년(91) 대장군좌교위(大將軍左校尉)로 임명되어 800여명의 기마병을 이끌고 변경에서 오천여 리 벗어난 곳까지 흉노를 정벌하고 돌아왔다.

까닭입니다."라 하였다. ≪진직관지≫에 "주에 자사를 두고, 여러 조에는 종사 등의 관원이 있다."라 하였다.(後漢書, 耿夔追虜出塞而還. 蔡邕, 疏, 曰, 秦築長城, 漢起塞垣, 所以別內外, 異殊俗. 晉職官志, 州置刺史, 有諸曹從事等員)

塞垣(새원) : 변경의 장벽. 국경지역을 가리킨다.

從事(종사) : 관직 이름. 막부의 종사관을 가리킨다.

兵機(병기) : 군무(軍務). 작전을 세우고 병사를 지휘하는 등의 일.

3 衹議(지의) : 다만 ~을 꾀하다. ≪전당시≫에는 '지의(只擬)'로 되어 있으며, 뜻은 다르지 않다.

平戎(평융) : 오랑캐를 평정하다.

議歸(의귀) : 돌아갈 것을 꾀하다. ≪전당시≫에는 '의귀(擬歸)'로 되어 있으며, 뜻은 다르지 않다.

4 [원주] ≪전한서≫에 "호가는 호인들이 갈대 잎을 말아 만든 것으로, 이것을 불어 음악을 연주한다. 이연년이 호곡에 따라 새로운 노래를 만들어 무악으로 삼았으니, 〈출새〉, 〈입새〉와 같은 곡이 있다."라 하였다.(前漢書, 胡笳者, 胡人卷蘆葉, 吹之作樂. 李延年因胡曲, 更造新聲, 以爲武樂, 有出塞入塞之曲)

含(함) : 참다, 견디다.

素髮(소발) : 흰 머리. ≪전당시≫에는 '백발(白髮)'로 되어 있으며 뜻은 같다.

5 [원주] ≪전한서・한안국전≫ "돌을 쌓아 성을 만들고 느릅나무를 심어 요새를 만들었다."의 주에 "여순이 말하기를, '요새 위에 느릅나무를 심는다.'라고 하였다."라 하였다.(前漢書韓安國傳, 累石爲城, 樹榆爲塞, 注, 如淳曰, 塞上種榆也)

征衣(정의) : 군복. '융의(戎衣)'와 같다.

6 [원주] ≪회남자≫에 "황천의 먼지 날아올라 누런 구름이 되었다…"라 하였다.(淮南子, 黃泉之埃上爲黃雲云云)

臨(임) : 연결되다, 이어지다. '연(連)'으로 되어 있는 판본도 있는데 뜻은 같다.

戰壘(전루) : 성벽 중간에 방어를 위해 쌓은 진지. 보루(堡壘) 또는 성루(城壘)라고도 한다.

7 [원주] 상권 "기러기 오히려 돌아가네"의 주에 보인다.[11](見上卷雁却廻注)

성루(城壘)

【해설】

이 시는 변방의 막부로 부임하는 이배를 전송하며 쓴 것으로, 작시 시기는 분명하지 않다.

시에서는 증별시의 전형적인 형식을 차용하여 떠나는 이에 대한 칭송과 떠나는 곳에 대한 상상, 이별의 상황과 감회를 순차적으로 서술하고 있다.

제1~2구에서는 군사 일에 능통한 이배의 자질과 헌신적인 우국충정을 높이 칭송하며 그가 이번 임무의 적임자로서 많은 공을 세우게 될 것임을 말하고 있다. 다음 제3~4구에서는 그가 있을

11) 장호의 시 099. 〈겨울날 월대에 올라 고향을 생각하며(冬日登越臺懷鄕)〉에 보인다.

변경의 정경과 그곳에서의 그의 모습을 상상하며, 백발의 나이에도 아랑곳 않고 굳건히 임무를 수행하는 이배의 굳건함과 그럼에도 불구하고 끝내 떨쳐버리지 못할 전장에서의 회한과 상념을 대비시켜 나타내고 있다. 제5~6구에서는 헤어져 멀리 성을 벗어나 말을 타고 사막을 넘어가는 이배의 모습을 저물녘의 황운과 희미한 석양빛을 배경으로 묘사하며 자신의 애틋하고 아쉬운 심정을 담아내고 있다. 마지막 제7~8구에서는 비록 헤어지더라도 연락은 끊어지지 않기를 바라며, 서리 가득한 하늘로 비유되는 암울하고 힘든 상황일지라도 자주 서신을 주고받자는 당부의 말을 전하고 있다.

108

長安月夜與友人話舊山[1]

장안에서의 달밤에 친구와
옛 동산을 이야기하며

宅邊秋水浸苔磯,2	집 가의 가을 물이 이끼 낀 바위에 차오를 때면
日日持竿去不歸.3	매일같이 낚싯대 들고 가서는 돌아오질 않았었지.
楊柳風多潮未落,4	버들에 바람 잦고 조수는 줄지 않으며
蒹葭霜在雁初飛.5	갈대에 서리 내릴 때 기러기 막 돌아왔다네.
重嘶匹馬吟紅葉,6	거듭 울어대는 외로운 말에서 붉은 잎을 노래하고
卻聽踈鍾憶翠微.7	문득 들려오는 성긴 종소리에 지는 푸른 빛 떠올리네.
今夜秦城滿樓月,8	오늘 밤, 장안의 누각에 달 가득한데
故人相問一霑衣.9	친구와 서로 물으며 눈물로 함께 옷을 적신다네.

【주석】

1 舊山(구산) : 옛 산. 고향을 가리킨다. ≪전당시≫에는 '고산(故山)'으로 되어 있으며, 뜻은 같다. '고인(古人)'으로 되어 있는 판본도 있다.

2 苔磯(태기) : 이끼 낀 물가의 바위.

3 持竿(지간) : 낚싯대를 들다. '간(竿)'은 대나무 장대로, 여기서는 낚싯대를 의미한다.

4 楊柳(양류) : 버들. '양(楊)'은 갯버들이며 '유(柳)'는 수양버들이다.
潮未落(조미락) : 물의 수위가 낮아지지 않다. 겨울이 되면 물의 수위가 낮아지는데, 아직 겨울이 되지 않았음을 말한 것이다.

5 [원주] ≪시경≫[12]에 "갈대 잎은 무성하고 흰 이슬은 서리가 되었네."라 하였다.(詩, 蒹葭蒼蒼, 白露爲霜)
蒹葭(겸가) : 갈대. '겸(蒹)'은 큰 갈대이며 '가(葭)'는 어린 갈대이다.
霜在(상재) : 서리가 남아 있다. ≪전당시≫에는 '상냉(霜冷)'으로 되어 있다.
雁初飛(안초비) : 기러기가 이제 막 날아오다. 조하의 고향은 산양(山陽, 지금의 강소성 회안시(淮安市))

12) 여기서는 〈진풍(秦風)·겸가(蒹葭)〉 시를 말한다.

으로, 가을이 되면 겨울을 나기 위해 북쪽에서 기러기가 날아온다.

6 [원주] ≪한시외전≫에 "안회가 오문(吳門) 앞에 있는 말을 멀리서 바라보며 한 필의 명주로 보니, 공자께서 말이라고 말하였다. 즉 말의 모습이 한 필 명주처럼 긴 것일 따름이었다. 따라서 후인들은 말을 일컬어 한 필이라 하였다."라 하였다.(韓詩外傳, 顔回望吳門馬, 見一疋練. 孔子曰, 馬也. 然則馬之光景長一疋耳, 故後人號馬爲一疋)

7 [원주] '취미(翠微)'는 상권에 이미 나왔다.[13](翠微, 已出上卷)

疎鍾(소종) : 성긴 종소리. 이따금씩 들려오는 종소리를 말한다.

翠微(취미) : 푸른빛이 옅어지는 산색. 가을빛이 물들어가는 고향의 산을 가리킨다.

8 秦城(진성) : 진(秦)의 도성. 장안(長安)을 가리킨다.

9 相問(상문) : 서로 묻다. ≪전당시≫에는 '상견(相見)'으로 되어 있으며, '서로 보다'라는 뜻이다.

一霑衣(일점의) : 함께 옷을 적시다. '일(一)'은 '같이', '함께'의 뜻. 강조로서 '온통', '흠뻑'의 뜻으로 보는 것도 좋을 듯하다.

【해설】

이 시는 가을 달밤에 타향 장안에서 고향 친구를 만나 고향에서의 생활과 고향의 풍광을 회상하며 함께 향수를 달랬던 감회를 나타낸 것으로, 대화(大和) 7년(833) 예성시진사과(預省試進士科)에 급제한 후 관직을 간알하며 장안에 머물고 있던 시기에 쓴 것으로 여겨진다.

시에서는 크게 두 부분으로 나누어 고향에 대한 아름다운 회상과 향수로 인한 현실의 비애감을 극명하게 대비시켜 나타내고 있다.

제1~2구에서는 가을 물이 차오를 때면 매일같이 낚시하러 나가 시간가는 줄 모르곤 했던 자유롭고 순박한 고향에서의 일상생활을 떠올리고 있다. 다음 제3~4구는 당시 낚시터에서 보곤 했던 고향의 가을풍광을 회상한 것으로, 시선을 뭍에서 물로 이동하고 다시 수면에서 하늘로 옮겨가며 물가에 연해있는 고향의 풍광을 보다 특징적이고 사실적으로 묘사하고 있다. 묘사의 방법은 시각적인 묘사를 주선으로 하면서도 바람과 조수, 서리와 기러기를 그 직접적인 대상으로 삼음으로써 촉각이나 청각적인 효과까지도 함께 느껴질 수 있도록 배치하고 있는 점이 돋보인다. 제5~6구에서는 타향에서 외로이 지내는 자신의 처지와 감정을 거듭 울어대는 필마(匹馬)의 울음에 비유하고, 이따금 들려오는 종소리에 고향에 대한 상념에 빠져들고 있는 자신의 모습을 말하고 있다. 마지막 제7~8구에서는 자신과 마찬가지로 역시 고향을 떠나온 옛 친구를 만나, 동병상련의 심정으로 눈물로써 서로를 위로하고 있는 모습이 나타나 있다.

13) 온정균의 시 025. 〈쉬는 날 중서성에서 아는 분을 찾아뵙고(休澣日西掖謁所知)〉에 보인다.

109

自解[1]

내 심사풀이

閑梳短髮坐秋塘,[2]	한가로이 짧은 머리 빗으며 가을 연못에 앉으니
滿眼山川與恨長.	눈에 가득한 산천은 회한과 함께 길기만 하구나.
松島鶴歸音信斷,[3]	송도에 학 돌아가 서신은 끊기었고
橘洲風起夢魂香.[4]	귤주에 바람 피어나니 꿈속의 혼은 향기롭네.
琴依賣卜先生樂,[5]	거문고는 점을 팔았던 엄선생의 즐거움에 의지하고
賦學娛賓處士狂.[6]	부(賦)는 빈객을 즐겁게 한 예처사의 광증을 배우네.
獨往不愁迷去路,[7]	홀로 떠나 갈 길 모르는 것 근심치 않나니
一生蹤迹在滄浪.[8]	내 일생의 자취는 저 푸른 물에 있다네.

【주석】

1 이 시는 ≪전당시≫에 제3~4구만 잔구(殘句)로 남아 있다.

2 梳(소) : 머리 빗다.
短髮(단발) : 짧은 머리. 나이가 들었음을 말한 것이다.

3 音信斷(음신단) : 소식이 끊기다. ≪전당시≫에는 '서신절(書信絶)'로 되어 있으며, '편지가 끊기다'라는 뜻이다.

4 [원주] 두보의 시[14] 주에 "귤주는 장사현에 있다."라 하였다.(詩史, 注, 橘洲在長沙)
橘洲(귤주) : 상강(湘江) 유역의 퇴적섬의 하나로, 지금의 호남성 장사시(長沙市) 구역에 있다. 내륙섬으로는 세계 최대의 크기이다.
夢魂(몽혼) : 꿈속을 떠도는 영혼. 앞 구의 '음신(音信)'에 비추어 보면, 꿈속에서 고향을 찾아가는 것을 의미한다.

14) 이 시의 제목은 〈곽십오 판관에게 수답하며(酬郭十五判官)〉로, '교구진의 귤주에 풍랑은 거세다.(喬口橘洲風浪促)'구의 주에 있다.

5 [원주] ≪한서≫에 "촉에 엄군평이라는 사람이 있어 성도시에서 점을 쳤었는데, 점을 치는 일이 천한 일이지만 다른 사람들에게 은혜를 베풀 수 있다고 여겼다. 좋고 나쁘고 그르고 바른 것에 대한 질문에 점괘에 따라 이로움과 해로움을 말해주었다. 며칠 동안 몇 사람의 점괘를 보아주고 약간의 돈을 얻어 스스로 먹고 살 수 있게 되니, 가게 문을 닫고 발을 내리고는 ≪노자≫를 전수하였다." 라 하였다. '거문고 일'은 분명하지 않다.(漢書, 蜀有嚴君平, 卜筮於成都市, 以爲卜筮者賤業, 而可以惠衆. 有好惡非正之問[15], 則依蓍[16]龜[17]爲言利害. 裁[18]日, 閱數人得百錢, 足自養. 則閉肆下簾而授老子. 琴事, 未詳)

琴依(금의) 구: 엄군평(嚴君平)처럼 세상에 얽매이지 않고 거문고를 즐기며 유유자적하게 지내는 것을 말한다.

6 [원주] ≪후한서≫에 "예형의 자는 정평이고 평원군 반현 사람이다. 어려서부터 재주가 있고 언변이 뛰어났으며, 기개가 높고 성격이 강직하여 바른 소리를 잘하였으니, 공융과 사이가 좋았었다. 공융이 상소하여 그를 천거하며 말하기를, '제가 평원의 처사 예형을 만났는데 나이가 24세로서…'라 하였다. 조조가 그를 만나보려 하자, 예형은 본디 가벼운 질병이 있었는데 스스로 광증(狂症)이 있다 칭하고 가려하지 않으면서 번번이 방자한 말을 하였다. 조조는 분한 마음을 품었으나 그의 재주와 명성 때문에 죽이고 싶어 하지는 않았다. 예형이 조조에게 갈 것을 허락하니, 공융이 다시 조조를 만나 예형의 광증을 말하고 지금 스스로 사죄를 청하고 있다고 하였다. 조조가 기뻐하며 문하에 손님을 맞이할 준비를 명하고, 성대한 연회로 그를 대우하였다. 이에 예형은 홑겹 옷과 남루한 두건을 착용하고 손에는 삼 장 길이의 지팡이를 들고서는 땅을 두드리며 크게 욕을 해대었다. 나졸이 이르기를, '바깥에 미친 이가 영문 앞에 앉아 있는데, 말이 험하고 사납습니다.…'라 하였다. 이에 유표에게 보내졌으나 유표는 예형을 받아들일 수 없음을 부끄러워하며, 강하태수 황조가 성격이 급한 까닭에 다시 예형을 그에게 보내 주었다. 황조는 또한 그를 잘 대해 주었는데, 황조의 큰 아들 황역이 장릉태수로 있으면서 특히 예형에게 잘 대해 주었다. 황역이 당시에 크게 빈객들을 모아 잔치를 벌였는데, 앵무새를 바치는 이가 있었다. 황역이 예형에게 술잔을 들고 말하기를, '원컨대 선생께서 부(賦)를 써서 빈객들을 즐겁게 해 주십시오.'라 하였다. 예형이 붓을 잡고 부를 지으니 글에 덧붙일 것이 없었으며 문채가 매우 아름다웠다."라 하였다.(後漢書, 禰衡, 字正平, 平原般人也.[19] 少有才辯, 尙氣, 剛傲好矯, 唯善孔融. 融上疏薦之曰, 竊見平原處士禰衡, 年二十四云云. 曹操欲見之, 而衡素輕疾, 自稱狂疾不肯往, 而數有恣言. 操懷忿, 而以其才名不欲殺之. 衡許往, 融復見操, 說衡狂疾, 今求得自謝. 操喜, 勅門下有客便通, 待之極晏. 衡乃著布單衣疎巾, 手持三尺梲杖, 捶地大罵. 吏曰, 外有狂生坐於營門, 言語悖逆云云. 送與劉表, 表恥不能容, 以江夏太守黃祖性急, 故送衡與之. 祖亦善待焉. 祖長子射爲章陵太守, 尤善於衡. 射時大會賓客, 人有獻鸚鵡者, 射擧巵於衡曰, 願先生賦之以娛佳賓. 衡攬筆而作, 文無加點, 詞彩甚麗)

賦學(부학) 구: 〈앵무부(鸚鵡賦)〉를 쓴 예형(禰衡)과 같이 세상에 얽매이지 않고 자신의 뜻대로

15) 問(문) : 원주에는 빠져 있는데, ≪한서≫에 의거하여 추가하였다.
16) 蓍(시) : 원주에는 '耆(기)'로 되어 있는데, ≪한서≫에 의거하여 바로 잡았다.
17) 龜(구) : 원주에는 빠져 있는데, ≪한서≫에 의거하여 추가하였다.
18) 裁(재) : 원주에는 빠져 있는데, ≪한서≫에 의거하여 추가하였다.
19) 平原般人也(평원반인야) : 원주에는 이 글자 다음에 '般則聲(반즉성)'이 더 있는데, 연문(衍文)이라 생략하였다.

살아가는 것을 가리킨다.

7 [원주] 회남왕 유안의 ≪장자략요≫에 "강해의 선비와 산곡의 사람들은 천하를 가벼이 여기고 만물을 사소하게 여기며 홀로 깊고도 넓다."라 하였다. 사마표는 "홀로 자연으로 가서 다시는 돌아보지 않았다."라 하였다.(淮南王莊子略要, 江海之士, 山谷之人, 輕天下細萬物而獨往. 司馬彪曰, 獨往自然, 不復顧也)

8 [원주] '창랑'은 상권에서 이미 나왔다.[20](滄浪, 已出上卷)

【해설】

이 시는 관직에 나아가지 못한 채 기약 없는 타향생활을 하고 있는 자신의 처지에 대한 회한과 관직에 연연해하는 자신의 삶에 대한 환멸을 나타낸 것으로, 정확한 작시 시기는 알 수 없다. 제1~2구에서는 먼저 '한가롭다[閑]'와 '짧은 머리[短髮]'라는 표현을 통해 아직 관직에 나아가지 못한 채 헛되이 나이만 들어가고 있는 현실의 상황을 비유하고, 가을 연못을 배경으로 하여 쓸쓸하고 서글픈 자신의 처지와 심경을 상징적으로 드러내고 있다. 이어 눈에 보이는 산천에 자신의 감정을 투영하여 끝없이 이어져가는 산천의 모습을 회한의 연속으로 바라보고 있다. 다음 제3~4구에서는 끊어진 서신과 꿈속을 헤매는 혼을 통해 고향에 대한 그리움을 나타냄으로써, 제1~2구에서 드러낸 회한과 비통함의 심정을 보다 심화시키고 있다. 제5~6구는 관직을 추구하는 삶에 대한 회의와 환멸을 나타낸 것으로, 거문고를 타고 ≪노자≫를 전수하며 인간 세상과 절연했던 엄군평(嚴君平)과 세상에 얽매이지 않고 자신이 원하는 바대로 행동했었던 예형(禰衡)을 언급하며 자신 또한 그들과 같은 삶을 살고 싶다는 바람을 드러내고 있다. 그러나 이와 같은 바람이 본심이 아님을 자신 또한 잘 알고 있는 까닭에 마지막 제7~8구에서 시인은 자신은 본디 세상에 대한 욕망이 없는 사람이라는 자기 위안적인 말을 통해 현실에 대한 불만을 해소하려 하고 있다.

20) 장호의 시 096. 〈화음현의 산중거처로 돌아가는 영남 노판관을 전송하며(送嶺南盧判官歸華陰山居)〉에 보인다.

110

永日1

긴 하루

方塘藹藹晝含暉,2	방형 연못은 어슴푸레 한낮의 빛을 머금고
永日寥寥靜者機.3	긴 하루 적막함이 마치 고요한 이의 모습이로다.
白鳥自淩秋色去,4	흰 새는 홀로 가을빛 헤치며 날아가고
碧雲長帶夕陽歸.	푸른 구름은 기다랗게 석양과 함께 돌아가네.
城連砧杵踈寒樹,5	성에 이어지는 다듬이 소리, 잎 진 나무는 휑하고
月傍關河慘別衣.	달빛 비치는 변경 강에 이별의 옷이 애달프구나.
不道求名是何事,6	명성을 추구한다 말하지 않겠으니, 이 무슨 까닭인가?
病來難與故山違.7	이제는 병들어 고향 땅 떠나있기가 어렵기 때문이라네.

【주석】

1 이 시는 ≪전당시≫에 수록되어 있지 않다.
永日(영일) : 긴 하루. '영(永)'은 '장(長)'의 뜻이다.

2 藹藹(애애) : 풀이 무성한 모양.

3 [원주] 사령운의 시[21] "돌아와 고요한 이의 편안함을 얻었네." 구의 이선의 주에 "≪논어≫에 이르기를 '지혜로운 이는 움직이고, 어진 이는 고요하다.'라고 하였다."라 하였다. ≪장자≫에 "호자가 이르기를 '나의 선자기[22]를 조금 본 것이다.'라고 하였다."라 하였다.(謝靈運詩, 還得靜者便, 李善注, 語曰, 智者動, 仁者靜. 莊子, 壺子曰, 殆見吾善者機也)
寥寥(요요) : 적막하고 쓸쓸함.
靜者機(정자기) : 고요한 이의 조짐, 또는 낌새. 종일토록 적막하게 있는 자신의 모습이 마치 인자(仁者)가 고요히 머물러 있는 것과 같음을 말한 것이다.

4 淩(능) : 뛰어 넘다. 헤치고 날아가다.

21) 이 시의 제목은 〈시녕현의 별채를 지나며(過始寧墅)〉이다.
22) 선자기(善者機) : 죽음을 삶으로 돌리는 기미. 죽음과 삶을 각각 악과 선으로 보는 것에서 유래한 말이다.

5 砧杵(침저) : 다듬잇돌과 홍두깨. 다듬이 소리를 의미한다.
踈(소) : 성기다. 가을에 잎이 져서 숲속이 휑하게 들여다보이는 것을 의미한다.
寒樹(한수) : 차가운 나무. 잎이 진 가을 나무를 가리킨다.
6 不道(부도) : 말하지 않다.
7 故山(고산) : 옛 동산. 고향 땅을 가리킨다.
違(위) : 떠나다, 벗어나다.

【해설】

이 시는 관직을 구하며 유랑하던 시기에 쓴 것으로, 자신의 삶에 대한 회한과 절망적인 심경을 토로하고 고향에 대한 그리움을 나타내고 있다.

제1~2구에서는 하루해가 다 가도록 하릴없이 헛되이 시간만 보내고 있는 시인의 모습이 나타나 있는데, 애써 인자(仁者)의 모습으로써 자신을 위안하고 있는 것이 오히려 안쓰럽게 여겨진다. 다음 제3~4구에서는 홀로 날아가는 새와 석양에 길게 드리워져 있는 구름을 통해 외로운 자신의 처지와 황혼으로 접어 들어가는 자신의 생을 상징적으로 나타내고 있다. 이어 제5~6구에서는 변경으로 떠나가 있는 이를 위해 겨울옷을 준비하는 다듬이 소리와 잎이 다지고 휑한 속이 들여다보이는 나무숲을 통해 가을의 계절적 배경과 고향을 떠나와 있는 자신의 처지를 말하고 있다. 시인에게 들려오는 다듬이 소리는 또한 자신을 생각하며 옷을 만들고 있는 고향에서의 다듬이 소리를 떠올리게 하였을 것이다. 이에 시인은 마지막 제7~8구에서 명성을 추구했던 자신의 삶에 대해 회의를 나타내고, 나이 들고 병약해짐에 따라 고향에 대한 그리움이 더욱 견디기 어려움을 말하며 고향으로 돌아가겠다는 결의를 나타내고 있다.

마대시(馬戴詩)

[원주] ≪신당서·예문지≫에 "마대의 시는 한 권이다."라 하였다. 주석*에 "자는 우신이고 회창 연간**(841~846)에 진사에 붙었다."라고 하였다.(唐藝文志, 馬戴詩一卷, 字虞臣, 會昌進士第)

마대(馬戴, 799~869)

마대(馬戴)는 당(唐)나라 정주(定州) 곡양(曲陽, 현재의 강소성(江蘇省) 동해현(東海縣)) 사람이다. 만당(晩唐) 때의 유명한 시인이다.

젊어서부터 수십 년 동안 여러 차례 과거에 낙방하면서 중국 각지를 떠돌아다녔고, 장안과 관중 일대에서 오래도록 머물면서 화산(華山)에서 은거하기도 하고 새외로 나가기도 하였다. 당(唐) 무종(武宗) 회창 4년(844)에 항사(項斯), 조하(趙嘏) 등과 함께 급제하였다. 선종(宣宗) 대중(大中) 원년(847)에 태원(太原) 막부의 장서기(掌書記)가 되었다가 직언으로 죄를 얻어 용양(龍陽, 지금의 호남성(湖南省) 한수(漢壽))의 현위(縣尉)로 폄적되었다가 뒤에 사면을 받아 수도로 돌아왔다. 의종(懿宗) 함통(咸通) 말에 대동군(大同軍) 절도사의 막부로 들어갔다가 함통 7년(867)에 국자감(國子監) 태상박사(太常博士)로 발탁되었고 함통 9년에 죽었다.

시문에 능하였는데 그의 시는 단련되었지만 경쾌하고, 고심하지만 온화하여 운치가 풍부해서 만당시풍의 유약하면서도 편벽된 성격은 없다. 특히 오언율시(五言律詩)가 명성이 높다. 설능(薛能), 고비웅(顧非熊), 은요번(殷堯藩) 등과 친하게 사귀면서 시편을 주고받았고, 가도(賈島), 요합(姚合)등과 시우(詩友)가 되어 수창한 시가 많다. 떠돌아다니는 우울함과 득의하지 못한 한탄 등을 잘 표현하였는데 함축적이면서도 온화하고 경쾌하면서도 자연스럽다.

그의 성취에 대해 역대의 많은 평자들이 만당의 시인의 수준을 뛰어넘었다고 칭찬하였는데, 청대의 기윤(紀昀)은 ≪영규율수간오(瀛奎律髓刊誤)≫에서 만당 시인 중에 마대의 품격이 가장 높다고 했으며 옹방강(翁方綱)은 ≪석주시화(石洲詩話)≫에서 마대의 오언율시에 대해 단지 성당의 대가들만이 비견할 수 있으니 만당으로 논하는 것은 부당하다고 칭찬하였다.

시작에는 투증(投贈), 응수(應酬), 기려(羈旅), 산림(山林) 등의 제재를 가진 작품이 많고 사회현실을 반영한 작품은 많지 않다. ≪전당시≫에 그의 시 172수가 남아있다.

(서용준)

* 원주에서는 구별하지 않았으나, ≪신당서≫의 내용에 따르면 "마대의 시는 한 권이다"만이 ≪신당서≫의 본문이고 그 뒷부분은 구양수(歐陽修)의 주석이다.

** 회창 4년(844)을 말한다.

111

瓜州留別李謬[1]

과주에서 이류와 이별하며 남겨줌

泣玉三年一見君,[2]	옥을 안고 운 지 삼년 동안 그대를 한 번 만났는데
白衣顦顇更離群.[3]	흰 옷에 파리한 모습으로 다시 친구들과 떨어진다.
柳堤惜別春潮落,[4]	버드나무 둑에서 아쉬워 이별하니 봄 조수는 낮아졌고
花榭留歡夜漏分.[5]	꽃나무 정자에서 머물게 하며 즐기니 물시계는 반이 되었다.
孤舘宿時風帶雨,[6]	외로이 여관에서 잠들 때엔 바람이 비를 끌고 오겠고
遠帆歸處水連雲.[7]	먼 길 배로 돌아갈 곳에는 물이 구름에 이어지겠지.
悲歌曲盡休重奏,[8]	슬픈 노래 애절하니 다시 연주하지 말거라
心繞關河不忍聞.[9]	마음이 변방의 물길을 따라 감도니 차마 듣지 못하겠다.

【주석】

1 이 시는 ≪전당시≫에 허혼(許渾)의 작품으로 되어 있으며, 〈과주에서 이후와 이별하며 남겨줌(瓜州留別李詡)〉이라는 제목으로 실려 있다.

[원주] ≪십도지≫에 "농우도[1]에 과주가 있다"라고 하였다.(十道志, 隴右道有瓜州)

瓜州(과주) : 현재의 감숙성(甘肅省) 주천시(酒泉市) 과주현(瓜州縣) 일대. 서쪽으로 돈황(敦煌)과 가깝다.

유별(留別) : 유별시(留別詩)는 당대(唐代) 증별시(贈別詩)의 일종으로 보기도 하는데, 증별시를 송별시(送別詩)와 유별시(留別詩)로 나누어서 보내는 사람이 주는 시를 송별시, 떠나는 사람이 주는 시를 유별시로 나눈다. 증별시 자체를 보내는 사람이 주는 시로 이해하는 경우에는 유별시가 증별시에 반대되는 개념이 된다.

李謬(이류) : 누구인지 알 수 없다.

2 [원주] ≪한비자≫에 "초나라 사람 화씨가 형산에서 옥돌을 얻어서 여왕에게 바쳤다. 왕이 옥장이에게

1) 농우도(隴右道) : 십도(十道)의 하나로 농산(隴山) 오른쪽(서쪽)에 있다고 하여 이름 지었다. 현재 감숙성(甘肅省) 농산의 서쪽에서 청해성(青海省) 청해호(青海湖) 동쪽 사이와 신강(新疆) 동쪽 지역이다.

감정하게 시키자 대답하길 돌이라 하였다. 왕은 화씨가 거짓말을 하였다 여기고는 그의 왼발을 잘랐다. 무왕이 즉위하자 다시 옥돌을 왕에게 바쳤다. 옥장이에게 감정하게 하니 또 돌이라 대답하였다. 왕이 또 그의 오른발을 잘랐다. 문왕이 즉위하자 화씨는 옥을 안고 초산 아래에서 울었으니 삼일 낮, 삼일 밤을 울어 눈물이 다하자 피가 그것을 이었다. 왕이 사람에게 시켜 그 옥돌을 다듬게 하여 거기서 보물을 얻고는 마침내 '화씨지벽'이라고 하였다."라 하였다.(韓非子, 楚人和氏得玉璞於荊山中, 獻之厲王. 王使玉人相之, 曰, 石也. 王以和爲誑, 而刖其左足. 及武王卽位, 又獻之王. 使玉人相之, 又曰, 石也. 王又刖其右足. 文王卽位, 和抱璧而哭於楚山之下, 三日三夜, 泣盡而繼之以血. 王乃使人理其璞, 而得寶焉, 遂命和氏之璧)

泣玉(읍옥) : 옥을 안고 울다. 재능은 있으나 성공하지 못하고 슬퍼하는 것을 비유한다.

一見君(일견군) : 나를 알아주는 그대를 한 번 만나다. 화씨지벽의 고사가 비록 화씨와 왕 사이에서 일어났던 사건에 관한 것이고 이 시에서도 옥을 안고 울었다고 하였지만 유별시인 이 시에서 '군(君)'을 왕으로 해석하는 것은 어울리지 않는다.

3 [원주] ≪당국사보(唐國史補)≫에서 "진사 과거는 수나라 대업[2] 연간에 시작하였는데 정관[3] 연간과 영휘[4] 연간 사이에 번성하여서 벼슬아치가 띠에 홀을 꽂고 지위가 다른 신하를 압도하여도 진사 과거를 통하지 않았다면 결국 찬미되지 못하였다. 진사를 존중하여 백의의 공경이라 하였다."라 하였다. ≪예기≫[5]에 "자하가 말하길 '내가 친구를 떠나 홀로 지낸 것이 …"라 하였다.(國史補, 進士科始於隋大業中, 盛於貞觀, 永徽之際, 搢紳雖位極人臣, 不由進士者, 終不爲美. 其推重謂之白衣公卿. 禮記, 子夏曰, 吾離群索居云云)

白衣(백의) : 하얀 옷. 평민을 가리키기도 함.

顦顇(초췌) : 초췌(憔悴)와 같다.

離群(이군) : 여러 사람들을 떠나다. 친구들과 멀어지다. 사령운(謝靈運)의 〈못가 누각에 올라(登池上樓)〉에 '홀로 지내도 오래되기 쉽겠지만, 친구와 떨어지니 마음 두기 어렵구나.(索居易永久, 離群難處心)'라고 나온다. 이 시에서도 같은 의미이다.

4 柳堤(류제) : 위에 버드나무를 심은 둑

春潮(춘조) : 봄의 조수.

5 [원주] 〈등루부〉[6]에서 "밤이 반이 지났는데 잠 못 들고"라고 하였는데 이선이 주를 하기를 "≪방언≫에서 '참(參)은 나누다'라고 하였다. 한비자가 말하길 '위령공이 복수에 도착했는데 한밤중에 거문고 연주하는 것을 들었다'라고 하였다."라 하였다.(登樓賦, 夜參半而不寐. 李善注, 方言曰, 參, 分也. 韓子曰, 衛靈公至濮水, 夜分而聞有皷琴者)

花榭(화사) : 꽃이 만발한 곳에 세운 정자.

留歡(류환) : 손님을 머물게 하고 잔치를 즐기다.

夜漏(야루) : 밤의 시간을 알리는 물시계. 활용하여 밤의 시간.

2) 대업(大業) : 수 양제(煬帝)의 연호로 605년에서 618년까지이다.
3) 정관(貞觀) : 당 태종(太宗)의 연호로 627년에서 649년까지이다.
4) 영휘(永徽) : 당 고종(高宗)의 연호로 650년에서 655년까지이다.
5) 여기서는 ≪예기(禮記)·단궁상(檀弓上)≫편을 말한다.
6) 등루부(登樓賦) : 왕찬(王粲)의 부 작품이다.

6 孤舘(고관) : 외롭고 쓸쓸한 여관.

7 遠帆(원범) : 먼 길 가는 배. 정범(征帆)과 같다.

8 [원주] 고악부로 왕융의 〈비가행(悲歌行)〉에서 "집에 돌아가려 해도 사람이 없고, 강을 건너려 해도 배가 없구나. 마음 속 그리움을 말할 수 없어서, 창자 속에선 수레바퀴가 굴러다닌다."라 하였다. 또 "슬픈 노래로 우는 것을 대신할 수 있고, 멀리 보는 것으로 돌아가는 것을 대신할 수 있다. 집에 얽매이지 않았으나 고향을 생각하니 울적한 마음 끝이 없다."라 하였다.[7)] (古樂府, 王融, 悲歌曰, 欲歸家無人, 欲渡河無船. 心思不能言, 腸中車輪轉[8)]. 又, 悲歌可以當泣, 遠望可以當歸. 家無累[9)], 念故鄕, 鬱鬱纍纍)

休重奏(휴중주) : 다시 연주하지 말라. ≪전당시≫에는 '막중주(莫重奏)'로 되어 있는데 뜻은 같다.

9 關河(관하) : 관산(關山) 부근의 하천. 관산은 변방 요새 부근의 산을 의미하며 관하는 변방의 하천이라는 뜻이다. 여기에서는 과주(瓜州) 지역 근방의 하천을 의미한다. 현재 과주현에는 소륵하(疎勒河)가 지나지만 이 시에서 관하가 정확히 이곳인지는 알 수 없다.

【해설】

이 시는 허혼(許渾)의 명시로 유명한 작품이지만 ≪십초시≫에는 마대의 작품으로 되어 있으며 제목도 약간 다르다. 마대 또한 변새를 떠돌았던 적이 있다고 하나 반드시 마대의 시라고 할 수는 없겠다.

제1~2구는 멀리 변방인 과주에서 삼년간 뜻을 얻지 못하고 지내던 시인이 자신을 알아주는 친구인 이류를 만났지만 여전히 득의하지 못한 낮은 신분으로 다시 친구들과 멀어져서 떠나야 한다는 것을 서술하였다. 제3~4구는 서로 작별하는 장소의 풍경을 시간적 변화에 따라 계절적 배경에서 하루 시간의 배경으로 옮기면서 묘사하였고, 그에 따라 이별의 분위기를 비유적으로 표현하였다. 봄의 버드나무는 이별을 상징하며 낮아진 물은 속마음의 표현을 비유한다. 물시계가 반이 되었다는 것은 시간이 많이 지났다는 것인데 흐르는 물은 이별의 눈물을 비유한다. 제5~6구는 시인이 떠나갈 여정에 대한 상상이다. 시인은 홀로 여관에 묵으며 비와 바람에 잠 못 이룰 것이고 어딘 지도 모를 까마득히 먼 하늘 끝 그 곳으로 떠나갈 것이다. 제7~8구는 이별을 한스러워하는 마음에 술자리에서 부르려는 슬픈 노래를 만류하였다.

변방을 떠돈 것은 원하지 않은 일이었지만 변방을 떠나는 것도 또한 즐겁지 못하다. 앞날은 여전히 불투명하고 친한 벗은 변방에 남아있기 때문이다.

7) 이 악부시의 원래 순서는 "슬픈 노래로 우는 것을 대신할 수 있고, 멀리 바라보는 것으로 돌아가는 것을 대신할 수 있다. 고향을 그리워하자니 울적한 마음 끝이 없다. 집에 돌아가려 해도 사람이 없고 강을 건너려 해도 배가 없구나. 마음 속 그리움을 말할 수 없어서 창자 속에선 수레바퀴가 굴러다닌다.(悲歌可以當泣, 遠望可以當歸. 思念故鄕, 鬱鬱纍纍. 欲歸家無人, 欲渡河無船. 心思不能言, 中腸車輪轉)"이다.

8) 輪轉(윤전) : 원주에는 '轉輪(전륜)'이라고 되어있는데, ≪악부시집≫에 의거하여 바로 잡았다.

9) 家無累(가무루) : 사실 본래 악부시에는 '家無累(가무루)'가 없어 "집에 얽매이지 않았으나 고향을 생각하면"이 아니라 그냥 "고향을 그리워하면"으로 보아야 할 것이다. 그리하여 '家無累(가무루)'를 연문으로 보는 것이 기본적으로 합당하겠으나, 어쩌면 원주를 쓴 자산 스님(釋子山)이 이렇게 이해했을 수도 있다.

112

逢表兄鄭判官奉使淮南別後却寄[1]

회남으로 사신 가는 사촌형 정판관을 만나
이별한 뒤에 돌아와서 부침

盧橘花香拂釣磯,[2]	노귤의 꽃향기 낚시 바위를 스치는데
佳人猶舞越羅衣.[3]	아름다운 사람은 월나라 비단 옷을 입고 여전히 춤을 췄지.
三洲水淺魚來少,[4]	세 모래섬은 물이 얕아서 물고기 오는 것이 적고
五嶺山高雁到稀.[5]	다섯 골짜기는 산이 높아서 기러기 도달하는 것이 드물겠지.
客路晩依紅樹宿,[6]	나그네 길에 날이 저물어 붉은 나무에 의지해 묵고
鄕關晴望白雲歸.[7]	고향에 날이 개어 흰 구름 돌아가는 것 바라보리라.
故交不待征南吏,[8]	옛 친구는 남쪽으로 떠나는 관리를 기다리지 않았으니
昨夜風帆去似飛.[9]	어젯밤 바람 맞은 돛단배는 나는 듯이 떠나갔구나.

【주석】

1 이 시는 ≪전당시≫에 허혼(許渾)의 작품으로 되어 있으며, 〈부장수인 사촌형을 이별하고(別表兄軍倅)〉라는 제목으로 실려 있다.

[원주] ≪의례≫에서 "외삼촌과 고모의 아들이다"라 하였다. 정현이 말하길 "외형제[10)]다"라 하였다.(儀禮, 舅姑之子. 鄭玄云, 外兄弟也)

表兄(표형) : 성이 다른 사촌형.

鄭判官(정판관) : 마대의 친척인 성이 정씨인 판관. 누구인지는 모른다.

判官(판관) : 당대에 절도사, 관찰사 등의 아래에 두어 지방장관의 소속이 되어 정사를 보조하게 했던 관직.

淮南(회남) : 회수(淮水) 남쪽 지역.

≪전당시≫의 허혼의 시에는 서(序)가 남아있다. 이에 따르면 허혼이 남해(南海, 지금의 광주시(廣州市) 남해군(南海郡))에 가도록 명을 받아 여릉(廬陵)(길주(吉州), 지금의 강서성(江西省) 길안현(吉安

10) 외형제(外兄弟) : 고모의 아들, 외삼촌의 아들, 이모의 아들로서 성이 다른 사촌 형제를 가리킨다.

縣) 서쪽)에 이르러 사촌형을 만났는데 사촌형은 사신의 일로 회해(淮海, 지금의 강소성(江蘇省) 양주(揚州))로 떠났기에 시를 썼다고 하였다. 이 내용을 따르면 회남은 곧 회해를 가리키게 된다.

2 [원주] 〈상림부〉에서 "검은색 귤은 여름에 익고"라 하였다. (이선) 주에서 "응소가 '≪이윤서≫에서 기산의 동쪽은 청오의 보금자리인데 검은색 귤이 여름에 익는다고 하였다.'라 말하였다. 진작은 '여기서는 비록 상림에 대해 부를 쓰면서도 다른 곳의 진기한 것들을 두루 인용하였으니 한 가지에 얽매이지 않았다. 노는 검은색이다.'라 말하였다."라 하였다.(上林賦, 盧橘夏熟. 注, 應劭曰, 伊尹書曰, 箕山之東, 靑鳥之所[11], 有盧橘夏熟. 晉灼曰, 此雖賦上林, 博引異方珍奇, 不係一也. 盧, 黑也)

盧橘(노귤) : 검은색 귤. 금귤의 일종으로 가을에 빨간 열매가 생겨서 다음해 봄에 흑청색이 되었다가 여름에 익는다.

釣磯(조기) : 낚시질 할 때 앉는 바위.

3 越羅(월라) : 월나라 비단. 월 지역은 전통적인 비단의 산지이다. 월나라 비단은 좋은 비단이라는 의미이다.

4 [원주] ≪시경≫[12]에 이르길, "종을 치고 큰 북을 치니, 회수에는 세 모래섬이 있다."라 하였는데, 주석에서 "세 모래섬은 회수가의 땅이다."라 하였다. 물고기편지는 상권에 이미 나왔다.[13](詩曰, 鼓鍾伐鼛, 淮有三洲. 注, 三洲, 淮上地. 魚書, 已出上卷)

三洲(삼주) : 보통은 전설상의 삼신산을 가리키나 이 시에서는 ≪십초시≫의 견해대로 '회수가의 세 모래섬'이 더 타당한 것으로 보인다.

魚(어) : 물고기편지. ≪악부시집(樂府詩集)·상화가사(相和歌辭)≫에 수록된 〈음마장성굴행(飮馬長城窟行)〉에 "객이 먼 곳에서 와서 나에게 잉어 두 마리를 보내었다. 아이를 시켜 잉어를 삶게 하니 그 안에 한 자짜리 비단 편지가 있었다.(客從遠方來, 遺我雙鯉魚. 呼兒烹鯉魚, 中有尺素書)"라고 하였다. 이에 따라 물고기, 또는 물고기편지(魚書)가 편지를 가리키게 되었다.

5 [원주] ≪전한서·진여전≫에 "남쪽으로 오령에서 수자리를 서야 했다."라 나오는데 복건은 "산골짜기가 다섯이 있어서 이름 지었다. 교지(지금의 월남)와 합포(지금의 광서성(廣西省) 최남단의 합포현)의 경계에 이 골짜기가 있다."라 하였다. 안사고가 말하길 "복건의 주장은 틀렸다"라고 하였다. 또 안사고는 "배연(裴淵)의 ≪광주기≫에서 대유, 시안, 임하, 계양, 게양이 오령[14]이라 하였다."라 하였다. 기러기편지는 이미 상권에 나왔다.[15](前漢, 陳餘傳, 南有五嶺之戍. 服虔曰, 山嶺有五, 因以名之. 交趾合浦界有此嶺. 師古曰, 服說非[16]也. 裴氏廣州記[17]曰, 大庾, 始安, 臨賀[18], 桂陽, 揭陽是爲五嶺. 鴈書已出上卷)

鴈(안) : 기러기를 통해 전하는 편지. 여기서는 먼 곳에서 오는 서신을 말한다.

6 客路(객로) : 나그네 길.

11) 所(소) : 원주에는 '柳(류)'라고 되어있는데 ≪문선≫에 의거하여 바로 잡았다.
12) 여기서는 〈소아(小雅)·고종(鼓鍾)〉 시를 말한다.
13) 장호의 시 099. 〈겨울날 월대에 올라 고향을 생각하며(冬日登越臺懷鄕)〉에 보인다.
14) 이들은 중국 남부의 호남(湖南), 강서(江西), 광동(廣東), 광서(廣西)성의 남단에 걸친 남령산맥(南嶺山脈)의 다섯 골짜기(오령)이다.
15) 장호의 시 099. 〈겨울날 월대에 올라 고향을 생각하며(冬日登越臺懷鄕)〉에 보인다.
16) 非(비) : 원주에는 '是(시)'라고 되어있는데 ≪전한서≫에 의거하여 바로 잡았다.
17) 裴氏廣州記(배씨광주기) : 원주에는 '張氏廣記(장씨광기)'라고 되어있는데 ≪전한서≫에 의거하여 바로 잡았다.
18) 臨賀(임하) : 원주에는 '임하(臨夏)'라고 되어있는데 ≪전한서≫에 의거하여 바로 잡았다.

紅樹(홍수) : 꽃이 붉게 활짝 핀 나무. 또는 단풍이 빨갛게 든 나무. 여기서는 단풍든 나무를 가리키는 것으로 보았다.

7 鄕關(향관) : 고향.

晴望(청망) : ≪전당시≫ 허혼의 시에는 '조망(朝望)'이라고 되어 있으며 '아침에 바라보다'라는 뜻이다. 허혼시의 경우 '암망(暗望)'이라고 된 판본도 있다. 이 경우에는 '어둠 속에서 바라보다'라는 뜻이다.

8 故交(고교) : 옛 친구. ≪전당시≫ 허혼의 시에는 '교친(交親)'이라고 되어 있으며, '친구와 친척'이라는 뜻이다.

征南吏(정남리) : 남쪽으로 가는 관리. 이 시에서는 정판관을 가리킨다. ≪전당시≫ 허혼의 시에는 제7구가 '교친불념정남리(交親不念征南吏)'라고 되어있다. "친구는 남쪽으로 떠나는 관리를 그리워하지 않는가?"라는 뜻이다.

9 風帆(풍범) : 돛을 활짝 펴고 가는 배.

【해설】

이 시는 허혼(許渾)의 시로 추정하는 것이 근거가 분명해 보이지만, ≪십초시≫는 마대의 시로 분류하고 있다. 회남(淮南) 지역으로 사신 가는 사촌형 정판관과 이별한 뒤 돌아와 그에게 부친 작품이다. 제1~2구에서는 송별연의 풍경을 떠올리고 있다. 노귤이 꽃 피우는 계절에 잔칫상이 펼쳐져있고 그곳에서 월 지방 비단을 입은 무희가 춤을 추었다. 제3~4구에서는 정판관이 떠나갈 곳의 먼 거리와 소식 왕래의 어려움을 서술하였다. 세 모래섬과 다섯 고개가 있는 회남 지역은 멀고 험한 곳이라 편지를 전하기 어려운 곳이다. 제5~6구에서는 정판관의 여정을 상상해서 묘사하였다. 가을날, 그는 먼 길을 가다 단풍 든 나무에 의지하여 머물 것이고, 고향을 그리워하며 그곳으로 돌아가는 흰 구름을 바라볼 것이다. 제7~8구에서는 정판관이 떠나는 것을 보지 못하고 어젯밤에 먼저 돌아온 자신의 상황을 이야기하여 아쉬움을 드러내며 작품을 마무리하고 있다.

113

河曲[1]

하곡에서

三城樹綠藹難分,2	삼성에는 나무가 푸른데 무성하여 분간하기 어렵고
沙擁浮橋疊浪紋.3	모래톱에 낀 부교는 파도에 겹쳐진다.
南浦暗通金澗水,4	남쪽 포구는 어둠 속에 황금빛 계곡물과 통하였고
西樓晴對玉峰雲.5	서쪽 누각은 맑은 날에 옥녀봉의 구름 마주하네.
太行高折羊腸路,6	태항산에는 양의 창자 같은 길 높이 꺾여 있고
故洛多殘馬鬣墳.7	낙양에는 말갈기 무덤 많이 부수어졌네.
極目傷心追往事,8	눈을 크게 뜨고 마음 아파하며 지난 일을 추억하니
文侯曾向此邀君.9	문후가 일찍이 이곳으로 주평왕을 모셨네.

【주석】

1 이 시는 ≪전당시≫에 수록되어 있지 않다.
[원주] ≪통전≫에 "하동도는 포주의 휘하 현이다."라 하였다. '하동'에 대한 주에서 이르길 "한의 포판현으로 춘추시기 진(秦)과 진(晉)이 하곡에서 싸웠는데 바로 이곳이다."라 하였다.(通典, 河東道, 蒲州領縣, 河東. 注云, 漢蒲坂縣, 春秋秦晉戰於河曲, 卽其地也)
河曲(하곡) : 지금의 산서성(山西省) 영제현(永濟縣) 서쪽 포주(蒲州)에서 예성현(芮城縣) 서쪽 풍릉도(風陵渡)에 이르는 부근. 황하가 북쪽에서 남쪽으로 흐르다 이 지역에서 동쪽으로 꺾인다고 해서 생긴 이름이다.

2 [원주] ≪십도지≫에 "하남도에는 송주, 박주, 영주가 있다."라 하였다. ≪신당서·덕종본기≫에 "(하양(河陽)의) 삼성인 송, 박, 영"이라 하였다.(十道志, 河南道, 有宋州, 亳州, 潁州. 唐德宗紀, 三城宋亳潁)
藹(애) : 우거지다.

3 [원주] 〈한거부〉의 주에 "≪하남군현경계부≫에서 '성 남쪽 5리 부근에 낙수의 부교가 있다'고 하였다."라 하였다.(閑居賦注, 河南郡縣境界簿曰, 城南五里, 洛水浮橋)

浮橋(부교) : 물에 뜬 다리. 보통 배를 연결하여 만든다. 이 시의 부교는 수나라 대업 원년(605)에 낙양의 낙수 위에 만든 천진교(天津橋)로, 중국에서는 최초로 배를 쇠사슬로 연결한 다음 위에 다리를 얹은 부교이나 뒤에 교각이 있는 다리로 바뀌었다.

4 [원주] 〈별부〉에서 "남포에서 임을 보내니 상처 입은 마음 어이 할까?"라 하였다. 또한 상권의 "남포에서 흰 머리 되어 돌아오겠다는 것은 헛된 말이 되었구나."의 주석에 보인다.[19](別賦, 送君南浦, 傷如之何. 又見上卷, 南浦虛言白首歸注)

南浦(남포) : 남쪽 포구. 이 시에서는 특정 지명을 가리키지 않는다.

5 [원주] ≪십도지≫에 "낙주의 숭산에는 옥녀대가 있다."라 하였다. 주석에서 "무제가 동순하다 이 산에 들렀는데, 신선술을 배우는 여자가 있으니 무제가 그를 보고는 이름을 붙였다."라 하였다. 이백의 시 〈숭산으로 돌아가는 양산인을 전송하며〉에서 "나에겐 만고의 집이 있으니 숭양산의 옥녀대라네."라 하였다. 이상은의 시[20]에서 "남쪽 포구에는 끝이 없는 나무들, 서쪽 누각에선 그침 없는 물안개."라 하였다.(十道志, 洛州嵩山有玉女臺. 注, 武帝東巡過此山, 有學仙女. 帝觀之, 遂名焉. 李白送楊山人歸嵩山詩, 我有萬古宅, 嵩陽玉女峯. 李商隱詩, 南浦無窮樹, 西樓不住[21]烟)

6 [원주] 태항은 이미 상권에 나왔다.[22] 〈고한행〉에서 "북쪽으로 태항산에 오르려니 힘들구나, 어찌도 가파르게 높은지. 양 창자처럼 비탈은 꼬불꼬불, 수레바퀴가 그 때문에 꺾였다."라 하였다. 주석에서 "비탈이 꾸불꾸불하기가 양 창자의 모양과 같다."라고 하였다.(太行已出上卷. 苦寒行曰, 北上太行山, 艱哉何巍巍. 羊腸坂詰屈, 車輪爲之摧. 注, 坂屈曲如羊腸之形)

太行山(태항산) : 산서성(山西省) 호관현(壺關縣)과 하남성(河南省) 안양시(安陽市) 사이에 있으며, 낙양의 동북쪽, 정주의 북쪽에 해당하는 산.

7 [원주] ≪구당서・지리지≫에 "동도는 주나라 평왕이 동쪽으로 천도하여 도읍을 세운 곳이다. 옛성은 지금의 원내의 동북 모퉁이에 있다. 난왕(동주의 마지막 왕)이 죽은 뒤로 동한, 위나라 문제, 진나라 무제가 모두 지금의 옛 낙성에 도읍을 정했다. 수나라 대업 원년(605)에 옛 낙성에서 서쪽으로 18 리를 옮겨서 새 도읍을 설치하였으니 지금의 도성이 그것이다."라 하였다. ≪예기≫[23]에서 "자하가 말하길, '예전에 스승님께서 말씀하셨는데 「내가 무덤을 만드는 것이 집 같은 것도 보았고, … 도끼 같은 것도 보았다.」라 하셨다. … 말갈기는 무덤을 일컫는 것이다.'라 하였다."라 하였다.(唐書地理志, 東都, 周平王東遷所都也. 故城在今苑內東北隅. 自赧王已後及東漢, 魏文, 晉武皆都於今故洛城. 隋大業元年, 自故洛城西移十八里, 置新都, 今都城是也. 禮記, 子夏曰, 昔者夫子言曰, 吾見封之若堂者矣, 見若斧者矣. 馬鬣, 墳之謂也)

馬鬣墳(마렵분) : 아래가 넓고 위가 좁아지는 형태의 무덤. 마렵(馬鬣)은 '말갈기'이다.

8 [원주] ≪초사≫[24]에서 "눈으로 멀리 천리를 바라보니 춘심을 아프게 한다."라고 하였다.(楚辭, 目極千

19) 온정균의 시 023. 〈진국공 배도의 수풀 연못에 쓰다(題裴晉公林池)〉에 보인다.
20) 이 시의 제목은 〈사방 선배가 내 시를 암송하는 것이 매우 많아서 다른 날 우연히 이와 같이 부침(謝先輩防記念拙詩甚多異日偶有此寄)〉이다.
21) 住(주) : 원주에는 '注(주)'로 되어있는데 이상은의 원시에 의거하여 바로 잡았다.
22) 옹도의 시 082. 〈좌풍익 보좌관으로 있다가 학관으로 제수 받았는데 때마침 흰머리에 대한 탄식이 일어 이를 계기로 태학의 여러 학생들에게 보이다(自左輔書佐授學官始有二毛之歎因示太學諸生)〉에 보인다.
23) 여기서는 ≪예기・단궁상(檀弓上)≫편을 말한다.
24) 여기서는 송옥(宋玉)의 〈초혼(招魂)〉을 말한다.

里兮傷春心)

9 [원주] ≪상서·문후지명≫에 "주나라 평왕이 진나무 문후에게 거창이라는 술과 규찬이라는 술구기를 하사하고 〈문후지명〉을 지었다."라 하였다. (공안국이) 주를 하기를 "홀로써 구기의 자루를 삼아서 그것을 규찬이라고 불렀다."라고 하였다. 또 "편명을 지은 까닭이니, 유왕이 견융에게 살해를 당하고 평왕이 즉위하여 낙읍으로 동천하였는데 진문후가 보내주고 이곳을 안정시켰다. 그리하여 문후지명을 그에게 내렸다."라 하였다.(尙書, 文侯之命曰, 平王錫晉文侯秬鬯[25]圭瓚[26], 作文侯之命. 注, 以圭爲杓柄, 謂之圭瓚. 又曰, 所以名篇, 幽王爲犬戎所殺, 平王立而東遷洛邑, 晉文侯迎送, 安定之. 故錫命焉)

【해설】

이 시는 시인이 하곡에서 낙양을 중심으로 한 지역의 경치를 떠올리며 감상을 적은 작품이다. 하곡은 낙양에서 상당히 떨어져 있는 곳이지만 그곳을 지나는 황하가 낙양으로 흘러가니 아마도 이곳에서 멀리 낙양 쪽을 바라보고 있었을 것이다. 제1~4구는 낙양이 있는 하남성의 풍광을 묘사한 부분이다. 삼성에는 한창 나무가 푸릇푸릇한 때이고, 황하의 지류인 낙수가 부교에서 넘실거린다. 또한 남포는 어둑한 가운데 황금빛 계곡물로 통하고, 서쪽 누각은 맑은 날 옥녀봉 위의 구름을 마주한다. 제5~6구에서는 분위기가 전환된다. 하곡이 있는 산서성과 낙양이 있는 하남성의 사이에 위치하고 있는 태항산은 구불구불한 길이 높이 꺾여 있어 험준하고, 옛 도읍인 낙양에는 수많은 이들이 묻혀있는 말갈기 무덤이 부수어진 채로 남아있다. 이러한 황량한 광경에 작자는 지나간 역사를 떠올리게 되는데, 그것이 바로 제7~8구에서 언급한 문후가 평왕을 낙양으로 모셔온 사건으로, 낙양의 역사가 시작된 최초의 사건이다. 이렇게 시작된 낙양의 역사는 오랜 세월을 거쳐 오며 수없이 흥망성쇠를 반복하였으니, 작자는 이에 마음 아파하게 되는 것이다.

---

25) 秬鬯(거창) : 원주에는 '粔鬯(거창)'이라고 되어있는데 바로 잡았다.
26) 圭瓚(규찬) : 원주에는 '圭璜(규황)'이라고 되어 있는데 바로 잡았다.

114

送胡鍊師歸山[1]

산으로 돌아가는 호연사를 전송하며

道者人間久住難,	도를 추구하는 사람은 속세에 오래 머무시기 어려우니
淸秋齋沐憶星壇.[2]	맑은 가을 목욕재계하시고 별제사 제단을 그리워하셨다.
還山鳥共投雲穴,[3]	산에 돌아가 새와 함께 구름 동굴에 머무르셨다가
採藥身曾飯海灘.[4]	약초를 캐시며 몸소 삼신산 바닷가에서 식사하시겠지.
雨滴仙査苔更古,[5]	빗방울 떨어지니 신선의 뗏목에 이끼는 더욱 옛스럽고
風吹玉磬韻多寒.[6]	바람이 불어오니 옥경에는 운치가 훨씬 차갑겠지.
須知我鬢卽垂白,	나의 귀밑머리 머지않아 하얗게 드리울 것을 아신다면
度世方書借一看.[7]	신선이 되는 도술의 비법서를 한 번 보게 빌려주세요.

【주석】

1 이 시는 ≪전당시≫에 수록되어 있지 않다.
[원주] '연사'는 이미 상권의 〈귀위의를 전송하는 시〉의 주석에 나왔다.[27](鍊師已出上卷送貴威儀詩注)
鍊師(연사) : 덕이 높고 생각이 깊은 도사를 가리키는 말. 도사의 미칭으로 쓰였다.

2 [원주] ≪예기 · 제법≫편에서 "유종에서 별을 제사지낸다. 무종에서 홍수와 가뭄을 제사지낸다."라고 하였다. 정현이 주를 하길, "'종'은 모두 '영'을 잘못 쓴 것이 분명하다. 유영은 별제사 제단을 말한 것이다."라 하였다.(禮記祭法曰, 幽宗, 祭星也. 雩宗, 祭水旱也. 鄭玄注, 宗皆當爲禜字之誤也. 幽禜亦謂星壇也)
星壇(성단) : 도사가 법술을 펼치는 제단의 미칭으로 쓰인다. 반드시 ≪예기≫에 나오는 별제사 제단만을 가리키는 것은 아니다.

3 雲穴(운혈) : 높은 산의 깊은 동굴.

4 [원주] ≪박물지≫에 "≪사기 · 봉선서≫에서 '바다에서 기원을 하려고 연나라 소왕이 사람을 보내

27) 이원의 시 070. 〈촉으로 돌아가는 공봉 귀위의를 전송하며(送供奉貴威儀歸蜀)〉에 보인다.

배를 타고 동해에 들어가게 하니 봉래, 방장, 영주의 삼신산이 있었는데 신선이 모인 곳이었다. 신선의 약초를 캐려고 하자 모두 말하길 전에 왔던 사람이 있다고 하였다.'고 하였다."라 하였다.(博物志, 史記封禪書云, 齋冥[28]燕昭遣人乘舟入海, 有蓬萊, 方丈, 瀛洲三神山, 神人所集. 欲採仙藥, 蓋言先有至之者)

海灘(해탄) : 파도나 물살 때문에 잠겼다 드러나기를 반복하는 바닷가의 지역. 또는 그 물결. 이 시에서는 신선의 삼신산을 의미한다.

5 [원주] '선사'는 ≪박물지≫에 보인다.[29](仙査見博物志)

仙査(선사) : 신선의 뗏목. 여기서는 호연사가 타는 뗏목.

6 [원주] ≪예기≫에 "옥경을 두드리고"라 하였다.(禮, 搏拊玉磬)

玉磬(옥경) : 옥으로 만든 경쇠. 고대의 악기의 일종으로 주로 제왕의 음악이나 제사의 음악을 연주한다. 여기에서는 가을밤의 차가운 달빛 아래에서 불어오는 바람소리로 보인다.

7 [원문] ≪신선전≫에 "공안국이라는 사람은 노나라 사람이다. 늘 기를 연마하고 납단약을 복용하여 나이가 삼백 살이었는데 안색이 어린이와 같았다. 진백이라는 사람이 있었는데 공안국을 스승으로 섬기기를 바라서 공안국이 그를 제자로 삼았다. 그에게 이르길 '나는 일찍이 바닷가의 어부를 섬겼었는데 그는 옛날 월의 재상 범려로, 성과 이름을 숨기고 흉악한 세상을 피한 것이었다. 내가 뜻이 있음을 불쌍히 여겨 비법의 처방과 복용의 방법을 전해주니 그로써 신선이 될 수 있었고 그로부터 삼백여 년동안 약을 먹었다. 그 비방 하나를 최중경에게 알려주었는데 나이가 84세로 약은 먹은 지 32년이 되었다. 그대는 가서 만나서 그를 섬기거라.'고 말하였다. 진백이 마침내 가서 그 비방을 받으니 또한 신선이 되어 늙지 않았다."라 하였다.[30](神仙傳, 孔安國者, 魯人也. 常行氣, 服鉛丹, 年三百歲, 色如童子. 有陳伯者, 求事安國. 安國以爲弟子. 謂之曰, 吾昔事海濱漁父者, 古越相范蠡也, 乃易姓名隱以避凶世. 哀我有志, 以秘方服食之法, 以得度世, 以來服藥三百餘年. 以其一方教崔仲卿, 年八十四, 服之以來三十二年矣. 子往與相見事之. 陳伯遂往受其方, 亦度世不老)

度世(도세) : 속세를 벗어난다는 의미로 출세(出世)와 같은 뜻이며 결국 신선이 되었다는 뜻이다.

方書(방서) : 도술을 부리는 비방의 술법이 적힌 책.

【해설】

이 시는 산으로 돌아가는 호씨 성을 가진 도사를 전송하면서 쓴 것이다. 호 연사가 누구인지는 알 수 없다. 이 시 내용 외에는 추측할 수도 없는데 다만 제7구의 표현을 통해 아직 시인이 젊은 시절일 당시에 쓴 것으로 추정해볼 따름이다.

제1~2구는 뛰어난 도사가 속세를 떠나는 이유와 과정을 썼다. 제3~4구는 호 연사가 산으로 돌아간

28) 齋冥(재명) : ≪박물지≫의 원문에는 '齋冥(재명)'이 아니라 '威宣(위선 : 제나라 위왕과 선왕)'이라고 나온다. 전승 또는 필사의 오류로 추측되지만 원주의 '齋冥(재명)'도 의미가 있어서 남겼다.

29) 아마도 이 부분은 ≪박물지≫에 나오는 뗏목이야기를 가리키는 것으로 보인다. ≪박물지≫에 실린 전설에 따르면 하늘의 은하수와 바다가 서로 이어져서 어떤 사람이 해마다 8월에 뗏목을 타고 왕래를 했다고 한다. 한 번은 그 사람이 여러 날 동안 뗏목을 타고 하늘을 날아가 어떤 물가에 이르러서 한 소치는 남자를 만났는데 그 사람이 견우였다고 한다.

30) 신선 공안국의 이야기는 ≪태평광기(太平廣記)≫에 실린 내용이다. 다만 ≪태평광기≫에서는 이 이야기가 ≪신선전≫에서 나왔다고 하였으나 현재 전하는 갈홍(葛洪)의 ≪신선전≫에는 이 이야기가 없다.

다음 살아갈 모습을 상상한 것이다. 높고 깊은 산 속과 먼 물가에서 약초를 캐는 그의 모습은 신선과 다름이 없다. 제5~6구 역시 호 연사가 지낼 산 속의 풍경인데 고색창연한 이끼와 차가운 운치의 달빛은 계절의 느낌을 전달할 뿐만 아니라, 호 연사의 신선과 같은 풍격을 보여준다. 제7~8구는 자신도 호 연사의 경지를 잠시 배울 수 있을까 물어봄으로써 그에 대한 존경과 그리움의 마음을 표현하였다.

115

下第贈別友人[1]

낙제를 하고 친구와 이별하며 드림

欲寄家書客未過,[2]	집에 편지를 부치려하나 손님이 들르지 않아
閉門心遠洞庭波.	문을 닫으니 마음은 동정호 물결이 멀어진다.
四鄰花落夜風急,[3]	사방 주위로 꽃이 떨어지며 밤바람 세차게 불더니
一徑草荒春雨多.	무성해진 풀길 한 가닥엔 봄 비 쏟아진다.
思泛楚江吟浩渺,[4]	그리움은 초나라 강에 떠있어 아득히 넓은 모습 읊조리고
憶歸吳岫夢嵯峨.[5]	생각은 오나라 산속으로 돌아가니 높이 솟은 모습 꿈꾼다.
貧居不問應知處,	가난하게 사는 곳 묻지 않아도 마땅히 장소를 알겠으니
溪上閑船繫綠蘿.[6]	시냇가에는 한가로운 배가 녹색 등라에 매어있겠지.

【주석】

1 이 시는 ≪전당시≫에 허혼(許渾)의 작품으로 되어 있으며, 〈정 수재가 동쪽으로 가니 부탁해 전달하는 집안 편지(鄭秀才東歸憑達家書)〉라는 제목으로 실려 있다.
下第(하제) : 낙제하다.

2 客未過(객미과) : ≪전당시≫ 허혼의 시에는 '소객과(少客過)'로 되어 있으며, '들르는 손님이 없다'는 뜻이다.

3 四鄰(사린) : 주위. ≪전당시≫ 허혼의 시에는 '양암(兩巖)'으로 되어 있으며, '물가 양쪽 언덕'이라는 뜻이다.

4 思(사) : 그리워하다. ≪전당시≫의 허혼의 시에는 '수(愁)'로 되어 있으며, '슬퍼하다'는 뜻이다.
楚江(초강) : 초 지역 안을 흐르는 강.
浩渺(호묘) : 수면의 범위가 아주 큰 모양.

5 [원주] 사조(謝朓)의 시[31]에 "구름 끝으로 초나라 산이 보이고, 수풀 밖으로 오나라 봉우리들이 희미하다."라고 하였다.(謝玄暉詩, 雲端楚山見, 林表吳岫微)

31) 이 시의 제목은 〈휴가를 받아 거듭 단양으로 돌아가는 도중에(休沐重還丹陽道中)〉이다.

嵯峨(차아) : 산이 높고 험준한 모습. 또는 높고 험준한 산.

6 綠蘿(녹라) : 녹색 등라. 담쟁이나 등나무의 일종으로 남방이 원산지이다.

【해설】

이 시는 허혼의 시로 어느 정도 이름이 있는 작품이지만 ≪십초시≫에는 마대의 작품으로 수록되어 있다. 시에 나오는 계절로 보면 과거에 급제했거나 낙제했을 무렵이다. 다만 허혼의 시의 제목과 달리 마대의 시에서는 친구와 증별하는 시이기 때문에 시의 내용을 그에 맞추어 이해해야 한다. 제1~2구는 시인이 처한 사정과 그의 심정에 대해서 말하였다. 시인은 집에 보낼 편지를 대신 전해줄 손님도 없고 고향은 멀게만 느껴진다. 제3~4구는 과거 시험에 떨어진 시인의 고난의 현실을 비유적으로 묘사하였다. 늦봄 밤중에 불어온 세찬 바람과 내리는 거센 비에 꽃은 다 떨어졌고 무성하고 황폐해진 풀길에 비가 쏟아진다. 제5~6구는 고향에 대한 그리움을 나타냈다. 시를 읊고 꿈을 꾸며 고향을 그리워한다. 제7~8구는 친구가 돌아가 지낼 곳에 대한 추측이다. 시인의 고향 쪽 어딘가로 향하는 친구가 가서 지내게 될 곳을 노래하면서 친구에게 주는 시를 마무리하였다. 그러나 사실 적어도 이 시는 허혼의 시로 이해하는 것이 더 적절해 보인다. 그 경우 제3~4구는 고향 경치를 상상하는 것이 되고, 제7~8구는 자신의 고향집에 대한 설명이 된다. 마대의 시로 이해했을 때는 친구에게 주는 시임에도 불구하고 시의 내용이 지나치게 시인 자신의 이야기만 하고 있는 것으로 보인다. 이에 따라 다소 무리하여 제7~8구를 친구의 이야기로 이해할 경우, 제7구에서 떠나가는 친구에게 가난하게 살 것이라고 직설적으로 말하는 것도 무례하게 보이기 때문이다.

116

懷舊居[1]

고향 집이 그리워서

兵書一笈老無功,2	병법서가 한 상자지만 늙도록 공을 세우지 못하니
故里郊扉在夢中.3	고향 변두리 문이 꿈속에 나왔다.
藤蔓覆梨張谷暗,4	등나무 덩굴 배나무를 뒤덮어 장공의 골짜기가 어두워졌고
草花侵菊庾園空.5	풀과 꽃이 국화를 침범해 유신의 정원은 텅 비었다.
朱門跡忝登龍客,6	붉은 문에서 행적이 용문에 오를 나그네를 외람되게 했고
白屋心期失馬翁.7	하얀 집에서는 마음으로 말 잃어버린 새옹이 되길 바란다.
楚水吳山何處是,	초나라 물 오나라 산 어디가 거기인가
北窓殘月照屏風.	북쪽 창의 지는 달빛이 병풍을 비춘다.

【주석】

1 이 시는 ≪전당시≫에 허혼의 작품으로 수록되어 있다.

2 笈(급) : 책 상자. ≪전당시≫ 허혼의 시에는 '협(篋)'으로 되어 있으며, 뜻은 같다.

3 故里(고리) : 고향. ≪전당시≫의 허혼의 시에는 '고국(故國)'으로 되어 있으며, 뜻은 같다.
郊扉(교비) : 교외에 있는 집의 문. 이 때문에 교외의 집을 가리키기도 한다. 허혼의 시의 경우에는 '형비(荊扉)'로 된 판본도 있는데, 이때에는 '사립문'이라는 뜻이다. 이 시에서는 시인의 집을 가리킨다.

4 [원주] ≪광지≫에 "낙양의 북쪽 외각에 장공의 여름 배가 있었는데 천하에 오직 나무 한 그루였다."라고 하였다. 반악의 〈한거부〉에 "장공의 대곡에서 기르는 배나무"라 하였다.(廣志, 洛陽北郊, 張公夏梨, 海內唯一樹. 潘岳閑居賦, 張公大谷之梨)
張谷(장곡) : 장공이 배나무를 기르던 골짜기. 대곡(大谷)[32].

5 [원주] ≪북사≫에 "유신이 〈소원부〉를 지었다."라 하였다. (北史, 庾信作小園賦)
庾園(유원) : 유신의 고향 정원. 유신은 〈소원부〉를 지어서 고향을 그리워하는 자신의 불행한 신세를

32) 대곡(大谷) : ≪문선≫의 주석에서 이선은 대곡이 무엇인지 모르겠다고 하였는데 이후에는 보통 지명으로 이해한다.

울적하게 표현했다.

반악의 〈한거부〉와 유신의 〈소원부〉는 하나는 은퇴해서 고향에 집을 짓고 잘 산다는 것을 노래하였고 하나는 불행한 신세에서 고향을 그리워한다는 것을 노래하였기 때문에 작품의 분위기는 서로 상반되지만, 이 시의 '장공의 골짜기(長谷)'와 '유신의 정원(庾園)'은 모두 시인의 고향을 가리킨다는 점에서 공통점을 갖는다.

6 [원주] '붉은 문'은 위에 보인다.[33] ≪후한서≫에서, "이응은 자가 원례였는데, 성품이 맑고 굳세었으며, 친교를 맺어 왕래하는 곳이 없었다. 사예교위를 배수하였는데 이 때 조정은 날로 어지러워져서 기강이 문란해졌다. 이응만이 홀로 풍기를 지켰으니, 그 명성 때문에 스스로를 높인 것으로, 선비가 그에게 기꺼이 받아들여지면 용문에 올랐다고 이름 하였다."라 하였다. 주석에서 "'재(裁)'는 '재(才)'와 '대(代)'의 반절이다."라 하였다.(朱門見上. 後漢書, 李膺字元禮, 性簡亢, 無所交接[34]. 拜司隷校尉, 是時朝廷日亂, 綱紀頹弛. 膺獨持風裁, 以聲自高, 士被其容接者名爲登龍門. 注, 裁才代反)

朱門(주문) : 부잣집. 권세가.

忝(첨) : 더럽히다. 욕되게 하다. 외람되게 하다.

登龍客(등용객) : 용문에 오른 나그네. 출세 가도에 들어선 사나이. 훌륭한 인재.

7 [원주] ≪전한서・소망지전≫의 주석에서, "백옥은 하얀 지붕의 집을 일컬은 것으로 띠풀로 그것을 덮었으며 천한 사람들이 사는 곳이다."라 하였다. ≪회남자≫에서 "송인이 선행을 하길 좋아했는데, 아버지와 아들이 모두 보게 되었다.[35] 변방에 술법에 능한 사람이 있었는데, 말이 이유 없이 도망쳐서 오랑캐 땅으로 들어갔다. 그 아버지가 말하길, '어째서 복이 아니겠는가?'라 하였다. 몇 달 뒤에 말이 돌아왔다. 아버지가 말하길 '어째서 화가 아니겠는가?'라 하였다. 그 아들이 말 타길 좋아했는데 떨어져서 넓적다리가 부러졌다. 사람들이 위문을 하자 아버지가 말하길, '어째서 복이 아니겠는가?'라 하였다. 1년 뒤에 오랑캐가 변방으로 들어왔다. 장정들은 활을 당기며 전쟁을 하였는데 죽은 사람이 열에 아홉이었나, 홀로 절뚝발이란 이유로 부자가 서로 목숨을 보전하였다."라고 하였다.(前漢書[36], 蕭望之傳, 注, 白屋謂白蓋之屋, 以茅覆之, 賤人所居. 淮南子, 宋人好善, 父子俱視. 塞上有善術者, 馬無故亡入胡. 其父曰, 何遽不爲福乎. 數月, 馬歸. 父曰, 何遽不爲禍乎. 其子好騎, 墮而折髀. 人弔之, 父曰, 何遽不爲福乎. 居一年, 胡人入塞. 丁壯引弦而戰, 死者十九, 獨以跛故, 父子相保)

失馬翁(실마옹) : 말을 잃어버린 늙은이. 새옹지마의 고사 성어에 나오는 늙은이. 같은 내용의 고사 성어를 한국에서는 새옹지마(塞翁之馬)라고 하고, 중국에서는 새옹실마(塞翁失馬)라고 부른다.

33) 온정균의 시 026. 〈이중서사인에게 띄움(投中書李舍人)〉에 보인다.

34) 交接(교접) : 왕래하다. 친교를 맺다. 원주에는 '客接(객접)'으로 되어있는데 ≪후한서≫에 의거하여 바로 잡았다.

35) 송나라 사람 이야기는 비슷한 맥락이긴 하나 새옹지마의 이야기와는 다른 이야기이다. 새옹지마 이야기의 바로 앞부분 단락에 나오는 옛날이야기의 처음 부분("송나라 사람이")과 마지막 부분("보게 되었다") 만을 모아둔 것이라 연문으로 보기에도 애매하다. 대강의 줄거리는 다음과 같다. 송나라 사람의 집에서 검은 소가 하얀 송아지를 낳았는데 좋은 징조라는 말과 달리 아버지가 눈을 멀었고 다음에 또 검은 소가 하얀 송아지를 낳으니 다시 좋은 징조라고 했는데 아들의 눈이 멀었다. 초나라가 쳐들어와서 젊은 사람은 싸워야 했고 노약자는 성에 올라가 공성을 했는데 초나라가 화가 나서 성을 부수고 모두 죽였다. 그러나 이 아버지와 아들은 눈이 멀어서 성에 오르지 않았고 초나라 군대도 아랑곳하지 않아 살 수 있었고 초나라 군대가 떠나가자 아버지와 아들 모두 눈이 보였다.

36) 前漢書(전한서) : 원주에는 '後漢書(후한서)'라고 되어 있는데 바로 잡았다.

【해설】

이 시는 허혼의 작품으로 널리 알려져 있는 시이지만 허혼이 정확히 언제 이 시를 지었는지 알려져 있지 않다. ≪십초시≫는 마대의 작품으로 보았지만 당연히 언제 쓴 작품인지 알 수 없고 근거도 없다. 허혼과 마대 모두 고향이 강소성이기 때문에 제7~8구의 '초나라 물'과 '오나라 산'은 두 시인 모두에게 해당한다. 허혼은 비교적 성공적인 관직 생활 도중에도 고향에 거주한 적이 있고, 관직에서 스스로 물러난 이후에도 고향에서 은거하였지만 마대는 평생 힘겨운 말단 관직 생활을 하였다. 그러므로 제1구의 능력에 비해 성공하지 못한 시인의 신세와 제5~6구의 출세를 바라며 권세가를 찾아다녔지만 희망 없이 가난하게 지내는 모습은 마대와 더 가깝다고 할 수 있다. 그러나 허혼 스스로도 자신에 대해 그렇게 생각했을 수 있다.

제1구에서 시인은 자신의 불우한 실세를 먼저 말한다. 병법서를 잔뜩 가지고 있다는 말은 펼치지 못한 능력이 많이 있다는 것을 의미한다. 시인은 이러한 능력에도 불구하고 나이가 들도록 성공하지 못했다. 제2구에서 시인은 고향의 꿈을 꾼다. 그런데 제3~4구의 고향은 젊었을 때 성공의 희망을 가지고 떠나던 과거의 모습이 아니다. 자신과 마찬가지로 현재는 불우한 상태의 고향이다. 성공을 하고 돌아가 은거하고 싶던 고향은 이미 황폐해져서 그리워도 돌아갈 수 없는 곳이 된 것이다. 제5~6구는 꿈에서 깬 다음 돌아본 자신의 행적이다. 꿈에서 깬 다음 떠올린 자신의 신세는 자조감만을 불러일으킨다. 그는 권세가의 집을 찾아다녔으나 훌륭한 인재들과 어울리지 못했고, 가난한 처지에 그저 좋은 운이 찾아들기를 바라고 있지만 소용이 없다. 제7~8구에서 시인은 북쪽 창을 통해 겨우 들어오는 지는 달빛에 의지해, 병풍에 그려진 그림 속에서 자신의 고향 물과 산을 찾는다. 그러나 달빛이 희미한 만큼 그림속의 강과 물도 잘 보이지 않을 것이다.

117

題四皓廟1

상산사호의 사당에 제를 달고

桂香松暖廟門開,	계수나무 향기롭고 소나무 따뜻한데 사당의 문이 열려있어
獨瀉椒漿奠一盃. 2	홀로 산초 술을 기울여 한 잔을 올린다.
秦法已殘鴻鵠去, 3	진의 법령은 너무 잔혹해서 큰 기러기가 떠났고
漢儲將廢鳳凰來. 4	한의 태자 폐위되려 하자 봉황이 왔다.
紫芝翳翳多青草, 5	자주 영지에는 어둑하게 푸른 풀이 많고
白石蒼蒼半綠苔.	하얀 돌에는 파랗게 녹색 이끼 절반이다.
山下驛塵南竄路, 6	산 아래 역참의 먼지 속에 남쪽으로 유배 가는 길
不知冠蓋幾人迴. 7	관 쓰고 수레 타던 이 몇 명이나 돌아왔을까?

【주석】

1 이 시는 ≪전당시≫에 허혼의 작품으로 수록되어 있다.

[원주] ≪십도지 · 산남도≫에서 "상주에 상산이 있다."라고 하였는데 주석에서 "일명 초산으로 사호는 모두 하내의 지땅(지금의 하남성 제원현(濟源縣)) 사람이었는데 진의 정치가 가혹하자 함께 이 산에 은거하였다."라고 하였다. "또 초수가 있다."고 하였는데 주석에서 "물에는 수원이 둘 있는데 현재 사호의 사당 동쪽으로 흐른다."라고 하였다. 반고의 ≪전한서≫에서 이르길, "한이 일어나고는 동원공, 기리계, 하황공, 녹리선생이 있었다. 진의 시대를 만나서 세상을 피해 상낙산에 숨어서는 천하가 평정되길 기다렸다."라 하였다. 이정문의 ≪자가집≫에서 말하길, "한의 사호의 하나는 녹리라고 부르는데 발음이 '녹'이다. 현재 많이들 '각'이라 부른다. ≪위자≫[37]와 공씨[38]의 ≪비기≫는 앞으로 잘못 쓸까 걱정해서 바로 '녹리'라고 써버렸다."라 하였다.(十道志, 山南道, 商州有商山. 注, 一名楚山, 四皓皆河內軹人, 秦政虐, 相與隱此山. 又有楚水[39]. 注, 水[40]有兩源, 今流四皓廟東. 班孟堅前漢書[41]

37) 위자(魏子) : ≪위자≫는 어떤 책인지 현재 알 수 없다.
38) 공씨(孔氏) : ≪사기색은(史記索隱)≫에 따르면 공안국(孔安國)이다. 공안국이 썼다는 ≪비기≫는 전하지 않는다.
39) 楚水(초수) : 원주에는 '楚山(초산)'이라고 되어있는데 고조우(顧祖禹)의 ≪이십일사방여기요(二十一史方輿紀要)≫에

贊, 漢興有東園公, 綺里季, 夏黃公, 角里先生[42]. 當秦之時, 避世而入商洛山, 而待天下之定. 李正文資暇集曰, 漢四皓其一號角里, 音祿. 今多號爲角. 魏子及孔氏秘記慮將來之誤, 直書祿里)

四皓廟(사호묘) : 상산사호를 모신 사당. 실제로는 무덤이다. 현재 섬서성 상진(商鎭)에 있으며, 상진의 남쪽에 상산이 있다.

2 [원주] ≪초사・구가≫에서 "계수나무 술과 산초 술을 바친다."라 하였다.(楚詞, 奠桂酒兮椒漿)

椒漿(초장) : 산초를 담가서 만든 술. 제사에 많이 쓰였다.

3 [원주] '진의 법령'은 제목 아래의 주석에 보인다. ≪한시외전≫에 "전요가 노 애공에게 말하길 '저 홍곡은 한 번 날면 천 리를 갑니다.'라 하였다."라 하였다. 양웅의 ≪법언≫에서, "기러기가 아주 높이 날아가니 활 쏘는 이는 어찌 잡을 것인가."라 하였다. 주석에서 "현명한 사람이 깊숙이 거처하여 흉폭한 난리의 해침을 받지 않음을 비유하였다."라 하였다.(秦法見題下注. 韓詩外傳曰, 饒謂魯哀公曰, 夫鴻鵠一擧千里. 揚子法言, 鴻飛冥冥[43], 弋者何慕[44]. 注, 喩賢者深居不罹暴亂之害)

秦法已殘(진법이잔) : 진의 법령이 이미 잔인하다. ≪전당시≫의 허혼의 시에는 '진의 법령이 흥하려 하니(秦法欲興)'으로 되어있다.

鴻鵠(홍곡) : 큰 기러기와 고니. 이 시에서는 상산사호를 가리킨다.

4 [원주] ≪사기≫에 "고조가 태자를 폐위시키고 척부인의 아들인 조왕 여의를 세우려고 하였다. 여후가 유후의 계책을 사용하여 사람을 시켜 네 사람을 맞이해 연회에 이르러서는 태자가 모시게 하였고 네 사람이 태자를 따랐다. 나이가 모두 80여 세였고 수염과 눈썹이 순백색이었으며 의관이 매우 훌륭하였다. 주상이 괴이하게 여겨 물으니 네 사람이 앞으로 나아가 대답하면서 각기 성명을 말하였다. 주상이 크게 놀라 말하길, '번거롭지만 그대들이 끝까지 태자를 보좌해주길 바라오.'라 하였다. 네 사람은 축수를 하는 것이 끝나자 급히 떠났다. 주상은 눈으로 그들을 전송하였다. 척부인을 불러 말하길, '저 네 사람이 태자를 도우니 큰 날개가 이미 생긴 것이라 변동시키기 어렵게 되었네.'라 하였다."라고 하였다. ≪춘추원명포≫에서 "주나라 성왕 때에 커다란 무늬의 봉황이 와서 정원에서 춤을 추자 바로 거문고를 끌어다가 노래를 부르길 '봉황이 날아왔네 자색 정원에, 내 무슨 덕으로 신령을 감동시킬까?'라고 하였다."라 하였다. ≪서경≫에 "순임금의 음악이 구 장이 되면, 봉황이 날아와서 노래에 춤을 춘다."라 하였다.(史記, 高祖欲廢太子, 立戚夫人子趙王如意. 呂后用留侯計, 使人迎四人及宴, 太子侍, 四人從太子. 年皆八十有餘, 鬚眉皓白, 衣冠甚偉. 上怪問之, 四人前對, 各言名姓. 上大驚曰, 煩公幸卒調護太子. 四人爲壽已畢, 趣去. 上目送之. 召戚夫人曰, 彼四人輔之, 羽翼已成, 難動矣. 春秋元命苞, 周成王時, 大理鳳凰來舞於庭, 乃援琴歌曰, 鳳凰翔兮紫庭, 余何德兮感靈. 書云, 簫韶九成[45], 鳳凰來儀)

의거하여 바로 잡았다.

40) 水(수) : 원주에는 '山(산)'으로 되어있는데 고조우(顧祖禹)의 ≪이십일사방여기요(二十一史方輿紀要)≫에 의거하여 바로 잡았다.

41) 前漢書(전한서) : 원주에는 '後漢書(후한서)'로 되어있는데 바로 잡았다.

42) 角里先生(녹리선생): 녹리선생(甪里先生)을 말한다. 반고의 ≪전한서≫에는 '甪里先生(녹리선생)'이라고 되어 있으나 원주에는 '角里先生(녹리선생)'이라고 되어있다. '角(각)'을 '녹'으로 읽은 것이다. ≪전한서≫를 따라 바로 잡아도 되겠으나 원주에서 분명하게 ≪자가집≫을 인용하여 '녹리'라고 읽어야한다는 설명을 더 달았고 ≪자가집≫에도 '角'을 '녹'과 '각'의 두 가지로 읽는 것에 의거하여 원주를 인정하였다.

43) 冥冥(명명) : 여기에서는 매우 높은 모양.

44) 慕(모) : 여기에서는 '簒(찬 : 주살로 잡다)'의 뜻이다.

儲(저) : 태자.

鳳凰來(봉황래) : 봉황이 왔다. 이 시에서 봉황은 사호를 가리킨다. ≪전당시≫ 허혼의 시에는 '봉황래(鳳還來)'로 되어 있으며, '봉황이 돌아왔다.'라는 뜻이다.

5 [원주] '자지'는 이미 상권에 나왔다.[46](紫芝已出上卷)

紫芝(자지) : 자주색 영지. 현인을 비유할 때 자주 쓰였다. ≪고금악록(古今樂錄)≫에 "사호가 남산에 은거하였는데 고조가 초빙해도 나오지 않고 자주색 영지의 노래를 지었다.(四皓隱於南山, 高祖聘之不出, 作紫芝之歌)"라고 하였다.

翳翳(예예) : 초목이 무성해서 어두운 모양.

6 竄(찬) : 숨기다.

7 冠蓋(관개) : 관리가 쓰던 관과 타던 수레를 가리키는 말에서, 관리를 가리키는 말이 되었다.

【해설】

이 시는 유배를 가던 길에 상산사호의 사당에 들린 시인이 느낀 바를 써낸 작품이다. 상산사호는 "공을 이루고 몸은 물러난다(功成身退)"는 유가적 이념을 실천한 인물들로 후세 사람들에게 많은 감흥을 불러일으켰다. 그런데 정작 시인은 공을 이루고 물러나는 것이 아니라 유배를 당해 떠나는 입장이니 상산사호의 사당에서 느끼는 감정 또한 남과 달랐을 것이다. 이 시는 허혼의 작품으로 알려져 있으나 마대 또한 유배를 당한 적이 있고, 시의 내용도 구체적인 사실은 전혀 알 수 없기 때문에 누가 쓴 시라고 해도 무방할 것이다.

제1~2구에서 시인은 날씨 좋은 날 사당에 들려 사호에게 술을 바치며 제사를 올린다. 제3~4구는 상산사호의 위대한 행적을 요약한 것이다. 진나라 때는 은거했다가 한나라 때 공을 세우러 나타났다. 제5~6구는 현재 사당 주위의 모습으로 시간이 지나 사호의 업적도, 사호의 유적도 버려졌다는 것을 말한다. 자주 빛 영지와 하얀 돌은 상산사호의 뛰어남과 결백함을 비유한 것으로 보이는데 이제는 시간이 흘러 풀에 묻히고 이끼가 꼈다. 세상은 깨끗하지도 않고 명리에 초탈하지도 않다. 제7~8구는 산 위에서 자신이 유배 갈 길을 바라보며 한탄하는 시인의 속마음이다. 이제 남쪽으로 유배를 가면 과연 다시 돌아올 수 있을까? 자신은 상산사호와 같은 공을 세운 것도 아닌데, 스스로 물러나는 것도 아니고 타의에 의해 떠나간다면 너무 아쉬운 것이 아닐까? 시인의 마음은 역참의 먼지처럼 불투명하다.

45) 九成(구성) : 구성(九成)에 대해서는 해석이 다양한데, 여기서는 '마지막 악곡'이라는 의미로 해석했다.
46) 허혼의 시 079. 〈동쪽으로 돌아가는 마습유를 전송하며(送馬拾遺東歸)〉에 보인다.

118

京口閒居寄京洛親友[1]

경구에 한거하다가 경락의 친우에게 부침

吳門煙月昔同遊,[2]	오문에서 안개와 달 빛 속에 예전에 함께 노닐고
楓葉蘆花並客舟.[3]	단풍 잎과 갈대 꽃 속에 나그네 배를 나란히 띄웠지.
聚散有期雲北去,	모였다 헤어짐은 정해짐이 있어서 구름은 북으로 떠나갔고
浮沈無計水東流.	뜨고 가라앉음은 예측할 수 없으니 물은 동으로 흘렀다.
一樽酒盡青山暮,	한 동이 술이 다 떨어지니 푸른 산에 저녁이 들고
千里書迴碧樹秋.	천 리의 서신이 돌아오니 푸른 나무엔 가을이 왔다.
何處相思不相見,	어느 곳에서 서로 그리워하면서도 만나지 못하는가
鳳城宮闕楚江頭.[4]	봉황성의 궁궐과 초강의 강가이다.

【주석】

1 이 시는 ≪전당시≫에 허혼의 작품으로 되어 있으며, 〈경구에 한거하다가 경락의 우인에게 보낸다(京口閒居寄京洛友人)〉라는 제목으로 실려 있다.

[원주] ≪십도지≫의 '윤주'에 대한 주에서 "옛 이름은 경구였는데, 초 지역의 금릉과 건업이다. 진에서는 단도라고 하였고 수에서는 윤주라고 하였는데 동쪽으로 윤포가 있어서 이름을 그렇게 하였다. 오에서는 석두라고 고쳤고, 진은 업을 피휘했기 때문에 건강이라고 고쳤다."라 하였다.(十道志, 潤州注, 舊名京口, 楚之金陵, 建業也. 晉爲丹徒, 隋[47]爲潤州, 東有潤蒲, 故名之. 吳改爲石頭, 晉諱業, 改爲建康)

京口(경구) : 지금의 강소성(江蘇省) 진강시(鎭江市). 손권이 이곳에 수도를 정해 경성(京城)이라고 불렀다가 뒤에 건업(建業)으로 옮기자 경구라고 불리게 되었다.

京洛(경락) : 낙양(洛陽). 고대의 수도였기 때문에 '수도였던 낙양'이라는 의미로 쓰였다.

47) 隋(수) : 원주에는 '隨(수)'로 되어있는데 서기 595년 수나라 때 윤주를 설치했다는 윤주의 역사적인 기록에 의거하여 바로 잡았다.

2 吳門(오문) : 오나라 수도의 관문이란 의미인데 여기서 오나라는 춘추시대 오나라를 가리킨다. 오문은 오나라의 수도인 소주(蘇州)의 서쪽 성문으로 성문 가까이에 수로가 있어서 배를 타고 감상할 수도 있다. 오문은 매우 유명해서 소주(蘇州)를 가리키는 말로도 많이 쓰였다. 이 시에서는 성문인 오문으로 이해해도 되고 지역인 소주라고 이해해도 되겠다. 경구가 삼국시대 오나라의 수도였으니 오문과는 서로 다른 지역이다. 제목에 '수도의 입구(京口)'라고 쓰고 시의 첫 구절의 시작을 '오나라 수도의 관문(吳門)'으로 한 것은 시인의 기교이다.

3) 並客舟(병객주) : 나그네 배를 나란히 띄우다. 둘 다 나그네 신세였다는 뜻이다. '나그네 배를 같이 탔다'로 해석할 수도 있다. 비슷한 의미지만 그 내용은 약간 다른데 '배를 나란히 띄운' 것은 서로 나그네 처지로 헤어졌음을 의미하고 '배를 같이 탄' 것은 소주에서 놀 때 둘 다 나그네였다는 의미이다. 어차피 '나그네 처지로 헤어진' 것이 '둘 다 나그네 처지였다는' 것을 포함하기 때문에 여기서는 '나그네 배를 나란히 띄우다'로 해석했다.

4 [원주] 봉성은 이미 상권에 나왔다.[48](鳳城已出上卷)

鳳城(봉성) : 경사의 미칭. 이 시에서는 친구가 있는 낙양을 가리킨다.

宮闕(궁궐) : ≪전당시≫ 허혼의 시에는 '용궐(龍闕)'로 되어 있으며, '용의 궁궐'이라는 뜻이다.

楚江(초강) : 장강(長江)을 가리킨다. 현재 시인이 경구에 있으니 장강가에 있는 셈이다.

【해설】

이 시 역시 허혼의 시로 알려진 작품이다. 허혼의 작품인 경우 그 제목이 〈장안과 낙양의 친구(兩都親友)〉라고 된 곳도 있다. 그래서 시의 해석도 허혼의 친구가 여러 명이며 경락(京洛)은 장안과 낙양으로 이해하는 것이 일반적이다. 그러나 ≪십초시≫에는 마대의 작품으로 수록되어 있고 시의 내용도 친구가 한 사람이며 따라서 경락도 낙양 한 곳이다.

제1~2구에서 시인은 경구 부근의 장강가에 있다. 그는 예전에 오문에서 친우와 같이 뱃놀이를 하던 가을밤을 회상한다. 그러나 만남은 영원하지 않은 법이라 두 사람은 나그네가 되어 서로 헤어졌다. 제3~4구에서 만나면 헤어진다는 것을 알았던 북으로 간 구름은 친우를 가리키고, 측량할 수 없는 부침 속에 동으로 흘러온 강물은 시인 본인을 가리킨다. 이 구절을 통해 보면 아마 시인은 친우와 마찬가지로 처음엔 북쪽으로 가려 했는데 여의치 못했던 것 같다. 경구가 오문의 서쪽에 있으니 오문에서 경구로 온 것을 동쪽으로 왔다고 한 것은 아니다. 제5~6구는 시인이 친우를 그리워하는 모습을 시간적 배경과 대비시켜, 그 쓸쓸하고 그리운 감정을 부각시켰다. 시인이 홀로 한 동이의 술을 비우는 동안 시간이 흘러 저녁이 되었는데, 멀리서 보내온 친구의 편지를 보면서 그 때도 가을이었는데 지금도 가을이라는 것을 새삼 깨닫는다. 그러나 친구와 같이 놀 때의 가을은 단풍잎과 갈대꽃이 아름답던 시절이었으나, 시인이 친구를 그리워하는 가을은 푸르던 잎이 다 떨어진 가을이다. 제7~8구에서 시인은 서로 그리워하나 만나지 못하는 상황을 다시 한 번 확인하면서 시를 마친다.

48) 옹도의 시 085. 〈정안공주님이 궁에 돌아오시다(定安公主還宮)〉에 보인다.

119

別劉秀才1

유 수재와 이별하고

三獻無功玉有瑕,2	세 번 바쳤으나 공이 없었으니 옥에 하자가 있었기 때문
更携書劍客天涯.3	다시 책과 칼을 들고서 하늘가에 나그네 된다.
孤帆夜宿瀟湘雨,4	밤에 외로운 배는 소강과 상강의 비 내리는 속에 지새우고
廣陌春期鄠杜花.5	봄에 넓은 길에서 호현과 두릉현의 꽃을 보기로 약속한다.
燈照水螢千點滅,	등불이 물의 반디를 비추니 천 개나 깜빡거리고
棹驚灘鴈一行斜.	노가 물가의 기러기를 놀래키니 한 줄로 비껴서 난다.
關河迢遞秋風急,6	변방의 강물은 아득하고 가을바람은 빠른데
遙望江山不到家.7	멀리 강과 산을 바라봐도 집에 이르진 못한다.

【주석】

1 이 시는 ≪전당시≫에 허혼의 작품으로 수록되어 있다.
秀才(수재) : 본래 수재는 과거의 이름이었으나 당 이후에는 과거에 응시하는 사람을 두루 수재라 불렀다. 이 시의 유 수재가 구체적으로 누구를 가리키는지는 알 수 없다.

2 [원주] 위의 "옥을 (안고) 울다"의 주석에 보인다.[49](見上泣玉注)
三獻無功(삼헌무공) : 세 번 바쳤으나 공이 없다. 변화(卞和)가 옥을 바쳤다가 화를 당했던 화씨지벽(和氏之璧)의 이야기를 가리킨다.

3 [원주] '책과 칼'은 이미 상권에서 나왔다.[50](書劍已出上卷)

4 [원주] ≪산해경≫에 "요임금의 두 딸이 늘 소강과 상강 부근에서 놀았다."라 하였다. ≪영릉총기≫에서 "소수와 상수는 영주에 있다."라 하였다.(山海經, 帝之二女, 常遊於瀟湘之川. 零陵總記, 瀟水, 湘水在永州)
夜宿(야숙) : 밤에 잠을 자다. 번역의 '지새우다'는 의역이다. ≪전당시≫ 허혼의 시에는 '야별(夜別)'로

49) 마대의 시 111. 〈과주에서 이류와 이별하며 남겨줌(瓜州留別李謬)〉에 보인다.
50) 허혼의 시 079. 〈동쪽으로 돌아가는 마습유를 전송하며(送馬拾遺東歸)〉에 보인다.

되어 있으며, '밤에 이별하다'는 뜻이다.

瀟湘(소상) : 소강과 상강의 병칭인데, 동정호 남쪽 지역을 두루 가리킬 때 많이 쓰였다.

5 [원주] 유장의 〈유생〉에 "넓은 길은 붉은 저택과 통하고 큰 길에는 푸른 누각이 서있다"라고 하였다. ≪전한서 · 지리지≫에 "부풍에는 호현과 두릉현이 있다."라 하였다.[51](柳莊劉生曰[52], 廣陌通朱邸, 大路起青樓[53]. 前漢書地理志, 扶風有鄠縣, 杜縣.)

廣陌(광맥) : 넓은 길. 여기서는 수도 장안의 넓은 길을 가리킨다.

鄠杜(호두) : 호현과 두릉현. 호현은 장안의 서남쪽에 있고 두릉현은 한 선제(宣帝)의 능묘가 있는 곳이다. 호두는 수도인 장안 부근을 가리킨다.

6 關河(관하) : 관산의 하천. 국경 부근의 험준한 산과 그곳에서 흘러나오는 물.

迢遞(초체) : 아주 먼 모습. ≪전당시≫ 허혼의 시에는 '만리(萬里)'로 되어있다.

7 江山(강산) : 강과 산. ≪전당시≫ 허혼의 시에는 '향산(鄉山)'으로 되어 있으며, '고향 산'이라는 뜻이다.

【해설】

이 시는 시인이 길을 떠나며 유 수재와 이별하고 쓴 작품이다. 유 수재가 누구인지는 알 수 없는데, 허혼의 시나 마대의 시에는 수재들과 어울린 작품이 많다. 자신의 뜻이나 기대와는 다른 현실에 여의치 못한 사람들끼리 작별하며 서로 위로하는 내용의 작품이다. 마대의 경우 변새를 떠돌았다는 말이 있으므로 그의 상황과 부합하기는 한다. 111번 〈과주에서 이류와 이별하고 남겨줌(瓜州留別李謬)〉 시에서 변새에 3년을 있었다고 하였는데, 어쩌면 유 수재와 이별하고 변새로 갔다가 거기에서 몇 년 지내고 다시 이류와 또 이별한 것일 수도 있다.

제1~2구에서 시인은 자신이 머물지 못하고 떠나는 이유를 이야기한다. 자신은 충분히 능력이 있고 또 노력도 했지만 인정받지 못해서 다시 공을 세우러 변방으로 떠나는 것이다. 제3~4구에서 시인은 작별하는 곳의 풍경과 분위기를 먼저 표현하고 다시 이후의 약속을 이야기한다. 헤어지는 곳은 소강과 상강이 있는 동정호, 또는 그 부근이다. 시인이 타고 떠날 배에서 유 수재는 함께 밤을 새며 작별을 아쉬워한다. 지금은 쓸쓸한 가을비가 밤새 내리지만 우리 내년에는 모두 성공해서 수도 장안에서 봄에 꽃구경을 하자고 약속한다. 제5~6구에서는 아마도 비가 어느 정도 잦아들어 길을 떠나는 것 같다. 아직 날이 밝지도 않았는데 길을 서두른다. 반딧불은 천개가 반짝이든 만개가 반짝이든 위태로울 수밖에 없고 기러기가 놀라서 날아오르니 불안한 마음만 드니, 이 구절은 시인의 서두르는 마음과 어울린다고 할 수 있다. 제7~8구에서는 이제 변방을 향해 아득히 멀리 떠나야 하는데 고향 집을 돌아보아도 당연히 보이지 않는다. 그래서 시인은 언제나 외로이 떠돌 뿐이다.

51) 사실 ≪전한서≫에 이러한 구절은 없다. '≪전한서 · 지리지≫의 내용에 따르면'으로 이해해야 한다.
52) 曰(왈) : 원주에는 '白(백)'으로 되어있으나 일반적이지 않아 바로 잡았다.
53) 青樓(청루) : 원주에는 '當儉(당검)'으로 되어있는데 ≪악부시집≫에 의거하여 바로 잡았다.

120

和大夫小池孤鴈下[1]

대부의 작은 못에 외로운 기러기가 내린 것에 화운하여

敗荷衰荇水香殘,	부서진 연잎 시들은 마름이지만 물에는 향기가 남아서
萬里銜蘆此地安.[2]	만 리를 갈대 물고 와서 이곳에 안착했다.
楡塞雪飛前侶暗,[3]	느릅나무 요새에 눈이 날려서 앞 친구가 보이지 않았고
柳營氷釋後池寬.[4]	버드나무 군영에 얼음 풀리니 뒤 연못이 넓었다.
孤鳴乍想瑤琴鶴,[5]	외로운 울음소리에 문득 옥 거문고의 학을 떠올리고
倒影初疑玉鏡鸞.[6]	거꾸로 비친 그림자에 처음엔 옥거울의 난새인가 생각한다.
待取東風歸上苑,[7]	동풍을 기다렸다가 바람 타고 상원으로 돌아가리니
衡陽迢遞隴陰寒.[8]	형산의 남쪽은 너무 아득하고 농서는 너무 춥다.

【주석】

1 이 시는 ≪전당시≫에 수록되어 있지 않다.
和(화) : 다른 사람이 지은 시의 제목과 내용에 따라 시를 지은 것. 보통 서로 주고받을 목적으로 쓰는데 제목과 내용만 따라 쓰는 경우도 있고, 시운(詩韻) 까지 따라 쓰는 경우도 있다. 시운까지 똑같이 따라서 쓰면 보통 화운(和[illegible])이라고 부른다. 이 작품이 화답한 시인지 화운한 시인지는 이 시만으로는 알 수 없다. 다만 글재[illegible]를 뽐낸다는 점에서 화운에 더 가깝지 않을까 추측되어 제목의 번역을 '화운'이라고 했다. 이 시에[illegible] 대부가 누구를 가리키는지, 그의 원래 시가 무엇인지는 알 수 없다. 그러나 대부의 연못에 기러[illegible] 한 마리가 날아왔다는 것을 통해 어떤 높은 관리가 시를 지었다는 것은 추측해볼 수 있다.

2 [원주] ≪[illegible]남자≫에 "기러기는 바람[illegible]다 날아서 기력을 갈무리한다. 갈대를 물고 날아서 화살을 피한다."라 하[illegible](淮南子 : [illegible]風而飛, 而受氣力. 銜蘆而飛, 而避矰繳)

3 [원주] ('려(侶)'는) '령(嶺)'으로 되어 있는 곳도 있다. ≪전한서 · 한안국전≫에 "한안국이 말하길, '몽념이 진을 위해 오랑캐를 쳐들어가서 땅을 연 것이 수천 리였습니다. 황하를 경계로 삼아 돌을 쌓아 성을 만들고 느릅나무를 심어 요새를 만들었습니다.'라고 하였다."라 하였다. 강엄의 시[54]에

"닻줄을 풀고 벗을 기다리다 다시 멀리 바라보니 참 울적하다."라 하였다.(一作嶺. 韓安國傳, 蒙恬爲秦侵胡, 辟地數千里. 以河爲境, 累石爲城, 樹楡爲塞. 江淹詩, 解纜候前侶, 還望方鬱陶)

楡塞(유새) : 느릅나무 요새. 몽념이 '느릅나무 요새'를 세웠다는 곳은 지금의 감숙성(甘肅省) 유중현(楡中縣)으로 장안에서 대략 1200리 거리 되는 곳이다.

4 [원주] ≪십도지≫에 "옹주에 세류원이 있다."라 하였다. 주석에 "한 문제 6년에 주아부가 병사를 주둔시켜 오랑캐를 방비하였고 그리하여 문제가 안으로 들어갈 수 없었다."라고 하였다.(十道志, 雍州有細柳原, 注, 漢文帝六年, 周亞夫屯兵備胡, 乃是文帝不得入處)

柳營(유영) : 버드나무 군영. 주아부의 군영을 세류영(細柳營)이라고 불렀다. 옹주나 세류원이나 지금의 서안시(西安市) 안에 있으니 유영은 장안으로 이해하면 된다.

5 [원주] ≪사기≫에서 "사광이 거문고를 잡고 한 번 연주하자 검은 학 16마리가 문에 모였다. 다시 연주하자 목을 늘이고 울었고, 날개를 펴고 춤을 췄다. 평공이 크게 기뻐하였다."라 하였다.(史記, 師曠援琴一奏, 玄鶴二八集於門. 再奏而延頸而鳴, 舒翼而舞. 平公大喜)

6 [원주] 송나라 범태의 〈난새〉시의 서문에 "계빈의 왕이 난새를 한 마리 잡아서 그 새를 매우 좋아했다. 새가 울기를 바랐으나 그럴 수 없었다. 부인이 말하길, '새는 같은 종류를 보면 우니 거울을 걸어서 비춰주세요.'라 하였다. 왕이 그 의견을 따르니 난새가 자신의 모습을 보고 슬프게 울었고, 슬픈 소리가 한밤중에 가득 찼다."라 하였다.(宋范泰鸞鳥詩序, 罽賓王獲一鸞鳥, 甚愛之. 欲其鳴, 而不致也. 夫人曰, 鳥見其類而鳴, 何不懸鏡以照之. 王從其意, 鸞睹形而悲鳴, 哀響中宵)

玉鏡鸞(옥경난) : 옥 거울의 난새. 앞 구의 '옥 거문고의 학(瑤琴鶴)'의 고사와 마찬가지로 모두 제후나 왕과 관련된 이야기에서 나왔다. 대후를 치켜세워주려는 의도에서 쓴 것이라 할 수 있다.

7 [원주] ≪초학기≫에 "나라 동산의 이름으로는 천원, 금원, 상원이 있다."라 하였다. (初學記, 其名苑有天苑, 禁苑, 上苑)

待取(대취) : 기다려서 취하다. 도달하길 기다리다.

上苑(상원) : 황제의 원림.

8 [원주] 〈서경부〉에 "새로는 매, 기러기, 닭이 있다.[55] 남쪽으로 형양으로 날았다가 북쪽으로 안문으로 돌아간다."라고 하였다. 주석에서 "공안국이 말하길 '형산의 남쪽이다.'라고 하였다."라 하였다. 강엄의 〈한부〉에 "떠돌다 농음에서 수자리 선다."라 하였다. 이선의 주석에서 "≪사기≫에서 '누경이 농서에서 수자리 섰다.'라고 하였다."라 하였다.(西京賦, 鳥則鷫鸘鴰鴇. 南翔衡陽, 北栖鴈門. 注, 孔安國曰, 衡山之陽. 恨賦, 流戍隴陰. 注, 史記, 婁敬戍隴西)

衡陽(형양) : 형산의 남쪽. 대략 호남 지역을 가리킨다.

迢遞(초체) : 멀고 아득한 모양.

隴陰(농음) : 농서(隴西) 지역을 의미한다. 지금의 감숙성(甘肅省) 부근이다.

【해설】

이 시는 ≪전당시≫에 수록되어 있지 않은 작품이다. 시의 제목과 내용에 근거했을 때, 장안의 어떤 높은 사람과 교유를 한 것 같은데 자세한 내용은 알 수 없다. 이 시가 화운을 한 대부의

54) 이 시의 제목은 〈사혜련 법조와 증별하다(謝法曹惠連贈別)〉이다.

55) 이는 〈서경부〉의 내용을 요약하여 쓴 것이다.

본래 시 작품 또한 알 수 없다.
시의 내용은 기러기 한 마리가 홀로 연못에 내린 것에 대한 묘사이다. 시 제목이 화운시임을 알리고 시의 기교도 다량의 전고를 쓰고 있으며 그 내용은 대부를 치켜세우고 기러기를 황제의 정원으로 보내달라고 직접적으로 말하고 있으니 이 시는 고위 관리에게 벼슬을 구하는 간알시(干謁詩)이다. 제1~2구에서 기러기는 홀로 쓸쓸한 연못으로 날아왔다. 제3~4구에서 눈보라를 헤치다 보니 친구를 잃어버렸고 얼음 풀린 뒤 연못이 넓었다는 것으로 보아 이 기러기는 혼자 겨울이 끝나갈 때 시간에 어긋나게 엉뚱한 곳으로 피신해온 것이다. 멀리 느릅나무 요새에서 친구를 잃어버리고 힘들게 장안 근처의 버드나무 군영에 겨우 날아와 연못에 내렸다. 여기까지는 기러기의 정체가 분명하지 않다. 제5~6구에서는 기러기의 소리와 모습을 비교적 우아하게 묘사하였다. 무리와 떨어진 기러기가 우아할 리 없지만, 제왕과도 같은 대부의 작은 연못은 너그럽게도 이 불쌍한 기러기를 치유해주었다. 그리하여 기러기는 자신이 가진 본래의 아름다움을 회복할 수 있게 되었다. 이 구절은 대부를 치켜세우면서 시인 스스로가 자신을 기러기에 비유하여 능력을 자신한 것이다. 제7~8구에서 시인은 기러기가 봄바람을 타고 황제의 정원으로 돌아가길 바란다. 다시 친구들을 찾아 형산 남쪽으로 가기에는 너무 멀고 다시 북쪽으로 돌아가기엔 너무 춥기 때문이다. 이것은 기러기에 빗대어 시인이 대부에게 자신을 발탁해서 중앙으로 나가게 해주길 바란 것이다. 비교적 잘 쓴 간알시라 할 수 있다.

13 위섬 韋蟾

위우승시(韋右丞詩)

[원주] 이름은 섬이다.(名蟾)

위섬(韋蟾, ?~873?)

위섬은 위첨(韋瞻)이라고도 쓰는데 통칭해서 위섬이라고 부른다. 자(字)는 은규(隱珪)이다. 하두(下杜, 지금의 섬서성 서안시 남쪽) 사람이다. 선종(宣宗) 대중(大中) 7년(853)에 진사 시험에 붙었다. 처음에는 서상(徐商)에서 장서기(掌書記)를 했으며 양양(襄陽)에도 있었던 것으로 보인다. 의종(懿宗) 함통(咸通) 연간에 한림학사(翰林學士), 중서사인(中書舍人), 공부시랑(工部侍郎), 형부시랑(刑部侍郎), 어사중승(御史中丞) 등을 역임하였다. ≪전당시≫에 따르면 함통 말기에 상서좌승(尙書左丞)의 벼슬로 죽었다고 하나 다른 역사 기록에는 함통 14년(873)에 어사중승이었다는 내용*이 있고 또 다른 기록에는 그가 건부(乾符, 874~879) 시기에 상서좌승을 했다는 내용도 나온다. 이 때문에 그의 사망 시기는 정확하게 알 수 없다. 또한 그 시기를 알 수 없으나 위섬이 악주관찰사(鄂州觀察使)로 나간 적이 있는데, 청렴한 정치를 펼쳐서 백성들의 신망을 얻었다고 한다.

그는 단성식(段成式), 온정균(溫庭筠), 최교(崔皎), 여지고(余知古) 등과 교제하면서 서로 창화(唱和)하였다. 그가 양양에서 그들과 창화한 시들은 ≪한상제금집(漢上題襟集)≫으로 엮어졌다고 하나 현재 전하지 않는다. 현재 그의 시는 ≪전당시≫에 10수 정도가 남았고 그 밖에 다른 시인들이 그에게 보내거나 그와 창화한 시가 몇 수 있다.

(서용준)

* ≪한원군서(翰苑群書)≫에 따르면 위섬은 함통 10년(869년) 여름에 한림원에 들어와 함통 13년(872년) 겨울에 어사중승이 되어 한림원을 떠났다.

121

閑題[1]

할 일 없이 쓴 시

寒窓風竹暮蕭蕭,	차가운 창가 앞 대나무엔 저녁 바람 쓸쓸히 불고
廓落生涯寄一瓢.[2]	허전하고 적막한 생애를 표주박 하나에 기댄다.
鱗甲已殘羞蚚蜴,[3]	비늘이 이미 다 떨어져 도마뱀에게 부끄럽고
羽毛看盡學鷦鷯.[4]	깃털이 다 빠져가 뱁새와 같아지려 한다.
豈能世便疑偸璧,[5]	세상이 옥을 훔쳤다 의심하는 것 어찌 감당할 수 있으리오
兼恐妻還厭採樵.[6]	마누라가 땔감 줍기 싫어하는 것도 무서워한다네.
騎馬出門無去路,	말을 타고 문을 나서도 나아갈 길이 없으니
愁魂須待楚人招.[7]	시름겨운 혼백 마땅히 초나라 사람 부름을 기다려야겠다.

【주석】

1 이 시는 ≪전당시≫에 수록되어 있지 않다.

2 [원주] ≪초사≫[1]에 "쓸쓸하구나, 타향에 지내며 친구도 없으니."라 하였다. 그 주석에 "곽락(廓落)은 공허하고 적막함이다."라 하였다. ≪논어≫에서 "안회는 도시락 하나의 밥과 표주박 하나의 물을 마실 뿐이다."라 하였다.(楚辭, 廓落兮, 羈旅而無友生, 注, 廓落, 空寂也. 語曰, 顔回, 一簞食, 一瓢飮)

3 [원주] ≪한서・동방삭전≫에 "주상[2]이 여러 술법사들에게 그릇 아래 있는 물건 맞히기를 하도록 시키셨는데, 수궁[3]을 그릇 아래에 두고 그것을 맞히게 하였으나 모두 맞히지 못했다. 동방삭이 스스로를 추천하며 말하길, '저는 일찍이 주역을 전수받았으니 청컨대 맞히고자 합니다.'라 하였다. 이에 시초를 나누어 깔아 괘를 이루고는 대답하여 말하길, '신은 용이라 생각했으나 또한 뿔이 없고, 그것을 뱀이라 생각했으나 또한 다리가 있어서, 꿈틀꿈틀 두리번거리며 벽을 잘 타니, 이것은

1) 여기서는 송옥의 〈구변(九辯)〉을 말한다.
2) 여기서는 한 무제를 가리킨다.
3) 수궁(守宮) : 도마뱀의 일종이다.

수궁이 아니면 곧 석척입니다.'라 하였다."라고 하였다. 안사고가 말하길, "'기기'는 움직이는 모습이고, '맥맥'은 보는 모습이며, 석척과 수궁은 같은 종류이다. 양웅의 ≪방언≫에서 '연못에 있으면 그것을 석척이라 한다.'라고 하였다."라 하였다.(漢書, 東方朔傳, 上欲使數家射覆, 置守宮盂下而射之, 皆不能. 朔自贊曰, 臣嘗受易, 請射之. 乃別蓍布卦而對曰, 臣以爲龍又無角, 謂之爲蛇又有足, 跂跂脈脈善緣壁, 是非守宮則蜥蜴[4]. 師古曰, 跂跂行貌, 脈脈視貌, 蜥蜴守宮一類. 揚雄方言, 其在澤中者謂之蜥蜴[5])

蜥蜴(역척) : 도마뱀. '석척(蜥蜴)'의 오자로 보인다. 석척은 도마뱀의 일종으로 주로 풀밭이나 습지에 산다.

4 [원주] ≪장자≫에서 "뱁새는 깊은 숲에 둥지를 틀지만, 가지 하나에 불과하다."라 하였다.(莊子, 鷦鷯巢於深林, 不過一枝)

鷦鷯(초료) : 뱁새.

5 [원주] ≪사기≫에 "장의가 일찍이 초나라 재상을 따라 술을 마셨는데, 술자리가 끝나자 초나라 재상이 옥구슬을 잃어버렸다. 재상의 문하에 있던 사람이 장의를 의심하면서 말하길, '장의는 가난하고 행실이 없으니 반드시 재상 어르신의 옥을 훔쳤을 겁니다.'라 하였다. 모두 장의를 잡아서 수백 대를 때렸으나 장의가 승복하지 않아서 그를 풀어주었다. 그의 아내가 말하길, '아! 당신이 글공부를 하고 유세를 하지 않았다면, 어찌 이런 모욕을 얻었겠어요?'라 하였다. 장의가 그 처에게 말하길, '보기에 내 혀가 여전히 있는지요?'라 하니 그 아내가 웃으며 말하길 '혀는 있네요.'라 하였고 장의가 말하길, '되었소.'라고 하였다."라 하였다.(史記, 張儀嘗從楚相飮, 已而楚相亡璧, 門下意張儀, 曰, 儀貧無行, 此必盜相君之璧. 共執儀, 掠數百, 不服, 釋之. 其妻曰, 嘻. 子毋讀書遊說, 安得此辱乎. 張儀謂其妻曰, 視吾舌尙在不. 其妻笑曰, 舌在也. 儀曰, 足矣)

6 [원주] ≪전한서≫에서 "주매신은 오지역 사람이다. 집이 가난하였으나 글을 읽기를 좋아하였고, 돈벌이를 하지 못했다. 늘 땔나무를 베어다 팔아서 먹을 것을 대었는데, 땔감을 묶어서 매고 갈 때도 또한 책을 읽었다. 그 아내가 역시 땔감을 매고 그를 따랐는데 자주 매신을 말리며 길에서 책을 읊어대지 말라고 하였다. 매신은 더욱 세게 불렀고 아내는 부끄러워했다. 아내가 떠날 것을 요구하자 매신이 웃으며 말하길, '나는 나이가 오십이 되면 부귀해질 것인데, 지금 이미 사십여 세라네. 자네가 고생한 날이 오래되었으니 내가 부귀하게 된다면 자네의 수고에 보답하겠네.'라 하였다. 아내가 화가 나서 말하길, '당신과 같은 무리는 결국 시궁창에서 굶어죽을 뿐일 것이니, 어찌 부귀해질 수 있겠습니까?'라 하였다. 매신은 만류하지 못하였고, 떠나도록 허락하였다. 뒤에 회계태수를 배수 받았다."라 하였다.(前漢書, 朱買臣, 吳人也. 家貧, 好讀書, 不理産業. 常刈薪樵賣以給食, 負束薪行, 且讀書. 其妻亦負戴相隨, 數止[6]買臣無歌嘔道中. 買臣愈益疾歌, 妻羞之. 求去, 買臣笑曰, 我年五十富貴, 今已四十餘矣. 汝苦日久, 待我富貴, 報汝功. 妻恚怒曰, 如公等, 終餓死溝中耳, 何能富貴. 買臣不能留, 卽聽去. 後拜會稽太守.)

---

4) 蜥蜴(역척) : 본래 ≪전한서≫와 안사고의 주석은 모두 '蜥蜴(석척)'으로 썼지만 원주에서는 위섬 시의 주석으로 인용하면서 '蜥蜴(역척)'으로 썼다. 시와의 통일을 위해 한자를 바로 잡지 않았다. 주석에서 안사고 본인은 '석역'으로 읽으라고 하였다.

5) 蜥蜴(역척) : 본래 ≪방언≫에는 '易蜴(역척)'이라고 되어 있다. 곽박(郭璞)의 주석에서는 '역석'으로 읽으라고 하였다. 반면 ≪전한서≫의 안사고 주석은 '蜥蜴(석척)'으로 인용하였다.

6) 止(지) : 원주에는 '至(지)'로 되어있는데, '매신에게 가서'라는 해석이 어색하다. 따라서 '止(지)'를 발음이 같은 이유에서 '至(지)'로 혼동한 것으로 보아 ≪전한서≫에 의거하여 바로 잡았다.

7 [원주] 〈초혼〉의 가사에서 말하길, "혼이여 돌아오라, 남쪽 방향은 머물 수 없도다."라 하였다. ≪초사장구≫의 서에서 "초혼이란 송옥이 지은 것이다. 송옥은 굴원을 불쌍하고 안타깝게 여겨서 그의 명이 장차 떨어지려하자 초혼을 지어 그 정신을 회복하고 그 수명을 연장하려 하였다."라고 하였다. ≪사기≫에서 "송옥은 영지역 사람으로 초나라의 대부가 되었다."라 하였다.(招魂詞曰, 魂兮歸來, 南方不可以止些. 序曰, 招魂者, 宋玉之所作也. 宋玉哀憐屈原厥命將落, 作招魂欲以復其精神, 延其壽命也. 史記, 宋玉, 郢人也, 爲楚大夫)
待楚人招(대초인초) : 초나라 사람이 부르는 것을 기다리다. 여기서 초나라 사람은 송옥이며 송옥이 부른 사람은 굴원이다. 마치 송옥이 굴원을 위로한 것처럼 누군가 자신을 위로해주길 바란다는 것이다.

【해설】

이 시는 아직 성공하지 못한 시인이 자신의 답답하고 비통한 마음을 토로한 작품이다. 시인은 자신의 처지를 역사적인 여러 인물들의 상황에 비유하면서 자신의 슬픔을 구체화시켰다.
제1~2구에서 시인은 자신의 처지를 공자의 제자였던 안회에게 빗대었다. 능력도 있고 열의도 있지만 외롭고 불행하다. 제1구에서 시간적 배경이 가을이나 겨울의 저녁임을 나타냈고 제2구에서 자신이 외톨이로 버려졌음을 드러냈다. 시인이 전체 시에서 드러내는 감정은 외로움인 것이다.
제3~4구에서 시인은 다시 자신의 불우한 처지와 이에 대한 수치심을 보여준다. 시인은 인간세상의 용과 봉새가 되기를 바랐지만, 지금 그는 도마뱀과 뱁새보다도 못한 처지이다. 또한 그는 동방삭처럼 스스로 천거하지도 못했다. 다만 여전히 스스로 몰락한 용이나 봉이라고 자위할 뿐이다.
제5~6구에서 시인은 역경을 겪었으나 결국엔 성공했던 역사 인물들을 떠올렸다. 장의나 주매신은 세상의 오해와 멸시를 이겨내고 성공한 인물들이다. 시인도 그들처럼 되고 싶지만 앞의 인물들과 달리 끝내 그들을 자신과 동일시하지 못하였다. 시인 또한 장의나 주매신처럼 외롭고 불우하지만 그들처럼 성공할 자신이 없다. 아마도 시인은 좌절을 너무 많이 경험한 듯하다.
제7~8구에서 시인은 굴원을 불러주었던 송옥과도 같은 사람이 역시 갈 곳 없는 자신도 불러주기를 바란다. 시 전체에서 시인은 불행하였고 외로웠다. 누군가 자신을 불러주기를 바라는 것은 그 외로움에서 자신을 구해주기를 바란 것이다. 그래서 이 부분은 누군가 자신을 발탁해주기를 바라는 내용으로 읽힐 수 있다. 송옥은 굴원이 죽은 다음에 불러주었지만 시인은 아직 죽지 않았다.

122

未歸[1]

아직 돌아가지 못하고서

風聲水色漸依依,2	바람 소리 물 색깔 점점 애틋해지니
若是春歸客未歸.	괴로운 것은 봄이 돌아가도 나그네는 가지 못한다는 것.
幾處逢人多失計,3	여러 곳에서 사람들 만나서 대부분 일이 틀어졌지만
暫時開卷卽忘機.4	잠깐 사이 책을 펼치면 바로 세상일을 잊는다.
匡床跪膝聽師語,5	책상 바로 하여 무릎 꿇고서 스승님의 말씀을 듣고
倚杖廻頭看鳥飛.	지팡이에 기대어 머리를 돌려 새 날아가는 걸 본다.
富貴豈無經濟策,6	부귀한 사람들이라고 어찌 경세제민의 방책이 없겠느냐마는
螢窓歲晏與心違.7	반딧불이 모은 창가에 나이 늙어가니 내 마음과는 어긋나는구나.

【주석】

1 이 시는 ≪전당시≫에 수록되어 있지 않다.

2 依依(의의) : 아쉬워하거나 그리워하는 모습.

3 失計(실계) : 계획이 잘못되다.

4 開卷(개권) : 서책을 펼치다.

忘機(망기) : 기교(機巧)의 마음을 잊어버리다. 세상일에 대해 신경 쓰지 않다.

5 [원주] ≪장자≫에 "여희가 왕과 편안한 침상을 함께 하다."라 하였다. (≪경전석문(經典釋文)≫에 따르면)[7] 사마표(司馬彪)가 이르기를 "광상이란 편안한 침상이다."라 하였다. 어떤 사람은 "바른 침상이다."라고도 말하였다.(莊子, 麗姬與王同匡床. 司馬云, 匡床, 安床也. 一云正床也)

匡床(광상) : 본래는 주로 '편안한 침상'의 의미로 쓰이나 여기에서는 '책상을 바르게 하다'의 의미이다.

6 [원주] 이백의 시[8]에 "젊어서 나라를 다스리고 백성을 구제할 계책을 가지니, 특별히 황제께서

7) 이 부분은 육덕명(陸德明)의 ≪경전석문(經典釋文)≫에서 '상(牀)'에 대해 설명한 내용을 인용한 것이다. ≪경전석문≫의 내용은 다음과 같다. "사마표가 말하길 '광상은 편안한 침상이다'라 하였다. 최선(崔譔)은 '광은 네모난 것이다.'라 하였다. 어떤 사람은 '바른 침상이다.'라고도 말하였다.(司馬云, 筐牀安牀也. 崔云筐方也. 一云正牀也)"

돌아보시는 은혜를 받았습니다."라 하였다.(李白詩, 早懷經濟策, 特受龍顔顧)

7 [원주] ≪송략≫에 "차윤은 책을 읽기를 좋아하였으나 집이 가난하여 기름이 없었기 때문에 반딧불이를 모아서 책을 읽었다."라고 하였다.(宋略, 車胤好讀書, 家貧無油, 聚螢讀書)

歲晏(세안) : 본래는 한 해가 다하는 시기를 말하는데 여기서는 나이가 늙었다는 뜻이다. 사람의 만년을 가리키기도 한다.

【해설】

이 시를 위섬이 언제 지었는지는 알 수 없다. 시의 전체적인 내용이 나이 먹도록 타향에서 공부하지만 성공하지 못한 것을 한탄하는 것으로 보아 과거 시험에 붙기 전이나 또는 과거에 붙었지만 지방의 하급 관리를 전전하던 때에 쓴 것으로 추측된다. 위섬은 853년에 과거에 급제하여 869년에 한림원(翰林院)에 들기 전까지 지방관의 막료 생활을 한 것으로 추정되는데, 873년 전후에 상서좌승(尙書左丞)으로 벼슬을 마친 것으로 추정되어 대략 20년 남짓 벼슬 생활을 한 것으로 보면 과거에 급제했을 때 이미 나이가 상당히 많았던 것으로 보이며, 20년 관리 생활에서도 15년의 세월 역시 시시한 신세를 벗어나지 못하였다. 그래서 이 시는 과거 합격 이전에 타향에서 유학하는 늙은 학생의 한탄이거나 또는 여기 저기 떠돌며 희망이라고는 없는 지방관의 늙은 막료의 탄식이다.

제1~2구에서는 풍경과 시간의 변화를 자신의 처지와 대비시켰다. 해마다 봄은 왔다가 돌아가지만 희망이 없는 나그네 신세는 갈 곳이 없다. 제3~4구는 다른 사람들과의 성공적이지 못한 관계와 이에 반해 스스로 전념할 수 있는 책을 비교하였다. 책에는 언제나 옳은 말만 나오지만 세상일도 세상 사람도 대부분 그렇지 못하다. 제5~6구는 오직 진리를 따르고 싶지만 세상에 대해선 포기해버린 듯한 시인의 모습을 그린다. 지팡이에 기대서 새 날아가는 것만 바라보는 늙은이가 원대한 포부를 이야기할 수는 없다. 제7~8구에서 시인은 자신의 처지에 대해 솔직한 한탄을 하며 시를 종결시킨다. 모든 걸 포기하고 공부만 하는 것 같은 기분이었지만 권력자의 방침은 솔직히 마음에 들지 않는다. 그것은 시인이 가난하고 외롭고 힘들기 때문일지도 모른다.

8) 이 시의 제목은 〈율양의 송척 소부에게 드리다(贈溧陽宋少府陟)〉이다.

123

鸚䳇[1]

앵무새

層層烟樹舊棲枝,	겹겹이 안개 자욱한 나무의 예전에 살던 가지에서
幾爲山風夜暗移.[2]	몇 차례 산바람 때문에 밤에 몰래 옮겼다.
飛遠早枝鷓鴣妬,[3]	멀리 나는 것은 일찍이 자고새 고니새의 질투를 견뎠지만
語多深恐鳳凰知.[4]	말을 잘하는 것은 봉황새가 알까 심히 두렵다.
千山望絶音容改,[5]	수천의 산을 하염없이 바라보니 소리와 낯빛이 바뀌었고
一賦成來翅羽危.[6]	일단 부가 완성된 이래로 날개깃이 위태롭다.
堪笑張儀眞底事,[7]	장의를 하찮은 이라 비웃는 것은
縱然舌在欲何爲.[8]	설사 혀가 있더라도 무엇을 하겠다 한 것인지.

【주석】

1 이 시는 ≪전당시≫에 수록되어 있지 않다.
鸚䳇(앵무) : 앵무새. 비유적으로는 재능이 있는 인재를 가리키는 용도로 많이 쓰였다.

2 山風(산풍) : 산의 바람. 여기서는 곤경과 시련을 의미한다. 산풍은 ≪주역(周易)≫에서 유래한 용어로도 많이 쓰였는데 ≪주역≫의 고괘(蠱卦)가 위에 산이 있고 아래에 바람이 있는 형상이기 때문에 산풍(山風)은 고괘를 가리키는 비유로 자주 쓰였다. 고괘는 산이 위에 있고 바람이 아래에 있으니 양(산)과 음(바람)이 서로 단절되고 바람이 산에 막힌 형상이다. 고(蠱)는 벌레(곡식에 생기는 벌레), 독, 유혹 등의 뜻이 있다.

3 [원주] ≪한시외전(韓詩外傳)≫에서 "개서가 말하기를 '홍곡은 일거에 천리를 가는데 믿는 것은 두 날개뿐이다.'라고 하였다."라 하였다.(韓詩外傳, 蓋胥曰, 鴻鵠一擧千里, 所恃者六翮[9]耳云)
鷓鴣(자곡) : 자고새와 고니. 서양(희랍과 히브리)의 전통에 자고새는 남의 알을 훔쳐서 품었다가 나중에 자란 새끼가 자기 어미가 아님을 알고 떠나버리는 어리석고 탐욕스런 날짐승이다. 중국의 전통에서 자고새는 고향을 그리워하지만 날지 못하고 돌아가지 못하는 슬픔과 그리움의 상징이다.

9) 六翮(육핵) : 새의 두 날개의 중심 날개를 의미하며 주로 새의 두 날개를 가리킨다.

자고새는 작은 크기에 비해 몸집이 비대하여 잘 날지 못하고 뒤뚱거린다.
枝(지) : 지탱하다. 흩어지다. 저항하다.

4 [원주] 상권의 "사람들은 고운 말을 어여삐 여겨"의 주석에 보인다.[10](見上卷人憐巧語注)
語多(어다) 구 : 이 구절은 재주 많음을 윗사람에게 들켜 도리어 자유를 빼앗기는 것을 두려워한다는 의미다.

5 [원주] 〈앵무부〉에 "그 소리는 처량하고 비통하며, 그 모습은 애처롭고 야위었다."라 하였다.(鸚鵡賦, 音聲淒以慘惕[11], 容貌慘以顦顇)

6 [원주] 〈앵무부〉에 "아름다운 새장에 가두고 그 날개를 잘랐구나."라고 하였다. 또 "어찌면 안정되지 않음이 위험을 불렀는가?"라 하였다.(鸚鵡賦, 閉以雕籠, 翦其翅羽. 又云, 將不密以致危)
一賦成來(일부성래) : 일단 부가 완성되다. 여기서 부는 예형(禰衡)의 〈앵무부(鸚鵡賦)〉를 가리킨다. 예형은 삼국시대 사람으로 그 재주가 뛰어났으나 솔직한 언사 때문에 윗사람이었던 조조(曹操), 유표(劉表), 황조(黃祖)에게서 차례로 배척받고 결국 죽임을 당하였다. 예형의 〈앵무부〉는 그 대강의 내용이 아름답고 재주 많은 앵무새가 사람에게 잡혀서 날개를 잘리고 새장에 갇혀서 주인의 비위만 맞추며 살아간다는 것인데, 예형 자신의 불행한 인생 역정의 결말과 교묘하게 부합한다.

7 底事(저사) : 무슨 일. '하사(何事)'와 같다.

8 [원주] 위의 "옥을 훔쳤다고 의심받다."의 주석에 보인다.[12](見上疑偸璧注)
縱然(종연) : 설령, 설사, 가령.

【해설】

이 시는 위섬이 예형(禰衡)의 〈앵무부(鸚鵡賦)〉의 내용을 모티프로 삼아 자신의 뜻을 마음대로 펼칠 수 없는 인재를 앵무새에 비유하여 노래한 작품이다. 아마도 시인이 제대로 된 관료가 되지 못한 미관말직의 신분이었을 때거나 또는 아직 과거 시험에 합격하지 못했을 때에 쓴 시가 아닐까 추측된다.

이 시에 등장하는 앵무새 역시 사람에게 잡힌 불행한 존재다. 제1~2구에서 앵무새는 자신이 살던 신령한 공간을 부득이하게 떠나 어둠의 세상으로 전락한다. 제3~4구에서 앵무새는 자고새나 고니와 같은 결백하지 못한 존재들의 시기를 극복하고 멀리 날아오르는 능력을 보였지만, 결국 봉황새의 그늘을 벗어나지 못하고 속박되어 버린다. 예형의 〈앵무부〉에서는 앵무새가 그 능력이 봉황새에 버금간다는 칭찬까지 받았으나 이 시에서는 결국 앵무새가 새장에 갇히고 봉황새가 앵무새를 소유한다. 제5~6구에서 새장에 갇힌 앵무새는 자신이 잡히기 전 살았던 천개의 산 너머를 바라보지만 결국 좌절감에 쇠락해버렸고 이러한 앵무새의 운명은 예형의 〈앵무부〉의 그것과 겹쳐진다. 제7~8구는 앵무새나 〈앵무부〉에 대한 이야기는 아니지만 말 잘하는 능력을 가진 것으로 유명한 장의의 이야기를 인용해 인재의 저주 받은 능력에 대해 한탄한 것이다. 아무리 뛰어난 유세의 능력, 변론의 능력도 결국 권력자의 수중에 잡힌 애완조의 재주일 뿐이다.

10) 백거이의 시 013. 〈앵무새(鸚鵡)〉에 보인다. 그러나 이 "사람들은 고운 말을 어여삐 여겨(人憐巧語)" 부분에는 주석이 없다. 아마도 자산 스님의 착오인 듯하다.
11) 慘惕(참척) : 일반적으로는 '慘惕(참척)'이 아니라 '激揚(격양)'으로 전한다.
12) 위섬의 시 121. 〈할 일 없이 쓴 시(閑題)〉에 보인다.

124

芳草[1]

방초

苑外堤前芳草時,	원림 밖 제방 앞에 향기로운 풀 피어날 때에
偶來非是與心期.[2]	우연히 왔을 뿐 속마음으로 약속했던 것은 아니다.
氷開溪岸魚衝網,[3]	얼음 풀린 개울가 언덕에는 물고기가 그물에서 퍼덕이고
花照樓簷酒換旗.[4]	꽃 그림자 비치는 누각의 처마엔 술집이 깃발을 바꿔단다.
萬里楚人南去早,[5]	만 리를 떠나는 초나라 사람 너무 일찍 남으로 가고
數聲燕鴈北歸遲.[6]	몇 마디 소리 낸 연나라 기러기 너무 늦게 북으로 돌아간다.
十年不向春煙笑,[7]	십 년 동안 봄 경치를 향해 웃은 적 없으니
費盡功夫學畫脂.[8]	애만 쓰다가 기름덩어리에 그림그리기나 배웠구나.

【주석】

1 이 시는 ≪전당시≫에 수록되어 있지 않다.

2 [원주] 혜강의 〈절교서〉에서 "우연히 그대와 알게 된 것 뿐이오."라 하였는데, 이선의 주에서 "'우'는 우연으로 본래의 뜻이 아니라는 것이다."라 하였다.(嵇康, 絶交書, 偶與足下相知耳. 李善注, 偶謂偶然, 非本志也)

3 氷開(빙개) : 얼음이 녹다.
魚衝網(어충망) : 그물에 걸린 물고기가 그물을 뚫으려 부딪치다.

4 [원주] 상권의 "푸른 깃발 달고 술을 팔다(靑旗沽酒)"의 주에 보인다.[13](見上卷靑旗沽酒注)

5 [원주] ≪사기≫에 "굴원은 자가 평으로 초에서 벼슬을 하여 삼려대부가 되었으나 상관근이 도리어 그의 재능을 질투하여 그를 모함하고 헐뜯으니, 왕이 굴원을 강남으로 쫓아냈다."라 하였다. 유안의 〈초은사〉에 "왕손은 떠나가서 돌아오지 않고, 봄풀은 자라나서 무성하구나."라고 하였는데 주에 "굴원은 초 왕실과 같은 성이라 왕손이라고 하였다."라 하였다.(史記, 屈原字平, 仕楚爲三閭大夫,

13) 백거이의 시 012. 〈전당에서 봄날 느낀 바를 적다(錢塘春日卽事)〉에 보인다.

上官靳尙妬其才, 譖毁之. 王乃流屈原於江南. 劉安招隱士篇, 王孫遊兮不歸, 春草生兮萋萋. 注, 原與楚同姓, 故謂王孫)

楚人(초인) : 초나라 사람. 보통은 굴원을 가리키나 이 시에서는 시인 자신을 가리킨다.

6 [원주] ≪춘추설제사≫에서 "기러기가 남이나 북으로 가는 것은 양기를 찾아 움직이는 것이다."라 하였다.(春秋說題辭, 鴈之南北以陽動也)

燕鴈(연안) : 연나라 기러기. 연나라는 중국의 동북쪽에 있던 나라로, 여기서 연나라 기러기는 북쪽에서 온 기러기라는 뜻이다.

7 春煙(춘연) : 봄의 아지랑이, 안개, 구름 등 봄 경치를 폭넓게 일컫는 말이다.

8 [원주] 환관의 ≪염철론≫에 "안으로 그 자질이 없는데 밖으로 그 꾸밈만 배우는 것은 기름 위에 그림을 그리고 얼음 위에 조각을 새기는 것과 같이 날은 허비하지만 공로는 깎는 일이다."라 하였다.(桓寬鹽鐵論, 內無其質而外學其文, 若畫脂鏤氷, 費日損功)

功夫(공부) : 일을 하는데 소비하는 정력과 시간.

畫脂(화지) : 기름위에 그림을 그린다는 뜻으로 헛된 수고를 의미한다. '지(脂)'는 고체나 반고체 상태의 기름이나 지방.

【해설】

이 시는 상당한 기간 동안 노력을 했으나 좋은 결과를 얻지 못한 시인이 그에 대한 회한을 표현한 작품이다. 그 노력과 헛수고의 대상이 구체적으로 무엇인지는 알 수 없지만, 시인의 생평을 감안해서 추측했을 때 과거 시험과 관련이 있을 것으로 추정된다. 계절적으로 낙방을 알리는 시기이기도 하다.

시인은 아름답고 따스한 봄의 경치와 분위기를 먼저 제시하면서 이와 반대되는 절박한 심경의 자신의 신세를 넌지시 대비시킨다. 제1~2구에서 시인은 봄의 향기로운 생명력이 자신의 마음과는 전혀 상관이 없었다고 강조한다. 제3~4구에서 시인은 봄의 약동하는 경치를 두 가지로 제시하는데 하나는 강가에 묶어놓은 그물 속에서 퍼덕이는 물고기이며 다른 하나는 봄을 맞아 새롭게 단장한 술집의 깃발이다. 보통은 이런 광경을 보면 생명력을 느끼고 술 생각이 나기 마련이다. 그러나 시인은 어둡고 추운 마음속에서 나와서 새롭고 힘찬 봄을 맞이할 생각이 없다.

그리하여 제5~6구에서 시인은 봄을 맞아도 기뻐할 수 없는 두 시적 대상을 보여줌으로써 자신의 심경을 표현한다. 먼 길을 떠나는 나그네에게 지금 봄은 즐겁지 않다. 그러나 그는 더 있을 수 없다. 이미 북으로 돌아가야 했을 겨울 철새인 기러기 역시 봄은 즐겁지 않다. 그는 진작 떠나야 했다. 둘 다 있어야 할 곳에 있지 못하는 신세이며, 이들은 결국 시인 자신을 가리킨다. 제7~8구에서 시인은 자신의 지난한 삶에 대해 직접적으로 감정을 토로한다. 10년 동안 봄의 아름다움과 따뜻함, 생명력을 잊고 살았는데, 그 결과 시인에게 남은 것은 아무 것도 없다. 무엇을 그렇게도 그려왔단 말인가!

125

春分1

춘분

華髮閑搔日欲曛,2	흰 머리카락 한가로이 긁는데 석양이 저물어가니
年來夢裏見春分.3	요즘은 꿈속에서 춘분을 만난다.
花飛故苑羞空斷,	오래된 정원에서 날리는 꽃은 부끄러이 헛되게 끊어졌고
歌在重樓半不聞.4	높은 누각에서 부르는 노래는 태반이 들리지 않는다.
强國未能忘范蠡,5	나라를 강하게 하는 것은 범려를 잊을 수 없고
壯心甘已伏終軍.6	마음을 굳세게 하는 것은 기꺼이 종군에게 엎드린다.
崇陽舊社何人在,7	숭산 남쪽의 오래된 사직묘엔 누가 있어서
猶拂衣裳許白雲.8	옷에 먼지 떨고서 하얀 구름을 받아들이는지.

【주석】

1 이 시는 ≪전당시≫에 수록되어 있지 않다.
[원주] ≪예기 · 월령≫에서 "2월의 중기[14]에는 태양이 규성의 자리에 있다."라 하였고,[15] 주석에서 "춘분이 2월의 중기다."라 하였다.(禮記月令, 二月中氣, 日在奎. 注, 春分爲二月中氣)
春分(춘분) : 밤과 낮의 정도가 같아지는 날. 보통 양력 3월 20일이나 21일이다.

2 華髮(화발) : 흰 머리. 또는 노인.

14) 24절기는 보통 양력이 기준이나 고대 중국에서는 일상생활에서 음력을 기준으로 했기 때문에 24절기 또한 음력으로 계산했다. 그래서 동지(음력 11월 중기)를 기점으로 태양의 주기나 궤도에 따라 대략 15일 간격으로 중기(中氣)와 절기(節氣)를 번갈아 매겼다. 즉 24절기는 12개의 중기와 12개의 절기로 구성되는데 각 달의 전반부에 있는 날이 절기이고 후반부에 있는 날이 중기이다. 양력으로 계산했을 때에도 각 달의 전반부에 있는 날이 절기이고 후반부에 있는 날이 중기이다. 양력에는 각 달이 모두 절기와 중기가 하나씩 있지만 음력의 경우에는 절기나 중기가 하나만 있는 날이 있게 되고, 주로 하지(음력 5월 중기)와 가까운 달에 중기가 없는 음력 달이 있게 되는데, 음력 달에 중기가 없는 경우 그 달을 윤달로 두고 그 다음 달(중기가 들어오는)을 음력 달로 쳤다. 이것을 무중치윤법이라고 한다.

15) ≪예기 · 월령≫에는 2월에 태양이 규성 자리에 있다는 말만 나온다. 원주에서 ≪예기 · 월령≫의 것이라고 인용한 내용은 ≪태평어람(太平御覽)≫에서 ≪예기≫를 요약해서 인용한 것이고, 주석 또한 ≪태평어람≫의 주석이다.

曛(훈) : 황혼. 석양. 저물다.

3 年來(연래) : 근년 이내에. 1년 이내에.

4 重樓(중루) : 층루(層樓). 여러 층으로 된 누각.

5 [원주] ≪한서≫에 "동방삭이 글을 올려 둔전으로 나라를 강하게 하는 계책을 말하였다."라 하였다. ≪사기≫에 "범려는 월왕 구천을 섬겨서 많은 고생과 노력으로 구천과 함께 깊이 도모하여 마침내 오나라를 무찔러서 회계의 치욕을 씻었다. 북쪽으로 회수를 넘어가서 제나라와 진나라를 압박하고 중원을 호령하며 주나라의 왕실을 받들었으니 구천은 패자가 되고 범려는 상장군이라 칭하고 월나라로 돌아왔다. 범려는 큰 명성의 아래에서는 오래 거처하기 힘들다 여겼고, 또한 구천은 사람됨이 근심을 함께 할 수 있지만 함께 안락함을 누리기는 힘들다고 여겼다. 글을 써서 구천에게 하직하며 말하길, '신이 듣기를 주상의 근심은 신하의 치욕이며, 주상의 치욕은 신하의 죽음이라고 하였습니다. 예전에 임금님께서 회계에서 치욕을 당하셨을 때에 죽지 않은 것은 이 일을 하기 위함이었습니다. 지금 치욕을 씻었으므로 신은 회계의 형벌을 따르기를 간청합니다.'라 하였다. 구천은 말하길, '나는 장차 그대에게 나라를 나누어서 가지게 하려했는데 그렇지 않다면 그대에게 형벌을 가할 것이다.'라 하였다. 범려가 말하길, '임금님께서는 명령을 행하시고 신은 제 생각대로 행합니다.'라 하고는 배를 타고 바다에 떠서 떠나가 마침내 돌아오지 않았다. 이에 구천은 회계산을 범려의 봉읍이라고 공표하였다."라 하였다. ≪국어≫에 "월왕은 장인에게 명하여 좋은 금으로 범려의 모습을 그리게 시켜서 아침저녁으로 예의를 차렸다."라 하였다.(漢書, 東方朔上書陳農强國之計. 史記, 范蠡事越王勾踐, 旣苦身戮力與勾踐深謀, 竟滅吳, 報會稽之恥. 北度於淮, 以臨齊晉, 號令中國, 以尊周室, 勾踐以霸而范蠡稱上將軍, 返國. 范蠡以謂大名之下, 難以久居. 且勾踐爲人, 可與同患, 難與處安. 爲書辭勾踐曰, 臣聞主憂臣辱, 主辱臣死. 昔者君王辱於會稽, 所以不死, 爲此事也. 今旣以雪恥, 臣請從會稽之誅. 勾踐曰, 孤將與子分國而有之, 不然將加誅子. 范蠡曰, 君行令, 臣行意. 乃乘舟浮海以行, 終不返. 於是, 勾踐表會稽山以爲范蠡俸邑. 國語, 越王命工以良金寫范蠡之狀而朝夕禮謁)

6 [원주] ≪한서≫에 "종군은 자가 자운이다. 남월이 한나라와 화친을 하려하자, 종군을 보내 남월로 사신을 가서 그 왕을 설득하도록 시키니, 한으로 들어와 조문하여서 속국과 같게 하려 하였다. 종군이 자청하여 '바라옵건대 기다란 끈을 주시면, 반드시 남월왕을 묶어서 궁궐 앞으로 끌고 오겠습니다'라 하였다. 종군은 마침내 월왕을 설득하러 갔고, 월왕은 듣고 허락하여서, 나라를 몽땅 안으로 속하게 하길 원하니 천자가 크게 기뻐하였다."라 하였다.(漢書, 終軍, 字子運. 南越與漢和親, 乃遣軍使南越, 說其王, 欲令入朝, 比內諸侯. 軍自請, 願受長纓, 必羈南越王而致之闕下. 軍遂往說越王, 越王聽許, 請擧國內屬, 天子大悅)

7 [원주] '숭양은 상권의 '숭형'의 주석에 보인다.[16] ≪예기≫에 "중춘의 절기에는 원일을 택하여 사람들에게 사직에 제사를 지내도록 명하였다"라 하였다.[17] 주석에서 말하길, "사직에게 제사를 지내기 위함이다. 봄의 일이 일어나기 때문에 농사의 복을 빌었다. 원은 길한 것이다. 춘분에 가까운 전이나 후의 무일이다."라 하였다.(崇陽見上卷崇衡注. 禮記, 仲春之節, 擇元日, 命人社, 注云, 爲祀社稷也. 春事興, 故祈農祥. 元吉. 近春分前後戊日也)

崇陽(숭양) : 숭산의 남쪽. 시인이 거주하는 지역을 가리킨다.

16) 장효표의 시 049. 〈변주의 한사공에게 올리다(上汴州韓司空)〉에 보인다.

17) 이 내용 또한 본래 ≪예기≫가 아니라 ≪태평어람≫에서 요약하여 인용한 ≪예기≫의 내용이다.

社(사) : 사직(社稷)을 모신 사당이나 사당에 준하는 곳. 사직은 농사신이다.

8 [원주] ≪문선≫[18]에서 "수양산에서 곡식을 사양하고, 옷을 떨고 고상하게 떠나가다."라 하였다.(文選, 辭粟首陽, 拂衣高謝)

拂衣(불의) : 옷의 먼지를 떨어버리고 떠나다. 은거하다.

【해설】

이 시는 노년의, 또는 쇠락한 시인이 자신의 인생 역정에 대한 회한을 읊은 작품이다. 봄이 한창인 음력 2월의 춘분의 봄날은 시인에게 결코 미래에 대한 희망이나 현재의 화려함에 대한 향락을 선물하지 않는다. 시인에게 봄날의 꽃과 주루의 노래 소리는 차단당했거나 거절당했기 때문에 아마도 꿈속에서나 만날 수 있는 희망사항이다. 그래서 춘분에 대한 한시이지만 제1구에서 해는 이미 저물고 있고, 제2구에서 춘분의 봄 경치는 언제나 꿈속에만 있으며, 제3~4구에서 꽃과 노래는 시인과 멀기만 하다.

제5~6구에서 범려와 종군은 모두 나라를 위해 대공을 세운 정치가와 애국지사다. 이제는 포기했을 것만 같은 시인의 젊은 시절의 바람 역시 그들을 본받는 것이었을 것이다. 그러나 이제는 봄의 화려함이나 희망이 모두 꿈만 같다. 시인이 할 수 있는 것은 이전의 희망을 추억하면서 농사일을 하고 은거해서 살아가는 것이다. 제7~8구에서 오래된 토지신묘에 봄 제사를 지내는 사람은 시인 자신이다. 그는 속세의 먼지를 떨어버리고 하얀 구름과 함께 은거했다. 그러나 자연으로 돌아와 은거를 했으면 그 스스로 만족해야 하는데도 불구하고, 그는 아직도 미련을 버리지 못했다.

18) 여기서는 ≪문선≫에 수록된 은중문(殷仲文)의 〈상서를 그만두며 올리는 글(解尙書表)〉을 말한다. 원문은 "물러나서는 수양산에서 곡식을 사양하고 옷을 떨고 고상하게 떠나가지 못하였습니다.(退不能辭粟首陽, 拂衣高謝)"이다.

126

壬申歲寒食1

임신년 한식

榮名壯歲兩蹉跎,2	영예로운 명성과 장성한 나이 둘 다 때를 놓치고선
到老螢窓意若何.3	늙도록 반딧불 비춰 책만 보자니 그 마음 무엇과 같을지?
四野盃盤爭道路,4	사방 들판에선 술과 안주 속에 다투어 나들이 길을 나서고
千門花月暗經過.	수많은 집에선 꽃과 달빛 속에 몰래 연인을 만나러 다닌다.
有心祇欲閑浮海,5	마음은 있지만 단지 한가롭게 바다를 떠갈 뿐이고
無力誰能鬪拔河.6	힘이 없으니 누가 황제의 줄다리기 시합을 할 수 있으리?
禁火豈關懸上客,7	불을 금지시킨다고 어찌 일등 공신에 들 수 있겠는가?
從來曲突不黔多.8	굽은 굴뚝에 그을음 없는 일은 원래 많았었다.

【주석】

1 이 시는 ≪전당시≫에 수록되어 있지 않다.

[원주] (한식에 대해서는) 이미 상권에 나왔다.[19](已出上卷)

壬申歲(임신세) : 임신년. 위섬의 추정 생졸년에 비추어 보았을 때, 서기 852년이다. 위섬은 853년에 진사에 합격하였고 870여년에 사망하였다. 그는 아마도 과거시험에도 나이가 많이 들어서 합격한 것 같고, 승진도 매우 느렸던 것 같다. 이 시는 위섬이 과거에 합격하기 직전에 쓴 것으로 추측된다.

2 [원주] ≪진서≫에 "주처가 '스스로 닦으려 하여도 나이가 이미 때를 놓쳤구나.'라고 하였다."라 하였다. ≪설문해자≫에 "차타(蹉跎)는 때를 놓침이다."라 하였다.(晉書, 周處曰, 欲自修而年已蹉跎. 說文, 蹉跎, 失時也)

壯歲(장세) : 장년(壯年). 굳센 나이.

蹉跎(차타) : 때를 놓치다.

3 [원주] '형창'은 위의 주석에 보인다.[20](螢窓見上注)

19) 장적의 시 035. 〈한식날 궁궐 연회시 두 수 1(寒食內宴詩二首)〉에 보인다.

到老(도로) : 늙을 때까지 줄곧.

螢窓(형창) : 반딧불로 비추던 공부방의 창. 힘들게 공부하는 곳.

4 四野(사야) : 사방의 들판. 사방.

盃盤(배반) : '배반(杯盤)'과 같다. 술잔과 쟁반. 술과 안주를 가리키기도 한다.

爭道路(쟁도로) : 길을 다투다. 한식날에 나들이를 나선 모습이다.

5 [원주] ≪논어≫에서 "도가 행하여지지 않으니, 뗏목을 타고 바다로 떠가리라."라 하였다.(語, 道不行, 乘桴浮于海)

祇(기) : 단지. '지(只)'나 '지(祗)'와 같다.

6 [원주] ≪경룡문관기≫에 "청명절에 (중종이) 시신에게 명하여 줄다리기의 모임을 하게 하였다. 커다란 삼베 줄의 양쪽 끝에 작은 줄 십여 개를 매어서, 각각의 줄마다 여러 사람이 그것을 잡아 당겨서, 힘이 약하면 진다. 이 때 재상 일곱과 부마 둘이 동쪽 무리였고 승상 셋과 장군 다섯이 서쪽 무리였다. 복야 위거원과 소사 당휴경은 나이가 늙어 줄을 따라 넘어졌다. 한참을 일어나지 못하자 황제는 재미있다고 여겼다…"라 하였다.(景龍文館記, 淸明節, 命侍臣爲拔河之會. 以大麻絙兩頭繫十餘少索, 每索數人執之以挽, 力弱爲輸. 時七宰相二駙馬爲東朋, 三相五將[21]爲西朋. 僕射韋巨源, 少師唐休璟以年老隨絙而踣. 久不能起, 帝以爲笑樂, 云云)

拔河(발하) : 줄다리기.

7 禁火(금화) : 불을 금하다. 한식의 풍습을 가리킨다. 이 시에선 한식에 불을 금하는 풍습에서 주석8에 나오는 '굴뚝을 굽히고 땔감을 옮김(曲突徙薪)'의 고사성어에 나오는 불을 막는 조언을 했으나 대우를 받지 못한 이야기를 떠올렸다.

懸上客(현상객) : 가장 공이 있는 귀빈의 자리에 올리다. '상객(上客)'은 귀빈 또는 공이나 서열이 제일 높은 문객을 말한다.

8 [원주] '불을 금지시키기'는 상권의 '차가운 음식'의 주석에 보인다.[22] ≪전한서・곽광전≫에 "어떤 사람이 서 선생을 위해 상서를 해서 말하길, '신이 듣기로 손님 중에 주인을 방문한 사람이 있었는데, 그 부뚜막이 곧은 굴뚝에다 옆에는 땔감이 쌓여있는 것을 보았습니다. 손님은 주인에게 말하길, '다시 굽은 굴뚝을 만들고, 그 땔감은 멀리 옮기시오. 그렇지 않으면 장차 화재가 있을 것이오.'라 하였습니다. 주인은 묵묵히 응하지 않았습니다. 얼마 뒤에 집에는 결국 화재가 발생했습니다. 같은 마을 사람들이 함께 그를 구하여서 다행히 끌 수 있었습니다. 그래서 소를 잡고 술자리를 마련하여 그 이웃사람들에게 감사를 하면서, 화상을 입은 사람은 상석에 자리하였고 나머지는 각자 공에 따라 다음에 앉았으나, 굽은 굴뚝을 말한 사람은 챙기지 않았습니다. 다른 사람이 주인에게 말하길, '지난번에 만약 그 손님의 말을 들었다면, 소와 술의 비용을 들이지 않고도 결국 화재가 없었을 것입니다. 지금 공을 따져서 손님을 초청하면서, 굴뚝을 굽히고 땔감을 옮길 것을 말한 사람은 그 은혜를 잊어버리고, 머리를 태우고 이마를 덴 사람을 높은 손님으로 삼았습니다.'라 하였습니다.

20) 위섬의 시 122. 〈아직 돌아가지 못하고서(未歸)〉에 보인다.

21) 三相五將(삼상오장) : 원주에는 '三相五相(삼상오상)'이라고 되어있다. ≪경룡문관기≫가 현재 본 책이 전하지 않고 다른 곳에 인용된 글만 전하는데, 이 부분은 곳에 따라 '三相五相(삼상오상)'으로 된 곳도 있고 '三相五將(삼상오장)'으로 된 곳도 있다. 문맥상 '三相五相(삼상오상)'은 의미가 순통하지 않아서 '三相五將(삼상오장)'으로 바로 잡았다.

22) 장적의 시 035. 〈한식날 궁궐 연회시 두 수 1(寒食內宴詩二首)〉에 보인다.

주인은 이에 깨달아서, 그를 청하였습니다.'라고 하였다."라 하였다. ≪문자≫에 "묵자는 굴뚝을 검게 그을리지 않았고, 공자는 자리를 데우지 않았다."라 하였다.(禁火見上卷冷食注. 前漢書, 霍廣傳, 人爲徐生上書曰, 臣聞客有過主人者, 見其竈直突傍有積薪. 客謂主人, 更爲曲突, 遠徙其薪. 不者, 且有火患. 主人默然不應. 俄而, 家果失火. 鄰里共救之, 幸而得息. 於是殺牛置酒謝其鄰人, 灼爛者在於上行, 餘各[23]以功次坐, 而不錄言曲突者. 人謂主人曰, 鄉使聽客之言, 不費牛酒, 終無火患. 今論功而請賓, 曲突徙薪者亡恩澤, 燋頭爛額者爲上客. 主人乃寤而請之. 文子, 墨子不黔突, 孔子不暖席[24])

曲突不黔(곡돌불검) : 검은 굴뚝에는 그을음이 없다. '돌(突)은' 굴뚝. 환기구. '검(黔)'은 그을다. 검어지다. 굴뚝을 굽혔기 때문에 화기가 중간에 막혀서 그을음이 생기지 않는다는 뜻이다. 이 시에선 처음부터 일을 잘 처리해서 달리 구함이나 도움이 필요 없다는 의미이다.

【해설】

이 시는 시인이 과거에 붙기 한 해 전에 마지막으로 좌절의 시기를 보내는 도중에 지은 작품으로 보인다. 시인은 한식이 되어 부뚜막에 불을 피우지 않는 것을 보고, 한식날에 불을 꺼버린 것은 화재를 방비한다는 의미가 있었겠지만 그것이 실제로는 아무 의미가 없다고 생각한다. 그래서 자기 자신은 무엇인가 대단한 일을 하기 위해 여태껏 노력을 했지만, 사실은 세상의 일들은 모두 자체로 완비되어 있고 설령 자신이 어떤 대단한 일을 해낸다 하더라도 결국 별 볼일 없을 것이라고 탄식하였다.

제1~2구에서 시인은 오래도록 성공하지 못한 자신의 처지를 간략하게 묘사하면서 스스로 탄식한다. 제3~4구는 때를 놓친 시인과 반대되는 풍경으로 한식 명절을 맞아 사람들이 놀러 나가는 모습과 밤에 연인들이 밀회하는 장면이다. 제5~6구는 자신의 이상과 다른 자신의 현재 모습이다. 현실에 적응할 수 없는 그는 높은 이상을 계속 가지기도 힘에 겹다. 한창 좋을 때도 잃어버렸을 뿐 아니라 현재 남아있을 수도 없다. 제7~8구는 한식의 불끄기 습관을 통해 떠올린 자신의 과거 시험 준비 또는 입신양명에의 희망에 대한 자조이다. 굳이 불을 끄지 않더라도 굽어있는 굴뚝을 사용하면 불이 날 걱정은 없다. 세상 사람들은 한식날 놀러 다니고 연인과 연애를 하면서 지내지 시인처럼 어떤 영광을 얻겠다고 틀어박혀 공부만 하지 않는다. 불을 끄라고 미리 예방해 줄 필요 없이 그들은 이미 충분히 현명하다. 그렇다면 시인은 무엇 때문에 그 고생을 하며 이 나이가 된 것인가?

23) 餘各(여각) : 원주에는 '餘客(여객)'이라고 되어있는데 ≪전한서≫에 의거하여 바로 잡았다.

24) 墨子不黔突, 孔子不暖席(묵자불검돌, 공자불난석) : 사실 ≪문자≫에는 "공자는 굴뚝을 그을리는 일이 없었고 묵자는 자리를 데우는 일이 없었다.(孔子無黔突, 墨子無煖席)"라고 나온다. 그러나 '공자와 묵자가 너무 바빠서 한 곳에 머물지 않았다'는 이 이야기는 반고(班固)의 〈답빈희(答賓戲)〉에 나온 "공자의 자리는 데워지지 않았고, 묵자의 굴뚝은 그을리지 않았다.(孔席不暖, 墨突不黔)"가 가장 유명하다. 아마도 ≪십초시≫를 만들 때 본래 유명한 "공자의 자리는 데워지지 않았고, 묵자의 굴뚝은 그을리지 않았다.(孔席不暖, 墨突不黔)"를 염두에 두고 ≪문자≫를 인용하다가 착오가 일어난 것으로 보인다.

127

霜夜紀詠[1]

추운 밤에 읊조리니

秋草靑靑戰馬肥,[2]	가을 풀 파랗게 자랐고 전투마가 살이 찌니
平沙偸路破重圍.[3]	드넓은 사막에서 몰래 길을 찾아 겹겹의 포위를 깨뜨렸다.
終應築邸流王澤,[4]	결국엔 마땅히 집을 세워 성왕의 은택을 퍼뜨려야 하는데
未肯登樓耀虎威.[5]	아직 누대에 올라 호랑이 같은 위엄을 빛내려하지 않는다.
金甲諸侯移舊幕,[6]	황금 갑옷의 제후는 이전 막사를 옮겨 후퇴했고
霜鬚戍卒補寒衣.[7]	서리 수염달린 변방의 군졸은 겨울옷을 깁는다.
華陽鳳日紅塵暗,[8]	화산의 남쪽에서 풍광을 붉은 먼지로 어둡게 하면서
萬疋驊騮盡放歸.[9]	만 필의 화류마를 모두 풀어줘 가게 해야 할 텐데.

【주석】

1 이 시는 ≪전당시≫에 수록되어 있지 않다.
霜夜(상야) : 서리 내리는 밤. 추운 밤. 가을 밤.
紀(기) : 기록하다. 여기에서는 '기(記)'와 통한다.

2 [원주] ≪한서・조충국전≫에 "선령[25]이 여러 강족 부족의 수령들과 인질을 교환하고 맹서를 하였다. 천자가 그에 대해 충국에게 물어보니 답하길, '가을이 되어 말이 살이 찌면 변란이 반드시 일어날 것입니다.'라고 하였다."라 하였다.(漢書趙充國傳, 先零與諸羌種豪交質盟詛. 上以問充國, 對曰, 到秋馬肥, 變必起矣)
秋草(추초) : 가을 풀.
戰馬肥(전마비) : 전쟁용 말이 살이 쪄서 튼튼해진다. 원주에서 설명했듯이 가을은 북방 이민족이 그들의 전투마를 타고 중국을 침략하는 시기이다.

3 [원주] ≪한서≫에 "항왕의 군대가 해하에 진을 쳤는데 병사도 적고 식량도 다하였으니 한왕과

25) 선령(先零) : 선령족(先零族). 한대 강족의 여러 갈래 중 하나였다.

제후의 병사들이 그들을 여러 겹으로 포위하였다."라 하였다. (漢書, 項王軍壁垓下, 兵少食盡, 漢王及諸侯兵圍之數重)

平沙(평사) : 넓은 사막.

偸路(투로) : 몰래 길을 찾다. 여기에서는 흉노족이 은밀히 습격했다는 의미이다.

重圍(중위) : 겹겹의 포위. 여기서는 당나라의 거듭된 포위를 의미한다.

4 [원주] ≪한서・진탕전≫에 "(진탕이 상서하여 말하기를) 질지선우의 머리와 명왕 이하의 오랑캐들을 베었으니, 마땅히 머리를 고가의 오랑캐들 관저 사이에 걸어서"라 하였다. 안사고(顔師古)의 주석에 "고가는 거리의 이름이다. 오랑캐의 관저들이 이 거리에 있다. 지금의 홍려객관[26]과 같다."라 하였다. 〈양도부〉의 서문에서 "성왕의 은택이 다하자 시가 지어지지 않았다."라 하였는데 이선은 "주의 도가 사라지자 아와 송도 없어졌다."라 하였다.(漢書陳湯傳, 斬郅支[27]首及名王以下, 宜縣頭槀街蠻夷邸間, 註, 槀街街名. 蠻夷邸在此街也. 若今鴻臚客館也. 兩都賦序, 王澤渴[28]而詩不作. 李善云, 周道旣微, 雅頌並廢也)

築邸(축저) : 집을 세우다. 본래는 장안에 오랑캐들을 포용하는 관저를 외교용으로 세운 것을 가리킨다. 이 시에서는 전쟁에 승리하고 오랑캐 땅에 당나라 점령군의 관저를 만든다는 뜻이다.

王澤(왕택) : 성왕의 은택.

5 [원주] ≪진서≫에 "유곤은 자가 월석이고, 대장군을 배수하였다. 진양에서 일찍이 오랑캐의 군대에게 여러 겹으로 포위당했는데 성안은 궁색하게 방법이 없었다. 유곤은 이에 밝은 달을 빌어 누대에 올라 청아하게 피리를 불었고, 도적들은 그것을 듣고 모두 서글퍼 길게 탄식하였다. 한밤중에 호가를 연주하니 도적들은 또 눈물을 흘려서 흐느끼며 절실하게 고향을 그리워하였다. 새벽녘에 다시 불자 도적들이 포위를 풀고 떠났다."라 하였다. 〈서도부〉에 "신령한 위엄을 빛내어 보이시고 전쟁의 일을 강습하여서"라 하였는데, 주석에서 "군사 훈련을 하여 서쪽과 북쪽 오랑캐에게 위엄을 보인다."라 하였다.(晉書, 劉琨字越石, 拜大將軍. 在晉陽嘗爲胡騎所圍數重, 城中窘迫無計. 琨乃乘月登樓淸嘯, 賊聞之, 皆悽然長嘆. 中夜奏胡笳, 賊又流涕, 歔欷有懷土之切. 向曉復吹之, 賊並解圍而去. 西都賦, 耀威靈而講武事. 注, 講武以威戎狄)

耀虎威(요호위) : 호랑이의 위엄을 빛내다 과시하다. '호위(虎威)'는 보통 무인의 기개를 가리킬 때 쓰인다. 이 시에서는 오랑캐들에게 기개를 과시한다는 뜻이다.

6 [원주] 채염의 시[29]에 "황금 갑옷에서 햇빛이 번쩍이다"라 하였다.(蔡琰詩, 金甲耀日光云)

金甲(금갑) : 황금으로 치장한 갑옷.

7 霜鬚(한수) : 서리가 내려 차갑게 얼어버린 수염. 나이가 많아 하얘진 수염으로 볼 수도 있다.

寒衣(한의) : 추위를 막는 옷.

8 華陽(화양) : 화산(華山)의 남쪽. 화산은 중국의 오악(五嶽) 가운데에서 서악(西嶽)으로 장안(長安)에서 동쪽으로 300리 이상 멀리, 지금의 섬서성(陝西省)의 서쪽에 있다. 바위가 많은 험한 산이다.

鳳日(봉일) : 풍경. 풍광. '봉(鳳)'은 '風(풍)'과 통용하는 경우가 많았기 때문에 '봉일(鳳日)'은 '풍일(風日)'

26) 홍려(鴻臚) : 빈객을 접대하는 관리의 명칭이다.

27) 郅支(질지) : 한나라 때 북흉노의 선우. 원주에는 '邸波(저파)'라고 되어있는데, ≪전한서≫에 의거하여 바로 잡았다.

28) 渴(갈) : 〈양도부〉에는 '竭(갈)'이라고 되어있는데, 같은 의미로 많이 통용되어 바로 잡지 않았다.

29) 이 시의 제목은 〈비분시(悲憤詩)〉이다.

로 읽을 수 있다. 풍일은 바람과 햇빛이란 뜻이며 의미가 확장되어 풍광이나 풍경 등을 나타낸다.
紅塵(홍진) : 붉은 먼지. 보통은 말이나 수레가 일으키는 먼지로 속세의 번잡함을 가리킨다. 전쟁 상황의 경우에는 전쟁의 먼지도 의미한다. 여기에서는 더 이상 전쟁을 하지 않아 풀어준 말들이 달리면서 일으키는 먼지를 의미하는 것으로 보인다.

9 [원주] '필마'는 위의 주석에 보인다.[30] ≪열자≫에서 "목왕의 팔준마에는 화류마 등이 있다."라 하였다. ≪서경≫에 "말들을 화산의 남쪽으로 보냈다."라 하였다.(疋馬見上注. 列子穆王八駿有驊騮馬云云. 書, 歸馬於華山之陽)
驊騮(화류) : 주(周)나라 목왕의 팔준마의 하나로 좋은 말을 가리키는 말로 쓰인다.
放歸(방귀) : 풀어서 보내다. 본래 ≪서경≫의 이야기는 주나라 무왕(武王)이 은(殷)나라를 멸망시킨 후 더 이상의 전쟁은 없을 것이라는 것을 천명하기 위해 전쟁에서 주요하게 사용되던 말과 소를 풀어준 내용이다. 화산의 남쪽은 매우 험해서 들어갈 수는 있어도 나가기는 힘들고 그 안에서 계속 살아가기도 쉽지 않다. 전쟁용 말들은 그 안에서 죽든 살든 다시는 전쟁에 불려가지는 않을 것이다. 말들을 모두 풀어준다는 것은 평화가 왔다는 것을 상징한다.

【해설】

이 시는 변방 요새에서 맞이하는 가을을 시인이 경험한 대로 기록한 작품으로 변새시의 일종이다. 위섬의 행적이 불분명하기 때문에 위섬에게 언제 이러한 경험이 있었는지 알 수 없다. 또한 이 시에서 말하는 이민족이 어디인지도 알 수 없다.

가을은 '천고마비'의 계절로 왕왕 전쟁과 재앙을 상징한다. 제1구는 변방의 가을에서 전쟁이 일어난다는 것을 도리어 '파랗다(靑靑)'는 반대되는 이미지로 형상화한다. 전쟁을 불러일으키며 죽음을 향해 가는 가을의 풀들이 도리어 파랗게 젊어 보이는 것은 제7구에서 평화로움을 회복한 수많은 명마들이 붉은 먼지 속에서 사라질 것이라는 표현과 호응한다. 제2구는 오랑캐가 사막을 몰래 넘어서 당나라 군대의 수비를 뚫고 침략해왔다는 뜻이다.

제3~4구는 능력이 부족한 장군들에 대한 비난이다. 그들은 그들을 감화시킬 능력도, 물리칠 능력도 없다. 하다못해 용맹함조차 부족하다. 제5~6구는 추워지는 날씨 속에서 겨울 전쟁에 대비하여 당나라 군대가 전열을 재정비하는 것을 보여준다. 장군은 진지를 후퇴시켜 반격을 준비하였고 하급 병졸은 자기 방한복을 자기 스스로 수선한다. 황금 갑옷의 제후나 서리 수염의 병졸이나 모두 여러 해 동안 이 전쟁터를 벗어나지 못하였다.

제7~8구는 전쟁이 끝나고 평화가 도래하기를 기원하였다. 이 전쟁이 끝나려면 과거에 무왕이 은나라에게 완전하게 승리한 것처럼 당나라가 완벽하게 승리해야 한다. 시인은 승리 후에 오는 평화를 바란 것이다. 보통 고대 중국의 시인이 전쟁이 끝난 평화를 바랄 때는 대부분 중국의 완전한 승리를 기원한 것이지 이민족, 다른 나라와의 평화속의 공존을 의미하는 것이 아니다.

30) 조하의 시 108. 〈장안에서의 달밤에 친구와 옛 동산을 이야기하며(長安月夜與友人話舊山)〉에 보인다.

128

送友人及第後東遊伊洛[1]

과거에 급제한 다음에 동쪽으로
이수와 낙수에 놀러가는 친구를 전송하며

此去應無恨別心,	이제 떠나지만 마땅히 이별을 원망하는 마음 없을 터
煙霞千里好開襟.[2]	물안개와 노을의 천리 길은 가슴을 헤치기에 좋을 것이네.
露銷寒渚紅初墮,[3]	이슬 녹아든 차가운 물가엔 붉은 빛 막 내려앉을 것이고
涼散秋空碧更深.[4]	서늘함 흩뿌려진 가을 하늘엔 푸른 빛 더욱 깊어질 거라네.
靜拂袷衣山路曉,[5]	겹옷 조용히 터니 산길이 환해지고
高張輕蓋驛樓陰.[6]	가벼운 덮개 높게 펼치니 역참 건물 그늘지겠지.
閑將一首陳思賦,[7]	한가로이 진사왕의 부 한 수 가지고
獨繞晴波盡日吟.[8]	맑게 빛나는 물결 유독 맴돌면서 온종일 읊으리라.

【주석】

1 이 시는 ≪전당시≫에 수록되어 있지 않다.
[원주] ≪십도지·하남도≫에 "낙주에는 이수와 낙수가 있다."라 하였다.(十道志, 河南道, 洛州有伊水洛水)
友人(우인) : 친구. 이 시에서 누구를 가리키는지는 알 수 없다.
伊洛(이락) : 이수(伊水)와 낙수(洛水). 모두 하남성(河南省) 낙양(洛陽) 부근을 흐르며, 이수가 낙수에 합쳐진다. 짝을 이룬 한 쌍을 가리키거나 낙양 부근의 지역을 가리키는 의미로 많이 쓰였다.

2 [원주] 반악의 〈서정부〉에 "더위를 씻는 궁전에서 옷깃을 풀고"라 하였다.(潘岳, 西征賦, 開襟乎清暑之館)
煙霞(연하) : 구름과 노을. 아름다운 자연 경관.
開襟(개금) : 옷깃을 풀어 제치다. 확장하여 가슴, 마음을 확 터놓다. 이 시에서는 옷깃을 풀고 바람을 맞으며 시원함을 즐긴다는 뜻이다.

3 紅(홍) : 가을철 차가워진 물가의 단풍이나 낙엽의 붉은 빛.

4 涼(량) : 추위. 차가움.

5 袷衣(겹의) : 겹옷.

6 高張(고장) : 높게 펼쳐서 걸다.
輕蓋(경개) : 수레의 덮개. 가벼운 수레.
7 [원주] ≪삼국지・위지≫에서 "진사왕 조식이 〈낙신부〉를 지었다."라 하였다.[31](魏志, 陳思王曹植作洛神賦)
8 晴波(청파) : 맑은 햇빛이 비치는 파도.

【해설】

이 시는 과거에 급제한 다음 낙양 부근으로 유람가는 친구를 전송하는 시이다. 시에 등장하는 친구가 누구인지는 알 수 없다. 대략 시기적으로 과거 합격 발표가 난 다음 조금 쉬었다가 바로 길을 떠나는 것으로 보인다.

제1구는 이번의 이별이 급제 이후의 기분 좋은 이별이라는 것을 밝힌다. 제2구는 떠나가는 도중에 감상할 가을 경치도 꽤나 근사할 것이라고 이야기한다. 제3~4구는 제2구를 이어서 친구가 가는 도중 만날 경치를 상상한다. 가을 경치를 파란 색과 붉은 색을 대비시켜서 묘사하였다. 다만 시인이 의도했는지는 알 수 없으나, 녹고(銷) 차갑고(寒) 떨어지고(墮) 흩어지고(散) 깊어지는(深) 가을 경치는 분명히 멋있는 경치임에도 글자 자체는 우울한 분위기를 조성한다.

제5~6구에서는 주위 풍경보다는 친구의 행동을 이야기하는데 치중하였다. 친구는 날씨가 추워져도 겹옷을 입고 산길을 나설 것이고 햇볕가리개를 높이 건 채로 수레를 타고 유람할 것이다. 제7~8구는 낙양에 간 친구가 이제는 과거 시험 공부에 얽매이지 않고 편안하게 낙양과 관련된 유명한 작품인 조식의 〈낙신부〉를 낙수 부근에서 감상하고 있을 것이라 추측한다. '청파(晴波)'를 유독 맴돈다는 말이 어쩌면 〈낙신부〉에 나오는 낙수의 여신, 능파선자(凌波仙子) 같은 미녀와 만나서(또는 미녀를 만나려고) 물가에서 노닐 것이라고 농담하는 것인지도 모르겠다.

31) ≪위지≫에 직접적으로 〈낙신부〉라는 제목이 나오지는 않는다.

129

白瑠璃篦[1]

투명한 유리옥 빗

古苑昔時花月遊,	옛 정원에서 지난 날 꽃피고 달 뜬 속에 노닐다가
遺簪無復有人收.[2]	잃어버린 비녀를 찾아주는 사람 다시 없구나.
草埋波影蘭膏潤,[3]	풀은 물결의 그림자를 품어서 난초 기름 촉촉하고
土蝕氷光雪彩浮.[4]	땅은 얼음 빛을 머금어 눈꽃 광채 떠올랐다.
祗在侍兒輕拂拭,[5]	다만 시녀 아이가 가볍게 털고 닦기만 하였지
不勞良匠重彫鎪.[6]	뛰어난 장인이 무겁게 조각하지는 않았다.
雲鬢肯藉千年物,[7]	구름 같이 검은 머리 천년의 물건에 기꺼이 의지했으니
玉鷰金蟬自滿頭.[8]	옥 제비, 황금 매미가 절로 머리에서 가득했었지.

【주석】

1 이 시는 ≪전당시≫에 수록되어 있지 않다.
[원주] ≪수경≫에 "'병'과 '미'의 반절로 빗이다."라 하였다.(手鏡, 並迷反, 梳篦[32]也)
瑠璃(유리) : 반투명한 옥의 일종.
篦(비) : 참빗. 빗살이 가늘고 촘촘한 빗. 머리카락을 정갈하게 다듬을 때 쓴다.

2 [원주] ≪사기・순우곤전≫에 "시골 마을의 모임에서는, 남자와 여자가 섞여 앉아서, 술 마시길 서로 권해서 느릿느릿 돌리고, 육박 놀음과 투호 놀이를 하며 서로 이끌어서 팀을 이룹니다. 앞에는 떨어진 귀걸이가 있고 뒤에는 잃어버린 비녀가 있습니다."라 하였다.(史記, 淳于髡傳, 州閭之會, 男女雜坐, 行酒稽留, 六博[33]投壺, 相引爲曹. 前有墮珥, 後有遺簪)
遺簪(유잠) : 떨어뜨려 잃어버린 비녀. 잊을 수 없는 옛 물건이나 옛 정을 가리킨다. 이 시에선 잃어버린 아름다운 시절을 상징하며 유리옥 빗을 가리킨다.

3 [원주] ≪초사≫의 주석에서 왕일은 "택란으로 기름을 연성하였다."라 하였다.(楚辭注, 王逸云, 以蘭香

32) 梳篦(소비) : 보통 얼레빗과 참빗의 두 가지를 가리키지만, 여기서는 그냥 빗을 의미한다.
33) 六博(육박) : 원주에는 '六傅(육박)'이라고 되어 있는데 바로 잡았다.

煉膏也)

草(초) : 이 시에서는 빗의 빗살을 가리킨다.

蘭膏(난고) : 난초의 씨로 만든 기름으로 머리를 윤택하게 만드는 머릿기름.

4 土(토) : 이 시에서는 빗의 몸통을 가리킨다.

雪彩(설채) : 눈꽃. 또는 눈에 해나 달의 빛이 반사된 것. 또는 빛이 나는 것 같은 자태. '하얀색'으로 볼 수도 있다.

5 [원주] ≪사기・원앙전≫의 주석에 "'시아'는 여자종이다."라 하였다. 유가의 〈오 땅에서 옛일을 떠올리며〉에서 "구천이 곰쓸개를 맛볼 때 오왕의 술은 잔을 가득 채웠다. 생황 노래가 바다의 구름으로 들어가니 소리는 고소대로부터 온 것이다. 서시가 춤추기를 막 마치자, 시녀가 황금 빗으로 가지런하게 한다."라 하였다.(史記, 袁盎傳, 注, 侍兒, 婢也. 劉駕, 吳中懷古, 曰, 句踐飮膽日, 吳王酒滿盃. 笙歌入海雲, 聲自姑蘇來. 西施舞初罷, 侍兒整金篦)

6 [원주] 〈위도부〉에 "나무에 조각이 없고"라 하였다.(魏都賦, 木無彫鎪)

彫鎪(조수) : 조각.

7 [원주] 이백의 시 〈오랜 이별〉에서 "검던 머리 빗질해 땋기를 멈추었고"라 하였다.(李白詩, 久別離, 雲鬟綠鬢罷梳結)

雲鬟(운환) : 구름처럼 봉긋한 머리 모양. 한시에선 대부분 먹구름처럼 새까만 머리를 가리키며, 의미가 이어져서 젊고 아름다운 여인, 또는 그러한 시절을 가리킨다.

千年物(천년물) : 오래된 물건. 유리 빗을 가리킨다.

8 곽자횡의 ≪통명기≫[34]에 "한 무제 원정 원년(BC 116년)에 초령각을 세웠는데 신녀가 옥비녀를 무제에게 주었고, 무제는 다시 조 첩여에게 주었다. 소제 원봉 연간(BC 80~75년)에 이르러 궁인이 여전히 이 옥비녀를 보고는 그것을 부수기로 공모하였다.[35] 그러나 다음날 비녀갑을 보니 단지 하얀 제비가 곧장 하늘로 올라가는 것만 보였다. 뒤에 궁인들은 옥비녀를 만들면 '옥연차(옥 제비 비녀)'라 이름 지었으니, 그것이 좋은 운을 가져오는 물건이라고 말했다."라 하였다. 이상은의 〈연대시〉에 "흐트러진 머리 하늘하늘 아침 추위에 나오니, 하얀 옥 제비 비녀와 황금 매미 장식을 아무렇게나 꽂았네."라 하였다.(郭子橫, 洞冥記, 漢武元鼎元年起招靈閣[36], 有一神女, 留玉釵以與帝, 又以賜趙婕妤. 至昭帝元鳳中, 宮人猶見玉釵, 共謀欲碎之. 明視釵匣, 唯見白燕直升天. 後宮人常作玉釵, 因名玉燕釵. 言其吉祥. 李商隱, 燕臺詩, 破鬟矮墮凌朝寒[37], 白玉燕釵黃金蟬)

金蟬(황금선) : 황금 매미 모양의 화려한 머리 장식.

【해설】

이 시는 이미 나이가 들은 여인이 자신의 젊었던 시절을 회상하는 내용이다. 시의 제목인 유리옥 빗은 여인이 과거를 회상하게 만드는 매개물인데 다만 이 여인이 빗을 다시 찾았다는 것인지 과거에

34) 이는 ≪태평어람(太平御覽)≫에 실린 ≪통명기≫의 내용이다.

35) ≪태평어람≫에는 나오지 않지만 ≪섬서통지(陝西通志)≫를 보면 비녀의 광채가 기이해서 깨뜨리려 했다고 나온다.

36) 招靈閣(초령각) : 원주에는 '超靈閣(초령각)'이라고 되어 있어 '뛰어난 신령의 누각'이라는 뜻인데, 역사적인 기록들과 ≪태평어람≫에 실린 ≪통명기≫ 원문에 근거하여 '招靈閣(초령각)'으로 바로 잡았다. '신령을 모시는 누각'이라는 뜻이다.

37) 朝寒(조한) : 원주에는 '朝雲(조운)'으로 되어 있는데 이상은 시의 원문에 의거하여 '朝寒(조한)'으로 바로 잡았다.

잊어버렸다는 사실만 기억한 것인지 또는 다른 빗을 보고 생각이 난 것인지 분명하지 않다. 제1~2구는 여인이 빗을 잃어버린 연유와 그 뒤 다시 찾지 못한 결과에 대한 설명이다. 그런데 단지 잃어버린 것은 빗만이 아니다. 정원에 달 비칠 때 꽃 속에서 즐겁게 놀던 그 시절 역시 잃어버리고 다시 찾지 못했다. 제2구에서 잃어버린 비녀라고 한 것은 관용적인 표현으로 잊을 수 없는 그리운 물건인 잃어버린 유리옥 빗을 의미하며 더 나아가 젊고 아름답던 여인 자신을 비유한다. 제3~4구는 빗의 외형에 대한 묘사이다. 촘촘한 빗살에선 마치 물결이 일렁이는 듯하고 머리에 바르는 난초 기름이 반질반질하다. 몸통은 얼음처럼 차갑게 빛을 내서 눈꽃 광채가 떠오르는 것 같다. 제5~6구는 훌륭한 재질에 반해 불필요한 치장을 하지 않은 고상한 품격을 지녔다는 의미이다. 유달리 애지중지 하지도 않아서 그저 사용한 뒤엔 시녀가 손질을 하는 걸로 끝이었고 빗에다 엄청난 조각을 하는 등의 가공도 더하지 않았다. 당연히 그녀 또한 단아하고 고상했을 것이다. 제7~8구에선 자신의 아름답던 모습을 떠올린다. 고색창연한 유리옥 빗으로 단정하게 다듬은 자신의 검고 윤기 나는 머리는 너무도 아름다워서 마치 옥비녀와 황금 장식이 가득한 것 같았다. 단정하고 고아한 여인이 화려한 제비 무늬 옥비녀나 매미 모양 황금 머리장식을 기녀들처럼 몸소 머리에 꽂지는 않았을 것이다. 그만큼이나 아름다웠다는 뜻이다. 그러나 이제는 시간이 지났고 나이를 먹어서 유리옥 빗도 없고, 검고 아름답던 쪽진 머리도 사라졌으며, 단아하고 고풍스럽던 아름다운 여인 역시 다시는 찾을 수 없다.

130

公子[1]

공자

公子生獰勢似鵰,[2]	거친 공자님 그 기세가 독수리 같으니
朱門當路壓虹橋.[3]	부호와 권력자들이 무지개다리를 지나신다.
靑絲不繫拋楡莢,[4]	푸른 실을 풀어둔 채 느릅나무 열매를 던져버리시고
錦韂長垂覆桂條.[5]	비단 말다래 길게 드리워 계수나무 가지를 덮는다.
雙袖欲翻羅綺穩,[6]	두 소매 뒤집으시려 하니 비단 옷 물러서고
一聲初發管絃調.[7]	목소리 한 가닥 막 뽑으시니 관현이 어울린다.
巫雲洛水閑相妬,[8]	무산의 구름과 낙수의 여신이 서로 부질없이 시샘하니
粉額檀唇怨夜遙.[9]	얼굴에 분바르고 입술 빨갛게 그리고는 긴 밤을 원망한다.

【주석】

1 이 시는 ≪전당시≫에 수록되어 있지 않다.

2 [원주] 이하의 〈맹호행〉에 "새끼를 젖먹이고 먹여서 거칠고 흉악하게 가르쳤다."라 하였다. '영'은 '화'와 '경'의 반절로 '포악하다'이다.(李賀, 猛虎行, 乳孫哺子, 敎得生獰. 獰, 火庚切, 惡也)
生獰(생영) : 흉맹하다. 흉악하다.

3 [원주] '주문홍교'는 이미 상권에 나왔다.[38](朱門虹橋已出上卷.)
朱門當路(주문당로) : 부귀한 자와 권세가 있는 자.

4 [원주] ≪한서・식화지≫에 "한이 일어나자 진나라의 돈이 무거워서 사용하기 힘들다 여기고는, 다시 사람에게 시켜 협전을 주조하게 하였다."라고 하였는데,[39] 주에서 "여순이 말하길 '느릅나무

38) '주문(朱門)'은 온정균의 시 026. 〈이중서사인에게 띄움(投中書李舍人)〉에 보인다. '홍교(虹橋)'는 백거이의 시 018. 〈강가의 누대에서 저녁에 바라보며 읊조리고 즐기다 시를 완성하여 수부의 장원외에게 부침(江樓晩眺吟翫成篇寄水部張員外)〉에 보인다.

39) 중국 역사에서 보면 실제로 한흥연간(338-343)에 주조한 돈으로 한흥전이 있다. 그러나 ≪한서≫에 나오는 기록은 그 이전 시대를 가리키는 것으로 한초에 쓰였던 유협전을 의미한다.

열매와 같다.'라고 하였다."라 하였다.(漢書食貨志, 漢興, 以爲秦錢重難用, 更令民鑄莢錢. 注, 如淳曰, 如楡莢也)

青絲(청사) : 여러 가지 뜻이 있으나 여기에서는 말을 매는 푸른 끈으로 보인다. '청사불계(靑絲不繫)'는 말고삐를 매지 않았다는 뜻이며 이리 저리 돌아다닌다는 뜻이다.

楡莢(유협) : 느릅나무 열매. 한나라 초기에 쓰였던 화폐. 협전(莢錢)이라고도 한다. 이 시어에선 엽전이나 동전의 의미이다. '포유협(抛楡莢)'은 동전을 뿌린다는 뜻이다.

5 [원주] ≪수경≫에 "'첨'은 '창'과 '도'의 반절이다. 안장의 작은 진흙 막이이다."라 하였다. ≪예문유취≫에 "양나라 원제의 〈제나라에서 말을 보낸 것에 답하는 글〉에서 '이름은 계조보다 무겁고 모습은 유곡을 방불케 한다'라고 하였다."라 하였다. 이교의 〈단제시・영계〉에서 "협객은 가지로 말을 삼고 선인은 잎으로 배를 만든다."라 하였는데, 주석에서 "계조는 말의 이름이다."라 하였다.(手鏡, 韂昌焰切. 鞍小障泥也. 藝文類聚, 梁元帝, 答齊國餽馬書[40], 名重桂條, 形圖柳谷. 李嶠[41]單題詩, 詠桂, 俠客條爲馬, 仙人葉作舟. 注, 桂條, 馬名)

韂(첨) : 말다래.

覆桂條(부계조) : 명마 계조에 안장을 덮다.

6 雙袖欲翻(쌍수욕번) : 공자님이 두 소매를 뒤집으며 춤을 추려 하시다.

羅綺(라기) : 비단 의상. 또는 아름다운 여인. 여기서는 기녀로 보인다.

7 一聲(일성) : 이 시에선 공자님의 노래 소리를 뜻한다.

調(조) : 어울리다.

8 [원주] 〈고당부〉와 〈낙신부〉에 보인다.(見高唐賦, 洛神賦)

巫雲洛水(무운낙신) : 무산의 구름으로 나타난다는 여신과 낙수에서 물을 건너온다는 여신을 가리킨다.

9 檀唇(단순) : 붉은 입술. '순(唇)'은 '순(脣)'과 고금자(古今字)의 관계이다.

【해설】

이 시는 일종의 악부시풍의 작품으로 아름다운 귀족 청년의 젊고 뛰어난 모습을 노래한 것이다. 이와 비슷한 역대의 많은 작품들과 마찬가지로 이 시 역시 다른 숨겨진 의도는 없다고 할 수 있다. 그래서 시인이 언제 어떻게 이 시를 지었는지는 전혀 알 수 없다.

이 시는 전반부에서 청년의 용맹하고 귀족적이며 호방한 모습을 노래했고 후반부에서 청년의 풍류남아적인 매력을 묘사했다. 제1~2구는 청년의 성격과 출신 배경을 보여준다. 그는 귀족 출신의 강인한 청년으로 성공만이 함께 할 것이다. 제3~4구는 청년이 말을 타고 길을 나서는 모습을 세세하면서도 비유적으로 표현하였다. 말고삐를 매지 않고 이리 저리 아무렇게나 돌아다니면서 돈을 마음껏 뿌리는데 그는 계조와 같은 명마 위에 비단 말다래를 길게 늘어뜨려 얹었다.

후반부는 시의 장소가 바뀐다. 청년 공자는 이제 기루에서 음주가무를 즐긴다. 제5~6구에서 청년이 춤추기 시작하면 먼저 춤을 추던 기녀가 조용히 물러나고, 청년이 소리 내어 노래를 시작하면 음악대가 그 소리에 맞추어 연주한다. 제7~8구는 이런 풍류남아를 그리워하는 여인들의 모습을 동정하듯 묘사하였다. 제7구에 나오는 무산의 신녀나 낙수의 여신은 전설적인 미녀들이지만 자신의

40) 答齊國餽馬書(답제국양마서) : ≪예문유취≫에는 〈제나라의 한 쌍의 말(齊國雙馬書)〉이라고 되어 있다.

41) 李嶠(이교) : 원주에는 '李橋(이교)'라고 되어 있는데 바로 잡았다.

거처를 벗어날 수 없다. 그녀들은 공자를 사모하나 따라나설 수 없는 여인들이다. 공자는 지금 기녀와 놀고 있는데 그 사실을 알 수 없는 그녀들은 쓸 데 없이 공자님을 홀렸다고 서로를 욕한다. 그녀들이 아무리 예쁘게 단장하고 공자를 기다려도 그는 결국 오지 않으니, 그녀들에게는 원망스럽게 긴 밤도 공자에게는 너무나 짧다.

14 피일휴 皮日休

피박사시(皮博士詩)

[원주] 《송릉창화집》에 "피일휴는 자가 습미이다."라 하였다. 《왕공백가시선》에 "함통 8년(867)에 진사에 급제하였다."라 하였다. 《당척언》에 "태상박사로서 추시를 주관하였다."라 하였다.(松陵唱和集, 皮日休, 字襲美. 王公百家詩選, 咸通八年登進士第. 摭言, 以博士主秋試)

피일휴(皮日休, 834?~883?)

피일휴는 호북성(湖北省) 양양(襄陽, 지금의 호북성 천문시(天門市)) 사람으로, 자는 일소(逸少) 또는 습미(襲美)이고, 호는 취음선생(醉吟先生) 또는 간기포의(間氣布衣)이다. 일찍이 고향 근처의 녹문산(鹿門山)에 은거하여 시와 술을 벗 삼아 지냈으며, 당시 육구몽(陸龜蒙)과 이름을 나란히 하여 '피륙(皮陆)'이라 칭해졌다. 의종(懿宗) 함통(咸通) 8년(867), 진사시험에 합격하였고, 2년 뒤 소주자사(蘇州刺使)의 막료가 되어 육구몽과 창화한 시를 남겼다. 뒤에 장안에 입성하여 저작좌랑(著作佐郎)과 태상박사(太常博士) 등을 지냈다. 희종(僖宗) 건부(乾符) 5년(878) 황소(黃巢)의 군대가 침범하자 황소에게 잡혀 한림학사직을 받았으며, 황소가 패한 뒤 이후의 행적은 알 수 없다.

피일휴의 시는 크게 백거이의 신악부(新樂府) 전통을 계승한 평이(平易)하고 친근한 시풍과 한유시의 기험(奇險)함을 추구한 시풍으로 나눌 수 있다. 현존하는 피일휴의 작품은 모두 그가 황소의 난에 가담하기 이전에 지은 것이다. 그의 저서 《피자문수(皮子文藪)》 10권에 그의 전기(前期) 작품이 실려 있는데, 의종 함통(咸通) 7년(866)에 피일휴 스스로가 편한 것이다. 《전당문(全唐文)》에는 피일휴의 문장 네 권이 수록되어 있는데 그중 산문은 7편이다. 《전당시》에는 피일휴의 시가 총 아홉 권, 300여수 가량 수록되어 있다.

(주기평)

131

洞湖春暮[1]

늦은 봄 동정호에서

柳陰成幄釣臺平,	버드나무 우거져 장막을 이루고 낚시터는 평평한데
湖影澄空一野明.2	호수는 하늘처럼 맑고 들판처럼 환하네.
遠近碧峰深淺色,	멀고 가까운 푸른 봉우리는 색깔 짙고 연한데
往來白鳥兩三聲.	오가는 백조의 두세 번의 울음소리.
蓑新正好含風著,	도롱이 새 것이니 바람맞으며 입고 있기 참 좋고
艇險仍須載酒行.	거룻배는 비좁더라도 술은 싣고 가야지.
若使陸機曾到此,3	만일 육기가 일찍이 이곳에 왔었다면
不應千里憶蓴羹.4	천리호의 순채국을 생각하지는 않았으리.

【주석】

1 이 시는 ≪전당시≫에 수록되어 있지 않다.

2 澄空(징공) : 하늘처럼 맑다.

3 陸機(육기) : 서진(西晉) 사람으로 자는 사형(士衡)이다. 그는 화려한 시어를 사용하고 자구를 조탁하며 대구를 중시하여 시를 지었다. 따라서 본격적인 수사주의는 육기에서 시작되었다고 전해진다. 대표작으로 〈문부(文賦)〉가 있다.

4 [원주] ≪진서≫에 "육기가 시중 왕제[1]에게 이르렀는데, 왕제가 양락(羊酪)[2]를 가리키며 육기에게 말하기를 '그대의 오지방에선 무엇으로 이것을 대적하겠는가?'라 하였다. 육기가 대답하기를 '천리호의 순채국이 있는데 된장을 넣지 않습니다.'라고 하였다."라 하였다.(晉書, 陸機詣侍中王濟, 濟指羊酪謂機曰, 卿吳中何以敵此. 答云, 千里蓴羹, 未下鹽豉)

1) 왕제(王濟) : 진(晉) 무제(武帝) 사마염(司馬炎)의 사위로, 상산공주(常山公主)와 혼인하였다. 그는 재주가 뛰어나고 활달하며 영웅적 기상이 있었고, 기개가 당시를 덮을만하였다고 한다.

2) 양락(羊酪) : 양젖의 지방을 분리하여 만든 발효식품.

【해설】

이 시는 늦은 봄 동정호에서의 정취와 경관을 읊은 것으로, 아름다운 풍광을 배경으로 맛있는 음식과 좋은 술을 즐길 수 있는 동정호에서의 즐거움을 말하고 있다.

제1~2구에서는 우거진 버드나무가 장막을 이루고 있는 평평한 낚시터와 하늘빛을 담은 채 드넓게 펼쳐져 있는 동정호의 맑고 평온한 모습을 묘사하고 있다. 다음 제3~4구에서는 원근에 따라 각각 색의 농담(濃淡)이 달라지는 푸른 산봉우리의 모습과 그 사이를 날아다니는 백조의 울음소리를 묘사하며 시각과 청각, 색채의 대비를 통해 시에 생동감을 주고 있다. 이어 제5~6구에서는 배를 타고 호수 위로 나아가 풍광을 즐기는 모습이 나타나 있는데, 새 도롱이에 스치는 상쾌한 바람과 술을 실은 작은 배가 시인의 즐거움과 만족감을 짐작하게 한다. 아름다운 자연 풍광을 배경으로 낚시에서 잡은 물고기를 안주 삼아 조각배 위에서 술을 즐기던 시인은 마지막 제7~8구에서 옛날 육기가 오지방의 순채국을 최고로 꼽았던 것을 떠올리고, 육기가 만약 이곳에 왔었더라면 아마 그것조차도 생각나지 않았을 것이라는 말로 동정호에서의 여흥과 정취를 높이고 있다.

132

彭澤謁狄梁公生祠[1]

팽택에서 적량공의 사당을 배알하며

盡將餘烈委忠良,2	남은 열정을 모두 충량한 신하에게 맡기셨으니
重造乾坤卻付唐.3	새로운 세상을 거듭 만들어 당나라에 주셨도다.
顧命老臣心似水,4	고명을 받든 늙은 신하의 마음은 물과 같았으니
中興天子鬢如霜.5	천자를 중흥시키느라 귀밑머리는 서리와 같이 되었네.
生前有冊何周旦,6	살아 책봉된 이는 어찌 주공단(周公旦) 뿐이었는가?
死後無封便霍光.7	죽어 봉호가 없어진 이는 곽광(霍光)이었네.
看取太平多少事,8	그로 인해 태평한 많은 일들을 보게 되었나니,
古松花下一祠堂.9	사당의 늙은 소나무는 꽃을 떨구고 있구나.

【주석】

1 이 시는 ≪전당시≫에 수록되어 있지 않다.
[원주] ≪십도지・강남도≫에 "강주에 팽택현이 있다."라 하였다.(十道志江南道, 江州有彭澤)
狄梁公(적량공) : 적인걸(狄仁傑, 630~700)을 가리킨다.
生祠(생사) : 살아 있는 사람을 기리기 위해 세운 사당. 적인걸은 팽택령으로 있으면서 많은 치적을 쌓아 살아생전에 사당에 배향되었다.

2 忠良(충량) : 충직하고 어진 신하. 적인걸의 추천으로 등용된 장간지(張柬之), 환언범(桓彦範), 경휘(敬暉) 등을 가리킨다.

3 乾坤(건곤) : 하늘과 땅. 천하 세상을 가리킨다.
付唐(부당) : 당나라에 맡기다. 장간지(張柬之) 등이 신룡정변(新龍政變)을 일으켜 당의 조정을 다시 일으켜 계승하였음을 말한 것이다.

4 顧命(고명) : 선왕이 남긴 유훈을 받듦.
心似水(심사수) : 마음이 물과 같다. 깨끗하고 투명하여 청렴결백함을 비유한 것이다.

5 [원주] ≪신당서≫ 본전에 "적인걸의 자는 회영(懷英)이다. 천수(天授) 2년(691)에 지관시랑[3]으로

동란대봉각평장사[4]가 되었다. 측천무후가 이르기를 '경이 여남에 있으면서 선정을 펼쳤으나 경을 참소하는 사람이 있으니, 그를 알고 싶은가?'라 하였다. 적인걸이 사양하며 말하기를 '폐하께서 허물이라 여기신다면 신이 응당 이를 고칠 것이지만 허물이 없다고 여기신다면 신의 다행이니, 참소하는 자를 알고 싶지는 않습니다.'라 하였다. 무후가 그 뛰어남을 칭찬하였다. … 적인걸이 팽택령으로 폄적되니 고을 사람들이 그를 위해 살아 있는 사람의 사당을 지었다. 장역지가 일찍이 스스로를 편안하게 할 수 있는 계책에 대해 물으니, 적인걸이 대답하기를 '다만 여릉왕(廬陵王)[5]을 맞이하여 화를 면할 수 있기를 권하오.'라 하였다. 마침 무후가 무삼사(武三思)[6]를 태자로 삼으려 재상들에게 물으니, 모두가 감히 대답하지를 못하였다. 적인걸이 말하기를 '신이 보기에 하느님은 당나라의 덕을 싫어하지 않습니다. 이웃한 흉노가 변경을 침범함에 폐하께서는 양왕 무삼사로 하여금 저자거리에서 용사들을 모집하게 하였으나 한 달이 넘도록 천 명을 넘지 못하였는데, 여릉왕으로 하여금 이를 대신하게 하자 하루가 안 되어 오만이 되었습니다. 황통을 계승하고자 한다면 여릉왕이 아니면 안 됩니다.'라 하였다. 무후가 노하여 논의를 그만 두었다. 오래 지나서 불러 이르기를 '짐이 자주 꿈에서 쌍륙(雙陸)을 두는데 이기지를 못하니 어찌 된 것인가?'라 하였다. 이때에 적인걸과 왕방경이 함께 있었다. 두 사람이 같은 말로 대답하기를 '쌍륙에서 이기지 못하는 것은 자식이 없는 것입니다. 하늘이 그러한 뜻으로써 폐하를 경계하신 것입니다. 또한 태자는 천하의 근본인데, 근본이 한 번 흔들리면 천하가 위태롭게 됩니다. 문황제[7]께서는 몸소 전장을 누비시며 힘써 노력하시어 천하를 얻어 자손에게 전해주셨으며, 선제께서는 병석에 계시며 폐하를 부르시어 나라를 감독하게 하셨습니다. 폐하께서 사직을 보호하고 이를 취하신지 10여년인데, 또한 무삼사를 후사로 삼으려 하시니, 고모조카 사이와 어미자식 사이가 어느 것이 친하단 말입니까? 폐하께서 여릉왕을 태자로 세우신다면 천추만세 후에까지 항상 종묘에 배향될 것입니다. 그러나 무삼사가 태자가 된다면 종묘에 고모는 합사되지 못합니다.'라 하였다. 무후가 깨닫고는 그날로 서언백을 방주로 보내어 여릉왕을 맞이하게 하였다. 여릉왕이 오니 무후는 휘장 안에 여릉왕을 숨겼다. 적인걸을 불러 여릉왕의 일에 대해 말하니, 적인걸이 부연하여 매우 소상하게 아뢰면서 눈물을 흘리는 것을 그치지 못하였다. 무후가 이에 여릉왕을 나오게 하며 말하기를 '너의 태자가 돌아왔다.'라 하였다. 적인걸이 엎드려 절하고 머리를 조아리며 말하기를 '태자께서 돌아오신 것을 아는 사람이 없습니다. 사람들의 말이 분분하니 어찌 믿겠습니까?'라 하였다. 무후가 그렇다고 여기고 다시 태자를 용문에 거처하게 하고 예를 갖추어서 돌아오는 것을 맞이하게 하니 안팎이

---

3) 지관시랑(地官侍郞) : 호부시랑(戶部侍郞)을 가리킨다. ≪주례(周禮)≫에 관직을 천(天), 지(地), 춘(春), 하(夏), 추(秋), 동(冬)의 육관(六官)으로 구분하였는데, 당대에는 이를 본 따 이(吏), 호(戶), 예(禮), 병(兵), 형(刑), 공(工)의 육부(六部)를 지칭하였다.

4) 동란대봉각평장사(同鸞臺鳳閣平章事) : 품계가 낮아 원칙상 조정의 정무회의에 참여할 수 없는 관원을 중서성의 중서령(中書令)이나 문하성의 시중(侍中)에 해당하는 정3품으로 인정하여 이와 동등한 권한을 누리게 하는 호칭. '동중서문하평장사(同中書門下平章事)' 또는 '동란대봉각삼품(同鸞臺鳳閣三品)'이라고도 한다.

5) 여릉왕(廬陵王) : 당의 4대 황제 중종(中宗, 656~710)이다. 고종(高宗)의 제7자이자 무측천(武則天)의 제3자로, 두 차례에 걸쳐 5년여를 재위하였다. 성품이 나약하고 무능하여 황제로 즉위한 후 무측천을 황태후로 추존하여 전권을 넘겨주었고 무측천에 의해 폐위되어 여릉왕으로 강등되었다. 후에 장간지(張柬之) 등의 난으로 복위되었으나 오래지 않아 황후인 위후(韋后)에 의해 독살되었다.

6) 무삼사(武三思) : 측천무후의 이복형제 무원경(武元慶)의 아들, 즉 측천무후의 조카이다.

7) 문황제(文皇帝) : 당 태종(太宗) 이세민(李世民)을 가리킨다.

크게 기뻐하였다. 처음에 길욱(吉頊)과 이소덕(李昭德)이 여러 번 태자를 돌아오게 할 것을 청했으나 무후의 뜻은 바뀌지 않았었다. 다만 적인걸이 매번 모자의 천륜으로써 말하였으니, 무후가 비록 모질고 차가웠으나 감동하지 않을 수 없었고 마침내 당의 후사를 회복하였다. 얼마 후에 납언(納言) 겸우숙정(兼右肅政) 어사대부(御史大夫)에 임명되었다. 성력(聖曆) 3년(700)에 죽으니, 향년 71세였다. 문창우상(文昌右相)에 추증되었으며, 시호는 문혜(文惠)이다. 적인걸의 추천으로 등용된 장간지(張柬之), 환언범(桓彦範), 경휘(敬暉), 요숭(姚崇) 등은 모두가 당을 중흥시킨 명신이었다. 중종이 즉위하며 사공(司空)에 추증되었으며, 예종이 즉위하며 다시 양국공(梁國公)에 책봉되었다. 찬(贊)하여 이른다. 무후는 당 중반의 쇠약함을 틈타 살생의 권력을 쥐고 천하를 겁박하고 압제하여 사직을 농단하였다. 적인걸은 치욕을 당하여 충의를 떨쳐 커다란 모의를 도모하였으니, 장간지 등을 이끌어 내어 마침내 당왕실을 회복하였다. 그의 공적은 한 시대를 덮었으나 사람들은 알지 못하였다. 따라서 당의 여온(呂溫)은 그를 칭송하며 '우연(虞淵)[8]에서 해를 가져다 함지(咸池)[9]에서 빛나게 씻어, 자신을 드러내지 않고 다섯 용에게 주니[10] 이것을 끼고 날아올랐네.'라 하였으니 세상 사람들이 명언이라 여겼다."라 하였다. ≪상서≫에 〈고명〉편이 있다. ≪전한서≫에 "애제가 정숭에게 말하기를 '그대의 문은 저자거리 같은데, 어찌하여 임금과 만나는 것을 금하여 끊는가?'라 하니, 정숭이 '신의 문은 저자거리 같으나 신의 마음은 물과 같습니다.'[11]라 대답하였다."라 하였다. 〈좌전서〉에 "평왕이 중흥의 시대를 이어 열었다."라 하였다. ≪음의≫에 "'중(中)'은 '정(丁)'과 '중(仲)'의 반절이다."라 하였다.[12] ≪중종본기≫에 "중종이 붕어하시니 향년 55세였다."라 하였고, ≪역대통기≫에 "중종의 재위기간은 5년이었다."라 하였다.(新唐書本傳, 狄仁傑, 字懷英, 天授二年, 以地官侍郎同鸞臺鳳閣平章事. 武后謂曰, 卿在汝南有善政, 然有譖卿者, 欲知之乎. 謝曰, 陛下以爲過, 臣當改之, 以爲無過, 臣之幸也, 譖者乃不願知. 后歎其長者云云. 貶仁傑彭澤令, 邑人爲置生祠. 張易之嘗問自安計, 仁傑曰, 惟勸迎廬陵王可以免禍. 會后欲以武三思爲太子, 以問宰相, 衆莫敢對. 仁傑曰, 臣觀天人未厭唐德. 比匈奴犯邊, 陛下使梁王三思募勇士於市, 踰月不及千人. 廬陵王代之, 不浹日輒五萬. 今欲繼統, 非廬陵王莫可. 后怒罷議. 久之, 召謂曰, 朕數夢雙陸不勝, 何也. 於是仁傑與王方慶俱在. 二人同辭對曰, 雙陸不勝, 無子也. 天其意者以儆陛下乎. 且太子, 天下本, 本一搖, 天下危矣. 文皇帝身蹈鋒鏑, 勤勞而有天下, 傳之子孫. 先帝寢疾, 詔陛下監國. 陛下掩神器而取之, 十有餘年. 又欲以三思爲後, 且姑姪與子母孰親, 陛下立廬陵王, 則千秋萬歲後常享宗廟, 三思立, 廟不祔姑. 后感悟, 卽日遣徐彦伯迎廬陵王於房州. 王至, 后匿王[13]帳中. 召見仁傑語廬陵王事. 仁傑敷請至切, 涕下不能止. 后乃使王出, 曰, 還爾太子. 仁傑降拜, 頓首曰. 太子歸, 未有知者. 人言紛紛, 何所信. 后然之, 更令太子舍龍門, 具禮迎還, 中外大悅. 初, 吉頊, 李昭德數請還太子, 而后意不回. 唯仁傑每以母子天性爲言, 后雖忮[14]忍, 不能無感,

8) 우연(虞淵) : 전설상 해가 지는 곳이라는 연못.
9) 함지(咸池) : 전설상 선녀들이 목욕하는 곳이라는 연못.
10) 무측천 조정의 간신인 장역지(張易之) 형제를 주살하고 무측천으로 하여금 중종(中宗) 이현(李顯)에게 황위를 전위하고 물러나게 했던 신룡정변(新龍政變)의 다섯 중심인물, 즉 봉각시랑(鳳閣侍郎) 장간지(張柬之), 난대시랑(鸞臺侍郎) 최현위(崔玄暐), 좌우림장군(左羽林將軍) 경휘(敬暉), 우우림장군(右羽林將軍) 환언범(桓彦范), 사형소경(司刑少卿) 원서기(袁恕己)를 가리킨다.
11) 안사고(顔師古)의 주에 "청탁하는 자가 많아 빈객들이 드나드는 것을 말한 것이다.(言請求者多, 交通賓客)"라 하였고, 또 "지극히 청렴하다고 말한 것이다.(言至淸也)"라 하였다.
12) 이 구절은 '중(中)'을 동사의 의미로 보아야 함을 말한 것이다.
13) 王(왕) : 원주에는 '玉(옥)'으로 되어 있는데, ≪신당서≫에 의거하여 바로 잡았다.

故卒復唐嗣. 尋拜納言, 兼右肅政御史大夫. 聖歷三年卒, 年七十一. 贈文昌右相, 諡曰, 文惠. 仁傑所薦進若張柬之, 桓彦範, 敬暉, 姚崇等皆爲中興名臣. 中宗卽位, 追贈司空, 睿宗卽位, 又封梁國公. 贊曰, 武后乘唐中衰, 操生殺柄, 劫制天下而攘神器, 仁傑蒙恥奮忠以權大謀, 引張柬之等卒復唐室. 功蓋一時, 人不及知. 故唐呂溫頌之曰, 取日虞淵, 洗光咸池. 潛授五龍, 夾之以飛. 世以爲名言. 尙書有顧命篇. 前漢書, 哀帝謂鄭崇曰, 君門如市, 何以禁切人主, 對曰, 臣門如市, 臣心如水. 左傳序, 平王紹開中興. 音義, 中, 丁仲切. 中宗本紀, 中宗崩, 年五十五. 歷代統紀, 中宗在位五年)

鬢如霜(빈여상) : 귀밑머리가 서리와 같다. 중종이 폐위되어 많은 고초를 겪었음과 늙은 나이에 다시 복위하였음을 비유한 것이다.

6 [원주] ≪사기・노세가≫에 "무왕이 주공단을 소호의 땅에 봉하였으니, 이 사람이 노공이다."라 하였다.(史記魯世家, 武王封周公旦於少昊之墟, 是爲魯公)

7 [원주] ≪전한서≫에 "곽광의 자는 자맹(子孟)이다. 찬(贊)하여 이른다. 곽광은 약관의 나이로 내시가 되어 궁궐을 드나들었는데, 지조가 굳건하고 의로움이 얼굴에 드러나 있어 소제(昭帝)를 보좌하는 부탁을 받고 한왕실의 위탁을 맡았다. 조정에 있으며 어린 임금을 옹위하며 연왕(燕王) 유단(劉旦)을 물리치고 상관걸(上官桀)을 제거하였다.[15] 권력으로 적을 제압하여 그 뜻을 이루었고 창읍왕(昌邑王) 유하(劉賀)를 폐위시킬 때는 대의에 임하여 그 뜻을 잃지 않았다.[16] 마침내 나라를 바로 잡고 사직을 안정시켜 소제를 보위하고 선제를 세웠으니, 곽광은 사보(師保)가 되었다. 비록 주공(周公)과 이윤(伊尹)이라 할지라도 그에게 무엇을 더할 수 있겠는가? 그러나 딸을 황후로 세워 지나친 욕심에 빠졌고, 이 때문에 가문이 전복되는 화를 더하게 되었으니, 그가 죽은 지 3년 만에 종족이 죽임을 당하였다."라 하였다.(前漢, 霍光, 字子孟. 贊曰, 霍光以結髮內侍, 遊階闥之間, 確然秉志, 誼形於色, 受襁褓之托, 任漢室之寄. 當廟堂, 擁幼君, 摧燕王, 仆上官. 因權制敵, 以成其志, 處廢置之際, 臨大節而不可奪. 遂匡國家, 安社稷, 擁昭立宣, 光爲師保. 雖周公阿衡何以加焉? 然立女爲后, 沉溺盈溢之欲, 以增顚覆之禍, 死財三年, 宗族誅夷)

8 [원주] ≪황제태계육부경≫에 "태계라 하는 것은 하늘의 세 층인데, 상층은 천자이며, 중층은 제후와 공경, 대부이며, 하층은 일반 백성이다. 세 층이 평안한 즉 음양이 조화롭고 바람과 비가 적절하며 사직의 신이 모두 그 마땅함을 얻고 천하가 크게 평안하니, 이를 '태평'이라 한다."라 하였다.(皇帝泰階六符經, 大階者, 天之三階, 上階爲天子, 中階爲諸侯公卿大夫, 下階爲庶人. 三階平則陰陽和, 風雨時, 社稷神祇咸獲其宜, 天下大安, 是謂太平)

9 [원주] "사당"은 위의 주에 보인다.[17](祠堂見上注)

---

14) 忮(기) : 원주에는 '伎(기)'로 되어 있는데, ≪신당서≫에 의거하여 바로 잡았다.

15) 한 소제(昭帝) 시원(始元) 6년(기원전 81), 소제의 형 연왕 유단은 왕위에 오르지 못한 것에 불만을 품고 상관걸(上官桀), 상홍양(桑弘羊) 등과 모의하여 곽광을 제거하고 소제를 폐위하려 하였으나 실패하여, 상관걸 등은 주살 당하고 연왕은 자결하였다.

16) 소제(昭帝)가 후사가 없이 붕어하자 한(漢) 조정은 극도로 혼란해졌으며, 곽광은 조정의 안정을 위해 무제(武帝)의 손자인 창읍왕(昌邑王) 유하(劉賀)를 황제로 세웠다. 그러나 유하는 갖은 비리와 악행을 저지르는 등 황제로서의 덕망과 자질이 없었으니, 곽광은 한 왕실을 보위한다는 명분으로 그를 27일 만에 폐위시켰으며 무제의 증손자인 유순(劉詢)이 선제(宣帝)로 즉위하였다.

17) 앞의 주 5)에 보인다.

【해설】

이 시는 팽택에 있는 적인걸의 사당을 배알하며 종사를 위해 헌신했던 적인걸의 충정과 공적을 찬양한 것이다.

제1~2구에서는 적인걸이 자신의 모든 열정을 다하여 당조정을 섬겼을 뿐 아니라, 뛰어난 인재들을 등용하여 자신의 역할을 계승하게 하였음을 말하고 있다. 다음 제3~4구에서는 그가 고종의 유지를 받들어 오직 종사를 위해 헌신하였을 뿐 일신의 영달을 위한 사심이 없었음을 말하고, 중종을 다시 복위시켜 당의 종통을 계승하는데 일생을 바쳤음을 말하고 있다. 이어 제5~6구에서는 그와 같이 종사를 위해 헌신했던 주(周)의 주공단(周公旦)과 한(漢)의 곽광(霍光)을 예로 들며 적인걸이 그들과 비견되는 공업이 있었으되 주공단처럼 생전에 제후에 책봉되는 영예를 누리지 않았고, 또한 사후에 봉호가 박탈된 곽광처럼 폄하되지도 않았음을 말하며 그를 추숭하고 있다. 마지막 제7~8구에서는 그로 인해 태평성세의 많은 일들이 이루어질 수 있었음을 말하고, 사당 앞에서 고요히 꽃을 떨구고 있는 노송의 모습을 통해 적인걸의 고고한 인품을 나타내고 있다.

133

題李處士山池[1]

이처사의 산 연못에 쓰다

澹澹池光浸骨淸,	은은한 연못의 빛이 맑게 몸에 스며들고
半軒斜照雨新晴.	처마 반 틈으로 석양은 비치는데 비는 막 개었도다.
鷺眠苔蘚輕無迹,2	백로가 잠 잔 이끼에는 가벼워 흔적도 없고
魚食蘋花細有聲.3	물고기가 먹는 개구리밥 꽃에선 가느다란 소리 들리네.
笑弄海沙棋足思,	웃으며 모래 장난하니 바둑은 재미있고
醉挼山嶂飮多情.4	취하여 산에 기대나니 마실수록 정이 넘쳐나네.
一頭紗帽終身釣,5	머리에 명주 모자 쓰고 일생토록 낚시질하니
大勝王充著論衡.6	왕충이 ≪논형≫을 저술한 것보다 훨씬 낫다네.

【주석】

1 이 시는 ≪전당시≫에 수록되어 있지 않다.
[원주] '처사'는 상권에 이미 나왔다.[18](處士已出上卷)
處士(처사) : 세상에서 벗어나 은거하는 사람. 이처사가 누군지는 알 수 없다.

2 苔蘚(태선) : 이끼.

3 蘋花(빈화) : 개구리밥의 꽃.

4 [원주] ≪유편≫에 "'내(挼)'는 '니(尼)'와 '개(皆)'의 반절(反切)이다."라 하였다. ≪박아≫에 "'내(挼)'는 '어루만지다(摩)'의 뜻이다."라 하였다.(類篇, 挼, 尼皆反. 博雅, 挼, 摩也)

5 紗帽(사모) : 비단으로 만든 모자. '사모'는 '오사모(烏紗帽)'라고도 하며 관원(官員)이 쓰는 모자를 의미하는데, 여기서는 바람이 통하는 시원한 모자의 의미로 사용되었다.

6 [원주] ≪후한서≫에 "왕충은 자가 중임으로, 문을 걸어 잠그고 생각에 골몰하여 ≪논형≫ 85편을

18) 두목의 시 053. 〈군 청사에서 추운 밤 사물을 마주하여 곡사처사와 허수재를 생각하다(郡齋寒夜即事懷斛斯處士許秀才)〉와 이원의 시 068. 〈상주를 지나며 감회를 써서 오처사에게 부치고 이어 조상인께 바침(過常州書懷寄吳處士因呈操上人)〉 등에서 보인다.

저술하였다."라 하였다.(後漢, 王充, 字仲任, 閉門潛思, 著論衡八十五篇)

【해설】

이 시는 산속에 은거하는 이처사의 연못을 묘사하며 유유자적한 이처사의 삶의 모습을 노래한 것이다. 이처사가 누군지는 알 수 없지만 시를 통해 바둑, 음주, 낚시 등으로 소일하며 세속의 명리에 얽매이지 않고 살았던 사람임을 알 수 있다.

제1~2구에서는 연못에 비친 맑은 빛과 비가 그친 후 처마에 비쳐 들어오는 석양빛으로 단아하고 정결한 이처사의 연못과 그 주변의 경관을 묘사하고 있는데, 이를 통해 그 속에서 살고 있는 이처사의 성품을 또한 미루어 짐작할 수 있다. 이어 제3~4구에서는 시각과 청각을 활용하여 백로가 잠들었던 이끼의 정갈한 모습과 개구리밥을 먹는 물고기의 소리로 탈속적이고 적막한 연못의 정경을 나타내고 있다. 제5~6구에서는 이처사가 산 속에서 한가롭게 소일하며 즐기는 모습을 묘사하고 있다. 세상 사람은 명리만 생각하지만 이처사는 모래를 희롱하며 그 위에서 바둑을 두고 산속에서 술 마시며 즐거움을 찾는다. 마지막 제7~8구에서는 평생 낚시로 소일하며 사는 이처사의 삶이 문을 걸어 잠그고 ≪논형≫을 집필했던 왕충보다도 더 의미 있는 삶이라 말하며 세속의 명리에 얽매이지 않는 이처사의 은거생활을 칭송하고 있다.

134

利仁鄭員外居[1]

이인의 정원외의 집

印綬榮身悔得名,[2]	높은 벼슬 지낸 영화로운 몸이지만 명성 얻은 것 후회하며
靜居閑演故山情.[3]	조용히 고향의 정 느끼며 한가로이 지내네.
殘春青瑣花千片,[4]	늦봄에 대궐 같은 문에선 수많은 꽃잎 날리고
盡日朱門鶴一聲.	종일토록 붉은 문에선 학 울음소리 들리네.
書閣曉來毛褐睡,[5]	서각에서 새벽이 되어서야 털옷 덮고 잠자고
藥園晴後幅巾行.[6]	약원에서 비갠 후에 두건 쓰고 다니네.
松陰萬路蒼苔滑,	소나무 우거진 모든 길들엔 이끼가 덮여 있으니,
誰道文皇負賈生.[7]	누가 말했던가, 문제가 가의를 저버렸다고!

【주석】

1 이 시는 ≪전당시≫에 수록되어 있지 않다.
[원주] ≪군국지≫에 "낙양에 이인리가 있다."라 하였다.(郡國志, 洛陽有利仁里)
鄭員外(정원외) : 원외랑(員外郎) 정씨. 누구인지는 알 수 없다.
員外(원외) : 원외랑(員外郎)을 가리키며, 당대 정원(正員) 이외의 관직이다.

2 [원주] '두르다(縈)'라고 하기도 한다.(一作縈) ≪한서≫에 "주매신[19]이 인과 인끈을 품었다"라 하였다.(漢書, 朱買臣懷其印綬)
印綬(인수) : 관리로 임명되어 하사받는 도장과 인끈. 이품 이상은 금도장과 자색 인끈을, 삼품은 은도장과 청색 인끈을 하사받았다.

19) 주매신(朱買臣) : 자가 옹자(翁子)이고 오현(吳縣, 지금의 강소성 소주시(蘇州市))사람이다. 집안이 빈한하여 50세가 다 되도록 땔나무를 팔면서도 독서를 그치지 않았다. 그의 아내는 그의 무능함을 탓하며 그를 떠났는데, 오래지 않아 엄조(嚴助)의 추천으로 한 무제에 의해 중대부(中大夫)에 임명되었다. 이후 동월(東越)의 난을 진압하는 책무를 맡아 회계태수로 부임하면서 재가한 전부인을 만나게 되었는데, 전부인은 부끄러움에 목을 매어 자결하였다. 조정으로 돌아와 시중(侍中)으로 있으면서 어사대부 장탕(張湯)과 불화하여 장탕은 자결하고 주매신 역시 한 무제에 의해 정원(元鼎) 2년(115년)에 죽임을 당했으니, 그의 나이 대략 60여세였다.

3 故山(고산) : 고향을 말한다.

4 [원주] '청쇄(青瑣)'와 '주문(朱門)'은 이미 상권에 나왔다.[20](青瑣朱門, 已出上卷)

青瑣(청쇄) : 대궐문 또는 궁문을 가리킨다. 한나라 때 궁문에 쇠사슬 같은 모양을 새기고 푸른 칠을 했던 것에서 유래하였다. 여기서는 대궐문처럼 웅장하다는 의미로 쓰였다.

朱門(주문) : 붉은 칠을 한 대문. 왕공귀족의 집을 가리킨다.

5 [원주] 〈칠계〉[21]에 "나는 털옷을 좋아하니, 이러한 (화려한) 옷을 입을 겨를이 없다."라 하였다.(七啓, 余好毛褐, 未暇此服)

毛褐(모갈) : 짐승의 털이나 삼베로 만든 짧은 옷. 화려하지 않고 검소한 옷차림을 의미한다.

6 [원주] ≪한서·포영전≫의 주에 "'폭건'이라 함은 모자를 쓰지 않고 다만 수건으로 머리를 묶는 것을 말한다."라 하였다. ≪지≫[22]에 "한말에 왕공과 명사들은 폭건 쓰기를 좋아했는데, 대개는 비단을 찢어서 옆으로 머리를 묶었다."라 하였다.(漢書鮑永傳, 注, 幅巾, 謂不著冠, 但幅巾束首也. 志, 漢末王公名士好服幅巾, 蓋裂取幅縑而橫著之也)

7 [원주] ≪한서≫에 "가의는 시와 글을 잘 쓰는 것으로 칭송을 받아, 지방 관직에서 몇 단계 올라 그 해에 태중대부에 이르렀다. 천자가 이후 소원하게 대하고 가의를 장사왕의 태부로 삼았으며, 몇 년 후 문제는 가의를 그리워하여 불러들였다."라 하였다.(漢書, 賈誼以能頌詩書屬文稱, 於郡中超遷, 歲中至太中大夫, 天子後疏之, 以誼爲長沙王太傅, 歲餘文帝思誼, 徵之)

【해설】

이 시는 피일휴가 이인에 사는 정원외의 집에 거하며 쓴 시이다. 제1~2구에서는 정원외에 대하여 언급하고 있는데, 그가 관직에 있으면서 세상에 이름이 알려진 것을 후회하며 조용히 한가롭게 지내는 사람이라 말하고 있다. 제3~4구에서는 그가 사는 집을 묘사하고 있는데, '청쇄(青瑣)'와 '주문(朱門)'으로 그가 높은 관직을 지냈음을 드러내고, 아울러 시각과 청각을 대비시켜 늦은 봄 지는 꽃잎과 온 종일 울어대는 학의 소리를 배경으로 묘사함으로써 그가 만년에 관직에서 물러나 고아한 삶을 살아가고 있음을 말하고 있다. 다음 제5~6구에서는 정원외의 구체적인 삶의 모습에 대해 말하고 있는데, 책을 보다가 새벽이 되어서야 잠자리에 들고 비갠 후에 약초밭을 오가는 일상생활을 '털옷'과 '두건'을 착용하고 있는 모습으로 묘사함으로써 그의 소박하고 청빈한 생활을 함께 나타내고 있다. 마지막 제7~8구에서는 소나무를 통해 그의 군자적 성품을 형상화하고, 아울러 세상과의 왕래가 끊어져 이끼가 덮인 길을 보며 한대에 가의(賈誼)가 문제(文帝)에 의해 3년 동안 장사국으로 폄적되었던 때를 떠올리고 있다. 문제는 주위의 참언에 현혹되어 한동안 가의를 멀리했으나 후에 그를 생각하고 다시 불러들였는데, 시인은 정원외를 폄적되어 있던 가의에 비유하며 그가 언제든 다시 황제의 부름을 받고 나아가 커다란 공을 세울 수 있는 뛰어난 자질과 능력을 갖춘 사람임을 말하고 있다.

20) 온정균의 시 025. 〈쉬는 날 중서성에서 아는 분을 찾아뵙고(休澣日西掖謁所知)〉와 026. 〈이중서사인에게 띄움(投中書李舍人)〉에 보인다.

21) 칠계(七啓) : 조식(曹植)이 지은 것으로, 음식, 의관, 수렵, 궁관(宮館), 성색(聲色), 친구, 왕도(王道) 등 7가지 방면에서의 지극한 경지를 읊은 것이다.

22) 지(志) : 어떤 책인지 분명하지 않다. 원주에 앞의 한 글자가 빠져 있다. ≪진서(晉書)≫, ≪박물지(博物志)≫ 등에 관련 기록이 보인다.

135

題蹇全樸襄州故居[1]

건전박의 양주 옛집에 쓰다

先生孤塚在雲端,	선생의 외로운 무덤은 구름 끝에 있고
廢宅無兒屬縣官.2	폐가는 자식이 없어 관아에 귀속되었네.
壞閣瓦松烏踏下,3	무너진 문설주의 와송은 까마귀가 밟아 뭉개고
荒庭石竹草侵殘.4	황량한 뜰의 석죽은 풀이 우거져 망쳐 놓았네.
釣魚船漏靑蘋滿,	고기 잡던 배는 물이 새어 푸른 마름 풀이 가득하고
錬藥房空綠蘚寒.	약 달이던 방은 텅 비어 초록 이끼가 차갑네.
莫怪窗前偏灑涕,5	창 앞에서 유난히 눈물 쏟는 것을 탓하지 말지니
前年曾此借書看.6	예전에 일찍이 여기서 책을 빌려다 보았다네.

【주석】

1 이 시는 ≪전당시≫에 수록되어 있지 않다.
[원주] ≪천도성망보서≫에 "산양군에는 공, 극, 건 세 개의 성이 있다."라 하였다.(天圖姓望譜書曰, 山陽郡三姓, 鞏郤蹇)
蹇全樸(건전박) : 인명(人名). 누구인지 알 수 없다.

2 [원주] '자식이 없다'는 이미 상권에 나왔다.[23](無兒已出上卷)

3 [원주] ≪박아≫에 "지붕에 있는 것을 석야[24]라 하고, 담에 있는 것을 원의[25]라 한다."라 하였다. ≪광지≫에 "또한 이를 난향이라고도 부르는데, 오래된 집의 기와 위에서 자라므로 민간에서는 와송이라 부른다."라 하였다.(博雅, 在屋者曰昔耶, 在垣曰垣衣. 廣志, 又謂之蘭香, 生於久屋瓦上, 俗謂之瓦松云)

23) 유우석의 시 002. 〈중서사인 백거이가 새로 지은 시를 보냈는데 일찍 머리가 세고 자식이 없는 것을 탄식하므로 내가 이 시를 줌(白舍人寄新詩, 有歎早白無兒, 因以贈之)〉에 보인다.

24) 석야(昔耶) : 담 위에 자라는 이끼류. '석야(昔邪)' 또는 '오구(烏韭)'라고도 한다.

25) 원의(垣衣) : 담장이나 담장 그늘에 자라는 이끼 식물.

瓦松(와송) : 돌나물과의 여러해살이풀. 지붕의 기와에서 자라는데, 바위솔과 비슷하나 잎이 가늘고 잎 끝이 바늘처럼 뾰족하다. 지부지기라고도 한다.

4 [원주] 두보의 시[26]에 "사향은 석죽에서 잠든다."라 하였는데, 속주에서 "들꽃이다."라 하였다.(詩史, 麝香眠石竹, 續注, 野花也)

石竹(석죽) : 너도개미자리과에 속하는 다년초. 일명 패랭이꽃이다.

5 灑涕(쇄체) : 눈물을 흩뿌리다.

6 [원주] ≪진서≫에 "황보밀[27]이 진 무제에게 책을 빌렸는데, 황제가 수레 한가득 실어서 하사하였다."라 하였다. (晉書, 皇甫謐從晉武借書, 帝載一車而賜之)

【해설】

이 시는 피일휴가 건전박이 살던 양주의 옛집에 들러 지은 것으로, 건전박이 죽은 후 돌보는 이 없이 버려진 황폐한 옛집의 모습을 묘사하며 비통한 심경을 토로하고 있다.

제1~6구까지는 건전박의 옛집에 대해 묘사하고 있다. 제1~2구에서는 건전박이 이미 고인이 되어 무덤에 쓸쓸히 누워있고 폐허가 된 그의 집은 돌보는 이 없어 관아에 소속된 안타까운 상황을 말하고 있다. 제3~4구에서는 이끼가 자라난 무너진 문설주와 잡초가 우거진 황량한 뜰을 묘사하며 건전박의 집이 폐허가 되었음을 말하고 있다. 이어 제5~6구에서도 부서진 고깃배에 마름 풀 자라나고, 약을 달이던 방에 이끼가 자라나 있는 상황을 묘사하며 폐허가 된 상황을 심화시켜 나타내고 있다. 제7~8구에서는 자신이 이전에 이곳에서 책을 빌려 보았음을 말하며 건전박과 절친한 사이었음을 밝히고, 아울러 젊은 날의 이상과 포부를 간직했던 곳이 황폐해진 것을 목격하며 현실과의 대비 속에서 절망과 실의로 비통의 눈물을 쏟아내고 있다.

26) 이 시의 제목은 〈산사(山寺)〉이다.

27) 황보밀(皇甫謐) : 서진(西晉)의 학자. 자는 사안(士安)이고 호는 현안선생(玄晏先生)이며 조나(朝那, 지금의 영하자치구 고원시(固原市)) 사람이다. 몸소 농사를 지으며 학문에 힘써 전적(典籍)에 널리 통하고 백가(百家)에도 조예가 깊었다. 무제가 여러 번 벼슬을 시키려고 불렀으나 끝내 나가지 않고 은거하여 일생을 마쳤다.

136

奉和令狐補闕白蓮詩[1]

보궐 영호의 〈백련시〉에 받들어 화운함

姑射曾聞道列仙,2	일찍이 막고야산에 여러 신선이 있다고 들었는데
今來池上立翛然.3	지금 연못 위로 와서 홀연히 서있구나.
雪容縱見情難寫,	눈 같은 얼굴 설령 보더라도 심정을 써내기 어렵고
玉貌雖逢心不傳.	옥 같은 모습 비록 만나더라도 마음을 전할 수 없다네.
風際有香飄灼灼,4	바람 부니 향기 있어 자욱하게 피어오르고
雨來無力倚田田.5	비 오니 힘도 없이 점점이 의지하고 있구나.
金塘半夜孤蟾沒,6	한 밤중 금당에 달은 졌는데
數朶分明照瞑煙.	몇 송이 분명하게 흐릿한 안개 속에 비치네.

【주석】

1 이 시는 ≪전당시≫에 수록되어 있지 않다.

[원주] '보궐'은 상권 〈마습유〉 주에 보인다.[28](補闕見上卷馬拾遺注)

令狐補闕(영호보궐) : 영호도(令狐綯)를 가리킨다. 영호도(?~?)는 영호초(令狐楚)(766?~837)의 아들로서 자는 자직(子直)이며 화원(華原, 지금의 섬서성 요현(耀縣)) 사람이다. 문학에 재능이 있었으며 벼슬은 홍문관교서랑(弘文館校書郎), 호주자사(湖州刺史) 등을 거쳐 병부시랑동중서문하평장사(兵部侍郎同中書門下平章事)에 이르렀다.

2 [원주] ≪장자≫[29]에 "막고야산에는 신인이 사는데, 피부가 빙설같이 희며 정숙한 것이 처녀 같다."라 하였다.(莊子, 藐姑射之山, 有神人居焉, 肌膚若氷雪, 綽約若處子)

姑射(고야) : ≪장자≫에 나오는 막고야산으로, 후대에는 신선을 가리키는 말로도 쓰였다.

3 [원주] ≪장자≫[30]에 "빠르게 왔다가 빠르게 간다."라 하였다.(莊子, 翛然而往, 翛然而來)

28) 허혼의 시 079. 〈동쪽으로 돌아가는 마습유를 전송하며(送馬拾遺東歸)〉에 보인다.
29) 여기서는 ≪장자 · 소요유≫편을 말한다.
30) 여기서는 ≪장자 · 대종사≫편을 말한다.

倏然(유연) : 빠른 모양, 또는 빨리 가는 모양.

4 [원주] ≪광아≫에 "'작작'은 밝은 것이다."라 하였다.(廣雅, 灼灼, 明也)

5 [원주] ≪송서≫에 "강남에서는 연을 캘 수 있으니, 연잎이 어찌나 많이 떠있는지!"라 하였다.(宋書, 江南可採蓮, 蓮葉何田田)

田田(전전) : 연잎이 여러 개 수면에 떠 있는 모양.

6 [원주] '금당'은 상권의 "옥 같은 연못에 이슬이 차가워져" 주에 보인다.[31](金塘, 見上卷玉池露冷注)

蟾(섬) : 두꺼비. 달을 의미한다. 전설상 달에 두꺼비가 산다고 여겼다.

【해설】

이 시는 영호도의 〈백련시〉에 화운한 것으로, 백련의 아름다운 자태와 향기를 노래한 영물시이다. 화운의 대상이 된 〈백련시〉의 원문은 지금 찾아볼 수 없다.

제1~2구에서는 연못에 피어 있는 백련을 막고야산에 산다는 신선들에 비유하며 백련의 탈속적이고 고아한 자태를 말하고 있다. 제3~4구에서는 의인화의 수법을 사용하여 '눈 같은 얼굴[雪容]'과 '옥 같은 모습[玉貌]'으로 백련을 아름다운 여인에 비유하고, 그에 대한 사랑과 연모의 감정을 말로 표현해 낼 수 없음을 말하고 있다. 제5~6구에서는 촉각과 후각, 청각과 시각 등을 고루 활용하여 바람에 실려 오는 진한 연꽃의 향기와 빗속에 점점이 서로 모여 있는 연잎의 모습을 묘사하고 있다. 이상은 백련의 외적인 우아함과 아름다움을 묘사한 것이라 할 수 있는데, 마지막 제7~8구에서는 달빛조차 사라진 한밤중에 비록 아무도 보고 알아주는 사람 없지만, 어두운 안개 속에서도 선명한 빛을 발하며 피어있는 연꽃을 통해 과시하여 드러내려 하지 않고 뭇 꽃들과 다투지도 않는 백련의 내적인 아름다움을 또한 말하고 있다.

31) 허혼의 시 073. 〈소주의 옥지관을 다시 노닐며(重遊蘇州玉芝觀)〉에 보인다.

137

武當山晨起[1]

무당산에서 새벽에 일어나

欲明山色亂蒼茫,2	날 밝아오니 산색은 어지러이 아득히 푸른데
靜禮仙蹤入洞房.3	신선의 발자취에 고요히 예를 올리고 석실로 들어가네.
峰帶澹雲新粉障,	엷은 구름을 두른 봉우리는 새로 단장한 병풍 같고
蘿飄高樹破絲囊.4	높은 나무에 날리는 담쟁이는 명주 주머니를 터뜨렸네.
棲禽已共泉聲去,	깃들던 새는 이미 샘물 소리와 함께 떠났고
靈草仍兼露氣香.5	영초는 여전히 이슬을 머금은 채 향기롭도다.
萬壑千峰何處盡,	만 골짜기 천 봉우리는 어디에서 다하는가?
世間亭午此朝陽.6	세상이 정오에 이르러야 여기는 해 비친다네.

【주석】

1 이 시는 ≪전당시≫에 수록되어 있지 않다.
[원주] ≪십도지·산남도≫ "균주에는 무당산이 있다."의 주에 "산에는 석실과 석문이 있는데, 윤희실이라 한다. 방안에는 옥책상이 있다."라 하였다.(十道志山南道, 均州有武當山. 注, 山有石室石門, 云尹喜室, 室中有玉桉)
武當山(무당산) : 태화산(太和山)이라고도 하며, 고대의 도교 사원이 많은 곳으로 유명하다. 지금의 호북성 서북부 십언시(十堰市) 부근에 있다.

2 蒼茫(창망) : 넓고 멀어서 푸르고 아득한 모양이다.

3 [원주] 제목 아래 주에 보인다.(見題下注)

4 [원주] ≪시화≫[32]에 "팔월 오일은 당 현종의 생신으로 천추절[33]이라고 한다. 왕공과 인척들은 금으로 장식한 거울과 인끈을 바쳤으며, 사대부와 서인들은 승로(承露) 주머니를 만들어 서로 주며

32) 여기서는 송대 증조(曾慥)가 편집한 ≪유설(類說)≫을 말한다.
33) 천추절(千秋節) : 당 현종의 탄신일로 8월 5일이다. 개원 17년(729)에 백관이 표청(表請)하여 천추절이라 하였으며, 이후 천장절(天長節)이라 하였다.

문안하였다."라 하였다. ≪속제해기≫에 "홍농의 등소가 팔월 아침에 화산에 들어가 약초를 캐다가 한 동자를 보았는데, 오색의 명주 주머니를 지니고 있었다. 측백나무 잎에 있는 이슬을 담았는데, 이슬이 모두 진주와 같았고 주머니 안에 가득하였다. 등소가 묻자 대답하기를, '적송선생[34]의 밝은 눈을 가져온 것입니다.'라 하였다. 말을 마치자 있던 곳을 알 수 없었다."라 하였다(詩話, 八月五日, 明皇生辰, 號千秋節. 王公戚里進金鏡綬帶, 士庶結承露絲囊, 以相遺問. 續齊諧記, 弘農鄧紹, 八月旦入華山採藥. 見一童子, 執五彩練囊. 盛栢葉上露, 露皆如珠, 滿囊中. 紹問之, 答曰, 赤松先生取明眼. 言終, 失所在)

5 [원주] ≪문선·서도부≫ "영초는 겨울에 꽃이 핀다."의 주에 "영초는 불사약이다."라 하였다.(選西都賦, 靈草冬榮. 注, 靈草, 不死藥也)

6 [원주] ≪문선·천태부≫[35] "태양이 오(午)의 위치에 이른다."의 주에 "'정(亭)'은 '이르다'의 뜻이다."라 하였다. ≪이아≫에 "산동은 조양이라 하고, 산서는 석양이라 한다."라 하였다.(選, 天台賦, 羲和[36]亭午. 注, 亭, 至也. 爾雅, 山東曰朝陽, 山西曰夕陽)

【해설】

이 시는 무당산의 아침 풍경을 묘사한 것으로, 도가적인 사물과 행위를 적절하게 결합시킴으로써 도가의 명승지인 무당산의 특징을 잘 나타내고 있다.

제1~2구에서는 동이 터오는 무당산의 푸르고 광대한 모습과 신선의 자취가 있는 석실 등을 통해 이곳이 세상과 떨어진 도가의 명승지임을 말하고 있다. 제3~4구에서는 구름이 둘러져 있는 산봉우리로 선계의 모습을 그리고, 높은 나무 위에서 터지는 담쟁이 주머니로 해탈과 득도의 상황을 상징적으로 나타내고 있다. 제5~6구에서는 둥지를 떠난 새와 잦아드는 샘물 소리, 이슬 맺혀 향기로운 영초의 모습으로 아침이 밝아 오는 무당산의 풍경을 특징적으로 묘사하고 있다. 제7~8구에서는 무당산의 봉우리와 골짜기들이 끝없이 이어지고 있는 모습을 말하고, 정오가 되어서야 해가 뜬다는 말로 이곳이 깊은 산속임을 다시 한 번 말하고 있다.

---

34) 적송선생(赤松先生) : 전설상의 신선인 적송자(赤松子)를 가리킨다. ≪열선전≫과 ≪신선전≫에는 신농씨 때의 우사(雨師)라 하고, ≪한서≫에는 제곡(帝嚳)의 신하라 하는 등 설이 일치하지 않다.

35) 이는 ≪문선≫권11의 〈유람(遊覽)·손전공유천태산부(孫典公遊天台山賦)〉를 가리킨다.

36) 羲和(희화) : 요임금 때 천문(天文)과 역상(曆象)을 맡은 희씨(羲氏)와 화씨(和氏)를 가리키며, 때로는 태양을 실은 마차를 부린다는 어자(御者)를 뜻하기도 한다. 여기서는 후자의 의미로 쓰였다.

138

題石眺秀才襄州幽居[1]

수재 석조의 양주 유거지에 쓰다

里仁誰肯信家丘,[2]	동네에서 누군들 공자와 같은 사람임을 믿었으리?
方丈堆書少出遊.[3]	조그마한 방에 책 쌓아놓고 밖으로 나가지를 않았다네.
世上謾誇鸚鵡賦,[4]	세상에 거만하게 〈앵무부〉를 내어 놓았건만
客來猶典鷫鸘裘.[5]	손님이 오면 오히려 숙상구(鷫鸘裘)를 저당 잡혔네.
爐中好藥焚香取,[6]	화로 안의 좋은 약을 향을 사르며 먹었고
樹下殘棋帶葉收.	나무 아래에 남은 바둑돌을 낙엽과 함께 거두었네.
獨坐小齋僧去後,	홀로 앉아 있던 작은 서재에 스님이 떠나고 난 뒤
秋花冷澹蝶悠悠.[7]	가을 국화는 고요히 차갑고 나비는 한가롭구나.

【주석】

1 이 시는 ≪전당시≫에 수록되어 있지 않다.
石眺(석조) : 인명(人名). 누구인지 알 수 없다.

2 [원주] ('인(仁)'은) '인(人)'이라 하기도 한다.(一作人)
[원주] 공융의 〈성인우열론〉에 "공자가 세상에 있을 때 세상 사람들은 성인이라 말하지 않았고, 동쪽 마을의 구라고 하였다."라 하였다.(孔融, 聖人優劣論, 當孔子在世之時, 世人不言爲聖人, 以爲東家丘)

3 [원주] ≪석씨요람≫에 "당 현경(656~661) 연간에 칙명으로 위위사승 이의표와 전 융주황수령 왕현책을 서역에 사신으로 보냈다. 비야리성 동북쪽 4리쯤에 유마거사가 머물며 병을 치료했던 집의 유지에 이르렀는데, 돌을 쌓아 만든 것이었다. 왕현책이 직접 홀을 가지고 가로세로를 재니 10홀이었고, 따라서 방장이라고 불렀다."라 하였다.(釋氏要覽, 唐顯慶中, 勅差衛尉寺丞李義表, 前融州黃水令王玄策往西域充使. 至毗耶離城東北四里許維摩居士宅示疾之室遺址. 疊石爲之. 策躬以手板縱橫量之, 得十笏, 故號方丈)
方丈(방장) : 유마거사의 거실(居室)이 사방일장(四方一丈)이었던 것에서 유래한 것으로, 국사(國師)

등 고승의 처소를 가리키며 주지의 의미로도 쓰인다.

4 [원주] 이미 위에 나왔다.[37](已出上)

5 [원주] ≪서경잡기≫에 "사마상여와 탁문군이 성도로 돌아왔는데, 집이 가난하여 근심이 가득했다. 입고 있던 숙상구(鷫鸘裘)를 시장에 가서 술로 바꾸어 탁문군과 함께 즐겼다."라 하였다. 두보의 시[38]에 "조회에서 돌아와 날마다 봄옷을 저당 잡히네."라 하였다.(西京雜記, 司馬相如與卓文君還成都. 居貧愁懣. 以所服鷫鸘裘就市貰酒, 與文君爲歡. 杜詩. 朝回日日典春衣)

鷫鸘裘(숙상구) : 숙상조(鷫鸘鳥)의 깃털로 만든 갖옷. 숙상(鷫鸘)은 전설상 서방(西方)을 지킨다는 신조(神鳥)로, 목이 길고 털빛이 초록색이다.

6 焚香(분향) : 향을 태우다. 예불을 올리는 것을 의미한다.

7 [원주] 반악의 시[39] "때를 맞춘 국화에 가을꽃이 빛나네."의 주에 "≪예기≫에 늦가을에 국화에는 노란 잎이 있다."라 하였다.(潘岳詩, 時菊曜秋華.[40] 注, 禮記, 季秋, 菊有黃華)

冷澹(냉담) : 차갑고 담백한 모양.

【해설】

이 시는 수재 석조가 양주에 유거했던 집을 방문하여 쓴 것으로, 생전의 석조의 학식과 인품을 칭송하며 그에 대한 그리움을 나타내고 있다.

제1~2구에서는 석조가 마을 사람 누구도 그의 뛰어난 학식과 인품을 알지 못했을 정도로 늘 작은 방에서 책만 보며 두문불출하였음을 말하고 있다. 제3~4구에서는 그가 학문과 문장에 있어서는 예형의 〈앵무부〉와 같은 작품을 쓸 정도로 뛰어났지만, 생활에 있어서는 사마상여와 같이 숙상구(鷫鸘裘)를 저당 잡혀서 손님을 대접해야 할 정도로 청렴하게 살았음을 말하고 있다. 제5~6구에서는 화로에서 약을 달여 먹고 나무 아래에서 바둑을 두며 지냈던 석조의 일상생활을 묘사하고 있는데, '향을 태운다[焚香]'는 말로 스님인 석조의 신분을 나타내고 바둑알을 '나뭇잎과 함께 거둔다[帶葉收]'는 말로 오랜 시간의 흐름을 나타내고 있다. 제7~8구에서는 그가 세상을 떠난 후 그의 거처에 고요히 피어 있는 가을 국화와 한가로이 노니는 나비를 바라보며, 마치 그의 환생을 보고 있는 듯한 심정으로 그리움을 나타내고 있다.

37) 조하의 시 109. 〈내 심사풀이(自解)〉, 위섬의 시 123. 〈앵무새(鸚鵡)〉 등에 나온다.
38) 이 시의 제목은 〈곡강 이수(曲江二首)〉이다.
39) 이 시의 제목은 〈황하의 북쪽(河陽)〉이다.
40) 秋華(추화) : 원문에 '春花(춘화)'로 되어 있어 바로 잡았다.

139

南陽縣懷古[1]

남양현에서 옛날을 생각하며

昆陽王氣已蕭疎,[2]	곤양 땅의 왕의 기운은 이미 쇠잔해 졌는데
依舊山河捧帝居.[3]	산하는 여전히 황제의 집을 받들고 있네.
廢路踏平殘瓦礫,[4]	끊어진 길엔 부서진 기와와 자갈이 밟혀 평평하고
破墳耕出爛圖書.[5]	무너진 무덤에선 낡은 책들이 경작하다 나오네.
綠莎滿縣年荒後,[6]	흉년이 지난 후에 푸른 사초는 마을을 뒤덮고
白鳥盈溪雨霽初.[7]	비가 막 그친 뒤에 흰 새는 개울에 가득하네.
二百歲來王霸業,[8]	이백 년을 이어 왔던 황제의 패업이여!
可憐今日是丘墟.	오늘 이처럼 폐허가 되어버린 것이 안타깝구나.

【주석】

1 이 시는 ≪전당시≫에 〈남양(南陽)〉이라는 제목으로 실려 있다.

[원주] 〈동경부〉 "용은 하얀 물 위를 날고 봉황은 겹겹 언덕 위를 나네."의 주에 "하얀 물은 남양의 백수현으로, 세조[41]가 봉기한 곳이다. 처음에 갱시제[42]의 대사마가 되어 하북에서 왕랑[43]을 토벌하였는데,[44] 북으로 참성(參星)의 분야이다.[45] 용이 날고 봉황이 난다는 것으로 성인이 발흥하였음을 비유한 것이다."라 하였다. ≪역경≫에 "하늘에서 용이 나니, 대인을 만나기가 쉽다."라 하였다.(東京

41) 세조(世祖) : 동한(東漢)의 광무제(光武帝) 유수(劉秀)이다.

42) 갱시제(更始帝) : 왕망(王莽)이 건국한 신(新)의 말년에, 녹림군(綠林軍)의 지원으로 장안에서 칭제한 이른바 현한(玄漢)의 갱시제(更始帝) 유현(劉玄)이다. 즉위 후 3년 만인 갱시 3년(25) 적미군(赤眉軍)의 지원을 받아 칭제한 이른바 적미한(赤眉漢)의 건세제(建世帝) 유분자(劉盆子)에 의해 멸망하였다.

43) 왕랑(王郎) : 신(新)이 멸망한 직후인 경시 원년(23)에 하북의 한단(邯鄲)에서 칭제한 이른바 조한(趙漢)의 한계제(漢繼帝) 왕창(王昌)으로, 스스로를 성제(成帝)의 아들 유자여(劉子輿)라 하였다. 이듬해인 경시 2년(24) 갱시제(更始帝)의 명을 받은 대사마 유수(劉秀)에 의해 멸망하였다.

44) 유수는 왕랑을 토벌하고 하북 지역에 주둔하며 커다란 세력을 형성하였는데, 이를 의심하고 경계한 갱시제의 모략으로 갱시제와 결별하고, 갱시 3년(25) 호성(鄗城)에서 칭제하며 동한(東漢)을 세웠다.

45) 지금의 산서성, 하남성 일대를 가리킨다.

賦, 龍飛白水, 鳳翔參墟注, 白水謂南陽白水縣也, 世祖所起之處也. 初爲更始大司馬, 討王郎於河北, 北爲參墟分野. 龍飛鳳翔, 以喩聖人之興也. 易曰, 飛龍在天, 利見大人)

南陽(남양) : 동한의 광무제 유수(劉秀)의 고향으로, 지금의 호북성 조양시(棗陽市)이다.

2 [원주] ≪전한서・지리지≫에 "영천군에 곤양현이 있다."라 하였는데 응소(應劭)의 주에 이르기를 "곤수는 남양에서 나온다."라 하였다. ≪역대통기≫에 "갱시제 유현은 자가 성공(聖公)이고, 경제의 칠대손이다. 왕망이 죽자 옹립할 사람을 논의하였는데, 여러 장군들이 유현의 나약함을 탐하여 그를 옹립하니, 연호는 갱시(更始)였다. 재위 1년 만에 광무제가 즉위하니 이것이 후한이다."라 하였다. ≪후한서≫에 "광무제는 장사정왕 유발(劉發)의 육대손으로, 황제의 족형이다. 유현(劉玄)은 스스로 경시제라 칭하고 광무제를 소왕(蕭王)으로 삼아 하북을 평정하게 하였다. 광무제는 하북 지역을 경략하며 계(薊) 땅에 이르렀다. 왕랑이 패퇴시키고 한단에서 봉기하니 치소는 향응이었다. 광무제가 말을 몰아 남으로 달려 신도로 달아남에 신도태수 임광이 문을 열어 광무제를 맞이하였고, 마침내 왕랑에게 함락되지 않았다. 현의 병사들이 왕랑을 공격하고 군현들이 다시 향응을 수복하여 마침내 한단을 격파하고 왕랑을 죽이니, 천자의 자리에 올랐다. 전쟁이 그치니 천하가 무사하였다."라 하였다. ≪후한서・광무제기≫에 "세조 광무황제는 이름이 '수'이고 자는 '문숙'이며 남양 채양현 사람으로, 고조의 9세손이다. … 건무 원년 6월 기미일에 황제에 즉위하였다. 불을 지펴 하늘에 고하고 육종(六宗)[46]에 제사지내며 여러 신들에게 축원하였다. 그 축문에서 다음과 같이 말하였다. '하늘의 상제시여, 땅의 신이시여. 돌아보아 명을 내리시어 저 유수에게 백성을 맡기기고 백성의 부모로 삼으셨으나, 저는 감당할 수 없었습니다. 여러 제후들이 한 목소리로 모두 말하기를, 왕망이 자리를 찬탈하니 유수가 발분하여 병사를 일으켜 왕심과 왕읍을 곤양에서 격파하고 왕랑을 하북에서 주살하였으니 천하를 평정하고 세상이 은혜를 입게 되었습니다. 위로는 천지의 마음을 감당하고 아래로는 백성들이 돌아갈 바가 되었습니다.'…"라 하였다. 또 ≪후한서・광무제기≫에 "기운을 보는 자인 소백아가 왕망의 사신이 되어 함양으로 왔다 돌아가면서 용릉의 성곽을 바라보았다. 탄식하며 말하기를 '기운이 아름답도다! 가득하고 무성하구나.'라 하였다. 처음에 병사를 일으켰다가 용릉으로 돌아옴에, 멀리 집의 남쪽을 바라보니 불빛이 환하게 하늘에 이어지더니 잠시 후에 보이지 않았다."라 하였다. ≪동관한기≫에 "건무 연간에 용릉의 이름을 장릉으로 바꾸었다. 광무제가 장릉의 사원묘를 들렀다."라 하였다.(前漢地理志, 潁川郡有昆陽縣. 應邵曰, 昆水出南陽. 歷代統紀, 更始劉玄, 字聖公, 景帝七代孫. 及莽死, 議所立, 諸將貪聖公懦而立之, 年號更始. 在位一年, 及光武帝立, 是爲後漢. 後漢, 光武, 長沙定王發六代孫, 帝族兄. 劉聖公自稱更始帝, 以光武爲蕭王, 定河北. 帝略地至薊. 王郎敗, 起於邯鄲, 所在響應. 帝馳馬南奔, 走信都, 信都太守任光開門以待光武, 遂不下. 縣兵擊王郎, 郡縣還復響應, 遂破邯鄲, 斬王郎, 卽天子位. 兵革旣息, 天下無事. 後漢帝紀, 世祖光武皇帝, 諱秀, 子文叔, 南陽蔡陽人, 高祖九世孫云云. 建武元年六月己未卽皇帝位. 燔燎告天, 禋於六宗, 望於群神. 其祝文曰. 皇天上帝, 后土神祇, 眷顧降命, 屬秀黎元, 爲人父母, 秀不敢當. 群下百辟, 不謀同辭, 咸曰, 王莽簒位, 秀發憤興兵, 破王尋王邑於昆陽, 誅王郎於河北, 平定天下, 海內蒙恩. 上當天地之心, 下爲元元所歸云云. 又光武紀, 望氣者蘇伯阿爲王莽使, 至咸陽還, 望見春陵郭, 唶曰, 氣佳哉, 鬱鬱蔥蔥然. 及始起兵還春陵, 遠望舍南, 火光赫然屬天, 有頃不見. 東觀漢記, 建武中, 更名春陵爲章陵, 光武

46) 육종(六宗) : 고대에 제사지내던 여섯 가지 존귀한 대상. '천지춘하추동(天地春夏秋冬)', '천지동서남북(天地東西南北)', '일월성하해대(日月星河海岱)' 등 그 구체적인 대상에 대해서는 설이 일치하지 않다.

過章陵祠園廟)

昆陽(곤양) : 곤수(昆水)가 나오는 지역으로, 여기서는 유수의 고향인 남양군을 가리킨다.

蕭疎(소소) : 텅 비어 쓸쓸한 모양. 원문에는 '소소(簫疎)'로 되어 있어 바로 잡았다.

3 [원주] 진후주[47]의 시[48]에 "해와 달은 하늘의 덕을 비추고, 산과 강은 황제의 궁궐을 장엄하게 한다."라 하였다.(陳後主詩, 日月光天德, 山河壯帝居)

4 踏(답) : 발로 딛다. ≪전당시≫에는 '탑(塌)'으로 되어 있다. '탑(塌)'은 '초경(初耕)'의 뜻으로 논밭을 애벌로 평평하게 고르는 것을 가리킨다. 다음 구에서 유사한 의미의 '경(耕)'자가 쓰이고 있는 것으로 보아 '탑(塌)'으로 보는 것이 보다 나을 듯하다.

5 [원주] ≪태평광기・급총서≫에 "위나라 안리왕 때, 위군 급현 사람이 옛 무덤에서 이것을 발견하였다. 죽간에 옻칠로 글이 써져 있었는데 과두문자였으며, 경사류의 글이 잡다하게 써져 있었다. 지금 판본과 비교해보면 다른 부분이 많다."라 하였다.(廣記汲冢書, 魏安釐王時, 衛郡汲縣人於古冢中得之, 竹簡漆書, 科斗文字, 雜寫經史, 與今本校驗, 多有異同)

爛(란) : 낡고 헤지다.

6 莎(사) : 사초(莎草). 바닷가 모래땅이나 황무지에 자라는 풀로, 뿌리는 향부자(香附子)라 하여 약재로 쓰인다.

7 霽(제) : 비가 그치다.

8 [원주] ≪역대통기≫에 "광무제부터 헌제까지 모두 열두 황제이고, 총 195년이다."라 하였다. ≪사기≫에 "서백이 장차 사냥을 나가려하니, 점괘에서 '패왕의 보좌를 얻게 될 것이다'라고 하였다."라 하였다.[49](歷代統紀, 自光武至獻帝凡十二帝, 總一百九十五年. 史記, 西伯將獵, 卜之曰, 所獲霸王之輔)

【해설】

이 시는 후한(後漢)을 건국한 세조(世祖) 광무제(光武帝)의 고향인 남양(南陽)을 방문하여 천하를 재패했던 광무제의 일을 떠올리고 공업의 덧없음과 인생의 무상함을 읊은 것이다.

제1~2구에서는 옛날 광무제의 고향에 드리워졌던 제왕의 기운이 지금은 이미 사라져 버렸지만, 당시의 산하는 여전히 그대로 있음을 말하며 인생의 유한함과 무상함을 말하고 있다. 제3~4구에서는 끊어진 길에 널려 있는 부서진 기와 조각과 자갈로 광무제의 생전의 옛 집이 이미 황폐해졌음을 말하고, 낡은 책이 출토되는 허물어진 무덤으로 사후의 영예 또한 남아 있지 않음을 말하고 있다. 제5~6구에서는 흉년이 지난 후 사초로 덮여 있는 마을과 비가 그친 후 새들만이 가득한 개울의 경관을 묘사하며 폐허가 되고 인적이 끊어져 버린 남양의 현재의 모습을 나타내고 있다. 마지막 제7~8구에서는 시상을 다시 처음으로 돌이켜, 200년 동안 지속되었던 그의 왕조는 역사 속으로 사라져 버리고 당시 역사의 주무대였던 곳이 이제는 폐허로 변해버렸음을 말하며 광무제에 대한 안타까움과 회한을 나타내고 있다.

47) 진후주(陳後主) : 남조 진(陳)의 마지막 황제 진숙보(陳叔寶, 553~604). 582년~589년에 재위하였다. 수(隋)의 군사들이 건강(建康)에 들어왔을 때 포로가 되었으며, 후에 낙양에서 병사하였다.

48) 이 시의 제목은 〈수(隋)에 들어가 황제를 모시고 연회하며 황제의 명을 받들어 쓰다(入隋侍宴應詔)〉이다.

49) 서백(西伯)은 주문왕(周文王)을 가리키며, 상(商) 주왕(紂王)에 의해 서방의 제후로 봉해졌기에 이와 같이 부른다. '패왕의 보좌'는 주문왕이 태공망(太公望) 강자아(姜子牙)를 만난 것을 가리킨다.

140

春宵飮醒[1]

봄밤에 술에서 깨어

玉樓殘夜獨醒時,[2]	기루에서 새벽에 홀로 깨어
偸憑欄干弄柳絲.	넌지시 난간에 기대어 버들가지 희롱하네.
漏暗自驚鸚鵡夢,[3]	물시계 소리 그치고 앵무새 죽는 꿈에 놀라 깨었는데
月明空澹牡丹姿.[4]	밝은 달 아래 모란의 자태는 맑고 고요하구나.
曉煙共恨昏雙眼,	새벽안개에 두 눈 흐릿함이 한스럽고
殘酒將愁霧四支.[5]	남은 술기운에 사지를 가눌 수 없음이 근심스럽네.
謾把詩情裁不得,[6]	게을러 시정을 가다듬어 시로 써낼 수도 없으니
卻須羞見蔡文姬.[7]	채문희 보기를 부끄러워해야 하리.

【주석】

1 이 시는 ≪전당시≫에 수록되어 있지 않다.

2 玉樓(옥루) : 옥으로 만든 누각. 화려하고 아름다운 누각을 가리키는 것으로, 여기서는 기루로 여겨진다.

3 [원주] ≪귀비외전≫에 "광남 지방에서 흰 앵무를 진상하였는데, 설의녀라 불렀다. 귀비가 ≪다심경≫[50]을 주니 완전하게 암송하였다. (설의녀가) 홀연 말하기를 '꿈에 맹금에게 잡혔습니다.'라 하였다. 황제가 귀비와 별전에 노닐 때 수레 앞으로 설의녀를 가져왔는데, 과연 매가 이를 물어 죽였다. 정원에 묻어주고 앵무총이라 불렀다."라 하였다.(貴妃外傳[51], 廣南進白鸚鵡, 呼爲雪衣女. 妃授以多心經, 記誦精熟. 忽曰, 夢爲鷙鳥所搏. 上與妃遊別殿, 致雪衣女於輦前, 果有鷹搏之而斃, 瘞於苑中, 號鸚鵡塚)

漏暗(누암) : 물시계 소리가 그치다. 새벽이 오는 것을 말한다.

4 [원주] ≪개원천보화목기≫에 "궁궐에서는 목작약을 모란이라 부른다."라 하였다.(開元天寶花木記,

50) 다심경(多心經) : ≪반야바라밀다심경(般若波羅蜜多心經)≫을 말한다. ≪반야심경(般若心經)≫ 또는 ≪심경(心經)≫이라고도 한다.

51) 貴妃外傳(귀비외전) : ≪사고전서≫에는 '楊妃外傳(양비외전)'으로 되어 있다.

禁中呼木芍藥爲牡丹)

5 霧(무): 안개가 자욱하다는 뜻으로, 여기서는 술로 인해 손발을 제대로 가누지 못하는 것을 의미한다.

6 謾(만) : 게으르다, 느리다. 작시 능력이 뛰어나지 못함을 의미한다.

裁不得(재부득) : 만들어 낼 수 없다. 시를 써내지 못함을 의미한다.

7 [원주] 상권의 "이날은 거문고 속에 채염의 정이 있네." 주에 보인다.[52](見上卷, 一日琴中蔡琰情, 注)

蔡文姬(채문희) : 후한 채옹(蔡邕)의 딸로 이름은 염(琰)이고 자는 문희(文姬)이다. 음률에 정통하여 〈호가십팔박(胡笳十八拍)〉을 지었다. 여기서는 기녀를 가리키는 것으로 여겨진다.

【해설】

이 시는 봄날 새벽에 술에서 깨어 지은 것으로, 봄날의 아름다운 경관을 마음껏 감상하고 즐길 수 없는 상황을 안타까워하고 있다.

제1~2구에서는 기루에서 홀로 술에서 깨어 버드나무를 감상하며 봄을 즐기는 모습을 묘사하고 있다. 제3~4구에서는 홀연 잠에서 깨어난 이유가 앵무새가 매에게 잡혀 죽는 악몽 때문이었음을 말하고, 꿈에서와는 달리 현실은 밝은 달빛 아래 모란이 자태를 뽐내고 있는 고요하고 평온한 때임을 말하고 있다. 제5~6구에서는 고요하고 아름다운 봄날의 경치를 새벽안개로 인해 제대로 볼 수 없음을 한탄하고, 술이 덜 깬 상태라 움직임도 자유롭지 못하여 직접 가서 즐길 수도 없음을 안타까워하고 있다. 제7~8구에서는 천성이 게으르고 능력 또한 부족하여 봄날의 감흥을 시로 담아내는 것조차 할 수 없으니, 음률에까지 정통했던 채문희에게 부끄럽다는 말로 아쉬움을 나타내고 있다.

52) 옹도의 시 085. 〈정안공주님이 궁에 돌아오시다(定安公主還宮)〉에 보인다.

15 최치원 崔致遠

최치원시(崔致遠詩)

[원주] 《당서·예문지》에 "최치원은 《사륙》1권, 《계원필경》20권이 있다. 고려인*으로, 빈공과에 합격하여 고병**의 종사관이 되었다. 그의 명성은 중국에서 이와 같았다."라 하였다. 또 《삼국사》***에 "최치원은 자가 고운(孤雲)이다. 또는 해운(海雲)으로 불리기도 하였다. 어려서는 총명하고 학문을 좋아하여 열두 살이 되자 배를 타고 당나라로 들어가 배움의 길을 찾았다. 그의 아버지가 말하기를 '십년 안에 급제하지 못하면 내 아들이 아니다. 가서 열심히 해라.'라고 하였다. 최치원이 당나라에 이르러서는 스승을 좇아 학문함에 게으름이 없었다. 건부 원년 갑오년(874)에 예부시랑 배찬**** 아래에서 한번 시험을 보아 급제하여 선주 율수현위에 제수되었다. 근무고과 평가로 승무랑시어사내공봉에 올라 자금어대를 하사받았다. 28세에는 귀국을 청하고자 하는 뜻이 있었는데, 희종이 이를 알고 광계 원년(885)에 조서를 가지고 본국에 이르게 하니 머물러 시독겸한림학사수병부시랑지서서감이 되었다. …"라 하였다. 또 "처음 서쪽에서 돌아다녔을 때, 같은 해에 과거에 합격한 고운(顧雲)*****과 사이가 좋았는데, 본국으로 돌아가려할 때 고운이 시로써 송별하였으니, 대략 이러하였다. '내가 듣기로 바다에 금자라가 셋이 있는데, 금자라가 머리에 이고 있는 산 높고도 높다네. 산 위에는 진주와 패물로 장식된 황금 궁전 있고, 산 아래는 천리만리 되는 큰 물결이라. 그 가장자리에 찍힌 한 점 계림이 푸른데, 자라산이 수재를 잉태하여 특출한 이 낳았다네. 열두 살에 배를 타고 바다를 건너와, 문장으로 중화국을 감동시켰네. 열여덟 살에는 글을 다투는 과거에 나아가, 화살 한 대로 금문책******을 쏘아 깨뜨렸다네.'라고 하였다."라 하였다.(唐藝文志, 崔致遠四六一卷, 桂苑筆耕二十卷. 高麗人, 賓貢及第爲高騈從事, 其名聞上國如此. 又, 按三國史, 致遠, 字孤雲. 或云海雲, 少精敏好學, 至年十二, 將隨海舶入唐求學. 其父謂曰, 十年不第卽非吾子也, 行矣, 勉之. 致遠至唐. 追師學問無怠. 乾符元年甲午, 禮部侍郞裵瓚下一擧及第, 調授宣州溧水縣尉. 考績爲丞務郞侍御史內供奉賜紫金魚袋. 及年二十八歲, 有歸覲之志, 僖宗知之. 光啓元年, 使持詔書來聘, 留爲侍讀兼翰林學士守兵部侍郞知瑞書監事云云. 始西遊時, 與同年顧雲友善, 將歸, 顧雲以詩送別, 略曰, 我聞海上三金鼇, 金鼇頭戴山高高, 山之上兮珠宮貝闕黃金殿, 山之下兮千里萬里之洪濤. 傍邊一點雞林碧, 鼇山孕秀生奇特. 十二乘舟渡海來, 文章感動中華國. 十八橫行戰詞苑, 一箭射破金門策)

최치원(崔致遠, 857~?)

최치원은 6두품 출신의 학자로 신라 47대 헌안왕(憲安王) 재위 원년(857)에 태어났다. 그의 아버지는 원성왕(元聖王) 시기에 숭복사(崇福寺) 창건에 참여했다고 전해지는 최견일(崔肩逸)이다. 868년, 12세의 어린 나이로 당나라로 유학 가서 874년에 배찬이 주관한 빈공과에 합격하였다. 당나라에 머물렀던 17년 동안 많은 문인들과 교유했고 시문으로 유명했는데, 특히 황소(黃巢)의 난 당시, 고병의 종사관으로서 지은 명문 〈황소를 토벌하는 격문(討黃巢檄)〉이 유명하다.

885년, 당 희종의 조서를 가지고 귀국했는데, 헌강왕(憲康王)이 그를 시독겸한림학사수병부시랑지서서감(侍讀兼翰林學士守兵部侍郞知瑞書監)으로 등용하였다. 귀국한 이듬해에 중국에서 고병의 막부에서 지었던 글을 정리하여 《계원필경(桂苑筆耕)》 20권을 왕에게 바쳤고, 왕명을 받아 〈대숭복사비문(大崇福寺碑文)〉을 지었다. 진성여왕 8년(894)에 개혁정책인 시무(時務) 10조를 올렸고 이것이 받아들여져 육두품으로서는 최고의 관직인 아찬(阿湌)에 임명되었다. 그러나 중앙 귀족의 반발로 그의 개혁책은 실시되지 못하였고 이후 관직에서 물러나 유랑 중에 생을 마쳤다. 《삼국사기》에서는 그가 해인사(海印寺)에서 여생을 마쳤다고 전하고 있으나, 그가 언제 죽었는가에 대해서는 이설이 분분하다.

(김하늬)

* 고려인 : 최치원은 신라 사람이지만 《십초시》가 편찬된 때가 고려시대였기 때문에 '우리나라 사람'이라는 의미로 쓰인 것이다.

** 고병(高騈, 821~887) : '고변'이라고도 한다. 만당 시기의 명장으로 자는 천리(千里)이며 유주(幽州, 지금의 북경(北京) 지역) 출신이다. 남평군왕(南平郡王) 고숭문(高崇文)의 손자로 그의 집안은 금군(禁軍) 세가(世家)였다. 천평(天平)·서천(西川)·형남(荊南)·진해(鎭海)·회남(淮南) 등 오진(五鎭)의 절도사를 지냈다. 황소(黃巢)의 난 당시에 그는 여러 차례 의병을 일으켰는데, 휘종이 그를 토벌총사령관으로 임명하여 활약하였다. 그러나 이후 대장군인 장린(張璘)의 진영이 무너지자 황소군의 기세에 놀란 고병은 감히 다시 싸우지 못하니, 이에 황소가 순조롭게 장안(長安)을 점거하게 되었다. 이후 장안이 수복되기까지 삼년 동안 도읍을 구하기 위하여 파병하지 못하고 관망하니, 고병의 명예가 실추되는 사건이었다. 이후 신선이나 귀신, 방술과 같은 기이한 것에 빠져 술사 여용지(呂用之) 등에게 모든 권한을 주고 군무(軍務)를 맡기니, 끝내는 그의 부장(部將)인 필사탁(畢師鐸)과 그의 무리들에게 살해당하였다.

*** 삼국사(三國史) : 삼국 시대와 통일 신라 시기의 역사를 다룬 역사서 《삼국사기(三國史記)》를 말한다. 고려 인종(仁宗) 때 김부식(金富軾) 등이 기전체(紀傳體) 형식으로 편찬·간행하였다.

**** 배찬(裵瓚) : 자는 공기(公器). 예부시랑(禮部侍郞), 호남관찰사(湖南觀察使), 예부상서(禮部尙書) 등을 역임하였다.

***** 고운(顧雲, ?~894) : 자는 수상(垂象)이며 지주(池州, 지금의 안휘성(安徽省) 지주시(池州市)) 사람이다. 시에 매우 뛰어났다고 한다. 874년 진사에 급제하여 회남절도사 고병의 종사관이 되었다. 대순(大順) 연간에 육희성(陸希聲), 사공도(司空圖) 등과 함께 선종(宣宗)·의종(懿宗)·희종(僖宗) 삼대의 실록을 정리하였고, 책이 완성된 이후에 우부원외랑(虞部員外郞) 직이 더해졌다.

****** 금문책(金門策) : 과거(科擧) 시험을 말한다. 화살로 금문책을 깨뜨렸다는 것은 곧 과거에 합격했음을 의미한다.

141

登潤州慈和上房[1]

윤주의 자화상방에 올라

登臨暫隔路岐塵,[2]	절에 올라 잠시나마 갈림길의 먼지에서 벗어났는데
吟想興亡恨益新.[3]	흥망을 시로 읊어 생각하니 한이 더욱 새롭구나.
畫角聲中朝暮浪,[4]	뿔피리 소리 속에 아침저녁으로 물결이 일고
古山影裏古今人.	오래된 산 그림자 속에는 예나 지금이나 사람이 있네.
霜摧玉樹花無主,[5]	서리에 꺾인 옥 같은 나무는 꽃에 주인 없는데
風暖金陵草自春.[6]	바람 따뜻한 금릉 지방에는 풀에 절로 봄이 드네.
賴有謝家餘境在,[7]	다행히 사씨 집안에서 남긴 흔적 있어
長教詩客爽精神.[8]	오래도록 시인으로 하여금 정신 맑게 하는구나.

【주석】

1 이 시는 ≪전당시속습(全唐詩續拾)≫권36에 〈윤주의 자화사 상방에 올라(登潤州慈和寺上房)〉라는 제목으로 실려 있으며, 시의 일부만이 수록되어 있다.
[원주] '윤주'는 위의 〈경구에 한거하다〉 주석에 보인다.[1](潤州見上京口閑居注)
潤州(윤주) : 지금의 강소성(江蘇省) 남경시(南京市).
慈和上房(자화상방) : 자화사(慈和寺)의 상방. '자화(慈和)'는 윤주에 있는 '자화사(慈和寺)'를 가리키며, '상방(上房)'은 한 집안의 주인이 거처하는 방, 여기서는 주지가 거하는 방장(方丈)을 말한다.

2 路岐塵(노기진) : 갈림길의 먼지. 선택의 고민에 싸인 세속을 말한다.

3 [원주] ≪건강실록≫[2]에 "오・진・송・제・량・진나라가 나란히 금릉을 도읍으로 하였다"라 하였다. (建康實錄, 吳晉宋齊梁陳, 並都金陵)

4 [원주] '화각'은 상권에 보인다.[3](畫角見上卷)

1) 마대의 시 118. 〈경구에 한거하다가 경락의 친우에게 부침(京口閒居寄京洛親友)〉에 보인다.
2) 건강실록(建康實錄) : 당대(唐代) 허숭(許嵩)이 편찬한 역사서로 총 20권이다. 건강(建康)을 도읍으로 한 오(吳)나라부터 진(陳)나라까지의 육조(六朝)의 사적을 기록하였다.

畵角(화각) : 겉에 그림을 그린 쇠뿔 등으로 만든 관악기.

5 [원주] ≪남사≫에 "진나라 후주는 지덕 2년, 광소전 앞에 임춘각, 결기각, 망선각 세 채의 건물을 세웠다. 높이는 수십 길이었고 폭이 수십 칸이었는데, 그 창문, 벽대[4], 매달아놓은 문미(門楣)[5], 난간과 같은 것들이 모두 침단향[6]으로 만든 것이었다. 또 금과 옥으로 장식하고, 진주와 비취로 번갈아 장식하였으며, 밖에는 주렴을 달았고, 안에는 보석으로 장식된 침상과 휘장이 있었는데, 그 장식품들의 귀하고 아름답기가 모두 예나 지금이나 없었던 것이다. 후주 자신은 임춘각에 거처하였고, 장귀비는 결기각에, 공(龔)씨와 공(孔)씨 두 귀빈은 망선각에 거처하며, 함께 건물 사이의 통로를 서로 오고 갔다. 궁인 중에 글에 뛰어난 자를 학사로 삼았는데, 후주는 매번 손님을 불러 귀비 등을 대하고 연회를 벌이고 놀 때면 여러 귀인과 여학사들로 하여금 가까운 손님들과 더불어 시부를 읊으며 서로 주고받도록 하였다. 특히 아름다운 것을 골라 곡조를 만들어 새로운 가락을 입히고, 아름다운 궁녀 수천을 뽑아 그것을 익히고 노래하도록 하였다. 성부(聲部)를 나누어 들어왔다 나왔다 하게 하여, 노래를 가지고 함께 즐겼다. 그러한 곡 중에 〈옥수후정화〉, 〈임춘경〉 등이 있다. 그것은 대략 이러하다. '옥 같은 달빛 밤마다 가득하고, 옥 같은 나무 아침마다 새롭다.' 대체로 장귀비와 공귀빈의 용모를 찬미하는 내용으로 귀결되었다. 수나라 군대가 성을 함락시키자 귀비와 후주는 모두 우물에 숨었다. 수나라 군대가 그들을 꺼내자 진왕 광이 명을 내려 청계에서 귀비를 참수하게 하였다."라 하였다.(南史, 陳後主至德二年[7], 於光昭殿[8]前起臨春, 結綺, 望仙三閣, 高數十丈, 並數十間, 其窗牖, 壁帶, 懸楣, 欄檻之類, 皆以沉檀香爲之. 又飾以金玉, 間以珠翠, 外施珠箔, 內有寶牀寶帳, 其服玩之屬瑰麗, 皆近古所未有. 後主自居臨春閣, 張貴妃居結綺閣, 龔孔二貴嬪居望仙閣, 並複道[9]交相往來. 以宮人有文學者爲學士. 後主每引賓客對貴妃等遊宴, 則使諸貴人及女學士與狎客共賦新詩, 互相贈答, 採其尤艶者, 以爲曲調, 被以新聲, 選宮女有容色者以千百數, 令習而歌之. 分部迭進, 持以相樂. 其曲有玉樹後庭花, 臨春景等. 其略云, 璧月夜夜滿, 瓊樹朝朝新. 大抵所歸, 皆美張貴妃, 孔貴嬪之容色. 及隋軍剋臺城, 貴妃與後主俱入井. 隋軍出之, 晉王廣命斬貴妃於靑溪中)

玉樹花無主(옥수화무주) : 옥수화는 주인이 없다. 진 후주가 궁인들과 즐기면서 불렀다는 〈옥수후정화(玉樹後庭花)〉의 일화를 이야기하는 것으로, 세월이 흘러 〈옥수후정화〉 노래는 남아있지만 그것을 불렀던 사람은 이미 죽어 없다는 의미이다.

6 [원주] ≪금릉군국지≫에 "초 위왕이 이 땅에 왕의 기운이 있다고 여겨 금을 묻어 그것을 눌렀다. 그리하여 '금릉'이라고 불렀다.…"라 하였다.(金陵郡國志, 楚威王以此地有王氣, 因埋金以鎭之. 故曰金陵云云)

金陵(금릉) : 지금의 남경(南京). 전국시대 초 위왕 7년에 월(越)나라를 멸하고 지금의 남경시 청량산(淸凉山)에 금릉읍을 설치했다. 중・만당 때에는 '윤주'를 '금릉'이라고 부르기도 하였다.

7 [원주] ≪십도지・윤주≫의 "오의항이 있다" 주에 "송나라 때, 사씨들이 오의에서 노닐었다. 사혼[10]의

3) 장효표의 시 049. 〈변주의 한사공에게 올리다(上汴州韓司空)〉에 보인다.
4) 벽대(壁帶) : 벽에 띠처럼 가로지른 나무.
5) 문미(門楣) : 문 위에 가로댄 나무.
6) 침단향(沉檀香) : 향목(香木)인 침단목(沉檀木)을 말한다.
7) 至德二年(지덕이년) : 원문에는 '至德三年(지덕삼년)'으로 되어 있는데, ≪남사≫ 원문에 의거하여 수정하였다.
8) 光昭殿(광소전) : 원문에는 '明光殿(명광전)'이라고 되어 있는데, ≪남사≫ 원문에 의거하여 수정하였다.
9) 複道(복도) : 건물과 건물 사이를 잇는 통로로, 지붕을 씌우고 공중에 떠있도록 설치한다.

시에 이르기를, '옛날에 오의에서 놀았는데, 서로 가깝게 지냈으니 모두 친조카사이였다.'고 했다.[11] 사조[12]의 시[13]에 '강남의 아름다운 지역, 금릉은 제왕의 고을이라네.'라고 하였다"라 하였다.(十道志潤州, 有烏衣巷注, 宋時, 諸謝有烏衣遊. 謝混詩曰, 在昔烏衣遊, 戚戚[14]皆親姪. 謝朓詩, 江南佳麗地, 金陵帝王州)

謝家(사가) : 위진남북조 시기의 명문가인 사씨 집안. 사씨 일가가 윤주의 오의항(烏衣巷)에 거처했었다.

賴(뢰) : 다행히. 또는 '~에 의지하여'로 볼 수 있는데, 이를 따르면 이 구절은 "사씨 집안에서 남긴 흔적 있는 것에 의지하여"로 해석된다.

境在(경재) : 장소가 있다. 혹은 풍치가 있다. ≪전당시≫에는 '경재(景在)'로 되어 있으며 뜻은 같다.

8 長教(장교) : 오래도록 ~하게 하다. ≪전당시≫에는 '상규(常叫)'로 되어 있으며 '늘 ~하게 하다'라는 뜻이다.

詩客(시객) : 시인. ≪전당시≫에는 '사객(詞客)'으로 되어 있으며 뜻은 같다.

【해설】

이 시는 작자가 어느 봄날, 윤주에 있는 자화사 상방에 올라 고금의 흥망성쇠를 돌아보고 느낀 감정을 적은 작품이다. 제1~2구에서는 복잡한 현실에서 벗어나 자화사에 오르니 고금의 흥망을 되새기게 되어 한스러움을 느끼게 된 상황을 이야기하고 있다. 제3~4구에서는 자화사 상방에 올라 보고 들은 경관을 묘사하고 있다. '뿔피리 소리'라는 청각적 심상과 '청산의 그림자 속에서 흘러간 사람들'이라는 시각적 심상을 대비시키고, 유구한 세월의 흐름과 그와 대비되는 인생의 무상함을 토로하였다. 제5~6구에서는 그 옛날 화려한 삶을 살았던 진후주라는 주인을 잃은 〈옥수후정화〉 노래와 금릉 땅의 푸른 봄빛이 대비를 이루어, 또다시 인간 역사와 변함없는 우주자연의 질서 속에서 느끼는 감회를 읊고 있다. 그런데 마지막 제7~8구에서는 이처럼 흔적도 없이 사라져버리는 인간 삶의 흥망을 되돌아보고 한스러워하던 작자가 산수시로 이름을 날리고 영화를 누렸던 사씨 일가를 떠올리게 되면서 시상이 변화하게 된다. 사씨 일가가 남긴 풍치란 아마도 그들이 머물렀던 자취이자, 그들이 남긴 시들을 말할 것이다. 역사의 흐름 속에서도 사라져 버리지 않고 남아있는 사씨 일가의 흔적은 지금까지 인생무상의 감정에 빠져있던 작자의 정신을 깨운다. 그리하여 작자는 마침내 흥망성쇠에서 느끼는 허무함에서 벗어나며 작품을 마무리하게 되는 것이다.

---

10) 사혼(謝混) : 동진(東晋)의 문학가. 자는 숙원(叔源)이며, 진군양하(陳郡陽夏, 지금의 하남성(河南省) 태강(太康)) 사람이다. 사안(謝安)의 손자이며, 사령운(謝靈運)이 그의 조카이다. 고아한 풍격의 글을 잘 썼고 산수시에 능했다.

11) ≪송서(宋書)・사홍미전(謝弘微傳)≫에 이 두 구절이 실려 있다.

12) 사조(謝朓, 464~499) : 자는 현휘(玄暉). 육조(六朝)시대 제(齊)나라의 시인으로 하남성 진군양하(陳郡陽夏) 사람이다. 선성태수(宣城太守)를 지내어 사선성(謝宣城)이라고도 불린다. 영명체(永明體)에 능했고, 청신한 풍격의 시를 썼다.

13) 이 시의 제목은 〈입조곡(入朝曲)〉이다.

14) 戚戚(척척) : 서로 친한 모습.

142

和李展長官冬日遊山寺[1]

이전장관이 겨울날 산사를 노닐던 것에 화답하여

暫遊禪室思依依,2	잠시 선방에서 노니는데 아쉬운 마음 드는 것은
爲愛溪山似此稀.	시내와 산 아끼는 것 이와 같기가 드물기 때문이라네.
勝境唯愁無計住,	아름다운 경치 보며 그저 머물 길 없음을 근심하고
閑吟不覺有家歸.	한가로이 시 읊으며 집에 돌아갈 것도 잊네.
僧尋泉脉敲氷汲,3	스님은 샘물 찾아 얼음을 두드려 물을 긷고
鶴起松梢擺雪飛.	학들은 소나무 꼭대기에서 일어나 눈을 털고 날아가네.
曾接陶公詩酒興,4	일찍이 도연명의 시와 술 즐기던 흥취를 접했으니
世途名利已忘機.5	세상의 명리는 이미 잊었다네.

【주석】

1 이 시는 ≪전당시≫에 수록되어 있지 않다.

[원주] ≪어림≫에 "현령을 장관이라고 하고, 현승을 찬부라 한다."라 하였다.(語林, 以縣令爲長官, 以縣丞爲贊府)

李展(이전) : 최치원과 시문을 통해 교유했던 것으로 알려진 관리다. 이전 개인에 관한 자세한 정보는 알 수 없다. 다만 이 작품과 〈가을에 우이현을 다시 지나며 이장관에게 부치다(秋日再經盱眙縣寄李長官)〉와 같은 최치원의 시들을 통해 그와의 관계를 추측해볼 수 있을 따름이다.

2 依依(의의) : 떠나기 아쉬워하는 모습.

3 泉脉(천맥) : 지하를 흐르는 샘물. 사람의 혈맥과 닮았다고 해서 이렇게 부른다.

4 [원주] 도잠이 팽택의 현령이었기 때문에 말하는 것이다. 이백의 시[15]에 "우리 형님은 시와 술로 도공을 잇는다."라 하였다.(陶潛爲彭澤令, 故云. 李白詩, 吾兄詩酒繼陶公)

陶公(도공) : 도잠(陶潛, 365~427)을 말한다. 동진(東晋) 말기의 시인으로, 자는 원량(元亮), 연명(淵明)

15) 이 시의 제목은 〈중도 현령인 형님을 이별하며(別中都明府兄)〉이다.

이며, 스스로를 오류선생(五柳先生)이라고 일컬었다. 세상을 등지고 전원에서 생활하였으며, 청신하고 담백한 시풍으로 이름을 남겼다.

5 世途(세도) : 세상을 살아가는 길. 인생의 역정.
忘機(망기) : 속세의 일이나 욕심을 잊음.

【해설】

이 작품은 최치원과 시문을 통해 자주 교유했던 것으로 알려져 있는 이전(李展) 장관의 시에 화답한 것이다. 이 작품은 산사를 노니는 주체를 이전 장관으로 보느냐, 작자 자신으로 보느냐에 따라 여러 가지 해석이 가능하다. 만약 주체를 이전 장관으로 볼 경우, 작품은 이전 장관이 보내온 시를 통해 작자가 추측한 것을 묘사한 것이라고 볼 수 있다. 작품의 주체를 작자로 볼 경우에는 이 작품이 작자가 겨울날 직접 산사를 노닐면서 보았던 풍경을 묘사하고, 그 안에서 느낀 감회를 적은 것이라고 볼 수 있다. 여기서는 편의상 후자를 택하여 작품을 해석하였다.

제1~2구에서 시인은 겨울날 산사에 방문하게 된 상황을 이야기하고 있다. 잠시 머물게 된 겨울날의 산사는 세상에서 흔히 접할 수 없는 아름다운 모습으로 존재하고 있다. 그리하여 작자는 제3~4구에서 이곳에 오랫동안 머물 수 없음을 아쉬워하고 집에 돌아가야 하는 것도 잊은 채 시를 읊는다. 제5~6구는 산사의 풍경을 묘사한 부분으로 샘물을 길어오는 스님과 눈 덮인 소나무 위의 학을 회화적인 수법으로 그리고 있는데 고아한 풍치가 돋보인다. 마지막 제7~8구는 속세와 떨어져 초월적 공간으로 존재하는 이곳에 있음으로 인하여, 세상을 등지고 살았던 전원시인 도연명의 흥취를 알게 되고 세상의 명리를 잊게 되었다고 하여 이 산사에서의 노님의 의미를 드러내고 있다.

143

汴河懷古[1]

변하에서 회고하며

遊子停車試問津,[2]	나그네 수레 멈추고 나루터를 물어보는데
隋堤寂寞沒遺塵.[3]	수양제 때 쌓은 제방 적막하게 먼지 속에 묻혀있네.
人心自屬昇平主,[4]	인심이란 자연히 태평성군을 따르는 법인데
柳色全非大業春.[5]	버들의 빛깔은 대업 연간의 봄빛과는 완전히 달라졌네.
濁浪不留龍舸迹,[6]	탁한 물결 속에 사라진 황제의 배의 자취
暮霞空認錦帆新.	저녁노을만이 부질없이 비단 돛의 새로움을 아는 구나.
莫言煬帝曾亡國,	일찍이 수양제가 나라 잃었던 이야기 하지 말라
今古奢華盡敗身.[7]	예나 지금이나 사치하면 신세를 망친다네.

【주석】

1 이 시는 ≪전당시≫에 수록되어 있지 않다.
[원주] '변하'는 상권의 주에 보인다.[16](汴河見上卷注)
汴河(변하) : 지금의 하남성(河南省) 영양현(滎陽縣)의 서남쪽을 흐르는 황하의 지류.

2 [원주] ≪논어≫에 "공자께서 자로에게 나루터를 묻게 하셨다."라 하였다.(語, 孔子使子路問津)

3 [원주] ≪수서≫에 "양제가 천하 만백성을 부려 위수를 뚫고 변하로 들어가게 하여 회수를 장안과 통하게 하였다. 천리 되는 양쪽 물가 언덕에 제방을 축조하고 버드나무를 심었다. 양제가 이에 배 이천 척을 만들었는데, 모두 용 모양으로 하여 '용주'라고 불렀고, 비단 돛을 달았다. 양제는 소황후와 후궁들, 여러 왕과 후비(后妃)와 함께 배를 타고 노래하고 춤췄다. 동쪽으로 위수를 내려가 강도에 머물렀는데, 미처 돌아가지 못했는데 천하에 대란이 일어나니, 이밀 등이 모두 왕을 자칭했다. 대업 12년(616)에 당공[17]이 태원에서 군사를 일으켜 마침내 장안에 입성하였다. 양제가 그것을

16) 장효표의 시 049. 〈변주의 한사공에게 올리다(上汴州韓司空)〉에 보인다.
17) 당공(唐公) : 당(唐) 고조(高祖) 이연(李淵, 566~635년)을 말한다. 당나라의 초대 황제이며, 북조(北朝) 관롱(關隴)의 귀족 출신이다. 수나라 말에 태원(太原)에서 군대를 일으켜 장안을 공격하여 점령하였고, 618년 5월에 황제의 자리에 올라 국호를 '당(唐)'으로 정하였다.

듣고 손으로 책상을 닦으며 말하기를 '그가 얻었구나.'라 하였는데, 이와 같기를 세 번이나 했다. 결국 강을 건너 단양에 이르렀는데, 이때에 여러 숙위 장군들이 모두 고향을 그리워하는 마음이 있었다. 우문화급이 사람으로서의 마음을 따라 마침내 난을 일으켜 궁궐을 공격하니 숙위들이 모두 달아났고 양제는 강도에서 죽임을 당했다."라 하였다.(隋書, 煬帝役天下萬姓開鑿渭河入汴河, 通淮長安. 千里兩岸, 築堤栽柳. 帝乃造船二千隻, 皆作龍獸之形, 號曰, 龍舟, 繫以錦帆. 帝與蕭后及後宮妃, 諸王六宮[18]乘舟歌舞. 東下渭水, 住江都, 未返而天下大亂, 李密等皆稱王. 十二年, 唐公起師於太原, 遂入長安. 帝聞之, 以手琢桉曰, 渠渠得之矣. 如此者三. 遂渡江, 幸丹陽. 時有宿衛諸將皆有懷土之志. 宇文化及因人之心, 遂作亂, 入犯宮闈. 宿衛皆走, 賊帝於江都)

隋堤(수제) : 수양제 때 축조한 제방. 지금의 하남성(河南省) 개봉(開封)과 변하 일대에 터가 있다. 양제가 판저(板渚)로부터 하수(河水)를 끌어들여 어도(御道)를 만들고 버드나무를 심었다. 길이가 일천 삼백 리다.

4 [원주] ≪한서≫에 "문제가 노대(露臺)를 짓고자 하여 장인을 불러 계획하게 하니 예산이 백금에 이르렀다. 그러자 말하기를, '내가 선제의 궁실을 받듦에 늘 크게 사치함을 두려워하였으니, 어찌 하여 누대를 지을 것인가.'라고 하였다"라 하였다. 그리하여 문제와 경제 때를 '태평하다'고 한 것이다. '승평주(昇平主)'는 당 황제를 일컫는 것이다.(漢書, 文帝欲作露臺, 召匠計, 直百金. 曰, 吾奉先帝宮室, 常恐大奢, 何用臺爲. 故文景之際, 號爲昇平, 昇平主謂唐帝也)

昇平主(승평주) : 태평한 시대의 성군(聖君). 승평(昇平)은 나라가 태평한 것을 말한다.

5 [원주] '대업'은 양제의 연호다.(大業, 煬帝年號)

大業(대업) : 수양제의 연호로 605년 1월에서 618년 3월까지의 기간을 말한다. 그 명칭은 ≪역경(易經)·계사상(繫辭上)≫의 "넉넉히 소유하는 것을 '대업'이라 하고 나날이 새로운 것을 '성덕'이라 한다.(富有之謂大業, 日新之謂盛德)"에서 유래하였다.

6 龍舸(용가) : 용 모양으로 장식한 배로 황제의 배를 말한다.

7 奢華(사화) : 호화스럽다.

【해설】

이 작품은 작자가 봄날에 수양제의 유적을 보고 옛 역사를 돌아보며 느낀 감회를 적은 것이다. 제1~2구에서는 시인이 변하를 건너다 수양제의 유적을 발견하게 된 상황을 이야기하고 있다. 제1구에서 시인은 '나루를 묻는다[問津]'고 했는데, 이것은 변하(汴河)를 건너는 실제적인 공간으로서의 나루의 위치를 묻는 것인 동시에, 역사적 진리, 혹은 자신이 추구해야 할 이상적인 방향을 묻는 것이기도 하다. 쓸쓸한 모습으로 남아있는 수제(隋堤)는 작자가 본격적으로 역사를 돌아보게 되는 계기가 되며, 작자는 이러한 회고를 통해 역사적 깨달음을 얻게 된다. 제3~6구는 화려했던 옛 모습과 대비되는 쓸쓸한 현재의 변하를 그리고 있다. 민심은 백성들의 고통을 알아주는 성군을 따르게 되는 법이건만 양제는 백성을 돌아보지 않고 향락적인 생활을 하였다. 그로 인해 민심은 그에게서 등을 돌리게 되었고 이에 따라 양제는 나라를 잃고 변하도 그 화려한 모습을 잃었다. 그리하여 지금 이 쓸쓸한 유적지에는 봄날의 버드나무도 그 빛을 잃었고, 탁류가 흐르고 저녁노을이

18) 六宮(육궁) : 고대 황후(皇后)의 침궁과 부인(夫人) 이하의 다섯 궁실(宮室). 후에는 후비(后妃), 또는 그가 머무는 거처를 가리키는 말로 사용되었다. 여기서는 제왕의 후비를 가리키는 것으로 보았다.

지는 변하에는 예전의 그 화려한 황제의 배를 볼 수 없게 되었다. 특히 제5~6구의 '탁한 물결[濁浪]'과 '저녁노을[暮霞]'은 모두 퇴색의 이미지를 가진 시어로, 과거와 현재를 강렬하게 대비시킴으로써 비애의 정조를 이끌어낸다. 빛을 잃은 역사의 자취는 비애를 남기며, 동시에 귀중한 가르침을 준다. 그리하여 제7~8구에서 시인은 역사의 자취 속에서 예나 지금이나 백성을 생각하지 않는 사치는 결국 신세를 망치는 법이라는 역사적 진리를 절실하게 느끼게 되는 것이다.

144

友人以毬杖見惠以寶刀爲答[1]

벗이 구장을 선사해서 보검으로 답례하며

月杖輕輕片月彎,2	달 같은 공채는 가볍고 반달처럼 굽었는데
霜刀凜凜曉霜寒.3	서리 같은 칼은 서슬 퍼렇고 새벽 서리처럼 차갑네.
感君恩豈尋常用,4	그대 은혜 생각하면 어찌 함부로 쓸 것인가
知我心須子細看.5	내 마음 알아주시니 찬찬히 살펴보아야 한다네.
旣許驅馳終附驥.6	바삐 달리는 천리마 같은 그대에게 달라붙는 것 이미 허락하셨으니
只希提拔早登壇.7	그저 바라는 것은 발탁되어 일찍 등단하는 것뿐.
當場已見分餘力.8	당장에 이미 남은 힘 나눠주신 것 보았으니
引鏡終無照膽難.9	거울 가져와 내 속 비춰 보이는 것도 전혀 어렵지 않으리.

【주석】

1 이 시는 ≪전당시≫에 수록되어 있지 않다.
[원주] ≪곡량전≫에 "맹로는 노나라의 보검이다."라 하였다.(穀梁傳, 孟勞者, 魯之寶刀)
友人(우인) : 벗. 이 시에서 구체적으로 누구를 가리키는 지는 분명하지 않다.
毬杖(구장) : 옛날에 격구(擊毬) 경기에 사용한 공채.
見惠(견혜) : 은혜를 입다. 다른 사람이 선사한 것에 대한 감사의 뜻을 공손히 이르는 말이다.

2 月杖(월장) : 구장(毬杖). 모양이 구부러진 달 같다고 하여 이렇게 부른다.

3 [원주] 장협(張協)[19]의 〈칠명〉에 "서릿발 같은 칼날은 얼음이 엉긴 듯하고, 물 같은 칼은 이슬처럼 깨끗하다."라 하였는데, 이선의 주에 "≪전론≫에 이르기를 '위나라 태자 조비가 흰 명주를 만드니

19) 장협(張協, ?~약 307 무렵으로 추정) : 서진(西晋)의 문학가. 그의 자가 경양(景陽)이며, 지금의 하북성(河北省)에 속하는 안평(安平) 출신이다. 어려서부터 재능이 있어 그의 형 장화(張華), 장재(張載)와 이름을 나란히 했다. 일찍이 비서랑(秘書郎), 화양령(華陽令) 등의 관직을 지냈는데, 영녕(永寧) 원년(301)에 성도왕(成都王) 사마영(司馬穎)의 종사중랑(從事中郎)이 되었고 후에 중서시랑(中書侍郎), 하간내사(河間內史) 등을 역임했다. 이후 천하가 어지러워지자 사임하고 은거하며 유유자적한 생활을 했다. ≪장경양집(張景陽集)≫ 집본이 전해진다.

바탕이 질기고 흰 서리 같았으며, 비수를 만들었는데 날이 선 것이 견고한 얼음 같았다.'라고 하였다."라 하였다.(張景陽, 七命[20], 霜鍔氷凝, 水刃露潔. 李善注, 典論曰, 魏太子丕造素, 質堅而似霜, 造匕首理似堅氷)

霜刀(상도) : 서릿발 같이 푸르고 날카롭게 날이 선 칼.

4 尋常(심상) : 예사스럽다. 대수롭지 않다.

5 [원주] 두보의 시[21]에 "내년 이 모임에서는 누가 건장할 줄 알겠는가, 모름지기 수유 꽃 잡고 자세히 바라보아야 한다네."라 하였다.(詩史, 明年此會知誰健, 須把茱萸仔細看)

6 [원주] 왕포(王褒)[22]의 〈사자강덕론〉에 "모기와 등에가 종일토록 노력해도 계단을 넘지 못하는데, 천리마의 꼬리에 붙으면 천리를 지나게 되며, 기러기 날개에 매달리면 사해를 날게 된다."라 하였다. '부기(附驥)'는 ≪사기・백이전≫의 글이다.[23](王子淵, 四子講德論, 蚊䖟終日經營, 不能超階序. 附驥尾則涉千里, 攀鴻翮則翔四海. 附驥, 史記伯夷傳文)

附驥(부기) : 모기나 등에가 천리마의 꼬리에 붙어 천리를 간다는 말로, 큰 인물의 힘에 의지하여 명성을 얻음을 비유하는 말이다.

7 [원주] 상권의 '한신월' 주에 보인다.[24](見上卷韓信鉞注)

提拔(제발) : 발탁하다.

登壇(등단) : 단상에 오르다. 어떠한 특수한 분야에 처음으로 나타나는 것, 또는 지위에 오르게 되는 것을 말한다. 여기서는 벼슬하여 지위에 오르는 것을 말한다.

8 [원주] ≪논어≫에 "행하고 남은 힘이 있으면"이라 하였다.(語, 行有餘力)

9 [원주] ≪서경잡기≫에 "한고조가 처음 함양궁에 들어가 창고를 두루 둘러보았는데, 그 중 가장 놀라웠던 것이 네모난 거울로 너비가 4척이고 높이가 5척 9촌이었으며, 안팎이 투명했다. 사람들이 곧장 모습을 비춰보면 거꾸로 보였고, 손으로 가슴을 어루만지면, 창자와 위, 오장을 보여주니, 가려진 바 없이 분명했다. 사람에게 속에 병이 있을 때는 가슴을 덮고 그것을 비춰보면 병이 있는 곳을 알 수 있었다. 또한 여자에게 사악한 마음이 있으면 담이 커지고 심장이 불같이 뛰었다. (시황제가) 그것으로 궁인들을 비춰보아 담이 커지고 심장이 뛰면 그들을 죽였다."라고 하였다. ≪도검록≫에 "무정이 무오년에 검 하나를 주조하였는데, 이름을 '조담'이라고 하였다."라 하였다.(西京雜記, 高祖初入咸陽宮. 周行府庫, 其尤驚異者, 有方鏡廣四尺, 高五尺九寸, 表裏有明. 人直照之影

20) 七命(칠명) : 원주에는 '七發(칠발)'로 되어있으나 '七命(칠명)'이 맞으므로 수정하였다. 장경양의 〈칠명〉은 매승의 〈칠발〉을 모방하여 지은 부이다.

21) 이 시의 제목은 〈9일날 남전의 최씨 별장에서(九日藍田崔氏莊)〉이다.

22) 왕포(王褒, 513?~576) : 남북조 시기 북주(北周)의 문학가로 자는 자연(子淵), 낭야(琅邪) 임기(臨沂, 지금의 산동성(山東省) 임기(臨沂)) 사람이다. 견식이 넓었고 사전(史傳)을 두루 읽었으며 문장에도 능했다고 한다. 양원제(梁元帝) 때 이부상서(吏部尙書)와 좌복야(左僕射)를 지냈고, 서위(西魏)가 강릉(江陵)을 함락시킨 뒤 서위로 들어갔는데 구류되어 다시는 남쪽으로 돌아오지 못하고 거기대장군(車騎大將軍)과 의동삼사(儀同三司)를 지냈다. 명제(明帝)가 그와 유신(庾信)의 문학을 높이 평가하여 특별히 대우하였다. 건덕(建德) 연간에 64세의 나이로 세상을 떠났다. 문집으로는 ≪왕사공집(王司空集)≫이 있다.

23) ≪사기・백이전(伯夷傳)≫에서는 백이와 숙제가 비록 현인이었으나 그 이름이 높아진 것은 공자의 칭찬 때문이고, 안연(顔淵)이 학문을 열심히 닦았다고는 하나 그 역시 공자의 기미(驥尾)에 붙어 그 행실이 더욱 빛나게 되었다고 평가하였다. 이로부터 큰 인물의 힘을 빌려 출세하거나 능력을 발휘하는 것을 "천리마의 꼬리에 붙다(付驥尾)"라고 하게 된 것이다.

24) 유우석의 시 003. 〈회남절도사 상공 영호초에게 올려(上淮南令狐楚相公)〉에 보인다.

則倒見, 以手捫心而來, 則見腸胃五藏, 歷然無礙. 人有疾病, 在內掩心, 而照之則知病之所在. 又女子有邪心, 則膽張心動如火. 以照宮人, 膽張心動, 則殺之. 刀劒錄, 武丁以戊午歲鑄一劒, 名曰照膽)

【해설】

이 작품은 최치원이 벗에게 구장을 선물 받고 감사의 마음을 표현한 시다. 제1~2구에서는 벗에게 선물 받은 구장과 그가 답례로 선사한 검의 형태를 묘사하고 그것이 훌륭한 물건임을 밝히고 있다. 이어진 제3~4구에서는 자신의 마음을 알아주어 구장을 선물한 벗에게 감사의 마음을 표시하며, 벗의 은혜가 담긴 구장을 소중히 다룰 것임을 말하였다. 사실 작자가 벗에게 감사하는 마음을 가지고 있는 것은 단순히 그가 구장을 선물 받았기 때문이 아니라 벗이 그의 능력을 알아주었기 때문이다. 그리하여 제5~6구에서 작자는 천리마의 꼬리에 붙어 천리를 가는 등에와 같이 벗의 도움을 받게 되었음을 밝히고, 그에 따라 발탁되어 등단하게 되기를 바라는 마음을 드러내었다. 마지막 제7~8구에서는 사람의 마음을 비추는 거울의 전고를 통해 은혜를 베풀어준 벗에 대한 자신의 마음에는 한 점 부끄러움이 없음을 밝히며 작품을 마무리하고 있다. 전체적으로 벗의 선물에 대한 감사의 마음을 전하는 동시에, 자신이 발탁되도록 이끌어주기를 바라는 마음을 드러내고 있다.

145

辛丑年書事寄進士吳瞻[1]

신축년에 일을 써서 진사 오첨에게 부침

危時端坐恨非夫,[2]	위급한 때 단정히 앉아 대장부 되지 못함을 한스러워하니
爭奈生逢惡世途.[3]	어찌하여 태어나서는 나쁜 세상의 길을 만났는가.
盡愛春鶯言語巧,	모두가 봄 꾀꼬리 같은 고운 말을 사랑하고
却嫌秋隼性靈醜.[4]	도리어 가을 매 같은 거친 성질을 미워하네.
迷津懶問從他笑,[5]	나루터를 헤매도 물으려 하지 않고 남이 웃게 내버려두니
直道能行要自愚.[6]	길을 바로 갈 수 있으려면 스스로 어리석어야 해서라네.
壯志起來何處說,	장대한 뜻을 세워도 어디에다 말할까
俗人相對不如無.[7]	속인들 상대하니 뜻이 없느니만 못하네.

【주석】

1 이 시는 ≪전당시≫에 수록되어 있지 않다.
辛丑年(신축년) : 당 희종(僖宗) 중화(中和) 원년인 881년을 말한다.
吳瞻(오첨) : 최치원과 교류했던 문인으로 알려져 있으나 오첨 개인에 관한 자세한 정보는 알 수 없다.

2 [원주] ≪좌전≫의 "군대를 이루어 출동하여서는 적이 강하다는 것을 듣고 물러나는 것은 사내가 아니다."의 두예의 주에 "대장부가 아니다"라 하였다.(左傳, 成師而出, 聞敵强而退, 非夫也. 杜預注, 非丈夫也)
端坐(단좌) : 자세를 바로 하여 앉다.

3 爭奈(쟁나) : 어찌하여.

4 秋隼(추준) : 가을 매.
醜(추) : 성질이 거칠다. 여기서는 기질이 꼿꼿하고 타협하지 않는 것을 말한다.

5 [원주] ≪논어≫에 "자로를 시켜 나루터를 묻게 하셨다."라 하였다.(語, 使子路問津)

6 [원주] ≪논어≫에 "영무자는 나라에 도가 행해지면 지혜로웠고, 나라에 도가 행해지지 않으면 어리석

었다."라 하였다.(語, 甯武子邦有道則智, 邦無道則愚)

7 [원주] ≪진서≫에 "완수[25]는 속인들을 만나는 것을 좋아하지 않았다."라 하였다. 혜강[26]의 〈절교하는 글〉[27]에서 "속인을 좋아하지 않는데 그들과 함께 일을 해야만 한다.…"라 하였다.(晉書, 阮修不喜見俗人. 稽康絶交書, 不喜俗人而當與之共事云云)

【해설】

이 작품은 작자 최치원이 신축년인 881년에 오첨에게 보낸 것으로, 혼란스러운 세상에서도 정도를 지켜 나가며 세속에 물들지 않고자 하는 고고한 심지를 드러낸 시이다. 시에서 말하는 '고고한 인품을 가지고 있으나 어지러운 세상을 만나 인정받지 못하는 인물'은 이 시를 받는 오첨을 가리키는 것일 수도 있고, 최치원 자신을 가리키는 것일 수도 있다.

작품의 제1~2구에서는 나쁜 세상에 태어나 위태로운 시기임에도 대장부답게 나설 수 없음을 한탄하고 있으며, 제3~4구에서는 작자가 2구에서 말하였던 '나쁜 세상[惡世]'이 어떤 세상인지를 이야기하고 있다. 보통의 사람들은 교묘한 아첨의 말만 좋아하고 가을날의 매 같이 꿋꿋하고 세상과 타협하지 않는 기질을 싫어한다. 작자는 이를 통해 고고한 인품을 가지고도 인정받지 못하는 세태를 말하려 하는 것이다. 이어서 제5~6구에서 작자는 지금의 세상을 살아가는 자신의 태도를 이야기한다. 길을 헤매도 남에게 묻지 않고 그들이 비웃도록 놔두는 것은 세상의 기준에 맞지 않는 어리석은 인물이 되어야 자신의 길을 올바로 갈 수 있기 때문이다. 영리하게 행동하고 세상과 타협하여 이득을 얻기 보다는, 설령 어리석어 보인다하더라도 우직하게 정도를 걷겠다는 의지의 표현인 것이다. 마지막 제7~8구에서는 속인들을 상대하느니 장대한 뜻이 없느니만 못하다하여 지금 같은 세상에서는 뜻이 있어도 소용없으니 어리석게 사는 것이 낫다고 하여 도가 행해지지 않는 세상을 개탄하고, 세상과 타협하지 않는 고결한 기상을 드러내고 있다.

25) 완수(阮修, 270~311) : 자는 선자(宣子), 완함(阮咸)의 조카이다. ≪역경≫과 ≪노자≫를 좋아하여 청담(淸談)을 잘하였고, 성격이 자유분방하여 세속의 일에 구애받지 않았다고 한다.

26) 혜강(稽康, 224~263(또는 223~262로 추정)) : 위(魏)나라의 저명한 사상가이자 문학가. 자는 숙야(叔夜), 초군(譙郡) 질현(銍縣, 지금의 안휘성(安徽省) 숙주시(宿州市) 서쪽) 사람이다. 죽림칠현(竹林七賢)의 정신적 영수였으며, 전통적인 유교사상을 비판하는 사상의 글을 썼다. 조조(曹操)의 증손녀와 결혼하여 중산대부(中散大夫)의 벼슬을 지냈지만 속세의 어지러운 정치에 관여하기를 싫어하였고, 청렴하고 강직한 생활을 하였다. 이후 종회(鍾會)의 모함으로 누명을 쓰고 사마소(司馬昭)에 의해 처형당하였다.

27) 혜강의 〈산거원과 절교하는 글(與山巨源絶交書)〉을 말한다. 혜강은 친구인 산도(山濤)가 그의 후임인 이부랑(吏部郎) 자리에 자신을 천거하자 속세를 떠난 삶을 이어가겠다는 의지로 이 절교장을 보냈다.

146

和友人春日遊野亭1

벗의 봄날 들판의 정자에서 노니는 시에 화답하여

每將詩酒樂平生,	매번 시와 술로 평생을 즐기는데
況值春深煬帝城.2	하물며 수양제의 성에 봄이 깊을 때를 맞이함에랴.
一望便驅無限景,3	한바탕 바라봄에 바로 무한한 경치를 좇는데
七言能寫此時情.	칠언시로 이때의 정취를 그려낼 수 있다네.
花鋪露錦留連蝶,4	꽃은 이슬 맺힌 비단을 펼쳐 나비를 머물게 하고
柳織煙絲惹絆鸎.5	버들은 안개 덮인 실을 짜서 꾀꼬리를 붙잡네.
知己相邀歡醉處,6	좋은 벗이 불러 즐거이 취하는 자리에서
羨君稽古賽桓榮.7	그대가 옛 것을 공부하여 환영에게 필적하는 것 부러워한다네.

【주석】

1 이 시는 ≪전당시≫에 수록되어 있지 않다.

2 [원주] ≪통전≫에 "회남도 광릉군은 지금의 양주로 양제가 그곳으로 도읍을 옮겼다가 나라를 잃었다"라 하였다.(通典, 淮南道廣陵郡, 今之揚州, 煬帝徙都而喪國焉)

3 一望(일망) : 한번 바라봄.

4 留連(유련) : 차마 떠나지 못하다.

5 惹絆(야반) : 얽어매다. 속박하다.

6 [원주] '지기'는 상권에 보인다.[28](知己見上卷)

7 [원주] ≪후한서≫에 "환영은 자가 춘경이다. 학문을 좋아하여 태자소부가 되었다. 명제가 수레와 말, 의복을 하사하니 그것을 낭무(廊廡)[29]에 늘어놓고는 사람에게 말하기를, '이것은 내가 옛것을 살피어 공부한 힘이니라.'라고 하였다."라 하였다. ≪유편≫에 "'새(賽)'는 '선(先)'과 '대(代)'의 반절로,

28) 허혼의 시 075. 〈은요번에게 부침(寄殷堯藩)〉 시에 보인다.
29) 낭무(廊廡) : 정전(正殿) 아래로 동서(東西)에 붙여 지은 건물.

'보답하다'의 뜻이다."라 하였다.(後漢書, 桓榮, 字春卿. 好學, 爲太子少傅. 明帝賜車馬衣服, 陳之廊廡, 謂人曰, 此吾稽古之力也. 類篇, 賽, 先代切, 報也)
羨君(선군) 구 : 이 구절이 "옛것을 공부하여 환영에게 필적하는 것 부러워하지 말게.(莫羨稽古賽桓榮)"로 되어 있는 판본도 있다. 이를 따를 경우에는 벗에게 환영처럼 공부할 것만 생각하지 말고 술자리에서는 마음껏 즐기라고 권유하는 것으로 볼 수 있다.
稽古(계고) : 옛일을 자세히 살피어 공부함.
桓榮(환영) : 자(字)는 춘경(春卿), 초국 용항(譙國 龍亢, 지금의 안휘성(安徽省) 회원현(懷遠縣) 서쪽 용항진(龍亢鎭)의 북쪽) 사람이다. 후한(後漢) 때의 학자로, 경전에 밝았다고 전해진다. 후한의 명제(明帝) 유장(劉莊)이 그를 스승으로 삼아 상서(尙書)를 배웠다.
賽(새) : 필적하다. 비견되다.

【해설】

이 시는 작자가 어느 봄날 친구와 들판 정자에서 봄놀이하던 중, 친구의 시에 화답하여 지은 작품이다. 작품의 제1~2구는 봄날에 들판 정자에 놀러 나오게 된 이유를 이야기하고 있다. 작자는 언제나 시와 술을 즐기는 풍류객이다. 그렇기 때문에 이렇게 좋은 날, 봄이 깊어 아름다워진 수양제의 성에 놀러 나오지 않을 수 없었던 것이다. 제3~4구는 작자가 노닐고 있는 현재의 상황을 이야기하고 있다. 두 눈에는 이곳의 무한한 경치가 가득 들어오는데, 이를 보고 느낀 감정을 칠언시로 풀어내고 있는 것이다. 제5~6구는 바로 작자가 바라본 '무한한 경치'를 구체적으로 묘사한 것이다. 이슬 맺힌 꽃과 안개 덮인 버들의 아름다운 모습은 나비와 꾀꼬리를 머물게 할 정도다. 마지막 제7~8구에서는 벗의 초대를 받아 함께 술을 주고받는 상황을 이야기하고, 환영에 필적할 만큼 뛰어난 학식의 벗이 부럽다고 칭찬하며 작품을 마무리하였다.

147

和顧雲侍御重陽詠菊1

고운 시어가 중양절에 국화를 읊은 것에 화답하여

紫萼紅葩有萬般,2	자줏빛 꽃과 붉은 꽃 온갖 꽃들 다 있지만
凡姿俗態少堪觀.	평범하고 속된 자태라 볼 만한 것은 별로 없네.
豈知開向三秋節,3	어찌 알리오. 삼추의 계절에 피어나
獨得來供九夕歡.4	홀로 중양절의 기쁨을 줄 수 있을 줄을.
酒泛餘香薰座席,5	술에는 짙은 향을 띄워 술자리 향기롭게 하고
日移寒影挂霜欄.	해는 서늘한 그림자를 옮겨 서리 내린 난간에 걸었네.
只應詩客多惆悵,	다만 시객은 몹시 슬퍼할 것이니
零落風前不忍看.	바람 앞에서 시들어가는 것 차마 볼 수 없으리.

【주석】

1 이 시는 ≪전당시≫에 수록되어 있지 않다.

[원주] 위 문제의 〈서〉30)에 "세월이 가고 홀연히 다시 9월 9일이 되어 양수31)가 둘이 되니 달과 날이 함께 응하므로 중양이라고 하는 것이다."라 하였다.(魏文帝, 書, 歲往日來, 忽復九月九日, 爲陽數兩, 月日並應, 故曰重陽)

顧雲(고운) : 자는 수상(垂象). 지주(池州, 지금의 안휘성(安徽省) 지주시(池州市))출신이며, 시에 매우 뛰어났다고 전해진다. 874년 진사에 급제하여 회남절도사 고병(高駢)의 종사관이 되었다. 대순(大順)연간(890~891)에 육희성(陸希聲), 사공도(司空圖) 등과 선종(宣宗)・의종(懿宗)・희종(僖宗) 삼대의 실록을 정리하였고, 책이 완성된 이후에 우부원외랑(虞部員外郎)직이 더해졌다.

侍御(시어) : 당대(唐代)에 전중시어사(殿中侍御史), 감찰어사(監察御史)를 시어(侍御)라고 하였다. 어사대에 소속되어 감찰 업무를 맡아보는 벼슬이다.

2 紫萼(자악) : 자줏빛 꽃받침.

30) 이 작품은 위 문제 조비(曹丕)의 〈중양절에 종요에게 주는 글(九日與鍾繇書)〉이다.

31) 양수(陽數) : 홀수. 여기서는 홀수인 숫자 9를 가리킨다.

紅葩(홍파) : 붉은 꽃.

萬般(만반) : 갖출 수 있는 모든 것.

3 [원주] ≪시경≫[32]에 "하루를 보지 못해도 삼추동안 보지 못한 듯하네."라 하였다.(詩, 一日不見, 如三秋兮)

三秋節(삼추절) : 삼추의 계절. 석 달 동안의 가을을 의미한다. 삼추에 관해서는 여러 가지 설이 있다. 음력 7, 8, 9월, 즉, 가을의 석 달 동안을 의미하는 것으로 보기도 하고 일추(一秋)가 석 달을 의미한다고 보아 아홉 달을 뜻하는 것으로 보기도 한다. 혹은 세 해의 가을, 즉 삼년의 세월로 보는 설도 있다. 여기서는 가을에 피는 국화를 찬양하는 것이므로 가을을 의미하는 것으로 본다.

4 [원주] '구석'은 제목 아래의 주에 보인다.(九夕見題下注)

5 [원주] ≪후한서≫에 "비장방이 환경에게 '9월 9일에 높은 곳에 올라 국화주를 마시면 재앙을 없앨 수 있습니다.'라고 말하였다."라 하였다. ≪제인월령≫[33]에 "중양절에는 반드시 감국(甘菊)을 술에 띄워야한다."라 하였다.(後漢書, 費長房謂桓景曰, 九月九日, 可登高飮菊花酒以消災. 齊人月令, 重陽日, 必以甘菊泛酒)

餘香(여향) : 짙고 그윽한 향기.

【해설】

이 시는 작자가 그의 절친한 동료인 고운의 시에 화창한 것이다. 중양절을 맞아 국화를 감상하며 주흥을 함께하는 와중에 만물이 시들어가는 것에 대한 아쉬움을 표현하였다. 작품의 제1~4구에서는 보통의 꽃들의 평범하고 속된 자태와 홀로 중양절에 피어 기쁨을 주는 국화의 고고한 속성을 대비시키고 있다. 제5~6구에서는 작자와 고운이 함께 하는 술자리의 정경을 이야기하였다. 그윽한 향기 피어나는 술자리에서 벗인 고운과 주흥을 함께 나누다 보니 어느새 날이 저문 상황이다. 이때 서리 내린 난간에 서늘한 그림자 걸린다는 표현에서 가을의 분위기가 완연하게 느껴진다. 그런데 이 와중에 시인은 슬픔을 느끼는데 그것은 세월이 저물어감에 따라 중양절 밤의 술자리에서 시인에게 기쁨을 주었던 국화 또한 시들어갈 것이기 때문이다. 그리하여 시인은 마지막 제7~8구에서 바람 앞에서 시들어 떨어지는 것을 차마 보지 못하겠다고 말하고 자신의 애석한 감정을 드러내며 작품을 마무리하였다.

32) 여기서는 〈왕풍(王風)・채갈(采葛)〉 시를 말한다.

33) 제인월령(齊人月令) : 당대(唐代)의 사상가이자 의학자인 손사막(孫思邈, 581~682)이 저술한 것으로 동한(東漢) 시기에 1년 동안의 농사 활동을 어떻게 거행했는지 기록한 책이다. 유실되어 원본은 남아 있지 않다.

148

和顧雲支使暮春卽事[1]

고운지사가 늦봄에 느낀 바를 쓴 것에 화답하여

東風遍閱萬般香,[2]	봄바람 온갖 향기 두루 거쳤는데,
意緖偏饒柳帶長.[3]	심사는 유독 긴 버들가지에 더해져 늘어지네.
蘇武書迴深塞盡,[4]	소무의 편지 전하는 기러기 변방으로 다 돌아갔고,
壯周夢趁落花忙.[5]	장주가 꿈에 변한 나비는 낙화를 좇느라 바빴네.
好憑殘景朝朝醉,[6]	남은 풍경을 핑계 삼아 날마다 취하기를 좋아하는데,
難把離心寸寸量.[7]	이별의 정은 마디마디 헤아리기 어려워라.
正是浴沂時節也,[8]	마침 기수에 목욕하는 계절인데,
舊遊魂斷白雲鄕.[9]	예전에 노닐던 흰 구름 떠 있는 고향 그리워 마음 아프네.

【주석】

1 이 시는 ≪전당시속습(全唐詩續拾)≫ 권36에 〈늦봄에 느낀 바를 써서 고운 지사에게 화답하다(暮春卽事和顧雲支使)〉라는 제목으로 실려 있다. 이를 따르면 늦봄에 즉흥시를 쓴 것은 고운이 아니라 최치원이다.

[원주] ≪직림≫의 '탁지낭중' 주에 "한나라 초에 장창(張蒼)이 셈을 잘하여 열후인 주계(主計)[34]로서 상부[35]에 거처하여 군국을 통솔했다. 지방의 재정업무를 관리하는 자를 일러 계상(計相)이라 했으니, 지금의 탁지의 임무가 시작된 것이다."라 하였다. '즉사(卽事)'는 상권의 〈전당에서 느낀 바를 적다(錢塘卽事)〉의 주에 보인다.[36](職林, 度支郞中注, 漢初張蒼善籌, 以列侯主計, 居相府, 領郡國, 上計[37]者謂之計相, 始今度支之任. 卽事見上卷錢塘卽事注)

顧雲(고운) : 147번 〈고운 시어가 중양절에 국화를 읊은 것에 화답하여(和顧雲侍御重陽詠菊)〉의

34) 주계(主計) : 한나라 때 국가의 재무를 관리하던 관직을 말한다. 당시 장창은 열후의 신분으로서 주계를 맡아보았다.
35) 상부(相府) : 한나라 때 승상이 일을 맡아보던 관저를 말한다.
36) 백거이의 시 012. 〈전당에서 봄날 느낀 바를 적다(錢塘春日卽事)〉에 보인다.
37) 上計(상계) : 군국의 재정 업무를 관리하는 자를 말한다.

주석 1번을 참고할 것.

支使(지사) : 당나라 때의 관직명으로 절도사, 혹은 관찰사의 속관을 말한다.

2 閱(열) : 겪다. 보다.

萬般(만반) : 온갖 것. ≪전당시≫에는 '백반(百般)'으로 되어 있으며 뜻은 같다.

3 意緖(의서) : 마음의 실마리. 내심(內心).

4 [원주] 상권의 "장강(瘴江) 가까운 형봉에선 기러기 오히려 돌아가네." 주에 보인다.[38](見上卷瘴近衡峰雁却廻注)

蘇武(소무) : 서한(西漢)의 대신(大臣). 자(字)는 자경(子卿)이고 지금의 섬서성(陝西省) 서안(西安)의 동남쪽에 있는 두릉(杜陵) 사람이다. 무제(武帝)의 명을 받들어 흉노에 사신으로 갔는데 붙잡혀 포로가 되었다. 흉노 지역에서 19년 동안 구류되어 있으면서 수차례 위협 당하였지만 끝내 투항하지 않았다. 시원(始元) 6년(기원전 81년)에 마침내 석방되어 한나라로 돌아왔다.

蘇武(소무) 구 : 이 구절은 소무가 기러기발에 편지를 묶어 보낸 고사와 관련 있다. ≪한서・소무전(蘇武傳)≫에 따르면 소제(昭帝)가 즉위한 뒤, 한나라에서 흉노에게 소무를 돌려보내줄 것을 요청하였는데, 흉노에서는 그가 죽었다고 거짓말을 하였다. 이후, 한나라에서 흉노로 사신을 다시 보냈는데, 상혜(常惠)가 소무를 지키는 자와 함께 밤에 한나라 사신을 만나 선우를 찾아가 말하도록 하였다. 이는 천자가 숲속에서 기러기를 쏘았는데 그 발에 '소무가 어떤 못에서 기다리고 있다'는 비단 편지가 있었다는 내용이었다. 이 이야기를 전해들은 선우는 크게 놀라 사과하고 소무가 살아있음을 고백했다.

5 [원주] 상권의 "헤어진 후 휘돌아 장주의 꿈 꾸고 있는데" 주에 보인다.[39](見上卷別後旋成莊叟夢注)

莊周夢趁(장주몽진) : 장주의 꿈에서 좇다. 장주의 꿈은 세간의 허망한 명성을 좇는 행위를 상징한다. '진(趁)'은 ≪전당시≫ 에는 '축(逐)'으로 되어 있으며 뜻은 같다.

6 [원주] 〈고당부〉에 "매일 아침저녁으로 양대[40] 아래에 있습니다."라 하였다.(高唐賦, 朝朝暮暮, 陽臺之下)

7 [원주] 매승(枚乘)의 〈오왕에게 올리는 글〉에 "저울눈을 단위로 하여 잰 것은 한 석이 되었을 때 반드시 오차가 있게 되고, 마디를 단위로 하여 잰 것은 한 장(丈)에 이르러 반드시 잘못이 있게 되니, 한 석 단위로 무게를 달고 한 장 단위로 길이를 재면, 곧 모자라고 어긋나게 됩니다."라 하였다.(枚叔[41], 上吳王書, 夫銖銖而稱之, 至石必差. 寸寸而度之, 至丈必過. 石稱丈量, 徑而寡失)

8) [원주] ≪논어≫에 "기수에서 목욕한다."라 하였다.(語, 浴乎沂)

浴沂(욕기) : 기수에서 목욕하다. 즐겁게 처세하는 고상한 정조를 비유하는 말이다.

時節(시절) : 계절. 명절. ≪전당시≫ 에는 '절일(節日)'로 되어 있으며 뜻은 같다.

9 [원주] 〈한부〉에 "하루아침에 넋을 잃었네."라고 하였다. '백운(白雲)'은 위의 "구름은 천제 계신 곳에서 피어올라 만 리 너머 돌아가고" 주에 보인다.[42](恨賦, 一旦魂斷. 白雲, 見上雲出帝鄕歸萬里注)

38) 장호의 시 099. 〈겨울날 월대에 올라 고향을 생각하며(冬日登越臺懷鄕)〉에 보인다.

39) 이원의 시 062. 〈유이십일이 도명스님의 입적을 알려오매 옛 일을 써서 벗에게 부침(劉二十一報道明師亡敍昔時寄友)〉에 보인다.

40) 양대(陽臺) : 송옥(宋玉)의 〈고당부(高唐賦)〉에 의하면, 초나라 회왕(懷王)이 고당(高唐)에서 놀다가 낮잠을 자는데 꿈에 무산(巫山)의 신녀가 찾아와 동침을 하였다. 여인이 떠나면서 "저는 양대의 아래에서 아침에는 구름이 되고 저녁에는 비가 됩니다."라고 하였으니, 이후 양대는 남녀 간의 애정과 만남을 상징하는 장소가 되었다.

41) 枚叔(매숙) : 원주에는 '枚淑(매숙)'으로 되어 있으나 매승(枚乘)의 자는 '枚叔(매숙)'이 맞으므로 수정하였다.

42) 이원의 시 070. 〈촉으로 돌아가는 공봉 귀위의를 전송하며(送供奉貴威儀歸蜀)〉에 보인다.

魂斷(혼단) : 넋을 잃다. 매우 비통한 상태를 말한다.

【해설】

이 시는 작자가 그의 벗인 고운에게 늦봄에 느낀 감정을 적어 화답한 작품이다. 늦봄의 경치를 즐기는 와중에 고향에 대한 그리움을 드러내고 있다. 제1~2구에서 작자는 봄철에 향기를 풍기는 온갖 꽃들을 만났었는데 마음은 유독 긴 버들가지에 더해져서 늘어진다고 말하여, 늦봄의 풍경을 이야기하는 와중에 복잡한 심사를 은근히 드러내었다. 제3~4구에서는 소무의 편지를 전하는 기러기가 변방으로 다 돌아갔다고 하여 고향의 소식이 끊어졌음을 이야기하고, 그동안 장주처럼 꿈에서 나비가 되어 떨어지는 꽃을 좇으며 허망하게 세속의 명성을 추구하였음을 밝혔다. 시의 후반부에서는 고향을 떠나와 있는 나그네로서의 심경이 드러난다. 제5~6구에서 작자는 얼마 남지 않은 봄을 즐긴다는 핑계로 날마다 취해있는 상황을 말하고, 비로소 이루 다 헤아릴 수 없는 이별의 심정, 즉 고향을 떠나온 나그네의 심정을 드러낸다. 마지막 제7~8구에서는 기수에서 목욕하며 놀아야하는 계절에 고향에서 노닐던 기억이 떠올라 마음 아프다고 말하며 서글픈 나그네의 감정을 드러내며 작품을 마무리하고 있다.

149

和進士張喬村居病中見寄[1]

진사 장교가 시골에 살면서 병중에 보내온 시에 화답하여

一種詩名四海傳,[2]	시명(詩名)이 한번 나서 온 세상에 전해졌으니
浪仙爭得似松年.[3]	가도가 어찌 그대와 같을 수 있으리오.
不唯騷雅標新格,[4]	이소와 시경뿐만 아니라 새로운 격식의 시도 지었는데
能把行藏繼古賢.[5]	나아가고 물러나는 것 잘할 수 있어 옛 현인을 계승한다네.
藜杖夜携孤嶠月,[6]	밤에 명아주 지팡이 짚고 있으니 홀로 서있는 산에 달떴고
葦簾朝卷遠村煙.[7]	아침에 갈대 주렴 걷으니 먼 마을에 안개가 자욱하네.
病來吟寄漳濱句,[8]	병이 들자 〈장빈〉 구를 읊어
因附漁翁入郭船.	성으로 들어가는 낚시하는 노인의 배편에 부쳤구나.

【주석】

1 이 시는 ≪전당시≫에 수록되어 있지 않다.
[원주] 장교는 자가 송년(松年)이다.(喬字松年)
張喬(장교) : 생졸년 미상. 당나라 때의 문인으로 지주(池州, 지금의 안휘성(安徽省) 귀지현(貴池縣)) 사람이다. 함통(咸通) 12년(871)에 진사에 합격하였는데 당시 그는 시재(詩才)로 이미 이름이 높았다. 허당(許棠)·유탄지(喩坦之)·극연(劇燕)·오한(吳罕)·임도(任濤)·주요(周繇)·장빈(張蠙)·정곡(鄭谷)·이서원(李棲遠)과 함께 '방림십철(芳林十哲)'로 불렸다. 당나라 말기에 난을 겪으면서 구화산(九華山)에 은거한 것으로 전해진다. ≪전당시≫에 시 171수가 전하는데 산수자연을 읊은 시가 많다. 그의 시풍은 가도(賈島)와 유사하다고 평가된다.

2 一種(일종) : 한번 퍼지다. 여기서 '종(種)'은 동사로 사용되어 '퍼지다', '전해지다'의 의미다.

3 [원주] ≪당서·노동전≫에 "가도는 자가 낭선이다"라 하였다.(唐書盧仝傳, 賈島字浪仙)
浪仙(낭선) : 당나라 시인 가도(賈島, 779~843)의 자(字)이다. 가도는 범양(范陽, 지금의 북경(北京) 부근) 사람으로, 일찍이 출가하여 승려가 되었다. 원화(元和) 6년(811), 낙양(洛陽)에서 처음 한유(韓愈)와 교유하게 되었는데, 한유가 그의 시를 높이 평가하였다. 이후 환속하여 여러 차례 과거 시험에

응시하였으나 급제하지 못하였다. 당 문종(文宗) 개성(開成) 2년(837)에 장강현(長江縣, 지금의 사천성(四川省) 봉계(蓬溪))의 주부(主簿)가 되었고, 개성(開成) 5년(840)에 보주(普州, 지금의 사천성 안악현(安嶽縣))의 사창참군(司倉參軍)으로 전직되었다가 회창(會昌) 3년(843) 그곳에서 세상을 떠났다. 그는 글자 하나하나까지 고심하여 시를 지은 것으로 유명하며, 그의 시는 고아한 풍격과 세련된 묘사로 인하여 높이 평가된다.

爭得(쟁득) : 어찌 ~할 수 있으리오.

4 [원주] 굴원의 〈이소〉 25편이 있고, ≪시경≫에 〈대아〉와 〈소아〉가 있다.(屈原離騷二十五篇, 詩有大雅小雅)

騷雅(소아) : 굴원의 〈이소〉와 ≪시경≫의 〈대아〉, 〈소아〉를 병칭한 것으로, 일반적으로는 ≪시경≫과 〈이소〉로 대표되는 고시(古詩)의 우수한 풍격과 전통을 말한다. 여기서는 새로운 격식의 시와 대비되는 전통적인 풍격의 시를 가리킨다.

5 [원주] ≪논어≫에 "공자께서 안연에게 말씀하시기를, '써주면 행하고, 버리면 숨어 지내는 것은 오로지 나와 너만이 이렇게 할 수 있구나!'라고 하셨다."라 하였다.(語, 子謂顔淵曰, 用之則行, 舍之則藏, 唯我與爾有是夫)

行藏(행장) : 나서서 일을 행함과 숨는 것. 관직에 나가거나 은거하는 것을 말한다.

6 [원주] ≪장자≫에 "자공이 큰 말이 이끄는 수레를 탔는데, 골목 안으로 들어갈 수 없어 원헌에게 걸어갔다. 그러자 원헌이 지팡이를 짚고 문에서 맞이하였다."라 하였다.(莊子, 子貢[43]乘大馬軒車, 不容巷, 往原憲. 憲杖藜應門)

藜杖(여장) : 명아줏대로 만든 지팡이.

孤嶠(고교) : 홀로 솟아있는 산.

7 葦簾(위렴) : 갈대 주렴.

8 [원주] 상권의 "붉은 이파리가 맑은 장수에 떨어지니" 주에 보인다.[44](見上卷紅葉下淸漳注)

漳濱(장빈) : 장수(漳水) 가. 건안칠자(建安七子) 중 한명인 유정(劉楨)의 〈오관중랑장께 드리다(贈五官中郎將)〉 시에 "나는 고질병에 걸려 맑은 장강 가에 몸을 숨겼네.(余嬰沈痼疾, 竄身淸漳濱)"라는 구절이 있는데, 이로써 '장빈'은 병에 걸린 것을 가리키게 되었으며, '장빈시(漳濱詩)'는 벼슬에서 물러나 시골에 누워 있는 병자(病者)의 심회를 읊은 시를 가리키게 되었다.

【해설】

이 시는 작자가 그와 교유했던 문인 장교가 병중에 보내온 시를 받고 그에 화답한 작품이다. 시의 전반부 네 구에서는 장교의 시재(詩才)를 찬미하고 있다. 제1~2구에서는 장교가 하나의 시체(詩體)를 창조하여 시명이 온 세상에 전해졌으니 가도마저도 그에게는 비견될 수 없다고 극찬하였다. 제3~4구에서는 장교가 〈이소〉와 ≪시경≫으로 대표되는 고체(古體)의 시 뿐만 아니라 새로운 격식의 시도 지었고, 벼슬에 나아가고 물러남으로써 옛 현인을 계승할 수 있다고 하여, 장교가 새로운 것을 창조하면서도 전통을 잘 계승하였다고 평가하였다.

시의 후반부에서는 장교의 시골생활을 묘사하고 있는데, 특히 제5~6구는 장교의 고고한 생활

43) 子貢(자공) : 원주에는 '子夏(자하)'로 되어 있으나 ≪장자≫ 원문에 의거하여 수정하였다.

44) 허혼의 시 076. 〈소주로 돌아가는 원서 스님을 보내고 또 장후에게 부침(送元書上人歸蘇州寄張厚)〉에 보인다.

풍모를 그림을 그리듯 섬세하게 표현하였다. 외로운 산에 달 떠있는 밤에는 지팡이 짚고 서있고, 아침에는 갈대 주렴 걷어 안개 낀 마을을 바라보는 장교의 모습을 그림으로써, 작자는 장교의 한가로운 삶과 초탈한 정신세계를 보여주고 있다. 마지막 제7~8구에서는 장교가 병중에 시를 써서 자신이 있는 성 안으로 부친 상황을 상상하였다. 어부의 낚싯배에 편지를 부치는 상황 역시 세속을 벗어나 시골에서 초탈한 삶을 사는 장교의 상황을 잘 드러낸 것이라 할 수 있다.

150

酬楊贍秀才[1]

수재인 양첨에게 답하여

海槎雖定隔年廻,[2]	바다의 뗏목은 해를 걸러 돌아가기로 정해져 있지만
衣錦還鄉愧不才.[3]	금의환향하려 해도 재주 없어 부끄럽구나.
暫別蕪城當葉落,[4]	별안간 무성에서 이별하게 되니 낙엽 지는 때인데
遠尋蓬島趁花開.[5]	멀리 봉래산 찾아가면 꽃피는 시절이겠지.
谷鸎遙想高飛去,[6]	골짜기의 꾀꼬리 높이 날아갈 것을 멀리서 생각하니
遼豕寧慙再獻來.[7]	요동의 흰 돼지 다시 바치러 오는 것을 어찌 부끄러워하리.
好把壯心謀後會,[8]	부디 굳센 마음 가지고 다시 만날 것을 도모하여
廣陵風月待銜盃.[9]	광릉의 풍월에 술잔 마주할 것을 고대한다네.

【주석】

1 이 시는 ≪전당시보일(全唐詩補逸)≫권19에 〈수재 양섬의 송별시에 답하다(酬楊贍秀才送別)〉라는 제목으로 실려 있다.
楊贍(양첨) : ≪전당시≫에는 '양섬(楊贍)'으로 되어 있다. 최치원이 회남(淮南) 막부 재직 시기에 교제한 인물로 알려져 있으나, 그에 관한 자세한 정보는 알 수 없다.

2 [원주] 장화의 ≪박물지≫에 "옛말에 은하수가 바다와 통한다고 했다. 근세에 바닷가에 사는 사람이 있었는데, 해마다 팔월이면 뗏목이 있어 오가는 것이 때를 놓치지 않았다. 사람이 기이한 뜻이 있어 뗏목 위에 나는 듯 높은 누각을 세우고 양식을 많이 실어 뗏목을 타고 떠났다. 십여 일 동안은 아직 해와 달, 별이 보였으나, 그 후로는 아득하고 희미하여 밤낮을 느끼지 못했다. 십 여일을 가서 문득 한 곳에 이르렀는데, 성곽과 집들이 매우 장엄했고, 멀리 바라보니 궁중에 길쌈하는 여인들이 많았다. 한 남자가 소를 끌고 물을 마시게 하였는데, 이 소를 끄는 사람이 놀라 '어찌하여 이곳에 오셨소?'하고 물었다. 이 사람이 온 뜻을 말하고 아울러 '이곳이 어디입니까?'하고 물으니 답하기를, '그대가 돌아가서 (촉)군에 이르러 엄군평(嚴君平)을 방문하면 알 것이오'라고 하였다. 끝내 강언덕에 이르지 못하고 기한에 따라 돌아오게 되었다. 나중에 촉군(蜀郡)에 이르러 엄군평을

방문하니 그가 말하기를, '모년 모월 모일 객성(客星)이 견우의 별자리를 침범한 일이 있소.'라고 하였다. 연월을 계산해 보니 바로 이 사람이 은하수에 이른 때였다."라 하였다.(張華, 博物志, 舊說云, 天河與海通, 近世有人居海渚者, 年年八月有浮槎, 去來不失期. 人有奇志, 立飛閣於槎上, 多齎粮, 乘槎而去. 十餘日中, 猶觀星月日辰, 自後茫茫忽忽, 不覺晝夜. 十餘日奄至一處, 有城郭屋舍甚嚴, 遙望宮中多織婦. 見一丈夫牽牛者, 次飮之, 牽牛人乃驚問曰, 何由至此. 此人說來意, 并問, 此是何處. 答云, 君還至郡, 訪嚴君平則知之. 竟不至岸, 因還如期. 後至蜀問嚴君平, 曰, 某年月日, 有客星犯牽牛宿. 計年月, 正是此人到天河時也)

海槎(해사) : 바다에 띄운 뗏목. 바다의 배를 말한다.

3 [원주] ≪전한서≫에 "주매신이 대궐에 이르러 글을 올리고, 공거(公車)에서 조서를 기다렸다. 마침 같은 고을 사람인 엄조가 주매신을 추천하니 황제가 불러 보게 되었다. 춘추(春秋)를 설명하고 초사(楚詞)를 이야기하자 황제가 매우 기뻐하여 그를 중대부에 임명하였고, 또 회계태수에 임명하였다. 황제가 말씀하시기를, '부귀해졌는데도 고향으로 돌아가지 않으면 비단옷을 입고 밤길을 가는 것이나 마찬가지이니 지금 그대는 어떠한가?'라고 하셨다."라 하였다.(前漢書, 朱買臣詣闕上書, 待詔公車, 會邑子嚴助薦買臣, 帝召見, 說春秋, 言楚詞, 帝甚悅之, 拜爲中大夫, 拜買臣會稽太守. 謂曰, 富貴不歸故鄕, 如衣錦夜行. 今子如何)

4 [원주] 포조(鮑照)의 〈무성부〉 주에 "무성은 광릉에 있다."라 하였다.(鮑明遠, 蕪城賦注, 蕪城在廣陵)

暫(잠) : 갑자기, 별안간.

蕪城(무성) : 옛 도시로 광릉성(廣陵城)을 말한다. 그 옛터가 현재의 강소성(江蘇省) 강도현(江都縣) 경내에 있다.

5 [원주] ≪사기≫에 "봉래, 방장, 영주, 이 삼신산은 발해 가운데에 있는데, 여러 선인들과 불사약이 그곳에 있다."라 하였다.[45] 이백의 시[46]에 "그저 봉래산의 약을 구할 뿐이다."라 하였다.(史記, 蓬萊方丈瀛洲, 三神山在渤海中, 諸仙人不死之藥在焉. 李白詩, 但求蓬島藥)

蓬島(봉도) : 삼신산(三神山) 중 하나인 봉래산(蓬萊山). 여기서는 최치원의 고국인 신라를 가리킨다.

6 [원주] ≪청상잡기≫에 "〈유몽득가화〉에 이르기를, '지금 진사에 급제한 것을 일러 '옮겨 날아간 꾀꼬리'라고 한지 오래되었다. 대개 〈모시・벌목〉편에서 '쩍쩍 나무를 베니 앵앵거리며 새가 우는구나. 깊은 골짜기에서 나와 교목으로 옮겨가네.'라고 하고, 또 '앵앵거리는 울음소리 친구를 찾는 소리구나.'라고 한 것에서부터다.'라고 하였는데, 모두 '앵(鸎)'자가 없다. 근년의 성시(省試)의 〈새벽 꾀꼬리가 친구를 찾는 시〉, 또 〈꾀꼬리 골짜기에서 나오는 시〉는 다른 글에 본디 증거가 없으니 이는 크게 잘못된 것이다. 내가 말한 오늘날의 사람들이 옮겨 날아간 꾀꼬리가 골짜기에서 나온 일을 많이 사용하여 읊는 것과 또 〈기쁘게 옮겨가는 꾀꼬리(喜遷鶯)〉라는 곡 이름이 있는 것은 모두 당나라 사람들의 잘못을 답습한 것이다. 그리하여 송경문공[47]의 시에서 '새벽을 알리니 골짜기의 꾀꼬리

45) 그러나 ≪사기≫에 이와 같은 주석은 없다. 다만 ≪사기≫ 권6 〈진시황본기〉에 "서불이 글을 올려 말하기를 '바다 가운데 세 개의 신산이 있는데 봉래산, 방장산, 영주산이라 합니다…'라 하였다.(徐市等上書言, 海中有三神山, 名曰蓬萊, 方丈, 瀛洲)"라는 구절이 있으며, ≪한서≫ 권 25 〈교사지(郊祀志)〉에는 "제나라 위왕과 선왕, 연나라 소왕 때부터 사람을 시켜 바다에 들어가 봉래산, 방장산, 영주산을 찾게 했다. 이 세 개의 신산은 발해 가운데 있으면서 인간 세계로부터 멀지 않다고 전해진다.(自威宣, 燕昭, 使人入海, 求蓬萊, 方丈, 瀛洲, 此三神山者, 其傳在渤海中, 去人不遠)"라고 되어 있다.

46) 이 시의 제목은 〈고풍(古風)〉으로, 여기서는 〈고풍(古風)〉 59수 가운데 48번째 작품을 가리킨다.

친구들 움직이네.'48)라고 하였고, 또 '살구나무 동산에 갓 떠오른 해 꾀꼬리 옮겨가길 기다리네.'49)라고 하였다. 서왕50)은 '꾀꼬리는 여전히 옛 친구를 찾네.'51)라고 하였다. 오로지 한나라 양홍이 동쪽을 노닐다가 지은 〈친구를 그리워하다〉 시에서 '새가 앵앵거리니 친구의 기약이로다. 고선생 생각하니 그립구나.'라고 하였다. ≪남사≫에 유준(劉峻)52)이 〈광절교론〉에서 '앵앵거리며 우는 소리로 서로를 부르면, 별이 흐르고 번개가 번쩍이듯 하네.'라고 하였으니, 이는 진정으로 ≪모시≫의 뜻을 얻은 것이다."라 하였다.(靑箱雜記, 劉夢得嘉話云, 今謂進士登第爲遷鶯者久矣. 蓋自毛詩伐木篇云, 伐木丁丁, 鳥鳴嚶嚶, 出自幽谷, 遷于喬木. 又曰, 嚶其鳴矣, 求其友聲. 並無鷪字. 頃歲省試, 早鶯求友詩, 又鶯出谷詩, 別書固無證據, 斯大誤也. 余謂今人吟詠多用遷鶯出谷事, 又有曲名喜遷鶯者, 皆循襲唐人之誤也. 故宋景文公詩, 曉報谷鶯朋友動. 又云, 杏園初日待鶯遷. 舒王云, 鶯猶求舊友. 唯漢梁鴻東遊作, 思友人詩曰, 鳥嚶嚶兮友之期, 念高子53)兮僅懷思. 南史, 劉孝標, 廣絶交論云, 嚶鳴相召, 星流電激, 是眞得毛詩之意也)

谷鷪(곡앵) : 골짜기의 꾀꼬리. 아직 현달하지 못한 자를 비유한다. 골짜기의 꾀꼬리가 높이 날아가는 것은 현달하게 되었음을 의미하는 것이다.

7 [원주] 주부(朱浮)54)의 〈팽총에게 쓰는 편지〉에 "요동에 돼지가 있었는데, 머리가 하얀 새끼를 낳았다. 다른 것들과 달라 그것을 바치고자 하여 하동으로 갔는데, 여러 돼지들이 모두 하얀 것을 보고는 부끄러워 돌아왔다."라 하였다.(朱叔元, 與彭寵書, 遼東有豕, 生子白頭, 異而欲獻之, 行至河東, 見群豕皆白, 懷慙而還)

遼豕(요시) : 요동의 돼지. 견식이 부족하고 재주가 미천하지만 그것을 모르고 뽐내는 것을 말한다.

8 壯心(장심) : 마음에 품은 큰 뜻.

9 [원주] ≪통전・회남도≫에 "광릉군은 지금의 양주다."라 하였다.(通典淮南道, 廣陵郡今之揚州)

廣陵(광릉) : 지금의 강소성(江蘇省) 양주(揚州).

銜盃(함배) : 잔을 머금다. 술을 마신다는 의미다. ≪전당시보일(全唐詩補逸)≫에는 '함배(銜杯)'로 되어 있는데, '배(盃)'와 '배(杯)'는 같은 글자다.

【해설】

이 시는 고향으로 돌아가게 된 작자가 당시 그와 교제하던 수재 양첨이 선사한 송별시에 답한

47) 송경문공(宋景文公) : 북송(北宋)의 문학가이자 사학가인 송기(宋祁, 998~1061)를 가리킨다. 그의 자는 자경(子景)이고, 시호가 경문(景文)이다.

48) 이 구절은 송기(宋祁)의 〈병이 났는데 봄의 경물이 유쾌하게도 흥성한 것을 보니 마음이 환하게 풀려 높이 올라 내다볼 뜻이 생기다(病輿見春物欣盛釋然有臨眺之意)〉 시의 일부다.

49) 이 구절은 송기의 〈친구가 과거에 응시하러 가는 것을 전송하며(送友人赴擧)〉 시의 일부다.

50) 서왕(舒王) : 서주(舒州)의 왕안석(王安石)을 이르는 말.

51) 이 구절은 왕안석의 〈봄날(春日)〉 시의 일부다.

52) 유준(劉峻, 458~521) : 남조 양(梁)나라 때의 학자이자 문학가. 그의 자가 효표(孝標)다. 평원(平原, 지금의 산동성(山東省) 평원(平原)) 출신이다. ≪세설신어(世說新語)≫를 주해하였고, 그의 작품 〈광절교론(廣絶交論)〉이 유명하다.

53) 高子(고자) : 고선생. 여기서는 양홍의 친구이자 고사(高士)로 알려진 고회(高恢)를 말한다. 황보밀(皇甫謐)의 ≪고사전(高士傳)≫에 그에 관한 기록이 실려 있다.

54) 주부(朱浮, ? ~약 66) : 후한(後漢) 사람으로 자가 숙원(叔元)이며, 패국소현(沛國蕭縣, 지금의 안휘성(安徽省) 소현(蕭縣)) 출신이다. 〈팽총에게 쓰는 편지(與彭寵書)〉는 후한의 건국 직후, 어양태수(漁陽太守) 팽총(彭寵)이 논공행상(論功行賞)에 불만을 품고 반란을 꾀하자 당시 대장군이었던 주부가 그를 꾸짖는 글을 써서 보낸 것이다.

것이다. 제1~2구에서는 작자가 고국으로 돌아가려 하는 상황을 이야기하고 있다. 작자는 고향으로 가는 배의 일정은 정해져있지만, 재주가 없어 금의환향할 수 없음이 부끄럽다고 말한다. 제3~4구에서는 이별의 슬픔과 고국으로 돌아가는 것에 대한 기대가 함께 드러나 있다. 제3구의 '무성(蕪城)'과 '엽락(葉落)'은 이별의 장소와 시간을 드러내는 시어다. 즉, 작자는 쓸쓸한 가을에 무성에서 벗과 이별하는 것이다. 그런가하면 제4구에서는 고향으로 돌아가는 작자의 기대가 드러나는데, '봉도(蓬島)'는 바로 작자의 고향을 가리키는 말이다. 그리하여 작자는 내년 봄에 고향에 도착하게 될 것이라는 기대를 드러내고 있는 것이다. 제5~6구에서는 벗과 자신의 미래에 대하여 이야기하였다. 작자는 제5구에서 양첨을 '골짜기의 꾀꼬리[谷鶯]'에 비유하고 있는데, 골짜기에 있던 꾀꼬리가 높이 날 것이라는 것은 벗이 머지않아 현달하게 될 것이라는 기대를 표현한 것이다. 당시 양첨은 회계 관리를 따라 일을 하다 과거를 치르고자 하였는데 최치원은 그가 과거에 합격하게 될 것이라고 격려하고 있는 것이다. 이에 비하여 제6구에서는 자신을 '요동의 돼지[遼豕]'라고 칭하여 견문이 좁고 재주가 부족한 사람이라고 겸손하게 표현하고 있다. 그러나 요동의 돼지를 다시 바치겠다고 하여 부족하나마 재주를 다시 펼칠 것임을 다짐하고 있다. 마지막 제7~8구에서 작자는 벗에게 후에 광릉에서 다시 만나 술을 함께 하자는 말로 이별의 슬픔을 위로하며 시를 마무리하였다.

16 박인범 朴仁範

박인범시(朴仁範詩)

[원주] ≪삼국사기·설총전(三國史記薛聰傳)≫에 "박인범·김운경·김수훈 등의 경우 약간의 시문이 전하나 역사에서는 행적이 사라져 그들의 전기를 쓸 수가 없다."라 하였다.(三國史記, 薛聰傳, 朴仁範, 金雲卿, 金垂訓輩, 雖僅有文字傳者, 而史失行事, 不得立傳)

박인범(朴仁範, ? ~ ?)

박인범은 신라 효공왕(孝恭王, 재위 897~912) 때의 문신으로 당나라에 유학하여 빈공과(賓貢科)에 급제했고 신라로 돌아온 뒤에는 한림학사(翰林學士)·수예부시랑(守禮部侍郎) 등의 관직을 거쳤는데 그 이외의 행적에 대해서는 확인하기 어렵다. ≪전당시≫에 실린 시 중 신라인으로 추정되는 박(朴)씨가 등장하나 박인범이라 확단할 수 없고, 그가 남긴 열 수의 시에서도 그의 구체적인 행적을 찾기 어렵기 때문이다.

박인범은 시문으로 이름이 높았으나 그의 작품은 거의 산실되었고 찬문(贊文) 2편과 칠언율시 10수만 전하고 있다. 찬문으로는 〈범일국사의 진영에 쓴 찬문(梵日國師影贊)〉, 〈무애지국사의 진영에 쓴 찬문(無碍智國師影贊)〉이, 칠언율시로는 〈천축국으로 돌아가는 엄상인을 전송하다(送儼上人歸竺乾國)〉·〈물길을 가며 수재인 장준께 드리다(江行呈張峻秀才)〉 등이 있다. 특히 ≪협주명현십초시≫에 실려 있는 열 수의 시는 ≪전당시≫에는 전혀 실려 있지 않고, ≪동문선(東文選)≫ 제12권 칠언율시 조목에 모두 실려 있다.

열 수밖에 남지 않은 시로 그의 작시(作詩) 풍격과 수준을 논하기는 어렵다. 다만 〈경주 용삭사 전각을 노래하고 겸하여 운서 스님께 편지로 부치다(涇州龍朔寺閣兼簡雲棲上人)〉 중 "인생은 흐르는 물 따라 가다 어느 때에 다할까, 대나무는 차가운 산을 두르고서 만고에 푸르건만. 옳고 그름과 공과 색의 이치를 한 번 물어보아서, 백 년 동안 시름에 취해 살던 데서 단박에 깨어나리라.(人隨流水何時盡, 竹帶寒山萬古靑. 試問是非空色理, 百年愁醉坐來醒)"와 같은 구절은 고려 시대 문인 이규보(李奎報)로부터 "문장으로써 나라를 빛내었다(文章之華國)"라며 극찬 받은 바 있어 그의 시적 성취를 짐작할 수 있다.

(정세진)

151

送儼上人歸竺乾國[1]

천축국으로 돌아가는 엄상인을 전송하며

家隔滄溟夢早迷,[2]	대해에 가로막힌 고향, 꿈속에서도 일찍이 찾아 헤맸거늘
前程況復雪山西.[3]	가야할 길이 설산의 서쪽임에랴!
磬聲漸逐河源迥,[4]	경쇠 소리는 황하의 원류 좇아 점점 멀어지고
帆影長隨落月低.	돛 그림자는 지는 달 따라 점점 낮아지네.
葱嶺鬼應開棧道,[5]	총령의 귀신이 응당 잔도를 열어주고
流沙神與作雲梯.[6]	사막의 신이 구름다리를 만들어 주리라.
離鄕五印人相問,[7]	그대 떠났던 고향, 천축국 사람들이 물으면
年號咸通手自題.[8]	당나라 연호 함통을 손수 써 보여주시라.

【주석】

1 이 시는 ≪전당시≫에 수록되어 있지 않다.

[원주] 양(梁)나라 승우(僧祐, 445~518)의 ≪홍명집·정무론(弘明集·正誣論)≫에 "노자도 바로 불제자이기에 그 경에서 '내가 듣기로 축건에는 옛 선생이 있었는데 니원[1]에 잘 들어가 처음부터 끝까지 그 속에서 계속해서 머물렀다고 한다.'라 했다. 축건은 천축이며, 니원이란 것은 오랑캐 말로서, 진나라 말로 하면 '무위'이다."라 하였다.(弘明集·正誣論, 老子卽佛弟 子, 故其經[2]云, 聞道竺乾有古先生, 善入泥洹, 不始不終, 永存綿綿[3] 竺乾者, 天竺也. 泥洹者, 胡語, 晉言無爲也)

竺乾(축건) : 축건은 천축(天竺)과 같은 말로 지금의 인도를 가리킨다.

儼上人(엄상인) : 엄상인이 누구인지는 전해지지 않는다. 상인(上人)은 인격이 고상하고 덕망이

---

1) 니원(泥洹) : 니르바나(Nirvana)의 음차로서, 열반(涅槃)을 말한다.

2) 其經(기경) : 노자의 무슨 경인지 확실치 않다.

3) 故其經云(고기경운) 이하의 구 : [원주]에는 "聞道竺也. 竺乾有古先生, 善入泥洹, 不始不終.(문도축야. 축건유고선생, 선입니원, 불시부종)"이라 되어 있으나 내용의 흐름상 어울리지 않는다. ≪사부총간초편(四部叢刊初編)≫에 의거하여 수정하였다.

높은 사람을 뜻하며, 남조(南朝) 유송(劉宋) 이후로 승려를 지칭하는 말로 다용되었다. 이 시의 내용상 엄상인은 인도 출신으로 당나라에 들어와 활동하다 본국으로 돌아가는 승려인 것으로 짐작된다.

2 滄溟(창명) : 큰 바다.

3 [원주] ≪후한서・반초전(後漢書·班超傳)≫의 찬(贊)에서 "설산을 힘들이지 않고 걸었더니, 지척에 백룡퇴 사막이 있다"라고 했고 그 주에 "총령은 설산이다."라 하였다.(後漢書·班超傳贊, 坦步[4]蔥雪, 咫尺龍沙[5]. 注, 蔥嶺, 雪山)

前程(전정) : 앞으로 가야 할 노정(路程).

雪山(설산) : 인도 북부의 히말라야 산.

4 [원주] ≪전한서≫에 "장건은 황하의 근원을 궁구했다."라 하였다.(前漢書, 張騫窮河源)

河源(하원) : 황하 물길의 원류를 말한다. ≪한서・서역전(西域傳)≫에 "황하에는 두 갈래의 원류가 있으니, 하나는 총령에서 나와 동으로 흐르고 또 하나는 치남산 아래에서 나와 북으로 흘러 총령하와 합류하여 동으로 포창해에 유입된다.(河有兩源, 一出葱嶺東流, 一出于闐南山下北流, 與葱嶺河合, 東注蒲昌海)."라 하였다. 이 글에서 말한 '총령(葱嶺)'은 '총령(蔥嶺)'과 같다.

磬(경) : 절에서 스님들을 소집할 때에 쓰는 구름 모양이나 발우 모양의 타악기. 여기서는 예불에 쓰기 위해 스님이 소지하고 다니는 요령, 목탁과 같은 악기의 소리로 보았다.

5 [원주] ≪수경≫에 "'잔'이란 것은 '토'와 '산'의 반절인데, 나무로 만든 길을 말한다."라 하였다.(手鏡, 棧, 土産反, 木道也)

蔥嶺(총령) : 일반적으로 중앙아시아 파미르 고원을 의미한다.

棧道(잔도) : 잔도는 험한 벼랑 같은 곳에 선반을 매달 듯이 만든 길이다.

6 [원주] ≪초사≫에 "서방의 해로움은 바로 바람 따라 불어 날리는 모래가 천 리라는 것."이라 하였고 왕일의 주에서 "유사란 모래가 흘러 다니는 것이다."라 하였다. ≪여씨춘추≫에 "노나라 사람 공수반은 높다란 구름다리를 만들어 송나라를 공격하고자 하였다."라 하였다.(楚詞, 西方之害, 流沙千里. 王逸注, 流沙, 沙流而行也. 呂氏春秋, 公輸般爲高雲梯, 欲以攻宋)

流沙(유사) : 유사는 '흐르는 모래'라는 뜻으로 사막 지역, 특히 서역을 지칭한다.

7 [원주] ≪서역기≫에 "오천축국은 오인이라고도 이름한다."라 하였다.(西域記, 五天竺國亦名五印)

五印(오인) : 오인은 옛날에 인도를 동(東)・서(西)・남(南)・북(北)・중(中)의 오부(五部)로 나누어 말한 데서 유래한 이름이다.

8) [원주] '함통'은 당나라 의종 때의 연호이다.(咸通, 唐懿宗年號)

咸通(함통) : 당나라 때의 연호로서 860년에서 873년까지를 말한다.

【해설】

이 시는 고국으로 돌아가는 인도 승려를 전송하며 지은 칠언율시로서, 내용으로 볼 때 박인범이 당나라에 머물 때에 쓴 것으로 보이지만 ≪전당시≫에는 실려 있지 않다. 험하고 먼 길을 가야

4) 坦步(탄보) : 힘들이지 않고 편안하게 걷다.

5) 龍沙(용사) : ≪후한서(後漢書)・반초전(班超傳)≫의 주에서 "백룡퇴는 사막이다.(白龍堆, 沙漠也)"라 하였다. 백룡퇴는 신강(新疆) 천산남로(天山南路)에 있는 사막을 말한다.

하는 엄상인에게 파미르 고원의 귀신과 사막의 신이 길을 놓아줄 것이라며 그의 노정에 행운이 깃들기를 축원한 시다.
첫 두 구에서는 시인의 고국인 신라도 멀지만 엄상인의 고향인 천축국은 머나먼 설산의 서쪽에 있다며 엄상인의 여정이 매우 길고 험할 것임을 이야기했다. 제3~4구에서는 엄상인이 고향으로 가기 위해 탄 배가 전송하는 시인과 점점 멀어지는 모습을 묘사했는데, 제3구에서는 경쇠 소리가 점점 잦아든다는 청각적 이미지를, 제4구에서는 돛 그림자가 점점 낮아진다는 시각적 이미지를 원용했다. 제5~6구는 내용상 제1~2구를 받아서, 엄상인이 가야 할 멀고 먼 노정에 인간의 힘이 아닌 신의 힘이 함께 할 것임을 축원하였다. 이 시에서 특히 주목해야 할 곳이 바로 마지막 두 구인데, ≪한국고대시가론≫에서 김인환은 "이 시의 마무리 부분에서 박인범은 다시 한 번 당나라 사람이 된 자랑을 표시한다. '떠난 고향의 오천축 사람들이 물으면 함통이란 당나라 의종의 연호를 손수 써서 보여주시오.'라는 권유 속에는 중국에서 살아서 중국 글자를 쓸 줄 안다는 것이 자랑스러운 일이라는 박인범의 믿음이 들어 있다."[6]라고 해석했다. 박인범이 엄상인에게 함통이라는 연호를 써서 고향 사람들에게 보여주라고 권한 이유는 결국 국제적인 국가였던 당나라에서 머물고 왔다는 자부심을 갖고 살아가길 바랐기 때문이다. 사실 이 두 구에서 상상한 엄상인의 모습에는 고국 신라로 돌아간 박인범 자신의 모습이 오버랩 된다. 엄상인과 박인범 모두 고국을 떠나 당나라에서 머물며 타국의 언어와 문화를 향유하였던 사람들이었다. 따라서 고국으로 돌아가는 엄상인의 뒷모습은 박인범의 모습일 수 있고, 고국에서 환영받는 엄상인의 모습은 박인범의 모습일 수 있다. 따라서 마지막 두 구는 박인범이 고국으로 돌아갔을 때 신라 사람들이 당나라에서의 생활이 어떠냐고 물어본다면 자랑스럽게 중국의 문자로 당나라의 연호 함통을 써보이겠노라고 말한 것이나 다름없다. 박인범은 이 두 구에서 엄상인에게 자신을 투영해 자신의 자부심과 희망도 담아냈던 것이다.

6) 김인환, ≪한국고대시가론≫, 서울 : 고려대학교 출판부, 257쪽.

152

江行呈張峻秀才[1]

물길을 가며 수재인 장준께 드림

蘭橈晩泊荻花洲,[2]	저녁 무렵 갈꽃 핀 모래섬에 목란 배를 대노라니
露冷蛩聲繞岸秋.[3]	찬 이슬 속 풀벌레 우는 소리 가을 언덕을 둘러싸네.
潮落古灘沙觜沒,[4]	물 빠진 옛 여울에 모래톱도 사라지고
日沈寒島樹容愁.	해 져서 추운 섬에 나무도 근심 겹다.
風驅江上群飛雁,	바람은 강물 위 무리지어 나는 기러기 몰아가고
月送天涯獨去舟.	달은 하늘 끝 홀로 가는 배를 전송하네.
共厭羈離年已老,[5]	그대도 나도 모두 타향살이 질리도록 하다 이미 늙어버린 처지
每言心事淚潸流.[6]	심사를 말할 때마다 눈물 줄줄 흐르네.

【주석】

1 이 시는 ≪전당시≫에 수록되어 있지 않다.
張峻秀才(장준수재) : 수재인 장준의 행적은 뚜렷하지 않다. 다만 ≪신당서≫에 ≪장준집(張峻集)≫이 두 권 있다는 기록이 남아 있어, 만약 동일 인물이라면 상당히 문명(文名)을 떨쳤던 사람으로 추정된다.[7] 수재(秀才)란 한(漢)나라 때에 관리를 뽑기 위해 효렴(孝廉)과 더불어 실시했던 과목의 이름이었고 당(唐)나라 초에 이르러 명경(明經), 진사(進士)과가 생기자 폐지되었는데, 당나라와 송나라 때에는 과거에 응시하는 자를 모두 수재라고 불렀다.

2 [원주] 임방의 ≪술이기≫에 "목란천[8]은 심양강[9] 중류에 위치해 있으며, 목란이 많이 있고, 또

7) 수재 장준에 대한 이러한 사실은 이기동의 책에 간략히 서술되어 있다.(이기동, ≪新羅 骨品制社會와 花郞徒≫, 한국연구원, 1980, 301쪽)

8) 목란천(木蘭川) : 현재 중국 호북성(湖北省) 무한시(武漢市)에 위치해 있는 하천으로, 목란산(木蘭山)과 옥병산(玉屛山) 사이로 흐른다.

9) 심양강(潯陽江) : 장강(長江)의 한 줄기로서, 현재는 강서성(江西省) 구강시(九江市) 북쪽에 위치해 있다. 위치를 가늠해보면 목란천이 심양강 중류 즈음에 있다.

칠리주[10]에서 노나라 사람 공수반(公輸般)이 목란을 깎아 배를 만들었다고 하며 그 배가 지금도 섬에 있다. 시인들이 '목란나무배'라고 말하는 것이 여기에서 나왔다."라 하였다. ≪초사≫에 "계수나무 노와 목란 노를 나란히 저어 가노라니, 부서지는 물방울은 부서지는 얼음 알갱이 같고 이는 파도는 눈 무더기 같네."라 하였다.(任昉, 述異記, 木蘭川在潯陽江中, 多木蘭樹[11], 又七里洲中[12]魯般刻木蘭爲舟, 至今在洲中. 詩家云木蘭舟出於此. 楚詞, 桂棹兮蘭枻, 斲氷兮積雪)

蘭橈(난요) : 요(橈)는 배, 혹은 노를 뜻한다. 난요는 목란으로 만든 배를 뜻할 뿐만이 아니라 작은 배의 미칭이기도 하다.

荻花(적화) : 갈꽃.

3 蛩(공) : 메뚜기나 귀뚜라미와 같은 작은 곤충을 말한다.

4 古灘(고탄) : 가을에 물이 적어져, 수위가 내려가는 것을 보통 낙(落)자로 표현하는데, '조락고탄(潮落古灘)'이라 함은 가을에 물이 빠져 수위가 낮아지고 난 후, 남아 있는 여울물의 흔적을 말한다. 이 구를 썰물이 빠져나간 것으로 보는 견해도 있으나 이 시의 제목에서 '강물을 간다(江行)'라고 했으므로 그렇게 보기 어렵다고 생각한다.

沙觜(사취) : 우리말로는 모래톱이라 한다. 한쪽 끝은 바다 쪽으로 돌출하고, 한쪽 끝은 육지에 붙어 있는 좁은 해안지형으로 모래와 자갈이 연안류에 의해 퇴적되어 형성된다. 끝이 위로 젖혀진 새부리 모양이 특징이며 복잡하게 휘어져 있는 모양으로 나타난다.

5 羈離(기리) : 객지타향을 떠돌다.

6 潸流(산류) : 눈물을 흘리다.

【해설】

≪전당시≫에 실려 있지 않은 시이나 제7구의 '타향살이(羈離)'라는 말을 고려해 볼 때 박인범이 당나라에 머물 때에 지은 시로 보인다. 제목에서 말한 수재 장준(張峻)이 누구인지 명확히 알 수 없지만 제7구에서 '둘 다 함께 질리도록 하다(共厭)'라고 해서 '공(共)'자를 쓴 것으로 보아 시인과 마찬가지로 타향살이 하고 있는 인물로서, 시인과 객수(客愁)를 공감할 수 있는 대상이었다고 여겨진다. 이 시는 제1구부터 제6구까지 나그네의 쓸쓸한 심경을 뒷받침할 수 있는 경물 묘사, 즉 이미지 구현에 중점을 두고 있다. 따라서 등장하는 경물들은 밝고 긍정적인 이미지가 아닌 슬프고 고독한 아름다움을 가진 것들이다. 제1구의 목란 배(蘭橈)는 작은 배로서 여기저기 떠도는 시인 자신과 같은 존재다. 수많은 시인들이 '만박(晩泊)'을 노래했던 것과 마찬가지로 박인범이 저녁 무렵 배를 대는 것은 자신의 고향으로 돌아가는 것과 같이 영원한 쉼을 담보로 한 행위가 아니기에 시인의 심사는 뒤틀릴 수밖에 없다. 따라서 저녁(晩)이라는 시간과 일시적 쉼(泊)이라는 의미가 겹쳐져 만들어진 나그네의 쓸쓸한 정조가 시 전체를 아우르게 된다. 제2구부터 제6구까지는 객수를 자아내는 각각의 경물들이 나열되었다. 제2구의 가을 찬 이슬 속 풀벌레, 제3구의 물 흔적만 남은 여울, 제4구의 추운 섬에 서 있는 나무, 제5구의 한곳에 안착하지 못하는 기러기, 제6구의 외로운 배

10) 칠리주(七里洲) : 지금의 광서성(廣西省) 오주시(梧州市) 서강(西江) 속에 있는 작은 섬이다.

11) 多木蘭樹(다목란수) 이하 구 : 원문에는 이 뒤에 "옛날 오나라 왕 합려가 이곳에 목란을 심어 궁전을 짓는 데에 사용했다고 한다.(昔吳王闔閭植木蘭於此用構宮殿也)"라는 구절이 있다.

12) 中(중) : 판본에 따라 '中(중)'자 다음에 '有(유)'자가 들어 있는 경우도 있으나 의미에는 차이가 없다.

한 척, 이 모든 경물들은 싸늘함, 외로움, 안착하지 못하는 불안함으로 귀결될 수 있는 하나의 이미지를 생성하여 시인의 불안하고도 외로운 마음을 대변하고 있다. 제7구에서 '둘 다 함께 질리도록 하다(共厭)'라는 말을 통해 시인은 나그네의 외로운 심사가 비단 자신만의 것이 아니라 이 시를 받을 장준 수재의 것이기도 함을 설명한다. 우울한 정조의 만당(晚唐) 시풍(詩風)이 느껴지는 시로서 이미지를 나열하고 구성하는 시인의 솜씨가 서툴지 않다.

153

馬嵬懷古[1]

마외에서 옛일을 회상하며

日旆雲旗向錦城,[2]	황제의 깃발 금성으로 향할 적에
侍臣相顧暗傷情.	신하들 서로 돌아보며 남몰래 마음 아파했네.
龍顔結恨頻回首,[3]	용안은 한 맺혀 거듭 고개 돌려 보았건만
玉貌催魂已隔生.[4]	옥 같은 여인은 혼을 재촉해 이미 이생을 떠났네.
自此暮山多慘色,	이로부터 저문 산에 참담한 빛 많았고
到今流水有愁聲.	지금도 흐르는 물에 근심스런 소리 나네.
空餘露濕閑花在,[5]	공연히 이슬 맺힌 외로운 꽃만이 남았는데
猶似仙娥臉淚盈.[6]	선녀의 얼굴에 눈물 맺힌 것 같아라.

【주석】

1 이 시는 ≪전당시≫에 수록되어 있지 않다.

[원주] ≪십도지·관내도≫에 "옹주[13]에 마외성이 있다."라 하였다. ≪신당서 · 양귀비전≫에 "처음에 안록산이 변방에서 공을 세우자 황제가 그를 아껴 조서를 내려 양귀비의 자매들과는 의형제를 맺도록 하고 안록산으로 하여금 귀비를 어머니로 섬기게 했으며 조정에 들어올 때마다 반드시 잔치를 베풀어 좋은 관계를 맺도록 하였다. 안록산이 반란을 일으키며 양국충을 주살하려한다는 명분을 내세우면서 양귀비와 그녀의 여자형제들이 지은 죄도 지목했다. 황제는 황태자[14]가 출정하자 그에게 선위하고자 했다. 양씨들은 크게 두려워하며 뜰에서 통곡하였고 양국충이 들어가 귀비에게 아뢰었다. 귀비가 흙덩이를 입에 물고 죽기를 청하였으나 황제가 저지하자 그만두었다. 서쪽으로 행차하여 마외에 이르렀다. 진현례[15] 등이 천하를 안정시킬 계책으로서 양국충을 주살하였는데

13) 옹주(雍州) : 당(唐)나라 때 수도인 장안(長安)의 흥평현(興平縣, 지금의 섬서성 흥평시) 서북쪽에 있었다고 하며, 현재로 보면 섬서성(陝西省)의 중부와 북부, 감숙성(甘肅省), 청해성(靑海省)의 동북부 지역, 영하회족자치구(寧夏回族自治區) 일대에 걸친 지역이다. 본래 그 이름은 섬서성 봉상현(鳳翔縣)에 있는 옹산(雍山) 옹수(雍水)에서 따온 것이다.

14) 황태자(皇太子) : 당 현종의 셋째 아들인 이형(李亨)을 가리킨다. 당 현종에 이어 즉위하여 숙종(肅宗)이 되었다.

그가 이미 죽었음에도 군대가 해산하지 않았다. 황제가 고력사를 시켜 그 까닭을 물어보니 '화의 근본이 아직도 남아 있습니다.'라고 말했다. 황제는 어쩔 수 없이 귀비와 헤어질 것을 결심하고, 끌고 가서 길가의 사당에서 목매달아 죽게 하고 보라색 자리로 시신을 싸서 길가에 묻도록 했나니, 양귀비의 나이 서른여덟이었다."라 하였다. 이공좌(李公佐)의 ≪이문집≫에 실려 있는 진홍의 〈장한가전〉에 보인다.(唐書, 貴妃楊氏傳, 初, 安祿山有邊功, 帝寵之, 詔與諸姨[16]約爲兄弟, 而祿山母事妃, 來朝必宴餞[17]結歡[18]. 祿山反, 以誅國忠爲名, 且指言妃及諸姨罪. 帝欲以皇太子撫軍, 因禪位. 諸楊大懼, 哭于庭, 國忠入白妃. 妃銜塊請死, 帝意沮, 乃止. 及西幸至馬嵬. 陳玄禮等以天下計誅國忠, 已死, 軍不解. 帝遣力士問故, 曰禍本尙在. 帝不得已與妃訣, 引而去, 縊路祠下, 裹尸以紫茵□□[19], 瘞[20]道側, 年三十八. 見異聞集, 陳鴻, 長恨傳[21])

2 [원주] ≪십도지・검남도[22]≫에 "익주의 금성[23]."이라 하였고 그 주에서 "이리교 남안의 서쪽에 성이 있는데 옛날의 '금관'이다. 비단 짜는 직공들이 비단을 짜서 강에서 빨면 그 빛깔이 선명했다."라 하였다.(十道志, 劍南道, 益州錦城. 注, 夷里橋[24]南岸邊, 西有城, 古錦官也. 錦工織錦, 濯江中則鮮明)

日旆(일패) : 황제의 깃발.

雲旗(운기) : 곰과 호랑이를 그려 넣은 큰 깃발, 곧 황제의 깃발.

3 [원주] '용안'에 대한 설명은 상권의 주석에 보인다.[25](龍顔見上卷注)

4 [원주] 〈무성부〉[26]에 "아름다운 마음과 깨끗한 성정, 옥 같은 용모에 붉은 입술."이라 했다.(蕪城賦, 蕙心紈質,[27] 玉貌絳唇[28])

5 閑花(한화) : 한갓진 곳에 핀 꽃.

15) 진현례(陳玄禮) : 당 현종의 즉위를 도왔으며, 양국충을 죽이고 양귀비를 죽이도록 현종을 압박했던 장군이다.

16) 諸姨(제이) : 양귀비의 자매들을 말한다. 양귀비는 현종(玄宗)의 총애를 입은 후 그녀의 여자 형제 세 명을 모두 궁궐로 불러들였는데 현종은 그들 자매를 이(姨 : 이모, 아내의 여자 형제)라 부르고 집을 하사하였으며, 후에는 각각 괵국부인(虢國夫人), 한국부인(韓國夫人), 진국부인(秦國夫人)으로 삼았다. 이들은 모두 현종의 총애를 받아 궁궐을 출입하며 권세를 남용했다.

17) 宴餞(연전) : 잔치에 초대하다.

18) 結歡(결환) : 사이좋게 사귀다.

19) 茵□□ : 원주에는 인(茵)자 다음에 빈 칸이 있는 것으로 되어 있으나 ≪신당서≫에는 그 두 글자가 없는 것으로 되어 있다.

20) 瘞(예) : 묻다.

21) 長恨傳(장한전) : 〈장한가전(長恨歌傳)〉을 말한다. 당(唐)대의 시인 백거이(白居易)는 당 현종과 양귀비에 관한 이야기를 소재로 〈장한가(長恨歌)〉라는 시를 지었다. 백거이는 진홍에게 이 이야기를 전기(傳奇), 곧 이야기체의 문장으로 써볼 것을 권유했고, 그리하여 완성된 것이 〈장한가전〉이다.

22) 검남도(劍南道) : 중국 서남부의 파촉(巴蜀) 지방, 곧 지금의 사천(四川) 일대의 지역이다.

23) 금성(錦城) : 지금의 중국 사천성 성도시(成都市)를 말한다. 동한(東漢) 때에 조정에서는 비단 직조를 전문적으로 관리, 감독하는 관청을 설치했는데 그것이 바로 금관(錦官)이다. 그래서 이 지역을 금성, 혹은 금관성(錦官城)이라 부르게 되었다.

24) 夷里橋(이리교) : 원주에는 '夷野橋(이야교)'로 되어 있으나 ≪태평환우기(太平寰宇記)≫나 ≪태평어람(太平御覽)≫ 등에 이 지역에 있는 다리인 이리교가 설명되어 있음으로 볼 때, 원주의 이야교는 이리교의 오기(誤記)로 판단되어 정정했다.

25) 이원의 시 063. 〈이사마가 천자의 초상화를 그리니 이에 부침(李司馬貌御眞容因寄之)〉에 보인다.

26) 무성부(蕪城賦) : 남북조(南北朝) 시기 송(宋)나라 포조(鮑照)의 작품이다.

27) 蕙心紈質(혜심환질) : 여자의 마음이 순결하고 성정이 고상한 것을 비유하는 말이다.

28) 蕙心紈質, 玉貌絳唇(혜심환질, 옥모강순) : 원문에 따르면 원주에서 인용한 부분 앞에는 "동도의 어여쁜 여인과 남국의 아름다운 여인(東都妙姬, 南國麗人)"이라는 구절이 있다. 따라서 여기서 인용된 여덟 글자는 아름다운 여인의 모습을 형용하는 말이다.

6 仙娥(선아) : 선녀, 혹은 미녀. 여기서는 양귀비를 비유한다.
空餘(공여) 이하 두 구 : 이 두 구는 박인범이 이백(李白)의 〈청평조(淸平調)〉를 염두에 쓴 것으로 보인다. 〈청평조〉 세 수는 이백이 장안에서 한림학사로 있을 때, 침향정(沈香亭)에서 모란을 감상하는 현종과 양귀비 앞에 불려나가 지은 세 수의 사(詞)이다. 그 중 "구름 같은 옷자락 꽃 같은 얼굴, 봄바람은 난간을 스치는데 맺힌 이슬방울 농밀하구나. 만약 군옥산에서 만나지 못하면, 반드시 요대의 달빛 아래에서 만날 이로다.(雲想衣裳花想容, 春風拂檻露華濃. 若非羣玉山頭見, 會向瑤臺月下逢)"라는 제1수의 내용이 이 두 구와 관련되어 있다고 생각된다. 〈청평조〉에서 양귀비를 꽃에 비유했다면 이 시에서는 외딴 곳에 핀 꽃이 양귀비를 연상케 하는 매개가 되었고, 〈청평조〉에서 꽃에 맺힌 이슬이 양귀비에 대한 현종의 총애를 상징한다면 이 시에서는 꽃에 맺힌 이슬이 눈물 같다는 비유를 통해 양귀비의 슬픈 죽음을 끌어내고 있다. 따라서 이 두 구는 〈청평조〉와 비슷한 이미지를 차용하되 양귀비의 죽음을 나타내기 위해 이미지를 반용 하는 수법을 취한 것으로 볼 수 있다.

【해설】

이 시는 시인이 양귀비가 슬픈 죽음을 맞이했던 마외에 들르게 되자 시인이 당 현종과 양귀비의 사연을 회고하며 지은 것이다. 당나라 최고 번영기의 황제였던 현종과 그가 사랑했던 양귀비. 그들은 다른 이들의 시선, 혹은 그들 자신에게 주어졌던 직분 같은 것에 구애됨 없이 살았으나, 믿었던 신하들의 배신으로 인해 피난길에 오른다. 황제로서 힘을 잃은 현종은 결국 신하들의 독촉으로 사랑했던 여인을 목 졸라 죽이라는 명을 내리지 않을 수 없었다. 시인은 참혹하고도 비극적인 일이 일어났던 마외역에서 비장한 어조로 시를 읊었다.

제1~4구는 난리 속에서 수도를 버리고 서쪽 지방으로 피난을 떠나는 장면과 황제의 절절한 슬픔 속에 생을 마감한 양귀비의 이야기를 압축하고 있다. 제5~6구에서 시인은 대구를 통해 양귀비의 죽음으로 산과 물이 모두 슬픔에 젖어 있는 상황을 묘사했다. 제7~8구에서 시인은 외딴 곳에 핀 꽃에 맺힌 이슬을 보며, 길가에 버려지듯 매장되었다는 양귀비의 넋을 떠올리고 그녀의 얼굴에 맺힌 눈물인 양 여긴다. 아름다웠으나 비참하게 생을 마감해야 했던 양귀비를 떠올리며 애도하는 시인의 마음이 잘 표현된 시다.

154

寄香巖山睿上人[1]

향암산의 예상인께 부침

却憶前頭忽黯然,[2]	옛날 일 돌이켜 생각해보니 문득 서글퍼져라
共遊江海偶同船.	우연히 같은 배에 올라 강호를 함께 노닐었지.
雲山凝志知何日,[3]	구름 속 높은 산에 뜻을 두었던 것 그 언제랴
松月聯文已十年.[4]	소나무 달 아래서 시구 짓던 것 이미 십년일세.
自嘆迷津依闕下,[5]	나루를 잃고서 경성에 의탁한 내 신세 탄식하노니
豈勝抛世臥溪邊.	어찌 세상을 버리고 시냇가에 누운 것보다 나으리?
煙波阻絶過千里,	연파에 막힌 길이 천 리도 넘으니,
雁足書來不可傳.[6]	기러기발에 매단 편지가 전해질 수 있으랴!

【주석】

1 이 시는 ≪전당시≫에 수록되어 있지 않다.

香巖山(향암산) : ≪대청일통지(大淸一統志)≫에 "향암산은 강포현에서 동쪽으로 이십오 리 떨어진 곳에 있다. 일명 금부용산이라 부른다. 백린계의 물이 여기서 나온다.(香巖山在江浦縣東二十五里. 一名金芙蓉山. 白麟溪水出此)"라고 하여 현재 중국 남경(南京) 인근의 산으로 되어 있으나, 향암산이란 이름의 산이 절강성(浙江省)에도 있어, 예상인이 있다는 향암산이 어디인지 단정 짓기 어렵다.

睿上人(예상인) : 박인범과 교분이 있던 승려이나, 그 생애와 행적이 정확하지 않다.

2 [원주] 〈별부〉에서 "슬픔으로 사람을 처참하게 만들고 넋이 나가도록 하는 것은, 오직 이별 뿐!"이라 하였다.(別賦, 黯然消魂者, 唯別而已[29])

前頭(전두) : '앞날', '장래'라는 뜻과 '이전'이라는 의미가 동시에 존재하는데, 여기서는 '억(憶)'자의 빈어가 되므로 '이전'이라는 의미로 해석하였다.

黯然(암연) : 낙담하고 실망하며, 슬픔으로 인해 심신이 상해 안색이 처량하고 비참한 모양을 형용하는

29) 而已(이이) : ≪강문통집(江文通集)≫과 ≪문선≫등에는 '而已(이이)' 다음에 '矣(의)'자가 있지만, 의미에는 차이가 없다.

말이다.

3 雲山(운산) : 본디 구름과 산, 혹은 구름 위로 높이 솟은 산을 가리키는데, 속세로부터 멀리 떨어진 은자(隱者)의 거처를 의미한다.

凝志(응지) : 여기서는 은거하고자 하는 뜻을 말하는 것으로 보았다.

4 聯文(연문) : 연구(聯句)를 가리키는 말로 보인다. 작시(作詩)의 한 방법으로 둘 이상의 사람들이 각자 한 구, 혹은 여러 구를 지어 합하여 한 편의 시를 완성한다. 한(漢) 무제(武帝)와 그 신하들이 함께 지은 〈백량시(柏梁詩)〉로부터 비롯되었다.

5 迷津(미진) : 나루를 잃다. 미로(迷路)나 미궁(迷宮)과 같은 단어로 '길을 잃다'라는 의미이다.

闕下(궐하) : 제왕이 머무는 궁궐, 혹은 궁궐이 있는 경성(京城)을 가리킨다.

6 [원주] '안족'에 대한 설명은 이미 상권에 나왔다.[30](雁足已出上卷)

雁足(안족) : '서신, 편지'의 별칭이다. 소무(蘇武)는 한(漢)나라 무제(武帝) 때의 충신으로, 흉노(匈奴) 땅에 사신으로 갔다가 억류되었다. 소무는 흉노에 협력하지 않고 갖은 고생을 다하며 살았다. 그로부터 19년 후, 소제(昭帝)는 흉노와 평화 조약을 맺고 소무를 돌려보내 달라고 했으나 흉노는 소무가 이미 죽었다고 했다. 이를 안 소무는 어느 사람을 통해 한나라 사신에게 왕이 상림(上林)에 나가 사냥할 때 북쪽에서 날아오는 기러기를 잡으라는 말을 전달하도록 부탁했다. 왕이 그 말대로 기러기를 잡아보니 그 기러기발(雁足)에 소무의 생존 소식을 알리는 편지가 매어 있었다. 소제는 흉노를 추궁, 19년 만에 소무를 본국으로 송환할 수 있었다.

【해설】

이 시는 박인범이 예상인이라는 승려에게 부친 시다. 시의 내용으로 보아 박인범은 예상인과 우연히 같은 배를 타게 되었다가 뜻이 통하여 세속을 떠나 산 속에 은거할 약속까지 했던 것으로 보인다. 제1~2구까지는 시인이 예상인을 우연히 만나게 된 계기를 서술했고, 제3~4구에서는 예상인과 은거하자는 약속까지 했으나 그 약속을 이루지 못한 채 십년의 세월이 지났음을 이야기했다. 제5~6구에서는 자신이 번잡한 경성, 곧 장안에 의탁해 있으나 그 마음은 늘 조용히 은거하기를 원한다는 속내를 털어놓았다. 제7~8구에서는 예상인과 자신이 물리적으로 먼 거리에 있다 보니 기러기를 이용한다고 해도 서신왕래가 여의치 않을 정도라며 그에 대한 그리움을 간접적으로 풀고 있다. 시에서 강한 객수(客愁)가 느껴지는 것으로 보아 이 시도 시인이 당나라에 머물 때 지은 것으로 보인다. 장안에 의탁해 있으나 안착하지 못하는 시인의 심사와 마음을 터놓았던 예상인이란 승려에 대한 그리움이 잘 드러난 시다.

30) 장호의 시 099. 〈겨울날 월대에 올라 고향을 생각하며(冬日登越臺懷鄉)〉에 보인다.

155

早秋書情

초가을에 감회를 쓰다

古槐花落早蟬鳴,1	오래된 홰나무에 꽃이 지고 초가을 매미 울어대니
却憶前年此日情.2	작년 이맘때의 심정이 생각난다.
千緖旅愁因感起,	천 갈래 나그네 시름이 낙방의 감정에서 일었고
幾莖霜髮爲貧生.	몇 가닥 서리 내린 머리카락은 가난 때문에 생겨났었지.
堪知折桂心還暢,3	급제하니 마음이 그래도 기뻐지는 것 느껴지나니
直到逢秋夢不驚.	가을이 되도록 꿈에서 놀라 깨는 일이 없네.
每念受恩恩更重,	입은 은혜는 생각할수록 은혜로움이 더욱 무거워
欲將酬德殺身輕.4	장차 그 은덕에 보답하려 이 몸 죽는 것도 가벼이 여기리.

【주석】

1 이 시는 ≪전당시≫에 수록되어 있지 않다.

[원주] ≪남부신서≫에 "장안의 과거 응시생들 중에 낙제한 자들은 6월 이후에 서울을 벗어나지 않는데 이를 '여름 나기(過夏)'라 부른다. 많은 이들이 조용한 별실이나 묘원을 빌려 문장을 짓는데 이를 '여름 과시(夏課)'라 한다.……당시 말로 '홰나무 꽃이 노랗게 되면 과거 응시생들이 바빠진다'라고 했다."라 하였다.[31] ≪둔재한람≫에 이르기를 "속어 중에 '홰나무 꽃이 노랗게 되면 과거 응시생들이 바빠진다'라 했는데 홰나무가 꽃이 필 때가 바로 진사과에 응시하는 때임을 말한 것이다. 당나라 때 시인 옹승찬의 시[32]에 '빗속에 단장한 그 모습 누렇게 되는 것을 바라보았고, 매미소리 속에 석양을 보낸다. 떠올려보니 당시에 관리되고자 하는 마음을 좇아, 말발굽이 날마다 그대로 인해

31) 원주에는 ≪남부신서≫에 있는 내용이 몇 구절 빠져 있는데 "또한 여럿이 돈을 갹출하여 술자리를 마련해놓고 잘 아는 조정의 관리들에게 시제(試題)를 청하기도 했으니 이를 '사사로운 과거(私試)'라 했다. 칠월 이후에는 신과에 시를 써내고 여러 주의 관부에서 사람 뽑는 담당 관리에게 간알하였다.(亦有十人五人醵率酒饌請題目於知己朝達, 謂之私試. 七月後投獻新課幷于諸州府拔解人)"라고 하였다.

32) 이 시의 제목은 〈홰나무를 노래하다(題槐)〉이다.

바빴지.'라 한 데서도 속어가 또한 연유한 바 있음을 알 수 있다."라 하였다.(南部新書, 長安擧子六月後落第者, 不出京謂之過夏. 多借淨坊廟院作文章, 曰夏課. 時語曰, 槐黃擧子忙.[33] 遯齋閑覽曰, 俗語有之, 槐花黃, 擧人忙. 謂槐之方華, 乃進士赴擧之時, 唐詩人翁承贊詩, 雨中妝點望中黃, 勾引蟬聲送夕陽. 憶得當時隨計吏, 馬蹄日日爲君忙. 乃知俗語亦有所自也)

古槐花落(고괴화락) 구: 당(唐)나라 때 과거는 전쟁이나 자연 재해가 있지 않는 한 매년 시행되었다. 과거에 응시할 수 있는 자들로는 크게 두 부류가 있었는데 생도(生徒: 관립학교 학생)와 향공(鄕貢: 민간의 학교에 다니는 자나 독학한 자)이 그것이다. 향공의 경우 매년 10월 각 지역에서 서울로 양곡, 세금을 바칠 때 함께 조정으로 가서 과거에 응시했는데 이를 발해(拔解)라 하였다. 따라서 각 주현(州縣)에서 뽑히는 시기는 10월, 즉 가을이며, 이들이 조정에 보내져 과거를 치르는 시기는 그 다음 해 봄(보통 음력 정월)이 된다. 음력 정월에 경사(京師)에서 시험을 치르고 나면 음력 2월에 그 결과가 발표되었다.[34]

早(조) : 때가 이르다. ≪동문선≫에는 '조(調)'로 되어 있으며 '어우러지다'라는 뜻이다.

2 前年(전년) : 작년. 박인범은 숙위학생(宿衛學生)으로서 당나라의 과거, 즉 빈공과(賓貢科)에 응시하여 희종(僖宗) 건부(乾符) 4년(877)에 급제하였다. 빈공과는 별시(別試)를 거쳐 진사 급제자의 방(牓) 말미에 이름을 붙이게 하는 제도인데,[35] 그 발표가 진사 급제 발표와 동시에 난다는 것으로 보아 빈공과 역시 매년 시행되었던 제도로 보인다. 따라서 시에서 전년(前年)이라 함은 낙방했던 작년, 즉 876년이 된다.

情(정) : 심정. ≪동문선≫에는 정(程)으로 되어 있으며 '여정, 과정'이라는 뜻이다.

3 [원주] ≪신선본기≫에 "초백이 여러 차례 낙제하고 7월 7일에 상락산으로 돌아오던 중에 한탄하며 '달 속에 한 가지를 꺾을 수 있을까, 낙제하여 슬프구나!'라고 하였다. 그날 밤 꿈에 푸른 관에 푸른 옷을 입은 사람이 와서 '너에게는 신선이 될 자질이 있으니 반드시 계수나무를 꺾을 것이다.'라 하였다. '어떻게요?'라 물으니 '내일 새벽 해가 막 뜰 때 개울에 내려가 다니다보면 푸른 관을 쓴 이가 있을 테니 빨리 그에게 올라타라.'라고 대답했다. 다음날 개울가를 다니다보니 과연 푸른 관을 쓴 사람을 만나게 되었고 그에게 올라타자 푸른 관을 쓴 이가 구름 위로 솟아올랐는데 그를 보니 푸른 몸에 오색이 나는 용이었다. 달 속에 들어가자 용에서 내려 황금 굴에 올라가니 계수나무 가지 스물 한 개가 있었는데 초백은 제일 좋은 가지를 꺾어 다시 용에 올라타 구름을 타고 내려왔다. 낙양 사람들이 이를 일컬어 '제일 좋은 가지를 꺾은 사람이 등제하리라'라고 하였다."라 하였다.(神仙本紀, 楚伯十上落第, 七月七日, 歸商洛山中, 惆悵曰, 月中一枝如可折兮, 胡愴乎落第. 其夜夢一人靑冠靑衣來曰, 汝有仙分, 必可折桂. 曰, 如何. 對曰, 翌日晨曦初豔, 下溪行有靑冠人, 急騎之. 翌日行溪邊, 果逢一人靑冠, 則騎之, 靑冠人升雲, 乃視之, 靑身五色龍也. 入月中, 下之, 上一黃金窟, 有桂樹二十一枝, 伯乃折甲枝, 復騎升雲下來. 洛人謂之曰, 甲枝郞登第矣)

---

33) 時語曰(시어왈) 이하 두 구 : ≪남부신서≫에는 '위어왈, 괴화황, 거인망(爲語曰, 槐花黃, 擧人忙)'이라 되어 있으나 내용에는 차이가 없다.

34) 이상 당나라의 과거 제도에 대한 설명은 김쟁(金諍)의 책을 참고했다.(金諍 저; 김효민 옮김, ≪중국 과거 문화사≫, 서울 : 동아시아, 2003)

35) 빈공과에 대한 사실 관계는 이기동의 〈新羅下代 賓貢及第者의 出現과 羅唐文人의 交驩〉(≪新羅 骨品制 社會와 花郎徒≫, 한국연구원, 1980, 280-284쪽)과 윤완의 〈통일신라시대 견당유학생(遣唐留學生) 연구〉(≪교육학연구≫ Vol.42, 2004, 85-104쪽)를 참고했다.

折桂(절계) : 계수나무 가지를 꺾다. 일반적으로 과거에 급제한다는 뜻이다.
暢(창) : 마음이 누그러지다, 마음이 기쁘다는 뜻이다.

4 [원주] 관련된 일화가 예양과 형가의 전에 보인다.(事見豫讓荊軻傳)
殺(살) : 죽다. 죽이다. ≪동문선≫에는 '각(覺)'으로 되어 있으며 '느끼다'라는 뜻이다.

【해설】

이 시는 시인이 가을을 맞이하여 지난 해 이맘때를 회상하며 쓴 시다. 낙방의 시름에 잠겨 있던 박인범은 올해 봄, 과거에 급제하여 진사로서의 첫 가을을 맞이한 것으로 보인다. 당시 당나라로 유학한 신라의 숙위 학생은 반드시 10년 안에 과거에 급제해야 하고 그렇지 못할 경우 본국으로 소환된다는 규정이 있었다. 기한이 정해져 있었으니 박인범을 비롯한 유학생들의 심리적 압박이 어느 정도였을지, 급제의 기쁨이 어느 정도였을지 짐작할 수 있다.

제1~2구에서는 홰나무에서 울어대는 매미 소리가 과거를 회상하는 매개가 된다. 더욱 극성스럽게 울어대는 매미 소리는 가을이 되었음을 상징하고 홰나무 꽃이 떨어진 것은 과거 시험의 모든 단계가 끝난 계절인 가을을 의미한다. 제3~4구에서는 과거에 낙방한 후 겪어야 했던 마음고생과 경제적인 고통을 말함으로써 지난해만 해도 시인이 과거에 급제하지 못했음을 알 수 있다. 제5~6구에 '계수나무를 꺾었다'는 말은 올해에 드디어 과거에 급제했다는 뜻이다. 과거에 급제하고 보니 마음이 기쁠뿐더러 가을만 되면 꿈속에서도 깜짝깜짝 놀라 깨던 심리적 압박으로부터 벗어나게 되었다고 말했다. 제7~8구에서는 자신을 뽑아준 당나라 황제의 은혜에 깊이 감사하며 그 은덕에 보답하고자 한 몸 바쳐 일할 것임을 맹세했다. 시 전반에서 낙방의 설움과 급제의 기쁨이 잘 대비되어 표현되었다.

156

涇州龍朔寺閣兼簡雲棲上人[1]

경주 용삭사 전각을 노래하고 겸하여
운서스님께 편지로 부침

翬飛仙閣在靑冥,2	나는 듯한 선각 처마 푸른 하늘에 솟아
月殿笙歌歷歷聽. 3	월궁의 생황 소리 또렷이 들릴 듯하다.
燈撼螢光明鳥道,4	반딧불이 같은 등불이 흔들거리며 험한 길 밝히고
梯回虹影到巖扃. 5	무지개 같은 구름다리가 굽이돌아 바위 문에 이른다.
人隨流水何時盡,	인생은 흐르는 물 따라 가다 어느 때에 다할까
竹帶寒山萬古靑.	대나무는 차가운 산을 두르고서 만고에 푸르건만.
試問是非空色理,6	옳고 그름과 공과 색의 이치를 한 번 물어보아서
百年愁醉坐來醒. 7	백 년 동안 시름에 취해 살던 데서 단박에 깨어나리라.

【주석】

1 이 시는 ≪전당시≫에 수록되어 있지 않다.
[원주] ≪십도지≫에 "관내[36]에 경주가 있다."라 하였다.(十道志, 關內有涇州)
涇州(경주) : 지금의 감숙성(甘肅省) 경천현(涇川縣)이다.
龍朔寺(용삭사) : ≪십초시≫에는 '용병사(龍甁寺)'로 되어 있으나 ≪동문선≫을 참고하여 '용삭사(龍朔寺)'로 고쳤다. 용삭사에 대해서는 구체적인 사실이 알려져 있지 않다.
雲棲上人(운서상인) : 운서상인에 대해서는 잘 알려져 있지 않다. 다만 ≪전당시≫에 유득인(劉得仁)의 〈누자산의 운서상인에게 부치다(寄樓子山雲棲上人)〉라는 오언율시가 있으나 박인범이 말한 운서상인과 동일인물인지 단정하기 어렵다.

2 [원주] ≪시경≫[37]에 "꿩이 훨훨 날아가는 듯."이라 하였다. '청명(靑冥)'은 상권의 주에 보인다.[38](詩,

36) 관내(關內) : '관내'는 보통 함곡관(函谷關) 혹은 동관(潼關) 서쪽 지역을 가리키는 말이다. 또는 당나라 행정구역인 십도(十道) 중 하나로서 지금의 섬서(陝西), 감숙(甘肅), 영하(寧夏), 내몽고(內蒙古) 등지에 걸쳐 있는 구역을 가리키기도 한다.

37) 여기서는 〈소아(小雅)・사간(斯干)〉 시를 말한다. ≪모시(毛詩)≫등에서는 이 시를 선왕(宣王)이 궁실(宮室)을 지은

如翬斯飛. 靑冥見上卷注)

翬(휘) : 훨훨 날다.

仙閣(선각) : '선각'은 일반적으로 신선의 누각이나 도교의 도관(道觀)을 가리키는 말이다. 여기서는 용삭사(龍朔寺)의 전각을 가리킨다.

靑冥(청명) : 푸르고 아득히 먼 곳을 뜻하는 말로 푸른 하늘 혹은 선경(仙境)을 뜻한다.

3 [원주] ≪일사≫[39]에 "나공원이 중추절에 명황을 모시고 달구경을 하고 있었다. 그가 '폐하께서는 월궁에 가보고 싶지 않으십니까?'라 하며 하늘에다 지팡이를 던지자 그것이 은빛 다리로 변했다. 황제가 함께 다리에 오르자 한기가 스며들었다. 마침내 큰 성에 이르자 '이곳이 월궁입니다.'라 하였다. 선녀 수백 명이 흰 명주옷에 무지개 옷을 입고서 너른 뜰에서 춤을 추고 있었는데 그 춤곡의 이름을 물으니 '〈예상우의곡〉입니다.'라고 하였다."라 하였다.(逸史, 羅公遠中秋侍明皇翫月. 曰陛下要至月宮否. 以柱杖向空擲之, 化爲銀橋, 與帝升橋, 寒氣侵入, 遂至大城曰, 此月宮也. 見仙女數百, 素練霓衣, 舞於廣庭上, 問曲名, 曰霓裳羽衣曲也)

月殿(월전) : 월궁(月宮)과 같은 말로, 옛 사람들이 달 속에 있다고 믿었던 궁궐이다.

歷歷(역력) : 뚜렷하다.

4 [원주] ≪옥당한화≫[40]에 "흥원[41]의 남쪽에 길이 있는데 '대파로'와 '소파로'라 하며, 높은 봉우리와 깊은 골짜기는 원숭이의 길이요 새들의 길이다. 인적이 끊어져 날짐승과 들짐승들이 떼 지어 산다."라고 하였다.(玉堂閑話, 興元之南, 有路曰, 大巴路, 小巴路, 危峰濬壑, 猿徑鳥道. 斷[42]絶人煙. 鷙獸成群)

鳥道(조도) : 험준하고 좁은 산 길.

撼(감) : 흔들리다.

燈撼(등감) 이하 두 구 : 이 두 구는 이규보(李圭報)가 지었다고 알려진 시화(詩話) ≪백운소설(白雲小說)≫에 아래와 같이 언급되어 있다. "삼한은 하 때에 비로소 중국과 내왕하였으나 문헌이 없어져 전해지는 바가 없고, 수・당대 이래로 비로소 지은이가 나타나니 을지문덕이 수나라 장수에게 시를 준 것과 신라왕이 당의 황제를 칭송하여 바친 것은 비록 간책에 적혀 있으나 적막하기 그지없다. 최치원에 이르러서야 당나라에서 과거 급제해 문장으로 그 이름을 해내에 떨쳤나니 그의 대련[43] 중에 '곤륜산은 동으로 달려 다섯 산악이 푸르고, 성수해가 북으로 흘러 한 줄기 물이 누르다.'라 하였는데 그의 과거 급제 동기인 '고운'이란 이가 '이 구가 곧 하나의 ≪여지지≫이다.'라고 하였다. 중국의 오악은 모두 곤륜산을 그 근본으로 하고 황하는 성수해에서 발원하기에 그렇게 말한 것이다. 그가 윤주 자화사에 제한 시[44] 중에서 '뿔 나팔 소리 속에 아침저녁 파도요, 청산 그림자 속에

것을 읊었다고 해석하였다. 인용된 구절은 처마 선이 날아갈 듯 집을 잘 만들었음을 형용한 부분이다.

38) 장효표의 시 042. 〈보름밤 달구경하는데 구름이 끼기에(十五夜翫月遇雲)〉 시에 보인다.

39) 일사(逸史) : ≪일사≫는 당나라 때 노조(盧肇)의 전기(傳奇)와 지괴(志怪) 모음집이라고 하는데 지금은 전해지지 않는다. 원주에서 언급한 이 문장의 경우 여러 시화(詩話)에 인용되어 있으나 책마다 글자의 출입이 있다.

40) 옥당한화(玉堂閑話) : 당말오대(唐末五代) 때 사람인 왕인유(王仁裕)의 필기소설집(筆記小說集)으로 송원(宋元)대에 이미 일실되었으나 ≪태평광기(太平廣記)≫ 등 여러 책에 그 흔적이 남아 있다.

41) 흥원(興元) : 옛 촉(蜀) 땅의 북부 지역으로 성도(成都)의 북동쪽에 위치했다. 섬서(陝西) 남부와 사천(四川) 북부의 경계에 자리 잡고 있는 진령(秦嶺) 이남 땅이었다.

42) 단(斷) : 원주에는 '단(斷)'자가 빠져 있으나 원문과 비교하여 보충하였다.

43) 최치원의 〈여지도에 제하다(題輿地圖)〉의 일부이다.

44) 이 시의 제목은 〈윤주 자화사의 상방에 올라(登潤州慈和寺上房)〉이다.

고금의 사람이라'라 하였다. 학사 박인범은 경주 용삭사에 제한 시에서 '반딧불이 같은 등불 흔들거리며 험한 길을 밝히고, 무지개 구름다리가 굽이돌아 바위 문에 이른다.'라 하였다. 참정 박인량은 사주 구산사에 제한 시[45]에서 '문 앞 나그네의 노는 큰 파도에 급하고, 대나무 아래 승려의 바둑 두기는 한낮에도 한가롭다'라 하였다. 우리 동방 사람들의 시가 중국에서 울린 것은 이 세 사람으로부터 비롯되었으며 문장이 나라를 빛냄에 이와 같은 것이 있다.(三韓, 自夏時, 始通中國, 而文獻蔑蔑無聞, 隋唐以來, 方有作者, 如乙支之貽詩隋將, 羅王之獻頌唐帝, 雖在簡冊, 未免寂寥. 至崔致遠, 入唐登第, 以文章名動海內, 有詩一聯曰, 崑崙東走五山碧, 星宿北流一水黃. 同年顧雲曰此句卽一輿地誌也. 蓋中國之五嶽皆祖於崑崙山, 黃河發源於星宿海, 故云. 其題潤州玆和寺詩一句云, 畵角聲中朝暮浪, 靑山影裏古今人. 學士朴仁範, 題涇州龍朔寺詩云, 燈撼螢光明鳥道, 梯回虹影到巖扃. 參政朴寅亮題泗州龜山寺詩云, 門前客棹洪波急, 竹下僧棋白日閒. 我東之以詩鳴于中國, 自三子始, 文章之華國, 有如是夫)"[46]
이규보는 이 글에서 최치원, 박인범, 박인량의 시구를 예로 들어 이 시들이 중국에 내놓아도 손색없으며 나라를 빛낼 정도의 것이라 평하였다.

5 [원주] 상권의 "끊어진 다리인 듯 사그라지는 무지개 물에 비치네" 구에 대한 주석에 보인다.[47](見上卷虹影照水斷橋梁注)

梯(제) : 운제(雲梯). 구름다리.

扃(경) : 문호, 빗장.

到(도) : ~에 이르다. '도(倒)'로 된 판본도 있는데 이 경우 '뒤집어지다'라는 뜻이다. 이 경우 높은 곳으로 이어진 다리가 마치 무지개를 뒤집어놓은 듯 호를 그리며 늘어져 있다는 뜻이 된다.

6 [원주] ≪장자≫[48]에 "저것도 하나의 옳고 그름이요, 이것도 하나의 옳고 그름이다."라 하였다. 〈심경〉[49]에 "색은 곧 공이요, 공은 곧 색이다."라 하였다.(莊子, 此亦一是非, 彼亦一是非. 心經, 色卽是空, 空卽是色)

空色(공색) : 불교에서 형질, 모양이 있는 것을 색(色)이라 하고 그 반대의 것을 공(空)이라 하는데 이것을 본디 같은 것으로 여기는 것이 〈반야심경(般若心經)〉의 요지이다.

7) 坐來(좌래) : 잠시, 눈 깜박할 동안. ≪십초시≫ 원문에는 '좌불(坐不)'로 되어 있으나, '래(來)'자의 자리에 평성(平聲)이 와야 하므로 측성(仄聲)인 '불(不)'자가 오면 율격에도 맞지 않고, 구의 의미도 잘 맞지 않다. 또한 '래(來)'자와 '불(不)'자는 모양이 유사하여 판각할 때 혼동되는 경우가 많다. 이 점과 ≪동문선≫ 등의 판본을 참고하여 '좌래(坐來)'로 바꾸었다.

【해설】

이 시는 경주 용삭사의 전각을 노래하고 겸하여 운서라는 승려에게 부친 것으로서 이규보가 ≪백운소설(白雲小說)≫에서 나라를 빛냈다고 할 만큼 빼어난 시다.

제1~2구에서는 푸른 하늘을 배경으로 날아갈 듯 치솟아 있는 용삭사의 처마선과 월궁의 생황

45) 이 시의 제목은 〈송나라로 사신 가며 사주 귀산사에 들러(使宋過泗州龜山寺)〉이다.
46) 李奎報, ≪白雲小說≫, 서울 : 同和出版社, 1972, 398쪽.
47) 백거이의 시 018. 〈강가의 누대에서 저녁에 바라보며 읊조리고 즐기다 시를 완성하여 수부의 장원외에게 부침(江樓晩眺吟翫成篇寄水部張員外)〉에 보인다. 백거이의 본래 구는 "무지개 사그라지니 물에는 잘라진 다리가 비친다.(虹殘水照斷橋梁)"로 원주에서 언급한 구와 글자의 출입이 있다.
48) 여기서는 ≪장자·제물론(莊子·齊物論)≫을 말한다.
49) 심경(心經) : 〈반야심경(般若心經)〉을 말한다.

소리가 닿을 듯한 용삭사의 신비로운 분위기를 묘사했다. 제3~4구는 용삭사가 매우 험준한 곳에 있어 사람 발길 닿기 어려운 곳이니, 인간 세계를 벗어난 선경에 있는 곳이라고 말했다. 제5~6구에서는 유한한 인간의 삶과 무한한 자연을 비교하여 다음 연의 내용을 끌어올 수 있는 과맥을 설정했다. 제7~8구에서는 짧은 인생을 살며 시름에 취해있는 유한한 삶을 생각하며 운서상인에게 시비와 공색의 이치를 물어 깨달음을 얻기를 강구하고 있다.

157

上殷員外[1]

원외랑 은씨에게 올림

孔明籌策惠連詩,[2]	제갈공명의 계책에 사혜련의 시 솜씨를 겸비하시어
佐幕親臨十萬師.[3]	막부에서 보좌하며 친히 십 만 군에 임하시네.
騏驥躡雲終有日,[4]	준마가 구름 위로 오를 날 끝내 있을 것이며
鸞凰開翅已當期.[5]	봉황이 날갯짓 시작할 날이 이미 기약되어 있으리.
好尋山寺探幽勝,	산사를 찾아 그윽한 경치 찾기 좋아하시고
愛上江樓話遠思.	강가 누각에 올라 웅원한 포부 이야기하길 좋아하신다네.
淺溥幸因遊鄭驛,[6]	천박한 재주로 요행히 정당시의 역마 타고 노닐게 됨에
貢文多愧遇深知.	시문을 올리면 깊이 알아봐주시는 분 만나니 부끄럽다네.

【주석】

1 이 시는 ≪전당시≫에 수록되어 있지 않다.
殷員外(은원외) : 은씨 성을 가진 원외랑이 ≪전당시≫에 몇 번 등장하지만 박인범과 교유가 있었던 사람인지 단언하기 어렵다. 원외(員外)는 정원 외의 관직을 말한다.

2 [원주] ≪촉지≫[50]에 "제갈량은 자가 공명이다. 교묘한 발상에 뛰어나 연노, 목우와 유마[51]를 개선한 것들도 모두 그의 생각에서 나온 것이다. 병법을 추론하여 팔진도를 만들면서 모두 그 마땅함을 얻었다."라고 하였다. ≪남사≫에 "사방명의 아들인 사혜련은 열 살에 이미 시문을 잘 지어 족형인 사령운이 칭찬하며 '매번 시문을 지을 때마다 혜련을 대하기만 하면 아름다운 말을 얻는다.'라 하였다. 사령운이 한번은 영가서당에서 시구를 생각다가 하루 종일 완성하지 못하고 있었는데 문득 꿈에서 사혜련을 보고는 그 즉시 '연못에 봄풀 자라다'라는 구를 얻었는데 아주 공교한 구라 생각하고는 늘 '이 말은 신령의 공이 들어간 것이지, 내가 지어낸 말이 아니다'라 하였다. 사혜련은

50) ≪삼국지·촉지(三國志·蜀志)≫를 말한다.
51) 목우(木牛)·유마(流馬) : 제갈량이 발명했다고 하는 운수 도구로서, 나무로 만든 소 모양의 '목우'는 외바퀴 수레이며, '유마'는 말 모양의 네 바퀴 수레라고 한다.

회계군의 관리인 두덕령을 무척 아꼈는데 그가 부친상을 입자 오언시 십 여 수를 지어 주었다. 그가 〈설부〉를 지었는데 매우 아름답고 기이하였나니 사령운은 그의 새 시문을 볼 때면 매번 '장화[52]가 다시 태어나도 이렇게 하기 쉽지 않으리라'라고 하였다. 그의 문장의 명성이 세상에 드높았다."라 하였다.(蜀志, 諸葛亮字孔明. 性長於巧思, 損益連弩木牛流馬, 皆出其意. 推演兵法, 作八陣圖. 咸得其宜[53]. 南史, 謝方明子惠連, 十歲能屬文, 族兄靈運加賞之. 曰每有篇章, 對惠連輒得佳語. 嘗於永嘉西堂思詩, 竟日不就, 忽夢惠連, 卽得池塘生春草,[54] 大以爲工. 常云, 此語有神功, 非吾語也.[55] 惠連先愛幸會稽郡吏杜德靈, 及居父喪, 贈以五言詩十餘首. 爲雪賦[56], 以高麗見奇, 靈運見其新文, 每曰張華重生, 不能易也. 文章行於世)

籌策(주책) : 계책.

3 佐(좌) : 보좌하다. ≪동문선≫에는 '좌(坐)'로 되어 있고 '앉다'라는 뜻이다.

4 [원주] 한 무제의 〈천마가〉[57]에 "그 뜻은 크고도 기개 있으며, 그 정신은 비범하고도 기이함이 있나니 뜬 구름을 밟고 어둠 속을 뚫고 내달린다."라 했다. '섭(籋)'의 음은 '섭'이다.(漢武, 天馬歌, 志俶儻, 精權奇, 籋浮雲, 晻上馳. 籋音躡)

騏驥(기기) : 준마라는 뜻으로 인재를 비유하는 말이다.

躡雲(섭운) : 구름 위까지 높이 오른다는 말로 뜻을 이루어 신분이 오르거나 관직에 등용된다는 의미이다.

5 當期(당기) : 예정대로, 때맞추어, 바로 이 시기.

6 [원주] 양웅은 〈빨리 망했던 나라 진과 아름다운 나라 신〉에서 "저의 학문은 일천하나니 그 행동도 다르지 않을 수 있겠습니까?"라 하였다. ≪한서≫에 "정당시가 태자 사인이 되었다. 매달 초 5일에 목욕하고 쉴 수 있는 하루 휴가를 얻게 되면 항상 장안 교외에 역마를 배치해두고서 빈객을 청하여 교유하며 밤을 샜다."라 하였다.(揚子雲, 劇秦美新, 雄經術淺薄. 行能無異.[58] 漢書, 鄭當時, 爲太子舍人. 每五日洗沐, 常置驛馬長安諸郊, 請謝賓客, 夜以繼日)

鄭驛(정역) : 정당시의 역마. 정당시(鄭當時)가 휴가를 얻을 때마다 장안 교외에 역마를 배치해두고서 빈객을 접대했다는 뜻으로 손님들을 맞이하고 기다리는 장소를 가리키는 말로 쓰인다.

【해설】

이 시는 박인범이 은씨 성을 가진 원외랑에게 바친 것이다. 은원외가 누구인지 알기 어려우나

52) 장화(張華) : 진대(晋代)의 학자(學者)로 시문에 뛰어났다. 그의 저서 ≪박물지(博物誌)≫가 유명하다.

53) 宜(의) : 요체라는 뜻의 '要(요)'로 된 판본도 있다.

54) 池塘生春草(지당생춘초) : 연못에 봄풀이 자란다. 사령운의 〈연못가 누각에 올라(登池上樓)〉 시에 나온다.

55) 非吾語也(비오어야) : 이 구절 뒤에 "본주에서 그를 주부로 삼으려 했으나 나아가지 않았다.(本州辟主簿不就)"라는 문장이 빠져 있다.

56) 雪賦(설부) : 원주에서는 '爲聖賦(위성부)'라 하여 사혜련이 〈성부(聖賦)〉를 지었다고 했으나 사혜련이 〈성부(聖賦)〉를 썼다는 기록은 없다. 또 ≪남사(南史)≫의 원문에 이 부분이 〈설부(雪賦)〉라고 되어있으므로 원주의 오류가 분명하여 수정하였다.

57) 천마가(天馬歌) : 대원국(大宛國)을 무력으로 위협하여 명마(名馬)인 한혈마(汗血馬)를 얻게 되자 한 무제가 기뻐하며 지었다는 노래이다.

58) 雄經(웅경) 이하 두 구 : 원주에는 '雄經時淺薄. 行能無累(웅경시천박, 행능무루)'로 되어 있으나 ≪문선≫ 등을 참고하여 수정하였다.

시의 내용상 고관의 막부에서 활동하는 이로서 그 뜻과 기상이 크고 고고한 사람이며 박인범을 매우 높게 평가해준 사람이었음을 짐작할 수 있다.

제1~2구에서는 은원외가 제갈공명의 지혜와 사혜련의 시 재주를 겸비하고서 막부에서 보좌관으로 지내고 있음을 이야기했다. 제3~4구에서는 시의 도입부를 이어 은원외가 막부의 보좌관으로서 지내고 있으며 그의 재주로 보아 분명 뜻을 이룰 날이 있을 것이라 하였다. 제5~6구에서는 은원외가 산사의 고즈넉한 경치를 찾고 강가 누각에 올라 웅원한 포부를 이야기하길 좋아하는 고상하고도 웅지 있는 사람임을 말했다. 제7~8구를 보면 은원외가 정당시처럼 손님들과 교유하는 것을 좋아하여 박인범을 초대해주었을 뿐만 아니라 박인범의 시 재주와 능력을 칭찬하고 인정해 주어 이에 대해 감사의 마음을 표하고 있음을 알 수 있다.

158

上馮員外

원외랑 풍씨께 올림

陸家詞賦掩群英,1	육씨 집안의 사부는 뭇 영웅들을 누르나니
卻笑虛傳榜上名.2	과거 합격 방에 올라간 이름이 헛되이 전해짐을 외려 비웃네.
志操應將寒竹茂,3	지조는 찬 대나무가 무성한 것과 같고
心源不讓玉壺淸.4	마음은 옥병이 맑은 것에 지지 않네.
遠隨旌旆來防虜,5	군대 깃발 따라 오랑캐 땅까지 멀리 왔는데
未逐鸞鴻去住城.6	기러기와 난새 좇아 떠나와 변방의 성에 머물고 있네.
蓮幕鄧林容待物,7	연막과 등림에 사람을 뽑을 만한 여유가 있으나
翩翩窮鳥自哀鳴.8	곤궁에 빠진 새는 훨훨 날며 스스로 울고 있다네.

【주석】

1 이 시는 ≪전당시≫에 수록되어 있지 않다.

[원주] ≪진서≫에 "육기는 어려서부터 남다른 재주를 지녔는데 문장으로는 세상에서 으뜸이었다. 그가 지은 삼백 여 편의 문장이 모두 세상에서 이름을 떨쳤다. 동생 육운은 여섯 살 때부터 문장을 지을 줄 알았으며 성정이 바르고 재기가 있었다. 어렸을 때부터 형 육기와 명성을 나란히 할 정도였는데 비록 문장은 육기만 못해도 의론을 서술하는 데 있어서는 형을 앞질렀기에 '이육'이라 불리었다. 그가 지은 문장이 삼백 사십구 편이고 ≪신서≫ 열 편을 찬술했는데 모두 세상에서 이름을 떨쳤다."라고 하였다. 〈이별의 노래〉에 "금마문[59]에서 왕명을 기다리던 모든 재주 뛰어난 자들, 난대[60]의 뭇 영웅들."이라 하였다.(晉書, 陸機少有異才, 文章冠世. 所著凡三百餘篇[61]並行於世. 弟雲六歲能屬文,

59) 금마문(金馬門) : 금규(金閨). 한(漢)나라 때 궁궐인 미앙궁(未央宮)의 한 문이다. 한(漢) 무제(武帝)는 문학에 밝은 관리들로 하여금 금마문에서 왕명을 기다리게 하며 그들에게서 자문을 받곤 하였다.

60) 난대(蘭臺) : 누대 이름으로 한(漢)나라 때 궁정의 보물과 자료를 보관하고 학술을 토론하던 곳이다. 명제(明帝)가 문인들을 좋아하여 난대의 관리로 뽑자 온갖 문웅(文雄)들이 몰려들었다고 한다.

61) 三百餘篇(삼백여편) : ≪진서≫에는 '二百餘篇(이백여편)'으로 되어 있다.

性淸正, 有才理. 少與兄機齊名, 雖文章不及機, 而持論過之, 號曰二陸. 所著文章三百四十九篇, 又撰新書十篇, 並行於世. 別賦[62], 金閨之諸彦, 蘭臺之羣英)

陸家(육가) : '육가(陸家)'란 육기와 육운 형제가 모두 문장으로 명성을 떨쳤던 것처럼 형제를 비롯한 가족이 모두 문명이 높은 집안을 뜻하는 말이다.

掩(엄) : 가리다, 뛰어넘다.

2 榜(방) : 과거 합격자를 공개했던 게시물.

3 [원주] ≪손자≫에 "진인은 겨울에는 소나무와 대나무같이 있다가 불 속에 있으면 옥의 정수가 된다."라 하였다.(孫子, 眞人在冬則松竹, 在火則玉英)

將(장) : '위(爲)'나 '시(是)'와 같이 '~이다'라는 뜻이다.

4 [원주] 포조(鮑照)는 〈백두음을 본떠〉에서 "곧기는 금슬의 붉은 현과도 같고, 맑기는 옥으로 만든 병에 담긴 얼음과도 같네."라고 하였다.(鮑明遠, 白頭吟[63], 直如朱絲繩, 淸如玉壺冰)

心源(심원) : 마음.

5 旌旆(정패) : 기치(旗幟), 곧 군대의 깃발. '패(旆)'가 ≪동문선≫에는 '총(悤)'으로 되어 있으며 '바쁘다'라는 뜻이다.

6 [원주] '정패'에 대한 설명은 이미 상권에 나왔다.[64] ≪문선≫에 실린 양웅(揚雄)의 〈빨리 망한 나라 진과 아름다운 나라 신〉에 "많고 많은 백로들 소리가 뜰을 채우고, 기러기와 난새의 무리가 계단에 점점 나아가네."라고 하였는데 그 주석에서 장선(張銑)이 말하기를, "많고 많은 백로와 기러기와 난새는 모두 현인을 비유한다."라 하였다.(旌旆已出上卷. 選, 揚子雲, 劇秦美新曰, 振鷺之聲充庭, 鴻鸞之黨[65]漸階. 注, 銑曰, 振鷺鴻鸞皆喩賢人也)

逐(축) : '수(遂)'로 된 판본도 있으나, 이 자리에 측성(仄聲)이 와야 하므로 ≪동문선≫을 참고하여 '축(逐)'으로 수정하였다.

住城(주성) : 시의 내용상 변방을 가리킨다.

7 [원주] ≪진서≫에 "왕검이 유고지를 위장군장사로 삼았다. 소면이 왕검에게 편지를 보내 '막부를 현명한 보좌관으로 채움에 있어 그 선발이 참으로 어려운 일입니다. 유경행이 푸른 물 위를 떠다니다가 연꽃에 의탁하게 되니 어찌 그리도 아름다운지요.'라고 하였다. 당시 사람들이 왕검의 막부를 '연화지'라 했다. 그래서 소면이 편지를 써 그것을 찬미한 것이었다."라 하였다.[66] 경행은 유고지의 자다. 산해경에 "과보가 해를 쫓다가 목이 말라서 황하와 위수의 물을 다 먹고도 부족하여 북쪽으로 가서 대택의 물을 마시려고 했지만 도착하기 전에 길에서 갈증으로 죽으면서 그 지팡이를 버렸는데 그것이 변하여 등림이 되었다."라고 하였다.(晉書, 王儉用庾杲之爲衛將軍長史. 蕭緬與儉書曰, 盛府元僚, 實難其選. 庾景行泛[67]綠水, 依芙蓉, 何其麗也. 時人以入儉府爲蓮花池. 故緬書美之. 景行杲之字. 山海經, 夸父逐日, 渴, 飮河渭, 不足, 北飮大澤. 未至, 道渴而死. 棄其杖,

62) 別賦(별부) : 남조(南朝) 양(梁)나라의 강엄(江淹)이 지은 작품이다. 원주에는 '한부(恨賦)'로 되어 있었으나 이는 강엄이 지은 다른 작품의 제목이므로 수정하였다.

63) 白頭吟(백두음) : 포조가 탁문군(卓文君)의 〈백두음(白頭吟)〉을 본떠 지은 〈백두음을 본떠(代白頭吟)〉를 말한다.

64) 유우석의 시 007. 〈대궐에서 종을 치는 것을 기다리며 여러 동료에게 보내어(闕下待傳點呈諸同舍)〉에 보인다.

65) 黨(당) : 원주에는 '배(輩)'로 되어 있으나 ≪문선≫에 의거하여 바로잡았다.

66) ≪남사(南史)·유고지전(庾杲之傳)≫의 내용이다.

67) 泛(범) : 원주에는 '일범(日泛)'으로 되어 있으나 ≪남사≫에 의거하여 '日(일)'을 삭제하였다.

化爲鄧林也)

蓮幕(연막) : 막부(幕府)의 미칭이다.

鄧林(등림) : 과보가 죽은 곳에서 그가 버린 지팡이가 자라 숲을 이뤘는데 이곳에 좋은 나무가 많았다고 한다. 나중에는 인재나 좋은 물건이 모이는 장소를 가리키게 되었다.

8 [원주] 왕찬(王粲)의 시[68]에 "외로운 새 훨훨 나네."라 하였다. 후한 조일의 〈곤궁한 새 노래〉에 "곤궁에 처한 새 한 마리, 들판에서 날개 접었네."라 하였다.(王仲宣詩, 孤鳥翩翩飛. 後漢趙壹窮鳥賦, 有一窮鳥, 戢翼原野云)

【해설】

이 시는 박인범이 원외랑 풍씨에게 자신을 이끌어주길 부탁한 간알시다. 제1~2구에서는 사부로 유명한 육씨 집안에 빗대어 풍원외 집안을 칭찬하고, 풍원외가 자신의 이름이 헛되이 전해짐을 비웃을 정도로 명예를 가벼이 여기는 겸손한 인물이라고 말했다. 제3~4구에서는 제1~2구를 이어 풍원외의 올곧은 인품을 칭송했다. 제5~6구에서는 변방으로 와서 머물며 곤궁에 빠진 박인범의 처지를 표현했다. 제7~8구에서 재능은 있으나 곤궁에 빠져 안착하지 못한 채 연막과 등림에 거두어지길 기다리고 있는 자신의 상황을 이야기하여 원외랑 풍씨에게 자신을 발탁해주기를 부탁하고 있다.

68) 이 시의 제목은 〈종군시(從軍詩)〉이다.

159

贈田校書[1]

교서 벼슬하는 전씨께 드림

芸閣仙郎幕府賓,[2]	운향각의 선랑은 막부의 빈객이시며
鶴心松操古詩人.[3]	학의 마음과 소나무의 절조에 옛 시인의 풍모 지니셨네.
淸如水鏡常無累,[4]	맑기로는 수경 같아 항상 더러움 없고
德比蘭蓀自有春.[5]	덕은 향초와 견줄만하여 스스로 봄빛을 가졌지요.
日夕笙歌雖滿耳,	아침저녁으로 생황 가락이 귀에 가득하지만
平生書劍不離身.[6]	평소 책과 검을 몸에서 떨어뜨려본 적 없으시지요.
應憐苦節成何事,[7]	꿋꿋이 절조 지키느라 이룬 것 없는 저를 분명 가련히 여기셔서
許借餘波救涸鱗.[8]	넉넉한 물결 빌려주어 목마른 물고기를 구해주시겠지요.

【주석】

1 田校書(전교서) : 이 인물에 대해서는 구체적인 자료가 남아 있지 않다. 교서(校書)는 전적(典籍)의 교감과 정리를 맡아보는 관직으로 비서성(秘書省) 소속이었다.

2 [원주] 어환의 ≪전략≫에 "운향이 종이에 좀 스는 것을 막아주는 까닭에 책을 보관하는 곳을 운각이라 칭한다."라 하였다. 두보의 시[69]에 "저녁 무렵 운향각에 오른다."라 하였다. ≪한서≫[70]에 "위청이 흉노를 정벌하고 크게 이기고 획득하니 황제가 나아가 막중에서 대장군에 배수하였으므로 이로 인해 막부라 말하게 되었다."라 하였다.(魚豢, 典略, 芸香, 辟紙魚蠹[71], 藏書臺稱芸閣. 詩史, 晩登芸香閣. 漢書, 衛靑征匈奴, 大克獲. 帝就拜大將軍于幕中, 因曰幕府)
芸閣(운각) : 운향각(芸香閣)과 같은 말로서 좁게는 비서성에서 전적을 보관하고 교감하는 곳을

69) 이 시의 제목은 〈저작랑으로서 태주사호로 폄적되었던, 돌아가신 영양의 정건 공(故著作郎貶台州司戶滎陽鄭公虔)〉이다. ≪두시상주(杜詩詳註)≫ 등에는 '등(登)'이 '취(就)'로 되어 있다.

70) 여기서는 ≪한서・이광전(李廣傳)≫을 말한다. 인용된 부분은 ≪한서・이광전(李廣傳)≫의 진작(晉灼)의 주석에 보이는 내용이다.

71) 魚蠹(어두) : 좀 벌레를 뜻한다.

가리키고 넓게는 비서성 전체를 가리킨다.

仙郎(선랑) : 젊고 멋진 남자.

3 操(조) : 지조(志操)를 뜻한다.

4 [원주] ≪진서≫에 "위관이 악광을 보고 특별하다 여기고 자식들로 하여금 그에게 가서 배우게 하면서 '이 사람이 수경 같이 맑아서 그것을 보면 밝게 빛나니, 마치 운무를 헤치고 청천을 보는 것과 같다'라고 말했다."라 하였다.(晉書, 衛瓘見樂廣, 奇之, 命諸子造焉, 曰此人之水鏡, 見之瑩然, 若披雲霧而睹青天)[72]

5 [원주] ≪공자가어≫에 "지초와 난초는 깊은 숲에서 자라지만 사람이 없다 하여 향기롭지 않을 수가 없다. 군자는 도를 바르게 하고 덕을 세우나니 곤궁에 빠져도 절조를 꺾을 수 없다."라 하였다. ≪둔재한람≫에 "〈초사〉에서 읊은 향초로서 '난', '손', '비', '약' 등등이라 말한 것이 모두 열다섯 종류이며 그 종류가 하나가 아닌데 그 이름과 모양을 다 알 수가 없어 해석하는 사람들이 통틀어 향초라 일컬을 따름이다."라 하였다. ≪이소주≫에 "향초와 멋진 새와 용봉으로써 충정을 지닌 군자를 비유한다."라고 하였다.(家語, 芝蘭生於深林, 不以無人而不芳. 君子修道立德, 不以用窮而敗節.[73] 遯齋閑覽, 楚辭所詠香草, 曰蘭, 曰蓀, 曰茝, 曰葯等,[74] 凡十五種, 其類不一, 不能盡識其名狀, 釋者俱一切謂之香草而已. 離騷注, 以香草善鳥龍鳳比忠貞君子)

6 [원주] '서검'에 대해서는 이미 상권에 나왔다.[75](書劍已出上卷)

7 苦節(고절) : 절조를 지키고 처음 품었던 뜻을 잃지 않는 것을 뜻한다. '절(節)'은 ≪동문선(東文選)≫에는 '수(戍)'로 되어 있고 '수자리'라는 뜻이다.

8 [원주] ≪장자≫에 "제가 어제 오다가 길에서 저를 부르는 소리를 듣고서 살펴보니 수레바퀴 자국에 붕어가 있었는데 '그대는 한 말이나 한 되의 물로 저를 살려주실 수 있겠습니까?'라 말하는 것이었습니다. '내가 서강의 물을 끌어다가 너를 맞이하면 되겠느냐?'라고 물어보니 물고기는 '나는 한 말이나 한 되의 물만 있으면 살 수 있소.'라 하였습니다."라 하였다.(莊子, 周昨來, 見道中呼周者. 視乎轍中有鮒魚焉. 曰君豈有斗升之水活我哉. 我且激西江之水而迎子, 可乎. 魚曰, 吾得斗升之水然活耳)[76]

涸鱗(학린) : 마른 물고기 비늘. 물이 없어 죽어가는 물고기에 박인범 자신을 빗댄 것이다.

【해설】

이 시는 비서성에서 교서 벼슬을 하고 있는 전씨에게 자신을 이끌어줄 것을 부탁하는 간알시다. 제1구부터 제6구까지 전씨의 인품과 덕망을 묘사하는 데에 집중하였다. 전씨는 지조 있는 관리이자 시인이며, 각종 연회가 이어지는 생활 속에서도 칼과 책을 몸에서 떨어뜨려본 적이 없을 정도로 문무를 겸비한 사람으로 그려졌다. 마지막 두 구에 이르러 절조를 지키느라 목마른 물고기처럼 곤궁한 처지가 된 자신을 이끌어주고 구해줄 것을 부탁하였다. 전반적으로 간알의 목적에 충실하게 맞추어 쓴 시라 평할 수 있다.

72) ≪진서≫ 원문에 비해 생략된 부분이 많다.

73) 不以用窮(불이용궁) 구 : ≪공자가어≫ 원문에는 '불위궁곤이패절(不爲窮困而敗節)'로 되어 있고 의미의 차이는 없다.

74) 원주에는 원문에 나열된 향초 이름들이 다수 생략되어 인용되었다.

75) 옹도의 시 079. 〈동쪽으로 돌아가는 마습유를 전송하며(送馬拾遺東歸)〉 시에 보인다.

76) ≪장자≫ 원문에 비해 생략된 부분이 많다.

160

九成宮懷古[1]

구성궁에서 옛일을 생각하며

憶昔文皇定鼎年,2	지난날 태종께서 나라 세우던 해 떠올려보니
四方無事幸林泉.3	사방에 분란이 없어지자 산과 내에 행차하셨지.
歌鐘響徹煙霄外,4	노래에 맞춘 편종 소리 구름 낀 하늘 너머로 울려 퍼지고
羽衛光分草樹前.5	깃털 장식한 의장대의 번쩍거림이 수풀 앞에 흩어졌지.
玉榭金階青靄合,6	옥 같은 정자 금빛 계단에 푸른 아지랑이 어려 있고
翠樓丹檻白雲連.	푸른 누각 붉은 난간에 흰 구름 이어지네.
追思冠劍橋山月,7	교산에 달 뜬 밤 황제(黃帝)의 의관과 검을 떠올리며
千古行人盡慘然.8	천고의 나그네는 모두 슬퍼하였지.

【주석】

1 [원주] ≪십도지≫에 "수나라 때 인수궁이다."라 하였다. ≪신당서 · 태종본기≫에 "6년 2월 무진일에 구성궁에 갔다."라고 하였고 또 "8년 경진일에 구성궁에 갔다."라 하였다.(十道志, 隋仁壽宮. 唐書, 太宗本紀, 六年二月戊辰, 如九成宮. 八年庚辰, 如九成宮)
九成宮(구성궁) : 수, 당대의 피서궁(避暑宮)이다. 수나라 때 세워져 인수궁이라 불렀던 것을 당 태종(太宗) 때에 중수하면서 그 주변의 산이 아홉 겹이라 하여 구성궁이라 이름을 고쳤다. 섬서(陝西) 지방에 있었다.

2 [원주] ≪구당서 · 태종문황제본기≫. ≪제왕세기≫에 "무왕이 주를 치고 낙읍을 경영하여 그곳에 도읍을 정하고 나라를 세웠다."라 하였다. ≪좌전≫[77]에 "성왕이 급욕에 도읍을 정하고 나라를 세움에 점을 치자 그 나라가 삼십 대를 가고 칠백 년 동안 이어질 것이라 하였다."라고 하였다.(唐書本紀, 太宗文皇帝. 帝王世紀, 武王伐紂, 營洛邑, 而定鼎焉. 左傳, 成王定鼎於郟鄏, 卜世三十, 卜年七百)
文皇(문황) : 당 태종 이세민(李世民)을 가리킨다.

77) 여기서는 ≪좌전≫ 선공(宣公) 3년의 기록을 말한다.

定鼎(정정) : 솥을 안치하다. 도읍을 정하고 나라를 세움을 뜻한다.

3 林泉(임천) : 산림과 샘.

4 [원주] ≪좌전≫[78]에 "진 도공이 위강에게 여자 악공 열여섯 명과 노래에 맞추어 반주로 치는 편종 한 벌을 하사했다."라 하였다.(左傳, 晉悼公賜魏絳女樂二八, 歌鐘一肆[79])

歌鐘(가종) : 노래에 맞추어 반주로 치는 편종(編鐘).

響徹(향철) : 소리가 울려 퍼지다.

煙霄(연소) : 구름 낀 하늘, 혹은 산에서 높은 곳을 가리킨다.

5 [원주] 강엄의 시[80]의 "황제의 의장대를 해가 비추네."에 대한 주석[81]에 "우위와 우보는 천자를 호위한다."라 하였다.(江淹詩, 羽衛藹流景, 注, 羽衛, 羽葆, 護衛天[82]子也)

羽衛(우위) : 황제의 의장대.

6 榭(사) : 정자(亭子).

靄(애) : 아지랑이.

7 [원주] ≪사기・한무제본기≫에 "교산에 묻힌 황제에게 제를 지내고 나서 황상이 '내가 듣기로 황제는 죽지 않았다 했는데 지금 무덤이 있으니 어째서인가?'라 물으니 어떤 이가 대답하길 '황제는 이미 신선이 되어 하늘로 올라갔으며 여러 신하들이 그 의관을 장사지낸 것입니다'라고 하였다."라 하였다. 두보의 시[83]에 "선제의 활과 검이 남았네."라 하였고, 그 주석에 "황제를 교산의 남쪽에 장사지냈다. 산이 무너지고 보니 관은 비었고 시신도 없었는데 오직 검과 신발만 있었다."라고 하였다.(祭黃帝塚橋山. 上曰, 吾聞黃帝不死, 今有塚, 何也. 或對曰, 黃帝已仙上天, 群臣葬其衣冠. 詩史, 先帝弓劍遺.[84] 注, 黃[85]帝葬於橋山南, 山崩[86]空棺無尸. 唯劍舃在)

追思(추사) : 회상하다.

橋山(교산) : 지금의 섬서성(陝西省)에 위치한 산으로 황제(黃帝)를 장사지낸 곳이라고 전한다. 물이 산을 뚫고 지나가서 산의 모습이 마치 다리와 같아서 교산(橋山)이라고 불렀다. 구성궁과 비교적 근접한 곳이다.

8 慘然(참연) : 마음이 슬픈 모양.

【해설】

시인은 구성궁에서 옛 일을 떠올리며 영웅호걸도 모두 유한한 삶을 살 수밖에 없다는 무상감에 젖어 이 시를 지었다. 제1~2구에서는 당 태종이 천하의 난리를 수습하고 구성궁을 중수하여 행차했던 일을 떠올렸다. 제3~4구에서는 구성궁의 당시 모습을 상상하였는데 구성궁에 울려 퍼진 음악

78) 여기서는 ≪좌전≫ 양공(襄公) 11년의 기록을 말한다. 인용된 부분은 이것이 생략, 변형된 것이다.

79) 肆(사) : 두예(杜預)의 주석에 따르면 '사(肆)'는 '하나의 열(列)', 즉 한 벌을 말하는데 편종의 경우 열여섯 개가 한 벌, 즉 하나의 사(肆)를 이룬다.

80) 이 시의 제목은 〈원태위숙 종가(袁太尉淑從駕)〉이다.

81) ≪문선≫의 주석을 말한다.

82) 天(천) : 원주에 '왕(王)'으로 되어 있는 것을 ≪문선≫에 의거하여 수정하였다.

83) 이 시의 제목은 〈담이 판관을 전송하며(送覃二判官)〉이다.

84) 遺(유) : ≪두시상주≫에는 '유(遺)'가 '원(遠)'으로 되어 있고 '멀다'라는 뜻이다.

85) 黃(황) : 원주에는 '황(皇)'으로 되어 있는데 ≪두시상주≫ 등에 의거하여 수정하였다.

86) 山崩(산붕) : 원주에는 빠져 있으나 원문을 참고하여 추가하였다.

소리, 의장대의 번쩍이는 갑옷을 묘사하여 구성궁의 전성기를 그려냈다. 제5~6구에서는 구성궁의 적막한 현재 모습을 표현했다. 구성궁의 희뿌연 구름 기운은 암울하고 쓸쓸한 분위기를 자아내어 위에서 말한 구성궁의 화려한 모습과 대비시키고 마지막 두 구의 무상감을 이끌어낼 수 있게 하였다. 제7~8구에서는 황제(黃帝)의 의관을 장사지냈다는 교산을 이야기했는데, 이것은 구성궁과 지리적으로 인접해 있는 황제의 능을 통해 인생의 무상함을 이끌어내기 위해서였다. 쇠락해 가는 구성궁에서 느낀 인생의 무상감을 잘 표현한 시라고 하겠다.

17 두순학杜荀鶴

두순학시(杜荀鶴詩)

[원주] 《왕공백가시선》*에 "자가 언지인데 자칭 구화산인이라 하였으며 대순 연간(890~891)에 진사에 급제했다."라 하였다.(王公百家詩選, 字彦之, 自稱九華山人, 大順中登進士及第)

두순학(杜荀鶴, 846~904)

두순학은 당 무종(武宗) 때 지주(池州) 석태현(石埭縣, 지금의 안휘성(安徽省) 석대현(石臺縣))에서 태어났다. 《당재자전(唐才子傳)》과 《당시기사(唐詩紀事)》 등에서는 그가 두목(杜牧)의 미자(微子)** 라고 주장하였는데, 청대(淸代) 기윤(紀昀) 등이 이 설은 사실이 아니라고 반박한 바 있다.

넉넉지 않은 집안 환경 속에서도 학문과 작시에 정진하여 어려서부터 시로 명성을 얻었으나,*** 누차 과거에 낙방하고 황소의 난을 피해 구화산(九華山)****과 여산(廬山) 등에 숨어 지내는 등, 그의 인생은 순탄치 않았다. 고관의 천거도 받지 못하고 난리로 인해 과거도 재개되지 않아 답답한 날들을 보내다가 황소의 난이 수습된 이후 치러진 과거에서 비로소 급제하였으니 당 소종(昭宗) 대순 2년(891), 그의 나이 46세 때의 일이었다. 과거 급제 후 잠시 고향으로 돌아갔을 때 《당풍집(唐風集)》 3권을 냈다. 이후 절도사 전군(田頵)의 막료직을 거쳐 주전충(朱全忠)*****의 인정을 받아 한림학사(翰林學士) 등에 천거되기도 했다.****** 그의 사망 시기에 대해서는 이설이 있지만 904년에 병사한 것으로 보는 의견이 많다.

그는 유교와 불교적 사상을 기반으로 민중의 질고를 그린 사실적인 사회시와 은거 생활 등을 노래한 평담한 서정시를 많이 지었다. 그의 시에 대한 평가는 호오가 엇갈리지만 동시대 시인인 고운(顧雲)은 "왼손으로는 두보의 소매를 붙잡고 오른손으로는 이백의 어깨를 두드릴 수 있을 정도다.(可以左攬工部袂, 右拍翰林肩)"*******라 칭찬한 바 있다. 《당풍집(唐風集)》에 실린 310 여 수의 시가 지금도 전해진다.

(정세진)

* 왕공백가시선(王公百家詩選) : 왕안석(王安石)의 《당백가시선(唐百家詩選)》을 말한다.

** 미자(微子) : 정실이 아닌 첩실에게서 난 자식을 말한다. 《당재자전(唐才子傳)》에서는 "두순학은 자가 언지이며 두목의 미자이다. 두목이 회창 말에 제안에서 추포로 임지를 옮겨갈 때에 그의 첩이 임신한 채로 장림의 향정인 두균에게 시집가서 두순학을 낳았다.(荀鶴, 字彦之, 牧之微子也. 牧會昌末, 自齊安移守秋浦時, 妾有娠, 出嫁長林鄕正杜筠, 生荀鶴)"라고 하였다.

*** 《당재자전(唐才子傳)》에 "어려서부터 시명을 드러냈다.(早著詩名)"라고 하였다.

**** 구화산(九華山) : 현재의 안휘성(安徽省) 지주시(池州市)에 있다.

***** 주전충(852~912) : 당나라를 무너뜨리고 후량(後梁)을 세운 사람이다. 황소의 난 때 황소의 휘하에 있다가 당에 투항하여 절도사로 임명되었으나 소종(昭宗)을 시해하고 소종의 아들을 애종(哀宗)으로 옹립했다가 907년에 폐위시키고 후량을 세웠다.

****** 《당재자전(唐才子傳)》에는 두순학이 주전충의 천거를 받은 것이 과거 합격 이전의 일로 기술되어 있다.

******* 《당풍집(唐風集)》의 서(序)이다.

161

秋日泊江浦[1]

가을날 강가에 배를 대고

一帆程歇九秋時,2	돛단배 하룻길 마친 어느 가을 날
漠漠蘆花覆釣磯.3	아득히 펼쳐진 갈대꽃 낚시터를 뒤덮었네.
寒浦更無船並宿,	물가는 차갑건만 더 이상 함께 묵는 배 없고
暮山時見鳥雙歸.	산에 해지는데 때때로 짝지어 돌아가는 새 보인다.
照山烽火驚離抱,4	산에 비치는 봉화는 나그네 마음 놀라게 하고
剪葉風霜逼暑衣.	잎을 에는 바람서리는 여름옷에 파고든다.
江月漸明汀露濕,5	강에 비친 달 점점 밝아지고 모래톱엔 이슬 젖을 제
靜驅吟魄入玄微.6	고요히 시흥을 몰아 오묘한 경계로 들어간다.

【주석】

1 이 시는 ≪전당시≫와 ≪당풍집(唐風集)≫에 〈가을날 포강에 배를 대다(秋日泊浦江)〉라는 제목으로 실려 있다. 포강(浦江)의 경우에는 절강성(浙江省) 중부 포강현(浦江縣) 서쪽에서 발원하는 포양강(浦陽江)을 뜻하고, 강포(江浦)의 경우에는 '강가'라는 뜻의 일반명사이다.

2 程歇(정헐) : 여행 중에 식사, 숙박, 휴식 등을 위해 잠시 가던 길을 멈추는 것을 말한다. 여기서의 정(程)은 하루 동안 갈 수 있는 길, 노정을 의미한다.
九秋(구추) : 여기서는 90일 간의 가을을 가리킨다.

3 漠漠(막막) : 아득히 펼쳐진 모양.
蘆花(노화) : 갈대꽃.
覆釣磯(복조기) : ≪전당시≫와 ≪당풍집(唐風集)≫에는 모두 '불랑비(拂浪飛)'로 되어 있는데 이 경우 '파도를 스치며 나네'라는 뜻이다.
釣磯(조기) : 낚시할 때 앉는 바위를 가리키는데 낚시터 전체를 뜻하기도 한다.

4 照山(조산) : ≪전당시≫와 ≪당풍집(唐風集)≫에는 모두 '조운(照雲)'으로 되어 있으며 '구름에 비치다'라는 뜻이다.

離抱(이포) : 고향, 벗 등과 이별한 이의 마음.

5 汀(정) : 물가 모래톱.

6 [원주] 조식(曹植)의 〈칠계〉에 "현미자"[1]라 했고 그 주에 "심원하고 현묘하며 정심하고 미묘하다."라 하였다.(曹子建, 七啓, 玄微子. 注, 幽[2]玄精微也)

吟魄(음백) : 시심(詩心), 시흥(詩興).

玄微(현미) : 심원하고 미묘함, 혹은 그러한 이치와 경계를 뜻한다.

【해설】

이 시는 두순학이 뱃길을 가다 날이 저물자 강가에 배를 대고 밤을 나며 지은 것으로 나그네의 객수가 잘 드러나 있다. 제1~2구에서는 파제(破題)하여 가을날 갈대가 우거진 강가에 배를 댄 정황을 이야기했다. 제3~4구에서는 차가운 물가에 배를 댔지만 벗하여 묵는 배 한 척 없이 외로운데 해저물녘 새들이 짝을 지어 둥지로 돌아가는 풍경이 보인다고 하여 나그네의 외로움을 더욱 부각시켰다. 제5~6구에서는 난리에 시달리느라 봉화만 보아도 깜짝 놀라는 나그네의 심사와 얇은 옷에 파고드는 풍상의 차가움을 묘사하였다. 여기까지 외로운 나그네와 쓸쓸하고도 처량한 풍경을 묘사했다면 제7~8구에서는 나그네가 그의 외로운 심사를 시에 기탁해 현묘한 경계에 들어가는 것을 그려냄으로써 괴로운 상황을 시심으로 담담히 극복하는 시인의 모습을 그려냈다. 시에 의지해 고통을 이겨내는 시인의 모습은 그가 "세상에서 무슨 일이 좋은가 하니, 제일 좋기로는 시를 능가할 것 없어라.(世間何事好, 最好莫過詩)"[3]라고 읊었던 것과 상통한다.

1) 현미자(玄微子) : 〈칠계〉에 나오는 가상의 인물이다.
2) 幽(유) : 원주에는 '迷(미)'로 되어 있으나 ≪문선≫ 이선(李善) 주에 따라 수정하였다.
3) 두순학의 〈고음(苦吟)〉 시 중 일부이다.

162

長安感春[1]

봄날 장안에서

出京無計住京難,	서울을 떠나자니 앞으로의 계책 없고 머물자니 그도 어려워
深入東風轉索然.[2]	깊숙이 불어드는 동풍에도 도리어 시큰둥하다.
滿眼有花寒食下,[3]	한식 즈음하여 눈에 가득 꽃 피어있건만
一家無信楚江邊.	초강 가에 있는 우리 식구들 소식 없네.
此時晴景愁於雨,	이럴 때 비갠 경치는 비 오는 날보다 더 슬프고
是處鶯聲苦却蟬.[4]	곳곳에 꾀꼬리 소리는 매미 소리보다 괴롭다.
公道算來終達去,[5]	공정한 도리가 언젠가는 적용되겠지
更從今日望明年.[6]	또 다시 오늘부터 내년을 바라봐야하리.

【주석】

1 이 시는 ≪전당시≫와 ≪당풍집≫에 〈장안에서 봄에 느끼다(長安春感)〉라는 제목으로 실려 있다.

2 風(풍) : 바람. '문(門)'으로 된 판본도 있다.
 轉(전) : 도리어.
 索然(색연) : 흥미가 없는 모양.

3 下(하) : 명사 뒤에 붙어 일정한 시간, 장소, 범위를 나타낸다.

4 是處(시처) : 도처에.
 鶯(앵) : 꾀꼬리.
 却(각) : '어(於)'와 같은 의미로 '~보다'라고 풀이된다. '사(似)', 혹은 '극(極)'으로 된 판본도 있는데 각각 '~와 같이', '극히'라는 뜻이다.

5 公道(공도) : 공정한 도리.
 算來(산래) : 따지고 보면.
 去(거) : '료(了)'로 된 판본도 있는데 '완료되다'라는 뜻이다.

6 明(명) : '래(來)'로 된 판본도 있는데 의미의 차이는 없다.

【해설】

답답한 처지로 인해 장안의 아름다운 봄을 견디기 힘든 시인의 상황을 읊은 시다. 제1~2구에서는 서울을 떠날 수도 머물 수도 없는 답답한 처지이기에 봄이 와도 춘흥이 일지 않는 시인의 상태를 표현했다. 제3~4구에서는 한식을 즈음하여 꽃은 만발했지만 멀리 떨어져 있는 식구들의 편지 한 장이 없어 애타하는 심정을 그렸다. 제5~6구에서는 모두가 좋아해마지 않을 봄 경치와 꾀꼬리 소리가 도리어 비 오는 날 보다, 시끄러운 매미 소리보다 자신을 괴롭게 만든다고 말하였다. 여기까지 봄기운에도 감흥이 일지 않을 정도로 우울한 자신의 처지를 이야기하는 데에 비중을 두었다면 제7~8구에서는 그 슬픔을 애써 극복하고 스스로를 위로하는 방향으로 전환을 이루고 있다. 그는 공정한 도리가 언젠가는 자신에게도 적용되리라 기대하며 오늘부터 또 다시 희망을 갖고 앞으로 올 날들을 기다려보리라 한다.

이 시의 전반적인 내용으로 보았을 때 두순학이 과거에 낙방하고 지은 낙제시일 것이라 추정된다. 당시 장안에서 치러지는 과거는 음력 정월에 치러져 음력 2월에 그 결과가 발표됐다. 시인이 서울에서 이러지도 못하고 저러지도 못한 채 낙담하여 봄날을 맞이했다고 했으므로 이것은 과거 합격자 발표가 있은 후의 일로 볼 수 있다. 또한 그의 〈길에서 봄을 만나다(途中春)〉 중 "올 봄 내가 도모했던 일 또 수포로 돌아갔지만, 필경 어딘가에서 지공을 만나게 되겠지.(年光身事旋成空, 畢竟何門遇至公)"라는 구는 이 시의 마지막 두 구와 매우 유사하다. '지공(至公)'은 '지극히 공정하다'는 뜻과 '과거 시험관'이라는 뜻을 모두 갖고 있고 '공도(公道)'는 '공정한 도리'라는 뜻과 '실력으로 사람을 뽑는 공정한 도리'라는 뜻도 가지기 때문이다. 두 수의 시를 종합해볼 때 두순학은 자신이 과거에서 낙방한 이유가 '지공(至公)'과 '공도(公道)'를 만나지 못해서라 생각하고 낙담하지만 언젠가는 '지공(至公)'이 나를 알아주고 '공도(公道)'가 적용되는 날이 오리라 희망하였음을 알 수 있다.

두순학은 오랜 시간 동안 과거에 응시했지만 거듭 낙방하면서 많은 낙제시를 지었는데 이 시도 그 중 하나라 생각된다. 과거를 통해서만 자기의 포부를 실현할 수 있던 시대에 과거에 거듭 낙방한 채 봄을 마주해야 했던 시인의 좌절과 희망을 엿볼 수 있는 시라고 하겠다.

163

贈彭蠡釣者[1]

팽려호에서 낚시하는 이에게 드림

偏坐漁舟出葦林,	고깃배 한 켠에 앉은 사람 갈대숲에서 나오는데
葦花零落向秋深.2	갈대꽃 시들어 깊은 가을로 향해가는 때이네.
秖將波上鷗爲侶,3	그저 파도 위를 나는 갈매기와 벗 삼을 뿐
不把人間事繫心.4	인간 세상의 일에 마음 두지 않네.
傍岸歌來風欲起,	고깃배 언덕을 스치며 노래할 때 바람 막 일어나려하고
卷絲眠去月初沉.5	낚싯줄 말아 올리고 잠이 들 때 달은 막 잠기려하네.
若敎我似渠閒散,6	만약 나로 하여 그처럼 한가하게 지내게 해준다면
贏得湖山到老吟.7	호숫가에서 늙도록 시 읊는 삶 얻을 수 있을 터인데.

【주석】

1 [원주] ≪십도지・강남도≫에 "강주에는 팽려호가 있다."라 하였다.(十道志, 江南道, 江州有彭蠡湖)
彭蠡(팽려) : 강서성(江西省)에 위치한 호수인 팽려호(彭蠡湖), 즉 파양호(鄱陽湖)를 말한다. 현재 중국 최대의 담수호이다.

2 零落(영락) : 시들다.
秋深(추심) : 심추(深秋)와 같은 말로서 깊은 가을, 늦가을이라는 뜻이다.

3 [원주] ≪열자≫에 "바닷가에 사는 사람 중에 갈매기를 좋아하는 이가 있었는데 매일 아침이면 바닷가로 나가 갈매기를 따라 놀곤 했다. 갈매기가 그에게 다가와 노는데 수백 마리에 이르렀다. 그의 아버지가 '내가 듣기로 갈매기가 너를 따라 논다고 하니 네가 갈매기를 잡아오면 내가 데리고 놀아보겠다.'라고 하였다. 그 다음날 바닷가로 가니 갈매기가 춤추며 날 뿐 내려오지 않았다."라 하였다.(列子, 海上之人, 有好鷗鳥者, 每旦之海上, 從鷗鳥游. 鷗鳥之至者, 百數而不止. 其父曰, 吾聞鷗鳥從汝遊, 汝取來吾玩之. 明日之海上, 鷗鳥舞而不下)
秖(지) : 다만.
將(장) : 목적어를 서술어 앞으로 도치시켜주는 역할을 하며 '~을', '~와'라고 풀이된다.

4 繫心(계심) : 마음에 두다.

5 卷絲(권사) : 낚싯줄을 말아 올린다는 의미다.

6 [원주] ≪집운≫에 "'거(傢)자는 '거(渠)'자와 통하며 오 지방 사람들이 '저 사람'을 호칭하는 말이다."라 하였다.(集韻 傢, 通作渠, 吳人呼彼稱)

渠(거) : 3인칭 대명사로서 '그'라는 뜻이다. ≪전당시≫와 ≪당풍집≫에는 '군(君)'으로 되어 있으며 뜻은 같다.

閒散(한산) : 한가하다는 의미이다. ≪전당시≫와 ≪당풍집≫에는 '한방(閒放)'으로 되어 있으며 뜻은 같다.

6 [원주] ≪전한서·화식전≫ 중 '영득'에 대한 주석에서 "충분히 얻다."라 하였다.(前漢, 貨殖傳, 贏得注, 所獲贏餘)

贏得(영득) : 얻다.

湖山(호산) : 호숫가. 자연을 의미한다.

【해설】

두순학이 팽려호에서 고깃배를 타고 낚시하는 이에게 증정하는 형식으로 쓴 시로 자연을 벗 삼고 살아가는 그의 삶에 대한 시인의 동경과 부러움이 담겨있다.

제1~2구에서는 늦가을 갈대꽃도 시들 때, 배 한 켠에 앉아 유유히 갈대숲을 빠져나오는 낚시꾼의 모습을 그렸다. 제3~4구에서는 낚시하는 이가 세속의 일에는 마음 두지 않고 오로지 자연과 더불어 살아감을 표현했다. 이 두 구의 구법은 일반적인 구법과는 다른데, 넉 자, 석 자로 끊어지는 일반적인 구조를 취하지 않고 다섯 자, 두 자로 끊어지는 구법을 취하였다. 제5~6구에서는 배를 타고 노래하며 다니고 달이 저물 때 낚시를 그만두고 잠이 드는 이의 모습을 그렸다. 마음 가는대로 노래하며 다니고 내키지 않으면 잠을 자는 낚시꾼의 모습을 통해 자신의 의지대로 자유롭고 한가롭게 살아가는 이에 대한 시인의 동경과 부러움을 표현했다. 그는 마지막 두 구에서 자신에게 만약 자연과 벗 삼아 한가하게 살 수 있는 삶이 주어진다면 늙도록 시를 읊으며 살 것이라 말했다. 비록 시인은 모든 것을 내려놓고 자연으로 돌아가 시를 읊으며 살고 싶다고 말은 하지만 사실상 그것은 현실의 제약으로 인해 상상으로 끝날 수밖에 없다. 현실에 속박된 시인과 팽려호에서 유유자적 살아가는 낚시꾼의 대조가 수묵화 같이 담백하게 그려진 시다.

164

途中春

길에서 봄을 만나

年光身事旋成空,1	올봄 내가 도모했던 일 또 수포로 돌아갔지만
畢竟何門遇至公.2	필경 어딘가에서 지공을 만나게 되리라.
人世鶴歸雙鬢上,3	인간 세상 살다보니 새하얀 학이 두 살쩍 위로 날아들고
客程蛇繞亂山中.	나그네 길에 똬리 튼 뱀은 어지러운 산에 있네.
牧童向日眠春草,	목동은 해를 향해 봄풀에서 잠들고
漁父隈巖避晚風.	어부는 바위 모퉁이서 저녁 바람 피하네.
一醉未成花又落,	한 번 취해보지도 못하고 꽃은 떨어지는데
故園回首楚江東.	고개 돌려보니 내 고향은 초강의 동쪽이어라.

【주석】

1 年光(연광) : 봄 풍경, 혹은 봄.
身事(신사) : 자신이 도모했던 일이나 그 사정.
旋(선) : 또.

2 [원주] 중장자의 ≪창언≫[4]에 "인주는 임할 때에 지극한 공평함으로써 하고 행동할 때에 지극한 인애로써 해야 한다."라고 하였다.(仲長子, 昌言, 人主臨之以至公, 行之以至仁也)
至公(지공) : 원주에서는 글자 의미 그대로 '지극한 공정함'으로 풀이했지만, 여기서는 '과거시험에서 시험관에 대한 경칭'으로 풀이하였다.

3 鶴(학)……鬢(빈) : '학빈(鶴鬢)'이라는 단어를 헤쳐 놓은 구법이다. '학빈(鶴鬢)'은 흰 살쩍 털을 의미하는데, 이 구에서 "새하얀 학이 두 살쩍 위로 날아든다."라고 말한 것은 학처럼 흰빛으로 살쩍이 세어 버린 것을 의미한다.

4) 창언(昌言) : 한말(漢末) 중장통(仲長統)이 지은 책이다. 한말의 정치적 병폐를 지적하고 이에 대한 대안을 설파하였다.

【해설】

이 시는 길에서 본 봄 풍경에 말 못할 자신의 답답한 심사를 담아내는 것에 중점을 두고 있다. 제1~2구에서 시인은 올봄에 자신이 도모했던 일이 또 수포로 돌아갔다며 낙담하지만 그래도 언젠가는 "지공"을 만나게 될 것이라며 희망의 끈을 놓지 않는 모습을 보여준다. 제3~4구에서는 학의 털같이 하얗게 변한 자신의 살쩍을 통해 나이만 먹은 자신을 한탄하는 한편 자신이 가야할 길 앞에 뱀들이 똬리 틀고 있음을 표현하여 자신의 전도가 그리 밝지 않음을 말하고자 했다. 제5~6구에서는 봄풀에서 잠든 목동과 바위 모퉁이에서 바람을 피하고 있는 어부를 대구로 나열하여 자신의 신세와 대비되는 그들의 한가롭고 편안한 일상을 포착해냈다. 자고 싶을 때 자고 피하고 싶은 일이 있으면 피해도 되는 그들의 일상은 봄날이 다 가도록 한 번의 여유도 갖지 못한 시인의 일상과 극명히 대비된다. 시인은 마지막 두 구에서 마음 푹 놓고 한 번 놀아본 적도 없지만 결국 자신이 도모했던 일이 수포로 돌아갔다며 고향을 돌아보며 눈물을 삼키는 심정을 표현하였다. 두순학의 시에는 거듭된 낙방에서 느끼는 울분과 한탄이 표현된 경우가 많은데 제7구에서 시인이 도모하던 일의 결과가 나온다고 말한 시점이 과거급제자가 발표된 음력 2월과 시기적으로 일치한다는 점, 제2구에서 과거 시험관에 대한 경칭인 '지공'이 나오는 점을 고려해볼 때 이 시도 과거 낙방 후에 쓴 것으로 추측된다. 이 시는 모든 공력을 쏟아 과거를 준비하고 치러냈지만 '지공'을 만나지 못해 또다시 낙방한 시인의 좌절을 담아낸 것이다.

165

贈友罷赴擧辟命[1]

과거시험 응시를 그만두고 군대로 가는 벗에게 드림

連天一水浸吳東,	하늘에 맞닿은 하나의 물줄기는 동오를 적시고
十幅帆飛二月風.	열 폭의 돛은 이월의 바람에 날린다.
好景探抛詩句裏,2	좋은 경치 찾아내어 시구 속에 던져 넣고
別愁驅入酒杯中.	이별의 슬픔 몰아서 술잔 속에 담는다.
魚依岸柳眠圓影,3	물고기는 강가 버드나무 밑 달그림자에 깃들어 잠이 들고
鳥傍巖花戲暖紅.4	새는 바위 틈 꽃 옆 따스한 붉은 기운에서 노닌다.
不是桂枝終不得,5	계수나무 가지를 끝내 얻지 못해 떠나는 것이 아니라
自緣年少好從戎.6	젊어서 흔쾌히 군대에 투신하고자 하는 것이라네.

【주석】

1 赴擧(부거) : 과거시험에 참가하다.
辟命(벽명) : 임명하다. 소집하다. 여기서는 군대에 징집된 것으로 보았다.

2 探(탐) : 찾다. ≪전당시≫와 ≪당풍집≫에는 '채(採)'로 되어 있으며 뜻은 같다.
抛(포) : 투척하다, 떨어뜨리다.

3 圓影(원영) : 달그림자.

4 [원주] ≪한고시화≫에 "두순학의 시 중 사람들이 일찍이 비웃었던 것으로 '들에 자란 채소 뜯고 새 장작을 팬다.'[5]라는 구가 있었는데 이를 일컬어 거지의 시라 하기도 하였다. 그러나 '학은 가고 둥지에는 달이 담겼다.'[6]와 '새는 바위 틈 꽃 옆 따스한 붉은 기운에서 노닌다.', '이슬은 가을 노송나무에 뿌려지고 학 우는 소리는 청아하다.'[7]와 같은 표현도 말할 수 있었나니 이와 같은 구는 역시 칭찬할 만하다."라 하였다.(漢皐詩話, 杜荀鶴詩, 人嘗笑有挑野菜, 斫新柴之句, 號爲丐者詩, 然亦解道, 鶴去巢

---

5) 두순학의 〈산중에 사는 과부(山中寡婦)〉 중에서 "때때로 들에 자란 채소 뜯어 풀뿌리와 함께 삶아 먹고, 또 젖은 장작 패어 이파리 달린 채로 불을 땐다네.(時挑野菜和根煮, 旋斫生柴帶葉燒)"라는 구를 축약한 것이다.

6) 두순학의 〈가을날 서현사에 묵으며 벗을 그리워하다(秋宿棲賢寺懷友人)〉 시의 일부이다.

7) 두순학의 〈천태산으로 돌아가는 항산인을 전송하며(送項山人歸天台)〉 시의 일부이다.

盛月, 鳥傍巖花戲暖紅, 露淋秋檜鶴聲淸, 似此句亦可賞)

5 [원주] '계지'에 대한 것은 위의 "계수나무 가지 꺾다"에 대한 주석에 보인다.[8](桂枝見上折桂注)
桂枝(계지) : 계수나무 가지를 꺾는다는 것은 과거에 급제하는 것을 말한다.

6 [원주] 조식(曹植)의 시[9]에 "목숨을 걸고 멀리 군대로 간다네."라 하였다.(曹子建詩, 損軀遠從戎)

【해설】

이 시는 과거 시험에 응시하는 일을 그만두고 종군하는 길을 선택한 벗에게 준 것이다. 이 벗이 누구인지는 알 수 없지만 제목의 어감으로 볼 때 두순학과 마찬가지로 여러 차례 과거에 응시하다가 마침내는 종군의 길을 선택한 인물이라 추측할 수 있다.

제1~4구는 벗을 전송하는 자리의 풍경과 분위기를 묘사했다. 하늘과 맞닿도록 펼쳐진 강물 위에 돛을 휘날리며 떠 있는 배를 타고 벗은 떠나게 되었다. 좋은 경치를 시구에 담아보지만 이별주를 마시는 마음은 착잡해 보인다. 제5~6구는 버드나무가 드리운 그늘에 기대어 잠드는 물고기와 붉은 꽃이 핀 곳에서 노는 새를 묘사하여 만물이 생동하기 시작하는 좋은 봄날이라 오히려 이별의 슬픔이 배가됨을 표현했다. 제7~8구에서는 벗이 종군하는 것이 과거에 연거푸 떨어졌기 때문이 아니라 젊은 패기로 국가와 정의를 위해 종군하는 것이라 하여 벗의 위신을 세워주었다.

전반적으로 정경을 잘 표현한 시로서, ≪한고시화(漢皐詩話)≫에서도 지적했다시피 제5~6구의 풍경 묘사가 뛰어나다고 생각한다.

8) 박인범의 시 155. 〈초가을에 감회를 쓰다(早秋書情)〉 시에 보인다.

9) 이 시의 제목은 〈잡시(雜詩)〉이다. 원주에 인용된 부분은 〈잡시〉 중 두 번째 수이다.

166

夏日登友人林亭1

여름날 벗의 숲속 정자에 올라

暑天長似秋天冷,	더운 날에도 가을날처럼 언제나 서늘하나니
帶郭林亭盡不如.2	교외의 정자들도 다 이만 못하리.
蟬噪檻前遮日竹,	난간 앞에 해를 가리는 대나무 속에서 매미 울고
鷺窺池面弄萍魚.	연못 수면에 개구리밥 희롱하는 물고기를 백로가 엿보네.
抛山野客橫琴醉,	산에 던져진 야객은 금을 가로놓고 취하고
種藥家僮踏月鉏.3	약초 심는 시동은 달빛을 밟으며 호미질 하네.
衆惜君才堪上第,4	그대의 재주 장원 급제 감이라 다들 아까워하나니
莫因居此與名踈.	여기에 사느라 명예와 소원해지지는 마시게.

【주석】

1 이 시는 ≪전당시≫에 〈여름날에 벗의 서재인 숲속 정자에 오르다(夏日登友人書齋林亭)〉라는 제목으로 실려 있다.

2 帶郭(대곽) : 성곽 밖 근교(近郊).

3 月(월) : 달. ≪전당시≫와 ≪당풍집≫에는 '설(雪)'로 되어 있으며, 이를 따를 경우 이 구절은 '눈을 밟으며 호미질하네.'로 풀이된다.

鉏(서) : 호미질하다.

4 上第(상제) : 장원 급제하다.

【해설】

이 시는 여름에 벗의 숲속 정자에 들러 더위를 식히며 경치를 감상하는 한편, 벗의 재주를 아까워하며 그에게 세상과 소원하게 지내지 말기를 권한 것이다.

제1~2구에서는 숲속 정자가 다른 어느 곳과도 비교할 수 없을 정도로 시원하다고 벗의 정자를 칭찬했다. 제3~4구는 정자 주변의 풍경을 묘사한 것이다. 특히 제4구에서 연못에 뜬 개구리밥을 입으로 톡톡 치며 노닐고 있는 물고기를 백로가 엿보고 있다고 한 표현은 정자 주변 연못에서 벌어지는 한 순간의 장면을 절묘하게 묘사한 부분이다. 제5~6구에서는 전원으로 돌아가기를 포기한 채 아직도 세속의 일에 얽매여 있는 시인이 금을 가로놓고 연주하는 모습과 벗의 시동이 달빛을 밟으며 호미질을 하고 있는 모습을 감각적으로 표현했다. 제7~8구에서는 벗의 재주를 아까워하면서 이처럼 좋은 전원에서 사느라 세속의 명예를 잊고 살지는 말라고 충고하면서 시를 마무리했다.

167

春日寄友人自居山[1]

봄날에 거처하는 산에서 벗에게 부침

野吟何處最相宜,	들판 어느 곳이 시 읊기에 가장 알맞은가
春景暄和好入詩.2	봄볕 따스한 곳이 시에 담기 좋다네.
高下麥苗新雨後,3	봄비 온 뒤 높고 낮은 보리 싹
淺深山色晩晴時.	저녁에 날 갤 때 옅고 짙은 산 빛.
半巖雲脚風牽斷,4	반쯤 가리워진 바위에 구름발은 바람이 끌어서 끊어지고
平野花枝鳥踏垂.	평평한 들판에 꽃가지는 새가 밟아 드리워졌네.
倒載干戈當是日,5	창과 방패 거꾸로 실은 날이 바로 이런 날이리니
近來麋鹿自相隨.6	근래에는 사슴 고라니가 절로 따르며 노닌다네.

【주석】

1 이 시는 ≪전당시≫와 ≪당풍집≫에 〈봄날에 산에 거처하며 벗에게 부치다(春日山居寄友人)〉라는 제목으로 실려 있다.

2 暄和(선화) : 따뜻하다.

3 新雨(신우) : 봄비.

4 雲脚(운각) : 구름발. 낮게 드리운 구름을 뜻한다.

5 [원주] ≪서경·무성≫에 "무예를 그만두고 학문을 닦다."라고 하였는데 그 주석에 "창과 방패를 거꾸로 싣고 호랑이 가죽으로 싸놓아 사용하지 않음을 보여주는 것이다."라 하였다.(書, 武成, 偃武修文. 注, 倒載干戈, 包以虎皮, 示不用[10])

倒載干戈(도재간과) : 창과 방패를 거꾸로 싣는 것을 말한다. 전쟁이 끝나고 평화의 시대가 도래함을 의미하는 말로 쓰였다.

10) 示不用(시불용) : ≪서경·무성≫에는 이 부분이 "천하 사람들이 무왕이 다시는 병기를 사용하지 않을 것임을 알았다.(天下知武王之不復用兵也)"라고 되어 있다.

當是日(당시일) : ≪전당시≫와 ≪당풍집(唐風集)≫에는 '시하일(是何日)'로 되어 있으며, '언제인가?' 라는 뜻이다.

6 [원주] ≪진서≫에 실린 반악의 〈관중기〉에 "장성 서북쪽에 입장산이 있다. 전한 말엽 신맹이 아버지와 아들과 더불어 그곳에 거처했는데 나이가 백칠십 살이었다. 사슴 가죽 옷을 입고서 고라니, 사슴들과 함께 무리지어 놀았고 언제 죽었는지는 알 수 없다. 사람들이 그를 일컬어 '녹선'이라 하였다."라 하였다.[11](晉書, 潘岳, 關中記, 長城西北有立將山, 前漢末辛孟與父子居之, 年百七十. 着鹿衣, 與麋鹿同群遊. 不知其死, 世謂之鹿仙)

麋鹿(미록) : 고라니와 사슴. 자연과 더불어 살아가는 은거자의 삶을 가리킨다.

自(자) : 절로. ≪전당시≫와 ≪당풍집≫에는 '욕(欲)'으로 되어 있고 '하고자 하다'라는 뜻이다.

【해설】

이 시는 지은이가 산에 머물면서 본 산뜻한 봄 경치를 묘사하고 자연에 동화되어 가고 있는 자신의 일상을 표현하여 벗에게 부친 것이다. 이 시의 핵심은 제3~6구의 풍경 묘사에 있다. 제3~4구에서는 봄비가 내린 후에 들쭉날쭉 자라난 푸르른 보리 싹과 저녁 무렵 날이 갤 때 옅고 짙게 보이는 푸른 산 빛을 대구로 묘사했는데 봄비가 내린 후 보리밭과 산에서 느껴지는 청신한 기운이 잘 그려졌다. 제5~6구는 낮게 드리웠던 구름발을 바람이 흩어버리고 꽃가지를 새가 밟아 드리웠다는 대구를 통해 비 갠 뒤 하늘과 땅의 봄 풍경을 묘사했다. 이 네 구의 풍경 묘사는 한 순간의 정경을 포착해 묘사하는 두순학의 필력을 잘 보여준다. 마지막 두 구에서는 이 산속에서는 전쟁이 끝나 평화의 시대가 도래한 바로 그때인 것처럼 고라니, 사슴이 절로 따르며 함께 노닌다고 말하여 산 속에 살면서 느끼는 평화로움을 벗에게 말해주었다. 산 속에서 세속의 영욕을 잠시 접어두고 자연에 동화되어 생활하고 있는 두순학의 삶이 담백하게 묘사된 시라고 하겠다.

11) ≪진서≫는 물론이고 반악의 〈관중기〉에도 이러한 내용은 없다. 여러 기록을 통해 볼 때, 원주에서 이야기한 '입장산(立將山)'은 장안성(長安城) 서북쪽에 위치한 '무장산(武將山)'의 오기이고 원주의 출처 또한 잘못된 것이라 추정된다.

168

秋日湖外書事

가을날 호숫가에서 심사(心事)를 쓰다

十五年來筆硯功,	십오 년 동안 계속 붓과 벼루에 공을 들였으나
只今猶在苦吟中.1	지금은 그저 괴롭게 읊는 처지라네.
三秋客路湖光外,	가을날에 나그네 길은 호수 빛 밖에 있고
萬里鄕關楚色東.2	만 리 밖 고향은 초나라 경치 동쪽에 있네.
鳥徑杖藜山翳雨,3	험준한 산길을 명아주 지팡이 짚고 가는데 산은 비에 가려지고
猿村欹枕樹搖風.4	원숭이 우는 마을에서 베개에 기대노라니 나무는 바람에 흔들린다.
朱門處處若相似,5	고관대작의 집집마다 만약 모두 이 같은 일이 있다면
此命到頭應亦通.6	이 운명도 끝내는 응당 풀리겠지만.

【주석】

1 苦吟(고음) : 괴롭게 읊다. ≪전당시≫와 ≪당풍집≫에는 '고빈(苦貧)'으로 되어 있으며 '지독하게 가난하다'라는 뜻이다.

2 鄕關(향관) : 고향.
楚色(초색) : 초 지방의 경치. ≪전당시≫와 ≪당풍집≫에는 '초읍(楚邑)'으로 되어 있으며 '초나라 마을'이라는 뜻이다.

3 鳥徑(조경) : 험준한 산길.
翳(예) : 가리다.

4 猿村(원촌) : 원숭이 마을. ≪전당시≫와 ≪당풍집≫에는 '원림(猿林)'으로 되어 있고 '원숭이 숲'이라는 뜻이다.

5 朱門(주문) : 귀족 혹은 부호의 집을 가리킨다.

6 到頭(도두) : 끝내.
應亦通(응역통) : 응당 역시 통할 것이다. ≪전당시≫와 ≪당풍집≫에는 '통불통(通不通)'으로 되어 있으며 '통할 것이냐, 통하지 않을 것이냐?'라는 뜻이다.

【해설】

두순학은 과거에 누차 낙방하면서 힘겨운 젊은 시절을 보냈다. 그의 시 중에 낙방의 감회를 읊은 것이 유독 많은 것도 이 때문이다. 이 시에서도 역시 의도한 대로 풀리지 않는 자신의 운명에 대한 답답한 심사를 표현하고자 했다. 제1~2구에서는 십오 년 동안 지필연묵(紙筆硯墨)을 쓰며 공부에 매진하였지만 그 공로가 지금에 와서는 괴롭게 시 읊는 데에 있을 뿐이라고 한탄하였다. 제3~4구에서는 자신이 고향을 떠나 나그네로 떠돌며 가을날을 맞이하고 있다고 이야기했다. 제5~6구에서는 자신이 현재 거처하는 곳의 주변 풍경을 묘사했다. 험준한 산길을 지팡이 짚고 걷는 사람과 원숭이 우는 마을에서 베개에 기댄 사람 모두 시인 자신이다. 험준한 산길은 자신의 생활이 녹록치 않음을 암시하고 원숭이 우는 마을은 도시로부터 격절된 장소임을 암시한다. 여기서 비에 가려진 산과 바람에 흔들리는 나무는 자신의 의지와는 상관없이 외물(外物)에 의해 좌우되는 사물로서 자신의 의지대로 살아지지 않는 시인의 신세를 상징한다. 제7~8구에서는 고관대작의 자제들도 만약에 시인과 같은 고통을 겪고 있다면 불합리한 제도와 현실이 개선되어 자신의 이러한 운명도 끝내는 통할 날이 있을 것이라 말했다. 그러나 당시의 현실에서 고관대작의 집안에는 이러한 일이 없을 것이므로 두순학의 이러한 바람은 덧없는 희망에 가까웠다. 집안의 후원 없이 자신의 뜻을 펼치기 어려운 상황 속에서 덧없는 희망을 가지고 살아가는 서생의 답답한 운명과 심사를 담담하게 이야기한 시라고 하겠다.

169

旅舍秋夕1

객사의 가을 저녁

寒雨蕭蕭燈焰淸,2	부슬부슬 찬 비 내리고 등불 맑을 때
燈前孤客難爲情.3	등불 앞 외로운 나그네는 아픈 마음 견디기 어렵네.
干戈鬧日別鄕國,4	전란으로 시끄러운 때에 고향과 이별하였기에
鴻鴈來時憶弟兄.5	기러기 올 때면 형과 아우 그리워라.
冷極睡無離枕夢,	차갑기 그지없어 잠자리에는 베개 맡을 떠나는 꿈이 없고
苦多吟有徹雲聲.6	괴로움 많아 읊은 시에는 구름을 걷어가는 구슬픈 소리가 있네.
出門便作還家計,	문을 나서면서 곧바로 집으로 돌아갈 계획 세웠건만
直到如今計未成.7	줄곧 지금까지 계획이 성공하지 못했다네.

【주석】

1 [원주] 제2구에서 "아픈 마음 견디기 어렵네."라 한 것은 ≪문선・왕소군사≫[12]에서 "후세 사람들에게 전하노니 멀리 시집오게 되면 아픈 마음 견디기 어렵네."라 한 것과 관련되어 있다. 제4구의 의미는 ≪예기≫의 "형제의 연배라면 조금 뒤처지듯 나란히 걷는다."라 한 것을 이용한 것이다.(第二句云難爲情, 選, 王昭君詞, 傳語後世人, 遠嫁難爲情. 第四句意用, 禮記, 兄弟之齒雁行)
旅舍(여사) : 객사. ≪전당시≫와 ≪당풍집≫에는 '관사(館舍)'로 되어 있는데 의미의 차이는 없다.

2 蕭蕭(소소) : 비가 내리는 소리.
燈焰(등염) : 등불의 불꽃.
淸(청) : 맑다. ≪전당시≫와 ≪당풍집≫에는 '청(靑)'으로 되어 있으며 이 경우 '등불이 푸르다', 즉 '오래 있어 가물거리다'로 해석된다.

3 難爲情(난위정) : 감정을 추스르거나 견디어 내기 힘든 것을 말한다.

4 干(간) : 방패 등의 병기(兵器). 혹은 전쟁을 말한다. ≪전당시≫와 ≪당풍집≫에는 '병(兵)'으로

12) ≪문선≫에 수록된 석숭(石崇)의 〈왕소군사(王昭君辭)〉를 말한다.

되어 있는데 의미의 차이는 없다.

干戈鬧日(간과요일) : 두순학의 생평에 비추어 볼 때 '황소(黃巢)의 난(875~884)' 당시를 가리키는 말로 보인다.

5 來(래) : 오다. ≪전당시≫와 ≪당풍집≫에는 '과(過)'로 되어 있고 '지나다'라는 뜻이다.

憶(억) : 생각하다. ≪전당시≫와 ≪당풍집≫에는 '사(思)'로 되어 있고 뜻은 같다.

鴻雁過時(홍안과시) : 가을에 이동하는 기러기를 말한다. ≪예기≫에는 '안행(雁行)'이라는 말이 있는데 이것은 형제의 연배인 사람과는 조금 뒤처지듯 하면서 나란히 걷는다는 의미이다. 시인은 열을 지어 이동하는 기러기를 보면서 '안행(雁行)'이라는 말을 떠올렸고 이로부터 전란으로 헤어진 형제를 연상해냈다.

6 離枕夢(이침몽)과 徹雲聲(철운성) : 대구를 이루고 있는 문형이다. '이침몽(離枕夢)'은 잠이 들면 꿈에서라도 객사를 떠나 고향으로 가게 되므로 '베개 맡을 떠나는 꿈'이라 한 것이고 '철운성(徹雲聲)'은 바람이 세차게 불어 구름을 걷어가는 소리처럼 시인의 시에 신음과 울분 소리가 가득하다는 의미다. 추위에 떨면서 '이침몽(離枕夢)'도 꿀 수 없는 처지라서 시에 '철운성(徹雲聲)'만 가득하다는 뜻으로 시인의 고통스런 처지를 표현한 말이다.

7 直(직) : 줄곧.

到(도) : ~에 이르다. ≪전당시≫와 ≪당풍집≫에는 '지(至)'로 되어 있으며 뜻은 같다.

【해설】

두순학은 황소의 난을 피해 고향을 떠나 숨어 지내며, 난리가 수습될 때까지 과거가 재개되지 않아 시험조차 보지 못하고 답답한 나날을 보내야 했다. 이 시의 제3구에서 "전란으로 시끄러운 때(干戈鬧日)"라고 한 것으로 보아, 이 시 역시 황소의 난 중에 쓴 것이라 추정할 수 있다. 이 시에서 두순학은 전란 중에 고향을 떠나 차디찬 객사에서 잠 못 이루는 자신의 답답한 심사와 고향의 형제에 대한 그리움을 표현했다.

제1~2구에서는 추운 가을 저녁에 객사에서 등불만 마주하고 있는 시인 자신의 모습을 그렸다. 제3~4구에서는 전란으로 인해 고향을 떠나 형제와 생이별을 하다 보니 기러기가 지나가는 것만 보아도 '안행(雁行)'이라는 말이 떠올라 형제를 그리워하게 된다고 했다. 제5~6구에서는 차디찬 잠자리에서 꿈도 꿀 수 없어 읊은 시마다 괴로움을 토로하는 소리가 가득하다고 하여 시인의 괴로운 신세를 표현했다. 제7~8구는 고향의 문을 나서는 즉시 다시 고향에 돌아올 계획을 세웠건만 아직도 성사시키지 못한 채 객사에 머무르고 있는 처지임을 이야기했다. 제7구의 '문(門)'은 여러 의미로도 해석 가능한데, 이 문을 '객사의 문'을 가리키는 시어로 보아 시인이 객사의 문을 나설 때마다 집에 갈 계획을 세워본다는 뜻도 될 수 있을 것이다.

난리 속에서 형제의 안위를 걱정하며 객사에서 머무르고 있는 시인의 안타까운 처지가 잘 그려진 시라고 하겠다.

170

雪

눈

風攬長空寒骨生,1	높은 하늘에서 바람이 휘어잡아 차가운 골기 생겨나더니
先於曉色報窗明.2	새벽빛보다 먼저 창에 밝은 빛을 가져다주네.
江湖不見飛禽影,	강과 호수에 나는 새 모습 보이지 않고
巖谷唯聞折竹聲.3	바위와 골짜기에 꺾어지는 대나무 소리만 들리네.
巢穴幾多相似處,4	날짐승 둥지와 들짐승 둥지가 얼마나 비슷해졌는지
路岐兼得一般平.5	길과 갈라진 길이 모두 똑같이 평평해졌다네.
擁袍公子莫言冷,6	솜옷 끌어안은 공자여, 춥다고 말하지 마시게
中有樵夫跣足行.7	저 가운데에 나무꾼은 맨발로 걷고 있나니.

【주석】

1 攬(람) : 휘어잡다. ≪전당시≫와 ≪당풍집≫에는 '교(攪)'로 되어 있으며 '뒤섞이다'라는 뜻이다.
長空(장공) : 높고 먼 하늘.
寒骨(한골) : 빈한한 사람. 여기서는 눈을 비유하는 말로서 '차가운 골격'으로 풀었다.

2 先(선) : 앞서다. ≪전당시≫와 ≪당풍집≫에는 '광(光)'으로 되어 있으며 '빛나다'라는 뜻이다.

3 [원주] ≪한고시화≫에 "두순학이 〈눈을 읊다〉에서 '강과 호수에 나는 새 모습 보이지 않고, 바위와 골짜기에 꺾어지는 대나무 소리만 들리네.'라고 하자, 서왕[13] 왕안석이 '이 구는 퍽 여린데, 만약 「새가 나는 모습, 대나무가 꺾이는 소리」라고 말했다면 굳세면서도 힘이 있었을 것이다.'라고 말했다.[14] 이는 옛 시에서 '비 내리자 가지 위에 버섯 돋아나고, 우레 쳐서 동굴 속의 용을 일으킨다.'와 딱 맞는 경우로서, 굳세게 말하고자 했다면 어찌 '버섯은 가지 위에 내린 비로 생겨나고, 용은 동굴 속에 내려친 우레에 일어난다.'라고 말하지 않았겠는가? 일찍이 한 글자를 덧붙여 넣지 않고도

13) 서왕(舒王) : 왕안석(王安石)은 사후에 서왕(舒王)에 추증되었다.
14) 송나라 진선(陳善)의 ≪문슬신화(捫蝨新話)≫에 이와 비슷한 이야기가 실려 있다.

구를 굳건하게 한 일이 이와 같았나니 이것이 글자의 자리를 바꾸는 까닭이었다."라 하였다.(漢皐詩話, 杜荀鶴賦雪云, 江湖不見飛禽影, 巖谷唯聞折竹聲. 舒王云, 此句頗嫩, 若言禽飛影, 竹折聲, 則勁而有力. 此正如雨生枝上菌, 雷起穴中龍. 欲語勁, 何不言菌生枝上雨, 龍起穴中雷.[15] 未嘗有一字添入, 而句健乃爾, 斡旋其意故也)

4 [원주] "골짜기는 본디 깊어 다시는 가득 채워질 수 없네."라고 된 경우도 있다.(一作溝壑本深無復滿)
幾多(기다) : 얼마나 많이.
相似(상사) : 서로 닮다.
巢穴(소혈) 구 : ≪전당시≫와 ≪당풍집≫에도 이와 같이 "날짐승 둥지와 들짐승 둥지가 얼마나 비슷해졌는지(巢穴幾多相似處)"로 되어 있다. 원주에서는 다른 글자로 구성된 판본이 있다고 설명했는데 찾지 못했다.

5 一般(일반) : 매양 한 가지로.

6 莫(막) : ~하지 말라. ≪전당시≫와 ≪당풍집≫의 경우 '휴(休)'로 된 판본도 존재하는데 의미의 차이는 없다.

7 樵夫(초부) : 나무꾼.
跣足(선족) : 맨발.

【해설】

이 시는 '눈'을 제재로 한 시로서 시인은 시 전체에서 '눈'이라는 단어를 사용하지 않고 눈이 생겨나서 내린 후의 다양한 형상을 감각적으로 그려냈다. 제1~2구에서는 눈이 먼 하늘에서 생겨나 창가에 소복이 내려앉아서 새벽빛보다 환하게 빛나고 있는 모습을 그렸다. 제3~4구에서는 눈이 내리자 새들도 날지 않고 눈의 무게로 인해 대나무 가지 꺾이는 소리만 들린다는 말로 눈이 내린 후의 형상을 공감각적으로 표현했다. 제5~6구에서도 새둥지와 동굴, 길과 갈라진 길이 어느 곳이 어느 곳인지 분간할 수 없을 정도로 눈에 뒤덮인 풍경을 묘사했다. 제7~8구에서 시인은 솜옷을 입고도 춥다고 말하는 공자에게 눈 속을 맨발로 걷고 있는 나무꾼이 있으니 춥다고 엄살을 부리지 말라고 충고하였다. 두순학은 눈 속을 맨발로 걷는 나무꾼의 모습과 솜옷을 부여잡고 있는 공자의 모습을 대비시키고 추위 속에서도 힘겹게 일을 해야 하는 백성들의 삶을 환기시킴으로써 시인의 애민사상과 평등사상을 드러냈다.

15) 菌生(균생) 이하 두 구 : 이 구절이 남북조 시기 송(宋) 석연년(石延年) 시의 산구(散句)라는 기록이 있다.

18 조당 曹唐

조당시(曹唐詩)

[원주] ≪신당서·예문지≫에 "조당의 시는 3권이며, 자는 요빈이다."라 하였다.(唐藝文志, 曹唐詩三卷, 字堯賓)

조당(曹唐, 797?~866?)

조당은 계주(桂州, 지금의 광서성 계림시(桂林市))의 사대부 집안 출신이다. 처음에 도사가 되었다가 이후 환속하여 진사시에 응시했으나, ≪전당시≫에서는 그가 급제하지 못했다고 밝히고 있다. 일설에 따르면 태화(太和, 827~836), 혹은 대중(大中, 847~859) 연간에 진사가 되었다고도 하나, 함통(咸通, 860~873) 연간에 사부종사(使府從事)를 맡아 여러 절도사의 막부에서 일을 했다는 기록이 있는 것으로 보아 낮은 관직을 전전하며 불우한 삶을 산 것으로 여겨진다.

조당의 시에는 현실에 대한 불만과 함께 자신의 청고(淸高)함에 대한 긍지가 드러나는데, 당시에는 특히 명산대천(名山大川)을 노닐며 쓴 유선시(遊仙詩)로 명성을 떨쳤다. 조당의 유선시는 제재를 대부분 고대 신화 전설과 지괴소설로부터 취해 매우 풍부한 상상력이 두드러지며, 자연스러우면서도 생생한 경물 묘사로도 높이 평가된다. ≪당재자전(唐才子傳)≫권8에 따르면, 조당은 〈대유선(大遊仙)〉 시 50수와 〈소유선(小遊仙)〉 시 100편 등을 썼으며 비환(悲歡)과 이합(離合)의 요체를 기술하여 당시에 크게 유행하였다고 하는데, 현재 ≪전당시≫에는 〈대유선〉 시 17수, 〈소유선〉 시 99수가 전하고 있다. 본래 개인 전집이 있었다고 하나 산실되었고, 후인이 편집한 ≪조종사시집(曹從事詩集)≫이 전한다.

(주기평)

171

黃帝詣崆峒山謁容成[1]

황제가 공동산에 가서 용성공을 찾아뵙다

黃帝修心息萬機,[2] 황제가 마음을 수양하려 정사보기를 그치니
崆峒到日世情微.[3] 그가 공동산에 다다른 날, 세상의 정은 쇠미해졌다네.
先王道向容成得,[4] 황제의 도는 용성공에게서 얻었고
使者珠隨象罔歸.[5] 사자의 구슬은 상망을 따라 돌아왔네.
涿鹿罷兵形欲蛻,[6] 탁록에서 전쟁을 끝냈으며, 외형은 허물을 벗으려 하였고
洞庭張樂夢何稀.[7] 동정에서 음악을 연주하였으니 화서국의 꿈은 어찌 그리 희미하였던가?
六宮一閉夜無主,[8] 육궁은 모두 닫히고 밤에 모실 주군이 없는데
月滿空山雲滿衣. 달빛 가득한 빈산에 구름이 옷에 가득하네.

【주석】

1 이 시는 ≪전당시≫에 수록되어 있지 않다.

[원주] ≪사기≫에 "황제는 소전의 아들로, 성은 공손이고 이름은 헌원이다."라 하였다. ≪열선전≫에 "용성공은 스스로 황제의 스승이라 칭하였다. 주나라 목왕이 배알했으며, 보도술[1)]에 뛰어나 머리가 다시 검게 되었고, 이가 빠졌다가 다시 생겨났다. 사적이 노자와 같아, 노자의 스승이라고도 한다."라 하였다. ≪십도지≫의 "위주 공동산"에 대한 주석에서 "황제가 도사를 찾아간 곳이다."라 하였다.(史記, 黃帝者, 少典之子, 姓公孫, 名軒轅. 列仙傳, 容成公者, 自稱黃帝師. 見於周穆王, 能善補道之事, 髮復黑, 齒落復生. 事與老子同,[2)] 亦云老子師. 十道志, 胃州崆峒山, 注, 黃帝訪道處.)

崆峒山(공동산) : 현재의 감숙성 평량시(平凉市) 서쪽에 위치해 있는 산. 신선 고사의 배경으로 흔히 등장하며, 용성공(容成公)이 은거한 것이라 전한다. '공동(空同)', 혹은 '공동(空桐)'이라고도 한다.

1) 보도술(補道術) : 도가의 양생법, 혹은 장생법의 일종으로 음기를 취하여 양기를 보강하는 것을 이른다. 그 대표적인 예로 방중술(房中術)을 들 수 있다.

2) 事與老子同(사여로자동) : 원주에는 '事老子(사로자)'로만 되어 있는데, ≪열선전≫에 의거하여 추가하였다.

容成(용성) : 용성공. 전설상의 신선으로, 스스로 황제의 스승이라 칭하였다. 현소(玄素)[3]의 도를 행하여 200세를 살았다고 전해진다.

2 萬機(만기) : 천자가 보살피는 여러 가지 일, 천하의 정치를 의미한다.

3 [원주] 《전자》에 "동무심이 말하기를, '천박한 사람은 세상의 정을 알지 못한다.'라고 하였다."라 하였다.(纏子, 董無心曰, 鄙人也, 不識世情)

世情微(세정미) : 세상의 정이 쇠미해지다. 황제가 공동산으로 떠나가 지상은 덕치가 쇠미해졌음을 말한 것이다.

4 [원주] 《목천자전》에 "(주 목왕이) 계사일에 군옥산에 이르렀는데, (이곳은) 용성씨가 지키는 선왕의 땅으로, 책부라 하였다."라 하였다. 《산해경》에 "옥산은 서왕모가 기거하는 곳이다."라 하였다.(穆天子傳, 癸巳至群玉山, 容氏所守先王之所, 謂冊府也. 山海經, 玉山, 西王母所居)

先王(선왕) : 황제(皇帝)를 가리킨다.

道(도) : 여기서는 선술(仙術), 방술(方術)을 가리킨다.

5 [원주] 《장자》에 "황제가 적수의 북쪽에서 노닐 때 곤륜산에 올라 남쪽을 바라보고 돌아왔다. 그의 검은 구슬을 잃어버렸는데, 지[4]에게 이를 찾게 하였으나 찾지 못하였고, 이주[5]에게 이를 찾게 하였으나 찾지 못하였으며, 개후[6]에게 이를 찾게 했으나 찾지 못하였다. 이에 상망에게 찾게 했더니 상망이 이를 찾아내었다. 황제가 말하기를, '이상한 일이로다. 마음을 버리니[象罔] 그것을 찾을 수 있었구나!'라고 하였다."라 하였다.(莊子, 黃帝遊於赤水之北, 登乎崑崙之丘而南望, 還歸. 遺其玄珠, 使知索之而不得, 使離朱索之而不得, 使喫詬索之而不得也.[7] 乃使象罔, 象罔得之. 黃帝曰, 異哉, 象罔, 乃可以得之乎)

象罔(상망) : 《장자》의 우언 중에 등장하는 인물로, 지각, 형체, 마음이 없다.

6 [원주] 《사기·황제본기》에 "치우가 난을 일으키고 왕명을 받들지 않자, 이에 황제가 제후들을 불러 모아 탁록의 들판에서 싸웠다."라 하였다. 《동방삭화찬》의 "허물을 벗고 용으로 변했으니, 세속을 떠나 신선이 된 것이다."에 대한 주석에 "선태(蟬蛻)는 껍질을 벗고 몸을 드러내는 것을 이른다."라 하였다.(史記黃帝本紀, 蚩尤作亂, 不用帝命, 於是黃帝乃徵諸侯, 與蚩尤戰於涿鹿之野. 東方朔畫贊, 蟬蛻龍變, 棄世登仙. 注, 蟬蛻, 謂脫殼出身)

涿鹿(탁록) : 지명. 지금의 하북성(河北省) 탁록현(涿鹿縣) 남쪽 지역. 일설에는 산 이름이라고도 한다.

蛻(태) : 뱀, 매미 따위가 허물을 벗는 것. 도가와 불가에서는 해탈한 경지를 이른다.

7 [원주] 《장자》에 "황제가 함지의 음악을 동정의 들판에서 연주하였다."라 하였다.[8] 《열자》에 "황제가 낮잠을 자다가 꿈에서 화서국을 노닐었다."라 하였다.(莊子, 黃帝張咸池之樂於洞庭之野. 列子, 黃帝晝寢, 夢遊華胥之國)

---

3) 현소(玄素) : 전설상의 신녀인 구천현녀(九天玄女)와 소녀(素女)를 가리킨다. 구천현녀와 소녀는 도가의 방중술의 시조로, 현소의 도는 곧 방중술을 가리킨다. 황제가 이 두 여자로부터 방중술을 배웠다고 전해진다.

4) 지(知) : 인명으로, 지(智)를 의미한다. 곧 인간의 이성으로 도를 규정할 수 없음을 뜻한다.

5) 이주(離朱) : 인명으로, 눈 밝은 사람을 대표한다. 인간의 지각으로 도를 포착할 수 없음을 뜻한다.

6) 개후(喫詬) : 인명으로, 보통 언변이 뛰어난 사람을 의미한다. 인간의 말로 도를 표현할 수 없음을 뜻한다.

7) 使喫詬索之而不得也(사개후색지이부득야) : 원주에는 빠져 있는데 《장자》에 의거하여 추가하였다.

8) 정현(鄭玄)은 주석에서 함지를 황제가 작곡한 음악의 명칭이라 해석하였다.

洞庭(동정) : ≪장자≫에서는 매우 광범위하게 천지 사이를 의미하는데, 일설에는 태호의 동정호를 가리킨다고도 한다.

張樂(장악) : 음악을 펼치다. 음악을 연주한다는 뜻이다.

8 [원주] ≪주례≫에 "황후의 궁실 하나와 왕을 모시는 여인들의 침소 다섯 개를 육궁이라 한다. 부인 이하가 각기 거한다."라 하였다.(周禮, 皇后正寢一, 燕寢五, 是爲六宮也. 夫人以下分居焉)

六宮(육궁) : 황후의 궁정과 부인 이하의 다섯 궁실을 합쳐 부르는 말이다.

無主(무주) : 주인이 없다. 황제가 선술을 터득해 신선이 되어 궁을 떠나있음을 의미한다.

【해설】

이 시는 황제(黃帝)의 행적을 기리며 찬양한 것이다. 도학을 '황로지학'이라고도 하는데서 알 수 있듯 황제는 도가에서 주장하는 가장 이상적인 정치를 행한 임금이자, 노자와 함께 그 시조로 추존되기도 한다.

시의 전반부에서는 황제가 도를 구하러 궁궐을 떠난 과정과 결과에 대해 개괄적으로 서술하고 있다. 제1~2구에서는 황제가 스스로를 수양하기 위해 정사를 잠시 멈추고 공동산을 찾아가는 모습이 나타나 있는데, 황제가 자리에 없자 세상의 도가 쇠미해졌다는 말을 통해 황제의 비중과 가치를 높이고 있다. 이어 제3~4구에서는 용성공을 만나 양생술을 터득한 사실과 그 과정에서 깨달은 '무심', '무위'의 진리를 말하고 있다. 후반부에서는 황제와 관련한 고사들을 나열하고 황제가 터득한 도의 경지를 말하고 있다. 제5~6구에서는 황제가 탁록에서 벌였던 치우와의 전투를 승리로 마무리한 것과 신선이 되어 날아간 일, 동정에서 음악을 연주하였고 꿈에서 화서국을 보고 이상적인 통치를 꿈꾸었음을 말하고 있다. 마지막 제7~8구에서는 황제가 없이 굳게 닫혀 있는 육궁의 모습과 공동산에서 신선의 풍모를 나타내고 있는 황제의 모습이 대비되고 있다. 앞 구의 탁록에서의 전투와 동정에서 음악을 연주한 것은 각각 구천현녀(九天玄女) 및 소녀(素女)와 관련한 것으로, 이를 통해 황제가 방술을 통해 양생법을 터득하게 되었음을 말하고 있다.

172

穆王卻到人間悃然有感[1]

목왕이 인간세상으로 돌아가니
서왕모가 멍하니 느낀 바가 있다

瑤池一宴久徘徊,2	요지에서 한 번 잔치하며 오래도록 배회하나니
春宴香繁玉蘂開.3	봄 잔치에 향기는 가득하여 옥예꽃 피어 있네.
風度短簫霜竹冷,4	바람 지나가는 짧은 퉁소에 서리 같은 대나무는 차갑고
月移秋瑟水絲哀.5	달빛 옮겨가는 가을 거문고에 물 같은 현이 애달프다네.
白雲眞思勞相和,6	흰 구름 속 참된 생각으로 서로 창화 이어나가니
紅露瑤觴不要催.7	옥잔의 붉은 이슬 같은 술을 재촉하지는 마세요.
長恐穆王從此去,	목왕께서 여기를 떠나시어
便隨千古夢難回.8	천고의 시절토록 꿈에서도 돌아오기 어려울까 두렵답니다.

【주석】

1 이 시는 ≪전당시≫에 수록되어 있지 않다.

[원주] ≪선전습유≫에 "주나라 목왕(穆王)의 이름은 만(滿)이고, 소왕(昭王)의 아들이다. 어려서부터 신선의 도를 좋아했다. 항상 수레바퀴 자국과 말굽 자국을 천하에 두루 남겨서 황제를 본받고자 하였다. 이에 여덟 마리의 준마에 오르니, 분융[9]이 참승하고 조보[10]가 말을 몰았다. 흰 여우와 검은 담비를 얻어 하종[11]에게 제사를 지냈다.[12] 수레를 인도하여 약수[13]를 건널 때 물고기와 자라, 도롱뇽, 악어로 다리를 만들었고 마침내 춘산(春山)에 올랐다. 또한 요지(瑤池)에서 서왕모와 술잔을 나누었는데, 서왕모가 노래하며 말하기를 '흰 구름은 하늘에 있고 산과 구릉은 저절로 나오네.

9) 분융(奔戎) : 주(周) 천자의 금위군인 칠췌(七萃)를 구성하는 병사의 일부이다. 고실(顧實)은 ≪목천자전(穆天子傳)≫에 나오는 분융과 요예(蓼預)가 칠췌의 병사라고 하였다.
10) 조보(造父) : 당시 매우 유능한 말몰이꾼이었다.
11) 하종(河宗) : 황하의 신 하백을 가리키며, 그가 다스리는 나라를 가리키기도 한다.
12) 흰 여우와 검은 담비는 고대에 상서로운 짐승으로 통했다.
13) 약수(弱水) : 신선이 살던 곳 주위에 있었다는 강이다.

그대 떠나는 길 아득히 멀어 산과 시내가 그 사이에 있나니, 장차 그대 죽지 않고 다시 올 수 있으시기를!'이라 하였다. 왕이 답하여 말하기를 '제가 동쪽 땅으로 돌아가 중원의 각 제후국을 조화롭게 다스리고 만백성이 평안해지면 돌아와 당신을 뵐 것이니, 3년 쯤 후에 장차 이곳에 다시 오겠습니다.'라 하였다. 제보(祭父)가 정포(鄭圃)에서 와 알현하며 왕에게 서언(徐偃)의 난을 아뢰었다. 왕이 이에 나라로 돌아가니 종묘사직이 다시 평안해졌다. 왕이 곤륜산으로 갔을 때 봉산(蜂山)의 석수(石髓)를 마시고 옥수(玉樹)의 열매를 먹었으며, 또한 서왕모의 거처인 군옥산에도 올랐으니 모두가 '자유로운 신령으로 하늘로 날아오르는[飛靈沖天]' 도를 얻은 것이었다. 그러나 행적을 드러내고 형상에 의탁한 것은 대개 백성들에게 그것이 끝이 있음을 보여주기 위한 것일 따름이었다."라 하였다. 또한 이르기를 "서왕모가 목왕의 궁에 내려와서 함께 구름을 타고 떠나갔다."라 하였다. ≪태평광기・왕모전≫에 "주나라 목왕 때 여덟 마리 준마와 칠췌(七萃)의 병사에게 명하고 조보로 하여금 말을 몰게 하여 곤륜산에 올라 서왕모의 접대를 받았다. 목왕은 백규(白圭)[14]와 중금(重錦)[15]을 들고 서왕모에게 축수하였다."라 하였다.(仙傳拾遺, 周穆王名滿, 昭王子也. 少好神仙之道. 常欲使車轍馬跡遍於天下, 以倣黃帝焉. 乃乘八駿之馬, 奔戎爲右[16], 造父爲御. 得白狐玄貉以祭於河宗. 導車涉弱水, 魚鼈黿鼉以爲梁, 遂登於春山. 又觴西王母於瑤池之上, 王母謠曰, 白雲在天, 道里悠遠, 山川間之. 將子無死, 尙能復來. 王答曰, 予歸東土, 和治諸夏, 萬民平均, 吾顧見汝. 比及三年, 將復而野[17], 祭父自鄭圃來謁, 諫王以徐偃之亂, 王乃返國, 宗社復安. 王造崑崙時, 飮蜂山石髓, 食玉樹實. 又登群玉山, 王母所居, 皆得飛靈沖天之道, 而示迹托形者, 蓋所以示民有終耳. 又云, 西王母降穆王之宮, 相與乘雲而去. 廣記王母傳, 周穆王時, 命八駿與七萃[18]之士, 使造父爲御, 以登崑崙而賓於王母. 穆王持白圭重錦以爲王母壽)

卻(각) : 떠나가다, 물러나다. 서왕모와 헤어져 인간 세상으로 돌아간 것을 뜻한다.

惘然(망연) : 실의하여 멍한 모습. 주체는 서왕모이다.

2 [원주] '요지'는 제목 아래 주에 보인다.(瑤池見題下注)

3 [원주] '옥예'는 꽃 이름이다.(玉蘂, 花名)

玉蘂(옥예) : 옥예(玉蕊)라고도 하며, 백색의 꽃이 피는 향초(香草)이다.

옥예(玉蘂)

4 원주] ≪풍속통≫에서 "순이 피리를 만들었는데, 그 모양이 가지런하지 못한 것이 봉황의 날개와 비슷했다"라 하였다. 사현휘의 〈고취곡〉 주에 "채옹이 이르기를, '고취가는 군대 음악이다. 단소에 맞춰 징을 치며 부르는 노래를 말한 것이다.'라고 하였다."라 하였다. ≪악서≫에 "운몽택의 흰 대나무를 잘라 만드는데, 법룡이 그것을 불면 신비한 소리가 난다."라 하였다. ≪오경통의≫에 "'소(簫)'는 대나무를 엮어 만드는데, 길이가

14) 백규(白圭) : 고대에 옥으로 만들었던 제기.
15) 중금(重錦) : 정밀하고 아름다운 견직물.
16) 右(우) : 임금을 모시며 수레에 함께 타는 것을 가리킨다.
17) 而野(이야) : 원주에는 '西野(서야)'로 되어 있는데, 다른 판본에 모두 '而野(이야)'로 되어 있어 바로 잡았다.
18) 七萃(칠췌) : 원문에는 '士華(사화)'로 되어 있는데, ≪태평광기≫에 의거하여 바로 잡았다.

다섯 치이다."라 하였다. (風俗通, 舜作簫, 其形參差, 以象鳳翼. 謝玄暉, 鼓吹曲 注, 蔡邕云, 鼓吹歌, 軍樂也. 謂之短簫鐃歌. 樂書, 剪雲夢之霜筠, 法龍吟之異韻. 五經通義, 簫, 編竹爲之, 長尺有五寸)
霜竹(상죽) : 서리 빛의 대나무. 껍질이 하얀 대나무 품종의 이름이다.

5 [원주] ≪한서≫에 "황제가 소녀에게 명하여 거문고를 연주하게 했는데, 황제가 슬픔이 멈추지 않았다. 때문에 50현을 바꾸어 25현으로 만들었다."라 하였다. ≪두양편≫에 "원화 8년, 대진국[19]에서 '거듭 명철해지는 베개[重明枕]'와 '신비로운 비단으로 짠 이불[神錦衾]'을 바쳤다. 비단 이불은 물누에의 실로 짠 것이었는데, 사방 2장(丈)에 두께가 한 치였고 그 위의 용과 봉황 무늬는 거의 사람의 솜씨가 아니었다. 그 나라에서는 오색 돌로 연못을 꾸미고 큰 산뽕나무 잎을 따서 연못 안에서 누에를 쳤는데, 누에가 갓 태어났을 때는 마치 모기의 속눈썹 같아 연못을 떠다녔으며 자라면 길이가 5~6치 정도 되었다. 연못 안에는 쭉 뻗은 연꽃이 있어 비록 강한 바람이 세차게 불어도 꿈쩍하지 않았다. 큰 것은 너비가 3~4척 정도 되었는데, 누에가 자란지 보름쯤 되면 연꽃 가운데로 뛰어 들어갔다. 이렇게 하여 누에고치의 모양이 만들어지는데, 국자 모양과 같고 천연의 오색 빛이 돌았다. 대진국 사람들은 그것을 자아 신비로운 비단을 짰으며, 또한 그것을 일러 '신령한 샘의 실[靈泉絲]'이라고 했다. 사신이 '이 비단의 실은 물누에로, 물을 먹으면 펴지고, 물과 불은 서로 상반되니 불에 닿으면 작아집니다.'라 말하고, 이어서 황제 앞에서 네 명의 관리로 하여금 그것을 펼치게 하고, 물을 한 모금 뿜으니 곧장 사방 2장이 되었는데, 예전 것보다 더 오색찬란했다. 황제가 감탄하며 말하기를 '하늘에 근본을 둔 것은 위와 친하고 땅에 근본을 둔 것은 아래와 친하다고 하였는데, 이 또한 그렇지 아니한가!'라 하였다. 즉각 명하여 불을 가까이 대게 했더니, 곧바로 이전과 같아졌다."라 하였다.(漢書, 皇帝命素女鼓瑟, 帝悲不止, 故破五十絃爲二十五絃也. 杜陽編, 元和八年, 大軫國貢重明枕, 神錦衾. 錦衾, 水蠶絲所織也. 方二丈, 厚一寸, 其上龍鳳彩殆非人工. 其國以五色石甃池塘, 采大柘葉飼蠶於池中, 始生如蚊睫, 游泳其間. 及老, 長五六寸. 池中有挺荷, 雖驚風疾吹不能動. 大者可闊三四尺, 而蠶長經十五月卽跳入荷中. 以成其繭形, 如方斗, 自然五色. 國人繰之, 以織神錦. 亦謂之靈泉絲. 使者曰, 此錦之絲, 水蠶也, 得水則舒, 水火相返. 遇火則縮. 遂於上前令四官張之, 以水一噴, 卽方二丈, 五色煥煊於向時, 上歎曰, 本乎天者, 親上, 本乎地者, 親下. 不亦然哉. 則却令以火逼之, 須臾如故)

6 [원주] 제목 아래 주에 보인다.(見題下注)
白雲眞思(백운진사) : 흰 구름 속 참된 생각. 먼 길을 떠나 만백성을 평안히 하고 돌아오려 한 목왕의 생각을 가리킨다.
勞(로) : 빈번하게 하다.

7 [원주] ≪동명기≫에서 "필륵국 사람들은 키가 세 치이고 날개가 있으며 웃기는 말에 능했다. 때문에 '어국'으로 이름이 났다. 단로를 음료로 삼아 마셨는데, 단로는 해가 막 뜰 때의 이슬로 즙이 주사(朱砂)와 같다."라 하였다.(洞冥記, 畢勒國人三寸, 有翼, 善言語戲笑. 因名語國, 飮丹露爲漿, 丹露者, 日初出有露, 汁如朱也)
長恐(장공) : 몹시 두려워하다.

8 便隨(편수) : ~하는 김에.

19) 대진국(大軫國) : 해동(海東)의 남쪽 3만리 진수(軫宿) 자리(지금의 초(楚) 지역)에 위치해 있었기 때문에 대진국이라 하였다. 영구산(令丘山)과 우고산(遇高山)에 해당하는 곳이다.

【해설】

이 시는 제목상 '유감(有感)'의 주체가 나타나 있지 않지만 내용상 서왕모가 주체가 되고 있으며, 자신과 헤어져 인간 세상으로 돌아가는 주목왕에 대한 아쉬움과 그리움을 나타낸 것이다.

시의 전반부에서는 주목왕이 서왕모의 거처를 방문하여 함께 연회를 즐기는 모습과 당시의 감회가 나타나 있다. 제1~2구에서는 주목왕이 봄의 꽃향기 가득한 서왕모의 아름다운 거처에서 연회를 벌이며 오래도록 떠나지 못하고 있는 모습이 나타나 있으며, 제3~4구에서는 서늘한 바람과 가을 달, 서리 빛의 퉁소와 가을 물처럼 가느다란 거문고의 현으로 봄에서 가을로의 시간의 흐름을 묘사하며 만남의 시간이 매우 빨리 지나가 버렸음을 말하고 있다. 후반부에서는 연회의 즐거움과 다가올 이별에 대한 안타까움이 나타나 있다. 제5~6구에서는 주목왕과 함께 잔을 돌려가며 창화하는 모습과 술을 서둘러 마시지 말라는 당부를 통해 만남의 즐거움과 이별의 아쉬움을 말하고, 마지막 제7~8구에서는 재회의 기약 없는 오랜 이별에 안타까움을 나타내고 있다.

173

穆王有懷崑崙舊遊[1]

목왕이 예전에 곤륜산에서
노닐었던 것에 대해 감회가 있다

周王御日駕龍軒,2	목왕이 태양을 다스리며 팔준마가 끄는 수레를 몰아
笑覽秋雲看化元.3	웃으며 가을 구름 바라보며 만물의 근원을 관찰했네.
馬繫月中紅桂樹,4	말은 달 가운데 붉은 계수나무에 매어놓고
人傾天上紫霞樽.5	사람은 천상의 자하잔을 기울였지.
四溟水照纓裾冷,	사해의 물에 비치어 갓끈과 옷자락은 차가웠고
八極風吹劍珮翻.6	팔극의 바람 맞아 보검과 패옥이 뒤집혔네.
一別玉妃殘酒醒,7	선녀와 한 번 이별하고 술에서 깨어나고선
不知何處是崑崙.8	어디가 곤륜산인지 알지 못하였다네.

【주석】

1 이 시는 ≪전당시≫에 수록되어 있지 않다.

2 [원주] 위의 주석에 보인다.[20] ≪주례≫에서 말하기를 "보통 말이 팔 척 이상이면 용이라 한다."라 하였다.(見上注. 周禮, 凡馬八尺已上爲龍)
周王(주왕) : 주나라의 왕. 여기서는 목왕을 가리킨다.
龍軒(용헌) : 커다란 말이 끄는 수레. 여기서는 목왕이 탄 팔준마가 끄는 수레를 가리킨다.

3 [원주] ('람(覽)'은) '람(攬)'으로 되어 있는 곳도 있다. 이백의 시[21]에 "구름을 바라보고 변화를 헤아린다."라 하였다.(一作攬. 李白詩, 覽雲測變化)
化元(화원) : 천지 만물의 변화의 근원.

4 [원주] 우희[22]의 ≪안천론≫에 "민간의 전설에 달 속에 신선과 계수나무가 있다고 하는데 지금

20) 조당의 시 172. 〈목왕이 인간세상으로 돌아가니 서왕모가 멍하니 느낀 바가 있다(穆王卻到人間惘然有感)〉에 보인다.
21) 이 시의 제목은 〈종질 항주자사 이량과 함께 천축사를 유람하며(與從姪杭州刺史良遊天竺寺)〉이다.
22) 우희(虞喜, 281~356) : 동진(東晋)의 천문학자로, 자는 중녕(仲寧)이며 회계(會稽) 여요(余姚, 지금의 절강성 여요현(余姚縣)) 사람이다.

그 처음에 생겨나는 것을 보면, 신선의 발이 점차 이미 형성되고 계수나무가 나중에 생긴다."라 하였다.(虞喜, 安天論, 俗傳月中有仙人桂樹, 今見其初生, 見仙人之足漸已成形. 桂樹後生焉)

5 [원주] 이백의 시[23]에 "(당신이 주었던) 광록 자하잔"이라 하였다.(李白詩, 光祿紫霞杯)

6 [원주] 장협(張協)의 시[24] "구름의 근원이 팔극에 접해 있으니, 빗발이 사방의 바다에 뿌려지네."의 이선의 주에 "≪회남자≫에 따르면 팔현의 바깥에 팔극이 있다."라 하였다. 고유[25]가 말하기를 "팔극은 팔방[26]의 끝이고, 사명은 사방의 바다이다."라 하였다.(張景陽詩, 雲根臨八極, 雨足灑四溟. 李善注, 淮南子, 八紘之外有八極. 高誘曰, 八極, 八方之極也. 四溟, 四海也)

7 [원주] ≪영보적서경≫에 "원시천존[27]이 명하여, 태진은 붓을 잡고 옥비는 자리를 털고 쇠를 부어 간책을 만들고 옥편을 새기어 썼다."라 하였다.(靈寶赤書經, 元始登命[28], 太眞[29]按筆, 玉妃拂筵, 鑄金爲簡, 刻書玉篇)

玉妃(옥비) : 선녀 중의 하나. 여기서는 서왕모를 가리킨다.

8 [원주] ≪열선전≫에 "서왕모는 곤륜산에 있다."라 하였다.(列仙傳, 西王母在崑崙山)

【해설】

이 시는 주나라 목왕(穆王)의 서방 여행의 과정을 노래한 것으로, 많은 부분이 시인의 상상으로 채워지고 있다.

시의 전반부에서는 목왕이 천상을 넘나드는 기이한 여행을 하였음을 말하고 있다. 제1~2구에서는 목왕이 천자의 수레로 하늘을 날며 태양을 다스리는 모습과 가을 구름을 여유롭게 바라보며 조화의 근원을 탐색하는 모습이 나타나 있는데, 이를 통해 목왕의 비범한 능력뿐만 아니라, 수양과 정진을 거듭하는 성실한 태도 또한 보여주고 있다. 이어 제3~4구에서는 달과 천상이라는 상상의 세계와 그 곳에서의 행적을 묘사함으로써 목왕의 신통함을 더욱 부각시키고 있다. 후반부에서는 세상 끝까지 이어진 목왕의 여정과 서왕모와의 만남을 말하고 있다. 제5~6구에서는 사해와 팔극의 공간으로 목왕의 광대한 행로를 나타내고, 이어 제7~8구에서는 곤륜산을 배경으로 서왕모와의 만남과 이별을 말하고 있다.

목왕의 일은 ≪목천자전(穆天子傳)≫을 비롯한 여러 서책에 나타나 있는데, 팔준마의 발자취를 온 세상을 남기며 다녔다든지, 곤륜산에서 서왕모와 만나고 헤어졌다는 등의 기록이 있다. 다만 이 시에서처럼 태양을 다스리고 가을 구름을 조망했다거나, 말을 달에 매어놓고 천상에서 술을 마셨다거나, 술에서 깨어난 뒤 곤륜산을 기억해내지 못했다는 등의 내용은 없다. 따라서 이 시는 신화적인 내용을 토대로 시인 자신의 신화적 상상을 더하여 또 하나의 새로운 신화를 만들어 낸 것이라 할 수 있다. 이는 조당 유선시의 주요한 특징을 보여주는 것이라 할 수 있다.

---

23) 이 시의 제목은 〈선성의 우문태수에게 드리며 겸하여 최시어께 바치다(贈宣城宇文太守兼呈崔侍御)〉이다.
24) 이 시의 제목은 〈잡시(雜詩)〉이다.
25) 고유(高誘) : 동한의 학자이자 문장가로, 탁군(涿郡, 지금의 하북성 탁현(涿縣)) 사람이다.
26) 팔방(八方) : 동, 서, 남, 북, 동북, 동남, 서북, 서남쪽을 의미한다.
27) 원시천존(元始天尊) : 도가에서 가장 존귀한 신으로, 36천계(天界) 중 옥청(玉淸)을 다스리는 신이다.
28) 登命(등명) : ≪태평광기(太平廣記)≫에는 '登(등)'자가 빠져 있다.
29) 太眞(태진) : 원주에는 '大眞(대진)'으로 되어 있으나, 다른 판본에는 모두 '太眞(태진)'으로 되어 있어 바로 잡았다.

174

武帝將感西王母降[1]

무제가 장차 서왕모가 내려올 것을 느끼다

崑崙凝思最高峰,[2]	곤륜산 최고봉에 온 생각이 응집되어 있으니
金母來乘九色龍.[3]	서왕모께서 아홉 색의 용을 타고 오시기 때문이라네.
歌聽紫鸞猶縹緲,[4]	노랫소리 들려오는 자색 난새는 아득하고
語成青鳥許從容.[5]	서왕모의 말 전하는 푸른 새는 전아하도다.
風回水落三清漏,[6]	바람 휘돌아 물은 삼청(三清)의 물시계에서 떨어지고
月苦霜傳五夜鐘.[7]	달빛 괴로이 서리는 오야(五夜)의 종소리를 전해오네.
樹影悠悠花悄悄,[8]	나무 그림자 아득하고 꽃 그림자 고요한데
略聞簫管是行蹤.[9]	희미하게 퉁소 소리 들리니 서왕모 오시는 자취라네.

【주석】

1 이 시는 ≪전당시≫에 〈한무제가 장차 서왕모가 내려올 것을 기다리다(漢武帝將候西王母下降)〉라는 제목으로 실려 있다.

[원주] ≪한무내전≫에 "한무제가 홀연 푸른 옷을 입은 여자를 만났는데, 이르기를 '7월 7일에 서왕모께서 잠시 오실 것입니다'라 하였다. 무제가 동방삭에게 '이 사람이 누구인가?'라고 물으니, 동방삭이 말하기를 '서왕모의 자란실의 여인으로, 서왕모의 명을 전하러 왕래합니다.'라 하였다. 그날이 되어 무제가 옷을 갖추어 입고 담장 아래에 서 있으니, 밤에 구름 속에서 피리 소리가 들리더니 서왕모가 자색 구름수레를 타고 아홉 색의 얼룩용을 몰고 왔다. 따로 하늘의 신선들도 있었는데 모두 키가 1장이었다. 서왕모가 대전에 올라 친히 정결한 음식을 차렸다."라 하였다.[30](漢武內傳, 武帝忽見青衣女子曰, 七月七日, 王母暫來. 帝問東方朔, 此何人. 朔曰, 西王母紫蘭室玉女, 傳命往來. 至日, 帝盛服立牆下, 夜間, 雲中有簫管聲, 王母乘紫雲車, 駕九色斑龍. 別有天仙, 皆身長一丈. 王母上殿自設精饌云云)

2 [원주] 위의 주에 보인다.(見上注)[31]

30) 이 원주는 ≪한무내전(漢武內傳)≫에서 직접 인용한 것이 아니라, ≪설부(說郛)≫권1 〈한무제내전(漢武帝內傳)〉에 실려 있는 '자란실녀(紫蘭室女)' 조목을 인용한 것이다. 그러나 ≪설부≫와 비교하여 '계하(階下)'를 '장하(牆下)'로, '야문(夜聞)'을 '야간(夜間)'으로, '소고(簫鼓)'를 '소관(簫管)'으로 표기하고 있는 등, 글자 상의 출입이 있다.

崑崙(곤륜) : 전설상 서왕모가 살고 있다는 산.

凝思(응사) : 생각이 응집되다. ≪전당시≫에는 '응상(凝想)'으로 되어 있으며 뜻은 같다.

最高峰(최고봉) : 곤륜산의 낭풍전(閬風巓)을 가리킨다. ≪해내십주기(海內十洲記)·곤륜(昆侖)≫에 "산에는 세 개의 봉우리가 있는데, 그 한 봉우리는 정북쪽으로 이름이 낭풍전이며, 또 한 봉우리는 정서쪽으로 이름이 현포당이며, 또 한 봉우리는 정동쪽으로 이름이 곤륜궁이다."(山三角. 其一角正北，…名曰閬風巓. 其一角正西，名曰玄圃堂. 其一角正東，名曰崑崙宮)"라 하였다.

3 [원주] ≪집선록≫에 "서왕모는 '구령천묘귀산금모'인데, '태허구광귀대금모원군'이라고도 부른다."라 하였다.(集仙錄, 西王母者, 九靈天妙龜山金母也. 一號太虛九光龜臺金母元君也)

金母(금모) : '구령천묘귀산금모(九靈天妙龜山金母)'의 줄임말로, 서왕모를 가리킨다. ≪전당시≫에는 '왕모(王母)'로 되어 있으며 뜻은 같다.

九色龍(구색룡) : 아홉 가지 색이 섞인 용. ≪전당시≫에는 '오색룡(五色龍)'으로 되어 있다.

4 [원주] ≪산해경≫에 "여림산에 난새라는 새가 있는데, 스스로 노래를 부르고 춤을 춘다."라 하였다. ≪광기·봉척전≫에 "제비는 뛰어나게 말하며 배회하며 날고, 난새는 그윽하게 노래하며 아득히 난다."라 하였다.(山海經, 女林山有鳥曰鸞, 自歌自舞. 廣記封陟傳, 燕良語而徘徊, 鸞虛歌而縹緲[32])

紫鸞(자란) : 자줏빛의 난새.

縹緲(표묘) : 아름다운 빛으로 아득히 날리는 모양.

5 [원주] ≪한무고사≫에 "칠월 칠일에 무제가 승화전에 있으니, 홀연 푸른 새 한 마리가 서방에서 날아오더니 승화전 앞에 앉았다. 무제가 동방삭에게 물으니 '이는 서왕모께서 오시려는 것입니다.'라고 말하였다. 잠시 후 서왕모가 왔는데, 까마귀만한 푸른 새 두 마리가 서왕모 곁에서 시위하고 있었다."라 하였다.(漢武故事, 七月七日, 上於承華殿[33], 忽有一青鳥從西方來, 集殿前. 上問東方朔, 朔曰, 此西王母欲來也. 有頃, 王母至. 有二青鳥如烏[34]夾侍於王母傍)

語成(어성) : 말을 하다. ≪전당시≫에는 '어래(語來)'로 되어 있으며 뜻은 큰 차이가 없다.

青鳥(청조) : 서왕모의 말을 전한다는 푸른 새.

許(허) : 매우. '허다(許多)'의 뜻.

從容(종용) : 말이나 행동이 부드럽고 격조 있는 모습.

6 [원주] 장형의 ≪누수전혼천의제≫에 이르기를, "구리로 기구를 만들며, 겹쳐서 차이가 나게 설치한다. 맑은 물을 채우고 아래에 각각 구멍을 뚫어 놓는다. 옥룡에서 물이 뿜어 나와 두 항아리에 들어간다. 오른쪽이 밤이고 왼쪽이 낮이다."라 하였다. '삼청(三淸)'은 상권의 "학이 신선의 궁궐과 작별하고 삼청을 내려간다."의 주에 보인다.[35](張衡, 漏水轉渾天儀制曰, 以銅爲器, 再疊差置, 實以淸水, 下各開孔, 以玉虯

혼천의(渾天儀)

31) 조당의 시 172. 〈목왕이 인간세상으로 돌아가니 서왕모가 멍하니 느낀 바가 있다(穆王卻到人間惘然有感)〉에 보인다.

32) 縹緲(표묘) : 원주에는 이 글자 다음에 '出傳記(출전기)'가 더 있는데, 연문으로 여겨 삭제하였다.

33) 承華殿(승화전) : 원주에는 '永華殿(영화전)'으로 되어 있는데, ≪한무내전(漢武內傳)≫에 의거하여 바로 잡았다.

34) 烏(오) : '鳳(봉)'으로 되어 있는 판본도 있다.

35) 이원의 시 070. 〈촉으로 돌아가는 공봉 귀위의를 전송하며(送供奉貴威儀歸蜀)〉에 보인다.

吐漏水入兩壺. 右爲夜, 左爲晝. 三淸, 見上卷鶴辭仙闕下三淸注)

三淸(삼청) : 도가에서 말하는 36천계(天界) 중 가장 위에 있는 것으로, 옥청(玉淸), 상청(上淸), 태청(太淸)을 가리킨다. 각각의 천계에는 모두 주재자가 있는데, 삼청은 도가에서 가장 존귀한 신이 다스린다. 원시천존(元始天尊)이 옥청(玉淸)을, 영보천존(靈寶天尊)이 상청(上淸)을, 도덕천존(道德天尊)이 태청(太淸)을 각각 주재한다.

漏(누) : 물시계. ≪전당시≫에는 '월(月)'로 되어 있으며 '달'이라는 뜻이다.

7 [원주] ≪산해경≫ "풍산에 아홉 개의 종이 있는데, 이것은 서리에 화응하여 운다."구의 곽박의 주에서 "서리가 내리면 종이 울기 때문에 '화응한다'고 한 것이다."라 하였다. ≪청상잡기≫에 이르기를 "≪한구의≫에 따르면 중황문의 낭장(郎將)은 오야(五夜)의 법도를 지키니, 오야는 갑, 을, 병, 정, 무이다."라 하였다. ≪안씨가훈≫에 이르기를 "혹자는 묻기를 '하룻밤은 오경인데 경은 무엇을 말하는 것입니까?'라 한다. 답하자면, 한위 이래로 갑야, 을야, 병야, 정야, 무야를 일컫는 것인데, 오고(五鼓)라고도 하며 또한 오경(五更)이라고도 한다. 모두가 다섯으로써 나눈 것이다."라 하였다.(山海經, 豊山有九鐘, 是和霜鳴. 郭璞注, 霜降則鐘鳴, 故言和也. 靑箱雜記, 漢舊儀曰, 中黃門郎持五夜之法, 謂甲、乙、丙、丁、戊也. 顔氏家訓曰, 或問, 一夜五更, 更何所訓. 答, 漢魏以來, 謂甲夜、乙夜、丙夜、丁夜、戊夜, 又謂五鼓, 亦謂之五更. 皆以五爲節)

月苦(월고) : 달빛이 고통스럽다. 서왕모의 강림을 초조한 심정으로 기다리고 있는 것을 말한 것이다. ≪전당시≫에는 '누고(漏苦)'로 되어 있으며, '물시계가 고통스럽다'라는 뜻이다.

五夜(오야) : 5경으로 나눈 밤 시간. 밤을 통칭한다.

8 悠悠(유유) : 생각이 맺혀 아득한 모양.

悄悄(초초) : 고요하고 적막한 모양.

9 [원주] '소관'은 위의 주에 보인다.[36](簫管, 見上注)

略聞(약문) : 희미하게 들리다. 서왕모의 행렬이 지상으로 내려오는 것을 말한다. ≪전당시≫에는 '약문(若聞)'으로 되어 있다. 이 경우 '퉁소 소리가 들려오는 것 같다.'로 풀이된다.

【해설】

이 시는 칠석날 서왕모가 방문할 것이라는 연락을 받고 서왕모의 강림을 기다리는 한무제의 감회를 노래한 것이다.

시의 전반부에서는 서왕모의 방문소식을 접하고 설렘과 기대감에 들떠 있는 한무제의 모습과 서왕모에 대한 상상이 나타나 있다. 제1~2구에서는 한무제의 모든 생각이 서왕모에게로 집중되어 있는 상황과 이것이 서왕모와의 만남에 대한 기대 때문임을 말하고 있으며, 제3~4구에서는 난새와 청조를 거느리고 있는 아름답고 우아한 서왕모의 모습을 상상하고 있다. 후반부에서는 서왕모의 강림을 기다리고 있는 지상의 상황과 마침내 서왕모가 강림하는 상황이 묘사되고 있다. 제5~6구에서는 물시계의 소리와 한밤의 종소리로 오랜 기다림의 시간을 말하고 아울러 괴로운 달빛과 휘도는 바람으로 긴장되고 안정되지 못하는 기다림의 심정을 나타내고 있다. 마지막 제7~8구에서는 서왕모를 기다리는 단아하고 고요한 궁궐의 분위기와 퉁소 소리와 함께 지상으로 내려오고 있는 서왕모의 모습이 나타나 있다.

36) 주1)에 보인다.

175

再訪玉眞不遇1

다시 선녀를 찾아갔으나 만나지를 못하다

重到瑤臺訪舊遊,2	다시금 요대에 이르러 옛날 노닐던 곳을 찾아가니
忽悲身事淚雙流.3	홀연 신세 서글퍼 두 줄기 눈물 흘리네.
雲霞已斂當年事,4	구름 노을은 이미 그 때의 일을 거두어 버렸고
草木空添此夜愁.	풀 나무는 헛되이 이 밤의 시름을 더하네.
月影西傾驚七夕,5	달그림자 서쪽으로 기울어 칠월 칠일 밤은 놀랍고
水聲東注感千秋.	물소리 동쪽으로 흘러 천 년 세월을 느끼네.
唯知伴立魂非斷,6	다만 함께 있어야 혼 끊어지지 않음을 알겠나니.
何處笙歌醉碧樓.7	어느 곳의 피리 소리인가, 푸른 누각에서 취하네.

【주석】

1 이 시는 ≪전당시≫에 수록되어 있지 않다.
玉眞(옥진) : 선녀(仙女). 여기서는 서왕모(西王母)를 가리킨다.

2 [원주] '요대'는 상권의 "요대는 따라가 찾을 수 있는 길이 없다." 주에 보인다.37)(瑤臺, 見上卷瑤臺無路可追尋注)
瑤臺(요대) : 전설상 서왕모가 산다고 하는 옥으로 만든 누대. 진(晉) 왕가(王嘉)의 ≪습유기(拾遺記)·곤륜산(崑崙山)≫에 "산 옆에 요대 열 두 개가 있는데, 각각 너비가 천보이고 모두 오색의 옥으로 누대의 받침을 삼았다.(傍有瑤臺十二, 各廣千步, 皆五色玉爲臺基)"라 하였다.

3 身事(신사) : 신세, 처지.

4 斂(염) : 거두어들이다. 흔적 없이 사라져 버린 것을 의미한다.
당년사(當年事) : 그 때의 일. 주목왕이 교유했던 일을 가리킨다.

5 [원주] '칠석'은 위의 주에 보인다.38)(七夕, 見上注)

37) 이원의 시 061. 〈학을 놓아주다(放鶴)〉에 보인다.

七夕(칠석) : 7월 7일 밤.
驚七夕(경칠석) : 서왕모와 만나지 못하고 칠석날이 다 끝나가는 것을 안타까워 한 것이다.

6 [원주] '혼단'은 위의 "오랫동안 떠돌아다녀 혼이 끊어진다."의 주에 보인다.[39] (魂斷, 見上舊遊魂斷注)
唯(유) : 오직, 다만.
伴立(반립) : 짝하여 서다. 짝과 함께 있는 것을 의미한다.

7 碧樓(벽루) : 푸른 누각. 취벽루(翠碧樓)를 가리킨다.

【해설】

이 시는 그 주체가 분명하지 않는데, 주목왕이 서왕모를 만나러 다시 요대에 갔다가 만나지 못하고 옛날의 만남을 회상하며 서왕모에 대한 그리움을 노래한 것으로 여겨진다.

제1~2구에서는 서왕모를 찾아 다시금 요대에 갔으나 만나지 못한 상황을 말하고 있으며, 이어 제3~4구에서는 옛날 요대에서의 서왕모와의 만남을 생각하며 덧없는 시간의 흐름과 기억으로만 존재하는 당시의 추억을 안타까워하고 있다. 다음 제5~6구에서는 사랑하는 남녀의 재회가 이루어지는 칠석날을 배경으로 하여 만남을 이루지 못한 자신의 슬픔을 대비하여 심화시키고, 지나버린 시간에 대한 회한을 나타내고 있다. 마지막 제7~8구에서는 어디선가 들려오는 피리 소리에 서왕모의 모습을 떠올리며, 홀로 남은 자신의 외로움을 혼이 끊어지는 극한의 아픔으로 표현하고 있다.

이 시에 대해 조당의 다른 유선시에 나오는 유신(劉晨)과 완조(阮肇)의 고사를 인용한 것이라는 설도 있지만, 이미 같은 주제의 내용이 〈유신과 완조가 다시 천태산에 이르렀으나 선녀를 다시 만나지 못하다(劉阮再到天台, 不復見仙子)〉 시에 나온다. 따라서 시에 나타난 '요대(瑤臺)'라는 표현에 근거하여 이 시가 주목왕과 관련된 것이며, 앞의 172. 〈목왕이 인간세상으로 돌아가니 서왕모가 멍하니 느낀 바가 있다(穆王卻到人間惘然有感)〉 시에 이어지는 것으로 보는 것이 보다 타당할 듯하다. 즉 앞의 시가 주목왕이 처음에 요대(瑤池)로 서왕모를 찾아갔을 때의 상황이라면, 이 시는 주목왕이 서왕모와 헤어진 후 다시 요대로 찾아갔을 때의 상황인 것이다. 그리고 이렇게 보았을 때 비로소 조당시에서 인용된 유신과 완조의 고사, 목왕의 고사, 한무제의 고사들이 모두 '만남-이별-그리움-재회의 불가능'이라는 비슷한 서사구조를 갖추게 되고 내용적 완결성 또한 이루어지게 된다.

38) 조당의 시 174. 〈무제가 장차 서왕모가 내려올 것을 느끼다(武帝將感西王母降)〉에 보인다.
39) 최치원의 시 148. 〈고운지사가 늦봄에 느낀 바를 쓴 것에 화답하여(和顧雲支使暮春卽事)〉에 보인다.

176

王母使侍女許飛瓊鼓雲和笙以宴武帝1

서왕모가 시녀 허비경에게
운화생황을 연주하게 하여 무제에게 잔치를 베풀다

秋水新傳禁漏長,2	가을 물은 새로이 긴 물시계 소리 전해오고
飛瓊綽約鼓笙簧.3	허비경은 단아하게 생황을 연주하였네.
百年塵夢驚新破,4	백년 속세의 꿈은 놀라 새로이 깨어지고
五夜雲和樂未央.5	밤새도록 운화생황의 노래는 그치지 않았네.
花影暗回三殿月,6	삼전(三殿)의 달 아래 꽃 그림자는 어슴푸레 휘돌고
樹聲深鎖九門霜.7	궁궐의 서리에 나무 소리는 깊이 갇히었네.
六宮宮女從如玉,8	육궁(六宮)의 궁녀는 옥처럼 아름다웠지만
自此無因見武皇.	이때부터 무황제를 볼 수가 없었다네.

【주석】

1 이 시는 ≪전당시≫에 제3연이 잔구(殘句)로 남아 있다.

[원주] ≪한무내전≫에 "서왕모가 두 시녀를 데리고 대전에 오르니, 무제가 무릎을 꿇고 안부를 여쭈었으며, 끝나자 일어났다. 이에 무제를 불러 앉게 하니 무제가 남쪽을 향해 앉았다. 서왕모가 직접 하늘의 주방을 차렸는데 지극히 묘하고 기이하여, 진귀한 과일과 채소들, 온갖 맛의 맑고 향기로운 술들이 모두 지상에 있는 것이 아니었고 달콤한 향기가 너무도 뛰어나 무제가 이름을 부를 수도 없었다. 이에 술잔이 몇 번 돌고서 서왕모가 여러 시녀들에게 명하니, 왕자등(王子登)은 팔랑(八琅)이라는 오(璈)를 타고, 동쌍성(董雙成)은 운화라는 생황을 불고, 석공자(石公子)는 곤정(昆庭)이라는 거문고를 치고, 허비경(許飛瓊)은 진령(震靈)이라는 생황을 불었다. 또한 법영(法嬰)에게 명하여 현령(玄靈)이라는 곡을 노래하게 하였다. 노래가 끝나자 서왕모가 '무릇 몸을 닦고자 한다면 먼저 그 기를 다스려야 한다.'고 말하였다."라 하였다. 장협(張協)[40] 〈칠발〉의 "고죽을 불고 운화를

40) 장협(張協) : 서진(西晉) 문학가로, 자는 경선(景陽)이다. 종영(鍾嶸)이 〈시품서(詩品序)〉에서 말한 이른바 서진의 '삼장(三張)' 중 하나로, 한대 매승(枚乘)을 본떠 〈칠발(七發)〉을 지었다.

친다." 주에서 "≪주례≫에 이르기를 '고죽이라는 피리와 운화라는 거문고'라 하였는데, 정현은 '고죽은 대나무가 특별하게 자란 것이며 운화는 산의 이름이다.'고 말하였다."라 하였다.(漢武內傳, 王母將二侍女上殿, 帝跪問寒暄, 畢而立, 因呼帝坐, 帝面南. 王母自設天廚, 精妙非常, 異珍上菓芳華百味淸香之酒, 非地上所有, 甘氣殊絶, 帝不能名也. 於是酒觴數回, 王母乃命諸侍玉女上華[41], 王子登彈八琅之璈, 董雙成吹雲和之笙, 石公子擊昆庭之琴, 許飛瓊鼓震靈之簧. 又命法嬰歌玄靈之曲, 歌畢, 王母曰, 夫欲修身, 當先營其氣. 張景陽, 七發, 吹孤竹, 拊雲和注, 周禮曰, 孤竹之管, 雲和之琴瑟. 鄭玄曰, 孤竹, 竹特生者, 雲和, 山名)

2 禁漏(금루) : 궁궐의 물시계.

3 [원주] ≪장자≫에 "작약은 은자와 같다."라 하였다.(莊子, 綽約若處子)
綽約(작약) : 행동이 조신하고 여유로운 모습.

4 塵夢(진몽) : 속세의 꿈. 인간 세상의 삶을 의미한다.

5 원주] ≪시경≫[42]에 "밤은 어떠한가? 밤이 아직 다하지 않았다네."라 하였고, ≪영보도인경≫ 주에 "'앙(央)'은 '끝나다'의 뜻이다."라 하였다.(詩, 夜如何其, 夜未央. 靈寶度人經注, 央, 已也)

6 [원주] 상권 "삼전을 연다."의 주에 보인다.[43](見上卷開三殿注)
三殿(삼전) : 궁궐의 본전(本殿)과 이어져 있는 동랑(東廊)과 서랑(西廊), 또는 전전(前殿)과 후전(後殿)을 함께 지칭하는 것으로, 황제가 주관하는 각종 행사와 의례가 치러지는 곳이다.

7 [원주] '구문'은 상권 '구중'의 주에 보인다.[44](九門, 見上卷九重注)
九門(구문) : 궁궐에 있는 아홉 개의 문. 고대 궁실 법제에 천자는 아홉 개의 문을 세우는 것으로 되어 있다. ≪예기(禮記)·월령(月令)≫의 정현(鄭玄)의 주에 "천자의 구문은 노문(路門), 응문(應門), 치문(雉門), 고문(庫門), 고문(皐門), 성문(城門), 근교문(近郊門), 원교문(遠郊門), 관문(關門)이다."라 하였다.

8 [원주] '육궁'은 위의 주에 보인다.[45] ≪시경≫[46]에 "옥 같은 딸이 있다네."라 하였다.(六宮, 見上注. 詩, 有女如玉)
六宮(육궁) : 황후(皇后)의 침궁(寢宮)으로, 하나의 정침(正寢)과 다섯 개의 연침(燕寢)으로 이루어져 있다. ≪예기(禮記)·혼의(昏義)≫의 정현(鄭玄)의 주에 "천자는 여섯 개의 침소가 있는데 육궁(六宮)이 뒤에 있고 육관(六官)이 앞에 있어 내외의 정사를 이어 함께 베푼다.(天子六寢, 而六宮在後, 六官在前, 所以承副施外內之政也)라 하였다.
從如玉(종여옥) : 옥처럼 아름답다. '종(從)'은 '종용(從容)'의 뜻으로, 우아하고 아름다운 모습을 의미한다.

41) 侍玉女上華(시옥녀상화) : ≪한무내전(漢武內傳)≫, ≪설부(說郛)≫, ≪태평광기(太平廣記)≫ 등 다른 판본에는 모두 '侍女(시녀)'라고만 되어 있어, 해석에서는 이를 따랐다.
42) 여기서는 〈소아(小雅)·홍안지십(鴻鴈之什)·정료(庭燎)〉 시를 말한다.
43) 장적의 시 036. 〈한식날 궁궐 연회시 두 수 2(其二)〉에 보인다.
44) 온정균의 시 026. 〈이중서사인에게 띄움(投中書李舍人)〉에 보인다.
45) 조당의 시 171. 〈황제가 공동산에 가서 용성공을 찾아뵙다(黃帝詣崆峒山謁容成)〉에 보인다.
46) 여기서는 〈소남(召南)·야유사균(野有死麕)〉 시를 말한다.

【해설】

이 시는 서왕모와 한무제가 만나 연회를 벌였던 상황을 소재로 한 것으로, 내용상 앞의 174. 〈무제가 장차 서왕모가 내려올 것을 느끼다(武帝將感西王母降)〉에 이어지는 것이다. 시에서는 한무제가 서왕모를 만나 연회를 벌일 때의 즐거운 모습과 서왕모가 떠난 이후의 쓸쓸한 정경이 대비적으로 나타나고 있다.

시의 전반부에서는 서왕모와 만나는 상황을 말하고 있는데, 제1～2구에서는 가을 물에 실려 오는 궁궐의 물시계 소리로 연회가 이루어진 계절적 배경과 시공간적 배경을 말하고, 허비경이 서왕모의 명을 받아 운화생황을 연주하는 모습을 묘사하고 있다. 다음 제3～4구에서는 한무제가 서왕모와 만나 세속적인 욕망과 추구에서 벗어나 천상의 유희를 즐겼음을 말하고 있다. 후반부는 서왕모와 헤어진 상황으로, 제5～6구에서는 달빛에 비친 어두운 꽃그림자와 서리 덮인 고요한 나무들로 쓸쓸한 궁궐의 모습을 묘사하며 서왕모와 헤어진 한무제의 심정을 나타내고, 마지막 제7～8구에서는 한무제의 마음속에 천상의 세계와 서왕모에 대한 그리움이 가득하여 세속의 아름다운 궁녀들에게는 마음을 두지 않았음을 말하고 있다.

177

武帝食仙桃留核將種人間[1]

무제가 선도를 먹고 그 씨앗을 남겨
장차 인간 세상에 심으려 하다

仙菓蟠根接閬山,2	선과(仙菓) 나무의 뿌리는 낭산에 접해 있고
葉成花謝九天閑.3	잎 자라 꽃 떨어지니 구천은 한가롭네.
桑田易浪初垂實,4	뽕나무 밭이 물로 바뀌면 막 열매를 맺고
海水成塵始破顔.5	바닷물이 흙이 되면 그제야 익는다네.
浩劫未移身已老,6	영겁의 세월은 변치 않으나 인간의 몸은 이미 늙나니,
大和潛喪夢難還.7	태화의 옛날조차 사라져 버려 꿈에서도 돌아오기 어렵다네.
三千年後知誰在,	삼천년 후에 누가 있을지 알고
欲種紅桃著世間.8	인간 세상에 붉은 복숭아 심으려 하였구나.

【주석】

1 이 시는 ≪전당시≫에 수록되어 있지 않다.
核(핵) : 열매의 씨.

2 [원주] '선과'는 상권 "바다 가운데의 신선의 과일은 열매가 늦게 맺는다."의 주에 보인다.[47] ≪회남자≫에 "곤륜산은 지상에서 만 천 리 떨어져 있는데, 위에 아홉 겹의 층층의 성이 있다. 위로 두 배로 올라있는 것을 낭풍이라 한다."라 하였다.(仙菓, 見上卷海中仙菓子生遲注. 淮南子, 崑崙山去地萬一千里, 上有層城九重. 或上倍之, 是謂閬風)
蟠根(반근) : 얽혀있는 나무뿌리.
閬山(낭산) : 전설상 신선이 산다는 곤륜산의 봉우리. '낭풍전(閬風巓)', 또는 '낭풍잠(閬風岑)'이라고도 한다.
≪해내십주기(海內十洲記)·곤륜(昆侖)≫에 "산에는 세 개의 봉우리가 있는데, 그 한 봉우리는 정북쪽으로 이름이 낭풍전이며, 또 한 모퉁이는 정서쪽으로 이름이 현포당이며, 또 한 봉우리는 정동쪽으로

47) 유우석의 시 002. 〈중서사인 백거이가 새로 지은 시를 보냈는데 일찍 머리가 세고 자식이 없는 것을 탄식하므로 내가 이 시를 줌(白舍人寄新詩, 有歎早白無兒, 因以贈之)〉에 보인다.

이름이 곤륜궁이다.(山三角. 其一角正北, …名曰閬風巓. 其一角正西, 名曰玄圃堂. 其一角正東, 名曰崑崙宮)"라 하였다.

3 [원주] '구천'은 도가의 ≪상청경≫에 보인다.(九天見道家上淸經)
九天(구천) : 도가에서 말하는 가장 높은 곳의 하늘.

4 桑田易浪(상전역랑) : 뽕나무 밭이 바다로 바뀌다. 많은 시간이 흐른 것을 의미한다.
垂實(수실) : 열매를 드리우다. 열매가 열리는 것을 가리킨다.

5 [원주] 갈홍의 ≪신선전≫에 "마고가 왕방평에게 말하기를, '제가 곁에서 모신 이래로 동해가 뽕나무 밭으로 바뀌는 것을 세 번 보았습니다. 전에 봉래에 가니 물이 지난번보다 절반 정도 얕았으니, 어찌 장차 다시 육지가 되려 하는 것이 아니겠습니까?'라 하니, 왕방평이 말하기를 '동해에 다시 먼지가 피어오르겠군요.'라고 하였다."라 하였다.(葛洪神仙傳, 痲姑謂王方平曰, 自接侍已來, 見東海三爲桑田, 向至蓬萊, 水乃淺於往者略半也, 豈復將爲陵陸乎. 方平乃曰, 東海行復揚塵矣)
破顔(파안) : 열매가 익거나 꽃이 피는 것을 가리킨다. 포방(鮑防)의 시 〈여러 가지 생각(雜感)〉에서 "오월의 여지는 막 익었는데, 아침에 상군을 떠나 저녁에 함곡관에 이르렀네.(五月茘枝初破顔, 朝辭象郡夕函關)"라 하였다.

6 [원주] ≪영보도인경≫의 "다만 원시천존의 억겁의 집이 있다"의 주에 "원시는 천존이다. 호겁은 무수히 많은 것이다. 원시천존은 억겁의 시간에 걸쳐 항상 대라의 하늘에서 지낸다."라 하였다.(靈寶度人經, 唯有元始浩劫之家注, 元始者, 天尊也. 浩劫者, 浩浩無數也. 元始之尊經無數之劫, 常居大羅之天也)
浩劫(호겁) : 무수히 많은 억겁의 세월.

7 [원주] ≪건괘≫에 "하늘의 도는 변화무쌍하며 각기 사물의 성명을 바로 잡는다. 태화의 기운을 보존하며 조화롭고 바르다."라 하였다. 양자가 혹 태화를 물으니 말하기를 "그것은 요임금과 순임금, 은탕왕과 주무왕 때이다"라 하였다.(乾卦, 乾道變化, 各正性命, 保合大和, 乃利貞. 楊子或問泰和, 曰, 其在唐虞成周乎)
大和(대화) : 천지에 가득한 온화한 기운으로, 태화(太和)와 같다. 여기서는 옛날 요순시대와 은주시대를 가리킨다.
潛喪(잠상) : 사라져 없어짐.

8 [원주] 상권의 "열매가 늦게 맺는다."의 주에 보인다.[48](見上卷子生遲之注)

【해설】

이 시는 한무제가 서왕모를 만났을 때 선도(仙桃)를 건네주었던 일을 소재로 한 것으로, 내용상 앞의 174. 〈무제가 장차 서왕모가 내려올 것을 느끼다(武帝將感西王母降)〉와 176. 〈서왕모가 시녀 허비경에게 운화생황을 연주하게 하여 무제에게 잔치를 베풀다(王母使侍女許飛瓊鼓雲和笙以宴武帝)〉에 이어지는 것이다.

시에서는 오랜 세월이 지나서야 비로소 열매 맺는 선도의 특성을 말하며 짧고 유한한 인간 세상의 삶을 대비시키고 있다. 제1~2구에서는 낭산과 구천을 통해 선도가 자라는 신선의 세상을 말하고, 이어 제3~4구에서는 선도가 상전벽해의 오랜 시간이 지나야 비로소 열매 맺고 익는 영물(靈物)임을

48) 유우석의 시 002. 〈중서사인 백거이가 새로 지은 시를 보냈는데 일찍 머리가 세고 자식이 없는 것을 탄식하므로 내가 이 시를 줌(白舍人寄新詩, 有歎早白無兒, 因以贈之)〉에 보인다.

말하고 있다. 다음 제5~6구에서는 억겁의 세월동안 변함없는 선도의 모습과 늙어가는 인간의 모습을 대비시키고, 요순시기와 은주시기와 같은 인간 세상의 일조차 멀어 회고할 수 없음을 말하며, 하물며 인간 세상과는 비교할 수 없는 선계의 무한함을 나타내고 있다. 마지막 제7~8구에서는 인간세상의 유한함을 알지 못하고 선도의 씨를 인간 세상에 심으려 했던 한무제의 어리석은 행동을 말하고 있다.

178

蕚綠華將歸九疑山別許眞人1

악록화가 장차 구의산으로 돌아가려 허진인과 작별하다

九點煙霞黛色濃,2	구의산에 연기와 노을 싸여 먹의 색 짙으니
綠華歸思頗無窮.	악록화의 돌아가고픈 생각은 늘 다함이 없었네.
每愁馭鶴身難住,3	학을 타는 곳에서 살 수 없음을 늘 근심하나니
長恨臨霞語未終.4	노을 바라보며 긴 회한 말로 다하지 못하네.
花影暗移雲夢月,5	운몽택의 달빛에 꽃그림자는 남몰래 옮겨가고
歌聲閑落洞庭風.6	동정호의 바람에 노래 소리는 한가로이 떨어지는구나.
藍絲動勒金條遠,7	푸른 재갈에 고삐 흔들며 금팔찌 멀어져 가니
留與人間許侍中,8	인간 세상에 허시중만 남겨 놓았네.

【주석】

1 이 시는 ≪전당시≫에 〈악록화가 장차 구의산으로 돌아가려 함에 허진인에게 남겨주어 이별하다(蕚綠華將歸九疑留別許眞人)〉라는 제목으로 실려 있다.

[원주] 화양은거 도홍경49)이 지은 ≪진고(眞誥)≫에 다음과 같이 말하였다. "악록화는 여자 신선으로, 나이는 20세 정도이다. 진(晉) 목제 승평 3년(359) 기미년 11월 10일 밤, 양권(羊權)의 집으로 내려왔다. 스스로 말하기를 남산 사람이라 하였는데, 어느 산인지는 알 수가 없다. 이때부터 한 달 동안 여섯 차례 그의 집을 다녀갔다. 양권의 자는 도계(道季)로, 진 간문제(簡文帝) 때 황문랑(黃門郎)을 지낸 양흔(羊欣)의 조부이다. 양권과 양흔은 모두 도의 요체를 수련하고 현묘한 진리를 탐닉하였다. 악록화가 말하기를 '저의 본성은 양(楊)씨입니다.'라 하였고, 또 말하기를 '저는 구의산에서 득도한 나욱입니다. 전생에 일찍이 사모(師母)를 위해 유모를 독살하였는데, 선계에서는 이전의 죄가 없어지지 않아 잠시 인간 세상으로 폄적되어 그 과오를 갚고 있습니다.'라 하였다. 양권에게 시 한 편을 주어 '바라는 것이 어찌 아침의 꽃이리, 세모에 그대와 함께 하는 것이라

49) 도홍경(陶弘景, 456~536) : 남조 양(梁)의 문학가이자 의약가로 연단술에 뛰어났다. 자는 통명(通明)이고 호는 화양은거(華陽隱居)이며, 단양(丹陽) 말릉(秣陵, 지금의 강소성 남경시) 사람이다.

네.'라 하고, 아울러 화한포(火澣布) 수건 한 장, 금고리와 옥고리 각 한 개를 주었다. 고리는 가락지 모양이었는데 컸으며, 특이하고 섬세하였다. 양권에게 일러 말하기를 '내가 내려온 일이 새어나가지 않도록 조심하십시오. 새어나가게 되면 서로가 죄를 얻게 될 것입니다.'라고 하였다."라 하였다. ≪총선전(總仙傳)≫에 "허목(許穆)이 진(晉) 호군장사(護軍長史)일 때 화양동에 들어가 득도하여 좌경선후(左卿仙侯)가 되었다. 허목의 셋째 아들 허홰(許翽)의 어릴 적 이름은 옥부(玉斧)로, 시제신(侍帝晨)이 되었다."라 하였다. 위응물의 〈악록화가〉에서 이르기를 "세상이 음란하고 혼탁하니, 내려올 수가 없구나. 어찌하여 오지 않는가? 옥부의 집에."라 하였다. ≪진고(眞誥)≫에 이르기를 "운림왕부인이 허장사에게 이르기를 '옥례(玉醴)와 금장(金漿)[50], 번갈아 열리는 신리(神梨), 만장의 화조(火棗), 현묘한 빛깔의 영지(靈芝)를 내 마땅히 산중의 허도사에게 줄 것이며 인간들에게 주지 않을 것입니다.'라 하였다. 허도사의 이름은 옥부로, 허장사의 아들이다."라 하였다. 또 이르기를 "시제신(侍帝晨)은 이광, 왕가, 하안 등 여덟 사람이 있는데, 인간 세상의 시중(侍中)과 같다. 시제신은 선관(仙官)의 호칭이다."라 하였다. 또 이르기를 "왕미란(王媚蘭)은 서왕모의 열셋째 딸로, 이름은 운림부인(雲林夫人)이다."라 하였다. 또 이르기를 "옥례와 금장, 번갈아 열리는 신리, 화조는 신선이 되어 날아오르게 하는 풀로, 금단(金丹)에 비할 바가 아니다. 만약 몸이 참되고 바르지 않으며 잡된 생각이 가슴에 가득하면 이러한 것들은 오지를 않는다."라 하였다. 또 이르기를 "화조와 신리의 나무는 이미 그대의 마음속에 있지만 가시나무들과 섞여 있는 까닭에 두 나무를 볼 수 없는 것이다."라 하였다.(華陽隱居陶弘景撰眞誥, 萼綠華者, 女仙也. 年可二十許, 晉穆帝昇平三年己未十一月十日夜, 降於羊權家. 自云是南山人, 不知何山也. 自此一月六過其家. 權字道季, 卽晉簡文帝黃門郎羊欣祖也. 權及欣皆潛修道要, 耽玄味眞. 綠華云, 我本姓楊. 又云九疑山中, 得道羅郁也. 宿命時, 曾爲其師母毒殺乳婦. 玄州以先罪未滅, 故暫謫降臭穢, 償其過. 贈權詩一篇, 所期豈朝華, 歲暮於吾子. 並火澣布手巾一枚, 金玉條脫各一枚, 條脫似指環而大, 異常精好. 謂權曰, 愼無泄我下降之事, 泄之則彼此獲罪. 總仙傳, 許穆爲晉護軍長史, 入華陽洞得道, 爲左卿仙侯. 穆第三子翽, 小名玉斧, 爲侍帝晨也. 韋應物萼綠華歌云, 世淫濁兮不可降, 胡不來兮玉斧家. 眞誥曰, 雲林王夫人謂許長史曰, 玉醴金漿, 交生神梨, 萬丈火棗, 玄光靈芝. 我當與山中許道士, 不以與人間. 許道士名玉斧, 長史之子也. 又曰, 侍帝晨有八人, 李廣, 王嘉, 何晏等如世之侍中, 侍帝晨, 仙官號. 又曰, 王媚蘭, 王母第十三女, 名雲林夫人. 又曰, 玉醴, 金漿, 交梨, 火棗, 此則飛騰之草, 不比金丹. 若體未眞正, 穢念盈懷, 恐此物輩不肯來也. 又曰, 火棗, 交梨之樹已生君心中, 爲荊棘相雜, 故二樹未可見)

2 [원주] ≪상중기(湘中記)≫에 "구의산은 영도현 북쪽에 있는데, 아홉 개의 산이 서로 비슷하여 지나는 사람들이 혼동하므로 구의산이라 이름하였다."라 하였다. ≪수경≫에 "'대(黛)'는 눈썹먹이다."라 하였다.(湘中記, 九疑山在營道縣北, 九山相似, 行者疑惑, 故名九疑. 手鏡, 黛, 眉黑)

3 [원주] 오숙(吳叔)의 〈학부(鶴賦)〉 "때로 강하의 누대에서 학을 탄다."의 주에 "≪술이전≫에서 이르기

---

50) 옥례(玉醴)·금장(金漿) : 신선의 약초. 갈홍(葛洪)의 ≪포박자(抱朴子)·금단(金丹)≫에 "주초(朱草)는 모양이 작은 대추와 같다. 자르면 피 같은 즙이 흐르는데, 옥과 팔석금을 그 속에 넣으면 곧바로 진흙처럼 되어 알약을 만들 수 있다. 오래 두면 물이 생기는데 금을 넣은 것은 금장(金漿)이라 하고, 옥을 넣은 것은 옥례(玉醴)라 한다. 이것을 먹으면 모두 장생할 수 있다.(朱草狀似小棗…刻之汁流如血, 以玉及八石金銀投其中, 便立可丸如泥, 久則成水, 以金投之, 名爲金漿, 以玉投之, 名爲玉醴. 服之皆長生)"라 하였다.

를 '순환(荀環)의 자는 숙위(叔瑋)로, 은거하며 곡기를 끊었다. 일찍이 동으로 유람하다 강하의 황학루에서 쉬는데 멀리 서남쪽에 무엇인가가 하늘로부터 훌쩍 날아 내려왔다. 잠시 후에 앞에 이르니, 학을 타는 객이었다. 학을 그 곁에 있게 하고는 신선이 자리로 올라왔는데, 깃털 옷에 무지갯빛 치마를 입고 있었으며, 순환은 그를 환대하였다. 만남이 끝나 작별하고 떠남에, 학을 타고 하늘로 날아오르더니 아득히 연기처럼 사라졌다."라 하였다.(吳叔鶴賦, 或馭於江夏之樓注, 述異傳曰, 荀環字叔瑋, 潛棲卻粒. 嘗東遊, 憩江夏黃鶴樓上, 望西南有物飄然降自霄漢, 俄頃已至. 乃駕鶴之賓也. 鶴止其側, 仙者就席, 羽衣虹裳, 賓主歡對. 已而辭去, 跨鶴登空, 渺然[51]煙滅)

4 [원주] 〈무학부〉에 "옥 같은 날개를 떨쳐 노을 가까이 간다."라 하였다.(舞鶴賦, 振玉羽而臨霞)

5 [원주] ≪십도지·회남도≫에 "안주에 운몽택이 있다."라 하였다.(十道志淮南道, 安州有雲夢澤)

6 [원주] '동정'은 상권에 이미 나왔다.[52](洞庭已出上卷)

7 [원주] ≪예문류취≫에 "〈자류마〉 시에서 '장안의 아름다운 소년들이 황금 안장끈에 연전 무늬 비단을 씌웠네. 푸른 말재갈이 방향을 바꾸더니, 산호채찍이 햇빛에 비쳐 반짝이네.'라고 하였다."라 하였다. ≪노씨잡기≫에 "당 문종이 하루는 재신에게 묻기를, '고시에 「가벼운 옷과 조탈(條脫)」이라 하였는데, 조탈이란 무슨 물건인가?'라 하였다. 재신들이 대답하지 못하였다. 문종이 말하기를 '지금의 팔찌이다. ≪진고≫에 안비(安妃)에게 조[粟]를 새겨 넣은 금조탈이 있다고 하였는데, 이것은 팔에 차는 장신구인 것이다.'라고 하였다."라 하였다. 제목 아래의 주에 보인다.(藝文類聚, 紫騮馬詩云, 長安美少年, 金絡錦連錢. 宛轉青絲鞚, 照曜珊瑚鞭. 盧氏雜記, 唐文宗一日問宰臣, 古詩輕衫襯條脫, 條脫是何物也. 宰臣不對. 上曰, 卽今之腕釧也. 眞誥, 安妃有斲粟金條脫, 是謂臂飾也. 又見題下注)

藍絲(난사) : 남색의 말재갈.

勒(늑) : 늑반(勒絆), 또는 늑설(勒紲)을 의미하며, 소나 말의 고삐를 가리킨다.

8 [원주] '허시중'은 제목 아래 주에 보인다.(許侍中, 見題下注)

【해설】

이 시는 ≪전당시≫에도 실려 있는 것으로, 구의산에서 살다 죄를 지어 지상으로 귀양 온 신선 악록화(蕚綠華)가 허홰(許翽)와 함께 지내다가 작별하는 상황을 노래한 것이다.

전반부에서는 떠나온 선계를 그리워하는 악록화의 심정을 나타내고 있다. 먼저 제1~2구에서는 구의산의 선경을 한 폭의 수채화처럼 아름답게 묘사함으로써 악록화의 향수를 심화시키고 있으며, 다음 제3~4구에서는 선계로 돌아가지 못한 채 인간 세상으로 귀양 와 근심과 회한으로 살아가고 있는 악록화의 모습이 나타나 있다. 후반부에서는 악록화가 선계로 돌아가기 전날 밤 허홰와 이별연을 벌이는 모습과 악록화가 떠난 후 인간 세상에 남겨진 허홰의 모습이 나타나 있다. 제5~6구에서는 운몽택을 건너가는 꽃그림자와 동정호에 떨어지는 노래 소리로 악록화와 허홰의 아쉬운 이별연을 묘사하고, 마지막 제7~8구에서는 선계로 떠나가는 악록화의 아름답고 화려한 모습과 홀로 인간 세상에 남겨진 허홰의 쓸쓸한 모습이 대비되어 나타나 있다.

이 시에서 활용된 고사는 하나가 아니다. 악록화에 대한 고사를 보면 원주에 인용된 ≪진고≫뿐 아니라 ≪열선전≫에서도 그 상대자는 허홰가 아니라 진(晉) 간문제(簡文帝) 때 황문랑(黃門郎)을

51) 渺然(묘연) : 원주에는 '眇然(묘연)'으로 되어 있는데, ≪술이전≫에 의거하여 바로 잡았다.

52) 장효표의 시 048. 〈동정호의 옛 은거지로 돌아가는 내작사의 육판관을 전송하며(送內作陸判官歸洞庭舊隱)〉에 보인다.

지낸 양신(羊欣)의 조부 양권(羊權)으로 되어 있다. 대신 허홰는 ≪진고≫에 서왕모의 제13녀 운림부인(雲林夫人)의 상대자로 나온다. 이는 두 개의 고사를 하나로 합친 것으로, 조당이 이를 혼동하여 쓴 것인지 아니면 의도적으로 변용한 것인지에 대해서는 알 수 없다. 다만 원주에서 인용된 위응물의 〈악록화가〉 시에서 "세상이 음란하고 혼탁하니, 내려올 수가 없구나. 어찌하여 오지 않는가? 허홰의 집에.(世淫濁兮不可降, 胡不來兮玉斧家)"라 한 것을 보면 이를 하나로 합친 것이 조당만은 아니었음을 알 수 있다.

179

張碩對杜蘭香留貺織成翠水之衣淒然有感[1]

장석이 두란향이 짜서 준 비취빛 옷을 대하고 서글픈 감정을 느끼다

端簡焚香送上眞,2	단아하게 편지 쓰고 향 피워 신선 세상으로 보내건만
五雲無復更相親.3	오색구름을 다시는 만날 수가 없다네.
魂交縱有丹臺夢,4	혼이야 만나 비록 붉은 누대에서의 꿈을 이룰 수는 있지만
骨重終非碧落人.5	육신이 무거워 마침내 신선 세상의 사람이 될 수는 없다네.
風靜更悲青桂晚,6	바람 고요하니 저물녘 푸른 계수나무 더욱 서글프고
月明空想白榆春.7	달은 밝아 봄날 흰 느릅나무 부질없이 생각나네.
麟衣鶴氅雖然在,8	기린 옷과 학의 깃옷은 비록 여전히 있건만
終作西陵石上塵,9	끝내는 서릉 묘석 위의 먼지가 될 것이리.

【주석】

1 이 시는 ≪전당시≫에 수록되어 있지 않다.

[원주] ≪태평광기≫에 다음과 같이 말하고 있다. "두란향 : 한 어부가 상강 동정의 언덕에서 어린 아이의 울음소리를 들었는데 사방을 돌아보아도 사람이 없었고, 다만 3세 여자 아이가 언덕 가에 있었다. 어부가 가련히 여겨 그녀를 키웠는데, 10여세가 되니 타고난 자태가 매우 빼어났으며 신령한 용모가 남다르게 빛이 났다. 홀연 청동[53] 신선들이 하늘에서 내려와 그 집으로 모이더니 여자를 데리고 돌아갔다. 하늘로 올라가며 그 아버지에게 이르기를 '저는 선녀 두란향으로, 잘못이 있어 인간 세상으로 귀양을 왔는데 하늘의 기한이 다하여 이제 떠나갑니다.'라 하였다. 이로부터 때때로 집으로 돌아오곤 하였다. 그 후에 동정의 포산에 있는 장석의 집에 내려왔는데, 그는 도를 닦는 사람이었다. 두란향이 3년간을 내려오며 몸을 수양하여 신선이 되는 도를 전수하였으니, 장석 또한 신선이 되었다. 처음 내려올 때 옥간과 옥타우, 홍화완포를 주어 선계로 올라가는 신표로 삼았다. 또 하루 저녁에는 시녀에게 황린우피와 강리, 현관, 학창복, 단옥패, 휘검을 가져오도록 명하여

53) 청동(青童) : 전설상의 아이 신선.

장석에게 주며 말하기를 '이것은 신선의 옷으로, 동천[54]에 있는 것이 아닙니다.'라 하였다. 장석의 선계에서의 관직이 어떤 반열과 품계였는지는 모른다. 어부 역시 나이가 들어도 더욱 젊어지더니 때로 먹지도 않았으며, 또한 강호에서 도학을 배우다가 간 곳을 알 수 없었다."(廣記, 杜蘭香者, 有漁父於湘江洞庭之岸, 聞兒啼聲, 四顧無人. 唯三歲女子在岸側. 漁父憐而養之, 十餘歲, 天姿奇偉, 靈顔殊瑩, 殆天人也. 忽有青童靈人自空而下, 來集其家, 攜女而去. 臨昇天謂其父曰, 我仙女杜蘭香也, 有過, 謫於人間, 玄期有限, 今去矣. 自是時亦還家. 其後於洞庭包山降張碩家, 蓋修道者也. 蘭香降之三年, 授以養形飛化之道, 碩亦得仙. 初降時, 留玉簡, 玉唾盂, 紅火浣布以爲登眞之信焉. 又一夕命侍女賚黃麟羽帔, 絳履, 玄冠, 鶴氅之服, 丹玉珮, 揮劍以授於碩. 曰, 此上仙之所服, 非洞天之所有也. 不知張碩仙官定何班品. 漁父亦老, 因益少, 往往不食, 亦學道江湖,[55] 不知所之)

2 [원주] '단(端)'자는 마땅히 ≪예기≫에 있는 "휘날려 글을 쓰고, 단아하게 글을 쓴다."의 '단'과 같다. '간(簡)'은 위의 '옥비' 주에 보인다.[56] ≪집선록≫에 "〈대모군전〉에 '야광동초를 먹은 자는 좌우어사의 임무를 모두 주관하니, 수명이 천지와 함께 하게 되어 명하여 사명상진으로 삼는다.'라고 하였다."라 하였다.[57](端字宜如禮記振書端書之端. 簡, 見上玉妃注. 集仙錄, 大茅君傳, 食夜光洞草者, 總主左右御史之任, 壽齊天地, 命爲司命上眞)

端簡(단간) : 편지를 단아하게 쓰다. 마음을 담아 정성스럽게 편지를 쓰는 것을 말한다. '간(簡)'은 종이 대신 글을 쓰는 조각으로, 그 재료에 따라 죽간(竹簡), 목간(木簡), 옥간(玉簡) 등으로 구분된다.

3 [원주] ≪박물지≫에 "곤륜산은 신선들이 모여 있는 곳으로, 오색의 구름과 오색의 물이 나온다."라 하였다.(博物志, 崑崙山仙人所集, 出五色雲氣, 五色流水)

4 [원주] ≪장자≫에 "잠잘 때 혼이 교유하였는데 자양진인 주계통이 몽산에 들어가 선문자를 만나 두 번 절하며 장생의 비결을 청하니, 선문자가 '그대의 이름이 단대와 옥실[58]에 있는데 어찌 신선이 되지 않을까 걱정하오?'라고 말하였다."라 하였다.(莊子, 其寐也, 魂交, 紫陽眞人周季通入蒙山, 遇羨門子, 再拜乞長生訣, 羨門子曰, 名在丹臺玉室, 何憂不仙)

5 [원주] '벽락'은 상권 〈학을 놓아주다(放鶴)〉시 주에 보인다.[59](碧落, 見上卷放鶴詩注)

碧落(벽락) : 푸른 하늘. 도가(道家)에서 동방(東方) 제일천(第一天)에 푸른빛 안개가 충만해 있는 곳.

碧落人(벽락인) : 벽락에 사는 사람. 즉 신선을 의미한다.

6 [원주] ≪신농본초경≫에 "계수나무 잎은 겨울과 여름에 항상 푸르러 시들지 않는다."라 하였다.(神農

---

54) 동천(洞天) : 도사들이 거처하며 도학을 연마하는 곳으로, 지상의 선계를 의미한다. 오악(五嶽)을 포함한 10대동천과 36소동천이 있다.

55) 道(도) : 원주에는 빠져 있는데, ≪태평광기≫ 원문에 의거하여 추가하였다.

56) 조당의 시 173. 〈목왕이 예전에 곤륜산에서 노닐었던 것에 대해 감회가 있다(穆王有懷崑崙舊遊)〉에 보인다.

57) 원주에 누락된 부분이 많아 뜻이 잘 통하지 않는다. ≪태평광기(太平廣記)・신선(神仙) 11≫의 〈대모군(大茅君)〉 조목에서는 출처를 ≪집선전(集仙傳)≫이라 하며 다음과 같이 말하고 있다.

"네 사신이 영(盈, 대모군의 이름)에게 고하여 이르기를 '사절은지를 먹은 자는 지위가 진경이 되며, 금궐옥지를 먹은 자는 지위가 사명이 되고, 유명금영을 먹은 자는 지위가 사록이 되고, 장요쌍비를 먹은 자는 지위가 사명진백이 되고, 야광동초를 먹은 자는 좌우어사의 직임을 총괄합니다. 그대가 이것을 다 먹으면 수명이 천지와 같아지고 지위가 사명상진이 됩니다.'라 하였다.(四使者告盈曰, 食四節隱芝者, 位爲眞卿, 食金闕玉芝者, 位爲司命, 食流明金英者, 位爲司祿, 食長曜雙飛者, 位爲司命眞伯, 食夜光洞草者, 總主在左御史之任. 子盡食之矣, 壽齊天地, 位爲司命上眞)"

58) 단대(丹臺)・옥실(玉室) : 모두 신선의 거처를 가리킨다.

59) 이원의 시 061. 〈학을 놓아주다(放鶴)〉에 보인다.

本草經, 桂葉冬夏常靑不枯)

靑桂晩(청계만) : 저물녘의 푸른 계수나무. 장석이 있는 지상의 경관을 묘사한 것이다.

7 [원주] 〈고악부시〉[60]에 "천상에는 무엇이 있는가? 흰 느릅나무가 분명하게 심어져 있네."라 하였다.(古樂府詩, 天上何所有, 歷歷種白楡)

白楡春(백유춘) : 봄날의 흰 느릅나무. 두란향이 있는 선계의 경관을 상상한 것이다.

8 [원주] '인의'는 제목 아래 주에 보인다. ≪예문류취≫의 유선시[61]에 "노을빛 비단으로 만든 비늘문양의 치마, 깃털 덮개가 있는 층진 두건"이라 하였다. ≪세설신어≫에 "맹창이 현달하지 않았을 때 집이 경구에 있었는데, 일찍이 왕공이 높은 가마에 오르며 학의 털로 만든 옷을 걸치고 있는 것을 보았다. 이때 가는 눈이 내렸는데 맹창이 울타리 사이로 이를 보고는 '이 분은 신선세계의 사람이다.'라고 말하였다."라 하였다.(麟衣, 見題下注. 藝文類聚遊仙詩, 霞綺鱗裳, 羽蓋級纚. 世說, 孟昶未達之時, 家在京口, 嘗見王恭乘高輿, 披鶴氅. 於時微雪, 昶於籬間窺之, 曰, 此神仙中人也)

9) [원주] ≪위지≫에 "위무제가 명을 남기기를 '나의 기인들은 모두 동작대에 올려라. 동작대 위에 6척의 침상을 설치하고 베로 된 휘장을 펼쳐 두어라. 아침저녁으로 말린 포와 밥을 올리고 매달 15일이면 휘장을 향해 기예를 행하고, 너희들은 때마다 동작대에 올라 나의 서릉 묘지를 바라보아라.'라고 하였다."라 하였다.(魏志, 魏武遺令, 吾伎人皆著銅雀臺. 於臺上施六尺床, 張繐帳. 朝晡上脯糒之屬, 月朝十五日, 輒向帳作伎, 汝等時時登銅雀臺, 望吾西陵墓田)

【해설】

이 시는 인간 세상에 내려와 장석과 혼인하여 살다가 선계로 올라간 두란향(杜蘭香)의 고사를 소재로 한 것으로, ≪전당시≫에는 이 시에 이어지는 〈장석이 두란향에게 다시 부치다(張碩重寄杜蘭香)〉 시가 있다.

시에서는 두란향에 대한 그리움과 이별의 아쉬움, 유한한 인간의 삶에 대한 회한이 나타나 있다. 제1~2구에서는 선계를 향해 글을 쓰고 향을 피워 올리는 장석의 행동을 통해 두란향과 다시 만나고 싶어 하는 장석의 간절한 소망을 나타내고 있으며, 다음 제3~4구에서는 존재의 차이에 대한 자각을 통해 신선과 인간 사이의 이루어질 수 없는 사랑에 절망감을 나타내고 있다. 다음 제5~6구에서는 저물녘 계수나무와 달빛 비친 느릅나무로 자신이 있는 인간 세상과 두란향이 있을 선계의 모습을 대비시키며 자신의 외로운 심정을 나타내고, 마지막 제7~8구에서는 두란향이 등선의 신표로 주었던 기린 옷과 학의 깃옷을 바라보며 끝내는 신선이 되어 오르지 못하고 인간 세상에서 죽게 될 자신의 운명을 한스러워 하고 있다.

60) 이 시의 제목은 〈농서행(隴西行)〉이다.

61) 이 시의 제목은 진(晉) 유천(庾闡)의 〈유선시(遊仙詩)〉로, 총 6수 중 제4수이다.

180

漢武帝再請西王母不降[1]

한무제가 다시 청했으나 서왕모가 내려오지 않다

武帝淸齋夾帳開,[2]	한무제가 재실을 정갈히 하고 휘장을 펼쳐놓고는
重祈王母下瑤臺.[3]	서왕모가 요대에서 내려오시기를 거듭 기원하였네.
內人執酒空長望,[4]	궁인들은 술 들고서 헛되이 오래도록 바라보았으니
玉女留書許再回.[5]	옥녀가 글을 남겨 다시올 것을 약속했기 때문이네.
露夕月光淸滿樹,	이슬 맺힌 저녁, 맑은 달빛은 나무에 가득한데
火寒香焰暗成灰.[6]	불 꺼진 향로에 향불은 검게 재가 되었네.
黃金燒盡秋宮冷,[7]	황금 단약 다 타버리고 가을 궁궐은 차가운데
九色眞龍不見來,[8]	아홉 색 천상의 용은 오지를 않았네.

【주석】

1 이 시는 ≪전당시≫에 수록되어 있지 않다.

2 [원주] ≪한무고사≫에 "서왕모가 황제의 세심한 정성에 감동하여 저녁에 반드시 내려오겠다고 하였다. 황제가 휘장을 성대하게 마련하고 두수향을 태우니 향기가 수백 리에 퍼졌다."라 하였다.(漢武故事, 西王母感上區區之誠, 暮必神降, 上盛施帷帳, 燒兜殊香. 而香聞數百里)

3 [원주] ≪열선전≫에 "서왕모는 곤륜산에 있다."라 하였다. ≪습유기≫에 "곤륜산 위에 요대가 있다."라 하였다.(列仙傳, 王母在崑崙山. 拾遺記, 崑崙山上有瑤臺)

4 [원주] ≪교지기≫에 "기녀를 의춘원에서는 '나인'이라 하며 또한 '전두인'이라고도 하는데, 항상 임금의 앞자리에 있기 때문이다."라 하였다.(敎指記, 妓女, 宜春院謂之內人. 亦曰, 前頭人, 常在上前頭也)

5 [원주] ≪한무내전≫에 "서왕모가 말하기를 '당신이 만약 악을 돌이키고 선을 닦는다면, 3년 후 7월에 다시 와서 당신께 도의 요체를 알려주리라.'라고 하였다."라 하였다. 앞의 〈무제가 장차 서왕모가 내려올 것을 느끼다〉의 주에 보인다.(漢武內傳, 王母曰, 汝若反惡修善, 後三年七月, 更來告汝要道. 見上武帝將感王母降注)

玉女(옥녀) : 서왕모를 가리킨다.

6 火寒(화한) : 불이 식어 차가워진 향로.

7 [원주] ≪신선전≫에 "이소군은 제나라 사람이다. 한무제가 방사를 불러 모았는데, 이소군은 안기선생[62]에게서 단약을 제련하는 방술을 얻었다. 집안이 가난하여 약을 만들 수가 없어 제자에게 일러 말하기를 '늙음이 장차 이르게 될 것이나 재물이 부족하니, 비록 힘써 농사를 짓는다 하더라도 약을 만들기에 부족하구나. 지금 천자께서 도를 좋아하시니, 가서 뵙고 마음껏 약을 만들어보고자 한다.'라 하였다. 이에 방술을 황제께 올리며 이르기를 '단사로 황금을 만들 수 있으니, 황금이 만들어지면 이것을 먹고 신선이 되어 올라갑니다.'라고 하였다."라 하였다.(神仙傳, 李少君者, 齊人. 漢武帝招募方士, 少君於安期先生得神丹爐火之方. 家貧, 不能辦藥, 謂弟子曰, 老將至矣, 而財不足, 雖躬耕力作, 不足以致辦. 今天子好道, 欲往見之, 求爲合藥可得恣意. 乃以方上帝云, 丹砂可成黃金, 金成, 服之昇仙.)

黃金(황금) : 단사(丹砂)를 제련하여 황금색 결정으로 만든 약.

8 [원주] '구색진룡'은 위의 "서왕모가 아홉 색의 용을 타고 오다" 주에 보인다.[63](九色眞龍, 見上金母來乘注)

【해설】

이 시는 서왕모의 고사를 소재로 한 것으로, 내용상 174. 〈무제가 장차 서왕모가 내려올 것을 느끼다(武帝將感西王母降)〉, 176. 〈서왕모가 시녀 허비경에게 운화생황을 연주하게 하여 무제에게 잔치를 베풀다(王母使侍女許飛瓊鼓雲和笙以宴武帝)〉, 177. 〈무제가 선도를 먹고 그 씨앗을 남겨 장차 인간 세상에 심으려 하다(武帝食仙桃留核將種人間)〉에 이어지는 것이다. 이와 같이 특정 고사를 시간적 흐름에 따라 구분하여 서술하는 것은 조당 유선시의 주요한 특징 중의 하나이다.

시에서는 한무제가 서왕모와의 재회를 기다리는 모습과 약속이 실현되지 못한 상황이 나타나 있다. 그러나 이것은 ≪한무내전≫에는 없는 내용으로, 신화의 창조적 재구성이라는 조당 유선시의 특징을 또한 보여주고 있다. 제1~2구에서는 정결한 재실과 성대하게 펼쳐진 휘장, 거듭해서 기원하는 모습을 통해 서왕모와의 재회에 대한 한무제의 간절함을 나타내고 있으며, 다음 제3~4구에서는 기녀들을 대령시키고 주연을 준비한 상황을 말하며 이 모든 것이 서왕모가 다시 내려올 것을 약속했기 때문임을 말하고 있다. 다음 제5~6구에서는 맑은 달빛 가득한 저녁 경관의 묘사를 통해 한무제의 설레는 마음과 기대감을 나타내고, 이어 식은 향로와 재가 되어버린 향으로 오랜 기다림의 시간과 재회의 무산으로 인한 절망감을 나타내고 있다. 마지막 제7~8구에서는 타버린 황금 단약과 차가운 궁전의 비유를 통해 자신이 직접 신선이 되어 서왕모를 찾아갈 수도 없고 인간 세상의 즐거움 또한 남아있지 않음을 말하며 서왕모에 대한 그리움을 나타내고 있다.

62) 안기선생(安期先生) : 전설상의 신선인 안기생(安期生)을 가리킨다. 진시황이 동해로 놀러갔을 때 그와 사흘을 함께 지냈다고 한다.

63) 조당의 시 174. 〈무제가 장차 서왕모가 내려올 것을 느끼다(武帝將感西王母降)〉에 보인다.

19 방간 方干

방간처사시(方干處士詩)

[원주] 왕안석(王安石)의 ≪당백가시선(唐百家詩選)≫에 이르기를 "자는 웅비이고 신정(지금의 절강성(浙江省) 건덕(建德)) 사람이다. 함통 연간(860~873)에 진사시에 급제하지 못하였으며 회계의 경호에 은거하였다. 강동 사람들이 그를 현영선생이라 불렀다."라 하였다.(王公百家詩選, 字雄飛, 新定人, 咸通中, 進士不第, 隱會稽之鏡湖, 江東人相謂玄英先生)

방간(方干, 809~888)

신정(新定, 지금의 절강성(浙江省) 건덕(建德)) 사람이라 하는데, 동려(桐廬, 지금의 절강성) 혹은 청계(青溪, 지금의 절강성 순안(淳安)) 사람이라고도 되어 있다. 자가 웅비(雄飛)이고 호는 현영(玄英)이다. 진사시에 응시하였으나 급제하지 못하였다. 시를 가지고 전당태수(錢塘太守) 요합(姚合)을 배알하였을 때, 그의 용모가 매우 추하여 요합은 처음에 그를 무시하였는데 방간의 시를 읽어본 후에는 그의 재주에 감탄하여 후하게 대접하였다고 한다. 개성(開成) 연간(836~840)에는 동강(桐江)에 우거하며 유부(喻鳧)와 교우를 맺었고 동향 사람인 이빈(李頻)과 창화하였다. 이후 회계(會稽)의 경호(鏡湖)에 거하였는데, 절동렴방사(浙東廉訪使) 왕구(王龜)가 그의 명성을 흠모하여 이야기를 나누다 방간의 재주가 출중하고 사람이 강직하다고 여겨 그를 조정에 추천하였다. 그러나 당시 조정은 부패하여 그를 기용하지 않았다.

방간은 율시에 뛰어났으며 기교를 부리지 않은 멋이 있었다. 그의 시는 주로 사회의 어지러움을 반영하면서 백성의 고통을 동정하거나, 개인의 회재불우(懷才不遇)의 심경과 뜻을 펼칠 수 없는 감회를 담고 있다. 방간의 문인(門人)이 그의 유작 370여수를 수집하여 ≪방간시집(方干詩集)≫을 만들어 세상에 전하였다. ≪전당시≫에는 방간의 시가 6권 348편 수록되어 있다.

(이지운)

181

題千峰榭[1]

천봉사에 쓰다

豈知平地有天台,[2]	어찌 알았으리오. 평지에 천태산이 있어
朱戶深沈別徑開.[3]	붉은 문은 깊숙하고 다른 데로 통하는 길 열려 있을 줄을.
曳響露蟬穿樹去,[4]	길게 소리 끄는 이슬 맞은 매미는 나무 사이로 날아가고
斜行沙鳥向池來.	비끼어가는 모래톱 물새는 못을 향해 날아오네.
窗東早月當琴榻,[5]	창 동쪽의 막 뜬 달은 거문고와 평상을 대하고 있고
牆上秋山入酒杯.	담 위의 가을산은 술잔 속으로 들어오네.
何事世中知世外,[6]	어찌하여 인간세상에서 세상 바깥을 아는가.
應緣一半是仙才.[7]	내가 절반이 신선의 재목이기 때문이리.

【주석】

1 이 시는 ≪전당시≫에 〈목주[1)]의 고을 안에 있는 천봉사에 제하여(題睦州郡中千峰榭)〉라는 제목으로 실려 있다.

[원주] 송옥의 〈초혼사〉에 있는 "층층이 누대와 겹겹 정자"에 대한 주석에 "나무가 있는 것을 대라 하고 나무가 없는 것을 정자라 한다."라고 하였다. ≪이아≫ 주에 "사(榭)는 대 위에 지어진 집이다."라 하였다.(宋玉招魂詞, 層臺累榭. 注, 有木謂之臺, 無木謂之榭. 爾雅注, 榭, 臺上起屋也)

千峰榭(천봉사) : 정자 이름으로, 청나라 ≪엄주[2)]부지(嚴州府志)≫ 권4에 엄릉팔경(嚴陵八景)을 설명하면서 그 중 하나인 천봉고사(千峰古榭)를 설명하고 있다. "군성 동북쪽 옛 과자성 위에 있는데, 여러 봉우리가 빼어나게 둘러 있고, 그 아래로는 송관이 있으며 북쪽으로는 하지, 동쪽으로는 원각, 서쪽으로는 난주가 있다.(在郡城東北偏舊跨子城上, 諸峰拱秀, 其下有松關, 北爲荷池, 東爲湲閣, 西爲欄舟)"라고 하였으니, 천봉사는 여러 봉우리가 감싸고 있는 곳에 있는 정자로 경치가 빼어난 곳인 듯하다.

1) 목주(睦州) : 지금의 항주(杭州) 순안(淳安).
2) 엄주(嚴州) : 절강(浙江)의 부(府)로 목주(睦州)라고도 부른다. 지금의 항주(杭州)에 속한다.

榭(사) : 정자.

2 [원주] ≪십도지≫의 "태주에 천태산이 있다."구절 주석에 "안에 있는 금정산은 불사의 고장이고, 경루・옥당・벽림은 선인의 도읍이다. 위로는 채쟁・진여의 은거지가 있다."라 하였다.(十道志, 台州有天台山. 注, 內有金庭[3]不死之鄕, 瓊樓玉堂碧林, 仙人之都. 上有蔡崢陳輿隱處)

유천태(有天台) : 천태산이 있다. ≪전당시≫에는 '사천태(似天台)'로 되어 있고 '천태산과 같다'는 뜻이다.

3 朱戶(주호) : 붉은 칠을 한 대문. 권세가의 호화로운 문을 의미한다.

深沈(심침) : 깊숙하고 그윽하다.

別徑(별경) : 다른 데로 통하는 지름길.

4 曳響(예향) : 끄는 소리.

露蟬(노선) : 이슬 맞은 매미. 가을에 흠뻑 내린 이슬 때문에 날개를 펴서 날아가기 어려운 매미를 뜻한다.

5 窗東(창동) : 창 동쪽. ≪전당시≫에는 '창중(窗中)'으로 되어 있고 '창에서'라는 뜻이다.

早月(조월) : 막 떠오른 달.

榻(탑) : 중국 가구의 일종. 침대와 긴 의자를 겸한 것을 탑상(榻牀)이라고 한다. 옛날에는 크고 높은 것은 상, 폭이 좁고 낮은 것은 탑이라고 불렀다.

6 世中知世外(세중지세외) : 인간세상에서 세상 바깥을 알다. ≪전당시≫에는 '차중여세외(此中如世外)'로 되어 있고, '이곳이 세상 밖과 같아'라는 뜻이다.

7 [원주] ≪한무내전≫에 이르기를, "서왕모가 이르기를 '유철은 도를 좋아하나 몸과 정신이 나태하고 더러워 비록 지극한 도를 말하지만 아마도 신선의 재목은 아닌듯하다.'라 하였다."라 하였다.(漢武內傳, 西王母曰, 劉徹好道, 形慢神穢, 雖語之以至道, 殆非仙才)

일반(一半) : 절반. ≪전당시≫에는 '양호(羊祜)'[4]로 되어 있다. 이를 '양호'로 본다면 이 구절은 당시의 목주자사(睦州刺史)가 양호와 같이 선정을 베풂을 찬양하는 의미가 될 것이다.

【해설】

이 시는 천봉사라는 정자에 올라 보이는 경물과 심정을 담고 있다. 제1~2구에서는 천봉사가 있는 곳을 말하였는데 산 깊숙한 곳에 있어 마치 선경(仙境)과 같다고 하였다. 제3~4구에서는 정자에서 보이는 풍경을 말하였는데, 나무 사이를 날아다니는 매미와 못 주변을 날아다니는 새는 부근의 고요함과 평화로움을 나타낸다. 제5~6구는 정자에서 맞는 밤의 모습으로 거문고와 평상, 술잔을 통해 한가로움을 표현하였다. 제7~8구에서는 세상 속에서 세상 밖의 정취를 즐길 수 있는 것은 자신이 신선의 재목이기 때문이라고 하여 자신이 누리는 것이 세속의 것과는 구별되는 초탈한 것임을 말하였다.

3) 金庭(금정) : 금정산(金庭山)을 말한다. 도교에서 이르는 산 이름이다. 신선이 산다는 전설이 있다.

4) 양호(羊祜, 221~278) : 서진(西晉)의 저명한 군사 전략가이다. 자는 숙자(叔子)이고 청주(青州, 지금의 산동성(山東省)) 사람이다. 조정에서 요직에 머물며 진무제(晉武帝)에게 도움을 주었으며 서진이 오(吳)를 물리치는데 공헌을 하였다. 그는 민심을 잘 파악하여 치적이 혁혁하였다. 양양(襄陽)의 백성들이 그를 생각하여 그의 비석을 바라보며 눈물을 흘리곤 하여 타루비(墮淚碑) 고사가 생기기도 하였다.

182

旅次洋州寓居郝氏林亭1

여행 중에 양주에 머물며 학씨의 임정에 우거하다

擧目縱然非我有,2	눈을 들어 보는 것이 비록 내가 있던 곳과 다르더라도
思量似在故山時.3	느낌은 마치 고향에 있을 때 같네.
鶴盤遠勢投孤嶼,4	학은 멀리서 선회하다 외로운 섬에 깃들고
蟬曳殘聲過別枝.5	매미 간신히 울어대며 다른 가지를 찾네.
涼月照床攲枕卷,6	침상 곁으로 차가운 달 비추고 베개에 기대어 있는데
澄泉繞砌泛觴巵.7	섬돌을 휘감은 맑은 샘물에 술잔을 띄워보네.
青雲未得行又去,8	청운의 꿈 이루지 못한 채 가고 또 가야하니
夢到江南身在茲.9	꿈에서나 고향인 강남에 닿지만 몸은 이곳에 있구나.

【주석】

1 [원주] ≪십도지≫에 이르기를, "산남도에 양주가 있다."라 하였다.(十道志, 山南道有洋州)
旅次(여차) : 여행 중에 머무르다.
洋州(양주) : 지금의 섬서성(陝西省) 양현(洋縣)으로, 한수(漢水) 북쪽에 있다.
郝氏(학씨) : 학씨가 누구인지는 알 수 없다.
林亭(임정) : 은자의 정원, 정자.

2 縱然(종연) : 가령, 설령.

3 故山(고산) : 고향.

4 盤(반) : 돌다, 선회하다.
遠勢(원세) : 멀리 있는 사물의 기세나 자태.

5 [원주] ≪시화총구≫에 이르기를 "방간은 시를 지을 때 구절을 단련하여 글자마다 공을 들였다. 그가 사람에게 부치며 이르기를 '학은 멀리서 선회하다 외로운 섬에 깃들고 매미소리 끊어질 듯 이어지며 다른 가지를 찾네.'라고 하였다."라 하였다.(詩話總龜, 方干爲詩鍊句, 字字有功. 寄人云, 鶴盤遠勢投孤嶼, 蟬曳殘聲過別枝)

曳(예) : 끌다.

別枝(별지) : 다른 가지, 곁가지.

6 照床(조상) : 침상 곁으로 비추다. ≪전당시≫에는 '조창(照窗)'이라 되어 있고 '창을 비추다.'라는 뜻이다.

攲枕卷(의침권) : 베개에 기대어 있다. ≪전당시≫에는 '의침권(攲枕倦)'이라 되어 있다. 의미는 같다.

7 繞砌泛觴巵(요체범상치) : 섬돌을 휘감은 물에 술잔을 띄운다. ≪전당시≫에는 '요석범상지(遶石泛觴遲)'라 되어 있고 '바위 휘감은 맑은 샘물에 잔을 더디 띄우네.'라는 뜻이다.

8 [원주] ≪사기≫에 "수고가 범저에게 '그대가 푸른 구름 위에 이르리라고 생각지 못하였다.'라고 하였다."라 하였다.[5] 양웅은 〈조롱에 대해 해명하며〉에서 "권력을 잡은 자는 푸른 구름 위로 오르고, 권력을 잃은 자는 도랑에 버려진다."라고 하였다. 안연년의 〈오군영〉에서 "중용[6]은 높은 벼슬을 할 자질을 가졌다."라 하였는데, 주석에 "이선이 이르기를, 푸른 구름은 높고 먼 것을 이른다."라 하였다.(史記, 須賈爲范睢曰, 不意君子致靑雲之上. 揚雄解嘲, 當塗者升靑雲, 失路者委渠滿. 顔延年五君詠, 仲容靑雲器. 注, 李善云, 靑雲, 言高遠也)

行又去(행우거) : 가고 또 가다. ≪전당시≫에는 '평행거(平行去)'라 되어 있고 '다 가다'라는 뜻이다.

靑雲(청운) : 푸른 구름. 높은 명예나 벼슬을 이른다.

9 身在茲(신재자) : 몸은 이곳에 있다. ≪전당시≫에는 '신려기(身旅羈)'라 되어 있고 '몸은 나그네로 떠도네.'라는 뜻이다.

【해설】

이 시는 방간이 여행 중에 양주에 머물렀을 때 쓴 것으로, 타향에서 불우한 객으로 지내며 느끼는 비통함을 토로하고 있다.

제1~2구에서는 낯선 곳에 머물지만 느낌은 고향에 있을 때처럼 편안하다고 하였고, 제3~4구에서는 학과 매미를 통해 경물을 묘사하였는데, 이 둘은 시인 자신을 의미한다고 볼 수 있다. 학이나 매미는 탈속(脫俗)과 청고(淸高)를 대표하는 것인데, 구름을 뚫고 날아오르지도, 가지를 택해 힘차게 울지도 못하는 모습을 묘사함으로써 재학이 뛰어난 자신이 인정을 받지 못하고 불우함에 처했음을 암시하였다. 제5~6구는 임정의 안과 밖을 묘사하고 있는데, 달빛 비치는 밤, 시인은 침상에 누웠다 다시 밖으로 나가 샘물에 술잔을 띄우며 외로움을 달래고 있다. 제7~8구에서는 시인이 앞에서 느낀 비통함과 외로움의 원인을 제시하고 있는데, 본래 가졌던 청운의 꿈을 이루지 못하고 타향을 떠돌며 객으로 살아서 꿈에서야 고향땅을 밟을 수 있기 때문이라 하였다.

5) ≪사기(史記)≫의 〈범저・채택열전(范睢蔡澤列傳)〉에 있는 내용이다. 범저(范睢)는 총명하였으나 뜻을 펴지 못한 채 대부(大夫) 수고(須賈)의 식객으로 있었다. 그러던 중 우연히 오해를 사서 초주검이 되어 내버려졌다. 후에 진(秦)나라 소왕(昭王)의 신임을 얻어 청운의 꿈을 이루었다. 재상이 된 범저는 나중에 수고를 만나게 되는데 일부러 남루한 옷차림으로 변장을 하였고, 수고는 범저의 초라한 모습에 옛일이 미안하여 솜옷 한 벌을 주었다. 마침내 범저가 재상임을 알게 되자 수고는 크게 놀라며 "당신이 이토록 청운으로 바로 올라갈 줄을 모르고 만 번 죽어 마땅할 죄를 지었습니다. 부디 용서하십시오."라 하였다.

6) 중용(仲容) : 진(晋)나라 완함(阮咸)의 자이다. 완함은 죽림칠현(竹林七賢) 중 하나이다.

183

寄杭州于郎中1

항주의 우낭중에게 부침

雖方聖主識賢明,2	비록 지금이 천자가 현명한 이를 알아본다 해도
自是山河應數生.3	원래 산하가 기운에 응하여야 생겨나는 것이라네.
大雅篇章無子弟,4	대아의 작품 같은 그대의 문장은 따라갈 사람 없고
高門世業有公卿.5	그대의 귀한 가문 대대로 공경을 지낸 이 있네.
入樓早有中秋色,6	누각으로 들어가니 벌써 가을색이 완연하고
繞郭寒潮半夜聲.	성곽을 두른 차가운 조수는 한밤중에 소리 내며 흐르네.
白屋靑雲至懸闊,7	백옥과 청운은 서로 차이가 많이 나니
愚儒肝膽若爲傾.8	어리석은 선비의 속내를 어떻게 쏟아놓겠는가.

【주석】

1 杭州(항주) : 당나라 때의 주(州) 이름. 지금은 절강성(浙江省) 항주시이다.
于郎中(우낭중) : 우덕회(于德晦)를 가리킨다. 대중(大中) 연간에 항주자사(杭州刺史)를 지냈다.

2 雖方聖主(수방성주) : 비록 지금 천자가. ≪전당시≫에는 '수운성대(雖云聖代)'라 되어 있으며, '비록 성대(聖代)여서'라는 뜻이다.
聖主(성주) : 당대 황제에 대한 존칭. 혹은 천자에 대한 지칭.

3 [원주] 〈제나라 안륙왕 비문〉[7]에 "황하와 오악 같은 숭고한 신령스러움을 본받았다."라고 하였고, ≪효경・수신계≫에서는 "오악[8]의 정령은 웅건하고 빼어나며, 사독[9]의 정령은 인자하고 명철하다."라 하였다. ≪맹자≫[10]에서는 "오백년에 반드시 왕이 될 사람이 일어나고, 그 사이에 반드시 세상에

7) 이 글의 원제목은 〈제나라 고 안륙소왕의 비문(齊故安陸昭王碑文)〉으로, 심약(沈約)이 지었다.
8) 오악(五嶽) : 예로부터 전해오는 산악 신앙과 오행사상(五行思想)의 영향으로 생긴 다섯 산을 이른다. 오악은 동쪽의 태산(泰山), 서쪽의 화산(華山), 남쪽의 형산(衡山), 북쪽의 항산(恒山), 중부의 숭산(嵩山)이며, 나라에서 제사를 지냈다.
9) 사독(四瀆) : 중국에서 바다로 곧장 들어가는 4대강을 가리키는 말로 양자강(揚子江), 제수(濟水), 황하(黃河), 회수(淮水)를 이른다. 오악(五岳)과 함께 신앙의 대상이 되었다

이름을 떨치는 자가 있게 된다."라 하였다.(齊安陸王碑文, 體河嶽之上靈. 孝經授神契, 五嶽之精雄聖, 四瀆之精仁明. 孟子, 五百年必有王者興, 其間必有名世者)

自是(자시) : 원래.

應數(응수) : 정세나 기운에 순응하다.

4 [원주] ≪시의소≫에 이르기를 "〈문왕지십〉이후 〈권아〉까지 18편은 문왕・무왕・성왕・주공의 정대아이다."라 하였다.(詩義疏, 自文王之什以下, 至卷阿十八篇是文王武王成王周公之正大雅)

大雅(대아) : ≪시경≫의 시체(詩體)의 하나로, 왕정(王政) 폐흥(廢興)의 자취를 읊은 연향(宴饗)의 악가(樂歌)이다. 아정(雅正)한 특색이 있다.

篇章(편장) : 작품의 편(篇)과 장(章). 혹은 문장이나 글.

無子弟(무자제) : 따라갈 후배가 없다. ≪전당시≫에는 '무제자(無弟子)'라 되어 있고 '제자가 없다'는 뜻이다.

5 [원주] '고문(高門)'은 상권의 '우공(于公)' 주석에 보인다.[11](高門見上卷于公注)

高門世業(고문세업) : 귀한 가문의 대대로 내려오는 가업. 우덕회의 조부인 우소(于邵)는 글에 명성이 있었고, 관직은 예부시랑(禮部侍郎)에 이르렀다.

6 早有(조유) : 벌써 있다. ≪전당시≫에는 '조월(早月)'이라 되어 있고 '초승달'이라는 뜻이다.

7 [원주] 백옥・청운은 위에 보인다.[12](白屋青雲見上)

白屋(백옥) : 흰 집. 고대 평민이 거주하던 곳은 색칠을 하지 않았으므로 평민을 뜻한다. 여기서는 작자 자신을 가리킨다.

青雲(청운) : 푸른 구름. 관직이 높음을 비유한다. 여기서는 우낭중을 가리킨다.

懸闊(현활) : 서로 차이가 많이 나다.

8 若爲(약위) : 어떠한가. '여하(如何)'와 같다.

傾(경) : 마음을 기울여 쏟아놓다.

【해설】

이 시는 방간이 항주에 있는 우낭중에게 부친 시로, 우낭중에 비해 보잘 것 없는 자신에 대한 한탄을 담고 있다. 제1~2구에서는 세상의 현명한 이는 산하의 기운을 타고 나는 것으로, 좀처럼 그런 사람이 나오기 쉽지 않은데, 우낭중은 그러한 사람임을 말하였다. 제3~4구에서는 우낭중의 재주와 집안을 칭송하였다. 〈시경〉의 대아에 필적할만한 문장 솜씨와 함께 대대로 높은 관직을 지낸 귀한 가문 출신임을 들었다. 후반부에서는 작자 자신으로 관심을 돌리고 있다. 제5~6구에서는 쓸쓸한 가을 풍경 묘사를 통해 작자의 신세가 처량함을 암시하였고, 제7~8구에서는 평민인 작자와 높은 벼슬에 있는 우낭중을 비교하면서 보잘 것 없는 자신의 답답한 속내를 토로하고 싶은 바람을 드러내었다.

10) 여기서는 ≪맹자・공손축장구하(公孫丑章句下)≫제13장(章)을 말한다.

11) 유우석의 시 002. 〈중서사인 백거이가 새로 지은 시를 보냈는데 일찍 머리가 세고 자식이 없는 것을 탄식하므로 내가 이 시를 줌(白舍人寄新詩, 有歎早白無兒, 因以贈之)〉에 보인다.

12) 백운은 마대의 116. 〈고향 집이 그리워서(懷舊居)〉에 보이고, 청운은 방간의 182. 〈여행 중에 양주에 머물며 학씨의 임정에 우거하다(旅次洋州寓居郝氏林亭)〉에 보인다.

184

越中言事王大夫到任後作[1]

월주에서 일을 말하여 – 왕대부께서 임지에 온 후에 짓다

雲霞水木共蒼蒼,[2]	구름과 안개, 물가의 나무는 모두 끝없이 아득한데
元化分明秀一方.[3]	천지조화가 밝음을 나누어 한 귀퉁이를 빼어나게 하였네.
百里湖光輕撼月,[4]	백리에 펼쳐진 호수의 빛은 가벼이 달을 흔들고
五更軍角謾吹霜.[5]	오경에 병사의 뿔피리소리 느리게 서리 속으로 불어오네.
沙邊賈客喧魚肆,[6]	모래가 어시장에서는 장사치들이 떠들썩하고
山上潛夫醉筍莊.[7]	산 위의 죽순가게에서는 은자가 취해있네.
終歲逍遙仁術內,[8]	평생토록 어진 다스림 아래서 소요하며
無名甘老買臣鄉.[9]	이름 없이 주매신의 고향에서 기꺼이 늙어가겠네.

【주석】

1 이 시는 ≪전당시≫에 〈월 땅에서 일을 말하다(越中言事)〉라는 제목으로 실려 있고, 부제가 '함통 8년(867) 낭야공이 임지에 온 후에 짓다(咸通八年琅琊公到任後作)'이며 2수로 되어 있다. 이 시는 제2수이다.
王大夫(왕대부) : 왕풍(王渢)을 이른다. 함통(咸通) 8년에 왕풍은 호부시랑(戶部侍郎)에서 월주자사(越州刺史)로 임명되었다.

2 雲霞(운하) : 구름과 안개.
蒼蒼(창창) : 끝없이 아득한 모양.

3 [원주] 이백의 〈악부시〉에 "이윤과 고요가 천지를 뒤섞었네."라 하였다.(李白樂府詩, 伊皐[13])渾元化)
分明(분명) : 밝음을 나누다. ≪전당시≫에는 '분공(分功)'이라 되어 있고 '공을 나누다'라는 뜻이다.
元化(원화) : 천지, 조화.
一方(일방) : 한 귀퉁이. 여기서는 월주를 가리킨다.

13) 伊皐(이고) : 중국 은나라 탕왕 때의 명상(名相)인 이윤(伊尹)과 요순 때의 현신(賢臣)인 고요(皐陶)를 아울러 이르는 말.

4 [원주] ≪십도지 · 강남도≫에 "월주에 경호가 있다."라 하였다.(十道志江南道, 越州有鏡湖)
湖光(호광) : 호수의 빛. ≪전당시≫에는 '호파(湖波)'라 되어 있고 '호수의 물결'이라는 뜻이다.

5 謾(만) : 느리다. ≪전당시≫에는 '만(慢)'이라 되어 있고 뜻은 같다.
五更(오경) : 하룻밤을 다섯으로 나누었을 때의 다섯째 부분. 새벽 4시 전후이다.

6 魚肆(어사) : 어시장. ≪전당시≫에는 '어시(魚市)'라 되어 있고 뜻은 같다.
賈客(고객) : 상인, 장사치.

7 [원주] ≪후한서≫에 이르기를, "왕부[14]가 ≪잠부론≫[15]을 지었다."라 하였다.(後漢, 王符著潛夫論)
山上(산상) : 산 위. ≪전당시≫에는 '도상(島上)'이라 되어 있고 '섬 위에서'라는 뜻이다.
潛夫(잠부) : 잠수부. 여기서는 ≪잠부론≫의 저자인 왕부와 같은 은자를 가리킨다.
笋莊(순장) : 죽순을 파는 가게.

8 [원주] ≪맹자≫[16]에 이르기를 "이것이 바로 인을 실천하는 방법이다."라 하였다.(孟子曰, 是乃仁術也)
終歲(종세) : 평생토록.
仁術(인술) : 인을 실천하는 방법. 여기서는 왕풍이 어진 정치를 펴는 것을 이른다.

9 [원주] 매신향(買臣鄕)은 위의 "비단옷을 입고 고향에 돌아오다." 주석에 보인다.[17](買臣鄕見上衣錦還鄕注)
買臣鄕(매신향) : 주매신의 고향. 주매신(朱買臣, ?~BC 109)은 오(吳)나라 사람으로, 자는 옹자(翁子)이다. 학문을 좋아하면서도 집안이 가난하여 나무를 팔아 생계를 유지해야 했기 때문에 아내와는 이별하였다. 상계리(上計吏 : 군국(郡國)의 장부를 관리하는 관직)를 지내던 중 동향인 엄조(嚴助)의 추천으로 무제에게 ≪춘추(春秋)≫를 강설하게 되어 관직에 오르게 되었다. 그 뒤 회계태수(會稽太守)가 되어 고향에 돌아가서 헤어진 아내와 그의 남편을 불러 도와주었으나 그 아내는 부끄러워 자살했다고 한다. 월주는 예전에 회계에 속하였기 때문에 월주를 말하면서 주매신의 고향 운운 한 것이다.

【해설】

이 시는 왕풍이 월주에 부임해오자 그에 대한 축하의 의미로 지어진 시인 듯싶다. 왕공의 부임지인 월주의 다양한 모습을 그리며 그곳에서 왕공의 인정(仁政)이 잘 시행되어 그 은혜를 조용히 누리겠다는 마음을 표현하였다.

내용상 크게 두 부분으로 나뉘는데, 제1, 2, 3연은 월주의 다양한 경관을 그려내었고, 마지막 연에서는 작자의 심사를 말하고 있다. 제1~2구에서는 천지조화의 솜씨로 태어난 빼어난 모습의 월주에 대해 말하였다. 이 빼어남은 다음 두 연에서 구체적으로 펼쳐지는데, 제3~4구에서는 자연경관의 아름다움을 말하였다. 경호에 달이 비친 모습과 늦가을에 들리는 뿔피리 소리는 쓸쓸하지만 청량한 느낌을 자아낸다. 제5~6구에서는 앞 연과 대조적인 분위기로 월주에 있는 사람들의 활기찬 모습을

14) 왕부(王符) : 중국 후한 말기의 학자이다. 자는 절신(節信)이며, 입신출세주의를 반대하여 숨어 살며 30여 권의 책을 썼다. 저서에 ≪잠부론≫이 있다.
15) 잠부론(潛夫論) : 후한(後漢)의 유학자 왕부(王符)가 쓴 중국의 정치에 관한 책이다. 10권 35편으로 되어 있다. 왕부는 난세에 처하여 세속에 영합하지 않고 문란한 정치를 비판하여 이 책을 저작하였다. 그의 입장은 학문 · 도덕을 존중하고, 덕(德)에 의한 교화정치(敎化政治)를 주장하였으며, 당시의 사회와 정치를 비판하였다. 또한 운명론이나 미신도 배척하였다.
16) 여기서는 ≪맹자(孟子) · 양혜왕상(梁惠王上)≫편을 말한다.
17) 최치원의 시 150. 〈수재인 양첨에게 답하여(酬楊贍秀才)〉에 보인다.

그려내었다. 시장에서 떠들썩한 사람들, 술에 취해 있는 은거하는 선비의 모습을 통해 생명력 넘치고 자유로운 분위기를 표현하였다. 제7~8구에서는 이곳이 왕공의 어진 정치로 다스려질 것이며, 자신은 이곳에서 기꺼이 조용히 은거할 것이라는 바람을 드러내었다.

185

贈孫發百篇[1]

백편 손발에게 드림

御題百首思縱橫,[2]	황제의 시제에 백 수의 시상 거침없었고
半日功夫擧世名.	한나절 애를 쓰니 세상에 명성이 드러났지.
羽翼便從吟處出,[3]	보좌하고자 하는 마음 시에 표현되었고
珠璣續向筆端生.[4]	옥 같은 시문이 계속해서 붓끝에서 생겨났었네.
莫嫌黃綬官資小,[5]	현위의 벼슬이 낮다고 싫다 마오.
必料青雲道路平.[6]	반드시 청운의 길이 평탄할 것이니.
才子風流復年少,[7]	재주 있는 이 풍류도 있고 나이도 젊기에
無愁高臥不公卿.[8]	한거하며 높은 관직에 오르지 못할까 근심할 필요 없소.

【주석】

1 이 시는 ≪전당시≫에 〈손백편에게 주어(贈孫百篇)〉라는 제목으로 실려 있다.
孫發(손발) : 황제가 내린 시제(詩題)에 단숨에 시 백 편을 지었다 하여 손백편(孫百篇)으로도 불렸다 한다. 과거시험에 백 편의 시를 짓는 '백편과(百篇科)'가 있었는데, 손발은 그 시험으로 등용되었다.(≪중오기문(中吳紀聞)·손백편(孫百篇)≫ 참고) 방간은 태주(台州)에서 그와 교유하였고 몇 편의 시를 남겼는데, 방간의 시를 통해 유추해보면 손발은 손합(孫郃)[18]의 집안 어른이었다.

2 御題(어제) : 황제가 정한 시제(詩題).
縱橫(종횡) : 자유자재(自由自在)로 거침이 없음.

3 羽翼(우익) : 임금을 보좌하는 신하. 여기서는 임금을 보좌하는 마음으로 쓰였다.

4 [원주] 종영(鍾嶸)의 ≪시품·서≫에서 이르기를, "도잠의 〈가난한 선비를 노래하다〉와 사혜련의 〈저고리를 다듬이질하며〉는 모두 오언시 가운데 뛰어난 작품으로, 이른바 뛰어난 시문이 모여

18) 손합(孫郃) : 당나라 태주(台州) 선거(仙居) 사람으로, 자는 희한(希韓)이다. 생졸년 미상이다. 건녕(乾寧) 4년(897)에 진사에 급제하였다. 교서랑(校書郎) 등을 지냈으며 ≪손씨문찬(孫氏文纂)≫ 40권, ≪손씨소집(孫氏小集)≫ 3권이 있다.

있는 연못이고 아름다운 문채가 어우러진 숲이다."라 하였다.(鍾記室詩評序, 陶潛詠貧士之製, 惠連搗衣之作, 斯皆五言之警策, 所謂篇章之珠澤, 文彩之鄧林乎)

筆端(필단) : 붓끝. ≪전당시≫에는 '필두(筆頭)'로 되어 있고 뜻은 같다.

珠璣(주기) : 구슬, 보석. 여기서는 아름다운 시문을 비유한다.

5 [원주] 동파의 ≪여복지≫에서는 "사백 섬의 승위[19], 삼백 섬의 장상, 이백・백 섬은 모두 누런 인끈인데, 오로지 순전한 누런색이었다."라 하였다.(董巴輿服志, 四百丞尉, 三百長相, 二百百石皆黃綬, 一采純黃)

黃綬(황수) : 누런 인끈. 현위(縣尉)를 비유한다.

官資(관자) : 관리의 경력과 직위, 봉록.

6 [원주] ≪유편≫에 이르기를, "'료'는 '력'과 '조'의 반절로, 헤아린다는 뜻이다."라 하였다. '청운'은 위의 주석에 보인다.[20](類篇, 料, 力吊反, 量也. 靑雲見上注)

7 [원주] '재자'는 이미 상권에 나왔다.[21] ≪진서≫에 "왕연[22]과 악광[23]은 만사의 밖에 마음을 두어 당시에 중시 받았다. 세상 사람들 가운데 풍류를 논하는 자는 왕연과 악광을 우두머리로 여겼다."라 하였다.(才子已出上卷. 晉書, 王衍樂廣宅心事外, 見重於時. 天下言風流者推王樂爲首)

才子(재자) : 재사(才士), 재주 있는 젊은 남자.

風流(풍류) : 풍치가 있고 멋스럽게 노는 일, 운치가 있는 일. 혹은 아취(雅趣)가 있는 것, 속된 것을 버리고 고상한 유희를 하는 것.

8 高臥(고와) : 벼슬을 그만두고 한가롭게 지내다.

公卿(공경) : 높은 벼슬을 하다.

【해설】

이 시는 방간이 태주에 있을 때 사귀었던 손발에게 준 것으로, 상대에 대한 찬상과 격려를 주된 내용으로 하고 있다. 제1~2구에서는 손발이 '백편'이라는 별칭을 가지게 된 경위를 밝혔고, 제3~4구에서는 손발의 시문에 대해 말하였다. 그가 쓴 시문에는 황제를 보좌하고자 하는 마음이 드러나 있고, 그것이 매우 뛰어났다고 하였다. 시의 후반부에서는 재주가 있으나 아직 벼슬이 낮아 낙심하는 손발을 격려하였다. 제5~6구에서는 벼슬이 아직 보잘 것 없다고 실망하지 말라 하면서 청운의 꿈을 곧 이룰 수 있으리라 격려하였고, 제7~8구에서는 풍류재자로 아직 젊으니 앞날에 대해 미리 근심하지 말라고 위로하였다.

19) 승위(丞尉) : 관직명으로 현승(縣丞)과 현위(縣尉)를 이른다.

20) 방간의 시 182. 〈여행 중에 양주에 머물며 학씨의 임정에 우거하다(旅次洋州寓居郝氏林亭)〉에 보인다.

21) 유우석의 시 001. 〈봄날 회포를 써 낙양의 백이십이와 양팔 두 서자에게 부침(春日書懷寄東洛白二十二楊八二庶子)〉에 보인다.

22) 왕연(王衍, 256~311) : 서진(西晉) 낭야(琅邪)사람으로, 자는 이보(夷甫)이다. 저명한 청담가이자 위진 시기의 명사로 노장의 학설을 좋아하였다.

23) 악광(樂廣, ?~304) : 서진 남양(南陽) 사람으로, 자는 언보(彦輔)이다. 성품이 담박하고 욕심이 없었으며 겸양할 줄 알았으며 담론을 잘하였다. 당시 명사들이 고의로 방탕한 행동을 하는 것에 대해 비판을 하였다. 문집 2권이 있었으나 전하지 않는다.

186

題報恩寺上房[1]

보은사 상방에 쓰다

來來先到上房看,[2]	올 때마다 우선 상방에 이르러 내려다보니,
眼界無窮世界寬.[3]	시야는 끝이 없고 세상이 넓기만 하네.
巖溜噴空晴似雨,[4]	바위 사이 폭포수 공중으로 내뿜어 맑은 날 비오는 듯하고
林蘿礙日夏多寒.[5]	숲속의 등라는 해를 가려 여름에도 한기가 드네.
衆山迢遞皆相疊,[6]	아득히 먼 뭇 산들은 모두 겹쳐 있고
一路高低不紀盤.[7]	높고 낮은 산길은 그 구불거림을 다 기록할 수 없네.
清峭關心惜歸志,[8]	맑고 빼어남에 마음을 빼앗겼는데 아쉽게도 돌아가야 만하니
他時夢到亦難安.[9]	훗날 꿈에서라도 오는 것 역시 어렵겠지.

【주석】

1 이 시는 ≪전당시≫에 〈보은사 상방에 제하여(題報恩寺上方)〉라는 제목으로 실려 있다. '상방(上方)'은 '상방(上房)'과 같은 뜻이다.
上房(상방) : 절에서 가장 높은 곳. 주지가 거처하는 곳이 절에서 가장 높은 곳에 있었으므로 훗날 주지를 지칭하는 말로 쓰인다.

2 先到上房(선도상방) : 우선 상방에 이르다. ≪전당시≫에는 '선상상방(先上上方)'이라 되어 있고 '우선 상방에 오르다'라는 뜻이다.

3 眼界(안계) : 시야.

4 溜(류) : 물방울, 급류. 여기서는 바위 사이로 흐르는 폭포수를 말한다.
噴(분) : 뿜다, 내뿜다.

5 蘿(라) : 등라. 등나무의 덩굴.
礙(애) : 가로막다.

6 迢遞(초체) : 아득히 먼 모양.

7 不紀(불기) : 기록할 수 없다. ≪전당시≫에는 '불기(不記)'라 되어 있으며 뜻은 같다.
高低(고저) : 높고 낮음.

盤(반) : 굽다, 돌다.

8 淸峭(청초) : 맑으면서도 빼어난 정취. 여기서 맑음은 폭포수와 서늘한 그늘을, 빼어남은 뭇 산들과 가파른 길을 가리킨다.

關心(관심) : 어떤 일이나 대상에 흥미를 가지고 마음을 쓰거나 알고 싶어 하는 상태.

歸志(귀지) : 돌아가려는 뜻. ≪전당시≫에는 '귀거(歸去)'라 되어 있으며 '돌아가다'라는 뜻이다.

9 他時(타시) : 훗날.

難安(난안) : 마음 놓기 어렵다. ≪전당시≫에는 '난판(難判)'이라 되어 있으며 '단언하기 어렵다'라는 뜻이다.

【해설】

이 시는 작자가 보은사 상방에서 바라본 경치를 통해 '청초'한 경지에 이르게 되었고, 그 때문에 돌아가기 아쉬운 정을 느끼게 되었음을 이야기하고 있다. 제1~2구에서는 절의 가장 높은 상방에 올라 탁 트인 시야로 광활한 세상을 바라보고 있다. 제1구의 '올 때마다(來來)' '우선 이르다(先到)' 같은 것은 통속적인 표현으로 흥이 잔뜩 오른 듯한 느낌을 준다. 그 다음 두 연은 상방에서 바라본 경치이다. 제3~4구는 가까운 경치로 바위틈에 폭포수가 떨어지고 숲 안에 등라가 빽빽한 모습을 그려내었다면, 제5~6구는 먼 경치이다. 아득히 산봉우리는 겹쳐져 있고 올라온 산길은 구불구불 끝도 없는 듯하다. 이러한 경치는 시인의 마음에 오랫동안 기억될 듯하니, 제7~8구에서는 이 경치가 주는 정취를 '청초'라 요약하며 이곳에 오래 머물고 싶은 심경을 드러내었다. 청초의 '청'을 느끼게 하는 경물이 바위틈의 폭포와 숲속의 등라라면, '초'는 뭇 산과 길일 것이다. 풍경이 주는 편안함에 다시 오고 싶지만 꿈에서도 쉽지 않을 것이라 하여 아쉬움을 표현하였다.

187

贈李郢端公1

단공 이영에게 드림

暖景融融寒景淸,2	따뜻할 때의 경치는 온화하고 추울 때의 경치는 맑은데
越臺風送曙鍾聲.3	월대에 부는 바람은 새벽 종소리 실어주네.
四郊遠火燒山月,4	사방의 먼 불은 산위의 달을 태우는 듯하고
一道驚波撼郡城.5	한 차례 놀랜 파도는 군성을 흔들 정도라네.
夜雪未知東岸綠,	밤새 눈이 내려 동쪽 언덕 푸르렀던 것을 모르고
秋霜猶放半江晴.6	가을 서리 내려도 강 전체가 맑게 개었네.
謝公吟處依稀在,7	사령운이 시 읊조린 곳 아련히 남아 있는데
千古無人繼盛名.8	오랫동안 그 성대한 명성 이을 이 없네.

【주석】

1 이 시는 ≪전당시≫에 〈전당[24]의 기이하고 빼어남을 적다(敍錢塘異勝)〉라는 제목으로 실려 있다. 대신 이 제목을 가진 작품은 ≪전당시≫권652에 따로 있다.
[원주] '단공'은 이미 상권에 나왔다.[25](端公已出上卷)
端公(단공) : 당나라 시어사(侍御史)의 속칭(俗稱)이다. 대단(臺端)이라고도 한다.
李郢(이영) : 당나라 장안(長安) 사람으로 자는 초망(楚望)이다. 진사에 급제한 후 시어사(侍御史)로 관직을 마쳤다. 시는 대개 경물을 묘사한 것이 많으며 풍격은 노련하면서도 침울한 것이 주를 이룬다.

2 融融(융융) : 따뜻하고 온화하다.

3 [원주] '월대'는 이미 상권에 나왔다.[26](越臺已出上卷)
越臺(월대) : 월왕대(越王臺). 월왕 구천(勾踐)이 올라가 조망했던 곳. 지금의 절강성 소흥시(紹興市)

24) 전당(錢塘) : 지금의 절강성 항주시이다.
25) 옹단공(雍端公)에 대한 원주에 나와 있다.
26) 이원의 시 067. 〈민중에서 감회를 써 손수재에게 부침(閩中書懷寄孫秀才)〉에 보인다.

와룡산(臥龍山) 동남쪽에 있다.

曙鍾(서종) : 새벽 종소리. ≪전당시≫에는 '효종(曉鍾)'이라 되어 있고 뜻은 같다.

4 四郊(사교) : 도성(都城)의 동서남북 사방의 교외(郊外).

山月(산월) : 산 위의 달. ≪전당시≫에는 '연월(煙月)'이라 되어 있고 '안개 어린 달빛'이라는 뜻이다.

5 撼(감) : 흔들다.

6 秋霜(추상) : 가을 서리. ≪전당시≫에는 '춘풍(春風)'이라 되어 있고 '봄바람'이라는 뜻이다.

7 [원주] 상권의 "사령운은 일찍이 중시하여 멀리도 보았구나." 주석에 보인다.[27](見上卷謝公曾重遠相看注)

謝公(사공) : 사령운(謝靈運)을 이른다. 남조 송나라 때 주로 산수자연의 아름다움에 관한 시를 썼던 시인이다. 사령운은 네 살 무렵에 조부인 사현(謝玄)의 분부대로 전당의 두명법사(杜明法師)에 보내져 12년간 기거하였던 적이 있다. 이 기간에 사령운은 법사의 도교사상과 전당의 아름다운 풍광에 많은 영향을 받았다. 특히 어려서부터 접하였던 아름다운 풍경은 그의 취향에 잘 맞았고 나중에 그가 아름다운 산수시를 쓰게 되는데 주요한 자양분이 되었다.

依稀(의희) : 모호하다, 애매하다, 아련하다.

8 千古(천고) : 오랜 세월.

【해설】

이 시는 주로 경치묘사와 이에 대한 감탄으로 이루어져 있어 일반적인 증시(贈詩)의 구성과 차이가 난다. 따라서 ≪전당시≫의 제목이 더 적합한 것으로 보인다.

제1~2구에서는 추울 때나 따뜻할 때나 독특한 아름다움이 있다고 하면서 월대에 올라 감상하고자 하였다. 제3~4구에서는 월대에 올라가 본 풍경으로, 멀리 보이는 등불들이 달을 태우는 듯 밝은 모습과 전당강의 해소(海嘯)[28] 때문에 파도가 넘실대는 모습을 그려내었다. 제5~6구에서는 그곳의 기이한 풍경으로, 한쪽에 눈이 내리지만 다른 한쪽은 푸른 풀이 자라고, 서리 내리지만 강은 감쪽같이 맑게 갠 모습을 담아내었다. 마지막 제7~8구에서는 눈앞에 펼쳐진 기이하면서도 빼어난 경물에 감탄하여 그것을 시로 읊고자 하나 재주가 훌륭한 산수시인인 사령운에 미치지 못함을 한탄하였다.

27) 이원의 시 067. 〈민중에서 심회를 써 손수재에게 부침(閩中書懷寄孫秀才)〉에 보인다.

28) 해소(海嘯) : 만조(滿潮) 때에 얕은 해안(海岸)이나 삼각형상(三角形狀)으로 벌어진 하구부(河口部)에서 일어나는 거센 물결 소리를 이른다. 전당강(錢塘江)과 함께 남미(南美)의 아마존 강 등이 유명하다.

188

杭州杜中丞1

항주의 두중승

昔用雄才登上第,2	옛날에는 뛰어난 재주를 발휘하여 장원급제를 하였고
今將重德合明君.3	지금은 큰 덕이 현명한 군주의 뜻에 맞게 되었네.
苦心只爲安人術,4	고심하여 다만 사람을 편하게 하는 일을 하였고
援筆皆成出世文.5	붓을 잡으면 모두 뛰어난 문장이 되었네.
寒角細吹孤嶠月,6	호각소리 가늘게 불어오는데 외로운 산 위에 달이 떠있고
秋潮橫卷半江雲.7	가을 조수는 비끼어 감겨 있는데 강 가득히 구름이네.
掠天飛勢應非久,8	하늘을 스치는 기세 도달하기에 오래 걸리지 않을 것이니
一鶚那棲衆鳥群.9	수리새가 어찌 여러 새들 무리에 둥지를 틀 것인가.

【주석】

1 이 시는 ≪전당시≫에 〈항주 두중승에게 올려(上杭州杜中丞)〉라는 제목으로 실려 있다.
杜中丞(두중승) : 두승(杜勝). 자는 빈경(斌卿)이고 재상 두황상(杜黃裳)의 동생이다. 경종(敬宗) 보력(寶曆) 연간 초(825)에 진사에 급제하였다. 급사중(給事中), 호부시랑판탁지(戶部侍郎判度支), 검교예부상서(檢校禮部尙書), 천평절도사(天平節度使) 등을 역임하였다. 대략 대중(大中) 3, 4년(849~850)에 항주자사(杭州刺史)를 지냈다. 중승(中丞)은 어사중승(御史中丞)의 줄임말이다.

2 [원주] ≪후한서≫에 "중장통[29]이 고간[30]에게 이르기를 '그대는 웅대한 뜻은 있지만 뛰어난 재주는 없도다.'라고 하였다."라 하였다.(後漢書, 仲長統謂高幹曰, 君有雄志而無雄才)
上第(상제) : 과거에서 첫째로 급제하던 일. 또는 첫째로 급제한 사람.

29) 중장통(仲長統, 179~220) : 동한 고평(高平, 지금의 산동성(山東省)) 사람으로, 자는 공리(公理)이다. 철학가이자 정론가이다. 어려서부터 학문에 뜻을 두어 여러 책을 읽었다. 재주가 뛰어났고 성격이 호탕하여 직언을 잘하였다. 헌제(獻帝) 때 상서령이었던 순욱(荀彧)이 그의 명성을 듣고 그를 상서령으로 천거하였다.

30) 고간(高幹, ?~206) : 한나라 사람으로 자는 원재(元才)이다. 고궁(高躬)의 아들이자 원소(袁紹)의 조카이다. 원소가 하북을 평정한 후에 그를 병주자사(並州刺史)로 임명하였고 고간은 문무에 통달하여서 당시에 명망이 대단히 높았다.

3 重德(중덕) : 두터운 덕, 혹은 그러한 덕이 있는 사람.
明君(명군) : 현명한 군주.

4 [원주] 육기(陸機)의 〈맹호행〉에 "뜻있는 선비는 몹시 애를 태운다."라 하였다.(陸士衡, 猛虎行, 志士多苦心)
只爲安人術(지위안인술) : 다만 사람을 편하게 하는 일을 하다. ≪전당시≫에는 '다위안민술(多爲安民術)'로 되어 있고 '백성을 편안하게 하는 일을 많이 하다'라는 뜻이다.
苦心(고심) : 몹시 애를 태우며 마음을 쓰거나 애를 씀.

5 援筆(원필) : 붓을 잡아 글을 쓰다.
出世文(출세문) : 세상에 뛰어난 글.

6 孤嶠(고교) : 홀로 서 있는 높은 산.
寒角(한각) : 호각. 추운 밤에 불거나 그 소리가 사람을 처량하게 하고 두렵게 하기 때문에 한각이라 부른다.

7 秋潮(추조) : 가을 조수. ≪전당시≫에는 '추도(秋濤)'로 되어 있고 '가을 물결'이라는 뜻이다.

8 掠天(약천) : 하늘을 스쳐 지나가다.
飛勢(비세) : 나는 기세. ≪전당시≫에는 '일세(逸勢)'로 되어 있고 뜻은 같다.

9 [원주] ≪사기≫에 "조앙[31]이 이르기를, '사나운 새가 백 마리라도 수리새 하나보다 못하다.'라고 하였다."라 하였다.(史記, 趙簡子曰, 鷙鳥[32]累百, 不如一鶚)
鶚(악) : 물수리, 수리새.

【해설】

이 시는 항주에 있는 두중승에게 주는 시로, 시의 전반부는 그를 찬양하는 내용으로 되어 있고, 후반부는 두중승이 어려운 처지에 놓여 있으나 잘 헤쳐 나갈 것임을 격려하는 내용으로 되어 있다. 시의 전반부에서는 두중승의 과거와 현재, 그의 치적과 재능에 대해 묘사하였다. 제1~2구에서는 두중승이 과거시험에서 장원급제를 하여 지금 높은 벼슬을 하여 군주를 보필하고 있음을 말하였다. 제3~4구에서는 백성을 잘 다스리기 위해 고심하였고, 문학적 재능도 풍부함을 찬양하였다. 후반부에서는 내용상의 전절이 이루어지고 있다. 제5~6구에서는 항주의 적막한 가을 경치를 묘사하였는데, 처량한 호각소리와 외로운 산 위에 떠 있는 달, 가을 조수와 구름 가득한 강은 두중승이 처한 상황이 우울하고 쓸쓸한 상황임을 암시한다. 제7~8구에서는 두중승은 뛰어난 재주를 가지고 있어 높은 지위에 오르는 데 오래 걸리지 않을 것이니, 지금의 어려운 상황을 잘 헤쳐 나가 발군의 모습을 보일 것이라고 격려하였다.

31) 조앙(趙鞅, ?~BC 475) : 춘추시대 진(晉)의 경대(卿大夫)부. 성(姓)은 영(嬴), 씨(氏)는 조(趙), 시(諡)는 간(簡)으로, 조간자(趙簡子)라고도 불렸다. 전국시대(戰國時代) 조나라 기업의 개창자이자, 군현제(郡縣制) 사회개혁에 대한 적극적 추동자이며, 선진 법가사상의 실천가이다.
32) 鷙鳥(지조) : 사나운 새. '지(鷙)'는 육식(肉食)하는 새를 통틀어 일컫는다.

189

贈會稽張少府[1]

회계의 장소부에게 드림

高節何曾似任官,[2]	고상한 절개는 벼슬아치와 어찌 같겠는가?
藥苗香潔備朝餐.[3]	향기롭고 깨끗한 약초 싹 아침식사로 갖추어두었거늘.
一分酒戶添應易,[4]	작은 주량을 늘리는 것이야 응당 쉬울 테지만
五字詩名隱卽難.[5]	오언시의 명성 숨기려 해도 어렵네.
笑我無媒成鶴髮,[6]	다리 놓을 사람 없이 백발 된 나를 비웃지만
知君有意戀漁竿.[7]	그대에게 뜻이 있어 낚싯대를 그리워하는 것을 알고 있네.
明年莫便還家去,	내년에는 집으로 곧장 돌아가지 말고
鏡裏雲山是共看.[8]	거울 안에 있는 구름과 산을 함께 보세나.

【주석】

1 [원주] ≪십도지・강남도≫에 이르기를 "월주에 회계군이 있다."라 하였다. ≪부이기≫와 ≪정명록≫에 모두 "현위가 소부이다."라 하였다.(十道志江南道, 越州有會稽郡. 府異記定命錄皆曰, 縣尉爲少府)
會稽(회계) : 지금의 강소성(江蘇省) 소흥(紹興).

2 任官(임관) : 관직에 임명됨.

3 朝餐(조찬) : 아침식사. ≪전당시≫에는 '상찬(常餐)'으로 되어 있으며 '늘 먹는 식사'라는 뜻이다.

4 酒戶(주호) : 주량(酒量). 주량이 크면 대호(大戶), 작으면 소호(小戶)라 한다.
添應易(첨응이) : 늘리는 것이 응당 쉬울 것이다. ≪전당시≫에는 '첨유득(添猶得)'이라 되어 있으며 '늘릴 수 있다'라는 뜻이다.

5 [원주] ≪남사≫에 이르기를 "안연지가 일찍이 포조에게 묻기를 '나와 사령운 중 누가 더 나은가?'라 하자, 포조가 다음과 같이 대답하였다. '사령운의 오언시는 마치 막 핀 부용꽃 같아 자연스러우며 사랑스럽고, 그대의 시는 비단을 펼쳐 놓은듯하여 아로새기고 쌓인 것이 눈에 가득하다.'"라 하였다. 종영의 ≪시품서≫에 이르기를 "사령운은 원가 연도의 으뜸이고 안연년은 그보다 아래인데, 이들 모두 오언시가 제일이고 문사는 세상에 유명하다."라 하였다.(南史, 顔延之嘗問鮑照曰, 己與靈運優劣.

照曰, 謝五言如初發芙蓉, 自然可愛, 君詩若鋪錦列繡, 亦雕繢滿眼. 鍾嶸詩品33)序, 謝客, 元嘉之雄, 顔延年爲輔, 斯34)皆五言之冠冕, 文詞之命世也)

五字詩(오자시) : 오언시(五言詩).

6 [원주] 유신의 〈죽장부〉에서 이르기를 "내가 늙었도다! 머리는 학의 깃처럼 희고 피부는 닭의 살갗처럼 거칠구나."라 하였다.(庾信竹杖賦, 予老矣, 鶴髮鷄皮)

無媒(무매) : 중개인이 없다. 벼슬을 할 때에 다리를 놓아줄 사람이 없다는 뜻이다.

成鶴髮(성학발) : 머리가 하얗게 세다. ≪전당시≫에는 '생학발(生鶴髮)'이라 되어 있으며 뜻은 같다.

7 戀漁竿(연어간) : 낚싯대를 그리워하다. ≪전당시≫에는 '억어간(憶漁竿)'이라 되어 있으며 뜻은 같다.

漁竿(어간) : 낚싯대.

8 [원주] 회계에 경호가 있다.(會稽有鏡湖)

鏡裏(경리) : 거울 속. 여기서는 경호(鏡湖)를 가리킨다. 절강성(浙江省) 소흥현(紹興縣)에 있는 호수이다.

是共看(시공간) : 함께 보다. ≪전당시≫에는 '차공간(且共看)'으로 되어 있으며 '또 함께 보다'라는 뜻이다.

【해설】

이 시는 과거에 낙방한 후 경호에 은거했을 때 회계에 있는 장소부에게 보낸 것이다. 고결한 인격과 풍류와 함께 재주를 갖추고 있는 장소부이지만 그에게도 은거하고자 하는 뜻이 있으므로, 시인이 누리는 정취를 함께 누리고자 하는 뜻을 전하였다.

시의 전반부에서는 장소부에 대한 칭송의 내용을 담고 있다. 제1~2구에서는 장소부에게 고상한 절개가 있고 향초를 복용할 만큼의 고결함을 지니고 있다고 하여 다른 벼슬아치와 같지 않음을 말하였다. 제3~4구에서는 작은 주량을 늘리는 것은 쉬워도 시명(詩名)은 감추기 어려울 만큼 혁혁함을 일러 그의 재주를 칭송하였다. 후반부에서는 장소부에게 바라는 말을 하고 있다. 제5~6구에서는 시인 자신과 장소부를 대비하였는데, 자신은 끌어줄 사람이 없어 벼슬을 하지 못한 채 자연에 묻혀 나이만 먹고 있다면, 장소부는 낮은 벼슬을 하면서 자연을 그리는 마음을 가지고 있다고 하였다. 제7~8구에서는 시인과 장소부가 모두 자연을 벗 삼고 싶어 하므로 내년에는 함께 경호에서 자연을 감상하며 지내기를 바라였다. 겉으로는 벼슬자리에 연연하지 말고 마음 편히 은거하자는 독려의 말이지만, 행간에는 벼슬을 하고 싶어도 할 수 없는 자신의 처지에 대한 감개가 묻어 있다.

33) 詩品(시품) : 원문에는 '詩評(시평)'으로 되어 있는데 수정하였다.
34) 斯(사) : 원문에는 '此(차)'로 되어 있는데 ≪시품≫ 원문에 의거하여 수정하였다.

190

逑方齋寄虞縣表宰[1]

술방재에서 우현의 표 현령에게 부침

湖北湖西往復還,2	호수의 북쪽과 호수의 서쪽을 갔다가 또 왔다가
經時只處自由間.3	오랜 시간동안 그저 자유로움 가운데 있었네.
暑天移榻臥深竹,4	더운 날에는 평상을 옮겨 짙은 대나무 숲에 눕고
月夜乘舟歸淺山.5	달밤에 배를 타고 나지막한 산으로 돌아가네.
繞砌紫鱗那在釣,6	섬돌 둘레의 붉은 물고기는 어디에서 낚으며
亞窗紅菓可勞攀.7	창문을 누르고 있는 붉은 과일은 어떻게 붙잡을 것인가.
古賢暮齒方如此,8	옛 현인은 늘그막에야 이와 같았으니
應笑愚儒鬢未斑.9	어리석은 유생의 머리가 아직 세지도 않았음을 웃으리라.

【주석】

1 이 시는 ≪전당시≫에 〈호수 북쪽에는 띠풀로 만든 서재가 있고 호수 서쪽에는 소나무 우거진 섬이 있는데 가벼운 배로 왕복하다보니 본래 가졌던 생각과 퍽 잘 맞아 이에 네 운의 시를 쓴다(湖北有茅齋[35], 湖西有松島, 輕棹往返, 頗諧素心[36], 因成四韻)〉라는 제목으로 실려 있다.
虞縣(우현) : 지명. 지금의 안휘성(安徽省) 회원현(懷遠縣) 부근.

2 湖(호) : 호수. 여기서는 경호(鏡湖)를 가리킨다. 절강성(浙江省) 소흥현(紹興縣)에 있는 호수.

3 經時(경시) : 오랜 시간을 보내다, 오랜 시간이 지나다. ≪전당시≫에는 '조혼(朝昏)'으로 되어 있으며 '아침저녁으로'라는 뜻이다.

4 臥(와) : 눕다. ≪전당시≫에는 '취(就)'로 되어 있고 '나아간다'라는 뜻이다.
榻(탑) : 평상, 걸상.

5 淺山(천산) : 낮은 산.

6 那在(나재) : 어디에 있는가. ≪전당시≫에는 '의침(欹枕)'이라 되어 있고 '베개에 기대다'라는 뜻이다.

35) 茅齋(모재) : 띠풀로 엮은 집. 소박한 서재나 학사(學舍)를 이른다.
36) 素心(소심) : 본심.

砌(체) : 섬돌.

紫鱗(자린) : 붉은빛 비늘을 가진 물고기.

7 亞窗(압창) 구 : ≪전당시≫에는 '수첨야과격창반(垂檐野果隔窗攀)'으로 되어 있고 '처마에 늘어진 야생열매 창문 너머로 붙잡다'라는 뜻이다.

亞(압) : 누르다.

8 暮齒(모치) : 늘그막, 만년.

9 應笑(응소) : 웃을 것이다. ≪전당시≫에는 '다소(多笑)'라 되어 있고 '많이 웃는다'라는 뜻이다.

愚儒(우유) : 어리석은 유생. 여기서는 시인 자신을 지칭한다.

髮(발) : 머리카락. ≪전당시≫에는 '빈(鬢)'이라 되어 있고 '귀밑머리'라는 뜻이다.

斑(반) : 얼룩이지다, 고르지 못하다. 여기서는 머리가 세는 것을 이른다.

【해설】

이 시는 시인이 과거에 급제하지 못하고 경호에 은거했을 때 지은 것이다. 그곳에서 유유자적하는 삶의 묘사가 주를 이루고 있으나 이러한 삶은 늘그막 은퇴 후의 삶이지 젊은이에게는 적합하지 않다는 뜻을 마지막에 기탁하였다.

제1~2구에서는 경호의 북쪽과 서쪽을 오가며 자유로움을 만끽하고 있음을 말하였다. 제3~4구에서는 그 자유로움의 구체적인 모습을 묘사하였다. 더운 날에는 대나무 숲에 평상을 가져다가 누워 더위를 식히고, 달밤에는 배를 타고 돌아가며 밤의 정취를 즐기고 있다. 제5~6구에서는 붉은 물고기를 낚고 창문 밖 과일을 따고자 하는 시인의 모습을 그렸는데, 이는 제2연을 이어 은거생활을 또 다른 측면에서 묘사한 것으로 볼 수 있다. 또 한편으로는 시 전체의 구조상 전절(轉折) 부분으로 본다면, 과거급제를 물고기나 과일로 비유하여 급제의 꿈을 이루지 못해 그것을 간절히 소망하는 마음을 담고 있다고 볼 수도 있는데, 두 해석 모두 가능할 듯하다. 제7~8구에서는 이러한 생활은 옛 성현들이 만년에야 누렸던 것인데, 머리도 세지 않은 창창한 젊음의 자신이 누리고 있으니 성현들이 본다면 웃을 것이라 하였다. 이러한 자유로운 삶은 과거급제를 하여 공을 이룬 뒤 은거하여 누리고 싶었는데, 지금 어쩔 수 없이 누리게 되었으니 그 처지를 한탄하며 아쉬운 마음을 기탁하였다.

20 이웅 李雄

이웅시(李雄詩)

이웅(李雄, ?~?)

이웅은 《전당시》에 수록되어 있지 않은데 《십초시》를 통해 새롭게 알려진 시인이다. 이웅에 대해 《문헌통고(文獻通考)》권243에 다음과 같은 기록이 전한다. "이웅은 공현(鞏縣, 지금의 하남성(河南省)) 사람이다. 장종(莊宗)* 동광(同光) 갑신(甲申)년(924)에 금릉(金陵), 성도(成都), 업하(鄴下)를 유람하고 각각에 대해 옛 일을 읊은 시 30수를 지었다. 삼국이 솥발처럼 대치했으므로 《정국(鼎國)》이라는 제목을 붙였다.(雄洛鞏人. 莊宗同光甲申歲, 遊金陵, 成都, 鄴下, 各為詠古詩三十章. 以三國鼎峙, 故曰鼎國)" 이는 후세에 전하지 않았지만 《십초시》의 열 수 중 두 수는 위나라, 다섯 수는 오나라, 세 수는 촉나라를 그린 것으로 보아 분명히 《정국》에서 나온 것이다.**

(이욱진)

* 장종(莊宗) : 후당(後唐)의 초대 황제 이존욱(李存勖).
** 查屏球 整理, 《夾注名賢十抄詩》, 上海, 上海古籍出版社, p.139.

191

漳水河[1]

장수하

蘸柳飄花繞故城,2	버드나무 잠긴 채 꽃 날리며 옛 성벽 휘감는데
昔時伊洛等佳名.3	옛날엔 이수, 낙수와 아름다운 명성을 나란히 했지.
倚欄餘翠千門影,4	난간을 스치며 나머지 비취빛엔 온 궁전이 비치고
匝岸笙歌五夜淸.5	강 언덕 감돌며 생황반주 노랫소리 밤새 맑게 울리네.
芳草似愁愁更遠,	봄풀은 시름 같아 시름은 더욱 멀리 퍼져가고
碧波如恨恨難平.	푸른 물결은 응어리 같아 응어리는 가만있기 어렵다.
憐君不肯隨人事,	세상일을 따르려 하지 않는 네가 사랑스러우니
今古潺湲一種聲.6	예나 지금이나 졸졸 흐르는 건 한 가지 소리라.

【주석】

1 이 시는 ≪전당시≫에 수록되어 있지 않다.
漳水河(장수하) : 지금의 산서성(山西省) 장자현(長子縣) 서쪽에서 발원하여 동쪽으로 태항산(太行山)을 지나 하북성(河北省) 임장현(臨漳縣) 북쪽으로 흘러간다. 하류는 역대로 여러 차례 위치가 바뀌어서 지금은 이미 옛 물길을 찾기 어렵다. ≪자치통감지리금석(資治通鑒地理今釋)≫에는 장수하가 업(鄴)의 동쪽에 있다고 하였다.

2 [원주] ≪유편≫에 "'잠'은 '장'과 '함'의 반절이다. ≪설문해자≫에 '사물을 물에 담근다.'고 되어있다."라 하였다.(類篇, 蘸, 莊陷切, 說文, 以物沒水也)

3 [원주] '이락(伊洛)'은 위의 주석에 보인다.[1] 양전기의 ≪낙양기≫에 "낙양성 남쪽으로 칠 리 떨어진 강을 '낙수'라 하고 낙수의 남쪽을 '이수'라 한다."라 하였다.(伊洛, 見上注. 楊佺期, 洛陽記, 城南七里名曰洛水, 洛水之南曰伊水)

1) 위섬의 시 128. 〈과거에 급제한 다음에 동쪽으로 이수와 낙수에 놀러가는 친구를 전송하며(送友人及第後東遊伊洛)〉에 보인다.

4 千門(천문) : 수많은 궁문. 즉 수많은 궁전을 가리킨다.
5 [원주] '오야(五夜)'는 위의 주석에 보인다.[2](五夜, 見上注)
匝(잡) : 돌다.
6 [원주] ≪초사≫[3]에 "냇물을 보니 졸졸 흘러가네."라 하였다.(楚詞, 觀流水兮[4]潺湲)
潺湲(잔원) : 졸졸 흐르는 소리 또는 모습.

【해설】

삼국시대 위나라의 시조인 조조(曹操)는 하북성 업하(鄴下, 지금의 임장현(臨漳縣))에 근거지를 두고 천하의 인재를 모았다. 그 중 대표적인 문인들을 건안칠자(建安七子)라 했는데, 그들을 또한 업하칠자라고도 부를 정도로 업하는 정치, 문화의 중심지였다.

이웅은 옛 위나라의 발원지인 업하의 성루에 올라 옛 일을 떠올려본다. 한 때 한나라의 수도인 낙양과 맞먹었던 제왕의 도시였지만 이제는 자연의 풍경만 고즈넉이 남아있을 뿐이다. 한나라가 망하고 위나라가 홍하듯이 후량(後梁)이 망하고 후당이 새로 들어서는 역사의 반복이 무상하게 느껴졌을 법하다. 제1구에서 장수하 물속에 버들가지를 담갔기 때문에 제3구에서 물빛에 버드나무의 비취색이 남아있다고 하였다. 제4구의 생황소리는 장수하가 흐르는 물소리를 가리킨다. 제5~6구의 무성한 봄풀과 출렁이는 물결은 시인에게 시름과 응어리가 되어 그칠 수가 없다. 시인에게 시름과 응어리가 생긴 것은 세월의 무상함 때문일 것이다. 그 때문에 제7구에서 고적을 유람하는 시인이 세상일과 상관없이 한결같이 흐르는 장수하에 애정을 느낀 것이다. 마지막 제8구에서는 제4구의 생황 같은 물소리를 가리켜 예나 지금이나 한 가지 소리라고 하였는데, 시인의 시름 역시 계속될 것임을 암시하고 있다.

2) 조당의 시 174. 〈무제가 장차 서왕모가 내려올 것을 느끼다(武帝將感西王母降)〉에 보인다.
3) 여기서는 ≪초사≫의 〈상군(湘君)〉시를 말한다.
4) 兮(혜) : 원주에는 '之(지)'라고 되어 있는데, ≪초사≫ 사부총간본(四部叢刊本) 권2 〈구가(九歌) · 상부인(湘夫人)〉에 의거하여 바로잡았다.

192

雲門寺[1]

운문사

北齊大寺舊禪林,[2]	북제의 큰 절 옛 가람에는
竹冷松寒一徑深.[3]	대나무 소나무 차가운데 한 갈래 오솔길 그윽하다.
塵壁獨看亡後影,[4]	먼지 덮인 벽 혼자 보노라니 뒷모습도 없는데
沙門誰見定中心.[5]	출가자 중 누가 마음을 가라앉히는 일 보았을까.
地偏京國無遊客,[6]	땅이 수도에서 외진지라 노니는 이가 없고
山繞樓臺有異禽.	산이 누대를 둘러싸니 특이한 새만 있다.
早晚得陪高尚者,[7]	조만간 고상한 분을 모시게 되면
好花流水共閑吟.	좋은 꽃과 흐르는 냇물을 함께 한가로이 읊조리리.

【주석】

1 이 시는 ≪전당시≫에 수록되어 있지 않다.

[원주] ≪남사≫에 "제나라 하윤[5]은 산에 영험하고 기이한 것이 많다고 여겨, 가서 노닐곤 했다. 약야산[6] 운문사에 머물렀다."라 하였다.(南史, 齊何胤以山多靈異, 往游[7]焉, 居若邪山雲門寺)

雲門寺(운문사) : 북제(北齊) 문선제(文宣帝)가 지금의 하북성(河北省) 안양시(安陽市)에 선종의 고승 조선사(稠禪師, 480~560)를 위해 세운 절이다. ≪속고승전(續高僧傳)≫권16에 "천보 3년(552년)에 조칙을 내려 업성 서남쪽으로 80리 떨어진 용산 남쪽에 절을 세우고 운문사라 이름 지었다. (조선사에게) 그곳에 머물면서 석굴대사의 주지를 겸하도록 청하였다. 두 곳의 책임을 맡으니 사부대중이 천 명을 헤아려서 공양하는 일이 번잡하였다.(天保三年, 下勅鄴城西南八十里龍山之陽, 爲構精舍, 名雲門寺. 請以居之, 兼爲石窟大寺主, 兩任綱位, 練衆將千, 供事繁委)"라고 되어있다. 북제가

---

5) 하윤(何胤, 446~531) : 자는 자계(子季), 여강(廬江) 사람이다. 주역(周易), 예기(禮記), 모시(毛詩)에 능했으며 비서랑(秘書郎), 건안태수(建安太守), 태자중서자(太子中庶子) 등의 벼슬을 역임하다 제(齊) 명제(明帝) 때 산에 들어가 은거하다 죽었다.

6) 약야산(若邪山) : 절강성(浙江省) 소흥시(紹興市) 남쪽의 산으로 춘추시대 서시(西施)가 비단을 빨았던 완사계(浣紗溪)가 이곳에서 발원한다.

7) 遊(유) : 원주에는 '還(환)'이라고 되어 있는데, ≪남사≫ 청건륭무영전각본(清乾隆武英殿刻本) 권30에 의거하여 바로잡았다.

망한 후 북주(北周)의 무제(武帝)가 577년에 불교 탄압령을 내리자 운문사의 재산은 몰수되었다. 수(隋) 문제(文帝)가 불교를 부흥시키면서 운문사는 이전의 위상을 되찾을 수 있었으나 양제(煬帝) 말기에 반란군의 공격으로 건물이 불타고 폐허가 되어버렸다. 이후에 절을 다시 세우려는 움직임이 잇달아 당대(唐代)에는 광엄사(光嚴寺), 송원(宋元) 시기에는 영경사(永慶寺)라 하였다. 청대(淸代) 가경제(嘉慶帝) 때 관제묘(關帝廟)로 바뀌었으며 1980년대에는 학교가 세워져 지금에 이르고 있다. 이 시 제 1구에 '북제(北齊)'라는 말이 나오고 〈장수하〉, 〈운문사〉가 위나라의 수도 업(鄴)을 노래했다는 점을 감안하면 원주는 '운문사'라는 이름만 같을 뿐 이 시와 관계가 없다고 여겨지므로 취하지 않았다.

2 [원주] ≪북사≫에 "북제의 도읍은 업이다. 고조의 성은 고씨이고 이름은 환이다. 모두 다섯 임금이었다."라 하였다.(北史, 北齊都鄴. 高祖姓高名歡. 凡五世)
禪林(선림) : 사원을 가리킨다. 승려들이 모여 사는 곳이다.
3 一徑(일경) : 한 갈래 작은 길.
4 [원주] 원공[8]의 ≪여산집≫에 보인다.(見遠公廬山集)
後影(후영) : 참선하는 승려의 뒷모습을 가리킨다.
5 [원주] ≪석씨요람≫에 "사문[9]은 출가자의 총칭이다. 산스크리트어로 사가만낭이라 한다. 당에서 '근식'이라 말한 것은 이 사람들이 선품을 닦는 것을 부지런히 하고 여러 악행을 그치기 때문이다."라 하였다. ≪기신론≫에 "사마타[10]를 '정'이라고 한다."라 하였다.(釋氏要覽, 沙門, 出[11]家之都名. 梵云沙迦懣囊.[12] 唐言勤息, 謂勤修善品, 息諸惡故. 起信論, 奢摩陀, 此云定)
6 [원주] 도잠의 시[13]에 "마음이 멀리 있으니 땅은 저절로 외지다"라 하였다.(陶潛詩, 心遠地自偏)
7 [원주] ≪역≫에 "임금이나 제후를 섬기지 않고 그 일을 고상하게 한다."라 하였다.(易曰, 不事王侯, 高尙其事[14])

【해설】

운문사라는 소재를 빌어 수행 과정을 노래한 시이다. 시인은 운문사를 중심으로 먼 곳과 가까운 곳을 공간적으로 반복하면서 시상을 전개하고 있다. 제1~2구의 차가운 수풀은 운문사가 아무도 살지 않는 절임을 암시하고 있다. '한 갈래 오솔길'은 운문사로 가는 길이면서 동시에 '구도(求道)'의 길이다. 제3~4구에서는 절 안으로 들어와 퇴락하여 먼지만 쌓인 건물을 들어 수행자의 흔적이 전혀 없는데 과연 어느 승려가 번뇌를 털어버리는 사마타의 수행을 해내었는지 의문을 표한다.

---

8) 원공(遠公, 334~416) : 동진(東晋)의 혜원(慧遠)대사이다. 여산(廬山)에 동림사(東林寺)를 세웠으며, 정토종(淨土宗)의 개조(開祖)이기도 하다. 문집으로 ≪여산집(廬山集)≫ 10권이 있다.
9) 사문(沙門) : 'sramana'를 음역한 것으로 불교나 다른 종교를 막론하고 집을 떠나 수행하는 자를 가리킨다.
10) 사마타(奢摩陀) : 사마타(舍摩他)라고도 한다. 'samatha'를 음역한 것으로 자기수행의 방법이다. '지(止)', '적정능멸(寂靜能滅)'로 번역하는 것이 일반적이나, '정(定)'으로도 번역할 수 있다.
11) 出(출) : 원주에는 '世(세)'라고 되어 있는데, ≪석씨요람(釋氏要覽)≫ 대정신수대장경본(大正新修大藏經本) 상권 〈칭위(稱謂)〉에 의거하여 바로잡았다.
12) 梵云沙迦懣囊(범운사가만낭) : 원주에는 빠져있는데 ≪석씨요람(釋氏要覽)≫에 의거하여 추가하였다.
13) 〈음주(飮酒)〉 20수 중 다섯 번째 수이다.
14) 事(사) : 원주에는 '志(지)'라고 되어 있는데, ≪주역전의(周易傳義)≫ 청문연각사고전서본(淸文淵閣四庫全書本) 권7 고괘(蠱卦) 상구(上九) 효사(爻辭)의 원문에 의거하여 바로잡았다.

제5~6구에서는 다시 먼 시점(視點)으로 옮겨서 운문사가 고립되어 인적 없이 고요한 공간임을 재확인한다. 제7~8구에서는 또 한 번 근경(近景)을 읊음과 동시에 뜻이 높은 사람을 만나 뜻을 함께 하고자 하는 바람을 드러낸다.
운문사는 안에서 보나 밖에서 보나 시인 혼자만 존재하는 적막한 공간이다. 제2구의 그윽한 오솔길, 제3구의 보이지 않는 뒷모습, 제5구의 수도에서 외진 곳은 모두 시 전체의 적막감을 조성하는 요소이다. 여기까지는 불교의 수행 과정에서 느끼는 외로움을 나타냈다고 할 수 있다. 하지만 제7~8구에서 고상한 사람과 함께한다면 아름다운 꽃과 냇물을 노래할 수 있는 밝은 세계가 펼쳐지리라는 희망이 보인다. 수행으로 말하자면 깨달음의 경지에 올랐다고 할 수 있다. 혼자서 해내기 어려운 수행을 운문사의 조선사처럼 뜻이 높은 이의 도움에 힘입어 득도하게 되는 것이다. 득도의 기쁨이 한가로움[閑]으로 표출되는 것은 마음이 편안해져 이미 선정(禪定)에 들었기 때문이다. 노래를 함께[共] 읊조리는 것은 혼자만의 깨달음을 추구하지 않고 깨달음의 기쁨을 다른 사람과 다 같이 나누고자 하는 마음씨에서 비롯되었다.

193

秦淮1

진회하

穿雲入郭泛平沙,2	안개 뚫고 성곽에 들어와 모래펄에 출렁이며
綠繞千門一帶斜.3	푸른빛이 구중궁궐 감돌아 한줄기로 굽이쳐 흐른다.
謾作秦名疏野外,4	진나라의 이름을 멋대로 붙여 교외로 물길을 텄는데
豈知吳分隔天涯.5	오나라의 천기가 하늘 끝 너머 있을 줄 알았겠나.
樓臺影動中流月,6	누대의 달은 강 복판에서 자취가 어른거리고
葭菼風飄兩岸花.7	갈대꽃은 양쪽 물가 언덕에서 바람에 나부낀다.
欲問淮邊舊時事,	회수가의 옛날이야기 좀 묻겠습니다
古碑秋草是王家.8	오래된 비석에 시든 풀밭이 왕실이었나요.

【주석】

1 이 시는 ≪전당시≫에 수록되어 있지 않다.

[원주] 손씨의 ≪진양추≫15)에 "진시황이 동쪽을 돌아볼 때 기운을 살피는 자가 '오백 년 뒤의 금릉16)에 천자의 기운이 있습니다.'라 하니 이에 시황제는 방산17)에 물길을 파서 서쪽에서 장강으로 유입시키고, 이 역시 회수(淮水)18)라고 하였다. 지금의 윤주 강녕현19)에 있다. 현지에서는 진회하라고도 한다."라 하였다.(孫氏晉陽20)秋, 秦始皇東遊. 望氣者曰, 五百年後, 金陵有天子氣. 於是始皇於方山掘流西入江,

15) 진양추(晉陽秋) : 동진(東晋)의 손성(孫盛)이 지은 역사서이다. 총 32권으로 되어 있었으나 유실되어 단편적으로만 전해진다.

16) 금릉(金陵) : 지금의 강소성(江蘇省) 남경시(南京市)이다. 춘추시대 초(楚) 위왕(威王) 때부터 이 도시를 금릉이라고 불렀는데 기원전 210년, 진시황이 이곳의 지맥을 끊으면서 이름을 말릉(秣陵 : 말꼴 언덕이라는 뜻)으로 바꾸어버렸다.

17) 방산(方山) : 지금의 강소성(江蘇省) 남경시(南京市) 동남쪽에 있는 산. 전설에 따르면 진시황이 금릉산(金陵山)을 깎아 진회하를 텄던 곳으로 땅의 사방이 깎아지른 듯하여 그렇게 이름 붙였다고 한다.

18) 회수(淮水) : 길이 약 1,100Km로 하남성(河南省), 호북성(湖北省)의 경계에서 발원해 동쪽으로 흘러 홍택호(洪澤湖)로 들어가는 강이다. 이 작품의 진회하와는 다르다.

19) 윤주(潤州) 강녕현(江寧縣) : 지금의 강소성(江蘇省) 남경시(南京市) 일대이다.

20) 晉陽(진양) : 원주에는 이 글자 다음에 '春(춘)'이 더 있는데, 연문으로 여겨 삭제하였다.

亦曰淮. 今在潤州江寧縣. 土俗亦號曰秦淮)

2 泛(범) : 물이 차는 모양.
平沙(평사) : 모래펄.

3 繞(요) : 두르다.
千門(천문) : 수많은 궁문. 즉 수많은 궁전을 가리킨다.
斜(사) : 기울거나 굽이굽이 앞으로 뻗어가다.

4 謾(만) : 속이다.

5 [원주] 〈오도부〉의 주석에 "우두성[21]은 오나라의 분야이다."라 하였다.(吳都賦注曰, 牛斗星, 吳分野)
吳分(오분) : 오나라의 분야(分野). 고대 중국인들은 천상의 별자리와 지상의 나라들을 짝지었는데 이 때 지상의 나라들을 분야(分野)라고 한다. 천상의 28개 별자리 중 우수(牛宿)와 두수(斗宿)는 열국(列國) 중 오나라와 월(越)나라에 해당한다. 전설에 오가 망하고 진(晉)이 흥할 때 우수와 두수 사이에 늘 자줏빛 기운이 있었다고 한다. 여기서는 오나라의 분야에 천자의 기운이 있어 마침내 수도가 될 운명이었다는 뜻으로 쓰였다.
天涯(천애) : 하늘의 가장자리.

6 中流(중류) : 강이나 내의 중간.

7 葭菼(가담) : 갈대와 물억새. 9~10월에 하얀색 꽃이 핀다.
飄(표) : 날리어 흔들리다.

8 [원주] 상권의 '육조문물'에 달린 주석에 보인다.[22](見上卷六朝文物注)

【해설】

진회하와 오나라의 수도 금릉(金陵)을 읊으며 왕조의 흥망성쇠가 덧없음을 노래한 시이다. 두목(杜牧)의 〈진회하에 배를 대고(泊秦淮)〉와 비슷한 느낌이 든다.

煙籠寒水月籠沙	찬 강물은 안개에 덮이고 모래밭은 달빛에 싸였는데
夜泊秦淮近酒家	밤에 진회에 배를 대니 술집이 가깝구나.
商女不知亡國恨	장사하는 여자들은 망국의 한도 모르고
隔江猶唱後庭花	강 건너에서 아직도 〈후정화〉를 부르는구나.[23]

두목과 이웅의 작품에서 안개와 모래는 덧없는 세월의 흐름을 시각적으로 드러내는 경물이다. 두 시에서 시간적 배경이 모두 서늘한 가을의 달밤이라는 점도 망국의 비애(悲哀)를 강화시킨다. 여기에 이웅은 한 가지 이야기를 더 집어넣는다. 제3~4구에서 진시황이 금릉 땅에 천자가 다시 나오지 못하도록 지맥을 끊었음에도 500년 뒤 오나라의 손권(孫權)을 비롯한 육조 시대의 황제들이 이어졌다는 역사의 아이러니를 말한 것이다. 진시황은 자신의 제국이 영원히 지속되기를 바라며 물길까지 인위적으로 터놓는 안간힘을 썼지만 하늘 반대편에서 새로운 천자가 나타날 것은 예상하지

21) 우두성(牛斗星) : 황도(黃道), 즉 천구(天球) 상의 적도(赤道)에 있는 28수 중 우수(牛宿)와 두수(斗宿)이다.
22) 두목의 시 056. 〈완릉의 수각에 대해 쓰다(題宛陵水閣)〉에 보인다.
23) 번역은 류종목 · 주기평 · 이지운 옮김, ≪당시삼백수 2≫, 서울, 소명출판, 2010, p.348을 따랐다.

못하였다.

제5~6구에서는 다시 시상을 전환하여 가을빛 완연한 누대의 달과 갈대의 꽃을 나란히 꺼내놓고 진회하의 쓸쓸한 모습을 보여주고 있다. 이는 제1~2구와 마찬가지로 다시 육조 문물의 쇠퇴를 뜻하는 것이다. 시인은 제7~8구에서 답을 뻔히 아는 질문을 던진다. 진시황의 예상을 깨고 나타난 새로운 왕실 역시 결국에는 오래된 비석과 가을의 시든 풀밭에 남아버리지 않았느냐는 것이다. 이 시에서는 한편으로는 진회하의 모습과 부질없는 인간 세상의 모습이 반복 교차하면서, 다른 한편으로는 영원한 제국을 꿈꿨던 진시황의 착각과 육조가 수도로 삼았던 금릉의 쇠퇴가 병치(竝置)되어 있다. 마지막의 질문에는 이 시 전체를 총괄하는 주제, 흥망성쇠의 덧없음이 직접적으로 드러나 있다.

194

臺城[1]

대성

雲月蕭條愴旅情,2	구름과 달이 스산하게 나그네 마음 슬프게 할 적에
路人言是故臺城.	길 가는 사람 말로 이곳이 옛 대성이라고 한다.
鴛鴻尙集千官位,3	원앙새 기러기 오래도록 백관들의 자리에 모여 있었는데
龍虎空傳六代名.4	용과 호랑이 덧없이 육대의 이름만 전한다.
舊壘只聞長戰伐,5	옛 보루엔 그저 기나긴 전쟁 소식 들리거늘
古園何處辨公卿.	옛 정원 어디서 공경들의 흔적 찾을까.
强呑弱吐皆如夢,6	약육강식이 다 꿈만 같은데
不改風潮夜夜聲.7	바람과 물결 변치 않고 밤마다 울어 옌다.

【주석】

1 이 시는 ≪전당시≫에 수록되어 있지 않다.
[원주] 금릉에 대성이 있다. 앞의 '옥수화'에 달린 주석에 보인다.[24)](金陵有臺城, 見上玉樹花注)
臺城(대성) : 육조 시기의 궁성(宮城). 지금의 남경시(南京市)에 있었다. 그 부지(敷地)는 본디 삼국 시대 오(吳)의 후원성(後苑城)이었는데 동진(東晋) 성제(成帝, 재위 325~342) 때 새로운 궁전을 지어서 마침내 궁성이 되었다. 송(宋), 제(齊), 양(梁), 진(陳)에 걸쳐 모두 상서대(尙書臺 : 중앙정부)와 황궁이 있던 곳이었다. 개황(開皇) 9년(589) 수군(隋軍)이 대성으로 쳐들어와 진조(陳朝)를 멸망시키고 궁궐과 후원을 경작지로 만들어버렸다.

2 蕭條(소조) : 쓸쓸한 모양.
愴(창) : 슬퍼하다.

3 [원주] '원앙과 기러기'는 상권의 '인간원로'의 주석에 보인다.[25)](鴛鴻見上卷人間鴛[26)]鷺注)

---

24) 최치원의 시 141. 〈윤주의 자화상방에 올라(登潤州慈和上房)〉에 보인다.
25) 온정균의 시 026. 〈이중서사인에게 띄움(投中書李舍人)〉에 보인다.
26) 鴛(원) : 원주에는 '鴻(홍)'이라고 되어 있는데 원시(原詩)에 따라 바로잡았다.

鴛鴻(원홍) : 원앙새와 기러기를 말한다. 봉황의 일종인 원추(鵷雛)새와 큰기러기를 가리킨다는 설도 있다. 조정의 신하들을 비유한다.

尙(상) : 오래도록. '구(久)'와 같다.

4 [원주] ≪오록≫에 "유비가 제갈량을 경구[27]로 보냈는데, 말릉의 산언덕을 보고 '종산[28]에 용이 서렸고 석두[29]에 범이 웅크렸구나. 이곳이 바로 제왕의 자리이다.'라 하였다."라고 되어있다. '육대'는 상권의 '육조'에 달린 주석에 보인다.[30](吳錄, 劉備使諸葛亮至京口, 觀秣陵山阜曰, 鍾山龍盤, 石頭虎踞, 此乃帝王之宅也. 六代, 見上卷六朝注)

5 壘(루) : 성채.

6 [원주] ≪시경≫에 "부드럽다고 먹지 않고 딱딱하다고 뱉지 않는다."라 하였다.(詩, 柔亦不茹, 剛亦不吐[31])

이는 일반적인 사람들이 부드러우면 먹고 딱딱하면 뱉는 것과 달리 중산보(仲山甫)는 홀아비와 과부를 업신여기지 않고 강포한 자를 두려워하지 않는다는 뜻에서 찬양한 말이다. 반면에 〈대성〉 시에서는 강한 자는 이익을 얻고 약한 자는 이익을 빼앗긴다는 뜻으로 쓰여서 ≪시경≫ 시의 인용 맥락이 다름을 알 수 있다.

7 風潮(풍조) : 풍향과 조류.

【해설】

육조시기에 조정과 궁궐이 있었던 대성을 방문하여 감회를 읊은 시이다. 제1~2구에서는 흔적도 없는 대성에서의 쓸쓸함과 슬픈 마음을 곧바로 노출시켜 작품 전체의 분위기를 그 속에 담아내고 있다. 제1구의 구름과 달은 쓸쓸한 분위기를 자아낸다. 제2구에서는 길에서 사람들에게 물어봐야 겨우 대성의 위치나마 알 수 있다는 말로써 쓸쓸한 감정이 더욱 고조된다.

제3~4구에서는 동물을 등장시켜 궁성에 있던 사람들의 모습을 드러내고 있다. 제3구에서 원앙과 기러기는 현인을 상징하며, 예전에 대성이 조정의 신하들로 북적였던 모습을 나타낸다. 제4구의 용과 호랑이는 왕업을 일으킨 영웅호걸인데 지금은 죽고 없는 허구의 존재이다. 남조(南朝)의 진(陳)이 망한 이후로 당 말에 이르도록 이 지역에는 천하를 주름잡는 제왕이 다시는 나타나지 못했다. 그래서 제갈량이 감탄했던 용과 호랑이의 기세는 전설로만 남게 된 것이다. 제5~6구에서는 건물을 등장시켜 지금의 상황을 그려내고 있다. 제5구의 보루는 황소(黃巢)의 난(875~884) 이래로 당이 멸망하고 나서도 끊이지 않는 전란을 상징한다. 제6구의 정원은 육조시기의 화려했던 문화예술을 가리키는데 이제는 공경의 흔적조차 찾을 수 없다는 말을 통해 문약했던 남조의 지배층을 은근히 비판하고 있다.

27) 경구(京口) : 오나라 손권(孫權)이 209년에 수도를 오(吳, 지금의 강소성 소주(蘇州))에서 이곳으로 옮기고 경성(京城)이라 불렀다. 211년에 건업(建業)으로 수도를 옮긴 뒤에는 경구진(京口鎭)이라 불렀다. 지금의 강소성 진강시(鎭江市)이다.

28) 종산(鐘山) : 강소성 남경시 북동쪽 교외의 산.

29) 석두(石頭) : 손권이 적벽대전 이후 211년에 말릉으로 수도를 옮겨 건업(建業)이라 이름을 붙이고 그 다음 해에 남경 청량산(淸涼山) 서쪽 기슭에 있는 석두산에 성을 쌓아 석두성이라 불렀다.

30) 두목의 시 056. 〈완릉의 수각에 대해 쓰다(題宛陵水閣)〉에 보인다.

31) 柔亦(유역) 이하 두 구 : 원주에는 "强亦不吐(강역불토), 柔亦不茹(유역불여)"라고 되어 있는데, ≪대아(大雅)・탕지십(蕩之什)・증민(烝民)≫의 원문에 의거하여 바로잡았다.

제7~8구에서는 인간 세상이 꿈과 같이 무상한 반면에 자연 세계는 바람과 장강의 물결처럼 변치 않는다고 하였다. 제1구의 구름 및 달로 인해 시인의 슬픔이 촉발되었다고 한다면 제8구의 바람과 물결은 시인의 슬픔을 고조시킨다고 할 수 있다.

195

江淹宅[1]

강엄택

詩客仍兼草檄臣,2	시인이 글 솜씨로 격문 기초하는 신하를 겸했는데
碧溪遺館訪淸塵.3	벽계수에 그가 살던 곳 맑은 행적을 찾았다.
朝天路在金貂遠,4	천자 뵙는 길은 있으되 금빛 초선관은 먼 옛날이고
夢筆亭空彩翼馴.5	붓을 꿈꾸던 정자는 텅 비어도 빛나는 날개는 아름답다.
萬古江山空落照,	만고강산에는 덧없이 낙조가 비치고
一川風景向殘春.	한 줄기 냇물의 풍경은 스러지는 봄으로 흐른다.
臺城月上不歸去,6	대성에 달이 뜨도록 돌아가지 않다가
終與樵夫此卜鄰.7	마침내 나무꾼과 함께 여기서 터를 잡고 살기로 했다.

【주석】

1 이 시는 ≪전당시≫에 수록되어 있지 않다.
江淹(강엄, 444~505) : 자(字)는 문통(文通), 제양(濟陽) 고성(考城. 지금의 하남성 난고현(蘭考縣) 동쪽) 사람이다. 남조 송(宋)・제(齊)・양(梁) 삼대에 걸쳐 활동했던 문학가이다. 6세에 이미 시를 지을 수 있을 정도로 재주가 뛰어났으나 13세 때 아버지를 여의는 등 빈한한 가정에서 자라며 많은 고통을 겪었다. 송대의 관직 생활 초기에는 참소를 받아 옥에 갇히는 등 역경을 겪었지만, 제 고제(高帝)에게 인정받은 이후로는 관운이 순탄하여 줄곧 고관대작을 역임하였다. 그는 특히 시부에 뛰어났으나 만년에는 창작 의욕이 떨어져서 사람들이 "강씨의 재주가 다했다(江郎才盡)"라고 탄식하였다. 후인들이 그의 시문을 모아 엮은 ≪강문통집(江文通集)≫이 전한다.

2 [원주] ≪남사・강엄전≫에 "어렸을 때 고아로 가난하였다. 항상 사마상여, 양홍[32]의 사람됨을 사모하

32) 양홍(梁鴻) : 후한 초의 은사(隱士)로 생졸연대는 알려져 있지 않다. 자(字)는 백란(伯鸞)이다. 부풍(扶風) 출신으로 어려서 고아가 되어 태학(太學)에서 배웠는데, 고결한 절개로 이름이 높았다. 맹광(孟光)과 결혼하여 패릉(覇陵)의 산중에 들어가 밭 갈고 길쌈하며 시서를 읊었다. 훗날 오(吳) 땅으로 가서 고백통(皐伯通)이라는 사람의 집에서 일했는데 퇴근하여 맹광과 저녁 식사를 할 때는 맹광이 밥상을 눈썹과 나란히 들어 올려 내왔다고 한다. 고백통이 그를 비범하게

여 경전 해석의 학문을 일삼지 않고 문장에 마음을 두었다. (중략) 계양왕의 전투[33] 때 조정의 논의가 지지부진하여 조서와 격문을 오래도록 못 짓자, 제 고제가 강엄을 중서성에 끌어들여 먼저 술과 밥을 내렸다. 강엄은 평소에 잘 먹고 잘 마셨는데 거위 구이를 거의 다 먹어치우고 술을 몇 되씩 다 마시는 사이에 포고문도 역시 다 지었다. (중략) 저술한 것은 스스로 전집과 후집으로 편집하였는데, ≪제사≫ 십지와 더불어 세상에 함께 유행했다."라 하였다.(南史, 江淹, 少孤貧. 常慕司馬長卿, 梁伯鸞之爲人, 不事章句之學, 留情於文章云云. 桂陽之役, 朝廷周章, 詔檄久之未就, 齊高帝引淹入中書省, 先賜酒食, 淹素能飮啖, 食[34]鵞炙垂盡, 進酒數升[35]訖, 文誥亦辦云云. 凡所著述, 自撰爲前後集, 幷齊史十志, 並行於世)

[그림] 초선관을 쓴 관리의 모습

3 [원주] ≪초사≫[36]에 "적송자[37]의 맑은 행적을 듣고"라고 되어있다. 〈광절교론〉[38]에 "장자, 혜자의 맑은 행적을 생각한다."라 하였다. 사마상여의 〈간렵소〉 주석에 "안사고가 말하기를, '… '진(塵)'은 지나다니면서 먼지를 일으킨 것을 말한다. '맑다'고 하는 것은 존귀하다는 뜻이다.'라고 하였다"라 하였다.(楚詞, 聞赤松之淸塵. 廣絶交論, 慕莊惠之淸塵. 相如諫獵疏注, 師古曰, 塵謂行而起塵也. 言淸者, 尊貴之意也)
여기서는 먼지라는 뜻의 진(塵)을 '행적'으로 풀이하였다.

4 [원주] ≪남사·강엄전≫에 "열세 살 때 고아로 가난했는데 항상 땔감을 베어서 어머니를 봉양했다. 일찍이 나무하던 곳에서 초선관[39]을 하나 얻었기에 팔아서 봉양에 쓰려 했다. 어머니가 말했다. '이건 정말로 네게 좋은 징조구나. 네 재주와 행실이 이만한데 어떻게 오래토록 가난하겠니? 남겨뒀다가 시중[40]이 되면 입으렴.' 이에 이르러 과연 어머니의 말처럼 되었다."라고 하였다. 응소의 ≪한관의≫[41]에 "시중은 왼쪽에 금매미 오른쪽에 담비꼬리를 둔다. (중략) 금은 견고함을 취한 것인데 백번을 단련해도 마모되지 않는다. 매미는 높은 곳에 살며 깨끗한 이슬을 마시는데, 입이 겨드랑이 밑에 있다. 담비는 안으로는 사나운데 밖으로는 온화하다."라 하였다.(南史, 江淹, 年十三時, 孤貧常採薪以

여겨 거처를 마련해주니, 틀어박혀 저서를 십여 편 지었다. ≪후한서·열전≫에 〈다섯 가지 탄식(五噫歌)〉, 〈오나라로 가며(適吳詩)〉, 〈친구 생각(思友詩)〉 등 세 수의 시가 실려 있다.

33) 유송(劉宋) 원휘(元徽) 2년(474년) 계양왕(桂陽王) 유휴범(劉休范)의 군사반란을 가리키는 듯하다. 당시에 소도성(蕭道成, 뒤에 제 고제로 즉위)이 정남장군(征南將軍)으로 임명되어 반란을 진압했다.
34) 食(식) : 원주에는 빠져 있는데, ≪남사≫ 청건륭무영전각본(淸乾隆武英殿刻本) 권59에 의거하여 추가하였다.
35) 升(승) : 원주에는 '斗(두)'라고 되어 있는데, ≪남사≫ 청건륭무영전각본 권59에 의거하여 바로잡았다.
36) 여기서는 굴원(屈原)의 작품으로 알려져 있는 〈원유(遠遊)〉를 가리킨다.
37) 적송자(赤松子) : 상고시대의 신선으로, 유향(劉向)의 ≪신선전≫에 따르면 신농(神農)의 비를 관장하는 신이었다고 한다. 불 속에 들어가 스스로를 태울 수 있었고, 비바람을 따라 오르내리는 능력이 있었다고 한다.
38) 광절교론(廣絶交論) : 양(梁)의 유효표(劉孝標)가 후한(後漢) 주목(朱穆)이 쓴 〈절교론〉의 취지를 확대 설명하고 부족한 부분을 보충하여 지은 글로 ≪문선≫ 권55에 실려 있다. 원문에서는 '청진(淸塵)'을 청정한 사귐으로 보고 있다.
39) 초선관(貂蟬冠) : 고대에 시중, 상시(常侍) 등 고위 측근 대신들이 쓰던 관모이다. 금매미와 담비꼬리로 장식하였다.
40) 시중(侍中) : 고대의 관직명으로, 정규 직책 외의 보직 중 하나이다. 황제의 좌우를 시종하여 궁중에 출입하고 조정에 참여하였다. 진(晉) 이후로는 재상에 상당하는 직책이 되었다.
41) 한관의(漢官儀) : 후한 말 응소가 한대(漢代) 관직의 기원, 직무, 작위, 품계 및 교사(郊社), 봉선(封禪) 등의 의식에 대해 정리한 책이다. 송대 이후로는 대부분 망실되어 지금은 상하로 두 권만 남아서 전하고 있다.

養母. 曾於樵所得貂蟬一具, 將鬻以供養. 其母曰, 此故汝之休徵也. 汝才行若此, 豈長貧賤也? 可留待得侍中著之. 至是果如母言. 應劭, 漢官儀, 侍中左蟬右貂, 金取堅剛, 百鍊不耗. 蟬居高飮潔, 口在腋下[42], 貂內勁悍而外溫潤)

5 [원주] ≪남사・강엄전≫에 "야정에 묵은 적이 있는데 꿈에 한 사나이가 곽박[43]이라고 자칭하며 강엄에게 말하기를, '내 붓이 그대에게 오랜 세월 있었는데 돌려받을 수 있겠는가?'라 하였다. 강엄이 품속을 더듬으니 오색의 붓 한 자루가 있어서 그에게 주었다. 이후에 시를 지었는데 전혀 좋은 구절이 없었다. 당시 사람들이 문재가 다했다고들 했다."라 하였다. ≪문선・사치부≫에 "빛깔 고운 깃털의 아름다움을 말하자면, 오색의 이름난 휘라는 꿩이 여기 있다. (중략) 꾀꼬리같이 예쁜 날개에 붉은 다리, 불꽃무늬 수놓은 목에 곤룡포무늬 등줄기."라고 하였다. 이선의 주석에 "휘(翬)는 꿩이다. 이수, 낙수 이남에 흰 바탕에 다섯 가지 빛깔이 다 갖춰져 무늬를 이룬 꿩을 휘라고 한다. (중략) 꾀꼬리는 무늬의 모습이다. ≪시경≫[44]에 '무늬 아롱진다 그 깃털'이라 하였다. 날개는 비단처럼 예쁘고 목덜미의 털은 수놓은 듯하며 등줄기는 곤룡포의 무늬 같아서 다섯 가지 빛깔이 갖추어졌다고 하였다."라 하였다.(南史, 江淹, 嘗宿於冶亭, 夢一丈夫自稱郭璞, 謂淹曰, 吾有筆在卿處多年, 可以見還. 淹乃探懷中得五色筆一以授之, 爾後爲詩, 絶無美句. 時人謂之才盡. 選, 射雉賦, 聿采毛之英麗兮, 有五色之名翬, 鶯綺翼而經撾, 灼繡頸而袞背. 李善注, 翬, 雉也. 伊洛以南, 素質五采皆備成章曰翬. 鶯, 文章貌. 詩云, 有鶯其羽, 翼如綺文, 頸毛如繡, 背如袞章, 言五采備也)

여기서 채익(彩翼)은 뛰어난 글솜씨로 풀이하였다.

馴(순) : 아름답고 좋다. 아정(雅正)하다.

6 [원주] '대성'은 위에 보인다.[45](臺城見上)

7 [원주] ≪좌전≫[46] "속담에 집을 가릴 것이 아니라, 오직 이웃을 가려야 한다고 했습니다."의 주석에 "좋은 이웃을 가리는 것이다."라 하였다.(左傳, 諺曰, 非宅是卜, 唯鄰是卜注, 卜良鄰)

【해설】

육조시기의 대표적인 문호인 강엄의 옛 집을 찾아서 지은 시이다. 집 자체에 대해 묘사하는 대신에 강엄의 행적과 관련하여 자신의 감회를 풀어내는 데에 치중하였다. 시인은 강엄에 대해 제1구에서 시인이면서 격문까지 잘 쓰는 관료였다고 평가하였고, 제2구에서 벽계수와 맑은 행적을 언급하여 고결한 인품을 흠모하는 마음을 드러내었다.

제3~4구에서는 강엄이 살던 옛날과 현재의 모습을 대조하였다. 먼 옛날 강엄은 초선관을 쓰는 시중이라는 높은 관직에 올랐지만, 이제는 천자를 뵈러 조정으로 가는 길만 쓸쓸히 남아있다. 한편 강엄은 만년에 문재가 쇠퇴했지만, 그가 남긴 문장만큼은 새의 아름다운 날개깃처럼 훌륭히 후세에

---

42) 口在腋下(구재액하) : 원주에는 '目在睫下(목재첩하)'로 되어 있는데, ≪후한서≫ 백납본(百納本) 권120 주석의 인용문에 의거하여 바로잡았다.

43) 곽박(郭璞, 276~324) : 진(晉)의 문학가이자 학자. 자는 경순(景純)이고 하동(河東) 문희(聞喜) 사람이다. 박학다식하여 ≪이아(爾雅)≫, ≪방언(方言)≫, ≪목천자전(穆天子傳)≫, ≪산해경(山海經)≫에 주석을 달았고, 〈유선시(游仙詩)〉 14수와 〈강부(江賦)〉가 유명하다.

44) 여기서는 〈소아(小雅)・포전지십(甫田之什)・상호(桑扈)〉 시를 말한다.

45) 이웅의 시 194. 〈대성(臺城)〉에 보인다.

46) ≪춘추좌씨전≫ 소공(昭公) 2년 기록이다.

전하고 있다.
시인이 감회에 젖어있는 사이에 해는 저물고 그는 시절이 어느덧 늦봄임을 깨달았다. 여기에는 이룬 것 없이 세월만 보내는 안타까움이 섞여있는데, 달이 뜨도록 자리를 뜨지 못하고 있다가 결국에는 아예 나무꾼과 함께 강엄택 곁에 머물기로 작정하는 모습에서 강엄에 대한 시인의 애착을 엿볼 수 있다. 여기서 나무꾼은 벽해상전이 된 옛 유적을 상징할 뿐만 아니라, 강엄의 어린 시절을 떠올리게 하는 매개체이기도 하다.

196

向吳亭[1]

향오정

向吳亭外岳重重,	향오정 너머 높은 산 겹겹
覽古題詩興未窮.	고적 유람에 시 지으니 흥은 다하지 않아.
北苑雨餘煙遶郭,[2]	북원은 비 끝에 안개가 성곽을 감돌고
南朝事去草連空.[3]	남조는 지난 일, 수풀이 하늘까지 이어졌다.
釣歌不盡靑谿月,	낚시꾼 노래는 끝없어 청계에 달이 뜨고
王氣潛鎖玉樹風.[4]	제왕의 기운은 잠긴 채 옥수에 바람만 살랑거리네.
唯有潮聲至今在,	오로지 조수 소리만 지금까지 있어서
夜深長到郡城中.	밤이 깊도록 오래오래 고을 성안까지 들린다.

【주석】

1 이 시는 ≪전당시≫에 수록되어 있지 않다.
[원주] 두목의 〈윤주〉 시[47]에 "향오정 동쪽 천리는 가을."이라 하였다.(杜牧潤州詩, 向吳亭東千里秋)
向吳亭(향오정) : 지금의 강소성(江蘇省) 진강시(鎭江市)에 있던 정자.

2 [원주] 건계[48] ≪북원차록≫[49]에 "북원의 땅"이라 하였다.(建[50]溪北苑茶錄云, 北苑之地)

47) 〈윤주(潤州)〉 2수 중 첫 번째 수이다.

48) 건계(建溪) : 복건성(福建省)을 흐르는 강으로 민강(閩江)의 북쪽 상류이다. 차의 산지로 유명하여 그 일대에서 나는 차를 '건차(建茶)'라 부른다.

49) 북원차록(北苑茶錄) : 송(宋) 정위(丁謂, 966~1037)의 저작으로 총 3권으로 되어있었다. ≪건안차록(建安茶錄)≫ 또는 ≪차도(茶圖)≫라고도 하며 제다(製茶)법에 대한 내용이 들어있었다고 한다. 정위는 송 초의 사대부로 일찍이 복건채방사(福建採訪使)로 있으면서 차의 제조 및 공물 운송을 담당했는데 그때 지은 것으로 보인다. 지금은 전해지지 않는다. '북원차(北苑茶)'는 황실용 차로, 민(閩 : 오대십국 중 하나) 때 녹차의 산지로 유명한 건주(建州, 지금의 복건성 건구시(建甌市)) 봉황산(鳳凰山)을 황실직할 원림으로 삼고 북원사(北苑使)를 두어 황실용 차의 생산과 공급을 주관하게 했다. 민이 남당(南唐)에 멸망하고 남당이 송(宋)에 멸망한 뒤에도 북원차는 황실과 조정에 공급되는 특산품으로 유명하여 지금까지 명성이 알려져 있다.

50) 建(건) : 원주에는 '健(건)'이라고 되어있는데 바로잡았다.

北苑(북원) : 궁전 북쪽의 황실 원림(園林).

3 [원주] ≪건강실록≫[51]에 "오로부터 비롯했는데, 한 흥평 원년(194)[52]에서 시작하여 진말 정명 삼년(589)[53]에 마쳤다. (중략) 오는 네 황제, 동진은 열한 황제를 거쳐 송에 선양하였고, 송은 여덟 황제를 거쳐 제에 선양하였으며, 제는 일곱 황제를 거쳐 양에 선양하였고, 양은 다섯 황제를 거쳐 진에 들어갔고, 진은 다섯 황제였는데 수 개황 구년(589)에 끝났다. 남조의 여섯 왕조가 모두 금릉에 도읍을 두었다."라 하였다.[54](建康實錄云, 始自吳, 起漢興平元年, 終于陳末禎明三年. 吳四帝, 東晉十一帝而禪于宋, 宋八帝而禪于齊, 齊七帝而禪于梁, 梁五帝而入于陳, 陳五帝, 止隋開皇九年. 南朝六代並都於金陵云)

4 [원주] ≪십도지・강남도≫에 "윤주에 청계가 있다."라 하였다. '청계', '옥수'는 앞의 '옥수화무주'의 주석에 함께 보인다.[55] '왕기' 역시 앞의 '곤양왕기'의 주석에 보인다.[56](十道志, 江南道, 潤州有靑溪. 靑溪, 玉樹, 並見上玉樹花無主注. 王氣亦見上昆陽王氣注)

靑谿(청계) : 삼국시대에 오(吳)가 건업성(建業城) 남동쪽에 판 운하. 지금의 강소성(江蘇省) 남경시(南京市) 종산(鍾山) 남서쪽에서 발원하여 남경시를 가로질러 진회하(秦淮河)로 유입되었다. 십여 리를 굽이쳐 흘러 '구곡청계(九曲靑溪)'라고도 불렀다. 세월의 흐름에 따라 지금은 자취가 사라지고 없다.

玉樹(옥수) : 꽃나무에 흰 꽃이 흐드러지게 핀 모습이 옥과 같이 아름다워서 붙인 이름이다.

【해설】

오의 도읍이었던 금릉 부근의 향오정에서 오래전에 멸망해버린 남조에 대한 감흥을 풀어낸 시이다. 제1구에서는 제목을 풀어내었는데 '높은 산 겹겹'이라는 표현은 향오정과 금릉 사이에 있는 몇몇 산을 가리키는 듯하다. 시인은 금릉에서 여러 수를 지은 뒤 이곳 향오정에서 잠시 쉬어가며 그간의 시상을 총결하고자 한 것으로 보인다. 제2구의 "고적 유람에 시 지으니(覽古題詩)"에 이 웅시의 주제가 집약되어 있다. 고적을 둘러보고 감상을 시로 쓴 것이다. 금릉뿐 아니라 위의 업이나 촉의 성도 역시 마찬가지이다.

제3구의 '북원(北苑)'은 본래 황궁의 북쪽 원림이라는 뜻으로, 여기서는 제4구의 '남조(南朝)'와 대칭을 이루면서 옛 수도 금릉을 가리킨다. 비 끝에 안개가 끼니 성곽이 흐릿해져 보이지 않는다는 말은 이미 역사 속으로 사라지고 만 남조의 운명을 상징적으로 드러낸 것이다. 제5~6구의 대구는 시간의 흐름과 공간의 변화를 참신하게 어우른 것으로 보인다. 달이 뜨도록 계속되는 노랫소리는 시인이 오랜 시간 향오정에 머무르고 있었음을 나타낸다. 청계 위에 울려 퍼지는 낚시꾼의 노래(망국을 상징한다)와 장강 밑에 잠겨서 묶여버린 제왕의 기운이 공간적으로 극명한 대조를 이루고, 청계와 옥수의 대칭도 최후를 맞은 남조의 비애를 강화하고 있다.

제7~8구는 과거의 여운을 전달해주는 조수가 장강 하류에서 밀려들어와 밤늦은 시간까지 파도

51) 건강실록(建康實錄) : 당(唐)의 역사가 허숭(許嵩)이 쓴 역사서로, 건강(建康 : 지금의 남경시)에 도읍을 세운 오, 동진, 송, 제, 양, 진의 역사적 사실과 일화를 기록하였다.

52) 오의 기틀을 세운 손책(孫策, 175~200)이 후한(後漢)의 군벌 원술(袁術)에게 의탁하며 활동을 시작한 해이다.

53) 진이 수(隋)에 멸망한 해이다.

54) 이 원주는 ≪건강실록≫ 원문의 내용을 요약, 해설한 것으로 순서나 문구가 일치하지는 않는다.

55) 최치원의 시 141. 〈윤주의 자화상방에 올라(登潤州慈和上房)〉에 보인다.

56) 피일휴의 시 139. 〈남양현에서 옛날을 생각하며(南陽縣懷古)〉에 보인다.

소리를 낸다는 뜻이다. 밤새 흐르는 물소리가 들린다는 표현은 이웅의 다른 작품에도 반복해서 나타나는 모티프이다. 이는 시인이 밤늦도록 감회에 젖어 잠을 이루지 못하는 것을 뜻하는 동시에 역사의 유장한 흐름을 강물에 대입하여 작품의 규모를 확장시키는 효과가 있다.

197

水簾亭1

수렴정

噴珠飄雪巧無蹤,2	뿜어내는 진주 날리는 눈발 교묘히 종적도 없는데
旦暮高懸杳藹中.3	아침저녁으로 자욱한 가운데 높이 걸려 있었구나.
當戶不遮靑嶂色,4	집을 마주하면서 파란 산빛 가로막지 않고
拂簾長卷碧溪風.	주렴을 흔들며 푸른 계곡바람 길이 거둬들인다.
秋垂十幅鮫綃冷,5	가을에 열 폭 서늘한 교인의 비단을 드리우고
月映千行玉筯空.6	달은 천 줄기 허공의 옥 젓가락을 비춘다.
自愧未爲仙府客,7	선부의 손님이 되지 못한 것이 부끄러워서
等閑行至水精宮.8	평소에 수정궁에 발걸음 들인다.

【주석】

1 이 시는 ≪전당시≫에 수록되어 있지 않다.
水簾亭(수렴정) : '수렴(水簾)'은 폭포가 주렴처럼 아래로 늘어진 것을 비유하는데, 수렴정의 위치나 건립 시기는 정확하게 알려진 바가 없다.

2 噴(분) : 뿜다.
蹤(종) : 자취.

3 [원주] 〈남도부〉[57]에 "골짜기 밑에는 깊은 숲이 우거졌고"라 하였다.(南都賦, 杳藹蓊鬱於谷底)
杳藹(묘애) : 구름이나 안개가 아득한 모양.

4 嶂(장) : 높고 가파른 산.

5 [원주] ≪박물지≫에 "남해에 교인이 있는데 물고기처럼 물속에 산다. 끊임없이 길쌈을 하는데 눈에서 진주를 눈물처럼 쏟아낼 수 있다."라 하였다. 또 ≪술이기≫에 "남해에 교인의 비단이 난다. 천선[58]이 물에 잠겨 짠 비단을 일명 '용사'라고 하는데 값이 백만금이고 그것으로 옷을 해 입으면 물속에

57) 남도부(南都賦) : 후한(後漢)의 장형(張衡, 78~139)이 남양(南陽)의 경물을 화려하게 읊은 장편 부이다.
58) 천선(泉先) : 교인(鮫人)의 또 다른 이름.

들어가도 젖지 않는다."라고 하였다.(博物志, 南海外有鮫人, 水居如魚. 不廢織絹, 其眼能泣珠. 又述異記, 南海出鮫綃紗. 泉先潛織, 一名龍紗, 其價百金, 以爲服, 入水不濡)

6 [원주] ≪육첩≫[59]에 "견후[60]는 얼굴이 하얀데 눈물이 양쪽으로 옥 젓가락처럼 흘러내렸다."라고 하였다. 고악부 중 강총의 〈장상사〉[61]에 "붉은 빛 누각에는 온통 근심어린 낯빛, 옥 젓가락은 양쪽으로 흘러내리고."라 하였다.(六帖, 甄后面白, 淚雙垂如玉筯. 古樂府, 江總[62], 長相思, 紅樓千愁色, 玉筯兩行垂)

玉筯(옥저) : 옥으로 만든 젓가락.

7 [원주] ≪사기≫에 "봉래, 방장, 영주는 발해[63] 가운데에 있는데, 세 개의 신산은 신선의 거처이다."라 하였다.[64](史記, 蓬萊, 方丈, 瀛洲在勃海中, 三神山爲仙府)

8 [원주] ≪제집습유≫에 "노기[65]가 아직 급제하지 않았을 때 마씨라는 선녀를 만났다. 이 곡(스무 말)들이 큰 호리병박으로 선녀는 노기를 태우고 은하수로 솟구쳐 올라갔다. 어느 곳에 이르러서 말했다. '수정궁[66]입니다.' 태음부인을 만났는데 세 가지를 물었다. '공께서는 신선의 관상이 있는데 여기서 지내시겠습니까, 인간 세상의 신선이 되셔서 때때로 여기 한 번씩 오시겠습니까, 중국의 재상이 되시겠습니까? 공께서는 어느 것을 원하십니까?' '재상이 되고 싶습니다.' 태음부인은 슬퍼하며 돌려보내주었다."라 하였다.[67](諸集拾遺, 盧杞未第, 遇仙嫗曰, 麻氏. 以大葫蘆如二斛, 嫗令杞乘之, 騰入霄漢. 至一處曰, 水精宮. 見一大陰夫人, 問三事曰, 公有仙相, 能此居乎, 能爲地仙, 時一到此乎, 能爲中國宰相乎, 公願何事. 願爲宰相. 夫人悵然遣還)

等閑(등한) : 평상시.

---

59) 육첩(六帖) : 백거이(白居易)의 ≪백씨육첩사류집(白氏六帖事類集)≫이다. 백거이가 평소에 보고 듣고 겪은 것들을 종류별로 모아 기록한 것으로 총 30권으로 되어있다. 당나라의 율(律), 령(令), 격(格), 식(式) 등 법률 제도 등에 관한 문헌이 단편적으로 실려 있어 문헌학적으로 귀중한 자료로 평가받는다.

60) 견후(甄后) : 고대 중국의 미인으로 원래 후한 말 원희(袁熙)의 부인이었는데 위(魏) 문제(文帝) 조비(曹丕)가 아내로 삼아 황후가 되었다.

61) 강총(江總, 519~594)의 〈장상사〉 2수 중 두 번째 악부시이다. 곽무천(郭茂倩)의 ≪악부시집(樂府詩集)≫ 제 69권에 수록되어 있다.

62) 江總(강총) : 원주에는 '陸瓊(육경)'이라고 되어 있는데 수정하였다.

63) 발해(勃海) : 중국의 요동반도와 산동 반도로 둘러싸인 바다.

64) ≪사기≫권6 〈진시황본기〉에는 "서불이 글을 올려 '바다 가운데 세 개의 신산이 있는데 봉래산, 방장산, 영주산이라 하며 거기에는 신선들이 살고 있습니다.'라 하였다."(徐市等上書言, 海中有三神山, 名曰蓬萊, 方丈, 瀛洲, 僊人居之)라고 되어 있고, ≪한서≫ 권 25 〈교사지(郊祀志)〉에는 "제 위왕, 선왕, 연 소왕 때부터 사람을 시켜 바다에 들어가 봉래산, 방장산, 영주산을 찾게 했다. 이 세 개의 신산은 발해 가운데 있으면서 인간 세계로부터 멀지 않다고 전해졌다."(自威宣, 燕昭, 使人入海, 求蓬萊, 方丈, 瀛洲, 此三神山者, 其傳在渤海中, 去人不遠)라고 되어 있다.

65) 노기(盧杞, ?~785?) : 당나라 때의 권신. 자는 자량(子良). 덕종(德宗) 때 재상이 되어 정적인 양염(楊炎), 안진경(顔眞卿) 등을 제거하고 백성들의 가옥에 각종 세금을 매겨 원성이 높았다. 끝내 탄핵되어 귀양지에서 죽었다.

66) 수정궁(水精宮) : 전설 속의 달에 있었다는 궁전.

67) ≪제집습유≫에 대해서는 알려진 바가 없다. 다만 노기와 태음부인에 관한 이야기는 송대에 간행된 ≪태평광기(太平廣記)≫에 자세하다. 제 64권 〈태음부인〉 편에는 태음부인이 노기의 이웃집에 마씨 할멈을 보낸 뒤 자신도 노기에게 얼굴을 비쳐서 선계로 꾀어왔는데, 노기가 처음에는 수정궁에 머물 뜻을 보이다가 정작 상제에게 상주하여 사자가 의사를 재차 확인하자 생각을 바꿔 중국의 재상이 되겠다고 외친 것으로 되어있다.

【해설】

이 작품은 금릉 근처에 있는 수렴정에서 가을 하루를 보내며 지은 것이다. 수렴정이란 지붕위에 떨어진 폭포수가 처마 밑으로 주렴처럼 쏟아지는 정자를 말한다. 이웅은 제1~2구에서 폭포수의 모습을 묘사하고, 제3~4구에서 수렴정이 산 속에서 자연스러운 경관을 해치지 않으면서 바람이 시원하게 부는 곳에 있음을 밝히고 있다. 수렴정의 폭포수는 다양한 이미지로 형상화 되어 있다. 제1구의 '진주', '눈발'과 제5구의 '비단', 제6구의 '옥 젓가락'이 모두 수렴정의 폭포수를 가리키는 말이다. 교인의 비단과 옥 젓가락은 모두 눈물과 관계되는 전고로, 이 시에서 적절한 대구법으로 쓰였다. 이 작품에서도 이웅은 어김없이 물의 흐름과 시간의 흐름을 병치하고 있다. 폭포가 위에서 아래로 떨어지는 한편, 제6구에서 이슥고 천상의 달이 지상의 폭포수를 비추고 있다. 달빛이 비치는 수렴정은 어느새 전설의 수정궁으로 탈바꿈한다. 〈운문사(雲門寺)〉에서 불법을 깨치고자 한 것과 비슷하게 제7구에서는 신선이 되고 싶었던 평소의 마음이 드러나 있다. 앞 시에서 남조의 멸망을 애달파하던 기존의 모습과 달리 이 시에서는 남조와 직접적으로 연관되는 전고가 없이 신선 세계를 그리워하여 수정궁에서 은둔의 정취를 누리는 것이 이색적이다.

198

濯錦江[1]

탁금강

綠陰紅蘂漾淸漣,2	푸른 숲 붉은 꽃 맑은 파문에 설레며
應繞人家繡戶邊.3	어느 집 아름다운 규방 곁을 감돌겠다.
步障影移金谷畔,4	보장 그림자가 금곡 가로 기울고
廻文波動玉窓前.5	회문시 물결이 옥창 앞에 일렁인다.
晴光遠送朝朝思,6	맑은 날 햇빛에 매일매일 그리운 생각 멀리 보낼 텐데
暮景輕翻處處煙.	저물녘 풍경에 곳곳의 밥 짓는 연기 가볍게 나부낀다.
假色近來時更重,7	가짜 채색이 근래에 마침 갈수록 중시되는데
不須辛苦此江堧.8	이 강가에서라면 괴로워할 필요 없으리.

【주석】

1 이 시는 ≪전당시≫에 수록되어 있지 않다.
[원주] 이미 상권에 나왔다.[68](已出上卷)
濯錦江(탁금강) : 지금의 금강(錦江)으로, 귀주성(貴州省) 범정산(梵淨山)에서 발원한 민강(岷江)의 성도(成都) 부근 구간을 가리킨다. 동쪽으로 흘러 장강(長江)에 유입한다. 비단을 빨면 채색이 선명해져 다른 비단보다 낫기에 붙여진 이름이다.

2 [원주] ≪유편≫[69]에 "'련(漣)'은 '릉(陵)'과 '연(延)'의 반절이다."라고 하였다. ≪설문해자≫에 "바람이 불어 물에 무늬가 생긴 것을 '련'이라고 한다."라 하였다.[70](類篇, 漣, 陵延切. 說文, 風行水成紋曰漣)

68) 옹도의 시 086. 〈급제하여 서천으로 돌아가는 요곡을 전송하며(送姚鵠及第歸西川)〉에 보인다.

69) 유편(類篇) : 송(宋)의 사마광(司馬光)이 1066년에 정리하여 완성한 자서(字書)로, 운자를 기준으로 배열한 ≪집운(集韻)≫과는 달리 부수를 기준으로 배열하였다. ≪설문해자(說文解字)≫와 같은 형식을 취하여 540부 14편으로 구성되어 있다. 수록 자수는 총 31,319자로 기존의 ≪옥편(玉篇)≫의 2배이다.

70) ≪설문해자≫에는 이 구절이 없다. ≪모시(毛詩)·위풍(魏風)·벌단(伐檀)≫의 "황하 물이 맑고 잔잔히 물결 일렁이네.(河水淸且漣猗)" 구의 모전(毛傳)에 "바람이 불어 물에 무늬가 생긴 것을 '련(漣)'이라고 한다.(風行水成文曰漣)"라고 되어 있다.

漾(양) : 출렁이다.

蘂(예) : 꽃, 또는 꽃송이.

漣(련) : 잔잔한 물결의 움직임.

3 [원주] 심약의 〈춘풍영〉[71]에 "아름다운 방에서 주렴을 밝히고, 비단 방석에서 떨어진 꽃 흩뜨린다."라 하였다.(沈約, 春風詠, 明珠簾於繡戶, 散芳塵於綺席)

繞(요) : 에워싸다.

繡戶(수호) : 繡房(수방)과 같은 뜻으로, 아름답게 꾸민 방이다.

4 [원주] ≪진서≫[72]에 "석숭은 혜제 때 시중이 되었는데, 낙양 금곡원에 살았다. 집이 부유하고 성품이 호사스러웠다. 당시에 왕개가 매번 석숭에게 재산을 자랑했는데, 왕개가 보라색 능라 보장을 30 리로 만들자 석숭은 비단 보장을 50 리로 만들어서 맞섰다."라 하였다.(晉書, 石崇, 惠帝時爲侍中, 居洛陽金谷園. 家富, 性豪華. 時王凱每與崇相誇, 凱作紫綾步障三十里, 崇作錦步障五十里以敵之)

步障(보장) : 외부의 먼지나 시선을 차단하기 위해 둘러친 가림막.

金谷(금곡) : 하남성(河南省) 낙양시(洛陽市) 북서쪽의 지명으로 진나라 때 석숭(249~300)이 지은 금곡원(金谷園)을 가리킨다. 금곡원은 호화로운 원림으로 명성이 높았는데, 석숭은 이곳에 관직에 있는 문인들을 초대하여 주연을 열고 풍류를 즐겼다.

畔(반) : 경계.

5 [원주] ≪진서≫[73]에 "두도의 아내 소혜는 자가 약란인데 글을 잘 썼다. 전진(前秦)의 부견[74] 시절에 두도가 진주[75]자사였는데 사막으로 쫓겨났다. 소씨가 그를 그리워하여 비단을 짜고 글자를 수놓아 회문시를 지어 두도에게 보냈다. 돌려서 읽는데 내용이 몹시 처절했다."라 하였다. 내용은 다음과 같다. "어질고 지혜로워 덕을 품은 성인 요순, 참되고 오묘하게 드러나고 또 드러나네. 현인을 말하고 성인을 헤아리니 우리 임금에 짝할 텐데, 동료와 떨어져 장강, 상강을 떠도네. 물을 건너려다 막히고 산세도 달라지니, 사람들이 막막함을 느껴 길이 멀다고 원망하네. 이 몸은 한미하고 집은 어두워 독방을 지키는데, 사람은 천하지만 여자가 되어 굳셈과 부드러움이 있네. 사랑하는 이가 떠올리는 생각 누구를 그릴까, 순수하고 맑게 뜻이 깨끗하여 얼음 서리 같구나. 새 친구 옛 친구 간혹 생각나도 끝내 담장만 바라보는데, 봄볕이 아름다워 난초 향기 빚어낸 듯. 금 소리 청아하고 고와 상음[76]을 격동하는데, 진주의 음악을 연주하니 슬픔에 아픔을 더하네. 소리가 오랜 그리움에 어울리나 그저 빈 집일 뿐이요, 마음의 근심에 우러르는 정 더하여 슬픔과 괴로움 품네."[77](晉書,

---

71) 춘풍영(春風詠) : 심약(441~513)의 '팔영시(八詠詩)' 중 하나인 〈임춘풍(臨春風)〉이다. 원주는 ≪예문유취(藝文類聚)≫를 참고한 듯하다. ≪옥대신영(玉臺新詠)≫에는 〈회포임춘풍(會圃臨春風)〉이라는 제목으로 되어 있고, ≪문원영화(文苑英華)≫에는 〈임춘풍(臨春風)〉이라는 제목으로 되어 있는데, 모두 "아름다운 방에서 주렴을 울리고(鳴珠簾於繡戶)"로 되어있다.

72) ≪진서≫ 제33권 〈석숭열전〉이다.

73) ≪진서≫ 제96권 〈열녀전〉의 해당 부분인데, 원문과 몇몇 글자에서 차이가 있다. 원문에는 '회문선도시(廻文旋圖詩)'라 하였는데 총 840자라 분량이 많아서 수록하지 않는다고 하였다.

74) 부견(苻堅, 338~385) : 전진(前秦)의 제 3대 임금. 태학을 정비하고 한인(漢人)을 중용하여 국세를 크게 떨쳤으나 동진(東晋) 정벌에 실패한 뒤 부하의 배반으로 목숨을 잃었다.

75) 진주(秦州) : 지금의 감숙성(甘肅省) 천수시(天水市) 일대.

76) 상음(商音) : 궁(宮), 상(商), 각(角), 치(徵), 우(羽) 오음(五音) 중의 하나로 소리가 애절하고 처량하다.

77) 소혜의 회문시는 여러 가지 방법으로 읽을 수 있어서 원문을 확정하기 어렵다. 여기서는 원주에 적힌 대로 번역하였다.

竇滔妻蘇蕙, 字若蘭, 善屬文. 苻堅時, 滔爲秦州刺史, 被徙於流沙. 蘇氏思之, 織錦字爲廻文詩寄滔. 循環宛轉以讀之, 詞甚悽切. 其詞曰, 仁智懷德聖唐虞, 貞妙妙顯重榮章. 言賢推聖配玆皇, 倫匹離飄浮江湘. 津河隔塞殊山梁, 民士感曠怨路長. 身微欄皀處幽房, 人賤爲女有柔剛. 親所懷想思誰望, 純淸志潔齊氷霜. 新故或憶殊面墻, 春陽熙茂彫蘭芳. 琴淸流楚激絃商, 秦曲發聲悲摧藏, 音和永思惟空堂, 心憂增慕懷慘傷)

廻文(회문) : 회문시(回文詩). 어느 방향으로 돌려서 읽어도 뜻이 다 통하는 특이한 형태의 시. 소혜의 회문시 같은 경우에는 후대의 분석에 따르면 모두 7,958 수까지 가능하다고 한다.

玉窓(옥창) : 창의 미칭(美稱).

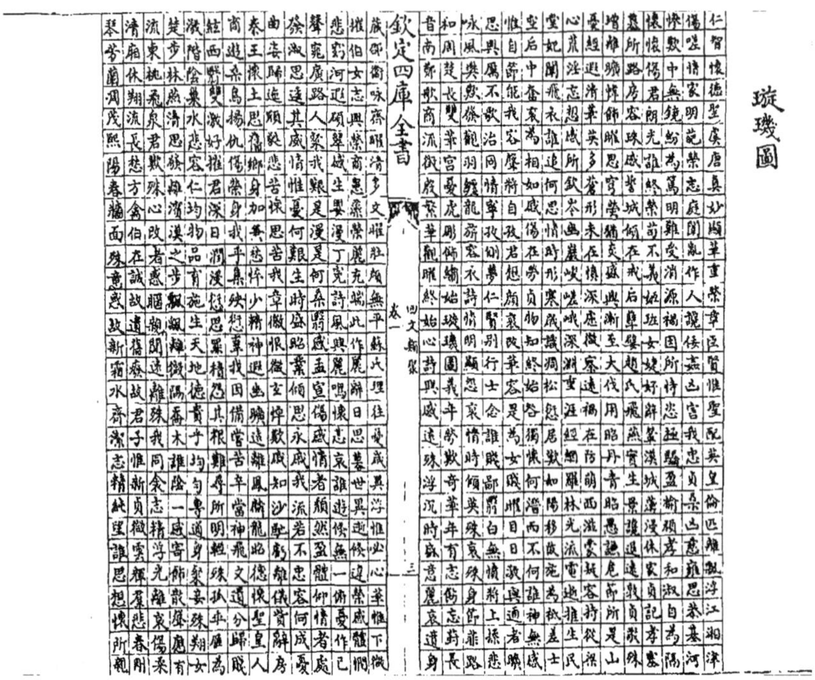

璇璣圖

欽定四庫全書

[참고자료] 회문시 그림[78]

6 朝朝(조조) : 매일.

7 假色(가색) : 가짜 빛깔. 또는 가짜 미인.

8 [원주] 《유편》에 "'연(堧)'은 '이(而)'와 '선(宣)'의 반절이다. 물가의 땅이다."라 하였다.(類篇, 堧, 而宣切, 水濱地也)[79]

【해설】

이 작품은 촉나라의 성도를 노래한 첫 수로서 탁금강의 아름다움을 읊은 시이다. 전반부에서는

78) 사고전서 《회문유취(回文類聚)》 제 1권에 실려 있다. 총 841자이다.

79) 사고전서본에는 '也'가 없다.

강물이 일렁이며 만들어낸 물결을 비단결에 비유하였다. 제1~2구에서는 성도의 자연 풍광과 규방의 자태가 탁금강에 비쳐서 각종 빛깔이 어우러진 모습을 묘사하였다. 제3~4구에서는 사치로 유명했던 석숭의 비단 보장과 남편을 그리는 소혜의 비단 회문시를 들어서 탁금강에 화려함과 애절함을 깃들였다.

후반부에서는 화자의 생각이 드러나 있다. 제5구에서의 그리움의 실체는 제6구의 밥 짓는 연기와 대조해보았을 때 멀리 떨어져 있는 아내가 이웅을 그리워하는 모습일 것이다. 제7구에 등장하는 '가짜 채색'은 통속적이고 인위적인 아름다움을 가리킨다. 마지막 구는 가짜 채색에 상처받은 마음을 아름다운 탁금강에서 달랜다는 뜻이다.

199

子規[1]

빼꾸기

蜀主銜羞化子規,[2]	촉나라 임금이 수치심 머금고 빼꾸기가 되어
劒南良夜亂啼時.[3]	검남 땅 좋은 밤에 어지럽게 운다.
如何恨魄千年後,	어찌하여 한 맺힌 혼백이 천 년 뒤에도
尙作寃聲萬轉悲.[4]	여전히 원통한 소리를 지어 만 곡이 다 슬픈가.
形影最傷巴峽月,[5]	자취는 파협의 달빛에 가장 애달픈데
血痕偏染杜鵑枝.[6]	혈흔은 두견화 가지에 유독 물들었다.
豈能終日懷餘憤,	어떻게 종일토록 덜 가신 울분을 품을 수 있을까
丹觜那無上訴期.[7]	붉은 부리에 어찌 상소의 기약조차 없으리.

【주석】

1 이 시는 ≪전당시≫에 수록되어 있지 않다.

[원주] ≪박물지≫에 "빼꾸기는 새끼를 낳아 다른 둥지에 맡기는데 온갖 새들이 대신 먹여 키운다."라 하였다.[80] ≪성도기≫[81]에 "두우는 두주라고도 한다. 하늘에서 내려왔기에 망제라고 한다. (중략) 망제가 죽자 넋은 새가 되었는데 두견이라고 이름 지었다. 또한 자규라고도 하였다."라 하였다. ≪이아소≫에 "촉의 임금 망제는 재상의 아내와 음란한 짓을 하다가 부끄러워 달아나서 빼꾸기가 되었다. 그래서 촉 사람들은 빼꾸기가 우는 것을 들으면 모두 일어나 '이건 망제다.'라고 하였다."라 하였다.[82](博物志, 杜鵑生子寄他巢, 百鳥爲飼之. 成都記, 杜宇亦曰杜主. 自天而降, 稱望帝. 望帝死,

80) 현재 전해지는 ≪박물지≫에는 이 구절이 없다. 아마 유실되었거나 후대에 ≪박물지≫의 이름만 빌린 듯하다.

81) 성도기(成都記) : 대중(大中) 9년(855) 당(唐) 노구(盧求)가 지었다고 전해진다. ≪송사 · 예문지≫에 총 5권으로 기록되어 있다.

82) 형병(刑柄)의 ≪이아소≫에는 "자휴조로 촉에서 난다. ≪설문≫에 '휴는 촉왕 망제가 변하여 자휴가 된 것이다.'라고 하였다. 지금 자규라고 하는 것이 이것이다.(子巂鳥也, 出蜀中, 說文云, 巂蜀王望帝化爲子巂, 今謂之子規是也)"라고 되어 있다.(이충구, 임재완, 김병헌, 성당제 옮김, ≪이아주소 5≫, 서울, 소명출판, 2004, p.317의 번역 참조) 원주에서는 허신(許愼)의 ≪설문해자≫에 유사한 구절이 있는 것을 착각한 듯하다.

其魂化爲鳥, 名曰杜鵑. 亦曰子規. 爾雅疏, 蜀王望帝, 淫其相妻, 慚亡去爲子規. 故蜀人聞子規鳴, 皆起曰, 是望帝也)

子規(자규) : 촉(蜀)의 임금 두우(杜宇)는 망제(望帝)라고 불렸는데 죽은 뒤 뻐꾸기가 되어 늘 밤에 처절하게 울었다는 전설이 있다.

2 [원주] 제목 아래의 주석에 보인다.(見題下注)

銜(함) : 머금다.

3 [원주] ≪십도지・검남도≫에 "검주에는 대검산, 소검산이 있다."라 하였다.(十道志, 劍南道, 劍州有大劍山, 小劍山)

劍南(검남) : 당(唐)의 행정구역 이름. 검문관(劍門關)[83] 남쪽에 있어서 '검남'이라는 이름이 생겼다. 지금의 사천성(四川省) 일대를 가리킨다.

4 寃聲(원성) : 원망어린 소리.

轉(전) : '전(囀)'과 통하여 노랫소리를 가리킨다.

5 [원주] '파협'은 상권에 나왔다.(巴峽出上卷)[84]

形影(형영) : 형체와 그림자. 곧 흔적이나 자취를 가리킨다.

巴峽(파협) : 파현(巴縣)[85] 동쪽으로 흐르는 장강(長江)의 석동협(石洞峽), 동라협(銅鑼峽), 명월협(明月峽)을 가리킨다. 촉 땅에 속한다.

6 [원주] ≪둔재한람≫[86]에 "두견화는 일명 영산홍이다.[87] 세상에 뻐꾸기가 밤에 울 때 피를 땅에 토하여 이 꽃이 피었다고 전해지는데, 또한 그렇게만 볼 필요는 없다. 전에 어떤 사람이 한 가지 대구를 만들어 '두견화가 피니 영산홍이네.'라 하였는데,[88] 하나의 사물에 두 가지 뜻이 있으니[89] 대구를 지을 수 있는 사람이 적다. 자득옹[90]이 다른 사람에게 화답하여 두견화 절구 한 수를 읊었다. '두견화 피고 뻐꾸기가 우니, 푸른 원한 붉은 시름 온 가지에 수북하다. 새는 저 혼자 우는데 꽃은 말이 없어, 해마다 삼월은 애끊는 때라지.' 이 시를 외우는 사람이 많았다."라 하였다.(遁齋閑覽, 杜鵑花一名映山紅. 世傳杜鵑夜啼, 遺血于地而生此花, 亦不必尒. 曾有人出一對云, 杜鵑花發映山紅, 一物而有兩意, 少有能對者. 自得翁嘗和人詠杜鵑花一絶云, 杜鵑花發杜鵑啼, 綠怨紅愁萬萬枝. 鳥自有聲花不語, 年年三月斷腸時. 人多誦之)

杜鵑(두견) : 진달래.

7 丹觜(단자) : 새의 붉은 부리.

---

83) 검문관(劍門關) : 사천분지(四川盆地)의 북부에 있는 관문으로 지금의 사천성 검각현(劍閣縣)에 있다. 예로부터 지세가 험하기로 유명하였고 현재 국가AAAA급 여행구역으로 지정되어있다.

84) 두목의 시 054. 〈허수재가 나의 시를 읽으시고 보내온 시 열 수에 수답하다(酬許秀才垂覽拙詩見贈之什)〉, 옹도의 시 083. 〈최습유의 집에서 원숭이를 보다(崔拾遺宅看猿)〉에 파군(巴郡) 삼협(三峽)에 관한 내용이 보인다.

85) 파현(巴縣) : 지금의 중경시(重慶市) 파남구(巴南區) 일대이다.

86) 둔재한람(遁齋閑覽) : 송(宋) 진정민(陳正敏)이 지은 시화집. ≪송사・예문지≫에 총 14권으로 기록되어 있다.

87) 오늘날 진달래와 영산홍은 다른 품종으로 구별된다. 진달래가 낙엽관목으로 꽃이 4월 초에 일찍 피는 반면, 영산홍은 일본 개량종으로 '왜철쭉'이라고도 하며 상록관목으로 5월경에 꽃이 핀다.

88) 송(宋) 조사사(趙師使, 1122전후)의 ≪탄암사(坦菴詞)≫에 실려 있다.

89) '두견(杜鵑)'이라는 사물에 '뻐꾸기'와 '진달래'라는 두 가지 뜻이 담겨있다는 의미이다.

90) 자득옹(自得翁) : 필명으로 추측되나 누구인지 알 수 없다.

【해설】

이 작품은 성도에 전해지는 뻐꾸기 설화를 시로 읊은 것이다. 제1~2구는 설화의 줄거리를 제시하고 있다. 제3~4구는 유수대(流水對)를 써서 뻐꾸기가 오랜 시간 동안 수없이 슬픈 울음소리를 낸다고 강조하였다. 제5~6구는 파 지역의 협곡과 진달래를 대비시켜 피맺힌 원한을 다시금 선명하게 드러내었다. 자취가 파협의 달빛에 가장 쓰라린 까닭은 그 협곡이 원래 원숭이 울음소리가 구슬프기로 유명한데 망제의 설화가 겹쳐져서 비애의 정서가 증폭되기 때문이다. 제7~8구는 원한을 풀지 못하는 새에 대한 안타까움과 더불어 어딘가에 억울함을 하소연할 수 있으리라는 기대로 시상을 맺고 있다.

이웅은 이 시에서 뻐꾸기의 울음소리를 빌어 시적 화자의 내면에 감춰진 설움을 모든 연에 걸쳐 부각시키고 있다. '수치심', '한', '슬픔', '쓰라림', '울분' 등 뻐꾸기가 토해낼 수 있는 모든 아픔이 뻐꾸기 소리와 진달래의 붉은 빛으로 형상화되어 있다. 소리와 빛깔의 두 방향으로 원한을 집약시켜 표현 효과를 극대화했다고 할 수 있다. 다만 원한이 어디서 온 것인지, 어떻게 하면 풀 수 있는지에 대한 단서를 찾을 길이 없다는 것은 한계라고 할 수 있다.

張儀樓[1]

장의루

錦官城畔拂雲樓,2	금관성 가장자리 구름을 스치는 성루
草沒樓基錦水流.3	풀숲에 파묻힌 성루 터에는 탁금강이 흐른다.
花外有橋通萬里,4	화원 너머 있는 다리는 만 리 밖으로 통하는데
檻前無主已千秋.	난간 앞에는 주인 없어진지 이미 천 년.
銅梁霧雨迎歸思,5	동량산 안개비에 고향 생각 떠오르고
玉壘煙霞送暮愁.6	옥루산 구름노을에 저물녘 시름 보낸다.
人去人來自惆悵,7	인걸이 오고감에 저절로 서글퍼질 때
夕陽依舊浴沙鷗.8	석양은 여전한데 모래톱 갈매기 씻고 있네.

【주석】

1 이 시는 ≪전당시≫에 수록되어 있지 않다.

[원주] ≪십도지·익주≫ '장의루'의 주석에 "서문은 장의가 쌓았다. 처음에 장의가 성을 쌓을 때 자주 무너졌는데, 갑자기 큰 거북이가 나타나 주위를 한 바퀴 돌았다. 거북이가 간 곳을 따라서 완성하도록 명령했다. 성루에 옛 흔적이 남아있는데, 서문루라고도 한다."라 하였다.(十道志, 益州, 張儀樓注, 西門, 張儀所[91]築. 初儀築城[92]屢頹, 忽有大龜周旋. 因其行處乃令成. 城樓舊迹存焉, 亦曰西門樓)

張儀樓(장의루) : ≪원화군현지(元和郡縣志)≫에 "성의 서남문의 누각은 높이가 백여 자로 이름은 장의루이다. 산에 닿아있고 강을 조감할 수 있어 촉 땅에서 근방의 전망이 좋은 곳이다.(城西南樓百有餘尺, 名張儀樓. 臨山瞰江, 蜀中近望之佳處也)"라고 되어있다.

張儀(장의, ?~BC 309) : 전국시대 위(魏) 출신의 유세가이다. 소진(蘇秦)과 함께 귀곡선생(鬼谷先生)에게서 종횡(縱橫)의 술책을 배웠다. 진(秦) 혜문왕(惠文王)의 신임을 받아 재상이 되어 연횡책(連橫策)

91) 所(소) : 원주에는 빠져있는데, ≪원화군현지(元和郡縣志)≫의 관련 기록에 의거하여 추가하였다.

92) 儀築城(의축성) : 원주에는 '作(작)'이라고 되어있는데, ≪원화군현지≫의 관련 기록에 의거하여 바로잡았다.

을 폈다. 열국으로 하여금 진에 복종하게 만드는 성과를 거두었다.

2 [원주] ≪십도지·검남도≫에 "익주에는 금관성이 있는데 지금은 금리라고 한다."라 하였다.(十道志, 劒南道, 益州有錦官城, 今名錦里)

畔(반) : 경계.

3 [원주] '금수'는 이미 상권에 나왔다.[93](錦水已出上卷)

4 [원주] ≪십도지≫ '익주 만리교[94]'의 주석에 "촉이 비의[95]를 오에 사신으로 보낼 때 제갈량이 이 다리에서 전별연을 열어주었다. 비의가 '만 리길이 여기서 시작되는군요.'라고 하였다."라 하였다.(十道志, 益州萬里橋注, 蜀使費禕聘吳, 諸[96]葛亮餞之於此橋上. 禕曰, 萬里之路於此爲始)

5 [원주] ≪촉도부≫[97] "밖으로는 탕거[98]에서 동량[99]을 등에 진다"의 주석에 "동량은 산 이름이다."라 하였다.(蜀都賦, 外負銅梁於宕渠注, 銅梁, 山名也)

6 [원주] ≪촉도부≫ "옥루[100]를 안아서 지붕으로 삼았다."의 주석에 "옥루는 산 이름이다."라 하였다.(蜀都賦, 包玉壘而爲宇注, 玉壘, 山名)

煙霞(연하) : 구름 낀 노을.

7 惆悵(추창) : 슬퍼하는 모습.

8 沙鷗(사구) : 강가 모래밭의 갈매기.

【해설】

이 작품은 성도의 서쪽 성문인 장의루에 올라 성 밖을 바라보며 지은 시이다. 장의루는 전국시대의 가장 강한 나라였던 진(秦)의 재상 장의가 세운 성루로, 높이가 백 자가 넘는 위용을 자랑하였지만 이웅의 시대에는 이미 황폐해졌다. 제1구에서는 드높은 성루의 모습을 서술하였다. 제2구에서 유장한 역사의 흐름을 상징하는 강물이 등장하는 것은 이웅이 자주 쓰는 수법이다. 유구한 자연 앞에 인간을 포함한 인공 조형은 부질없이 사라질 운명일 뿐이다. 제3~4구의 다리에서는 만 리의 장강(長江)으로 이어지는 커다란 공간과 천 년 전 전국시대로 거슬러 올라가는 오래된 시간이 교차하면서 후반부의 시상을 이끌어내고 있다.

후반부에서 제5~6구는 성 밖의 공간을 그려내고 있다. 동량산과 옥루산은 제3구의 만리교를 이어받아 향수(鄕愁)를 불러일으키는 장소이다. 안개비가 내리다가 갠 하늘에 비치는 노을로 인해 나그네의

93) 옹도의 시 086. 〈급제하여 서천으로 돌아가는 요곡을 전송하며(送姚鵠及第歸西川)〉에 보인다.

94) 만리교(萬里橋) : 성도 남쪽 금강(錦江)에 있다. 예전에는 동쪽으로 향하는 수로(水路)의 기점이었다. 청(淸) 강희제(康熙帝) 재위기간인 1771년에 중건(重建)하고 건륭제(乾隆帝), 광서제(光緖帝) 때 중수(重修)하였다. 길이는 85미터, 너비는 15미터이다.

95) 비의(費禕, ?~253) : 비위(費褘)라고 하기도 한다. 삼국시대 촉(蜀)의 정치가로 자는 문위(文偉), 시호는 경후(敬侯)이다. 형주(荊州) 강하(江夏) 사람이다. 촉의 승상 제갈량의 신임을 받았는데, 사신으로 오에 갔을 때 황제인 손권(孫權)에게 높이 평가받았다. 제갈량 사후에 군권과 정권을 물려받아 촉을 이끌었다.

96) 諸(제) : 원주에는 빠져있는데, 사병구(査屛球)의 정리본에 따라 추가하였다.

97) 촉도부(蜀都賦) : 좌사(左思, 250?~305?)가 지은 〈삼도부(三都賦)〉의 제 1편으로 ≪문선(文選)≫권4에 실려 있다.

98) 탕거(宕渠) : 전한(前漢) 때 설치한 현 이름. 지금의 사천성(四川省) 거현(渠縣) 북동쪽에 있었다고 한다.

99) 동량(銅梁) : 지금의 사천성(四川省) 합천현(合川縣) 남쪽에 있는 산. 산에 돌다리가 가로질러있는데, 색이 구리와 같다고 한다.

100) 옥루(玉壘) : 사천성(四川省) 이현(理縣) 남동쪽에 있는 산. 성도의 북서쪽 민산(珉山)의 가장자리에 있는데, 성도를 가리키는 말로 많이 쓰였다.

시름이 증폭되고 있다. 이어서 제7~8구는 제4구의 천 년 세월을 이어받아 수많은 역사적 인물의 명멸과 지는 태양의 한결같음을 대비하고 있다. 장의 같은 영웅호걸은 수없이 나타났다 사라지지만 해는 예나 지금이나 늘 뜨고 진다. 제8구의 흐르는 강물에 몸을 씻는 갈매기는 역사의 변화 속에서 살아가는 인간을 비유한다고 볼 수 있다. 이 구는 제7구에서 애달픔으로 치닫는 정서를 다소 누그러뜨려주는 역할을 하고 있다.

협주명현십초시 권하
(夾注名賢十抄詩 卷下)

21 오인벽 吳仁璧

오인벽시(吳仁璧詩)

[원주] ≪당서·예문지≫에 이르기를 "≪오인벽시≫ 1권이 있다."라 하였다. 자는 정균이고 대순 연간에 진사에 급제하였다.(唐書藝文志, 吳仁璧詩一卷. 字庭筠*, 大順中爲進士第)

오인벽(吳仁璧, ?~?)

오인벽은 생졸년 미상이며 대체로 당나라 애제(哀帝) 천우(天佑) 연간(904~919)에 활동하였던 듯하다. ≪전당시≫에 따르면 자는 정보(廷寶)이고, 오(吳) 지역 사람이며 대순(大順) 2년(891)에 진사에 급제하였다. 전류(錢鏐)**가 절(浙) 땅을 점거하고 있을 때 누차 벼슬을 제안하였으나 나가지 않아 전류가 노하였다고 한다. 그는 그저 강호에 머물며 은거하였고, 시집 1권이 있다. ≪전당시≫에는 권690에 11수와 8구의 구절이 남아 있는데, ≪십초시≫에 수록된 것과 전혀 겹치지 않으므로, 문헌학적으로 상당한 의의가 있다고 하겠다.

(이지운)

* 庭筠(정균) : ≪당서·예문지≫에는 "오인벽시 1권이 있다. 자는 정실이고, 대순 연간에 진사에 급제하였다.(吳仁璧詩一卷, 字廷實, 并大順進士第)라 되어 있다. ≪당서≫에는 정실(廷實), ≪전당시≫에는 정보(廷寶), ≪십초시≫에는 정균(庭筠)이라 되어 있어, 각각 자가 모두 다르다.

** 전류(錢鏐) : 중국 오대(五代) 오월(吳越)의 왕(852~932). 자는 구미(具美). 당나라 희종 때에 입신(立身)하여 월왕이 되고 이어서 오월왕이 되었다. 재위 기간은 907~932년이다.

201

宣州[1]

선주

臺鸞閣鳳偶回旋,2	누각의 난새와 봉새 짝을 이뤄 선회하는데
綏撫陵陽已半年.3	능양에서 백성 다스린 지 이미 반년일세.
傳說霖多三郡內,4	부열은 여러 고장에 단비를 내리게 하였고
謝公山滿四窗前.5	사공의 네 창문으로는 산이 가득하였다지.
自陪飛蓋醒還醉,6	큰 수레를 모시며 술에 깨었다 취하느라
不覺虛蟾缺又圓,7	나도 모르는 새에 달이 기울었다 다시 찼네.
今日丹誠更何事,8	오늘의 충정은 또 무슨 일을 위함인가.
唯憂排比五湖船.9	오직 근심할 것은 오호에 배 늘어놓은 것 뿐.

【주석】

1 이 시는 ≪전당시≫에 수록되어 있지 않다.
[원주] ≪십도지≫에 "강남도에 선주가 있다."라 하였다.(十道志, 江南道有宣州)
宣州(선주) : 지금의 안휘성(安徽省) 선성현(宣城縣).

2 [원주] 조식(曹植)의 〈응조시〉에 "아침에 난대를 출발하였네."라는 구절에 이선이 주하여 이르기를 "장안에 명란전각이 있다."라 하였다. '봉란전'은 이미 상권에 나왔다.[1](曹子建應詔詩, 朝發鸞臺. 李善注, 長安有鳴鸞殿閣. 鳳鸞殿已出上卷)
臺鸞(대난) 구 : 이 구는 누각의 지붕이 서로 겹쳐져 마치 선회하는 듯한 모습을 묘사한 것이다.

3 [원주] ≪십도지≫에 "선주에 능양이 있다."라 하였다.(十道志, 宣州有陵陽)
綏撫(수무) : 편안하게 하고 어루만져 달램.

4 [원주] ≪서경・열명≫에 이르기를 "만약 큰 가뭄이 든다면 너[2]를 사용하여 장맛비로 삼을 것이다."라

---

1) '봉란전'에 대한 주석은 없고, 봉새와 난새에 대한 주석은 유우석 009. 〈영호상공이 수도로 막 돌아와 시를 써 회포를 말한 것에 화답하여(和令狐相公初歸京國賦詩言懷)〉에 보인다.

2) 은나라 고종의 현명한 재상인 부열(傅說)을 가리킨다.

고 하였고, ≪당서 · 지리지≫에서는 "선주관찰사는 선주를 다스리며 □□땅 등의 주를 관할한다."라 하였다.(書說命, 若歲大旱, 用汝作霖雨. 唐書地理志, 宣州觀察使治宣州. 管□□地等州)

부열(傳說) : 은나라 고종의 현상(賢相). 부암에서 담 쌓는 일을 하던 어진 이를 얻었다 하여 고종이 부열이라 했고, 정승으로 삼을 때 "큰 내를 건널 때 너를 배로 삼고, 큰 가뭄이 드는 해는 장맛비로 삼으리니...국을 끓일 때 너는 양념이 되어 다오.(若濟巨川, 用汝作舟楫. 若歲大旱, 用汝作霖雨... 若作和羹, 爾惟鹽梅)"라 했다.

霖(림) : 장마. 여기서는 가뭄을 해갈하는 단비를 이른다.

5 [원주] 사조(謝朓)의 〈선성의 높은 방에 한가로이 앉아〉[3]에서 "창문에는 멀리 산봉우리가 줄지어 있고 정원 끝에는 평평한 숲이 이어져 있네."라 하였다. ≪통전≫에 "선주의 속현에 당도현이 있다."라 하였다. 이백의 〈오운가〉[4]의 주석에 "사조의 집은 당도현 청산 아래 있었다."라고 하였고, 노래에서는 "사조가 이미 죽어 청산이 비었구나."라 하였다. 또 시[5]에서는 "집은 청산에 가까워 사조와 같고 문은 푸른 버들 드리워져 도잠과 비슷하네."라 하였다.(謝玄暉, 宣城高齋閑坐詩, 窗中列遠岫, 庭際付平林. 通典, 宣州屬縣有當塗. 李白五雲歌注云, 謝朓宅在當塗靑山下. 歌, 謝朓已沒靑山空. 又詩云, 宅近靑山同謝朓, 門垂碧柳似陶潛)

6 [원주] 조식(曹植)의 〈공연시〉에 "큰 수레가 서로를 따르네."라 하였다.(曹子建公燕詩, 飛蓋相追隨)

飛蓋(비개) : 덮개가 높은 큰 수레. 주로 고관대작이 탄다.

陪(배) : 모시다, 보좌하다.

7 [원주] 도잠의 시 주에 이르기를 "밤을 밝히는 것은 달이요, 달을 밝히는 것도 달이다. 달은 찰 때도 기울 때도 있으므로 ≪춘추연공≫[6]에서는 '담벼락의 두꺼비는 달의 요정이다. 가을이름은 유월궐인데, 가득 차면 다시 이지러짐을 이른 것이다.'라고 하였다."라 하였다.(陶潛詩注, 夜景月也, 月景月也. 月有盈虛, 故春秋演孔曰, 牆蟾, 月精也. 秋名六月闕也, 言滿則復缺)

8 丹誠(단성) : 거짓이 없는 참된 정성, 속에서 우러나는 뜨거운 정성.

9 원주] ≪척언≫에 이르기를 "영신사(迎新使)를 줄 세워 놓는다."라 하였다. 백거이(白居易)의 〈객을 불러 배를 띄워〉[7]에서 "악기를 차례로 늘어놓고 푸른 소매가 연주를 하고, 배를 지휘하며 붉은 깃발을 세네."라 하였다.(摭言, 排比迎新. 樂天 招客泛舟詩, 排比管絃行翠袖, 指揮船舫點紅旌)

排比(배비) : 나누어 차례대로 늘어놓다.

五湖(오호) : 호수 이름.

【해설】

이 시는 선주에서의 벼슬살이에 대해 노래한 작품이다.

제1~2구에서는 눈앞에 보이는 누각모습과 시인이 능양에서 벼슬살이 하는 것에 대해 말하였다.

제3~4구에서는 제2구를 이어 지방관으로서의 삶을 두 전고를 사용하여 표현하였다. 백성을 위해

3) 이 시의 제목은 〈선성군 안의 높은 방에 한가로이 앉아 여법조에게 답하여(郡內高齋閑坐答呂法曹)〉이다.
4) 이 시의 제목은 〈은명좌가 보내온 오운구가에 수창하여(酬殷明佐見贈五雲裘歌)〉이다.
5) 이 시의 제목은 〈금릉의 왕처사의 수정에 제하여(題金陵王處士水亭)〉이다.
6) 춘추연공(春秋演孔) : 다른 판본에는 ≪춘추공연(春秋孔演)≫이라 되어 있는데, 같은 책으로 판본에 따라 제목이 다르다. 원제목은 ≪춘추연공도((春秋演孔圖)≫로 명나라 손곡(孫穀)이 지었다.
7) 이 시의 제목은 〈호숫가에서 객을 불러 봄을 전송하며 배를 띄워(湖上招客送春泛舟)〉이다.

노력했던 부열(傅說), 선성태수로 산수를 즐겼던 사조(謝朓)와 같은 삶을 살고 있음을 암시하였다. 제5~6구에서는 고관대작을 모시느라 술에 취했다 깼다 하느라 세월 가는 줄 모른다고 하여 분주한 일상을 보내고 있다고 하였다. 제7~8구에서는 충정을 지니고 있으나 지금은 그저 오호에 배 띄우며 노니는 것에만 관심을 쏟아야 하는 처지라 하였다. 공명심은 있으나 그저 고관의 유흥 뒤치다꺼리에 세월을 다하는 것 같아 안타까움과 실망스러운 정서가 행간에 스며있다.

202

羅隱書記借示詩集尋惠園蔬以詩謝[1]

서기인 나은이 시집을 빌려 보여주고
이어서 정원의 야채도 보내주셨기에 시로써 감사하다

江天冷落欲晨時,2	쓸쓸한 강가의 하늘 새벽이 오려는 때
靜榻閑披二雅詞.3	고요한 의자에서 한가로이 이아의 글을 편다.
才薄敢言師吐鳳,4	내가 재주가 얄팍하여 그대가 양웅을 본받았다 감히 말하였는데
吟餘旋見寄蹲鴟.5	시를 읊고 난 얼마 후 곧 토란까지 보내왔다.
年光易得令人恨,6	세월 쉬이 지남에 사람 한스러워 지는데
鄕味難忘只自知.	고향 맛 잊기 어렵다는 것 그저 절로 알게 된다.
讀徹殘篇問圓碧,7	남은 부분을 다 읽고 난 후에 화씨지벽에 대해 물었다면
可能終使楚王疑.8	어찌 초나라 왕이 의심했었겠는가?

【주석】

1 이 시는 ≪전당시≫에 수록되어 있지 않다.
차시(借示) : 빌려 보여주다. '차역(借亦)'으로 되어 있기도 한데 글자가 비슷해서 그런듯하다.
羅隱(나은, 833~909) : 중국 당나라 말기의 시인. 신성(新城, 지금의 절강성(浙江省) 부양시(富陽市))사람이다. 저작좌랑(著作佐郎), 간의대부(諫議大夫), 급사중(給事中) 등 벼슬을 역임했다. 어려서부터 문재(文才)가 있었으며, 특히 시에 뛰어나 이름이 높았다. 많은 저작이 있었으나 현재 남아있는 것은 ≪참서(讒書)≫, ≪갑을집(甲乙集)≫, ≪양동서(兩同書)≫등이다.
尋(심) : 얼마 후에, 이어서.
惠(혜) : 베풀다, 주다.

2 江天(강천) : 멀리 보이는 강 위의 하늘.
冷落(냉락) : 적막하고 쓸쓸함.

3 [원주] 〈대아〉와 〈소아〉이다.(大雅小雅)
榻(탑) : 걸상, 평상
披(피) : 펴다. 이 구는 ≪시경≫의 이아와 같이 훌륭한 나은의 시를 읽는다는 의미이다.

4 [원주] ≪서경잡기≫에 이르기를 "양웅이 태현경을 지을 때, 흰 봉황을 토하는 꿈을 꾸었다."라 하였다.(西京雜記, 揚雄著太玄, 夢吐白鳳)
才薄(재박) 구 : 이 구에서는 시인이 재주가 천박하여 평가할만한 자격이 없지만, 나은의 시가 양웅을 본받았다고 감히 평가하였다고 한 것이다.
5 [원주] ≪전한서・식화지≫ 주에 "안사고가 이르기를, '준치는 토란뿌리로, 그 싹을 먹는다.'라고 하였다."라 하였다.(前漢食貨志注, 師古曰, 蹲鴟, 芋根也, 其耳食)
旋(선) : 금방, 오래지 않아.
蹲鴟(준치) : 토란의 별칭. 토란의 모양이 흡사 올빼미가 쪼그리고 앉아있는 모양과 비슷하다 하여 붙여진 이름이다.
6 年光(연광) : 세월, 시간.
7 [원주] '벽(碧)'자는 늘 화씨지벽의 '벽(璧)'이란 의미로 쓰인다. ≪문선・설부[8]≫의 "네모난 것은 규로 삼고 둥근 것으로는 벽을 만든다."에 대한 주에 "'규'는 네모난 옥이고 '벽'은 둥근 옥이다."라 하였다. 조식(曹植)의 편지[9]에 "사람마다 제 스스로 신령한 뱀의 구슬을 쥐고 있다고 여기고 가가마다 스스로 형산의 옥을 안고 있다고 여기고 있다."라 하였다.[10](碧, 常作和璧之璧. 選雪賦, 因方爲珪, 遇圓成璧. 注, 珪, 方玉, 璧, 圓玉. 曹子建書, 人人自謂握靈蛇之珠, 家家自謂抱荊山之玉)
殘篇(잔편) : 흩어지고 남은 책. 여기서는 나은의 시집을 가리킨다.
圓碧(원벽) : 둥근 옥. 여기서는 나은의 글이나 나은 자신의 화씨지벽 같이 빼어난 부분, 또는 그 진가를 의미한다.
8 [원주] 중권의 "옥을 안고 울다" 주석에 보인다.[11](見中卷泣玉注)
讀徹(독철) 2구 : 이 구는 화씨지벽의 진가를 알지 못했던 초왕의 고사를 들어 나은과 그의 작품의 가치를 알지 못하더라도 그의 작품을 모두 읽는다면 인정하게 되리라는 것을 말하였다.

【해설】

이 시는 나은이 자신의 시집을 빌려주고 얼마 후 야채도 보내오자 그에 보답하고자 지은 감사의 시이다.

제1~2구에서는 새벽 고요한 때에 의자에 앉아 보내온 시집을 펼치는 시인을 묘사하였다. 제3~4구에서는 제목을 좀 더 구체적으로 묘사하였다. 시인은 스스로 재주가 없지만 감히 나은을 평가하자면 양웅을 모범으로 삼고 있다고 하였다. 나은은 시집을 보내온 후에 얼마 후 토란까지 함께 보내어 도타운 정을 보여주었다. 제5~6구에서는 속절없이 세월 지나 나이 먹는 것에 대한 한스러움과

8) 이 글은 사혜련(謝惠連)이 지었다.
9) 이 글의 제목은 〈양덕조에게 보내는 편지(與楊德祖書)〉이다.
10) 인용된 부분은 걸출한 문인들이 모두 자신의 재능을 자부하고서 권력자들에게 인정을 받아 중용되길 기다린다는 것을 비유적으로 가리킨다. '영사지주(靈蛇之珠)'는 옛날에 수호(隨侯)가 상처 입은 큰 뱀에 약을 발라 주니, 그 뱀이 강에서 명월주를 입에 물고 나와 그에게 보답했다는 고사에서 이를 '수후지옥(隨侯之玉)' 또는 '수후지주(隨侯之珠)'라고 한다. '형산지옥(荊山之玉)'은 춘추시대 초나라 사람 변화(卞和)가 산 중에서 옥돌을 발견해, 여왕과 무왕에게 차례로 바쳤으나 보통 돌이라 감정되어 오히려 형벌을 받았는데, 문왕 때에야 옥돌 속에 있는 것이 보옥이었다는 것으로 밝혀져 화씨지벽(和氏之璧)이라 칭해지게 되었다.(이 주석과 해석은 김영문 외, ≪문선역주7≫, 소명출판, 2010. 227쪽의 것을 따름)
11) 마대의 시 111. 〈과주에서 이류와 이별하며 남겨줌(瓜州留別李謬)〉에 보인다.

세월에 상관없이 고향 맛은 늘 기억하고 있음을 대조시켰다. 나은이 토란을 보내오면서 나이가 드니 고향의 맛이 절로 생각난다 운운했으리라는 것을 상상할 수 있다. 이는 나은의 경우일 수도, 시인 자신의 경우일 수도 있는데, 그 어떤 것이든 시인이 깊이 공감하는 것이거나 마음을 진실하게 토로한 것이다. 제7~8구에서는 화씨지벽 전고를 사용하여 화씨지벽 같은 빼어난 솜씨를 가진 나은의 진가가 제대로 인정받고 있지 못하다고 여기면서 보내온 작품을 읽어보니 결국 인정받게 될 것이라 하였다. 나은의 출중한 실력과 따뜻한 정에 위로와 감사를 전하는 의미를 담아내었다.

203

宛陵題顧蒙處士齋即元徵君舊居1

완릉현에서 고몽처사의 집, 즉 원징군의 옛 거처에 쓰다

陵陽蟠臥十年餘,2	능양에 엎드린 지 십년 여
元氏山前又卜居.3	산 앞의 원씨의 거처에 또 살 곳을 정했네.
莊叟雖留龜尾誡,4	장씨 노인은 비록 거북이 꼬리의 가르침을 남겼지만
周顒應望鶴頭書.5	주옹은 오매불망 학두서를 바라였지.
宅從借後唯栽竹,6	집을 빌린 후로 오직 대나무만 심어두었고
園自荒來未種蔬.7	정원은 황폐해진 후로 아직 채소를 심지 않았네.
卽擬與君偕隱去,8	이걸 보고 그대와 함께 귀은(歸隱)하고자 하니
想憑先爲結雲廬.	여기에 의지해 구름가운데 오두막 엮고 싶네.

【주석】

1 이 시는 ≪전당시≫에 수록되어 있지 않다.

[원주] ≪십도지≫에 "선주12)는 한나라 때의 완릉현이다."라 하였다. ≪도징사 뇌문≫주에 "도잠이 은거했을 때 조서가 내려져 그를 예로써 저작랑으로 불렀으나, 도잠은 가지 않아 그를 징사라 불렀다."라고 하였다.(十道志, 宣州, 漢宛陵縣. 陶徵士誄注, 陶潛隱居, 有詔, 禮徵爲著作郎, 不就, 故謂之徵士)

徵君(징군) : 징사(徵士). 조정의 부름을 거절한 은사. 여기서 원징군(元徵君)은 누구인지 미상.

2 [원주] '능양'은 이미 위의 '양자' 주에서 나왔는데,13) 진흙에 용이 엎드려 있다고 하였다. ≪위지≫에 "서서14)가 선주에게 이르기를, '제갈공명은 누워있는 용입니다.'라고 하였다."라 하였다.(陵陽已出上

12) 선주(宣州) : 지금의 안휘성(安徽省) 선성현(宣城縣).

13) '능양'에 대한 주석은 오인벽의 시 201. 〈선주(宣州)〉에 보인다.

14) 서서(徐庶) : 삼국 시대 촉나라 영천(潁川) 사람. 유비(劉備)의 참모로 자는 원직(元直)이며, 본명은 복(福)이다. 젊었을 때는 임협(任俠)으로 칼을 쓰며 살다가 나중에 생각을 고쳐 학문에 힘썼다. 난리를 피해 형주(荊州)에 살았는데 제갈량(諸葛亮)과 친구로 사귀었다. 유비가 신야(新野)에 진을 쳤을 때 찾아가 귀순하여 신임을 받았다. 어머니가 조조(曹操)에게 붙잡혀 협박을 받자 조조에게 돌아갔는데 그때 유비에게 제갈량을 추천했다. 위문제(魏文帝) 황초(黃初) 연간에 관직이

楊子注, 言龍蟠於泥. 魏志, 徐庶謂先主曰, 諸葛孔明者, 臥龍[15]也)

陵陽(능양) : 지금의 안휘성(安徽省) 청양현(靑陽縣).

蟠(반) : 서리다, 엎드려 있다.

3 [원주] ≪문선・복거≫주에 "굴원은 대복[16]의 집에 가서 자신이 어디에 거하는 것이 마땅한 지점을 치게 하였고 이로 인해 그 문사를 서술하였다."라 하였다.(選卜居注, 原往大卜之家, 卜己宜何所居, 因述其辭)

卜居(복거) : 살만한 곳을 가려 정함.

4 [원주] 장자가 복수 근처에서 낚시질을 하고 있을 때, 초나라 임금이 대부 두 사람을 그에게 보내어 이르기를, "원컨대 나라 안의 정치를 맡겨 폐를 끼치고자 합니다."라 하였다. 장자는 낚싯대를 드리운 채 돌아보지도 않고 말했다. "내가 듣건대, 초나라에는 신령스런 거북이 있는데 죽은 지 이미 삼천 년이나 되었다 합니다. 임금은 그것을 비단으로 싸서 상자에 넣어 보관한다 합니다. 그 거북의 입장이라면, 죽어서 뼈만 남아 존귀하게 되고 싶겠습니까, 아니면 살아서 진흙 속에 꼬리를 끌고 다니고 싶겠습니까?" 두 대부가 대답했다. "차라리 살아서 진흙 속에 꼬리를 끌고 다니려 하겠지요." 장자가 말했다. "그러면 돌아가시오. 나는 진흙 속에 꼬리를 끌고 다니며 살려고 합니다."[17](莊子釣於濮水, 楚王使大夫二人往先焉, 曰, 願以境內累焉. 莊子持竿不顧曰, 吾聞楚有神龜, 死已三千歲矣, 王巾笥而藏之. 此龜者, 寧其死爲留骨而貴乎? 寧其生而曳尾塗中乎? 二大夫曰, 寧生而曳尾塗中. 莊子曰, 往矣! 吾將曳尾於塗中)

5 [원주] ≪제서≫에 "주옹의 자는 언륜이다. 처음에는 종산에서 은거하였으나 나중에는 섬현령이 되었다. 공치규가 그의 초당을 지나면서 〈북산이문〉을 지었는데, 여기에서 '사자를 태운 말이 울음소리를 내며 골짜기에 들어오고 은자를 부르는 학두서가 산언덕을 넘어오네.'라 하였다. 주석에 이르기를 '학서는 학두서를 이르는데, 옛날에 은자를 부르는 데 쓰였다.'고 하였다."라 하였다.(齊書, 周顒, 字彦倫. 始隱於鐘山, 後爲剡縣令. 孔稚珪經其草堂, 作北山移文. 其詞曰, 鳴騶入谷, 鶴書赴隴. 注, 鶴書, 謂之鶴頭書, 古者用之以招隱士)

周顒(주옹) : 남조 제(齊)나라 여남(汝南) 안성(安城, 지금의 하남(河南) 여남(汝南)) 사람. 자는 언륜(彦倫)이다. 송나라 해릉국시랑(海陵國侍郞)으로 관직을 시작했다. 나중에 섬현령(剡縣令)이 되어 치적을 쌓았다. 문장을 잘하였으며 서예와 음운(音韻)에도 뛰어났다. 저서에 ≪삼종론(三宗論)≫과 ≪사성절운(四聲切韻)≫이 있다.

鶴頭書(학두서) : 학서(鶴書). 임금이 은사(隱士)를 부르는 조서(詔書). 옛 예서(隸書) 글자체에 학두서체가 있는데, 임금이 은사를 부르는 글에는 이 서체를 썼음.

6 [원주] 상권의 "이 분을 만약 오랫동안 보고자 한다면" 주석에 보인다.[18](見上卷此君若欲長常見注)

栽竹(재죽) : 대나무를 심다. 진(晉)나라 왕휘지(王徽之)는 대나무를 무척 아꼈다. 왕휘지가 주인이 없는 빈집에 잠시 거처할 적에 대나무를 빨리 심도록 다그치자, 사람들이 그 이유를 물으니, "어떻게

어사중승(御史中丞)까지 올랐다. 병으로 죽었다.

15) 臥龍(와룡) : 누워있는 용. 때를 만나지 못했으나 앞으로 큰일을 할 사람을 비유한다.

16) 대복(大卜) : ≪주례(周禮)≫에서 춘관(春官)에 속하는 벼슬. 역법(易法)을 담당하였다.

17) ≪장자(莊子)・추수(秋水)≫에 나오는 이야기이다.

18) 유우석의 시 006. 〈영호상공께서 대나무에 제하신 것에 화답하여(和令狐相公題竹)〉에 보인다.

하루라도 이 분 없이 지낼 수가 있겠는가.(何可一日無此君耶)"라고 대답한 고사가 전한다.
7 [원주] 도잠의 시[19]에 "나의 정원에서 채소를 거두네."라 하였다.(陶潛詩, 摘我園中蔬)
8 卽(즉) : 나아가다. 여기서는 '(고몽처사의 집을) 대하다'라는 뜻으로 쓰였다.
擬(의) : 하고자 하다.
隱去(은거) : 귀은(歸隱)하다, 숨다.

【해설】

이 시는 원징사의 옛 거처였던 고몽처사의 집에 제한 것으로, 집을 정하게 된 경위, 처사로서의 삶, 집 근처의 경치를 쓴 후 함께 귀은하고픈 시인의 바람을 드러내었다.

제1~2구에서는 고몽처사가 집을 마련하게 된 경위를 썼다. 그가 능양에 거한 지 10여년에 집을 마련하였는데, 그곳이 원징사의 옛 집이 있던 곳이라 하여 고몽처사의 절행(節行)도 그와 같이 뛰어남을 암시하였다. 제3~4구에서는 장자와 주옹의 고사를 인용하여 은둔하는 처사의 두 유형을 제시하였다. 장자는 본성을 지키며 벼슬 제의를 거절하여 세속에 나가지 않은 이었고, 주옹은 처사의 지위를 이용해 벼슬을 하였던 이었다. 제5~6구에서는 처사의 거처를 묘사하되 두 전고를 사용하였다. 왕휘지처럼 대나무를 심어두었고, 아직 도잠처럼 채소를 가꾸지는 않지만 '아직'이라고 하여 곧 텃밭을 가꾸며 고고하며 담백한 삶을 살 것이라 하였다. 제7~8구에서는 시인이 처사의 거처를 대하고 나니 자신도 은거에 대한 소망이 생김을 말하였다. 함께 은거하고자 한다면 이 집에 의지해 오두막을 마련하고 싶다고 하였다.

19) 이 시의 제목은 〈산해경을 읽고(讀山海經)〉이다.

204

吳中早春題王處事山齋[1]

오땅에서 이른 봄에 왕처사의 산 속 집에 쓰다

東歸彼此作遺民,	동쪽으로 돌아와 피차 유민이 되었는데
又見江南日落春.	또 강남에서 해지는 봄날을 맞게 되었네.
越使好梅香欲謝,[2]	월나라 사신이 좋아했던 매화의 향은 지려하고
楚臣芳草綠初勻.[3]	초나라 신하의 방초는 푸르름이 막 가지런하네.
心緣詩句分張苦,[4]	마음의 괴로움은 시구를 따라 흩어지고
家被棋枰斷送貧.[5]	집안의 가난은 바둑판으로 날려 보내네.
名利人皆忙到老,	명리 때문에 사람들 모두 늙을 때까지 분주한데
唯應君是不忙人.	오직 그대만이 분주하지 않은 이리라.

【주석】

1 이 시는 ≪전당시≫에 수록되어 있지 않다.

2 [원주] ≪설원≫에 "월나라 사신인 제발이 매화 한 가지를 양왕에게 주었다. 양나라 신하인 한자가 주위 사람을 보고 '어찌 열국의 군주에게 매화 한 가지를 준단 말인가?'라 하였다."라 하였다.[20](說苑, 越使諸發執一枝梅遺梁王, 梁臣韓子顧左右曰, 惡有一枝梅遺列國之君乎)

3 [원주] 중권의 "만 리 밖 초나라 사람이 남쪽으로 일찍이 떠나갔네." 주석에 보인다.[21](見中卷萬里楚人南去早注)

勻(균) : 고르다, 가지런하다.

4 [원주] 〈격촉문〉[22]에서 이르기를, "파촉 한 주의 사람들을 나누어 수비하게 하여도 천하의 군사를

20) 이 내용은 ≪설원(說苑)·봉사(奉使)≫에 있다. '제발(諸發)'은 월왕이 파견한 사자이다. 월나라는 남부지방에 위치하였는데 그곳은 매화로 유명하였다. 그래서 그는 매화가지 하나로 양왕에게 주며 예를 표시한 것이다. 한자는 이것을 보고 제발이 예를 지키지 못했다고 생각해 힐난한 것이다.

21) 위섬의 시 124. 〈방초(芳草)〉에 보인다.

22) 격촉문(檄蜀文) : 이 글은 종회(鍾會, 225~264)가 지었다. 그는 중국 삼국시대 말기 위(魏)나라에서 등애(鄧艾)와 함께 촉(蜀)을 정벌하는 공로를 세웠으나 뒤에 사마소(司馬昭)에게 반란을 일으켰다가 살해당하였다.

방어하기 어렵다."라 하였다.(檄蜀文, 巴蜀一州之衆, 分張守備, 難以禦天下之師)
分張(분장) : 흩어지다, 나누다.

5 [원주] 위요의 〈박혁론〉에서 "의복이나 물건을 걸게 되면 다만 바둑돌이 더욱 쉽게 움직이니, 뜻한 바가 바둑판을 벗어나지 않았으며 애쓰는 바도 방괘 사이를 넘지 않았다."라 하였는데, 여기에 달린 주에서 "기는 바둑돌이다. 평은 바둑판의 선이다."라 하였다.(韋曜博奕論, 賭及衣物, 徒棋易行, 所志不出一枰之上, 所務不過方罫[23]之間. 注, 棋, 棋子也, 枰, 棋局線道也)
棋枰(기평) : 바둑판

【해설】

이 시는 이른 봄날 오땅에서 산 속에 있는 왕처사에게 들렀다 그의 집에 제한 작품이다. 이리저리 떠도는 유민으로 지내다 산속에 정착하였는데 심난함과 가난으로 불편은 하겠지만 시와 바둑으로 평안하고 소탈한 삶을 살고 있는 왕처사에 대해 쓰고 있다.

제1~2구에서는 왕처사와의 해후의 경위를 말하였다. 피차 같은 처지였다가 강남에서 이른 봄 저물녘에 만나게 되었다고 하였다. 제3~4구에서는 왕처사의 집 근처의 모습을 감각적으로 묘사하였다. 매화향이 향기롭다가 막 사라지려하고 방초가 푸르른 이른 봄의 아름다운 경치이다. 제5~6구에서는 왕처사의 일상을 그려내고 있다. 마음의 괴로움과 가난을 시작(詩作)과 바둑으로 달래며 한가로운 산속의 생활을 하고 있음을 알 수 있다. 제7~8구에서는 명리를 좇느라 늙을 때까지 분주한 세상 사람들과 느긋한 왕처사를 대비시키고 있다. 명리에서 벗어나 자유로이 한가로움을 구가하는 왕처사의 삶으로 마무리하고 있어 시인이 추구하는 지향도 무엇일지 추측할 수 있겠다.

23) 罫(괘) : 원문에는 '罰(벌)'로 되어 있으나 〈박혁론〉 원문에 의거하여 '罫(괘)'로 수정하였다. '방괘(方罫)'는 네모난 바둑판을 이른다.

205

蘇州崔諫議[1]

소주의 최간의

長裾容易造旌旃,[2]	긴 저고리로 쉬이 깃발 날리는 곳으로 이른 그대
正見春歸茂苑前.[3]	마침 봄에 소주로 돌아가기 전에 만났네.
當檻楚塵煙柳細,[4]	난간 옆 초땅의 먼지처럼 부연 버들은 가녀리고
滿庭巴錦露花鮮.[5]	정원에 가득한 파땅의 비단 같은 어여쁜 꽃이 선명하네.
貧傾北海三巵酒,[6]	가난해도 공융처럼 술잔을 기울이고
忘卻東周二頃田.[7]	모두 잊고 소진의 이경의 밭을 물리쳤네.
唯恐朝昏急徵到,[8]	다만 조만간에 조정에서 급히 부를까 두려워
又攜蓑笠上漁船.[9]	다시 도롱이와 삿갓 들고 고깃배에 오르네.

【주석】

1 이 시는 ≪전당시≫에 수록되어 있지 않다.
崔諫議(최간의) : 간의(諫議)는 관직명으로 간의대부(諫議大夫)를 말한다. 최씨는 누구인지 알 수 없다.

2 [원주] 추양[24]의 〈오왕에게 올리는 서신〉에서 "지금 신이 고루한 마음을 꾸민다면 어느 왕의 문하에서 긴 저고리를 끌 수 없겠습니까?[25]"라 하였다.(鄒陽, 上吳王書, 今臣飾固陋之心, 則何王之門不曳長裾乎)
長裾(장거) : 긴 저고리.
造(조) : 이르다.
旌旃(정전) : 깃발. 관청이나 막부 등을 가리킨다. 여기서는 최씨가 간의대부를 지냈던 것을 가리킨다.

24) 추양(鄒陽, BC 206~BC 129) : 전한 제군(齊郡) 임치(臨淄) 사람. 문변(文辨)으로 명성을 얻었다. 경제(景帝) 때 오왕(吳王) 유비(劉濞) 문하에서 활동하면서, 오왕에게 한나라에 모반하지 말 것을 상소했지만 받아들여지지 않았다. 나중에 양효왕(梁孝王)에게 투항해 문객이 되었다. 양승(羊勝) 등의 참소로 투옥되었는데, 간곡한 상소문을 올려 석방되었다. 그 글이 바로 〈옥중에서 양왕에게 올리는 편지(獄中上梁王書)〉이다. 그밖에 〈오왕에게 올리는 편지(上吳王書)〉와 부(賦) 몇 편이 전한다.

25) '예거왕문(曳裾王門)', 즉 권세 있고 부귀한 이 밑에서 식객 노릇을 한다는 뜻이다.

3 [원주] '무원'은 이미 상권에 나왔다.[26](茂苑已出上卷)

茂苑(무원) : 옛 정원 이름인데, 장주원(長洲苑)이라고도 한다. 지금의 강소성(江蘇省) 오현(吳縣) 서남쪽에 위치했었다. 후에 소주(蘇州)를 의미하는 단어로 쓰였다.

4 [원주] ≪운해≫에 이르기를, "백주려가 초나라 군영에 먼지가 날리고 떠들썩한 것을 보았다."라 하였다. ≪좌전≫에 따르면 "초자가 소거[27]를 타고 진나라 군대를 바라보면서 '매우 떠들썩하고 먼지가 부옇게 일어나는구나.'라 하였다. 백주려가 '장차 우물을 막고 부엌을 평평하게 다듬어 싸움을 하려 할 것이다.'라고 하였다."라 하였다.(韻海, 伯州黎望楚軍塵上囂. 按左傳, 楚子登巢車以望晉軍, 曰, 甚囂且塵上[28]矣. 伯州黎曰, 將塞井夷竈欲爲行也)

楚塵(초진) : 초땅의 먼지. 여기서는 버들의 부연 모습을 형용한다.

煙柳(연류) : 안개에 뒤덮인 버들. 일반적으로 버들을 의미한다.

5 [원주] ≪이문집[29]・동성부로전≫에 "강회의 얇은 비단, 파촉의 수놓은 비단"이라 하였다.(異聞集, 東城父老傳, 江淮綺縠, 巴蜀錦繡)

巴錦(파금) : 파땅의 비단. 여기서는 아름다운 꽃을 형용한다.

露花(노화) : 이슬 젖은 꽃. 여기서는 색이 선명한 꽃을 이른다.

6 [원주] ≪후한서≫에 "공융[30]의 자는 문거이다. 북해상을 지냈고 또 태중대부를 지냈다. 빈객들이 그의 대문에 매일 가득하였는데, 탄식하며 '자리에 빈객이 늘 가득하고 술병에는 술이 비지 않는다면 내가 근심이 없으리로다.'라고 하였다."라 하였다.(後漢書, 孔融, 字文擧, 爲北海相, 又爲太中大夫. 賓客日盈其門, 歎曰, 座上賓恒滿, 樽中酒不空, 吾無憂矣)

7 [원주] ≪사기≫에 "소진은 동주 낙양사람이다. 그가 이르기를 '만약 나에게 낙양에 부곽전[31] 2경이 있었다면 내 어찌 육국의 재상의 인을 찰 수 있었겠는가?'라고 하였다."라 하였다.(史記, 蘇秦, 東周洛陽人. 曰, 使我有雒陽負郭田二頃, 吾豈能佩六國相印乎)

卻(각) : 물리치다. 이 구절은 최씨가 관직 구하는 것을 잊고 관심을 가지지 않는 것을 말한 것이다.

8 朝昏(조혼) : 조만간에.

9 蓑笠(사립) : 도롱이와 삿갓.

【해설】

이 시는 봄날 소주의 간의대부 최씨를 만나 주변의 경치와 함께 최씨의 소박한 삶에 대해 쓰고 있다. 최간의가 미상이므로, 그가 소주 출신인지, 소주에 있는지, 어떤 일로 소주에 있게 되었는지 등등 또한 불분명하다. 여기서는 소주 출신의 최간의가 관직을 그만 두었을 때 만난 것으로 상정하고

26) 장적의 시 038. 〈소주의 백사군에게 부침(寄蘇州白使君)〉에 보인다.

27) 소거(巢車) : 병거(兵車)의 일종으로 이동식 망루이다.

28) 甚囂塵上(심효진상) : 몹시 시끄럽고 먼지가 부옇게 일어나다. 전투준비에 바쁜 병영(兵營)을 의미한다.

29) 이문집(異聞集) : 당대(唐代) 전기소설선집(傳奇小說選集)으로 당나라 말엽의 진한(陳翰)이 편집하였다.

30) 공융(孔融, 153~208) : 후한 때 노국(魯國) 사람. 자는 문거(文擧)다. 어려서부터 재능이 뛰어났고, 문필에도 능하여 건안칠자(建安七子)의 한 사람으로 불렸다. 헌제(獻帝) 때 북해상(北海相)이 되어 학교를 세우고 유술(儒術)을 표방하면서 현량(賢良)을 천거했다. 소부(少府)와 태중대부(太中大夫)를 역임하면서 명성을 천하에 떨쳤다. 스스로 재능에 자부심을 가져 조조(曹操)의 면전에서 모욕적인 언사를 구사하다가 면직되고, 결국 조조의 원한을 샀다. 세력을 확장하던 조조를 비판하다가 일족과 함께 처형되었다. 저서에 ≪공북해집(孔北海集)≫ 10권이 있다.

31) 부곽전(負郭田) : 성 근처의 성곽을 등지고 있는 기름진 전지(田地).

시를 분석하고자 한다.

제1~2구에서는 최씨가 관직을 지내다가 소주로 돌아가게 되었는데 시인과 만나게 된 상황을 말하였다. 제3~4구에서는 이들이 만난 곳의 주변 경치를 묘사하였다. 난간 옆의 버들은 하늘거리고 정원에 핀 아름다운 꽃은 선명하여 봄이 한창임을 알 수 있다. 제5~6구에서는 두 전고를 이용하여 최씨의 평소 모습을 그려내었다. 가난하지만 공융처럼 빈객과 함께 술잔을 기울일 줄 알고, 관직에 관한 것을 잊고 소진처럼 재상이 되고자 애쓰지 않고 초연한 모습인 것이다. 제7~8구에서는 최씨가 그러한 삶을 보존하고자 조정의 부름이 있기 전에 고깃배에 오르며 다시 떠나가는 모습을 담아내었다.

206

秋日寄鍾明府1

가을날 종명부에게 부침

麻衣漸怯九秋風,2	베저고리라 가을바람 점점 겁이 나는데
多少愁生半夜中.	한밤중에 수심은 얼마나 생겨나는지.
靑女揚翹虛室冷,3	청녀가 깃털을 날려 빈 방은 차가워지고
素娥沈影小窗空.4	상아가 그림자 가라앉혀 작은 창문이 비어가네.
銷魂別路雲長碧,	넋이 나간 채 이별한 길 위의 구름은 늘 푸르른 것 보았고
夢斷前山葉盡紅.5	꿈에서 깨고 보니 앞산의 잎사귀는 모두 붉었네.
此際不堪思往事,6	이때까지 옛 일을 차마 그리워할 수 없어
十年羸馬逐驚蓬.7	10년간 야윈 말로 떠도는 쑥대를 좇았지.

【주석】

1 이 시는 ≪전당시≫에 수록되어 있지 않다.
鍾明府(종명부) : '명부(明府)'는 태수(太守)나 현령(縣令)의 존칭이다. 이 시에서 종씨가 누구인지는 미상이다.

2 [원주] ≪시경≫[32]에 "베옷이 눈과 같네."라 하였다. 장협(張協)의 〈칠명〉에서 "가을에 부는 회오리바람을 거스르네."라 하였다.(詩, 麻衣如雪. 張景陽七命, 遡九秋之鳴飇[33])
九秋(구추) : 가을.

3 [원주] ≪회남자≫에서 "청녀가 나와 서리와 눈을 내리게 하였다."라 하였다. 고유의 주에서 "청녀는 천신인 청요[34]옥녀로 서리와 눈을 주관한다."라 하였다. 조식(曹植)의 〈칠계〉에서 "쌍쌍이 날아오를 듯한 비취새 깃을 꽂았네."[35]라 하였는데, 이선의 주에서 "≪한서≫에서 '황태후가 묘당에 들어갈

32) 여기서는 〈조풍(曹風)・부유(蜉蝣)〉 시를 말한다.
33) 鳴飇(명표) : 회오리바람, 그 바람이 부는 소리.
34) 청요(靑要) : 청요(靑腰), 혹은 청요(靑葽)라고도 하는데 옥녀(玉女)의 이름으로 전설상의 선녀이다.
35) ≪문선역주≫에서 양(揚)은 '꽂다', 교(翹)는 '들다'로 번역하였는데 여기서는 그것을 따랐다.(≪문선역주6≫, 소명출판사, 2010. 146쪽 참고)

때 먼저 머리꾸미개를 꽂고 위에 봉황으로 장식하였는데, 비취로 깃을 만들었다.'라고 하였다."라 하였다. 왕일의 ≪초사주≫에서 "(비취는) 깃털 이름이다."라 하였다. ≪장자≫[36]에서 "방을 비우면 빛이 그 틈새로 들어와 환하다."라 하였다.(淮南子, 靑女乃出, 以降霜雪. 高誘注, 靑女乃天神靑要玉女, 主霜雪. 曹子建七啓, 揚翠羽之雙翹. 李善注, 漢書曰, 皇太后入廟, 先爲花勝, 上爲鳳凰, 以翡翠爲毛羽. 王逸楚辭注, 羽名. 莊子, 虛室生白[37])

翹(교) : 깃털. 여기서는 서리나 눈발을 가리킨다.

4 [원주] 사장(謝莊)의 〈월부〉의 "후비의 궁정에 소아를 모으네."에 대한 주에 이르기를 "≪회남자≫에 '예가 서왕모에게 불사약을 청했는데 상아가 그것을 훔쳐 달로 달아났다.'라 하였다. 이에 대한 주에서 '상아는 예의 처이다.'라 하였다."라고 하였다.(謝希逸月賦, 集素娥於後庭. 注, 淮南子曰, 羿請不死之藥於西王母, 常娥竊而奔月. 注, 常娥, 羿妻.)

素娥(소아) : 상아(嫦娥, 常娥). 항아(姮娥)・상희(嫦羲)라고도 한다. 중국 고대신화에 나오는 월신(月神)이다.

5 夢斷(몽단) : 꿈에서 깨다.

6 [원주] ≪송서≫에 이르기를 "사경인[38]은 옛 말과 사건을 잘 서술하였다.(宋書, 謝景仁善叙前言往事)"라 하였다.

此際(차제) : 이때.

7 羸馬(이마) : 야윈 말.

驚蓬(경봉) : 떠도는 쑥대. 뿌리를 잃고 이리저리 굴러다니는 쑥대로 행적이 일정치 않고 떠도는 것을 비유하는 데 쓰인다.

【해설】

이 시는 가을 날 종명부에게 부친 시로, 감정을 가을의 경치와 융합시켜 제시한 후 서글픈 처지에 대해 쓰고 있다. 앞의 시에서와 마찬가지로 대상에 대한 정보가 전혀 없으므로 시 내용이 누구를 지칭하는지, 어떤 상황을 읊은 것인지 이해하는 데에 어려움이 있다.

제1~2구에서는 가을날 수심에 차있는 것을 말하였다. 두툼한 옷을 준비할 겨를도 없이 가을바람이 서늘해지자 마음만 조급해지고 한밤중에도 잠들지 못한 채 수심만 가득하다고 하였다. 제3~4구에서는 청녀와 상아 고사를 사용하여 서리가 내리고 달이 훤한 가을에 대해 말하면서 차가운 방과 빈 창문 모습을 묘사하여 외로운 처지임을 암시하였다. 이러한 외로움은 다음 연에서 더욱 분명하게 드러난다. 제5~6구는 정감과 경치를 교묘하게 섞음으로써 정감을 극대화시키고 있는데, '넋이 나간 채(銷魂)' 바라보는 푸른 구름은 처연한 느낌을 더해준다. 사람은 고통 중에 있지만 자연은 냉엄할 정도로 늘 그 모습이며, 푸르다는 색감은 검푸르게 멍든 가슴을 연상할 수도 있다. 또 '꿈에서

36) 여기서는 ≪장자・인간세(人間世)≫ 편을 말한다.

37) 虛室生白(허실생백) : 무념무상(無念無想)의 경지에 이르면 저절로 진리에 도달할 수 있음을 비유해 이른 것이다.

38) 사경인(謝景仁, 370~416) : 동진(東晉) 말기 진군(陳郡) 양하(陽夏) 사람. 이름은 유(裕)인데, 송무제(宋武帝)와 이름이 같아서 자로 행세했다. 박문강기(博聞强記)했고, 30살 때 저작좌랑(著作佐郎)이 되었다. 환현(桓玄)의 인정을 받아 황문시랑(黃門侍郎)에 올랐다. 환현이 칭제(稱帝)하자 효기장군(驍騎將軍)이 되었다. 유유(劉裕)가 건업(建業)을 평정하고 불러 진군사마(鎭軍司馬)로 삼았다. 행동거지가 엄격하고 정결했으며, 사는 거처도 깨끗하고 아름다웠다. 유유가 그의 딸을 취해 아들 유의(劉義)의 진비(眞妃)로 삼았다. 좌복야(左僕射)까지 올랐다.

깬 것(夢斷)'과 붉은 잎사귀도 근심스러움의 다른 묘사이다. 이런저런 걱정에 잠 못 이루다 설핏 꿈을 꾸기도 하지만 온산에 가득한 붉은 단풍만 바라보고는 더욱 심란해진다. 붉은 색은 그간 품었던 포부나 열정을 떠올리게도 하지만, 그것이 단풍이라는 것은 곧 사라질 것임을 암시한다고 하겠다. 제7~8구에서는 이러한 감정이 드는 이유를 마침내 말하였다. 옛 일을 그리워하며 지난 10년간 현실을 인정하지 못한 채 그저 정처 없이 떠도는 신세였다고 하였다.

207

西華春寒寄潘校書[1]

꽃샘추위에 화산에서 반교서에게 부침

露桃煙柳靚粧新,[2]	복사꽃 버들 단장한 모습 새로운데
寒色滄茫忽閉春.[3]	추위가 몰려와 홀연 봄을 닫아버렸네.
曉谷卻催鶯羽翼,[4]	골짜기에 아침 들자 그래도 꾀꼬리는 날갯짓 재촉하고
暮天重見雁精神.[5]	저녁 무렵 하늘에는 생기 넘치는 기러기 거듭 보이네.
秦山邐迤嵐猶僻,[6]	진령 구불구불한데 봄 아지랑이는 막혀 있고
渭水回還綠未勻.[7]	위수 감도는데 푸르름은 가지런하지 않네.
須會句芒今日意,[8]	오늘 반드시 구망신을 만나야 하는 것은
芳菲留付鳳臺人.[9]	꽃다운 향기를 봉대의 사람에게 남겨줘야 하기 때문이리.

【주석】

1 이 시는 ≪전당시≫에 수록되어 있지 않다.
[원주] 교서가 장차 가례[39]에 가려하였다.(校書將赴佳禮)
西華(서화) : 오악 중 서쪽의 화산(華山). 지금의 섬서성(陝西省) 화음시(華陰市)에 위치하고 있다.

2 [원주] 〈상림부〉의 "화장을 해 꾸미고 머리를 곱게 빗네."에 대한 주석에서 곽박이 "'정장'이란 흰 분을 바르고 검은 눈썹을 그리는 것을 이른다."라 하였다.(上林賦, 靚粧刻飾. 注, 郭璞曰, 靚妝, 粉白黛黑也)
露桃(노도) : 복사꽃, 복숭아나무.
煙柳(연류) : 버드나무.
靚粧(정장) : 아름답게 꾸미다.

3 滄茫(창망) : 아득하고 넓은 모양. 여기서는 추위가 닥쳐오는 것을 묘사하였다.

4 [원주] ≪시경≫[40]에 이르기를 "깊은 골짜기에서 나와 그 우는 소리 울리니 벗을 구하는 소리라네."

39) 가례가 무엇인지는 알 수 없으나, 반교서에게 경사가 있는 것인 듯하다.
40) 여기서는 〈소아(小雅)·녹명지십(鹿鳴之什)·벌목(伐木)〉 시를 말한다.

라 하였다.(詩, 出自幽谷, 嚶[41]其鳴矣, 求其友聲)

卻(각) : 그래도

5 [원주] ≪예기≫에 "정월에 기러기가 돌아온다."라고 하였다. ≪시경≫[42]에 "끼룩끼룩 우는 저 기러기, 해가 뜨니 비로소 아침일세. 총각이 장가들고 싶으면, 이 얼음 풀리기 전에 서둘러야지"라 하였다.(禮記, 正月, 鴻雁來. 詩, 邕邕鳴雁, 旭日始旦. 士如歸妻, 迨冰未泮)

精神(정신) : 생기, 활력.

6 [원주] ≪삼진기≫에 "장안 정남쪽을 진령이라 한다."라고 하였다. 오질(吳質)의 편지[43]의 "동악을 올라보고는 뭇 산들이 구불구불함을 알았다." 구절에 대한 주에 "작으면서 서로 이어져 있는 모양이다."라 하였다. '애(礙)'는 '애(凝)'로 되어 있기도 하다.(三秦記, 長安正南曰秦嶺. 吳季重書, 登東嶽者, 然後知衆山之邐迤也. 注, 小而相連貌. 礙, 一作凝)

邐迤(이이) : 끝없이 이리저리 구부러져 이어진 모양.

嵐(남) : 남기. 산 속에 생기는 아지랑이 같은 기운. 여기서는 봄 아지랑이를 이른다.

7 [원주] ≪삼보구사≫에 "애초에 진나라는 위수 북쪽에 도읍을 두었는데, 위수로 도읍을 관통시켜 은하수를 본뜬 것이다."고 하였다. ≪주례・하관≫[44]에 "옹주는 위수와 낙수가 흐른다."고 하였다. (三輔舊事, 初, 秦都渭北, 渭水貫都, 以象[45]天河. 周官, 雍州其浸渭洛)

回還(회환) : 감돌다, 갔다가 다시 돌아옴.

勻(균) : 고르다, 가지런하다.

8 [원주] ≪예기・월령≫에 "정월은 그 황제가 태호이고 그 신은 구망이다."라 하였는데, 주에 이르기를 "옛날에 태호씨가 목덕으로 하늘을 이어 왕이 되어 춘제가 되었다. 고신씨가 천하를 다스릴 때 오행의 관직을 두어 태정을 구망이라 하였는데, 목신이 되어 태호씨를 보좌한다."라 하였다.(禮月令, 正月其帝大皞, 其神句芒. 注, 昔大皞氏以木德繼天而王, 故爲春帝. 高辛氏有天下, 置五行之官, 太正曰句芒, 爲木神佐大皞)

句芒(구망) : 중국 고대 신화의 목신(木神)이자 춘신(春神)이다. 나무의 생장을 주관하며 소호(少昊)의 후대이다. 이름은 중(重)이고 복희씨의 신하가 되었다.

9 [원주] 상권의 〈소선생시〉 주석에 보인다.[46](見上卷蕭先生詩注)

芳菲(방비) : 화초가 향기롭고 꽃다움.

鳳臺(봉대) : 진 목공(秦穆公)이 딸 농옥(弄玉)을 위해 지어준 누대. 진 목공 때 도술이 있고 퉁소를 잘 불던 소사(蕭史)가 있었는데 그의 퉁소 소리를 듣고 봉황이 날아왔다. 목공의 딸 농옥(弄玉)이 그를 좋아해서 짝을 지어 주었더니 봉대에서 피리를 불며 지내다 어느 날 부부가 봉황을 타고 신선이 되었다고 한다.

41) 嚶(앵) : 새가 지저귀다.
42) 여기서는 〈패풍(邶風)・포유고엽(匏有苦葉)〉 시를 말한다.
43) 이 글의 제목은 〈동아왕에게 답하는 편지(答東阿王書)〉이다.
44) 여기서는 ≪주례(周禮)・하관(夏官)・직방씨(職方氏)≫를 말한다.
45) 衆(중) : 원주에는 '衆(중)'이라 되어 있으나 '象(상)'이 맞으므로 수정하였다.
46) 장효표의 시 045. 〈소선생에게 드림(贈蕭先生)〉에 보인다.

【해설】

이 시는 화산에서 맞는 봄에 갑자기 꽃샘추위가 닥치자 가례에 가는 반교서를 생각하며 지은 것이다. 앞의 세 연은 봄에 보이는 여러 모습을 묘사하고 있다. 제1~2구에서는 봄이 와서 복사꽃과 버들이 새로운 모습으로 자태를 뽐내고 있었는데, 돌연 꽃샘추위가 몰려왔음을 말하였다. 제3~4구에서는 제1구를 이어 봄날 아침저녁으로 보이는 새의 모습을 담아내었다. 봄이 왔기에 꾀꼬리는 생기발랄하게 날갯짓하고, 계절이 바뀌어 이동하는 기러기의 모습도 저녁하늘에 보인다. 제5~6구에서는 제2구를 이어 갑자기 찾아온 추위로 인한 풍경을 묘사하였다. 구불구불 이어진 진령과 감아 도는 위수를 내려다보는데, 추위에 봄 아지랑이가 피어오르지 못하고 푸르름도 일정치 않아 봄이 무르익지 못하고 있음을 말하였다. 제7~8구에서는 시인이 오늘 봄신을 만나고 싶다고 하였는데, 그것은 오늘 반교서에게 좋은 일이 있기 때문이다. 좋은 날을 맞아 날씨가 포근했으면 한다는 바람을 담고 있다.

208

梅花1

매화

年年最解占春光,2	해마다 봄빛을 가장 잘 차지할 줄 알아서
猶自淩寒澹佇芳.3	여전히 추위를 헤치고 담담하게 향기를 품고 있네.
開近洞天琪樹小,4	필 때면 동천의 작은 옥나무와 비슷하고
落飄粧閣粉塵香.5	떨어질 때면 장각의 향기로운 분진으로 날리네.
豔隨越寄枝偏好,6	월나라 사신이 준 고운 자태, 가지가 특히 좋고
聲入羌吹恨更長.7	강족이 부는 피리 소리에 한이 더욱 유장하네.
靑女功夫如可乞,8	봄신의 솜씨를 만약 구할 수 있다면
盡應移向月中央.	모두 달 속을 향하도록 옮겨 심을 수 있을 것을.

【주석】

1 이 시는 ≪전당시≫에 수록되어 있지 않다.

2 解(해) : ~할 줄 알다.

3 [원주] 〈천태산부〉[47]의 "온화한 바람은 남쪽 숲에서 향기를 품고 있다."에 대한 주에 "'저(佇)'는 쌓는다는 뜻이다. '저(佇)'는 '저(宁)'와 같다."고 하였다.(天台山賦, 惠風佇芳於陽林.[48] 注, 佇, 猶積也. 佇與宁[49]同)

猶自(유자) : 여전히.

淩(릉) : 헤치다.

4 [원주] ≪남사≫에 "도홍경이 구곡산에 살았는데 늘 '이 산 아래가 제8동으로, 금릉화양지천이라 이름 붙였다'라고 하였다."라 하였다. ≪산해경≫에 "곤륜산의 터 북쪽에 옥나무가 있다."라고 하였다.

47) 이 작품은 손작(孫綽)의 〈유천태산부(遊天台山賦)〉를 이른다.

48) 惠風佇芳於陽林(혜풍저방어양림) : 원주에는 "온화한 봉새가 남쪽 마을에서 향기를 품고 있다(惠鳳佇芳於陽村)"라 되어 있으나 ≪문선≫에 의거하여 수정하였다.

49) 宁(저) : 쌓다.

〈천태산부〉에 "옥나무 찬란히 빛나고 구슬을 늘어뜨리고 있다."라 하였다.(南史, 陶弘景止於句曲山, 恒曰, 此山下是第八洞, 名金壇華陽之天.[50] 山海經, 崑崙之墟北有琪樹. 天台山賦, 琪樹璀璨而垂珠)

洞天(동천) : 신선이 사는 곳.

琪樹(기수) : 옥처럼 아름다운 나무.

5 [원주] ≪송서≫에 이르기를 "무제의 딸 수양공주가 인일에 함장전 처마 밑에 누워 있었는데 매화가 공주의 이마 위로 떨어졌다. 다섯 꽃잎으로 이루어졌는데, 그것을 털어도 떼어지지 않았다. 이후로 매화장이라는 것이 생겼다."라 하였다.(宋書, 武帝女壽陽公主, 人日臥於含章簷下, 梅花落公主額上. 成五出之花, 拂之不去. 自後有梅花粧)

粧閣(장각) : 부녀자가 거하는 곳.

粉塵(분진) : 티끌. 여기서는 떨어지는 매화꽃잎을 가리킨다.

6 [원주] 위의 "월나라 사신이 매화를 좋아하다" 주석에 보인다.[51](見上越使好梅注)

越寄(월기) : 월나라 사신이 보내다. 이 내용은 ≪설원(說苑)·봉사(奉使)≫에 나온다. 월왕은 제발(諸發)을 사신으로 파견하였다. 월나라는 남부지방에 위치해 본래 매화로 유명하니, 제발은 매화가지 하나로 양왕에게 주며 예를 표시하였다. 양나라 신하인 한자(韓子)가 이것을 보고 제발이 예를 지키지 못했다고 생각해 힐난하였다.

7 [원주] 우희(虞羲)의 시[52]에서 "관문에서 듣는 호가소리 고향 그리게 하고 농산에는 강적 소리 울려 퍼지네."라 하였다. 이백의 〈사마장군가〉에서는 "강적으로 〈아타회〉를 불고, 향월루에서는 〈매화락〉을 부네."라 하였다. ≪악부잡록≫에 "적은 강족의 악기이다."라 하였다.(虞子陽詩, 胡笳關[53]下思, 羌笛隴頭鳴. 李白, 司馬將軍歌, 羌笛橫吹阿彈回, 向月樓中吹落梅[54]. 樂府雜錄, 笛, 羌樂.)

8 [원주] ≪영보도인경≫ '청제'에 관한 주에 "청제는 동쪽에 위치하여 나무를 주관하는 관직이다."라 하였다.(靈寶度人經, 青帝注, 青帝位東, 主木官)

青女(청녀) : 서리와 눈을 주관하는 여신. 원본에는 '청녀' 옆에 '청제(青帝)'라고 고친 흔적이 있다. 자산스님도 '청제'에 관한 주석을 붙였고, 의미상으로도 나무를 주관하는 봄신이 더 적합하므로, 여기서는 원문을 '청녀'로 두고 '청제'로 번역하였다.

功夫(공부) : 재주, 솜씨.

乞(걸) : 빌다.

【해설】

이 시는 매화에 대하여 쓴 영물시이다.

제1~2구에서는 봄날 추위를 뚫고 피어난 매화의 아름다운 자태와 향기에 대해 썼다. 다음 두 연은 매화가 필 때와 질 때의 모습에 대해 쓰고 있다. 제3~4구의 출구에서는 매화가 필 때에는 신선세계의 옥나무와 같이 아름답고, 꽃이 질 때는 향기로운 분진과 같이 날린다고 하였다. 이

50) 名金壇華陽之天(명금단화양지천) : 원래는 '宮名金陵華陽天(궁명금릉화양천)'이라 되어 있으나 바로 잡아 두었다.
51) 오인벽의 시 204. 〈오땅에서 이른 봄에 왕처사의 산 속 집에 쓰다(吳中早春題王處事山齋)〉에 보인다.
52) 이 시의 제목은 〈곽장군 북벌을 읊다(咏霍將軍北伐)〉이다.
53) 胡笳關下思(호가관하사) : 원주에 '胡笳開下思(호가개하사)'라 되어 있으나 우희(虞羲)의 원시에 의거하여 수정하였다.
54) 落梅(낙매) : 한대 악부 가운데 횡취곡 중 하나인 〈매화락(梅花落)〉을 말한다. 위진남북조 이래로 계속 전해지는 피리곡 중 하나이다.

연이 매화의 자태를 비유를 통해 묘사하였다면, 다음 연에서는 전고를 사용하여 묘사하고 있다. 제5~6구의 출구에서는 월나라 사신 고사를 사용하여 매화가 피었을 때의 모습 가운데 아리따운 매화가지에 대해 언급하였고 대구에서는 지는 매화에 대해 강적으로 연주되는 〈매화락〉을 들어 묘사함으로써 한스러운 정감에 대해 말하였다. 봄이 감에 따라 매화가 지는 것에 안타까워하던 시인은 결국 제7~8구에서 나무를 관장하는 봄신의 솜씨를 빌어 매화를 달 속으로 옮겨두고는 두고두고 볼 수 있기를 바라였다.

209

還羅隱書記詩集[1]

서기인 나은의 시집을 돌려주며

三百餘篇六義和,[2]	≪시경≫의 육의와 어우러지고
曲江春感次黃河.[3]	곡강의 봄 느낌 담았지만 황하에 못지않네.
秦娥撚竹淸難敵,[4]	진의 미녀가 연주한 피리소리도 청아함은 견줄 데 없고
晉帝遺鞭寶未多.[5]	진의 황제가 남긴 채찍도 보배로움이 중시되지 못하리.
自有聲詩符至道,[6]	절로 음악과 시가 있어 지극한 도에 부합되니
何須名姓在殊科.[7]	어찌 이름이 다른 곳에 있어야 하는가?
耒陽城畔靑山下,[8]	뇌양성 가, 푸른 산 아래
蘭麝於今滿逝波.[9]	지금까지도 향기로워 멀어져간 파도에 가득하네.

【주석】

1 이 시는 ≪전당시≫에 수록되어 있지 않다.
羅隱(나은, 833~909) : 중국 당나라 말기의 시인. 신성(新城, 지금의 절강성(浙江省) 부양시(富陽市)) 사람이다. 저작좌랑(著作佐郞), 간의대부(諫議大夫), 급사중(給事中) 등 벼슬을 역임했다. 어려서부터 문재(文才)가 있었으며, 특히 시에 뛰어나 이름이 높았다. 많은 저작이 있었으나 현재 남아 있는 것은 ≪참서(讒書)≫, ≪갑을집(甲乙集)≫, ≪양동서(兩同書)≫등이다.

2 [원주] ≪논어≫에서 "≪시삼백≫은 한마디로 포괄한다."라 하였다. 〈시서〉에 "≪시≫에는 육의가 있다."라 하였다.(語, 詩三百一言蔽之. 詩序, 詩有六義焉)
三百餘篇(삼백여편) : ≪시경≫을 이른다. 선진 시기에는 ≪시≫, 혹은 대략의 수를 취해 ≪시삼백≫이라 불렀다.
六義(육의) : 풍(風)・아(雅)・송(頌)・부(賦)・비(比)・흥(興)을 이른다. 풍・아・송은 시의 성질상의 분류로서 이것을 시의 3경(三經)이라 하고, 부・비・흥은 시의 표현상의 분류로 이것을 시의 3위(三緯)라고 한다.

3 [원주] '곡강'은 상권의 "그대는 곡강지의 봄을 잊어버렸음을 알겠네" 주석에 보인다.[55] '황하'는

≪이아≫에 보인다.(曲江見上卷知君忘卻曲江春注. 黃河見爾雅)

曲江(곡강) : 서안(西安) 동남쪽에 있는 강 이름.

次(차) : 뒤를 잇다. 여기서는 황하의 기세에 못지않게 규모가 크고 세차며 거센 풍격을 지니고 있음을 이른다.

4 [원주] 육기(陸機)의 〈잡의시〉[56]의 "진의 미녀 장씨의 딸이 연주하네." 구절에 대한 주에서 "≪방언≫에 이르기를 진의 풍속에 아름다운 용모를 가진 이를 '아'라고 한다고 하였다."라 하였다. 반악(潘岳)의 〈생부〉에서 "가는 깃을 잡고 감추어진 죽황을 울리네." 주에 "(연)은 잡는 것을 가리킨다. '노'와 '협'의 반절이다. 고사는 상권의 소선생 시 주에 보인다.[57](陸士衡雜擬詩, 秦娥張女彈. 注, 方言曰, 秦俗, 美貌謂之娥. 潘安仁, 笙賦, 撚[58]纖翮[59]以震幽篁[60]注, 撚[61]指捻也, 奴協切. 事見上卷蕭先生詩注)

撚(연) : 잡다. 여기서의 연죽(撚竹)은 죽관의 구멍을 막고 여는 것으로 피리를 연주한다는 의미이다.

5 [원주] ≪진서≫에 이르기를 "명제 태녕 2년(324) 6월, 왕돈이 장차 군사를 일으켜 내지로 향하려 하자 황제가 은밀히 그것을 알고는 파전의 준마를 타고 미행하여 무호(蕪湖)에 이르렀다. 왕돈의 진영을 몰래 정탐하러 나왔는데, 군사 가운데 황제가 보통 사람이 아니라 의심하는 자가 있었다. 또, 왕돈이 낮에 잠을 자고 있었는데 꿈에서 태양이 그의 성을 감싸고 있는 것을 보고는 놀라서 일어나서는 '이는 필시 누런 수염을 한 선비족 녀석들이 올 징조이다.'라 하였다. 이에 다섯 기마를 물색하게 하여 황제를 따르게 추적하였다. 황제 역시 말달려 도망하였는데, 말이 똥을 남겨놓자 그때마다 물을 부었다. 여관의 음식을 파는 노파를 만나자 칠보채찍을 그에게 주면서 이르기를 '나중에 기마병이 오거든 이것을 보여주게.'라 하였다. 얼마 후에 추격자들이 이르렀다. 노파에게 물으니 노파가 벌써 도망간 지 한참 되었다고 하였다. 그래서 채찍을 그에게 보여주니 다섯 기병이 돌아가며 가지고 노느라 꽤 오래 지체하였다. 또 말똥이 차가워진 것을 보고는 이미 멀리 가버렸다고 여겨 멈추어 추격하지 않았고 황제는 겨우 잡히지 않을 수 있었다."라 하였다. ≪한서・관부전≫에 이르기를 "임금께서 반드시 그대가 겸양하는 것을 중히 여겼을 것이오."라는 구절에 대해 안사고가 이르기를 "다'는 중히 여긴다는 뜻이다."라 하였다.(晉書, 明帝大寧二年六月, 王敦將擧兵內向, 帝密知之, 乃乘巴滇駿馬微行至於湖, 陰察敦營壘而出, 有軍士疑帝非常人. 又, 敦正晝寢, 夢日環其城, 驚起, 曰, 此必黃鬚鮮卑奴來也. 於是, 使五騎物色追帝, 帝亦馳去, 馬有遺糞, 輒以水灌之. 見逆旅賣食嫗, 以七寶鞭與之, 曰, 後有騎來, 可以此示也. 俄而, 追者至. 問嫗, 曰, 去已遠矣. 因以鞭示之, 五騎傳玩, 稽留遂久. 又見馬糞冷, 以爲遠而止, 信不追, 帝僅而獲免. 漢書灌夫傳, 上必多君有讓. 師古曰, 多, 重也)

6 [원주] ≪예기・악기≫에 이르기를 "악사가 음악과 시를 분별함으로써 북면하여 현악기를 연주하였다."라 하였다.(禮樂記, 樂士辨乎聲詩, 故北面而絃)

聲詩(성시) : 음악과 시.

55) 장적의 시 038. 〈소주의 백사군에게 부침(寄蘇州白使君)〉에 보인다.
56) 이 시의 원제는 〈의금일양연회(擬今日良宴會)〉시이다.
57) 장효표의 시 045. 〈소선생에게 드림(贈蕭先生)〉에 보인다.
58) 撚(연) : 원문에는 ○로 되어 있으나 ≪문선≫에 의거하여 수정하였다.
59) 纖翮(섬핵) : 가는 깃. 생관(笙管)을 가리킨다.
60) 幽篁(유황) : 관 속에 있는 울림판을 가리킨다.
61) 撚(연) : 원문에는 ○로 되어 있으나 ≪문선≫에 의거하여 수정하였다.

7 [원주] ≪당척언≫에 "나은은 과거급제에 원통함을 품었다."라 하였다.(摭言, 羅隱負寃於丹桂)

殊科(수과) : 다른 곳. 여기서는 과거급제가 아닌 다른 곳을 가리킨다. 이 구는 나은의 시가 매우 뛰어나 진사과에 급제할만한데 그렇지 못함을 이른 것이다.

8 耒陽(뇌양) : 지금의 호남성(湖南省) 형양(衡陽) 동남쪽에 있는 지명. 나은이 현재 이곳에 체류중인지는 미상이다.

畔(반) : 지경, 물가.

9 [원주] ≪통전≫에 "형주에 뇌양현이 있다."라고 하였다. 〈초당선생시비서〉에서 "초당선생은 두보를 이른다. (중략) 초당선생께서 동천에 갔다가 기주로 옮겼고 마침내 형주의 물가로 내려왔다. 원상을 거슬러 올라갔다 형산에 오르고 뇌양에서 죽었다."라 하였다. ≪두공부집≫의 〈최와 우 두 학사에게 받들어 드려〉[62] 시에서 "바람을 만나 익조(鷁鳥)의 길에 남겨져서 물을 따라 용문에 이르러야 하네."에 대한 주에 "공이 스스로 급제하지 못한 것을 말하면서 익조가 바람을 만나 길에 버려진 것과 같다고 하였다. 또 급제하지 못하였기 때문에 용문에 이르러야 한다고 한 것이다."라 하였다.(通典, 衡州有耒陽縣. 草堂先生詩碑序, 草堂先生, 謂子美也. 云云. 又云, 先生去之東川, 移去夔州, 遂下荊渚, 泝沅湘, 上衡山, 卒於耒陽. 工部集, 奉贈崔于二學士詩, 倚風遺鶂路[63], 隨水到龍門 注, 公自言不第, 若鶂之遇風, 遺路爾, 又不第, 故曰到龍門也)

蘭麝(난사) : 난초꽃과 사향의 향기.

逝波(서파) : 한번 가면 되돌아오지 않는 파도. 이 두 구에서는 두보의 시의 향기가 지금까지 가득하듯 나은 역시 그와 같다고 하여 나은의 실력이 두보의 반열임을 암시하였다.

【해설】

이 시는 빌려왔던 나은의 시집을 되돌려 주며 읽고 난 감상과 작자의 처지에 대한 아쉬움을 담아 부친 작품이다.

제1~2구에서는 나은의 시에 대한 찬사를 쓰고 있는데, ≪시경≫에 견주어 육의가 잘 조화되고 있으며, 장안을 담고 있지만 그 규모나 기세가 매우 크다고 하였다. 제3~4구에서는 전고를 사용하여 나은의 작품을 칭찬하고 있다. 농옥(弄玉)의 피리소리처럼 풍격이 청아하고 뛰어나며, 그 가치는 진의 황제가 남긴 칠보채찍보다 귀하다고 하였다. 제5~6구에서는 앞의 내용을 이어 나은의 시가 지극한 도에 부합되는 것임을 밝히면서 이런 뛰어난 작가가 아직 과거에 급제하지 못하고 있음에 대해 개탄하였다. 제7~8구에서는 뇌양에서 죽은 두보를 떠올리며 그의 명성과 시의 향기가 영원하듯 나은 역시 그에 못지않은 훌륭한 시명(詩名)을 지닐 것이라 기대하였다.

62) 이 시의 원제는 〈집현원 최・우 두 학사에게 받들어 남겨 드려(奉留贈集賢院崔于二學士)〉이다.

63) 鶂路(역로) : 익조의 길. 익조(鷁鳥)는 백로 비슷한 물새로 심한 바람이 불면 밀려 앞으로 날지 못하고 뒤로 밀려난다. 그래서 처지가 불리하거나 벼슬길에서 실의하는 것을 비유한다.

210

放春牓日獻座主1

춘방을 붙인 날에 좌주에게 바쳐

重修簦屩到西秦,2	우산과 짚신을 다시 고쳐 신고 서쪽 진땅에 이르러
再見荊山玉便眞.3	형산의 옥이 진짜임을 다시 드러내었습니다.
淸禁漏聲猶在耳,4	궁궐의 물시계 소리가 귓가에 맴도는 듯하고
皇州春色已隨人.5	수도의 봄빛은 이미 사람을 따라 한창입니다.
登門漸覺風雷急,6	용문에 오르면서 점차 바람과 천둥이 거셈을 알게 되었고
入漢堪驚羽翼新.7	은하수에 들어가면 깃털이 새로워 놀래게 되겠지요.
若問他年報恩事,	만약 훗날 어떻게 은혜에 보답할 것인지 물으신다면
合將肥骨碎爲塵.	살과 뼈가 모두 부수어져 진토가 되게 하겠습니다.

【주석】

1 이 시는 ≪전당시≫에 수록되어 있지 않다.
[원주] 상권의 "해 아래 황금빛 방에 올랐나니" 주석에 보인다.64) '좌주'는 이미 상권에서 나왔다.65)(見上卷日下黃金榜注, 座主已出上卷)
春牓(춘방) : 춘방(春榜)이라고도 한다. 춘시(春試), 즉 봄철에 실시하던 시험에서 합격한 명단.
座主(좌주) : 시험관. 과거 급제자가 자기를 뽑아준 시관(試官)을 존경하여 이르는 말.

2 [원주] ≪사기≫66)에서 "우경67)이 짚신을 신고 우산을 메고 조 성왕에게 유세하였다."라 하였는데, 서광이 이르기를, "'교'는 짚신이다. '등(簦)'은 긴 자루가 달린 삿갓으로 음은 '등'이다. 삿갓 가운데 자루가 달린 것을 '등'이라 한다."라 하였다. 〈서경부〉68)에서 "온 천하가 서쪽의 진나라와 함께

64) 옹도의 시 087. 〈급제하여 원주로 돌아가는 노조를 전송하며(送盧肇及第歸袁州)〉에 보인다.
65) 장적의 시 038. 〈소주의 백사군에게 부침(寄蘇州白使君)〉에 보인다.
66) 여기서는 ≪사기(史記)・평원군우경열전(平原君虞卿列傳)≫을 말한다.
67) 우경(虞卿) : 전국시대 후기 이름난 외교모략가다. 그는 짚신을 신고 우산을 든 채 처음 조나라로 가서 효성왕(孝成王)에게 유세하니 효성왕은 황금 100일(鎰, 1일은 20 또는 24냥)과 백옥 한 쌍을 상으로 내렸다고 전한다. 두 번째 만남에서 효성왕은 그를 상경에 임명했는데, 여기서 우경이란 이름을 얻게 되었다.
68) 이 글은 동한(東漢)의 장형(張衡)이 지었다.

살게 되었으니 어찌 기이하지 않겠는가?"라 하였다.(史記, 虞卿躡屩擔簦說趙成王. 徐廣曰, 蹻, 草履也. 簦, 長柄笠, 音登, 笠有柄者謂之簦. 西京賦, 四海同宅西秦, 豈不詭哉)

簦(등) : 우산.

屩(교) : 짚신.

西秦(서진) : 서쪽 진나라. 여기서는 장안을 가리킨다. 이 구는 우경이 성왕에게 유세하러 가듯 시인도 장안에 와서 벼슬을 구했다는 의미이다.

3 [원주] '형옥'은 이미 중권에 나왔다.[69](荊玉已出中卷)

荊山玉(형산옥) : 형산의 옥. 화씨지벽(和氏之璧) 고사에 나온다. 변화(卞和)가 주(周)나라 무렵 초 여왕(楚厲王)과 무왕(武王)에게 형산(荊山)에서 캔 박옥(璞玉)을 바쳤으나 가짜라 여겨 형벌을 받았다. 이후 문왕(文王)이 즉위하자 박옥을 안고 형산 아래에서 울고 있어, 왕이 사람을 시켜 물으니 변화가 대답하기를 "신(臣)이 발뒤꿈치를 베인 것이 슬픈 게 아니라 보옥(寶玉)임에도 돌이라 하고, 명사(名士)인데도 사기꾼이라 하니 그것이 슬프기 때문입니다."라고 하였다. 마침내 문왕이 사람을 시켜 그 돌을 쪼개 보니 과연 좋은 옥이 나왔다고 한다.

4 [원주] 유정의 시[70]에 "누가 서로 멀리 떨어져 있다고 말하리오? 서액의 담장이 막혀 있을 뿐인데. 삼엄한 궁궐이 가로 막혀 마음속의 정을 펼칠 길이 없네."라 하였다.(劉楨[71]詩, 誰謂相去遠, 隔此西掖垣. 拘限[72]淸切禁, 中情無由宣)

淸禁(청금) : 궁궐.

5 [원주] 사조(謝朓)의 시[73]에 "봄빛이 수도에 가득하네."라 하였다.(謝玄暉詩, 春色滿皇州)

皇州(황주) : 수도, 서울.

6 [원주] ≪봉씨문견기≫에 이르기를 "물고기가 용문에 뛰어오르면 용이 되는데, 반드시 천둥과 번개가 쳐서 물고기 꼬리가 타면 용이 되었다."라 하였다.(封氏聞見記[74], 魚躍龍門化爲龍, 必有雷電, 爲燒其尾乃化也)

登門(등문) : 용문에 오르다. 이 구는 관직에 오르게 되면서 어려움을 겪게 된 것을 가리킨다.

7 [원주] ≪상학경≫에 이르기를 "학은 두 살에 솜털이 빠지고 검은 점이 바뀐다. (중략) 다시 5년이 지나면 깃과 깃촉이 갖추어진다. 다시 7년이 지나면 은하수에 날아오른다."라고 하였다. 또 "한 번에 천 리를 날아올라 짧은 시간에 사해를 두루 다닌다."라 하였다.(相鶴經, 鶴二年落子毛, 易黑點云云. 復五年, 羽翮具. 復七年, 飛薄雲漢. 又云, 一擧千里, 不崇朝而遍四海者也)

入漢(입한) : 은하수에 들어가다. 이 구는 벼슬길에 들어서게 되면 자신의 재주로 사람들을 놀래킬 수 있으리라는 것을 기대한 것이다.

【해설】

이 시는 과거 합격자 명단이 붙은 날에 합격을 확인하고는 좌주에게 보살펴준 은혜에 감사하면서

69) 마대의 시 111. 〈과주에서 이류와 이별하며 남겨줌(瓜州留別李謏)〉에 보인다.
70) 이 시의 제목은 〈서간에게 주어(贈徐幹)〉이다.
71) 劉楨(유정) : 원문에는 '劉禎(유진)'으로 되어 있는데 바로잡았다.
72) 拘限(구한) : 원문에는 '拘此(구차)'로 되어 있으나 ≪문선≫에 의거하여 수정하였다.
73) 이 시의 제목은 〈도조 서면이 새벽에 신정의 물가에서 나온 것에 화답하여(和徐都曹勉昧旦出新渚)〉이다.
74) 封氏聞見記(봉씨문견기) : 원문에는 '封氏見聞記(봉씨견문기)'라 되어 있으나 ≪사고전서총목제요≫에 근거하여 수정하였다.

바친 작품이다. 시 내용을 보건대 시인은 이미 낙방한 경험이 있고, 이번에 합격의 영광을 누리게 된 듯하다.

제1~2구에서는 우경과 화씨지벽의 고사를 사용하여 자신의 상황을 설명하였다. 두 구에서 모두 '다시'라는 의미의 '중(重)'과 '재(再)'자를 반복 사용하여 시험에 낙방했다가 다시 준비하여 장안으로 왔으며, 재응시하여 이번에 자신의 재능을 제대로 드러내게 되었다고 하였다. 제3~4구에서는 장안의 모습을 묘사하고 있는데 시험에 합격한 뒤의 시인의 감정이 투영되어 있다. 궁궐의 물시계 소리가 들리는 듯 조정이 가까이 느껴지고, 봄빛이 찬란한 것이 마치 시험에 합격하여 당당하고 기쁜 자신을 따라온 듯하다는 것이다. 제5~6구에서는 용문에 오르는 물고기와 은하수에 이르는 학의 고사로 시험에 합격하여 벼슬길에 오르게 되었음을 비유하였다. 시인은 관직에 오르면서 여러 가지 어려움을 겪었지만 앞으로의 벼슬길에서 자신의 능력도 새롭게 발휘할 수 있을 것이라 기대하고 있다. 제7~8구에서는 훗날 좌주께 어떻게 은혜를 갚을 것인가 묻는다면, 살과 뼈가 부서져 먼지가 될 정도로 최선을 다하겠다고 하여 자신을 뽑아준 시험관에게 누가 되지 않을 것임을 밝혔다.

22 한종 韓琮

한종원외시(韓琮員外詩)

[원주] 《당서·예문지》에 "한종의 시집은 한 권이다. 자는 성봉이며, 대중 연간(847~860)에 호남관찰사가 되었다."라 하였다.(唐藝文志, 韓琮詩一卷. 字成封*, 大中中, 湖南觀察使)

한종(韓琮, ?~?)

한종(?~?)에 관한 기록은 그리 상세하게 남아 있지 않다. 산재되어 있는 기록들을 모아보면 처음에는 진허절도판관(陳許節度判官)이 되었다가 후에 중서사인(中書舍人)을 거쳐, 당(唐) 선종(宣宗) 때 호남관찰사(湖南觀察使)가 되었음을 알 수 있다. 또한 호남관찰사에 재직 중이던 대중(大中) 12년(858)에 석재순(石載順)이 반란을 일으켜 내쫓기는 신세가 되었는데, 선종이 지원군을 보내지 않은 열악한 상황에서 끝까지 버텼다는 기록이 있다. 그러나 조정에서는 곧 채습(蔡襲)이란 자를 다시 호남관찰사로 파견했으며, 그 뒤로 한종에 대해서는 전해지는 바가 없다.

한종은 당시 시로 유명세를 탔는데, 《당재자전(唐才子傳)》권6에는 "시로 유명하며, 정감 있고 청신한 작품이 많은데, 비단도 그만 못하다고 하였다. …… 이와 같은 시들은 많은 사람들의 입으로 시끄럽게 읊조려졌으며, 다른 시들도 매우 많은데 모두 이처럼 칭해졌다.(有詩名, 多情新之製, 錦不如也. …… 如此等喧滿人口, 餘極多, 皆稱是)"라고 되어있으며, 명대의 호진형(胡震亨)이 편찬한 《당음계첨(唐音癸籤)》 권8에는 "한종의 영물시는 칠언으로 색을 입히고 교묘하게 빗대었으니 이는 시에 능숙한 자의 솜씨이다.(韓成封琮咏物, 七字着色巧襯, 是當行手)"라고 하였다.

《십초시》에 수록된 한종의 시 중 일부는 한개(韓漑)**, 한희(韓喜)***, 서인(徐夤)****의 작품으로 여타 선집과 문집에 수록되어 있지만, 《십초시》의 성책 시기가 가장 이른 것으로 보아 모두 한종의 작품으로 볼 수 있다.

(임도현)

* 成封(성봉) : 《신당서·예 문지》 권4, 《당시기사(唐詩紀事)》 권58 등에는 '代封(대봉)'으로 되어 있다. 《전당시》권565에는 "한종의 자는 성봉으로 처음에는 진허절도판관이 되었다가 후에 중서사인과 호남관찰사를 역임하였으며, 시집 한권이 있다.(韓琮字成封, 初爲陳許節度判官, 後歷中書舍人湖南觀察使, 詩一卷)"라고 되어있다.

** 한개(韓漑) : 만당오대 때의 시인으로 추정되며, 《전당시》에 칠언율시 7수와 잔구 1수가 실려 있다. 그 중 〈버드나무(柳)〉, 〈소나무(松)〉, 〈물(水)〉, 〈근심(愁)〉이 《십초시》에 수록된 한종의 시와 중첩된다.

*** 한희(韓喜) : 만당오대 때의 시인으로 추정되며, 《전당시》에는 시가 수록되어 있지 않고 《문원영화》에 〈버드나무(柳)〉, 〈소나무(松)〉, 〈물(水)〉이 수록되어 있어 역시 한종 및 한개의 시와 중첩된다.

**** 서인(徐夤) : 만당오대 때의 시인으로 자는 소몽(昭夢)이고 보전(莆田) 사람이다. 건녕(乾寧, 894~898) 연간에 진사에 급제하였으며, 비서성(秘書省) 정자(正字)가 되었다. 후에 관직을 그만두고 연수(延壽)로 가서 은거하였다. 시로는 265수가 남아있으며 주로 영물시와 영사시가 많다. 그의 칠언율시 영물시에는 한종의 시를 차운한 것이 많다. 《조기문집(釣磯文集)》 10권이 있다. 《십초시》에 실린 〈눈물(淚)〉이 그의 문집에 실려 있다.

211

柳[1]

버드나무

雪盡靑門弄影微,[2]	눈 녹을 제 청문에 움직이는 그림자가 미약하더니
暖風遲日早鶯歸.[3]	봄날의 따스한 바람에 꾀꼬리가 일찍 돌아왔네.
若憑細葉留春色,[4]	가느다란 잎으로 봄빛을 머물게 하는 듯하니
須把長條繫落暉.[5]	반드시 기다란 가지로 석양빛을 매어놓아야 하네.
彭澤有情還鬱鬱,[6]	팽택에는 정이 있어 여전히 울창하게 우거졌고
隋堤無主自依依.[7]	수제에서 주인 없이 절로 하늘거리겠지.
世間惹恨偏如此,[8]	세간에는 원망을 끌어당김이 유독 이와 같으니
可是行人折贈稀.[9]	어찌 떠나는 이를 위해 꺾어주는 일이 드물어지리오.

【주석】

1 이 시는 ≪전당시≫에 한개(韓漑)의 작품으로 되어 있고, ≪문원영화≫에는 한희(韓喜)의 작품으로 되어 있다.

2 [원주] '청문'에 대해서는 이미 상권에 나왔다.[1](靑門, 已出上卷)
靑門(청문) : 장안성 동쪽에 있는 문으로 그 밖에 패교(霸橋)가 있는데, 이별을 하며 버드나무를 꺾어주는 곳이었다.
弄影(농영) : 물체가 움직이면서 그 그림자도 함께 일렁이는 것.

3 遲日(지일) : 길어진 햇볕. 봄날을 가리킨다.

4 若憑(약빙) : 마치 ~에 의지한 듯하다. ≪전당시≫에는 '여빙(如憑)'으로 되어 있으며, 뜻은 같다.

5 落暉(낙휘) : 석양.

6 [원주] ≪남사≫에 "도잠은 젊어서부터 고아한 흥취가 있었는데, 집 가에 버드나무 다섯 그루가 있어 일찍이 〈오류선생전〉을 지었다. 팽택령이 되었다."라 하였다. ≪십도지・강남도≫에서 "강남에

1) 장적의 시 031. 〈공상서에게 드림(贈孔尙書)〉에 보인다.

팽택이 있다."라고 하였다. ≪문선·고시≫에 "동산의 버드나무가 울창하네."라는 구절이 있다.(南史, 陶潛少有高趣, 宅邊有五柳樹, 故嘗著五柳先生傳, 爲彭澤令. 十道志, 江南道, 江南有彭澤. 選, 古詩, 鬱鬱園中柳)

7 [원주] 중권의 "수 양제 때 쌓은 제방 적막하게 먼지 속에 묻혀있네."라는 구절의 주석에 보인다.[2] ≪시경≫[3]에 "옛날 내가 떠나갈 무렵에는 버들가지도 하늘하늘 늘어졌었지."라 하였다.(見中卷, 隋堤寂寞沒遺塵, 注. 詩, 昔我往矣, 陽柳依依)

隋堤(수제) : 수(隋) 양제(煬帝) 때 운하 가운데 제거(濟渠)와 한구(邗溝)의 강둑에 만들었던 어도(御道)를 가리킨다. 이 때 그 제방에 버드나무를 심어 유명했다.

自(자) : 절로. ≪전당시≫에는 '역(亦)'으로 되어 있으며, '진실로'라는 뜻이다.

8 如(여) : 같다. ≪전당시≫에는 '요(饒)'로 되어 있으며, '많다'는 뜻이다.

9 [원주] 소식 사의 주석[4]에 "옛 사람들이 이별할 때는 반드시 버들을 꺾어 주었는데 이로써 실 같은 가지로 묶어두려는 뜻이다."라 하였다.(東坡長短句注, 昔人贈別必折柳者, 以取絲條留繫之意)

可是(가시) : 어찌.

【해설】

이 시는 버드나무에 대해 읊은 영물시이다. 전반 네 구절에서는 버드나무가 겨울을 지나 봄을 맞이한 모습을 표현하였다. 제1~2구에서는 겨울에 청문 밖에 있는 버드나무의 그림자가 미약하다고 하여 이파리가 떨어져 앙상한 가지를 드리운 버드나무를 묘사한 뒤에 봄의 따뜻한 바람과 햇볕 속에 꾀꼬리가 일찍 돌아온다고 하여 어느 경물보다 먼저 버드나무가 봄에 싹을 틔웠음을 표현하였다. 제3~4구에서는 제2구의 길어진 봄날을 이어받아 그 봄 햇살을 조금이라도 더 즐기기 위해 가느다란 잎과 기다란 가지로 봄을 머물게 하는 버드나무의 모습을 표현하였다. 제5~6구에서는 팽택령을 지낸 도연명의 집 앞에 심어놓은 버드나무와 수제의 긴 제방에 늘어선 버드나무를 묘사하였는데, 여전히 울창하고 절로 하늘거린다는 표현을 통해 세속을 벗어나 유유자적하게 늘어진 버드나무의 한가로운 정경을 상상하였다. 제7~8구에서는 세속에서 이별할 때 버드나무 가지를 꺾어주는 풍습을 말하였는데, 이별의 원망으로 많은 사람들이 여전히 버드나무를 꺾어주고 있으며 이 일은 결코 줄어들지 않을 것이라고 하였다.

2) 최치원의 143. 〈변하에서 회고하며(汴河懷古)〉에 보인다.

3) 여기서는 〈소아(小雅)·고사리를 채미(採薇)〉 시를 말한다.

4) 아마도 남송 고희(顧禧)가 편찬한 ≪보주동파장단구(補注東坡長短句)≫를 가리키는 것으로 보인다. 이 책은 총 42권인데 실전되었다.

212

松[1]

소나무

倚空當檻冷無塵,2	하늘에 기대어 난간을 마주하고 차가운 채 속기도 없는데
往事閑微夢欲分.3	지난 일은 한갓지고 미미하니 꿈에서나 분명했던 듯하네.
翠色本宜霜後見,4	비취빛은 본래 서리 내린 후에 보는 것이 어울리고
寒聲偏許月中聞.5	차가운 소리는 유독 달빛 속에 들리는 것을 허락하네.
啼猿想帶蒼山雨,6	우는 원숭이는 푸른 창오산의 빗줄기를 내리게 하고
歸鶴和鳴紫府雲.7	돌아온 학은 자줏빛 선부의 구름과 더불어 우네.
莫向東園近桃李,8	동쪽 정원의 복숭아와 자두를 가까이 하지 말지니
春風過盡不容君.9	봄바람이 다 지나가도록 그대를 받아들이지 않을 것이라네.

【주석】

1 이 시는 ≪전당시≫에 한개(韓漑)의 작품으로 되어 있으며, ≪문원영화(文苑英華)≫에는 한희(韓喜)의 작품으로 되어 있다.

2 當檻(당함) : 난간을 마주하다. ≪전당시≫에는 '고함(高檻)'으로 되어있으며, '높은 난간'이라는 뜻이다.
無塵(무진) : 먼지가 끼지 않다. 세속의 기운에서 벗어나 초월한 경지를 말한다.

3 [원주] '미(微)'는 아마도 '징(徵)'일 것이다. 한유(韓愈)의 〈인일에 성 남쪽에서 높이 오르다(人日城南登高)〉 시에서 "옛 일을 징험하게 하다."라고 하였다. ≪오록≫에 "정고가 소나무가 배 위에서 자라는 꿈을 꾸었는데 마음속으로 이를 매우 좋지 않게 여겼다. 친구인 조직이 해몽하기를 '송이라는 글자는 십팔공으로 이루어져 있으니 그대는 18년 후에 공이 될 것이다.'라고 했는데 과연 그 말과 같이 되었다."라 하였다.(微, 恐作徵. 韓公詩, 令徵前事爲. 吳錄, 丁固夢, 松生腹上, 意甚惡之. 友人趙直解之曰, 松字, 十八公, 君後十八年爲公乎. 果如其言)
閑微(한미) : 한갓지고 미미하다. ≪전당시≫에는 '한징(閑徵)'으로 되어 있으며, '한가로이 징험한다'라는 뜻이다.

4 [원주] ≪장자≫에 "하늘의 추위가 이미 도달했고 서리와 눈이 내리는데, 나는 이로써 소나무와

측백나무가 무성함을 알겠다."라 하였다.(莊子, 天寒旣至, 霜雪將降, 吾是以知松栢之茂也)

5 寒聲(한성) : 차가운 겨울에 들리는 바람소리나 새소리 등을 가리킨다.

許(허) : 허락하다. ≪전당시≫에는 '향(向)'으로 되어있으며 '향하다', '접근하다'라는 뜻이다.

6 [원주] ≪문선≫에 있는 안연년의 시[5] "푸른 산의 길에서 제왕을 알현하네."라는 구절의 주석에 "제왕을 알현한다는 것은 순임금을 말하고, 창오는 산의 이름으로 순임금이 묻힌 곳이다."라고 하였다.(選, 顔延年詩, 謁[6]帝蒼山蹊, 注, 謁[7]帝, 帝舜, 蒼梧, 山名, 舜葬處)

7 [원주] ≪포박자≫에 "포판에 항만도라는 사람이 있었는데 산 속에서 도를 닦아서 하늘로 올라가 노닐게 되었다. 자부의 신선으로부터 유하주를 한 잔 얻어 마셨는데 갑자기 배도 고프지 않고 목도 마르지 않았다. 홀연 집으로 돌아갈 생각을 하여 [천제에게 알현하였다가 예의에 벗어나서] 천제로부터 내쳐지게 되었는데, 하동 사람들은 그를 '내쳐진 신선[척선인]'이라고 불렀다."라 하였다.(抱朴子, 蒲坂[8]有項曼都[9], 修道山中, 得乘天遊. 紫府仙人, 飮流霞一杯, 輒不饑渴. 忽思家, 爲帝所斥, 河東謂之斥仙人)

和鳴(화명) : 화답하며 울다. ≪전당시≫에는 '응화(應和)'로 되어있으며, '응하여 화답하다'라는 뜻이다.

紫府(자부) : 신선이 거처하는 곳.

8 [원주] 완적의 시[10]에 "아름다운 나무 아래에 길이 생기니 동쪽 정원의 복숭아나무와 자두나무로다." 라고 하였다.(阮嗣宗詩, 嘉樹下成蹊, 東園桃與李)

近(근) : 가까이 하다. ≪전당시≫에는 '경(競)'으로 되어있으며, '다투다'라는 뜻이다.

桃李(도리) : 여기서는 봄에 화사하게 피었다가 봄이 지나면 시들고 마는 존재로서 시류에 따라 한때 자신의 재능을 과시하는 존재를 비유하며, 항상 푸름을 지키는 소나무와 대비된다. 또는 황제 곁에서 권모술수를 통해 권력을 전횡하는 간신 무리를 비유할 수도 있다.

9 春風過盡(춘풍과진) : 봄바람이 다 지나가다. ≪전당시≫에는 '춘광환시(春光還是)'로 되어 있으며, '봄볕이 여전히 그러하다'라는 뜻이다.

【해설】

이 시는 소나무에 관한 영물시이다. 제1구에서는 난간 앞에 하늘 높이 솟아 있는 소나무를 말하였는데, '차갑다'는 것으로 지조가 있음을 나타내고 '먼지가 없다'는 것으로 속세의 영욕과는 관계가 없는 고고한 존재임을 표현하였다. 이어서 제2구에서는 정고의 고사를 인용하면서 삼공의 자질을 갖추고 있는 소나무의 당당한 위세를 표현하였지만, 그것이 꿈에서나 분명하다고 말함으로써 그 자질이 현실로 연결되지 못한 상황을 암시하고 있다. 이는 자신이 소나무와 같은 절개와 자질을 가지고 있음에도 불구하고 그에 걸맞은 대우를 받지 못하는 상황을 말한 것으로 볼 수 있다. 제3~4구에서는 소나무의 푸른빛과 소나무에서 나는 소리에 대해 표현하였는데, 서리가 내린 후 독야청청한 고아함과 달빛 속에서 솔바람을 내는 홍취를 가지고 있음을 설명하였다. 제5~6구에서는 소나무에 깃들어

5) 이 시의 제목은 〈비서감 사영운의 시에 화답하다(和謝監靈運)〉이다.
6) 謁(알) : 원주에는 '謂(위)'로 되어있는데, 원문에 의거해 바로 잡았다.
7) 謁(알) : 원주에는 '謂(위)'로 되어있는데, 원문에 의거해 바로 잡았다.
8) 蒲坂(포판) : 원주에는 '藩阪(번판)'이라고 되어있는데, 원문에 의거해 바로 잡았다.
9) 項曼都(항만도) : 원주에는 '頃曼都(경만도)'라고 되어있는데, 원문에 의거해 바로 잡았다.
10) 이 시의 제목은 〈영회(詠懷)〉로, 인용된 부분은 〈영회〉시 83수 중 세 번째 수이다.

있으며 애달픈 울음소리를 내는 원숭이와 고아한 자태를 가진 학을 통해 소나무가 가진 또 다른 정취를 설명하였는데, 하나는 창오산에 묻힌 순임금을 언급함으로써 황제를 향한 애달픈 그리움을 표현하였고, 다른 하나는 자줏빛 선궁을 언급함으로써 선경에 걸맞은 환상적인 모습을 표현하였다. 이로써 소나무가 황제를 향한 변함없는 절개와 유유자적한 신선의 기풍을 아울러 가지고 있음을 드러내었다. 제7~8구에서는 이러한 소나무가 속세의 영욕만을 일삼는 복숭아나무와 자두나무와 같은 무리와는 가까이하지 말 것을 경계하였다. 이들은 봄에는 안하무인격으로 활짝 피어 자신의 자태를 뽐내지만 봄이 지나면 시들어 버리는 존재로 시류에 따라 변하기 때문이다. 이를 통해 소나무와 같은 절개를 가진 이는 황제를 보필하지 못하고, 복숭아와 자두 같은 부화한 무리들만 황제 곁에 있음을 지적하면서 이러한 상황에 편승하지 말 것을 당부하였다.

213

霜[1]

서리

靑女爲神挫物端,[2]	청녀가 신이 되어 사물을 시들게 하니
栢臺威助欲消難.[3]	어사대의 위세를 도와 어려움을 해결하는 듯하네.
平飛殿瓦鴛鴦冷,	나란히 나는 전각 기와의 원앙이 서늘해지고
斜傍珠欄翡翠寒.[4]	비껴 드리워진 구슬 난간의 비취 깃털이 차가워졌네.
帶月不知瑤圃晩,[5]	달빛을 받으면 요포에 저녁이 드는 줄 몰랐는데
背陽空想玉階殘.[6]	햇볕을 등지고 옥 계단에서 사라질까 괜스레 걱정하네.
四時何處應長在,	일 년 내내 어느 곳에 응당 늘 있는가?
須向愁人鬢上看.	모름지기 근심하는 이의 귀밑머리를 보아야 하리라.

【주석】

1 이 시는 ≪전당시≫에 수록되어 있지 않다.

2 [원주] '청녀'는 이미 위에 나왔다.[11] ≪도서원신계(道書援神契)≫에 "서리가 사물을 꺾어버린다."라 하였다.(靑女, 已出上. 援神契, 霜以挫物)
靑女(청녀) : 서리와 눈을 관장하는 신.
挫物端(좌물단) : 사물을 시들게 한다는 뜻이다. '물단(物端)'은 사물을 가리킨다.

3 [원주] ≪직관서≫에 "어사부에 상대, 백대, 오대가 있다."라고 하였다. ≪춘추감정부≫에 "서리는 죽음의 표지인데 늦가을에 서리가 내리기 시작하고 매가 날아오른다. 왕이 된 자는 하늘의 이치에 따라 죽임을 행하니 이로써 엄혹한 위엄을 이룬다."라 하였다.(職官書, 御史府有霜臺栢臺烏臺. 春秋感精符, 霜, 殺伐之表, 季秋霜始降, 鷹隼擊. 王者順天行誅, 以成肅殺之威)
栢臺(백대) : 어사대.

4 [원주] 두보의 시[12] "궁전 기와의 원앙이 깨지고 궁궐 주렴에 비취새가 비었네."의 주석[13]에 "업성의

11) 오인벽의 시 206. 〈가을날 종명부에게 부침(秋日寄鍾明府)〉에 보인다.
12) 이 시의 제목은 〈가을날 형남에서 석수 설 명부가 임기를 채우고 이별을 고하는 것을 송별하고 설 상서에게 받들어

동작대에는 기와가 모두 원앙 모양이다. 유신의 부[14]에서 '예전에 한 쌍의 기와를 만들었는데, 위왕의 궁궐로 날아 들어왔네.'라고 하였다."라 하였다. ≪한무고사≫에서 "황제가 상서로운 집을 지었는데 흰 구슬로 주렴을 만들었다."라고 하였으며, ≪동명기≫에는 "한무제가 초령각을 지었는데 비취 깃털과 기린의 털로 주렴을 만들었다."라고 하였고, ≪초사≫에는 "비취 휘장으로 고당을 장식했네."라 하였다.(詩史, 殿瓦鴛鴦坼, 宮簾翡翠虛.[15] 注, 鄴都銅雀臺皆鴛鴦瓦. 庾信賦云, 昔爲一雙瓦, 飛入魏王宮. 漢武故事, 上起祚屋, 以白珠爲簾箔. 洞冥記, 漢武帝起招靈閣, 翠羽麟毫爲簾. 楚辭, 翡帷翠幬飾高堂)

5 [원주] 굴원의 〈구장〉에 "내가 순임금과 더불어 노니나니 옥이 나는 밭에서라네."라 하였다.(屈原, 九章, 吾與重華遊兮瑤之圃)

瑤圃(요포) : 옥이 나는 밭. 여기서는 궁궐을 가리킨다.

6 [원주] 반고의 〈서도부〉에 "옥 계단과 붉은 궁정"이라고 하였다.(班孟堅, 西都賦, 玉階彤庭)

【해설】

이 시는 궁궐에 내린 서리를 읊은 영물시이다. 제1~2구에서는 서리가 만물을 시들게 하는 위엄을 가지고 있음을 나타내었는데, 궁궐 안에 있는 어사대의 서릿발 같은 기세를 더욱 강하게 할 수 있음을 말하였다. 제3~4구에서는 원앙으로 장식된 기와와 비취로 장식된 주렴이 차가워졌음을 말하여 궁궐 전체에 서리가 내려 차가운 기운이 만연한 모습을 묘사하였다. 제5~6구에서는 서리가 내린 밤의 풍경을 묘사한 것으로, 서리가 달빛을 받아 빛이 나면 환히 빛나서 저녁인지도 모를 정도이며, 새벽에 태양이 솟아오르면 그 볕에 녹아 없어질까 공연히 걱정하는 마음을 묘사하였다. 이렇게 위세를 떨치던 서리도 새벽이면 사라져 없어지는 것이지만, 사시사철 언제 어디서나 볼 수 있는 서리가 있으니 그것은 바로 근심하는 이의 머리칼 위에서이다. 이러한 결말을 통해 작자는 삼엄한 서릿발보다 더 엄혹한 근심의 강도를 표현하였다.

부쳐 덕을 칭송하고 회포를 적음에 시흥이 솟구쳐서 지은 30운(秋日荊南送石首薛明府辭滿告別, 奉寄薛尙書頌德敍懷裴然之作三十韻)〉이다.

13) 송나라 곽지달(郭知達)이 펴낸 ≪구가집주두시(九家集注杜詩)≫권33에 나오는 곽지달의 주석이다.

14) 이 부의 제목은 〈원앙부(鴛鴦賦)〉이며 전문이 전해지지는 않는다.

15) 殿瓦(전와) 두 구 : 원주에는 "殿瓦鴛鴦冷(전와원앙냉), 宮簾翡翠寒(궁렴비취한)"이라고 되어 있는데, 원문에 의거하여 바로 잡았다.

214

露[1]

이슬

長隨聖澤墮遙天,2	늘 성스런 은택을 따라 먼 하늘에서 떨어져
濯遍幽蘭葉葉鮮.3	그윽한 난초를 두루 씻으니 이파리마다 선명하네.
才喜輕塵銷陌上,4	가벼운 먼지 좋아하여 길 위에서 사라졌다가도
已隨初月到堦前.5	갓 떠오른 달을 따라서 이미 계단 앞에 도달했네.
紋騰要地誠非久,6	중요한 땅에 떨어져 생긴 무늬는 진실로 오래가지 않고
珠綴秋荷偶得圓.7	가을 연잎에 엮인 구슬은 우연히 동그랗게 되었네.
幾處花枝把離別,8	얼마나 많은 곳에서 꽃가지와 이별하는가?
曉風殘月正潸然.9	새벽바람 지는 달에 정말 눈물처럼 줄줄 흘러내리네.

【주석】

1 이 시는 ≪전당시≫와 ≪문원영화≫에 한종의 작품으로 실려 있다.

2 [원주] ≪진중흥서≫[16]에 "왕이 된 자가 노인을 공경히 부양하면 감로가 소나무와 측백나무에 내리며, 어진 이를 존중하고 대중을 수용하면 대나무와 갈대가 이를 받는다. 감로라는 것은 어진 은택이다."라 하였다.(晉中興書, 王者敬養耆老, 則甘露降於松栢, 尊賢容衆, 則竹葦受之. 甘露者, 仁澤也)
聖澤(성택) : 성스런 은택.
遙天(요천) : 먼 하늘. ≪전당시≫에는 '요천(堯天)'으로 되어 있으며, 요임금이 다스리는 세상과 같은 태평성세를 가리킨다.

3 [원주] ≪초사≫에 "그윽한 난초와 맺어서 오래도록 서있네."라 하였다.(楚辭, 結幽蘭兮延佇)

4 輕塵(경진) : 가벼운 먼지. 이슬은 주로 먼지에 엉겨서 맺힌다.

5 [원주] 사장의 〈월부〉에 "흰 이슬이 허공에서 떨어지고 흰 달이 하늘에서 흘러가네."라 하였다.(謝莊, 月賦, 白露墜空, 素月流天)

16) 진중흥서(晉中興書) : 남송 하법성(何法盛)이 지었다고 알려진 책으로 동진(東晉)에 관한 역사서이다. 모두 78권으로 이루어져 있다.

隨(수) : 따르다. ≪전당시≫에는 '수(愁)'로 되어 있으며, '근심하다'라는 뜻이다.
初月(초월) : 갓 떠오른 달. ≪전당시≫에는 '신월(新月)'로 되어 있으며 뜻은 같다.

6 [원주] 강엄의 〈별부〉에 "이슬이 땅에 떨어지니 무늬가 생기네."라 하였다.(江淹, 別賦, 露下地而騰紋)
紋騰要地(문등요지) : 이슬이 중요한 땅에 떨어져 무늬가 생기는 것을 말한다.
誠(성) : 진실로. ≪전당시≫에는 '성(成)'으로 되어 있으며 뜻은 같다.

7 [원주] 양나라 간문제의 시[17]에 "이슬이 오래도록 연잎에 구슬로 생기네."라고 하였으며, 옛 시[18]에 "바람이 연잎 구슬에 일렁이니 잠시도 동그랗게 되기 어렵네."라고 하였다.(梁簡文帝詩, 露久荷珠生. 古詩, 風颭荷珠難暫圓)

8 把離別(파이별) : 이별을 하다. ≪전당시≫에는 '포이한(抱離恨)'으로 되어 있으며 '이별의 한을 품다'라는 뜻이다.

9 [원주] ≪시경≫[19]에 "눈물이 줄줄 흐르네."라고 하였다.(詩, 潸焉出涕)
潸然(산연) : 눈물이 줄줄 흘러내리는 모습.

【해설】

이 시는 잎에 떨어진 이슬을 읊은 영물시인데, 달이 뜨는 초저녁부터 달이 지는 새벽까지 이슬이 여러 곳에서 맺혔다가 사라지는 여러 가지 모습을 모자이크 식으로 묘사함으로써 이슬에 대한 다양한 느낌을 표현하였다. 제1~2구에서는 이슬이 황제의 은택을 입어서 하늘에서 내려와 그윽한 난초에 맺혀 있는 모습을 표현하였다. 제3~4구에서는 이슬이 여러 곳에서 맺혔다가 사라지는 모습을 그렸는데, 가벼운 먼지를 좋아하여 그곳에 맺혔다가는 길 위에 있어서 금방 사라지고, 또 달빛이 비치는 계단에 이슬이 맺히는 상황을 묘사하였다. 제5~6구에서는 아무리 중요한 곳에 맺힌 이슬이라도 땅에 맺힌 것은 오래 지속되지 않고 무늬만 남긴 채 사라지며, 가을 연잎에 구슬처럼 맺혔을 때에야 비로소 둥글게 본연의 모습을 그나마 오래도록 유지할 수 있음을 말하였다. 제7~8구에서는 이제 새벽이 되면서 이슬이 점점 커지게 됨에 따라 이파리위에 맺혀 있지 못하고 떨어지는 모습을 묘사한 것으로, 꽃가지와의 이별을 아쉬워하는 눈물에 비유하였다.

17) 이 시는 전해지지 않는다.
18) 이 시는 당대의 사현(四弦)이란 여인이 남편에게 술을 보내면서 쓴 시인 〈포생에게 술을 보내다(送鮑生酒)〉이다.
19) 여기서는 〈소아(小雅)・대동(大東)〉 시를 말한다.

215

煙[1]

안개

可憐輕素欲何從,[2]	가련하게도 엷은 흰 비단은 어디로 가려 하는가?
敗柳踈槐半不容.[3]	시든 버들 성긴 홰나무 반도 채 덮지 못하는데.
低惹翠欄疑有恨,[4]	아래로 비취빛 난간으로 스미니 마치 한이 있는 듯하더니
遠隨流水忽無蹤.	멀리 흐르는 물을 따라 홀연 종적을 감추었네.
丹墀曉伴爐香細,[5]	새벽에는 붉은 계단에서 가느다란 향로 향을 따르다가
碧落晴含桂蘂濃.[6]	날 갤 때는 푸른 하늘에서 짙은 계수나무 꽃을 머금었지.
偏憶鳳城回首處,[7]	오로지 봉성을 기억하고 고개를 돌려보니
暮天樓閣藹千重.[8]	저녁 하늘 누각은 천 겹으로 가려있구나.

【주석】

1 이 시는 ≪전당시≫에 수록되지 있지 않다.

2 [원주] 심약의 시[20]에 "저녁 어스름은 겹쳐진 언덕을 두르고 긴 안개는 엷은 흰 비단을 끌고 가네."라고 하였다.(沈休文詩, 夕陰帶曾阜, 長煙引輕素)
輕素(경소) : 엷은 흰 비단. 여기서는 옅게 깔린 안개를 비유한다.

3 敗柳(패류) : 시든 버드나무.
踈槐(소괴) : 나뭇잎이 떨어져 성겨진 홰나무.

4 [원주] 아마도 '란(蘭)'일 것이다.(恐作蘭)
惹(야) : 스며들다.

5 [원주] 〈서경부〉에 "푸른 자물쇠 문살무늬와 붉은 계단."이라고 하였다. '지'는 계단으로, 붉은 색으로 칠한 것이다. 두보의 시[21]에 "향로 연기 가늘게 피어오르니 유사가 멈춰 있는 듯하네."라 하였다.(西京賦, 青鏁丹墀. 墀, 階也, 以丹染塗之. 詩史, 爐煙細細駐遊絲)

20) 이 시의 제목은 〈동원에 머물다(宿東園)〉이다.
21) 이 시의 제목은 〈선정전 조회에서 물러나서 저녁에 문하성을 나서다(宣政殿退朝晚出左掖)〉이다.

丹墀(단지) : 궁궐의 계단이나 지면을 붉게 칠한 것.

6 [원주] '벽락'은 이미 상권에 나왔다.[22] '계예'는 중권의 "달 가운데 붉은 계수나무"라는 구절의 주석에 보인다.[23](碧落, 已出上卷. 桂蘂, 見中卷月中紅桂樹注)

碧落(벽락) : 푸른 하늘.

桂蘂(계예) : 계수나무 꽃. 달 속에 있는 계수나무를 의미하여 달을 비유하는데, 여기서는 실제의 계수나무로 볼 수도 있다.

7 [원주] '봉성'은 이미 상권에 나왔다.[24](鳳城, 已出上卷)

鳳城(봉성) : 수도. 또는 궁궐.

8 藹(애) : 뒤덮다. 가리다.

【해설】

이 시는 다양한 상황에서 볼 수 있는 안개를 읊은 영물시이다. 전체적으로 안개가 엷게 껴 있으면서 사물들이 사라졌다 보였다 하는 장면들을 순간적으로 포착하여 묘사하였다. 제1~2구에서는 버드나무와 홰나무에 걸쳐진 안개를 묘사하였는데, 얇은 비단 같은 안개가 버드나무와 홰나무의 반도 덮지 못한 아주 엷은 것임을 표현하였다. 버드나무와 홰나무는 모두 시들거나 이파리가 떨어진 것으로 쇠락한 느낌을 주어 오히려 안개가 이러한 경물을 완전히 가리지 못하는 안타까움을 느끼게 한다. 제3~4구에서 안개가 가까이에 있는 비취빛 난간을 스치는 것은 그리운 이를 만나지 못하는 것에 대한 아쉬움을 느끼게 하며, 이윽고 멀리 흐르는 물을 따라 사라져 버리는 것은 그 미련마저 사라진 절망의 상황을 암시한다. 특히 안개가 저 멀리 사라져 경물과 어우러지지 못하는 것이 아쉬움의 여운을 남긴다. 제5~6구에서는 향로의 향을 따라 피어나는 안개와 계수나무 꽃 속에 피어 있는 안개를 묘사하였는데, 이는 안개가 주위 경물과 잘 융합되어 있는 상황을 묘사한 것으로, 위의 구절과는 상반된 분위기를 풍긴다. 이 구절의 공간적 배경이 붉은 계단과 푸른 하늘로 상징되는 궁궐임을 감안한다면, 이 시에 나온 안개는 다름 아닌 천자의 신임을 얻어 궁궐에서 재능을 펼치고 있는 신하의 상황을 묘사한 것으로 볼 수 있으며, 아래 구절을 보았을 때 과거의 일인 것으로 추정된다. 현재는 그러한 상황에 있지 못하는 안타까운 마음이 제7~8구에서는 직접적으로 묘사되어 있는데, 여기서는 짙게 깔린 안개를 자신과 궁궐을 가로막는 차폐물로 사용하여 그 절망감을 더욱 깊게 표현하였다. 안개와 사물과의 관계를 일정하게 유지하지 않고 흐릿하고 모호하게 자꾸 변화시킴으로써 안개의 본성을 잘 반영하였다고 할 수 있다.

22) 이원의 시 061. 〈학을 놓아주다(放鶴)〉에 보인다.
23) 조당의 시 173. 〈목왕이 예전에 곤륜산에서 노닐었던 것에 대해 감회가 있다(穆王有懷崑崙舊遊)〉에 보인다.
24) 옹도의 시 085. 〈정안공주님이 궁에 돌아오시다(定安公主還宮)〉에 보인다.

216

淚[1]

눈물

事發情牽豈自由,2	일이 생기고 정에 끌리는 것이 어찌 내 맘대로 되리오
偶成惆悵則難收.3	어쩌다가 서글퍼지면 거두기 어렵다오.
已聞把玉沾衣濕,4	옥을 쥔 채 옷을 적셨음을 이미 들었는데
更說迷途滿目流.5	길을 잃어 눈에 가득 흘렸음을 또 말하네.
滴盡綺筵紅燭暗,6	비단 자리에서 방울 다하면 붉은 초 어두워지고
墜殘粧閣曉花羞.7	단장 누각에서 떨어져 얼룩지면 새벽 꽃이 부끄러웠지.
世間何處偏留得,	이 세상 어느 곳에 유독 남아 있으려나?
萬點分明湘水頭.8	만 방울 분명한 상수 가라네.

【주석】

1 이 시는 ≪전당시≫에 서인(徐夤)의 작품으로 되어 있다.

2 事發(사발) 구 : 이 구절은 ≪전당시≫에 "발사견정부자유(發事牽情不自由)"라고 되어 있으며 뜻은 유사하다.

3 [원주] 이백의 시[25]에 "줄줄 흐르는 눈물을 거두기 어렵네."라고 하였다.(李白詩, *潺湲淚難收*)
偶成(우성) : 우연히 그렇게 되다. ≪전당시≫에는 '우연(偶然)'으로 되어 있으며 뜻은 유사하다.
惆悵(추창) : 슬픈 모습.

4 [원주] '파옥'에 대해서는 이미 중권에 나왔다.(把玉, 已出中卷)[26]
把玉(파옥) : 옥을 쥐다. ≪전당시≫에는 '포옥(抱玉)'이라고 되어 있으며, '옥을 껴안다'라는 뜻이다. 이는 화씨가 초나라 왕에게 벽을 바쳤지만 옥으로 인정받지 못하고 도리어 형벌을 받게 되자 이를 껴안고 울었다는 고사를 인용한 것이다.

5 [원주] ≪회남자≫에 "양주가 갈림길을 보고는 눈물을 흘렸는데, 남으로도 갈 수 있고 북으로도

25) 이 시의 제목은 〈강가에서 가을에 생각하다(江上秋懷)〉이다.
26) 마대의 시 111. 〈과주에서 이류와 이별하며 남겨줌(瓜州留別李謬)〉에 보인다.

갈 수 있으며 동으로도 갈 수 있고 서로도 갈 수 있기 때문이었다."라고 되어있다.(淮南子, 楊朱見岐路而泣之, 爲其可以南, 可以北, 可以東, 可以西)

更說(갱설) : 다시 말하다. ≪전당시≫에는 '견설(見說)'로 되어 있으며, '소문을 듣다'라는 뜻이다.

6 [원주] 간문제의 〈촉부〉[27]에 "운모 창에는 꽃무늬 양탄자가 어우러져 있고 수유 장막에는 비단 방석이 깔려져 있네. 초록색 촛대는 비취를 품었고 붉은 밀랍은 단사를 머금었네. 가로놓인 심지가 밝게 빛나는 것을 보고 촛농 눈물이 어지러운 것을 보네."라 하였다.(簡文帝, 燭賦, 雲母窗中合花氈, 茱萸幔裏鋪錦筵,[28] 綠炬懷翠, 朱蠟含丹, 視橫芒之昭曜, 見蜜淚之蹉跎)

滴(적) : 여기서는 촛농 방울을 가리키며, 이를 눈물에 비유한 것이다.

綺筵(기연) : 비단으로 만든 자리. 여인이 앉는 자리를 말한다.

7 [원주] ≪후한서≫에 "양기의 처 손수는 근심스런 눈썹을 칠하고 우는 듯한 화장을 하였다."라 하였다.(後漢, 梁冀妻孫壽作愁眉啼粧)

墜殘(추잔) : 눈물이 떨어진 자국. 눈물을 흘리고 남은 얼룩.

粧閣(장각) : 여인이 단장하는 누각. 주로 여인의 거처를 가리킨다.

8 [원주] ≪제왕세기≫에 "순임금이 순수하시다가 창오의 들에서 돌아가셨는데, 두 왕비가 상강에서 곡을 하니 뿌려진 눈물이 대나무에 얼룩져 반점이 되었다."라 하였다.(帝王世紀[29], 舜巡狩, 薨於蒼梧之野, 二妃哭向湘江, 灑淚染竹成斑)

【해설】

이 시는 여러 가지 눈물에 관한 고사와 비유를 엮어서 읊은 영물시이다. 제1~2구에서는 눈물을 흘리는 것이 어떤 일과 정으로 인해 흘리는 것이며 마음이 서글퍼지면 눈물을 거두기 어렵다고 말하였다. 이를 통해 눈물을 흘리는 경우가 인생에서 다양하게 발생할 수 있음을 지적하여 아래의 내용을 이끌고 있다. 제3~4구에서는 변화와 양주의 고사를 들어 자신의 재능을 알아주지 않은 안타까움과 세상사의 선택이 쉽지 않음에 대한 애달픔을 표현하였다. 제5~6구에서는 밤새도록 누군가를 기다리다가 눈물로 지새운 여인의 모습을 그렸는데, 촛농의 눈물과 실제 여인의 눈물 얼룩을 통해 안타까운 여인의 마음을 절실하게 표현하였다. 제7~8구에서는 이 세상에 오래도록 남아있는 눈물은 상수에서 순임금을 그리워하며 흘린 두 왕비의 눈물이라고 하였다. 이는 아마도 작자 자신의 마음이 투영된 것으로 볼 수 있는데, 임금을 그리워하며 흘린 눈물을 표현한 것으로 추정된다. 전체적인 내용에 비추어보면 아마도 타의에 의해, 혹은 우연한 사건으로 인해 임금으로부터 소원해졌으며, 자신의 재능을 발휘하지 못한 채 갈 길을 잃어버린 신세를 표현한 것으로 보인다.

27) 원제는 〈대촉부(對燭賦)〉이다.
28) 雲母(운모) 두 구 : 원주에는 "中合花氈茱萸幔(중합화전수유만), 東鋪錦筵(동소금연)"이라고 되어 있는데 원문에 의해 바로 잡았다.
29) 帝王世紀(제왕세기) : 원주에는 '帝王代記(제왕대기)'로 되어 있는데, 당 태종인 이세민(李世民)의 피휘로 인한 것으로 보인다.

217

別[1]

이별

花無長色水無期,	꽃은 오래 가지 않고 물도 흘러가면 기약이 없는데
一旦秋風萬事悲.2	하루아침에 가을바람이 부니 모든 일이 슬프구나.
月照離庭人去後,	달빛이 이별의 정원을 비추는 건 사람이 떠나간 뒤이고
露棲叢菊雁來時	이슬이 무리 진 국화에 서린 것은 기러기 날아올 때라네.
銀河清淺搖情急,3	은하수는 맑고 얕아 마음 심하게 흔들리고
翠幄寒香結夢遲.4	비취 휘장 차가워진 향에 꿈도 꾸어지질 않네.
明月錦機何限字,5	밝은 달 아래 비단을 짜서 어찌 글자만 새기랴
又應和淚寄相思.6	또한 응당 눈물과 함께 그리운 이에게 부쳐야지.

【주석】

1 이 시는 ≪전당시≫에 수록되어 있지 않다.

2 원주] 송옥의 〈구가〉에서 "슬프구나 가을의 기운이여."라 하였다.(宋玉, 九歌, 悲哉秋之爲氣也)

3 [원주] 〈고시〉[30]에서 "높고 높은 견우성과 밝디 밝은 은하수의 여인. 은하수는 맑고 얕은데 서로 떨어진 것이 또 얼마인가? 영롱한 물줄기를 사이에 두고 물끄러미 말을 하지 못하네."라 하였다.(古詩云, 迢迢牽牛星, 皎皎河漢女. 河漢淸且淺, 相去復幾許. 盈盈一水間, 脉脉不得語)

4 [원주] 〈오도부〉에서 "아득한 비취빛 휘장, 하늘거리는 하얀 여인."이라고 하였다.(吳都賦, 藹藹翠幄, 嫋嫋素女)

寒香(한향) : 향이 타다가 꺼진 것을 말한다.

結夢(결몽) : 꿈을 꾸다.

5 錦機(금기) : 비단을 짜는 베틀. 여기서는 베틀로 비단을 짜다는 뜻이다.

6 [원주] 중권의 "회문시 물결이 옥창 앞에 일렁인다."라는 구절의 주석에 보인다.[31](見中卷, 回文波動玉

30) 이 시는 〈고시 19수〉 중 제10수이다.

31) 이웅의 시 198. 〈탁금강(濯錦江)〉에 보인다.

窓前, 注)

이 두 구절은 밝은 달 아래서 비단을 짜서 회문시를 수놓아 그리운 이에게 부칠 뿐만 아니라 자신의 눈물도 함께 부친다는 뜻이다.

【해설】

이 시는 한 여인이 사랑하는 사람과 이별한 후에 느낀 감정을 쓴 것이다. 하지만 특정 인물과의 이별을 염두에 두었다기보다는 이별에 관한 일반적인 상황을 상상하여 쓴 것으로 추정된다. 따라서 이 시도 넓은 의미에서는 영물시로 볼 수 있다. 제1~2구에서는 봄이 지나면 시드는 꽃과 한번 흘러가면 돌아오지 않는 물처럼 그 사람과 함께 지내던 봄 같은 날은 가고 다시 돌아오리라는 기약이 없는 상황에서 가을이 되자 만사가 슬퍼 보이는 상황을 묘사하였다. 실제 가을이 왔을 수도 있겠지만 사랑하는 사람이 없는 상황 자체가 여인의 가슴 속에서는 이미 가을의 기미를 느끼기에 충분할 것이다. 제3~4구에서는 그런 가을의 쓸쓸한 풍경을 그렸다. 꽃이 지고 그 사람이 없는 텅 빈 정원을 달빛이 처량하게 비추고, 다만 이슬에 젖은 국화만이 여인의 눈에 보일 뿐이다. 무리지어 펴있는 이 국화가 그나마 여인의 외로움을 견디게 할 유일한 존재일지도 모른다. 제5~6구에서는 여인이 홀로 밤을 새는 모습을 그렸는데, 밝게 빛나는 은하수를 가운데 두고 만나지 못하는 견우와 직녀를 생각하며 안타까워하기도 하고, 다 타버린 향이 남은 휘장에서 꿈에서나마 임을 만나려고 하지만 잠을 이루지 못하는 상황을 표현하였다. 제7~8구에서는 자신의 외로움과 근심을 멀리 있는 임에게 부치기 위해 비단을 짜서 회문시를 수놓는 모습을 그렸는데, 응당 눈물도 같이 보낸다고 하여 그 절절함을 더하였다. 임과 이별한 여인의 안타까운 마음을 그린 시가 대개 임금의 총애를 받지 못하는 문인의 마음을 기탁하는데, 이 시 역시 그러한 내용을 담고 있다고 볼 수 있다.

218

水[1]

물

方圓不定性皆柔,2	모양이 일정치 않아도 성질은 항상 부드러운데
東注滄溟早晚休.3	동쪽 푸른 바다로 흘러가 언제나 쉴 수 있을까?
高截碧雲長耿耿,4	높이 푸른 구름을 건너오니 오래도록 밝게 빛나고
遠飛清洛自悠悠.5	멀리 맑은 낙수로 날아가니 절로 아득하다네.
湘江月浸千年色,6	상강에 달이 잠기니 천년의 경관이고
夢澤煙含萬古愁.7	운몽택에 안개를 머금으니 만고의 근심이라네.
別有隴頭嗚咽處,8	특별히 농두에서 오열하는 곳이 있으니
爲君分作斷腸流.9	그대가 나눠져 애 끊어지는 강물이 되었기 때문이라네.

【주석】

1 이 시는 ≪전당시≫에는 한개(韓漑)의 작품으로 되어 있고 "한희(韓喜)의 작품으로 된 판본도 있다."라는 주석이 있다. ≪문원영화≫에는 한희의 작품으로 되어 있다.

2 [원주] ≪세설신어≫에 "혹자가 말하기를 '인륜은 모두 음양에 속해서 생겨나는 데 어찌하여 잘생긴 사람과 못생긴 사람이 있어 고르지 않는가?'라고 하니, 한참동안 답을 하는 이가 없었는데 은군이 말하기를 '예를 들자면 물을 땅에 엎어 쏟으면 마구 흩어져 모양이 일정치 않으니, 네모나거나 둥근 것이 운명에 따라 이루어진다. 그 모습이 인간과 비슷하다.'라고 하니, 훌륭한 대답이라고 여겼다."라 하였다.[32](世說, 或云, 人倫俱屬陰陽而生 何以好醜不等. 良久無答, 殷君曰, 比如覆水在地, 漫散無定, 方圓任運而成, 其形象人. 以爲名對矣)

皆柔(개유) : 모두 부드럽다. ≪전당시≫에는 '공구(空求)'로 되어 있으며, '구하는 것을 헛되이 여긴다'라는 뜻이다.

3 [원주] ≪회남자≫에 "땅이 (기울어) 동남쪽에는 가득차지 않았기 때문에 물과 먼지가 그곳으로

32) 현재 전하는 ≪세설신어≫에는 이 문장이 보이지 않는다.

돌아간다."라고 하였고, ≪여씨춘추≫에는 "물이 동으로 흘러가는데 밤낮으로 쉬지 않는다."라 하였다.(淮南子, 地不滿東南, 故水潦塵埃歸焉. 呂氏春秋, 水泉東流, 日夜不息)

早晩(조만) : 언제쯤.

4 [원주] 사조의 시[33] "가을 강이 새벽에 밝게 빛나네" 구절의 주석에 "'경경'은 빛나는 것이다."라고 하였다.(謝玄暉詩, 秋河曙耿耿, 注, 耿耿, 光也)

截(절) : 자르다. 여기서는 강물이 높은 데서 내려오면서 구름을 가로질러 흘러오는 것을 가리킨다.

碧雲(벽운) : 푸른 구름. ≪전당시≫에는 '벽당(碧塘)'으로 되어 있으며, '푸른 연못'이라는 뜻이다.

5 [원주] ≪십도지・하남도≫에 "낙주에 낙수가 있다."라 하였다.(十道志, 河南道, 洛州有洛水)

淸洛(청락) : 맑은 낙수. ≪전당시≫에는 '청장(靑嶂)'으로 되어 있으며, '푸른 산봉우리'라는 뜻이다.

自(자) : 절로. ≪전당시≫에는 '갱(更)'으로 되어있으며, 뜻은 '더욱' 혹은 '게다가'이다.

悠悠(유유) : 아득한 모습.

6 [원주] '상수'에 관해서는 이미 중권에 나왔다.[34](湘水, 已出中卷)

湘江(상강) : ≪전당시≫에는 '소상(瀟湘)'으로 되어 있으며, 상강과 소상강은 같은 지역의 강이다.

7 [원주] ≪십도지・회남도≫에 "낙주에 운몽택이 있다."라고 하였으며, 〈자허부〉에 "신이 듣기에 초땅에 일곱 연못이 있는데 일찍이 그 이름을 운몽이라 한 것을 본 적이 있습니다."라고 하였다.(十道志, 淮南道, 洛州有雲夢澤. 子虛賦, 臣聞楚有七澤, 嘗見其名曰雲夢)

8 隴頭(농두) : 농두. ≪전당시≫에는 '영두(嶺頭)'로 되어 있으며, '고개머리'라는 뜻이다.

9 [원주] ≪진기≫에 "농우가 서쪽으로 열려서 그 비탈이 아홉 구비인데 그 높이가 몇 리나 되는지를 모르며 그곳에 오르는 자는 칠일이 걸려서야 비로소 넘을 수 있다. 위에는 맑은 물이 있고 사방으로 흘러 내려간다. 세속에서 노래하기를 '농두의 흐르는 물은 울리는 소리가 흐느끼는 듯하네. 멀리 진천을 바라보니 간장이 끊어질 듯하네.'라고 하였다."라 하였다.(秦記, 隴右西開, 其阪九迴, 不知高幾里, 欲上者七日乃越. 上有淸水, 四注流下. 俗歌曰, 隴頭流水, 嗚聲幽咽, 遙望秦川, 肝腸斷絶)

【해설】

이 시는 물에 대한 영물시인데, 작자의 눈에 보이는 구체적인 경물을 읊었다기보다는 물에 관한 여러 가지 고사를 엮어 다양한 생각을 표현하였다. 제1~2구에서는 물의 일반적인 성질에 대해 언급하였는데, 일정한 모양을 가지고 있지 않는 유순한 성질과 끊임없이 동쪽으로 흘러가는 모습을 묘사하였다. 제3~4구에서는 강물이 높은 곳에서 내려와 유유하게 흘러가며 밝게 빛나는 경관을 표현하였다. 제5~6구에서는 달이 비친 상강과 안개가 낀 운몽택을 묘사하였는데, 오래도록 사람들의 완상거리가 되어 감정을 흥기시켰음을 언급하였다. 제7~8구에서는 이별을 상징하는 농두의 강물을 언급하였다. 전체적으로 모자이크식 구성을 이루어 상호 의미결합이 긴밀하지는 않지만, 물이라는 경물을 통해 시인이 생각할 수 있는 다양한 감정들을 전형적으로 표현하였다.

33) 이 시의 제목은 〈잠시 형주로 파견되어 있다가 밤에 신림을 떠나 수도인 건업에 이르러서 형주의 동료에게 주다(暫使下都, 夜發新林至京邑, 贈西府同僚)〉이다.

34) 마대의 시 119. 〈유 수재와 이별하고(別劉秀才)〉에 보인다.

219

愁1

근심

來何容易去何遲,	오는 것은 그리 쉬운데 떠나는 건 왜 이리 더딘가?
半結衷腸半在眉.2	반은 마음속에 맺혀있고 반은 눈썹에 걸려있네.
門掩落花人別後,	문이 떨어진 꽃잎으로 덮인 것은 그 사람 떠난 후이고
窗含殘月酒醒時.	창이 지는 달을 머금은 것은 술 깰 때라네.
濃於萬頃連天草,3	하늘까지 닿은 백만 마지기 풀 보다 무성하고
長却千尋繞地絲.4	땅을 휘감은 천 길 유사(遊絲)보다 더 길다네.
除却五侯歌舞外,5	다섯 제후가 가무를 즐기는 곳 외에는
世間何處不相期.	세상 어느 곳인들 기약하지 않겠는가?

【주석】

1 이 시는 ≪전당시≫에는 한개(韓漑)의 작품으로 되어 있으며 제3~4구만 수록되어 있다.

2 衷腸(충장) : 마음.

3 頃(경) : 땅의 면적 단위. 백 무(畝).

4 [원주] 한유(韓愈)의 시[35]에 "백 장이 되는 유사가 휘날리네"라 하였다.(韓公詩, 遊絲百丈飄)
尋(심) : 길이 단위. 대체로 팔 척(尺)이다.
絲(사) : 유사(遊絲).

5 [원주] '오후'에 대해서는 이미 상권에 나왔다.[36](五侯, 已出上卷)
五侯(오후) : 한나라 성제(成帝)의 외숙부들로 모두 같은 날 제후에 봉해졌으며, 대체로 권세가의 사람을 가리킨다.

35) 이 시의 제목은 〈동관협에 머물다(次同冠峽)〉이다.
36) 온정균의 시 024. 〈선생 자수께 부침(寄先生子修)〉에 보인다.

【해설】

이 시는 근심에 관해 쓴 것이다. 근심을 일으키게 하는 원인에 대해서는 적지 않았으며 단지 근심이 있는 일반적인 상황에 대해 썼기 때문에 근심에 관한 영물시라고 할 수 있다. 제1~2구에서는 근심이 찾아온 상황에 대해 서술하였는데, 근심이 들기는 쉽지만 근심을 떨쳐버리는 것은 어렵다고 하면서 그것이 마음속에 있을 뿐만 아니라 눈썹 등 외모에도 쉽게 드러나 있음을 말하였다. 제3~4구에서는 근심이 있는 사람의 주위 상황과 자연을 대하는 태도를 묘사하였다. 출구에서는 이별 후의 근심으로 인해 꽃이 핀 봄 내내 문밖출입을 하지 않는 상황을 표현하였고 대구에서는 달을 바라보며 상대를 그리워하다가 새벽이 되어서야 술에서 깨어나는 모습을 적었다. 제5~6구는 근심의 정도를 과장법으로 표현한 것으로 당대의 시에 그리움을 상징하는 전형적인 경물인 풀과 유사를 이용하였다. 제7~8구에서는 권세가들이 즐기고 노는 곳을 제외하고는 모든 곳에 근심이 있다고 하여 근심이 일반인들과는 불가분의 관계이며 항상 근심 속에서 살 수 밖에 없는 안타까움을 표현하였다. 하지만 그 이면에는 일반인들의 근심을 외면한 채 향락만을 즐기는 권세가들에 대한 비판이 숨어 있다고 할 수 있다.

220

恨[1]

한

草濃煙澹思悠悠,2	풀은 우거지고 안개 옅은데 그리움이 아득하네
人住人分楚水頭.3	사람들이 머물렀다 헤어지는 초수의 물가에서.
故國不歸空悵望,4	고향으로 돌아가지 못하고 공연히 구슬피 바라보는데
殘春無事獨淹留.5	봄이 다하도록 일 없이 홀로 머물러 있다네.
何曾廣陌紅塵歇,6	언제 너른 길의 붉은 먼지가 잦아든 적이 있었던가?
只是前山碧樹秋.	다만 앞 산 푸른 나무에 가을이 들 뿐이라네.
安得文通夢中筆,7	어찌하면 강엄의 꿈 속 붓을 얻어서
爲君重賦古今愁.8	그대를 위해 고금의 근심을 다시 한 번 쓸 수 있을까?

【주석】

1 이 시는 ≪전당시≫에 수록되어 있지 않다.

2 [원주] ≪시경≫의 주석에 "'유유'는 그리움이 긴 것이다."라고 하였다.(詩, 注, 悠悠, 思之長)
悠悠(유유) : 아득하고 긴 모습.

3 [원주] 왕유의 〈장씨 형을 보내는 시〉에 "단풍 숲에서 이미 날 저묾을 근심하였는데 초 땅 물이 또 더욱 슬프구나."라고 되어있다.(王維, 送張四兄詩, 楓林已愁暮, 楚水復堪悲)

4 故國(고국) : 고향.

5 淹留(엄류) : 체류하다. 머물러 있다.

6 [원주] '광맥'에 대해서는 이미 중권에 나왔다.[37](廣陌, 已出中卷)
何曾(하증) : 언제 ~했던 적이 있었던가?
廣陌(광맥) : 넓은 길. 도회지를 가리킨다.
紅塵(홍진) : 수레나 말이 일으키는 먼지. 번화한 곳이나 속세를 가리킨다.

37) 마대의 시 119. 〈유 수재와 이별하고(別劉秀才)〉에 보인다.

歇(헐) : 멈추다. 잦아들다.

7 [원주] 이미 중권에 나왔다.[38](已出中卷)

文通(문통) : 남조의 학자인 강엄(江淹, 444~505)의 자. 부에 능했으며 포조(鮑照)와 병칭되었다. 〈별부(別賦)〉와 〈한부(恨賦)〉가 남아있다.

夢中筆(몽중필) : 꿈속에서 받은 붓이란 뜻으로 문학적 재능을 비유한다. 474년 경 강엄이 폄적당해 포성(浦城) 오흥현령(吳興縣令)이 되었는데, 전하는 바에 따르면 성 서쪽의 고산(孤山)에서 잠을 자는데 꿈에 신선이 나타나서 오색 찬연한 붓을 준 이후로 문사가 솟구쳐서 좋은 문장을 많이 지었다고 한다.

8 [원주] 강엄이 〈한부〉를 지었다.(江文通作恨賦)

君(군) : 이 시의 주제인 '한'을 가리킨다.

【해설】

이 시는 한스러움에 대해 읊은 일종의 영물시이다. 제1~2구에서는 이별의 한스러움을 읊었는데, 사람들의 왕래가 많은 초 땅의 물가에서 오래도록 그리움에 잠겨 있는 상황을 그렸다. 풀이 우거져 있다는 것은 그리움이 많음을 나타내는 전형적인 비유이다. 제3~4구에서는 고향을 그리워하는 한스러움을 읊었는데, 고향으로 돌아가지 못하고 객지에서 할 일 없이 시간만 보내는 상황을 한탄하였다. 제5~6구에서는 번화한 세속에서 영달을 도모하다가 세월만 허비하고 나이가 들어버린 한스러움을 표현하였다. 마지막 두 구절에서는 문인으로서 문재가 없는 한스러움을 읊었다. 강엄의 〈한부〉를 소재로 하여 역시 한스러움을 읊은 것이지만 작가 개인의 감정이 직접적으로 노출되었다는 점에서 영물시로서는 약간의 파격이 보인다. 이는 이 시의 주제인 "한"이 다른 영물 주제와는 성격이 다르기 때문인데, 이러한 방식으로 한종은 영물시의 주제를 다양하게 하여 영물시의 영역을 서정시의 영역으로 확장시켰다고 할 수 있다.

38) 이옹의 시 195. 〈강엄택(江淹宅)〉에 보인다.

23 최승우 崔承祐

최승우시(崔承祐詩)

[원주] 《삼국사기 · 설총전》*에 "최승우는 당 소종 용기 2년(890)**에 당에 가서 경복 2년(893)***에 시랑 양섭****의 문하에 있다가 과거에 급제하였다. 사륙집 5권이 있는데 자신이 쓴 서문에서 《호본집》이라 하였다.*****(후략)"라 하였다.(三國史記, 薛聰傳, 崔承祐, 以唐昭宗龍紀二年入唐, 至******景福二年, 侍郎楊涉下及第. 有四六五*******卷, 自序爲餬********本集)

최승우(崔承祐, ?~?)

최승우는 본관이 경주(慶州)이고 육두품(六頭品) 출신이다. 최치원(崔致遠, 857~?), 최인연(崔仁渷, 868~944)과 더불어 신라 말 '삼최(三崔)'의 한 사람으로 이름을 날렸다. 당에 유학 가서 빈공과(賓貢科)에 급제하고 귀국한 뒤에는 후백제 견훤(甄萱, 867~936)의 참모로 활약했다.

최승우의 문집인 《호본집》은 현재 전해지지 않는다. 문장으로는 〈견훤을 대신하여 고려왕에게 보내는 글(代甄萱寄高麗王書, 927)〉이 《삼국사기》, 《동문선(東文選)》 등에 실려 있다. 남아있는 시는 칠언율시 10수인데 《동문선(東文選)》 권12에 《십초시》와 같은 순서로 실려 있고, 김종직(金宗直, 1431~1492)의 《청구풍아(青丘風雅)》 권4, 남용익(南龍翼, 1628~1692)의 《기아(箕雅, 1688)》 권7, 장지연(張志淵, 1864~1921)의 《대동시선(大東詩選, 1917)》 권1, 이규용(李圭瑢)의 《해동시선(海東詩選)》에 일부 작품이 실려 있다.

(이욱진)

* 《삼국사기》 권46(열전 권6)에 수록되어 있다.

** 신라 진성여왕(眞聖女王) 4년이다.

*** 진성여왕 7년이다.

**** 양섭(楊涉, ?~?) : 동주(同州) 풍익(馮翊, 현재의 섬서성 대려현(大荔縣)) 사람. 당 소종 때 예부(禮部), 병부(兵部)시랑을 역임했고 건녕(乾寧) 4년(897)부터 천우(天祐) 원년(904)까지 이부(吏部)시랑이었다.

***** 번역은 표점 교감본 《삼국사기》(허성도 역, 한국사사료연구소, www.krpia.co.kr)를 따랐다.

****** 至(지): 원문에는 빠져있는데, 표점 교감본 《삼국사기》에 따라 추가하였다.

******* 五(오): 원주에는 '六(육)'이라고 되어 있으나 표점 교감본 《삼국사기》에 의거하여 바로 잡았다.

******** 餬(호): 원주에는 공백으로 되어있는데, 표점 교감본 《삼국사기》에 의거하여 추가하였다.

221

鏡湖[1]

경호

採蕨山前越國中,[2]	고사리 캐던 산 앞 월나라 안에
麴塵秋水濬連空.[3]	담황빛 가을 물이 출렁이며 하늘에 닿는다.
蘆花散撲沙頭雪,	갈대꽃 흩어지니 모래 위에 눈 내리는 듯
菱葉吹生渡口風.[4]	마름잎 흔들리니 나루터에 바람 부는 듯.
方朔絳囊遊渺渺,[5]	동방삭의 붉은 약주머니 아득히 떠돌고
鴟夷桂楫去悤悤.[6]	범려의 계수나무 노는 총총히 가버렸다.
明皇乞與知章後,[7]	당 현종이 하지장에게 주신 뒤에
萬頃恩波竟不窮.[8]	만경의 은혜로운 물결이 끝내 다하지 않는다.

【주석】

1 이 시는 ≪전당시≫에 수록되어 있지 않다.

[원주] ≪십도지・월주[1]≫에 경호가 있다. ≪술이기≫에 "사람들 이야기에 따르면 헌원씨[2]가 거울을 이곳에서 주조했다. 지금 거울을 갈던 돌이 남아 있는데 돌 위에는 덩굴풀이 나지 않는다고 한다."라 하였다.(十道志, 越州有鏡湖. 述異記[3], 俗傳軒轅氏鑄鏡於此. 今有磨鏡石, 石上蔓草不生)

鏡湖(경호) : 고대 장강 이남의 대형 농경 수리시설 중 하나. 절강성 소흥(紹興)의 회계산(會稽山) 북쪽 기슭에 있다. 후한(後漢) 영화(永和) 5년(140) 회계태수 마진(馬臻)이 경내의 흐르는 물을 모아 조성한 저수지였다. 물이 거울처럼 잔잔해서 '경호'라고 불렀다는 설이 있다.

2 [원주] '궐(蕨)'은 '갈(葛)'이라고 해야 한다. ≪십도지・월주≫ '갈산'의 주석에 "구천이 이곳에 칡을 심었는데 베를 짜서 오왕에게 바치도록 했다. 칡 캐는 사람들이 노래를 불렀다. '칡덩굴 긴 가지

1) 월주(越州): 지금의 절강성 소흥시(紹興市)이다. 회계(會稽)라고도 불렸다.
2) 헌원씨(軒轅氏): 중국 전설상의 임금인 황제(黃帝)의 별칭으로 삼황오제(三皇五帝)의 하나이다. 문물제도를 확립하여 중국 민족의 시조로 추앙되고 있다.
3) 述異記(술이기): 원주에는 '搜神記(수신기)'라고 잘못 적혀 있는데 수정하였다.

뻗었네. 가는 갈포 굵은 갈포 곱고 부드럽구나. 더워질 때 입으면 가볍게 나부끼겠네.'"라 하였다. 또 ≪오월춘추≫에 "칡을 캐던 월의 부인들이 월왕이 애쓰는 것이 안타까워 〈이를 어쩌나〉를 지어 노래하기를, '쓸개를 맛보면 쓰지 말고 맛이 엿과 같아라. 이제 우린 칡을 캐서 실을 잣는다.'라고 하였다."라 하였다.(蕨當作葛. 十道志, 越州葛山注, 句踐種葛於此, 以爲布獻吳王. 採葛人歌曰, 葛之蔓兮舒長條, 爲絺爲綌纖且調, 當暑是服輕飄飄. 又吳越春秋[4], 採葛越之婦人傷越王用心, 乃作若何之歌曰, 嘗膽不苦味若飴, 今我採葛以作絲[5])

蕨(궐) : 고사리. 원주에서 지적한 대로 '칡'으로 보는 것이 타당하다.

3 [원주] ≪감주집≫[6] '국진'의 주석에 "양거원[7]의 〈버들을 읊다〉 시에 '강가의 버드나무 담황빛 실가닥, 말을 세우고 떠나는 그대 번거롭게 가지하나 꺾는다.'라고 되어있다."라 하였다. ≪옥간집·채색부≫에 "초록색실 수놓은 그림, 담황빛 비취빛"이라고 하였다.(紺珠[8]集, 麴塵注, 楊巨源, 詠柳詩, 江邊楊柳麴塵絲, 立馬煩君折一枝.[9] 玉簡集, 彩色部, 藍黃繡畫, 麴塵翡翠)

麴塵(국진) : 술을 만들 때 쓰는 누룩곰팡이. 색깔이 옅은 황색 먼지와 같아서 옅은 황색을 가리키기도 한다.

澹(담) : 물결이 출렁이다. 흔들거리다.

4 菱(릉) : 마름. 진흙에서 자라나 잎이 물에 뜨는 한해살이풀.

渡口(도구) : 나루. 물을 건너는 곳.

5 [원주] ≪열선전≫에 "동방삭은 초 사람이다. 무제 때 글을 올려 낭관[10]에 임명되었다. 선제 때에 이르러 낭관직을 버리고 떠났다. 뒤에 회계에서 발견되었는데, 오호[11]에서 약을 팔고 있었다."라 하였다.(列仙傳, 東方朔, 楚人也.[12] 武帝時上書拜爲郞. 至宣帝棄郞去. 後見會稽, 賣藥五湖)

絳囊(강낭) : 붉은 자루. 오호에서 팔던 약을 비유한다.

渺渺(묘묘) : 잘 보이지 않을 정도로 멀다.

4) 秋(추): 원주에는 빠져있는데, 명(明) 고금일사본(古今逸史本) ≪오월춘추≫에 의거하여 추가하였다.

5) 乃作(내작) 이하 3구 : 현존하는 명 고금일사본 ≪오월춘추≫에는 '若何之歌(약하지가)'가 '苦之詩'로 되어 있으며, 이를 따르면 제목이 〈괴로움의 노래〉가 된다. 또한 "맛이 엿과 같다(味若飴)"가 "달기가 엿과 같네(甘如飴)"로 되어 있다.

6) 감주집(紺珠集) : 작자미상의 이야기책으로 총 13권인데, 일설에는 송 주승비(朱勝非, 1082~1144)가 편찬했다고 한다. 전하는 말에 따르면 당의 장열(張說, 667~730)은 다독을 해도 기억하는 것이 적어서 걱정이었다. 어느 날 감색의 구슬을 얻었는데 이 구슬을 만지니 전에 읽었던 것이 모두 되살아났다. ≪감주집≫은 후대에 그 내용을 기록한 책이라고 한다.

7) 양거원(755~?) : 당의 시인으로 자가 경산(景山)이고 하중(河中, 지금의 산서 영제현(永濟縣)) 사람이다. 정원(貞元) 5년(789)에 진사가 되고 태상박사(太常博士), 봉상소윤(鳳翔少尹), 하중소윤(河中少尹) 등의 관직을 역임했다. 근체시의 격률을 중시하고 대장구를 정교하고 아름답게 짓는다는 평을 받는다. ≪전당시≫에 시집 1권이 실려 있다.

8) 珠(주) : 원주에는 '誅(주)'로 되어 있는데, 사고전서본에 의거하여 바로 잡았다.

9) 立馬煩君折一枝(입마번군절일지): 현전하는 ≪감주집≫ 권9에는 이 구절이 실려 있지 않다. 이 시는 원래 칠언절구인데 제목이 문헌마다 다르게 되어 있다. 당 영호초(令狐楚)의 ≪어람시(御覽詩)≫와 청의 ≪전당시≫ 권333에는 〈버들을 꺾으며(折楊柳)〉로, 송 왕안석(王安石)의 ≪당백가시선(唐百家詩選)≫ 권12에는 〈수재 연사색의 버들에 화답하여(和練師索秀才楊柳)〉로, 명 고병(高棅)의 ≪당시품휘(唐詩品彙)≫ 권52에는 〈연수재의 버들에 화답하여(和練秀才楊柳)〉로 되어 있다. 또한 제1구는 ≪감주집≫을 제외한 모든 문헌에서 '江邊(강변)' 대신에 '水邊(수변)'으로 되어 있다.

10) 낭관(郎官) : 한의 관직 이름으로, 천자를 수행하며 수시로 건의를 올리거나 자문에 응했다.

11) 오호(五湖) : 고대 오, 월 일대의 호수를 두루 가리킨다.

12) 楚人也(초인야) : 명(明) 정통도장본(正統道藏本) ≪열선전≫ 하권에는 "평원군 염차현 사람이다.(平原厭次人也)"라고 되어 있다. '염차'는 지금의 산동성 능현(陵縣)으로 전국시대에는 제(齊)에 속해 있었다.

6 [원주] 상권의 "안개 낀 물가 아득한 곳에서 이름을 바꾸셨나 봅니다." 구에 달린 주석을 보라.[13] '계수나무 노'는 이미 상권에 나왔다.[14](見上卷烟水微茫変姓名注. 桂楫已出上卷)

鴟夷(치이) : 가죽으로 만든 자루. 범려가 '치이자피'로 이름을 바꾼 것은 오왕 부차(夫差)가 오자서(伍子胥)를 죽여 가죽 자루에 시체를 넣은 것처럼 자신도 월왕 구천에게 큰 죄를 지었다는 자책감에서 비롯되었다는 설과, 술을 가득 채울 수 있는 가죽 자루가 크기를 자유롭게 변형시킬 수 있듯이 능력을 마음껏 발휘하려는 자신감에서 비롯되었다는 설이 있다.

桂楫(계즙) : 계수나무로 만든 노.

悤悤(총총) : 급하고 바쁜 모양.

7 乞與(기여) : 주다.

知章(지장) : 하지장(賀知章, 659~744). 자는 계진(季眞), 호는 사명광객(四明狂客), 비서외감(秘書外監). 월주(越州) 영흥(永興, 지금의 절강성 소흥시) 출생. 증성(證聖) 원년(695)에 진사가 되고 태상박사(太常博士)를 거쳐 예부시랑(禮部侍郞), 비서감(秘書監) 등의 관직을 역임하였으며, 천보(天寶) 3년(744)에 병이 들어 귀향한 뒤에 죽었다. 이백(李白)의 발견자로 알려졌으며, 그 자신도 풍류인으로 이름이 높았다. 〈버들을 읊다(咏柳)〉, 〈고향에 돌아와 뜻하지 않게 쓰다(回鄕偶書)〉 등의 작품이 유명하다.

8 [원주] ≪당서・하지장전≫[15]에 "천보 초에 병이 들었는데, 꿈에 옥황상제의 거처를 노닐다가 며칠이 지나서야 깨었다. 이에 도사가 되어 고향 마을로 돌아가겠다고 청하니 조칙으로 허가하였다. 고향 집을 천추관으로 바꾸어 살고, 또 주궁호 몇 경을 방생하는 연못으로 달라고 요구하였다. 조칙으로 경호의 한 귀퉁이를 하사했다."라 하였다. '은혜로운 파도'는 이미 상권에 나왔다.[16](唐書賀知章傳[17], 天寶初病, 夢遊帝居, 數日寤. 乃請爲道士還鄕, 詔許之. 以宅爲千秋觀而居, 又求周宮[18]湖數頃爲放生池. 詔賜鏡湖一曲. 恩波已出上卷)

【해설】

이 시는 최승우가 소흥에 있는 경호에 갔을 때 지은 작품이다. 시의 전반부는 호수의 경치에 대한 묘사이고, 후반부는 경호 일대의 지역에 얽힌 인물을 제시하며 자신의 감회를 풀어내고 있다. 제1구에서 경호의 위치를 제시하는데 '칡 캐던 산 앞'과 '월나라 안'이 대장(對仗)을 이루고 있다. 제2구는 시간적 배경이 가을임을 알리는 동시에 하늘에 닿을 듯 넓은 호수의 물결이 흔들리는 모습을 색채감 있게 그려내고 있다. 제3~4구에서는 호숫가의 갈꽃과 마름 잎이 바람에 움직이는 모습에서 다소 쓸쓸한 정취가 느껴지는데, 이는 과거의 역사적 인물을 회고함에 따르는 정서로 볼 수 있다. 제5~6구는 한의 동방삭과 월의 범려를 나란히 놓아 시인 자신이 지향하는 삶을 제시한 부분이다. 동방삭은 한 무제 때 조정에서 재능을 발휘한 인물로, 뒤에는 관직을 떠나 신선처럼 숨어살았다. 범려는 월왕 구천을 도와 오를 깨뜨린 일등공신이었지만 영예를 버리고 제로 건너가 완전히 새로운

13) 온정균의 시 024. 〈선생 자수께 부침(寄先生子修)〉에 보인다.
14) 허혼의 시 078. 〈영주종사의 서쪽 호수 정자(潁州從事西湖亭)〉에 보인다.
15) ≪신당서≫ 권196 은일열전(隱逸列傳)에 수록되어 있다.
16) 이원의 시 069. 〈친구가 버린 여인을 대신하여(代友人去姬)〉에 보인다.
17) 賀知章傳(하지장전) : 원주에는 이 뒤에 '知章云(지장운)'이라는 구절이 들어 있는데, 연문(衍文)으로 여겨 삭제하였다.
18) 宮(궁): 원주에는 '官(관)'으로 되어 있는데, ≪신당서≫ 권196에 의거하여 바로 잡았다.

삶을 도모한 사람이다. 그런데 제7~8구에서 은퇴 이후에도 성은을 입은 하지장을 내세운 것은, 대체로 큰 공을 세우고 물러나서 임금의 배려 속에서 안온한 삶을 누리고 싶은 시인의 욕구를 엿볼 수 있는 부분이다.

222

獻新除中書李舍人1

신임 이중서사인께 드림

五色仙毫入紫微,2	신선 같은 오색필이 자미성에 들어가시니
好將新業助雍熙.3	새로운 업적으로 태평성세 도울 수 있겠지요.
玄卿石上長批詔,4	신선의 벼룻돌 위에는 늘 조서를 적으시면서
林府枝間已作詩.5	수풀 나뭇가지 사이엔 어느새 시를 지으셨겠지요.
銀燭剪花紅滴滴,6	은촛대 심지를 자르면 불똥이 흐드러질테고
銅壺輪刻漏遲遲.7	구리시계 눈금이 바뀌도록 물방울은 더디리다.
自從子壽登庸後,8	장구령이 중서사인에 오른 뒤부터
繼得淸風更有誰.9	청렴한 기풍 이을 사람이 또 누구겠습니까!

【주석】

1 이 시는 ≪전당시≫에 수록되어 있지 않다.

[원주] ≪한서 · 경제기≫ 주석에 "대체로 '벼슬을 제한다'는 말은 이전의 관직에서 벗어나 새로운 관직에 나아간다는 것이다."라 하였다.(前漢景帝紀注, 凡言除者[19], 除故官就新官也)

中書李舍人(중서이사인) : '중서사인(中書舍人)'은 위진 시대에 중서성(中書省)에서 조칙 등을 발표하는 업무를 맡은 데서 비롯하였다. 남조 양(梁)에 이르러 조칙을 작성하고 기밀에 참여하면서 권력이 커졌다. 이 씨는 누구인지 알 수 없다.

2 [원주] '오색'과 '선호'는 이미 중권에 나왔다.[20] '자미'는 이미 상권에 나왔다.[21](五色, 仙毫已出中卷, 紫微已出上卷)

五色仙毫(오색선호) : 오색으로 된 신선의 붓. 오색호(五色毫)는 뛰어난 글솜씨를 가리킨다. 강엄(江淹, 444~505)이 꿈에서 오색필(五色筆)을 빼앗긴 뒤 글재주가 이전보다 처지게 되었다는 전설이 있다.

19) 者(자): 원주에는 빠져 있는데, 청(淸) 건륭무영전각본(乾隆武英殿刻本) ≪한서≫ 권5에 의거하여 추가하였다.
20) 이웅의 시 195. 〈강엄택(江淹宅)〉에 보인다.
21) 온정균의 시 026. 〈이중서사인에게 띄움(投中書李舍人)〉에 보인다.

紫微(자미) : 별자리의 하나로 제왕의 궁전을 가리킨다. 당 개원(開元) 원년(713)에 중서성을 '자미성'으로, 중서사인을 '자미사인'으로 바꾸었다. ≪동문선≫에는 '자미(紫薇)'로 되어 있으며 같은 뜻이다.

3 [원주] ≪맹자≫ 서문[22]에 "관직에 나선들 요순시대의 즐거움을 도와 일으킬 수 없었다."라 하였다. 장형(張衡)의 〈동경부〉에 "위아래가 그 즐거움을 함께하였다."라 하였다.(孟子序, 進不得佐興唐虞雍熙之和. 東京賦, 上下共其雍熙)

雍熙(옹희) : 기뻐하고 즐거워하는 모습. 태평성대, 즉 황제의 치적을 가리킨다.

4 玄卿(현경) : 신선.

批詔(비조): 조서(詔書)를 적어서 임금께 보이다.

5 [원주] 육기(陸機)의 〈문부〉에 "문장의 숲에서 노닐다."라 하였다.(陸士衡, 文賦, 遊文章之林府)

林府(임부) : 숲이나 창고처럼 사물이 많은 곳을 가리킨다. 여기서는 중서성에 처리해야 할 문서가 숲처럼 쌓여 있음을 가리킨다.

6 [원주] 진 고야왕[23]의 〈무영부〉에 "달빛이 일렁이네 비단 문에서, 은촛대 늘어섰네 난초 규방에서."라 하였다.(陳顧野王, 舞影賦, 燿金波兮繡戶, 列銀燭兮蘭房)

滴滴(적적) : '매우', '잔뜩'이라는 뜻으로 쓰인다.

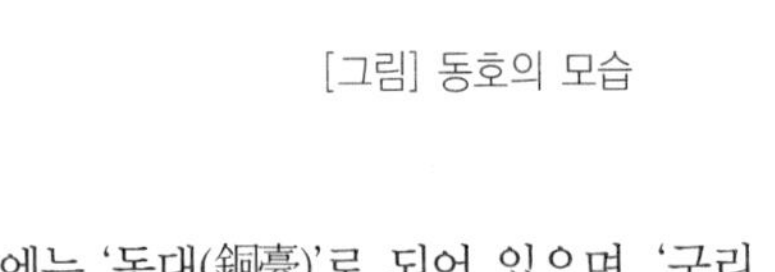

[그림] 동호의 모습

7 [원주] '누각'은 이미 상권에 나왔다.[24](漏刻已出上卷)

銅壺(동호) : 구리로 만든 병 모양의 물시계. ≪동문선≫에는 '동대(銅臺)'로 되어 있으며, '구리 누대'라는 뜻이다.

8 子壽(자수) : 장구령(張九齡, 678~740)의 자이다. 소주 곡강(韶州 曲江: 지금의 광동성 소관韶關) 사람. 문재(文才)로 재상 장열(張說)의 추천을 받아 중서사인(中書舍人), 중서시랑(中書侍郞) 및 재상의 직책을 역임했다. 성격이 강직하여 권신인 이임보(李林甫) 등의 모략을 입어 형주자사(荊州刺史)로 좌천되었다. 현종의 탄신일인 천추절(千秋節)에 다른 신하들은 황제에게 축하의 선물을 드렸으나 장구령은 ≪천추금감록(千秋金鑑錄 : 역사적으로 정치의 잘잘못을 발췌한 참고서)≫을 만들어 드렸다. 저서로 ≪곡강장선생문집(曲江張先生文集)≫ 20권이 전한다.

登庸(등용) : 선발, 임용되는 것. '登用(등용)'과 같다.

9 [원주] ≪신당서≫에 "장구령은 자가 자수이다. (중략) 이윤(伊尹)이나 여상(呂尙)같은 재상감을 뽑는 시험에서 대책문이 높은 등수에 올라 좌습유[25]가 되었다. 이 때 현종이 즉위하였는데[26] (중략) 중서사인으로 옮겼다.[27] (중략) 이 해[28]에 모친상의 상복을 벗고 중서시랑[29]이자 동문하평장사[30]의

22) 한(漢) 조기(趙岐)의 〈맹자제사(孟子題辭)〉를 말한다.

23) 고야왕(顧野王, 519~581) : 양, 진 시기의 관료이자 훈고학자, 사학자. 오군(吳郡, 지금의 강소성 소주(蘇州)) 사람. 양 무제 대동(大同) 4년(538)에 태학박사(太學博士)를 지내고 진대에는 국자박사(國子博士), 황문시랑(黃門侍郞), 광록대부(光祿大夫)를 역임했다. 9세에 〈일부(日賦)〉를 지었으며, 저서로 ≪옥편(玉篇)≫이 있다.

24) 유우석의 시 007. 〈대궐에서 종을 치는 것을 기다리며 여러 동료에게 보내어(闕下待傳點呈諸同舍)〉에 보인다.

25) 좌습유(左拾遺): 황제의 잘못에 대해 간언하는 직책이다.

26) 개원(開元) 원년(713)의 일이다.

27) 개원 11년(723)의 일이다.

직책을 받게 되었다. 고사하였으나 허락하지 않았다. 이듬해에 중서령[31]으로 옮겼다."라 하였다.(新唐書, 張九齡, 字子壽. 以道侔伊呂[32]科, 策高第, 爲左拾遺, 時[33]玄宗即位, 遷中書舍人云云, 是歲奪哀[34], 拜中書侍郎同[35]門下平章事, 固辭, 不許, 明年遷中書令)

【해설】

이 시는 새로 중서사인에 임명된 이 아무개에게 지어준 시이다. 제1~2구에서는 도교의 색채를 띤 명문장가가 임금을 보좌하여 새로운 공적을 세우기를 기대하고 있다. 제3~4구는 신선의 솜씨로 정성들여 업무를 처리하는 동시에 문서더미 속에서 틈틈이 시도 짓는 여유를 칭송하고 있다. 제5~6구는 촛불 심지를 자르는 사이 어느새 초가 다 녹아버리는데 물시계의 눈금은 도무지 차지 않는 야간 근무의 정경을 상상하였다. 제7~8구에서는 청렴함으로 현종의 태평성대를 이루는 데에 혁혁한 공로를 세운 바 있는 장구령을 역할모델로 내세웠다. 최승우는 마침 중서사인을 지낸 바 있는 장구령을 통해 이 아무개 역시 그 기풍을 이어받아 모범적인 관직 생활을 해나가기를 기원하고 있다.

한편 최승우는 이 작품에서 단순히 새로운 관직을 받아 열심히 일하기만을 기원하는 것이 아니다. 제4구에서 바쁜 가운데서도 어느새 시를 지어냈다고 칭송했는데, 이 중서사인에게 기대하는 시적 재능은 작품 곳곳에 보인다. 제1구의 첫머리에 나오는 오색 붓은 강엄(江淹)이 꿈속에서 빼앗긴 바로 그 붓으로 이 아무개의 문재(文才)가 뛰어남을 암시한다. 제7구에 나오는 장구령은 훌륭한 재상으로도 유명했지만 그의 시 역시 초당시의 대표로 손꼽힌다. 〈감우(感遇)〉, 〈달을 바라보며 먼 곳을 그리다(望月懷遠)〉 등이 잘 알려져 있다. 전임 재상이었던 장열이 "훗날 문단의 으뜸이 될 것이오.(後出詞人之冠)"라고 칭찬할 정도였다. 표면적으로는 태평성대를 이루는 훌륭한 관리가 되기를 바라면서도, 이면에는 시 창작을 소홀히 하지 말고 계속 좋은 작품을 써달라는 부탁이 들어있다고 할 수 있다.

28) 개원 21년(733)을 말한다.
29) 중서시랑(中書侍郎) : 중서성의 우두머리로 중서령을 보좌한다. 당대에는 정3품의 품계였다.
30) 동문하평장사(同門下平章事) : 당대 조정의 중추기관인 중서성과 문하성(門下省)의 업무를 통할하는 직책으로 당대에는 재상에 속했다.
31) 중서령(中書令) : 황제의 정무를 돕는 고위직의 관원으로 당대에는 재상에 속했다.
32) 呂(려) : 원주에는 '尹(윤)'으로 되어 있는데, 청(淸) 무영전각본(武英殿刻本) ≪신당서≫ 권126에 의거하여 바로잡았다.
33) 時(시) : 원주에는 빠져 있는데, 청 무영전각본에 의거하여 보충하였다.
34) 奪哀(탈애) : 원주에는 '衰(최)'로 되어 있는데, 청 무영전각본에 의거하여 바로잡았다.
35) 同(동) : 원주에는 빠져 있는데, 청 무영전각본에 의거하여 보충하였다.

223

送進士曹松入羅浮[1]

나부산으로 들어가는 진사 조송을 전송하며

雨晴雲斂鷓鴣飛,2	비 개고 구름 걷히고 자고새 나는데
嶺嶠臨流話所思.3	오령 가는 길 나루에서 그리움을 이야기합니다.
猒次狂生須讓賦,4	염차의 광인도 부 짓기를 사양할 판인데
宣城太守敢言詩.5	선성 태수가 감히 시를 말하겠습니까.
休攀月桂凌天險,6	달나라 계수나무 붙들고 높은 하늘 넘지는 마십시오.
好把烟蘿避世危.7	무성한 여라 잡고 세상의 위험 피하는 게 나을 겁니다.
七十長溪三洞裏,8	칠십 줄기 긴 개울 현묘한 신선세계 속에서
他年名遂也相宜.9	훗날 명성을 이루는 것 또한 어울릴 것입니다.

【주석】

1 이 시는 ≪전당시≫에 수록되어 있지 않다. ≪동문선≫에는 제목이 〈진사 조송이 나부산으로 들어가는 것을 전송하며(送曹進士松入羅浮)〉로, ≪기아(箕雅)≫, ≪대동시선(大東詩選)≫에는 〈조송이 나부산으로 들어가는 것을 전송하며(送曹松入羅浮)〉로 되어 있다.
曹松(조송, 828?~903?) : 만당 시기의 시인. 자는 몽징(夢徵). 서주(舒州, 지금의 안휘 동성(桐城)) 사람. 전란을 피해 곳곳을 떠돌다가 소종(昭宗) 광화(光化) 4년(901)에 70여 세의 나이로 다른 4명의 노인들과 함께 진사가 되었는데 세칭 오로방(五老榜)이라 하였다. 교서랑(校書郎)의 관직을 받은 뒤 죽었다. 가도(賈島)의 시풍을 이은 것으로 평가되며 오언율시에 뛰어났다고 전해진다.
나부(羅浮) : 산 이름. 광동 동강(東江) 북쪽 연안에 있다. 풍경이 뛰어나 월(粤) 지역의 명승지로 알려져 있다. 진(晉) 갈홍(葛洪)이 이 산에서 수도한 적이 있다고 한다.

2 [원주] ≪고금주≫[36]에 "자고는 늘 해를 향해 난다. 서리 맞는 것이 두려워 밤에 쉴 때는 나뭇잎으로

36) 고금주(古今注) : 진(晉) 최표(崔豹)가 지었다. 최표는 자가 정웅(正熊)으로 혜제(惠帝) 때 관직이 태부(太傅)에 이르렀다. 예로부터 당시까지의 각종 사물에 대해 설명한 책이다. 총 8권으로 되어 있고, 각 권에서 복식, 교통수단, 음악, 동식물 등을 다루고 있다.

등을 덮는다."라 하였다.(古今注, 鷓鴣常向日而飛. 畏霜落[37]), 夜棲以樹葉覆其背)

자고(鷓鴣) : 중국 남방에 주로 서식하는 꿩과의 텃새. 앞가슴에 하얗고 둥근 점이 진주처럼 박혀있고 전체적으로 황갈색을 띠고 있다. 문학 작품에서는 고향을 그리워하는 시상에 쓰인다.

3 嶺嶠(영교) : 오령(五嶺), 즉 대유령(大庾嶺), 월성령(越城嶺), 기전령(騎田嶺), 맹저령(萌渚嶺), 도방령(都龐嶺) 일대를 두루 가리킨다. 오령은 강서, 호남, 광동, 광서 네 성의 사이에 걸쳐 있으면서 장강(長江)과 주강(珠江)의 분수령이 된다.

4 [원주] ≪후한서≫에 "예형의 자는 정평이고 평원 반현[38] 사람이다."라 하였다. 하후담(夏侯湛)의 〈동방삭화찬(東方朔畫贊)〉[39] "대부의 이름은 삭이고 자는 만천이다. 평원 염차 사람이다. 건안 연간(196~220)에 염차를 분할하여 낙릉군을 만들어서 또한 그 군의 사람이라 하였다."의 주석에 "≪한서≫에 '평원군에 낙릉현이 있다'라고 되어있다."라 하였다. 또한 중권의 "부는 귀한 손님 즐겁게 했던 예형의 광기 배웠다네." 주석에 보인다.[40](後漢書, 禰衡字正平, 平原般人也. 東方朔畫贊[41], 大夫諱朔, 字曼倩. 平原厭次人也. 建安中分厭次以爲樂陵郡, 故又爲郡人焉注, 漢書平原郡有樂陵縣也. 又見中卷, 賦學娛賓處士狂注)

猒次(염차) : 지금의 산동 능현(陵縣) 신두진(神頭鎭)이다. ≪동문선≫, ≪대동시선≫에는 '염차(厭次)'로 되어 있다.

狂生(광생) : 미친 사람. ≪청구풍아(青丘風雅)≫, ≪기아≫, ≪대동시선≫에는 '선생(先生)'으로 되어 있다.

5 [원주] ≪남제서(南齊書)·사조(謝朓)열전≫에 "선성태수가 되었다."라 하였다. 두보의 시[42]에 "시는 사조의 경지에 닿아있네."라 하였다.(南齊書[43], 謝朓, 爲宣城太守. 詩史, 詩接謝宣城)

선성(宣城) : 안휘 남동부의 도시로 풍경이 아름답다. 경내에 경정산(敬亭山)이 유명하다. 흔히 남조 제(齊)의 시인 사조(謝朓, 464~499)를 가리킨다.

6 [원주] 중권의 "급제하니 마음이 그래도 기뻐지는 것 느껴지나니" 주석에 보인다.[44](見中卷, 堪知折桂心還暢注)

攀(반) : 붙잡고 오르다.

月桂(월계) : 달의 무늬는 계수나무와 같으므로 월계는 계수나무 숲을 뜻한다. 계림일지(桂林一枝)의 고사[45]와 관련하여 월계 역시 과거에 급제함을 가리키게 되었다.

37) 落(락) : ≪초학기(初學記)≫ 권3과 ≪태평어람(太平御覽)≫ 권14의 인용문에는 '露(로)'로 되어있다.
38) 반현(般縣) : 지금의 산동 임읍(臨邑)이다.
39) 동방삭화찬(東方朔畫贊) : 진(晉)의 문인 하후담(夏侯湛, 243?~291)이 동방삭의 영정을 보고 감상을 찬(贊)의 형식으로 지은 것이다. ≪문선(文選)≫ 권47에 실려 있다. 동진(東晉)의 왕희지(王羲之)와 당의 안진경(顔眞卿)이 남긴 서예 작품이 유명하다.
40) 조하의 시 109. 〈내 심사풀이(自解)〉에 보인다.
41) 東方朔畫贊(동방삭화찬) : 원주에는 이 뒤에 '字(자)'가 적혀있는데 ≪문선≫ 권47에는 이 글자가 없다. 연문(衍文)으로 여겨 삭제하였다.
42) 〈배사군을 모시고 악양루에 오르다(陪裴使君登岳陽樓)〉이다.
43) 南齊書(남제서) : 원주에는 '南史(남사)'라고 잘못 되어 있는데 수정하였다.
44) 박인범의 시 155. 〈초가을에 감회를 쓰다(早秋書情)〉에 보인다.
45) 계림일지(桂林一枝) : 진(晉)의 극선(郤詵)이 자신이 현량대책(賢良對策)으로 뽑혀 천하제일이라고 하나 계림의 나뭇가지 하나를 꺾은 데 불과하다고 말한 고사. 원래는 겸사의 뜻이었으나, 뒤에 뛰어난 성적으로 과거에 급제한 사람을 비유하는 말로 쓰였다.

凌(릉) : 침범하다.

天險(천험) : 하늘의 기세가 높고 험함.

7 [원주] ≪양서·복정전≫에 "그 벽려(薜荔)와 여라(女蘿)[46]는 버리고, 나와서 원앙과 백로[47]를 따르셔야지요."라 하였다.(梁書, 伏挺傳, 捐此薜蘿, 出從鴛鷺[48])

연라(烟蘿) : 수풀이 무성하여 안개처럼 서로 얽혀있는 것. 은거지를 가리킨다. ≪동문선≫, ≪기아≫, ≪대동시선≫에는 '연하(烟霞)'로 되어 있으며, '안개와 노을', 또는 '운무(雲霧)'라는 뜻이다.

8 [원주] 〈나부산기〉에 "나부란 뭉뚱그려 이름 붙인 것이다. '나'는 '나산'이고 '부'는 '부산'이다. 두 산을 합해서 '나부'라고 한다. 증성,[49] 박라[50] 두 현의 경계에 있다. 나부산은 높이가 삼천 길이고 칠십 개의 석실, 칠십 줄기의 긴 개울, 신명,[51] 신금,[52] 옥수,[53] 주초[54]가 있다."라 하였다. '삼동'은 상권의 "학은 선계의 대궐을 떠나 하늘을 내려온다." 주석에 보인다.[55](羅浮山記, 羅浮者蓋摠稱焉. 羅羅山也, 浮浮山也. 二山合體謂之羅浮. 在曾城, 博羅二縣之境. 羅浮高三千丈, 有[56]七十石室, 七十[57]長溪, 神明[58], 神禽, 玉樹, 朱草[59]. 三洞, 見上卷, 鶴辭仙闕下三淸注)

삼동(三洞) : 도교의 경전을 동진(洞眞), 동현(洞玄), 동신(洞神)의 삼부(三部)로 나누는데 이를 합쳐서 '삼동'이라 한다. 지극히 현묘(玄妙)하다는 뜻으로 쓰이며 이로 인해 도가의 명산(名山) 동부(洞府)를 가리키기도 한다.

9 [원주] ≪노자≫에 "공을 이루고 명성을 날리면 몸이 물러나는 것이 하늘의 도이다."라 하였다.(老子, 功成名遂, 身退天之道)

상의(相宜) : 적합하다. 마땅하다.

【해설】

이 시는 일흔이 넘은 나이에 진사가 된 조송이 광동의 나부산으로 떠날 때 전송하면서 지은 작품이다. 조송은 당 말의 뛰어난 시인이었지만 관운이 없어서 고령에 진사가 되었는데, 교서랑이라는 말단 관직을 받았을 뿐이다. 이에 나부산으로 신선술을 배우러 떠나게 된 것이다.

제1~2구에서는 먼 길을 떠나야 하는 조송에 대한 그리움을 표현하였다. 비가 그치고 활짝 개어

46) 벽려·여라 : 줄사철나무와 이끼로 만든 옷으로 은자(隱者)의 복장이다.
47) 원앙·백로 : 떼 지어 줄서있는 모습으로 인하여 조정의 신하들을 비유하게 되었다.
48) 鴛鷺(원로) : 청(淸) 무영전각본(武英殿刻本) ≪양서≫ 권50에는 '鵷鷺(원로)'라고 되어 있다.
49) 증성(增城) : 전설 속의 지명으로 아홉 겹으로 되어 있고 높이가 일만 리가 넘는다고 한다. 후한 건안 연간에 남해군(南海郡)의 부속 현으로 설치되었고 현재 광동 광주(廣州) 동부 주강삼각주(珠江三角洲)의 동북부에 있다.
50) 박라(博羅) : 진시황(秦始皇) 때 현이 설치되었고 현재 광동 주강삼각주 동북부, 동강(東江) 중류 북쪽 연안에 있다. 남월(南粵) 문화와 객가(客家) 문화가 융합된 곳이다.
51) 신명(神明) : 하늘과 땅의 신령.
52) 신금(神禽) : 신비로운 새. 주로 봉황을 가리킨다.
53) 옥수(玉樹) : 전설 속의 신령한 나무.
54) 주초(朱草) : 붉은 색의 풀로 옛 사람들이 상서롭게 여긴 영물이다.
55) 이원의 시 070. 〈촉으로 돌아가는 공봉 귀위의를 전송하며(送供奉貴威儀歸蜀)〉에 보인다.
56) 有(유) : 원주에는 빠져 있는데, ≪예문유취(藝文類聚)≫ 권7에 의거하여 보충하였다.
57) 七十(칠십) : ≪예문유취(藝文類聚)≫ 권7과 ≪태평어람(太平御覽)≫ 권41에는 '七十二(칠십이)'로 되어 있다.
58) 神明(신명) : ≪태평어람(太平御覽)≫ 권41에는 '神湖(신호)'로 되어있다.
59) 朱草(주초) : 원문에는 '草木也(초목야)'로 되어있으나 ≪예문유취≫, ≪북당서초(北堂書鈔)≫, ≪태평어람(太平御覽)≫ 등에 의거하여 바로 잡았다.

여행을 떠나기에 좋은 날씨이다. 하늘에는 태양이 있는 남쪽으로 나는 자고새가 있는데, 이는 목적지인 광동 나부산으로 가는 조송을 가리킨다. 제3~4구에서는 장안에서 광동으로 가는 여정을 제시하면서 조송의 시적 재능을 칭송하였다. 산동의 염차는 〈앵무부〉 등 뛰어난 부를 지은 예형의 고향이다. 안휘의 선성은 영명체(永明體) 시인이자 사영운(謝靈運)과 함께 산수시로 유명한 사조가 태수로 있었다. 시인은 예형이나 사조처럼 뛰어난 문인조차도 그 앞에서는 작품을 내보이지 못할 정도라면서 조송을 추켜올리고 있다. 제5~6구에서는 조송에게 이제 더 이상 출세를 위해 부질없는 노력을 하지 말고 어지러운 세상을 피해 숨어사는 것으로 만족하라고 권하고 있다. '천험(天險)'이나 '세위(世危)'는 당시의 정치적, 사회적 혼란을 가리킨다고 할 수 있다. 제7~8구에서는 조송이 기이하고 현묘한 신선세계에서 득의하여 꿈을 이루기를 기원하고 있다.

224

春日送韋太尉自西川除淮南[1]

봄날 서천절도사에서 회남절도사로 부임하는 위태위를 전송하며

廣陵天下最雄藩,[2]	광릉은 천하의 으뜸가는 요충지
暫借名侯重寄分.[3]	이름난 제후를 잠시 빌려 중대한 임무를 맡기셨습니다.
花送去思攀錦水,[4]	전송하는 꽃은 아쉬운 마음에 탁금강을 붙잡고
柳迎來暮挽淮濆.[5]	영접하는 버드나무는 더디 온다며 회수를 당깁니다.
瘡痍從此資良藥,[6]	백성들이 고통 받으니 이로부터 명약을 주시고
宵旰終須緩聖君.[7]	임금님이 고생하시지만 마침내 성군을 느긋하게 만듭니다.
應念風前退飛鷁,[8]	바람을 맞으며 거꾸로 나는 익조가
不知何路出鷄群.[9]	어떡해야 군계일학이 될지 모른다는 것을 기억해 주십시오.

【주석】

1 이 시는 ≪전당시≫에 수록되어 있지 않다.
韋太尉(위태위) : 위소도(韋昭度, ?~895). 자는 정기(正紀). 경조(京兆, 지금의 섬서 서안(西安)) 사람이다. 희종(僖宗) 중화(中和) 4년(884)에 서천절도사가 되었으나 내부 분란을 해결하지 못하여 그만두고 동도유수(東都留守)에 임명되었다. 사후에 태위(太尉)[60]가 추증되었다. ≪신당서≫권185에 생애에 대한 기록이 실려 있다.
西川(서천) : 중국의 옛 지명으로 익주(益州)라고도 하였다. 지금의 사천성 일대를 가리킨다.
淮南(회남) : 회하(淮河) 이남, 장강(長江) 이북의 지역으로, 지금은 안휘성 중부를 가리킨다.

2 [원주] ≪통전≫[61]에 "회남도 광릉군은 지금의 양주이다."라 하였다.(通典, 淮南道廣陵郡, 今之揚[62]州)

60) 태위(太尉) : 진(秦) 이래로 삼공(三公)의 하나인 최고위의 관직이었지만, 후한 이후에는 점차 실권이 없어져 무관(武官)의 명예직으로 여겨졌다.
61) 통전(通典) : 당 두우(杜佑, 735~812)가 지은 일종의 역사서로 총 200권이다. 당 천보(天寶) 연간 이전의 역대 정치, 경제, 예법, 군대, 형법의 규범 및 제도와 지리, 민족 등의 분야를 망라한 전문 서적이다. 9가지의 대 분류와 1,500여 세목으로 나뉘어 있다.
62) 揚(양) : 원주에는 '楊(양)'으로 되어있는데, 청(淸) 무영전각본(武英殿刻本) ≪통전≫ 권181에 의거하여 바로 잡았다.

廣陵(광릉) : 지금의 강소성 양주시(揚州市) 일대를 가리킨다.

雄藩(웅번) : 중요한 위치에 있으면서 군사력이 강한 변방의 기지.

3 [원주] ≪동관한기≫[63]에 "구순은 자가 자익이다. (중략) 하내[64]태수가 되었는데 (중략) 조정으로 불러 집금오[65]로 임명하였다. (중략) 영천[66]에 도적 떼가 일어나 천자가 친히 남쪽으로 정벌에 나서자 구순이 영천까지 따라갔는데, 도적이 모두 항복했다. 백성들이 길을 막고 '폐하께서는 다시 구 사군(使君)을 일 년만 빌려주소서.'라고 하였다. 이에 구순을 영천에 남겨두었다."라 하였다. 이백 시[67]에 "현인은 중대한 임무를 맡았고 천자는 드높은 명성을 빌렸습니다."라 하였다.(東關漢記, 寇恂, 字子翼. 爲河內太守, 徵爲執金吾. 潁川盜賊起, 車駕南征, 恂從到潁川, 盜賊悉降. 百姓遮道曰, 陛下復借寇君一年. 乃留恂.[68] 李白詩, 賢人當重寄, 天子借高名)

暫(잠) : 잠시. ≪동문선≫ 권12에는 '잠(蹔)'으로 되어 있는데 뜻은 같다.

名侯(명후) : 이름난 제후. ≪동문선≫에는 '현후(賢侯)'라고 되어 있으며 '현명한 제후'라는 뜻이다.

重寄(중기) : 중대한 임무.

4 [원주] ≪한서≫[69]에 "하무는 자가 군공이고 촉 땅 사람이다. (중략) 사람됨이 어질고 정이 두터우며 인재 추천을 즐겨하였고 사람들의 좋은 점을 칭찬하였다. (중략) 관직에 머물 때는 혁혁한 명성이 없었지만, 떠나고 난 뒤에는 늘 그리움을 받았다."라 하였다. '금수'는 이미 상권에 나왔다.[70](漢書, 何武, 字君公[71], 蜀人. 爲人仁厚, 好進士, 稱人之善. 其所居時, 無赫赫之名, 去後常見思. 錦水已出上卷)

去思(거사) : 지역민이 이임하는 지방관을 그리는 마음.

5 [원주] ≪후한서≫[72]에 "염범은 자가 숙도이다. (중략) 촉군태수가 되었다. (중략) 성도는 사람과 물산이 풍성한데 건물끼리 붙어있어서 옛 법에 사람들이 밤에 일하는 것을 금지하여 화재를 막고자 했다. (중략) 염범은 오히려 이전의 법령을 폐지하고 다만 방화수를 비축하도록 엄명을 내리기만 하였다. 백성들이 '염숙도께서는 왜 이리 늦게 오셨을까. 등불을 켜지 못하게 하지 않으시니 사람들이 편안해 하지. 평생 저고리 한 벌 없다가 이제는 바지가 다섯 벌이니.'라고 노래하였다."라 하였다. ≪시경≫[73]에 "회수 가에 진영을 두텁게 펼쳐, 나아가 큰 오랑캐를 잡는다."라 하였다.(後漢, 廉范, 字叔度. 爲蜀郡太守. 成都民物豐盛, 邑宇逼側, 舊制, 禁民[74]夜作以防其火災, 范乃毁削先令, 但嚴使[75]

63) 동관한기(東關漢記) : 후한 때 기전체로 쓰인 관찬(官撰) 당대사(當代史)로, 반고(班固) 등 역대 황제의 사관이 집필에 참여하였고 동관(東觀)에서 편찬 작업이 이루어졌다. 광무제(光武帝)부터 영제(靈帝)에 이르기까지의 일을 기록한 총 143권의 역사서이다.

64) 하내(河內) : 하남성 황하 이북의 지역을 가리킨다.

65) 집금오(執金吾) : 금오(金吾)라고도 한다. 임금과 대신들의 경호 및 수도의 치안을 담당하는 직책이다.

66) 영천(潁川) : 지금의 하남성 우주시(禹州市)이다.

67) 이 시의 제목은 〈승주 태수 왕충신께 드리다(贈昇州王使君忠臣)〉이다.

68) 乃留恂(내류순) : 원주에는 이 뒤에 "有感稼豆自生(유감가두자생)"이 더 있는데, 연문으로 여겨 삭제하였다.

69) 여기서는 ≪한서≫ 권86 〈하무 · 왕가 · 사단전(何武王嘉師丹傳)〉을 말한다.

70) 옹도의 시 086. 〈급제하여 서천으로 돌아가는 요곡을 전송하며(送姚鵠及第歸西川)〉에 보인다.

71) 公(공) : 원주에는 '卿(경)'이라고 되어 있으나 청(淸) 무영전각본(武英殿刻本) ≪한서≫ 권86에 의거하여 바로잡았다.

72) 여기서는 ≪후한서≫ 권31 〈곽 · 두 · 공 · 장 · 염 · 왕 · 소 · 양 · 가 · 육 열전(郭杜孔張廉王蘇羊賈陸列傳)〉을 말한다.

73) 여기서는 〈대아(大雅) · 상무(常武)〉 시를 말한다.

74) 民(민) : 원주에는 '昏(혼)'이라고 되어 있으나 백납본영송소희각본(百衲本景宋紹熙刻本) ≪후한서≫권31에 의거하여 바로잡았다.

75) 使(사) : 원주에는 빠져있는데, 백납본영송소희각본에 의거하여 보충하였다.

儲水. 百姓爲歌曰, 廉叔度來何暮. 不禁火, 民安堵[76]. 平生無襦今五絝[77]). 詩, 鋪敦淮濆[78], 仍執醜虜)

挽(만) : 당기다.

淮濆[79](회분) : '회(淮)'는 회하(淮河)로 하남 동백산(桐栢山)에서 발원하여 안휘, 강소를 거쳐 장강으로 흘러드는 강이다. '분(濆)'은 물가이다.

6 瘡痍(창이) : 상처. 재해와 고통에 시달리는 백성을 가리킨다.

資(자) : 공급하다, 이용하다, 갖추다.

7 [원주] ≪한문제기≫에 "어두운 새벽에 벌써 옷을 차려입으시고 컴컴한 저녁에야 진지를 드십니다."라 하였다.[80](漢文帝紀, 宵衣旰食)

宵旰(소간) : '소(宵)'는 밤이고 '간(旰)'은 해질녘으로, 임금이 이른 새벽부터 늦은 저녁까지 공무에 힘씀을 가리킨다.

終須(종수) : 끝내, 필경.

緩(완) : 여유롭다. 게을리하다.

8 [원주] ≪좌전≫[81]에 "여섯 마리의 익조가 거꾸로 날아 송의 도읍을 지나간 것은 바람 때문이다."라 하였다.[82](左傳, 六鷁[83]退飛過宋都[84], 風也)

9 [원주] ≪진서≫[85]에 "혜소는 자가 연조이고 위 중산대부[86] 혜강의 아들이다. (중략) 혜소가 처음 낙양에 들어왔을 때 어떤 사람이 왕융[87]에게 '어제 뭇사람 가운데 막 혜소를 보았더니 꼿꼿한 것이 두루미가 홀로 뭇 닭 사이에 서 있는 것 같습디다.'라고 말하니 왕융이 '당신이 그 부친을 못 봤을 뿐이라오.'라고 말했다."라 하였다.(晉書, 嵇紹, 字延祖, 魏中散大夫康之子也. 紹始入洛, 或謂王戎曰, 昨於稠人中始見嵇紹, 昂昂然若, 獨鶴之在鷄羣, 戎曰, 君未見其父耳)

【해설】

이 시는 서천절도사의 임무를 마치고 장안에 돌아왔다가 다시 회남으로 전출하는 위소도를 전송하면서 지은 작품이다. 목적지, 시간적·공간적 배경, 목표 달성의 당부 등 송별시에 담겨야 할 내용이 두루 갖추어져 있다.

76) 堵(도) : 백납본영송소희각본에는 '作(작)'으로 되어 있다.
77) 絝(고) : 위의 판본에는 '袴(고)'로 되어 있다.
78) 濆(분) : 원주에는 '墳(분)'으로 되어 있는데, 십삼경주소본 ≪모시≫에 의거하여 바로잡았다.
79) 위의 주와 마찬가지로 바로잡았다.
80) 여기서 인용된 구절은 ≪한서·문제기≫에 나오지 않으며, 당 이후의 문헌에서 비로소 검색된다. 아마도 인용의 착오인 듯하다.
81) ≪춘추좌씨전≫ 희공(僖公) 16년 봄의 기록이다.
82) ≪춘추좌전정의(春秋左傳正義)≫에 따르면 송 사람들은 큰 바람이 불어 익조 떼가 거꾸로 날아가는 것을 재이(災異)로 여겨 노(魯)를 비롯한 다른 제후국에 알렸다. 그리하여 ≪춘추좌씨전≫에 송의 기사가 실린 것이다. 여기서는 시인 자신의 유학과 구직 활동이 순조롭게 풀리지 못하는 상황을 비유하였다.
83) 鷁(익) : 익조. 물새의 일종으로 해오라기와 비슷하지만 그보다 더 크며, 깃은 흰색이다.
84) 宋都(송도) : 송의 도읍. 지금의 하남 상구현(商丘縣)을 말한다.
85) ≪진서≫ 권89 〈충의열전(忠義列傳)〉이다.
86) 중산대부(中散大夫) : 후한 때 설치한 관직으로 정사에 대한 의논을 관장했다.
87) 왕융(王戎, 234~305) : 자는 준충(濬沖), 낭야(琅琊) 임기(臨沂, 지금의 산동 임기현) 사람이다. 서진의 명사이자 죽림칠현의 한 사람이다.

제1~2구에서는 목적지인 광릉이 군사적 요충지임을 제시하고 임금이 알맞은 인재를 중요한 곳에 배치하였다고 말하였다. 제3~4구에서는 봄이라는 시간적 배경에 맞춰 출발지에는 꽃을, 도착지에는 버드나무를 안배하여 대장을 이루면서, 위소도가 서천과 회남에서 모두 사랑받는 지방관이라고 칭찬하였다. 제5~6구에서는 아래로는 고생하는 백성을 잘 어루만지고 위로는 근심하는 임금을 느긋하게 해달라고 부탁하였다. 제7~8구에서는 역풍을 맞으며 힘겹게 나는 익조에 스스로를 비유하며 여러 사람 가운데 뛰어난 존재가 되고 싶은 마음을 드러내었다.

최승우는 당에서 유학하며 주변에서 만나는 관료들을 선망하였다. 중서사인이나 군사적 요충지의 절도사 등은 시인이 앞으로 맡아서 포부를 펴게 될 관직이나 다름없었다. 그는 송별(送別)이나 기증(寄贈)의 형식을 빌려서 자신의 정치적 잠재력과 미래의 성취를 그려내었는데, 이 시에서도 현재는 어려운 상황에 처해있지만 훗날 군계일학으로 성공하겠다는 다짐을 엿볼 수 있다.

225

關中送陳策先輩赴邠州幕1

관중에서 급제 동기 진책이 빈주의 막부에 부임하는 것을 전송하며

禰衡詞賦陸機文,2	예형의 사부요 육기의 문장이라.
再捷名高已不群.3	재차 급제에 명성이 높으니 범상치 않습니다.
珠淚遠辭裴吏部,4	방울방울 눈물로 멀리 이부랑과 작별하고
玳筵今奉竇將軍.5	화려한 잔치에서 이제 대장군을 받들겠군요.
樽前有雪吟京路,6	술잔 앞에 마침 눈이 내려 수도의 풍경을 읊는데
馬上無山入塞雲.	말을 타면 산 하나 없는 변새의 구름에 들 겁니다.
從此幕中聲價重,7	이제부터 막부에서 이름값이 무거워질 테니
紅蓮丹桂共芳芬.8	붉은 연꽃과 계수나무 모두 향기로울 겁니다.

【주석】

1 이 시는 ≪전당시≫에 수록되어 있지 않다. ≪기아(箕雅)≫, ≪대동시선(大東詩選)≫, ≪해동시선(海東詩選)≫에는 〈급제 동기 진책이 빈주의 막부에 부임하는 것을 전송하며(送陳策先輩赴邠州幕)〉라는 제목으로 실려 있다.

[원주] ≪십도지·관내도[88]≫ "빈주가 있다."의 주석에 "후직의 후예 공류[89]가 살던 곳이다."라 하였다.(十道志, 關內道有邠州注, 后稷之後公劉所居)

關中(관중) : 함곡관(函谷關) 서쪽의 진(秦), 즉 섬서 위하(渭河) 일대를 가리킨다. 당시 수도 장안도 관중에 속했다.

陳策(진책) : 누구인지 알 수 없다.

先輩(선배) : 당대에 동시에 과거에 합격한 사람끼리 서로 부르던 호칭.

88) 관내도(關內道) : 당의 행정구역으로 절도사를 둔 번진(藩鎭) 중 하나였다. 남쪽으로는 섬산(陝山) 진령(秦嶺), 서쪽으로는 영하(寧夏) 하란산(賀蘭山), 동쪽으로는 내몽고 호화호특(呼和浩特), 북쪽으로는 음산(陰山), 낭산(狼山)에 이른다.

89) 공류(公劉) : 고대 주(周) 종족의 우두머리로, 후직(后稷)의 증손자였다고 전해진다. 그는 빈(豳, 지금의 섬서성 순읍(旬邑)) 땅으로 옮겨 정착하면서 농업 발전에 힘썼다고 한다. 어진 임금의 모범으로 인식된 인물이다.

邠州(빈주) : 당 현종 개원(開元) 13년(725)에 빈주(豳州)를 빈주(邠州)로 바꾸었다. 관할 구역은 지금의 섬서성 빈현(彬縣), 장무(長武), 순읍(旬邑), 영수(永壽) 등 4개 현을 포괄한다.

幕(막) : 장군이 군정을 총괄하는 행정 단위. 막부(幕府)의 속료(屬僚)를 가리키기도 한다.

2 [원주] ≪후한서≫에 "예형은 글솜씨가 재빨라서 사부를 잘 지었다."라 하였다. ≪진서≫[90]에 "육기는 자가 사형이다. (중략) 어려서부터 기이한 재주가 있어 문장이 세상의 으뜸이었다. (중략) 장화[91]는 '사람들은 재주가 적은 것을 근심하지만 그대는 재주가 많은 것이 근심이오.'라고 말했다. (중략) 동생 육운[92]은 문장은 비록 육기에 미치지 못했지만 주장을 펼치는 힘은 그보다 나았다. (중략) 육운은 육기에게 '군묘는 형의 글을 볼 때마다 자기 붓과 벼루를 태워버리려고 하더군요.'라고 편지를 보냈다. 갈홍은 육기의 글이 '현포[93]에 쌓인 옥은 야광주가 아닌 것이 없다.'라고 칭찬하였다."라 하였다.(後漢書, 禰衡才藻捷疾, 善爲詞賦.[94] 晉書, 陸機, 字士衡. 少有異才, 文章冠世. 張華曰, 人患才少, 子患才多. 弟雲文雖不及機, 持論過之,[95] 雲與機書云, 君苗見兄文, 輒欲燒其筆硯. 葛洪稱機文, 玄圃積玉, 無非夜光焉)

陸機(육기, 261~303) : 서진의 정치가이자 문인으로 오군(吳郡) 오현(吳縣, 지금의 강소 소주(蘇州)) 사람. 오 대사마 육항(陸抗)의 아들이다. 오가 망한 뒤 동생 육운(陸雲)과 함께 진에 들어가 성도왕(成都王) 사마영(司馬潁)의 휘하에서 평원내사(平原內史), 후장군(後將軍), 하북대도독(河北大都督)을 역임했다. 혜제(惠帝) 때 팔왕의 난에 휩쓸려 피살되었다. 문집 47권이 있으며, 〈변망론(辯亡論)〉, 〈문부(文賦)〉 등으로 유명하다.

3 [원주] ≪시경≫ "어찌 감히 편안히 머물겠느냐? 한 달에 세 번 승리하리라."의 주석[96]에 "'첩(捷)'은 '승(勝)'이다."라 하였다. ≪삼국지・위지≫에 "완우[97]는 큰 재주가 뛰어나 속인들과 어울리지 않았다."라 하였다.(詩, 豈敢定居, 一月三[98]捷注, 捷, 勝也. 魏志, 阮瑀, 宏才卓逸, 不群於俗[99])

再捷(재첩) : 두 번 급제하다. '첩(捷)'은 과거에 급제한다는 뜻이다.

4 [원주] 위 조숙변의 〈천리를 그리는 마음〉에 "눈물 떨어지니 구슬꿰미 같다."라 하였다. ≪진서≫[100]에

90) ≪진서≫ 권54 〈육기열전〉이다. 뒤에 인용된 글은 〈육기열전〉을 간추린 것이다.

91) 장화(張華, 232~300) : 자는 무선(茂先), 범양(范陽) 방성(方城, 지금의 하북 고안(固安)) 사람. 서진의 정치가이자 문인이다. 관직이 사공(司空)에 이르렀으나 혜제(惠帝) 때 팔왕의 난으로 조왕(趙王) 사마윤(司馬倫)에게 살해되었다. 저작으로 〈초료부(鷦鷯賦)〉, ≪박물지(博物志)≫ 등이 있다.

92) 육운(陸雲, 262~303) : 자는 사룡(士龍)으로 형인 육기와 함께 '이육(二陸)'으로 병칭되었다. 성도왕 사마영을 모시면서 공을 세워 대장군, 우사마(右司馬)까지 역임했지만, 간언을 일삼다가 육기가 피살될 때 함께 해를 입어서 죽었다. 작품이 약 350 편에 이른다.

93) 현포(玄圃) : 곤륜산(崑崙山) 꼭대기의 신선이 산다는 곳. 기화요초와 괴석이 있다고 한다.

94) 여기서는 ≪후한서≫ 권110 〈문원전(文苑傳)〉에 실린 예형의 열전에서 대략적인 내용을 간추린 듯하다.

95) 文雖不及機(문수불급기), 持論過之(지론과지) : ≪진서≫권54 〈육운전〉에 나오는 구절이다.

96) 소아(小雅) 〈채미(采薇)〉에 정현(鄭玄)이 쓴 주석이다.

97) 완우(阮瑀, 165?~212) : 자는 원유(元瑜)이고 진류(陳留) 위씨(尉氏, 지금의 하남 개봉(開封)) 사람이다. 건안칠자 중 한 사람으로 어린 시절에 채옹(蔡邕)에게 배웠는데 기재(奇才)로 평가받았다. 주요 작품으로 〈조조를 대신해 편지를 써서 손권에게 주다(爲曹公作書與孫權)〉와 〈수레를 타고 북곽문을 나서며(駕出北郭門行)〉가 있다. 아들 완적(阮籍)과 손자 완함(阮咸)이 모두 뛰어난 인재였다.

98) 三(삼) : 원주에는 '二(이)'라고 되어 있는데, 십삼경주소본에 따라 바로잡았다.

99) ≪문선≫ 권42 〈조조를 대신해 편지를 써서 손권에게 주다(爲曹公作書與孫權)〉의 저자 '완원유(阮元瑜)'에 대한 이선(李善)의 주석에는 이 구절이 있지만, 현재 전하는 ≪삼국지 ・위지≫ 권21 〈서간(徐幹)・진림(陳琳)・완우(阮瑀)・응창(應瑒)・유정(劉楨) 열전〉에는 이 구절이 없다.

"배해[101]는 자가 숙칙이다. (중략) 명석하여 식견이 있었는데 20세에 명성이 알려졌으며, 게다가 ≪노자≫와 ≪주역≫에 정통하여 젊은 시절부터 왕융[102]과 명성을 나란히 했다. 종회[103]가 문제[104]에게 추천하여 상국연을 지내고 상서랑으로 옮겨갔다. (중략) 이부랑 자리가 비자, 문제는 종회에게 그의 사람됨에 대해 물어보았다. 종회는 '배해는 맑으면서 열려있고, 왕융은 단순하면서 중심을 잘 잡습니다. 다 적절한 인선입니다.'라고 말했다. 이에 배해를 이부랑으로 삼았다. (후략)"라 하였다. (魏祖叔辨, 千里思, 泪下如連珠.[105] 晉書, 裴楷, 字叔則. 明悟有識量, 弱冠知名, 尤精老易, 少與王戎齊名. 鍾會薦之於文帝, 辟相國掾, 遷尙書郎云云. 吏部[106]郎缺, 文帝問其人於鍾會. 會曰, 裴楷淸通, 王戎[107]簡要, 皆其選也. 於是以楷爲吏部郎云云)

5 [원주] 유정[108]의 〈과부〉에 "상아로 된 방석을 펴고, 대모로 된 자리를 데운다."라 하였다. ≪후한서≫에[109] "두헌[110]은 (중략) 선우[111]와 계락산[112]에서 싸워 크게 이겼다. (중략) 두헌은 마침내 연연산[113]에 올라 비석을 깎아 반고에게 비명을 짓게 하였다."라 하였다.(劉公幹, 瓜賦, 布象牙之席, 薰玳瑁之筵. 後漢, 竇憲與單于戰於稽洛山, 大破之. 憲遂登燕然, 刻石, 令班固作銘)

玳筵(대연) : 대모연(玳瑁筵)이라고도 한다. 대모 거북의 등껍질은 무늬가 화려해서 장식용으로 쓰이는데, 여기서는 호화롭고 진귀한 잔치 자리를 가리킨다.

6 樽(준) : ≪동문선≫에는 '준(尊)'으로 되어있고 뜻은 '술동이'로 같다.

---

100) ≪진서≫ 권35 〈배해열전〉이다.

101) 배해(裴楷, 237~291) : 하동(河東) 문희(聞喜, 지금의 산서 문희현) 사람. 서진의 명사이자 실권자로 처세에 능하여 장화, 왕융과 더불어 시중(侍中), 중서령(中書令) 등 고위직을 역임했다.

102) 왕융(王戎, 234~305) : 자는 준충(濬沖), 낭야(琅琊) 임기(臨沂, 지금의 산동 임기현) 사람. 서진의 명사이자 죽림칠현의 한 사람이다.

103) 종회(鍾會, 225~264) : 자는 사계(士季), 영천(潁川) 장사(長社, 지금의 하남 장갈시長葛市) 사람. 위의 명문 출신으로 진서장군(鎭西將軍), 사도(司徒) 등을 역임하며 촉을 평정하는 큰 공을 세웠으나 모반을 꾀하다가 난군 속에서 피살되었다.

104) 문제(文帝) : 진 문제 사마소(司馬昭, 211~265)를 가리킨다. 진을 세운 무제(武帝) 사마염(司馬炎)의 아버지이다. 위(魏)의 실권자로 승상, 대도독을 역임하였다. 촉(蜀)을 멸망시킨 뒤 위 원제(元帝) 경원(景元) 5년(264)에 진왕(晉王)에 올랐다. 죽은 뒤 진이 서게 되자 문제로 추존되었다.

105) 泪下如連珠(루하여련주) : 위 오질(吳質)이 문제(文帝) 조비(曹丕)를 그리워하며 쓴 시의 한 구절이다. ≪악부시집≫ 권70에 실린 북위(北魏) 조숙변의 〈천리사〉에는 "淚下若連珠(루하약련주)"라고 되어있다.

106) 吏部(이부) : 원주에는 '吏部(이부)'가 한 번 더 쓰였는데, 연문으로 여겨 삭제하였다.

107) 王戎(왕융) : 원문에는 빠져있는데, ≪진서≫권35 〈배해열전〉에 의거하여 보충하였다.

108) 유정(劉楨, ?~217) : 자는 공간(公幹)이고 동평(東平, 지금의 산동) 사람이다. 후한 시기의 문인으로 건안칠자 중 한 사람이다. 조비(曹丕), 조식(曹植) 형제와 친하였으며 오언시에 뛰어나다고 평가된다. 〈증종제(贈從弟)〉 등 15편의 시가 전한다.

109) ≪후한서≫ 권53 〈두융열전(竇融列傳)〉이다.

110) 두헌(竇憲, ?~92) : 자는 백도(伯度)이고 부풍(扶風) 평릉(平陵, 지금의 섬서 함양시(咸陽市)) 사람이다. 후한의 외척이자 명장이다. 누이동생을 한 장제(章帝)의 황후로 들여 권세를 누렸는데, 화제(和帝) 영원(永元) 원년(89)에 정적을 암살했다가 발각되자 속죄의 명분으로 북흉노를 치러 나섰다. 다른 이민족과 연합군을 결성하여 계락산에서 북흉노를 크게 깨뜨렸다. 승기를 타고 사막 지대 깊숙이 추격하여 교전한 끝에 만 삼천 여명을 죽이고 포로를 무수히 잡았다. 연연산에 전승기념비를 세우고 귀국하여 대장군에 올랐다. 영원 3년(91)에 재차 출정하여 북흉노의 주력을 깨뜨리고 왕 이하 오천 여명을 죽였으며 북선우의 황태후를 포로로 잡아왔다. 이후 왕위를 찬탈하려는 음모가 발각되어 사형에 처해졌다. 이때 ≪한서≫를 쓰던 반고도 역모에 연루되어 옥중에서 죽었다고 한다.

111) 선우(單于) : 흉노의 우두머리를 가리킨다.

112) 계락산(稽洛山) : 지금의 몽골 액포근산(額布根山)이다.

113) 연연산(燕然山) : 지금의 몽골 항애산(杭愛山)이다.

京路(경로) : 수도로 가는 길. ≪동문선≫, ≪기아≫, ≪대동시선≫, ≪해동시선≫에는 모두 '경락(京洛)'이라고 되어있고, 뜻은 원래 낙양인데 뒤에 수도 전체를 가리키게 되었다.

7 [원주] '성가'는 이미 상권에 나왔다.[114](聲價已出上卷)

8 [원주] '홍연막'은 이미 중권에 나왔다.[115] '단계'는 중권의 "계수가지 꺾으니 마음이 탁 트임을 알겠다." 주석에 보인다.[116](紅蓮幕已出中卷. 丹桂見中卷, 堪知折桂心還暢注)

紅蓮(홍련) : 붉은 연막(蓮幕). 연막은 막부를 아름답게 이르는 말이다. 남조 제(齊) 때 왕검(王儉)의 막부를 찬미하여 연화지(蓮花池)에 비유한 말에서 유래하였다.

丹桂(단계) : 계수의 일종으로 나무껍질이 붉다. 과거에 급제하는 것을 '계수 가지를 꺾다(折桂)'라고 하였는데, 그로 인하여 과거 급제를 가리키게 되었다.

芳芬(방분) : 향기가 좋다. 원문에는 '분방(芬芳)'이라 되어있으나 시운(詩韻)에 따라 고쳤다.

【해설】

이 시는 함께 과거에 급제한 진책을 변새의 군막으로 전송하면서 지은 작품이다. 관중은 수도 장안이 있는 이른바 경기지역으로 천하의 중심이다. 빈주는 변새 중에서도 장안에 가까운 요충지이다. 진책은 과거 급제 직후에 문관으로서 빈주의 막부에서 근무하게 된 것이다.

제1~2구에서는 진책이 예형, 육기 등 유명한 문인처럼 글 솜씨가 뛰어나 뭇 사람들과는 같지 않다고 칭찬하였다. 제3~4구에서는 출발지와 도착지의 상관들을 언급하였다. 장안에서 진책을 발탁한 이부상서는 진대에 이부랑을 지낸 배해에 비유하고, 빈주에서 진책이 모시게 될 장군은 후한의 명장 두헌에 빗대었다. 제5~6구에서는 겨울에 눈 내리는 출발지의 풍경과 변새의 산이 없는 목적지의 모습을 대조하였다. 제7~8구에서는 동기 진책이 앞으로 새로운 근무지에서 인정받아 조직과 개인이 동시에 발전하기를 바라는 축원을 담고 있다.

114) 유우석의 시 010. 〈동도유수로 가는 영호상공을 전송하며(送令狐相公赴東都留守)〉에 보인다.
115) 박인범의 시 158. 〈원외랑 풍씨께 올림(上馮員外)〉에 보인다.
116) 박인범의 시 155. 〈초가을에 감회를 쓰다(早秋書情)〉에 보인다.

226

贈薛雜端[1]

설잡단께 드림

聖君須信整朝綱,	성군께서는 조정의 기강을 잡으리라 믿으시고
數歲公才委憲章.[2]	여러 해 동안 공의 재능에 법질서를 맡기셨지요.
按轡已淸雙闕路,[3]	말고삐를 쥐니 벌써 궁궐의 다니는 길이 깨끗해졌고
搢紳俱奉一臺霜.[4]	홀을 꽂으시니 모두 어사의 추상같은 위엄을 받듭니다.
鴻飛碧落曾猶漸,[5]	기러기는 푸른 하늘에 날 때 일찌감치 차츰 나아가고
鷹到金風始見揚.[6]	매는 가을바람이 불면 비로소 훌쩍 날쳐 오릅니다.
長慶橋邊休顧望,[7]	사마상여처럼 다리 가에서 고민하실 필요 없습니다.
忽聞消息入文昌.[8]	문득 상서성에 들어간다는 소식이 들릴 테니까요.

【주석】

1 이 시는 ≪전당시≫에 수록되어 있지 않다.

[원주] '잡단'은 이미 상권에 나왔다.[117](雜端已出上[118]卷)

薛雜端(설잡단) : 설씨에 대해서는 알려진 바가 없다. 잡단은 당대(唐代)에 어사대(御史臺)의 잡무를 맡은 시어사(侍御史)의 다른 이름이다.

2 [원주] ≪예기≫에 "공자는 문왕과 무왕을 법도로 삼았다."라 하였다.(禮記, 孔子憲章文武)[119]

憲章(헌장) : 법률, 규율.

3 [원주] ≪세설신어≫에 "진번(陳蕃)[120]의 말은 선비의 준칙이 되었고 행동은 세상의 규범이 되었다.

117) 상권 옹단공시(雍端公詩)에 대한 [원주]에 "어사대의 잡무를 맡은 사람을 잡단이라 한다.(知其雜事者, 謂之雜端)"라고 하였다.

118) 上(상): 원주에는 '中(중)'이라고 잘못 되어 있어 수정하였다.

119) 십삼경주소본(十三經注疏本) ≪예기≫ 권53에는 "중니는 요임금, 순임금을 본받아 서술하고 문왕과 무왕을 법도로 삼았다.(仲尼祖述堯舜, 憲章文武)"라고 되어있다.

120) 진번(陳蕃, ?~168) : 후한 여남(汝南) 평여(平輿, 지금의 하남 평여현) 사람. 자는 중거(仲擧). 효렴(孝廉)으로 천거되어 벼슬이 태부(太傅)에 이르렀는데, 영제(靈帝) 때 대장군 두무(竇武)와 모의하여 환관들을 주살하려다가 도리어 살해당했다.

수레에 올라 말고삐를 쥐었을 때 천하를 깨끗이 하려는 마음이 있었다."라 하였다. 응거[121]의 〈아우 군묘에게 보내는 편지〉에 "깨끗한 길에서 말고삐를 당겼다."라 하였다.(世說, 陳仲擧, 言爲士則, 行爲世範. 登車[122]攬轡, 有澄淸天下之心. 應璩, 與弟君苗書[123]曰, 攬轡淸路)

雙闕(쌍궐) : 원래는 궁전, 사당, 능묘 앞의 양쪽에 쌓은 두 채의 누대였는데 나중에는 궁궐, 도읍을 두루 일컫게 되었다.

4 [원주] ≪한서·교사지≫[124]에 "그 말은 경전에도 보이지 않고 홀을 꽂은 대신들도 말한 적이 없다."라 하였다. 이기는 "'진(搢)'은 '삽(插)'이다. 홀을 신(紳)에 꽂는다. '신(紳)'은 큰 띠이다."라고 말했다. 안사고는 "이기가 말한 '진(縉)'이란 '삽(插)'이 바로 그것이다. 글자는 본디 '진(搢)'으로 쓴다. 큰 띠와 가죽 띠 사이에 홀을 꽂을 뿐, 큰 띠에 꽂는 것은 아니다. '천신(薦紳)'이라고도 하는데, 역시 큰 띠와 가죽 띠 사이에 홀을 꽂는 것을 말한다."라 하였다. '대상'은 앞의 주석에 보인다.[125](前漢, 郊祀志, 其語不[126]經見, 搢紳者弗道. 李奇[127]曰, 搢, 插也. 插笏於紳. 紳, 大帶也. 師古曰, 李云[128]縉, 插是也. 字本作搢. 插笏於大帶與革帶之間耳[129], 非插於大帶也. 或作薦紳者, 亦謂薦笏於紳帶之間. 臺霜見上注)

搢紳(진신) : 홀(笏)을 큰 띠에 꽂는다는 뜻으로, 옛날 벼슬아치나 유생들이 큰 띠에 패를 꽂아 예의를 갖춘 것이다.

5 [원주] ≪주역≫[130] "기러기가 육지로 점차 나아감이니, 그 깃은 법도가 될 만하다."의 주석에 "기러기는 물새이다. '점(漸)'은 나아감이다."라 하였다. '벽락'은 이미 상권에 나왔다.[131](易, 鴻漸于陸, 其羽可以儀注, 鴻, 水鳥也. 漸, 進也. 碧落已出上卷)

碧落(벽락) : 도교 용어로 푸른 하늘을 가리킨다.

6 [원주] ≪시경≫[132]에 "태사 상보[133]는 매처럼 날아올랐네."라 하였다. ≪원명포≫[134]에 "입추에는 매와 새매가 날아오른다."라 하였다. 장협[135] 〈잡시〉[136]의 "금풍이 가을을 부채질하네."에 대한 이선의 주석에 "서방은 가을에 해당하고 금을 주관하므로 금풍이라 한다."라 하였다.(詩, 惟[137]師

121) 응거(應璩, 191~252) : 삼국시대 위(魏)의 문인. 자는 휴련(休璉), 여남(汝南, 지금의 하남 여남현) 사람. 위 문제(文帝)와 명제(明帝) 때 산기상시(散騎常侍)를 지냈다. 〈백일시(百一詩)〉 등의 풍자시가 유명하다.

122) 車(거) : 원주에는 '高(고)'라고 되어 있으나, 사부총간본(四部叢刊) ≪세설신어≫에 의거하여 수정하였다.

123) 與弟君苗書(여제군묘서) : ≪문선(文選)≫ 권42에는 제목이 〈사촌 동생인 군묘와 군주에게 보내는 편지(與從弟君苗君胄書)〉라고 되어 있다.

124) ≪한서 권25 상(上)·지리지상(地理志上)≫ 이다.

125) 한종의 시 213. 〈서리(霜)〉에 보인다.

126) 不(불) : 원주에는 빠져있으나 사병구(查屛球)의 정리본에 따라 보충하였다.

127) 李奇(이기) : 원주에는 '生手(생수)'라고 되어있으나 사병구의 책에 따라 바로 잡았다.

128) 云(운) : 원주에는 빠져있으나 사병구의 책에 따라 보충하였다.

129) 耳(이) : 원주에는 '自(자)'로 되어있으나 사병구의 책에 따라 바로 잡았다.

130) 점(漸)괘 상구(上九)의 효사(爻辭)이다.

131) 이원의 시 061. 〈학을 놓아주다(放鶴)〉와 허혼의 시 075. 〈은요번에게 부침(寄殷堯藩)〉에 보인다.

132) 여기서는 〈대아(大雅)·대명(大明)〉 시를 말한다.

133) 상보(尙父) : 주(周) 태공망(太公望) 여상(呂尙)이다.

134) 원명포(元命苞) : ≪춘추(春秋)≫의 위서(緯書)이다.

135) 장협(張協, ?~307) : 자가 경양(景陽)이며 안평(安平, 지금의 하북 안평현) 사람이다. 서진(西晉)의 문학가로 형 장재(張載), 동생 장항(張亢)과 함께 '삼장(三張)'으로 불리며 문명을 떨쳤다. 정치 혼란을 피해 관직을 떠나 집에서 생을 마쳤다. 오언시에 뛰어나 종영(鍾嶸)의 ≪시품(詩品)≫에 '상품(上品)'으로 올랐다.

136) ≪문선≫ 권29에 있다.

尙父, 時惟鷹揚. 元命苞, 立秋鷹隼擊. 張景陽, 雜詩, 金風扇素節, 李善注, 西方爲秋主金, 故曰金風)

7 長慶(장경) : 사마상여(司馬相如, BC 179~BC 117)의 자. 사마상여가 고향인 촉(蜀)을 떠나 수도 장안(長安)으로 떠날 때 승선교(昇仙橋) 다리 기둥에 "네 마리 말이 끄는 높은 수레를 타지 않고서는 이 다리를 지나지 않겠다."라고 썼다고 한다.

顧望(고망) : 꺼리다, 염려하다.

8 [원주] ≪신당서·백관지≫[138]에 "광택 원년(684)에 상서성을 문창대로 바꾸었고 조금 있다가 문창도성이라 하였다. 수공 원년(685)에는 도대라고 하였고 장안 3년(703)에는 중대라고 하였다." 라 하였다. (新唐書, 百官志, 光宅元年[139], 改尙書省曰文昌臺, 俄曰文昌都省, 垂拱元年曰都臺, 長安三年曰中臺)

【해설】

이 시는 어사대의 관리인 설씨에게 써준 작품이다. 제1~2구에서는 설씨가 임금에게 발탁되어 몇 년 동안 어사대의 일을 맡아본 상황을 서술하였다. 제3~4구에서는 조정의 기강이 바로 서고 관원들이 법을 잘 지키게 된 것이 설씨의 공로라고 추켜세웠다. 제5~6구에서는 시상을 전환하여 조금씩 앞으로 나아가는 기러기와, 때를 만나 하늘로 솟구치는 매를 들었다. 이는 오랫동안 같은 직책에 머물러 있는 설씨를 위로하기 위한 것으로 보인다. 제7~8구에서는 전한의 유명한 문인인 사마상여를 들어 망설이지 말고 꿋꿋하게 직무에 임하면 머지않아 상서성 같은 조정의 중추 기관에서 일하는 기회가 오리라고 격려하였다.

137) 惟(유) : 십삼경주소본 ≪모시≫에는 '維(유)'로 되어 있다. 다음 구절도 마찬가지이다.
138) ≪신당서≫ 권46에 있다.
139) 光宅元年(광택원년) : 원주에는 '龍門二年(용문이년)'으로 되어있으나 청(淸) 건륭무영전각본(乾隆武英殿刻本)에 따라 고쳤다.

227

讀姚卿雲傳[1]

요경운전을 읽고

曾向紗窓揭縹囊,[2]	일찍이 비단창가에 책 주머니 걸어뒀는데
洛中遺事最堪傷.[3]	낙양의 옛 일이 가장 가슴 아프다.
愁魂已逐朝雲散,[4]	근심스런 넋은 벌써 아침 구름 좇아 흩어졌고
怨淚空隨逝水長.[5]	원망어린 눈물은 헛되이 흐르는 물 따라 길어졌다.
不學投身金谷檻,[6]	석숭의 누대에서 투신한 기녀를 배우지 말고
却應偸眼宋家墻.[7]	송옥의 담장에서 엿보던 미녀를 오히려 따랐어야지.
尋思都尉憐才子,[8]	생각해보면 도위가 재능 있는 사람을 아꼈는데
大底功曹分外忙.[9]	보통 공조는 특별히 바쁜 법이 아니던가.

【주석】

1 이 시는 ≪전당시≫에 수록되어 있지 않다.
[원주] (〈요경운전〉에 대해서는) 자세히 알 수 없다.(未詳)

2 紗窓(사창) : 비단을 바른 창.
縹囊(표낭) : 하늘색 비단으로 지은 책 주머니.

3 堪(감) : 견디다. 할 수 있다.
이 구절은 낙양을 배경으로 한 요경운전을 읽었다는 뜻이다.

4 [원주] '조운'은 이미 상권에 나왔다.[140](朝雲已出上卷)
魂(혼) : ≪동문선≫에는 '심(心)'으로 되어있는데 뜻은 같다.

5 [원주] ≪논어≫[141]에 "공자가 냇가에서 '가는 것이 이와 같구나.'라고 하였다."라 하였다. 유정(劉楨)의 시[142]에 "시간 가는 것이 마치 흐르는 물과 같으니, 마침내 헤어지는 것을 슬퍼합니다."라 하였다.(論語,

140) 이원의 시 065. 〈변문 공연하는 이(轉變人)〉에 보인다.
141) 〈자한(子罕)〉편이다.
142) 〈오관중랑장께 드립니다(贈五官中郎將)〉 네 수 중 두 번째 수이다.

子在川上曰[143], 逝者如斯夫. 劉公幹詩, 逝者如流水, 哀此遂離[144]分)

6 [원주] ≪진서≫[145]에 "석숭[146]은 자가 계륜이다. (중략) 기녀 중 녹주라는 사람이 있었는데, 자태가 아름답고 고왔으며 피리를 잘 불었다. 손수[147]가 사람을 보내 녹주를 달라고 하였는데, 석숭은 그 때 금곡의 별장에서 한창 시원한 누대에 올라 맑은 냇물을 내려다보았고 부인이 곁에서 모시고 있었다. 사자가 말을 전하자 석숭은 첩과 시녀 수십 명을 모두 나오게 하여 보여주었는데 다 난초와 사향을 풍기고 비단 옷을 입었다. '고르기에 달렸네.'라고 말하니 사자가 '나리께서 데리고 계신 분들이 예쁘기는 예쁩니다. 하지만 본래 녹주를 지목하여 찾아오라는 명령을 받았는데 누구신지 모르겠습니다.'라고 하였다. 석숭은 발끈하며 '녹주는 내가 아끼는 사람이라 그리할 수 없네.'라고 하였다. 사자는 '나리께서는 예와 지금을 통달하시고 멀고 가까운 것을 잘 살피시니 다시 생각해주셨으면 좋겠습니다.'라고 하였다. 석숭은 '안 된다.'라고 하였다. 사자가 나갔다가 다시 돌아왔지만 석숭은 끝내 허락하지 않았다. 손수는 분노하여 이에 사마윤[148]에게 석숭을 죽이자고 권했다. (중략) 손수가 조칙을 꾸며서 석숭을 체포하게 하였는데 이 때 석숭은 마침 누각 위에서 잔치를 벌이고 있었다. 무사들이 문으로 들이닥치자 석숭이 녹주에게 '내가 오늘 너 때문에 죄를 얻었다.'라고 하니 녹주가 울며 '당신 앞에서 죽음으로 갚겠습니다.'하고는 누각 아래로 몸을 던져 죽었다. 석숭은 '나는 교주[149]나 광주[150]로 쫓겨나는 정도로 그치겠지.'라고 하였다. 수레에 실려 사형장으로 가게 되자 석숭이 이에 탄식하며 '하인들이 우리 집안 재산으로 수지맞았구나!'라 하니 압송하는 사람이 '재산 때문에 재앙이 닥칠 줄 알았으면 왜 일찌감치 뿌리지 않았소?'라 하였다. 석숭은 대답하지 못했다."라 하였다. (晉書, 石崇, 字季倫. 有妓曰綠珠[151], 美而豔, 善吹笛. 孫秀使人求之, 崇時在金谷別館, 方登涼臺臨淸流, 婦人侍側. 使者以告, 崇盡出其婢妾數十人以示之, 皆蘊蘭麝, 被羅縠. 曰在所擇, 使者曰, 君侯服御麗則麗矣. 然本受命指索綠珠, 不識孰是. 崇勃然曰, 綠珠吾所愛, 不可得也. 使者曰, 君侯博古通[152]今, 察遠炤[153]邇, 願加三思. 崇曰, 不然. 使者出而又反, 崇竟不許. 秀怒, 乃勸倫誅崇. 秀矯詔收崇, 崇正宴於樓上. 介士到門, 崇謂綠珠曰, 我今爲爾得罪. 綠珠泣曰, 當効死於君[154]前. 因自投於樓下而死. 崇曰,

143) 曰(왈) : 원문에는 빠져있으나, 사병구(査屛球)의 정리본에 따라 보충하였다.
144) 離(리) : 원문에는 '難(난)'이라고 되어있으나 ≪문선≫권23에 의거하여 바로잡았다.
145) ≪진서≫ 권33 〈석숭열전〉이다.
146) 석숭(石崇, 249~300) : 발해(渤海) 남피(南皮, 지금의 하북 남피현) 사람. 진(晉)이 오(吳)를 멸망시킬 때 무공을 세워 안양향후(安陽鄕侯)에 봉해지고 뒤에 시중(侍中)을 역임했다. 형주자사(荊州刺史)를 역임하면서 부를 축적하였고, 반악(潘岳), 육기(陸機) 등과 함께 문단의 이십사우(二十四友)로 병칭되었다. 조왕(趙王) 사마윤(司馬倫)이 가황후(賈皇后)를 제거하고 정권을 잡자 관직을 박탈당하고 오래지 않아 회남왕(淮南王) 사마윤(司馬允)의 반란에 연루되어 사형당했다.
147) 손수(孫秀, ?~301) : 자는 준충(俊忠), 낭야(瑯琊, 지금의 산동 임기(臨沂)) 사람이다. 조왕 사마윤의 신임을 받아 중서령(中書令)에 올라 정권을 전단(專斷)하였으나 팔왕의 난 때 살해당했다.
148) 사마윤(司馬倫, ?~301) : 자는 자이(子彝), 진 선제(宣帝) 사마의(司馬懿)의 아홉 째 아들로 조왕(趙王)에 봉해졌다. 정변을 일으켜 가황후를 제거하고 혜제(惠帝)의 조칙을 위조하여 대도독(大都督), 상국(相國) 등의 관직을 겸한 뒤 황제의 자리에 올랐다. 이에 제왕(齊王) 사마경(司馬冏), 성도왕(成都王) 사마영(司馬穎), 상산왕(常山王) 사마의(司馬義) 등이 군대를 일으켜 사마윤을 토벌하고 사형시켰다.
149) 교주(交州) : 지금의 베트남 일대이다.
150) 광주(廣州) : 지금의 광동성 일대이다.
151) 珠(주) : 원주에는 '珠(주)'가 한 자 더 있는데 연문으로 여겨 삭제하였다.
152) 通(통) : 원문에는 '知(지)'라고 되어있으나 청(淸) 건륭무영전각본(乾隆武英殿刻本)에 의거하여 바로잡았다.
153) 炤(소) : 청 건륭무영전각본에는 '照(조)'라고 되어있다.
154) 君(군) : 청 건륭무영전각본에는 '官(관)'이라고 되어있다.

吾不過流徙交廣耳. 及載詣東市, 崇乃歎曰, 奴輩利吾家財. 收者曰, 知財致害, 何不早散之. 崇不能答)
檻(함) : 난간.

7 [원주] 송옥의 〈등도자호색부〉에 "초나라의 예쁜 사람에 저희 마을 동쪽 집의 여자만한 사람이 없는데, 한 푼을 더하면 너무 크고 한 푼을 덜면 너무 작습니다. 분을 바르면 너무 희고 입술연지를 바르면 너무 붉습니다. 눈썹은 비취 깃털 같고 살갗은 하얀 눈 같으며, 허리는 흰 천을 묶은 것 같고 이는 조개를 문 것 같습니다. 싱긋 한 번 웃으면 양성과 하채[155]를 미혹시킵니다. 그런데 이 여자가 담장에 올라 저를 삼 년이나 엿보았지만 지금까지 허락하지 않았습니다."라 하였다.(宋玉, 好色賦, 楚國之麗者, 莫若臣里東家之子, 增之一分則太長, 減之一分則太短. 著粉則太白, 施朱則太赤. 眉如翠羽, 肌如白雪, 腰如束素, 齒如含貝. 嫣然一笑, 惑陽城, 迷下蔡. 然此女登牆闚臣三年, 至今未許也)

8 [원주] ('위(尉)'는) '위(爲)'라고도 한다.(一作爲)
尋思(심사) : 생각하다.
都尉(도위) : 진(秦)·한(漢)나라 때는 지방 무관이었고 당(唐)나라 때는 공신에게 내리는 명예직이었다. 복성(複姓)일 가능성도 있다.

9 大底(대저) : 대체로. 무릇. ≪동문선≫에는 '대저(大抵)'로 되어 있는데 뜻은 같다.
功曹(공조) : 한(漢) 때 군수(郡守)를 도와 인사, 행정을 담당하던 관리.

【해설】

이 시는 요경운이라는 사람에 대한 책을 읽고 느낌과 생각을 적은 작품이다. 〈요경운전〉은 당대(當代)에 유행하던 전기(傳奇) 작품일 가능성이 있으나 확실하지 않다. 제1~2구에서는 이 책이 옛날 낙양에서 벌어진 슬픈 이야기라고 하였다. 제3~4구에서는 요경운이 비극을 겪어 넋이 나가고 그 눈물이 오랜 세월동안 강물처럼 흘렀다고 하였다. 여기서 '아침 구름'이 등장하는 것으로 보아 사랑과 이별에 관한 이야기가 있음을 짐작할 수 있다. 제5~6구에서는 주인공이 송옥을 사모한 동쪽 집 미녀를 본받았어야 하는데 석숭 앞에서 죽은 녹주를 배웠다고 안타까워하였다. 이로써 주인공이 사랑에 실패한 여자였음이 드러난다. 제7~8구에서는 주인공이 사랑한 남자의 상관인 도위가 재능 있는 그를 어여삐 여기는데, 그것은 그 남자가 어느 지방의 공조를 맡아 부지런히 일을 처리했기 때문이라고 추측하였다. 또는 제7구의 도위를 전기 요경운전의 서술자로 보아 '생각해보면 도위가 재능 있는 사람을 안타까워한 것은'으로 번역할 수도 있다. 어느 쪽이든 이 부분은 사랑이 이루어지지 않은 까닭을 분석함으로써 비련의 주인공인 요경운을 위로하는 말로 해석된다. 이 시를 통해 추측해보면 〈요경운전〉은 요경운이 사랑한 남자가 지방에서 일하느라 낙양에 있는 요경운을 만날 수 없었고 이에 요경운이 낙심하여 끝내 자살한 내용이었을 가능성이 있다.

155) 양성(陽城)·하채(下蔡) : 초의 귀족들이 많이 살던 곳이다.

228

憶江西舊遊因寄知己1

강서에서의 옛 유람이 떠올라 이에 지기에게 부치다

堀劍城前獨問津,2	검 파낸 성 앞에서 홀로 길을 찾다가
渚邊曾遇謝將軍.3	물가에서 사장군을 만난 적이 있었지.
團團吟冷江心月,4	노래에 둥글둥글 강 복판의 달 서늘해졌는데
片片愁開嶽頂雲.5	시름은 조각조각 산꼭대기 구름을 갈라놓았네.
風領鴈聲孤枕過,	바람은 기러기 소리 이끌고 외로운 베개 지나가는데
星排漁火幾舡分.6	별은 어선 불빛에 뿌려져 몇 척에 나뉘어 있나.
白醪紅膾雖牽夢,7	흰 막걸리 붉은 회가 비록 꿈에서도 떠오르지만
敢負明時更羨君.	치세를 감히 저버리는 그대가 다시금 부럽네.

【주석】

1 이 시는 ≪전당시≫에 수록되어 있지 않다.
江西(강서) : 당 이전에 관습적으로 장강 하류와 회수(淮水) 사이의 지역을 강서라고 불러왔다.

2 [원주] ≪십도지・강남도≫에 "홍주[156] 변두리에는 풍성이 있는데, 뇌환이 칼을 파낸 곳이다."라하였다. ≪진서≫[157]에 "두우[158] 방면에 항상 보라색 기운이 감도니 (중략) 장화는 뇌환이 점성술과 참위에 통달했다며 그에게 문의하였다. 뇌환은 '보검의 정기가 예장, 풍성 일대에 있습니다.'라고 하였다. (중략) 즉시 뇌환을 풍성 현령으로 보임하였다. 뇌환은 현에 도착하여 감옥의 기단을 팠다. (중략) 돌 상자 하나를 얻었는데 광채가 예사롭지 않았고 안에는 칼이 두 자루 있었다. 남창 서산의 흙으로 닦으니 섬광이 선명하게 비쳤다. (중략) 한 자루는 장화에게 보내고 한 자루는 남겨서 스스로 차고 다녔다. (중략) 장화는 칼을 얻고는 (중략) 뇌환에게 '칼에 새겨진 글귀를 자세히 보니 바로 간장이군요. 막야는 어째서 오지 않았을까요?[159] 그러나 신령한 물건이니 끝내 만나게 될 것이오.'라고

156) 홍주(洪州) : 지금의 강서성 남창(南昌)이다.
157) ≪진서≫ 권36 〈장화열전〉이다.
158) 두우(斗牛) : 이십팔수 중 두수(斗宿)와 우수(牛宿). 두 별자리의 분야(分野)에 대응하여 오월(吳越) 지역을 가리킨다.

알려주었다. 또 화음[160] 땅의 흙이 서산보다 낫다 하여 이에 한 근을 뇌환에게 보냈다. 뇌환이 그 흙으로 칼을 닦으니 빛이 곱절로 더했다. (중략) 그 뒤 아들 뇌화가 (중략) 뇌환의 칼을 차고 연평진[161]을 지나가는데, 칼이 갑자기 튀어나와 물속에 들어갔다. 사람을 시켜 찾았으나 두 마리 용을 보고는 두려워서 돌아왔다. (후략)"라 하였다.(十道志, 江南道, 洪州界有豊城, 雷煥堀劍處也. 晉書, 斗牛之間, 常有紫氣, 張華謂[162]雷煥妙達象緯,[163] 問之. 煥曰, 寶劍之精在豫章豐城. 卽補煥豐城令. 到縣, 堀獄屋基. 得一石函, 光氣非常, 中有雙劍. 以南昌西山土拭劍, 光芒豔發. 送一劍於華, 留一自佩. 華得劍, 報曰, 詳觀劍文, 乃干將也. 莫耶[164]何爲不至. 雖然, 神物終當合耳. 又以華陰土勝西山者, 乃以一斤致煥. 煥以拭劍倍益[165]精明. 其後子華佩煥劍過延平津, 劍忽躍入水. 使人求之, 見兩龍, 恐而返)

堀(굴) : 땅을 파다. ≪동문선≫에는 '굴(掘)'로 되어있는데 뜻은 같다.

問津(문진) : 나루를 묻다. 어딘가를 찾아간다는 뜻이다.

3 [원주] ≪진서≫[166]에 "원굉[167]은 (중략) 가난하여 조세 운송으로 생계를 꾸렸다. 사상[168]이 당시에 우저[169]를 지키고 있었는데 가을밤에 달빛을 틈타 (중략) 장강에 배를 띄웠다. 마침 원굉이 배 위에서 시를 읊조리고 있었다. (중략) 사람을 보내 물으니 바로 자신이 역사를 노래한 시라 하였다. 사상은 자신의 배로 맞아들여 그와 이야기를 나누는데 새벽이 되도록 잠도 자지 않았다. 이로부터 원굉의 명성이 날로 성대해졌다."라 하였다. 이백의 〈밤에 우저에서 묵으며 옛 일을 떠올리다〉 시에 "우저 서강의 달, 하늘엔 구름 한 점 없다. 배에 올라 가을 달을 바라보며, 공연히 사장군을 떠올리네."라 하였다.(晉書, 袁宏苦貧, 運租自業. 謝尙時鎭牛渚, 秋夜乘月泛江. 會宏在舫中諷詠. 遣問, 卽其詠史之作. 尙迎, 乘舟與談, 申旦不寐. 自此名譽日盛. 李白, 夜宿牛渚懷古詩, 牛渚西江月, 靑天無片雲. 登舟望秋月, 空憶謝將軍)

渚(저) : 물가. 강서의 우저를 가리킨다.

4 [원주] 반첩여의 〈부채〉 시에 "둥글둥글 밝은 달 같네."라 하였다.(班婕妤, 扇詩[170], 團團似明月)

團團(단단) : 둥근 모양.

5 嶽(악) : 큰 산. ≪동문선≫에는 '악(岳)'으로 되어있는데 뜻은 같다.

---

159) 간장(干將)·막야(莫邪) : 진(晉) 간보(干寶)의 ≪수신기(搜神記)≫에 따르면, 초(楚)의 간장, 막야 부부가 왕을 위해 암수의 두 칼을 제작했는데 기한을 맞추지 못해 간장은 피살되었다고 한다. 뒤에 날카로운 칼을 두루 가리키게 되었다.

160) 화음(華陰) : 지금의 섬서성 화음현이다. 서악(西嶽)인 화산(華山) 북쪽 기슭에 있다.

161) 연평진(延平津) : 지금의 복건성 남평시(南平市) 부근에 있었다.

162) 謂(위) : 사고전서본 ≪진서≫에는 '聞(문)'으로 되어 있다.

163) 象緯(상위) : 별자리와 길흉화복의 예언. 사고전서본에는 '緯象(위상)'으로 되어 있다.

164) 耶(야) : 사고전서본 ≪진서≫에는 '邪(야)'로 되어 있다.

165) 益(익) : 원주에는 '以(이)'로 되어 있으나 사고전서본에 의거하여 바로 잡았다.

166) ≪진서≫ 권92 〈문원전(文苑傳)〉이다.

167) 원굉(袁宏, 328?~376?) : 동진(東晉)의 문학가이자 역사가. 자는 언백(彦伯), 진군(陳郡) 양하(陽夏, 지금의 하남성 태강(太康)) 사람이다. 사상(謝尙)이 참군(參軍)으로 삼았고 뒤에 이부랑(吏部郞), 동양태수(東陽太守)를 역임했다. 현재 ≪후한기(後漢記)≫ 30권이 전해진다.

168) 사상(謝尙, 308~356) : 자는 인조(仁祖), 동진(東晉) 태부(太傅) 사안(謝安)의 사촌형이다. 진서장군(鎭西將軍)의 칭호를 받고 벼슬이 산기상시(散騎常侍), 개부의동삼사(開府儀同三司)에 이르렀다. 지방 번진(藩鎭)의 실권을 장악함으로써 진군사씨(陳郡謝氏)의 득세에 크게 공헌했다.

169) 우저(牛渚) : 지금의 안휘성 마안산시(馬鞍山市) 채석진(采石鎭)으로 장강의 동쪽 기슭이다.

170) 扇詩(선시) : ≪문선≫권27, ≪악부시집·상화가사(相和歌辭)≫에는 〈원가행(怨歌行)〉이라는 제목으로 수록되어 있는데, 근래에 이 작품은 반첩여의 작품이 아니라는 설이 우세하다.

6 舡(강) : 배.

7 [원주] 부의의 〈칠격〉에 "잉어와 방어의 회를 (중략) 쌓으니 붉은 빛을 모은 듯."이라고 하였다.(傅毅, 七激, 膾其鯉魴, 積如委紅)
白醪(백료) : 쌀로 빚은 뿌연 빛의 단 술.

【해설】

이 시는 회수 남쪽, 장강 북쪽 일대를 노닐던 기억을 떠올리며 친구에게 보낸 시이다. 제1~2구에서는 홍주에서 우저에 이르는 여행길을 간략히 서술하였다. 우저에서 만난 사장군은 원굉 같은 자신을 알아주는 지기이다. 제3~4구에서는 첩어를 사용하여 달과 구름의 이미지를 강화하였다. 장강에 비친 둥근 달은 그리웠던 지기와의 재회를 뜻하고, 산봉우리에서 흩어지는 구름은 지기와 헤어진 것을 가리킨다. 가을밤 달빛에서 시를 읊으며 즐기던 운치가 깊었기에 구름처럼 갈라진 지기와 자신의 신세에 대한 안타까움이 더해진다. 제5~6구에서는 유람에서 돌아와 홀로 있으며 강서를 상상하는 장면이 그려진다. 바람결에 남쪽으로 날아가는 기러기 소리를 듣고, 하늘의 별빛을 보니 장강에 떠있던 고깃배의 불빛이 연상된 것이다. 제7구의 지기와 함께 먹고 마시던 음식이 몹시 그립지만, 제8구에서 지기는 세상을 등지고 숨어 살기로 결정했기에 다시 보기가 어렵다. 과거 시험을 거쳐 관직 생활을 하기로 결심한 최승우로서는 친구가 부러울 따름이다.

229

別[1]

헤어짐

入越遊秦恨轉生,[2]	월에 갔다 진에 갔다 한이 점점 생기니
每懷傷別問長亭.[3]	매번 이별의 아픔 안고 역관을 묻는다.
三樽綠酒應傾醉,[4]	좋은 술을 세 통 취하도록 마시고
一曲丹脣且待聽.[5]	미인의 노래 한 곡 또한 듣기를 기다린다.
南浦片帆風颯颯,[6]	남포의 조각배에 바람이 휘이잉
東門駈馬草靑靑.[7]	동문의 달리는 말발굽에 풀은 푸릇푸릇.
不唯兒女多心緖,	아녀자만 마음 가닥이 많은 게 아니라
亦到離筵盡涕零.[8]	송별연에 가면 모두가 눈물바다라네.

【주석】

1 이 시는 ≪전당시≫에 수록되어 있지 않다.

2 [원주] 조지(趙至)[171]의 〈혜번[172]에게 보내는 서신〉에 "이이(李耳)[173]는 진에 들어갈 때 함곡관에 이르러 탄식했고, 양홍(梁鴻)[174]은 월에 갈 적에 북망산에 올라 목놓아 노래를 불렀습니다. 대체로 아름다운 은둔의 날에도 오히려 그리움과 아쉬움을 품을 터인데 하물며 부득이한 경우에는 어떻겠습니까!"라 하였다.(趙景眞, 與嵇茂齊書, 昔李叟入秦, 及關而歎, 梁生適越, 登岳長謠. 夫以嘉遁之日[175],

171) 조지(趙至, 249?~289) : 서진(西晉)의 문인. 대군(代郡, 지금의 산서성 대현(代縣)) 출신으로 낙양에서 살았다. 자는 경진(景眞)인데 뒤에 이름을 준(浚)으로 바꾸면서 자도 윤원(允元)으로 고쳤다. 요서(遼西) 지역에서 벼슬살이를 하다가 우수한 관리로 인정받아 낙양으로 영전했는데 그 사이에 어머니가 돌아가신 것을 뒤늦게 알고는 슬퍼하다가 피를 토하고 죽었다고 한다.

172) 혜번(嵇蕃) : 서진의 문인. 초군(譙郡) 질현(銍縣, 지금의 안휘성 수계(濉溪)) 사람이고 자는 무제(茂齊)이다. 태자사인(太子舍人)을 지낸 바 있고 ≪전상고삼대진한삼국육조문(全上古三代秦漢三國六朝文)≫에 글이 한 편 남아 있다.

173) 이이(李耳) : 노자(老子)를 가리킨다. 중원을 떠나 서쪽으로 가는 길에 함곡관에서 윤희(尹喜)의 부탁을 받아 ≪도덕경(道德經)≫을 써주었다고 한다.

174) 양홍(梁鴻) : 후한(後漢)의 은사(隱士). 어지러운 세상을 한탄하여 북망산(北邙山)에서 〈오희(五噫)〉라는 노래를 지은 뒤 아내 맹광(孟光)과 함께 산동 지역을 거쳐 남쪽 오 지역으로 가서 숨어 살았다.

猶懷戀恨, 況乎不得已者哉)

轉(전) : 점점, 더욱.

3 [원주] ≪한서≫ 주석에서 안사고는 “진의 법에는 십 리마다 큰 역관이 하나씩, 오 리마다 작은 역관이 하나씩이었다.”라 하였다.[176](漢書注, 師古曰, 秦法, 十里一長亭, 五里一短亭)

懷(회) : 품다. ≪동문선≫에는 ‘회(回)’로 되어 있으며, ‘번’, ‘회수’라는 뜻이다.

4 樽(준) : 술통. ≪동문선≫에는 ‘준(尊)’으로 되어 있으며, 뜻은 같다.

傾(경) : 기울이다. ≪동문선≫에는 ‘수(須)’로 되어 있으며, ‘~해야 한다’라는 뜻이다.

綠酒(녹주) : 맛 좋은 술.

5 [원주] 유신의 〈노래를 들으며〉 시에 “다만 한 곡을 듣게 했는데, 남아 있는 울림이 사흘을 난다.”라 하였다. 조식의 〈칠계〉에 “붉은 입술 움직여 청상곡을 노래한다.”라 하였다.(庾信, 聽歌詩, 但令聞一曲, 餘響[177]三日飛. 曹植, 七啓, 動朱脣, 發淸商)

丹脣(단순) : 붉은 입술. 여기서는 노래를 잘 부르는 미인을 가리킨다.

6 [원주] ≪초사≫[178]에 “그대가 악수하고 동쪽으로 가는데, 아름다운 사람을 남포에서 보낸다.”라 하였다. 강엄의 〈별부〉에 “그대를 남포에서 보내는데 이 아픔을 어찌할까.”라 하였다. ≪초사≫[179]에 “바람이 휘이잉 부니 나무가 쏴아 흔들리네.”라 하였다.(楚辭, 子交手兮東行, 送美人兮南浦. 江淹, 別賦[180], 送君南浦, 傷如之何. 楚辭, 風颯颯兮木蕭蕭)

南浦(남포) : 남쪽의 물가. ≪초사≫ 이래로 이별의 장소를 가리키게 되었다.

颯颯(삽삽) : 바람 소리.

7 [원주] ≪문선≫ 〈동문행〉의 주석[181]에 “동도문은 장안의 성문 이름으로, 헤어지는 장소이다. 그래서 떠나거나 남아있는 심정을 이곳에서 펴냈다.”라 하였다. 옛 악부시[182]에 “푸르디푸른 강가의 풀”이라고 하였다.(選, 東門行注, 東都門, 長安城門名, 別離之地. 故敍去留之情焉. 古樂府詩, 青青河畔草)

駈(구) : 달리다.

8 [원주] ≪세설신어≫에 “주모가 형 주숭과 헤어지려 할 때 눈물이 그치지 않았다. 주숭은 그것이 싫어서 ‘여자들만 사람들과 헤어질 때 우는 거야.’라고 말하고는 그를 버리고 떠나버렸다.”라 하였다.[183](世說, 周謨與兄嵩將別, 涕不止. 嵩患之, 因曰, 唯婦人與人別涕泣. 乃便捨去)

175) 日(일) : 호각본(胡刻本) ≪문선≫ 권43에는 ‘擧(거)’로 되어 있고 이 경우에는 ‘몸가짐’으로 해석된다.

176) ≪한서≫ 권1 〈고제본기상(高帝本紀上)〉의 안사고 주석에는 “진의 법에 십 리마다 역관을 하나씩 뒀는데 각 역관에는 책임자가 있었다. 한은 그대로 따랐다.(秦法十里一亭, 亭有長. 漢因之)”라고 되어 있다. “십 리마다 큰 역관이 하나씩, 오 리마다 작은 역관이 하나씩이었다.(十里一長亭, 五里一短亭)”라는 구절은 ≪백씨육첩사류집(白氏六帖事類集)≫ 권3에 나온다.

177) 響(향) : 사부총간본(四部叢刊本) ≪유자산집(庾子山集)≫ 권6 및 사고전서본(四庫全書本) ≪유개부집전주(庾開府集箋注)≫ 권5에는 모두 ‘聲(성)’으로 되어있다.

178) 왕일(王逸) ≪초사장구(楚辭章句)≫의 〈구가(九歌)·동군(東君)〉이다.

179) ≪초사장구≫의 〈구가(九歌)·하백(河伯)〉이다.

180) 賦(부) : 원주에는 ‘浦(포)’로 되어 있으나, 사병구(查屛球)의 정리본에 따라 고쳤다.

181) ≪육신주문선(六臣注文選)≫ 권28에 보인다.

182) ≪문선≫ 권29에 수록된 〈고시십구수(古詩十九首)〉 중 제2수이다.

183) ≪세설신어·방정(方正)≫에는 주모가 진릉(晉陵) 태수가 되었을 때, 맏형 주의(周顗)와 둘째형 주숭이 전송하는 자리에서 주모가 끊임없이 눈물을 흘리자 주숭이 화를 내며 “아녀자 같은 놈, 울기만 하느냐!”하고 꾸짖고 가버리니 주의가 주모의 등을 두드리며 자중자애하라고 타이르는 이야기로 되어 있다.

離筵(이연) : 전별하는 연회석.

【해설】

이 작품은 일반적인 이별에 대해 읊은 일종의 영물시(詠物詩)이다. 제1구에서는 자신이 월과 진처럼 서로 멀리 떨어진 곳을 돌아다니는 신세임을 밝혔다. 제2구에서 역관을 묻는다고 한 것은 자신이 보내는 입장이 아니라 떠나는 입장이기 때문이다. 제3~4구에서는 전별하는 잔치 자리에서 술을 마시고 노래를 듣는 모습을 그렸다. 제5~6구에서는 교통수단으로 배를 탈 때와 말을 탈 때를 나누어 배치하였다. 제7~8구에서는 풍부한 감정으로 인해 눈물을 쉬이 흘리는 여성뿐만 아니라 누구나 이별이라는 특수한 상황에서는 북받치는 감정을 표현하기 마련이라고 하였다.

230

鄴下和李錫秀才與鏡1

업 땅에서 이석수재가 거울을 주며 쓴 시에 화답하여

漢南才子洛川神,2	한남의 재자와 낙천의 신녀
每算相稱有幾人.	아무리 생각해도 이렇게 어울리는 남녀 몇이나 있을까.
波剪臉光爭乃溢,3	물결을 오려낸 듯 눈빛은 앞 다투어 넘치고
山横眉黛可曾勻.4	산이 가로지르듯 눈썹먹은 고르게 펴발랐지.
紛紛舞袖飄衣擧,5	어지러운 무희의 소매 옷자락을 나부끼며 들어올리고
裹裹歌筵送酒頻.6	간드러진 노래 소리에 술을 자주 올린다.
只恐明年正月半,7	그저 아마도 내년 정월 대보름에
暗教金鏡問亡陳.8	몰래 거울로 망한 진나라 공주 안부를 묻겠지.

【주석】

1 이 시는 ≪전당시≫에 수록되어 있지 않다.
[원주] ≪통전≫ "업군 상주[184], 이곳에 위 무왕(조조)이 도읍을 세웠다."의 주석에 "위씨의 도읍은 업군에 있다."라 하였다. (通典, 鄴郡相州, 魏武王[185]建都於此注, 魏氏都在鄴郡[186])
李錫(이석) : 누구인지 알려져 있지 않다. ≪동문선≫에는 이름인 '석(錫)'이 빠져있다.
秀才(수재) : 과거 응시자.

2 [원주] 조식(曹植)의 편지[187]에 "예전에 왕찬은 형주[188]에서 독보적인 존재였다."라 하였다. 조식은 〈낙신부〉를 지었다.(曹子建書, 昔仲宣獨步於漢南. 曹子建作洛神賦)
漢南(한남) : 한수(漢水)의 남쪽. 형주를 가리키기도 한다.

184) 업군(鄴郡) 상주(相州) : 업군과 상주는 같은 지역으로 당 천보(天寶) 원년(742)에 상주를 업군으로 고쳤다가, 건원(乾元) 원년(758)에 업군을 다시 상주로 고쳤다. 지금의 하남 안양시(安陽市)에 치소(治所)가 있었다.
185) 武王(무왕) : 원문에는 '正(정)'으로 되어있으나 청(淸) 무영전각본(武英殿刻本)에 의거하여 수정하였다.
186) 郡(군) : 청무영전각본에는 '縣(현)'으로 되어있다.
187) 이 글의 제목은 〈양덕조에게 주는 편지(與楊德祖書)〉이다.
188) 형주(荊州) : 지금의 호북성, 호남성 일대를 포괄하던 지역.

洛川(낙천) : 낙수(洛水)라고도 하며 지금의 하남성 낙하(洛河)를 가리킨다.

3 [원주] 송옥의 〈초혼〉 가사 "즐거운 눈빛으로 다정하게 본다."의 주석에 "'희(娭)'는 노는 것이다. '묘(眇)'는 멀리 바라보는 것이다."라고 하였다. "눈망울이 연이은 물결이다."의 주석에 "'파(波)'는 화려한 것이다. 미인이 취하며 즐길 때, 노니는 모습을 바라보면 몸에 빛나는 문채가 있고, 흘낏 곁눈질하는 모습을 바라보면 눈빛이 그윽한데 흰자와 검은자가 뚜렷하고 깨끗한 것이 물결과 같다."라 하였다.(宋玉招魂詞, 娭光眇視注, 娭戲也. 眇眺也. 目曾波些注, 波華也. 美人醉樂, 顧望娭戲, 身有光文, 眺視曲眄, 目采眇然, 白黑分明, 精若水波)

瞼(검) : 눈언저리.

4 [원주] ≪조후외전≫[189]에 "합덕[190]은 옅은 눈썹 때문에 '먼 산의 눈썹먹'이라고 불렸다."라 하였다.(趙后外傳, 合德爲薄眉, 號遠山黛)

勻(윤) : 고르다. 균형이 잡히다.

5 [원주] '수(袖)'는 어떤 책에는 '설(雪)'로 되어 있다. 장형의 〈무부〉에 "옷자락은 나는 제비처럼, 소매는 날리는 눈같이."라 하였다.(一作雪. 張衡舞賦, 裾似飛鸞, 袖如廻雪)

6 [원주] '연(筵)'은 어떤 책에는 '주(珠)'로 되어 있다. ≪문선≫ 잡의시[191] "백양나무는 분명 흔들거린다."의 주석에 "바람이 나무에 부는 모습이다."라 하였다. ≪예기≫에 "노래란 (중략) 완만한 곡선은 곱자에 들어맞고 급격한 곡선은 그림쇠에 들어맞아 알알이 구슬꿰미처럼 가지런한 것이다."라 하였다.(一作珠. 選, 雜擬詩, 白楊信裊裊注, 風吹[192]木貌. 禮, 歌者倨中矩, 句中鉤, 纍纍乎端如貫珠)

裊裊(뇨뇨) : 흔들리다, 또는 소리가 은은하다는 뜻이다.

歌筵(가연) : 가수가 노래를 부르고 술을 권하는 잔치 자리.

7 月半(월반) : 음력 보름.

8 [원주] ≪본사시≫[193]에 "서덕언[194]은 진의 태자사인이었다. 덕언의 아내는 후주 진숙보의 누이동생으로 낙창공주에 봉해졌다. 재색이 뛰어났는데 당시에 진의 정치가 한창 어지러울 때라 덕언은 그를 지켜주기 어려울 것임을 알고는 아내에게 말했다. '당신은 솜씨와 얼굴 때문에 나라가 망하면 반드시 권문세가에 끌려들어갈 텐데 그러면 영영 끝이오. 만약 우리 인연이 아직 끊어지지 않았다면 그래도 상봉을 기약할 수 있으리니 신표로 삼을 것이 있어야겠소.' 이에 거울 하나를 쪼개어 각자 반씩 갖고 약속하였다. '반드시 정월대보름에 수도시장에서 거울을 파시오. 내가 살아있다면 바로 그날 찾아가겠소.' 진이 망하자 덕언의 아내는 과연 월공 양소[195]의 집에 들어가게 되었는데 총애가

189) 한(漢) 영현(伶玄)이 지은 ≪조비연외전(趙飛燕外傳)≫을 말한다.

190) 합덕(合德) : 한 성제(成帝)의 황후 조비연의 누이동생이다.

191) 잡의시(雜擬詩) : 옛 시의 갈래로 이전 시인의 작품을 본따서 지은 시이다. 여기서는 ≪문선≫ 권30 사영운의 〈의위태자업중집시팔수(擬魏太子鄴中集詩八首)〉 중 마지막 수 〈평원후식(平原侯植)〉을 말한다.

192) 吹(취) : 호각본(胡刻本)에는 '搖(요)'로 되어있다.

193) 본사시(本事詩) : 당(唐) 맹계(孟棨)가 쓴 일종의 필기소설집이다. 정감(情感), 사감(事感), 고일(高逸), 원분(怨憤), 미이(微異), 미구(未咎), 조희(嘲戲) 등 시가의 배경이 되는 일을 일곱 가지로 나누어서 싣고 있다. 그 중 송(宋) 무제(武帝)와 낙창공주(樂昌公主) 대목만 육조시대의 일이고 나머지는 당대의 일이다.

194) 서덕언(徐德言) : 양(梁)의 시인 서능(徐陵: 507~583)의 손자로 진(陳)에서 태자사인을 지내다가 수(隋)의 포주사공(蒲州司功)이 되었다.

195) 양소(楊素, 544~606) : 자는 처도(處道), 홍농(弘農) 화음(華陰: 지금의 섬서성 화음시) 사람. 수의 장군이자 시인. 북주(北周) 때 거기장군(車騎將軍)을 지내며 북제(北齊)를 평정하는 전쟁에 참가했다. 양견(楊堅)이 수 문제(文帝)가

특히 두터웠다. 덕언은 떠돌며 심하게 고생하다가 겨우 수도(장안)에 도착했다. 마침내 정월대보름에 수도시장으로 찾아가니 반쪽짜리 거울을 파는 하인이 있었는데 가격을 너무 높이 불러서 사람들이 다 비웃었다. 덕언은 곧장 그를 자기 숙소로 데리고 가서 음식을 차려주었다. 사연을 다 말한 뒤 반쪽짜리 거울을 꺼내 합쳐서 시를 지었다. '거울과 사람이 다 떠났는데 거울은 돌아와도 사람은 못 돌아와. 돌아올 항아의 모습이 없어 그저 밝은 달빛만 남았다.' 진씨는 시를 보고 눈물을 흘리며 밥도 먹지 못했다. 양소는 이를 알고는 슬퍼서 표정이 바뀌었다. 곧 덕언을 불러 아내를 돌려주고 또 넉넉히 재산을 남겨주었다. 들은 사람들이 모두 감탄하며 덕언, 진씨와 함께 술을 마셨다. 진씨에게 시를 짓게 하니 '오늘은 어찌나 난처한지 새 남편과 옛 남편이 마주했네. 웃기도 울기도 다 감당할 수 없어 이제 사람 노릇하기 어려움을 알겠네.'라 하였다. 마침내 덕언과 강남으로 돌아가 끝까지 해로하였다."라 하였다.(本事詩, 徐德言, 陳太子舍人. 德言之妻, 後主叔寶之妹, 封樂昌公主, 才色冠絶. 時陳政方亂, 德言知不相保, 謂其妻曰, 以君之才容, 國亡必入權豪之家, 斯永絶矣. 儻情緣未斷, 猶冀相見, 宜有以信之. 乃破一鏡, 各執其半, 約曰, 必以正月望日賣於都市. 我當在, 卽[196] 以是日訪之. 及陳亡, 其妻果入越公楊素之家, 寵嬖殊厚. 德言流離辛苦, 僅能至京. 遂以正月望日訪於都市, 有蒼頭賣半鏡者, 大高其價, 人皆笑之. 德言直引至其居, 設食. 具言其故, 出半鏡以合之, 仍題詩曰, 鏡與人俱去, 鏡歸人不歸. 無復恒娥影, 空留明月輝. 陳氏得詩, 涕泣不食. 素知之, 愴然改容. 卽召德言, 還其妻, 仍厚遺之. 聞者無不感歎, 仍與德言陳氏偕飮. 令陳氏爲詩, 曰, 今日何遷次. 新官對舊官. 笑啼俱不敢, 方驗作人難. 遂與德言歸江南, 竟終老)

金鏡(금경) : 청동으로 만든 거울. 달을 비유하기도 한다.

【해설】

이 작품은 이 수재가 어느 기녀에게 거울을 주며 쓴 시에 화답하여 쓴 것이다. 거울은 남녀가 헤어질 때 주고받는 정표(情表)이다. 제1~2구에서는 이 수재를 업하칠자로 손꼽히는 왕찬(王粲)에, 기녀는 조식의 〈낙신부〉에 나오는 복비(宓妃)에 비유하며 두 사람이 천생연분으로 잘 어울린다고 칭찬하였다. 제3~4구에서는 이 수재가 사랑하는 기녀의 아름다운 모습을 산수(山水)에 비유하였다. 추파(秋波)를 던지는 눈빛과 산처럼 부드러운 곡선의 눈썹은 전통적인 미녀의 용모이다. 제5~6구에서는 두 사람이 이별하는 자리에서 기녀가 춤과 노래 솜씨를 보여주는 장면을 묘사하였다. 제7~8구에서는 서덕언과 낙창공주가 반쪽의 거울을 각각 지니고 헤어져 있다가 정월대보름에 다시 만나게 된 고사를 빌어 이듬해에 이 수재도 연인을 다시 만나게 되기를 기대하였다.

되자 양소는 어사대부(御史大夫)가 되어 수군을 이끌고 진(陳)을 평정했다. 월국공(越國公)에 봉해졌다가 양제(煬帝) 때 사도(司徒)가 되고 초국공(楚國公)으로 봉해졌다.

196) 卽(즉) : 원주에는 '側(측)'으로 되어있으나 명(明) 고씨문방소설본(顧氏文房小說本)에 따라 고쳤다.

24 최광유 崔匡裕

최광유시(崔匡裕詩)

최광유(崔匡裕, ?~?)

최광유는 신라 육두품(六頭品) 출신의 문인으로 당나라에서는 신라십현(新羅十賢) 중 한 사람으로 알려졌다. 그는 헌강왕(憲康王, 재위: 875~886) 11년(885)에 숙위학생(宿衛學生)으로 당나라에 파견되었는데 그 후 빈공과(賓貢科)에 합격했는지에 대해서는 이견이 있다. 최치원(崔致遠)은 〈숙위학생을 번국으로 돌려보내줄 것을 주청하는 글(奏請宿衛學生還蕃狀)〉에서 “숙위로서 공부하고 있는 학생 네 명이 지금 기록된 연한이 이미 다 찼으므로 돌려보내주실 것을 엎드려 주청 드리고자 합니다. 그 이름을 삼가 기록하여 보고하오니 아래와 같습니다.(宿衛習業學生四人, 今錄年限已滿, 伏請放還. 謹錄姓名, 奏聞如後)”라 하고 김무선(金茂先)·양영(楊穎)·최환(崔渙)과 더불어 최광유의 이름을 거론하여 최광유가 정해진 기간 안에 과거에 합격하지 못했다고 기록했다. 반면, 한치윤(韓致奫, 1765~1814)은 《해동역사(海東繹史)》에서 명나라 육응양(陸應陽)의 《광여기(廣輿記)》를 인용하여 “최광유는 최치원의 뒤를 이어 진사가 되었다.(匡裕與崔致遠接踵成進士)”라고 기록하고 있다. 그러나 최광유의 일생에 대한 다른 기록이 거의 없어 그의 빈공과 합격 여부는 판가름하기 어렵다. 최광유의 시는 《협주명현십초시》와 《동문선(東文選)》 제12권 칠언율시 조목에 실려 있는 열 수만이 전한다. 이 열 수를 바탕으로 그의 시풍을 가늠하기는 어려우나 대체로 만당풍(晩唐風)의 애상감과 낙제자의 절망감이 깊이 배어있다고 평할 수 있다.

(정세진)

231

御溝[1]

황궁의 물길

長鋪白練靜無風,2	길게 펼쳐진 흰 명주 고요하여 바람도 없는 듯하고
澄景涵暉皎鏡同.3	아름다운 풍경이 빛 머금자 맑은 거울과도 같구나.
堤草雨餘光映綠,4	둑에 난 풀에 비 넉넉히 내려 빛이 푸르게 비치고
牆花春半影含紅.5	담에 핀 꽃에 봄기운 한창이라 그림자가 붉은 빛 머금었네.
曉和斜月流城外,6	새벽녘엔 기우는 달과 함께 성 밖으로 흐르고
夜帶殘鐘出禁中.7	밤에는 희미한 종소리 두르고 궁궐을 나온다.
人若有心上星漢,8	누군가 은하수에 오를 마음 품어
乘査未必此難通.9	뗏목을 타고 간다 해도 통하기가 이처럼 어렵지는 않으리.

【주석】

1 [원주] 최표의 ≪고금주≫에 "장안의 어구는 양구라고도 부르는데 그 물가에 버드나무를 심었기 때문이다."라 하였다.(崔豹, 古今注, 長安御溝謂之楊溝, 植楊於其上)
御溝(어구) : 황궁을 거쳐 흐르는 물길.

2 [원주] 사조(謝朓)[1]의 시[2]에 "맑은 강 고요하여 흰 명주와도 같네."라 하였다.(謝玄暉詩, 澄江靜如練)
鋪(포) : 펼쳐놓다.

3 [원주] '교경'에 대한 것은 이미 상권에 나왔다.[3](皎鏡已出上卷)
皎鏡(교경) : 맑은 거울. 수면을 비유하는 말로 쓰인다.

4 草(초) : 풀. ≪동문선≫에는 '류(柳)'로 되어 있고 '버드나무'라는 뜻이다.
映(영) : 비치다.

5 半(반) : 한창 때.

1) 사조(謝朓, 464~499) : 사조의 자(字)가 현휘(玄暉)이다.
2) 이 시의 제목은 〈저녁 무렵 삼산에 올라 수도를 돌아보며(晩登三山還望京邑)〉이다.
3) 온정균의 시 022. 〈진림정에서 예전 노닐던 것에 느낀 바를 쓰다(題懷眞林亭感舊遊)〉에 보인다.

6 斜(사) : 기울다. 비끼다. ≪동문선≫에는 '잔(殘)'으로 되어 있고 '쇠잔해진다'라는 뜻인데, 이 경우 대구의 같은 자리에 같은 글자가 쓰이게 되므로 옳지 않아 보인다.

7 禁中(금중) : 궁궐.

8 星漢(성한) : 은하수.

9 [원주] 중권의 '바다의 뗏목'과 관련된 주석에 보인다.[4](見中卷海査注)

乘査(승사) : '사(査)'는 뗏목이라는 뜻의 '사(槎)'와 통한다. 진(晉) 장화(張華)의 ≪박물지(博物志)≫에 따르면 은하수와 바닷물이 통하게 되어 있어 음력 8월에 뗏목을 타고 은하수에 이른 사람이 있었다고 하고, 양(梁) 종름(宗懍)의 ≪형초세시기(荊楚歲時記)≫에는 한(漢) 장건(張騫)이 배를 타고 서역으로 향하다가 은하수에 이른 적이 있다고 한다.

未必(미필) : 반드시 ~한 것은 아니다.

【해설】

이 시는 황궁을 거쳐 흘러나오는 강물의 모습을 묘사하고 그 물길처럼 자신도 황궁에 입성할 수 있는 신분이 되고 싶다는 시인의 내밀한 소망을 표현한 시다. 어구(御溝)를 소재로 입사(入仕)의 바람을 담은 시를 쓴 시인이 적지 않은데 그것은 황궁을 자유롭게 지나는 물길이 황궁을 자유롭게 출입할 수 있는 관리와 동일한 이미지로 인식됐기 때문이다.

첫 두 구에서는 어구의 원경을 제시하며 파제(破題)하였다. 길게 뻗어 나오는 물길이 맑아서 흰 명주와도 같고 이 물길에 빛이 비치자 거울처럼 찬란하게 비친다. 제3~4구에서는 어구의 풍경 중 일부를 확대하여 묘사하였는데 비를 넉넉히 맞아 푸르른 풀과 한창때를 만나 붉은 꽃은 모두 어구에 기대어 살아가고 있는 존재들이다. 비와 봄기운은 황제의 은택이며 아름다운 식물은 그 은택으로 살아가는 사람들의 모습을 상징한다. 제5~6구에서는 황궁을 거쳐 흐르는 어구의 모습을 표현했다. 황궁도 자유롭게 지날 수 있는 어구의 이러한 이미지는 마지막 두 구의 은하수와 그에 오르고자 하는 소망을 가진 사람으로 이어진다. 시인에게 은하수는 오르기 힘든 곳이지만 때만 잘 맞춘다면 뗏목을 타고서 오를 수 있는 곳으로 인식된다. 오히려 황궁으로 들어가는 것이 은하수에 오르는 것보다 어렵게 느껴지는 것이다.

마지막 두 구로 보아 최광유가 이 시를 지을 당시 빈공과에 급제하지 못한 것이 확실하다. 정해진 기간 안에 과거에 합격하지 못하면 모든 노력이 물거품이 된 채 신라로 돌아가야 하는 숙위학생으로서 느껴야 했을 시인의 번뇌와 황궁에 대한 동경이 시 전반에 노출되어 있다고 하겠다.

4) 위섬의 시 126. 〈임신년 한식(壬申歲寒食)〉에 보인다.

232

長安春日有感

장안에서 봄날의 감회를 쓰다

麻衣難拂路岐塵,1	삼베옷에 묻은 길 먼지 털어내기 어렵고
鬢改顔衰曉鏡新.	살쩍 세고 낯빛 초췌해져 새벽 거울에 비춰본 내 모습 낯설다.
上國好花愁裏豔,2	천자의 나라에 좋은 꽃은 근심 속에서도 어여쁜데
故園芳樹夢中春.	고향 땅에 향기로운 나무는 꿈속에서 봄의 자태였지.
扁舟煙月思浮海,3	안개 어린 달 아래서 작은 배를 바다에 띄워 보고프지만
羸馬關河倦問津.4	변방에서 여윈 말은 나루를 묻기에도 지쳤네.
祇爲未酬螢雪志,5	다만 형설의 뜻에 응답받지 못했기에
綠楊鶯語大傷神.	버드나무 푸른빛과 꾀꼬리 소리에도 마음이 크게 상하네.

【주석】

1 [원주] ≪시경≫[5]에 "눈 같이 흰 삼베옷"이라 했다.(詩, 麻衣如雪)
麻衣(마의) : 삼베옷. 관직에 오르지 못한 신분을 뜻하는 '포의(布衣)'와 같은 의미로 사용되었다.
路岐(노기) : 길.

2 [원주] 〈노영광부〉[6]에 "공왕[7]이 제후국에 도읍을 세웠다."라 하였다. 이선이 그 주석에서 "천자의 나라는 '상국'이 되고 제후의 나라는 '하국'이 된다."라 하였다.(魯靈光賦, 恭王始都下國. 李善注, 天子爲上國, 諸侯爲下國)
上國(상국) : 천자의 나라.

3 浮海(부해) : '큰 바다로 배를 띄워 나가다'라는 의미로 관직에 나아가 성공한다는 뜻으로 쓰인다. 최광유 〈어구(御溝)〉 시의 '승사(乘査)'와도 관련된 말로서, 바다에 뗏목을 놓아 은하수로 통한다는

5) 여기서는 〈조풍(曹風)·부유(蜉蝣)〉 시를 말한다.
6) 노영광부(魯靈光賦) : 한(漢) 왕연수(王延壽)가 지은 부로서, [원주]에는 〈노영광부(魯靈光賦)〉라고 되어 있으나 원전에는 〈노영광전부(魯靈光殿賦)〉 혹은 〈노전영광부(魯殿靈光賦)〉라고 되어 있다.
7) 공왕(恭王) : 원전의 서문에 경제(景帝)의 아들이라고 설명되어 있다.

뜻이다.

4 [원주] '부해[8]와 '문진[9]'에 대한 것은 이미 중권에 나왔다.(浮海, 問津, 已出中卷)

羸馬(이마) : 여윈 말.

關河(관하) : 함곡관(函谷關)과 황하(黃河). 중원이 아닌 주변부 지역을 의미한다.

問津(문진) : 나루, 즉 길을 묻다. ≪논어(論語)・미자(微子)≫에 공자와 자로(子路)가 길을 가다가 장저(長沮)와 걸닉(桀溺)이라는 은자에게 나루[津]를 물은[問] 일을 말한다. 장저와 걸닉은 세상이 혼탁하니 자신들처럼 은거해야 한다고 충고했지만 공자는 세상이 혼탁하므로 이를 바로잡기 위해 세상에 몸담고 살아가야 한다고 말했다.

5 [원주] '반딧불이(螢)'는 중권의 '형창'에 대한 주석에 보이는데, 송나라와 제나라 시대를 거치며 살았던 손강은 집이 가난하여 눈에 반사되는 달빛으로 공부하였다.[10](螢見中卷螢窗注, 宋齊孫康, 家貧, 映雪讀書)

【해설】

이 시는 봄날 장안에서 느끼는 감회를 쓰며 뜻을 이루지 못한 시인 자신의 신세를 한탄한 것이다. 제1~2구에서는 길에서 묻은 먼지가 잘 털어지지 않는다는 말로써 시인이 객지 생활을 오래했음을 나타내고 살쩍과 얼굴이 변한 자신의 모습이 낯설다는 말로써 시인의 고단했던 객지 생활을 표현하였다. 제3~4구에서는 당나라의 봄꽃을 보고 꿈에서 본 고향의 나무도 봄날의 자태임을 상기하면서 고향에 대한 그리움을 나타냈다. 제5~6구에서는 배를 띄워 향하고 싶은 곳이 있지만 여윈 말을 타고서 갈 엄두가 나지 않는다고 말하였는데 이때 시인의 지향점은 관계(官界)라고 볼 수 있다. 시인은 당나라에서 관직에 나가고자 하지만 아직은 역부족인 것이다. 마지막 두 구에서 시인은 형설의 뜻을 품고 열심히 노력했으나 그에 응답받지 못하여 푸른 버드나무도 지저귀는 꾀꼬리의 소리도 즐기지 못한 채 도리어 이 전경으로 인해 마음 상한다고 한탄하였다.

당나라 때는 매년 봄에 과거를 치러 늦봄이 되면 그 결과를 알 수 있었는데 이 시로 볼 때 최광유는 봄날에 또 한 번의 낙방을 경험한 듯하다. 오랜 객지 생활과 과거 준비로 몸과 마음이 모두 상하였지만 뜻을 이루지 못한 시인의 한탄이 절절하다.

8) 위섬의 시 126. 〈임신년 한식(壬申歲寒食)〉에 보인다.
9) 최치원의 시 143. 〈변하에서 회고하며(汴河懷古)〉에 보인다.
10) 위섬의 시 122. 〈아직 돌아가지 못하고서(未歸)〉에 보인다.

233

題知己庭梅[1]

벗의 뜰에 핀 매화

練豔霜輝照四隣,[2]	흰 아름다움과 서리 같은 빛으로 사방의 이웃들을 비추고
庭隅獨占臘天春.[3]	뜰 모퉁이서 섣달의 봄을 독차지하네.
繁枝半落殘粧淺,	가지에 무성하였다가 반쯤 져버리자 남은 단장이 은은하며
曉雪初銷宿淚新.[4]	새벽녘 눈이 막 녹자 묵은 눈물이 새롭다.
寒影低遮金井日,[5]	차가운 그림자가 화려한 우물의 해를 낮게 가리우고
冷香輕鎖玉窗塵.[6]	서늘한 향기가 먼지 낀 옥창에 가벼이 머물러 있네.
故園還有臨溪樹,	고향엔 아직도 시냇가의 나무 있어
應待西行萬里人.	서쪽으로 멀리 떠나간 사람을 분명 기다리고 있으리.

【주석】

1 이 시는 ≪동문선≫에 〈뜰의 매화(庭梅)〉라는 제목으로 실려 있다.

2 霜輝(상휘) : 서리 같이 희고 기상이 정결한 매화의 빛과 자태를 의미한다.
四隣(사린) : 사방의 이웃이라는 뜻으로 매화나무 주변에 심어져 있는 꽃나무 등을 가리킨다.

3 [원주] ≪풍속통≫에 "하나라에서는 '청사'라고 불렀고 은나라에서는 '가평'이라 불렀으며 주나라에서는 '대납'이라 부르고 한나라에서는 '납'이라고 불렀다. '납'이라는 것은 '수렵하다'는 의미인데 수렵으로 짐승을 잡아 제사를 지냈기 때문이다."라 하였다. 또 ≪예기≫에 "해마다 12월에 온갖 사물들을 모아서 제사를 지냈다."라고 하였다.(風俗通, 夏曰清祀, 殷曰嘉平, 周曰大蜡, 漢[11]曰臘. 臘者, 獵也, 因獵取獸以祭. 又禮記, 歲十二月, 合聚萬物而[12]饗之也)
臘天(납천) : 섣달.

4 曉(효) : ≪동문선≫에는 '청(晴)'으로 되고 이 경우 '날이 개자'라고 해석된다.

11) 漢(한) : 육덕명(陸德明)의 ≪석문(釋文)≫이나 ≪광아(廣雅)≫ 등에는 '진(秦)'으로 되어 있다.
12) 而(이) : 원전에는 '이(而)'자 다음에 '색(索)'자가 더 들어 있는데 의미의 차이는 없다.

銷(소) : 녹다.

宿淚(숙루) : 묵은 눈물. 오랜 시간 동안 쌓인 눈이 녹아 흐르는 것이 마치 매화나무가 흘리는 눈물 같다며 의인화한 표현이다.

5 [원주] '금정'에 대한 것은 이미 상권에 나왔다.[13](金井, 已出上卷)

金井(금정) : 주변을 화려하게 조각하고 치장한 우물.

6 [원주] 이백의 〈이별한 지 오래되었다〉 시에 "옥창에서 앵도화를 다섯 번 보았지."라 하였다.(李白, 久[14]別離, 玉窗五見櫻桃花)

鎖(쇄) : 잠그다.

【해설】

이 시는 벗의 뜰에 핀 매화나무의 자태 속에서 고향의 나무를 연상해내고 고향을 그리워하는 마음을 담아낸 것이다. 제1~2구에서는 뜰 모퉁이에서 피어나 희고 고운 자태를 뽐내는 매화를 묘사했다. 제3~4구에서는 무성히 피었다가 반쯤 진 매화가 여전히 아름다우며 여기에 눈 녹은 물이 떨어지자 마치 눈물을 흘리는 것과 같다고 표현하였다. 제5~6구에서는 낮게 그림자를 드리운 매화와 옥창에 머무는 은은한 매화의 향기를 대구로써 표현했다. 마지막 두 구에서는 지기의 뜰에 핀 매화를 통해 고향의 매화를 연상해내고 그 나무가 아직도 서쪽으로 떠나온 자신을 기다리고 있을 것이라 말하여 고향에 대한 시인의 그리움을 담아냈다. 여기서 고향의 냇가에서 자신을 기다려줄 매화나무는 고향에서 자신을 그리워하고 있을 여성의 이미지를 담아내고 있다. 때문에 제3~4구에서 매화가 화장과 묵은 눈물로써 여성의 이미지를 담아내고 있는 것과 일맥상통하는 것이다. 매화를 묘사한 부분은 비교적 평범하나 고향 신라를 떠나와 고향의 매화나무를 떠올리는 시인의 마음이 잘 표현되었다고 하겠다.

13) 옹도의 시 073. 〈소주의 옥지관을 다시 노닐며(重遊蘇州玉芝觀)〉에 보인다.

14) 久(구) : 원주에는 '구(舊)'로 되어 있으나 이백 시 원전을 참고하여 수정하였다.

234

送鄕人及第歸國1

급제하여 고국으로 돌아가는 고향 사람을 전송하며

仙桂濃香惹雪麻,2	선계의 짙은 향기가 눈같이 흰 삼베옷을 들추는데
一條歸路指天涯.3	한 줄기 귀국길이 하늘 끝에 닿아 있네.
高堂朝夕貪調膳,4	고당에서 아침저녁으로 부모님 진지를 챙기고자
上國歡遊罷醉花.5	상국에서 즐겁게 노닐며 꽃에 취하는 일 그만두네.
紅映蜃樓波吐日,6	파도가 해를 토해내면 신기루에 붉은 빛 비치고
紫籠鼇闕岫橫霞.7	산봉우리에 놀 비끼면 자라 등 위 봉래궁에 보랏빛 덮이리.
同離故國君先去,	함께 고향에서 떠나왔으나 그대만 먼저 돌아가나니
獨把空書寄遠家.8	그저 쓸 데 없는 편지나마 먼 우리 집에 부쳐보네.

【주석】

1 歸國(귀국) : ≪동문선≫에는 '환국(還國)'으로 되어 있고 의미는 같다.

2 [원주] '선계'라는 말은 이미 중권에 나왔고,[15] '설마'에 대한 설명은 위의 주석에 보인다.[16](仙桂已出中卷, 雪麻見上注)

仙桂(선계) : 달 속에 있다는 계수나무를 말하는데 계수나무 가지를 꺾는다는 말은 과거 급제를 뜻한다. 그러므로 제1구에서 '선계'의 짙은 향기가 흰 삼베를 들춘다는 표현은 포의였던 고향 사람이 과거에 급제했음을 의미하게 된다.

惹(야) : 들추다.

雪麻(설마) : 눈처럼 흰 삼베옷. 포의(布衣)와 같은 말로 관직에 오르지 못한 신분을 뜻한다.

3 [원주] 〈서도부〉에 "세 갈래 너른 길을 열다."라고 하였다.(西都賦, 披三條之廣路)

4 [원주] ≪논형≫에 "부모님 살아생전에는 고당의 상석에 모신다. 돌아가시면 황천의 아래에 장사지낸다."라고 하였다. 진(晋)나라 동석은 〈보망시〉[17]에서 "향기로운 저녁밥, 정갈한 아침밥."이라고 하였

15) 박인범의 시 155. 〈초가을에 감회를 쓰다(早秋書情)〉에 보인다.

16) 최광유의 시 232. 〈장안에서 봄날의 감회를 쓰다(長安春日有感)〉에 보인다.

다.(論衡曰, 親之生也, 坐之高堂之上. 其死也, 葬之黃泉之下. 東晳, 補亡詩, 馨爾夕膳, 潔爾晨羞)
高堂(고당) : 높다랗게 지은 집이란 뜻으로 부모가 머무는 방, 혹은 남의 부모를 높여 부르는 말이다.
貪(탐) : 어떤 행위를 하고자 하다.
調膳(조선) : 음식을 조미(調味)한다는 뜻으로 식사를 챙기거나 집안일을 돌본다는 말로 쓰인다.

5 [원주] '상국'에 대한 설명은 위의 주석에 보인다.[18](上國見上注)
上國(상국) : 천자의 나라, 즉 당나라를 뜻한다.
歡遊(환유) : 즐겁게 노닐다.

6 [원주] '신기루'에 대해서는 이미 상권에 나왔다.[19](蜃樓已出上卷)
蜃樓(신루) : 신기루.

7 [원주] ≪삼도십주기≫의 〈수지록〉에 "봉래섬이 대해의 동남쪽에 있다. (중략) 섬을 에워싼 사방의 바닷물이 모두 흑색이라 그것을 일컬어 '명해'라고 부른다. 위에는 구기가 어리고 칠보로 치장된 누각이 있어 신선이 거처하며, 늘 거대한 자라가 거북 등짝 같은 모양으로 이 산을 떠받치고 물길을 따라 동쪽으로 간다."라 하였다.[20](三島十洲記, 須知錄, 蓬萊島在大海東南云云, 四面海水繞之皆黑色, 謂之溟海. 上有九氣[21]七寶[22]樓閣, 神仙所居之處. 常有巨鼇, 形似龜背, 負此山, 隨水東去)
籠(농) : 감싸서 뒤덮다.
鼇闕(오궐) : 본래 황제의 궁궐을 뜻하는 단어이나 여기서는 원주를 참고하여 자라가 떠받치고 있는 봉래궁을 뜻한다고 보았다. ≪동문선≫에는 '오극(鼇極)'이라고 되어 있는데 이 경우 여왜(女媧)가 자라의 다리를 잘라 천지의 사방을 받쳐놓도록 한 기둥을 의미한다.
岫(수) : 산봉우리.

8 空書(공서) : 쓸 데 없는 편지, 혹은 내용이 없는 편지를 뜻하는 단어로서 고향에 돌아가지도 못한 채 빈공과 합격이라는 좋은 소식도 담을 수 없는 시인의 편지를 가리킨다.

【해설】

당나라 유학을 위해 함께 신라를 떠났던 고향 사람이 빈공과에 먼저 급제하여 귀국하게 되자 그를 전송하며 지은 시다. 제1~2구에서는 두 구에 걸쳐 파제하면서 선계의 향기가 포의를 일으켰다고 말하여 고향 사람이 과거에 급제했음을 표현했고 그 사람이 귀국길에서 하늘 끝을 가리킨다고 말해 그가 고향으로 돌아갈 예정임을 드러냈다. 제3~4구에서는 고향 사람이 고향의 부모를 봉양하고자 화려하고 즐거운 당나라에서의 생활을 포기하고 귀국하는 것이라 말하여 그 사람의 효심을

17) 보망시(補亡詩) : ≪시경≫에는 편명만 있고 본문은 일실된 여섯 수의 시들이 있는데 진(晉)나라 동석(東晳)이 그 편명에 시를 보충해 넣고자 했다. 그래서 이 시들을 '없어진 것[亡]을 보충한다[補]'는 뜻의 '보망시(補亡詩)'라 불렀다.
18) 최광유의 시 232. 〈장안에서 봄날의 감회를 쓰다(長安春日有感)〉에 보인다.
19) 백거이의 시 018. 〈강가의 누대에서 저녁에 바라보며 읊조리고 즐기다 시를 완성하여 수부의 장원외에게 부침(江樓晩眺吟翫成篇寄水部張員外)〉에 보인다.
20) 원주의 내용과 유사한 구절이 동방삭(東方朔)이 지었다는 ≪해내십주기(海內十洲記)≫(제목이 ≪십주삼도기(十洲三島記)≫로 된 경우도 있다)에 보인다. 그러나 이 책에는 〈수지록〉이라는 편명이 없다. 원주에서 인용한 〈수지록〉이 별도의 서적일 가능성도 높으나 현재는 전하지 않는바, 여기서는 문장의 흐름을 근거로 〈수지록〉이 ≪삼도십주기≫의 한 편명인 것으로 처리하였다.
21) 九氣(구기) : 생기(生氣)와 사기(死氣) 등 우주만물의 변화와 이동을 일으키는 아홉 가지 기운을 말한다.
22) 七寶(칠보) : 금, 은, 유리, 마노 등 일곱 가지 진귀한 보물.

드러내주었다. 제5~6구에서는 고향 사람이 당나라를 떠나 동쪽으로 향하는 여정 속에서 마주칠 아침과 저녁 풍경을 상상하여 대구로 나열하였다. 신기루에 비치는 붉은 빛과 봉래궁을 덮은 보랏빛은 모두 신비롭고 상서로운 것으로서 고향 사람의 여정이 순탄할 뿐만 아니라 신라에 돌아가서도 좋은 일만 있을 것이라는 시인의 축원이 담겨있다. 제7~8구에는 과거에 합격하지 못한 시인의 쓸쓸함이 배어 있다. 같은 시기에 신라를 떠나온 동학은 뜻을 이루고 고향으로 돌아가건만 자신은 고향집에 좋은 소식도 전하지 못하고 '쓸 데 없는 편지[空書]'만 부칠 수밖에 없다는 말은 시인의 신산한 마음을 잘 대변해준다. 고향 사람의 과거 급제와 귀국을 축하하며 고향집에 전할 편지를 부탁하는 시인의 마음이 표현된 시라고 하겠다.

235

郊居呈知己

교외에 거처하며 지기에게 드림

車馬何人肯暫勞,1	거마를 탄 어느 누가 잠시나마 멈추는 수고 기꺼이 해줄까
滿庭寒竹靜蕭騷.2	뜰에 가득한 차가운 대나무에 고요히 바람만 분다.
林含落照溪光遠,	숲이 낙조를 머금자 냇물 빛은 멀리까지 이어지고
簾卷殘秋岳色高.3	주렴이 늦가을 바람에 말려 올라가자 산 빛이 드높다.
仙桂未期攀兔窟,4	달 속 토끼 굴에 올라 선계를 꺾을 기약 아직 없고
鄕書無計過鯨濤.5	거친 파도 건너 고향 편지가 올 방도가 없네.
生成仲虺裁商誥,6	중훼가 되어 상나라를 위한 연설문 지을 일이지
莫使非珍似旅獒.7	가짜 보배를 여국의 맹견처럼 귀히 여기지는 마소서.

【주석】

1 [원주] 두보의 시[23]에 "쓸 데 없이 그대의 거마를 수고롭게 하여 강가에 멈추게 했구려."라 하였다.(詩史, 謾勞車馬駐江干)

車馬(거마) 구 : 두보의 〈손님이 오다(賓至)〉 시에 "어찌 내게 세상을 놀라게 할 문장이 있으랴, 쓸 데 없이 그대의 거마를 수고롭게 하여 강가에 멈추게 했구려.(豈有文章驚海內, 謾勞車馬駐江干)"라고 했다. 이때 '거마를 멈추다'는 말은 상대방의 뛰어난 재주에 경도되어 가던 길을 멈추어 방문한다는 뜻인데 최광유가 제1구에서 거마를 멈출 이가 없다고 한 것은 자신의 재주가 보잘 것 없고 자신의 재주를 알아봐주는 이가 없어 찾아주는 이가 없음을 표현한 것이다.

車馬(거마) : 수레와 말을 아울러 이르는 말.

肯(긍) : 기꺼이~하다.

2 蕭騷(소소) : 나무에 바람이 불어서 나는 소리.

3 卷(권) : ≪동문선≫에는 '권(捲)'이라 되어 있고 뜻은 같다.

23) 이 시의 제목은 〈손님이 오다(賓至)〉이다.

4 [원주] ≪신선본기≫에 "초백이 달 속에 들어가 황금 누대에 올랐더니 대모색 토끼 굴이 있었다."라 하였다.(神仙本紀, 楚伯入月中, 上黃金臺, 有玳瑁[24]兎窟)
仙桂(선계) : 달 속에 있다는 계수나무를 말하는데 계수나무 가지를 꺾는다는 말은 과거 급제를 뜻한다.
免窟(토굴) : 토끼가 산다는 '달'을 의미한다. '선계'를 꺾어 '달에 오른다'는 말 또한 과거에 급제한다는 뜻으로 쓰인다.
5 [원주] 〈강부〉에 "큰 고래가 파도를 타고서 출입한다네."라 하였다.(江賦, 介鯨乘濤以出入)
鄕書(향서) : 고향집에서 온 편지.
鯨濤(경도) : 거대한 파도.
6 [원주] ≪서경≫에 "탕왕이 하나라로부터 돌아와 대경에 이르자 중훼가 연설했다."라 하였다.(書, 湯歸自夏, 至於大坰, 仲虺作誥)
仲虺(중훼) : 중훼는 탕 임금을 보좌해 상(商)을 세우는 데에 혁혁한 공로를 세웠던 신하이다. 탕왕이 하나라의 걸(桀) 임금을 치자 그에 대한 대의명분을 여러 신하들과 대중들 앞에서 연설한 내용이 ≪서경≫의 〈중훼지고(仲虺之誥)〉 편이다.
裁(재) : 짓다.
商誥(상고) : 상나라를 위한 연설.
7 [원주] ≪서경≫에 "서융의 여국(旅國)에서 '오'라는 개를 바쳤다."라고 하였다. 그 주석에 "서융의 먼 나라에서 큰 개를 공납했는데 개의 키가 넉 자이고 '오'라고 불렀나니 개로서는 기이한 것이었다."라 하였다.(書, 西旅獻獒. 注, 西戎遠國, 貢大犬, 犬高四尺, 曰獒, 以犬爲異)
旅獒(여오) : 서융의 여국에서 바친 맹견. 주(周) 무왕(武王)이 이 개를 선물 받고 매우 기뻐하며 개를 돌보는 데에 공을 들이느라 마음가짐이 해이해지자 동생 소공(召公)이 '거의 이루어진 일을 중단하여 오랜 공로가 물거품이 된다'는 뜻의 '공휴일궤(功虧一簣)'라는 말로 무왕을 깨우쳐주었다. 그러한 맥락에서 이 시의 마지막 구도 겉으로 드러나지는 않았지만 다른 무엇에 몰두하고 있는 벗에게 지난 공을 물거품으로 만드는 일을 하지 말라는 시인의 충고가 담겨 있다고 보았다.

【해설】

이 시는 교외에서 한적하게 지내면서 고향을 그리워하는 한편, 지기에 대한 충고를 담아 써 준 것이다. 제1~2구에서는 찾아주는 이 없이 대나무 우거진 교외에 거처하고 있는 시인의 한적한 생활을 이야기했다. 제3~4구에서는 숲과 산을 소재로 거처 주변의 풍광을 묘사했다. 제5구에서는 달에 올라 계수나무 가지 꺾을 기약이 없다는 말로 과거에 낙방한 데다 합격할 희망도 잃어가고 있는 시인의 처지를 말하고 제6구에서는 거친 파도를 넘어 고향 편지가 올 방도가 없다는 말로 타국에서 생활하고 있는 시인의 객수를 표현했다. 제7~8구에서는 상나라를 위한 연설문을 지었던 중훼처럼 나라를 위해 큰일을 할 일이지 가짜 보배[非珍]를 여국의 맹견[旅獒]처럼 귀히 여기느라 그 동안 쌓아왔던 공로를 물거품으로 만들지 말라며 벗에게 충고했다.

시인은 제목에서 지기에게 주는 시라고 밝혀놓았지만 지기에게 할애한 편폭은 두 구에 지나지

24) 玳瑁(대모) : 여기서는 대모색(玳瑁色)을 말한다. 대모(玳瑁)는 바다거북의 일종인데 그 등딱지가 건물, 가구, 장신구의 귀한 재료가 된다. 대모색은 호박색에 검은빛 무늬가 있는 것을 말한다.

않는다. 제6구까지는 시인의 일상생활과 처지를 설명하는 데에 치중되어 있고 벗에게 전해야 할 이야기는 마지막 두 구에 집중되어 있는 것이다. 시인은 벗에게 가짜 보배를 진짜 보배인 양 여기느라 정작 해야 할 것들을 놓치지 말라고 충고하고 있는데 시 안에서는 벗이 몰두하고 있는 '가짜 보배'가 무엇인지 드러나 있지 않다. 다만 벗이 잠깐이라도 곁눈을 돌리다 그간의 노력을 물거품으로 만들지 않기를 바라는 시인의 바람과 벗의 성공을 바라는 시인의 기원이 '중훼'와 '여국의 맹견' 고사를 통해 은근히 드러나 있을 뿐이다.

236

細雨

가랑비

風繰雲緝散絲綸,1	바람이 자아내고 구름이 이어서 실들을 흩뿌리니
陰噎濛濛海岳春.2	어둑어둑 부슬부슬 내리면 산과 바다에 봄이 온다네.
微泫曉花紅淚咽,3	새벽 꽃에 살짝 내리자 붉은 눈물 흘리며 흐느끼고
輕霑煙柳翠眉顰.4	안개 낀 버들을 가볍게 적시자 푸른 눈썹 찡그리네.
能鮮石徑麋蹤蘚,5	돌길 위 고라니가 밟은 이끼 생생하게 할 수 있고
解裛沙堤馬足塵.6	모래 길 위 말발굽이 일으킨 먼지 적실 수 있네.
煬帝錦帆應見忌,7	수양제의 비단 돛은 분명 꺼릴 터이지만
偏宜蓑笠釣船人.8	낚싯배 탄 이의 도롱이와 삿갓에 가장 걸맞다네.

【주석】

1 [원주] '조'는 '소'와 '도'의 반절로서 명주고치에서 실을 뽑아낸다는 뜻이다. '집'은 '칠'과 '입'의 반절로서 ≪설문≫에는 "잇다."라고 하였다. 장협(張協)의 〈잡시〉에 "피어오르는 구름은 갯가 연기 같고 빽빽한 비는 흩뿌린 실과 같네."라고 하였다. ≪예기≫[25]에 "왕의 말이 가는 실 같아도 밖으로 나오면 굵은 실과 같아진다."라고 하였다.(繰, 蘇刀反, 絡繭取絲也. 緝, 七入切, 說文, 續也. 張景陽, 雜詩, 騰雲似涌煙, 密雨如散絲. 禮記, 王言如絲, 其出如綸)

繰(조) : 실을 잣다.

緝(집) : 잇다, 모으다.

絲綸(사륜) : 실. ≪예기≫의 문구에 근거하여 '임금의 명령이나 조칙을 적은 문서'를 뜻하기도 한다.

2 [원주] ≪습유기≫에 "단비가 부슬부슬 내리네."라 하였다.(拾遺記, 甘雨濛濛)

陰噎(음에) : 어두움.

25) 여기서는 ≪예기・치의(緇衣)≫편을 말한다.

濛濛(몽몽) : 가랑비가 부슬부슬 내리는 모양.

3 [원주] ≪시경≫[26]에 "줄줄 눈물 흘리네."라 하였다.(詩, 泫然出涕)

泫(현) : 눈물 등을 흘리는 모양.

咽(열) : 흐느끼다.

4 [원주] ≪천보가전록≫에 "양귀비는 항상 색다른 화장을 하여 궁중에서 그것을 본뜨는 이가 많았는데 그 중에는 '버드나무 이파리처럼 가늘고 길게 그린 눈썹'도 있었다."라 하였다.(天寶歌傳錄, 貴妃常作新妝, 宮中多效之, 有柳葉眉)

霑(점) : 적시다.

顰(빈) : 찡그리다.

5 徑(경) : ≪동문선≫에 '경(逕)'으로 되어 있으며 뜻은 같다.

麋(미) : 고라니.

蘚(선) : 이끼.

6 [원주] ≪국사보≫에 "재상에 배수되면 그에 대한 예우가 관원 중에서 최고이므로 부현에서 모래를 실어다 길을 채우기를 궁성부터 저택까지 이어지도록 하나니 이름 하여 '사제'라고 하였다."라 하였다.(國史補, 凡拜宰相, 禮絶班行, 府縣載沙塡路, 自宮城至第, 名曰沙堤)

解(해) : ~을 할 수 있다.

裛(읍) : 적시다, 향내가 배다.

沙堤(사제) : 모래 길. 당나라 때 재상의 거마가 통행하도록 흰 모래를 깔아 만든 길.

7 [원주] '비단 돛'에 대한 설명은 이미 중권에 나왔다.[27](錦帆已出中卷)

煬帝錦帆(양제금범) : 수(隋)나라 양제(煬帝)의 배가 화려함의 극치를 달려 비단 돛을 달았던 것을 말한다.

8 偏(편) : 가장.

蓑笠(사립) : 도롱이와 삿갓.

【해설】

이 시는 가랑비가 내리는 모습을 묘사한 것이다. 제1~2구에서는 실 같은 가랑비가 부슬부슬 내리자 산과 바다에 봄빛이 깃드는 풍경을 묘사했다. 제3~4구에서는 새벽녘 붉은 꽃에 빗방울이 맺힌 것이 붉은 눈물을 흘리며 오열(嗚咽)하는 것 같으며, 안개 낀 버들에 비 내린 모습이 미인이 푸른 눈썹을 찡그린 것과 같다고 하여 가랑비가 자연 경물을 적시는 모습을 묘사했다. 제5~6구에서는 고라니가 밟은 이끼를 다시 생생하게 해줄 수 있고 말발굽에 인 먼지를 적셔서 가라앉힐 수 있는 가랑비의 소생과 안정의 이미지를 표현해주었다. 마지막 두 구에서 시인은 제왕의 비단 돛은 젖어서 망가질까봐 가랑비를 꺼리지만 낚싯배를 탄 이의 도롱이와 삿갓에는 가랑비가 제격이라고 이야기하여 가랑비가 화려한 삶 보다는 자적(自適)하는 삶에 어울리는 소박한 존재임을 드러냈다. 가랑비의 다양한 모습을 묘사하면서 자적한 삶의 방식과 어울리는 가랑비의 미덕을 잘 표현한 시라고 하겠다.

26) 원주에는 이 구절의 출처를 ≪시경≫이라고 밝혀두었으나 이는 ≪예기≫에 나오는 말이다. 원주의 잘못이라 생각된다.

27) 최치원의 시 143. 〈변하에서 회고하며(汴河懷古)〉에 보인다.

237

早行

아침 일찍 길을 나서다

纔聞鷄唱獨開扃,1	닭 우는 소리 막 들릴 때 홀로 빗장 여니
羸馬嘶悲萬里亭.2	머나먼 길을 가야할 파리한 말이 슬프게 운다.
高角遠聲吹片月,3	먼 데 뿔 나팔 높은 소리 조각달에 불고
一鞭寒綵拂殘星.4	차디 찬 비단 채찍 하나 지는 별빛에 스친다.
風牽踈響過山雁,5	바람에 실려 오는 띄엄띄엄한 소리는 산 넘는 기러기 소리요
露濕微光隔水螢.	이슬이 적시는 옅디옅은 빛은 강 건너 반딧불이 빛이라네.
誰念異鄕遊子苦,6	어느 누가 타향살이 나그네의 괴로움 생각해줄까
香燈幾處照銀屛.7	향기로운 등불이 은빛 병풍을 비추는 어딘가에서 말이네.

【주석】

1 扃(경) : 빗장.

2 嘶悲(시비) : ≪동문선≫에는 두 글자의 순서가 바뀌어 '비시(悲嘶)'로 되어 있으나 의미는 같다.
　嘶(시) : 울다.
　亭(정) : 옛날에는 5리마다 단정(短亭)을, 10리마다 장정(長亭)을 설치하여 여행자들이 쉬거나 전별연을 여는 장소로 사용하도록 했는데 이 때문에 '정(亭)'이 '여정(旅程)'을 가리키는 말로 쓰이게 되었다. 여기서 '만리정(萬里亭)'이라 함은 시인이 앞으로 가야할 머나먼 여정을 뜻한다.

3 [원주] '고각'에 대한 설명은 상권에 이미 나왔다.[28](高角已出上卷)
　高角(고각) : 뿔 나팔의 높은 소리.

4 綵(채) : ≪동문선≫에는 '채(彩)'로 되어 있으며 뜻은 같다.
　拂(불) : ≪동문선≫에는 '동(動)'으로 되어 있으며 이 경우 '움직이다'라고 풀이된다.

5 踈響(소향) : 띄엄띄엄 들리는 소리.

28) 장효표의 시 049. 〈변주의 한사공에게 올리다(上汴州韓司空)〉에 보인다.

6 [원주] ≪전한서·고제기≫에 "황상이 패 땅의 부로들에게 '떠돌이 나그네는 고향을 염려합니다'라고 말했다."라 하였고 안사고가 주석에서 말하기를, "'유자'라 함은 떠돌이 나그네를 말하고 '비'라는 것은 염려한다는 뜻이다."라 하였다.(前漢, 高紀[29], 上謂沛父兄曰, 遊子悲故鄕. 師古曰, 遊子, 行客也. 悲, 顧念也)

7 幾處(기처) : 어딘가.

銀屛(은병) : 은으로 상감한 병풍, 혹은 은백색의 병풍인데 여기서는 이 병풍이 놓인 아늑한 집을 가리킨다. 이런 곳에서 사는 이들은 최광유의 고달픈 삶을 알 수가 없는 것이다.

【해설】

이 시는 역참에서 하룻밤을 보내고 아침 일찍 길을 나서면서 느끼는 시인의 감회와 새벽녘에 시인이 바라본 풍경을 묘사한 시다. 제1~2구에서는 여행에 지친 시인과 그의 말이 아침 일찍 다시 여정을 시작하는 모습을 그렸다. 제3~6구에서는 말을 타고 새벽길을 가면서 본 정경을 다양한 심상을 활용해 대구로 나열하고 있다. 제3구와 제5구에서는 뿔 나팔과 기러기 소리 등 청각적 심상을 이용했고 제4구와 제6구에서는 새벽 별빛과 반딧불이 빛 등 시각적 심상을 이용했다. 이러한 풍경들은 모두 시인의 객수를 더해주는 존재로서 이 시의 쓸쓸한 정조를 더해주는 소재로 활용됐다. 마지막 두 구에서는 나그네의 괴로움을 알아주는 이 없다는 말로써 시인의 외롭고 고단한 심사를 표현하였다. 시인이 아침 일찍 일어나 어느 곳으로 향하는지, 가는 목적이 무엇인지 시 속에 전혀 드러나 있지 않으나 타향살이 속에서 시인이 느꼈을 고단하고 쓸쓸한 심사가 잘 드러난 시라고 하겠다.

29) 高紀(고기) : 〈고제기(高帝紀)〉를 말한다.

238

鷺鷥[1]

백로

煙洲日暖隱蒲叢,	안개 낀 모래섬에 따뜻이 해 비치면 부들 숲에 숨어서
閑刷霜絲件釣翁.[2]	서리 같은 털 한가로이 다듬으며 낚시하는 노인과 짝하네.
高跡不如丹頂鶴,[3]	고상한 풍모로는 붉은 정수리 학보다 못해도
踈情應及紺翎鴻.[4]	한가로운 정취로는 분명 보랏빛 기러기에 미치리라.
嚴光臺畔蘋花曉,[5]	새벽녘 마름꽃 핀 엄광의 낚시터와
范蠡舟邊葦雪風.[6]	바람 속 갈대꽃 일렁이는 범려의 배 근처.
兩處斜陽堪愛爾,[7]	해 비끼는 이 두 곳이 네가 좋아할 만하니
雙雙零落斷霞中.[8]	쌍쌍이 저녁놀 속으로 드문드문 날아가는구나.

【주석】

1 鷺鷥(노사) : 백로.

2 霜絲(상사) : 서리같이 흰 실. 여기서는 백로의 서리같이 흰 털을 비유하는 말로 쓰였다. ≪동문선≫에는 '상모(霜毛)'로 되어 있으며 가리키는 뜻은 같다.
刷(쇄) : 깨끗이 다듬다.

3 [원주] ≪상학경≫에 "학 중에서 상급의 관상은 마른 머리에 붉은 정수리를 가진 것이다."라 하였다. (相鶴經, 鶴之上相[30], 瘦頭朱頂)
高跡(고적) : 학의 고상한 풍모를 말한다.
不如(불여) : ~보다 못하다. ≪동문선≫에는 '부지(不知)'로 되어 있고 이 경우 '모르다'라고 해석된다.
丹(단) : 붉다. ≪동문선≫에는 '주(舟)'라고 되어 있으며 '배'라는 뜻이다.

4 踈情(소정) : 한가로운 정취.
紺翎(감령) : 보랏빛 날개.

30) 上相(상상) : '상급의 관상'이라는 뜻이다. 원주에는 '上(상)'자가 빠져 있으나 ≪상학경≫ 원문을 참고하여 추가했다.

5 [원주] ≪후한서≫에 "엄광은 자가 자릉으로 부춘산[31]에서 농사를 지었는데 후세 사람들이 그가 낚시하던 자리를 '엄릉뇌'라고 불렀다."라고 하였다. ≪십도지≫에 "목주[32]에는 엄자릉의 '조대'가 있다."라 하였다.(後漢書, 嚴光, 字子陵[33], 耕於富春山, 後人名其釣處爲嚴陵瀨. 十道志, 睦州有嚴子陵釣臺)

嚴光(엄광) : 전한(前漢) 말엽의 사람으로 유수(劉秀)와는 동학(同學)이었다. 유수가 후한(後漢)을 세우고 광무제(光武帝)가 되자 엄광은 종적을 감추어버렸다. 어느 날 제(齊) 땅에서 양가죽 옷을 입고 낚시하는 사람이 있다는 소문을 들은 광무제는 그 사람이 엄광임을 직감하고 사람을 시켜 데려오게 하였지만 은거하겠다는 의지를 꺾지 않고 지금의 항주(杭州)에 위치한 부춘산(富春山)에서 농사를 지으며 생을 마쳤다.

6 [원주] '범려의 배'에 대해서는 상권에 이미 나왔다.[34](范蠡舟已出上卷)

范蠡(범려) : 춘추 시대에 월왕(越王) 구천(勾踐)을 도와 오(吳)나라를 멸망시키는 데에 큰 공을 세웠던 신하. 그는 구천이 대업을 이루자 일엽편주(一葉片舟)를 타고 강호로 숨어들었다고 한다.

葦雪(위설) : 위의 구와의 대구로 볼 때 '흰 갈대꽃'을 의미하는 단어이다.

7 兩處(양처) : 엄광이 은거했다는 곳과 범려가 일엽편주를 띄운 곳, 이 두 개의 장소를 가리킨다.

堪(감) : ~할 만 하다.

爾(이) : 너. 여기서는 '백로'를 가리키는 말이다.

8 零落(영락) : 드문드문하다.

斷霞(단하) : 저녁놀을 가리킨다.

【해설】

이 시는 백로가 살아가는 모습과 그 고상한 품격을 표현한 시다. 제1~2구에서는 부들 속에 숨어서 털을 다듬는 한가로운 백로의 모습을 그렸다. 제3~4구에서는 비록 학보다는 못하지만 보랏빛 기러기에 비길 정도인 백로의 고상한 품격을 드러냈다. 제5~6구에서는 엄광이 벼슬에 대한 욕심 없이 한가롭게 낚시했던 곳과 범려가 강호로 떠나기 위해 일엽편주를 띄운 근처, 이 두 개의 장소를 제시하고 있다. 이 두 곳은 세속의 더러움과 멀리 떨어진 은거자와 관련된 곳이라는 공통점이 있다. 마지막 두 구에서 시인은 쌍쌍이 짝지어 노을 속으로 드문드문 날아가는 백로를 바라보며 새들이 날아가는 지향점을 상상하였는데 그곳이 바로 제5~6구에서 나열한 장소이다. 백로의 흰 깃털이 상징하는 깨끗함에 걸맞은 곳으로서 시인이 연상해낸 곳은 바로 엄광의 조대와 범려의 배 근처인 것이다. 백로의 깨끗한 품격을 엄광과 범려의 고사를 이용해 표현하고 백로처럼 살고 싶은 시인의 마음을 기탁한 시라고 하겠다.

31) 부춘산(富春山) : 지금의 항주(杭州)에 있다.
32) 목주(睦州) : 지금의 항주(杭州).
33) 字子陵(자자릉) : 원주에는 이 글자 뒤에 있는 ≪후한서≫ 원문의 여러 구절이 생략된 채 인용되었다.
34) 온정균의 시 024. 〈선생 자수께 부침(寄先生子修)〉에 보인다.

239

商山路作[1]

상산의 길에서 짓다

春登時嶺雁回低,2	봄빛 완연한 산 고개에 오르니 기러기 낮게 날아 돌아가고
馬足移遲雪潤泥.3	눈 녹아 질퍽질퍽하여 말발굽 더디게 옮겨지네.
綺季家邊雲擁岫,4	기리계 살던 집 가는 구름이 산골짜기를 감싸 안고
張儀山下樹籠溪.5	장의가 바치겠다던 산 아래는 나무가 시냇물을 덮고 있네.
懸崖猛石驚龍虎,6	깎아지른 절벽 사나운 바위에 용과 호랑이도 놀랄 듯하고
咽澗狂泉振鼓鼙.7	슬피 우는 계곡 세찬 물에 북이 울리는 듯하다.
懶問帝鄕多少地,8	마지못해 묻노니 장안까지 얼마나 더 가야할까
斷煙斜日共凄凄.9	끊어진 안개와 저무는 해가 모두 쓸쓸하구나.

【주석】

1 商山(상산) : 섬서성(陝西省)에 위치한 산 이름.

2 時嶺(시령) : 고유명사로 해석하기도 하나 근거를 찾기 어렵다. 이 시에서 '시령(時嶺)'은 '봄을 맞은 산 고개', '봄빛이 완연한 산 고개'로 보아야 한다.

3 雪潤泥(설윤니) : 눈이 녹아 질퍽질퍽하게 된 땅을 이르는 말이다.

4 [원주] '기계'에 대해서는 중권의 '상산사호의 사당'과 관련된 주석에 보인다.[35](綺季見中卷四皓廟注)
綺季(기계) : 상산사호(商山四皓) 중의 한 사람인 기리계(綺里季)를 가리킨다. 상산사호는 진(秦)대에서 한(漢)대에 걸쳐 상산에 은거했던 동원공(東園公), 녹리선생(甪里先生), 기리계(綺里季), 하황공(夏黃公)을 일컫는 말이다. 이들 모두 눈썹과 수염이 하얀 노인들이었으므로 '희다'라는 뜻의 '호(皓)'자를 붙여 지칭했던 것이다.
擁(옹) : 가리다.
岫(수) : 산꼭대기, 혹은 산골짜기를 뜻하는 말로서 '수운(岫雲)'은 산골짜기에서 피어나는 구름을

35) 옹도의 시 079. 〈동쪽으로 돌아가는 마습유를 전송하며(送馬拾遺東歸)〉에 보인다.

뜻한다.

5 [원주] ≪십도지≫의 '상주'에 대한 주석에 "옛날 상나라 땅은 후에 위나라가 낙주를 두었다. 주나라가 상주라고 한 것은 '상'과 '오'[36]라는 땅이름을 취하여 이름 지은 것이다."라 하였다. ≪사기≫에 "장의가 초 회왕의 재상이 되었다. (중략) '신은 상과 오 땅 육백리를 바치겠습니다.(하략)'이라고 유세했다."라 하였다.(十道志, 商州注, 古商國, 後魏置洛州. 周爲商州, 取商於地爲名. 史記, 張儀相楚懷王云云. 臣獻商於之地六百里云云)

張儀(장의) : 진(秦)나라를 중심으로 하여 동서의 여섯 나라가 연합해야 한다는 연횡책(連橫策)을 주장했던 전국(戰國)시대의 유세객(遊說客)이다. 진나라가 제(齊)나라를 치려고 하자 제나라와 초(楚)나라가 합종(合縱)을 맺은 때가 있었는데, 장의는 초 회왕(재위 : BC 328~BC 299)에게 제나라와의 합종을 깨면 상과 오의 땅 육백리를 주고 진나라와 초나라가 영원한 형제의 나라가 되도록 해주겠다고 유세하여 마침내 제나라와 초나라의 합종 맹약을 깨뜨렸다.

籠(농) : 덮다.

6 懸崖(현애) : 깎아지른 듯 가파른 절벽.

7 咽(열) : 슬피 울다.

鼓鼙(고비) : 북.

8 懶(나) : '귀찮아하다', '지치다'라는 뜻으로서 여기서의 '나문(懶問)'은 여정에 지쳐서 '마지못해 묻는다'라는 뜻이다.

帝鄉(제향) : 황제가 있는 서울, 즉 장안(長安)을 가리킨다. 상산과 장안은 지리적으로 인접해있다.

9 淒淒(처처) : 쓸쓸하다.

【해설】

이 시는 시인이 장안으로 향하는 길에 상산을 통과하면서 본 상산의 험준한 풍경을 묘사하고 도중에 느낀 나그네의 쓸쓸함을 표현한 것이다. 제1~2구에서 시인은 말을 타고 상산 고개를 넘으며 바라본 풍경을 이야기했다. 제3~4구에서는 상산이라는 지명에서 상산사호 중 한 사람인 기리계와 상 땅을 주겠다고 유세했던 장의를 연상하는 등 상산과 관련된 두 개의 전고를 끌어와 현재의 풍경을 묘사하는 데 이용하였다. 제5~6구에서는 상산의 험준한 바위 지형과 세차게 흐르는 물의 기세를 노래해 시인이 가고 있는 여정이 녹록하지 않음을 표현하였다. 마지막 두 구에서는 힘든 여정에 지친 시인이 황제가 머무는 서울이 어디인지를 묻는 장면이 묘사되었다. 이로 볼 때 시인은 장안을 향하고 있는 것이 분명하며 상산은 장안으로 가기 위해 반드시 거쳐야 할 장소가 된다. 그러나 여기서 시인을 고달프게 하는 것은 상산을 통과하는 고달픈 여정뿐만이 아니다. 시인이 장안 문턱인 상산까지 오고서도 장안까지 얼마나 더 가야하는지 '마지못해 묻는[懶問]' 이유는 시인이 장안에 도착한다고 해도 그곳이 결코 시인에게 무엇인가를 보장해주는 곳이 아니기 때문일 것이다. 장안에 가야하므로 마지못해 그곳을 향하지만 장안에 도착한 이후의 시간들 역시 고달플 수밖에 없음을 너무도 잘 알고 있는 시인의 심정이 마지막 두 구의 '끊어지고[斷]', '기울어지고[斜]', '쓸쓸하다[淒淒]'라는 부정적 단어에 응축되어 있다고 하겠다. 앞의 시 〈상산의 길에서 짓다(商山路作)〉와 이 시로

36) 상(商)·오(於) : 모두 지금의 섬서성 상락시(商洛市)에 있는 지역이다.

볼 때 최광유에게 장안은 결코 긍정적인 장소가 아니다. 장안은 빈공과를 보아야 하는 유학생의 신분으로서 응당 머물러야 할 장소이지만 그에게 곁을 내어주지 않는 냉혹한 장소일 뿐이었던 것이다.

240

憶江南李處士居1

강남의 이처사 집을 그리워하며

江南曾過戴公家,2	옛날 강남에서 들렀던 대공의 집
門對空江浸曉霞.	그 문이 새벽 놀 잠긴 빈 강을 마주하고 있었지.
坐月芳樽傾竹葉,3	달빛 속에 앉아 죽엽주 든 향기로운 술동이 기울이고
遊春蘭舸泛桃花.4	봄빛 속에 노닐며 도화수에 목란배 띄웠지.
庭前露藕紅侵砌,5	뜰 앞 이슬 맺힌 연꽃 붉은 빛이 섬돌에 스미고
窓外晴山翠入紗.6	창밖 갠 산 푸른빛이 비단 창에 들어왔었지.
徒憶舊遊頻結夢,	옛날에 노닐던 것 그저 그리워 꿈만 자주 꾸나니
東風憔悴滯京華.7	동풍 부는데 초라한 모습으로 장안에 붙어 있다네.

【주석】

1 李處士(이처사) : 누구인지 알 수 없다.

2 [원주] ≪남사≫에 "대옹은 자가 중약으로 형 '발'과 함께 은둔하며 살아 명성이 높았다. (중략) 오 땅으로 나가 살면서 더불어 집을 짓고 돌을 모으고 물을 끌어오고 숲을 조성하고 물길을 열었다. 송(宋) 문제는 그를 만나고 싶을 때마다 황문시랑 장부에게 늘 말하기를, '내가 동쪽으로 순행가는 날에는 당연히 대공의 산 아래서 잔치를 열어야겠네.'라고 하였다."라 하였다.37)(南史, 戴顒, 字仲若. 與兄勃幷隱遁, 有高名云云. 出居吳下38)幷爲築室, 聚石, 引水, 植林, 開澗39). 文帝每欲見, 常謂黃門侍郎張敷曰, 吾東巡之日, 當宴戴公山下)
戴顒(대옹, 378-441) : 대옹은 남조(南朝) 송나라 사람으로, 아버지 대안도(戴安道), 형 대발(戴勃)과 함께 금(琴)의 명가였다. 그의 인품을 높이 평가하여 조정에서 중용하고자 했지만 그는 끝내 거절했다고 한다. 이 시에서 '이처사'를 대옹에 빗댄 것은 강남에 집을 짓고 은거하였다는 공통점이 있었기

37) 원주의 내용은 ≪남사≫의 내용을 축약한 것이다.
38) 吳下(오하) : 오 지방을 널리 가리키는 말이다.
39) 澗(간) : 원주에는 '동굴'이라는 뜻의 '동(洞)'자로 되어 있지만 ≪남사≫를 참고하여 수정하였다.

때문이다.

3 [원주] 장협(張協)의 〈칠명〉에 "형남의 오정주요, 예북[40]의 죽엽주로다."라고 하였다. 장화의 〈경박편〉에 "창오의 죽엽청이요, 의성[41]의 구온주[42]로세."라 하였다.(張景陽, 七命, 荊南烏程[43], 豫北竹葉. 張華, 輕薄篇, 蒼梧竹葉淸, 宜城[44]九醞酒也)

竹葉(죽엽) : 여기서는 죽엽청(竹葉淸), 즉 이름난 술을 가리키는 말이다.

4 [원주] 임방의 ≪술이기≫에 "노반이 목란을 다듬어 배를 만들었다."라고 하였는데 시인들이 '목란배'라고 운운했던 것은 여기에서 비롯되었다. ≪전한서≫에 "봄이 오자 도화수가 한창이다."라고 하였는데 안사고는 그 주석에서 말하기를, "〈월령〉에서 '중춘의 시작인 우수에 도화가 비로소 피기 시작한다.'라고 했으니 아마도 도화가 막 피기 시작할 때 비가 내려서 냇물의 얼음이 녹고 여러 물줄기가 모여서 물결이 한창 커지므로 이를 가리켜 도화수라고 했을 따름이다."라 하였다.(任昉, 述異記, 魯班刻木蘭爲舟. 詩家所云木蘭舟出於此. 前漢志, 來春桃花水盛. 師古曰, 月令, 仲春之始[45], 雨水, 桃始華. 蓋桃方華時, 旣有雨水, 川谷冰泮, 衆流猥集, 波瀾盛長, 故謂之桃花水耳)

蘭舸(난가) : 목란 나무로 만든 배.

桃花水(도화수) : 복숭아꽃 필 무렵에 흘러내리는 물이라는 뜻으로, 봄철의 시냇물을 가리킨다.

5 [원주] 〈위도부〉에 "연꽃 물결이 선명하구나."라 하였고 그 주석에 "'단우'는 연꽃이다."라고 하였다.(魏都賦, 丹藕淩波而的皪[46]. 注, 丹藕, 蓮也)

砌(체) : 섬돌.

6 紗(사) : 깁, 즉 엷은 견직물. 여기서는 비단을 바른 창문을 뜻하는 것으로 보았다.

7 滯(체) : ≪동문선≫에는 '읍(泣)'으로 되어 있으며 '울다'라는 뜻이다.

京華(경화) : 화려한 수도, 즉 장안을 가리킨다.

【해설】

이 시는 장안에서 봄을 맞이한 시인이 강남 이처사 집에서의 즐거웠던 추억을 떠올리며 슬퍼하는 마음을 표현한 것이다. 제1~2구에서는 시인이 강남의 이처사 집을 찾아갔던 지난날의 장면을 회상하였다. 시인이 이처사를 남조 송나라의 '대공'에 비유하고 있는 것으로 보아 이처사 역시 음악에 조예가 깊고 풍류를 아는 사람이었음을 짐작할 수 있다. 제3~4구에서는 이처사와 시인이 좋은 술을 따르며 이야기를 나누고 목란배를 띄우며 노니는 즐거운 추억이 묘사되어 있다. 주목할 것은 이 두 구에서 이처사와 시인의 추억이 긍정적이고 포근한 이미지를 가진 달빛[月]과 봄빛[春]이라는 배경 속에서 이루어졌다는 점인데 이는 마지막 두 구에 나타난 장안의 이미지와 상반된 것이라 할 수 있다. 제5~6구에서는 시인이 이처사의 집 주변에서 본 아름다운 강남의 풍경을 묘사했다.

---

40) 예북(豫北) : 하남성(河南省) 안에 위치한 황하 이북의 땅을 가리킨다.
41) 의성(宜城) : 호북성(湖北省) 서북쪽 지역을 말한다.
42) 구온주(九醞酒) : 9개월에 걸친 오랜 시간 동안 숙성시켜 맛이 좋은 술.
43) 荊南烏程(형남오정) : 형남의 오정. 본래 절강성(浙江省) 호주시(湖州市) 지역을 가리키는 말인데 이곳에서 빚은 술이 특히 맛이 좋아서 지역의 이름을 따서 '오정주'라고 불렀다고 한다.
44) 의성(宜城) : 원주에는 '의인(宜人)'으로 되어 있는데 〈경박편〉 원문을 참고하여 고쳤다.
45) 始(시) : 〈월령〉의 원문에는 '월(月)'로 되어 있고 '달'이라는 뜻이다.
46) 的皪(적력) : 선명하다.

마지막 두 구에서 시인은 이처사와의 추억을 너무도 그리워한 나머지 꿈속에서나마 그려보지만 결국 장안에서 동풍을 맞으며 지낼 수밖에 없는 초라한 처지에 놓여있음을 말했다. 앞에 나왔던 〈상산의 길에서 짓다(商山路作)〉에서와 마찬가지로 이 시에 나타난 장안은 시인에게 있어 빈공과 시험을 보기 위해 있어야 할 곳일 뿐, 미래를 보장해주지도 포근히 쉴 곳도 제공해주지 않는 냉혹한 도시일 뿐인 것이다.

25 나업 羅鄴

나업시(羅鄴詩)

[원주] 나업은 여항(지금의 절강성(浙江省) 항주(杭州)) 사람으로 집안이 경제적으로 부유하였다. 부친은 염철 소리로서 두 아들이 있었다. 그들은 모두 문학적 재능으로 관직에 나가길 구하였는데 나업이 특히 7언시에 뛰어났다. 당시 친족인 나은(羅隱, 833~909) 또한 율시로 칭송받았다. 하지만 나은의 재능은 크기만 하고 세밀하지 못한 데 비해 나업의 재능은 청아하고 면밀하였다. 함통 연간(860~874) 최안잠이 시랑과 강서절도사를 겸했는데 그를 초빙하려는 뜻을 두었지만 결국 막료의 저지를 당했다. 그러고 나서 신분을 낮춰 독우*에 나아갔지만 이로 인해 일이 무산되었다. 이룬 바 없이 생애를 마쳤다.(羅鄴, 餘杭人也. 家富於財. 父則, 爲鹽鐵小吏, 有子二人, 俱以文學干進, 鄴尤長七言詩. 時宗人隱**亦以律韻著稱. 然隱才雄而粗疎, 鄴才淸而綿緻***. 咸通中崔安潛侍郎兼問江西, 志在弓旌****, 竟爲幕吏所沮*****, 旣而俯就督郵******, 因玆擧事闌珊, 無成而卒)

나업(羅鄴, 825~?)

나업의 자는 알려져 있지 않으며 여항(지금의 절강성(浙江省) 항주(杭州)) 사람이다. 그의 부친은 염철(鹽鐵)을 관리하는 낮은 관리였지만 집안은 부유하였다. 형제가 모두 문학을 통해 관직에 나갔는데 나업이 특히 7언 율시에 뛰어났다. 나은(羅隱), 나규(羅虬, 874 전후)와 함께 강동삼라(江東三羅)로 불렸다. 그의 시는 신세지탄을 썼는데 설리적(說理的)인 감이 있다. 명대 사람은 나업을 '삼라' 가운데 으뜸으로 여겨 《나업시집(羅鄴詩集)》1권을 편찬하였으며, 《전당시》권654에서 그의 시를 수록하고 있다.

나업은 함통(咸通) 연간에 누차 진사 시험을 보았으나 떨어졌다. 강서절도사 최안잠(崔安潛)이 그의 시명을 듣고 중용하고자 했으나 막료의 저지로 성사되지 못했다. 얼마 안 되어 그는 신분을 낮춰 독우에 나아갔다. 대략 광계(光啓) 연간부터 대순(大順) 연간까지(888~891) 그는 늙은 몸을 이끌고 북행을 감행하여 막부에 임용되었다. 광활한 사막에서 아는 이 하나 없이 생활하면서 앞날에 대한 전망 없이 울적해하다 죽었다. 광화 연간(898~901)에 위장(韋莊)이 주소를 올려 진사급제에 추대되고 보궐(補闕)에 추증되었다. 시집 한권이 《신당서·예문지》에 전한다.

(김수희)

* 독우(督郵) : 관직 이름. 독우서연(督郵書掾), 독우조연(督郵曹掾)의 약칭이다.
** 隱(은) : 만당(晚唐) 시인 나은(羅隱, 833~910)을 말한다. 자는 소간(昭諫). 나은에 대한 자세한 정보는 뒤의 나은 작자 소개를 참고할 것.
*** 綿緻(면치) : 면밀하다. 끊임없이 이어지다.
**** 弓旌(궁정) : 고대 예법에 활로써 사(士)를 초빙하였고 깃발로써 대부(大夫)를 초빙하였다.
***** 沮(저) : 원주에는 '召(소)'로 되어 있는데 《당시기사(唐詩紀事)》권68에 의거하여 바로잡았다.
****** 俯就(부취) : 신분을 낮춰 관직에 임용되다.

241

旅館秋夕言懷[1]

여관에서 가을 저녁에 감회를 말하다

一半年光逐水流,[2]	반평생의 시간이 물 따라 흘러갔건만
馬蹄南北幾時休.[3]	남북으로 달리는 말발굽은 언제나 그치려나.
青雲有路難知處,[4]	청운의 길 있다지만 그 길 알기 어려운데
白髮無情已滿頭.	백발은 무정하여 벌써 머리에 가득하다.
晚上河橋蟬叫樹,	저녁에 강다리에 오르니 매미는 나무에서 울어대고
曉離山館月沈樓.[5]	새벽에 산장을 떠나는데 달은 누대로 지고 있다.
誰憐萬里單車去,[6]	그 누가 만 리 길 떠나는 외로운 수레를 가여워하랴
野菊殘花欲過秋.	들국화 꽃 지면서 이 가을도 가려하누나.

【주석】

1 이 시는 ≪전당시≫에 수록되어 있지 않다.

2 一半(일반) : 절반. 대부분. 여기서는 반평생을 가리킨다.
年光(연광) : 세월. 시간.
逐(축) : ~을 따라. 종(從)과 같다.

3 馬蹄(마제) : 말발굽. 여기서는 여기저기 떠돌아다니는 신세를 의미한다.

4 [원주] ≪사기·범저채택열전≫에 "수고가 범저에게 말하기를 '그대가 푸른 구름 위에 스스로 이르게 될 줄 생각하지 못했다'라 하였다."라 하였다. ≪양자운집·해조≫에 "권력을 잡은 자는 푸른 구름 위에 오르고 권력을 잃은 자는 더러운 도랑에 버려진다."라 하였다.(史記, 須賈謂范雎[1])曰, 不意君自致青雲之上. 揚雄, 解嘲, 當塗者升青雲, 失路者委污溝)

5 沈(침) : 가라앉다. 여기서는 달이 누대 아래로 지는 것을 가리킨다.

6 [원주] ≪전한서·공수전≫에 "한 대의 수레로 홀로 갔다."라 하였다.(前漢, 龔遂傳, 單車獨行)

1) 雎(저) : 원주에는 '睢(휴)'로 되어있는데 ≪사기≫에 의거하여 바로잡았다.

【해설】

이 시는 가을 저녁 산중의 여관에서 느끼는 감회를 읊은 작품이다. 시의 내용은 크게 두 부분으로 나뉘는데 앞의 네 구는 나그네로서 느끼는 인생의 감회를 말했으며 뒤의 네 구는 지금 산장을 떠나는 처지와 심경을 노래하였다. 제1~2구는 반평생을 살았는데도 떠돌이 생활이 아직 끝나지 않았음을 말했으며, 제3~4구는 청운의 꿈을 이루지 못한 채 나이만 먹었음을 표현하였다. 제5~6구는 현실로 돌아와서 저녁에 나루에 올라 산장에서 묵고 새벽에 다시 길을 떠나는 자신의 여정을 노래하였는데, 가을매미와 지는 달을 통해 가을저녁의 쓸쓸한 분위기와 더불어 자신의 우울한 심경 또한 표현하였다. 제7~8구는 늦가을에 홀로 만 리 먼 길을 떠나는 처지와 심정을 노래하였는데 말의 순서를 뒤바꾸어 함축미와 여운을 추구하였다. 이 시는 정처 없이 떠돌면서 살아가는 데 대한 후회와 탄식이 강하게 느껴지는데 가을저녁 객지에서 느끼는 감회를 노래한 전형적인 작품이라고 할 수 있다.

242

同友人話吳門舊遊[1]

친구와 함께 오나라 성문에서의 옛 노닒을 말하며

春色吳王舊境多,2	봄 풍경이 오왕의 옛 경내에 많은데
前年此城幾經過.3	지난날 이 성을 몇 번이나 지났던가.
花枝笑日妬紅粉,4	꽃가지는 햇살 속에 웃으며 붉은 화장 여인 질투했고
樽酒酌風生綠波.5	동이 술은 바람결에 따라지며 푸른 파문 일었으며
入浦野橋縈柳岸,6	포구로 들어가는 들판 다리는 버들 언덕에 굽어있고
巢簷江燕啄宮莎.7	처마에 둥지 튼 강가 제비는 궁궐의 사초 물었었지.
如今共話成塵事,8	지금 티끌이 된 옛 일을 함께 말하자니
相對持盃有淚和.9	마주하며 든 술잔에 눈물이 섞이누나.

【주석】

1 이 시는 ≪전당시≫에 수록되어 있지 않다.
[원주] ≪전한서・매복전≫에 "매복[2]이 이름을 바꾸고 오나라 저자의 문지기가 되었다."라 하였다.[3] (前漢, 梅福變姓名, 爲吳市門卒)
吳門(오문) : 오나라 성문이 있는 소주(蘇州) 일대.

2 [원주] ≪십도지・강남도≫의 '소주'에 대한 주에 "양주 지역은 본래 오나라인데 월나라가 오나라를 멸하자 결국 월나라에 속하게 되었다고 한다."라 하였다.(十道志, 江南道, 蘇州注, 揚州之域本吳國,

2) 매복(梅福) : 서한(西漢)의 정치가. 성제(成帝) 영시(永始) 원년(B.C.16) 황태후의 조카 왕망(王莽)이 신도후(新都侯)에 봉해지자 이에 반대하는 상소를 올렸다가 도리어 조정의 비난을 받게 되자 관직을 그만두고 은거하였다. 처음에는 남창(南昌) 교외에 은거했는데 왕망이 나라를 찬탈하여 신(新) 나라를 세우자 처자식을 버리고 집을 떠나 오문(吳門)의 문지기가 되었다고 한다.

3) ≪한서(漢書)・매복전(梅福傳)≫에는 "원시 연간에 왕망이 정권을 전단하게 되자 매복은 하루 만에 처자식을 버리고 구강을 떠났는데 지금 전하는 말에 신선이 되었다 한다. 그 후에 어떤 사람이 회계에서 매복을 보았는데 이름을 바꾸고 오나라 저자의 문지기가 되어 있었다고 한다(至元始中, 王莽顓政, 福一朝棄妻子, 去九江, 至今傳以爲仙. 其後人有見福於會稽者, 變姓名, 爲吳市門卒云)"라고 기재되었는데 이를 간략하게 소개한 것이다.

越滅吳, 遂屬越云云)

吳王(오왕) : 오나라 왕. 오왕 부차(夫差, ?~B.C.473)를 가리킨다.

舊境(구경) : 옛 경내. 오문(吳門)을 가리킨다.

3 前年(전년) : 지난날. 왕시(往時)의 의미이다.

4 紅粉(홍분) : 붉게 화장한 여인. 서시(西施)를 가리킨다.

5 綠波(녹파) : 푸른 파문. 좋은 술을 가리킨다.

6 縈(영) : 굽다. 만곡(彎曲)의 의미로 아치형 다리를 가리킨다.

7 喙(훼) : 새의 부리. 여기서는 '부리에 물다'라는 동사로 쓰였다.

宮莎(궁사) : 오나라 궁 안의 사초(莎草). 사초는 향부자(학명, Cyperus)로 가을에서 이듬해 봄 사이에 채취하여 생리불순, 위통, 종기 등을 낫게 하는 약재로 사용된다.

8 成塵事(성진사) : 티끌이 된 옛 일. 서시(西施)를 이용한 월왕 구천(勾踐)의 미인계로 인해 오나라가 망한 일을 가리킨다.

9 和(화) : 섞이다.

【해설】

이 시는 친구와 함께한 술자리에서 오나라 성문(지금의 소주(蘇州))에서의 옛 추억을 회상한 작품이다. 제1~2구는 오나라 성문의 봄 풍경을 제시하면서 회상에 잠기는 도입 부분으로 오나라 궁궐의 아름다운 시절을 암시하였다. 제3~6구는 지난날 오문에서의 연회 장면을 근경에서 원경까지 선명하게 묘사하였다. 붉게 화장한 여인 뒤로 봄꽃이 환하게 피어있고 손에 든 술잔에는 봄바람으로 인해 작은 파문이 일어난다. 여기서 좀 더 시선을 멀리하니 물가의 다리 주변에 버드나무가 늘어서 있고 거기서 날아오는 제비가 처마로 날아든다. 이 단락은 지난날 자신이 즐긴 연회에다 오왕(吳王)과 서시의 연회라는 역사적 사실을 겹쳐놓았는데, 이는 '궁궐[宮]'의 시어를 통해 짐작할 수 있다. 이로 인해 개인의 추억에 대한 회상은 왕조의 흥망성쇠(興亡盛衰)와 관련된 보다 큰 의미의 회상이 된다. 따라서 제7~8구에서 노래한 슬픔은 개인의 감정에서 벗어나 인간세상의 보다 큰 비애를 함축하고 있다.

243

秋過靈昌渡有懷[1]

가을에 영창도를 지나며 감회가 있기에

背河驅馬已秋風,2	강 등지고 말을 모니 이미 가을바람 불어서
葦浦桑洲處處同.3	갈대 포구와 뽕밭 물 섬은 곳곳마다 한 풍경일세.
舊隱碧峰高嶠外,4	높은 산길 너머 푸른 산에서 예전에 은거했는데
去程黃葉亂蟬中.5	소란한 매미소리 속에 낙엽 질 때 이 길을 떠나네.
因悲失計爲遊子,6	잘못된 계책으로 나그네 된 일을 슬퍼하다가
始覺長閑是釣翁.7	늘 한가한 이가 낚시하는 노인임을 이제야 깨닫네.
此恨滿懷誰共說,	가슴 가득한 이 한을 누구에게 말할까
微陽沙雨正濛濛.8	옅은 햇살 속에 가랑비가 한창 자욱하네.

【주석】

1 이 시는 ≪전당시≫에 수록되어 있지 않다.
[원주] ≪십도지・하남도≫에 "활주[4]에 영창도가 있다."라 하였다. ≪통전≫에 "옛 연주는 영창군이다."라 하였다.(十道志, 河南道, 滑州有靈昌渡. 通典, 古兗州, 靈昌郡)

2 背河(배하) : 강을 건너 반대편으로 향하다. 여기서는 영창도를 건너 앞으로 향함을 가리킨다.

3 桑洲(상주) : 뽕밭이 있는 물 섬.

4 嶠(교) : 가파르고 높은 산.

5 去程(거정) : 길을 떠나다. 거로(去路)와 같다. 작자가 관직을 맡기 위해 북방의 선우대도호부(單于大都護府)로 떠난 일을 가리킨다.

6 [원주] '유자'는 위의 주석에 보인다.[5](遊子見上注)
因(인) : 이에. ~에 따라.
失計(실계) : 계책이 잘못되다. 작자가 강서절도사(江西節度使) 최안잠(崔安潛)의 막부에 들어가려던

4) 활주(滑州) : 하남성(河南省) 안양시(安陽市).
5) 최광유의 시 237. 〈아침 일찍 길을 나서다(早行)〉에 보인다.

일이 성사되지 못한 것을 가리킨다.

7 長閑(장한) : 늘 한가롭다. 유한(悠閑), 염정(恬靜)의 의미이다.

8 沙雨(사우) : 가랑비. 이슬비. 세우(細雨)와 같다.
濛濛(몽몽) : 가랑비가 자욱하게 내리는 모습.

【해설】

이 시는 가을에 영창도를 지나며 느낀 감회를 노래한 것으로 시인이 북방의 선우대도호부(單于大都護府)로 가는 도중에 쓴 작품이다. 앞 네 구는 영창도를 건너 길을 떠나게 되었음을 서술하였고 뒤 네 구는 지난 일에 대한 후회와 북방으로 향하는 불안한 마음을 표현하였다. 제1~2구는 영창도를 건너서 말을 타고 가면서 보게 된 강가의 가을풍경을 노래하였는데 '곳곳마다 가을풍경[處處同]'이라는 말에서 북방으로 향하는 작자의 서글픈 심정이 느껴진다. 제3~4구는 산에 은거하였다가 다시 길을 떠나게 된 자신의 상황을 객관적으로 서술하였으며 제5~6구는 지금 상황이 일이 잘못되어 일어난 것이라고 자책하면서 영창도에서 한가롭게 낚시하며 늙어가는 이를 부러워하였다. 일이 뜻대로 되지 못해 북방으로 가는 것보다는 한가하게 낚시하며 은거하는 삶이 낫다는 마음을 표현한 것이다. 제7~8구에서는 가슴 가득한 원망을 함께할 이 없는 현재의 외로운 처지를 말하였고 자신의 앞날 또한 자욱한 가랑비처럼 어두울 것이라는 불안감을 표현하였다. 관직을 맡기 위해 북방의 선우대도호부(單于大都護府)로 떠나는 불안하고 막막한 심경이 잘 표현되어 있다.

244

冬日獨遊新安蘭若[1]

겨울날 홀로 신안의 절을 노닐며

上房高處獨登攀,[2]	높은 곳의 대웅전을 홀로 등반하여
一宿新安雪後山.	신안의 눈 내린 산에 하룻밤 묵네.
未向芳枝休息意,[3]	아직 계화에 대한 의지 그치지 않았는데
却愁淸鏡有衰顔.	도리어 맑은 거울에 비친 쇠한 얼굴이 걱정스럽네.
終朝驅馬悲長路,[4]	하루 종일 말을 몰며 먼 길을 슬퍼하다
殘日聞鴻憶故關.[5]	해질녘에 기러기 소리 듣고 옛 관문을 떠올리네.
明發千峰又行役,[6]	새벽에 수많은 산을 지나 또 일 찾아가리니
此生誰得似僧閑.	인생에서 그 누가 한가한 스님 같을 수 있으랴.

【주석】

1 이 시는 ≪전당시≫에 수록되어 있지 않다.
[원주] ≪한서≫에 "무제 원정 3년(B.C.114) 함곡관을 신안으로 옮겼고 옛 관문을 홍농현으로 삼았다."라 하였다.(漢書, 武帝元鼎三年, 徙函谷關於新安[6], 以故關爲弘農縣)
新安(신안) : 지금의 하남성(河南省) 낙양시(洛陽市) 서부.
蘭若(난야) : 절. 사원. 범어 '아난야(阿蘭若)'의 약칭이다.

2 上房(상방) : 건물의 한가운데 있는 정방(正房). 여기서는 절의 대웅전을 가리킨다.

3 [원주] 중권의 '절계심환창' 주석에 보인다.[7](見中卷折桂心還暢注)
向(향) : 지향하다.
芳枝(방지) : 계화나무의 나뭇가지. 여기서는 과거에 합격하는 것을 지칭하는 '절계(折桂)'의 의미로 사용되었다. 이 구는 과거에 합격하여 관계에 진출하려는 의지를 아직도 버리지 않았다고 해석할 수 있고 "향기로운 가지에서 쉬려는 뜻을 아직 지니지 못했는데"라고 해석할 수 있다.

---

6) 徙函谷關於新安(사함곡관어신안) : 원주에는 '關於新安(관어신안)'으로 되어있는데 ≪한서≫에 의거하여 바로잡았다. 한나라 때의 새로운 함곡관은 한관(漢關), 진나라의 옛 함곡관은 진관(秦關)이라고 약칭하였다.
7) 박인범의 시 155. 〈초가을에 감회를 쓰다(早秋書情)〉에 보인다.

4 終朝(종조) : 하루 종일.

5 [원주] 위의 '신안' 주석에 보인다.[8](見上新安注)

故關(고관) : 옛 관문. 진(秦) 나라 때의 함곡관(函谷關)을 가리킨다.

6 [원주] ≪시경≫[9]에 "새벽까지 잠 못 이루네."라 하였다.(詩明發不寐)

行役(행역) : 예전에 병역, 노역에 복무하거나 공무로 인해 외지로 가는 것을 가리킨다.

【해설】

이 시는 겨울에 신안의 함곡관 부근에 있는 절에 묵으면서 느낀 감회를 노래한 작품이다. 앞의 네 구는 신안의 높은 산에 있는 절에 묵게 되었음을 말하였으며 뒤의 네 구는 늙은 나이에 변방으로 향하면서 한가하게 살지 못하는 자신의 인생을 탄식하였다. 제1~2구는 높은 산에 있는 절에 올라 하룻밤을 묵게 되었음을 말하였는데 높은 산에 오르는 모습을 통해 삶에 대한 강한 의지를 표현하였다. 제3~4구는 과거에 합격하려는 뜻은 여전하지만 부질없이 나이만 먹어 감을 걱정하였다. 제4~5구는 이곳에 이른 경위를 회상하며 진(秦)의 함곡관(函谷關) 같은 신안의 함곡관을 나서게 되었음을 말하였다. 제7~8구는 변방의 산악지대로 떠나게 될 자신의 여정을 미리 생각하면서 스님처럼 한가하게 살지 못하는 자신의 신세를 탄식하였다. 제4구부터 제7구까지 '종조(終朝)', '잔월(殘日)', '명발(明發)' 등 시간 부사를 맨 앞에 두어 공(功)을 세울 수 있는 시간이 얼마 남지 않은 것에 대한 초조하고 불안한 심리를 표현하였다. 나이가 들어서도 공을 세우기 위해 변방의 산악지대로 가야 하는 시인의 고단한 삶을 엿볼 수 있다.

8) 나업의 이 시 주석 1)에 보인다.

9) 여기서는 〈소아(小雅)·소완(小宛)〉 시를 말한다.

245

海上別張尊師[1]

바닷가에서 장존사와 이별하고

雲海歸帆似鳥輕,	드넓은 바다의 돌아가는 배 저 새처럼 가벼우니
重來何處訪先生.	다시 와도 그 어디서 장 존사를 찾을 건가.
暗飄別袂靈桃碧,[2]	말없이 날리는 이별의 옷소매에는 신령스런 복숭아 푸르고
醉勸離觴寶瑟淸.[3]	취해 권하는 이별의 술잔에는 보배로운 슬 소리 청아했는데
風燭自悲塵土世,[4]	바람 앞의 촛불처럼 풍진 세상 절로 슬퍼하나니
鶴書難算往來程.[5]	초빙 조서가 오가는 일정을 헤아리기 어려워서라.
腥膻漸覺人家近,[6]	생선과 고기 냄새에 점차 인가가 가까웠음을 깨닫는데
雞犬村中入夜聲.	마을 안의 닭과 개가 이 밤에도 우는구나.

【주석】

1 이 시는 ≪전당시≫에 수록되어 있지 않다.
尊師(존사) : 도교 용어로 도사(道士)에 대한 존칭이다.

2 [원주] 〈전희내전〉에 "윤희가 노자를 따라 서쪽을 유람하는데 대진국의 서왕모를 방문하여 함께 벽도 열매를 먹었다."라 하였다(田喜內傳,[10] 喜從老子西遊, 省大眞王母, 共食碧桃實).
別袂(별메) : 이별의 옷소매. 여기서는 헤어지는 장 존사의 옷소매를 가리킨다.
桃碧(도벽) : 반도(蟠桃). 3천 년에 한번 열린다는 신비의 복숭아. 전설상 3월 3일은 서왕모(西王母)의 탄신일로, 이날 서왕모는 여러 신선들을 초대하여 함께 반도를 먹는데 이 모임을 반도회(蟠桃會)라 한다. 여기서는 장 존사의 도가적 풍모를 가리킨다.

3 [원주] 심약(沈約)의 〈3월 3일 되는 대로 시가 지어져서(三月三日率爾成章詩)〉에 "상아 자리에는 보배로운 슬이 울리고 황금 병에는 술잔이 떠있네."라 하였는데, ≪문선≫ 이선 주에 "≪한서≫에서 '망하라(?~A.D.88)[11]가 지나가다 보배로운 슬에 부딪쳤다.'라고 하였다."라 하였다.(沈休文詩, 象筵鳴

10) 田喜內傳(전희내전) : ≪태평어람≫권967에는 '關令尹喜內傳(관령윤희내전)'으로 되어있다. 윤희는 노자(老子)에게 ≪도덕경(道德經)≫을 써달라고 청한 인물로 알려져 있다.

寶瑟, 金瓶泛羽巵. 李善注, 漢書曰 莽何羅行觸寶瑟)

寶瑟淸(보슬청) : 보배로운 슬 소리가 청아하다. 송별연에서 울리는 음악소리를 가리킨다.

4 [원주] 간문제의 〈현허공자부〉에 "바람결의 촛불과 돌 틈의 샘물에 느끼나니 백성의 삶이 부쳐 사는 것 같음을 탄식하네."라 하였다.(簡文帝玄虛公子賦, 感風燭與石水, 嗟民生其如寄)

5 [원주] '학서'는 이미 상권에 나왔다.[12](鶴書已出上卷)

鶴書(학서) : 서체 이름. 학두서(鶴頭書). 고대에 현자를 초빙하는 조서에 사용되어 현자를 초빙하는 조서를 가리키게 되었다. 여기서는 자신을 초빙하는 서신을 가리킨다.

6 腥羶(성전) : 생선 비린내와 고기 누린내. 여기서는 장 존사와 이별하고 다시 속세로 돌아오게 됨을 의미한다.

【해설】

이 시는 도인(道人) 장 존사와 바닷가에서 헤어지고 난 후 마을에 도착하기까지의 정경을 노래한 작품이다. 이별의 장면으로부터 이별의 슬픔을 제기한 다음 초빙 받지 못하고 떠도는 자신의 슬픔으로 귀결시켰다. 시의 전반부는 장 존사와의 이별을 말하였다. 제1~2구는 여기에 다시 와도 장 존사는 이미 그 자취가 사라져서 다시 만나지 못할 것이라는 아쉬움을 드러내었다. 제3~4구는 송별연 장면을 묘사했다. 장 존사를 소맷자락에 반도(蟠桃)를 지닌 신선으로 표현하고 이별의 장소에 청아한 슬 소리가 울려 퍼진다고 설정하여 장 존사와의 교유가 도가적인 경지에서 이루어졌음을 드러내었다. 시의 후반부는 배를 타고 떠나가면서 느끼는 불안하고 복잡한 심경을 말하였다. 제5~6구는 인과관계를 도치시켜 슬픔의 원인이 초빙 받지 못하고 떠나는 데 있음을 나타내었다. 제7~8구는 비린내와 누린내라는 음식냄새를 통해 다시 속세에 가까워졌음을 표현하였다. 밤중의 닭과 개소리는 속세에서 자신이 환영받지 못하는, 낯선 존재임을 암시하고 있다.

11) 망하라(莽何羅) : 서한(西漢) 무제(武帝) 시기 사람이다. 무제 말년 시중복야(侍中仆射)에 임명되어 강충(江充)과 사이가 좋았다. 강충이 태자궁에서 오동나무로 만든 나무인형을 파내어 태자를 무고하자 위태자(衛太子)가 자살하는 사건이 벌어졌다. 그의 아우 망통(莽通)은 태자의 난을 평정하는 데 공을 세워 제후에 봉해졌다. 하지만 나중에 무제가 태자의 무고함을 알게 되어 강충의 종족과 친지를 멸하게 되자, 그와 그의 동생은 화가 미칠까 두려워하다가 결국 무제를 죽이려고 도모하였다. 이에 황제의 침실에 칼을 들고 들어갔지만 김일제(金日磾)에게 발각되어 형제가 함께 죽임을 당하였다.

12) 원주에서는 상권에 나왔다고 하였지만 실제로는 하권의 오인벽의 시 203. 〈완릉현에서 고몽처사의 집, 즉 원징군의 옛 거처에 쓰다(宛陵題顧蒙處士齋即元徵君舊居)〉에 보인다.

246

秋曉1

가을 새벽

殘星殘月一聲鍾,	별과 달 희미해지며 종소리 울리니
水際岩隈爽氣濃.2	물가의 돌 굽이에 상쾌한 기운 성해지네.
不向碧堂驚醉夢,3	신선의 거처로 향하지 못한 채 취몽에서 깨어나서
但來淸鏡促愁容.4	다만 맑은 거울 가져오니 근심스런 얼굴 재촉하네.
繁金露泫荒籬菊,5	다채로운 금빛의 이슬 내려서 울타리의 국화 황폐해지고
獨翠煙凝遠澗松.6	오직 푸르른 안개 서려서 계곡의 소나무 아득해지네.
閑步幽林與苔徑,	그윽한 숲과 이끼 낀 길 한가로이 걷자니
漸移棲鳥息鳴蛩.7	깃든 새 점차 날아다니고 귀뚜라미 울기 그치네.

【주석】

1 이 시는 ≪전당시≫에 〈가을 깊어(秋晚)〉라는 제목으로 실려 있다.

2 [원주] ≪진서 · 왕휘지본전≫에 "왕휘지가 홀로 빰을 괴면서 '서산에 아침 오니 상쾌한 기운 이르도다.' 라고 말하였다."라 하였다.(晉書, 王徽之以笏柱頰曰13), 西山朝來, 致有爽氣)

3 碧堂(벽당) : 도관(道觀). 여기서는 신선의 거처를 가리킨다. ≪전당시≫에 '벽대(碧臺)'로 되어 있으며 '푸른 누대'로 풀이된다.

4 但來(단래) 구 : 이 구는 잠에서 깨어난 뒤 거울을 보며 억지로 아침 단장을 하는 것을 가리킨다.

5 [원주] 장한(張翰)의 시에14) "푸른 줄기는 비취 깃 모은 듯하고 노랑꽃은 황금 흩은 듯하네."라 하였다. 이국(籬菊)은 이미 중권에 나왔다.15)(張季鷹詩, 靑條若總翠, 黃花如散金. 籬菊已出中卷) 露泫荒籬菊(노현황리국) : 이슬 내려서 울타리의 국화 황폐해지고. ≪전당시≫에는 "노결황농국(露潔黃籠菊)"으로 되어 있으며 '이슬 맑은 노란 광주리의 국화'로 풀이된다.

13) 以笏柱頰曰(이홀주협왈) : ≪진서 · 왕휘지전≫에는 "손에 드는 판으로 빰을 괴고 이르길(以手版柱頰云)"로 되어 있다.
14) 이 시의 제목은 〈잡시(雜詩)〉이다.
15) 조하의 시 101. 〈장안의 가을 저녁(長安秋晚)〉에 보인다.

繁金(번금) : 다채로운 금빛. 이슬이 햇살에 비쳐서 오색영롱한 빛을 내는 것을 가리킨다.
泫(현) : 이슬이 내리는 모습을 형용한다.

6 [원주] 좌사의 〈영사(咏史)〉 시에 "울창한 시냇물 아래의 소나무"라 하였다.(左太沖詩, 鬱鬱澗底松)

7 漸移(점이) 구 : 이 구는 날이 밝으면서 둥지의 새가 날아가고 귀뚜라미가 더 이상 울지 않는 것을 가리킨다.

【해설】

이 시는 가을 새벽 산책을 하며 보고 들은 바를 노래한 작품이다. 시의 전반부는 날이 밝아오면서 잠에서 깨어남을 말하였다. 제1~2구는 날이 밝으면서 별빛과 달빛이 희미해진 가운데 새벽 종소리가 울려 퍼지고 아침의 상쾌한 공기가 생겨남을 표현하였다. 제3~4구는 신선을 찾아가는 꿈에서 깨어난 뒤 거울을 보면서 억지로 아침 단장을 하게 되었음을 서술하였다.

시의 후반부는 울타리에서 계곡까지 갔다가 다시 숲길을 통해 돌아오는 과정을 노래하였다. 제5~6구는 이슬 때문에 국화가 시들고 안개 때문에 소나무가 희미하게 보이는 자연현상을 묘사했는데, 울타리의 국화가 도연명(陶淵明)이 추구한 전원생활을 비유하고 계곡의 소나무가 좋지 못한 환경 속에서도 여전히 푸르른 기개를 지니고 있다는 점을 고려하면, 여기에는 자신의 재능을 펼치지 못하는 작자의 회재불우(懷才不遇)의 심정이 담겨 있다고 볼 수 있다. 다만 이러한 심정을 겉으로 드러내지 않고 고요한 아침 풍경 속에 침잠시키고 있을 뿐이다. 제7~8구는 숲길을 한가로이 거닐면서 둥지의 새가 먹이를 찾아 날아다니고 밤새 울던 귀뚜라미가 더 이상 울지 않게 된 아침의 변화를 포착하여 그려놓았다. 아침이 되면 더 이상 시름겹게 울지 않고 저 새들처럼 비상하게 되는 긍정적인 변화가 작자자신에게도 일어났으면 하는 바람이 한가로운 산책 속에 드러나 있다.

247

蛺蝶[1]

나비

草色花光小院明,	풀색과 꽃빛으로 작은 정원 환한데
短墻飛過勢便輕.	낮은 담 날아가는 그 기세 가뿐하다.
紅枝嫋嫋如無力,2	붉은 꽃가지 하늘하늘 힘이 없는듯
粉翅高高別有情.3	나비날갯짓 높디높으니 남다른 정이 있구나.
俗說義妻衣化狀,4	세상 말에 의로운 부인의 옷이 변한 모습이라 하고
書稱傲吏夢彰名.5	책에서 이른바 오만한 아전이 꿈속에 밝힌 이름이라.
四時羨爾尋芳去,6	사계절 그대가 꽃 찾아 가는 게 부럽나니
長傍佳人襟袖行.7	늘 미인 옆에서 소매 따라 다니기 때문이라.

【주석】

1 이 시는 ≪전당시≫에 수록되어 있지 않다.

2 嫋嫋(뇨뇨) : 하늘하늘 흔들리는 모습.

3 粉翅(분시) : 나비 날개. 나비 날개는 비늘가루가 다양한 색과 문양을 이루고 있다.

4 [원주] ≪양산백축영대전≫에 "당나라의 기이한 일 가운데 복된 일 많나니, 성이 양씨인 어진 인재가 있었네. 널리 배우면 그 몸이 영화롭고 부귀해진다고 항상 들었고 서생들이 과거장에 가는 모습을 매번 보았네. 집에서 자유롭게 지내봐야 결국 이로울 게 없어서 때마침 스승 찾아 학당에 들어가게 되었네. … 혼자 가면서 친구가 없으니 외로운 마을과 황량한 들판에서 마음이 불안하였네. 조금 따뜻해지는 때가 오려는데 또 시든 나무에 차가운 비바람 부는 일을 만나게 되었네. 갑자기 뒤에서 따라오는 사람을 보았는데 입술 붉고 이가 하얀 잘생긴 남자였네. … 바로 영대라 말하며 성이 축씨라 하자 산백이라 부르며 성이 양씨라 하네. 각자 고향 우물을 버리고 떠나 스승을 찾아 공자 학당에 가려고 한다 말하네. 두 사람은 의형제를 맺고 죽든 살든 끝까지 잊지 말자 하였네. 열흘이 안 되어 스승님께 참배하고 시서 수백 장을 보게 되었네. 산백의 재능은 이육[16]보다 뛰어났고

16) 이육(二陸) : 서진(西晉)의 문학가 육기(陸機, 261~303)와 육운(陸雲, 262~303)을 가리킨다. 육기는 자가 사형(士衡)으로 오군(吳郡) 화정(華亭) 사람이다. 어려서부터 재능이 뛰어났으며 문장이 세상에 으뜸이었다. 동생 육운과 함께 모두

영대의 밝은 덕은 삼장[17]보다 나았네. 산백은 그가 여자임을 알지 못했고 영대는 남자들을 두려워하지 않았네. 어느 날 밤 영대는 꿈에 혼비백산하여 분명 꿈속에서 부모님을 뵈었네. 놀라 깨서는 마음이 걱정스러워 먼저 돌아가 부모님을 뵙고자 하였네. 영대가 양형에게 말하길, 우리 집 거처에는 숲과 연못이 있는데 양형께서 나중에 돌아가면서 발걸음을 돌리실 때 옛정을 탓하지 마시고 우리 집에 오시라 하였네. … 집에 돌아간 지 보름도 되지 않았는데 그때 양산백도 고향이 그리웠네. 스승님께 사직하고 갈림길에 올라서 산 넘고 물 건너 축씨 집에 이르게 되었네. … 영대가 느린 걸음으로 천천히 걸어 나오는데 비단 저고리에는 한 쌍의 봉황새 수 놓였고 난향과 사향이 몸에 가득 향기가 진했으며 어여쁜 자태가 세상에 둘도 없었네. 산백은 그 모습을 보고 심정이 □ 같았고 영대가 여자임을 □ 알게 되었네. 병이 나서 우연히 절구 한 수를 지었는데 저승에서 너와 함께 부부가 되리라. … 이로 인해 □□ 상사병이 나서 즉시 몸은 죽고 혼백은 날아갔네. 월주[18] 동대로에 장사 지내니 영대의 꿈을 빌어 침소에 이르렀네. 영대가 무릎 꿇고 구슬프게 곡을 하고 정성스레 술을 따라 무덤 쪽으로 향했네. 제문에 말하길, '그대 이미 저 때문에 돌아가셨으니 저는 이제 그리워하면서 무덤가에 왔지요. 그대 만약 영혼이 없다면 저를 물리치시고 영혼이 있다면 반드시 무덤을 열리게 해주세요.' 말을 마치자 무덤의 한 면이 갈라졌는데 영대가 뛰어들어 그 몸도 죽었네. 마을 사람들은 깜짝 놀라 어지러이 흩어졌고 친척들은 그 뒤를 따라 옷을 붙잡았네. 조각조각 나비로 변했는데 그 몸이 먼지와 재로 변하니 그 일이 슬퍼할 만하네. …"라 하였다. ≪십도지≫의 "명주[19]에 양산백 무덤이 있다" 주에 "의부 축영대가 함께 묻혔다."라 하였다.(梁山泊祝英臺傳, 大唐異事多祚端, 有一賢才身姓梁. 常聞博學身榮貴, 每見書生赴選場. 在家散袒[20]終無益, 正好尋師入學堂. 云云. 一自獨行無伴侶, 孤村荒野意恛惶[21]. 又遇未來[22]時稍暖, 婆娑[23]樹下雨風涼. 忽見一人隨後至, 脣紅齒白好兒郎. 云云. 便導[24]英臺身姓祝, 山伯稱名僕姓梁. 各言抛捨離鄉井, 尋師願到孔丘堂. 二人結義爲兄弟, 死生終始不相忘. 不經旬日參夫子[25], 一覽詩書數百張. 山伯有才過二陸, 英臺明德勝三張. 山伯不知它是女, 英臺不怕丈夫郎. 一夜英臺魂夢散, 分明夢裏見爺娘[26]. 驚覺起來情悄悄, 欲從先歸覲父孃. 英臺說向梁兄道, 兒家住處有林塘. 兄若後歸回玉步, 莫嫌情舊到兒莊. 云云. 歸舍未逾三五日, 其時山伯也思鄉. 拜辭夫子登岐路, 渡水穿山到祝莊. 云云. 英臺緩步徐行出, 一對羅襦繡鳳凰. 蘭麝滿身香馥郁, 千嬌萬態世無雙. 山伯見之情似□, □辨英臺是女郎. 帶病偶題詩一絶, 黃泉共汝作夫妻. 云云. 因茲感得相思病, 當時[27]身死五魂颺. 葬在越州東大路, 托夢英臺到寢堂. 英臺跪拜哀哀[28]哭,

서진 시기 유명한 문장가로 손꼽힌다.

17) 삼장(三張) : 서진(西晉) 시기 장씨(張氏) 집안의 뛰어난 세 문장가. 즉 장재(張載), 장협(張協), 장항(張亢, 혹은 장화(張華))을 가리킨다.
18) 월주(越州) : 회계(會稽). 지금의 절강성(浙江省) 소흥시(紹興市).
19) 명주(明州) : 지금의 절강성(浙江省) 영파시(寧波市).
20) 散袒(산단) : 구애받지 않고 자유롭게 지내다.
21) 恛惶(회황) : 정신이 불안한 모양.
22) 未來(미래) : 장차~하려 하다. 장래(將來)와 같다.
23) 婆娑(파사) : 쇠미한 모습. 시든 모습.
24) 道(도) : 원주에는 '導(도)'로 되어 있는데 사병구(査屛球)의 ≪협주명현십초시(夾注名賢十抄詩)≫(上海古籍出版社, 2005)에 의거하여 바로잡았다.
25) 夫子(부자) : 스승에 대한 존칭.
26) 爺娘(야낭) : 부모님.
27) 當時(당시) : 즉시.

殷勤酹酒向墳堂. 祭曰, 君旣爲奴身已死, 妾今相憶到墳傍. 君若無靈教妾退, 有靈須遣塚開張. 言訖塚堂面破裂, 英臺透入也身亡. 鄉人驚動紛又散, 親情29)隨後援衣裳. 片片化爲蝴蝶子, 身變塵灰事可傷. 云云. 十道志, 明州有梁山伯塚注, 義婦祝英臺同塚)

義妻(의처) : 의로운 부인. 양축 이야기는 초당(初唐) 양재언(梁載言)의 ≪십도사번지(十道四蕃志)≫에 처음 보이는데 그 기록에 '의부(義婦) 축영대(祝英臺)'라는 말이 있다. 축영대를 의미하는 '의부(義婦)'는 이로부터 남편에 대한 절개와 지조를 지킨 여인을 가리키게 되었다.

5 [원주] 곽박의 〈유선시〉 "칠원30) 땅에 오만한 아전이 있네."에 대한 주에 "예전에 장자가 칠원의 아전이 되었다. 초나라 성왕(?~B.C.626)이 장자가 어질다는 말을 듣고 후한 폐백으로 그를 맞아 재상을 삼고자 하였다. 장자가 웃으면서 사자에게 말하길 '빨리 떠나서 나를 더럽히지 말라'고 하였다. 이 때문에 오만한 아전이라 이르게 되었다."라 하였다. 또 상권의 "헤어진 후 휘돌아 장주의 꿈 꾸고 있는데" 주석에 보인다.31)(郭景純, 遊仙詩, 漆園有傲吏注, 向日, 莊周爲蒙漆園吏. 楚成王聞周賢, 使厚幣迎請之爲相. 周笑爲使者曰, 亟去, 無汚我. 故云傲吏. 又見上卷別後旋成莊叟夢注)

6 [원주] '사시'는 아마도 잘못된 듯하다.(四時恐誤)

7 [원주] ≪천보유사≫에 "당 현종이 봄이면 때때로 비빈들에게 꽃을 꽂게 하고 친히 나비를 풀어주어 나비가 이르는 곳을 따라 행차하였다."라 하였다. 또 "수도의 명기 초련향이라는 여인은 미모를 다툴 이가 없을 정도였는데 나올 때마다 벌과 나비가 따르며 그녀의 향기를 맡았다."라 하였다.(天寶遺事, 明皇春時32)使嬪妃插花, 親放蝶, 隨其至幸之. 又曰, 都下名妓楚蓮香者, 國色無雙, 每出, 則蜂蝶相隨聞其香)

【해설】

이 시는 나비의 형상을 통해 절개와 지조를 노래한 작품으로, 전반부는 나비가 날아가는 모습을 묘사하였고 후반부는 나비와 관련된 고사를 언급하였다. 제1~2구는 정원 담장을 나풀나풀 날아가는 나비를 등장시켰으며 제3~4구는 꽃을 향해 높이 날아가는 모습을 통해 나비에게 남다른 사정이 있을 것이라는 생각을 불러일으킨다. 이러한 생각은 다음 두 구에서 양축(梁祝) 이야기와 장자의 꿈 이야기로 제시된다. 남장을 한 축영대가 양산백과 의기투합하다 결국 사랑을 하게 되는 양축 이야기에서 축영대가 양산백을 따라 죽으려는 순간 옷이 찢어지면서 흰나비가 되었는데 이때의 나비는 의부(義婦)의 의미를 지닌다. 또 초(楚) 성왕(成王)의 부름마저 거부한 오만한 아전 장자(莊子)가 꿈에서 나비가 되었다는 이야기는 나비를 통해 피아(彼我)의 구분을 초월한 물아일체의 경지를 형상화하고 있다. 이러한 각각의 이야기에서 제시된 나비의 형상은 이후 나비의 문학적 이미지로 구축되어 후대까지 전해지게 되었다. 특히 제5구에 대한 주석은 양축 이야기의 가장 이른 문자기록으로 그 문헌학적 가치가 매우 높다고 평가된다. 제7~8구는 항상 미인의 곁을 떠나지 않는 나비 이야기를 통해 자신이 흠모하는 사람과 함께 했으면 하는 시인 자신의 바람을 드러내었다.

---

28) 哀哀(애애) : 몹시 슬퍼하는 모습.

29) 親情(친정) : 친척.

30) 칠원(漆園) : 지금의 안휘성(安徽省) 몽성(蒙城).

31) 이원 시의 062. 〈유이십일이 도명스님의 입적을 알려오매 옛 일을 써서 벗에게 부침(劉二十一報道明師亡敍昔時寄友)〉에 보인다.

32) 時(시) : 원주에는 '詩(시)'로 되어 있는데 사병구의 ≪협주명현십초시≫에 의거하여 바로잡았다.

248

秋日有懷

가을날 느낀 바 있어

西風一葉下庭枝,1	가을바람에 나뭇잎 하나 정원 가지에서 떨어지니
對此愁人感盛衰.	이를 대하고 근심스런 이는 흥망성쇠를 느끼게 되네.
辛苦縱成他日事,	고생하다 보면 설령 훗날의 일을 이루더라도
歡娛已失少年時.	그 기쁨은 이미 젊은 시절을 놓친 거라네.
浮生却羨龜饒壽,	덧없는 인생이라 도리어 거북의 긴 수명이 부럽고
俗貌難將鶴共期.2	속된 모습이라 장차 학과 기약하기 어렵네.
只有世間靑紫分,3	붉고 푸른 인끈 매는 세속적인 직분만 남았지만
又嗟靑紫掛身遲.	또 그 인끈을 이 몸에 매는 게 늦어져서 탄식하네.

【주석】

1 이 시는 ≪전당시≫에 수록되어 있지 않다.
[원주] ≪회남자≫에 "나뭇잎 하나 떨어지니 천하에 가을이 옴을 알겠네."라 하였다.(淮南子, 一葉落知天下秋)

2 [원주] 곽박(郭璞)의 〈유선시〉 "묻건대 하루살이들이 어찌 거북과 학의 나이를 알겠는가."에 대한 이선의 주에 "≪양생요송≫에서 '거북과 학은 수명이 수만을 헤아리는데 본래 장수하는 동물이다.'라고 하였다."라 하였다.(郭景純遊仙詩, 借問蜉蝣輩, 寧知龜鶴年. 李善曰, 養生要訟, 龜鶴壽有千百之數, 性壽之物也)

3 [원주] ≪전한서≫에 "하후승[33]은 자가 장공이다. 매번 가르칠 때 여러 학생들에게 '선비는 경학에 밝지 못한 것이 병폐이다. 만약 경학에 밝으면 푸른 인끈과 붉은 인끈을 하게 되는 것이 구부려서 땅 위의 검불 줍는 것과 같을 뿐이다. 경학을 배우되 그 이치에 밝지 못하면 돌아가 농사짓는 것만 못하다.'라고 말하였다."라 하였다.(前漢書, 夏侯勝, 字長公, 每講授, 謂諸生曰, 士病不明經術,

33) 하후승(夏侯勝) : 서한(西漢)의 학자로 금문상서(今文尙書) 대하후학(大夏侯學)의 창시자.

苟明, 其取青紫如俛拾地上芥耳. 學經不明, 不如歸耕)

青紫(청자) : 푸른 인끈과 붉은 인끈으로 당시 공경(公卿)의 복식이었다. 여기서는 과거에 급제하여 관리가 되는 것을 가리킨다. ≪문선 · 해조(解嘲)≫의 "푸른 끈을 두르고 붉은 끈을 늘어뜨린다(紆青拖紫)"의 이선 주에 한나라 제도에 공후(公侯)는 붉은 끈을 하고 구경(九卿)은 푸른 끈을 한다고 하였다.

【해설】

이 시는 가을날 낙엽 지는 광경을 보고 인생의 흥망성쇠에 대한 감회를 느끼고 아울러 자신의 신세를 한탄한 작품이다. 제1~2구는 가을바람에 떨어지는 낙엽을 보고 인생의 흥망성쇠를 느끼게 됨을 말하였고 제3~4구는 먼 훗날 즐거운 일이 있다 해도 이미 청춘시절은 지나갔을 것이라고 탄식하였다. 제5~6구는 거북처럼 장수하기도 힘들고 학을 타고 신선이 되기도 힘든 상황을 자조하였으며 제7~8구는 이 세상에서 바라는 일은 오직 관리가 되는 일뿐인데 그 일마저 아직까지 이루지 못하고 있음을 탄식하였다. 미래에 대한 불신과 현재 상황에 대한 불만이 시 전편에 가득하여 인생에 대한 허무함이 강하게 나타난다. 이러한 인생무상이 가을날 시인이 느낀 바가 아니겠는가.

249

春日題贈友人洛下居1

봄날 낙양에 거하는 친구에게 써 드림

柳巷松齋春半還,2	버드나무 거리와 솔숲 거처에 봄이 거의 돌아와서
洛聲崧翠入門關.3	낙수 소리 나고 숭산 푸르른 이때 관문에 들어섰네.
人心似在煙霞外,4	친구 마음은 안개 노을 너머에 있는 듯한데
馬足慚爲塵土間.	내 말의 족적은 흙먼지 속에 있어 부끄럽네.
醉倚杯樽忘客路,	취하여 술잔과 술동이에 기대니 나그네 신세 잊었다가
吟憐樹石類家山.	읊조리며 나무와 바위 아끼니 고향산과 유사해보이네.
蟬鳴此境君須別,5	매미 울면 이 낙양을 그대 떠나야만 하리라
年少靑雲得桂攀.6	젊은이의 청운의 꿈 계수나무 잡았을 테니까.

【주석】

1 이 시는 ≪전당시≫에 수록되어 있지 않다.
  洛下(낙하) : 하남성(河南省) 낙양(洛陽).
2 松齋(송재) : 숲속의 별장 혹은 은자의 거처.
3 [원주] ≪십도지≫에 "낙주에는 숭고산과 낙수가 있다"라 하였다.(十道志, 洛州有嵩高山, 洛水)
  門關(문관) : 관문(關門). 낙양 성으로 들어가는 관문.
4 煙霞外(연하외) : 운하(雲霞). 여기서는 속세를 벗어난 산림 속의 은거지를 가리킨다.
5 蟬鳴(선명) : 매미 우는 여름. 여기서는 과거 시험의 일정이 모두 끝난 5~6월 이후의 여름을 가리킨다.
6 [원주] 청운은 위의 주석에 보인다.[34] 반계는 이미 중권에 나왔다.[35](靑雲見上注. 攀桂已出中卷)

34) 방간의 시 182. 〈여행 중에 양주에 머물며 학씨의 임정에 우거하다(旅次洋州寓居郝氏林亭)〉에 보인다.
35) 박인범의 시 155. 〈초가을에 감회를 쓰다(早秋書情)〉에 보인다.

【해설】

이 시는 봄에 친구를 만나 술을 마시며 과거에 급제하라는 당부의 말을 전하고 있다. 제1~2구는 봄날 친구가 있는 낙양에 이르게 됨을 서술하였고 제3~4구는 친구를 만난 감회를 쓴 부분으로 세속적인 가치를 지향하는 자신과 달리 친구가 세속에서 벗어나 은거하려는 의지를 가지고 있음을 대비적으로 표현하였다. 제5~6구는 반가운 친구를 만나 술을 마시면서 잠시 자신이 나그네 신세임을 잊었다가 아름다운 주변풍경을 보면서 또다시 고향 생각에 빠지게 됨을 토로하였다. 제7~8구는 친구에게 당부하는 말로서 반드시 과거에 급제하여 지금 상황에서 벗어나길 바라는 마음을 표현하였다. 과거에 급제하지 못하고 타향을 전전하는 자신과 달리, 친구는 어서 빨리 과거에 급제하여 타향인 낙양을 떠나길 바라는 마음을 표현하였는데, 친구에 대한 애정 어린 당부 속에 자신에 대한 신세한탄이 배어 있다.

250

望江亭[1]

망강정

倚雲軒檻夏疑秋,[2]	구름에 기댄 난간은 여름에도 가을 같은데
下瞰西江一帶流.[3]	아래로 서쪽 강을 내려다보니 띠처럼 흐르는데,
鳥簇晴沙殘照在,[4]	새가 둥지 트는 비 갠 모래톱엔 노을 남아있고
風回極浦片帆收.[5]	바람 휘도는 먼 포구엔 배 한 척 들어와 있다.
驚濤浩浩遙天際,[6]	거센 파도는 아득한 하늘가에 넘실대고
遠樹離離古岸頭.[7]	먼 곳의 나무는 옛 언덕 주변에 빽빽한데,
從此登攀心便足,[8]	여기에서 올라가면 마음 바로 흡족할 텐데
何須個個向瀛洲.[9]	일일이 저 영주산으로 향할 필요 있으랴.

【주석】

1 이 시는 ≪전당시보편(全唐詩補編)≫에 두목(杜牧)의 작품으로 되어 있고 〈귀지정(貴池亭)〉이라는 제목으로 실려 있다.

[원주] ≪계원총담≫[36)]에 "감로사[37)]에서 여름밤 달이 밝았는데 몇 사람이 서헌(西軒)에서 오더니 곧바로 망강정에 이르렀다. 술을 가져오라 명한 뒤 '조일[38)]은 부를 지을 수 있었고 추양[39)]은 상서를

36) 계원총담(桂苑叢談) : 당(唐) 풍익(馮翊)의 저서. 이 책은 잡다하고 괴이한 일을 많이 기록하였지만 정사의 부족한 부분을 보완하기도 한다. 사유(史遺) 18편 이야기 가운데 왕범지(王梵志), 추봉치(鄒鳳熾), 고황(顧況) 등의 일화는 모두 사적 가치를 지니고 있다.

37) 감로사(甘露寺) : 강소성(江蘇省) 진강시(鎭江市) 북고산(北固山)에 위치한 사찰 이름. 이곳은 손권의 누이동생과 유비가 혼인을 한 고사가 전해지는 곳으로 수백 년 동안 시인묵객들의 서정 대상이 되어 왔다.

38) 조일(趙一) : 동한(東漢)의 사부(辭賦) 작가. 자는 원숙(元叔)으로 한양(漢陽) 서현(西縣, 지금의 감숙성 천수현) 사람이다. 환제(桓帝), 영제(靈帝) 시기에 죄를 얻어 죽게 되었는데 친구가 그를 구해주었다. 이에 〈궁조부(窮鳥賦)〉를 써서 친구의 도움에 감사하였고 〈자세질사부(刺世疾邪賦)〉를 지어 자신의 울분을 펴내었다.

39) 추양(鄒陽) : 서한(西漢) 시기의 산문가. 문제(文帝) 시기 오왕(吳王) 유비(劉濞)의 문객이었는데 변론을 잘하기로 유명하였다. 오왕이 반란을 도모하자 그는 상소를 올려 저지하였지만 오왕이 이를 듣지 않았다. 이에 매승(枚乘), 엄기(嚴忌) 등과 함께 오 땅을 떠나 양(梁) 땅으로 가서 경제(景帝)의 동생 양효왕(梁孝王)의 문객이 되었다. 나중에 모함을 받고

올릴 줄 알았네. 안타깝게도 저 서강은 바퀴 자국 안의 물고기를 구해주지 않는구나.'라고 읊었고, 다음 사람은 '크구나, 바다를 횡단하는 물고기여. 장하구나, 하늘가를 나는 새여. 하루아침에 의지하는 바람과 물을 잃게 되면 도리어 개미의 먹이가 되겠구나.'라고 하였다. 다 읊고 나서 갑자기 흩어졌다."라 하였다.[40](桂苑叢談, 甘露寺, 夏夜月瑩, 有數人自西來, 直抵望江亭, 命酒, 吟曰, 趙一能爲賦, 鄒陽會獻書, 可惜西江水, 不救轍中魚. 次曰, 偉哉橫海鱗, 壯矣垂天翼. 一旦失風水, 翻爲螻蟻食. 吟罷, 欻爾而散)

望江亭(망강정) : 감로사(甘露寺) 안에 있는 정자 이름.

2 軒檻(헌함) : 난간.

3 [원주] 한유(韓愈)의 시[41]에 "강은 푸른 비단 띠가 되고"라 하였다.[42](韓公詩, 江作青羅帶)

下瞰(하감) : 아래로 내려다보니. ≪전당시보편≫에 '하시(下視)'로 되어 있고 뜻은 동일하다.

4 鳥蔟(조족) : 새가 둥지 트는. ≪전당시보편≫에 '조족(鳥簇)'으로 되어 있고 '새들 모여 있는'으로 풀이된다.

蔟(족) : 둥지를 틀다. 소(巢)의 의미이다.

殘照在(잔조재) : 노을 남아있고. ≪전당시보편≫에 '잔조타(殘照墮)'로 되어 있고 '노을 지고'로 풀이된다.

5 極浦(극포) : 먼 포구. 멀리 보이는 포구.

片帆(편범) : 한 척의 배.

收(수) : 받아들이다. 거둬들이다. 여기서는 포구에 배가 들어와 정박해 있는 것을 가리킨다.

6 驚濤(경도) : 사람을 놀라게 할 정도의 세찬 파도.

浩浩(호호) : 넘실대다. 강물이 파도치며 넘실거리는 모습을 가리킨다. ≪전당시보편≫에 '은은(隱隱)'으로 되어 있고 의미는 동일하다.

7 離離(이리) : 빽빽하다. 나무가 촘촘하게 서 있는 모습을 가리킨다. ≪전당시보편≫에 '미미(微微)'로 되어 있고 '어렴풋하다'로 풀이된다.

8 從此(종차) : 이로부터. 여기서는 망강정을 가리킨다. ≪전당시보편≫에 '기차(祇此)'로 되어 있고 '다만 여기에서'로 풀이된다.

9 [원주] ≪사기≫에 "봉래, 방장, 영주의 세 신선 산에는 여러 신선들과 불사약이 있는데, 황금과 백은으로 궁궐을 지었다."라 하였다.(史記, 蓬萊、方丈、瀛洲, 此三神山諸仙及不死藥在焉, 黃金白銀爲宮闕)

何須(하수) : ~할 필요 있으랴.

個個(개개) : 한 사람씩 한 사람씩.

감옥에서 죽을 뻔 했지만 옥중에서 양효왕에게 상서를 올려 자신의 마음을 전달하였다. 양효왕은 그의 상서를 보고 크게 기뻐하여 그를 석방시키고 상객(上客)으로 받들었다 한다.

40) 이 고사는 ≪계원총담≫의 〈객이 감로정에서 읊다(客吟甘露亭)〉편의 내용을 축약한 것으로 여름밤 몇몇 사람들이 감로정에 와서 술을 마시며 대화를 나누다 시를 짓고 떠나간 일을 서술하고 있다. 감로정에 모인 이들은 사람이 아니라 실상 유령(幽靈)이나 이인(異人)들로, 역사상 위기에 대처하는 방식에 대해 언급하고 있다. 송(宋) 증조(曾慥)의 ≪유설(類說)≫권52에서는 '망강정의 달밤(望江亭月夜)'의 항목으로 ≪십초시≫ 위의 원문을 그대로 수록하고 있다.

41) 이 시의 제목은 〈계림으로 떠나는 엄 대부를 전송하며 함께 '남'자를 쓰다(送桂州嚴大夫同用南字)〉이다.

42) 한유는 이 시에서 "강은 푸른 비단 띠가 되고 산은 푸른 옥비녀 같네(江作青羅帶, 山如碧玉簪)"라고 하였는데 계림의 산수를 노래한 가구(佳句)로 알려져 있다.

向瀛洲(향영주) : 영주산으로 향하다. ≪전당시보편≫에 '도영주(到瀛洲)'로 되어있고 '영주산에 도달하다'로 풀이된다.

【해설】

이 시는 강소성 진강시 북고산에 위치한 망강정을 노래한 작품이다. 제1~2구는 망강정에 대해 서술하였다. 망강정은 구름이 닿을 정도로 높은 곳에 위치한 정자로서, 그 덕분에 여름에도 가을의 상쾌함이 느껴지며 그 아래로는 장강이 푸른 비단 띠처럼 흘러간다. 제3~4구는 멀리 보이는 장강 부근의 모래톱과 포구의 풍경을 묘사하였다. 모래톱에는 비가 그치며 산뜻한 노을이 내리지만 먼 포구에는 아직도 바람이 불고 있다. 바람 부는 저물녘에 이미 포구에 들어와 있는 배는 시인에게 정신적인 안정과 여유를 선사했을 것이다. 제5~6구는 더욱 먼 곳의 풍경으로 시인의 시선은 아득한 하늘가와 오래된 언덕으로 향한다. 아득한 하늘가는 거센 파도가 넘실대는 수평선과 맞닿아 있으며 오래된 언덕은 수많은 나무가 울창한 숲을 이루고 있다. 이처럼 거대한 공간감과 오래된 시간의식은 시인의 우주적 상상력을 부추긴다. 제7~8구에서 제시되는 신선세계에 대한 동경은 바로 앞 두 구의 시상을 이어받은 것으로, 시인 자신이 망강정에서 느끼는 감정의 실체가 바로 '신선'의 경지임을 드러내고 있다.

26 진도옥 秦韜玉

진도옥시(秦韜玉詩)

[원주] 《당서·예문지》에 "진도옥은 작품집 《투지소록(投知小錄)》 3권이 있다. 자는 중명(中明)이다."라 하였으며, 《척언(摭言)》에 "경조(京兆) 사람으로, 문채가 공교하며 또한 시가창작에 뛰어났다. 〈귀공자행(貴公子行)〉에 이르기를, '계단 앞의 아랍 양탄자 푸른 것 거두지 않고, 은으로 만든 거북이 뿜어내는 향기 말아 올라가는 것이 끊임없네. 어지러이 꽃무늬 짜 넣은 비단 처음으로 실을 풀어, 연못가 누대를 꾸민 것이 그림병풍을 펼쳐놓은 것 같네. 주인의 공업(功業)이 국초(國初)에 전해지니, 육친이 서로 연결되어 조거(朝車)*를 타고 다니네. 닭싸움과 사냥이 집안의 일이요, 안고 오는 것은 모두 황금 물고기라네. 오히려 선비가 책 붙들고 있는 것을 비웃나니, 굶주린 낯빛을 참는 안회나 배우세.'라 하였다. 그러나 백기(栢耆)**의 사람됨을 부러워하였으며, 벼슬길에 나아가는 것에 힘써, 임금이 서촉(西蜀)으로 행차하셨을 때 전령자(田令孜)***에게 발탁된 후 1년이 채 되지 않아 관직이 승랑(丞郞), 판염철(判鹽鐵)에 이르렀으며, 특별히 조서를 하사받아 급제하였다."라 하였다.(唐藝文志, 秦韜玉投知小錄三卷****. 字中明. 摭言, 京兆人也. 有詞藻, 亦工長短歌. 有貴公子行曰, 堦前莎毯綠不卷, 銀龜噴香挽不斷. 亂花織錦初披線,***** 粧點池臺畫屛展. 主人功業傳國初, 六親聯絡馳朝車. 鬪雞走狗家世事, 抱來皆是黃金魚. 卻笑儒生把書卷, 學得顔回忍饑面. 然慕栢耆爲人, 至於躁進******, 駕幸西蜀, 爲田令孜擢用, 未朞歲, 官至丞郞, 判鹽鐵, 特勅賜及第)

진도옥(秦韜玉, ?~?)

진도옥(秦韜玉)은 당대의 시인으로, 생졸년은 알려져 있지 않다. 자는 중명(中明)인데, 일설에는 중명(仲明)이라고도 하며, 경조(京兆, 오늘날의 섬서성(陝西省) 서안시(西安市)) 출신, 혹은 운합양(雲郃陽, 오늘날의 섬서성 합양(郃陽)) 출신이라고도 한다. 상무세가(尙武世家)에서 태어났으며, 그의 부친은 좌군군장(左軍軍將)을 지냈다. 어려서 문장에 재능을 보였으며, 시가에 뛰어났으나 과거에는 여러 차례 낙방하였다. 이후, 당시 권세가 있었던 환관 전령자(田令孜)에게 아첨하여 그의 막료(幕僚)가 되었고, 관직이 승랑(丞郞), 판염철(判鹽鐵)에 이르렀다. 황소(黃巢)가 난을 일으켜 장안을 점거한 뒤에 희종(僖宗)을 따라 촉(蜀)으로 들어갔으며, 중화(中和) 2년(882) 희종의 명으로 특별히 춘방(春榜)에 들어 진사에 급제하였다. 전령자는 또한 그를 발탁하여 공부시랑(工部侍郞), 신책군판관(神策軍判官)직에 오르도록 하였다. 이후의 행적에 대해서는 알 수 없다. 《투지소록(投知小錄)》 3권이 있었다고 하지만 전해지지 않고, 명나라 때 그의 시를 편집하여 수록한 《진도옥시집(秦韜玉詩集)》이 전한다.

(김하늬)

* 조거(朝車) : 옛날에 군신이 아침, 저녁 예를 행하거나 연회를 열 때 출입하는데 사용했던 수레.

** 백기(栢耆, ?~?) : 백기(柏耆)를 말하는 것으로 보인다. 《당서》에 의하면 백기는 당대의 명장이었던 백량기(柏良器)의 아들로, 종횡가(縱橫家)의 학문을 배웠고 유세(遊說)에 능하여 여러 차례 공을 세웠다. 이동첩(李同捷)의 반란을 제압하는 공을 세웠을 때 이를 시기한 무리들의 참소가 계속되어 마침내 유배된 뒤 사사(賜死)되었다.

*** 전령자(田令孜, ?~893) : 당나라 때의 환관. 자는 중칙(仲則), 본래 성은 진(陳)씨이고 사천(四川) 출신이다. 희종(僖宗)의 태자 시절부터 신임을 받아 그가 제위에 오른 뒤에는 모든 정사를 맡아보며 무소불위의 권력을 휘둘렀다. 황소의 난 때 희종을 모시고 촉 지역으로 피난 갔다가 환도한 뒤 계속해서 권세를 떨쳤으나 소종이 즉위한 뒤 양아들인 왕건(王建)이 조정에 대항하면서 갈등을 빚었고, 마침내 왕건에 의해 살해되었다.

**** 삼권(三卷) : 원문에는 '一卷(일권)'으로 되어 있으나 《당서》 원문에 의거하여 수정하였다.

***** 亂花(난화) 구 : 《전당시》에는 이 구절이 "어지러이 꽃무늬 짜 넣은 비단에 버들가지 휘어졌고(亂花織錦柳撚線)"로 되어있다.

****** 躁進(조진) : 벼슬길에 나아가는 것에 서두르다.

251

長安書情[1]

장안에서 뜻을 적다

涼風吹雨滴寒更,	서늘한 바람이 비를 불어와 빗방울의 추위가 새로워지는데
鄕思斯人閉不平.[2]	고향 그리워하는 이 사람 불평스러운 마음을 감추네.
長有歸心懸馬首,	오랫동안 돌아가고픈 마음을 말머리에 매어두었는데
堪憐無睡枕蛩聲.[3]	잠 못 이루고 베갯머리엔 귀뚜라미 소리만 들리니 애처롭다네.
嵐收楚岫和空碧,	이내가 거두어진 초지방의 산봉우리 하늘과 함께 푸르고
秋染湘江到底淸.[4]	가을빛 물든 상강(湘江)은 강바닥까지 맑구나.
早晚身閑著蓑去,	아침저녁으로 이내 몸 한가하여 도롱이를 걸치고 나서니
橘花深處釣船橫.[5]	귤꽃이 그윽하게 핀 곳에 고깃배만 가로놓였구나.

【주석】

1 이 시는 ≪전당시≫에 〈장안에서 회포를 적다(長安書懷)〉라는 제목으로 실려 있다.

2 斯人(사인) : 이 사람. '요인(撩人)'으로 되어있는 판본도 있는데 이 때는 '사람을 흔들다'라는 뜻이다. 閉不平(폐불평) : 불평스러운 마음을 감추다. ≪전당시≫에는 '발불평(撥不平)'으로 되어 있으며, '불평스러운 마음을 다스리다'라는 뜻이다.

3 堪憐(감련)구 : ≪전당시≫에는 이 구절이 '가감무매침공성(可堪無寐枕蛩聲)'으로 되어 있으며, 이를 따를 경우 "잠 못 이루는 것은 감당할 수 있으나 베갯머리에 귀뚜라미 소리 들려오네."로 해석된다. 蛩(공) : 메뚜기, 매미허물, 귀뚜라미 등의 여러 가지 의미가 있으나, 여기서는 계절적 배경이 가을이므로 귀뚜라미로 보았다.

4 湘江(상강) : 호남성(湖南省)에 있는 강으로, 광서성(廣西省)에서 발원하여 북으로 흘러 호남성에 들어가 동정호(洞庭湖)에 이른다.

5 橘花(귤화) : 귤꽃. ≪전당시≫에는 '귤향(橘香)'으로 되어 있으며, '귤의 향기'라는 뜻이다.

【해설】

이 시는 장안에서 작자가 홀로 있으면서 느낀 감정과 주변의 경관을 묘사한 작품이다. 전체적으로 다양한 감각적 심상을 사용하였으며, 정감에서 경관으로, 다시 경관에서 정감으로의 흐름이 자연스럽다. 제1~2구에서는 날씨와 계절의 변화, 그리고 이로 인해 야기되는 향수에 대해 말하였는데, 그 불편한 마음을 감추고 있다고 하였다. 그러나 제3~4구에서 언급하고 있는 말머리에 매어둔 돌아가고 싶어 하는 마음과 그 마음을 견뎌보려 하지만 잠은 오지 않고 귀뚜라미 울음소리만 들려 외로움이 더욱 깊어지는 상황은 작자가 감추려 했던 향수를 오히려 배가시키고 만다. 제5~6구에서는 시선을 전환하여 초지방의 산봉우리[楚岫]와 상강(湘江)의 가을풍광을 묘사하고 있는데, 이는 타향에 기거하는 자신에게 위안을 주는 존재로서의 자연을 언급한 것이다. 제7~8구에서는 자연 속에서 한가하게 지내는 자신의 모습을 담고 있는데, 꽃이 핀 귤나무 우거진 곳에 가로놓인 고깃배는 다시 한 번 쓸쓸한 정서를 끄집어낸다. 전체적으로 가을의 쓸쓸한 풍경과 그 속에서 홀로 느끼는 고독과 향수의 감정을 처량하게 묘사한 작품이다.

252

春雪

봄눈

雲重寒空思寂寥,	차가운 하늘에 구름 짙으니 마음은 적막하고
玉塵如糝滿春朝.1	쌀알 같은 옥 먼지 봄날 아침에 가득하네.
片纔著地輕輕陷,	눈 한 송이 겨우 땅에 닿자 가벼이 스며들고
力不禁風旋旋銷.2	힘은 바람을 이기지 못하여 느릿느릿 녹아버리네.
惹砌任他香粉妬,3	섬돌 위에 덮여 꽃가루가 시샘하도록 내버려두고
縈叢自學小梅嬌.	꽃무더기에 얽혀 절로 작은 매화의 아리따움을 배우네.
誰家醉卷珠簾看,	누가 취하여 주렴을 걷고 바라보는가?
弦管堂深暖易調.4	악기소리 깊은 곳에서 따뜻하게 곡조를 바꾸는구나.

【주석】

1 [원주] 하손의 눈을 읊은 시[1]에 이르기를, "만약 미풍을 좇아 일어난다면 누가 아름다운 티끌이 아니라고 말하겠는가."라 하였다. ≪장자≫에 이르기를, "명아주국에 쌀가루도 넣지 못했다."라 하였다.(何遜, 雪詩, 若逐微風起, 誰言非玉塵. 莊子, 藜羹不糝)

玉塵(옥진) : 옥 먼지. 눈을 비유한다. 백거이의 〈황보십이 이른 봄에 눈을 대하고 나에게 보내온 시에 답하여(酬皇甫十早春對雪見贈)〉에 이르기를 "아득하고 또 자욱하게 동풍에 눈이 흩어지네.(漠漠復雰雰, 東風散玉塵)"라 하였다.

糝(삼) : 쌀알. 여기서는 흩어져 내리는 눈을 형용한다.

春朝(춘조) : 봄날 아침. ≪전당시≫에는 '춘조(春潮)'로 되어 있으며 '봄 물결'이라는 뜻이다.

2 不禁風(불금풍) : 바람을 견디지 못하다. 두보의 〈강에 비가 내려 정전설을 생각하다(江雨有懷鄭典設)〉에 이르기를 "어지러운 파도 흩어져 절벽에 부딪히고 약한 구름은 헝클어져 바람을 이기지 못하네.(亂波紛披已打岸, 弱雲狼藉不禁風)"라 하였다.

1) 이 시의 제목은 〈눈을 읊다(詠雪)〉이다.

旋旋(선선) : 천천히, 느릿느릿.

3 任他(임타) : 타인의 행동에 대해 간섭하지 않고 내버려두다.

香粉(향분) : 꽃가루.

4 弦管(현관) : 현악기와 관악기. 음악을 연주하는 것을 말한다.

易調(역조) : 개현역조(改弦易調). 즉, 현을 고쳐 매어 곡조가 조화를 이루도록 고친다는 뜻이다.

【해설】

이 시는 눈 내리는 봄날의 경관을 읊고 있다. 제1~2구에서는 구름이 짙게 드리운 하늘을 바라보는 시인의 쓸쓸한 마음과 그가 올려다 본 하늘에 쌀가루 같은 눈이 가득한 봄날 아침의 풍경을 그리고 있다. 제3~4구에서는 계속해서 눈 내리는 풍경을 읊고 있는데, 시선을 하늘에서 땅으로 이동시키고 따뜻한 날씨에 내리는 눈이 땅에 닿자마자 금세 녹아 없어지는 모습을 묘사함으로써 봄날의 온화한 계절감을 드러내고 있다. 제5~6구에서도 계속해서 눈 내리는 풍경을 읊고 있는데, 이번에는 다시 시선이 섬돌과 나뭇가지 위로 이동한다. 섬돌 위를 뒤덮은 눈의 아름다움은 꽃가루의 시샘을 불러일으킬 정도이고, 나뭇가지 위에 엉겨 붙은 눈송이들은 매화의 꽃송이처럼 아름답다. 제7~8구에서는 내리는 눈을 바라보던 작가의 시선이 사람에게로 옮겨가는데, 특히 제8구에서는 겨울에 어울리는 곡조를 연주하다가 봄에 어울리는 곡조로 바꾸어 연주한다는 사실을 통해서 눈이 내리고 있지만 계절적 배경이 따뜻한 봄날이라는 것을 강조하고 있다.

253

題竹

대나무에 쓰다

削玉森森幽思淸,1	깎아놓은 옥처럼 빽빽하여 그윽한 생각 맑아지고
阮家高興尙分明.2	완씨 집안의 고아한 흥취는 여전히 분명하구나.
卷簾陰薄漏山色,	발을 걷으니 축축하고 엷게 산색이 스며들고
攲枕韻寒宜雨聲.	베개에 기대니 차갑게 울리는 빗소리 어울리는구나.
斜對酒缸偏覺好,3	비스듬히 술항아리 대하는 것 유난히 좋고
靜籠碁局最多情.4	맑게 바둑판 뒤덮는 것 가장 다정하구나.
却驚九陌輪蹄外,5	놀랍구나. 구맥의 번화한 거리 바깥에
獨有溪煙數十莖.	수십 그루의 대나무가 안개 낀 계곡에 있는 것이.

【주석】

1 幽思(유사) : 마음속에 응어리진 사상이나 감정.

2 [원주] ≪진서≫에 "완적의 조카인 완함은 자가 중용으로 성품이 대담하고 구속받지 않았다. 숙부인 완적과 함께 죽림에서 청유(淸遊)하였다."라 하였다.(晉書, 阮籍兄子阮咸, 字仲容, 任達不拘, 與叔父籍爲竹林之游)

阮家(완가) : 완씨 집안. 완적과 완함의 집안을 말한다. ≪전당시≫에는 '원가(院家)'로 되어 있으며, '사원', 혹은 '집안'을 뜻한다.

3 酒缸(주항) : 술 담는 항아리.

4 碁局(기국) : 바둑판.

5 [원주] ≪한궁전소≫에 "장안에 구맥이 있다."라 하였다.(漢宮殿疏, 長安中有九陌)

輪蹄(윤제) : '윤제(輪蹏)'와 같다. 수레바퀴와 말발굽. 즉, 수레와 말을 가리킨다. 여기에서는 수레와 말들이 오고 가는 번화한 거리를 말한다.

【해설】

이 시는 대나무 숲을 대하고 느낀 작자의 감정을 읊은 작품이다. 제1~2구에서는 푸르고 빽빽한 대숲의 모습과 이를 마주하고 느끼는 작자의 심리를 드러내었다. 대나무 숲의 맑은 공기를 마시니 근심걱정이 사라지고, 숲의 그윽한 분위기는 은일하며 살았던 완적과 완함의 고아한 정신세계를 떠올리게 한다. 제3~4구에서는 대나무 숲 안의 어느 건물에서 기거하며 대숲을 감상하는 모습을 읊었다. 시각적 심상과 청각적 심상을 적절히 활용하여, 아침에 일어나 발을 걷었을 때 느껴지는 푸른 산의 기운과 베개에 비스듬히 기대어 듣는 대나무에 떨어지는 빗소리의 아름다움을 생동감 있게 묘사하고 있다. 제5~6구는 대나무 숲에서 가장 정감을 불러일으키는 일에 대해서 말하고 있는데 대나무에 비스듬히 기대앉아 술을 마시고 대숲이 울울한 곳에 앉아서 바둑을 두는 유유자적한 생활을 꼽고 있다. 제7~8구에서는 앞서 계속해서 언급했던 대나무 숲의 실제 위치에 대해서 말하고 있는데, 세외도원(世外桃源)과도 같은 안개 낀 계곡의 대나무 숲은 놀랍게도 번화한 도성거리에서 멀지 않은 곳에 있다. 이는 은일이 내 삶과 멀리 떨어진 곳에서만 이루어질 수 있는 일이 아니라는 작가의 태도를 보여주는 것이다.

254

鸚鵡[1]

앵무새

每聞別雁竟悲鳴,2	이별하는 기러기가 끝내 슬피 우는 것을 들을 때마다
却歎金籠寄此生.	도리어 금빛 새장에 이 삶을 의탁한 것을 탄식하는구나.
早是翠襟爭愛惜,	일찍이 푸른 옷깃으로 사랑하고 아끼는 마음 다투었는데
可堪丹觜强分明.3	붉은 부리 분명하도록 힘쓰는 것 어찌 감당하겠는가?
雲漫隴樹魂應斷,4	구름 자욱한 농산의 숲에 혼도 끊어질 지경이고
歌按秦樓夢不成.5	노랫소리 감도는 진루는 꿈도 꾸지 못하는구나.
幸自禰衡人未識,6	다행히 예형 이래로는 사람들이 알지 못하였으니
賺他作賦被時輕.7	그를 팔아 부를 지어도 세월에 의해 가벼워졌다네.

【주석】

1 [원주] 이미 상권에 나왔다.[2](已出上卷)

2 竟(경) : 끝내. ≪전당시≫에는 '경(競)'으로 되어 있으며 '다투다'라는 뜻이다.

3 [원주] 예형의 〈앵무부〉에 이르기를 "연둣빛 발목에 붉은 부리를 하고 비취색 옷깃이 있는 녹색 옷을 입었구나."라 하였다.(禰衡賦, 紺趾丹觜, 綠衣翠襟)

4 [원주] '농수'는 상권의 〈앵무새〉 주석에 보인다.[3](隴樹, 見上卷鸚鵡注)

5 [원주] 두보 시의 왕주에 이르기를, "진루는 진나라 여인 농옥이 누대 위에서 퉁소를 불어 신선이 되었기에 이 때문에 진루라고 한 것이다"라 하였다.(詩史, 王注, 秦樓以秦女弄玉吹簫於樓上得仙, 故曰秦樓)

歌按(가안) : 노랫소리가 ~를 누르다. ≪전당시≫에는 '가접(歌接)'으로 되어 있으며 '노랫소리가 ~에 이어지다'라는 뜻이다.

6 自(자) : ~이래로. '유(有)'로 되어 있는 판본도 있는데 이때는 '~가 있었지만'으로 해석된다.

2) 백거이의 시 013. 〈앵무새(鸚鵡)〉에 보인다.

3) 백거이의 시 013. 〈앵무새(鸚鵡)〉에 보인다.

禰衡(예형, 173～198) : 중국 후한 말의 선비로 뛰어난 재능과 언변을 타고났지만 조조와 유표, 그리고 유표의 심복인 황조를 능멸하다 26세 때 황조에게 처형되었다. 〈앵무부(鸚鵡賦)〉의 작가로 유명하다. '정평(正平)'으로 되어 있는 판본도 있는데, 정평은 예형의 자(字)다.

7 [원주] 예형은 앵무부를 지었다.(禰衡作鸚鵡賦)

【해설】

이 시는 새장에 갇혀 사는 앵무새에 대한 작자의 시각을 드러낸 작품이다. 제1～2구에서는 사람들에게 잡혀 와서 화려한 생활을 하지만 자유를 잃어버린 앵무새에 대해서 읊고 있어 전체적인 시의 주제를 드러내고 있다고 볼 수 있다. 앵무새가 듣는 기러기의 울음은 계절에 따라 정든 곳을 떠나가지만 다시 고향으로 돌아간다는 점에서 앵무새가 동경하는 세상에 대한 그리움의 촉매가 된다. 제3～4구에서는 앵무새의 모습을 형용하고 있는데, 그 화려하고 아름다운 모습을 사람들이 부귀의 형상으로 보고 잡아들여 취하게 된 사실과 억지로 화려한 모습을 내보이는 삶을 감당할 수 없음을 이야기하고 있다. 제5～6구에서는 자유롭게 노닐던 시절에 대한 그리움을 말하고 있는데, 농산의 숲과 진루의 누대가 모두 지금은 닿을 수 없는 곳으로 앞서 기러기 울음을 들으며 그리워하던 고향의 모습이라고 볼 수 있다. 제7～8구에서는 예형이 앵무부를 지은 사실을 언급하고 있는데, 예형이 앵무새를 찬미하는 부를 짓고 난 뒤, 시간이 지남에 따라 사람들이 앵무새의 가치를 알아주지 않게 되었으니 도리어 마구잡이로 붙잡히는 불행에서 벗어나게 되었다고 말하며 작품을 마무리하였다.

255

對花

꽃을 마주하고

長與韶光暗有期,1	오래도록 봄 풍경과 남몰래 약속했는데
可憐蜂蝶却先知.	가련하게도 도리어 벌과 나비가 먼저 알았구나.
誰家促席臨低樹,2	어느 집에서 자리를 당겨 앉아 낮은 나무에 임하고
何處橫釵戴小枝.	어느 곳에서 가로로 비녀 꽂고 작은 가지 머리에 이는가.
麗日多情疑曲炤,3	아름다운 해는 정이 많아 두루 비출까 의심스럽고
和風得路合偏吹.	봄바람은 길에 이르면 합하여 한쪽으로 부네.
向人雖道渾無語,4	사람을 향해 말을 걸어도 도무지 말이 없으니
幾勸王孫對醉時.5	몇 번이나 왕손에게 마주하여 취하자고 권하였나.

【주석】

1 [원주] 양나라 원제의 ≪찬요≫에 "봄날의 정경을 '소경(韶景)'이라 한다."라 하였다.(梁元帝, 纂要, 春景曰韶景)
韶光(소광) : 아름다운 시절, 대체로 봄날의 풍광을 가리킨다.

2 促席(촉석) : 자리에 앉아서 서로 가까이 기대는 것.

3 曲炤(곡조) : '곡조(曲照)'와 같다. 빛이 두루두루 비추는 것. 은택이 이르지 않는 곳이 없음을 형용한다.

4 [원주] ('수(雖)'는) '수(誰)'로 되어 있는 판본도 있다.(一作誰)

5 [원주] ('대(對)'는) '도(到)'로 되어 있는 판본도 있다.(一作到)
幾勸(기) : 몇 번이나 권하다. ≪전당시≫에는 '소권(笑勸)'으로 되어 있으며 '웃으며 권하다'라는 뜻이다.

【해설】

이 시는 꽃을 대하고 앉은 화자가 봄날의 풍광을 묘사하며 꽃의 심정을 대신하여 토로한 작품이다. 제1~2구에서는 봄이 되어 꽃이 피어나는 상황과 이 상황을 자신보다 먼저 알아챈 벌과 나비에 대해서 언급하고 있는데, 늘 봄날의 아름다운 풍광을 기대하던 필자가 무슨 일에서인지 이번 봄에는 만개한 봄꽃들에게 소홀했음을 보여주고 있다. 제3~4구에서는 봄날의 풍광 속에서 노니는 모습을 아름답게 묘사하고 있는데, 자리를 펴고 앉아서 꽃을 감상하고 꽃가지를 비녀삼아 단장하는 여인의 모습을 통해서 봄날의 풍류를 잘 드러내고 있다. 제5~6구에서는 봄기운이 완연한 상황을 드러내고 있는데 따뜻한 봄 햇살이 이르고 길목마다 봄바람이 부는 따뜻한 봄날의 정경을 보여준다. 제7~8구는 꽃의 입장에서 말하고 있는데, 자신의 아름다움에 취하기를 몇 번이나 권하였지만 말없이 무정하였다고 말하여 제1~2구에서 봄날 만개한 꽃을 소홀이한 작자에 대한 꽃의 서운한 마음을 마치 여인이 정인에 대한 서운함을 토로하듯이 표현하였다.

256

題李郎中山亭[1]

이낭중의 산속 정자에 쓰다

儂家雲水本相知,[2]	나와 구름과 물은 본래 서로 알아서
每到高齋强展眉.[3]	매번 높은 방에 이르면 힘껏 눈썹이 펴진다네.
瘦竹嚲煙遮板閣,[4]	파리한 대나무는 안개 속에 휘늘어져 목조누각을 가리고
卷荷擎雨出盆池.[5]	말린 연잎은 빗속에 높이 솟아 연못에서 나오네.
幾吟山色同欹枕,[6]	몇 번이나 산색을 읊고 함께 베개에 기댔던가.
閑背庭陰對覆碁.[7]	한가로이 정원의 그늘을 등지고 복기하는 것을 대하네.
不見主人多野興,[8]	주인이 자연에 대한 정취가 많은 것을 보지 않고
肯開靑眼重漁師.[9]	흔쾌히 푸른 눈을 뜨고 어부를 중시한다네.

【주석】

1 이 시는 ≪전당시≫에 〈형부의 이 낭중의 산속 정자에 제하다(題刑部李郎中山亭)〉라는 제목으로 실려 있다.

2 [원주] ≪수경≫[4]에 "'농(儂)'은 '나'이다."라 하였다. (手鏡, 儂, 我也)

3 展眉(전미) : 기쁨과 즐거움으로 인하여 눈썹이 펴지는 것을 말한다.

4 嚲(타) : 휘늘어지다. 나부끼다.
板閣(판각) : 나무 널빤지로 된 누각.

5 卷荷(권하) : 봉우리가 피려고 하는 연꽃을 말한다.
擎(경) : 우뚝 솟다.

6 幾吟(기음) : 몇 번이나 읊었나. ≪전당시≫에는 '소음(笑吟)'으로 되어 있으며 '웃으며 읊다'라는 뜻이다.

7 [원주] ≪위지≫에 이르기를, "왕찬이 다른 사람이 바둑을 두는 것을 보고 있었는데, 바둑판이 흐트러지

4) 수경(手鏡) : ≪용감수경(龍龕手鏡)≫을 말하는 것으로 보인다. 997년 요(遼)나라의 승려 행균(行均)이 편찬한 한자 자전이다. 원본은 일찍이 없어졌고, 남송(南宋) 때에 와서 ≪용감수감(龍龕手鑑)≫으로 명칭이 바뀌어 나왔다.

니 왕찬이 복기하였다. 바둑 두던 사람이 믿지 않고 다른 바둑판에 다시 두게 하니 다시 두고 서로 비교했는데 한 수도 틀리지 않았다."라 하였다.(魏志, 王粲觀人圍碁, 局壞, 粲爲覆之, 碁者不信, 使更以他局. 爲之, 用相比較, 不誤一道也)

覆碁(복기) : 바둑을 두고 난 뒤 다시 처음부터 놓았던 순서대로 놓아 득실을 살피는 일을 말한다.

8 不見(불견) : 보지 않다. ≪전당시≫에는 '불시(不是)'로 되어 있으며 '~가 아니다'라는 뜻이다.

9 [원주] ≪진서≫에 "완적은 청백안의 예를 행할 수 있었는데, 범속의 인물은 백안으로 보았으며, 현달한 자들은 청안으로 보았다."라 하였다. ≪송서≫에 "왕홍지는 천성이 낚시하기를 좋아했다. 상우강에는 삼석의라는 곳이 있었는데 왕홍지는 늘 이곳에 낚싯대를 드리웠다. 지나는 자가 알지 못하고 간혹 묻기를 '어부 어르신 물고기를 잡으면 팝니까?' 하였다. 왕홍지가 말하기를, '잡히지 않을 것이고, 잡더라도 팔지 않을 것입니다.'라 하였다. 해가 지고 물고기를 싣고서 상우성에 들어와서는 친지와 친구의 집을 지나면서 각각 한두 마리씩 문 앞에 놓아두고서는 갔다."라 하였다.(晉書, 阮籍能爲青白眼之禮, 見凡俗以白眼, 見賢達以青眼. 宋書, 王弘之性好釣, 上虞江有一處名三石頭, 弘常垂綸於此, 經過者不識之, 或問, 漁師得魚賣不. 弘之曰, 亦不得, 得亦不賣. 日夕, 載魚入上虞郭, 經親故門, 各以一兩頭置門而去)

青眼(청안) : 상대방을 기쁜 마음으로 대하는 것이 드러나는 눈초리를 말한다.

【해설】

이 시는 산속 높은 곳에 있는 정자에 올라서 눈에 보이는 고요한 풍경과 한가로운 정취를 읊은 것이다. 제1~2구에서는 한가로이 정자에 올라 노니는 것을 즐겁게 여기는 작가 자신의 심리에 대해서 서술하고 있다. 제3~4구에서는 정자에서 바라본 주변의 자연경물에 대하여 묘사하고 있다. 가느다란 대나무는 흐드러져 정자에 드리워져 있고, 연잎은 초여름을 맞이하여 이제 막 올라오기 시작하였는데 말려 있던 것이 비가 내려 우산처럼 둥글게 펴진다. 이러한 정경의 묘사는 생동감 있으며 청아한 느낌을 준다. 제5~6구에서는 산속의 정자에서 한가로이 노니는 모습을 묘사하고 있다. 한가로이 산속의 풍경을 시문으로 읊고, 두었던 바둑을 복기해보는 모습에서 자연에서 은일하는 선비의 고아한 생활을 엿볼 수 있다. 제7~8구에서는 작자의 삶의 태도를 엿볼 수 있는데, 고상한 흥취를 따라 산속에 정자를 짓고 시문으로만 은일하는 선비의 삶보다 자연 속에서 한가롭게 고기를 잡으며 그것을 즐거움으로 삼는 어부의 진정한 은일을 동경하고 있음을 이야기하며 작품을 마무리하였다.

257

釣翁

낚시하는 늙은이

一竿青竹老江隈,1	청죽 낚싯대 하나 들고 강굽이에 있는 노인
荷葉衣裳可幅裁.2	연잎으로 만든 옷 한 폭 재단할 만하구나.
潭闊靜懸絲影直,3	넓은 연못에 고요하게 매달린 가느다란 그림자 곧은데
風高斜颭浪紋開.	바람이 높아 비스듬히 물결 일렁이며 무늬가 생기네.
朝攜輕棹穿雲去,	아침에 떠날 때 가볍게 노를 저어 물안개 뚫고 나가고
暮背寒塘載月回.	날이 지면 차가운 못을 등지고 달빛을 싣고 돌아가네.
世上無窮嶮巇事,4	세상에는 험난한 일들이 무궁하지만
算應難入釣舡來.	헤아려보면 낚싯배로 들어오기는 어렵다네.

【주석】

1 [원주] ≪시경≫[5]에 "길고 가는 대나무 장대 들고 기수에서 낚시질하네."라 하였다.(詩, 籊籊竹竿, 以釣于淇)

2 [원주] ≪초사≫에 "마름과 연잎을 재단하여 옷을 짓고, 부용을 모아 치마를 만드네."라 하였다.(楚詞, 製芰荷以爲衣兮, 集芙蓉以爲裳)
幅(폭) : 폭. ≪전당시≫에는 '자(自)'로 되어 있으며 '스스로'라는 뜻이다.

3 潭闊(담활) : 연못이 넓다. ≪전당시≫에는 '담정(潭定)'으로 되어 있으며 '연못이 안정되다'라는 뜻이다.

4 [원주] ≪초사≫에 "어찌 모든 길이 편안하고 쉽기만 하겠는가. 거칠고 더러우며 험난한 길도 있는 것이다."라 하였다.(楚詞, 何周道之平易兮, 然蕪穢而嶮巇)
嶮巇(험희) : 인간 세상의 일이 험난한 것을 가리킨다.

5) 여기서는 〈위풍(衛風)·죽간(竹竿)〉 시를 말한다.

【해설】

이 시는 낚시하는 노인에 대해 읊은 작품이다. 제1~2구에서는 낚싯대를 들고 물가에 나온 노인의 모습을 직접적으로 언급하고 있는데, 대나무 낚싯대를 드리워 낚시를 하고 연잎으로 재단한 옷을 입은 모습에서 한가로운 분위기를 느낄 수 있다. 제3~4구에서는 노인이 낚시를 하고 있는 연못의 풍광에 대해서 묘사하고 있는데, 연못에 드리운 낚싯줄의 그림자와 바람에 일렁이는 물결을 통해 연못가의 고즈넉한 분위기를 강조하고 있다. 제5~6구에서는 분위기를 전환하여 노인의 하루를 아침과 저녁으로 구분하여 묘사하고 있다. 아침에 연못의 안개를 뚫고 고기 잡으러 나갔다가 해가 저물고 달이 뜨고 나서야 돌아가는 모습에서 자연에 융화되어 살아가는 삶의 자세를 엿볼 수 있다. 제7~8구에서는 자연 속에서 노니는 어부의 삶에 대한 작자의 동경이 드러나 있다. 작자는 세상의 어떤 근심 걱정도 저 고깃배로는 범접하지 못할 것이라고 여기고, 어부의 유유자적한 삶에 대한 부러움을 드러내며 작품을 마무리하였다.

258

隋堤柳1

수양제 제방의 버들

種柳開河爲勝遊,2	버드나무를 심고 물길을 열어 즐겁게 유람하게 되었는데
亭前是使路人愁.3	정자 앞의 풍경은 길가는 이를 시름겹게 하네.
陰埋野色萬條思,4	버들 그림자 들판을 가득 메워 만 가지의 생각을 일으키고
翠束寒聲千里秋.	푸른 가지에 처량한 소리가 매여 있으니 천리가 가을이네.
西日至今悲兎苑,5	석양은 지금까지도 토원을 슬퍼하는데
東波終不返龍舟.6	동쪽으로 흐르는 물결 끝내 용주를 되돌리지 못했지.
遠山應見繁華事,	먼 산은 응당 번화한 일을 보았겠지만
不語靑靑對水流.	말없이 푸르게 흐르는 물만 대하고 있네.

【주석】

1 이 시는 ≪전당시≫에 〈수양제 제방(隋堤)〉이라는 제목으로 실려 있다.

2 [원주] 상권에 이미 나왔다.[6](已出上卷)

開河(개하) : 물길을 열다. 수양제가 판저(板渚)로부터 하수(河水)를 끌어들여 어도(御道)를 만들고 그곳에 버드나무를 심었다고 한다.

勝遊(승유) : 즐겁게 유람하다. 또는 즐겁게 유람하는 곳.

3 是(시) : ~이다. ≪전당시≫에는 '상(常)'으로 되어 있으며, '항상'이라는 뜻이다.

4 野色(야색) : 들판의 경치와 정경.

5 [원주] 이미 상권에 나왔다.[7](已出上卷)

兎苑(토원) : 즉, 토원(兎園)이다. 원유(園囿)의 이름으로 '양유(梁園)'라고도 한다. 한나라 양효왕(梁孝王) 유무(劉武)가 축조한 것으로, 경치를 감상하고 연회를 베풀어 빈객을 접대하던 곳이다.

6 [원주] 중권의 주석에 보인다.[8] ≪노씨잡설≫에 "수양제가 강군(江郡)에 행차할 때 악공인 왕영언의

6) 장효표의 시 049. 〈변주의 한사공에게 올리다(上汴州韓司空)〉에 보인다.
7) 장효표의 시 049. 〈변주의 한사공에게 올리다(上汴州韓司空)〉에 보인다.

아들이 궁으로부터 돌아왔는데 왕영언은 그 아들에게 '오늘 진헌한 곡조가 무엇인가?'라고 물었다. 그 아들이 말하기를 '안공자입니다.'라 하였다. 왕영언은 그 아들에게 그 곡조를 연주해보라고 명하고는 말하기를, '너는 다시는 어가를 따라가지 마라. 이 곡조에는 궁성(宮聲)이 없으니 가면 돌아오지 못할 것이다. 어가가 동쪽으로 순행하면 필시 돌아오지 못할 것이다.'라 하였는데 과연 그 말과 같았다."라 하였다.(見中卷注. 盧氏雜說, 隋煬帝幸江郡時, 樂工王令言子自內歸, 令言問其子, 今日所進曲子何. 曰, 安公子. 令言命其子奏之, 曰, 汝不復隨駕去[9]. 此曲子無宮聲, 往而不返. 大駕東巡必不回矣. 果如其言)

東波(동파) : 동쪽 물결. ≪전당시≫에는 '동파(東坡)'로 되어 있으며, '동쪽 언덕'이라는 뜻이다.

龍舟(용주) : 용 모양으로 장식한 배로 황제의 배를 말한다. 수양제가 일찍이 운하에 용주를 띄우고 호화롭게 순행하였다고 한다.

【해설】

이 시는 수양제가 운하를 파고 제방을 쌓은 역사적 사실과 그 주변경관을 보고 느낀 감회를 읊은 작품이다. 제1~2구에서는 물길을 열고 버드나무를 심어 즐겁게 유람하던 과거 수양제의 모습과 그 제방의 곁을 지나며 시름겨워하는 행인의 심리를 대비하여, 비록 수제(隋堤)가 아름다운 곳이지만 그 아름다움마저도 슬픔이 될 수밖에 없는 상황임을 드러내고 있다. 제3~4구에서는 계속해서 제방의 풍광을 바라보면서 느끼는 심정을 표현하고 있는데, 들판의 풍경을 바라보아도 마음은 복잡해지고 버드나무에 이는 바람소리도 스산하여 사방이 가을인 것 같은 느낌이 들게 하는 상황을 말하고 있다. 제5~6구에서는 수제에서의 수양제의 향락적인 생활이 이미 끝나버렸으며 다시는 돌이킬 수 없음을 이야기하였다. 작자는 수양제가 축조한 대운하를 양효왕 유무가 축조했던 토원에 비유하고, 끝까지 양제의 화려한 배를 돌리지 못한 물결과 이를 지켜보았던 석양이 지금도 슬퍼하고 있다고 언급하였다. 이렇게 자연물에 감정을 부여함으로써 수제에 얽힌 흥망성쇠에 대한 작자의 비통한 심정을 간접적으로 드러내고 있는 것이다. 제7~8구에서는 역사의 흐름에도 불구하고 그 자리를 그대로 지키고 있는 자연에 대해서 말하고 있는데, 수양제의 화려한 시절부터 작자가 시를 짓는 이 시점까지 변함없이 자리를 지키고 있는 자연의 모습을 통해 인생무상과 자연의 유구함을 잘 대비시키고 있다.

---

8) 최치원의 시 143. 〈변하에서 회고하며(汴河懷古)〉에 보인다.

9) 去(거) : 원주에는 '云(운)'이라고 되어 있는데, ≪태평광기(太平廣記)≫에 의거하여 바로 잡았다.

259

送友人罷擧授南陵令[1]

과거에 낙방하였으나 남릉현령에 제수되어 가는 친구를 전송하며

共言誰是酌離盃,2	누가 이별의 술잔을 따를까 함께 이야기했거늘
況値絃歌枉大才.3	하물며 현악기 소리를 들으며 큰 재주 굽히게 되다니.
獻賦未能龍化去,4	부를 바쳐도 용이 되어 날아오를 수 없었지만
除書猶喜鳳銜來.5	임명서는 그래도 봉황이 물고 와서 기쁘네.
花明驛路燕脂暖,6	꽃이 만발한 역의 길에는 붉은 빛이 따스하고
山入江亭罨畵開.7	산이 들어온 강가의 정자에는 선명한 그림이 열리네.
莫把新詩題別處,	새로운 시를 다른 곳에 제하지 말게나.
謝家臨水有池臺.8	강가에 있는 사조의 집에 연못과 누대가 있으니.

【주석】

1 [원주] ≪선성군도경≫에 "남릉현이 있다."라 하였다.(宣城郡圖經, 有南陵縣)

2 [원주] ('수(誰)'는) '수(愁)'로 되어 있는 판본도 있다.(一作愁)
　誰(수) : 누구. ≪전당시≫에는 '수(愁)'로 되어 있으며 '근심'이라는 뜻이다.

3 [원주] ≪논어≫에 "공자께서 무성에 가셨을 때 현악기 소리와 노랫소리를 들으시고는 말씀하시기를 '닭을 잡는데 어찌 소 잡는 칼을 쓰는가?'라 하셨다."라 하였다.(語, 子之武城, 聞絃歌之聲. 曰, 割雞焉用牛刀)

4 [원주] 양웅의 〈장양부〉 서문에 "저는 황제를 수행하여 사웅관에 갔다가 돌아와서는 장양부를 올려 풍간하였습니다."라 하였다. 이백의 시[10]에 "한나라 황제의 장양궁의 동산에서 오랑캐에게 과시하며 사냥하고 돌아오니, 양웅은 외람되이 곁에서 모시었고 부를 바쳐서 광영이 있었다네."라 하였다. 이러한 일은 전한(前漢)부터 시작되었는데 오로지 사책[11]만이 있었다. 수나라에서 당나라 초기에는

10) 이 시의 제목은 〈온천에서 황제를 모시고 돌아와 친구를 만나다(溫泉侍從歸逢故人)〉이다.

11) 사책(射策) : 한나라 때에 선비를 선발하는 방법의 하나로, 출제자가 경서(經書)에 관한 문제나 대책(對策) 등을 죽간(竹簡)에 써 놓으면 수험자가 그 중 하나를 뽑아서 답하는 방식으로 이루어졌다.

또한 그저 책문을 시험하였고 시와 잡문을 더불어 시험하였다. 신룡(705~707) 초에 이르러서는 육경을 시험하였고, 천보(742~756) 중엽에는 갑과 응시자에게 책략을 묻는 것 외에 또 시부를 시험하였는데 이를 '삼장'이라 하였다. 이에 관하여서는 상권의 "용문에 오르면서 점차 바람과 천둥이 거셈을 알게 되었네."의 주석에 보인다.[12](揚雄, 長楊賦序, 雄從, 至射熊館還, 上長楊賦以風. 李白詩, 漢帝長楊苑, 誇胡羽獵歸. 子雲叨侍從, 獻賦有光輝. 事始前漢, 唯射策, 隋及唐初, 亦止試策, 幷詩雜文. 至神龍初, 試六經. 天寶中, 甲科擧人問策, 外更試詩賦, 爲三場, 見上'登門漸覺風雷急注)

未能(미능) : 아직 ~하지 못했다. ≪전당시≫에는 '미위(未爲)'로 되어 있으며 '아직 ~하지 않다'라는 뜻이다.

5 [원주] ≪직림≫에 "양염은 자가 공남이고 중서사인을 지냈다. 상곤과 함께 황제의 조서를 담당하였는데 상곤은 임명장을 작성하는 것에 뛰어났으며 양염은 조서를 작성하는 것에 뛰어났다."라 하였다. ≪업중기≫에 이르기를, "석계룡[13]이 황후와 함께 누각 위에 있는데 조서가 있으면 오색의 종이를 봉황의 입에 붙였기에 '조서를 물었다[銜詔]'라고 하였다. 시종이 수백 길의 붉은 명주줄을 풀어 도르래를 돌리니 봉황이 아래로 날아 내려왔다. 봉황은 나무로 만든 것으로 오색으로 채색하였고 부리와 다리는 모두 금을 사용하였다."라 하였다.(職林, 楊炎, 字公南, 爲中書舍人. 與常袞並掌綸誥. 袞長於除書, 炎善於德音[14]. 鄴中記, 石季龍與皇后在觀上. 有詔書, 五色書著鳳凰口中, 卽銜詔, 侍人放數百丈緋繩, 轆轤廻轉, 鳳凰飛下, 鳳以木作之, 五色畵之, 咮脚皆用金)

除書(제서) : 관원을 선발하여 임명하는 명부.

6 [원주] ('연(燕)'이) '연(烟)'으로 되어있는 곳도 있다. ≪북호록≫[15] 습착치의 〈사시중에게 주는 편지〉에 "여기에 홍람이 있는데, 북쪽 사람들은 그 꽃을 따서 연지를 만든다. 여인들이 화장을 할 때 뺨에 색을 칠하며 콩알만큼 사용하는데, 눌러서 뺨에 골고루 바르면 유달리 선명해지는 것을 느끼게 된다. 흉노에서는 아내를 '연지'라고 하는데 연지와 같이 사랑스럽다고 말하는 것이다."라 하였다.(一作烟. 北戶錄, 習鑿齒, 與謝侍中書, 此有紅藍, 北人採取其花作烟支, 婦人粧時作頰色, 用如豆許, 按令遍頰, 殊覺鮮明. 匈奴名妻爲閼氏, 言可愛如烟支也)

燕脂(연지) : 붉은 빛깔의 염료. 또는 붉은 색. 여기서는 꽃잎이 붉은 것을 말한다.

7 [원주] ≪권유록≫에 "옛 사람이 시를 노래할 때에 엄화에 대해서 많이 말하였으나 그 모습을 알 수 없다. 남은문의 다섯 사람이 엄화에 뛰어났는데 이는 곧 오늘날의 생색[16]이다."라 하였다.(倦游錄, 昔人歌詩, 多言罨畵, 莫如其狀, 南恩門有五人, 能罨畵, 乃今之生色也)

山入(산입) 구 : 이 구절은 산빛이 강가의 정자에 들어 선명한 그림과도 같은 경치가 펼쳐졌다는 의미다.

罨畵(엄화) : 색채가 선명한 그림.

8 [원주] ≪남사≫에 "사조는 선성의 태수가 되었다."라 하였다.(南史, 謝朓出爲宣城太守)

---

12) 오인벽의 시 210. 〈춘방을 붙인 날에 좌주에게 바쳐(放春牓日獻座主)〉에 보인다.

13) 석계룡(石季龍, ?~349) : 5호 16국의 하나인 후조(後趙)의 왕 석호(石虎). 그의 자가 계룡이다.

14) 德音(덕음) : 황제의 조서를 지칭한다.

15) 북호록(北戶錄) : 당대(唐代) 단공로(段公路)의 저작으로 그가 광주(廣州) 지역에 부임해 있는 동안, 자신이 보고 들은 중국 남부지역의 각종 풍습과 산물을 기록한 것이다.

16) 생색(生色) : 생동감 있고 선명한 색채의 그림을 말한다.

【해설】

이 시는 남릉 현령에 제수되어 떠나는 친구를 전송하며 지은 작품이다. 제1~2구에서는 서로 함께 술을 마시면서도 누가 떠날지 예측하지 못하였는데, 결국 현령이 되어 큰 재주를 헛되이 쓰게 된 친구와 이별하게 된 상황을 이야기하였다. 제3~4구에서는 벗이 떠나게 된 상황에 대해서 말하고 있는데 과거 양웅이 〈장양부〉를 지었던 상황과 연관 지어 시문을 짓는데 뛰어난 재주가 있었기에 과거에 급제하지 않았음에도 관직을 제수 받게 되었다고 이야기하고 있다. 비록 큰 재주를 작은 고을을 다스리는 현령의 위치에서 쓰게 되었으나 조금이나마 재주가 쓰이게 된 상황을 다행으로 여기고 있음을 알 수 있다. 제5~6구에서는 떠나는 벗이 지나갈 길의 풍경을 묘사하고 있는데 꽃이 만발한 길과 아름다운 주변의 경관을 묘사함으로써 벗의 앞길이 순탄하기를 바라는 마음을 드러내고 있다. 제7~8구에는 벗이 부임하여 가는 곳에서 정치를 잘 하기를 바라는 마음을 담고 있다. 다른 곳에 시를 제하지 말고 도착할 임지인 선성의 정자에 시를 제하라고 당부하여, 바로 그곳에서 선정을 펼치기를 바라는 마음을 드러내며 작품을 마무리하고 있다.

260

春遊1

봄나들이

還勝逢君敍解携,1	유람하고 돌아와 그대를 만나 이별을 이야기하니
思和芳草遠煙迷.	그리움이 향기로운 풀과 어우러져 멀리 안개처럼 어지럽네.
小梅香裏黃鶯囀,	작은 매화 향기 속에서 꾀꼬리 지저귀고
垂柳陰中白馬嘶.	휘늘어진 버들가지 그늘에서 흰 말이 울음 우네.
春引美人歌調熟,2	봄기운이 미인을 노랫가락 구성진 곳으로 이끌고
風牽公子酒旗低.3	바람이 공자를 술집 깃발 드리워진 곳으로 이끄네.
早知未有關身事,4	일찍이 나와 상관이 없는 일인 줄 알았거늘
悔不前年往越溪.5	이전에 월계에 가지 않았던 것을 후회하네.

【주석】

1 還勝(환승) : 유람지에서 돌아오다. ≪전당시≫에는 '선승(選勝)'으로 되어 있으며, '명승지를 찾아 유람하다'라는 뜻이다.
解携(해휴) : 이별하다.

2 歌調(가조) : 노래 곡조. ≪전당시≫에는 '가편(歌遍)'으로 되어 있으며, '노랫가락이 두루 퍼지다'라는 뜻이다.

3 [원주] '주기(酒旗)'는 상권에 이미 나왔다.17)(酒旗已出上卷)
酒旗(주기) : 술집의 깃발. 술집을 표시하는 표식이다.

4 未有(미유) : 아직까지 없었다. ≪전당시≫에는 '유차(有此)'로 되어 있으며, '이러한 ~이 있다'라는 뜻이다.

5 [원주] ≪십도지≫에 "월주의 산음에는 약야계가 있다."라 하였다.(十道志, 越州山陰有若耶溪)
越溪(월계) : 전설에 월나라 미녀 서시가 빨래를 했다는 곳이다.

17) 백거이의 시 012. 〈전당에서 봄날 느낀 바를 적다(錢塘春日卽事)〉에 보인다.

【해설】

이 시는 봄날의 아름다운 풍광과 상춘의 감회를 읊은 작품이다. 제1~2구에서는 봄날 명승지에서의 만남과 돌아와서의 그리움에 대하여 읊고 있는데, 봄날의 풍경과 대비되어 더욱 심화되는 이별의 그리움을 잘 묘사하고 있다. 제3~4구에서는 아름다운 봄날의 경치를 묘사하고 있는데, 초봄에 피어나는 매화와 늦봄에 우는 꾀꼬리를 함께 등장시켜 한창인 봄기운을 드러내고 있다. 푸른 버들가지가 드리운 아래에서 울음을 우는 백마의 모습에서 색채적인 아름다움이 드러나는데, 이와 더불어 말 울음소리라는 청각적인 심상을 사용하여 다시 애상적인 분위기를 조성한다. 제5~6구에서는 봄날의 정취가 여인을 노랫가락이 구성진 곳으로 이끌고 시정 공자들의 풍류를 부추겨 발길을 술집으로 이끌고 있다고 하여, 봄날의 따뜻한 기운이 사람의 마음을 움직이고 있음을 이야기하였다. 마지막 제7~8구에는 다시 처음의 정서로 돌아가 이별을 예감하지 못하고 봄을 충분히 즐기지 못한 자신의 신세를 한탄하며 작품을 마무리하였다.

27 나은 羅隱

나은급사시(羅隱給事詩)

[원주] 위의 나업의 주에 보인다.(見上羅鄴注)

나은(羅隱, 833~909)

나은은 당나라 말의 시인으로, 자(字)는 소간(昭諫)이며 호는 강동생(江東生)이다. 신성(新城, 지금의 절강성(浙江省) 부양현(富陽縣)) 출신이라고 전해지나 지금의 절강성 여항(餘杭) 출신이라는 설도 있다. 어려서부터 시재가 있어 이름이 알려졌으나 시문으로 통치계급을 비난하고 세상에 대한 불만을 쏟아내어 당시의 지배계층의 미움을 받았다. 과거 시험과는 인연이 없어 10여 차례나 낙방하니 역사에서는 그를 두고 "열 번 응시했으나 급제하지 못하였다.(十上不第)"라고 기록하고 있다. 만년에는 진해(鎭海) 절도사인 전류(錢鏐)에게 발탁되어 전당령(錢塘令), 저작랑(著作郞), 절도판관(節度判官) 등의 관직을 지냈다. 당나라가 망한 뒤에는 후량(後梁)의 관리가 된 전류의 추천으로 급사중(給事中)으로 출사했고, 이어서 염철발운사(鹽鐵發運使)로 재직하던 중 77세의 나이로 세상을 떠났다. 저서로는 ≪갑을집(甲乙集)≫10권과 ≪참서(讒書)≫5권이 전한다. ≪전당시≫에서는 총 11권으로 그의 시를 엮어 전하고 있다.

(김하늬)

261

寄徐濟進士[1]

진사 서제에게 부침

往年疎懶共江湖,[2]	예전에 편안하게 강호에서 함께 했었는데
月滿花香記憶無.[3]	달빛 가득하고 꽃향기 나던 것 기억하는가.
霜厭楚蓮秋後折,[4]	서리가 초 지방 연꽃을 짓눌러 입추 후에 꺾였고
雨催蠻酒夜深酤.[5]	비가 남방의 술을 재촉하니 밤 깊은 때에 술을 사네.
紅塵偶別迷前事,[6]	붉은 먼지 속에서 우연히 이별하였는데 옛일에 사로잡혀
丹桂相輕愧後圖.[7]	붉은 계수나무 가벼이 여기니 훗날의 계획 부끄럽구나.
出得函關抽得手,[8]	함곡관을 나와서 손을 떼게 되었으니
從來不及阮元瑜.[9]	이제껏 완우 같은 그대에게 미치지 못하였네.

【주석】

1 제목에 '진사(進士)'라는 두 글자가 빠져있는 판본도 있다.
徐濟(서제) : 나은이 벼슬하지 않던 시절의 벗이다. 그에 대한 자세한 정보는 알 수 없다.

2 疎懶(소라) : 나태하다. 게으르다. 편안하다.

3 記憶(기억) : 기억하다. ≪전당시≫에는 '기득(記得)'으로 되어 있으며 '기억할 수 있다'라는 뜻이다.

4 厭(엽) : '압(壓)'과 같아서 '누르다'의 의미다.
秋後(추후) : 입추(立秋) 뒤.

5 蠻酒(만주) : 남방에서 만든 술. 초지방의 술을 말한다.
酤(고) : 술을 사다.

6 전사(前事) : 예전에 겪었던 일. 여기서는 서제와 함께 밤에 술 마시고 놀았던 일을 가리킨다.

7 [원주] ('도(圖)'는) '도(徒)'로 되어 있는 판본도 있다. 위의 "어찌 이름이 다른 곳에 있어야 하는가?"의 주석에 보인다.[1](一作徒. 見上何須名姓在殊科注)
丹桂(단계) 구 : 이 구절은 나은이 누차 과거에 합격하지 못한 것을 한탄한 것이다. '단계(丹桂)'는 본디

1) 오인벽의 시 209. 〈서기인 나은의 시집을 돌려주며(還羅隱書記詩集)〉에 보인다.

계수나무의 일종으로 껍질이 붉기 때문에 이렇게 부르며, 과거 급제를 상징하는 존재다.
相輕(상경) : 서로 가벼이 여기다. ≪전당시≫에는 '상경(相傾)'으로 되어 있으며, '서로 어긋나다'라는 뜻이다.
後圖(후도) : 훗날의 계획.

8 [원주] ≪초학기≫에서 "진땅의 동쪽에 함곡관이 있다."라 하였다.(初學記, 秦地東有函谷關)
函關(함관) : 함곡관. 하남성(河南省) 북서쪽에 있는 관문이다. 관동지역의 과거 응시자가 도읍을 출입하기 위해서는 함곡관을 반드시 지나야 한다. 이 구절에서 함곡관을 나간다고 한 것은 즉 도읍을 떠나 동쪽 지역으로 간다는 의미다.
抽得手(추득수) : 손을 뺄 수 있다. 더 이상 관여하지 않는다는 의미다.

9 [원주] ≪위지≫에 "완우는 자가 원유다. 재주가 뛰어나고 탁월하여 속세에서 다른 이들과 무리 짓지 않았다. 태조가 사공으로 삼고 그를 불러 군모좨주가 되게 하였다. 또 기실[2]을 관장하게 하니 서간과 격문은 완우가 대부분 지었고, 또 승상창조속으로 옮겨졌다."라 하였다. ≪왕찬전≫에 "진류의 완우는 어렸을 때 채옹에게 학문을 배웠다. 건안 연간(196~220)에 도호인 조홍이 그로 하여금 기실을 관장하게 하고자 하였는데 완우가 끝내 뜻을 굽히지 않았다."라 하였다.(魏志, 阮瑀, 字元瑜, 宏才卓逸, 不群於俗. 太祖爲司空, 召爲軍謀祭酒, 又管記室, 書檄多瑀所作, 又轉丞相倉曹屬.[3] 王粲傳, 陳留阮瑀, 少受學於蔡邕. 建安中, 都護曹洪欲使管記室, 瑀終不爲屈)
阮元瑜(완원유) : 후한(後漢) 말, 건안칠자(建安七子)의 한사람인 완우(阮瑀). 그의 자가 원유(元瑜)다. 전하는 말에 의하면 조조(曹操)가 인재를 불러 모을 때 완우를 불러 관직을 맡기려고 했으나 완우는 여러 번 거절했고 마지막에는 산속으로 도망쳐 숨었다. 조조가 사람을 시켜 산에 불을 지르자 그제야 완우가 부름에 응했다고 한다. 이후 조조의 밑에서 군대와 관련된 거의 모든 글을 맡아보았다고 한다. 이 시에서는 진사 서제를 비유한다.

【해설】

이 시는 작자 나은이 이별한 친구 서제(徐濟)에게 보낸 것으로, 전체적으로 시를 전하는 상대방과의 추억을 떠올리고 두 사람의 처지를 대비시키는 방식으로 시를 전개시키고 있다. 제1~2구에서 작자는 친구 서제에게 강호에서 함께 노닐었던 때를 기억하냐는 물음을 던지며 시의 포문을 연다. 다음 제3~4구는 과거의 기억과 대비되는 현재의 '나'의 모습이 묘사되는데, 작자는 연꽃에 서리 내리는 가을날, 한밤중에 비 내리자 흥취가 생겨 남방의 술을 산다. 제5~6구에서 작자의 절망스러운 처지가 드러난다. 붉은 먼지 속에서 벗과 이별하였지만 그 뒤에도 여전히 옛 기억에 사로잡혀 있고, 과거(科擧)와는 인연이 없어 입신하고자 하는 계획을 이루지 못하는 자신의 처지를 한탄하기도 한다. 제7~8구에서는 작자가 마침내 손을 떼고 함곡관을 나와서 떠나게 되었음이 드러난다. 작자는 그의 벗인 서제를 뛰어난 재주를 가진 채 숨어 살다가 조조에게 발탁된 완우에 비유하여 칭찬하고, 이와 달리 자신은 과거와 인연이 없음에도 끝내 미련을 버리지 못하다가 이제야 비로소 떠나게 되었음을 이야기하였다. 이렇게 두 사람의 삶을 철저히 대비시킴으로써 자신이 벗보다 크게 부족한 존재임을 드러내고 있는 것이다.

2) 기실(記室) : 한나라 때 만들어진 것으로 문서를 관장하는 관직이다.
3) 丞相倉曹屬(승상창조속) : 원주에는 '丞相曹(승상조)'로 되어 있으나 ≪위지≫ 원문에 의거하여 '丞相倉曹屬(승상창조속)'으로 바로잡았다.

262

寄韋瞻1

위섬에게 부침

石城簑笠阻心期,2	석성에서 도롱이 입고 삿갓 쓰고 있어 마음속 기약 막혔는데
落盡槐花有所思.3	회화나무 꽃 다 지니 그리운 이 있다네.
羸馬二年蓬轉後,4	여윈 말이 2년 동안 쑥대처럼 굴러다닌 뒤
故人何處月明時.	벗은 어느 곳에서 달 밝은 때를 보내고 있을까.
風催曉鷰看看別,5	바람이 새벽 제비를 재촉하니 머지않아 떠나가고
雨脅秋蠅漸漸癡.6	비가 가을 파리를 으르니 점점 둔해지는구나.
禪智欄干橋市酒,7	선지사 난간이고 다리 어귀 시장의 술이니
縱饒相見只相悲.8	설령 만난다 할지라도 그저 슬퍼할 뿐일 테지.

【주석】

1 韋瞻(위섬) : 나은의 벗이자 당대(唐代)의 문인인 위섬(韋贍, ?~873?)을 말한다. '섬(瞻)'자는 본래 음이 '첨'이지만 '섬(贍)'자와 통하는 글자이므로 여기서는 '섬'으로 읽는다. 자는 은계(隱桂), 또는 은규(隱珪)라고도 한다. 하두(下杜, 지금의 섬서성(陝西省) 서안시(西安市)) 출신이다. 대중(大中) 7년(853)에 진사에 급제하여, 어사중승(御史中丞) 등의 관직을 지냈으며, 상서우승(尙書右丞)으로 관직을 마쳤다. 이 시 외에도 나은이 그에게 부치는 또 다른 시 〈가을날 선지사에서 배낭중이 제명(題名)한 것을 보고 위섬에게 부치다(秋日禪智寺見裴郎中題名寄韋瞻)〉가 전해진다.

2 [원주] 〈오도부〉의 "병거(兵車)가 석성에 가득하다" 주에 "석성은 석두오다. 건업에 있고 강을 에둘러 임해 있다."라 하였다.(吳都賦, 戎車盈於石城注, 石城, 石頭塢也. 在建鄴, 匝臨江)
石城(석성) : 석두성(石頭城). 지금의 남경시(南京市) 청량산(淸涼山)에 옛터가 남아있다. 본래의 이름은 금릉성(金陵城)으로, 손권(孫權)이 건업(建鄴)으로 천도할 때 이 성을 중축하고 이름을 바꾸었다.
簑笠(사립) : 도롱이와 삿갓.
心期(심기) : 마음 속 기약. 깊은 교유를 의미한다.

3 [원주] ('괴화'는) 중권에 이미 나왔다.4)(已出中卷)

槐花(괴화) : 회화나무의 꽃. ≪전당시≫에는 '산화(山花)'로 되어 있으며 '산의 꽃'이라는 뜻이다.

4 [원주] 조식(曹植)의 시[5]에 "구르는 쑥대는 뿌리에서 떨어져, 훨훨 긴 바람 타고 다니네. … 이와 같이 나그네는 몸을 바쳐 멀리 종군하였네."라 하였다.(曹子建詩, 轉蓬離本根, 飄飄隨長風, … 類此客遊子, 捐軀遠從戎)

羸馬(이마) : 여윈 말.

5 曉鸛(효연) : 새벽 제비. '효연(曉燕)'과 같다. ≪전당시≫에는 '효안(曉雁)'으로 되어 있으며 '새벽 기러기'라는 뜻이다.

看看(간간) : 시간을 가리키는 말로, '점차', '머지않아' 등의 의미가 있다.

6 [원주] 한유(韓愈)의 시[6]에 "미련하기가 추위 만난 파리 같네."라 하였다.(韓公詩, 癡如遇寒蠅)

7 [원주] ≪차보≫에 "양주에 선지사가 있다."라 하였다.(茶譜, 揚州有禪智寺)

禪智(선지) : 선지사(禪智寺). 이 시에서 작자가 현재 머무르고 있는 곳이다. 선지사(禪智寺)는 상방선지사(上方禪智寺), 상방사(上方寺), 또는 죽서사(竹西寺)라고도 불리는데, 그 옛터가 지금의 양주(揚州) 동문 밖 월명교(月明橋) 북쪽에 있다.

橋市(교시) : 다리 어귀에서 열리는 시장. ≪전당시≫에는 '시교(市橋)'로 되어 있으며 '저자거리의 다리'라는 뜻이다. 또는 시교(市橋)를 성도(成都)의 서남쪽, 익주(益州) 서쪽 4리 되는 곳에 있는 다리로 보는 설도 있다.

8 縱饒(종요) : 설령 ~할지라도. ≪전당시≫에는 '종연(縱然)'으로 되어 있으며 뜻은 같다.

【해설】

이 시는 작자가 그의 벗인 위섬(韋瞻)을 그리워하는 마음을 전달한 작품이다. 제1~2구에서는 석성에서 도롱이 입고 삿갓 쓰는 생활을 하고 있는 작자가 현재 벗과 만날 수 없는 상황임을 이야기하고, 회화나무 꽃이 피는 때가 되니 벗에 대한 그리움이 생겨난다고 말하였다. 제3~4구에서는 작자가 벗과 만나지 못하는 이유가 드러난다. 그것은 뿌리가 뽑혀 날아다니는 쑥대처럼 떠돌아다닌 지 2년이 지났기 때문이다. 떠돌아다니는 신세의 작자는 밝은 달을 바라보며 지금 이 시각에 벗이 어디에 있을지 궁금해 할 뿐이다. 제5~6구에서는 작자가 현재 바라보고 있는 광경이 드러난다. 바람이 불어 제비들이 떠나가고, 비가 내리니 파리는 움직임이 굼뜨다. 이는 현재의 시점이 가을임을 드러내주는 동시에, 작자가 절망적인 상황에 처해있음을 보여준다. 마지막 제7~8구에서는 선지사의 난간과 다리 어귀 시장의 술이라는 서로 다른 처지를 이야기하는데, 이는 곧 작자와 위섬이 현재 전혀 다른 처지에 놓여있음을 비유하는 것이다. 그렇기 때문에 작자는 설령 두 사람이 다시 만나게 된다 하더라도 그저 서로 슬퍼할 수밖에 없을 것이라고 한탄하며 작품을 마무리한다.

4) 박인범의 시 155. 〈초가을에 감회를 쓰다(早秋書情)〉에 보인다.

5) 이 시의 제목은 〈잡시(雜詩)〉로, 여기서는 조식의 〈잡시〉 6수 중 두 번째 작품을 가리킨다.

6) 이 시의 제목은 〈후 참모가 하중의 막부로 가는 것을 전송하다(送侯參謀赴河中幕)〉이다.

263

甘露寺看雪寄獻周相公[1]

감로사에서 눈 내리는 것을 보고 주상공께 부쳐 올림

篩寒灑白亂溟濛,2	체로 치 듯 흩어지는 차갑고 하얀 눈 어지러이 날려 흐릿하니
禱請功兼造化功.3	소원을 빌었던 효과인 동시에 조화옹의 공입니다.
光薄乍迷京口月,4	빛이 엷으니 경구의 달빛에 별안간 어지러워지고
影寒交轉海門風.5	그림자 차가우니 해문의 바람에 이리저리 움직이네요.
細黏謝客衣襟上,6	눈송이는 가늘게 사씨 손님의 옷깃 위로 붙기도 하고
輕墮梁王酒醆中.7	가볍게 양왕의 술잔 속으로 떨어지기도 합니다.
一種爲祥君看取,8	상서로운 징조이니 그대 보십시오
半禳災沴半年豐.9	반은 재해를 몰아내고 반은 풍년이 들 것입니다.

【주석】

1 이 시는 ≪전당시≫에 〈감로사에서 눈을 보고 주 상공께 올리다(甘露寺看雪上周相公)〉라는 제목으로 실려 있다.

[원주] ≪구역도≫에 "윤주에 감로사가 있는데, 앞으로는 북고산을 마주하고 있고, 뒤로는 장강에 임해 있다. 당나라 보력 연간(821~824)에 이덕유가 세웠는데, 그 당시 이곳에 감로(甘露)가 내렸기 때문에 이름 지은 것이다."라 하였다.(九域圖, 潤州有甘露寺, 前對北固山, 後枕大江. 唐寶曆中李德裕建, 時甘露降於此, 因以爲名)

甘露寺(감로사) : 지금의 강소성(江蘇省) 진강시(鎭江市) 북고산(北固山) 위에 있는 절. 전하는 말에 삼국시대 오(吳)나라 감로(甘露) 연간(256~260)에 지은 것을 당대(唐代)에 이덕유(李德裕)가 증설하여 연 것이라고 한다.

周相公(주상공) : 주씨 성의 상공. 여기서는 주보(周寶)를 가리킨다. ≪구당서≫의 기록에 따르면 주보는 검교상서좌복야(檢校尙書左僕射)의 지위에 있으면서 건부(乾符) 6년(879) 11월에 윤주자사(潤州刺史)와 진해군절도사(鎭海軍節度使), 절강서도관찰사(浙江西道觀察使) 등을 겸임하게 되었다. '상공(相公)'은 재상에 대한 경칭이다.

2 篩寒灑白(사한쇄백) : 찬 것을 체로 치고 하얀 것을 흩뿌리다. 흩날리는 눈을 형용하는 말이다. '사(篩)'는 '체', 또는 '체로 치다'의 의미다.
溟濛(명몽) : 어둡고 희미함. 흐릿하고 분명하지 않은 상태를 말한다.

3 禱請(도청) : 신불(神佛) 등에게 소원 비는 것을 말한다.

4 [원주] ≪십도지≫에 "윤주의 옛 이름은 경구이니, 즉 초의 금릉 건업이다."라 하였다.(十道志, 潤州舊名京口, 卽楚之金陵建鄴)

5 [원주] ≪광기≫에 "오자서가 죽자 강에 시체를 던졌더니 해문산에서부터 조수가 솟아올라 높이가 수백 척 되어 전당의 고기잡이하는 물가를 넘어섰다."라 하였다.(廣記, 伍子胥死, 投尸於江, 自海門山潮頭洶涌, 高數百尺, 越錢塘魚浦[7])
影寒交轉(영한교전) : 그림자 차가운 것이 교차하다. ≪전당시≫에는 '영교초전(影交初轉)'으로 되어 있으며, '그림자 교차한 것이 처음 움직였다'라는 뜻이다.
海門(해문) : 윤주(潤州) 부근의 장강 근처에 해문산(海門山)이 있다. 여기서는 장강이 바다로 유입되는 곳을 말한다.

6 [원주] ≪송서≫에 "대명 연간(457~464) 정월 초하루에 눈이 궁전의 뜰에 내렸는데, 우장군 사장이 전각으로 내려오니 눈이 모여 옷이 하얗게 되었다. 임금께서 이를 좋은 징조라고 여기시니 여러 신하들이 모두 눈꽃시를 지었다."라 하였다.(宋書, 大明中元日, 雪花降殿庭, 右將軍謝莊下殿, 雪集衣白. 上以爲嘉瑞, 群臣皆作雪花詩)
謝客(사객) : 남조(南朝) 송(宋)나라 사람인 사장(謝莊)을 말한다. 자는 희일(希逸)이고 진군(陳郡) 양하(陽夏, 지금의 하남성(河南省) 태강(太康)) 출신이다. 부(賦)를 잘 지어서 이름을 날렸다. 여기서는 눈을 감상하는 작자 자신을 비유하는 말이다.
衣襟(의금) : 옷깃. ≪전당시≫에는 '의거(衣裾)'로 되어 있으며, '옷자락'이라는 뜻이다.

7 [원주] 사혜련의 〈설부〉에 "한해가 저물려 하니 양왕이 즐겁지 아니하여 토원에서 놀고자 술자리를 열고 빈객과 벗들을 불렀는데 사마상여가 마지막에 왔다. 이윽고 함박눈이 내리자, 왕이 이에 사마대부에게 이르기를, '과인을 위해 부를 지으라.'라고 하였다."라 하였다.(謝惠連雪賦, 歲將暮, 梁王不悅, 遊兎園, 乃置酒賓友, 相如末至. 俄而, 密雪下, 王乃謂司馬大夫曰, 爲寡人賦之)
梁王(양왕) : 한나라 양효왕(梁孝王). 사혜련의 〈설부〉에 의하면 양왕이 토원(兎園)에 술자리를 마련하고 추양(鄒陽)·매승(枚乘)·사마상여(司馬相如) 등을 불렀는데 때마침 함박눈이 쏟아지니 사마상여에게 글을 짓도록 하였다. 여기서는 주 상공을 비유한다.
酒醆(주잔) : 작은 술잔을 말한다. '잔(醆)'은 '잔(盞)'과 같다.

8 一種(일종) : '같다', '마찬가지다'의 의미다.

9 [원주] 사혜련의 〈설부〉에 "한자 남짓이면 풍년의 징조를 나타내고, 높이가 한 길이면 음덕에 해를 끼침을 드러낸다."라 하였다. 여향(呂向)이 이르기를, "은공 때 큰 눈이 평지에 한 자 남짓 내리니 그 해에 곡식이 크게 여물어 풍년이 들었다. 환공 때에는 평지에 넓이가 한 장(丈)이었으니 양기가 상하고 음기가 성하게 되는 징조로 불화(不和)의 기운이었다."라 하였다.(謝惠連雪賦, 盈尺則呈瑞於豐年, 袤丈則表沴於陰德. 向曰, 隱公之時, 大雪平地一尺, 是歲大熟, 爲豊年也. 桓公之時, 平地廣一丈,

---

7) 魚浦(어포) : 물가의 고기 잡는 곳. 어장(漁場).

以爲陽傷陰盛之徵, 不和之氣)

禳(양) : '양(禳)'으로 되어있는 판본도 있으며, 둘은 통하는 글자이다. 여기서는 '양(禳)'과 통하는 것으로 보아 '악귀나 재해를 몰아내다'의 의미로 해석하였다.

災沴(재려) : 자연재해.

【해설】

이 작품은 작자 나은이 당 중화(中和) 원년(881) 겨울에 쓴 것으로, 감로사에서 눈 내리는 것을 감상하고, 당시 윤주자사의 지위에 있었던 주보(周寶)에게 드린 시이다. 이 당시 나은은 주보의 윤주막부에 있으면서 일을 하였던 것으로 보인다.

제1~2구에서는 체로 친 듯이 흩어지며 내리는 눈의 모습을 묘사하고, 이것이 눈이 오기를 바라며 빌었던 기도의 효과이자, 자연의 조화임을 이야기하였다. 제3~4구에서는 어지러이 눈이 내리는 모습을 묘사하였다. 눈은 경구의 달빛 속에 어지러이 빛을 내뿜고, 해문의 바람에 그 그림자가 이리저리 움직인다. 제5~6구는 감로사의 연회자리에 눈이 내리는 모습을 묘사하였다. 작자는 눈 내리는 날 양왕이 빈객들과 어울려 놀며 부를 짓게 하였던 고사를 떠올리고, 감로사의 연회자리를 양왕의 연회 자리에 비유한다. 그에 따라 작자의 이 시 또한 그 옛날 양왕의 명을 받아 지었던 사마상여의 부에 비유된다. 마지막 제7~8구에서는 오늘의 눈은 풍년을 예고하는 상서로운 징조일 것이라고 축복하며 작품을 마무리하였다.

264

臨川投穆端公[1]

임천에서 목 단공께 드림

試將生計弔蓬根,[2]	생계를 들어 쑥대 뿌리 같은 신세를 위로해 보려하지만
心委寒灰首戴盆.[3]	마음은 식어버린 재가 되니 머리에 동이를 이는 듯합니다.
翅弱未知三島路,[4]	날개가 약하여 세 개의 섬으로 가는 길을 알지 못하고
舌頑虛掉五侯門.[5]	혀가 무디어 다섯 제후의 문을 헛되이 흔듭니다.
嘯煙狖斷沈高木,[6]	안개 속에서는 원숭이 휘파람 소리 끊어져 높은 나무에 잠기고
擣月砧清觸旅魂.[7]	달에서는 다듬이질 소리 맑아 나그네 마음에 와 닿습니다.
家在碧江歸不得,	집은 푸른 강에 있는데 돌아갈 수 없으니
十年漁艇長苔痕.[8]	십년 동안 고기잡이배에는 이끼 자국 잔뜩 자랐겠지요.

【주석】

1 이 시는 ≪전당시≫에 〈임천에서 목 중승께 보내다(臨川投穆中丞)〉라는 제목으로 실려 있다.
[원주] '단공'은 상권에 이미 나왔다.[8](端公已出上卷)
臨川(임천) : 지금의 강서성(江西省) 무주시(撫州市)에 있다.
穆端公(목단공) : 당시 임천(臨川) 지역에 관리로 부임해 와 있었던 목인유(穆仁裕)를 말한다. 그는 함통(咸通) 2년(861) 사훈원외랑(司勛員外郎)을 지냈고, 함통(咸通) 7년(866)에는 무주자사(撫州刺史)가 되었다. 함통 12년(871)에서 건부(乾符) 원년(元年)(874)까지는 하양절도사(河陽節度使)를 지냈으며, 건부 2년(875)부터 6년(879)까지는 선무절도사(宣武節度使)를 지냈다. '단공(端公)'은 당대(唐代)에 시어사(侍御使)의 별칭이었다.

2 [원주] '봉근'은 앞의 주에 보인다.[9](蓬根見上注)
弔蓬根(조봉근) : 쑥대 뿌리를 위로하다. 쑥대의 뿌리는 약해서 바람이 불면 뽑혀 여기저기 날아다니므로, 정처 없이 떠돌아다니는 존재를 비유한다. ≪전당시≫에는 '문봉근(問蓬根)'으로 되어 있으며,

8) 옹단공(雍端公), 즉 옹도의 작자 소개 부분에 보인다.
9) 나은의 시 262. 〈위섬에게 부침(寄韋瞻)〉에 보인다.

'쑥대 뿌리를 위문하다'의 뜻이다.

3 [원주] ≪장자≫에 "몸은 말라버린 나무 같고 마음은 타고남은 재와 같다."라 하였다. 사마천의 〈서(書)〉[10]에 "동이를 머리에 이고 어찌 하늘을 볼까."라 하였는데, 이선이 말하기를, "사람이 동이를 머리에 이고는 하늘을 바라볼 수 없음을 말하는 것이다."라 하였다.(莊子, 形如枯木, 心若死灰. 司馬子長, 書, 戴盆何以望天. 李善曰, 言人戴盆不得望天)

寒灰(한회) : 타고 남아 식어버린 재. 어떠한 욕망이나 의욕이 남아있지 않은 상태, 혹은 쓸모가 없어진 상태를 비유한다.

戴盆(대분) : '대분망천(戴盆望天)', 즉, '동이를 이고 하늘을 보다.' 머리에 동이를 인 채로는 하늘을 볼 수 없으므로, 이는 방법이 잘못되거나 목적을 달성할 방법이 없음을 뜻한다.

4 [원주] '삼도'는 위에 이미 나왔다.[11](三島已出上)

三島(삼도) : 전설에서 신선이 산다는 봉래(蓬萊), 방장(方丈), 영주(瀛洲) 세 산을 말한다. 이 산들이 바다 위에 있기 때문에 '세 개의 섬'이라고 하는 것이다.

5 [원주] ≪전한서≫에 "괴통이 한신에게 이르기를, '역생이 세 치 혀를 놀려서 제나라의 70여개의 성을 함락시켰다.'라고 하였다."라 하였다. '오후'는 상권에 보인다.[12](前漢書, 蒯通謂韓信曰, 酈生掉三寸舌, 下齊七十餘城. 五侯見上卷)

舌頑(설완) 구 : 이 구절은 누호(樓護)의 고사를 이용한 것이다. 누호는 자가 군경(君卿)인데, 정밀한 논변을 하고 의론함에 있어서 언제나 명예와 절개에 의거하니 듣는 사람이 모두 그를 두려워하였다. 그는 곡영(谷永)과 함께 오후(五侯)의 귀빈이 되었는데, 장안(長安)에서 그들을 두고 "곡영은 붓과 종이요, 누호는 입술과 혀라네.(谷子雲筆札, 樓君卿脣舌)"라고 하니 즉, 곡영은 글재주가 뛰어나고 누호는 말솜씨가 좋다는 평이었다. 작자는 이 고사를 반용하여 누호는 좋은 말솜씨를 가져 오후(五侯)의 귀빈이 되었지만, 자신은 그렇지 못해 세도가에 받아들여지지 못함을 말하였다.

五侯(오후) : 원래는 동시에 '후(侯)'의 작위를 받은 다섯 사람을 가리키나, 후에는 광범위하게 권문세가를 가리키게 되었다.

6 [원주] 유안의 〈은자를 부르다〉에 "긴 꼬리 원숭이와 원숭이 무리는 울부짖고, 호랑이와 표범은 으르렁거리네."라 하였다. 〈이물지〉에 "'유(狖)'는 원숭이류다."라 하였다.(劉安, 招隱, 猿狖群嘯兮虎豹嘷. 異物志曰, 狖, 猿類)

狖斷(유단) : 원숭이 소리 끊기다. '유(狖)'는 원숭이의 일종으로 꼬리가 긴 원숭이, 또는 검은 원숭이를 말한다. ≪전당시≫에는 '백유(白狖)'로 되어 있으며, '흰 원숭이'라는 뜻이다.

7 砧淸(침청) : 다듬잇돌이 맑다. 밝은 달을 형용하는 말이다. '침(砧)'은 본래 다듬잇돌을 가리키는데, 전설에 달의 옥토끼가 다듬잇돌에 약초를 찧는다하여 달을 가리키는 말이 되었다. ≪전당시≫에는 '청침(淸砧)'으로 되어 있으며, '맑은 다듬잇돌', 즉 '맑은 달'의 뜻이다.

旅魂(여혼) : 떠도는 마음. 객지에서 느끼는 애수를 말한다.

8 漁艇(어정) : 가벼운 고기잡이배.

10) 이 작품의 제목은 〈임소경에게 보내는 편지(報任少卿書)〉이다.
11) 최광유의 시 234. 〈급제하여 고국으로 돌아가는 고향 사람을 전송하며(送鄕人及第歸國)〉에 보인다.
12) 온정균의 시 024. 〈선생 자수께 부침(寄先生子修)〉에 보인다.

【해설】

이 시는 작자가 당시 임천(臨川)지역의 관리로 있었던 목인유(穆仁裕)에게 고향을 떠나와 절망적인 상황에 처해있는 자신의 처지를 하소연하는 작품이다. 나은은 공경대부를 풍자하는 글을 자주 써서 세도가의 미움을 받아 무려 열 차례나 과거에 낙방했는데, 이 시를 지을 즈음인 함통(咸通) 8년(867)에도 도읍에 가서 과거에 응시했으나 낙방하고 이듬해인 함통(咸通) 9년(868)에 강동(江東)으로 돌아왔다. 이 작품은 바로 이러한 상황에서 작자가 느끼는 절망적인 감정을 솔직하게 드러내낸 것이다.

제1~2구에서는 작자의 현재 상황이 드러나 있다. 작자는 먹고 살 방편을 마련한다는 명분으로 뿌리 뽑혀 떠돌아다니는 쑥대 같은 자신의 신세를 위로하고자 한다. 그러나 이미 타고 남은 재처럼 쓸모없는 신세가 되어 머리에 동이를 이고 하늘을 보는 것처럼 목표를 이룰 방법이 없는 상황이다. 제3~4구에서는 작자가 신선이 될 수도 없고, 말솜씨가 좋지 못해 세도가의 발탁도 받지 못하는 상황임을 이야기하였다. 다음 제5~6구에서는 절망에 빠져있는 작자가 바라보고 있는 경관이 묘사되어 있다. 원숭이의 울음소리와 밝은 달빛은 타향을 떠도는 작자의 슬픔을 더욱 증폭시키는 역할을 하고 있다. 마지막 제7~8구에서는 고향으로 돌아가지 못하고 10년이라는 세월동안 타향살이 하고 있음을 밝히며 작품을 마무리하고 있다. 전체적으로 작자는 과거에 합격하여 이름을 날리지도 못하고, 신선이 되지도 못하며, 그렇다고 집으로 돌아가지도 못하고 타향을 떠도는 상황에서 느끼는 비애를 솔직하게 풀어내고, 목 단공이 자신의 안타까운 상황을 알고 도와주기를 바라는 마음을 드러내고 있다.

265

東歸途中[1]

동쪽으로 돌아가는 길에

松橘蒼黃覆釣磯,[2]	소나무의 푸른빛과 귤나무의 노란빛 낚시터를 뒤덮었는데
早年生計近年違.	젊은 시절에 세운 삶의 계획은 요즘 들어 어긋나버렸네.
老知風月終堪恨,	늙으니 풍월이 끝내 한스러워할만한 것임을 알게 되었고
貧覺家山不易歸.	가난하니 고향 산천으로 돌아가기 쉽지 않음을 깨달았네.
別岸客帆和雁落,	이별하는 강 언덕에는 나그네 배가 기러기와 함께 사라지고
晚程霜葉向人飛.	해 저무는 길에는 서리 맞은 잎이 사람을 향해 나는구나.
買臣嚴助精靈在,[3]	주매신과 엄조의 정령이 있으니
應笑無成一布衣.	응당 이룬 것 없는 일개 포의(布衣)의 신세를 비웃으리라.

【주석】

1 이 시는 ≪전당시≫에 〈동쪽으로 돌아가는 길에 짓다(東歸途中作)〉라는 제목으로 실려 있다.
東歸(동귀) : 동쪽으로 돌아가다. 여기서는 작자 나은이 고향이 있는 절강(浙江) 지역으로 돌아가는 것을 말한다.

2 [원주] ('송귤(松橘)'은) '촌수(村樹)'로 되어 있는 판본도 있다.(一作村樹)
松橘(송귤) : 소나무와 귤나무. '촌수(村樹)'로 된 판본을 따를 경우에는 '마을의 나무'라는 뜻이 된다.
釣磯(조기) : 낚시할 때 앉는 돌.

3 [원주] 매신과 엄조 모두 회계 사람이다. ≪한서≫에 보인다.(買臣嚴助皆會稽人. 見漢書)
買臣(매신) : 전한(前漢) 무제(武帝) 때의 문인인 주매신(朱買臣). 자는 옹자(翁子)이며 회계군(會稽郡) 오현(吳縣, 지금의 강소성(江蘇省) 소주시(蘇州市) 장서향(藏書鄉)) 출신이다. 나이 50세가 되도록 곤궁하게 지내니 그의 아내가 가난을 견디다 못해 떠나갔다. 상계리(上計吏)로 지내던 중 동향인 엄조(嚴助)의 추천으로 무제에게 ≪춘추(春秋)≫를 강설하여 관직에 오르게 되었고, 수년 뒤 회계태수가 되어 부임해 돌아오니 그의 아내가 부끄러워하였다고 한다.

嚴助(엄조) : 전한(前漢) 무제(武帝) 때의 문인. 회계군(會稽郡) 오현(吳縣) 사람이다. 현명하고 어질다는 평으로 고을에서 추천된 뒤, 동방삭(東方朔)・사마상여(司馬相如)・오구수왕(吾丘壽王) 등과 함께 무제의 총애를 받으며 중대부(中大夫), 회계태수(會稽太守) 등의 관직을 지냈다. 주매신(朱買臣)을 추천하여 관직에 오르게 한 인물이다.

이하 두 구절에서는 작자와 동향 출신인 주매신과 엄조를 언급하고 있는데, 이들은 모두 처음에는 빈한하였으나 고관이 되어 금의환향한 인물로, 포의(布衣)의 신세 그대로 고향으로 돌아가는 작자 자신과 대비되는 존재이다.

【해설】

이 시는 작자가 고향이 있는 절강(浙江) 지역으로 돌아가면서 느낀 감회를 적은 작품이다. 나은은 관직을 구하기 위해 수차례 과거시험에 응시하며 오랫동안 떠돌아다녔지만 끝내 실패하고 중년의 나이가 되어 어쩔 수 없이 고향으로 돌아가게 되었다. 이 시에는 바로 그러한 절망적인 시기에 작자가 느낀 실의의 감정이 잘 나타나 있다. 제1~2구에서는 현재의 시간적 배경과 작자의 처지가 드러난다. 소나무가 푸르고 귤이 노랗게 익는 가을에 작자는 과거시험을 통해 입신하려던 젊은 시절의 계획이 어그러져 길을 떠난다. 제3~4구에서는 절망적인 처지에 놓여있는 작자의 심정이 드러난다. 젊은 시절에는 몰랐지만 나이가 들어 이제는 풍월이 한스러운 것임을 깨달았고, 모든 것을 포기하고 고향으로 돌아가고자 하나 가난하여 쉬이 돌아갈 수도 없다. 제5~6구에서는 고향이 있는 동쪽 지역으로 돌아가는 도중에 작자가 본 경관이 묘사되어 있다. 나그네의 배는 수평선 너머로 사라져가는 기러기와 어우러지고, 저녁 무렵의 길에서는 서리 맞은 잎이 날아드는데, 이러한 경관은 모두 실의에 빠진 작자의 비애의 감정을 드러낸다. 마지막 제7~8구에서는 나은과 동향사람이자 빈한한 선비로 지내다가 고관이 되어 금의환향한 주매신과 그를 조정에 추천한 엄조를 언급하고, 아무 것도 이루지 못한 자신과 대비시키고 있다. 주매신과 엄조의 영혼이 금의환향은커녕 아무 것도 이룬 것 없는 포의(布衣)의 신세에 불과하다고 자신을 비웃을 것이라고 하여, 뜻을 이루지 못한 채 고향으로 돌아가는 자신에 대한 자책감을 드러내면서 작품을 마무리하고 있다.

266

桃花

복숭아꽃

暖觸衣襟漠漠香,1	따스한 기운 옷깃에 닿으니 아득히 향기 퍼져나가는데
間梅遮柳不勝芳.	매화에 섞이고 버드나무에 가려져도 그 향기를 주체하지 못하네.
數枝艶拂文君酒,2	몇 개의 가지는 곱게 탁문군의 주점을 스치고
半里紅欹宋玉墻.3	반 리(里)에 심어진 복숭아꽃 붉게 송옥의 담장에 기대네.
盡日無人疑怨望,4	종일토록 아무도 없으니 아마도 원망하는 듯하고
有時經雨乍凄涼.5	때때로 비가 지나가니 갑자기 처량해지네.
舊山山下還如此,6	고향의 산 아래는 여전히 이와 같을 것이라
回首東風一斷腸.	동풍에 고개 돌리니 애간장 끊어진다네.

【주석】

1 [원주] ≪문선≫ 주에 "'막막(漠漠)'은 퍼지는 모습이다."라 하였다.(選注, 漠漠, 布散貌)

2 [원주] ≪전한서·사마상여전≫에 "임공의 부자 탁왕손에게는 과부가 된지 얼마 안 된 딸이 있었는데, 밤에 사마상여에게로 도망쳤다. 사마상여는 수레와 말을 다 팔고 술집을 사서 탁문군으로 하여금 술을 팔게 하였다.…"라 하였다.(前漢司馬相如傳, 臨邛富人卓王孫有女新寡, 夜亡奔相如. 相如盡賣車騎[13], 買酒舍, 乃令文君當壚云云)

文君酒(문군주) : 탁문군(卓文君)의 술. 탁문군이 운영한 주점(酒店)을 가리킨다.

3 [원주] 이미 위에 나왔다.[14](已出上)

半里(반리) : 반 리(里). 이 시에서는 반 리(里)의 거리에 심어진 복숭아꽃, 또는 '리(里)'를 거리의 단위가 아닌 '마을'로 보아 마을 절반에 심어진 복숭아꽃을 가리키는 것으로 보는 것도 가능하다. 여기에서는 반 리(里) 정도 되는 길이의 담장 주변에 심어진 복숭아꽃으로 보았다.

宋玉墻(송옥장) : 송옥(宋玉)의 담장. 송옥의 〈등도자가 여색을 좋아하다(登徒子好色賦)〉에 의하

13) 車騎(거기) : 원주에는 빠져있으나 ≪한서·사마상여전≫ 원문에 의거하여 추가하였다.

14) 최승우의 시 227. 〈요경운전을 읽고(讀姚卿雲傳)〉에 보인다.

면 동쪽 이웃집의 여인이 송옥을 흠모하여 담장 너머로 삼년동안 그를 엿보았지만 송옥은 여인을 받아들이지 않았다고 한다.

4 怨望(원망) : 원망하다. ≪전당시≫에는 '창망(悵望)'으로 되어 있으며, '슬피 바라보다'라는 뜻이다.

5 乍(사) : 잠시. ≪전당시≫ 주석에 따르면 '갱(更)'으로 된 판본도 있는데, 이때에는 '더욱'이라는 의미가 된다.

6 舊山(구산) : 고향.

【해설】

이 작품은 복숭아꽃을 묘사하고 그를 통해 작자 자신의 서글픈 마음을 드러낸 시로, 후대의 평론가들에게 공교한 영물시로 찬사 받는 작품이다. 제1~2구에서는 복숭아꽃의 향기에 대해 묘사하였다. 날씨가 따뜻해져 복숭아꽃이 옷깃에 닿을 때면 그 향기가 아득히 퍼져나가는데, 이 좋은 향기는 매화에 섞이고 버드나무에 가려져도 주체할 수 없을 만큼 짙다. 제3~4구에서는 복숭아꽃의 모습을 묘사하고 있다. 고운 가지는 탁문군의 주점을 스치고, 붉은 꽃은 송옥의 담장으로 기울어져 있다. 이 부분에서는 사마상여와 사랑에 빠진 탁문군과 담장을 통해 송옥을 훔쳐보던 이웃집 여인을 등장시킴으로써 복숭아꽃을 사랑에 빠진 여성에 비유하여 여성성을 부각시키고 있다고 할 수 있다. 제5~6구에서는 이처럼 아름다운 복숭아꽃의 서글픈 처지가 드러난다. 좋은 향기를 풍기고 아름다운 모습을 갖추고 있건만 종일토록 아무도 와주지 않으며, 때로는 비까지 내려 처량해진다. 이 두 구는 위의 제3~4구와 자연스럽게 연결되어 사랑에 빠졌으나 아무도 돌아봐주지 않는 서글픈 여인의 모습을 떠올리게 한다. 이와 동시에 작자의 처량한 신세가 투영된 것이라고도 볼 수 있는데, 이 때문에 복숭아꽃을 바라보던 시선은 자연스럽게 작자 자신에게로 옮겨지게 된다. 그리하여 마지막 제7~8구에서는 봄이 온 지금, 고향의 산 아래에는 예전처럼 복숭아꽃이 피어있을 것이지만 돌아갈 수 없어 가슴 아파하는 작자의 서글픈 처지가 드러나는 것이다.

267

寄主客高員外[1]

고 주객원외께 부침

憶見蒲津從相公,[2]	포진에서 상공을 따르시던 것 본 것을 기억하니
藹然淸譽滿關東.[3]	맑은 명성이 관문 동쪽에 가득하였지요.
庾樓宴罷三更月,[4]	유량의 누대에서 연회가 끝날 때는 삼경의 달이 떠있었고
弘閣譚時一座風.[5]	공손홍의 누각에서 이야기 할 때면 자리에 바람 불었죠.
別後光陰添旅鬢,	헤어진 뒤로 세월은 나그네의 귀밑머리에 더해졌는데
到來鴛鷺上晴空.[6]	이곳에 와보니 원추새는 맑은 하늘에 올랐네요.
不堪門下重廻首,	차마 문 아래에서 다시 돌아볼 수 없으니
依舊飄飄六尺蓬.[7]	예전 그대로 떠도는 여섯 자짜리 쑥대 신세라서 입니다.

【주석】

1 이 시는 ≪전당시≫에 수록되어 있지 않으며, 나은의 문집인 ≪갑을집(甲乙集)≫에도 수록되어 있지 않다.
主客高員外(주객고원외) : 고(高)씨 성을 가진 주객원외(主客員外). 그가 누구인지는 확실히 알 수 없다. '주객(主客)'은 관명(官名)으로 전국(戰國)시대부터 있었던 관직이다. 진대(秦代)와 한대(漢代)에 처음으로 전객(典客)이라 하였으며, 구경(九卿) 중 하나였다. 한무제(漢武帝) 때 대홍려(大鴻臚)라고 불렀으며, 성제(成帝)때 상서(尙書)에 객조(客曹)를 두어 외교를 맡아보고 민족 간의 사무를 처리하도록 하였다. 동한(東漢)의 광무제(光武帝)가 객조(客曹)를 남북주객이조(南北主客二曹)로 나누었고, 진(晋)나라 때 좌우남북사주객(左右南北四主客)으로 나누었다. 남조(南朝)에는 주객(主客)만이 있었고, 당대(唐代)에도 이에 근거하였다. '원외(員外)'는 본래 정원(正員) 이외의 관원을 말한다. 당대(唐代) 이후에는 각 부마다 원외랑이 있어 낭중(郎中)의 다음 자리에 두었다.

2 [원주] ≪초학기≫에 "임진관은 지금의 포진관이 있는 곳이다."라 하였다.(初學記, 臨晉關, 今蒲津關所在)
蒲津(포진) : 옛날 황하(黃河)의 나루 이름으로 포판진(蒲坂津)이라고도 한다. 동쪽 강 언덕이 포판(蒲坂), 즉 지금의 산서성(山西省) 영제(永濟) 서쪽의 포주(蒲州)에 있어서 이렇게 불리게 되었다. 예로부터 중요한 요충지로 꼽히던 곳이다.

相公(상공) : 재상에 대한 경칭.

3 藹然(애연) : 성(盛)한 모습.

淸譽(청예) : 아름다운 명성.

關東(관동) : 관문 동쪽. 여기서는 포진관(蒲津關)의 동쪽을 가리키는 것으로 보인다. 포진관은 평양부(平陽府) 포주(蒲州) 서문(西門) 밖에 있다.

4 [원주] 이미 상권에 나왔다.[15](已出上卷)

庾樓(유루) : 유량(庾亮)이 노닌 누대. 일명 유공루(庾公樓)라고도 한다. 강서성(江西省) 구강(九江)에 있다. 진(晉)나라 유량이 무창태수(武昌太守)로 있을 때 은호(殷浩)를 비롯한 여러 관리들이 가을밤을 즐기려고 남쪽 누대에 올랐다. 한참 놀고 있는데 유량이 남쪽 누대에 오자 사람들이 자리를 파하려고 하였다. 그러자 유량은 그들을 만류하고 간이의자에 앉아서 스스럼없이 함께 즐겼다고 한다.

5 [원주] 이미 상권에 나왔다.[16](已出上卷)

弘閣(홍각) : 서한(西漢)대에 승상을 지냈던 평진후(平津侯) 공손홍(公孫弘)의 누각. ≪한서≫에 의하면, 공손홍이 승상일 때 객을 위한 객사를 짓고 동각을 열어 현명한 선비를 초청하였다고 한다.

6 [원주] '원로'는 이미 상권에 나왔다.[17](鴛鷺已出上卷)

鴛鷺(원로) : 원앙과 해오라기. 또는 원추새. 원추새는 줄을 맞추어 날아가는데 그 모습이 조정에 대신들이 죽 늘어선 것과 같다고 하여 조정에서 관직을 하는 것을 비유한다. 여기서는 고 주객원외를 가리킨다.

7 [원주] ≪공자가어≫에 "보통의 무리들은 선왕의 제도에 뜻을 둔 적 없이 망국의 노래를 배우니, 어찌 그 육, 칠척짜리 몸을 지키리오."라 하였다.(家語, 匹夫[18]之徒, 曾無意於先王之制,[19] 而習亡國之聲, 豈能保[20]其六七尺之軀哉)

【해설】

이 시는 작자 나은이 과거에 고 주객원외와 어울렸던 기억을 떠올리고, 비슷한 처지였던 고 주객원외가 조정의 관리가 되어 승승장구하는 것과 달리 자신은 여전히 초라하게 떠도는 나그네 신세임을 한탄한 작품이다. 이 작품은 크게 두 부분으로 나누어진다. 전반부 제1~4구는 작자가 고 주객원외와 어울렸던 과거를 회상한 내용이다. 작자는 과거에 포진(蒲津)에서 재상을 따르며 맑은 명성을 날리고 있던 고 주객원외를 만났다. 유량이나 공손홍처럼 재상이 현명한 이들을 불러들여 연회를 열 때면 작자와 고 주객원외도 함께 어울리고는 했다. 후반부 제5~8구에서는 작자와 고 주객원외의 현재

---

15) 이원의 시 066. 〈홍주로 가는 벗을 전송하고 겸하여 원외사군에게 부침(送友人之興州兼寄員外使君)〉에 보인다.

16) 유우석의 시 009. 〈영호상공이 수도로 막 돌아와 시를 써 회포를 말한 것에 화답하여(和令狐相公初歸京國賦詩言懷)〉에 보인다.

17) 온정균의 시 026. 〈이중서사인에게 띄움(投中書李舍人)〉에 보인다.

18) 匹夫(필부) : 원주에는 '疋夾(필협)'으로 되어 있으나 ≪공자가어≫에 의거하여 바로잡았다.

19) 曾無意於先王之制(증무의어선왕지제) : 원주에는 '無乎先王之制(무호선왕지제)'로 되어 있으나 ≪공자가어≫에 의거하여 바로잡았다.

20) 保(보) : 원주에는 빠져있으나 ≪공자가어≫에 의거하여 추가하였다.

상황이 대비되어 드러난다. 고 주객원외와 이별하고 어느덧 세월이 흘러 나이가 들었는데, 그 사이에 고 주객원외는 하늘을 나는 원추새처럼 조정의 관리가 된 반면, 작자는 여전히 뿌리 뽑힌 쑥대와 같은 떠돌이 신세이다. 이제는 완전히 달라져버린 처지에 스스로가 부끄러워져, 작자는 고 주객원외의 문 아래에서 함께 어울렸던 과거를 돌이켜볼 수도 없다고 한탄하고 있다.

268

金陵夜泊[1]

금릉에서 밤에 배를 대다

冷煙輕澹傍衰叢,	가볍고 엷은 차가운 안개는 시든 풀 더미 곁에 있는데
此夕秦淮駐斷蓬.[2]	이 밤에 진회는 떠도는 쑥대 같은 이 몸을 머물게 하네.
棲鴈遠驚酤酒火,[3]	깃들인 기러기는 멀리서 술파는 가게의 불에 놀라고
亂鴉高避落帆風.	어지러이 나는 까마귀는 높은 데서 돛에 부는 바람을 피하네.
地銷王氣波聲急,[4]	땅에 제왕의 기운을 녹이니 파도 소리 급하고
山帶秋陰樹影空.	산에 가을 그늘 둘러져 있어 나무 그림자 쓸쓸하네.
六代精靈人不見,[5]	여섯 왕조의 정령들을 사람은 볼 수 없지만
思量應在月明中.[6]	헤아려보건대 응당 밝은 달 속에 있으리라.

【주석】

1 金陵(금릉) : 지금의 강소성(江蘇省) 남경시(南京市)를 말한다.
夜泊(야박) : 밤에 배를 대다. 밤에 머물다.

2 [원주] '진회'는 중권에 이미 나왔다.[21](秦淮已出中卷)
秦淮(진회) : 진회하(秦淮河). 그 물길이 남경(南京)을 지난다. 전하는 말에 의하면 진시황(秦始皇)이 남쪽으로 순행하다 용장포(龍藏浦)에 이르렀는데, 그곳에 제왕의 기운이 있는 것을 발견하고는 이에 방산(方山)을 뚫어 물이 금릉을 관통해 흐르도록 하여 지맥(地脈)을 끊고 왕기(王氣)를 씻어내어 진(秦)땅을 열었다. 이 때문에 이 강을 진회라고 부르게 되었다고 한다.
駐(주) : 머무르다. 머무르게 하다.
斷蓬(단봉) : '비봉(飛蓬)'과 같은 뜻으로, 뿌리 뽑혀 날아다니는 쑥대를 말한다. 정처 없이 떠돌아다니는 신세를 비유한다.

3 酤酒火(고주화) : 술파는 가게의 불. ≪전당시≫에는 '고주화(沽酒火)'로 되어 있으며 뜻은 같다.

21) 이웅의 시 193. 〈진회하(秦淮)〉에 보인다.

4 [원주] '왕기'는 중권에 이미 나왔다.[22](王氣已出中卷)
王氣(왕기) : 제왕의 기운. 옛날에 초(楚)나라 위왕(威王)이 금릉에 제왕이 나올 기운이 있어 금을 묻어 그것을 눌렀다고 한다.
5 [원주] '육대'는 상권에 이미 나왔다.[23](六代已出上卷)
六代(육대) : 여섯 왕조. 금릉은 오(吳)·동진(東晉)·송(宋)·제(齊)·양(梁)·진(陳) 여섯 왕조의 도읍이었다.
6 思量(사량) : 생각하고 헤아리다.

【해설】
이 시는 작자가 떠돌아다니던 도중에 과거 여섯 왕조의 도읍이었지만 지금은 그 영화를 잃어버린 금릉(金陵)에 배를 대고 머무르게 되면서 느낀 감정을 노래한 것이다. 제1~2구는 〈금릉에서 밤에 배를 대다(金陵夜泊)〉라는 시의 제목을 풀어낸 부분으로, 쓸쓸한 진회(秦淮)의 풍경을 묘사하고 작자가 떠돌아다니던 와중에 이곳에 배를 대고 머물게 되었음을 드러내었다. 제3~6구에서는 밤에 진회에 머무르면서 보고 들은 광경을 묘사하였다. 밤이 되어 강가의 술집들에 불이 켜지니 나무에 깃들인 기러기가 놀라 날아오르고, 강가의 배에 바람 불자 어지러이 뒤섞여 날던 까마귀가 높이 날아올라 바람을 피한다. 그런가하면 금릉의 왕기(王氣)를 쓸어냈다는 진회하(秦淮河)의 파도 소리가 선명하게 들려오는데, 가을 그늘 드리워진 산 위에는 나무 그림자가 쓸쓸하게 늘어서있다. 이렇게 가을 밤 진회의 모든 경관들은 과거의 영화와는 거리가 먼 쓸쓸하고 비극적인 공간으로 존재하며, 뿌리 뽑힌 쑥대 같은 작자의 신세와 어우러져 더욱 애처로운 분위기를 조성하고 있다. 마지막 제7~8구에서 작자는 과거 이곳 금릉이 여섯 왕조의 수도였음을 떠올린다. 그러나 한 시대 동안 풍류를 누렸던 여섯 왕조의 인물들은 이제 그 종적을 알 수 없게 되어 버렸고, 작자는 그저 그들이 세상을 떠난 뒤 가 있을 것이라고 예상되는 밝은 달을 바라보며 작품을 마무리하였다.

22) 최치원의 시 141. 〈윤주의 자화상방에 올라(登潤州慈和上房)〉에 보인다.
23) 두목의 시 056. 〈완릉의 수각에 대해 쓰다(題宛陵水閣)〉에 보인다.

269

送詧光師1

변광대사를 전송하며

禹祠分手戴灣逢,2	우사(禹祠)에서 헤어졌다가 대만(戴灣)에서 만났는데
援筆尋知達九重.3	붓을 잡으시니 이윽고 알려져 구중에까지 이르셨네요.
聖主賜衣憐絶藝,4	성스러운 임금께서 옷을 내려 뛰어난 기예를 아끼셨고
侍臣摛藻許高蹤.5	근신(近臣)들이 화려한 문장을 펼쳐 높은 행적을 칭송하였습니다.
寧親久別街西寺,6	부모님을 뵈러 거리 서쪽의 절을 오래도록 이별하였는데
待制初離海上峰.7	명을 기다리시어 바다 위 봉우리를 막 떠나시게 되었네요.
一種苦心師得了,8	이러한 괴로운 마음을 대사께서는 이해하실 테니
不須廻首笑龍鍾.9	고개 돌려 노쇠한 이 몸을 비웃을 필요 없을 것입니다.

【주석】

1 이 시는 ≪전당시≫에 〈변광대사를 전송하며(送詧光大師)〉라는 제목으로 실려 있다.
[원주] '변(詧)'은 '변(辨)'자의 옛 글자다.(詧, 辨字古文)
詧光師(변광사) : 변광대사(詧光大師). 당 소종(昭宗) 때의 승려다. ≪송고승전(宋高僧傳)≫의 기록에 의하면 변광스님은 자가 등봉(登封)이고 성은 오(吳)씨이며, 영가(永嘉, 지금의 절강성(浙江省) 온주(溫州) 영가(永嘉)) 출신이다. 어려서 집을 떠나 불도가 되어 전심으로 수련하였다. 옛 곡조의 시를 많이 썼고, 초서와 예서를 잘 써서 서예가로도 이름을 날렸다. 소종(昭宗)이 그가 올린 글을 읽고 그에게 자방포(紫方袍)24)를 내렸다는 기록이 있다.

2 [원주] ≪십도지·산남도≫에 "충주에 하우사가 있다."라 하였고 또 "유주 도산에 우사가 있다."라 하였다. ≪척언≫에 "나은은 여항사람이다."라 하였다. ≪십도지≫에 "여항에 전당이 있는데, 전당에 대만이 있다."라고 하였다. 본집25)의 〈전당에서 예봉을 만나〉 시에서 이르기를, "오늘 그대와 함께

24) 자방포(紫方袍) : 자색의 가사(袈裟)를 말한다. 가사(袈裟)는 승려가 장삼 위에 왼쪽 어깨에서 오른쪽 겨드랑이 밑으로 걸쳐 입는 법의(法衣)다. 방포(方袍)는 가사 가운데 그 모양이 네모난 것을 말한다.
25) 나은의 문집인 ≪갑을집(甲乙集)≫을 말한다.

파리하게 있게 되었으니, 대가만(戴家灣) 안에서 둘이 (수염과 머리) 하얗구나."라 하였다.(十道志山南道, 忠州有夏禹祠. 又, 渝州塗山有禹祠. 摭言, 羅隱, 餘杭人也. 十道志, 餘杭有錢塘, 錢塘有戴灣. 本集錢塘見芮逢詩曰, 今日與君贏得在, 戴家灣裏兩皤然)

禹祠(우사) : 우(禹)임금을 기리는 사당. 우임금은 지금의 절강성(浙江省) 소흥시(紹興市) 동남쪽 회계산(會稽山)에 안장됐다고 전해지는데, 회계산 위에 우사(禹祠)를 지어 그를 기렸다.

分手(분수) : 헤어지다. ≪전당시≫에는 '분수(分首)'로 되어 있으며 뜻은 같다.

戴灣(대만) : 지명. 지금의 절강성 임안(臨安)에 있는 대가만(戴家灣)을 말한다.

3 [원주] 본집의 주에 "대사는 명을 받들어 초서로 썼다."라 하였다. '구중'은 이미 상권에 나왔다.[26](本集注, 師以草書應制. 九重已出上卷)

援筆(원필) : 붓을 잡다. ≪전당시≫에는 '건필(健筆)'로 되어 있으며, '붓에 힘을 주다', '붓을 힘껏 잡다'라는 뜻이다.

九重(구중) : 여기서는 궁궐, 조정을 말한다.

4 [원주] ≪승사략≫[27]에 "당서에 의하면 '측천무후 때, 승려 법랑 등 9명이 있어 ≪대운경≫의 중역(重譯)을 끝내니 모두 자색의 가사(袈裟)와 은색 귀대(龜袋)[28]를 하사하였다. 이것이 의복을 하사하는 일의 시작이었다. 이로부터 여러 대(代)에서 모두 이렇게 하사하는 일을 행하였다.'라고 하였다."라 하였다.(僧史略, 按唐書, 則天朝, 有僧法朗等九人. 重譯大雲經畢, 並賜紫袈裟, 銀龜袋. 此賜衣之始也. 自此諸代皆行此賜)

5 [원주] 반고(班固)의 〈답빈희〉의 "문사를 펼친 것이 봄꽃 같구나."의 주에 "위소가 이르기를, "치(摛)'는 펼친 것이다. '칙(勅)'과 '시(施)'의 반절이다. '조(藻)'는 무늬가 있는 물풀이다.'라고 하였다."라 하였다.(班孟堅答賓戲, 摛藻如春華注, 韋昭曰, 摛, 布也. 勑施切. 藻, 水草之有文者)

摛藻(치조) : 화려한 문채를 펴다. 문재(文才)를 드러내는 것을 말한다. 여기서는 변광대사가 소종(昭宗)에게 가사(袈裟)를 하사받았을 때 당시 사람들이 축하하는 시를 지었던 것을 말한다.

許(허) : 탄복하다. 칭송하다.

高蹤(고종) : 높은 성취. 또는 고상한 행적.

6 [원주] ≪시경≫[29]에 "돌아가 부모님께 문안드리리라."라 하였고, 한유(韓愈)의 시[30]에 "거리 동쪽, 서쪽에서 불경을 강설하였다"라 하였다.(詩, 歸寧父母. 韓公詩, 街東街西講佛經)

寧親(영친) : 부모님이 평안하도록 모시다. 또는 부모님을 뵈러가다.

街西寺(가서사) : 거리 서쪽의 절. 여기서는 변광대사가 머물렀던 절을 말한다.

7 待制(대제) : 천자의 명을 기다리다. ≪전당시≫에는 '대조(待詔)'로 되어 있으며 뜻은 같다.

8 [원주] 육기(陸機)가 "뜻있는 선비는 고심이 많다."라 하였다.[31](陸士衡, 志士多苦心)

26) 온정균의 시 026. 〈이중서사인에게 띄움(投中書李舍人)〉에 보인다.

27) 승사략(僧史略) : 송대의 승려 찬녕(贊寧, 930~1001)이 지은 불교 서적 ≪대송승사략(大宋僧史略)≫을 말한다. 총 3권으로 불교 교단의 제도와 의례・계율・참법(懺法) 등을 서술하였다.

28) 귀대(龜袋) : 당나라 무측천 때 행하였던 관원의 패식(佩飾) 중 하나로, 원래는 물고기 모양을 달았다가 이 때 거북이 모양으로 바꾸었다. 삼품(三品) 이상은 금으로 장식했고, 사품(四品)은 은, 오품(五品)은 동으로 장식했다.

29) 여기서는 〈주남(周南)・갈담(葛覃)〉 시를 말한다.

30) 이 시의 제목은 〈화산의 여인(華山女)〉이다.

31) 이 구절은 육기의 〈맹호행(猛虎行)〉의 일부다.

得了(득료) : 이해할 수 있다. 또는 끝을 맺다.

9 [원주] ≪청상잡기≫에 "옛말에 두 소리가 합하여 한 글자가 되는 것이 있으니, '불가(不可)'가 '파(叵)'가 되고, '하불(何不)'을 '합(盍)'이라고 하는 것과 같다. 서역에서 온 둘이 합쳐진 기이한 음은 아마도 반절자의 근원일 것이다. 세상의 학자들은 대부분 '용종료도(龍鍾潦倒)'의 뜻을 이해하지 못하니, 몇몇 사람들의 설명이 난잡하여 일치하지 않는다. 내가 생각하기로는 바로 하나로 합쳐진 음과 같은데, '용종(龍鍾)'은 쪼개져서 '동(疼)'자가 되고, '뇨도(潦倒)'는 쪼개져서 '노(老)'자가 되어 사람이 늙고 여위어 병이 든 것을 말하는 것이니 즉, '용종료도(龍鍾潦倒)'로 부르고 그 뜻은 이를 취한 것이다."라 하였다.(青箱雜記, 古語有二聲合爲一字者, 如不可爲叵, 何不爲盍, 從西域二合之奇音, 蓋切字之源也. 世之學者, 殆不曉龍鍾潦倒之義, 二三其說, 雜然不一. 余謂正如一合之音, 龍鍾切爲疼字, 潦倒切爲老字, 謂人之老羸癃疾者. 卽以龍鍾潦倒名之, 其義取此)

龍鍾(용종) : 늙고 쇠락한 모습.

【해설】

이 시는 작자가 조정으로 떠나는 변광대사(翌光大師)를 전송하며 쓴 작품이다. 제1~2구에서는 이전에 우사(禹祠)에서 만났다가 헤어졌던 작자와 변광대사가 대가만(戴家灣)에서 다시 만나게 되었으며, 변광대사가 조정에까지 알려질 만큼 재주가 뛰어난 인물임을 이야기하였다. 이어지는 제3~4구는 변광대사가 조정에서 이름을 떨치게 되었음을 이야기한 2구의 내용을 보다 자세히 설명하는 부분이라고 할 수 있다. 변광대사가 붓을 들어 훌륭한 글을 쓰자 이를 본 황제가 그에게 가사(袈裟)를 하사하였고, 황제를 곁에서 모시는 신하들은 그를 칭송하는 내용의 글을 썼다. 제5~6구에서는 변광대사의 행적을 이야기함으로써 그와 이별하는 이유를 말하고 있다. 변광대사는 그동안 부모님을 뵙기 위해 오래도록 절을 떠나있었는데, 지금은 황제의 명을 받아 조정으로 떠나게 되어 작자와 이별하게 된 것이다. 제7~8구에서 작자는 변광대사와의 이별이 괴롭다고 이야기하고, 변광대사 또한 이러한 마음을 이해할 것이라고 말하며 작품을 마무리하고 있다.

270

送卞明府赴紫溪任[1]

자계로 부임하는 변명부를 전송하며

金徽玉軫肯踟躇,[2]	좋은 금(琴) 소리에 기꺼이 머뭇거리니
偶滯良途半月餘.	우연히 좋은 길에 머무른 지 반 개월이 넘었네.
樓上酒闌梅拆後,[3]	누대 위에서 술자리 무르익었으니 매화꽃 터뜨린 뒤이고
馬前山好雪晴初.	말 앞에는 산이 좋으니 눈 막 그친 때로구나.
欒公社在憐鄉樹,[4]	난포의 사당이 있는 곳에서는 마을의 나무를 아끼고
潘令花繁賀板輿.[5]	반악의 꽃이 무성한 곳에서는 노모께 축수 드린다네.
縣譜莫辭留舊本,[6]	고을 다스리는 비법은 구본을 남기는 것 사양하지 말지니
異時尋度看何如.[7]	훗날 헤아려 보게 하는 것이 어떠하겠는가?

【주석】

1 이 시는 ≪전당시≫에 〈정명부가 자계로 부임하는 것을 전송하며(送丁明府赴紫溪任)〉라는 제목으로 실려 있다.
[원주] ≪통전≫에 "항주 관할의 현에 자계가 있다."라 하였다.(通典, 杭州領縣有紫溪)
卞明府(변명부) : 변 현령. 당나라 때는 현령(縣令)을 명부라고 불렀다. ≪갑을집(甲乙集)≫과 ≪전당시≫에는 '정명부(丁明府)'로 되어 있다. 그에 대한 자세한 정보는 알 수 없다.
紫溪(자계) : 그 옛터가 지금의 절강성(浙江省) 어잠현(於潛縣) 남쪽 삼십 리 정도 되는 곳에 있다.

2 [원주] ≪상서고실≫[32]에 "촉 지역의 뇌씨는 금(琴)을 만들면서 늘 스스로 등급을 매겼는데, 옥휘(玉徽)를 첫 번째로 하였고, 그 다음은 슬슬휘(瑟瑟徽)이며, 또 그 다음은 금휘(金徽)로 하였다."라 하였다. ≪전한서≫에 "무릇 현(弦)은 팽팽하게 당기고 휘(徽)를 세게 조인다."라 하였는데, 안사고의 주에 "휘(徽)는 금휘(金徽)다. 누르는 곳을 표시하는 것이다."라 하였다. 오숙의 〈금부〉의 "혹은 줄 받침

32) 상서고실(尙書故實) : 당나라 이작(李綽)이 찬(撰)한 책이다. 다양한 내용을 담고 있는 책으로 기이한 소문과 세상에 알려지지 않은 사적, 지괴(志怪) 등을 수록하고 있다.

빼서 말하는 것을 살펴보라" 주에서 "≪한시외전≫에 이르기를, 공자가 초나라로 가던 중 아곡(阿谷)의 길에 이르렀는데, 어떤 처녀가 서옥을 차고 빨래하고 있었다. 공자는 '저 여인은 함께 이야기할 만하구나.'하고 말하고는 금(琴)을 꺼내 줄 받침을 빼어 자공에게 주며 '말을 잘하여서 그의 대답을 들어보아라.'라 하였다. 자공이 말하기를, '여기에 금은 있는데 줄 받침은 없으니, 원컨대 그대의 도움을 받아 그 음을 조율하고자 합니다.'라 하니 여인이 '저는 시골사람으로, 비루하고 무심하니 오음(五音)을 알지 못하는데 어찌 금을 조율할 수 있겠습니까?'라 말하였다."라 하였다. ≪공자가어≫에 "복자천이 선보(單父)를 다스리는데 당(堂)에서 내려오지 않고 금을 탔는데 고을이 절로 다스려졌다."라 하였다. 한시(韓詩)[33]에 "머리 긁적이며 머뭇거리네."라 하였다.(尙書故實, 蜀中雷氏斲琴常自品第[34], 一者以[35]玉徽, 次者以瑟瑟徽[36], 又次[37]者以金徽. 前漢書, 夫[38]弦者, 高張急徽. 師古曰, 徽, 金徽也. 所以表發撫抑之處也. 吳淑[39]琴賦, 或去[40]軫以觀辭注, 韓詩外傳曰, 孔子適楚至於阿谷之隧, 有處女珮璜而浣. 孔子曰, 彼婦人可與言矣. 抽琴去軫以授子貢. 曰, 善爲之辭, 以觀其對. 子貢曰, 於此有琴而無軫, 願借子以調其音. 婦人曰, 吾野鄙之人也, 僻陋而無心, 五音不知, 安能調琴. 家語云, 宓子賤, 理單父, 不下堂彈琴而邑自理. 韓詩, 搔首踟躇)

金徽(금휘) : 금(琴) 표면에 음의 위치를 표시하는 금속의 표식. 또는 금(琴) 자체를 가리킨다.

玉軫(옥진) : 옥으로 만든 금(琴) 줄 받침. 이로써 금슬(琴瑟) 자체를 가리키기도 한다.

踟躇(지저) : 머뭇거리다. ≪전당시≫에는 '저지(躇踟)'로 되어 있으며 뜻은 같다.

3 [원주] ('탁(拆)'은) '탁(㧁)'으로 되어 있는 판본도 있다. ≪한서≫의 "술자리가 끝나간다(酒闌)" 주에 "문영이 말하기를, "난(闌)'은 드문 것을 말한다. 술 마시는 사람이 반은 갔고 반은 남아있는 것을 '난(闌)'이라고 이른 것이다.'라고 하였다."라 하였다.(一作㧁. 漢書, 酒闌注, 文穎曰, 闌, 言希也. 謂飮酒者半罷半在, 謂之闌)

酒闌(주란) : 술자리가 끝나가는 것. 술에 이미 얼큰하게 취한 상태를 말한다.

4 [원주] ≪전한서≫에 "난포는 양나라 사람이다. 팽월이 평민일 때 일찍이 난포와 함께 놀았다. 곤궁하니 제나라에서 품팔이하여 술집 심부름꾼이 되었다. … 효문제 때 연나라 재상이 되었고 장군에까지 이르렀다. 난포는 '곤궁한데도 자신을 굽힐 수 없다면 사람이 아니고, 부귀한데도 마음이 유쾌할 수 없다면 현인이 아니다.'라 말하였다. 이에 일찍이 은덕을 베푼 적이 있으면 그에게 후하게 보답하였고, 원한이 있으면 반드시 법으로 그를 제거했다. 오와 초에서 반란이 일어났을 때, 공을 세워 유후(鄃侯)에 봉해졌고 또 연나라 재상이 되었다. 연나라와 제나라 사이에서 모두 그를 위해 사당을 세우고 '난공사'라고 불렀다."라 하였다.(前漢, 欒布, 梁人也. 彭越爲家人時, 嘗與布遊. 窮困賣庸於齊, 爲酒家保云云. 孝文時, 爲燕相至將軍. 布稱曰, 窮困不能辱身, 非人也. 富貴不能快意, 非賢也. 於是嘗有德厚報之, 有怨必以法滅之. 吳楚反時, 以功封爲鄃侯, 復爲燕相. 燕齊之間皆爲立社, 號曰欒公社)

---

33) 여기서는 〈패풍(邶風) · 정녀(靜女)〉 편을 말한다.

34) 品第(품제) : 원주에는 이 글자 다음에 '七(칠)'자가 더 있으나 연문으로 여겨 삭제하였다.

35) 一者以(일자이) : 원주에는 빠져있으나 ≪당국사보(唐國史補)≫에 의거하여 보충하였다.

36) 徽(휘) : 원주에는 빠져있으나 ≪당국사보(唐國史補)≫에 의거하여 보충하였다.

37) 次(차) : 원주에는 '求(구)'자로 되어 있으나 ≪당국사보(唐國史補)≫에 의거하여 바로잡았다.

38) 夫(부) : 원주에는 '天(천)'자로 되어 있으나 ≪한서≫에 의거하여 바로잡았다.

39) 吳淑(오숙) : 북송(北宋)대의 인물. 원주에는 '吳叔(오숙)'으로 되어 있으나 정확한 이름은 '吳淑(오숙)'이 맞으므로 수정하였다. '淑(숙)'은 '叔(숙)'과 통하는 글자다.

40) 去(거) : 원주에는 '云(운)'자로 되어 있으나 바로잡았다.

5 [원주] ≪진서≫에 "반악이 하양현을 위해 복숭아꽃과 자두꽃을 심으니, 사람들이 '하양은 온 마을이 꽃이다'라고 하였다."라 하였다. 반악의 〈한거부〉 서문에 "모친이 당상에 계시는데 쇠약하고 늙어 병이 들었으니, 그럼에도 어찌 슬하에서 안색을 살펴 봉양하기를 피하고 바쁘게 변변치 못한 일을 좇을 수 있겠는가. … 이에 〈한거부〉를 지었다."라 하였다. 그 글에 "모친은 목판으로 된 가마에 모시고 가벼운 수레에 태워, 멀리는 제왕의 도읍을 유람하고 가까이는 집 뜰을 두루 돌아다녔다. 길을 다녀 몸이 화평해지고, 수고로워 약이 베풀어지네. … 장수를 축하하며 술잔을 올리니 모두 한번 걱정했다가 한번 기뻐하였는데, 축수하는 술잔을 드니 모친의 얼굴 온화해졌네."라 하였다.(晉書, 潘岳爲河陽種桃李花, 人號曰河陽一縣花. 潘岳閑居賦序, 大夫人在堂, 有羸老之疾, 尙何能違膝[41]下色養而屑屑從斗筲之役乎云云. 乃作閑居賦, 其詞曰, 大夫人乃御板輿, 乘輕軒, 遠覽王畿, 近周家園. 體以行和, 藥以勞宣. 稱萬壽以獻觴, 咸一懼而一喜[42], 壽觴擧, 慈顔和)

板輿(판여) : 노인의 보행을 대신하는 노인용 가마. 이로써 관리가 부모를 봉양하는 것을 가리킨다.

6 [원주] ≪남사・전≫에 "부염의 아버지 부승우는 산음의 현령으로 능력 있다는 명성이 있었다. 부염은 송에서 벼슬하여 무강의 현령이 되었다가 산음의 현령으로 옮겨갔다. 모두 탁월한 공적이 드러났으니 당시 사람들이 말하기를, '부씨(傅氏)들에게는 현을 다스리는 기록이 있어 자손들에게 전해주고 남에게는 보여주지 않는다.'라 하였다. 승명 연간에 익주로 옮겨갔다."라 하였다.(南史傳, 琰父僧祐, 山陰令, 有能名. 琰仕宋爲武康令, 遷山陰令. 並著奇績, 時云諸傅有理縣譜, 子孫相傳, 不以示人. 昇明中, 遷益州)

縣譜(현보) : 고을을 다스리는 비결이 담긴 기록. 현령의 치적을 기록한 책을 말한다.

7 尋度(심탁) : 생각하고 헤아리다. ≪전당시≫에는 '양탁(量度)'으로 되어 있으며 뜻은 같다.

看(간) : 보다. ≪전당시≫에는 '갱(更)'으로 되어 있으며 '또', '다시'의 뜻이다.

【해설】

이 시는 작자가 자계(紫溪)로 부임해가는 변명부를 전송하며 쓴 작품으로, 자신이 변명부가 다스리는 고을에 머무르게 된 사정을 이야기하고 변명부가 고을을 훌륭히 다스렸음을 칭찬하였다. 제1~2구에서는 작자가 여정 중에 우연히 좋은 음악 소리를 듣고 변명부가 다스리는 고을에 반 개월 동안 머무르게 되었음을 이야기하였다. 제3~4구는 변명부를 전송하는 연회자리의 모습을 묘사하고 있다. 매화꽃 터뜨리고 산에 눈이 막 그친 때, 누대 위에서는 술자리가 무르익었다. 제5~6구에서는 변명부를 난포와 반악에 비유하여 그가 그동안 고을을 훌륭히 다스렸음을 드러내고, 그가 고을을 다스리는 동안 늘 고향의 나무를 아끼고 노모를 잘 모셨음을 이야기하였다. 마지막 제7~8구에서는 변명부가 고을을 다스리는 비법을 남겨서 후세에 전하게 해야 한다고 말하여 변명부의 업적을 크게 칭찬하고 있다.

41) 膝(슬) : 원주에는 '昧(매)'로 되어 있으나 〈한거부〉 원문에 의거하여 바로잡았다.
42) 一懼而一喜(일구이일희) : 한 번 두려워하고 또 한 번 기뻐하다. 오래 사시는 것을 생각하면 기쁜 일이지만 다른 한편으로는 오래 사실수록 여생이 얼마 남지 않았다는 것을 생각하면 두려워지기 때문이다.

28

가도

島

가도시(賈島詩)

[원주] ≪당서 · 노동전≫에 "가도는 자가 낭선이며, 본디 승려로, 법명은 무본이다."라고 하였다. ≪척언 · 가도≫에 "원화 연간에 원진과 백거이는 가볍고 얕은 시풍을 좇았는데, 오직 가도는 그러한 시속(時俗)을 바꾸는 것에 극히 치중하여 부염한 시풍을 바로잡았고, 길을 가거나 앉아있거나 잠을 자거나 식사를 하거나 늘 시 읊조리기를 그치지 않았다. 일찍이 나귀에 올라타 햇빛가리개를 펼쳐 쓰고 장안(長安)의 대로를 가로지르고 있었는데, 때마침 가을바람이 세차게 불어 노란 낙엽이 빗자루질을 할 정도로 쌓였다. 가도는 갑자기 '떨어진 나뭇잎이 장안을 가득 채우는구나'라고 읊더니, 입에서 쏟아져 나오는 대로 곧바로 시구로 만드는 일에 굳건히 치중하며 대련을 갖추려 하였으나 머리가 아득해지며 대구를 짓지 못한 채 자신이 어디로 가는지도 모르는 지경이 되었다. 그 때문에 경조윤(京兆尹) 유서초*와 부딪히는 바람에 하룻밤 잡혀 있다가 풀려났다. 또한 일찍이 정수정사에서 무종** 황제와 마주쳤는데, 가도가 몹시 방자하고 오만하게 굴어, 주상은 그를 이상한 사람으로 여기었다. 훗날 황명이 내려지기를, 가도에게 관직을 한 자리 주어 폄적 보내도록 하니 이에 장강현위의 직을 제수 받았고, 얼마 후 보주사창으로 옮겨갔다가 생을 마쳤다."라 하였다.(唐書, 盧仝傳, 賈島, 字浪仙, 初爲浮屠, 名無本. 摭言, 賈島, 元和中, 元白尚輕淺, 島獨變俗入僻, 以矯浮豔, 雖行座寢食, 吟詠未輟. 嘗跨驢張蓋, 橫截天衢, 時秋風正厲, 黃葉可掃. 島忽吟曰, 落葉滿長安, 志重其衝口直致, 求之一聯, 杳不可得, 不知身之所從也. 因之搪突大京兆劉棲楚, 被繫一夕而釋之. 又嘗遇武宗皇帝於定水精舍. 島尤肆侮慢, 上訝之. 他日有中令與一官謫去, 乃授長江縣尉, 稍遷普州司倉而終)

가도(賈島, 779~843)

가도(779~843)는 자가 '낭선(浪仙 혹은 閬仙)', 자호가 '갈석산인(碣石山人)'으로, 하북도(河北道) 유주(幽州) 범양현(范阳县, 지금의 하북성(河北省) 탁주시(涿州市)) 출신이다. 젊어서 출가하여 '무본(無本)'이라는 법명을 받고 승려 생활을 하면서, 한편으로 시에 지대한 관심을 쏟았다. 스스로 "두 구절을 삼 년에 걸쳐 지었으니, 한 번 읊조리는데 두 줄기 눈물이 흐른다(二句三年得, 一吟雙淚流)"***라고 하였을 정도로 늘 '고음(苦吟)'의 태도로 시를 지었고, 시작(詩作)에 한 번 몰두하면 주변도 알아보지 못할 정도로 매진하여 '시노(詩奴)', '시수(詩囚)' 등의 별칭을 얻기도 하였다. 그의 시적 재능을 눈여겨 본 한유(韓愈)의 권유로 환속하여 과거에 응시하였으나 급제에 이르지는 못하였다. 문종(文宗) 때 장강(長江) 주부(主簿)를 맡아, '가장강(賈長江)'이라고 칭해지게 되었다. ≪장강집(長江集)≫ 10권에 370여 수의 시가 수록되어 있다. 그 밖에 소집(小集) 3권과 ≪시격(詩格)≫ 1권이 전한다.

(김지현)

* 유서초(劉棲楚, ?~827전후) : 자(字) 미상. 진주소사(鎭州小史) · 형부시랑(刑部侍郎) 등을 거쳐 경조윤(京兆尹)에 올랐다. 다소 성마른 성격이었으며 벌 집행에 엄격하였다. 수레를 타고 가던 중에 마침 나귀 위에서 시를 짓는 데 몰두한 가도와 부딪히게 되자, 유서초는 크게 노하며 무례함을 죄목으로 들어 가도를 하룻밤 잡아두었다가 다음날에야 풀어주었다는 고사가 전한다.

** 무종(武宗) : 선종(宣宗)을 잘못 쓴 듯하다. 가도가 한 사찰에서 시를 쓰다가 지쳐 잠깐 잠이 든 사이, 때마침 그곳으로 잠행을 나온 선종이 가도의 시권(詩卷)을 들여다보았다. 황제의 얼굴을 모르던 가도는 잠에서 깨어 그에게 크게 화를 내고 무안을 주며 홀대하였다가 나중에 그가 황제라는 것을 전해 듣고는 반성의 글을 지어 올렸다는 고사가 전한다.

*** 가도의 〈무가상인을 전송하며(送無可上人)〉 시 자주(自註)에 보인다.

271

送道士[1]

도사를 전송하며

短褐新披淸淨苔,[2]	짧은 털옷 새로이 걸치고 깨끗한 이끼 위로 가시나니
靈溪深處觀門開.[3]	영계 깊숙한 곳 도관의 문이 열렸습니다.
卻從城裏攜琴去,	성 안에서 거문고 안고서 떠나가시는데
許到山中寄藥來.[4]	아마도 산중에 도착하면 약재를 보내오시겠지요.
臨水古壇秋醮後,[5]	물가에 임하여 옛 제단에서 가을 제사를 올리고 나면
宿松寒鳥暮飛回.[6]	둥지 튼 소나무로 추운 계절 새는 저녁 무렵 날아 돌아올테지요.
未遊彼地空勞思,[7]	그곳에서 못 노닐고 부질없이 생각만 수고롭게 이어갈 뿐
師去如雲不可陪.[8]	대사는 구름처럼 떠나셨으니 곁에서 모실 수 없나이다.

【주석】

1 이 시는 ≪전당시≫에 〈호 도사를 떠내보내며(送胡道士)〉라는 제목으로 실려 있다.
道士(도사) : 구체적으로 누구를 지칭하는지는 확인할 수 없다.

2 [원주] 일부 판본에는 '부들과 이끼(蒲委苔)'라고 하였다. ≪회남자≫에 "가난한 사람은 겨울이 되면 양가죽으로 짧은 털옷을 만들어 입는데, 몸을 다 가리지 못한다."라 하였다.(一作蒲委苔. 淮南子, 貧人冬則羊裘短褐, 不掩形也)
短褐(단갈) : 짧은 털옷. 가난한 사람이 입는 값싸고 초라한 방한복.
新披(신피) : 새로이 걸치고. ≪전당시≫에는 '신피(身披)'로 되어 있으며, '몸에 걸치고'라는 뜻이다.
淸淨苔(청정태) : 깨끗한 이끼. ≪전당시≫에는 '만지태(滿漬苔)'로 되어 있으며, '흠뻑 젖은 이끼'라는 뜻이다.

3 [원주] 곽박(郭璞)의 〈유선시〉 중 "영계를 물놀이 터로 삼을 만한데, 무슨 일로 구름사다리를 오르는가." 의 주에 "영계는 시냇물 이름이다."라 하였다.(郭景純, 遊仙詩[1], 靈溪可潛盤, 安事登雲梯, 注, 靈溪,

1) 遊仙詩(유선시) : 원주에는 '遊山詩(유산시)'라고 되어 있는데, 곽박의 시 원 제목에 의거하여 바로잡았다. 곽박은 총14수의

溪名)

靈溪(영계) : 시냇물 이름. 또는, 도관이 위치하여 신령스런 분위기가 감도는 시냇가.

4 許(허) : 아마도. 추측의 부사.

5 秋醮後(추초후) : 가을 제사를 올리고 나면. '초(醮)'는 도사가 제단을 차리고 신에게 올리는 제사. ≪전당시≫에는 '추초파(秋醮罷)'로 되어 있으며, '가을 제사가 끝나면'이라는 뜻이다.

6 宿松(숙송) 구 : ≪전당시≫에는 '숙삼유조야비회(宿杉幽鳥夜飛回)'로 되어 있으며, 이때는 '삼나무에 깃들었던 쓸쓸한 새는 밤중에 날아 돌아오리라'로 풀이된다. '숙송(宿松)'은 새가 둥지를 짓고 깃들어 사는 소나무. '한조(寒鳥)'는 가을이나 겨울 등 추운 계절의 새.

7 未遊(미유) 구 : ≪전당시≫에는 '단제원축진인상(丹梯願逐眞人上)'으로 되어 있으며, 이때는 '붉은 사다리로 진인을 좇아 오르고 싶은데'로 풀이된다.

8 師去(사거) 구 : ≪전당시≫에는 '일석귀심백발최(日夕歸心白髮催)'로 되어 있으며, 이때는 '해질녘 돌아가고픈 마음 백발이 재촉하네'로 풀이된다. '사(師)'는 불가나 도가의 대사(大師).

【해설】

산중으로 먼 길 떠나는 도사를 전송하며 쓴 시이다. 제1~2구에서는 도사가 소박한 옷차림으로 도관을 출발하여 여정에 나서는 모습을 묘사하였다. 제3~4구에서는 도사가 거문고를 즐길 줄 알고 또한 훗날 산중의 약재를 보내올 것이라고 하여, 도사의 멋스러운 풍류와 넉넉한 인품을 기렸다. 제5~6구에서는 도사의 산중 생활을 상상하였는데, 제단을 꾸미고 제사를 올리는 등 도사로서의 본연에 충실하게 지내는 모습을 그리는 한편, 추운 저녁에 미물도 제 보금자리로 깃드는 장면을 묘사함으로써 훗날 산중에서 그것을 본 도사가 느낄지 모를 일말의 쓸쓸함을 은연중에 염려하였다. 제7~8구에서는 그러한 도사의 곁으로 가 함께하고 싶은 시인의 마음은 간절하지만, 이미 도사는 구름처럼 떠나 자취를 알 길이 없다는 안타까움을 표현하였다. 현재의 모습과 미래의 상황, 실제의 일과 상상의 장면, 상대에 대한 찬송과 시인의 아쉬움 등이 적절히 균형을 이루고 있다.

〈유선시〉를 남겼다.

272

寄韓潮州1

조주자사 한공께 부침

此心曾與木蘭舟,2	이 마음은 일찍이 목란 배를 함께 하였고
重到天南潮水頭.3	거듭하여 하늘 남쪽 조수 가로 갔지요.
隔嶺篇章來華岳,4	재 너머의 글이 화산으로 왔고
出關書信過瀧流.5	관문 나선 편지가 농수를 지납니다.
峯懸驛路殘雲斷,6	산봉우리에 걸린 역참과 여로에는 잔구름 끊기었고
海浸城根老樹秋.7	바닷물 스며든 성 아래에는 노목이 가을빛을 띱니다.
半夜瘴煙風卷盡,8	밤중에 장기 서린 안개는 바람에 모두 말려 사라지고
月明初上近西樓.9	밝은 달 갓 떠올라 서쪽 누각에 가까워지겠지요.

【주석】

1 이 시는 ≪전당시≫에 〈한유 조주자사께 드리는 시(寄韓潮州愈)〉라는 제목으로 실려 있다.
[원주] ≪한공연보≫에 "원화 14년 기해년에 폄적되어 조주자사를 제수받다."라고 되어 있다.(按韓公年譜, 元和十四年己亥貶受潮州)
韓潮州(한조주) : 한유(韓愈)를 가리킨다. 원화 14년(819)에 헌종(憲宗)이 궁에 부처의 사리를 모시려 하자 한유는 〈불골을 논한 표(論佛骨表)〉를 올리는 등 극력 반대하였고, 이로 인해 황제의 미움을 사 조주자사(潮州刺史)로 폄적되었다. 조주는 지금의 광동성(廣東省) 동쪽 해안가의 조주시(潮州市)이다.

2 [원주] '목란 배'는 이미 상권에 나왔다.[2](木蘭舟, 已出上卷)
木蘭舟(목란주) : 목련과의 나무로 만든 배. 배의 미칭(美稱). 여기서는 한유의 유배지인 조주로 가는 배를 말한다.

2) 박인범의 시 152. 〈물길을 가며 수재인 장준께 드림(江行呈張峻秀才)〉에 보인다. 원주에서는 상권에 나왔다고 하였지만 중권에 수록되어 있다.

3 重到(중도) : 거듭하여 가다. ≪전당시≫에는 '직도(直到)'로 되어 있으며, '곧바로 가다'라는 뜻이다.

4 [원주] ≪주관≫에 "예주[3]는 그 주된 산을 화산이라 한다."라 하였다.(周官, 豫州其鎭山曰華山)

隔嶺(격령) : 재를 넘어서. 한유가 조주로 향하는 길에 지은 〈폄적되어 가는 중 남관에 이르러 질손 한상에게 보이다(左遷至藍關示侄孫湘)〉의 제5구 "구름이 진령에 가로놓여있나니 집은 어디에 있나(雲橫秦嶺家何在)"를 근거로 하여, 이 재는 구체적으로 '진령'[4]을 가리킨다고 볼 수도 있다.

篇章(편장) : 글. 여기서는 한유가 보내온 글이나 소식을 가리킨다.

華岳(화악) : 화산(華山). 산 이름. 장안(長安) 즉 현 서안시(西安市)로부터 동쪽으로 약 120km의 거리에 위치한다. 여기서는 가도가 있는 장안의 인근을 대표하는 지명으로 쓰였다.

5 [원주] ≪십도지·영남도≫에 "농주에 농수가 있다."라 하였다.(十道志, 嶺南道, 瀧州有瀧水)

出關(출관) : 관문을 나서서. 한유의 〈폄적되어 가는 중 남관에 이르러 질손 한상에게 보이다(左遷至藍關示侄孫湘)〉의 제6구 "눈이 남관을 뒤덮었나니 말이 앞으로 나아가지 않는구나(雪擁藍關馬不前)"를 근거로 하여, 이 관문은 구체적으로 '남관(藍關)'[5]을 가리킨다고 볼 수도 있다.

書信(서신) : 편지. 여기서는 가도가 한유에게 보내는 편지를 말한다.

瀧流(농류) : 농수(瀧水). 강 이름. 현재의 무수(武水)로, 광동성(廣東省) 내 영락현(樂昌縣)과 소관시(韶關市) 등을 지나며 흐른다. 여기서는 한유가 있는 조주의 인근을 대표하는 지명으로 쓰였다.

6 峯懸驛路(봉현역로) : 산봉우리에 역참과 길이 걸려 있다. 장안과 조주 사이의 지형이 험한 것을 나타낸 것이다.

7 海浸城根(해침성근) : 바닷물이 성 아래에 스며들다. 조주가 해안가에 있으므로 이러한 표현을 쓴 것이다.

8 半夜(반야) : 밤중에. ≪전당시≫에는 '일석(一夕)'으로 되어 있으며, '하룻저녁에'라는 뜻이다.

瘴煙(장연) : 장기(瘴氣) 서린 안개. 장기는 덥고 습한 고장에서 생기는 독기(毒氣)이다. 남방의 조주는 날씨가 무덥기 때문에 이러한 표현을 한 것이다.

9 [원주] '근'은 일부 판본에 '낭'이라고 하였다.(近, 一作浪)

近西樓(근서루) : ≪전당시≫에는 '낭서루(浪西樓)'로 되어 있다. 낭서루는 조주에 있는 누각의 이름이며, 이 때 제8구의 의미는 "밝은 달이 낭서루 위로 갓 떠올랐겠지요."가 된다.

【해설】

조주로 폄적되어 간 한유에게 위로의 마음을 담아 부친 시이다. 제1~2구는 시인이 한유의 유배지로 향하는 배에 마음을 실어 보냈고 이후로도 거듭해 조주로 신유(神遊)[6]하였다고 하여, 한유를 향한 한결같은 후의(厚誼)를 표현하였다. 제3~4구는 한유가 쓴 글이 장안으로 오고, 시인 자신이 쓴

---

3) 예주(豫州) : 당대(唐代)의 행정구역상 하남도(河南道)에 속한다. 오늘날 하남성(河南省)의 간칭(簡稱)을 '예(豫)'로 표기하는 근거가 되었다. 섬서성과 하남성의 경계 부근에 화산(華山)이 있다.

4) 진령(秦嶺) : 중국의 북중부에 동서로 길게 뻗어 있는 산맥으로, 황하 유역과 장강 유역의 경계가 된다. 서쪽은 감숙성 남부에서 시작하여 동쪽은 하남성 서부에 이른다. 산맥 대부분은 섬서성 남부에 걸쳐 있으므로, 장안(長安)에서 남방 지역을 오가기 위해서는 반드시 진령을 넘어야 한다.

5) 남관(藍關) : 남전관(藍田關), 즉 남전의 관문. 남전은 현재의 서안시(西安市) 남전현(藍田縣)으로, 진령의 북쪽 기슭에 있다. 당대(唐代)에 장안(長安)을 드나드는 동남쪽 길목에 해당하는 요지로, 관문이 설치되어 있었다.

6) 신유(神遊) : 몸은 움직이지 않고 혼(魂)만 날아가 노닐다.

편지가 조주로 간다고 하여, 두 사람이 먼 거리에도 굴하지 않고 소식을 서로 주고받으며 교유를 이어가고 있음을 말하였다. 제5~6구는 장안과 조주 사이의 험난한 여로와 조주 바닷가의 척박한 풍경을 묘사하여, 조주가 매우 외지고 쓸쓸한 곳임을 말하였다. 제7~8구는 그러한 조주도 가을이 되면서 무더위가 사라지고 밝은 달의 청량한 빛이 퍼질 것이라고 하여, 머지않아 한유의 고된 상황이 잘 마무리될 것이라고 암시적으로 기원하였다.

273

崔君夏林潭[1]

최군의 여름 숲 연못에서

新潭見底石和沙,2	새 연못은 바닥의 돌과 모래 들여다보였는데
已有浮萍雜晩霞.3	벌써 부평초 생겨나 저녁노을과 어우러졌구나.
盤貯井氷蟬叫噪,4	소반에는 옥정의 얼음 쌓여 있고 매미는 요란히 울어대며
手擎葵扇帽欹斜.5	손에는 파초부채 들었고 모자는 비스듬히 기울였노라.
洞深一徑堪行藥,6	깊은 골짜기의 한 줄 오솔길은 복약하고서 거닐 만하고
臺廻千峯盡在家.	누대 둘러싼 천 봉우리 산은 참으로 집에 있는 듯하구나.
異卉奇芳無不種,7	온갖 기이한 꽃 심지 않은 것 없나니
山中花少此中花.	산 속의 꽃이 여기의 꽃보다 적도다.

【주석】

1 이 시는 ≪전당시≫에 수록되어 있지 않다.
  崔君(최군) : 시인의 지인으로 추정되나, 누구를 지칭하는지 확인할 수 없다.
2 見底(견저) : 바닥이 보이다. 연못 밑바닥이 들여다보일 정도로 물이 맑음을 말한 것이다.
3 浮萍(부평) : 부평초. 개구리밥. 여기서는 연못에서 번성하는 수생 식물의 대표 격으로 쓰였다.
4 [원주] 위 명제가 허완에게 황등[7], 올챙이 무늬 삿자리, 옥정의 얼음 등을 하사하여 두터운 은애를 표시하였다.(魏明帝賜許玩黃藤蚪紋簟玉井氷, 以表優恩)
  井氷(정빙) : 옥정(玉井)의 얼음, 즉 왕이 하사한 얼음. 옥정은 우물의 미칭으로, 왕궁의 우물을 말한다. 냉각 시설이 없던 옛날, 왕궁 빙고(氷庫)에서 겨울부터 보관한 얼음은 여름에 왕이 소수의 신하에게 특별히 하사하는 귀한 물품이었다.
  叫噪(규조) : 부르짖고 떠들썩하다. 요란하게 울어대다.
5 [원주] ≪진서 · 사안전≫에 "동향 사람 중에 중숙현[8]에서 관직을 그만둔 이가 있었는데, 고향으로

7) 황등(黃藤) : 약재 이름. 해열 · 해독 · 이뇨 등의 효능이 있다.

돌아가는 길에 사안을 찾아왔다. 사안이 그에게 고향에 돌아갈 노잣돈이 있느냐고 물으니, 대답하기를 '영남이 피폐해진 탓에 그저 파초부채 5만 개를 가지고 있을 뿐이라네.'라고 하였다. 이에 사안이 그 중 일부를 얻어 도성으로 가지고 왔는데 사람들이 앞다투어 산 덕분에 그 값이 몇 배로 뛰었다."라 하였다.(晉書, 謝安傳, 鄕人有罷中宿縣者, 還詣安, 問歸資, 答曰, 嶺南凋弊, 唯有蒲葵扇五萬, 安乃取[9] 其中者, 執之京師, 士庶競市, 價增數倍)

葵扇(규선) : 파초부채. 파초나무 잎을 가늘고 길게 잘라 촘촘히 짠 부채.

6 [원주] 포조(鮑照)의 〈약 복용 후 거닐다 성동교에 이르러〉 시에 대해 유량[10]은 "포조가 병 때문에 약을 복용하고 거닐면서 그 약효가 퍼지도록 하다가 건강 성동교에 이르러 떠돌이 벼슬아치를 만나고는 이 시를 지었다."라 하였다.(鮑明遠, 行藥至城東橋詩, 良曰, 照因疾服藥, 行[11]而宣導之, 遂至建康城東橋, 見游宦之子而作是詩)

行藥(행약) : 선약(仙藥)이나 치료약 등을 복용한 후 그 약효의 발현을 촉진하기 위해 거닐다.

7 異卉奇芳(이훼기방) : 특이한 화훼와 기이한 방초. 즉, 온갖 신기한 식물.

【해설】

여름에 지인의 숲 속 연못에서 지내면서 쓴 시이다. 제1~2구는 새로 조성한 숲 속 연못이 자연스럽게 자리잡아가는 모습을 묘사하였다. 제3~4구는 그곳에서 매미 소리를 들으며 얼음, 부채, 모자 등의 피서용품으로 무더위를 쫓는 장면을 그렸다. 제5~6구는 숲과 연못의 지리적 조건을 들어 그곳이 휴양에 더없이 적합하고 집처럼 아늑한 장소라고 높여 말하였다. 제7~8구는 그 주변에 진귀한 꽃이 아름답게 피어 있다고 하여, 최군의 숲 연못을 다시 한 번 높여주었다.

8) 중숙현(中宿縣) : 오늘날 광주(廣州) 북쪽의 청신현(淸新縣) 일대. 광동성(廣東省)에 속하므로 파초나무 등 남방의 식생이 발달해 있다.

9) 取(취) : 원주에는 빠져 있는데 ≪진서≫에 의거하여 추가하였다.

10) 유량(劉良) : ≪문선(文選)≫의 주석가. 당 개원(開元) 6년(718)에 여연제(呂延濟), 유량(劉良), 장선(張銑), 여향(呂向), 이주한(李周翰)이 ≪문선오신주본(文選五臣注本)≫을 편찬하였다.

11) 行(행) : 원주에는 빠져 있는데 ≪문선오신주본≫에 의거하여 추가하였다.

274

送周元範歸越[1]

월주로 돌아가는 주원범을 전송하며

原下相逢便別離,[2]	언덕 아래에서 만났는데 이내 헤어지게 되었나니
蟬鳴關路使回時.[3]	매미가 관문과 길에서 울고 절도사가 돌아갈 때로세.
過淮漸有懸帆興,	회수 건널 제 점차 돛 내건 흥이 일 것이요
到越應將墜葉期.	월주에 닿으면 분명 낙엽 질 무렵이 되리라.
城裏秋風生菊早,[4]	성 안 가을바람 부는 곳에 국화 이르게 피었을 것이요
驛西寒渡落潮遲.[5]	역참 서쪽 추운 나루터에 썰물 더디 빠지리라.
已曾幾度隨旌節,[6]	관직 깃발을 이미 몇 번이나 따른 적 있었나니
一謁司空大禹祠.[7]	위대하신 우사공의 사당을 한 번 알현하시게나.

【주석】

1 이 시는 ≪전당시≫에 〈월주로 부임하는 주원범 판관[12]을 전송하며(送周判官元範赴越)〉라는 제목으로 실려 있다.
周元範(주원범) : 생졸년 미상, 구곡(句曲)[13] 출신. ≪전당시≫에 시 1수와 단구(斷句) 2련(聯)이 전한다. 구곡과 월주는 당대 행정구역상 모두 강남동도(江南東道)에 속한다.
越(월) : 월주(越州). 현재의 절강성(浙江省) 소흥시(紹興市). 당대(唐代)에 매우 번성하였으며, 도독부(都督府)가 있었다.

2 原下(원하) : 언덕 아래. 이 언덕은 당대 장안성(長安城)에서 가장 고지대이자 유람의 명승지였던 낙유원(樂游原)을 가리키는 것으로 볼 수도 있다.

3 使回時(사회시) : 절도사가 돌아갈 때. '사(使)'는 당대에 정무의 책임을 지고 지방에 파견되는 관리의 통칭으로, 절도사(節度使)·관찰사(觀察使)·방어사(防御使)·단련사(團練使) 등을 말한다. 주원범

12) 판관(判官) : 당대에 절도사(節度使), 관찰사(觀察使), 방어사(防御使), 단련사(團練使) 등의 아래에서 업무 보좌의 임무를 맡은 관리.
13) 구곡(句曲) : 지금의 강소성(江蘇省) 서남부의 구용시(句容市).

은 절도사를 모시는 판관으로 임명받아 고향 부근의 월주로 부임하는 길이었으므로 이러한 표현을 쓴 것이다.

4 城裏秋風(성리추풍) : 성 안 가을바람. ≪전당시≫에는 '성상추산(城上秋山)'으로 되어 있으며, '성 위와 가을 산에'라는 뜻이다.

5 落潮遲(낙조지) : 운하의 썰물이 느리게 빠지리라. 월주까지 가는 뱃길의 수량이 오래도록 풍부하여 그 덕분에 배를 타고 가는 여정이 순조로우리라는 뜻을 담은 표현이다. 당시 월주 부근에는 경항운하(京杭運河), 소소운하(蕭紹運河) 등이 있었다.

6 [원주] ≪당서·직관지≫[14]에 "수양제는 주를 폐지하고 군을 만들었으며, 통수를 두었다. 무덕[15] 연간에 군을 바꾸어 주를 만들었으며, 주에 자사를 두었다. 본디 한대부터 관직에 부임하는 이는 모두 부절을 지녔으므로, 자사도 해당 관직으로 가면서 모두 부절을 지니었다. 지덕[16] 연간 후로 중원에서는 군(軍)의 대장이 자사가 되어 군사 업무도 함께 다스렸다. 마침내 천보[17] 연간에 변방 장군의 선례에 따라, 절도사라는 호칭을 붙였다. 몇 개의 군을 함께 다스리는 경우에는 임명받는 날 쌍 깃발과 쌍 부절을 하사받았다."라 하였다.(隋煬帝罷州爲郡, 置通守. 武德改郡爲州, 州置刺史. 初, 漢代奉使[18]者皆持節, 故刺史臨部, 皆持節. 至德之後, 中原[19]用兵大將爲刺史者, 兼理軍旅, 遂依天寶邊將[20]故事, 加節度使[21]之號, 連制數郡, 奉使之日, 賜雙旌雙節)

幾度(기도) : 몇 차례. ≪전당시≫에는 '기편(幾遍)'으로 되어 있으며, 뜻은 같다.

旌節(정절) : 절도사로 임명될 때 하사받는 깃발과 부절(符節)[22]. ≪전당시≫에는 '정패(旌旆)'로 되어 있으며, '깃발'이라는 뜻이다.

7 [원주] ≪서·순전≫에 "우에게 사공이 되어 물과 흙을 다스리도록 하였다."라 하였다. '우사'는 이미 상권에 나왔다.[23](書, 舜典, 禹作司空, 平水土. 禹祠, 已出上卷)

一謁(일알) 구 : ≪전당시≫에는 "거알황교대우사(去謁荒郊大禹祠)"로 되어 있으며, 이때는 "가거든 우거진 들판의 대우사당을 알현하시게나"로 풀이된다.

謁(알) : 알현하다. 여기서는 사당을 참배하는 것을 말한다.

---

14) 여기서는 ≪구당서≫의 〈지제이십사·직관삼(志第二十四·職官三)〉편을 말한다.
15) 무덕(武德) : 618~626. 당 고조(高祖)의 연호. 이 시기에 당이 개국하였다.
16) 지덕(至德) : 756~757. 당 숙종(肅宗)의 연호. 이 시기에 절도사 안록산(安祿山)이 난을 일으켰다.
17) 천보(天寶) : 742~756. 당 현종(玄宗)의 연호. "천보 연간에 설치했던 변경 장군"이란 곧 이 시기에 현종이 변경의 8개 지역에 두었던 지방관, 즉 절도사를 말한다.
18) 奉使(봉사) : 원주에는 '秦使(진사)'로 되어 있는데 ≪구당서≫에 의거하여 바로잡았다. '봉사'는 왕명을 받들어 관원이 관직에 부임하는 것이다. '사(使)'는 정무의 책임을 맡은 관원이라는 의미로, 절도사(節度使), 전운사(轉運使) 등 관직명에 직접 쓰이기도 한다.
19) 中原(중원) : 원주에는 '守康(수강)'으로 되어 있는데 ≪구당서≫에 의거하여 바로잡았다. 변경(邊境)과 대비되는 내륙 지역이다. 안사(安思)의 난 이후 절도사 제도는 동북방 변경뿐 아니라 중원 지역으로 확충되었다.
20) 邊將(변장) : 원주에는 '過將(과장)'으로 되어 있는데 ≪구당서≫에 의거하여 바로잡았다. 본디 변경 지역을 다스리는 장수라는 의미이나, 여기서는 변방 절도사를 말한다. 당 현종은 천보 연간에 평로(平盧), 범양(范陽), 하동(河東), 삭방(朔方), 농우(隴右), 하서(河西), 안서사진(安西四鎭), 북정이서(北庭伊西)의 8개 변경 지역에 군사와 재정을 겸하여 다스리는 절도사 제도를 도입하였다.
21) 節度使(절도사) : 원주에는 '持節使(지절사)'로 되어 있으나, ≪구당서≫에 의거하여 바로잡았다.
22) 부절(符節) : 관원이 지니는 권력의 표지.
23) 나은의 시 269. 〈변광대사를 전송하며(送詈光師)〉에 보인다. 원주에서는 상권에 나왔다고 하였지만 하권에 수록되어 있다.

司空(사공) : 고대 관직명. 주로 수리 및 토목 관련 업무를 담당한다. 순(舜)임금이 신하 우(禹)에게 사공의 관직을 내리고 치수(治水)를 맡을 것을 명했다.

大禹祠(대우사) : 우사공, 즉 우임금을 모신 사당. '대(大)'는 존칭의 접두어이다. 월주 회계산(會稽山) 기슭에 우임금의 능이 있다.

【해설】

고향으로 돌아가는 주원범을 배웅하며 쓴 시이다. 제1~2구는 작시 동기와 배경을 개략적으로 서술하였다. 제1구는 시인과 주원범이 만난 지 얼마 되지 않아 곧 헤어지게 되었다고 하여 이 시를 짓게 된 직접적 동기를 밝히는 한편, 만남과 이별을 한 구 내에서 다소 촉급하게 언급함으로써 이별이 빨리 찾아온 데 대한 아쉬움도 은연중에 표현하였다. 제2구는 매미 소리를 읊어 이별의 시간적 배경이 여름임을 나타내고, 그 소리와 더불어 주원범의 출발이 다가오고 있음을 말하였다. 제3~4구는 회수를 거쳐 월주까지 가는 여정의 한 장면과 월주 도착 후의 가을 풍경을 상상하여 그렸는데, 위로 높이 내건 돛과 아래로 떨어지는 낙엽의 묘사로 균형 있는 방향의 대비를 이루었다. 제5~6구는 월주 이곳저곳의 가을 풍경을 보다 구체적으로 묘사하였는데, 국화가 다소 이르게 피어 있으리라는 것은 곧 주원범에 대한 현지의 환영을 상징하고, 썰물이 더디게 빠지리라는 것은 곧 뱃길이 순조로울 것이라는 축원을 의미한다. 제7~8구는 그간의 주원범의 관직 행적을 되돌아본 후, 월주의 명소인 우임금 사당에 들러 참배하라는 당부로 시를 맺었다. 이는 주원범이 우임금을 본받아 더욱 어진 관리가 되기를 바라는 축원으로 볼 수 있다.

275

早秋寄天竺靈隱二寺[1]

이른 가을 천축사와 영은사에 부침

峯前峯後寺新秋,[2]	산봉우리 앞과 뒤로 절에 새로 가을이 와
絶頂高窓見沃洲.[3]	산꼭대기 높은 창에 옥주산이 보이겠구나.
人在定中鳴蟋蟀,[4]	사람이 선정에 든 사이 귀뚜라미 울어대고
鶴曾棲處掛獼猴.[5]	학이 일찍이 깃들었던 곳에 원숭이가 매달리리.
山鐘夜度空江水,[6]	산의 종소리가 밤중에 인적 없는 강물을 건너고
蘿月寒生古石樓.[7]	담쟁이 사이 달빛이 서늘하게 옛 석루에 어리리.
長憶往帆殊未遂,[8]	늘 돛단배 타고 갈 생각 하건만 참으로 가지 못하는구나
謝公此地昔年遊.[9]	사령운이 지난날 노닐었던 그곳이여.

【주석】

1 이 시는 ≪전당시≫에 〈이른 가을 천축사와 영은사에 부쳐 쓰다(早秋寄題天竺靈隱寺)〉라는 제목으로 실려 있다.
天竺靈隱(천축영은) : 천축사[24]와 영은사. 둘 다 항주(杭州) 서호(西湖) 서쪽에 위치한 사찰 이름이다.

2 峯前峯後(봉전봉후) : 산봉우리 앞과 뒤. 천축사와 영은사 모두 실제로 비래봉(飛來峰) 기슭에 있다.

3 [원주] ≪북산록≫[25]에 "지둔[26]이 일찍이 사람을 축잠[27]에게 보내어 옥주소령 옆의 섬산[28]을 사고자

24) 천축사(天竺寺) : 항주 천축사는 상천축사(上天竺寺)·중천축사(中天竺寺)·하천축사(下天竺寺)의 세 사찰로 이루어져 있다.

25) 북산록(北山錄) : 당대(唐代) 재주(梓州) 혜의사(慧義寺)의 승려 신청(神淸)이 유불선 삼교일치를 기본으로 삼아 저술한 불교서적. 모두 10권.

26) 지둔(支遁, 314~366) : 동진(東晋)의 승려. 자(字)는 도림(道林)이며, 속성은 관(關)씨이다. 일찍이 여항산에서 도행을 닦으며 수행하였고, 나중에 섬산(剡山)에 은거하였다.

27) 축잠(竺潛, 286~374) : 동진(東晋)의 승려. 자(字)는 법심(法深), 속성은 왕(王)씨이며, 대장군(大將軍) 왕돈(王敦)의 동생이다. 후에 섬산(剡山)에서 은거하며 불도를 닦았다.

28) 섬산(剡山) : 산 이름. 현재의 절강성 승주시(嵊州市) 내에 있다. 옥주산과 인접해 있어, 백거이는 〈옥주산선원기(沃洲山禪院記)〉에서 "섬산은 얼굴이요 옥주산과 천모산은 눈썹과 눈이로다(剡爲面, 沃洲天姥爲眉目)"라고 하였다.

하였다. 축잠은 '오시고자 한다면 바로 내드리지요, 소부와 허유가 산을 사서 은거하였다는 말을 어찌 듣겠습니까?'라고 말했다."라 하였다.(北山錄, 支遁嘗遣人就竺潛買剡山, 側[29]沃洲小嶺. 潛曰, 欲來輒給, 豈聞巢許[30]買山而隱)

沃洲(옥주) : 산 이름. '옥주(沃州)'라고도 한다. 현재의 절강성(浙江省) 신창현(新昌縣) 동쪽에 있다. 예로부터 수도(修道)의 명산으로 유명하였다.

4 [원주] 중권의 "마음을 가라앉히는 일" 주석에 보인다.[31] ≪시경≫[32]에 "귀뚜라미가 대청에 있구나."라 하였다.(見中卷定中心注. 詩, 蟋蟀在堂)

定中(정중) : 선정(禪定)에 들다. 불자가 참선하여 삼매경(三昧境)에 들다.

鳴蟋蟀(명실솔) : 귀뚜라미가 울다. ≪전당시≫에는 '문실솔(聞蟋蟀)'로 되어 있으며, '귀뚜라미 소리 들리고'라는 뜻이다.

5 [원주] 위는 음이 '미'이고 아래는 음이 '후'로, 원숭이 종류이다.(上音彌, 下音侯, 猿猱之屬也)

鶴曾棲處(학증서처) : 학이 일찍이 둥지 튼 곳에. ≪전당시≫에는 '학종서처(鶴從棲處)'로 되어 있으며, '학은 둥지 튼 곳으로 가고'라는 뜻이다.

6 夜度(야도) : 밤중에 건너다. ≪전당시≫에는 '야도(夜渡)'로 되어 있으며 뜻은 같다.

7 蘿月(나월) : 담쟁이덩굴 사이로 비치는 달. ≪전당시≫에는 '정월(汀月)'로 되어 있으며, '물가의 달'이라는 뜻이다.

8 長憶(장억) 구 : ≪전당시≫에는 '심억현범신미수(心憶懸帆身未遂)'로 되어 있으며, 이때는 '마음으로는 돛을 내걸지만 몸은 가지 못하는구나.'로 풀이된다.

殊(수) : 참으로. 강조의 부사.

遂(수) : 가다.

9 [원주] 상권의 "시가 제해진 옛 벽에는 사령운의 이름이 전해지고" 주석에 보인다.[33](見上卷題詩舊壁傳名謝注)

謝公(사공) 구 : '사공'은 사령운(謝靈運)이다. 사령운은 회계(會稽, 현재의 소흥(紹興)) 출신으로, 한때 항주 천축사에서 머물며 불경을 번역하고 시를 지었다.

【해설】

시인이 멀리에서 천축사와 영은사를 떠올리며 써서 부친 시이다. 제1~2구는 항주 비래봉 앞과 뒤의 두 사찰에 가을이 되었음을 말하여, 공간적・계절적 배경을 제시하였다. 제3~4구는 사찰과 그 주변의 일상적인 풍경을 묘사하였는데, 참선하는 승려와 둥지에 깃든 학은 고요함을, 울어대는 귀뚜라미와 나무에 매달린 원숭이는 생동감을 자아내 '정중동(靜中動)'을 구현하였다. 제5~6구는

29) 側(측) : 원주에는 '則(즉)'으로 되어 있는데 ≪북산록≫에 의거하여 바로잡았다.

30) 巢許(소허) : 요순시대의 은사(隱士)인 소부(巢父)와 허유(許由). 요임금이 허유에게 구주(九州)를 맡아 다스려달라고 하자 허유는 일언지하에 거절하고 더러운 말을 들었다며 흐르는 물에 자신의 귀를 씻었고, 그 모습을 본 소부는 자신의 망아지에게 허유가 귀 씻은 물을 먹일 수 없다 하여 망아지를 끌고 상류로 올라갔다는 고사가 있다. 소부와 허유는 기산(箕山)에 은거하였다고 전해진다.

31) 이웅의 시 192. 〈운문사(雲門寺)〉에 보인다.

32) 여기서는 〈당풍(唐風)・실솔(蟋蟀)〉 시를 말한다.

33) 백거이의 시 017. 〈여항의 아름다운 풍광(餘杭形勝)〉에 보인다.

시각적・청각적・촉각적 이미지를 두루 활용하여 사찰의 밤풍경을 청아하게 묘사하였고, 아울러 종소리가 강물을 건너는 '횡(橫)'의 이미지와 달빛이 쏟아지는 '종(縱)'의 이미지의 조화를 추구하였다. 제7~8구는 유명한 문인 사령운이 노닐던 천축사와 영은사로 시인 역시 가고 싶은 마음은 간절하나 당장 찾아갈 수 없는 아쉬움을 표현하였다.

276

贈岳人[1]

산사람에게 드림

還似微才命未通,[2]	재주 미천한 이 몸은 아직 운수 못 트인 듯한데
相逢雲水意無窮.[3]	구름 어린 개울에서 자네를 만나니 만감이 무궁하여라.
淸時年老爲幽客,[4]	태평성시에 나이 들어가며 은자가 되어
寒月更深聽過鴻.	차가운 달빛 한결 깊어질 제 지나는 기러기 소리 듣는구나.
東越山多連古壘,[5]	동월 땅의 뭇 산은 옛 보루와 이어졌고
南朝城故枕長空.[6]	남조 터의 오래된 성은 먼 하늘에 기대었노라.
蒼洲欲隱誰招我,[7]	창주에서 은거하고 싶은데 누가 나를 불러줄런가
羨爾家林卽是中.[8]	집과 원림이 바로 이곳인 그대가 부럽구려.

【주석】

1 이 시는 ≪전당시≫에 〈벗을 만나다(逢友人)〉라는 제목으로 실려 있다.
贈岳人(증악인) : 산사람, 즉 산중에서 지내는 이에게 드리다.

2 微才(미재) : 미천한 재주. 또는 재주가 미천한 사람. 여기서는 시인 자신을 가리킨다. ≪전당시≫에는 '부재(不才)'로 되어 있으며, '재주 없는 사람'이라는 뜻이다.

3 雲水(운수) : 구름이 서릴 만한 높은 산의 개울. 대자연.
意(의) : 북받치는 여러 감정. ≪전당시≫에는 '사(思)'로 되어 있으며, 뜻은 같다.

4 淸時(청시) : 태평성시. 맑고 평안한 시절.
年老(연로) : 나이 들다. 늙어가다. ≪전당시≫에는 '연소(年少)'로 되어 있으며, '나이 젊어서부터'라는 뜻이다.
幽客(유객) : 깊은 산 속에서 떠돌며 지내는 이. 즉, 은자.

5 [원주] ≪한서≫ 주에 "민중은 동월의 다른 이름이다."라 하였다. 〈광무기〉 주에 "정현이 '≪주례≫에 이르기를 군영지의 벽을 보루라고 한다.'라고 하였다."라 하였다.(漢書, 注, 閩中東越之別名也. 光武紀, 注, 鄭玄云, 周禮云, 軍壁曰壘)

東越(동월) : 현재의 민동(閩東) 지방. 복건성(福建省) 동부 일대.

連古壘(연고루) : 옛 보루에 이어지다. ≪전당시≫에는 '연초루(連楚壘)'로 되어 있으며, '초 보루에 이어지다'라는 뜻이다.

6 [원주] '남조'는 중권에 나왔다.[34](南朝, 出中卷)

城故(성고) : 오래된 성. ≪전당시≫에는 '성고(城古)'로 되어 있으며, 뜻은 같다.

長空(장공) : 멀리 펼쳐진 하늘. ≪전당시≫에는 '강공(江空)'으로 되어 있으며, '강가 하늘'이라는 뜻이다.

7 [원주] ≪두양잡편≫[35]에 "원장기가 수 대업(605~618) 연간에 바다를 건너 사신으로 가게 되었다. 풍랑으로 배가 부서지는 바람에 나무 조각에 실려 가다가 문득 모래섬에 닿았다. 섬사람이 말하기를 '여기는 창주입니다.'라고 하더니, 이윽고 창포주와 도화주를 내와 원장기에게 마시게 하였다. 꽃과 나무는 마치 늘 춘삼월 같았고 사람들은 대다수 죽지 않았으며 봉액의[36]를 입었고 원유관[37]을 썼다. 금・은・옥・자수정으로 만든 화려한 건물에 살았고, 순임금 시대의 음악을 연주하였으며, 향기로운 연무가 피는 술을 마셨다."라 하였다.(杜陽雜編, 元藏幾, 隋大業中爲過海使. 風浪壞船, 爲破木所載, 忽達於洲. 島洲人曰, 此滄洲也, 乃出菖蒲桃花酒飮之. 花木常如二三月, 人多不死. 衣縫掖衣, 戴遠遊冠, 所居或金闕銀臺玉樓紫閣. 奏簫韶之樂, 飮香霧之醑云)

蒼洲(창주) : 지명. 신비로운 이상향. ≪전당시≫에는 '창애(蒼崖)'로 되어 있으며, '푸른 기슭'이라는 뜻이다.

8 羨爾(선이) 구 : ≪전당시≫에는 '강자생애지차중(姜子生涯只此中)'으로 되어 있으며, 이때는 '강선생의 삶은 오직 여기에만 있구려.'로 풀이된다. 여기서 '강선생(姜子)'은 강태공처럼 대자연 속에서 은거하고 있는 벗을 가리키는데, 혹은 벗이 실제로 강씨일 가능성도 있다.

【해설】

산에서 은거하는 벗을 만나 지어서 준 시이다. 제1~2구는 불우한 신세의 시인이 대자연에서 벗과 마주치게 되어 만감이 교차함을 말하였다. 제3~4구는 유유자적한 산사람의 삶을 사는 벗의 일상 중 한 장면을 그렸다. 제5~6구는 벗이 은거하는 산의 한갓진 주위 경치를 묘사하였다. 제7~8구는 풍요롭고 평화로운 이상향에 은거하고 싶은 소망을 피력하는 한편, 그러한 소망을 이미 이룬 벗에 대한 부러움을 토로하였다.

34) 이웅의 시 196. 〈향오정(向吳亭)〉에 보인다.
35) 두양잡편(杜陽雜編) : 당대(唐代)에 소악(蘇鶚)이 펴낸 필기소설집. 모두 3권.
36) 봉액의(縫掖衣) : 겨드랑이 부분만 꿰매고 양쪽 솔기는 넓게 터진 도포.
37) 원유관(遠遊冠) : 왕이 예복 차림을 갖출 때 쓰는 관의 일종.

277

贈元郎中1

원낭중께 드림

心在瀟湘無別期,2	마음은 소수와 상수 가에 있으시거늘 떠날 기약 없고
卷中多是得名詩.	시권 안의 대다수는 명성 얻은 시이지요.
高臺聊望新秋色,3	높은 누대에서 새로이 물든 가을빛이 그럭저럭 바라보이고
片水堪留白鷺鷥.4	한 폭 물은 흰 해오라기를 머물게 할 만합니다.
省宿有時逢夜雨,5	궁 관청에서 숙직하다가 때때로 밤비를 만나시고
朝回盡日伴禪師.	조정에서 돌아와서는 온종일 선사와 함께하시는군요.
舊文去歲曾將獻,6	오래된 글을 지난해에 바치었는데
蒙賞來人說始知.7	칭찬받은 줄은 사람이 와 말해주어 비로소 알았습니다.

【주석】

1 이 시는 ≪전당시≫에 〈원낭중께 드리다(投元郎中)〉라는 제목으로 실려 있다.
元郎中(원낭중) : 창부낭중(倉部郎中) 원종간(元宗簡)[38]을 가리킨다고 보기도 하나, 확실하지 않다.

2 [원주] 이미 중권에 나왔다.[39](已出中卷)
瀟湘(소상) : 호남(湖南) 지역의 강 이름.
無別期(무별기) : 떠날 기약이 없다. 즉, 원낭중이 현재 머물고 있는 장소나 직위 등에서 떠나갈 기약이 없다. ≪전당시≫에는 '귀미기(歸未期)'로 되어 있으며, 이를 따를 경우 이 구절은 '마음은 소수와 상수 가에 있는데 그리로 돌아갈 기약 없고'로 풀이된다.

3 聊(료) : 애오라지. 그럭저럭.
新秋色(신추색) : 새로이 물든 가을빛. ≪전당시≫에는 '청추색(淸秋色)'으로 되어 있으며, '맑게 물든 가을빛'이라는 뜻이다.

4 鷺鷥(노사) : 해오라기. 백로과의 철새.

38) 원종간(元宗簡) : 생졸년 미상. 백거이, 장적 등과 교유하였다.
39) 마대의 시 119. 〈유 수재와 이별하고(別劉秀才)〉에 보인다.

5 省宿(성숙) : 궁의 관청에서 숙직하다. 당대(唐代) 조정 내에는 상서성(尙書省), 중서성(中書省), 문하성(門下省)의 세 성(省)이 있었다.
逢夜雨(봉야우) : 밤비를 만나다. ≪전당시≫에는 '문급우(聞急雨)'로 되어 있으며, '급한 빗소리를 듣는다'라는 뜻이다.
6 將獻(장헌) : ~을 바치다. '장(將)'은 목적어를 이끄는 역할을 한다.
7 蒙賞來人(몽상래인) : '몽상(蒙賞)'은 칭찬받다. '몽(蒙)'은 다른 사람의 은혜로운 행동을 받는 것을 존대한 표현이고, '상(賞)'은 '칭찬하다, 기리다'의 의미이다. '내인(來人)'은 사람이 오다. 여기서는 원낭중 측으로부터 누군가가 가도에게 온 것이다. ≪전당시≫에는 '몽여인래(蒙與[40]人來)'로 되어 있으며, 뜻은 같다.

【해설】

원낭중을 향한 마음을 써서 바친 시이다. 제1~2구는 원낭중이 늘 전원으로 돌아가 지내고 싶은 마음을 품고 있으나 선뜻 현재의 자리에서 떠나지 못하고 있음을 말하는 한편, 시 짓는 솜씨가 뛰어나다고 칭송하였다. 제3~4구는 원낭중이 갈망하는 소상강의 아름다운 풍광을 묘사하였는데, 이러한 풍광 묘사는 제2구에서 말한 원낭중의 시의 내용 중 일부를 정리한 것이라 볼 수도 있다. 제5~6구는 원낭중이 공무로 밤늦게까지 수고롭게 지내거나 일과 후에 선사와 어울리는 등의 일상을 묘사하였다. 제7~8구는 시인이 지난해에 써 보낸 시를 원낭중이 흡족히 여겼다는 사실을 비로소 인편에 전해 들었다고 하였는데, 여기에는 원낭중의 칭찬을 영광스럽고 감사하게 여기는 마음이 은근하게 표현되어 있다.

40) 與(여) : 칭찬하다. 기뻐하다.

278

送崔秀才歸覲1

부모님을 뵈오러 고향으로 돌아가는 최수재를 전송하며

歸寧髣髴三千里,2	고향 돌아가는 길 아마도 삼천 리는 될 듯하니
月向船窗見幾宵.	달을 선창으로 며칠 밤 바라볼런가.
野鼠獨偸高樹菓,	들쥐가 높은 나무의 과실을 홀로 훔치고
前山漸出短禾苗.3	앞산에는 짧은 곡식 싹이 조금씩 나오리라.
境深柵鎖淮波疾,4	울타리 자물쇠 잠긴 으슥한 곳에 회수 물결 빠르고
葦動風生雨氣遙.	바람 일어 갈대숲 흔들리며 비 기운 멀어지리라.
重入石頭城裏寺,5	석두성 안 절에 다시금 들어가면
南朝杉老未乾樵.6	남조의 늙은 삼나무는 바싹 말라 있지 않으리.

【주석】

1 이 시는 ≪전당시≫에 〈최약 수재를 전송하며(送崔約秀才)〉라는 제목으로 실려 있다.
歸覲(귀근) : 고향으로 돌아가 부모를 뵙다.

2 歸寧(귀녕) : 귀성(歸省)하다. 고향으로 돌아가다.
髣髴(방불) : ~인 듯하다. ~와 비슷하다.

3 漸出(점출) : 점점 나오다. ≪전당시≫에는 '점견(漸見)'으로 되어 있으며, '점차 보이다'의 뜻이다.

4 [원주] 〈장양부〉의 "목책과 죽책은 마을의 울타리처럼 보일 정도였다." 주에 "죽책이란 나무창끼리 이어서 만든 울타리이다."라 하였다. ≪집운≫에 "(책(柵)은) '초'와 '혁'의 반절로, 마을의 울타리이다. 나무를 세로로 세워 엮어서 그것을 만든다."라 하였다.(長楊賦, 木擁[41]槍纍[42]以爲儲胥[43), 注, 槍纍, 作木槍相累爲柵也. 集韻, 初革切, 村柵也, 豎木編以爲之)
境深(경심) : 심처(深處). 심산유곡 등과 같은 인적 없고 후미진 곳. ≪전당시≫에는 '경심(更深)'으로

41) 木擁(목옹) : 목책(木柵). 나무 울타리. 여기서는 사냥용 울타리의 일종.
42) 槍纍(창루) : 죽책(竹柵). 대나무 울타리. 여기서는 사냥용 울타리의 일종.
43) 儲胥(저서) : 마을 주위에 둘러친 울타리.

되어 있으며, '밤 시간 깊은 때'의 뜻이다.

柵鎖(책쇄) : 마을 울타리가 자물쇠로 잠기다. 여기서는 보안을 위해 마을 울타리를 자물쇠로 걸어 잠그는 깊은 밤이 된 것을 말한다.

5 [원주] ≪오지≫에 "건안 16년에 손권이 치소를 말릉으로 옮겼다. 이듬해에 석두에 성을 쌓고 말릉을 건업으로 고쳤다."라 하였다.(吳志, 建安十六年, 孫權徙治秣陵. 明年, 城石頭, 改秣陵爲建業)

石頭城(석두성) : 남경(南京)에 있는 성. 남경은 일찍이 전국시대(戰國時代)에 초(楚)의 금릉읍(金陵邑)이었다가 삼국시대(三國時代) 오(吳)의 손권(孫權)이 도읍지로 삼은 후로 강남(江南)의 중심지 역할을 하였으며, 남조(南朝) 송(宋)・제(齊)・양(梁)・진(陳)의 국도로서 크게 번영하였다. 당대(唐代)에는 다시 금릉(金陵)으로 불리었다. 시의 내용상 남경은 최수재의 고향인 듯하며, 여기서 석두성은 그곳을 대표하는 지명으로 쓰였다.

城裏寺(성리사) : ≪전당시≫에는 '성하사(城下寺)'로 되어 있으며, '성 아래 절'이라는 뜻이다.

6 南朝杉老(남조삼로) : 남조의 늙은 삼나무. 여기서 남조는 곧 남조의 수도였던 남경을 뜻하고, 늙은 삼나무는 그곳에 계신 최수재의 연로한 부모님을 상징한다.

乾燋(건초) : 바싹 마르다. (나무가) 고목이 되다.

【해설】

부모님을 뵙기 위해 고향으로 돌아가는 최수재를 전송하는 시이다. 제1~2구는 출발지에서 최수재의 고향까지는 아주 멀어, 오랜 시간 뱃길을 가야 할 것이라고 말하였다. 제3~4구는 최수재가 고향으로 가면서 볼 법한 살풍경한 산중 모습을 묘사하였다. 제5~6구는 외진 곳을 지나는 최수재의 배가 심야에도 빠르게 갈 것이요, 바람과 비 등의 기후 조건도 순조로울 것이라고 하여, 최수재의 순항을 기원하였다. 제7~8구는 최수재가 고향 남경에 도착하여 찾아뵐 노부모님은 여전히 건재하실 것이라는 축원을 담았다.

279

愚性踈散常以奕棋釣魚爲事1

나는 성품이 유유자적하여 늘 바둑, 장기와 낚시질을 일삼노라

野絡危層鳥道侵,2	들판의 높다란 층층누각이 새 다니는 길을 찔렀는데
斷雲高木晚沈沈.3	조각구름과 높은 나무가 저녁 무렵 흐려지는구나.
臺空碧草歌聲絶,4	파란 풀 자란 빈 누대에 노랫소리 끊기었고
月落靑山恨思深.	달 지는 푸른 산에 근심스런 생각 깊어가노라.
武帝翠華在何處,5	위 무제의 화려한 비취 깃발은 어디에 있는가
漳川流水至如今.6	장천의 흐르는 물은 지금까지 이어지누나.
秋風蕭瑟蒹葭雨,7	가을바람 소슬하고 갈대숲에 비 내리는데
寂寞漁人千載心.	쓸쓸히 어부는 천 년 세월을 마음에 품노라.

【주석】

1 이 시는 ≪전당시≫에 수록되어 있지 않다.
[원주] 시의 뜻으로 볼 때 이 제목은 옳지 않은 듯하다.(以詩義觀之, 此題恐非)
愚性(우성) : 나의 성향. 나의 성격. '우(愚)'는 자신을 뜻하는 1인칭 겸사.
踈散(소산) : 유유자적하다. 여유가 있어 한가롭고 걱정이 없다. 속세에 속박됨 없이 하고 싶은 대로 마음 편히 지내다.

2 [원주] '새 다니는 길'은 이미 중권에 나왔다.[44](鳥道, 已出中卷)
野絡(야락) : 들이 사방을 빙 둘러싸다. 즉, 들로 에워싸이다, 들판 가운데 있다.
危層(위층) : 높은 층계. 또는 높다란 층층누각.
鳥道(조도) : 새가 날아다니는 하늘의 길. 또는, 나는 새도 넘기 어려울 만큼 높은 산지의 험준한 길.

3 沈沈(침침) : 빛이 약하여 어두컴컴해지다. 또렷이 보이지 아니하고 흐려지다. 이 구절은 높은 동작대에 올라서서 아래로 굽어본 구름이나 나무 등이 저녁 어둠에 흐릿해져가는 장면을 묘사한

44) 박인범의 시 156. 〈경주 용삭사 전각을 노래하고 겸하여 운서스님께 편지로 부침(涇州龍朔寺閣兼簡雲棲上人)〉에 보인다.

것이다.

4 [원주] 동작대이다.(銅雀臺)

臺(대) : 누대(樓臺) 등과 같이 높게 지은 건축물. 여기서는 동작대(銅雀臺)를 말한다. 위(魏) 무제(武帝) 조조(曹操)가 수도 업성(鄴城)에 축조하였다.

5 武帝(무제) : 위(魏) 무제 조조(曹操).

翠華(취화) : 비취새 깃으로 화려하게 장식한 깃발로, 천자의 기물이다.

6 [원주] ≪위지≫에 "태조 무제는 성은 조요 이름은 조이며 자는 맹덕이다. 한나라 재상 조삼(曹參)의 후예이다."라 하였다. 〈남도부〉에 "비취 깃발 바라보니 선명하고 아름다운데"라고 하였다. ≪위지≫에 "진사왕 조식은 시와 의론, 사와 부 수십만 글자를 읽고 읊었으며 글을 잘 지었다. 태조가 일찍이 그 글을 보고는 조식에게 말하였다. '너는 남을 시켜서 한 것이냐?' 조식이 무릎을 꿇고 말하였다. '말을 꺼내면 의론이 나오고 붓을 들면 글이 되오니, 바라옵건대 마땅히 직접 보시는 앞에서 시험해보십시오. 어찌 남을 시켰겠습니까?' 이 때 업성[45]에 동작대가 새로 완공되어 태조가 여러 아들을 모두 데리고 동작대에 올라 저마다 부를 짓도록 하였다. 조식이 붓을 잡고 곧바로 완성하였으니, 그 부[46]는 이러하다. '명군[47]을 따라 노닐다가 누대에 올라 즐기노라', '하늘로 솟은 화려한 누대에 섰노라니 도성 서쪽의 공중누각과 이어지는구나, 장수의 긴 물결 가까이 서서 정원의 탐스러운 과일을 멀리 바라본다', '어진 교화를 천하에 드날리시니 모두 천자를 삼가 섬긴다. 오직 제환공(齊桓公)과 진문공(晉文公)이 태평성세를 이루었다 하나 거룩하신 명군과 어찌 견줄 수 있으리오! 훌륭하도다 아름답도다, 은택이 멀리까지 미치는도다, 우리 황실을 도와 온 세상을 안녕하게 할지어다. 천지의 법도와 함께할 것이며 일월의 밝음과 같을지어다. 존귀함은 영원하여 끝이 없을 것이며 동왕[48]처럼 천수를 누리실지어다.' 태조는 매우 기특하게 여기었다."라 하였다. ≪한서≫에 "위군 무시현의 강물은 한단에 이르러 장수로 들어간다."라 하였다.(魏志, 太祖武皇帝, 姓曹, 諱操, 字孟德. 漢相國參之後. 南都賦, 望翠華之葳蕤. 魏志, 陳思王植讀誦詩論及詞賦數十萬言, 善屬文. 太祖嘗觀其文, 謂植曰, 汝倩人耶, 植跪曰, 出言爲論, 下筆成章, 願當面試, 奈何倩人. 時鄴銅雀臺新成, 太祖悉將諸子登臺, 使各爲賦. 植援筆立成, 賦曰, 從明后而嬉遊兮, 登層臺以娛情. 云云. 立中天之華觀兮, 連飛閣乎西城. 臨漳水之長流兮, 望園菓之滋榮. 云云. 揚仁化於宇內兮, 盡肅恭於上京. 惟桓文之爲盛兮, 豈足方聖明. 休矣美矣, 惠澤遠揚, 翼佐我皇家兮, 寧彼四方. 同天地之規量兮, 齊日月之輝光. 永貴尊而無極兮, 等年壽於東王. 云云, 太祖深異之. 漢書, 魏郡, 武始縣, 水至邯鄲入漳)

漳川(장천) : 장하(漳河). 업성에 있던 강이다. 조조는 장하의 물길이 동작대 아래로 흐르도록 하였다고 전한다.

7 [원주] 송옥의 〈구가〉에 "슬프도다 가을 기운이여, 쓸쓸하도다 초목이 흔들려 떨어지고 쇠하여가는구나"라 하였다. ≪시경≫[49]에 "갈대 무성한데"라 하였다.(宋玉, 九歌, 悲哉, 秋之爲氣也, 蕭瑟兮草木搖落

45) 업성(鄴城) : 삼국시대 위(魏)나라의 수도. 현재 하북성(河北省) 한단시(邯鄲市) 임장현(臨漳縣)에 그 옛 터가 남아 있다.

46) 이 글의 제목은 〈등대부(登臺賦)〉이다.

47) 명군(明君) : 어진 임금. 여기서는 조식이 자신의 부친 조조를 지칭한 표현이다.

48) 동왕(東王) : 동왕공(東王公). 서왕모(西王母)와 병칭되며, 신선의 명부를 관장하는 신선 수장이다.

49) 여기서는 〈진풍(秦風)・겸가(蒹葭)〉 시를 말한다.

而變衰. 詩, 蒹葭蒼蒼)

【해설】

업성유지(鄴城遺址), 즉 위나라의 수도였던 업성의 옛 터를 읊은 시이다. 제1~2구는 업성이 한때 화려하게 번성했던 모습과 그 후의 쓸쓸한 쇠락을 대비시켰다. 제3~4구는 업성의 대표적 건축물이었던 동작대는 이제 옛 영화를 잃었고 그곳을 찾은 사람의 근심은 깊어감을 말하였다. 제5~6구는 산천은 의구한데 인걸은 간 데 없는 무상감을 표현하였다. 제7~8구는 가을의 쓸쓸한 비바람 속에서 강을 따라 배를 타고 가면서 옛 세월을 돌아보는 시인의 감회를 나타내었다.

280

臨晉縣西寺偶懷[1]

임진현 서사에서 마침 감회가 일어

獨立西軒遠思生,[2]	서헌에 홀로 서니 먼 곳 그리운 마음 피어나는데
片帆煙末指鄕程.	안개 언저리의 돛단배는 고향 가는 길을 가리키는구나.
川長不變蒹葭岸,[3]	긴 강에는 갈대 무성한 강둑 변함없고
地古長留晉魏城.[4]	옛 땅에는 위진의 성이 길이 남았노라.
高樹幾家殘照在,	높은 나무와 몇몇 인가에 스러지는 빛 서렸고
重關欲雪少人行.	눈 내릴 듯한 겹겹의 관문은 오가는 사람 적구나.
無因一問興亡事,	흥망의 이야기 한 번 물어볼 데 없이
唯有靑山與月明.	그저 푸른 산과 밝은 달이 있을 뿐이로다.

【주석】

1 이 시는 ≪전당시≫에 수록되어 있지 않다.
[원주] ≪십도지・하동도≫에 "포주[50]에 임진현이 있다"라 하였다.(十道志, 河東道, 蒲州有臨晉縣)
臨晉縣(임진현) : 지금의 산서성(山西省) 서남부의 운성시(運城市) 임의현(臨猗縣).

2 西軒(서헌) : 시 제목의 '서사(西寺)'의 다른 표현, 또는 그 안의 부속 가람을 가리킨 말로, 현재 시인이 있는 곳이다.

3 蒹葭(겸가) : 갈대. 여기서는 강을 따라 물가 언덕에 우거진 갈대밭을 말한다.

4 [원주] ≪십도지・하동도≫의 '포주' 주에 보인다.(見十道志, 河東道, 蒲州注)
晉魏城(진위성) : 임진현 서사 주변에 남아있는 위진대의 옛 성. 임진현 바로 인근에 위(魏)의 수도 안읍(安邑, 지금의 하현(夏縣))이 있었다. 임진현과 진(晉)의 수도 낙양(洛陽) 간의 거리 또한 100여 km로 멀지 않다.

50) 포주(蒲州) : 현 산서성(山西省) 서남부의 운성시(運城市) 임의현(臨猗縣) 및 영제시(永濟市) 일대에 해당하는 당대(唐代)의 지명.

【해설】

사찰에서 때마침 느낀 감회를 쓴 시이다. 제1~2구는 고향 그리운 마음이 피어나는데 마침 멀리 보이는 강 위 돛단배도 고향 쪽을 향하고 있어, 그러한 감정이 심화됨을 표현하였다. 제3~4구는 그 강을 따라 펼쳐진 자연 풍경과 그 지역에 남아 있는 옛 역사 유적에 유장한 세월의 흐름이 쌓여간다고 하였다. 제5~6구는 겨울철 어둑해지는 무렵 인적 없는 거리의 스산함을 묘사하였다. 제7~8구는 외로운 시인 곁에는 덧없는 옛 역사를 논할 사람은 없고 오직 의연한 산과 달만 있다고 하여, 쓸쓸한 감정을 한층 부각시켰다. 머나먼 고향에 대한 그리움과 산천은 의구하나 인걸은 간데 없다는 안타까움을 적절히 아우른 작품이다.

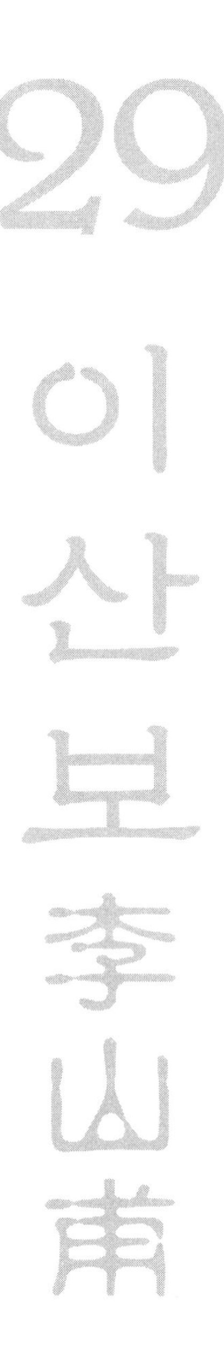

이산보시(李山甫詩)

[원주] ≪당서·예문지≫에 "이산보 시는 한 권이다."라 하였다.(唐書·藝文志, 李山甫詩一卷)

이산보(李山甫, ? ~ ?)

이산보는 함통(咸通) 연간(860~874)에 수차례 과거에 응시하였으나 급제하지 못했다. 중화(中和) 3년(883) 전후에 위박(魏博, 지금의 하북성(河北省) 대명(大名)의 북동쪽)에 있는 낙언정(樂彥禎, ?~888)의 막부에서 일했다. 문덕(文德) 원년(888), 위박에 군란이 일어나 낙언정이 패한 뒤로 이산보의 행적에 대해서는 알려진 바가 없다.

이산보의 문집은 소실되었으나 ≪전당시≫권643 전체에 그의 시 95수가 수록되어 있고 ≪전당시보편(全唐詩補編)·속보유(續補遺)≫·≪속습(續拾)≫에 3수가 전하는데 과거에 급제하지 못한 슬픔과 고뇌, 우국충정과 영사회고를 내용으로 한 것들이 많다.

(정세진)

281

讀漢史

한대(漢代) 역사를 읽다

四百年來久復尋,1	사백 년 역사를 오래 더듬어 찾아보니
漢家興替好霑襟.2	한나라의 번성과 쇠퇴에 정말로 옷깃이 젖네.
每逢奸詐須傷手,3	간사한 무리 만날 때마다 손을 다치고
直過英雄始醒心.4	영웅을 거쳐서야 마음을 깨우쳤네.
王莽亂來曾半破,5	왕망이 어지럽혀 이미 반쯤 망가졌는데
曹公將去便平沈.6	조조가 가져가더니 곧 사라져 버렸네.
當時虛受君恩者,7	당시에 헛되이 군주의 은택 받은 자들
謾向青編作鬼林.8	부질없이 역사책에서 귀신의 숲을 이루고 있구나.

【주석】

1 [원주] ≪역대통기≫에 "동 · 서 양한은 고조로부터 헌제에 이르기까지 왕망을 통틀어 모두 24명의 황제가 있었으며 426년 간 지속되었다."라 하였다.(歷代統紀, 東西兩漢, 自高祖盡獻帝通王莽, 合二十四帝, 四百二十六年)
　四百(사백) 구 : ≪전당시≫에는 "사백년간반복심(四百年間反覆尋)"로 되어 있으며, 이때는 "4백 년 동안 반복하여 찾다"로 풀이된다.
　復(부) : 다시.
2 漢家(한가) : 한(漢)나라 왕실.
　興替(흥체) : 번성과 쇠퇴. 흥망성쇠(興亡盛衰)를 이른다.
　好(호) : 너무도, 정말로. 동사나 형용사 앞에서 정도가 심함을 나타내는 부사.
3 [원주] ≪노자≫에 "훌륭한 목수를 대신하여 나무를 베는 자가 자신의 손을 다치지 않는 경우는 드물다."라 하였다.(老子, 代大匠斲者, 希有不傷其手)
　奸詐(간사) : 간사하다. ≪전당시≫에는 '간사(姦詐)'로 되어 있고 뜻은 같다.
4 直(지) : 그저, 다만. ≪전당시≫에는 '진(眞)'으로 되어 있고 '그야말로, 참으로'라는 뜻이다.

醒心(성심) : 마음을 일깨우다.

5 [원주] '난'자는 '농'으로 되어 있는 판본도 있다. ≪전한서≫에 "왕망의 자가 거군이다."라 하였다. 〈동경부〉에 "교활한 거군이 틈을 타서 제왕의 권위를 빼앗아 가지고 놀고 18년에 걸쳐 천자의 자리를 훔쳐 차지했다."의 주에, "'교활한 거군'은 왕망이다."라 하였다.(亂, 一作弄. 前漢, 王莽字巨君. 東京賦, 巨猾間釁, 竊弄神器, 歷載三六, 偸安天位. 注, 巨猾, 王莽)

王莽(왕망, BC 45~AD 23) : 전한(前漢) 말의 정치가이며 '신(新)' 왕조(8~24)의 건국자. 갖가지 권모술수를 써서 최초로 선양혁명(禪讓革命)에 의하여 전한의 황제권력을 찬탈하였다. 그러나 잇따른 반란과 부하들의 배신으로 15년 만에 멸망하였다. 그리하여 한 왕조의 혈통을 이은 유수(劉秀)가 광무제(光武帝)로 즉위하여 후한(後漢)을 건국하였다.

亂(란) : 어지럽히다. 혼란스럽게 하다. ≪전당시≫에는 '농(弄)'자로 되어 있고 '농락하다'라는 뜻이다.

6 [원주] ≪위씨제왕세기≫에 "위나라는 조씨의 나라이다. 무황제는 존함이 조인데, 한 건안 24년에 위왕의 자리에 올랐고 건안 25년을 연강 원년으로 고쳤다. 봄 정월에 낙양에서 붕어하셨을 때 연세가 66세였다. 태자인 비가 왕위를 물려받았으니 바로 문황제이다. 그해 겨울 10월에 한나라를 선양받아 낙양을 수도로 삼았다."라 하였다.(魏氏帝王世紀, 魏, 曹姓也. 武皇帝諱操, 漢建安二十四年進爵爲魏王. 改二十五年爲延康元年. 春正月崩於洛陽, 年六十六. 太子丕代立, 是爲文皇帝. 其年冬十月受漢禪, 都洛陽)

曹公(조공) : 조조(曹操)를 가리킨다. 한나라 말기에 조조의 지위가 삼공(三公)에 이르렀기에 '조공'이라 불리게 되었다.

平沈(평침) : 침몰하다, 사라지다.

7 [원주] 조식의 표문[1]에 "임금은 헛되이 벼슬을 주지 않고, 신하는 헛되이 벼슬을 받지 않는다."라 하였다.(曹植表, 君無虛授, 臣無虛受)

虛(허) : 헛되이. 이 구절에서는 '재주도 없이'라는 뜻이다.

8 [원주] ≪목천자전≫에 "태강 3년, 급현의 백성이 옛 무덤을 도굴하였는데 얻은 것이 모두 죽간과 청사편이었고 모두 고대의 역사서였다."라 하였다. 위 문제의 〈오질에게 주는 편지〉에 "최근 그들이 남긴 글을 모아서 모두 하나의 문집으로 만들었는데, 그들의 이름을 보니 이미 귀신의 명부가 되었다."라 하였다.(穆天子傳, 太康三年, 汲縣民盜發古塚, 所得皆竹簡, 靑絲編, 皆古之史書也. 魏文帝與吳質書, 頃撰其遺文, 都爲一集, 觀其姓名, 已爲鬼錄)

謾(만) : 부질없이.

靑編(청편) : '청사간편(靑絲簡編)', 즉 푸른 실로 연결해서 만든 죽간으로 된 책을 이른다. 주로 역사서를 가리킨다.

【해설】

이 시는 한나라의 역사를 기록한 책을 읽고 술회한 것이다. 한 왕조의 쇠퇴와 멸망에 대해 안타까운 마음을 표현하였다. 제1~2구는 이 시의 주제로서 전한(前漢)과 후한(後漢) 400년 역사의 성쇠(盛衰)를 말하고 옷깃이 젖는다는 말로써 슬픔의 정조를 부각시켰다. 제3~4구에서는 역사책에서 간사한

1) 이 글의 제목은 〈자신의 능력을 시험해 주길 청하는 글(求自試表)〉이다.

무리를 만날 때마다 자신이 책장을 넘기던 손을 다쳤고, 영웅을 만나서야 비로소 마음을 깨우칠 수 있었다고 하였다. 제5~6구에서는 왕망과 조조라는 구체적인 인물을 끌어와 한나라가 쇠퇴하고 결국 멸망에 이르는 과정을 이야기하였다. 제7~8구에서는 '헛되이(虛)'와 '부질없이(謾)'라는 글자를 통해 역사책에 기록된 한 왕조 신하들의 무능력함에 대한 개탄을 드러내었다.

282

隋堤柳

수나라 제방의 버드나무

曾傍龍舟拂翠華,1	황제의 배 곁에서 푸른 깃털 장식 스쳤었는데
至今凝恨倚天涯.2	지금은 한 맺힌 마음으로 하늘가에 기대었네.
但終春色還秋色,3	봄빛이 다하면 가을빛으로 바뀌는 것일 뿐이니
不覺楊家是李家.4	양씨인지 이씨인지 알지 못하네.
背日古陰從北朽,5	해를 등지니 오래된 그늘진 곳은 북쪽부터 시들고
逐波疎影向東斜.6	파도를 좇는 성근 그림자는 동쪽을 향해 기울었네.
年年只有晴空便,7	해마다 그저 갠 하늘 편으로
遙爲雷塘導落花.8	지는 꽃잎을 멀리 뇌당을 향해 전달하고 있네.

【주석】

1 [원주] '수 제방의 버드나무'와 '용주'는 이미 중권에 나왔다.[2] '취화'는 위의 주에 보인다.[3](隋堤柳龍舟已出中卷. 翠華見上注)
　傍(방) : 가까이 하다, 동반하다.
　拂(불) : 스치다.

2 凝恨(응한) : 한이 엉겨 있다, 즉 한스러운 감정을 품다.

3 終(종) : 끝나다, 마치다. ≪전당시≫에는 '경(經)'으로 되어 있으며, '거치다'라는 뜻이다.

4 [원주] ≪역대통기≫에 "수나라 고조 문황제는 성이 양씨, 이름이 견으로, 한나라 태위 양진의 14대손이다. 양제는 이름이 광이고 고조의 아들이다. 수나라는 당나라에 선위하였다. 당 고조는 성이 이씨이고 이름이 연이다."라 하였다.(歷代統記, 隋高祖文皇帝姓楊氏, 名堅, 漢太尉震十四代孫也. 煬帝名廣, 高祖子. 隋禪位於唐. 唐高祖姓李氏, 名淵)

2) 최치원의 시 143. 〈변하에서 회고하며(汴河懷古)〉 시에 보인다.
3) 가도의 시 279. 〈나는 성품이 유유자적하여 늘 바둑, 장기와 낚시질을 일삼노라(愚性疎散常以奕棋釣魚爲事)〉 시에 보인다.

楊家(양가) : 양씨 집안. 수(隋) 왕조를 가리킨다.
李家(이가) : 이씨 집안. 당(唐) 왕조를 가리킨다.

5 朽(후) : 쇠락하다, 시들다.

6 東(동) : 동쪽. ≪전당시≫에는 '남(南)'으로 되어 있다.

7 晴空(청공) : 갠 하늘. ≪전당시≫에는 '청풍(晴風)'으로 되어 있고 '갠 날의 바람'이라는 뜻이다.
便(편) : ~편으로.

8 [원주] ≪수서본기≫에 "의녕 2년, 좌둔위 장군 우문화급 등이 용맹하게 난을 일으켜 후비의 처소에 침범하여 황제께서 온실전에서 붕어하셨다. 소후는 궁인들로 하여금 평상을 철거하여 관을 만들어 황제를 묻도록 하였다. 우문화급이 파낸 뒤 우어위 장군 진릉이 성상전에서 황제의 관을 받들어 오공대 아래에 매장하였다. 꺼내어 염하기 시작할 때 그 모습이 살아있는 듯하여 사람들이 모두 기이하게 여겼다. 당나라가 강남을 평정한 뒤에 뇌당으로 옮겨 매장했다."라 하였다. ≪구역도≫에 "오왕대는 지금의 양주 여릉군에 있다."라 하였다.(隋書本紀, 義寧二年, 左屯衛將軍宇文化及等以驍果作亂, 入犯宮闈, 上崩於溫室. 蕭后令宮人撤床簀爲棺以埋之. 化及發後, 右禦衛將軍陳稜奉梓宮於成象殿, 葬吳公臺下. 發斂之始, 容貌若生. 衆咸異之. 大唐平江南之後, 改葬雷塘. 九域圖, 吳王臺在今揚州廬陵郡界)
爲(위) : ~를 향해. ~ 방향으로.
雷塘(뇌당) : 강소성(江蘇省) 양주성(揚州城) 북쪽을 말한다. 수(隋) 양제(煬帝)가 이곳에 매장되었다.
導(도) : 전달하다. ≪전당시≫에는 '송(送)'으로 되어 있고, '보내다'라는 뜻이다.
落花(낙화) : 떨어지는 꽃. ≪전당시≫에는 '설화(雪花)'로 되어 있는데, 이는 눈이 내리듯이 시야 가득 떨어지는 버들솜(柳絮)을 뜻한다.

【해설】

이 시는 수 양제 때 건축한 어도(御道)의 양 옆에 늘어서 있는 버드나무의 입장에서, 수나라의 흥망을 노래한 작품이다. 제1~2구에서는 수나라가 건재했던 시절 황제의 배에 스쳤던 과거와 수나라가 멸망한 현재를 대비하였다. 황제의 배에 장식된 화려한 깃털이 늘어뜨린 가지를 스쳐지나갔었던 예전과 달리, 지금은 아무것도 그 물길을 지나가지 않아 공연히 하늘가에 몸을 맡기고 서 있을 뿐이다. 제3~4구에서는 왕조가 바뀐 것도 계절의 변화처럼 받아들이는 버드나무를 묘사했다. 시대의 변화와 상관없이 버드나무는 예전과 똑같이 계절에 따라 모습을 바꾸고 있는 것이다. 제5~6구에서는 어구의 황폐해진 모습을 표현하였다. 제7~8구에서는 수 황제에 대한 버드나무의 애도하는 마음을 더욱 구체적으로 드러내었다. 지는 꽃잎을 맑은 하늘에 부쳐 황제가 묻혀 있는 곳으로 전송한다는 것은 그에 대한 마음을 표현한 것이다.

283

送李秀才罷業從軍[1]

학업을 그만두고 종군하는 이수재를 전송하며

弱柳貞松一地栽,[2]	유약한 버들과 지조 굳은 소나무가 한 땅에 심어져 있으니
不因霜霰自成媒.[3]	서리와 싸라기눈 때문이 아니라 스스로가 함께 한 것이네.
書生只是平時物,[4]	서생은 그저 태평 시절의 인물일 뿐
男子爭無亂世才.[5]	사내에게 어찌 어지러운 세상에서 쓸 재주가 없겠는가.
鐵馬已隨紅旆去,[6]	철마는 벌써 붉은 깃발을 따라 갔고
銅魚曾著畵轓來.[7]	동어부는 진작 화려한 바람막이에 붙어 왔네.
到頭功業須如此,[8]	인생 최후의 공업이 모름지기 이와 같으니
莫爲初心首重回.[9]	초심 때문에 고개를 다시 돌리지 말게나.

【주석】

1 이 시는 ≪전당시≫에 〈군대로 들어가는 이 수재를 전송하다(送李秀才入軍)〉라는 제목으로 실려 있다.
罷業(파업) : 학업을 그만두다.

2 弱柳貞松(약류정송) : 유약한 버드나무와 지조 굳은 소나무. 버드나무는 '문(文)'으로서 과거급제에 대한 꿈을, 소나무는 '무(武)'로서 종군(從軍)하는 것을 비유한다.

3 [원주] 조식(曹植)의 〈자신의 능력을 시험해 주길 청하는 글(求自試表)〉에 "자신을 팔고 자신을 중매하는 것은 선비와 여자의 추한 행동이다."라 하였다.(曹子建求自試表, 自衒自媒者, 士女之醜行也)
霜霰(상산) : 서리와 싸라기눈. 난세(亂世)를 비유한다.
成媒(성매) : 중매를 이루다. 혼인이 이루어지다. ≪전당시≫에는 '난매(難媒)'로 되어 있는데, 이를 따르면 이 구절은 "서리와 싸라기눈 때문이 아니라면 절로 중매하기 어렵다"라는 뜻으로, 난세가 아니었다면 버드나무와 소나무가 함께 있지 못했을 것이라는 뜻이다.

4 平時(평시) : 태평성세(太平盛世) 즉 나라가 평안한 때를 가리킨다.

5 爭(쟁) : 어찌.

6 [원주] 육수(陸倕)의 〈석궐명〉 중 '철마 천 마리'에 대한 이선 주에 "철마는 철갑을 두른 말이다."라 하였다. '패'는 ≪설문≫에 "거북이·뱀을 그린 깃발을 묶는 기이다."라 하였다.(陸佐公石闕銘, 鐵馬千群. 李善曰, 鐵馬, 鐵甲之馬. 旆, 說文, 繼旐之旗[4])
紅旆(홍패) : 붉은 깃발. '패(旆)'는 본래 깃대에 달린 술을 가리킨다.

7 [원주] ≪당육전≫에 "동어부는 군대를 일으키고 수장을 바꾸는 도구이다. 두 도읍의 유수, 제주의 제군 절충부, 제처의 군대를 통솔하여 주둔하는 곳, 궁의 감독관에 이르기까지 모두 동어부를 주었다."라 하였다. ≪후한서·거복지≫에 "중이천석[5]은 모두 검은색 수레덮개와 두 붉은 먼지가리개를 썼다."라 하였다.(唐六典曰, 銅魚符所以起軍旅易守長. 兩京留守, 若諸州諸軍折衝府諸處提兵鎭守之所及宮總監, 皆給銅魚符. 後漢, 車服志, 中二千石皆皂蓋[6]朱兩幡[7])
銅魚(동어) 구 : ≪전당시≫에는 "동인유저백의래(同人猶著白衣來)"로 되어 있으며, 이때는 "뜻이 같은 이는 여전히 흰 옷을 입고 왔네."로 풀이된다. ≪전당시≫를 따를 경우 제5구에 드러난 군마의 화려함과 대비를 이루어 서생의 신분으로 종군하는 이 수재의 모습이 부각되어 의미가 더 잘 통한다.
銅魚(동어) : 동어부(銅魚符)를 가리킨다. 고대에 관리가 자신의 신분을 증명하고 군대를 징발하는 데 쓴 징표.

8 到頭(도두) : 최후, 마지막.

9 初心(초심) : 본래의 뜻. 이 시에서는 학업에 대한 이 수재의 초심을 가리킨다.

【해설】

이 시는 과거 공부를 그만두고 종군하는 이 수재를 전송하면서 그를 격려하려고 쓴 것이다. 제1~2구에서는 가지가 유약한 버드나무와 절개가 굳은 소나무가 함께 있음을 들어, 이 수재가 본래 문과 무의 소양을 함께 지녔음을 말하였다. 특히 제2구에서 서리와 싸라기눈 같은 어지러운 상황 때문에 나라를 향한 마음이 생긴 것이 아니라 본래부터 이 두 가지 마음이 함께 있었음을 강조하였다. 제3~4구에서는 이 수재가 태평한 시절에는 서생으로서 글을 읽었지만, 지금과 같은 난세를 바로잡을 재주를 가졌음을 말하였다. 제5~6구에는 전쟁에 대비하여 조정과 군대가 신속히 움직이는 모습이 드러나 있다. 제7~8구에서는 종군하여 업적을 남기게 될 것임을 확신하며 종군을 선택한 뜻을 더욱 굳건히 할 것을 권유하였다. 과거 급제를 꿈꾸던 수재로서 품었던 초심을 돌아보지 말고 전쟁에 힘써 참여하여 공을 이루도록 격려하는 마음이 담겨 있다.

4) 繼旐之旗(계조지기) : ≪설문해자주(說文解字注)≫에 따르면 '기(旗)'는 깃발류의 총칭이고, '조(旐)'는 거북이와 뱀을 그린 깃발인데 이것의 끝부분을 묶어 제비꼬리(燕尾)처럼 만든 것을 '패(旆)'라고 한다.
5) 중이천석(中二千石) : 한대(漢代)에는 관계(官階)를 석(石)으로 나타냈는데 이천석(二千石)이 최고의 벼슬이고 중이천석은 이에 다음가는 벼슬이었다.
6) 皂蓋(조개) : 관리들이 우산처럼 수레 위에 덮어 쓰던 검은색 수레덮개.
7) 朱兩幡(주량번) : 수레 양 쪽에 두는 붉은색 먼지 가리개.

284

送蘇州裵員外[1]

소주의 배원외를 전송하며

正作南宮第一人,[2]	남궁의 제일인자가 막 되었다가
暫駈霓旆憶離群.[3]	잠시 무지개 깃발을 몰게 되니 헤어질 무리를 생각한다네.
曉隨闕下辭天子,[4]	새벽에 궁궐 아래에서 천자를 하직하고
春向江邊待使君.[5]	봄에 강변을 따라 자사를 모시겠지.
五馬尙迷靑瑣路,[6]	오마를 따르며 여전히 궁중의 길을 그리워하지만
雙魚猶惹翠蘭芬.[7]	쌍어를 모실 때는 그래도 푸른 난초 향기를 끌고 있겠지.
明朝天路尋歸處,[8]	내일 아침에는 하늘 길에서 돌아올 곳을 찾을 터인데
禁樹參差隔紫雲.[9]	자줏빛 구름 너머 궁궐 나무는 들쭉날쭉하겠지.

【주석】

1 이 시는 ≪전당시≫에 〈기주의 배 원외를 보내며(送蘄州裵員外)〉라는 제목으로 실려 있고 배 원외가 건부(乾符) 4년(877)까지 병부원외랑을 지낸 배악(裵渥)이라 했다. 그렇다면 이 시에서 말한 소주가 배 원외와 무슨 관계가 있는 지역인지 확실치 않다. 이 시의 내용으로 볼 때 이산보가 전송한 배 원외의 고향이 소주라고 생각된다.

2 [원주] ≪당척언≫에 '남궁'이 나오는데, 이는 예부이다.(摭言, 南宮, 禮部)
南宮(남궁) : 예부를 가리킨다. 남궁에서 예부가 주관하는 회시(會試)를 치렀다.

3 [원주] 〈고당부〉의 "구름 같은 기를 세우고 무지개를 깃발로 삼다"의 주석에 "구름과 무지개로 깃발을 삼은 것이다."라 하였다.(高唐賦, 建雲旆, 蜺爲旌, 注, 以雲蜺爲旌旆)
駈(구) : 몰다. ≪전당시≫에는 '수(隨)'로 되어 있으며 '따르다'라는 뜻이다.
霓旆(예패) : 무지개 깃발. 자사가 출행할 때의 의장이다.
憶(억) : 생각하다. ≪전당시≫에는 '창(愴)'으로 되어 있으며 '슬퍼하다'라는 뜻이다.

4 隨(수) : 따르다. ≪전당시≫에는 '종(從)'으로 되어 있으며 뜻은 같다.

5 江邊(강변) : 강변. ≪전당시≫에는 '강두(江頭)'로 되어 있으며 뜻은 같다.

使君(사군) : 주나 군의 장관인 자사(刺史)의 존칭.

6 [원주] ≪둔재한람≫[8]에 "세상에서 태수를 '오마'라고 하는데 그 유래를 아는 사람은 거의 없다. 혹자가 말하기를 ≪시경≫[9]에 '펄럭이는 깃대의 새매 장식이 준 땅의 마을에 있네. 흰 실로 만들었는데 좋은 말 다섯 필이 끄네.'라고 하였고 정현의 주석에서 '주나라 예법에 따르면 주의 장관은 새매장식 깃대를 세웠고 한나라 태수는 주 장관의 법에 따라 다섯 마리 말을 끌었다'고 하였기 때문에 이렇게 말한다고 하였다. 후에 방기선 조봉[10]이 '옛날에 네 마리 말이 끄는 수레를 탔는데, 한나라 때에 이르러 태수가 출행할 때는 말을 한 마리 더 보탰다'고 한 것을 보았다. 그러므로 고악부 〈나부행〉에서 '사군이 남쪽에서 오셨는데 다섯 마리 말을 타고 머뭇거리시네.'라고 하였고, ≪풍속통≫에서는 '왕희지가 나가 영가 태수가 되었는데 뜰에는 다섯 마리 말이 늘어서 있고, 수놓은 채찍과 금 고삐를 하고는 출행할 때 타고 다녔다'라고 하였다."라 하였다. '청쇄'는 이미 상권에 나왔다.[11](遯齋閑覽, 世謂太守爲五馬, 人罕知故事. 或言詩云, 孑孑干旟, 在浚之都. 素絲組之, 良馬五之. 鄭注謂周禮州長建旟, 漢太守比州長法, 御五馬, 故云. 後見龐幾先朝奉云, 古乘駟馬車, 至漢時, 太守出則增一馬. 故古樂府 羅敷行云, 使君從南來, 五馬立踟躕. 風俗通, 王逸少出守永嘉, 庭列五馬, 繡鞭金勒, 出則控之.[12] 靑瑣已出上卷)

靑瑣(청쇄) : 푸른 고리 무늬로 장식한 황궁의 문과 창. 궁정을 가리킨다.

7 [원주] '쌍어'는 동어부를 말하는데 위의 '깃발과 부절을 따르네' 구절의 주석에 보인다.[13] 응소의 ≪한관의≫에 "상서랑은 문서를 작성할 때 초안을 잡는 일을 주관하는데 건례문 안에서 근무를 하며 향을 품고 난을 쥐고 있으며 붉게 장식된 궁정을 총총걸음으로 다닌다."라 하였다.(雙魚謂銅魚符, 見上隨旌節注. 應劭 漢官儀, 尙書郎, 主作文書起草, 更直[14]於建禮門內, 懷香握蘭, 趨走於丹墀)

雙魚(쌍어) : 한 대 이래로 자사에 임명할 때 부절과 깃발을 하사하였는데 몇 개의 주를 관할할 경우에는 각각 두개씩 하사하였다. 여기서는 물고기 모양의 부절인 어부(魚符)를 가리킨다.

8 [원주] 매승의 악부시[15]에 "아름다운 이가 구름 끝에 있는데 하늘 길은 막혀 만날 기약이 없네."라 하였다.(梅乘, 樂府詩, 美人在雲端, 天路隔亡期)

天路(천로) : 하늘 길. 멀고 험난한 길. ≪전당시≫에는 '무로(無路)'로 되어 있으며 '길이 없다'라는 뜻이다.

9 禁樹(금수) : 궁궐의 나무.

紫雲(자운) : 자줏빛 구름. 상서로운 기운을 의미하며 주로 궁궐을 가리킨다.

---

8) 둔재한람(遁齋閑覽) : 송나라 진정민(陳正敏)이 지은 책으로 원래 14권이었으나 일실되고 ≪설부(說郛)≫ 등의 서적에 73조목이 남아있다. 대체로 작자가 평소에 보고 들은 것을 적은 것으로, 명현(名賢), 야일(野逸), 시담(詩談), 증오(證誤), 잡평(雜評), 인사(人事), 해학(諧謔), 신지(汎志), 풍토(風土), 동식(動植) 등 10개의 분야로 나누어져 있다.

9) 여기서는 〈용풍(鄘風)·간모(干旄)〉 시를 말한다.

10) 조봉(朝奉) : 송나라 때의 관직명. 선비에 대한 존칭으로 많이 사용하였다.

11) 온정균의 시 025. 〈쉬는 날 중서성에서 아는 분을 찾아뵙고(休澣日西掖謁所知)〉에 보인다.

12) 出則控之(출즉공지) 이하 구절 : 원주에는 이 구절 뒤에 "그러므로 영가에는 앙방이 있다.(故永嘉有鴦坊)"라는 구절이 더 있는데, 연문(衍文)이라 생각되어 삭제했다.

13) 가도의 시 274. 〈월주로 돌아가는 주원범을 전송하며(送周元範歸越)〉에 보인다.

14) 更直(경직) : 돌아가며 근무하다.

15) 이 시의 제목은 〈잡시 구수(雜詩九首)〉로, 인용된 부분은 그중 제6수이다.

【해설】

이 시는 자사를 모시고 지방으로 나가는 배 원외를 송별하며 지은 것이다. 제1~2구에서는 배 원외가 과거에 급제하자마자 지방 장관을 보위하기 위해 궁궐을 떠나가게 된 상황을 묘사하였다. '잠시'라는 말을 통해 그가 금방 다시 궁궐로 돌아올 것이라는 기대를 표현하였다. 제3~4구에서는 내일 아침 궁궐을 떠나 자사를 모시게 될 상황을 예상하였으며, 제5~6구에서는 배 원외가 자사를 모시고 있을 때를 상상하여 묘사하였다. 그가 자사를 모시면서도 여전히 궁궐에서 원외랑으로 근무하고 있을 때의 일을 그리워하리라는 뜻을 표현하였다. 제7~8구에서는 다시금 내일 궁궐을 떠날 때의 모습을 상상하며 적은 것으로, 자줏빛 구름이 있는 궁궐을 떠나 그리워할 마음을 묘사하였다. 배 언외가 궁궐을 그리워할 모습을 반복적으로 묘사함으로써 이별의 아쉬움과 그가 빨리 돌아오기를 바라는 마음을 표현하였다.

285

曲江[1]

곡강

南山祇對紫雲樓,2	남산은 그저 자운루만 대하고 있는데
樓影江陰瑞氣浮.3	누대 비치는 곡강 남쪽에 상서로운 기운 떠있네.
一種是春偏富貴,4	한 가지는 봄기운으로 유난히 부귀하고
大都爲水亦風流.5	대부분은 강 풍경으로 또한 풍류 넘치네.
爭攀柳帶雙雙手,6	앞 다퉈 버들가지 잡아당기는 두 손들
鬪插花枝萬萬頭.7	다투듯이 꽃가지 꽂은 수많은 머리들.
獨向江邊最惆悵,8	홀로 강가에서 가장 슬퍼하나니
滿衣塵土避君侯.9	옷에 흙먼지 가득한 채 군후들을 피하네.

【주석】

1 曲江(곡강) : 지금의 섬서성(陝西省) 서안시(西安市) 동남부에 있는 지명(地名). 그 주변에 곡강지(曲江池), 대안탑(大雁塔), 대당부용원(大唐芙蓉園) 등의 명소가 있다.

2 [원주] 상권의 '곡강춘' 주에 보인다.[16](見上卷曲江春注)
南山(남산) : 종남산(終南山). 서안(西安) 외곽에 있다.
祇對(지대) : 다만 대하다. ≪전당시≫에 '저대(低對)'로 되어있으며 '낮게 대하다'로 풀이된다.
紫雲樓(자운루) : 당(唐) 개원(開元) 14년(726) 곡강 가에 세워졌다고 하는 누대 이름. 당 현종은 곡강에서 큰 연회가 열릴 때마다 이 누대에 올라 백성들이 즐기는 모습을 바라보며 즐거워했다고 한다.

3 樓影江陰(누영강음) : 누대 비치는 곡강 남쪽. ≪전당시≫에는 '취영홍음(翠影紅陰)'으로 되어 있으며, '초록 잎 그늘지고 붉은 꽃 무성한 데'로 풀이된다.
瑞氣浮(서기부) : 상서로운 기운 떠있다. 여기서는 과거급제를 축하하는 곡강연(曲江宴)에 황제가

16) 장적의 시 038. 〈소주의 백사군에게 부침(寄蘇州白使君)〉에 보인다.

참석한 것을 가리킨다.

4 偏富貴(편부귀) : 유난히 부귀하고. ≪전당시≫에는 '장부귀(長富貴)'로 되어 있으며, '늘 부귀하네'로 풀이된다.

5 亦風流(역풍류) : 또한 풍류 넘치네. ≪전당시≫에는 '야풍류(也風流)'로 되어 있으며 뜻은 같다.

6 雙雙手(쌍쌍수) : 두 손들. ≪전당시≫에는 '천천수(千千手)'로 되어 있으며, '수많은 손들'로 풀이된다.

7 鬪揷(투삽) : 다투듯이 (꽃가지를) 꽂은. ≪전당시≫에는 '간삽(間揷)'으로 되어 있으며, '사이에 (꽃가지를) 꽂은'으로 풀이된다.

8 怊悵(초창) : 슬프다. ≪전당시≫에 '추창(惆悵)'으로 되어 있으며 뜻은 같다.
이 구는 작자가 과거급제하지 못한 일을 가리킨다.

9 [원주] ≪전한서·유굴리전≫ 주석에서 여순이 말하기를 "≪한의≫[17] 주에 열후가 승상이 되면 군후라고 칭하였다."라고 하였고, 안사고는 "〈양운전〉[18]에 구(丘)가 항상 양운을 군후라 말하였으니 이는 열후를 통틀어 부르는 존칭일 뿐이다. 반드시 승상의 지위에 있는 것은 아니다. 여순의 말은 통하지 않는다."라 하였다.(前漢, 劉屈氂傳注, 如淳曰, 漢儀注, 列侯爲丞相, 稱君侯. 師古曰, 楊惲傳, 丘[19]常謂惲爲君侯, 是則通呼[20]列侯之尊稱耳, 非必在於丞相也, 如說不通矣)
君侯(군후) : 군후. 원래는 열후(列侯)로서 승상(丞相)이 된 자를 가리켰으나 한대(漢代) 이후 영달한 관리와 귀한 이에 대한 존칭으로 사용되었다. ≪전당시≫에 '왕후(王后)'로 되어있으며 '군왕'이라는 뜻이다.

【해설】

이 시는 과거급제를 축하하기 위해 봄날 곡강 가에서 열리는 곡강연(曲江宴)을 멀리서 바라보면서 느끼는 작자의 쓸쓸한 심경을 노래하였다. 시의 전반부는 멀리 곡강의 자운루에서 열리는 곡강연 풍경을 묘사하였고 후반부는 곡강연을 즐기는 사람들의 모습과 자신의 불우한 처지를 대비하여 서술하였다. 제1~2구는 자운루에서 곡강연이 열리고 황제가 참석하였음을 언급하였다. 제3~4구는 곡강연 주변의 봄 풍경과 물가 풍경을 통해 곡강연에 참석한 이들이 부유하고 풍류 넘친다는 사실을 서술하였다. 제5~6구는 여인들의 모습을 주로 묘사하여 곡강연의 화려한 면모를 부각시켰다. 제7~8구는 앞 두 구의 흥성거리는 연회풍경과는 대조적으로, 과거에 급제하지 못하여 고관대작들을 피할 수밖에 없는 작자자신의 불우한 처지를 표현하였다. 과거에 여러 차례 응시했지만 끝내 합격하지 못한 시인의 경력으로 볼 때 마지막 구는 과거에 합격하지 못하여 고관대작들을 피할 수밖에 없는 작자자신의 처량한 마음을 표현한 것이라고 볼 수 있다.

17) 한의(漢儀) : 책 이름. 삼국시대 오(吳) 나라의 태사령(太史令) 정부(丁孚)가 지은 것으로 동한(東漢) 시기의 예의(禮儀)를 서술하고 있다. ≪속한지(續漢志)≫에서 이 책의 문장을 자주 인용하여 주를 달고 있다. 현재 거의 대부분 유실되었고 ≪한궁육종(漢宮六種)≫에 집록되어 있다.
18) ≪한서·양운전(楊惲傳)≫을 말한다.
19) 丘(구) : 원주에는 '입(立)'으로 되어 있는데 ≪한서≫에 의거하여 바로 잡았다. 누구인지 정확하게 알 수 없다.
20) 呼(호) : 원주에는 '호(乎)'로 되어 있는데 ≪한서≫에 의거하여 바로 잡았다.

286

蜀中有懷[1]

촉에서 느낀 바가 있어

千里煙霞錦水頭,[2]	천리에 안개와 노을 펼쳐진 금강의 물가
五丁開得已風流.[3]	다섯 역사가 길을 여니 이미 바람이 통하게 되었네.
春粧寶殿重重榭,[4]	봄 단장한 보배로운 전각에는 겹겹의 정자가 있었고
日炤仙洲萬萬樓.[5]	해 비치는 선인의 섬에는 수많은 누대 늘어서 있었지.
蛙似公孫雖不守,[6]	우물 안 개구리 같은 공손술이 비록 지키지 못했으나
龍如葛亮亦須休.[7]	누워있는 용 같은 제갈량 또한 그만둘 수밖에 없었네.
此中無限英雄思,[8]	이곳에서는 영웅에 대한 그리움 끝이 없으니
應對江山各自羞.	강산을 대하며 각기 스스로 부끄러워하리라.

【주석】

1 이 시는 ≪전당시≫에 〈촉에서 마음을 기탁하다(蜀中寓懷)〉라는 제목으로 실려 있다.

2 [원주] '금수'는 이미 상권에 나왔다.[21](錦水已出上卷)
錦水(금수) : 금강(錦江)을 말한다. 민강(岷江)의 지류 중 하나로 지금의 사천성(四川省) 성도(成都)의 평원을 흐른다.

3 [원주] ≪예문유취≫에 "진나라 혜왕이 촉을 정벌하려 하여 다섯 마리의 돌로 된 소를 만들고 꽁무니에 금을 놓고 말하기를, '이 소는 금똥을 눈다.'라 하였다. 촉왕이 즉시 오정역사(五丁力士)를 파견하여 촉으로 끌고 들어가니, 이에 길이 생겼다. 진은 이에 장근으로 하여금 석우(石牛)의 길을 따라 촉을 정벌하게 하였다."라 하였다. 혜강(嵇康)의 〈금부〉의 "체제에는 풍류가 있어 이어받지 않은 것이 없다" 주에 "중장자의 ≪창언≫에서 이르기를, '이 바람을 타고 이 물길을 따라 아래로 내려가니 누가 또 이를 막을 수 있겠는가'라고 하였다."라 하였다.(藝文類聚, 秦惠王欲伐蜀, 乃刻五石牛, 置金於後. 曰, 此牛能便金. 蜀王卽發五丁力士拖入蜀, 因成道. 秦乃使張僅隨石牛路伐蜀. 嵇叔夜琴賦, 體制風

21) 옹도의 시 086. 〈급제하여 서천으로 돌아가는 요곡을 전송하며(送姚鵠及第歸西川)〉에 보인다.

流, 莫不相襲注, 仲長子昌言曰, 乘此風, 順此流而下走, 誰復能爲此限者哉)

五丁(오정) 구 : 이 구절은 촉으로 가는 길이 개척되어 소통되었음을 말하는 것이다. '오정역사'는 산을 옮기고 만균(萬鈞)을 들 수 있었다는 촉왕(蜀王)의 다섯 역사(力士)를 말한다.

已(이) : 이미. ≪전당시≫에는 '야(也)'로 되어 있고 뜻은 '또한'이다.

4 寶殿(보전) 구 : ≪전당시≫에는 "보궐중중수(寶闕重重樹)"로 되어 있으며, "보배로운 궐의 겹겹의 나무"라는 뜻이다.

5 仙洲(선주) : 신선이 모여 사는 물 가운데의 섬.

6 [원주] ≪후한서≫에 "외효가 마원으로 하여금 촉에서 공손술을 찾아가 보게 하였다. 마원은 공손술과 오랜 왕래가 있어 평소에 만난 것처럼 악수하였다. 그런데 공손술은 섬돌에 호위병들을 성대하게 늘어세우고 마원을 맞이하니 마원이 말하기를, '공손술은 입에 든 밥을 뱉고 달려 나와 나라의 뛰어난 선비들을 맞이하지 않고 옷이나 꾸미고 있구나.'라 하였다. 돌아와서 외효에게 말하기를, '자양[22]은 우물 안 개구리일 뿐입니다.'라 하였다."라고 하였는데, 그 주에 "공손술이 뜻과 견식이 편협한 것이 우물의 개구리 같다는 것이다."라 하였다. 〈광무제 본기〉에 "오한과 장궁이 공손술과 성도에서 전쟁을 벌여 그를 크게 격파하니, 공손술이 부상을 당하여 밤에 죽었다."라 하였다.(後漢書, 隗囂使馬援往觀公孫述於蜀. 援與述有舊, 以爲當握手如平生, 而述盛陳陛衛以迎援, 援曰, 公孫不吐哺走迎國士, 乃修邊幅. 還謂囂曰, 子陽井底蛙耳注, 述志識褊狹如坎井之蛙. 光武紀, 吳漢臧宮與公孫述戰於成都, 大破之, 述被創夜死)

蛙(와) : 개구리. 여기서는 우물 안 개구리를 말하는데, 이는 공손술(公孫述)을 비유하는 말이다.

公孫(공손) : 공손술(公孫述, ?~36)을 말한다. 자는 자양(子陽)이며, 부풍(扶風) 무릉(茂陵, 지금의 섬서성(陝西省) 흥평(興平)) 출신이다. 후한(後漢) 때의 군웅(群雄) 중 하나로 촉 지방에 나라를 세우고 황제라 칭하였으나 광무제(光武帝)에 의해 멸망당하였다.

7 [원주] ≪촉지·제갈량전≫에 "제갈량의 숙부 제갈현이 죽자 제갈량은 직접 논밭에서 농사를 지었는데, 〈양보음〉을 부르기 좋아했다."라 하였다. ≪한진춘추≫[23]에 "제갈량의 집은 남양 등현에 있다. 서서가 선주[24]께 말하기를, '제갈공명은 와룡(臥龍)입니다. 장군께서는 그를 만나보시지요.'라 하였다. 선주가 병이 나자 후주[25]에게 조서를 내려 명하기를, '너는 승상과 함께 일을 하고, 아비 섬기듯이 그를 섬겨라.'라 하였다. 건흥 원년(223), 제갈량을 무향후에 봉하였고, 건흥 5년(227)에 여러 군대를 이끌어 북쪽으로 한중에 주둔하였다. 출발할 때 상소를 올려 말하기를, '선제께서는 초가집으로 찾아와 저를 세 번이나 돌아보셨습니다.'라고 하였다."라 하였다.(蜀志諸葛亮傳, 亮父[26]玄卒, 亮躬耕隴畝, 好爲梁父吟. 漢晉春秋, 亮家於南陽之鄧縣. 徐庶謂先主曰, 諸葛孔明者, 臥龍也. 將軍豈見之乎. 先主病, 勅後主曰, 汝與丞相從事, 事之如父. 建興元年封亮武鄕侯, 五年率諸軍北駐漢中. 臨發, 上表曰, 先帝三顧臣於草廬之中)

龍(용) : 용. 여기서는 누워있는 용, 즉 '와룡(臥龍)'을 말하며 제갈량을 가리킨다.

---

22) 자양(子陽) : 공손술(公孫述)의 자(字)다.

23) 한진춘추(漢晉春秋) : 동진(東晉)의 역사가 습착치(習鑿齒)의 저술로 총 54권의 역사서다. 후한(後漢) 광무제(光武帝)부터 서진(西晉) 민제(愍帝)까지 281년간의 역사를 기록하고 있다.

24) 선주(先主) : 개국한 국왕으로, 여기서는 유비(劉備)를 가리킨다.

25) 후주(後主) : 후대의 군주로, 여기서는 유선(劉禪)을 가리킨다.

26) 亮父玄(양부현) : 여기서는 제갈량의 숙부인 제갈현(諸葛玄)을 가리킨다.

葛亮(갈량) : ≪전당시≫에는 이 부분이 '제갈(諸葛)'로 되어 있는데 모두 제갈량(諸葛亮, 181~234)을 가리킨다. 삼국시대 촉나라 낭야(琅邪) 양도(陽都) 사람으로, 자는 공명(孔明)이다. 후한(後漢) 말에 혼란을 피해 초야에 묻혀 지냈는데, 건안(建安) 12년(207), 유비(劉備)가 삼고초려(三顧草廬)하자 그를 보좌하여 위나라, 오나라와 더불어 천하를 삼분(三分)한 뒤 통일하고자 하였다. 유비가 세상을 떠난 뒤에는 그의 유조(遺詔)를 받들어 유선(劉禪)을 보좌하여 정치를 맡아보았다. 위나라 장군 사마의(司馬懿)와 위남(渭南)에서 대치하다 오장원(五丈原) 전투에서 병으로 죽었다.

8 英雄思(영웅사) : 영웅에 대한 그리움. ≪전당시≫에는 '영웅귀(英雄鬼)'로 되어 있으며, '영웅의 혼백'이라는 뜻이다.

【해설】

이 시는 작자가 촉 지역의 풍경을 보고 그 지역과 관련된 여러 역사 인물들을 떠올리며 느낀 감정을 쓴 작품이다. 제1~2구는 촉 지역을 흐르는 금강에 안개가 길게 펼쳐져 있는 광경을 묘사하고, 다섯 역사(力士)가 석우(石牛)를 끌고 가 촉으로 가는 험한 길을 열어 소통하게 되었음을 말하였다. 제3~4구에서는 과거 번성했던 촉 지역의 아름다운 풍경을 떠올리고 있다. 봄철의 화려한 궐에는 겹겹의 정자가 있었고, 선인이 살 법한 물가 섬에는 누대가 가득 늘어서 있었다. 제5~6구에서는 촉 지역과 관련된 영웅인 공손술(公孫述)과 제갈량(諸葛亮)의 고사를 언급하고 있다. 그런데 이들은 끝내 자신의 뜻을 이루지 못한 인물들이다. 우물 안 개구리처럼 견식이 좁았던 공손술은 이곳에 나라를 세웠으나 광무제에 의해 멸망당하였고, 숨어있는 영웅이었던 제갈량은 유비(劉備)에 의해 발탁되어 그를 보필하였으나 끝내 뜻을 이루지 못하고 세상을 떠났다. 이처럼 촉 지역은 다양한 영웅들이 흥하기도, 망하기도 했던 역사적 공간이다. 마지막 제7~8구에서 작자는 이처럼 과거에 크게 번성하였고, 많은 영웅들이 흥망했던 촉 지역의 풍경을 바라보니 영웅들에 대한 그리움이 끝이 없으며, 그들에 대한 생각으로 인하여 자기 자신이 부끄러워진다고 말하며 작품을 마무리하고 있다. 전체적으로 촉 지역에 얽힌 다양한 역사 고사를 활용하여 자신의 감회를 드러낸 작품이다.

287

風

바람

喜怒寒溫直不勻,1	기쁨과 노여움, 차고 따뜻한 것이 일정치 않고
始終形狀見無因.2	처음과 끝, 형상의 변화도 이유가 없어 보이네.
能將塵土平欺客,3	먼지로 나그네를 모두 뒤덮을 수 있고
解把波瀾枉陷人.4	파도로 사람을 함부로 삼킬 줄 안다네.
飄葉遞香隨日在,5	이파리 날리고 향을 보내는 것은 날마다 있는 것이고
綻花開柳逐年新.6	꽃망울을 터트리고 버들을 틔우는 것은 해마다 새롭네.
早知造化由君力,7	일찍이 알았었네, 조화옹이 그대의 힘에 의지하여
試爲吹噓借與春.8	한번 불게 하도록 봄에게 빌려주었음을.

【주석】

1 [원주] 양천의 ≪물리론≫[27]에서 "바람이란 것은 음과 양의 기운이 어지럽게 격발되어서 일어나는 것이다. 노하면 모래를 날리고 자갈을 들썩이며 지붕과 나무를 들어올리고, 기쁘면 나뭇가지나 풀잎사귀를 흔들지 않아 사물의 이치에 따라 기운을 펴지게 하니, 천지의 본성이고 자연의 이치이다." 라 하였다.(楊泉, 物理論, 風者陰陽亂氣激發而起者也. 怒則飛砂揚礫, 發屋拔樹, 喜則不搖枝動草, 順物布氣. 天地之性, 自然之理也)

寒溫(한온) : 차고 따뜻한 것. ≪전당시≫에는 '한훤(寒暄)'으로 되어 있으며, 뜻은 같다.

2 始終(시종) : 시종. ≪전당시≫에는 '종무(終無)'로 되어 있으며, '끝내 없다'라는 뜻이다.

見(견) : 보이다. ≪전당시≫에는 '시(始)'로 되어 있으며, '비로소'라는 뜻이다.

3 將(장) : ~로써.

平(평) : 모두 동일하게.

欺客(기객) : 나그네를 덮다. 여기서는 바람으로 인해 나그네가 먼지에 뒤덮이는 것을 말한다.

27) 물리론(物理論) : 위진 교체기에 주로 활동한 양천이 지은 것으로 모두 16권이었으나 송대에 이미 일실되고 지금은 한 권만 남아있다. 자연철학에 관한 저서로 당시의 현학(玄學)에 반대한 것으로 보인다.

4 解(해) : ~할 줄 알다. ≪전당시≫에는 '애(愛)'로 되어 있으며, '좋아하다'라는 뜻이다.
把(파) : ~로써.
枉(왕) : 함부로.
陷人(함인) : 사람이 빠지게 하다.
5 飄葉(표엽) : 이파리를 날리게 하다. ≪전당시≫에는 '표악(飄樂)'으로 되어 있으며, '음악 소리를 날려 보내다'라는 뜻이다.
遞香(체향) : 향기를 날려 보내다.
6 綻花(탄화) : 꽃망울을 터뜨리다.
7 早知(조지) : 일찍이 알다. ≪전당시≫에는 '심지(深知)'로 되어 있으며, '깊이 안다'라는 뜻이다.
8 [원주] ≪후한서・정태전≫에 "청아하고 고아한 담론으로 마른 것과 살아 있는 것에 바람을 불어넣었다."라는 구절의 주석에 "마른 것에 입김을 불면 살아나고, 살아 있는 것에 입김을 불면 죽는다는 것으로 담론에 누르거나 치켜 올리는 것이 있음을 말한 것이다."라 하였다.(後漢書, 鄭太傳 淸談高論, 噓槁吹生. 注, 槁者, 噓之使生, 生者, 吹之使槁. 言談論有所抑揚也)
吹噓(취허) : 불다.

【해설】

이 시는 바람에 관한 영물시이다. 제1~2구에서는 바람이 변화하는 모습이 종잡을 수 없음을 말하였다. 이를 통해 바람이 다양한 능력을 가지고 있음을 지적하여 아래 내용을 이끌고 있다. 제3~6구에서는 바람의 능력을 표현한 것으로, 제3~4구에서는 육로와 해로를 통해 먼 길을 가는 사람들에게 고달픔을 안겨주는 존재로 묘사한 반면에 제5~6구에서는 꽃과 버들을 피워 잎과 향을 멀리 전하는 존재로 묘사하였다. 제7~8구에서는 이렇게 바람이 인간계와 자연계에 늘 영향력을 미치는 존재라서 조화옹은 봄에게 그의 힘을 빌려주었다고 하였다. 전체적으로 하나의 맥락을 가지면서 작자의 감정을 기탁한 것이 아니라 바람에 대한 몇 가지 단상을 엮어 놓아 만당 시기 영물시의 한 단면을 엿볼 수 있다.

288

月

달

狡兔頑蟾沒又生,1	교활한 토끼와 완악한 두꺼비 없어졌다 또 생겨나
度雲經漢淡還明.2	구름 건너고 은하수 지날 때 엷어졌다 밝아졌다 하는구나.
夜長雖耐對君坐,	긴 밤은 그대와 마주앉아 있을 수는 있어도
年少不堪隨汝行.3	젊은 이 몸 그대를 따라갈 수 없다네.
玉珥影移烏鵲動,4	옥 귀걸이 그림자 옮겨가자 오작이 날아가고
金波寒注鬼神驚.5	금빛 물결 한기 밀려오자 귀신도 놀라네.
人間半被虛拋擲,6	괜스레 빛을 던져 인간 세상 반쯤 덮지만
唯向孤吟合有情.7	오로지 외로이 시 읊는 이에게 필시 정을 품고 있으리.

【주석】

1 [원주] ≪오경통의≫에 "달 속에 토끼와 두꺼비가 있는 것은 어째서인가? 달은 음이고, 두꺼비는 양이며 토끼와 더불어 빛을 내되 음은 양과 결부되어 있다."라 하였다. ≪춘추・연공도≫28)에 "두꺼비는 달의 정령이다."라 하였다.(五經通義, 月中有兎與蟾29)何. 月, 陰也, 蟾蜍, 陽也, 而與兎並明, 陰係于陽也. 春秋演孔圖, 蟾蠩精也)

狡兔頑蟾(교토완섬) : '교활한 토끼[狡兎]'는 달에 산다는 토끼를 말하고 '완악한 두꺼비[頑蟾]'는 달에 산다는 두꺼비를 가리킨다. ≪산해경≫ 등의 기록에 의하면 항아(姮娥)가 남편인 예(羿) 몰래 불사약을 모두 먹고 달에 올라갔다가 몸이 변하여 두꺼비가 되었다고 하며 이때부터 두꺼비와 토끼가 함께 달에 살게 되었다고 한다. 보통 두꺼비가 달을 먹으면 달이 이지러지고 달을 토해내면 다시 달이 찬다고 이야기하며, 토끼는 달의 밝은 부분을 가리킨다고 본다.

沒又生(몰우생) : 없어졌다 또 생긴다. ≪전당시≫에는 '사부생(死復生)'으로 되어 있고 뜻은 같다.

2 淡(담) : ≪전당시≫에 '담(澹)'으로 되어 있고 뜻은 같다.

28) 연공도(演孔圖) : 유교에 바탕을 두고 길흉화복(吉凶禍福)을 예언하는 책인 위서(緯書) 중 하나이다.
29) 蟾(섬) : 원문에는 이 글자 뒤에 '여(蜍)'자가 더 들어 있고 '두꺼비'라는 뜻이다.

3 不堪(불감) : ~을 감당할 수 없다. ~을 할 수 없다. ≪전당시≫에는 '불금(不禁)'으로 되어 있고 '견디지 못하다'라는 뜻이다.
汝(여) : 너. ≪전당시≫에 '이(爾)'로 되어 있고 뜻은 같다. 제3구의 '군(君)'과 제4구의 '여(汝)'는 모두 '달'을 가리킨다.
4 [원주] '계'로 된 판본도 있다.(一作桂)
[원주] ≪형주점≫에 "달무리가 잠시 나타났다가 백일 동안 나오지 않으면 군주에게 크게 기쁜 일이 있게 된다."라고 하였다. 위무제 조조(曹操)의 〈단가행〉에 "달은 밝고 별빛 가물가물한데 오작은 남으로 날아 나무를 세 바퀴 에두르는데 어느 가지에 의탁할 수 있으랴."라 하였다.(荊州占, 月珥且戴, 不出百日, 主有大喜. 魏武帝, 短歌行, 月明星稀, 烏鵲南飛, 繞樹三匝, 何枝可依)
玉珥(옥이) : '옥으로 만든 귀걸이'라는 뜻인데 여기서는 '달'을 가리킨다. ≪전당시≫에는 '월계(月桂)'로 되어 있고 '달의 계수나무'라는 뜻이다.
移(이) : ≪전당시≫에 '요(搖)'로 되어 있고 '흔들다'라는 뜻이다.
5 [원주] '금파'에 대한 주석은 이미 상권에 나왔다.[30](金波已出上卷)
金波(금파) : 금빛 물결. 여기서는 달빛을 형용한 말이다.
6 拋擲(포척) : '내던지다'라는 뜻으로, 여기서는 달이 자신의 빛을 인간 세상으로 던져 보내는 것을 말한다.
7 合(합) : 응당. ≪전당시≫에 '객(客)'으로 되어 있고 '나그네'라는 뜻이다.

【해설】

이 시는 달의 모양과 움직임의 변화를 관찰하여 표현한 영물시다. 제1~2구에서는 이지러졌다가 다시 차오르는 달이 구름에 가려졌다가 다시 밝아지는 광경을 그렸다. 제3~4구에서는 긴 밤을 견뎌낼 수 있도록 해주는 '밤의 동반자'로서의 달의 역할을 제시하는 한편 그 달을 좇을 수 없는 시인의 한계를 표현했다. 만약 '항아(嫦娥)'와 같이 불사약을 가졌다면 달로 날아오를 수 있지만 시인은 그럴 수 없는 것이다. 제5~6구에서는 달무리 그림자가 옮겨가고 달의 찬 기운이 들이부어진다는 표현으로 달빛을 시각적, 촉각적으로 표현해냈다. 마지막 두 구에서 시인은 달이 인간 세상에 빛을 드리우고는 있지만 유독 외롭게 시를 읊고 있는 시인에게 정을 품는다고 말하여 달이 외로운 시인의 벗임을 표현했다. 시 전반에서 '달'이라는 단어를 직접적으로 노출시키지 않으면서, 제1구부터 제6구까지 대구라는 형식을 활용하여 달의 여러 이미지를 그려내어 외로운 시인의 동반자로서의 달을 잘 형상화한 시라고 하겠다.

30) 장효표의 시 042. 〈보름밤 달구경하는데 구름이 끼기에(十五夜翫月遇雲)〉에 보인다.

289

侯家[1]

제후의 집

曾是皇家幾世侯,[2]	일찍이 황실집안으로 대대로 제후인지라
入雲高第對神州.[3]	구름까지 솟은 높은 집은 도성을 대하였네.
柳遮門戶橫金鎖,	버들 가려진 문에는 금빛 자물쇠 가로놓였고
花擁笙歌咽畵樓.[4]	꽃을 둘러싼 음악소리 채색누대에서 흐느끼네.
錦袖妬姬爭巧笑,	비단 소매의 샘 많은 여인들 교태 있게 웃으려 다투고
玉銜嬌馬索狂遊.[5]	옥 재갈한 멋진 말은 광란의 유희를 찾아 나서네.
麻衣泣獻平生業,[6]	삼베옷 입고서 일생의 계책을 울면서 바치지만
醉倚春風不點頭.[7]	취하여 봄바람에 기댄 채 인정하려 하지 않네.

【주석】

1 이 시는 ≪전당시≫에 〈공자의 집(公子家)〉이라는 제목으로 실려 있다.

2 曾是(증시) : 일찍이 ~이다.

3 [원주] ≪사기≫에 "나라의 중심부를 신주, 적현이라고 이름 하였다."라 하였다.(史記, 中國名曰, 神州赤縣)

高第(고제) : 높은 집. 제후의 집을 가리킨다.

對神州(대신주) : 신주를 대하다. ≪전당시≫에는 '조신주(照神州)'로 되어 있으며, '신주를 비춘다'로 풀이된다.

神州(신주) : 나라의 중심부. 경도(京都). 여기서는 당나라의 수도 장안(長安)을 가리킨다.

4 笙歌(생가) : 생황소리에 맞춰 노래하다. 음악연주와 노래가창을 가리킨다. ≪전당시≫에는 '현가(弦歌)'로 되어 있으며, '현악기에 맞추어 부르는 노래'라는 뜻이다.

5 索狂遊(색광유) : 광란의 유희를 찾아 나서다. ≪전당시≫에 '색한유(索閑遊)'로 되어 있으며, '한가로운 유희를 찾아 나서다'라는 뜻이다.

6 麻衣(마의) : 과거응시생이 입던 마직물의 옷.

泣獻(읍헌) : 울면서 바치다. ≪전당시≫에는 '혹헌(酷獻)'으로 되어 있으며 '고통스럽게 바치지만'으로 풀이된다.

平生(평생) : 일생.

7 點頭(점두) : (실력을 인정하여) 고개를 끄덕이다. 당대(唐代) 과거제도에서 시험 감독관이 응시자의 이름 위에 붉은색으로 점을 찍는 것 또한 가리킨다. 작자의 계책을 인정하고 선발하는 것을 의미한다.

【해설】

이 시는 한 제후에게 계책을 올렸지만 인정받지 못했던 작자의 개인적 경험을 노래한 것으로 신분의 차이에서 비롯된 부조리한 상황을 비판적으로 서술하였다. 시는 두 부분으로 나뉘는데 제1~6구까지는 제후의 부귀한 면모를 묘사하였고 제7~8구에서는 자신의 계책을 진지하게 고려해보지도 않는데 대한 억울함을 표현하였다. 제1~2구는 제후가 대대로 황실후손이고 가옥이 장안도성에 위치함을 서술하였다. 제목상의 후(侯)와 가(家)를 각각 표현한 것이다. 제3~4구는 외부와 단절된 채 연회에 빠져 사는 제후의 방탕한 생활을 묘사하였으며, 제5~6구 또한 수많은 여인들과 함께 미친 듯이 유희를 찾아나서는 제후의 풍류생활을 서술하였다. 제7~8구는 계책을 올려보지만 인정해주기는커녕 진지한 태도로 봐주지도 않았음을 사실적으로 표현하여 비판의 강도를 높였다.

290

菊

국화

籬下霜前偶獨存,1	울타리 아래 서리 앞에 마침 홀로 있나니
苦教遲晩避蘭蓀.2	애써 개화 늦추어 난초와 창포 피하였구나.
能銷造化幾多力,3	조화옹의 힘은 얼마나 들였겠는가
未受陽和一點恩.4	따스한 기운 한 점 은애 받지 아니하였노라.
生處豈容依玉砌,5	피는 곳은 어찌 옥섬돌 곁을 용인하리오
要時還許上金樽.6	알맞은 때에 또한 금술잔에 오름을 허하리라.
陶公死後無知己,7	도연명이 죽은 후로는 참된 벗 없나 보이
露滴幽叢見淚痕.8	이슬 아롱진 그윽한 꽃무더기에 눈물자국 보이누나.

【주석】

1 獨存(독존) : 홀로 있다. ≪전당시≫에는 '득존(得存)'으로 되어 있으며, '있게 되다'라는 뜻이다.

2 [원주] '난초와 창포'는 중권에 이미 나왔다.[31](蘭蓀, 已出中卷)

苦教(고교) : 애써 ~하게 하다. ≪전당시≫에는 '인교(忍教)'로 되어 있으며, '힘껏 견디어 ~하게 하다'라는 의미이다. 여기서는 국화가 스스로를 그렇게 하였다는 뜻이다.

蘭蓀(난손) : 난초와 창포. 여기서는 국화와 대비되어 봄에 피는 일반적인 향초를 말한다.

3 能銷(능소) 구 : 반어문으로, 조화옹의 힘을 그다지 들이지 않았다는 뜻이다. ≪전당시≫에는 "야소조화무다력(也銷造化無多力)"라고 되어 있으며, 이때는 "조화옹의 힘 많이 들이지 않고서"로 풀이된다.

4 陽和(양화) : 따스한 기운. 햇볕의 따뜻함과 부드러움. 여기서는 봄기운을 말한다.

5 生處(생처) : 꽃 피는 곳. ≪전당시≫에는 '재처(栽處)'로 되어 있으며, '심은 곳'이라는 뜻이다.

玉砌(옥체) : 옥섬돌. 즉, 섬돌의 미칭. 여기서는 화려하고 안락한 장소를 말한다.

6 上金樽(상금준) : 금술잔에 오르다. 국화를 감상하고 술을 마시는 중양절의 풍습에서 비롯된 표현이다.

31) 박인범의 시 159. 〈교서 벼슬하는 전씨께 드림(贈田校書)〉에 보인다.

7 陶公(도공) 구 : ≪전당시≫에는 이 구절이 "도잠몰후수지기(陶潛歿後誰知己)"로 되어 있으며, 이때는 "도연명이 죽은 후로 누가 참된 벗이리오."로 풀이된다.
陶公(도공) : 동진(東晉)의 시인 도연명(365~427). 그의 〈음주(飮酒)〉 시에 "동쪽 울타리 아래에서 국화를 따고(采菊東籬下)"라는 구절이 있다.
知己(지기) : 자신을 알아주는 참된 벗.

8 [원주] ≪속진양추≫[32]에 "도연명이 중양절에 술 없이 집 주변 동쪽 울타리 아래의 국화덤불에서 손 가득 꽃을 따 쥐고서 그 옆에 앉아 있었다. 얼마 지나지 않아 흰 옷을 입은 사람이 다가오는 모습이 보였으니 바로 왕홍이 술을 보내온 것이었다. 이에 도잠은 달게 술을 마셨다."라 하였다.(續晉陽秋, 陶潛九月九日無酒, 宅邊東籬下菊叢中, 摘盈把, 坐其側. 未幾, 望見白衣人[33]至, 乃王弘送酒也, 便卽酣飮)

【해설】

국화를 읊은 영물시이다. 제1~2구는 가을날 담장 아래 핀 국화를 묘사하고, 국화가 가을에 피는 것은 봄철의 여타 향초와 섞이지 않으려 스스로 애써 개화를 늦췄기 때문이라고 의인화하여 표현하였다. 제3~4구는 국화가 자연만물을 관장하는 조화옹의 힘도 그다지 들이지 않고 따스한 봄볕 또한 받지 않고서 피었다고 하여, 국화의 특별함을 한층 강조하였다. 제5~6구에서는 국화는 개화 장소로 화려한 곳은 마다하는 고아함을 지닌 한편, 중양절에는 기꺼이 술과 어우러지는 풍류 또한 갖추었음을 말하였다. 제7~8구는 국화의 참된 멋을 알아주었던 도연명이 세상을 뜬 뒤로 국화는 처연한 눈물 같은 이슬에 젖어 쓸쓸히 가을을 보내고 있다고 하였다.

32) 속진양추(續晉陽秋) : 남조 송(宋)의 단도란(檀道鸞)이 편찬한 동진대의 역사서. 지금은 일실(逸失)되고 일부의 기록만 전한다.
33) 白衣人(백의인) : 흰 옷 입은 사람. 여기서는 낮은 신분의 사람이나 심부름 하는 일꾼을 말한다.

30 이군옥 李群玉

이군옥시(李群玉詩)

[원주] ≪당서·예문지≫에 "이군옥은 시집 3권과 후집 5권이 있다."라 하였다. 자는 문산이고 예주(澧州, 지금의 호남성(湖南省) 예주(澧州)) 사람이다. 배휴가 호남관찰사일 때 그를 후한 대접으로 맞이하였고, 재상이 되어서는 시와 책론으로 천거하니, 교서랑에 제수되었다. ≪척언≫에 "이군옥의 시편은 곱고 수려한데, 재주와 힘은 오히려 강건하다"라 하였다.(唐藝文志, 李群玉詩三卷, 後集五卷. 字文山, 澧州人, 裴休觀察湖南, 厚延致之. 及爲相, 以詩論薦, 授校書郎. 摭言, 李群玉詩篇姸麗, 才力猶健)

이군옥(李群玉, ?~?)

이군옥은 자가 문산(文山)이며 예주(澧州) 사람이다. 어려서부터 시에 뛰어났으나 벼슬하기를 좋아하지 않아 고향에서 유유자적한 생활을 하였다. 배휴(裴休)가 호남관찰사(湖南觀察使)로 왔을 때 그의 명성을 듣고 초청하여 후하게 대접하였다. 선종(宣宗) 대중(大中) 8년(854), 당시 재상이었던 배휴가 그를 천거하니 포의(布衣)의 신분으로 장안(長安)에 가서 표(表)와 자신의 시 300여 수를 올렸는데, 선종이 그의 시에 찬탄하여 교서랑을 제수하였다. 3년 뒤 사직하고 고향으로 돌아왔고, 몇 해 뒤에 세상을 떠났다고 한다. 본래 시집 3권과 후집 5권이 있었다고 하지만 전해지지 않고, 후대에 엮은 ≪이군옥시집(李群玉詩集)≫이 남아있으며 ≪전당시≫에도 그의 시가 3권으로 엮어져 전해진다.

(임도현)

291

劍池1

검지

雷煥豊城掘劍池,2	뇌환이 풍성에서 검을 파낸 못
年深事遠跡依俙.	세월은 깊어가고 일은 멀어지니 자취가 희미하구나.
泥沙難掩衝天氣,3	진흙모래가 하늘을 찌르는 기운을 막기 어려웠으니
風雨終迎躍匣飛.4	비바람은 끝내 상자에서 튀어 올라 나는 것 맞이하였다네.
夜電尙搖波底影,5	밤 번개 치니 여전히 물결 아래의 그림자를 흔들고
秋蓮空吐鍔邊輝.6	가을 연꽃 피어나니 공연히 칼날 가장자리의 빛을 토하네.
一從星拆中台後,7	한번 중태성이 쪼개진 뒤로는
化作雙龍去不歸.8	쌍룡으로 변하여 떠나가서는 돌아오지 않는구나.

【주석】

1 이 시는 ≪전당시≫에 〈보검(寶劍)〉이라는 제목으로 실려 있다.
劍池(검지) : 검을 파내고 생긴 연못. 여기서는 진(晉)나라 뇌환(雷煥)이 한 쌍의 보검을 얻었다는 풍성(豊城, 지금의 강서성(江西省) 남창(南昌) 부근)의 연못을 말한다.

2 [원주] 위의 주석에 보인다.1)(見上注)
雷煥(뇌환) : 서진(西晉)의 예장(豫章, 지금의 강서성(江西省) 남창시(南昌市)) 사람으로 천문(天文)에 능통했다. 천문을 통해 보검의 정기가 풍성에 있다는 것을 알아내니, 장화가 그를 풍성령(豊城令)으로 임명하였다. 이후 풍성의 땅을 파게 하여 두개의 보검을 찾아내었는데, 하나는 장화에게 보내고 또 하나는 뇌환 자신이 찼다고 한다.
豊城(풍성) : 지금의 강서성(江西省) 남창(南昌) 부근이다.
掘劍(굴검) : 검을 파내다. 뇌환이 땅에서 보검을 파낸 것을 말한다.

3 泥沙(니사) 구 : 이 구절은 보검의 정기를 막을 수 없을 정도로 강렬하다는 뜻이다. 뇌환은 두성(斗星)과

1) 최승우의 시 228. 〈강서에서의 옛 유람이 떠올라 이에 지기에게 부치다(憶江西舊遊因寄知己)〉 시에 보인다.

우성(牛星) 사이에 자줏빛 서기가 서린 것을 보고 "보검의 정기가 하늘에 뻗쳤는데 풍성에 있다."라고 하였다.

4 [원주] '충천'과 '약갑'은 위의 '검 파낸 성 앞' 주석에 보인다.[2](衝天, 躍匣, 見上掘劍城前注)
風雨(풍우) 구 : ≪전당시≫에는 이 구가 '풍우종사발갑시(風雨終思發匣時)'로 되어 있으며, "비바람에 끝내 상자에서 나올 때를 생각하네"라는 뜻이다.
躍匣(약갑) : 상자에서 튀어 오르다. 뇌환이 풍성의 땅을 파게 하니 돌 상자 하나가 나왔는데, 그 안에 칼이 두 자루 있었다고 한다.

5 [원주] 양나라 오균의 〈전성남〉시에 "검의 빛이 밤에 번개 같다."라 하였다.(梁吳均戰城南詩, 劍光夜如電)
波底(파저) : 물결 아래. ≪전당시≫에는 '지저(池底)'로 되어 있으며 '못 아래'라는 뜻이다.

6 [원주] ≪오월춘추≫에 "월왕 윤상이 순균검을 설촉에게 보여주니, 설촉이 말하기를, '빛나기는 태양의 광채를 파낸 것보다 더하고, 성대하기는 부용이 호수에서 막 난 것 같습니다.'라고 하였다."라 하였다. 곽진(郭震)의 〈오래된 검의 노래〉에 "유리갑 안에서 연꽃을 토해내네."라 하였다.(吳越春秋, 越王允常以純鈞劍示薛燭. 燭曰, 光乎屈陽[3]之華, 沉沉如芙蓉始生於湖[4]. 郭元振[5]古劍詞曰, 瑠璃匣裏吐蓮花)

7 [원주] ≪진서≫에 "장화가 사공(司空)이 되었는데 중태성이 쪼개졌다. 어린 아들 위(韙)가 장화에게 자리를 사양하기를 권하자 장화가 말하기를, '하늘의 도는 심오한 것이니, 조용하게 그것을 기다려야 할 것이다.'라 하였다. 얼마 안 있어 조왕 윤(倫)에게 주살되었다."라 하였다.(晉書, 張華爲司空. 中台星拆. 少子韙勸華遜位, 華云, 天道玄遠, 當靜以待之. 俄爲趙王倫所誅也)
一(일) : 한번. ≪전당시≫에는 '자(自)'로 되어 있으며, '~한 이래로'라는 뜻이다.
중태(中台) : 삼태성(三台星) 중의 하나인 별이다. 한대(漢代) 이래로 삼태(三台)는 삼공(三公)의 지위를 상징하게 되었는데, 중태성은 사도(司徒) 또는 사공(司空)의 지위를 가리킨다.

8 [원주] '쌍룡'은 '검을 파낸 성 앞'의 주석에 보인다.[6](雙龍, 見掘劍城前注)
雙龍(쌍룡) : 뇌환의 아들 뇌화(雷華)가 뇌환의 칼을 차고 연평진(延平津, 지금의 복건성(福建省) 남평시(南平市) 부근)을 지나가는데, 칼이 갑자기 튀어나와 물속에 들어갔다. 사람을 시켜 찾았으나 칼은 보이지 않고 두 마리 용만 보였는데, 세간에서는 두 보검이 용으로 변한 것이라고 하였다.

【해설】

이 시는 뇌환(雷煥)이 보검을 파냈다고 전해지는 풍성(豊城)의 검지(劍池)에서 느낀 감회를 적은 작품이다. 제1~2구에서는 검지가 뇌환이 간장(干將)과 막야(莫耶) 두 보검을 파냈던 곳임을 이야기하고, 그 일이 있은 뒤 오랜 시간이 흘러 이미 자취가 희미해졌음을 밝혔다. 제3~4구에서는 보검이 검지에서 발견되기까지의 이야기를 하였다. 땅속에 파묻힌 채로 하늘을 찌르는 기운을 뿜어내던 보검은 이후 뇌환에 의해 발견되어 마침내 상자에서 나오게 되었다. 제5~6구에서는 번개나 가을날의

2) 최승우의 시 228. 〈강서에서의 옛 유람이 떠올라 이에 지기에게 부치다(憶江西舊遊因寄知己)〉시에 보인다.
3) 屈陽(굴양) : 원주에는 '掘陽(굴양)'으로 되어 있으나 ≪초학기≫, ≪태평어람≫ 등에 수록된 ≪오월춘추≫ 원문에 의거하여 수정하였다. '屈(굴)'이 '湖(호)'로 된 판본도 있다.
4) 湖(호) : 원주에는 '西湖(서호)'로 되어 있으나 ≪초학기≫ 등에 수록된 ≪오월춘추≫ 원문에 의거하여 바로 잡았다.
5) 郭元振(곽원진) : 원주에는 '郭九振(곽구진)'으로 되어 있으나 바로 잡았다. 당나라 때의 장수(將帥)인 곽진(郭震, 656-713)을 말하며, 그의 자가 원진(元振)이다. 위주(魏州) 귀향(貴鄕, 지금의 하북성(河北省) 대명(大名) 북쪽) 사람이다.
6) 최승우의 시 228. 〈강서에서의 옛 유람이 떠올라 이에 지기에게 부치다(憶江西舊遊因寄知己)〉시에 보인다.

연꽃과 같은 화려한 광채를 뿜어내는 보검의 기운이 검을 파낸 뒤에도 검지에서 여전히 느껴지고 있음을 말하였다. 제7~8구에서는 보검의 주인이었던 장화가 세상을 떠난 뒤 보검도 용으로 변하여 영원히 사라져 버렸음을 말하였다.

292

黄陵廟[1]

황릉묘

小哀洲北浦雲邊,[2]	소애주 북쪽 포구에 뜬 구름 가,
二女啼妝共儼然.[3]	운 것 같은 화장을 한 두 딸 용모 단정하네.
野廟向江春寂寂,	강을 향한 들판의 사당에는 봄이 적막하고
古碑無字草芊芊.[4]	글자 없는 옛 비석에는 풀이 무성하네.
東風日暮吹芳芷,[5]	해질녘 동풍은 방지로 불어오고
落月山深哭杜鵑.[6]	깊은 산 지는 달에 두견새가 우네.
猶似含嚬望巡狩,[7]	여전히 찡그린 채 임금의 순행을 바라는 듯한데
九疑愁絶隔湘川.[8]	상강 너머 구의산을 깊이 근심하네.

【주석】

1 [원주] ≪십도지·강남도≫에 "악주에 황릉묘가 있다."라고 하였고, 그 주석에 "요임금의 두 딸이 순임금의 비가 되었는데, 이곳에 장사지냈다."라 하였다.(十道志江南道, 岳州有黃陵廟. 注, 堯之二女爲舜之妃, 葬於此)

黃陵(황릉) : 순(舜) 임금의 두 비인 아황(娥皇)과 여영(女英)의 사당(祠堂). 호남성(湖南省) 장사현(長沙縣) 소상강(瀟湘江)가의 황릉산(黃陵山)에 있다.

2 [원주] ≪구역도≫에 "대애주가 있다."라 하였다.(九域圖, 有大哀洲)

小哀(소애) : 소애주. ≪도경(圖經)≫에 따르면 상강 가에 대애주와 소애주가 있는데, 두 비가 순임금을 위해 곡을 하여 붙여진 이름이라 한다. ≪전당시≫에는 '소고(小姑)'라 되어 있다.

3 啼妝(제장) : 눈가에 연지를 엷게 발라 붉게 만들어 울고 난 것 같은 흔적을 남기는 화장법이다. ≪전당시≫에는 '용화(容華)'라 되어 있으며, '아리따운 용모'라는 뜻이다.

共(공) : 모두. ≪전당시≫에는 '자(自)'로 되어 있으며, '절로'라는 뜻이다.

儼然(엄연) : 용모가 단정한 모양.

4 [원주] 한유(韓愈)의 〈황릉 사당의 비문〉에 "상강 옆에 황릉이라는 묘가 있는데, 예부터 요임금의 두 딸이자 순임금의 두 비를 제사지내기 위해 세워둔 것이다. 뜰 앞에 있는 옛 비석이 잘리고

갈라져 땅에 흩어져 있었는데 그곳에 새겨진 문장도 상하고 없어졌다."라고 하였다. 강총의 처가 어느 날 뜰의 풀을 보고 시[7]를 지었는데, "비 지난 후 풀 무성한데, 이어진 구름은 남쪽 두렁을 가두고 있네. 문 앞에 있는 그대는 한번 보세요, 저의 비단 치마 색 같네요."라 하였다.(韓公, 黃陵廟碑, 湘旁有廟曰黃陵, 自前古立以祠堯之二女, 舜二妃者. 庭前古碑斷裂, 分散在地, 其文剝缺. 江總妻一日見庭草作詩, 雨過草芊芊, 連雲鎖南陌. 門前君試看, 似妾羅裙色)

芊芊(천천) : 초목이 무성하게 우거진 모양.

5 [원주] ≪초사≫[8]의 "두형과 방지를 섞어 심었네."에 대한 주석에 "모두 향초 이름이다."라 하였다.(楚辭, 雜杜衡與芳芷, 注, 皆香草名也)

東風(동풍) : 동풍, 봄바람. ≪전당시≫에는 '풍형(風迥)'이라 되어 있으며, '바람이 멀리 불다'라는 의미이다.

芳芷(방지) : 향초 이름.

6 [원주] '두견'은 이미 중권에 나왔다.[9](杜鵑已出中卷)

落月(낙월) : 지는 달. ≪전당시≫에는 '월락(月落)'이라 되어 있으며, '달이 지다'라는 뜻이다.

7 含嚬(함빈) : 찡그리다. 슬픔과 근심을 형용한다. ≪전당시≫에는 '함빈(含顰)'이라 되어 있으며, 뜻은 같다.

嚬(빈) : 찡그리다.

巡狩(순수) : 천자가 천하를 돌아다니며 천지산천에 제사하고 각지의 정치와 민심의 동향을 살피던 고대 중국의 풍습.

8 [원주] '의대'로 된 판본도 있다. '함빈'은 이미 상권에 나왔다.[10] ≪사기≫에 "순임금이 남쪽으로 순행을 갔다가 창오의 들판에서 붕어하였다. 강남의 구의산에 장사지냈는데, 이곳이 영릉이다."라 하였다. ≪황람≫에서 이르기를 "순임금의 무덤은 영릉군 영포현에 있는데 그 산의 아홉 계곡이 모두 비슷하여 구의라 부른다."라 하였다. '상천'은 위의 주석에 보인다.[11](一作疑黛. 含嚬已出上卷. 史記, 舜南巡狩, 崩於蒼梧之野. 葬於江南九疑, 是爲零陵. 皇覽曰, 舜冢在零陵營浦縣, 其山九谿皆相似, 故曰九疑. 湘川見上注)

九疑(구의) : 구의산. 지금의 호남성(湖南省) 영원현(寧遠縣)의 남쪽에 있다.

愁絶(수절) : 매우 근심하다. ≪전당시≫에는 '수단(愁斷)'이라 되어 있으며 뜻은 같다.

【해설】

이 시는 이군옥이 황릉묘를 찾아 그곳의 경치와 그곳에 얽힌 사실에 대해 쓴 것이다. 제1~2구에서는 황릉묘의 위치를 밝히면서 아황과 여영의 모습을 묘사하였는데, 아마도 사당에 그들의 초상이 있었던 듯하다. 제3~4구에서는 황릉묘 부근의 쓸쓸한 모습을 묘사하였다. 봄이지만 오가는 사람 없이 쓸쓸하고 오래된 비석 주변에는 풀만 무성할 뿐이다. 제5~6구에서는 해질녘에 동풍이 향초로 불어오고 달이 진 후 두견새가 우는 적막하고 처량한 장면을 묘사하였다. 제7~8구에서는 아황과 여영을 들어 이들이 여전히 임금의 순행을 바라며 근심 속에 기다리고 있다고 하였다.

7) 이 시의 제목은 〈뜰의 풀을 읊다(賦庭草)〉이다.
8) 굴원의 〈이소(離騷)〉를 말한다.
9) 이옹의 시 199. 〈뻐꾸기(子規)〉에 보인다.
10) 온정균의 시 030. 〈악주자사 이원외에게 부침(寄岳州李員外)〉에 보인다.
11) 조당의 시 178. 〈악록화가 장차 구의산으로 돌아가려 허진인과 작별하다(萼綠華將歸九疑山別許眞人)〉에 보인다.

293

秣陵懷古1

금릉에서 옛 일을 생각하며

野花黃葉舊吳宮,2	들꽃이 피고 잎이 누런 옛 오나라 궁궐
六代豪華燭散風.3	여섯 왕조의 호화로움이 바람 앞의 촛불처럼 흩어졌네.
龍虎勢衰佳氣歇,4	용과 호랑이의 기세 쇠잔해지고 아름다운 기운 사라졌으니
鳳皇名在故臺空.5	봉황의 이름은 여전하지만 옛 누대는 비었구나.
市朝遷變秋蕪綠,6	저자와 조정이 변한 곳에는 푸른 가을 풀이고
墳壟高低落照紅.7	분묘 높고 낮은 곳에는 붉은 석양이라네.
霸業鼎圖人去盡,8	패업을 도모하던 사람은 모두 사라졌으니
獨來惆悵水雲中.9	홀로 와서 물안개 속에 쓸쓸하다네.

【주석】

1 [원주] ≪오록≫에 "장굉이 손권에게 말하기를 '말릉은 원래 초나라 무왕이 둔 곳으로 이름을 금릉이라 하였습니다. 진시황 때 땅의 기운을 살펴보는 이가 금릉에 왕이 나올 기운이 있다고 하니, 그래서 이어진 산줄기를 자르고는 이름을 말릉으로 바꾸었습니다.'라고 하였다."라 하였다.(吳錄, 張紘[12]言於孫權曰, 秣陵, 楚武王所置, 名爲金陵. 秦始皇時, 望氣者云, 金陵有王者氣. 故斷連崗, 改名秣陵)

2 吳宮(오궁) : 금릉은 육조(六朝), 즉 삼국시대 오나라, 동진, 송, 제, 양, 진의 수도였다.

3 [원주] '육대'는 상권에 이미 나왔으며[13], '촉산풍'은 위의 주석에 보인다.[14](六代, 已出上卷. 燭散風, 見上注)

燭散風(촉산풍) : 촛불이 바람에 흩어지다. 바람에 의해 촛불이 사그라지다.

4 [원주] 중권의 〈대성〉 시의 주석에 보인다.[15](見中卷臺城詩注)

龍虎勢(용호세) : 제갈량이 금릉의 지형을 살펴보고는 손권에게 "말릉(금릉)의 지형을 보면 종산에는

12) 張紘(장굉) : 원주에는 '張弦(장현)'으로 되어 있는데 바로 잡았다.
13) 두목의 시 056. 〈완릉의 수각에 대해 쓰다(題宛陵水閣)〉에 보인다.
14) 나업의 시 245. 〈바닷가에서 장존사와 이별하고(海上別張尊師)〉에 보인다.
15) 이웅의 시 194. 〈대성(臺城)〉에 보인다.

용이 서려있고 석성에는 호랑이가 웅크리고 있는 형세이니 진정으로 제왕이 수도로 삼을만한 곳입니다."라고 하였다. 이후로 용과 호랑이의 형세는 금릉을 지칭하게 되었다.

5 [원주] ≪십도지≫에 "금릉에 봉대산이 있다."라는 구절의 주석에 "송나라 때 봉황이 이 산에 깃들었기 때문에 이렇게 이름 지었다."라고 되어있다. 이백의 〈금릉 봉황대에 올라〉 시에 "봉황대 위에 봉황이 노닐었는데, 봉황은 떠나고 누대는 비었으며 장강만 절로 흐르네."라 하였다.(十道志, 金陵有鳳臺山, 注, 宋有鳳集此山, 因名之. 李白, 登金陵鳳凰臺詩, 鳳凰臺上鳳凰遊, 鳳去臺空江自流)

6 市朝(시조) : 저자거리와 조정.

秋蕪綠(추무록) : 푸른 가을 풀. 번화했던 옛 금릉이 변해 가을 풀만 무성해졌음을 말한 것이다.

7) [원주] 육기(陸機)의 악부시[16]에서 "저자와 조정은 이미 변해버렸고 성궐은 혹 황폐해졌네. 무덤은 나날이 많아지고 송백은 울창하고 무성하네."라 하였다.(陸士衡, 樂府詩, 市朝互遷易, 城闕或丘荒. 墳壟日月多, 松栢鬱芒芒)

墳壟(분농) : 무덤. ≪전당시≫에는 '분총(墳塚)'으로 되어 있고 "판본에 따라 '총'이 '농'으로 되어있다.(一作壟)"라는 주석이 붙어 있다. 뜻은 같다.

落照紅(낙조홍) : 붉은 석양. 번성했던 금릉이 쇠락한 것을 비유한 것이다.

8 [원주] ≪삼국명현찬≫에 "세 가지 책략이 이미 실행되었고 패업은 이미 기초가 마련되었다."라고 하였다. ≪좌전≫에 "정왕이 왕손만을 보내 초나라 장왕(莊王)의 노고를 달래게 하였다. 초나라 장왕이 그에게 주나라의 보물인 구정(九鼎)의 크기와 무게에 관해 물으니, '덕에 달려있지 솥에 달려 있는 것이 아닙니다. 옛날 하나라가 바야흐로 덕이 있었을 때, 먼 지역의 나라에서는 산천이나 기이한 물건의 형상을 그려서 바쳤고 구주의 우두머리들은 청동을 바쳤는데, 솥을 주물하고 여러 물건의 형상을 새겼습니다. 이로써 상하가 서로 협력하고 하늘의 은택을 받게 되었습니다."라 하였다.(三國名賢贊[17], 三略既陳, 霸業已基. 左傳, 定王使王孫滿勞楚子. 楚子問鼎之大小輕重, 對曰, 在德, 不在鼎. 昔夏之方有德也, 遠方圖物, 貢金九牧, 鑄鼎象物. 協於上下, 以承天休, 云云)

鼎圖(정도) : 솥과 그림. 나라의 중요기물로서, 나라를 덕으로 다스려서 융성해진 것을 말한다. 이 구절은 패업을 이루어 나라를 융성하게 하였던 사람들이 다 사라졌다는 뜻이다.

9 惆悵(추창) : 쓸쓸한 모습.

【해설】

이 시는 금릉을 돌아보고는 옛 일을 회상하며 쓴 영회시이다. 제1~2구에서는 금릉을 수도로 삼았던 오나라의 옛 궁궐이 황폐해져 들꽃이 피어 있는 사실을 묘사하여 옛 영화가 사라졌음을 말하였다. 제3~4구에서는 봉황대는 여전하지만 더 이상 봉황이 오지 않음을 말하여 옛날 금릉의 힘차고 아름다운 기운이 사라졌음을 말하였다. 제5~6구에서도 역시 번화했던 저자와 조정에는 잡초만 자라있고, 옛 제왕들은 죽어 무덤 속에 있음을 말해 영화의 무상함을 표현하였다. 제7~8구에서는 옛날의 호걸들은 사라지고 작자 홀로 쓸쓸히 있는 장면을 묘사하여, 옛 영화의 허망함에 대한 작자의 마음을 표현하였다.

16) 이 시의 제목은 〈문 앞에 거마를 탄 객이 있네(門有車馬客行)〉이다.

17) 三國名賢贊(삼국명현찬) : 원주에는 '三國名臣贊(삼국명신찬)'이라고 되어 있는데, 이 책에 대해서는 고찰할 수 없고, 잘못 적은 것으로 보여 바로 잡았다.

294

金塘路中作[1]

금당로에서 짓다

山川楚越復吳秦,2	초 땅 월 땅의 산과 내 또 오 땅과 진 땅
蓬梗何年住一身.3	쑥과 나무토막 같은 이 몸은 언제나 멈추랴.
黃葉黃花古城路,4	옛 성곽 길에는 누런 잎과 누런 꽃
秋風秋雨別家人.5	집 떠나온 사람에게는 가을바람과 가을비.
冰霜夜度商於冷,6	얼음과 서리 내린 상오의 추위를 밤에 보내고
桂玉愁居帝里貧.7	계수나무와 옥의 물가로 수도의 가난을 근심스레 지내리.
十口繫心抛不得,8	열 식구 마음에 걸려 포기할 수도 없으니
每回回首卽長嚬.9	매번 고개 돌려보면 오래도록 찡그리네.

【주석】

1 이 시는 ≪전당시≫와 ≪이군옥시집(李群玉詩集)≫에 〈금당로에서(金塘路中)〉라는 제목으로 실려 있다.

[원주] 복도의 〈옛 누대에 올라 쓴 시〉의 서문에 "부차의 고소대 동쪽에 만 경에 달하는 호수 단호가 있는데 그 안에 금은당이라는 연못이 있다."라 하였다.(伏滔, 登古臺詩序, 夫差姑蘇臺東有丹湖萬頃, 內有金銀塘)

金塘路(금당로) : 지금의 소주시 고소대 근처에 있었던 연못인 금은당 옆의 길로 보인다.

2 吳秦(오진) : 오 땅과 진 땅. 오 땅은 이군옥이 현재 있는 금당로이며, 진 땅은 목적지이다. 진 땅은 당나라의 수도 장안(長安)을 가리킨다.

3 [원주] '쑥'에 대한 것은 위의 "이년 동안 쑥대처럼 굴러다닌 뒤에"라는 구절의 주석에 보인다.[18) 두보의 시[19)]에 "떠다니는 나무인형 편안히 머물 땅 없네."라 하였는데 그 주석[20)]에 "백성들을 부리기에

18) 나은의 시 262. 〈위섬에게 부침(寄韋瞻)〉에 보인다.
19) 이 시의 제목은 〈떠나가는 사내(征夫)〉이다.
20) 송대 곽지달(郭知達)이 편찬한 ≪구가집주두시(九家集注杜詩)≫에 실려 있는 주석이다.

마치 잡목같이 하므로 떠도느라 편안히 거처할 겨를이 없는 것이다."라 하였다.(蓬見上二年蓬轉後注. 詩史, 漂梗[21]無安地, 注, 用民如榛梗, 便飄泊不遑寧處也)

蓬梗(봉경) : 비봉단경(飛蓬斷梗)의 줄임말로서, 날리는 쑥과 부러진 나무인형처럼 정착하지 못하고 이리저리 떠도는 것을 비유하는 말이다.

住一身(주일신) : 이 몸을 멈추다. ≪전당시≫에는 '시주신(是住身)'으로 되어 있으며, 뜻은 같다.

4 古城路(고성로) : 옛 성곽 길. 여기서는 금당로를 가리킨다.

5 別家人(별가인) : 집 떠나온 사람. 여기서는 이군옥 자신을 가리킨다.

6 [원주] ≪십도지≫의 '상주'에 대한 주석에 "옛날의 상나라로 후에 위나라가 낙주를 두었다. 북주(551~581)가 상주라고 한 것은 상 땅과 오 땅을 취해 이름으로 삼은 것이다."라 하였다. ≪사기≫에 "장의가 초나라 왕에게 유세하면서 '신은 상과 오 땅을 바치고자 합니다.'라고 말했다."라 하였다.(十道志, 商州, 注, 古商國, 後魏置洛州, 周爲商州, 取商於地爲名. 史記, 張儀說楚王曰, 臣請獻商於之地云)

度(도) : 지내다.

商於(상오) : '상'과 '오'는 각각 지명으로 지금의 섬서성 상락시(商洛市) 일대를 가리킨다. 여기서는 목적지인 장안을 가리킨다.

冷(냉) : 차갑다. ≪전당시≫와 ≪이군옥시집≫에는 '동(凍)'이라고 되어 있으며 뜻은 비슷하다.

7 [원주] ≪전국책≫에 "소진이 초나라에 가서 초나라 왕에게 말하길, '초나라의 음식은 옥보다 비싸고 땔나무는 계수나무보다 비쌉니다.'라고 말했다."라 하였다.(戰國策, 蘇秦之楚, 對楚王曰, 楚國食貴於玉, 薪貴於桂)

桂玉(계옥) : 높은 물가를 의미한다.

帝里(제리) : 황제의 고장. 수도인 장안을 가리킨다.

8 [원주] 두보의 〈북으로 가다〉[22] 시에 "열 식구가 눈바람 너머에 있네."라 하였다.(詩史, 北征詩, 十口隔風雪云)

繫心(계심) : 마음에 두고 걱정하다.

抛(포) : 포기하다.

9 嚬(빈) : 찡그리다. ≪전당시≫에는 '빈(顰)'으로 되어 있고 뜻은 같다.

【해설】

이 시는 이군옥이 강남을 떠돌다가 장안으로 가는 도중에 금당로라는 길을 가면서 지은 것으로 쑥대처럼 떠도는 나그넷길의 어려움과 장안 생활의 고달픔을 토로하였다. 제1~2구에서 자신의 여정을 설명하였는데, 초 땅과 월 땅을 거쳐 오 땅에 이르렀고 진 땅까지 가야함을 말한 뒤 이러한 떠돌이 생활이 언제 끝날지 모르는 안타까움을 표현하였다. 제3~4구에서는 금당로에 보이는 경물을 읊었는데, 가을의 스산한 풍경을 통해 여정이 외롭고 힘들다는 것을 표현하였다. 제5~6구에는 진 땅에 도착한 이후의 생활에 대해 말하였는데, 차가운 추위와 높은 물가로 인한 생활고를 핍진하게 표현하여 목적지에서도 역시 어려운 생활을 해야 한다는 것을 표현하였다. 마지막 두 구절에서는 자신이 이러한 고생을 하고 있는 이유에 대해 설명하였는데, 그것은 바로 고향에 있는 식구들

21) 漂梗(표경) : 복숭아나무로 만든 목각 인형이라는 뜻으로, 정처없이 떠도는 것을 비유하는 말로 쓰인다.
22) 이 시의 원래 제목은 〈수도에서 봉선현으로 가면서 감회를 읊은 오백 자(自京赴奉先縣詠懷五百字)〉이다.

때문이다. 그들을 위해 먼 나그넷길과 낯선 장안 생활을 감내해야 함을 표현하였다. 가는 내내 고향을 향해 뒤돌아보며 얼굴을 찡그리는 모습에서 일가족의 생계를 책임져야 하는 가장의 무거운 책임감을 느낄 수 있다.

295

湘郪陰江亭寄友人1

상음현의 강가 정자에서 친구에게 부침

湘岸初晴淑景遲,2	막 갠 상수 언덕에 석양이 뉘엿뉘엿
風光正是客愁時.	이 풍경이 바로 나그네 수심을 일으킨다.
幽花夜落騷人水,3	그윽한 꽃은 굴원의 강으로 밤에 떨어지고
芳草春深帝子祠.4	향긋한 풀은 우임금의 사당에서 봄에 무성하다.
往事隔年如過夢,	예전 일은 한해 지나면 지난 꿈 같은데
舊遊回首謾追思.5	옛 교유를 고개 돌려 멋대로 회상해본다.
煙波自此扁舟去,	안개물결 속으로 여기서 작은 배로 떠나가면
小酒聯文杳未期.6	작은 술자리에서 문장 짓는 일은 아득히 기약 못하리라.

【주석】

1 이 시는 ≪전당시≫에 〈상음현의 강가 정자에서 물러나 친구에게 부치다(湘陰江亭却寄友人)〉라는 제목으로 실려 있다.
[원주] ≪통전≫에 "악주의 상음현은 본래 나자국으로 진나라 때 나현이 되었다. 북쪽에 멱수가 있는데 곧 굴원이 돌을 안고 스스로 가라앉은 곳이다. 세속에서는 나강이라고 이르며, 또 굴원의 무덤이 있다."라 하였다.(通典, 岳州湘陰縣, 本羅子國, 秦爲羅縣. 北有汨水, 卽屈原懷沙自沈之處. 俗謂之羅江, 又有屈原冢)

2 淑景(숙경) : 해 그림자.

3 [원주] 왕일의 〈이소경서〉에 "굴원이 지은 것이다. 굴원은 초나라 왕실과 같은 성으로 회왕에게 임용되어 삼려대부가 되었지만 동렬 상관대부 근상이 그의 재능을 투기하여 사람들과 함께 그를 참소하여 헐뜯자 왕이 이에 굴원을 추방하였다. 굴원이 이에 〈이소경〉을 지었다. 청백한 성품으로 탁한 세상에 오래 거하지 못하고 결국 멱라강에 가서 투신하여 자살하였다."라 하였다. 가의가 〈굴원을 애도하는 문장〉에서 "상수에서 지어 기탁한 것으로 굴원에게 삼가 조의를 표하였다."라 하였다. 상수의 이름은 멱라로 상천에 흘러들어간다.(王逸離騷經序, 屈原之所作也. 屈與楚同姓,

仕於懷王, 爲三閭大夫, 同列上官靳尙妬害其能, 共譖毁之, 王乃流屈原. 原乃作離騷經. 不忍以淸白久居濁世, 遂赴汨羅江自投而死. 賈誼弔屈原文, 造托湘流, 敬弔先生. 湘水名汨羅, 流入湘川)

夜(야) : 밤. ≪전당시≫에는 '모(暮)'로 되어 있으며, 뜻은 비슷하다.

水(수) : 물. ≪전당시≫에는 '포(浦)'로 되어 있으며, 뜻은 비슷하다.

4 [원주] 위의 〈황릉묘〉 시의 주석에 보인다.[23](見上黃陵廟詩注)

帝子祠(제자사) : 황릉묘(黃陵廟). 우(禹) 임금의 치수(治水) 사업을 기념하기 위해 세운 사당. 호북성(湖北省)에 있다.

5 謾追思(만추사) : 멋대로 회상하다. ≪전당시≫에는 '만로사(謾勞思)'라고 되어 있으며, '멋대로 생각하다'라는 뜻이다.

6 [원주] ≪후한서≫에 "저자에 약 파는 늙은이가 있었는데 비장방을 기다린 후 '누대 아래 작은 술자리는 그대와 이별하기 때문이네.'라고 말하였다."라 하였다(後漢書, 市有賣藥老翁, 候長房曰, 樓下有小酒, 與卿爲別)

小酒聯文(소주연문) : 작은 술자리에서 문장을 이어 짓다. ≪전당시≫에 '소작문원(小酌文園)'으로 되어 있으며 '원림에서의 작은 술자리'라는 뜻이다.

【해설】

이 시는 상수(湘水) 가의 정자에서 친구에게 부치는 것으로, 지난날의 교유를 생각하면서 앞으로 다시 만나지 못할 것을 안타까워하였다. 시의 전반부는 상수가의 해지는 풍경으로부터 자신의 이별의 수심을 이끌어내었으며 후반부는 지난날의 교유와 앞으로의 이별 상황을 대비하여 말하였다. 제1~2구는 상수 가의 해지는 풍경으로부터 수심이 생겨남을 말하였다. 제3~4구는 굴원(屈原)과 우(禹) 임금을 언급하여 이별의 장소가 바로 상수이며, 이별의 시간이 꽃이 지고 풀이 무성해지는 늦봄임을 표현하였다. 제5~6구는 친구와의 교유가 꿈결같이 아련하지만 헤어지는 지금 다시금 떠올려보게 됨을 말하였다. 제7~8구는 지금 이별하면 앞으로는 다시 만나기 어려울 것이라는 말을 전하였다.

23) 이군옥의 시 292. 〈황릉묘(黃陵廟)〉에 보인다.

296

奉和張舍人送秦練師岑公山[1]

잠공산으로 가는 진 연사를 전송하는 장사인에 받들어 화운하며

仙翁歸臥翠微岑,[2]	신선이 어슴푸레한 산으로 돌아가 누우니
一葉西飛月峽深.[3]	나뭇잎 하나가 서쪽 명월협 깊은 곳으로 날아가네.
松澗定知芳草合,[4]	소나무 물가는 분명 향긋한 풀과 합쳐졌음을 알고
玉書應念素塵侵.[5]	옥서에는 응당 흰 먼지가 침범했음을 생각하네.
閑雲未繫東西影,[6]	한가로운 구름은 동과 서의 자취에 매이지 않으니
野鶴寧傷去住心.[7]	들판의 학이 떠나고 머무는 마음에 어찌 아파하리오.
蘭浦蒼蒼春欲暮,[8]	난초 물가 푸릇푸릇 봄이 저물려 하는데
落花流水思難禁.[9]	떨어진 꽃잎 물에 흘러 그리움 금하기 어렵네.

【주석】

1 이 시는 ≪전당시≫에 〈잠공산으로 돌아가는 진연사를 전송하는 장사인에 창화하다(奉和張舍人送秦鍊師歸岑公山)〉라는 제목으로 실려 있다.
張舍人(장사인) : 사인은 중서성의 관직명이며, 장씨에 관해서는 자세하게 알려져 있지 않다.
秦練師(진연사) : 연사는 연단술을 수련하는 사람, 즉 도사이며, 진씨에 관해서는 자세하게 알려져 있지 않다.
岑公山(잠공산) : 산 이름인데, 어디인지 고찰할 수 없지만, 시의 내용으로 보아 명월협이 있는 지금의 사천성 지역에 있는 것으로 보인다.

2 [원주] '연푸른 중턱'은 이미 상권에 나왔다.24)(翠微, 已出上卷)
仙翁(선옹) : 늙은 신선. 여기서는 진 연사를 가리킨다.
翠微(취미) : 연푸른 빛깔이 감도는 산의 중턱을 말한다.

3 [원주] ≪화양국지≫에 "파군 강주25)에 명월협이 있다."라 하였다.(華陽國志, 巴郡江州有明月峽)

24) 온정균의 시 025. 〈쉬는 날 중서성에서 아는 분을 찾아뵙고(休澣日西掖謁所知)〉에 보인다.

一葉西飛(일엽서비) : 나뭇잎 하나가 서쪽으로 날아가다. 진 연사가 서쪽 잠공산으로 가는 것을 비유한 것이다. ≪전당시≫에는 '일야서풍(一夜西風)'으로 되어 있고, '하룻밤 서풍이 불다'라는 뜻이다.

4 [원주] '송간'은 이미 위에 나왔다.[26](松澗, 已出上)

松澗(송간) : 소나무 곁 물가. ≪전당시≫에는 '송경(松逕)'으로 되어 있고, '소나무 길'이라는 뜻이다.

芳草合(방초합) : 소나무 물가까지 향기로운 풀이 이어져 무성해진 것을 말한다.

5 [원주] ≪집선록≫에 "천계의 존귀한 성인들의 연회 모임이나 논의 자리에 서왕모가 다 왕림하여 의결하였다. 상청[27]의 귀한 경전과 삼동[28]의 옥서를 모두 전해 받고 두루 관여하였다."라고 하였다. 이백의 시[29]에 "≪음부경≫[30]에 먼지가 생기네"라 하였다.(集仙錄, 天尊上聖, 朝宴之會, 考校之所, 王母皆臨決焉. 上淸寶經, 三洞玉書, 凡有授度, 咸所關[31]預也. 李白詩, 陰符生素塵)

玉書(옥서) : 도가의 서적.

素塵侵(소진침) : 흰 먼지가 침범하다. 도가 서적을 보지 않아 먼지가 쌓인 것을 말한다.

6 未繫(미계) : 매여 있지 않다. ≪전당시≫에는 '불계(不繫)'로 되어 있고 뜻은 같다.

東西影(동서영) : 동과 서로 다니는 자취.

7 [원주] '운학'은 상권의 〈소선생〉 시의 주석에 보인다.[32](雲鶴, 見上卷蕭先生詩注)

野鶴(야학) : 들판의 학. 자연에 은거하며 성품이 고매한 은사(隱士)를 비유한다.

寧傷(영상) : 어찌 슬퍼하랴. 연연하여 마음 아파하지 않는다는 의미이다. ≪전당시≫에는 '영지(寧知)'라고 되어 있으며, '어찌 알랴'라는 뜻이다.

去住心(거주심) : 떠나거나 머물려는 마음.

8 蒼蒼(창창) : 짙푸르고 무성한 모양.

9 [원주] 상권의 "누가 무릉의 시냇물에 살고 있음을 알리오"의 주석에 보인다.[33](見上卷, 何人知處武陵溪, 注)

思難禁(사난금) : 그리움을 금하기 어렵다. 그리워하지 않을 수 없다. ≪전당시≫에는 '원리금(怨離襟)'으로 되어 있고, '이별의 옷소매를 원망하네'라는 뜻이다.

【해설】

이 시는 잠공산으로 돌아가는 진 연사를 송별하는 시로 장 사인이 먼저 지은 시에 창화한 것이다. 제1~2구는 진연사가 잠공산으로 돌아가게 되었다는 사실을 말하였는데, 그를 하나의 잎으로 비유하여 세속에 연연하지 않고 자유롭게 다니는 진 연사의 성품을 표현하였다. 제3~4구는 진 연사가 떠나온 잠공산 거처의 모습을 상상하여 묘사한 것인데, 풀이 무성하여 개울까지 이어지고 도가

---

25) 파군강주(巴郡江州) : 지금의 중경시(重慶市) 강북구(江北區) 일대를 가리킨다.

26) 나업의 시 246. 〈가을 새벽(秋曉)〉에 보인다.

27) 상청(上淸) : 도가의 천상세계를 셋으로 나누어 옥청(玉淸), 상청(上淸), 태청(太淸)이라 하는데, 그 중의 하나이다.

28) 삼동(三洞) : 도가의 경전을 셋으로 나누어 동진(洞眞), 동현(洞玄), 동신(洞神)이라 하는데, 이를 합쳐 이르는 말이다.

29) 이 시의 제목은 〈문 앞에 거마를 탄 나그네가 있네(門有車馬客行)〉이다.

30) 음부경(陰符經) : 도가 서적 ≪황제음부경(黃帝陰符經)≫을 말한다. 작자와 편찬 연대는 미상이며, 황제(黃帝)의 이름을 빌어 양생, 기공, 식사요법, 정신수양, 방중술 등의 도교 수양술을 두루 다루었다.

31) 關(관) : 원문에는 '開(개)'로 되어 있으나 ≪집선록≫에 의거하여 수정하였다.

32) 장효표의 시 045. 〈소선생에게 드림(贈蕭先生)〉에 보인다.

33) 허혼의 시 071. 〈동정산으로 돌아가는 장존사를 전송하며(送張尊師歸洞庭)〉에 보인다.

서적에는 먼지가 쌓여있다고 하여 주인 없이 내버려진 상황을 표현하였다. 이러한 상황이 아마도 진 연사가 잠공산으로 돌아가고자 하는 이유였을 것이다. 제5~6구는 진 연사가 세속의 인정에 얽매이지 않고 초월하였기 때문에 한가로운 구름이나 들판의 학처럼 자연속에 은거할 수 있음을 말하였다. 제7~8구는 현재 이별하는 자리의 풍경을 묘사하였는데, 봄이 저물며 꽃잎이 물에 떨어지는 것을 통해 이별의 아쉬움을 표현하였다.

297

送陶少府赴選[1]

이부 선발시험을 보러 떠나는 도소부를 전송하며

陶公官興本蕭踈,[2]	도공은 관직에 대한 흥취가 본래 적어서
長傍青山碧水居.	오래도록 푸른 산과 푸른 물 옆에서 살았네.
夕向三茅窮藝術,[3]	저녁에는 삼모군을 향하여 기예를 다하였고
仍傳五柳舊琴書.[4]	또한 오류선생을 이어받아 금과 책을 오래도록 즐겼네.
迹同飛鳥棲高樹,	자취는 나는 새와 같아 높은 나무에 깃들이었고
心似閑雲在太虛.[5]	마음은 한가로운 구름과 같아 넓은 하늘에 있었네.
自是葛洪求藥品,[6]	스스로 갈홍이라 여기며 약을 구하였으니
不關梅福戀簪裾.[7]	매복이 비녀와 옷자락에 연연했던 것에는 상관치 않네.

【주석】

1 [원주] ≪광이기≫와 ≪정명록≫에서 모두 이르기를, "현위를 소부라고 한다."라 하였다.(廣異記, 定命錄皆曰[34], 縣尉爲少府)

陶少府(도소부) : 도씨 성의 현위(縣尉). 도씨에 관해서는 자세하게 알려진 것이 없다.

赴選(부선) : 관리 선임을 위한 이부(吏部)의 시험에 참가하는 것. 당대에는 과거를 예부에서 관장하였지만 관원을 선발하는 것은 이부에서 담당하였다. 이 때문에 과거에 급제한 뒤 관원이 되기 위해서는 이부의 시험을 통과해야 하며, 또한 임기가 끝난 뒤에도 이 시험을 통해 다른 관직을 제수 받았다.

2 陶公(도공) : 도 소부를 가리킨다. ≪전당시≫에는 '도군(陶君)'으로 되어 있으며 뜻은 같다.

官興(관흥) : 관직에 대한 흥취. 관직에 대한 욕망.

蕭踈(소소) : 적다. 드물다.

3 [원주] ≪남사 · 도홍경전≫에 "도홍경은 자가 통명이고, 단양 말릉(지금의 강소성(江蘇省) 남경(南京)) 사람이다. 구용의 구곡산에 머물렀다. 항상 말하기를, '이 산 아래가 제8동궁(洞宮)이며, 금릉 화양천이

34) 曰(왈) : 원주에는 '昌(창)'으로 되어있는데, 문맥에 따라 바로 잡았다.

라고 부른다. 예전에 한나라 때 함양의 삼모군(三茅君)이 있어 득도하고, 이 산에 와서 주관하였으니, 그리하여 모산이라 불렀다. 이에 산중에 도관을 세워, 스스로 '화양의 도씨가 은거하는 곳[華陽陶隱居]'이라고 불렀다.'라고 하였다."라 하였다. 또 이르기를 "일찍이 동양의 손유악을 따르면서 부도(符圖)와 경법(經法)을 받아 음양오행, 바람과 별을 이용한 점술[風角星算], 산천지리, 방도(方圖)와 산물(産物), 의술과 본초(本草)에 더욱 밝아지니, 연대력(年代曆)을 헤아려 미루어 알고 있었다."라 하였다.(南史本傳, 陶弘景, 字通明, 丹陽秣陵人也. 止於句容之句曲山. 恒曰, 此山下是第八洞宮. 名金陵華陽天. 昔漢有咸陽三茅君得道, 來掌此山. 故謂之茅山. 乃山中立館, 自號華陽陶隱居焉. 又云, 始從東陽孫遊岳受符圖經法, 尤明陰陽五行, 風角星算, 山川地理, 方圖産物, 醫術本草, 年代曆, 以算推知)

夕(석) : 저녁. ≪전당시≫에는 '구(久)'로 되어 있으며, '오랫동안'이라는 뜻이다.

三茅(삼모) : 삼모군(三茅君). 도가 전설에 등장하는 세 명의 신선 모영(茅盈), 모고(茅固), 모충(茅衷)을 말한다. 전설에 따르면 한나라 경제(景帝) 때의 사람으로 함양(咸陽) 출신이다. 지금의 강소성(江蘇省) 구용현(句容縣)에 있는 삼모산(三茅山)에서 도를 닦아 신선이 되었다고 한다. 여기서는 도공을 삼모군(三茅君)의 뒤를 이어 삼모산에서 수도하였던 도홍경(陶弘景)에 비유하였다.

4 [원주] '오류'는 위의 주석에 보인다.[35] 〈귀거래사〉에 "친척 간의 정담을 즐거워하고, 금과 책을 즐겨서 근심을 녹이는구나."라 하였다.(五柳, 見上注. 歸去來詞, 悅親戚之情話, 樂琴書以銷憂)

五柳(오류) : 오류선생(五柳先生). 진(晋)나라 도잠(陶潛)의 별호(別號)다.

5 [원주] 도잠의 〈귀거래사〉에 "구름은 무심히 산봉우리에서 나오고, 새는 나는 것에 지치면 돌아올 줄 아는구나."라 하였다. 〈천태산부〉에 "태허는 아득히 넓어 막힘이 없구나."라 하였다.(陶潛, 歸去來, 雲無心以出岫, 鳥倦飛而知還.[36] 天台山賦, 大虛遼廓而無閡)

太虛(태허) : 하늘을 말한다.

6 [원주] ≪진서 · 갈홍전≫에 "갈홍은 자가 치천이다. 친척 할아버지인 오나라 갈현이 도를 배워서 신선이 되었는데 갈선공이라고 하였다. 그가 연단하는 비술의 방법을 (갈홍이) 모두 터득했다. 늙어서는 단사를 정련하여 수명을 늘리려고 하였는데, 교지(지금의 베트남 지역)에서 단사가 난다는 것을 듣고 그것을 구하고자 구루 령이 되었다. 가다가 광주에 닿았는데 자사인 등악이 만류하며 (떠나는 것을) 허락하지 않았다. 갈홍은 이에 나부산에 머무르면서 연단하였다."라 하였다.(晉書, 葛洪, 字稚川, 從祖吳玄將學道, 得仙號曰葛仙公, 其鍊丹秘術, 悉得其法. 以年老, 欲鍊丹砂以期遐壽, 聞交趾出丹砂, 求爲句漏令. 行至廣州, 刺史鄧岳留不許. 洪乃止羅浮山鍊丹)

葛洪(갈홍, 284~363) : 동진(東晉)의 연단가(煉丹家). 자는 치천(稚川)이고 호는 포박자(抱朴子)이며, 단양(丹陽) 구용(句容, 지금의 강소성(江蘇省) 구용시(句容市)) 사람이다. 어려서부터 학문을 좋아하여 많은 책을 두루 읽었고, 특히 신선술에 관심이 많았다. 혜제(惠帝) 태안(太安) 연간에 석빙(石冰)을 격파한 공으로 복파장군(伏波將軍)에 임명되었다가 나중에 향리로 돌아왔고, 관내후(關內侯)에 봉해졌다. 동진이 들어서자 교지(交趾) 구루(句漏)에 단사(丹砂)가 난다는 소식을 듣고 현령이 될 것을 자원하여 가던 중 나부산(羅浮山)에 들어가 저술과 연단에 전념했다. ≪포박자(抱朴子)≫와 ≪신선전(神仙傳)≫ 등의 저자로 알려져 있다.

藥品(약품) : 약. ≪전당시≫에는 '약가(藥價)'로 되어 있으며, '약값'이라는 뜻이다.

35) 한종의 시 211. 〈버드나무(柳)〉에 보인다.

36) 雲無(운무) 이하 2구 : 원주에는 두 구의 순서가 바뀌어 있는데 〈귀거래사〉 원문에 의거하여 바로 잡았다.

7 [원주] ≪전한서≫에 "매복은 자가 자진이고, 구강 수춘 사람이다. 남창 위를 맡았는데, 후에 관직을 떠나 수춘으로 돌아갔다. 여러 차례 상소를 올려 변사(變事)에 대해 이야기하였다. 원시 연간에 이르러 왕망이 제 마음대로 정치를 하자 매복은 하루아침에 처자를 버리고 구강을 떠났는데, 오늘날에 전하기로 신선이 되었다고 한다. 그 뒤에 회계에서 매복을 보았다는 사람이 있었는데, 이름을 바꾸고 오시(吳市)의 문지기가 되었다고 한다."라 하였다.(前漢書, 梅福字子眞, 九江壽春人也. 補南昌尉, 後去官歸壽春. 數上言變事. 至元始中, 王莽顓政, 福一朝棄妻子去九江至今傳以爲仙, 其後人有見福於會稽者, 變名姓爲吳市門卒云)
簪裾(잠거) : 비녀와 옷자락. 관직을 의미한다.

【해설】

이 시는 작자가 관직에 임용되기 위해 수도로 시험을 보러 떠나는 도 소부를 전송하며 쓴 것이다. 제1~2구는 그동안 도 소부가 관직에 뜻이 없어 자연 속에 묻혀 살았음을 말하였다. 제3~4구에서는 도 소부의 평소 생활과 지향에 대해 말하였는데, 그를 신선술을 수련한 도홍경과 관직을 그만두고 은일한 도연명에 비유하였다. 제5~6구에서는 도 소부를 날아다니는 새와 한가로운 구름에 비유하여 그가 세속의 규율에 얽매이지 않고 자유롭고 고고한 풍취를 가지고 있음을 표현하였다. 제7~8구에서 도 소부가 이번에 관직을 얻기 위해 떠나는 것은 결코 세속적인 이익에 집착해서가 아니라 갈홍처럼 연단술을 연마하기 위한 것이라고 말함으로써 그가 세속적인 명예와 부귀를 추구하기보다는 신선의 풍취를 이루는데 관심이 있음을 한 번 더 강조하였다.

298

寄張祐[1]

장우에게 부침

越水吳山任興行,2	월 땅의 강과 오 땅의 산에 흥이 나는 대로 다니면서
五湖雲月掛高情.3	구름과 달 뜬 오호에 고상한 정취를 걸어놓았네.
不遊都邑稱平子,4	도읍에서 노닐지 않아 평자라 불렸고
祇向江東作步兵.5	다만 강동을 향하며 보병이 되었지.
昔歲芳聲到童稚,	옛날에는 향기로운 명성이 어린아이에까지 전해졌고
老來佳句遍公卿.6	나이 들어서는 아름다운 구절이 공경에까지 알려졌네.
知君氣力波瀾地,7	알겠도다, 그대의 기세와 힘이 파란을 일으킨 곳에는
留取陰何沈范名.8	음갱, 하손, 심약, 범운의 이름을 남겨놓았음을.

【주석】

1 이 시는 ≪전당시≫에 〈장호에게 부쳐(寄張祜)〉라는 제목으로 실려 있다.
張祐(장우) : ≪당시기사(唐詩紀事)≫와 ≪당재자전(唐才子傳)≫에는 장우(張祐)라 하였고, ≪신당서≫와 ≪전당시≫에는 장우(張佑)라 되어 있다. 혹은 장호(張祜)라 하기도 한다. 자는 승길(承吉)이고 남양(南陽) 사람이다. 시에 뛰어나 영호초(令狐楚)에게 인정을 받아 영호초가 절도사를 지낼 때 그를 천거하였지만 원진(元稹)의 방해로 결국 실의하여 은거하였다 한다. 시집 1권이 전해진다.

2 任興(임흥) : 마음 내키는 대로

3 [원주] '오호'는 이미 상권에 나왔다.[37](五湖已出上卷)
五湖(오호) : 호수 이름.
高情(고정) : 고상한 정, 우아한 정취.

4 [원주] ≪후한서≫에 "장형의 자는 평자이고 문장을 잘 지었다. 경사에서 노닐며 마흔이 되도록 벼슬하지 않았다. 순제 때 환관이 권력을 휘두르자 고향으로 돌아가고자 하며 〈귀전부〉를 지었는데, '도읍을 노닌지 오래되었지만 밝은 계략으로 때를 돕지 못하였네.'라 하였고, 또 '세상에 초월하여

37) 온정균의 시 028. 〈하중에서 절도사를 모시고 강 위 정자에서 노닐며(河中陪節度使遊河亭)〉에 보인다.

멀리 가서 세상일과 오래토록 작별하리라.'라고 하였다."라 하였다.(後漢書, 張衡字平子, 善屬文. 遊京師, 四十不仕. 順帝時, 閹宦用事, 欲歸田里, 故作歸田賦曰, 遊都邑以永久, 無明略[38])以佐時云云. 超[39])埃塵以遐逝, 與世事乎長辭云云)

平子(평자) : 후한의 장형. 여기서는 장우를 장형세 비유하였다.

5 [원주] ≪진서≫에 이르기를 "장한은 제멋대로 행동하고 매이지 않아 당시 사람들이 강동의 보병이라 불렀다."라 하였다.(晉書, 張翰縱任不拘, 時人號爲江東步兵)

步兵(보병) : 장한(張翰)을 가리킨다. 장한은 서진(西晉) 오군(吳郡) 사람으로 자는 계응(季鷹)이다. 문장에 뛰어났으며 격식을 싫어하고 자유로워서, 사람들이 '강동의 보병(江東步兵)'이라 불렀다. 본래 보병은 위(魏)나라 죽림칠현(竹林七賢)의 한 사람이었던 완적(阮籍, 210~263)을 가리킨다. 그는 보병교위(步兵校尉)를 지냈으므로 완 보병이라 했다. 위나라 말기의 정치적 위기 속에서 술을 마음대로 마시고 기행을 일삼았다. 여기서는 장우를 장한에 비유하였다.

6 遍(편) : 두루 미치다.

7 知(지) : 알겠다. ≪전당시≫에는 '여(如)'로 되어 있으며, '만일'이라는 뜻이다.

波瀾(파란) : 잔물결과 큰 물결. 여기서는 문장이 생동하여 그 기운이 파란을 일으킨다는 뜻이다.

8 [원주] 두보 시[40])에서 "자못 음갱(陰鏗)과 하손(何遜)을 배우느라 진실로 마음을 썼네."라 하였고, "심약(沈約)과 범운(范雲)은 하손을 일찍이 알고 있었지."라 하였다.(詩史, 頗學陰何苦用心. 又, 沈范早知何水部)

陰何沈范(음하심범) : 음갱(陰鏗)[41]), 하손(何遜)[42]), 심약(沈約)[43]), 범운(范雲)[44]). 여기서는 장우의 시문이 뛰어나 옛 작가들과 명성을 함께할 정도라고 한 것이다.

【해설】

이 시는 장우에게 부치는 것으로, 그의 자유롭고 고상한 정취와 뛰어난 문재(文才)를 칭송하였다. 제1~2구에서는 장우가 여기저기 마음 내키는 대로 돌아다니면서 멋진 풍광에 고상한 정취를 느끼고 있음을 말하였는데, 장우가 세속의 규율에 구속받지 않으면서 자연의 멋을 추구하는 고고한 성정을 표현하였다. 제3~4구에서는 장형과 장한에 그를 비유하여 그가 세속을 멀리하고는 격식에 얽매이지 않는 모습을 표현하였다. 제5~6구에서는 장우의 명성이 대단하다는 것을 표현하였는데, 젊어서는 어린아이들까지 알고 있을 정도이고 나이 들어서는 고관대작들에게까지 알려졌다고 하였다. 제7~8구에서는 그의 기세와 명성을 옛 유명 문인들에 비유하여 그를 다시 한 번 더 칭송하였다.

38) 略(략) : 원주에는 이 글자가 빠져 있는데, 추가하였다.
39) 超(초) : 원주에는 '起(기)'로 되어 있는데, 바로 잡았다.
40) 원주 맨 앞에 ≪당서≫의 열전이란 뜻인 '본전(本傳)'이 있는데 연문으로 보여 삭제하였다. 두보 시의 제목은 각각 〈울적함을 해소하다(解悶)〉 12수 중 제7수와 제4수이다.
41) 음갱(陰鏗) : 남조 진(陳)나라 무위(武威) 고장(姑藏) 사람. 자는 자견(子堅)이며, 사전(史傳)에 정통했고, 오언시를 잘 지었다.
42) 하손(何遜) : 남조 양(梁) 나라 시인. 설중매를 읊은 〈동각(東閣)〉 시가 유명하다.
43) 심약(沈約) : 남조시대의 문인. 자는 휴문(休文)이고 절강성(浙江省) 무강(武康) 사람이다. 궁체시(宮體詩)의 선구이며, 시의 팔병설(八病說)을 제창했다.
44) 범운(范雲) : 남조 양(梁)나라 남향(南鄕) 무음(舞陰) 사람. 자는 언룡(彦龍)이다. 영민하고 학식이 풍부했으며, 문장을 잘 지었다. 심약(沈約) 등과 절친하였으며 경릉팔우(竟陵八友) 중의 한 사람이다.

299

盧逸人隱居1

은자 노씨의 은거지

碁局茅亭幽澗濱,	바둑판, 띠 풀로 만든 정자, 그윽한 물가
竹寒江靜遠無人.	대나무 서늘하고 강은 조용한데 멀어서 사람이 없네.
村梅尙斂風前笑,2	마을의 매화는 여전히 바람 앞의 미소를 머금었고
沙草初偸雪後春.	물가 풀은 비로소 눈 뒤의 봄을 훔치고 있네.
鵬鷃諭中銷日月,3	붕새와 메추라기의 깨달음 속에서 세월을 삭히고
滄浪歌裏放心神.4	푸른 물결의 노래 속에 마음을 두었네.
平生自有煙霞志,5	평생 스스로 노을 속에 살 뜻을 가지고 있으니
久欲抛身狎隱淪.6	오래도록 몸을 내 던지고 은일에 익숙하고자 한다네.

【주석】

1 이 시는 ≪전당시≫에 〈은거하러 가는 이를 보내며(送人隱居)〉라는 제목으로 실려 있으며, 〈은자 노씨의 은거지(盧逸人隱居)〉로 된 판본도 있다는 주석이 있다.
盧逸人(노일인) : '일인(逸人)'은 은자를 뜻하며, 노씨에 대해서는 자세하지 알려져 있지 않다.

2 [원주] ('촌(村)'은) '정(庭)'으로 된 판본도 있다.(一作庭)

3 [원주] ≪장자≫에 보인다.(見莊子)
鵬鷃諭(붕안유) : 붕새와 메추라기의 깨달음. ≪장자 · 소요유≫에 따르면, 붕새가 구천 하늘을 높이 날아 남쪽 바다로 가는데 쑥대 사이에 있는 메추라기가 이를 보고 비웃는다고 하였다. 이로써 사물에는 크고 작은 것이 있지만 그 취향은 모두 다르다는 것을 뜻하였다. 여기서는 자신의 상황에 만족하며 살아가는 것을 의미한다.
諭中(유중) : 깨달음 속에. ≪전당시≫에는 '유중(喩中)'으로 되어 있으며 뜻은 같다.
銷日月(소일월) : 세월을 삭히다. 세월을 보내다.

4 [원주] 상권의 〈어부〉시 주석에 보인다.45)(見上卷, 漁父詩, 注)
滄浪歌(창랑가) : ≪초사 · 어부≫에서 어부가 부른 노래로, 자신이 처한 삶에 만족하며 살아야 한다는 내용을 담고 있다.

5 煙霞志(연하지) : 안개와 노을에 둔 뜻. 은거하며 살려는 뜻을 말한다.

6 [원주] 사조 시[46]의 "은자가 이미 기탁해 있으며 신령도 편안히 깃들여 있다." 구절의 주석에 "'은륜'은 은일해 있다는 뜻이다. 환담(桓譚)의 ≪신론≫에서 '천하에 신령이 다섯 있는데 그 두 번째가 은륜이다.' 라고 하였다."라 하였다. '압'은 익숙하다는 뜻이다.(謝朓詩, 隱淪旣已託, 靈異居然棲. 注, 隱淪, 隱逸也. 桓子[47]新論, 天下神人五, 二曰隱淪. 狎, 習也)

抛身(포신) : 몸을 내 던지다. 은거지에 몸을 의탁한다는 뜻이다.

【해설】

이 시는 은일하고 있는 노씨의 은거지에 대해 써서 그가 은일하며 사는 것을 칭송한 것이다. 제1~2구는 노씨의 은거지에 대한 묘사로, 세속의 사람이 없는 한갓지고 그윽한 곳임을 말하였다. 제3~4구에서는 은거지에 봄이 갓 온 모습을 묘사하였는데, 봄바람에 매화가 피고 눈 온 뒤 물가에 풀이 싹트고 있는 모습을 묘사하였다. 제5~6구에서는 장자와 초사의 이야기를 끌어와서 자신의 처지에 만족하면서 은일하는 것을 칭송하였으며, 제7~8구에서는 그러한 삶을 오래도록 간직하기를 당부하는 말을 하였다.

45) 백거이의 시 015. 〈어부(漁父)〉에 보인다.
46) 이 시의 제목은 〈경정산(敬亭山詩)〉이다.
47) 桓子(환자) : 원주에는 이 뒤에 '野(야)'가 더 있는데 연문으로 보여 삭제하였다.

道齋[1]

도관에서

仙家夜醮武陵溪,[2]	무릉계의 도관에서 밤 제사 올리는데
環珮珊珊隊仗齊.[3]	쟁그랑 패옥 소리 내는 의장대 가지런하네.
銀燭繞壇香炷落,[4]	은촛대는 제단을 둘러싸고 향의 불똥은 떨어지며
玉童傳法語聲低.[5]	옥동이 법을 전하는데 말소리는 낮네.
要知消息求靑鳥,[6]	청조를 구해 소식을 알고자 하고
別換衣裳熨紫霓.[7]	무지개를 다려서 의상을 별도로 바꾸었네.
說向人間如夢見,	인간을 향해 말해주어도 마치 꿈속에서 보는 듯하리니
再來唯恐被花迷.[8]	다시 와도 다만 복사꽃에 길을 잃을까 두렵다네.

【주석】

1 이 시는 ≪전당시≫에 수록되어 있지 않다.
道齋(도재) : 도사의 거처 또는 도사가 행하는 의식.

2 [원주] 이미 상권에 나왔다.[48](已出上卷)
仙家(선가) : 신선의 거처. 제목에서 말한 도관[道齋]을 말한다.
醮(초) : 도교에서 제단을 차려놓고 제를 지내는 것을 말한다.
武陵溪(무릉계) : 무릉도원(武陵桃源), 즉 도교에서 말하는 이상향이다. '무릉'에 대한 두 가지 이야기가 있다. 도잠(陶潛)의 〈도화원기(桃花源記)〉에 진(晉)나라 때 무릉(陵溪)의 어부가 길을 헤매다 도화원에 들어가게 되었는데 그곳에는 진(秦)나라의 혼란을 피해 들어온 사람들이 살고 있었다는 이야기가 있다. 또 동한(東漢) 때 사람인 유신(劉晨)과 완조(阮肇)가 천태산(天台山)에서 길을 잃고 헤매며 복숭아로 허기를 면하다가 큰 개울, 즉 무릉계에 이르렀는데 그곳에서 한 선녀를 만나 즐거운 시간을 보내고 다시 세상으로 나오다 보니 칠 대(약 200년)가 지나 있었다는 이야기가 있다. 두 이야기 모두 무릉계를 세상과 단절된 신선의 세계로 그리고 있다. 여기서는 무릉계와 같이 아름답고

48) 허혼의 시 071. 〈동정산으로 돌아가는 장존사를 전송하며(送張尊師歸洞庭)〉의 도화원에 관한 주석에 보인다.

신비로운 곳을 말한다.

3 [원주] '환패'에 대한 것은 이미 위에 나왔다.[49] 〈신녀부〉에 "엷은 안개 같은 비단 자락 움직이며 천천히 걷노라니, 섬돌 스칠 때 쟁그랑 소리 나네."라 하였고, 그 주석에 "'산산'이라는 것은 소리이다."라 하였다.(環佩已出上. 神女賦, 動霧縠以徐步兮, 拂墀聲之珊珊. 注, 珊珊, 聲也)

環珮(환패) : 옷에 늘어뜨린 패옥.

珊珊(산산) : 움직일 때 늘어뜨린 패옥이 부딪히면서 나는 소리이다.

隊仗(대장) : 의장대. 여기서는 도관에서 치르는 제사에서 악기와 제물(祭物)을 다루는 사람들을 가리키는 것으로 보인다.

4 [원주] '은촉'은 위에 이미 나왔다.[50] '타(炧)'는 '서'와 '야'의 반절로서, 촛불이 타고 남은 것이다.(銀燭已出上. 炧, 徐也切, 燭餘也)

炧(타) : 불똥.

5 [원주] ≪삼원경≫에 "원시천왕[51]이 명하전의 구름무늬로 장식한 하늘 문 아래에서 가르치시니 삼천 명의 옥동들이 가르침을 전수받았다."라 하였다.(三元, 元始天王於明霞之館大宵雲戶[52]下敎, 以授三天玉童[53])

玉童(옥동) : 선동(仙童).

6 [원주] ≪고악부≫에 실린 설도형의 〈예장행〉에 "원컨대 서왕모의 세 마리 청조가 되어 날아 오고가며 소식을 전하고자 하네."라고 하였다. ≪조정사원≫의 '소식(消息)'에 관한 주석에서 "'소'는 '다하다'라는 뜻이고 '식'은 '생겨나다'라는 뜻이다. 더할 만하면 더하고 없앨 만하면 없애는 것을 이른다."라고 하였다.(古樂府, 薛道衡, 豫章行, 願作王母三青鳥, 飛來飛去傳消息. 祖庭事苑,[54] 消息注, 消, 盡也, 息, 生也. 謂可加卽加, 可滅卽滅)

青鳥(삼청조) : 서왕모의 사자(使者)였던 새. 소식을 전달하는 전령사를 가리킨다.

7 [원주] ≪선전습유≫에 실린 곽주번의 〈신선 담의의 일을 기록하며〉라는 시[55]에서 "머리에는 봉황 장식 비녀를 꽂고, 몸에는 무지개 치마를 입었다네."라 하였다. '울(熨)'은 '어'와 '물'의 반절로서 불을 가지고서 천을 펴는 것을 말한다.(仙傳拾遺, 郭周藩, 記神仙譚宜事詩曰, 頭冠簪鳳凰, 身著紫霓裳. 熨, 於勿切, 斗火展帛也)

熨(울) : 다림질하다.

紫霓(자예) : 신비로운 기운이 흐르는 무지갯빛 치마를 말한다.

8 [원주] 위의 '무릉계' 주석에 보인다.[56](見上武陵溪注)

說向(설향) 이하 두 구 : 이군옥이 무릉계의 도관에서 본 이야기를 인간에게 말해준다 해도 마치

49) 두목의 시 057. 〈예전에 유람했던 종릉을 회상하며(懷鍾陵舊遊)〉에 보인다.

50) 최승우의 시 222. 〈신임 이중서사인께 드림(獻新除中書李舍人)〉에 보인다.

51) 원시천왕(元始天王) : 도교 최고의 신.

52) 雲戶(운호) : 구름무늬로 장식한 화려한 문.

53) 童(동) : 원주에는 '章(장)'으로 되어 있으나 ≪삼원경≫ 원문에 따라 바로 잡았다.

54) 원주에는 ≪상정사범(相庭事範)≫으로 되어 있으나 바로 잡았다. ≪조정사원≫은 북송 목암선경(睦庵善卿)이 편찬한 불교사전으로 8권이다.

55) 이 시의 제목이 〈담의의 연못(譚子池)〉으로 되어 있는 판본도 있다. 담의(譚宜)는 당나라 때 사람으로 후에 신선이 되었다고 한다.

56) 허혼의 시 071. 〈동정산으로 돌아가는 장존사를 전송하며(送張尊師歸洞庭)〉에 보인다.

꿈속의 이야기인양 믿지 않을 것이며, 또한 다시 올 때는 꽃 속에서 길을 잃고 헤매다가 결국 찾아올 수 없으리라는 뜻이다.

【해설】

이 시는 이군옥이 도관에서 지내는 제사 의식을 보고 지은 것이다. 제1~2구에서는 도관에서 도교의 이상향인 무릉도원에서 올리는 제사가 시작됨에 따라 의장대가 패옥 소리를 울리며 질서정연하게 움직이는 모습을 묘사했다. 제3~4구에서는 제단을 에워싼 은촉의 불빛 속에서 옥동들이 법을 전하는 엄숙하고도 고요한 분위기를 묘사했다. 제5~6구에서는 서왕모와 소식을 교환하고자 청조를 찾고 의식을 치르기 위해 무지개 치마를 다림질하는 모습을 묘사했다. 제7~8구에서는 이곳을 인간들에게 말해준다 한들 믿지 않을 것이고, 또 다시 오려고 하면 꽃 속에서 길을 잃고 헤맬 뿐 다시는 들어올 수 없는 곳이라는 하여, 이곳의 신비로운 분위기를 표현하였다.

역해자 소개

◆ 김수희(金秀姬)

이화여자대학교 중어중문학과를 졸업하고 서울대학교 대학원에서 문학박사 학위를 취득하였다. 이화여자대학교 전임연구원을 지내며 명대 여성 작가에 대한 연구를 수행하였다. 현재 서울대・이화여대 등에서 강의하고 있다. 저역서로 ≪풍연사사선≫, ≪명대여성작가총서-이인시선≫, ≪명대여성작가총서-명대여성산곡선≫ 등이 있으며, 주요 논문으로는 〈남당사의 아속공존 양상 연구〉, 〈명대 기녀사에 나타난 기녀 모습과 그 의미〉, 〈'동귀기사'로 본 명대 여성여행과 여행의식〉 등이 있다.

◆ 김지현(金智賢)

서울대학교 중어중문학과를 졸업하고 동 대학원에서 문학박사 학위를 취득하였다. 중앙대 외국학연구소에서 박사후연구원으로 지내며 송대사학이론에 관한 연구를 하였다. 현재 서울대 등에서 강의하고 있다.

역서로 ≪송사삼백수≫가 있으며, 주요논문으로는 〈남송대 아사론의 형성과 구현〉, 〈송대사론의 기술유형에 관한 분석〉, 〈사별집 서발류의 사학적 가치 고찰〉 등이 있다.

◆ 김하늬

서울대학교 중어중문학과를 졸업하고 동 대학원에서 박사과정을 수료하였다. 현재 박사 논문을 준비중이다.

◆ 서용준(徐榕浚)

서울대학교 중어중문학과를 졸업하고 동 대학원에서 문학박사 학위를 취득하였다. 현재 경희대 등에서 강의하고 있다.

저역서로 ≪사시전원잡흥≫이 있으며, 주요논문으로 〈이백시의 화자에 대한 연구〉, 〈문심조룡・송찬편의 분석을 통한 유협의 讚과 贊에 대한 인식 고찰〉, 〈이백의 아내와 자식에 대한 기존 연구의 비교 및 李白詩를 통한 아내와 자식에 대한 고찰〉, 〈이백 악부시 ＜오서곡＞ 연구-시의 화자를 중심으로〉 등이 있다.

◆ 이욱진(李旭鎭)

서울대학교 중어중문학과를 졸업하고 동 대학원에서 박사과정을 수료하였다. 해군사관학교 중국어교관으로 지내며 당시를 연구하였다. 현재 한국고등교육재단 동양학장학생으로서 박사학위논문을 준비중이다.
주요논문으로 〈문심조룡 갈래 체계로 본 유협의 시가관〉, 〈두보시의 갈래별 특성과 성취〉, 〈이백시의 숫자를 이용한 과장법〉 등이 있다.

◆ 이지운(李智芸)

이화여자대학교 중어중문학과를 졸업하고 서울대학교 대학원에서 문학박사 학위를 취득하였다. 성균관대학교 전임연구원을 지내며 ≪사고전서총목제요≫를 번역하였으며, 현재 서울대・이화여대 등에서 강의하고 있다.
저역서로 ≪전통시기 중국문인의 애정표현연구≫, ≪이청조사선≫, ≪온정균사선≫, ≪세계의 고전을 읽는다-동양문학편≫(공저), ≪당시삼백수≫(공역), ≪송시화고≫(공역) 등이 있으며, 주요논문으로 〈이상은 영물시 시론〉, 〈당대 여성시인의 글쓰기-이야, 설도, 어현기를 중심으로〉, 〈심의수의 도녀시 연구〉 등이 있다.

◆ 임도현(林道鉉)

영남대학교 중어중문학과를 졸업하고 서울대학교 대학원에서 문학박사 학위를 취득하였다. 이화여대 중문과에서 박사후연구원으로 지내며 이백시 전역에 참여하고 있으며, 현재 서울대・중앙대 등에서 강의하고 있다.
저역서로는 ≪이백의 고풍 59수≫, ≪이백시선≫이 있으며, 주요논문으로는 〈≪(협주)명현십초시≫의 간행목적과 유전양상〉, 〈이백의 다원적 이상 추구와 그 좌절로 인한 비애〉, 〈이백의 간알시에 나타난 관직 진출 열망〉 등이 있다.

◆ 정세진(鄭世珍)

서울대학교 식품영양학과를 졸업하고 서울대학교 중어중문학과 대학원에서 문학박사 학위를 취득하였다. 현재 서울대 등에서 강의하고 있다. 주요논문으로 〈오산선승들은 소식시를 어떻게 향유했는가?-≪한림오봉집≫의 소식 관련 시를 중심으로〉, 〈오대시안에 연루된 문장에 대한 고찰〉 등이 있다. 소동파의 동아시아 수용사와 동아시아 필화 사건 등에 관심을 두고 있다.

◆ 주기평(朱基平)

서울대학교 중어중문학과를 졸업하고 동 대학원에서 문학박사 학위를 취득하였다. 서울대학교 규장각한국학연구원의 책임연구원을 지내며 조선조 왕세자관련 관청일기류를 번역하였으며, 현재 서울대・동국대 등에서 강의하고 있다.
저역서로 ≪육유시가연구≫, ≪육유시선≫, ≪잠삼시선≫, ≪역주 숙종춘방일기≫, ≪역주 소현심양일기≫(공역), ≪역주 소현동궁일기≫(공역), ≪당시삼백수≫(공역), ≪송시화고≫(공역) 등이 있으며, 주요논문으로 〈중국 도망시의 서술방식과 상징체계〉, 〈남송 강호시파의 시파적 성격 고찰〉, 〈중국 만가시의 형성과 변화과정에 대한 일고찰〉 등이 있다.

협주명현십초시

초판 인쇄 2014년 8월 21일
초판 발행 2014년 9월 1일

저　　자 | 고려(高麗)·승(僧) 자산(子山)
역　　해 | 김수희·김지현·김하늬·서용준·이욱진·
이지운·임도현·정세진·주기평
펴 낸 이 | 하운근
펴 낸 곳 | 學古房

주　　소 | 서울시 은평구 대조동 213-5 우편번호 122-843
전　　화 | (02)353-9907 편집부(02)353-9908
팩　　스 | (02)386-8308
홈페이지 | http://hakgobang.co.kr/
전자우편 | hakgobang@naver.com, hakgobang@chol.com
등록번호 | 제311-1994-000001호

ISBN 978-89-6071-437-3 93820

값 : 55,000원

이 도서의 국립중앙도서관 출판시도서목록(CIP)은 서지정보유통지원시스템 홈페이지(http://seoji.nl.go.kr)와 국가자료공동목록시스템(http://www.nl.go.kr/kolisnet)에서 이용하실 수 있습니다.(CIP제어번호 : CIP2014026150)